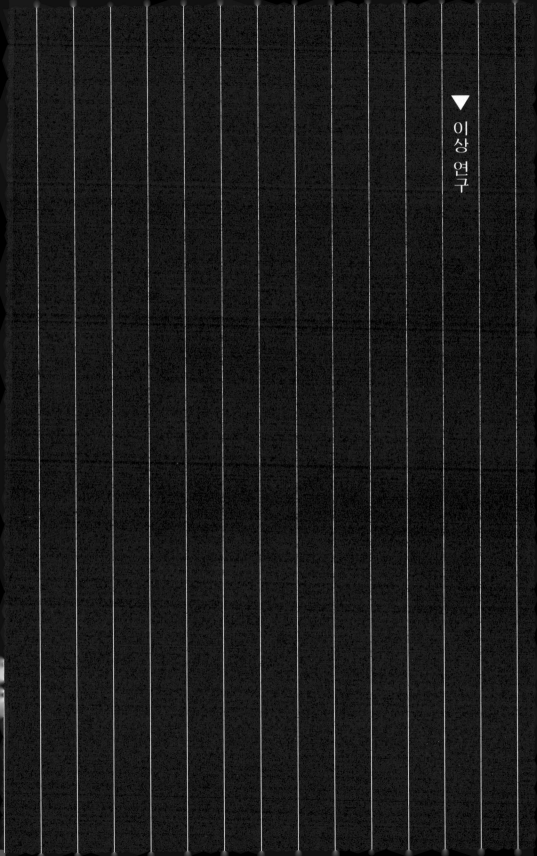

이상 연구

▼ 이상 연구

▼ 권영민

민음사

― 미지의 독자에게

1

내가 이상을 처음 제대로 접하게 된 것은 1967년 대학에 입학하면서
부터였다. 문학가를 꿈꾸었던 나는 대학 초년생으로 어이없게도 한국문학
최대의 스캔들이라고 할 수 있는 이상에 빠져들었다. 우연하게도 대학천변
서점에서 펼쳐 들었던 책이 임종국(林鍾國) 편 『이상 전집(李箱全集)』(문성
사, 1966)이었다. 뒤에 알게 된 일이지만 이 책은 1956년에 펴냈던 『이상
전집 1~3』을 합쳐 한 권으로 발간한 것이었으니 이상 문학의 결정판이
었던 셈이다. 대학 강의에 필요한 교과서가 아닌데도 내가 이 책을 왜 샀
는지 제대로 기억할 수 없다. 그러나 50년이 지난 지금도 내 서재에 낡은
이 책이 소중하게 꽂혀 있다.

당시 나는 이상 문학의 난해성 자체에 매료되어 있었던 것 같다. '이
해하기 어려움'이라는 의미의 '난해성'을 본질로 삼는다는 점에서 나는
이상 문학의 새로운 해석이라는 것을 가당치 않은 일로 여기면서, 애매
모호함이 주는 특이한 지적 호기심을 떨치지 못했던 것이다. 나는 이상
의 시와 소설이 보여 주는 그 언어와 기법의 신기성(新奇性)에 아연했고,
그가 식민지 시대 지식인 청년으로 고심했던 문제들의 깊이에 그만 주눅
이 들어 버렸다. 동숭동 문리대 교정을 싸돌며 학림다방에 처박혀 되지
도 않은 인생을 고심하는 척했던 시절에 이상은 늘 내 곁에 있었다. 신

신백화점 뒤쪽에 남아 있던 붉은 벽돌집, 이상의 다방 제비가 들어섰던 그 자리를 수도 없이 서성대면서 이상을 생각했다. 그러나 우둔한 시골뜨기에 불과했던 내게 이상은 언제나 낯선 도시 청년이었다. 이상이 그려 냈던 MJB의 향기라는 것도 나는 대학에 들어와 비로소 '커피'를 마셔 본 후에야 알았고, 이상이 1930년대 도회의 백화점을 그렸던 「건축무한육면각체」의 작품 공간을 나는 이상이 죽은 후 30년이 지난 뒤 화신백화점과 신세계백화점을 통해 짐작할 수 있었다.

2

이상 문학이란 무엇인가?

이 질문은 이상을 좋아하는 우리 모두에게 새삼스럽다. 이상을 다시 묻고 또다시 찾는 이유는 아주 간단하다. 이상 문학은 여전히 문제적인 상태로 놓여 있다. 이상 문학은 어떤 양식적 영역에 고정되어 있지 않다. 그의 글들은 서로 밀접하게 연관된 채 그 경계를 넘나들고 있으며 텍스트의 상호 연관성에 의해 새로운 의미를 지속적으로 생산한다. 그의 문학은 어떤 출발이라든지 결말을 보여 주는 과정 자체를 거부한다. 그것은 '밀실'처럼 닫혀 있으면서도 언제나 그 자체의 지향을 분명히 보여 주는 '지도'처럼 존재한다.

이상 문학이란 무엇인가? 내 머릿속에는 이 터무니없는 질문이 참으로 오랜 숙제로 남아 있었다. 이상 문학의 어떤 윤곽을 어렴풋하게나마 독자들이 확인할 수 있게 된 것은 김기림이 펴낸 『이상 선집(李箱選集)』(백양당, 1949) 덕분이다. 이 한 권의 책은 비슷한 시기에 유고집 형태로 나온 『육사 시집(陸史詩集)』이라든지 윤동주의 『하늘과 바람과 별과 시』 등과 함께 일제 식민지 지배의 불행한 시대를 마감하는 한국문학의 하나의 표석이 된다. 그러나 이 책은 한국전쟁을 겪으면서 김기림의 월북 시

비로 금서가 되었고 독자들의 기억에서 멀어졌다. 나는 이 책을 대학원 시절 청계천의 헌책방에서 샀는데 이리저리 이사하면서 없어졌다. 도서관에서 복사하여 제본해 두고 보고 있다는 말을 화봉문고의 여승구 사장님이 들으시고는 이상 문학 전문가에게 궁색스러운 일이라면서 문고 서가에 보관된 이 책을 기꺼이 내게 선물해 주셨다.

한국전쟁이 끝난 후 이상 문학에 대한 논의는 새로운 세대의 몫이 되었다. 『이상 전집(李箱全集) 1. 2. 3』(임종국 편, 고대문학회, 1956)은 이상 문학의 범주를 어느 정도 확정해 주었다. 시와 소설과 수필 등으로 넓혀져 있는 이상의 글쓰기 영역을 세 권의 책으로 묶어 낸 이 전집은 이상의 사후 20년에 이루어진 중요한 문학사적 정리 작업으로 높이 평가된다. 이 전집은 전후문학의 비평적 과제로 새롭게 등장한 '모더니즘'에 관한 모든 논의를 하나로 수렴할 수 있는 거점이 되었고, 한국의 비평문학이 인상비평의 한계에서 벗어날 수 있는 문학적 근거로서 당당하게 자리 잡았다. 이 전집이 나오면서 이어령 교수의 분석비평이 이상 문학을 대상으로 치밀한 논리를 확보한 점이라든지, 이상이 꿈꾸었던 근대의 초극을 비평을 통해 논리화하고자 했던 고석규(高錫珪) 선생의 비평이 문제적인 상태로 등장한 것도 놓칠 수 없는 대목이다. 이 전집은 이러한 여러 논의의 출발점을 제공함으로써 정지용(鄭芝溶), 김기림(金起林), 오장환(吳章煥) 등을 이념적 금기 지역으로 몰아냈던 황폐한 전후 시단에 1930년대 모더니즘 문학의 실천 과정을 다시 확인할 수 있게 된 하나의 지표가 되었다.

3

내가 이상 문학에 대한 논의에 본격적으로 뛰어든 것은 1997년이었다. 당시 이상 문학에 대한 비평적 논의는 이어령 교수, 김윤식 교수, 이승훈 교수 등을 거치면서 어떤 결말에 이르고 있는 듯한 느낌이었다. 1997년은 이상 사후(死後) 60년이 되는 해였다. 나는 월간 문예지 《문학사상》의 편집 주간을 맡아 보면서 '이상 문학 60년'이라는 학술 대회를 기획하게 되었다. 그때 나는 이상 문학 텍스트를 한국문학 연구자들의 시각으로부터 벗어나 새롭게 조망할 수 있는 방식을 생각했다. 수학자가 본 이상(김명환 교수), 시각디자인 연구자가 본 이상(김민수 교수), 정신분석학자가 본 이상(조두영 교수), 철학자가 본 이상(김상환 교수) 등과 같이 모든 발표자를 문학 이외 분야의 전문가로 모셨고, 한국문학 연구자들을 토론에 참여하도록 했다. 나는 이 학술 대회의 발제 강연을 통해 다음과 같은 문제를 제기했다.

　이상 문학 연구는 아직도 해결해야 할 문제가 적지 않다.
　첫째, 원전의 불확정성이다. 문학 연구의 대상이 되는 텍스트의 확정은 작품의 해석과 평가에서 가장 기본이 되는 요소이다. 텍스트의 확정 없이는 어떤 연구도 그 객관적 기반을 확보하기 어렵다. 이상 문학작품에 대한 일차적인 정리 작업은 임종국 선생과 이어령 교수의 노력에 의해 어느 정도 완결된 수준에 이르게 되었다. 그러나 아직도 이상의 시와 소설 가운데에는 그 의미를 제대로 밝히지 못한 난해 구절들이 적지 않다. 특히 그가 발표한 일본어 작품들은 비슷한 내용의 한국어 작품과 정밀한 대조가 필요하다. 이러한 일차적인 작품 정리와 해석의 미비로 인하여 이상 문학의 원전은 아직도 확정되지 못한 것들이 많다.
　둘째, 작품 해석의 자의성이다. 이상 문학 연구에서는 작품에 대한 해석의 자의성과 비약이 오히려 작품 자체의 난해성을 더욱 부추긴다. 문학작품의 해석은 텍스트의 올바른 해독이 이루어져야만 가능하다. 이상의 시와 소설은 텍스트 자체의 질서와 논리를 지니고 있기 때문에 그 질서와 논리에서 벗어나는 경우 텍스트를 잘못 읽거나 잘못 해석할 가능성이 매우 높다. 텍스트에 대한 왜곡 또는 의미의 과장이 없는 치밀한 텍스트 분석과 객관적인 해석이 필요하다.

셋째, 이상 개인의 삶의 신비화 현상이다. 이상의 짧은 생애는 삶의 모든 가능성을 보여 주는 극적인 요소가 강하다. 그의 개인적인 행적과 문단 활동 자체도 객관적인 규명 대신에 오히려 신화화되고 있다. 그의 문단 진출 과정, 특이한 행적과 여성 편력, 동경에서의 죽음 등은 모두 일종의 풍문으로 일화처럼 이야기되고 있다. 그의 문학에 대한 객관적인 평가를 위해서도 역사적 사실로서의 개인사의 복원이 시급한 실정이다.

'이상 문학 60년'이라는 이름을 내걸고 세종문화회관에서 개최한 이 학술 대회는 예상을 훨씬 뛰어넘는 성과를 거두었다. 모든 발표자들은 새로운 시각으로 이상 문학 텍스트를 향한 다양한 통로를 열어 보이면서 그 독자적인 해석의 가능성을 의욕적으로 제시했다. 이 결과를 한데 모아 『이상 문학 연구 60년』(1998)을 펴내면서 나는 이상 문학 텍스트의 정리 작업을 본격적으로 다시 시작했다. 이상이 생전에 발표한 시, 소설, 수필 등의 모든 작품의 원전을 수집했고, 그것을 정밀하게 대조 정리했다. 그리고 텍스트의 원문을 컴퓨터에 입력하고 그것을 다시 현대 국어 표기법으로 정리하는 작업을 마무리하면서 주석에 손대기 시작했다. 기존의 전집에서 이루어진 난해 어구의 풀이가 사전적(辭典的) 의미 제시 수준에서 끝나고 있는 것에 대한 불만을 극복하기 위해, 나는 이른바 '해석적(解釋的) 접근'이라고 할 수 있는 내용 주해 작업을 새롭게 시도했다. 이러한 작업은 엄청난 시간과 공력을 필요로 했지만, 그것을 바탕으로 모든 작품에 대한 새로운 해석의 실마리를 찾아내기 위해 노력했다. 이상에 대한 숱한 질문들은 늘 내 머릿속에 맴돌았다. 나는 어느 것 하나도 제대로 끝내지 못하면서도 내 손으로 이상 문학작품 모두를 정리할 욕심을 냈다. 해야 할 일은 더 많아지고 시간만 흘렀다.

그동안 나는 두 차례 일본 동경대학의 초청으로 도쿄에 머물렀다. 나의 도쿄 체류는 이상 문학에 대한 나 자신의 오랜 숙제를 정리하고 그것을 마무리할 수 있는 좋은 기회가 되었다. 나는 이상 문학작품 자료를 모두 챙겨 들고 도쿄로 건너갔다. 그리고 틈만 나면 거기에서 다시 이상의 행적을 찾았다. 이상이 여섯 달 동안 머물렀던 간다(神田) 진보초(神保町)의 하숙집은 이미 사라졌다. 동경대학 부속병원의 기록물 보관소에서도 이상의 사망 사실을 확인할 수 있는 자료를 찾아내는 것은 불가능했다. 니시간다(西神田) 경찰서에 들러 이상이 유치(留置)되었던 정황의 흔적을 찾으려 했지만 실패했다. 이상이 절망했던 마루노우치 빌딩, 긴자(銀座)의 화려한 거리, 신주쿠(新宿)의 소란스러움 속에서 나는 이상 대신에 다시 한없는 무기력에 빠져들었다. 그러나 나는 동경대학 대학원 학생들과 이상이 쓴 일본어 시들을 모두 다시 원전대로 읽어 가면서 내가 고심했던 새로운 해석 방법을 소개하고자 힘을 썼다.

나는 이상 문학에 관한 일곱 권의 메모 노트와 조사 분류한 자료들을 모아 10여 년간을 끌어 온 내 작업을 마감했다. 그리고 『이상 전집(李箱全集), 1. 2. 3. 4』(2009)를 이상 탄생 100년에 맞춰 출간했다. 이 새로운 전집 출간과 함께 나는 『이상 문학 대사전』(이 책은 뒤에 문학사상사에서 출간했다.)이라는 책을 위해 여러 가지 자료들을 정리했다.

4

『이상 전집』의 출간과 때를 같이하여 나는 『이상 텍스트 연구』(2009)를 내놓았다. 이 책은 《문학사상》에 연재했던 「이상을 다시 묻다」(2008)라는 기획 평론을 모아 놓은 것이다. 여기에서 내가 주목했던 것은 이상이 일본어 건축 전문지 《조선과 건축(朝鮮と建築)》에 발표했던 일본어 시의 문제성이다. 나는 이상이 의욕적으로 발표했던 「오감도」의 시적 상상력이 초기 일본어 시에 기초한다는 점에 착안하여 집중적으로 일본어 시 작품을 검토한 뒤 2007년 일본 동경대학 대학원에서 이상의 일본어

시 강독을 한 학기 동안 진행했다. 이상의 일본어 시는 일본어와 한국어의 선택적 활용에 의한 이중 언어적 글쓰기의 영역에 해당한다. 물론 이 문제는 《조선과 건축》에 발표한 일본어 시에 국한된다. 이상의 사후에 공개된 일본어로 쓴 유작시라든지 일본어로 쓴 여러 가지 형태의 글들은 정확하게 그 작성 연대를 추정할 수 없고, 그 텍스트의 성격 자체도 불분명하다. 더구나 이상은 《조선과 건축》에 발표한 일본어 시를 제외하고는 일본어로 창작한 작품을 잡지나 신문에 발표한 적이 없다. 그러므로 이상 문학 전체를 놓고 이중어적 글쓰기에 대해 고심할 필요가 없어 보인다. 특히 《조선과 건축》이 당시 한국 문단과는 상관없이 일본어로 발간된 건축 전문 잡지라는 특수성을 지니고 있는 점, 이상의 글쓰기가 정규 교육 과정에서 이루어진 일본어 학습에 기반하고 있었다는 점 등을 고려할 경우, 다른 여러 문인들의 초기 습작 과정에서 확인되는 일본어 글쓰기와 크게 다를 바가 없다고 할 것이다. 물론 이상의 일본어 시와 일본어로 된 글들이 번역이라는 과정을 거쳐서 일반 독자와 대면하게 된 점은 주목을 요한다.

내가 두 번째로 내놓은 이상에 관한 연구서는 「이상 문학의 비밀 13」 (2012)이다. 이 책은 내가 32년간 교수로 봉직했던 서울대학교를 퇴직하면서 펴낸 퇴직 기념물이다. 이 책에서 나는 이상 문학에 대한 기존 학계의 연구 성과를 반성하면서 사실적 오류를 바로잡기 위해 13개의 질문지를 만들고 스스로 거기에 답하고자 했다. 이 책에서 다룬 질문들은 다음과 같다. 이상은 왜 동경행을 택했는가? 이상의 일본어 시는 어떤 의미를 지니는가? 「오감도」를 어떻게 볼 것인가? '구인회'란 무엇인가? 《삼사문학(三四文學)》은 이상의 추종자인가, 비판자인가? 이상에게 폐결핵이란 무엇인가? 이상 문학에서 언어의 창조란 무엇인가? 이상 소설의 새로움이란 무엇인가? 이상 문학과 영화는 어떤 관계가 있는가? 이상은 왜 백부(伯父)의 집에서 자라게 되었는가? 기생 금홍은 거리의 여인인가, 혹은 팜 파탈인가? 이상의 그림은 무엇을 보여 주고 있는가? 이상 문학 텍스트를 어떻게 볼 것인가? 이 책에서 이상의 제적 등본 원본, 경성고공 학적부 원본, 경성고공 졸업 기념 사진첩 원본 등을 공개했고, 이상 문학에서 찾아볼 수 있는 신조어(新造語)들의 의미, 소설 속에 감춰진 영화 이야기 등을 모두 새롭게 소개했다.

2014년 미국 버클리 대학의 초청을 받아 한국을 떠나면서 펴낸 책이 『오감도의 탄생』(2014)이다. 이 책은 숱한 화제를 이끌고 있는 이상의 시 전체를 정밀하게 분석 해석한 것이다. 특히 15편으로 연재가 중단된 연작시 「오감도」가 전체적으로 완결되었다면 어떤 모습일까를 생각하면서 그 가능성을 제시하고자 했다. 나는 미국으로의 출국 직전 '이상의 집'에서 가졌던 특별 강연에서 「오감도」의 전체적 성격을 소상하게 설명했다. 그리고 책의 초판 인세를 모두 책으로 받아 와서는 강연회를 찾은 독자들에게 한 권씩 선물했다. 그때 나는 이상 문학에 대한 연구를 여기에서 마감해야겠다고 생각했다. 그런데 한국연구재단이 운영하는 '석학인문강좌'에서 이상 문학에 대한 연속 강연을 할 수 있는 기회를 얻었다. '석학인문강좌'는 수백 명의 청중 앞에 서야 하는 큰 행사였다. 나는 여름방학을 이용하여 서울에 나와서는 "한국 모더니즘 문학의 탄생 — 이상의 삶과 문학"이라는 주제로 강연했다. 그 강연 내용을 정리하여 한국연구재단에서 펴낸 책이 『한국 모더니즘 문학의 탄생』(2016)이다. 이 책에서 나는 이상 문학에 대한 나 자신의 비평적 견해와 방법을 대부분 밝혔다고 생각했지만 강연 원고를 바탕으로 만들어진 책의 속성 때문에 아무래도 거기에서 끝을 내는 것에 만족할 수 없었다.

5

이번에 민음사의 도움으로 출간하게 된 『이상 연구』는 앞서 언급한 이상 문학에 대한 나 자신의 연구 작업에 대한 총결산에 해당한다. 특히 전집 출판 당시 함께 펴냈던 『이상 텍스트 연구』가 출판사 사정으로 절판되었기 때문에 그 내용을 이 책에 대폭 수용했음을 밝혀 둔다. 이 책에서 나는 하나의 통합적인 '비평적 전기'로서 『이상 연구』를 새롭게 꾸미고자 했다. 그렇기 때문에 기왕에 나와 있는 내 연구서의 내용과 중복되는 부분도 많이 있을 것으로 생각한다. 하지만 이상의 삶의 행적과 그 문학적 실천 과정을 종합하여 전체적으로 설명하기 위한 최선의 방안이었음을 독자 여러분들도 이해해 주실 것으로 생각한다.

내가 여러 글에서 언급한 바 있듯이 이상 문학에는 그가 남겨 놓은 작품의 양보다 훨씬 많은 주석이 붙어 있고 비평적 논의가 끊이지 않고 있다. 이상 문학을 주제로 삼은 박사 학위 논문이 새로운 목록으로 추가되는 것을 보면 이상 문학이 새로운 세대의 젊은 문학 연구자들에게도 여전히 문제적 상태로 인식되고 있음을 알 수 있다. 하지만 한 가지 지목하고 싶은 것은 이상 연구가 새로운 방법론만을 따라갈 경우 자칫 '해석의 과잉'으로 빠져들 수 있다는 점이다. 새로운 비평적 관점이나 방법이 등장한다 하더라도 그것은 결국 문학을 문학의 자리에 온전히 자리 잡게 하기 위한 것임을 알아야 할 것이다.

이 책을 마무리하는 과정에서 힘써 준 민음사 남선영, 박혜진 편집자에게 감사드린다. 이 책이 이상의 삶과 그 문학의 본질을 이해하는 데에 하나의 길잡이가 될 수 있길 기대한다.

2019년 9월
권영민

책머리에

차례

3부

이상 문학을 어떻게 이해할 것인가?

1

　이상 문학은 지금도 문제적인 상태로 남아 있다. 이상 문학에 접근하기 위해서는 그가 남겨 놓은 작품의 양보다 훨씬 많은 다양한 해석들을 다시 헤아려 보아야만 한다. 그가 문학작품을 위해 동원한 언어마다 여기저기 붙어 있는 갖가지 주석도 따져 보아야만 한다. 그의 짧은 생애에 대해서도 그 자신이 남긴 자취와는 상관없이 이채롭게 장식된 설명들을 참조해야 한다. 그렇기 때문에 이상 문학은 그 실체에 접근하는 일이 늘 까다롭다.

　이상 문학은 언제나 새로운 접근법과 남다른 해석을 요구한다. 한국 근대문학 연구가 학문적인 체계를 갖추기 이전부터 이상은 늘 새로운 예술의 아이콘으로 취급되어 왔다. 문학 연구에서 제기되는 새로운 방법들은 이상 문학을 통해 그 논리적 가능성을 인정받아야 했으며, 문학을 향한 온갖 질문들도 가장 먼저 감당해야 했던 것이 이상이다. 문학적 상상력의 창조성을 논의하기 위해서도 먼저 이상의 예술적 천재의 의미를 따져야만 했고, 한국문학이 추구해 온 모더니티의 수준과 그 문제성에 대한 논의 역시 이상을 통하지 않고서는 해명이 불가능했던 것이다.

　이상은 희대의 천재 예술가로 평가된다. 그의 문학이 드러내는 파격적인 기법을 중시하는 경우는 그를 전위적 실험주의자로 지목한다. 그가 철저하게 19세기를 거부한 반전통주의자였다고 말하는 사람도 있고, 한국문학의 모더니티의 문제성을 초극하기 위한 그의 노력을 높이 평가한 사람도 있다. 물론 그의 문학이 보여 주는 난해성에 노골적 반감을 표시했던 사람도 없지 않다. 하지만 어떤 경우에도 이상 문학은 독창적인 상상력을 통해 그 가치를 주목했으며, 다양한 관점과 방법에 의해 그 의미가 새롭게 해석되곤 했다. 해마다 수많은 평문과 연구 논문이 이상 문학을 위해 발표되는 것은 이상 문학이 여전히 새로운 방법과 관점을 유혹하고 있기 때문이다. 물론 이상 문학은 하나의 테두리 안에서 그 성격을 고정해 놓기가 어렵다.

이상은 1930년대 경성이라는 도시 공간에 등장한 최초의 '모더니스트'였지만, 삶의 뿌리가 뽑힌 채 사회 현실로부터 소외된 지식인이었다. 이상의 문학에는 특이하리만치 자연에 대한 관심이나 묘사가 전혀 드러나 있지 않다. 이상의 시와 소설은 산과 들, 하늘과 강, 나무와 꽃과 같이 인간의 삶을 둘러싸고 있던 자연이 배제되어 있다. 외적 현실로서의 자연이 더 이상 경험적 실재로서 인정되지 못하고 있는 것이다. 대신에 그는 경성이라는 도시 공간 안에서 자기 삶과 예술을 정초시키기 위해 자기 언어에 매달려 자기가 만들어 낸 텍스트를 새롭게 조합하고 구성하고 거기에 미학적인 옷을 입힌다. 그가 보여 주고 있는 상상력의 감각적 여행은 결국 도시 공간에서 이루어지는 것이다. 경성이라는 도시 공간을 오가는 사람들의 모습에서 그가 발견한 것은 그것이 긍정적이든 부정적이든 근대화되고 있는 도시로서의 경성과 거기에 살고 있는 사람들의 삶에 대한 어떤 전망을 내포한다. 그는 경성이라는 도시 자체가 인간의 힘에 의해 새롭게 조성되고 확대되고 조직화된 하나의 구성물이라는 사실을 발견했던 것이 아닌가 생각된다. 이러한 경향은 그가 모사적인 자연 현실의 실재적 반영을 최고로 내세웠던 전통적인 문학적 관습에서 벗어나 있음을 말해 준다. 그의 문학은 자연을 기초로 삼지 않는 대신에 자의식의 세계 또는 자아의 위상을 자신의 문학을 통해 강조하고자 한다. 그는 철저하게 자기 정신, 자기의식의 내면과 같은 주체의 의식 구성에 의해 만들어지는 예술로서의 문학을 추구한다.

이상은 그의 문학을 통해 관습적으로 사용되어 온 언어와 그 담론 방식을 전복시켰다. 그는 자신의 시와 소설에서 자신이 의도하고 있는 어떤 의미를 제대로 표현하기 위해 일상적 언어의 한계에 도전하면서, 자신의 상상력과 특이한 정서를 구체화하기 위해 모든 가능성을 동원하고 있다. 그의 시와 소설에서 볼 수 있는 문학적 상상력은 언어에 대한 탐구로부터 비롯된 것이라고 말할 수 있다. 이상은 언어를 통해 표현되는 것을 중시하기보다 언어로 표현할 수 없는 것에 관심을 기울인다. 이것을 달리 말한다면 언어로 표현할 수 없는 것에 대한 표현에 관심을 기울인다고 해도 좋다. 그는 사물에 대한 감각을 구별하고 그것을 명명하는 일에 유별난 관심을 보여 주면서 자신의 인식을 구체화하기 위한 새로운 언어를 찾아낸다. 이 작업은 일상적인 언어의 질서를 파괴하고 규범을 넘어서면서 언어가 만들어 낸 의미 체계를 교란시키기도 한다. 그러므로 이상의 언어는 일종의 사회 문화적 투쟁이라고 할 만하다. 실제로 이상의 언어는 기표와 기의의 관습적 결합을 거부하고 새로운 조어법을 실험하면서 기존의 표현법과 충돌한다. 이상의 시 텍스트에는 언어가 아닌 기호들이 동원된다. 이것은 언어를 통해 표현하고자 하는 욕망과 그 표현의 불가능성을 동시에 보여 준다. 여기에는 말하기와 말할 수 없음이 동시에 존재하며 언어 표현에 대한 고의적 지연이나 방해도 포함된다. 외견상으로 볼 때 그렇게 말할 필요가 없어 보이는 진술 내용을 반복하는 경우도 많고, 언어적 진술 대신에 어떤 기호를 대체시키기도 한다. 이 기호들은 대개 어떤 도형이나 수식 같은 것들인데, 거기에는 말로써 설명하지 못함을 지시하는 기능까지 포함되어 있다. 언어를 포기하고 언어에 의한 구체적 표현을

서설: 이상 문학을 어떻게 이해할 것인가?

스스로 거부하고 있는 이런 추상적 태도는 이해하기 어려운 측면도 없지 않지만, 이것은 사회적 현실과 개인의 내면적 질서가 와해될 것 같은 불안과 당혹감의 결과가 아닌가 생각된다. 이상의 시와 소설에서 언어는 자연스러운 구어체의 발화와는 달리 그 어투가 뒤틀리고 왜곡된 것들이 많다. 이러한 언어 표현법이 하나의 문체처럼 고정되어 시적 화자의 부조리한 관념과 생각들을 표현한다. 바로 거기에 이상 문학이 암시하는 자기규정의 비밀이 스며들어 있다.

이상이 만들어 낸 시와 소설을 보고 당대의 지식층 독자들이 보여 주었던 경악의 표정과 거기에서 비롯된 파문은 적지 않다. 그러나 이 것은 당대 현실에 직접적인 반향을 불러일으키지 못한 채, 문단 일각의 기행(奇行)이나 해프닝 정도로 끝난다. 그의 문학은 비록 그것이 가지는 전위성을 인정한다고 하더라도 맹목적이고도 상대주의적인 그리고 역설적이게도 자족적 성격을 지닌다. 그의 예술적 재능과 문학적 상상력은 그 전위성을 이해하고 그 예리한 감수성을 인정한 당대의 몇몇 지인들에게만 개방적인 것이었다고 할 수 있다. 그가 시를 통해 시도했던 다양한 시각의 실험과 관습적 언어 표현의 전복, 그리고 의미의 해체 등이 조작해 내는 기이한 긴장이 당대 현실에서 삶의 리얼리티의 감각을 어떻게 살려 내고 있는지를 알아차린 경우는 정지용(鄭芝溶), 김기림(金起林), 박태원(朴泰遠) 등 일부의 문인에 지나지 않는다. 그러므로 선구적이라든지 실험적이라고 지적되는 예술적 창작 행위는 언제나 개인적인 고립된 성격을 지닐 수밖에 없게 되었다.

이상 문학은 그 실험성과 전위성으로 인하여 다양한 비평적 담론을 야기하면서 그 해석을 둘러싼 논쟁을 가열시켜 왔다. 이상 문학은 보기 드문 파격과 일탈을 드러내면서도 그 나름대로의 자기 논리를 분명하게 지니고 있다. 이상은 자신이 구사하고 있는 언어와 기법의 변화를 통해 일상적인 규범에 얽매어 살고 있는 사람들의 둔한 감성과 낡은 사고를 조롱하고 공격하고자 했다. 하지만 이 불행한 천재는 자신이 꿈꾸던 세계를 끝내 보지 못한 채 그 실험의 날개를 접어야만 했다. 이상 문학은 그의 단명과 함께 미완의 실험으로 남게 된 것이다.

2

이상은 1910년 서울에서 태어났으며 세 살이 지난 후부터 백부의 집에서 양자처럼 성장했다. 이상은 소학교 시절부터 미술에 재능을 보였고, 보성고등보통학교를 거쳐 1926년 경성고등공업학교 건축과에 입학한 후에도 미술에 깊은 관심을 두었다. 1929년 경성고공 건축과를 수석으로 졸업하게 되자, 그는 학교의 추천으로 조선총독부 내무국 건축과에 기수로 특채되었다. 그리고 일본인 건축 기술자 중심의 조선건축회(朝鮮建築會)에 정회원으로 가입하여 활동했다.

이상의 글쓰기는 1930년 조선총독부 기관지 《조선(朝鮮)》에 장편소설 「십이월 십이일(十二月十二日)」을 연재하면서 시작된다. 그는 1931년 7월 《조선과 건축(朝鮮と建築)》에 일본어 시 「이상한 가역반응(異常ナ可逆反應)」을 발표한 후 일본어 시 「조감도(鳥瞰圖)」와 「삼차각설계도(三次角設計圖)」를 잇달아 발표했다. 그리고 제10회 조선미술전람회에 처음으로 서양화 유화 부문에 「자상(自像)」이 입선되기도 했다. 그런데 이상은 1931년 폐결핵을 진단받은 후부터 삶의 방향이 바뀐다. 그는 죽음에 대한 공포를 느끼면서 병마와 싸워야 했고 결국 조선총독부 건축과를 퇴직하게 되었다. 1933년 봄 황해도 배천온천에서 요양하던 중에 그가 만나게 된 여인이 금홍이라는 술집 기생이다. 그는 서울로 돌아온 후 종로 네거리에 '제비'라는 다방을 개업하고 금홍을 서울로 불러올려 동거 생활을 시작했다.

이상은 다방 제비를 운영하면서 소설가 박태원, 시인 김기림 등과 교유하게 되었다. 그리고 1933년 정지용의 주선으로 《가톨릭청년》에

서설: 이상 문학을 어떻게 이해할 것인가?

「꽃나무」, 「거울」 등을 발표하면서 당대 문단에 이름을 올린다. 그는 1934년 7월 이태준, 정지용, 김기림, 박태원 등의 주선으로 《조선중앙일보》에 연작시 「오감도(烏瞰圖)」의 연재를 시작한다. 그러나 독자들의 비난으로 연재가 중단되자 크게 실망한다. 더구나 다방 제비의 경영 악화와 함께 금홍과도 결별하게 되면서 그는 깊은 절망에 빠져들었다. 하지만 그는 이태준, 정지용, 김기림 등이 주도하던 '구인회(九人會)'에 가담했고, 친구인 화가 구본웅의 호의로 인쇄소 창문사(彰文社)에 취직하여 재기의 기회를 잡았다. 1936년 창문사에서 구인회 동인지 《시(詩)》와 소설(小說)》을 편집했고, 소설 「지주회시(蜘蛛會豕)」, 「날개」 등을 발표하면서 비평적 관심을 얻었다. 이상은 1936년 여름 변동림과 결혼한 후 연작시 「역단(易斷)」, 「위독(危篤)」 등을 발표함으로써 연작시 「오감도」의 완결에 이르게 된다. 그는 이해 10월 말 혼자서 일본으로 건너갔으며, 동경 하숙집에서 사후 발표작인 소설 「종생기(終生記)」, 「실화(失花)」, 수필 「권태(倦怠)」 등을 썼다. 1937년 일경에 의해 불령선인(不逞鮮人)으로 검거되어 2월 12일부터 3월 16일까지 구금되었다가 병세 악화로 풀려나 동경대학 부속병원에 입원했으나 4월 17일 사망했다.

이상의 문학적 글쓰기는 대략 7년 정도에 걸쳐 있지만 그의 본격적인 문단 활동은 1933년 다방 제비를 운영하면서 시작된 것으로 볼 수 있다. 그는 대표작 「오감도」를 통해 자신의 문단적 존재를 알렸고 단편소설 「날개」를 발표하면서 평단의 주목을 받았다. 그러나 이상의 문학 활동은 반년간의 동경 생활로 마감된다. 이상의 특이한 경력과 짧은 생애는 그가 세상을 떠난 후에 세인의 관심사가 되었다. 다방 제비를 둘러싼 크고 작은 소문들과 구인회 시절에서 동경 생활로 이어진 문단 활동 또한 언제나 화제를 불러일으켰다. 특히 그가 술집 기생과 동거하면서 다방을 운영했던 사실이라든지 이화여전 영문과 출신의 신여성과 갑작스럽게 결혼식을 올린 후 일본 동경으로 떠나 버린 일은 온갖 추측이 덧붙여지면서 입소문을 타고 문단에 널리 퍼졌다. 그리고 그의 짧은 동경 생활과 죽음 역시 명확한 사실의 규명 없이 풍문 속에 남겨졌다. 더구나 기왕의 연구자들이 그런 식으로 설명하지 않았다면 그대로 자명해졌을 문학 텍스트마저도 갖가지 풍문을 근거로 엉뚱한 설명이 더해지고 해석이 과장되면서 그 연구 자체가 더 큰 혼란에 빠져들었다. 실제로 이상 문학은 그 텍스트에 대한 깊이 있는 독해 작업도 없이 연구자나 평자의 자의적 해석에 이끌려 엉뚱한 의미로 과장되고 왜곡된 경우가 많이 있다.

3

이상 문학은 해방 직후 김기림이 엮은 『이상 선집(李箱選集)』(백양당, 1949)에 의해 그 범위와 성격이 어느 정도 드러나게 되었다. 이 책은 해방 직전에 작고한 시인 이육사의 작품을 한데 모은 『육사 시집(陸史詩集)』(서울출판사, 1946)과 윤동주의 유고를 출간한 『하늘과 바람과 별과 시(詩)』(정음사, 1948)에 이어 1930년대 시문학의 중요 업적에 대한 역사적 정리 작업으로 손꼽힐 만하다.

이 책의 서문에서 김기림은 이상의 비극적 죽음을 다음과 같이 적고 있다.

무명처럼 엷고 희어진 얼굴에 지저분한 검은 수염과 머리털 뼈만 남은 몸둥아리, 가쁜 숨결 — 그런 속에서도 온갖 지상의 지혜와 총명을 두 날 촛점에 모은 듯한 그 無敵한 눈만이 사람에게는 물론 악마나 신에게조차 속을 리 없다는 듯이 금강석처럼 차게 타고 있는 것이다. 그것은 인생과 조국과 시대와 그리고 인류의 거룩한 殉敎者의 모습이었다. 「리베라」에 필적하는 또 하나의 아름다운 「피에타」였다.

얼마 안 가 조국은 그가 낳은 이 한 사람의 슬픈 天才의 시체를 묵

서설: 이상 문학을 어떻게 이해할 것인가?

묵히 받아들이고 만 것이다. 그리하여 지상은 그릇이 이리로 망명해 온 「쥬피타」를 다시 추방하고 만 것이다. 그의 짧은 생애는 그러나 그가 남긴 예술에 의해서 드디어 시간을 초월할 수가 있었다. 그 속에서 우리는 겨우 말할 수가 있다고 하면 「영원한 李箱」의 얼굴을 무시로 쳐다보면서 그의 목소리를 듣고 있는 것이다. 그러나 이것으로도 그가 그의 夭折로 하여 우리에게 남긴 너무 큰 空虛와 아까움의 千萬分之一도 지워 주지 못하는 것을 어찌하랴.*

김기림이 쓴 이 책의 서문 「이상의 모습과 예술」은 이상의 문학 세계에 대한 본격적인 해설의 의미를 지닌다. 이 글에서 김기림은 이상 시의 주조와 경향을 "자기의 시와 꿈과 육체와 또 그 육체가 게걸스러운 병균들의 무수한 주둥아리에 녹아 들어가는 것조차를 거울 속에서 은근히 즐기고 있는, 저 나르시스의 일면을 가지고 있은 듯하다."**라고 규정한다. 이러한 진술에서 볼 수 있듯이 김기림이 주목하고 있는 것이 이상의 시와 자기 집착임을 쉽게 확인할 수 있다. 그러나 거울 속에 자기에만 집착할 수 없는 어둔 현실이 존재한다는 사실도 간과할 수 없는 일이다. 김기림은 말기적 현대 문명에 대한 진단이라든지 평화의 사도인 비둘기의 학살자에 대한 준열한 고발, 착한 인간들의 피와 기름으로 살이 쪄 가는 오늘의 황금의 질서에 항의하는 억누를 수 없는 분노 등을 이상의 시와 소설을 통해 읽어 내고 있다.

김기림의 『이상 선집』에는 이상이 발표한 소설, 시, 수필 가운데 대표적인 작품들이 수록되어 있다. 이들 작품의 선정 기준은 분명하게 드러나 있지는 않다. 김기림에 의해 정리된 작품들은 다음과 같다.

---

* 김기림, 『이상 선집』(백양당, 1949), 7~8쪽.
** 위의 책, 5쪽.

서설: 이상 문학을 어떻게 이해할 것인가?

一九三三, 六, 一

지비(紙碑)

거울

3.「隨想」

공포(恐怖)의 기록(記錄)

약수(藥水)

실락원(失樂園)

김유정(金裕貞)

십구세기식(十九世紀式)

권태(倦怠)

　　김기림의『이상 선집』은 제목 그대로 작품 선집의 성격을 유지하
고 있다. 이상의 소설 가운데 단 3편만을 수록한 것은 그 선별의 기준
이 분명하지 않다. 시의 경우에는 이상이 초기에 발표한 일본어 시를
모두 제외하고 있으며, 1933년 이후에 발표한 국문 시만을 선별적으로
수록하고 있다. 이상 초기 문학에서 보여 준 일본어와 한국어의 선택적
활용에 의한 이중 언어적 글쓰기는《조선과 건축》에 발표한 일본어 시
에서 그 문제성을 드러낸다. 이상은 1930년 장편소설「십이월 십이일」
을 국문으로 연재했고, 1931년《조선과 건축》에 일본어 시「이상한 가
역반응」등을 비롯한 많은 일본어 시를 발표했다. 그런데 김기림은 이
일본어 시의 존재를 외면해 버렸다. 일본어 청산이라는 해방 공간의
사회 문화적 분위기를 감안한 조치일 수도 있고, 김기림 자신이 아예
이들 작품의 존재를 알지 못했을 가능성도 있다. 김기림의『이상 선
집』에서 또 한 가지 특기할 만한 사항은「김유정」이라는 작품을 수필
에 포함시켜 놓고 있는 점이다. 이 작품은 이른바 '실명소설(實名小說)'
의 형태로 인정되어 소설의 영역에서 다루어 오고 있기 때문이다. 김

기림이 엮은 『이상 선집』은 1950년 한국전쟁 직후 김기림의 월북으로 인하여 더 이상 독자와 만나기 어려운 상황에 접어든다. 김기림의 모든 저작물이 이른바 반공법(反共法)에 의해 금서로 지목되었기 때문이다.

이상 문학 텍스트에 대한 조사 정리 작업은 임종국(林鍾國) 편 『이상 전집(李箱全集) 1, 2, 3』(태성사, 1956)을 통해 대부분 확정된다. 이상의 글쓰기 영역을 시, 소설, 수필 등의 세 영역으로 분류하여 작품 전체를 묶어 낸 이 전집은 이상의 사후 20년에 이루어진 중요한 문학사적 정리 작업으로 평가되어 오고 있다. 이 전집에는 편자인 임종국이 발굴한 이상의 일본어 시 「육친(肉親)의 장(章)」 등 9편이 추가되고 《조선과 건축》에 발표했던 일본어 시가 모두 번역 수록됨으로써 이상 문학의 세계를 더욱 풍성하게 만들어 주고 있다. 이 전집은 전후 문학의 비평적 과제로 새롭게 등장한 '모더니즘'에 관한 모든 논의를 하나로 수렴할 수 있는 거점이 되면서, 한국의 비평문학이 인상비평의 한계에서 벗어날 수 있는 문학적 근거로서 당당하게 자리 잡는다. 이 전집이 나오기까지 이어령의 분석비평이 이상 문학을 대상으로 치밀한 논리를 확보한 점*이라든지, 이상이 꿈꾸던 근대의 초극을 비평을 통해 논리화하고자 했던 고석규(高錫珪)의 비평**이 문제적인 상태로 등장한 것도 놓칠 수 없는 대목이다. 이 전집은 이러한 여러 논의의 출발점을 제공함으로써 정지용, 김기림, 오장환(吳章煥) 등을 이른바 '월북문인'이라는 이념적 금기 지역으로 몰아낸 황폐의 시단에 1930년대로 이어지는 하나의 징검다리를 놓게 된다.

이상 문학의 연구와 작품 해석의 방법에서 새로운 전환점을 만

---

* 이어령, 「나르시스의 학살 — 이상의 시와 그 난해성」,《자유문학》, 1956. 10, 1957. 1; 「속(續) 나르시스의 학살 — 이상 시와 그 난해성」,《자유문학》, 1957. 7; 「이상의 소설과 기교」,《문예》, 1959. 10 등 참조.
** 고석규, 「시인의 역설」,《문학예술》, 1957. 4~1957. 7 참조.

서설: 이상 문학을 어떻게 이해할 것인가?

들어 준 것은 이어령(李御寧) 편 『이상 소설 전작집 1. 2』(갑인출판사, 1977), 『이상 수필 전작집』(갑인출판사, 1977), 『이상 시 전작집』(갑인출판사, 1978)이다. 이 전집에서 이어령은 이상 문학 자료의 발굴, 텍스트에 대한 치밀한 대조와 정리, 주석과 해설을 통해 이상 문학의 내적 구조를 해석할 수 있는 논리적 근거를 제시한다. 특히 기호학의 방법을 통한 이상 문학 텍스트의 해석은 이상 문학 연구자들이 반드시 참조하지 않으면 아니 되는 텍스트 비평의 전범으로 자리하게 된다. 이 전집은 임종국 편 『이상 전집 1, 2, 3』에 수록된 이상의 모든 저작뿐 아니라 1960년대 《현대문학》과 1970년대 《문학사상》에서 발굴 소개한 작품 등을 수록함으로써 이상 문학 연구의 새로운 차원을 열 수 있게 된다. 여기에서 먼저 주목해야 할 것이 비평가 조연현(趙演鉉)에 의해 《현대문학》에 소개되었던 이상의 '일본어 창작 노트'이다. 이 새로운 자료들은 《현대문학》 1960년 11월호부터 「이상의 미발표 유고의 발견」이라는 제목으로 소개되었는데 이상 문학의 성격을 이해하는 데에 필수적인 자료들이 담겨 있다. 당시 조연현은 다음과 같이 자료 발굴 경위를 소개했다.

우연한 일로 이상의 미발표 유고가 발견되었다. 이것이 발견되고 또 그것이 나의 수중에 들어오게 된 경위는 다음과 같다. 얼마 전 현재 한양대학교 야간부에 재학중인 이연복(李演福) 군이 낡은 노트 한 권을 가지고 나를 찾아왔다. 이 군은 초면이었으나 그가 문학청년이며 특히 이상을 좋아하고 있음을 곧 알 수 있었다. 그가 내보이는 노트는 이상의 일본어 시작(詩作) 습작장임이 곧 짐작되었다. 그 노트를 이 군이 발견하게 된 것은 그의 친구인 가구상을 하는 김종선(金鍾善) 군의 집에 놀러 갔다가 그곳에서 그것을 보게 된 것이었다. 김종선 군의 백씨가 친지인 어느 고서점에서 휴지로 얻어 온 그 노트는 그 집에서 그야말로 휴지로 사용되고 있었던 것으로서 100면 내외의 노트가 이미 10분지 9쯤 파손

되고 10분지 1쯤이 남아 있었던 것이다. 이 군은 일본어가 서툴렀으나 그곳에 쓰인 문자가 신기함을 느끼고 그 노트를 얻어 와서 이상 전집과 여러 가지로 대조해 본 결과 그것이 이상의 미발표 유고로 짐작되어 나에게 가져온 것이었다.

내가 받은 이 원고철(백지에 쓰여 있다.)에는 「공포의 기록」, 「모색(暮色)」, 「1931年」 등 그 밖에 6편의 습작이 기재되어 있었다. 이 초고를 내가 검토해 본 결과 이것이 이상의 유고라고 인정되는 점은 다음과 같은 점이다.

① 필체가 이미 그 전집 속에 발표되어 있는 것과 동일하다. ② 작품의 특성이 이상의 그것과 같은 것. ③ 이상이 즐겨 사용하는 '13', '방정식', '삼차각' 등의 용어로서 작품이 구성되어 있는 점. ④ 이상이 일본어로서 시를 많이 습작한 사실. ⑤ 초고 중의 연대가 1932년 또는 1935년 등으로 되어 있는데 이 시기는 이미 발표된 그의 미발표 유고와 시기가 일치되고 있는 점. ⑥ 이와 같은 원고는 타인이 조작하여 창작할 수 없으며 또 그렇게 할 이유가 없는 점.

이상과 같은 이유에서 이것이 이상의 유고임이 거의 분명한 것으로 판정되었다.*

조연현이 당시 번역 소개했던 자료들은 「무제」·「1931년」·「얼마 안 되는 변해(辨解)」·「무제」·「무제」(《현대문학》 1960. 11), 「이 아해(兒孩)들에게 장난감을 주라」·「모색(暮色)」·「무제」(《현대문학》, 1960. 12), 「구두」·「어리석은 석반(夕飯)」(1961. 1)·「습작(習作) 쇼오 윈도우 수점(數點)」(《현대문학》, 1961. 2)·「무제」·「애야(哀夜)」·「회한(悔恨)의 장(章)」(1966. 7) 등이 있다. 그런데 이상의 '일본어 창작 노트'에 채 정리되지 못한 채 남아 있던 작품들은 1976년부터 《문학사상》에서 추가로 번역 소개한

---

* 조연현, 「이상의 미발표 유고의 발견」, 《현대문학》, 1960. 11.

바 있다. 그 목록을 보면 다음과 같다.

> 단장(斷章)《문학사상》, 1976. 6)
>
> 첫번째 방랑(放浪)《문학사상》, 1976. 7)
>
> 불행(不幸)한 계승(繼承)
>
> 객혈(喀血)의 아침
>
> 황(獚)의 기(記) ── 작품 제1번
>
> 작품(作品) 제3번
>
> 여전준일(與田準一)
>
> 월원등일랑(月原橙一郎)
>
> 공포(恐怖)의 기록(記錄) 서장(序章)《문학사상》, 1986. 10)
>
> 공포(恐怖)의 성채(城砦)
>
> 야색(夜色)
>
> 단상(斷想)

이 새로운 자료들은 하나의 완결된 텍스트라기보다는 작품 구상 단계에서 떠오른 여러 가지 상념들을 메모해 둔 것처럼 보이지만, 이상 문학의 독특한 발상법을 엿볼 수 있는 근거들을 여기에서 찾아볼 수 있다.

이어령 편 『이상 전작집』에서는 《문학사상》에서 발굴·소개했던 두 편의 소설을 추가 수록하고 있는 점도 주목된다. 《문학사상》은 조선 총독부의 공식 기관지였던 《조선(朝鮮)》에 연재한 이상의 첫 장편소설 「십이월 십이일(十二月十二日)」을 비롯하여 단편소설 「휴업(休業)과 사정(事情)」을 발굴 소개한 바 있다.* 이 새로운 작품들은 이상 소설의 원점에 해당하는 중요한 자료인데, 모두 이어령이 펴낸 전집에 수록되면

─────────────

*《문학사상》은 이상의 장편소설 「십이월 십이일(十二月十二日)」(1975. 9~12)과 단편소설 「휴업(休

서 이상 문학이 새로운 발견과 해석의 시대로 나아가는 데에 매우 중요한 여러 가지 단서들을 제공할 수 있게 된다. 이상 문학에 대한 이어령의 정리 작업은 이상 문학을 하나의 가치 규범으로 고정시킨 것이 아니라, 오히려 이상의 문학 텍스트 자체가 스스로 그 가능성을 확장할 수 있는 길을 열어 보인다. 그 결과 1970년대 이후 한국 현대문학 연구에서 이상의 텍스트는 언제나 새로운 방법론과 부딪치면서 그 빛을 발하게 된다.

이상 문학 텍스트에 대한 정리 작업은 한글 가로쓰기 방법이 일반화되기 시작한 1980년대 중반을 거치면서 새로운 틀을 요구받게 된다. 이 인쇄 환경의 변화를 적극 수용하여 가로쓰기 방식으로 바뀐 이상 문학 텍스트에 보다 깊이 있는 해설을 붙이게 된 것이 문학사상사의 『이상 문학 전집 1 시』(이승훈 편, 1989), 『이상 문학 전집 2 소설』(김윤식 편, 1991), 『이상 문학 전집 3 수필 기타』(김윤식 편, 1993) 등이다. 이 전집은 이승훈의 이상 시에 대한 새로운 해석과 김윤식의 이상 소설에 대한 비평 작업을 수용하면서 1990년대 초에 완결된다. 최근에는 김주현 편 『이상 문학 전집 1, 2, 3』(소명출판, 2005)에서 기존 텍스트의 오류를 상당 부분 바로잡음으로써 이상 문학 텍스트의 정본에 대한 관심을 새롭게 환기했다.

4

필자는 이상 문학 텍스트에 대한 정밀한 조사 대비 작업을 거쳐 『이상 전집 1 시』, 『이상 전집 2 단편소설』, 『이상 전집 3 장편소설』, 『이상 전집 4 수필 기타』(뿔, 2009)를 다시 발간한 바 있다. 이 전집에는

業)과 사정(事情)」(1977. 5)을 발굴 소개했다.

서설: 이상 문학을 어떻게 이해할 것인가?

이상의 일본어 시의 일부 번역을 고치고 원문 텍스트에 대한 상세 주석과 함께 작품 해설 노트를 붙이고 현대문 텍스트를 함께 수록했다. 전문 연구자와 일반 독자가 모두 사용할 수 있는 새로운 정본 작업을 시도했던 것이다. 각 권별 작품 수록 내용을 보면 다음과 같다.

『이상 전집 1 시』

제1부
꽃나무
이런 시(詩)
1933. 6. 1
거울
보통기념(普通紀念)
운동(運動)
오감도(烏瞰圖)
-시제1호(詩第一號)
-시제2호(詩第二號)
-시제3호(詩第三號)
-시제4호(詩第四號)
-시제5호(詩第五號)
-시제6호(詩第六號)
-시제7호(詩第七號)
-시제8호(詩第八號)
-시제9호(詩第九號)
-시제10호(詩第十號)
-시제11호(詩第十一號)
-시제12호(詩第十二號)

-시제13호(詩第十三號)

-시제14호(詩第十四號)

-시제15호(詩第十五號)

소영위제(素·榮·爲·題)

정식(正式)

지비(紙碑)

지비(紙碑) ── 어디로갔는지모르는안해

역단(易斷)

-화로(火爐)

-아침

-가정(家庭)

-역단(易斷)

-행로(行路)

가외가전(街外街傳)

명경(明鏡)

목장

위독(危篤)

-금제(禁制)

-추구(追求)

-침몰(沈歿)

-절벽(絶壁)

-백화(白晝)

-문벌(門閥)

-위치(位置)

-매춘(買春)

-생애(生涯)

-내부(內部)

서설: 이상 문학을 어떻게 이해할 것인가?

서설: 이상 문학을 어떻게 이해할 것인가?

『이상 전집 3 단편소설』

지도(地圖)의 암실(暗室)

휴업(休業)과 사정(事情)

지팡이 역사(轢死)

지주회시(鼅鼄會豕)

날개

봉별기(逢別記)

동해(童骸)

종생기(終生記)

환시기(幻視記)

실화(失花)

단발(斷髮)

김유정(金裕貞)

『이상 전집 4 수필 기타』

제1부

혈서삼태(血書三態)

산책(散策)의 가을

문학(文學)을 버리고 문화(文化)를 상상(想像)할 수 없다

산촌여정(山村餘情)

조춘점묘(早春點描)

보험(保險) 없는 화재(火災)

단지(斷指)한 처녀(處女)

차생윤회(此生輪廻)

서설: 이상 문학을 어떻게 이해할 것인가?

모색(暮色)

무제

구두

어리석은 석반(夕飯)

습작(習作) 쇼오 윈도우 수점(數點)

무제

애야(哀夜)

회한(悔恨)의 장(章)

단장(斷章)

첫 번째 방랑(放浪)

불행(不幸)한 계승(繼承)

객혈(喀血)의 아침

황(獚)의 기(記) ── 작품 제1번

작품(作品) 제3번

공포(恐怖)의 기록(記錄) 서장(序章)

공포(恐怖)의 성채(城砦)

야색(夜色)

단상(斷想)

　이 새로운 『이상 전집』을 엮으면서 필자는 이상에 관한 모든 기록을 다시 수집 정리하고 그동안 논란이 되었던 중요 기록 가운데 상당 부분을 바로잡았다. 이상의 부친 김영창(金永昌)의 제적부를 찾아내어 그동안 '김연창'으로 잘못 알려진 이름을 바로잡았고 이상의 호적 사항을 검토하면서 변동림과의 결혼이 혼인신고되지 않은 것이었음을 확인했다. 이상의 경성고등공업학교 학적부 원본을 발굴하여 그가 1929년 경성고공 건축과를 수석 졸업했다는 사실도 밝혔고, 경성고공 졸업 기념 사진첩도 그가 주도하여 직접 편집 제작한 것임을 확인했다. 이상이 학교 추천으로 조선총독부 건축과 기사로 특채된 직후 일본인 건축 기술자들로 구성된 조선건축(朝鮮建築會)의 정회원으로 입회한 사실을 밝힘으로써 그가 조선건축회 기관지였던《조선과 건축》의 표지 도안에 작품을 응모하여 1등 당선된 일이라든지 많은 일본어 시를 이 잡지에 발표하게 된 경위도 자연스럽게 확인하게 되었다. 이상이 조선공학회 임원으로 참여한 사실도 밝혔고 1931년 조선미술전람회 입선자 명단을 당시 조선총독부 관보를 통해 확인하고 거기에서 이상의 입선을 재확인했다. 이상이 '구인회'에 가입한 시기도 당시 신문 기사를 조사하여 연작시「오감도」의 연재가 중단된 후 1934년 연말이라는 것을 확인했다. 1936년 이상이 일본 동경에서 기숙했던 하숙집의 주소도 현지 조사를 통해 그동안 알려졌던 '동경 간다구(神田區) 진보초(神保町) 3정목(丁目) 101-4번지'가 잘못된 것임을 확인했다. 그는 '동경 간다구(神田區) 진보초(神保町) 3정목(丁目) 10-1번지 4호'에 하숙을 정했던 것이다. 이상이 남긴 작품 가운데에도 두 편의 시를 새로이 추가했다. 1934년 7월《조선일보》에 소개된 시「운동」과 1936년 5월 소년 잡지《가톨닉소년》에 발표한 동시「목장」을 발굴 소개했다. 그리고 이 전집에서 필자는 작품 속의 난해 어구에 이른바 '해석적 주석'을 가하여 그 독해를 도왔으며, 작품의 원문과 함께 현대 국어 표기법에 따른 텍스트를 동시에 수록했다.

필자가 새로운『이상 전집』을 꾸미면서 고심했던 것은 이상의 문학작품 가운데 양식의 경계를 구분하기 어려운 작품 텍스트들을 어떤 기준으로 분류할 것인가 하는 문제였다. 이상은 시와 소설의 영역을 동시에 넘나들면서 다양한 기법을 활용한 글쓰기를 보여 준다. 그의 문학 세계가 특정 영역에 국한되는 것이 아님을 말해 주는 특징이라고 할 수 있다. 그런데 여기에서 문제가 되는 것은 그의 작품들 가운데 일부가 작품 전집의 편자들에 의해 자의적으로 구분되고 서로 다르게 분류된 경우가 많다는 점이다. 예컨대, 김기림 편『이상 선집』에서 '수상

(隨想)'으로 분류되었던 「공포(恐怖)의 기록(記錄)」은 임종국 편 『이상 전집』과 이어령 편 『이상 수필 전작집』에서 모두 수필로 분류되었지만, 김윤식 편 『이상 전집』과 김주현 편 『이상 문학 전집』에서는 소설로 분류하고 있다. 특히 김윤식과 김주현의 경우는 임종국과 이어령이 수필로 분류했던 「불행(不幸)한 계승(繼承)」이라는 글도 함께 소설의 영역에 포함시킨다. 필자의 『이상 전집』에서는 이 작품들을 모두 산문(수필) 영역에 포함시켰다. 김기림 편 『이상 선집』에서 '수상(隨想)'으로 분류되었던 「실낙원(失樂園)」의 경우에도 임종국 편 『이상 전집』, 이어령 편 『이상 수필 전작집』, 김윤식 편 『이상 문학 전집』에서 모두 수필로 분류하고 있지만, 김주현 편 『이상 문학 전집』의 경우에는 시의 영역에 포함시켜 놓고 있다. 김주현의 경우는 그동안 수필로 분류해 온 「최저낙원(最低樂園)」이라는 글도 시의 영역에 넣고 있다. 이 작품들도 모두 새로 엮은 이상 전집에서는 산문(수필)에 포함시켰다. 문학작품의 양식적 분류법은 각각의 글에 드러나 있는 주제와 기법과 형태를 어떤 관점으로 파악하느냐에 따라 달라질 수 있다. 특히 글의 서사적 성격을 중시할 것인가 자기 고백적(혹은 회상적) 진술 방식을 중시할 것인가에 따라 그 분류 기준이 달라진다는 것은 당연한 일이다. 이상의 경우처럼 다양한 양식과 기법으로 글쓰기를 실천해 온 경우에는 이러한 문제가 야기될 수밖에 없다. 그러나 이러한 분류 방식이 객관적 기준과 면밀한 분석에 기초하지 않을 경우 연구자들의 혼란을 야기할 수 있다는 점을 지목하지 않을 수 없다.

이상의 작품 가운에는 조연현 교수가 발굴한 창작 노트의 일본어 자료들이 많다. 《현대문학》과 《문학사상》을 통해 번역 소개된 자료들을 모두 합하면 그 규모가 적지 않다. 그렇지만 이 자료들의 경우에도 일본어 원전이 공개되지 않은 채 번역된 텍스트만을 소개함으로써 집필 시기라든지 텍스트의 성격도 제대로 판단하기 어렵다. 특히 일본어 창작 노트의 글들은 대부분 습작 단계의 단상들을 기록해 둔 것이기 때문에 작품으로서의 완결성이 결여되어 있으며 그 장르적 구분도 명확하지 않다. 이러한 자료들은 생전에 발표한 작품과 동일한 층위에서 다루는 것이 적절하지 않다. 이들 작품과 자료는 모두 별도의 기준에 따라 정리될 필요가 있다. 이 새로운 발굴 자료들은 작품으로서의 완결성을 제대로 갖추지 못하고 있는 습작 단계의 초고에 불과한 것들이다. 그러므로 이들 자료들을 각각 하나의 완결된 작품처럼 인정할 수 없는 일이다. 이 자료들을 각각 마치 하나의 완성된 작품처럼 다루게 될 경우에는 문학적 텍스트의 본질을 왜곡할 우려가 있음을 주의할 필요가 있다. 그러므로 필자는 새『이상 전집』에서 이들 자료를 모두 '발굴 자료'로 묶었다.

이상의 글쓰기 영역에 포함될 수 없는 작품들이 특별한 검증이 없이 이상 작품으로 발굴 소개된 것들도 있다. 예컨대,《매일신보》에 연재된「현대미술의 요람(搖籃)」(1935. 3. 14~23)은 필자의 이름이 김해경(金海慶)으로 표시되어 있으며,《조선일보》에 4회에 걸쳐 연재(1936. 1. 24~28)된「자유주의에 대한 한 개의 구심적 경향」을 비롯한 일련의 논설은 그 필자가 송해경(宋海卿)으로 나와 있는 것들인데 이를 필자에 대한 정확한 조사가 없이 이상의 작품으로 소개한 경우도 있다.《조선과 건축》1932년 6월호부터 1933년 11월호까지의 일본어 권두언 가운데 'R'이라는 이니셜로 표시된 글들도 약간의 심증은 가지만 확정할 만한 근거가 없이 이상의 글로 소개하기도 했다. 이러한 자료들은 앞으로 면밀한 조사 작업을 거쳐 그 필자를 확정할 필요가 있기 때문에 일단 새『이상 전집』에서는 제외했다.

이상의 작품 가운데에는 1937년 이상이 세상을 떠난 후에 여러 신문과 잡지들이 유고(遺稿)로 공개한 것들이 많다. 그러나 이 작품들은 텍스트의 입수 경위나 원전의 형태 등을 전혀 알 수가 없다. 이상의 소설 가운데「환시기(幻視記)」,「실화(失花)」,「봉별기(逢別記)」,「단발(斷髮)」 등은 모두 이상의 사후에 유작의 형태로 공개된 것이며,「실낙원(失樂園)」,

「동경(東京)」 등의 산문도 모두 유고라는 이름으로 발표되기에 이른다. 「파첩(破帖)」을 비롯한 시 몇 편도 마찬가지다. 해방 이후 임종국이 펴낸 『이상 전집』에 소개된 일본어 시 「거리(距離)」, 「육친의 장(肉親の章)」 등은 그 원문과 함께 번역문이 수록되었지만 창작의 시기와 배경이 확인되지 않은 상태이다. 이들 작품은 집필 시기를 확인할 수 없기 때문에 이상 문학의 변화와 그 전체적인 성격을 판단하는 데에 어려움이 많다. 그러므로 이상 문학 연구에서는 텍스트의 성격을 밝히고 그 원전을 확정하는 작업이 여전히 중요 과제로 남아 있다. 문학 연구의 대상이 되는 텍스트의 확정은 작품의 해석과 평가에서 가장 기본적인 요건이다. 텍스트의 확정 없이는 어떤 연구도 그 객관적 기반을 확보하기 어렵다. 이상 문학 텍스트의 정리 작업이 지속되어야 하는 이유가 여기에 있다.

5

이상 문학은 한국 근대문학 가운데 대표적인 '난해문학(難解文學)'으로 지목되고 있다. 그의 문학 텍스트가 안고 있는 난해성은 그 언어에서부터 비롯된다. 이상은 사물을 보는 새로운 시각과 그 인식의 내용에 대한 새로운 명명법(命名法)에 골몰한다. 이것은 기성적인 관점을 거부하고 있다는 점에서 혁신적이며, 이미 관습화한 인식을 넘어서고자 한다는 점에서 혁명적이다. 이상 문학이 드러내는 전위성을 바로 여기에서 찾아볼 수 있다. 이상은 언어를 통해 표현되는 것을 중시하기보다 언어로 표현할 수 없는 것에 관심을 기울인다. 그는 사물에 대한 자신의 인식을 언어로 명명하기 위해 새로운 언어를 찾아낸다. 이 작업은 일상적인 언어의 질서를 파괴하고 규범을 넘어서면서 언어가 만들어 낸 의미 체계를 교란시키기도 한다. 그러므로 이상의 언어는 투쟁이라고 할 만하다. 여기에서 이상이 찾아낸 언어는 그 표현의 새로운 방법과 가치가 어떤 것인지를 말해 준다. 이상은 새로운 조어법을 실험하면서 기존의 표현법과 충돌하고 있다.

이상이 발표했던 일본어 시 가운데에는 「삼차각설계도(三次角設計圖)」, 「건축무한육면각체(建築無限六面角體)」, 「차8씨(且8氏)의 출발(出發)」 등의 난해한 제목이 붙어 있다. 국문시 가운데도 「오감도(烏瞰圖)」, 「·소·영·위·제·(·素·榮·爲·題·)」, 「매춘(買春)」, 「지비(紙碑)」와 같은 특이한 제목을 가진 작품들이 있다. 소설의 경우에도 「동해(童骸)」, 「지주회시(蜘蛛會豕)」의 경우는 그 뜻을 이해하기가 애매하다. 여기에서 '삼차각'이라는 말은 기하학이나 건축학에서도 찾아볼 수 없는 용어이다. 이러한 용어는 어디에서 비롯되었고, 그것이 무엇을 의미하는지에 대해서는 아직도 논의가 분분하다. '건축무한육면각체'라는 말에서도 '건축'이라든지 '무한'이라는 말은 그 의미를 쉽게 짐작할 수 있다. 그러나 '육면각체'라는 말은 이해하기 어렵다. '삼차각'이라는 말과 마찬가지로 기하학, 물리학, 건축학에서는 볼 수 없는 용어이다. 이 용어도 이상이 스스로 만들어 낸 말이다. 이러한 신조어들은 작품 텍스트를 보는 순간부터 독자들을 더 큰 혼란 속으로 빠져들게 한다. 특히 이들이 시적 텍스트에서 환기하는 '낯설게 하기'의 과도한 효과로 인하여 텍스트의 내적 공간으로부터 독자들을 소외시키는 경우도 적지 않다.

이상 문학의 난해성은 그 텍스트 자체의 속성과도 연관된다. 이상 문학은 음성적 요소를 시각화하기 위해 그 기호적 속성과 시각적 요소를 타이포그래피의 원리를 이용하여 공간적으로 구현한다. 그는 시적 텍스트에 동원되는 활자의 크기와 모양을 자기 방식대로 바꾸고 그 배열 자체에 띄어쓰기를 무시함으로써 특유의 시각성을 부여하고 있다. 실제로 그의 대표작 「오감도」의 경우를 보면 연재 당시 신문 지면에 크기가 다른 활자를 각각 5~6종 이상 사용하고 있다. 그리고 띄어쓰기를 무시한 행간의 조정과 행의 배열로 인하여 텍스트 자체가 신문

의 다른 기사와는 시각적으로 확연하게 구분되고 있다. 심지어는 언어
텍스트에 시각적 도형이나 도판의 삽입 등과 같은 파격적인 콜라주 기
법도 자유롭게 활용하고 있다. 이와 같은 시각적 요소의 공간적 배열
을 통해「오감도」연작은 언어의 물질성을 텍스트 공간에서 새로운 형
태로 살려 내고 있다.

인간의 언어는 직접적이며 구체적이다. 그러나 문자 기호는 이러한
구체성이나 직접성을 드러내지 못한다. 오히려 타이포그래피라는 물
질적 생산 과정을 거치면서 텍스트라는 환상을 구축한다. 시인 이상은
바로 이러한 기호 체계의 물질적 전환을 의미하는 타이포그래피의 세
계를 그의 시적 상상력에 접합시킨다. 그가 즐겨 활용하고 있는 숫자
와 기호, 글자의 변형과 크기의 조작 등은 명백하게도 어떤 함축적인
사고를 표시한다. 특히 타이포그래피를 통해 구현하고 있는 기호의 질
서, 배열, 공간 등은 모두가 하나의 독특한 글쓰기의 방법으로 활용된
다. 그리고 각각의 시 텍스트에서 언어 문자의 기호들은 타이포그래피
의 공간을 활용하여 특이한 시각 경험을 체현하고 있다. 이것은 이상
이 자주 동원하고 있는 '거울'의 이미지와도 연결되고, 이른바 '모조'
의 모티프로 발전하게 되는 것이다.

이상 문학에 있어서 그 텍스트와 언어의 관계는 본질적인 것이라
고 말할 수 있다. 이상은 자신의 문학 속에서 언어의 한계에 도전하면
서, 자신의 상상력과 특이한 정서를 구체화하기 위해 언어의 모든 가
능성을 동원한다. 그의 문학에서 표현이란 언어적인 세부 묘사를 뜻
하는 것이 아니라, 언어를 통해 그 기호가 환기하는 감각의 구체성을
드러내는 일이다. 그러므로 이상 문학의 언어는 언제나 새로운 미지
의 세계를 향해 독자들의 상상력을 자극할 수 있는 방향으로 사용된
다. 이상은 말할 수 없는 것들과 말해지는 것들 사이에서 야기되는 아
이러니를 놓치지 않는다. 그는 언어가 본질에서 벗어나 하나의 수단으
로 소모되는 현실에 대하여 저항한다. 현실의 불행에 빠져들어 거기에

서설: 이상 문학을 어떻게 이해할 것인가?

혐오를 드러내는 일은 누구에게나 가능하다. 그러나 그 환멸의 언어를 통해 표현하는 삶의 권태는 이상에게 있어서만 가능했던 일이다.

6

이상 문학의 등장은 한국문학에서 분명 하나의 충격이다. 이러한 충격은 이미 널리 퍼져 있는 양식에 대한 반동에서 온다. 이상은 사물의 외관의 무의미성을 강조하면서 상상력의 하부 구조를 열어 가기 위해 노력한다. 그의 문학에서는 조각이나 부분이 전체를 대신하며, 한정되어 있는 전체보다는 단절되어 있는 부분과 부러진 조각에서 어떤 의미를 느낀다. 구속이 없는 자유, 자유로운 감각, 질서에 대한 충동의 우위, 상상력의 해방, 이런 것들이 오늘날까지도 이상 문학에 관심을 지니게 만드는 요인일 것이다. 이상 문학은 어떤 궁극적인 해답을 제시하는 것이 아니다. 그는 누구보다 먼저 인간의 존재에 대해 심각하게 질문했고, 현상과 본질의 대립, 부분과 전체의 부조화를 문제 삼았던 것이다.

이상 문학은 어떤 출발이라든지 어떤 결말을 보여 주는 과정 자체를 거부한다. 그의 작품들은 여러 가지 방식으로 기존의 텍스트를 패러디하고 변형시키면서 텍스트의 중요한 자질을 서로 공유하고 있는 경우가 많다. 그러므로 그의 문학은 텍스트의 성격을 정확하게 파악하고 상호간의 내적 연관성을 제대로 해명하는 일이 무엇보다도 중요하다. 이상 문학에 대한 비평적 논의에서 아직도 제대로 해결하지 못한 문제가 적지 않다.

첫째, 원전의 불확정성이다. 문학 연구의 대상이 되는 텍스트의 확정은 작품의 해석과 평가에서 가장 기본이 되는 요소이다. 텍스트의 확정 없이는 어떤 연구도 그 객관적 기반을 확보하기 어렵다. 이상 문학작품에 대한 일차적인 정리 작업은 어느 정도 완결된 수준에 이르렀지만 아직도 이상의 시와 소설 가운데에는 그 의미를 제대로 밝히지 못한 난해 구절들이 적지 않다. 특히 그가 발표한 일본어 작품들은 비슷한 내용의 한국어 작품과 정밀한 대조가 필요하다. 이러한 일차적인 작품 정리와 해석의 미비로 인하여 이상 문학의 원전은 아직도 확정되지 못한 것들이 많다.

둘째, 작품 해석의 자의성이다. 이상 문학 연구에서는 작품에 대한 해석의 자의성과 비약이 오히려 작품 자체의 난해성을 더욱 부추기고 있는 경우도 많다. 문학작품의 해석은 텍스트의 올바른 해독이 이루어져야만 가능하다. 이상의 시와 소설은 텍스트 자체의 질서와 논리를 지니고 있기 때문에 그 질서와 논리에서 벗어나는 경우 텍스트를 잘못 읽거나 잘못 해석할 가능성이 높다. 있는 그대로의 텍스트를 놓고 의미의 왜곡과 과장이 없는 치밀한 분석과 객관적 해석이 필요하다.

셋째, 이상 개인의 삶에 대한 신비화 현상이다. 이상의 짧은 생애에서 볼 수 있는 온갖 우여곡절은 정확한 사실 관계를 제대로 확인할 수 없는 것들이 많다. 그의 문학에 대한 객관적인 평가를 위해서도 역사적 사실로서의 개인사의 치밀한 복원이 시급한 실정이다.

이상 문학에 대한 비평적 논의는 여전히 현재진행형이다. 그가 관심을 기울였던 다채로운 글쓰기 방법도 여전히 논란의 대상이 되고 있다. 그의 작품들은 텍스트의 모든 영역이 서로 밀접하게 연결되면서 동시적 질서를 형성하고 있다. 그리고 당대적 현실에서 문제가 되었던 삶과 그 모더니티의 문제를 놓고 서로 얽혀 있다. 그러므로 텍스트 상호 간의 내적 연관성을 제대로 해명하고 그 맥락을 전체적으로 파악하는 일이 무엇보다도 중요하다. 이것은 '해석의 과잉'에 빠져들어 있는 이상 연구의 방향을 바로잡기 위해서도 반드시 필요한 일이다.

◆

1부

◆ 이상의 출생과 성장 과정

이상 혹은 김해경

이상(李箱)의 본명은 김해경(金海卿)이다. 하지만 김해경이라는 이름은 대부분의 문학 사전 표제어에서 빠져 있다. 이상이라는 필명이 그대로 등재되어 있기 때문이다. 이상은 1910년 김해경으로 태어났지만 소년기를 벗어나면서 이상이라는 이름으로 살았다. 그리고 1937년 세상을 떠난 후 지금까지도 그는 이상이라는 이름으로 기억되고 있다.

이상의 짧은 생애는 극적인 변화로 이어진다. 삶의 모든 가능성을 보여 주는 그의 개인적 성장 과정과 문단 활동은 객관적으로 서술되기보다는 오히려 과장되거나 왜곡된 경우가 많다. 특히 그의 특이한 행적과 문단 진출 과정은 사실적인 설명보다 문단의 뒷이야기처럼 전해진 경우가 허다하다. 그의 결핵 투병 과정과 여성 편력 그리고 동경에서의 죽음조차도 일종의 일화처럼 취급되기도 했고 그의 삶을 신비화하는 경향도 나타났다. 그러므로 이상의 삶은 명확한 사실의 규명이 없이 어물쩍 넘어가면서 생겨난 모호성으로 인하여 더욱 미궁에 빠져들었다.

이상의 출생과 성장 과정에 대해서는 여러 가지 주장이 서로 엇갈린다. 이상이 자신의 삶의 과정을 돌아보면서 그 음울의 시대를 반추하는 장면은 그의 사후에 유고의 형식으로 소개된 「슬픈 이야기 — 어

떤 두 주일 동안」(《조광(朝光)》, 1937. 6)이라는 글에 잔잔하게 서술되어
있다.

　　나는 팔장을 끼고 오래동안 잊어버렸든 우두 자죽을 맨저보았읍니
다. 우리 어머니도 우리 아버지도 다 얽으셨읍니다. 그분들은 다 마음이
착하십니다. 우리 아버지는 손톱이 일곱밖에 없읍니다. 宮內部活版所에
단이실 적에 손까락 셋을 두 번에 잘니우셨읍니다. 우리 어머니는 生日
도 일음도 몰으십니다. 맨처음부터 친정이 없는 까닭입니다. 나는 外家
집 있는 사람이 퍽 부럽습니다. 그러나 우리 아버지는 장모 있는 사람
을 부러워하시지는 않으십니다. 나는 그분들께 돈을 갖다들인 일도 없
고 엿을 사다 들인 일도 없고 또 한번도 절을 해 본 일도 없읍니다. 그분
들이 내게 經濟靴를 사 주시면 나는 그것을 신고 그분들이 몰으는 골목
길로만 단여서 다 해뜨려 버렸읍니다. 그분들이 月謝金을 주시면 나는
그분들이 못알아보시는 글字만을 골나서 배웠읍니다. 그랬것만 한 번도
나를 사살하신 일이 없읍니다. 젓 떨어저서 나갔다가 二十三年 만에 돌
아와 보았드니 如前히 가난하게들 사십디다. 어머니는 내 다님과 허리
띄를 접어 주섰읍니다. 아버지는 내 모자와 洋服저고리를 걸기 爲한 못
을 박으섰읍니다. 동생도 다 자랐고 망내누이도 새악시꼴이 단단이 백
였읍니다. 그렇것만 나는 돈을 벌 줄 몰읍니다. 어떻게 하면 돈을 버나
요 못 법니다. 못 법니다.
　　동무도 없어젔읍니다. 내게는 어룬도 없읍니다. 버릇도 없읍니다. 뚝
심도 없읍니다. 손이 내 뺨을 만집니다. 남의 손같이 차듸차구나 ―「무
슨 생각을 그렇게 하시나요 ― 이렇게 야왰는데」 母體가 亡하려 드는
氣色을 알아채렸나 봅니다. 여내 慰問이 끊지지 않습니다. 그러면 무얼
하나 ― 속절없지 ― 내 마음은 버얼서 내 마음 最後의 財産이든 記事들
까지도 몰내 다 내다버렸읍니다. 藥 한 봉지와 물 한 보새기가 남아 있
읍니다. 어느 날이고 밤 깊이 너이들이 잠든 틈을 타서 살작 亡하리라

그 생각이 하나 적혀 있을 뿐입니다. 우리 어머니 아버지께는 告하지 않고 우리 친구들께는 電話 걸지 않고 — 棄兒하듯이 亡하렵니다.*

이 짤막한 인용 속에 이상의 가족과 가난한 삶의 내력이 비교적 소상하게 드러나 있다. 이상은 "젖 떨어져서 나갔다가 23년 만에 돌아와 보았더니 여전히 가난하게들 사십디다."라고 그 정황을 설명한다. 이상은 세 살이 지난 뒤부터 큰집에서 양자처럼 키워졌다. 이상을 낳은 아버지는 궁내부 활판소에서 일하다 손가락 셋을 잃었고 가난한 살림을 꾸리던 이 가정의 어른들은 돌 지난 아들을 큰집으로 보내 버렸던 것이다. 그 뒤 23년이 지나 그는 다시 친부모 곁으로 돌아왔다.

이상의 출생과 그 성장 과정을 가장 먼저 정리 소개한 것은 김기림이다. 그가 펴낸 『이상 선집』의 부록에 소개된 '이상 연보'에는 이상이 1910년 8월 20일 경성부 통인동 154번지에서 김연창(金演昌) 씨의 장남으로 태어난 것으로 기록되어 있다. 이 기록 내용은 임종국이 편집한 『이상 전집』에도 그대로 이어진다. 『이상 전집』 '제3권' 권말에 붙어 있는 '이상 약전'(315쪽)에는 "1910년(1세) 경성부 통인동 154번지에서 출생.(음 8월 20일 卯時) 본명 김해경(金海卿). 부 김연창(金演昌) 모 박세창(朴世昌). 장남. 본관 강릉(江陵)."이라고 밝혀 놓고 있다. 여기에서 이상의 출생일인 1910년 8월 20일이 음력 날짜임이 처음 밝혀졌고, 모친의 성함이 박세창이라는 사실도 새로 추가되고 있다.

그런데 이어령 편 『이상 소설 전작집 1』에서는 이상의 가족 관계에 관한 구체적인 사실들을 좀 더 소상하게 설명하고 있다.

이상은 1910년 9월 23일(음 8월 20일) 오전 6시경에 서울 사직동의 이발소 집에서 출생했다. 공문서와 기타 서류에 나타나는 그의 본적지

---

* 이상, 「슬픈 이야기」, 《조광》, 1937. 6, 258쪽.

◆ 이상의 출생과 성장 과정

는 경성부 통동(1936년경에는 통인동으로 개칭됨) 154번지이다. 이 통동 집은 이상의 10대조 때부터 살던 집인데 그의 출생 당시는 조부 김병복(金炳福)이 가장이었다. 이상은 본관이 강릉인 부 김연창(金演昌)과 모 박세창(朴世昌) 사이에서 장남으로 출생했다. (중략) 이상의 증조부 김학준은 고종 때에 도정(都正)이라는 정삼품 벼슬을 지냈다. 조부 김병복은 어떤 일에 종사했는지는 알 수 없으나 통동 집에서 부족함 없이 살았다. 이상은 어려서부터 조부와 조모의 품에서 자랐는데 조부 사망 이후에는 백부 김연필(金演弼)의 보호 아래 성장하였다. 백부의 양자였다는 설은 틀린 것이다.

이 기록은 임종국 편 『이상 전집』에서 밝힌 이상의 출생 사항을 그대로 따르고 있지만 그 가족 관계에 관한 여러 가지 사실을 상당 부분 새롭게 밝혀 놓고 있다. 이상의 증조부 김학준, 조부 김병복, 부친 김연창과 모친 박세창, 백부 김연필 등 가계의 중요 인물들이 이 기록을 통해 알려졌다. 이상의 출생일을 양력으로 환산하여 1910년 9월 23일로 밝힌 것도 이 기록에서부터라고 할 수 있다. 특히 주목되는 것은 이상이 백부 김연필의 양자였다고 세간에 알려져 있던 사실을 잘못된 것으로 지적한 점이다. 하지만 이 같은 내용이 어떤 자료에 근거한 것인지를 밝히지 않았다.

김윤식의 『이상 연구』(문학사상사, 1987)의 '이상 연보'(390~394쪽)를 보면 다음과 같은 새로운 사실들이 추가되어 있다.

1910
강릉 김씨 김석호의 차자 김영창(27세)과 부인 박세창 사이의 장남으로 김해경 태어남.
출생지- 경성부 북부 순화방 반정동 4통 6호
집안의 어른은 백부 김연필(김석호의 장자)로서 구한말 총독부 기술직에 종사한 전형적인 서울 중산층임.

김영창은 노동 이발업 등에 종사하다 1937년 4월 16일 이상보다 하루 먼저 사망함.

박세창은 고아 출신인 듯함.

김연필의 소생이 없는 때여서 조카의 탄생은 집안의 경사인 것으로 보임. 세 살 때 양자 격으로 데려감.

1912
백부 김연필의 집으로 양자로 감.(호적상에서는 양자가 아님)
백부 집은 경성부 통인동 154번지이며 이상은 이곳에서 백부 사망 때(1932. 5. 7)까지 지냄.

앞의 인용에서 볼 수 있는 것처럼 이 책은 이상의 출생과 관련하여 기왕에 알려진 것과는 다른 몇 가지 사실을 새로이 밝혀내고 있다. 이상은 강릉 김씨 김석호(金錫鎬)의 차자인 김영창(金永昌)과 부인 박세창(朴世昌) 사이에서 장남으로 태어났으며, 출생지는 경성부 북부 순화방 반정동 4통 6호라는 점이다. 이상의 부친의 이름을 김영창으로 표시했고, 조부의 이름이 김석호라고 밝히고 있으며, 경성부 통동 154번지로 알려졌던 출생지도 경성부 북부 순화방 반정동 4통 6호로 고쳐 놓은 것을 알 수 있다.

이처럼 이상의 출생 관련 사항은 중요한 연구서마다 각각 조금씩 서로 다른 정보를 제공하고 있다. 게다가 새로운 사실 내용을 밝히고 있는 경우 그것이 어떤 문서에 근거한 것인지를 밝히지 않았기 때문에 이상은 그 생애를 말해 주는 출생에 관한 기본 자료에서부터 연구자들 사이에 서로 다른 정보에 의존하게 되었다. 이상의 부친이 김연창 혹은 김영창으로 기록되고 있으며, 조부의 경우에도 김병복 혹은 김석호로 달리 소개되었다. 더구나 이상의 출생지 역시 본적인 경성부 통동

◆ 이상의 출생과 성장 과정

154번지 또는 경성부 북부 순화방 반정동 4통 6호로 각각 다르게 알려졌던 것이다.

이상의 호적 사항

이상의 출생과 사망에 관한 모든 사실이 공식적으로 기록 보존된 것은 그의 호적부다. 지금은 법률이 바뀌었지만 호적부가 출생과 가족 관계에 대한 공식적인 기록으로 효력을 갖는다. 필자는 2010년 2월 종로구청 민원실의 도움으로 (1) 이상의 백부 김연필의 호적부의 제적(除籍) 등본 (2) 이상의 부친 김영창의 제적 등본을 모두 찾아냈다. 이 자료를 통해 이상의 출생과 가족 관계를 정리해 보면 다음과 같다.

먼저 부친 김영창의 제적 등본을 정리하기로 한다.

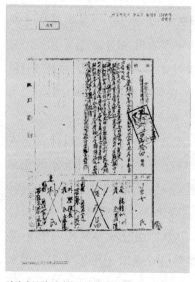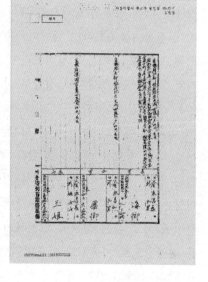

이상의 부친 김영창의 제적 등본

본적: 경기도 경성부 통인정 154번지

전 호주: 강(姜) 씨

호주: 김영창(金永昌)
부 김석호(金錫鎬), 모 최(崔) 씨의 2남, 본관 강릉
출생 개국 493년(명치 17년, 1884년) 8월 17일
전 호주 양조모(養祖母) 강 씨 사망으로 인하여 대정 2년(1913년) 11월
3일 호주가 됨.
대정 2년 11월 5일 호주 변경신고에 의하여 변경.
소화 11년(1936년) 4월 1일 토지 명칭 변경으로 인하여 본적난 중 통
동을 통인정으로 경정.
소화 12년(1937년) 4월 16일 오전 10시 경성부 통인정 70번지에서
사망 동거자 김운경 계출 동년 7월 6일 수부.
소화 13년(1938년) 1월 26일 김운경 호주 상속 계출로 인하여 본 호
적으로 말소.
서기 1947년 12월 13일 화재 소실로 1962년 12월 31일 본호적으로
재제.

처: 박(朴) 씨
부 박학준(朴學俊), 모 최(崔) 씨의 3녀, 본관 밀양
출생 개국 496년(명치 20년, 1887년) 12월 15일

고모: 김성녀(金姓女)
부 김학교(金學敎), 모 강 씨의 장녀, 본관 강릉
출생 개국 412년(문구 3년, 1863년) 9월 11일

◆ 이상의 출생과 성장 과정

내종재(內從弟): 이재우(李載雨)

부 이명수(李明洙), 모 김성녀의 장남

출생 개국 500년(명치 24년) 12월 15일

재우(載雨) 처: 이무이(李戊伊)

부 이학신(李學信), 모 김낙이(金樂伊)의 장녀, 본관 덕수

출생 개국 502년(명치 26년) 9월 7일생

대정 6년 11월 8일 인천부 황등천면(黃等川面) 6리 통3호 이경희 손

녀로 혼인.

장남: 김해경(金海卿)

부 김영창, 모 박 씨의 장남

출생 명치 43년(1910년) 8월 20일

경성부 북부(北部) 순화방(順化坊) 반정동(半井洞) 4통 6호에서 출생

소화 12년(1937년) 4월 17일 오후 12시 25분 東京市 本鄕區 富士町

1번지 동경제국대학 의학부 부의원(附醫院)에서 사망. 동거자 변동림(卞

東琳) 계출 동월 22일 수부.

2남: 김운경(金雲卿)

부 김영창, 모 박 씨의 2남

출생 대정 2년(1913년) 6월 29일

경성부 북부 순화방 반정동 4통 6호에서 출생

장녀: 김옥희(金玉姬)

부 김영창, 모 박성녀의 장녀

출생 대정 5년(1916년) 11월 28일

경성부 통동 154번지에서 출생

앞에 정리해 놓은 제적 등본의 기재 사항을 근거로 먼저 이상에 관한 사실을 정리하기로 한다. 이상의 부친은 김영창(金永昌)이며, 모친은 박 씨이다. 이 기록에 따라 이상의 부친은 김연창(金演昌)이 아니라 김영창으로 바로잡을 필요가 있다. 김영창은 강릉 김씨 김석호(金錫鎬)의 차남으로 1884년 8월 17일 생으로 표시되어 있다. 이상의 모친 박씨의 이름은 박세창으로 알려져 있지만 앞의 제적부에는 '박 씨' 또는 '박성녀(朴姓女)'로 표시되어 있다. 이름이 분명하지 않았기 때문에 제대로 표기하지 못했음을 말해 준다. 이 기록에 따라 모친의 성함도 근거가 불분명한 '박세창'을 버리고 '박 씨' 또는 '박성녀'로 바로잡아야 한다. 김영창이 박 씨와 결혼한 내용은 제적부의 사유란에 표기되어 있지 않지만 두 사람 사이에는 2남 1녀의 소생을 두었다.

이상(본명 金海卿)은 김영창과 박 씨 사이의 장남으로 명치 43년(1910년) 8월 20일 경성부 북부(北部) 순화방(順化坊) 반정동(半井洞) 4통 6호에서 출생했으며, 1937년 4월 17일 오후 12시 25분 동경시 본향구(本鄕區) 부사정(富士町) 1번지 동경제국대학 의학부 부의원(附醫院)에서 사망했다. 이상은 1936년 6월 변동림(卞東琳)과 결혼했지만 호적상에는 결혼 사유가 표시되어 있지 않다. 정식으로 혼인신고를 하지 않았던 것이다. 사망신고는 동거자 변동림에 의해 계출되어 동월 22일 접수되었다고 기록되어 있다. 2남 김운경(金雲卿)은 대정 2년(1913년) 6월 29일생이고, 장녀 김옥희(金玉姬)는 대정 5년(1916년) 11월 28일생이다. 이상의 동생 운경의 경우에도 호적부에는 결혼 사유가 없다. 김옥희는 평안북도 선천군 심천면(深川面) 고군영동(古軍營洞) 713번지 문병준(文炳俊)과 1942년 6월 5일 혼인 신고했으며, 동월 29일 제적되었다. 김옥희의 회고(「나의 오빠 이상」)에 따르면 김운경은 1950년 한국전쟁 당시 월북했으며, 김운경의 호적은 2008년 규정에 따라 말소 처분되었다.

이상의 부친인 김영창의 제적부에 기록된 사유를 자세히 검토해 보면 호주 상속 과정에 특이 사항이 드러난다. 일반적으로 차남은 결혼 후에 전 호주의 호적에서 분가되어 새로운 호주가 된다. 그러나 김영창의 경우는 결혼 후에 그의 형인 김연필의 호적에서 분가하여 새로운 호주가 된 것이 아니다. 그는 양조부(養祖父) 김학교(金學敎)의 후사로 입양되어 그 가계를 이었던 것이다. 이 과정에 대해서는 좀 더 정확한 사실 관계의 확인이 필요하지만 더 이상의 기록 내용을 찾을 수 없다. 이 제적부의 기록에 따라 추정해 보면 이상의 증조부(曾祖父) 김학준은 아우 김학교와 형제지간이었다. 김학교는 이상에게는 종증조부에 해당한다. 김학준의 경우는 아들 하나를 두었는데 그가 바로 이상의 조부인 김병복(金秉福)이다. 김병복의 소생인 두 아들이 이상의 백부인 김연필과 친부 김영창이다. 그러나 종증조부인 김학교는 딸 하나만을 두게 되어 후사를 이어 갈 수 없게 된다. 이런 연고로 이상의 부친 김영창은 김학교의 처인 강 씨(김영창의 양조모)가 세상을 떠난 후 대정 2년(1913년) 11월 3일 호주를 승계하여 종증조부의 가계를 잇게 된다. 결국 이상의 부친인 김영창이 종조부(從祖父)인 김학교의 양손(養孫)으로 그 호주를 승계한 셈이다. 이상의 나이가 네 살이 되던 해의 일이다.

이상의 백부 김연필의 제적부에 기록된 사항을 정리해 보면 다음과 같다.

> 본적: 경기도 경성부 다옥정(茶屋町) 135
> 경성부 사직동(社稷洞) 165번지
> 경성부 통동(通洞) 114번지의 1
>
> 전 호주: 김병복(金秉福)
> 호주: 김연필(金演弼)
> 부 김병복, 모 최 씨의 장남, 본관 강릉
> 출생 명치 15년(1883년) 12월 3일

전 호주 김병복 사망으로 인하여 대정 3년(1914년) 11월 17일 호주로 됨.

대정 3년 11월 15일 호주 변경 대정 4년 2월 25일 경성부 통동 154번지로부터 이거.

대정 5년(1916년) 7월 17일 경기도 경성부 다옥정 135번지로부터 이거.

경성부 통동 154번지에 호적 계출 소화 6년(1931년) 2월 2일 수부.

소화 6년 2월 7일 토지 분할 지번 변경으로 본적난 중 통동 154번지 동번지 1로 변경함. 소화 7년(1932년) 5월 7일 오후 2시 경성부 통동 154에서 사망 동거자 김문경 계출. 동월 11일 수부. 소화 7년 8월 4일 김문경 호주 상속 계출로 인하여 본 호적을 말소함.

서기 1947년 11월 13일 화재로 인하여 소실. 서기 1963년 12월 31일 본호적을 편제.

모: 최 씨
부 최진우(崔鎭禹), 모 강 씨의 장녀, 본관 경주
출생 안정(安政) 2년(1855년) 12월 6일

처: 김영숙(金英淑)
부 김준병(金準柄), 모 김 씨 의 3녀. 본관 김해
출생 명치 24년(1892년) 8월 9일
평안북도(平安北道) 자성군(慈城郡) 자하면(慈下面) 송암리(松岩里) 382번지 호주 김준병 3녀 명치 40년(1908년) 9월 10일 혼인으로 인하여 입적.

대정 15년(1926년) 7월 14일 경성지방법원의 허가 재판으로 인하여 취적계출 동월 23일 수부.

장남: 김문경(金汶卿)
부 김연필, 모 김영숙의 장남

출생 대정 원년(1912년) 11월 11일

경성부 통동 154번지에서 출생 김연필 계출 대정 15년 7월 23일자
호적 입적.

　김연필은 부 김병복(金秉福)과 모 최 씨 사이에서 명치 15년(1883년)
12월 3일 장남으로 태어났다. 1914년 김병복의 사망으로 호주를 상속
받았고, 본적은 경성부 통동 154번지이다. 1932년 5월 7일 경성부 통
동 154에서 사망했으며, 이해 8월 4일 아들 김문경이 호주를 상속하였
다. 김연필의 처인 김영숙(金英淑)은 평안북도(平安北道) 자성군(慈城郡)
자하면(慈下面) 송암리(松岩里) 382번지 부 김준병(金準柄)과 모 김씨의
3녀로 명치 24년(1892년) 8월 9일에 태어났다. 그런데 김연필의 처로
입적하게 된 것은 대정 15년(1926년) 7월 14일 경성지방법원의 허가
재판으로 인하여 취적했다고 기록하고 있다. 그리고 이들 사이에 장남
으로 태어난 김문경(金汶卿)의 경우 대정 원년(1912년) 11월 11일 경성
부 통동 154번지에서 출생했다고 기록되어 있지만 실제로 호적에 입
적한 것은 대정 15년(1926년) 7월 23일자임을 확인할 수 있다. 모친 김
영숙이 재판에 의해 취적 허가를 받은 후에 그 아들 김문경이 호적에
입적했다는 사실을 미루어 알 수 있다.
　그런데 이 공식 문건인 제적 등본에도 이해하기 어려운 특이 사항
이 하나 있다. 이상의 부친인 김영창과 백부 김연필의 출생란에 기재
된 부친(이상의 조부)의 성명이 서로 다르게 표기되어 있는 것이다. 이
상의 친부인 김영창은 부 김석호(金錫鎬)와 모 최(崔) 씨 사이에서 명
치 17년 1884년 8월 17일 차남으로 태어났다는 사실을 확인할 수 있
다. 이상의 백부 김연필은 부 김병복(金秉福)과 모 최씨 사이에서 명
치 15년(1883년) 12월 3일에 장남으로 태어난 것으로 기재되어 있다.
김영창과 김연필은 나이가 한 살 차이를 보이는데, 형제지간임에도 불
구하고 그 부친의 성함이 서로 다르다. 이러한 이유 때문에 이 제적부

등본의 기록이 신뢰할 수 있는 것인지에 대한 의문이 제기될 수 있다. 물론 다음과 같은 사실을 가정해 볼 수도 있다. 김석호가 김병복으로 개명했을 가능성을 들 수 있는데, 이 경우 김병복과 김석호는 동일 인물이어야 한다. 이 제적 등본의 기재 내용이 재편 과정에서 나온 오기일 가능성도 배제할 수 없다. 화재 멸실 등의 이유로 호적을 재편하는 과정에서 이름을 오기했을 가능성이 있기 때문이다. 앞의 제적부 등본의 기록 내용을 통해 이상의 가계를 도식으로 그려 보면 다음과 같다.

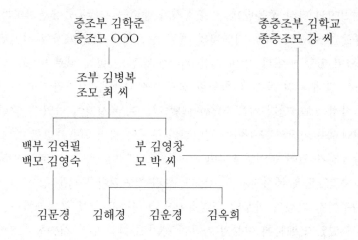

이상의 출생지와 성장 과정

이상의 출생 과정을 확인해 볼 수 있는 공식 자료는 그의 부친 김영창의 제적 등본이 유일하다. 여기에는 이상이 1910년 8월 20일 경성부 북부(北部) 순화방(順化坊) 반정동(半井洞) 4통 6호에서 출생한 것으로 기록되어 있다. 그런데 1910년대 초기에 나온 '경성부시가도(京城府市街圖)'(1911년·서울중앙도서관 소장)와 '경성부시가강계도(京城府市街疆界圖)'(1914년·서울역사박물관 소장)를 조사한 결과 경성부 통인동 154

번지와 경성부 북부 순화방 반정동 4통 6호가 동일 지역이라는 것이 보도된 바 있다.* 이 두 지도에 표시된 반정동(半井洞)은 옥류동천과 백운동천이 합류하는 지점으로 지번상으로 통인동 154번지였다는 것이다. 통인동 154번지는 이상의 본적지이며 백부 김연필의 주소지이다. 호주 제도와 호적부가 만들어졌던 시기에는 출생지를 호적부의 본적 그대로 표시하는 일이 많았기 때문에 이상의 경우도 그런 관행을 따라 본적지를 출생지로 표시했던 것으로 보인다. 이런 사실로 비추어 반정동이 이상의 출생지가 될 수 없다는 주장이 가능해졌다.

여기에서 다시 주목받게 된 주소지가 종로구 사직동 165번지이다. 이 주소는 이상의 백부 김연필의 제적 등본에 1917년까지 본적지로 표시되어 있던 곳이다. 앞의 신문 기사에서 밝힌 바에 따르면 1917년 '경성부 관내 지적 목록'을 확인한 결과 이상의 백부 김연필이 1917년까지 사직동 165번지 가옥을 소유했던 것으로 표시되어 있었다. 그런데 김연필이 이상의 조부이자 김연필의 부친인 김병복이 사망한 후 호주 상속자가 되어 통인동 154번지(이상의 조부 김병복의 소유)로 이주하면서 자연스럽게 본적지가 바뀌었다. 한편 김연필이 사직동 집을 이상의 생부이자 자신의 아우인 김영창에게 물려주고 그를 분가시켰다는 증언도 있었기 때문에 이상의 가족이 분가해 나간 집이 사직동 165번지임을 미루어 짐작할 수 있다. 이상은 분가해 나온 사직동 165번지에서 태어난 것으로 생각된다.

이상이 태어난 후 1913년 둘째 아들인 김운경이 태어났다. 이후 백부 김연필은 장조카인 이상을 양자(養子)처럼 자기 집에 데려다가 키우게 되었다. 이상의 누이동생 김옥희 씨가 쓴 「오빠 이상」(《신동아》, 1964. 12)을 보면 이상의 출생과 성장 과정에 얽힌 몇 가지 사실을 분명히 확인할 수 있다.

---

* 「「날개」 작가 이상 출생지 찾았다」, 《경향신문》, 2013. 6. 29.

오빠와 나의 연차(年差)는 6년, 어느 가정 같으면 사생활의 저변까지 살살이 알 수 있는 사이겠습니다마는 우리는 그렇지가 못했습니다. 그 것은 작은오빠 운경(雲卿)도 아마 그러할 것입니다.(작은오빠는 통신사 기자로 있다가 6·25 때 납북됨) 왜냐하면 큰오빠는 세 살 적부터 우리 큰아버지 김연필(金演弼) 씨 댁에 가서 살았기 때문입니다. 그러므로 큰오빠의 어린 시절 이야기는 지금도 생존해 계시는 큰댁 큰어머님이나 또 우리 어머님(이상의 생모)에게 들어서 알 뿐입니다.

오빠 이야기만 나오면 눈시울에 손이 가시는 어머님—의지 없으시어 지금까지 내가 모시고 있는—께 들은 오빠의 성장에 대한 이야기부터 적기로 하겠습니다.

오빠의 생활은 어쩌면 세 살 적 큰아버지 댁으로 간 일부터가 잘못이었는지 모릅니다. 「공포의 기록」이란 글에서 "그동안 나는 나의 性格의 序幕을 닫아 버렸다"고 말한 것처럼, 오빠의 성격을 서막부터 어두운 것으로 채워 준 사람은 우리의 큰어머니였다고 집안에서들은 다 그렇게 생각하고 있습니다.

처음 공업학교 계통의 교원으로 계시다가 나중엔 총독부 기술직으로 계셨던 큰아버지 김연필 씨는, 슬하에 자식이 없었기 때문에 큰오빠를 양자 삼아 데려다 길렀던 것입니다. 그런데 자식을 보겠다고 안간힘을 쓰시던 큰어머니께 작은오빠가 생겼으니 큰오빠의 존재가 마땅치 않은 것은 너무도 당연한 일입니다.

앞의 인용에서 밝히듯이 백부 김연필은 이상의 성장 과정에서 가장 큰 영향을 미친 인물이다. 그는 상공업에 종사하면서 재산을 모았고 조선총독부 하위직 관리로 일했다. 그의 백부에 관한 이야기는 이상의 누이동생 김옥희 씨의 증언이 신뢰할 만하다. 백부 김연필이 공업학교 계통의 교원으로 근무하다가 뒤에 총독부 기술직으로 일했다는 것은 이상의 경성고등공업학교 학적부를 통해서도 확인된다. 학적

◆ 이상의 출생과 성장 과정

부의 '보증인'란에 이름이 올라 있는 김연필은 이상이 경성고공 입학 당시 '조선총독부 관리(官吏)'로 기재되어 있다. 김연필에게 자식이 없었기 때문에 이상을 양자 삼아 데려다 키웠다는 김옥희의 증언도 사실 그대로다. 이상이 백부 김연필의 양자였다는 세간의 이야기가 모두 이 같은 사정에서 비롯된 것임을 알 수 있다. 그런데 "자식을 보겠다고 안간힘을 쓰시던 큰어머니께 작은오빠가 생겼으니 큰오빠의 존재가 마땅치 않은 것은 너무도 당연한 일"이었다고 밝힌 부분이 주목된다. 김옥희의 증언 속에 양자처럼 데려다 키운 이상을 둘러싸고 가족 간의 갈등이 있었음을 암시하고 있기 때문이다.

김연필의 가족 관계에 관한 공식적인 기록은 그의 제적 등본에 기재된 사실이 전부다. 그런데 최근에 필자는 대한제국 관보를 뒤지다 우연히도 김연필에 관한 기록을 하나 찾았다. 융희(隆熙) 3년 1909년 5월 26일자 관보의 '휘보' 가운데 '학사'란에 당시 관립 공업전습소(工業專習所)의 제1회 졸업생 명단 "金工科 專攻生 七人 金演弼 朴永鎭 李容薰 洪世煥 崔天弼 鄭致爕 李宗泰"의 맨 앞에 김연필이라는 이름이 적혀 있다. 관립 공업전습소는 대한제국이 설립한 농상공학교(1904년)에서 그 역사가 시작된다. 이 학교가 1906년 8월에 농과는 수원농림학교, 공업과는 관립 공업전습소로 분리되었다. 공업전습소는 1907년에 「관립공업전습소 규칙」에 의거하여 한성부 동서 이화동에 설립되었는데 토목과, 염직과, 도기과(陶器科), 금공과(金工科), 목공과, 응용화학과, 토목과를 두었다. 공업전습소는 실제 업무에 종사할 기술자를 양성하는 것을 주요 목표로 하여 보통학교나 소학교 졸업자들에게 입학 자격을 부여했으며, 그 수업 연한은 2년이었다. 1912년 조선총독부 중앙시험소가 설립되면서 시험소의 부설 공업전습소로 귀속되었으며, 1916년 4월 「조선총독부 전문학교 관제」에 따라 경성공업전문학교가 설립되면서 기존의 공업전습소는 학교의 부속기관으로 흡수되었다. 1922년 3월 「조선총독부 제학교 관제」가 공포되자 경성공업전문학교가 경성고등공업학교로 개편되었다. 관립 공업전습소의 제1회 졸업생 명단에 포함되어 있는 김연필이 이상의 백부 김연필과 동일 인물이라는 사실은 "공업학교 계통의 교원으로 계시다가 나중엔 총독부 기술직으로 계셨던 큰아버지 김연필 씨"라는 김옥희의 증언을 통해 추측해 볼 수 있는 일이다. 특히 이상의 경성고공 입학이 백부의 뜻에 따른 것이었다는 점은 공업전습소 출신이었던 김연필의 경력으로 미루어 충분히 납득할 수 있는 일이다.

김옥희의 증언대로 김연필은 본처(기록상으로는 전혀 드러나지 않음)와의 사이에 소생이 없었다. 강릉 김씨 양반을 자처하던 집안 장손의 후대가 끊어지게 되자 김연필은 아우 김영창의 장남 김해경(이상)으로 하여금 자신의 후사를 이어 가게 할 계획을 세웠다. 그의 아우인 김영창이 둘째 아들 운경을 낳은 데다가 마침 종조부 김학교의 양손으로 입적하여 호주를 상속하게 되자 김연필은 조카인 김해경을 그의 집으로 데려가게 되었다. 이상은 백부 김연필의 보호 아래 성장했고, 거기서 경성고등공업학교까지 수학할 수 있었던 것이다.

그런데 총독부 하급직 관리로 일했던 김연필은 결혼 후 자식을 두지 못하자 김영숙을 첩실로 맞았다는 것이다. 이 집안에 본처가 살고 있는데 김영숙이 들어와 한동안 함께 지내게 되자 이상에게는 큰어머니가 두 분이 생겼던 셈이다. 하지만 김연필은 본처와 헤어지고 김영숙을 정식 재판을 거쳐서 자신의 호적에 처로 입적시켰다. 이상이 경성고공에 입학했던 해의 일이다. 김영숙에게는 다른 사내와의 사이에 낳은 아들 하나가 딸려 있었는데, 김연필은 그를 자신의 아들로 입적시켰다. 그가 바로 김문경이다. 앞의 제적 등본에 김영숙이 대정 15년 (1926년) 7월 14일 경성지방법원의 허가 재판에 따라 취적했다고 기록되어 있고, 그 아들인 김문경이 바로 뒤를 이어 대정 15년 7월 23일자로 호적에 입적되었다는 사유를 보면 이 같은 내용이 사실과 다름없음을 확인할 수 있다.

◆ 이상의 출생과 성장 과정

'대부분의 사람들이 잘 모르고 있습니다만 큰어머니는 한 분이 아니라 두 분이 계셨습니다. 오빠가 처음 큰집으로 들어갔을 때는 집안에 자식이라곤 없었다고 들었습니다. 지금도 살아 있는 ×× 씨는 나중에 들어온 새로운 큰어머니가 데리고 온 아들이지요.'

일찍이 몰락한 사대부 집안의 장남으로 태어나 상공업에 종사하면서 재빨리 신분의 변신을 꾀함으로써 집안을 일으켜 세웠던 연필 씨. 그는 총독부의 일을 그만두고 뛰어든 작은 사업의 일로 북지로 갔다가 애하나 딸린 여자를 만난다. 그 여자가 바로 현재 살아 있는 이상의 사촌 동생 ×× 씨의 어머니라는 게 김옥희 씨의 주장이다.*

이 회고 내용 가운데 '×× 씨'가 바로 '김문경'을 지칭한다. 백부 김연필이 자신과는 혈연이 닿지 않은 김문경을 아들로 호적에 입적시켜 법적으로 소생을 얻은 것이다. 이러한 법적 절차는 경성지방법원의 허가 재판으로 공식화되었다. 그런데 김연필의 본처였던 이상의 큰어머니는 남편 김연필에게서 버림받자 갈 곳이 없어 이상의 친부모가 살고 있는 집으로 들어와 함께 지내게 되었다. 이상은 백부 집안의 가계의 변화를 보면서 엄청난 충격을 받았다. 그는 자신을 친아들처럼 키워 준 큰어머니가 집에서 쫓겨나는 모습을 그저 보고만 있어야 했고, 새로 집안에 들어온 '작은 큰어머니' 김영숙이 재판 끝에 정식으로 백부의 호적에 백모로 입적되고 안방 주인 노릇을 하는 것도 지켜볼 수밖에 없었다.

이상의 백부 김연필은 1930년 자신이 살고 있던 경성 통인동 154번지의 대지를 분할하여 그 일부를 처분한 뒤에 1932년 5월 7일 쉰의 나이로 세상을 떠났다. 김연필의 사망 직후 그 가계를 이어 호주를 상속받은 사람은 김영숙이 데리고 들어온 김문경이었다. 그해 8월 4일

* 황광해, 「큰오빠 이상에 대한 숨겨진 사실을 말한다」(김옥희 인터뷰), 《레이디경향》, 1985. 11.

김문경은 호주 상속을 마쳤으며 자연스럽게 김연필의 가계를 법적으로 승계했다. 당시 이상은 총독부 건축 기사로 일하다가 폐결핵을 진단받고 투병 중이었다. 이상은 변화와 충격 속에서 결국은 큰집과의 관계를 청산했다. 당시의 상황에 대해서는 그의 수필 「공포(恐怖)의 기록(記錄)」에도 암시되어 있다.

生活, 내가 이미 오래前부터 生活을 갓지 못한 것을 나는 잘 안다. 斷片的으로 나를 차저오는 「生活 비슷한 것」도 오직 「苦痛」이란 妖怪뿐이다. 아모리 차저도 이것을 알어줄 사람은 한 사람도 업다.

무슨 方法으로던지 生活力을 恢復하려 꿈꾸는 째도 업지는 안타. 그것 째문에 나는 입째 自殺을 안 하고 待機의 姿勢를 取하고 잇는 것이다 ── 이러케 나는 말하고 십다만.

第二次의 咯血이 잇슨 後 나는 으슴푸레하게나마 내 壽命에 對한 槪念을 把握하엿다고 스스로 밋고 잇다.

그러나 그 이튼날 나는 자근어머니와 말다툼을 하고 脈搏 百二十五의 팔을 안은 채, 나의 物慾을 부끄럽다 하엿다. 나는 목을 노코 울엇다 어린애가티 울엇다.

남 보기에 퍽이나 醜惡햇을 것이다. 그리다 나는 내가 웨 우는가를 깨닷고 곳 울음을 그첫다.

나는 近來의 내 心境을 正直하게 말하려 하지 안는다. 말할 수 업다. 滿身瘡痍의 나이언만 若干의 貴族 趣味가 남어 잇기 째문이다. 그러나 萬若 남 듯기 조케 말하자면 나는 絶對로 내 自身을 輕蔑하지 안코 그 代身 부끄럽게 생각하리라는 그러한 心理로 移動하엿다고 할 수는 잇다. 적어도 그것에 가까운 것만은 事實이다.*

---

* 이상, 「공포의 기록」, 권영민 편, 『이상 전집 4』(태학사, 2013), 261쪽.

이상이 백부의 그늘에서 벗어나게 된 것은 1932년 김연필의 사망 후의 일이다. 백부 김연필의 슬하에서 성장한 이상의 어린 시절은 겉으로 보기에 평탄하다고 할 수 있다. 일본 식민지 시대에 경성의 중산층이 아니고서는 꿈도 꾸어 보지 못할 고등보통학교를 다녔고 그 뒤에 최고의 이공계 전문학교에 해당하는 경성고공을 마쳤기 때문이다. 보통의 집안이라면 누구도 이러한 호사를 누릴 수가 없었을 것이다. 그렇지만 이상은 자신의 삶을 '공포의 기록'이라는 이름으로 기록해 놓았던 것이다.

신명학교에서 보성고보까지

이상은 1917년 여덟 살 되던 해 누상동(樓上洞)에 있던 신명학교(新明學校)에 입학했다. 백부 김연필의 집 근처에 있던 신명학교는 융희 2년(1908년) 사회사업가 엄준원(嚴俊源)이 설립한 사립 소학교다. 엄준원은 고종의 계비(繼妃)였던 순헌황귀비(純獻皇貴妃) 엄씨(嚴氏)의 친정 오빠다. 엄 귀비는 민비가 시해된 후 1901년 고종의 계비로 책립되었는데, 여성의 근대 교육에 특별한 관심을 가져 1906년에 내탕금(內帑金)을 내려 숙명여학교(淑明女學校)와 진명여학교(進明女學校)를 설립한 것으로 유명하다. 이때 엄 귀비의 뜻을 받아 교육 사업에 나선 이가 바로 엄준원이다. 구한말 무관으로 활동했던 그는 숙명여학교와 진명여학교 외에도 양정의숙(養正義塾)을 비롯한 여러 사립학교를 설립해 한국 근대 교육의 확대에 앞장섰다. 신명학교는 사립학교로 출발했지만 개인이 운영해 왔기 때문에 항상 경영난을 겪어 오다가 1919년 3·1운동 이후 폐교 위기(《조선일보》, 1920. 8. 8, 「신명학교의 운명」)에 직면하기도 했다. 1922년부터 조선불교종무원에서 그 운영을 맡았다.

이상은 1917년에 이 학교에 입학하여 4년 동안의 학업 과정을 거친 후 1921년 3월에 이 학교를 졸업했다. 신명학교 재학 중에 이상은 구본웅(具本雄, 1906~1953)과 동기생으로 함께 친구가 되어 그림 그리기에 열중했다. 이상의 신명학교 시절에 대해서는 아무런 기록을 찾을 수가 없고 다음과 같은 진술 가운데 그 내용을 일부 확인할 수 있을 뿐이다.

(가)

이상과 구본웅은 어릴 때부터 경복궁 서쪽 동네에 이웃해 살던 초등학교 동기 동창이다. 나는 즉각 두 분의 연보(年譜)를 도서관에서 확인해 보았다. 두 분 모두 신명(新明)학교 1921년도 졸업생이 틀림없었다. 나는 당숙의 아들들(具桓謨 · 相謨 · 橔謨)에게 전화를 걸었다. 특히 그의 셋째 아들은 서산(구본웅의 호)과 신명학교 동기 동창인 이상호(李相昊)라는 분으로부터 "우리 셋은 같은 반이었는데 구본웅은 글씨를 잘 썼고 김해경(金海卿 · 이상의 본명)은 말을 잘했고 나는 공부를 잘했다"는 말을 직접 들은 적도 있다고 확인해 주었다.

이상보다 네 살 많은 구본웅은 몸이 불구이고 약해서 초등학교를 다니다 말다 하는 바람에 이상과 같은 반이 되었다. 대부분의 학생들은 꼽추인 구본웅을 따돌렸다. 그러나 그에게 각별한 관심을 보이는, 조용하고 내성적인 학생이 있었다. 항상 외롭고 우울해 보이는 김해경(이상)이었다. 당시에 동급생 중에는 구본웅보다 몇 살이 더 많은 학생들도 있었다. 그래서 같은 학년에서 가장 나이가 어렸던 이상은 젖비린내 나는 아이로 취급받았으며 적지 않은 급우들에게 존대어를 쓰지 않을 수 없었다. 나이 많은 학생들이 그렇게 하라고 시켰기 때문이다. 졸업 후에도 이상은 구본웅에게 계속 존대어를 쓰며 4년 선배로 깍듯이 예우했다. 그래서 구본웅과 동갑인 이상호가 초등학교 졸업 동기인 것은 주변 사람들이 다 알았지만, 이상과 구본웅이 동기 동창이냐고 묻는 사람은 없게 되었다.*

(나)

오빠는 또 어릴 때부터 그림을 매우 잘 그렸습니다. 무엇이든지 예사로 보아 넘기는 일이 없는 그는 밤을 새워 무엇인가를 골똘히 생각하고 그것을 종이에 옮겨 써 보고, 그려 보고 하는 것이 버릇처럼 되었더라고 합니다. 열 살 때인가 당시 '칼표'라는 담배가 있었는데, 그 껍질에 그려져 있는 도안을 어떻게나 잘 옮겨 그렸는지 오래도록 어머니가 간직해 두었다고 합니다. 보성고보 때 이미 유화를 그렸는데 어느 핸가는 「풍경(風景)」이라는 그림을 선전(鮮展)에 출품하여 입선된 일도 있었습니다. 고보를 나오자 그해에 경성고공(京城高工) 건축과(建築科)에 입학한 것은 아마 큰아버지의 영향을 받은 것이 아닌가 생각됩니다.**

이상은 신명학교 시절부터 구본웅과 친구가 되어 화가가 되는 것을 꿈꾸었다. 하지만 그는 이러한 꿈을 실현시키기 위해 정식으로 미술 공부를 하지는 못했다. 그의 백부가 완강하게 그림 그리기를 반대했기 때문이다.

이상은 신명학교를 졸업한 후 1921년 4월 동광학교(東光學校)로 진학했다. 동광학교는 불교계에서 경영하는 사립학교였다. 조선 불교계가 1915년 30본산 연합사무소를 경성부 수송동 각황사에 두면서 체제를 정비한 후 불교 교리의 연구를 위해 중앙학림을 설립하고 사회교육 방면에 기여하기 위한 목적으로 학교 설립을 계획했다. 중앙학림과 동광학교는 1915년 11월 5일 개교하게 되었는데, 학교의 위치는 당시 숭

---

* 구광모, 「'友人像'과 '女人像' ― 구본웅·이상·나혜석의 우정과 예술」,《신동아》, 2002. 11.

** 김옥희, 「오빠 이상」,《신동아》, 1964. 12.

일동(崇一洞, 지금의 명륜동)에 있는 북묘(北廟)와 그 기지(基址)였다. 북묘는 삼국지의 명장인 관우(關羽)를 모신 사당으로 고종 20년에 세워진 것인데, 1910년 관우를 동묘에서 합봉함으로써 비어 있던 곳이다. 불교계에서는 조선총독부의 허가를 얻어 이 건물을 임대하여 동광학교를 설립하면서 총독부에 정식으로 고등보통학교의 인가를 청원했으나 조선총독부는 학교 재단의 불비를 문제 삼아 이를 인가하지 않았다. 그 결과로 동광학교는 관립 고등보통학교와 동등의 자격을 인정받지 못하는 '잡종학교(雜種學校)'로 인가받아 운영했다.

이상이 동광학교에 입학하여 재학 중이었던 1922년 무렵 동광학교는 학교 운영의 중대한 고비를 맞았다. 학교 운영 주체였던 조선 불교계가 종단 내부의 반목과 분열로 제대로 역할을 하지 못하고 있었으며, 1922년 총독부가 발표한 '개정 조선교육령'이 동광학교의 정식 고등보통학교 인가를 더욱 어렵게 했기 때문이다. 당시 조선 불교계를 보면, 불교 개혁 운동에 앞장섰던 조선불교청년회와 불교유신회가 중심이 되어 1922년 불교계의 단일 기관인 불교총무원(總務院)을 설립하였다. 조선총독부는 1922년 5월 조선 불교 30본산 주지 회의를 개최하여 새로운 총무원 체제를 부정하고 별도의 단일 기관인 '조선불교교무원(朝鮮佛教教務院)'을 설립하도록 종용했다. 그리고 조선불교교무원을 1922년 12월에 재단법인으로 승인함으로써 불교총무원과의 갈등과 분열을 조장했다. 이처럼 조선 불교 30본산의 조직이 와해되어 불교총무원과 불교교무원으로 분열되자, 불교 포교 운동과 사회교육 운동의 주도권을 놓고 두 조직 사이에 대립이 더욱 극심해졌다. 그런데 1922년 개정 조선교육령을 발표한 조선총독부가 동광학교에 대해 정식 고등보통학교 청원을 인가하지 않게 되자, 30본산 주지 회의에서는 동광학교 폐교를 결의했다. 이 소식을 들은 동광학교 학생들이 1923년 9월 학교가 폐교되기 전에 일제히 동맹휴학을 하기로 결정하고 농성을 벌이자 동광학교 문제를 둘러싼 불교계가 더 큰 소용돌이에 빠져들었다.* 불교계 내분에서 비롯된 동광학교 사태는 불교중앙교무원이 재단법인으로 정식 인가되면서 수습의 단계에 접어들었지만, 이상의 동광학교 3학년 시절은 순탄하지 못했다.

1924년 이상은 동광학교 3년을 수료한 상태에서 보성고등보통학교로 편입했다. 이상의 학적 변경은 본인의 뜻에 따른 것은 아니었다. 보성고등보통학교는 원래 1906년 이용익에 의해 사립 보성중학교로 학부의 설립 인가를 받아 경성부 중부 박동 10통 1호(현 수송동 44번지)에 4년제 정식 학교로 개교했다. 1910년 일제 강점 후에는 1910년 12월 천도교가 학교 운영을 맡게 되었고, 1922년 4월 신교육령에 의하여 보습과를 폐지하고 수학 연한을 5년으로 연장하면서 교명을 보성고등보통학교로 개칭했다. 그러나 학교 운영이 어려워 새로운 운영 주체를 찾게 되었다.

1923년 조선불교총무원이 보성고보의 운영을 결정했다. 불교총무원은 조선총독부의 지지를 받고 있던 불교종무원과 거리를 두고 독자적인 사회교육 운동을 전개하고자 했다. 1923년 6월 불교총무원은 대전(大田)에서 임시 총회를 열고 본래 천도교 측에서 운영하다가 재정난에 봉착한 보성고등보통학교를 인수 경영하기로 했다. 불교총무원이 보성고등보통학교를 인수하기로 결정한 후 불교 교리를 전파하려는 총무원 측의 입장과 천도교 측에서 임용한 기존의 교원들 사이에 교리 문제로 갈등을 겪기도 했다. 1924년 불교총무원과 불교종무원으로 분열되었던 불교계의 조직이 극적인 통합을 이루었으며, 조선총독부는 재단법인 조선불교중앙교무원의 설립을 정식 인가했다. 불교계의 조직이 통합되면서 오랫동안 잡종학교의 지위를 면하지 못했던 동광학교 사태가 해결의 실마리를 찾게 되었다. 불교계에서는 불교총무원이 인수 운영하게 된 보성고등보통학교가 조선총독부의 정식 인가

---

* 「동광교 분규(東光校 紛糾)」, 《조선일보》, 1923. 9. 21 참조.

를 받은 정규 고등보통학교인 점에 착안하여 동광학교를 보성고보에
복속시키고 그 운영 주체를 조선불교중앙종무원으로 결정하게 되었
다. 1924년 1월 재단법인 조선불교중앙교무원이 동광학교를 복속시킨
새로운 보성고등보통학교의 운영자가 되었으며 총독부도 이를 허가
하였다. 조선불교중앙종무원은 보성고등보통학교의 시설 확장을 위해
1925년 5월 경성부 혜화동 1번지에 교사를 신축했으며, 1927년 5월 1
일 전체 교사가 준공되자 새로운 교사로 학교를 이전했다.

　1924년 4월 이상은 보성고보에서 4학년 생도로 학교생활을 시작했
다. 이상은 보성고보가 혜화동의 신축 교사로 이전하기 직전까지 중구
박동의 보성고보에서 1926년 3월까지 2년간 수학했다. 동광학교에서
의 3년 수료 기간에 2년이 추가된 셈이다. 이러한 사정은 이상과 동기
였던 원용석의 회고에도 상세하게 설명되어 있다.

　　지금으로부터 54년 전인 1926년 봄, 나는 이상(李箱)과 더불어 수송
동(박동)에 있는 보성고등보통학교를 졸업하고 그해에 경성고등공업학
교에도 같이 진학하였다. 이제 와서 생각하면 아득한 옛이야기여서 격
세지감이 없지 않다.

　　보성학교는 조국이 일제의 침략으로 갈피를 잡지 못하고 크나큰 소
용돌이 속에 휘말려 있었던 구한말(1906년) 조정에서 큰일을 보고 계시
던 이용익(李容翊) 선생에 의하여 설립되었다. 조국의 광복을 되찾으려면
후손을 가르쳐야 한다는 원대한 포부 아래 노백린(盧伯麟)·최린(崔麟)으
로 이어지는 훌륭한 교장의 훈육을 받은 졸업생들 중에서는 많은 우국
지사가 배출되었다.

　　내가 이상과 같이 보성학교를 졸업할 때에는 모두 98명이었으나 지
금은 손꼽을 정도밖에 살아 있지 않다. 이제 모두 그 생애를 매듭지으려
는 마당에서 당시의 환경과 분위기를 회상하면 만감이 교차되어 가벼운
흥분마저 느끼게 된다. 본시 이상은 보성학교 1학년부터 같이 다닌 것

　　　　　　　　◆ 이상의 출생과 성장 과정

이 아니고 1924년 1월 천도교에서 경영하던 보성학교의 경영권이 조선 불교중앙교무원으로 넘어가게 되고 혜화동에 있던 동광학교를 본시 불교가 경영했기 때문에 함께 보성으로 흡수·통합하게 되었을 때 4학년으로 편입되어 왔었다.

나는 그와 보성학교에서 2년, 경성고등공업에서 3년, 도합 5년 동안을 교우로 지냈다. 이상은 누구에게나 서먹서먹한 태도로 대하였으며, 어느 누구와도 사귀려 하지 않고 외롭게만 지냈다. 우리들 동기 동창 중에는 이상기(李庠基)·이헌구(李軒求)·장철수(張澈壽)·임화(본명 인식(仁植)) 등 이외에도 판검사나 의사가 된 사람들도 많았다. 사학자로서 많은 저서를 남기고 서울대학 문리대학장을 지낸 이상기 박사는 보성 시절의 역사학 선생이던 황의돈(黃義敦) 선생의 영향을 많이 받은 것 같았고, 이화여대 문리대학장을 지낸 이헌구는 학생 시절에도 글 잘 쓰기로 유명해서 경주나 금강산 등지로 수학여행을 갔다 오면 언제나 기행문을 쓰도록 한 다음 교실에서 낭독하고 많은 칭찬도 받았다. 재사(才士) 중의 재사인 장철수 군은 급우들로부터 무슨 질문을 받아도 모르는 것이 없었고 막히는 곳이 없었다. 하루는 급우들 중 한 사람이 너무 아는 체한다고 손댄 것이 과해서 울면서 집으로 돌아가 버렸다. 수업 시간에 장 군이 보이지 않자 선생님은 급장인 나에게 "원 군 빨리 가서 장 군을 데려오도록 해." 하고 지시하여 장 군을 학교로 다시 데려온 일도 있었다. 장 군은 4학년 때 일본에 있는 고등학교에 들어갔고 다시 동경대학에 진학하여 재학 중 외교관 시험에 합격, 일본국 공사로 파리에서 근무한 일도 있었다. 해방 후 장면(張勉) 박사의 비서장으로 일한 일도 있었으나 늦게 정신이상이 생겨서 그 재주를 발휘하지도 못한 채 일찍이 세상을 떠났다.

내가 많은 급우들 중에서도 이상을 잊지 못하는 것은 그가 짧은 세상을 살면서도 많은 사람들에게 여음을 남기고 떠났다는 생각이 항상 머릿속에서 맴돌고 있기 때문이다. 보는 듯하지만 보지 않고, 듣는 듯하지만 듣지도 않고, 슬픔도 기쁨도 없는 수목 인간인 양 학교에 다니던 이상은 선생님으로부터 칭찬받은 일도 없지만 잘못되었다고 꾸지람을 들은 일도 없었다. 그는 학과 성적의 석차도 좋은 편은 아니었고 급우들과 어울려 놀지도 않았다. '졸업 시즌'이 되어서 모두 제 갈 길을 찾기에 바빠서 급우들의 일에 관심을 가질 여유가 없었다. 이상은 평소에 문예 작품 읽기를 좋아하고 교내 미술전람회에 입선하는 정도이니 인문이나 예술 계통에 진학하려니 생각하고만 있었다.

나는 담임선생의 권고에 따라 경성고등공업학교(현 서울공과대학)에 원서를 내고 시험을 치렀다. 발표하는 날 학교에 가서 합격자 발표를 보니 내 이름도 있었지만 김해경(金海卿, 이상의 본명)의 이름도 있었다. 동명이인인가 하고 생각도 해 보았으나 그렇지 않고 나의 급우 김해경이 틀림없었다.*

이상은 보성고보 재학 중 미술에 관심을 가진 화가 지망생이었다. 그러나 보성고보 시절의 이상의 학교생활을 확인할 수 있는 기록이 남아 있지 않다. 이상과 함께 보성고보에 다녔던 원용석이 회고하고 있는 대로 보성고보에서의 이상은 급우들과 제대로 어울리지 못하는 학생이었다. 이상은 보성고보를 졸업한 후에 백부의 권고대로 경성고등공업학교에 진학했다.

경성고등공업학교 시절

이상은 1929년 4월 경성고등공업학교(京城高等工業學校) 건축과(建築科)에 입학했다. 경성고공은 일본 식민지 시대 한국 내에 설립된 최

---

* 원용석, 「내가 마지막 본 이상」, 《문학사상》, 1980. 11.

고의 이공계 관립 전문학교로서 1916년 경성공업전문학교(京城工業專門學校)로 출발했다. 조선총독부는 1916년 4월 1일 '조선총독부 전문학교 관제'와 '경성공업전문학교 규정과 학칙' 등에 따라 경성공업전문학교를 설립하고 건축과, 염직과, 응용화학과, 요업과, 토목과, 광산과를 두어 3년 과정의 학생을 선발했다. 경성공업전문학교의 목표는 "조선교육령에 기초하여 공업에 관한 전문교육을 하는 곳으로 조선에서의 공업의 진보 발전에 필요한 기술자 또는 경영자를 양성함을 본지로 함."이라고 규정되어 있다. 경성공업전문학교는 1922년 제2차「조선교육령」에 따라 그 명칭을 경성고등공업학교로 개칭하고 일본 내에서의 교육 내용이나 수준과 동일한 공업 교육을 실시하여 공학 위주 교육체계를 강화했다. 그러나 경성공전으로의 출발 당시와 마찬가지로 6개학과 3년 과정은 그대로 유지했다. 경성고공의 교수진은 전임 교수 가운데 동경제대 출신자가 많았는데, 특히 건축과의 경우는 일본 내에서도 손꼽히는 건축학자가 소속되어 있었다.

이상이 입학한 경성고공 건축과는 매년 15명 이내의 학생을 선발했다. 고등보통학교 졸업 이상의 학력의 가진 자를 대상으로 실시하는 입학시험은 일본어, 한문, 수학, 물리, 화학, 도화(자재화, 용기화) 등이었다. 이상과 함께 건축과를 졸업한 학생은 모두 12명이었는데, 그 가운데 한국인은 이상뿐이었고 나머지는 모두 일본에서 온 유학생들이었다.

이상의 경성고공 건축학과 시절을 확인할 수 있는 기록으로는 경성고공「생도학적부(生徒學籍簿)」가 공식 문서로 보관되어 있다. 현재 서울대학교 학적과에서 관리하는 이 문서를 보면, 그 전면에는 김해경(金海卿)이라는 이상의 본명과 함께 다음과 같은 일반 사항이 기록되어 있다.

본적: 경성부 통동 154번지
거소: 자택 동상

신분: 장남, 명치 43년(1910년) 8월 20일생

입학: 대정 15년(1926년) 4월 11일

입학시험 성적: 502점

석차: 63인 중 23

입학 전의 학력: 대정 15년 3월 보성고등보통학교 졸업

수업: 소화 2년 3월 19일 1학년 수료

소화 3년 3월 19일 2학년 수료

소화 4년 3월 19일 3학년 수료

소화 4년 3월 19일 졸업

제1보증인 김연필(金演弼) 직업: 관리(官吏), 관계: 백부(伯父), 주소: 통동 154

제2보증인 신명균(申明均) 직업: 관리(官吏), 관계: 지기(知己), 주소: 가회동 23번지

이 학적부의 후면은 재학 중 상황을 기록하는 부분에 학과 성적, 인물, 체격 등을 기록하고 있으며 졸업 후의 사항 기록으로는 근무처를 밝혀 적어 놓고 있다.

(1) 성적

1학년

조행(操行) 81.8 (갑)

수신(修身) 85.0 (갑)

체조(體操) 76.0 (을)

국어(國語) 조선어(朝鮮語) 84.0 (갑)

영어(英語) 93.0 (갑)

수학(數學) 71.3 (을)

◆ 이상의 출생과 성장 과정

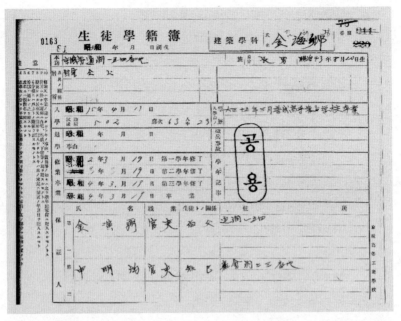

生徒學籍簿

0163　昭和　年　月　日調　建築學科　氏名 金海鄕

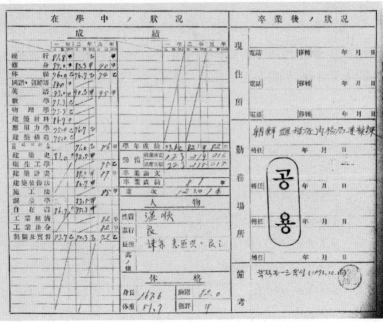

물리학(物理學) 73.3 (을)

건축재료(建築材料) 86.7 (갑)

응용역학(應用力學) 75.0 (을)

건축구조(建築構造) 75.0 (을)

건축사(建築史) 81.0 (갑)

자재화(自在畵) 86.7 (갑)

제도(製圖) 및 실습(實習) 73.7 (을)

학년 성적: 79.6 (을)

근타(勤惰): 수업일수 223 출석일수 223

2학년

수신(修身) 83.3 (갑)

체조(體操) 76.7 (을)

영어(英語) 90.3 (갑)

응용역학(應用力學) 76.7 (을)

철근혼응토(鐵筋混凝土) 철골(鐵骨) 71.0 (을)

건축사(建築史) 92.5 (갑)

건축(建築) 계획(計畵) 87.7 (갑)

건축(建築) 장식법(裝飾法) 86.7 (갑)

측량학(測量學) 83.5 (갑)

자재화(自在畵) 85.3 (갑)

제도(製圖) 및 실습(實習) 70.3 (을)

학년 성적: 82.1 (갑)

근타(勤惰): 수업일수 219 출석일수 215

◆ 이상의 출생과 성장 과정

3학년

수신(修身) 90 (갑)

체조(體操) 74 (을)

영어(英語) 95 (갑)

철근혼응토(鐵筋混凝土) 철골(鐵骨) 86 (갑)

위생공학(衛生工學) 75 (을)

건축(建築) 계획(計畫) 87 (갑)

시공법(施工法) 85 (갑)

공업경제(工業經濟) 82 (갑)

공업(工業) 법령(法令) 82 (갑)

제도(製圖) 및 실습(實習) 72 (을)

학년 성적: 82 (갑)

근타(勤惰): 수업일수 216 출석일수 215

졸업 성적: 81 (갑)

석차 12인 중 1석

(2) 인물

성질: 온순

소행(素行): 양(良)

장소(長所): 주산, 의장(意匠), 공히 양(良)

(3) 체격

신장: 167.6

흉위(胸圍): 82.0

체중: 51.7

개평(槪評): 갑(甲)

(4) 졸업 후의 근무 장소: 조선총독부 내무국 건축과

앞에서 인용한 이상의 경성고공 생도학적부에는 이상의 부모에 관한 기록이 일체 보이지 않는다. 학적부의 주소는 백부 김연필의 자택 주소인 "경성부 통동 154번지"로 기록되어 있으며, 재학 중 제1보증인은 백부 김연필을 내세우고 있다. 총독부 하급직 관리였던 것으로 알려진 백부의 직업이 '관리'라고 표시되어 있다.

이상의 학업 과정은 비교적 순탄했던 것으로 보인다. 그는 경성고공 입학시험에서 총 502점을 얻었는데, 이 점수는 입학생 63명 가운데 23위의 성적이었다. 그런데 이상은 건축과에서 1학년부터 3학년까지 매년 수석을 차지했고, 졸업 당시 성적도 평균 81점으로 평점 '갑(甲)'을 얻어 건축과를 수석으로 졸업했다. 이상이 조선총독부 내무국 건축과에 취직하게 된 것은 1929년도 경성고공 건축과 수석 졸업자였기 때문에 가능한 일이었다. 이상이 경성고공에서 수학한 교과목은 수신, 체조, 국어, 영어 등 몇몇 기초 교양에 속하는 과목을 제외하고는 대부분 건축학과 관련되는 이공계 학문 분야에 속하는 것들이다. 1학년 때부터 수강한 영어 과목에서 매년 최고의 점수를 얻고 있는 점이 특이하다. 이상의 특기는 주산(珠算)과 의장(意匠, 디자인)이며, 재학 중 미술부에서 활동한 것으로 알려지고 있다.

이상의 경성고공 학창 시절에 대해서는 그의 동기생인 원용석*과

---

* 원용석은 경성고공 졸업 후 평안남도 성천군 산업 기사로 취직하여 그곳에서 양잠업을 지도했다. 이상이 쓴 수필 「성천기행」은 원용석의 성천 근무지를 찾아갔던 이상이 당시 산촌 풍경에 대한 인상을 그려 낸 것으로 유명하다. 해방 후 원용석은 농업 전문가로서 1951년 농림부 차관,

◆ 이상의 출생과 성장 과정

일본인 오스미 야지로(大隅彌次郎)의 회고를 통해 확인할 수 있다. 원용석은 앞서 소개한 것처럼 이상과는 보성고보 동기생으로 함께 경성고등공업학교로 진학한 친구다. 그는 「내가 마지막 본 이상」이라는 글에서 다음과 같이 이상을 회고한다.

나는 담임선생의 권고에 따라 경성고등공업학교(현 서울공과대학)에 원서를 내고 시험을 치렀다. 발표하는 날 학교에 가서 합격자 발표를 보니 내 이름도 있었지만 김해경(金海卿, 이상의 본명)의 이름도 있었다. 동명이인인가 하고 생각도 해 보았으나 그렇지 않고 나의 급우 김해경이 틀림없었다. 이렇게 해서 이상은 건축공학과, 나는 섬유공학과에 입학하게 되었다. 이상은 고공에 다니는 3년 동안 석차 1번을 계속 유지하였고, 미술 전람회에 입선하기도 했으며, 보성 시대보다는 성격도 명랑해지고 건강도 향상되었다. 그러나 그는 보성에서나 고공에서 대부분의 학생들이 즐겨하는 테니스·축구·야구 등 어떠한 운동도 좋아하지 않았다. 그의 모습은 항상 야위어서 건강이 나빠 보였고, 그가 즐겨하는 유일한 운동은 휴일을 이용해서 산에 올라가거나 들로 나가는 것이었다.

매주 일요일에는 내가 그의 집(통인동 154)으로 가든가 그가 나의 집에 오든가 해서 등산을 즐겼다. 그는 항상 혼자 있었기 때문에 부담이 없어서 좋았다. 지금은 복개되어서 잘 알 수 없지만, 청계천을 따라 다동에서 체부동 쪽으로 거슬러 올라가다가 왼쪽으로 약 15미터가량 들어가면 막다른 집이 이상의 집이었다. 대문을 들어서면 좌우에 또 대문이 있는데 왼편 문은 안집으로 통하는 문이고 오른쪽 문으로 들어가면 이상이 먹고 자는 방이었다. 문을 들어서면 'ㄱ'자로 방 네 개가 있고 마

1953년 기획처장을 역임했으며, 고향인 충남 당진에서 1958년 4대 민의원에 당선되어 활동했다. 1963년 경제기획원장, 1964년 농림부 장관과 경제 담당 무임소 장관을 지내며, 한일회담 대표로도 활동했다. 이후 기업가로 변신하여 1967년 한국타이어 사장, 1968년 동양나일론 사장, 1980년대에는 한국경제신문 사장을 지내기도 했다.

당은 필요 이상으로 넓게 보였으나 항상 손질이 되어 있지 않아 지저분하였다. 이상은 굳이 들어오라고 하지도 않고 그러고 싶은 생각도 없는 모양이었다. 나는 그 집에 가서 차를 마시거나 과일을 깎아 먹은 기억이 없다. 그는 항상 외롭고 쓸쓸해 보였고, 내가 가면 언제나 반갑게 대답하면서, 웃저고리를 어깨에 걸치고 밖으로 나와 산책하며 이야기를 나누었다. 이상은 나의 집을 찾아오는 것도 꺼려했다. 왜냐하면 나는 그 당시 3남 2녀를 거느린 부잣집에서 가정교사 노릇을 하며 학자금을 벌어 쓰고 있었기 때문이다. 아마도 그는 나에게 부담감을 주지 않으려고 그랬던 것 같다.

하루는 둘이서 등산 갔다 오는 길에 한 가지 일에 뜻을 모았다. 한국인 학생들끼리 원고를 써 모아 《난파선(難破船)》이라는 이름으로 잡지를 발행하고 나누어 읽자는 것이었다. 나는 원고를 쓰도록 학우들에게 권고하고 완성된 원고를 모아서 이상에게 주면 그는 목차와 컷을 만들고 표지의 그림도 그려서 책을 만들었다. 고공 2학년에 올라가면서부터 시작하여 3학년 초까지 한 달에 한 번씩 10여 권을 발행하였다. 그의 글은 그때도 뛰어나서 여러 학우들의 눈에 돋보였었다.*

원용석의 회고에서 주목되는 내용은 이상이 고공 재학 3년 동안 줄곧 건축과의 수석을 차지했다는 말과 미술에 소질을 보였다는 점 등이다. 원용석의 이상에 대한 회고는 일본인 건축가 일본인 오스미 야지로와의 대담**에서도 비슷한 내용을 확인할 수 있다. 오스미 야지로는 이상의 경성고공 건축과 동기생으로 대담 당시 일본 후쿠오카에서 건축사무소를 운영하고 있던 원로 건축가였다. 그는 건축과에서 줄곧 수석을 이상에게 빼앗겼지만 미술에 관심을 두고 있어서 이상과 친했다

---

* 원용석, 앞의 글.
** 「이상의 학창 시절」(대담: 원용석, 오스미 야지로(大隅彌次郎), 유정), 《문학사상》, 1981. 6.

고 밝혔다. 특히 졸업 당시 이상이 학과 수석을 차지해 학교 추천으로 조선총독부 건축과에 특채된 사실을 확인해 주기도 했다. 경성고공 건축과 입학 당시 유일한 조선인 학생이었던 이상을 처음 만났을 때 오스미 야지로는 이상의 수려하고 준수한 모습이 귀공자 같았다고 회고했다. 그리고 이상이 경성고공 건축과에 입학한 것이 그림 공부를 하기 위한 것이라고 밝힌 적이 있다고 증언했다. 미술 공부를 위해 일본 유학을 할 수 없었던 이상은 건축과 미술부에서 늘 그림을 그리는 데에 몰두했다는 것이다. 하지만 건축과에서의 미술 공부는 설계도를 그리기 위한 기초적인 것이어서 이상은 혼자서 데생을 연습하고 자유롭게 풍경화나 인물화 등을 그렸다. 물론 이상은 학과 수업에도 충실하였고 특히 건축설계에 뛰어난 재능을 보였다. 치밀하고 정확한 제도 솜씨는 이상을 따를 수가 없었다. 이상은 일본인 친구인 오스미 야지로와 함께 종로 단성사에 영화 구경을 즐겨 다녔다. 영화관 안에 들어가서 그는 늘상 여성의 옆 좌석에 앉기를 좋아했다. 무슨 다른 뜻이 있어서가 아니라 여성의 향기를 맡아 보고 싶다고 했다는 것이다.

두 사람의 회고담 가운데 이상이 경성고공 재학 중에 친구들과 함께 《난파선》이라는 잡지를 만들면서 글쓰기에도 관심을 보였다는 사실은 매우 중요한 증언이다. 물론 이 잡지는 현재 전하지 않는다. 이상이 미술 전람회에 입선했다는 그림도 그 행방을 알 수 없다. 그런데 미술에 관심을 두고 있었다는 이상의 예술적 감각을 엿볼 수 있는 아주 소중한 자료가 하나 남아 있다. 그것은 원용석이 소장하다가 문학사상사 자료실에 기증한 경성고등공업학교 졸업 기념 사진첩이다. 이 사진첩은 경성고공의 공식 졸업 기념 앨범은 아니다. 이 사진첩은 1929년도 경성고공 전체 졸업생* 가운데 한국인 학생 17명이 힘을 모아 자비

---

* 1929년 4월 5일 조선총독부 관보 제675호에 수록된 경성고공 제7회 졸업생 명단을 보면 1926년 총 63명이 입학했지만 졸업생은 총 51명으로 나와 있다. 이들 가운데 일본인 유학생이 34명이며 조선인 학생이 17명이다.

(自費)로 만든 것이다. 이 사진첩을 만드는 데 필요한 모든 사진은 전문 사진관에서 촬영했고 기성품 앨범을 사다가 거기에 사진을 붙여 만든 수제품이다. 표지 도안은 물론 사진의 편집과 배열, 주소록 작성 등도 모두 이상의 손으로 이루어졌다. '추억의 가지가지'라는 표제에서부터 표지 그림과 사진첩 속의 글씨는 모두 이상이 직접 도안한 것이다. 이 졸업 기념 사진첩에 수록되어 있는 여러 사진 가운데 중요한 것들은 여러 차례 잡지《문학사상》을 통해 소개한 바 있다.

이 사진첩의 말미에는 1929년 경성고공 제7회 졸업생 가운데 조선

사진첩「추억의 가지가지」

◆ 이상의 출생과 성장 과정

인 학생 17명의 성명과 생년과 주소가 "우리들의 이름과 나희, 고향"
이라는 제목 아래 나란히 적혀 있다. 이상의 경우는 좌측에서부터 다
섯째에 '金海卿 庚戌生 京畿 京城府 通洞 一五四'라고 적혀 있다. 이
졸업생 명단을 자세히 들여다보면 아주 흥미로운 사실을 확인할 수 있
다. 조선인 졸업생 17인의 이름과 주소가 흐릿하게 그려 놓은 한반도
의 지도 위로 펼쳐져 있는 것이다. 일본 식민지 시대 조선총독부에서
설립 운영했던 경성고등공업학교의 재학생이 대부분 일본인으로 채워
져 있었다는 점을 생각한다면 이 졸업생 명단의 바탕 그림은 조선인으
로서의 자부심을 드러내기 위한 하나의 고안이었음을 알 수 있다.

그런데 이 사진첩의 주소록 바로 앞장에는 졸업생 17인 전원이 각
자 자신이 소중하게 여기는 격언이나 남기고 싶은 말을 자기 필체로
적어 넣은 이른바 '사인(sign)'지가 붙어 있다. 여기에 이상의 글도 남
아 있다. "보고도 모르는 것을 曝露식혀라! 그것은 發明보다도 發見!
거긔에도 努力은 必要하다 李箱"이라는 글귀다. 도안체 글씨로 석 줄

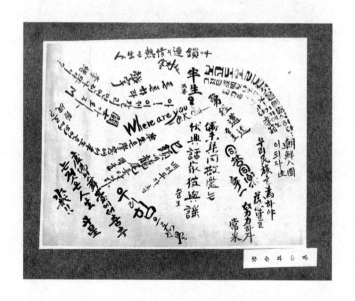

이나 차지하게 쓴 이 글귀의 끝에 '이상(李箱)'이라는 이름이 표시되어 있다. 이것은 '이상'이라는 필명을 이미 경성고공 시절부터 사용하고 있었음을 말해 주는 중요한 근거가 된다.

'이상'이라는 필명에 대해서는 김기림이 이렇게 언급했던 일이 있다.

> 그는 늘 인생의 테두리에서 한 걸음만 비켜서 있었던 것이다. 또 다른 의미에서는 그의 말대로 현실에 다소 지각하였거나 그렇지 않으면 현실이 그보다 늘 몇 시간 뒤떨어졌던 것이다. 그러므로 그는 나면서부터도 한 인생의 망명자였던 것이다. 그러니까 그의 본명은 김해경(金海卿)이면서도 공사장에서 어느 인부꾼이 그릇 '이상—' 하고 부른 것을 존중하여 '이상'이라고 해 버려 두어도 상관없었다. 차마 타협할 수가 없는 더러운 세계와 현실의 등 뒤에 돌아서서 킥킥 웃어 주었으며 때로는 놀려 주면서 달아나는 것이었다. 그러므로 그는 그의 시 속에 아무런 결론도 준비할 필요를 느끼지 않았던 것이다. 자연 그것에라도 필적할 '무관심'의 극치를 빼앗아 낸 예술이었다.[*]

위 글에서 김기림은 이상의 본명이 김해경임에도 공사장에서 어느 인부가 "'이상—' 하고 부른 것을 존중하여 '이상'이라고 해 버려 두어도 상관없었다."라고 적었다. 이후부터 이상이라는 필명은 조선총독부 건축 기사 시절부터 사용한 것으로 알려져 왔다. 그렇지만 앞의 경성고공 졸업 기념 사진첩에서 '이상'이라는 필명이 이미 경성고공 시절부터 사용했던 것임을 확인할 수 있게 되었다.

'이상'이라는 필명의 유래에 대해서는 구본웅과 인척 관계에 있는 구광모 씨가 근래 밝힌 다음과 같은 진술에 무게가 더해진다.

---

[*] 김기림, 「서문: 이상의 모습과 예술」, 김기림 편, 『이상 선집』(백양당, 1949).

◆ 이상의 출생과 성장 과정

동광학교를 거쳐 1927년 3월에 보성고보를 졸업한 김해경은 현재의 서울대학교 공과대학 전신인 경성고등공업학교 건축과에 진학했다. 그의 졸업과 대학 입학을 축하하려고 구본웅은 김해경에게 사생상(寫生箱)을 선물했다. 그것은 구본웅의 숙부인 구자옥(具滋玉 · 당시 '조선 중앙 YMCA' 총무)이 구본웅에게 준 선물이었다. 해경은 그간 너무도 가지고 싶던 것이 바로 사생상이었는데 이제야 비로소 자기도 제대로 그림을 그리게 되었다고 감격했다. 그는 간절한 소원이던 사생상을 선물로 받은 감사의 표시로 자기 아호에 사생상의 '상자'를 의미하는 '상(箱)' 자를 넣겠다며 흥분했다.

김해경은 아호와 필명을 함께 쓸 수 있게 호의 첫 자는 흔한 성씨(姓氏)를 따오는 것이 어떠냐고 물었다. 기발한 생각이라고 구본웅이 동의했더니 사생상이 나무로 만들어진 상자니 나무목(木) 자가 들어간 성씨 중에서 찾자고 했다. 두 사람은 권(權)씨, 박(朴)씨, 송(宋)씨, 양(梁)씨, 양(楊)씨, 유(柳)씨, 이(李)씨, 임(林)씨, 주(朱)씨 등을 검토했다. 김해경은 그중에서 다양성과 함축성을 지닌 것이 이씨와 상자를 합친 '李箱(이상)'이라며 탄성을 질렀다. 구본웅도 김해경의 이미지에 딱 맞으면서도 묘한 여운을 남기는 아호의 발견에 감탄했다.*

이 글에서 주목되는 것이 바로 이상이 구본웅이 준 사생상(화구 상자)을 선물로 받은 감사의 표시로 자기 아호에 사생상의 '상자'를 의미하는 '상(箱)' 자를 넣겠다며 흥분했다는 대목이다. 이상이라는 필명을 경성고공 시절부터 이미 사용했다는 사실과 견주어 볼 때, 이 특이한 필명의 유래를 말해 주는 여러 증언 가운데 가장 신뢰할 만하다. 물론 여기에서 말하고 있는 '이(李)'라는 성씨는 사실 '성'을 표시하기 위한 것이 아니라 구본웅이 선물한 '사생상'을 만든 재목이 목질이 단단한

---

* 구광모, 앞의 글.

'오얏나무[李]'로 된 것임을 뜻하는 것이 아닌가 생각된다. 그 사생상이 바로 '오얏나무 상자'였을 가능성이 크기 때문이다. 이상이라는 필명이 그의 미술 공부와 연관되는 친구 구본웅의 사생상 선물에서 비롯되었다는 것은 의미심장하다.

이상의 경성고공 시절 모습을 확인할 수 있는 개인적 기록으로는 1929년도 경성고공 광산학과를 졸업한 김희영(金喜永, 경북 태생)의 일기가 남아 있다. 현재 서울대학교 기록관에 보존되어 있는 것을 건축사 연구자인 김정동 교수가 처음 소개했다.* 1929년 경성고공 졸업 무렵의 생활상을 소상하게 적어 놓고 있는 이 일기의 본문 가운데 김해경(金海卿) 또는 김해(金海) 군으로 지칭하고 있는 인물이 경성고공 당시의 이상임을 알 수 있다. 조선인 동기생들이 함께 앨범 사진을 찍기 위해 낙산과 탑동공원을 돌아다닌 이야기가 담겨 있다. 이상은 김희영, 원용석 등과 자주 어울린 것으로 보인다. 그중의 일부를 그대로 옮겨 본다.

> 1929. 2. 12. 청(晴) 한(寒)
>
> 오래간만에 장안이 은세계로 화하였다. 금년 겨울에는 어찌도 눈이 희귀한지 설임(雪任)을 대할 때마다 나의 마음은 기쁘다. 눈 위로 터벅터벅 걸어가는 맛도 무상의 쾌미일다. 도보로 학교를 다니니 퍽도 피곤하다. 수면 부족에다 원거리 통학을 하나 못견딜 지경이다. 제조(製造) 야금(冶金)을 하였다. 단접법(鍛接法)에 대하여 전번에 결석하여 베끼지 못한 것을 기록하다. 지촌(志村) 선생은 측량 제도를 그리라고 야단이다. 켄트와 축척(縮尺)과 sample을 갖다 주며 하라고 한다. 학생들도 마지못하여 그리기 시작한다. 나는 조금도 그리지 않았다. 일본인 양복점 외교

---

* 김정동, 「고공 건축과 학생 시대의 김해경」,《이상리뷰》, 창간호, 2001.

◆ 이상의 출생과 성장 과정

원들은 학교에 와서 늘 붙어 있다. 나보고서 양복을 하여 입으라고. 기가 막힐 일. 나의 앞길이 장차 어떻게 될지도 모르는 나에게 망량(魍魎)의 말을 한다. 그런데 하고(何故)로 명치광업(明治鑛業)에서는 통지가 오지 않는고. 답답하여 죽겠네. 제발 덕분에 무사히 통과되게 하여 주소서 하나님이여! 하학 후에는 설경(雪景)을 배경으로 앨범에 넣을 사진을 박히기 위하여 우리 일동은 낙산(駱山)으로 갔다. 사진인지 무엇인지 추워서 죽을 욕을 보았다. 우리는 다시 발길을 옮겨 탑동(塔洞)공원에까지 왔다. 전번에 박힌 것이 잘못되었다 하여 사진을 한 장 찍었다. 김해경(金海卿) 군이 나보고 장가가라고 좋은 여염집 새악시가 있으니. 그런 망령의 말은 하지도 말라고 하였다. 나는 집에 왔다. 어머님은 그대로 앓으신다. 보고문을 쓴다. 교주(交柱)의 편을 다 끝마치느라고 욕을 보았다. 오늘도 밤 새로 두 시에 자다.

1929. 3. 16. 청(晴) 난(暖)

오늘은 근일에 볼 수 없는 쾌청에다가 춘광이 미만하다. 아침 몇 시간 동안은 집에서 뒹굴었다. 아무것도 할 것 없다. 아무것도 하기 싫다. 학교 졸업하면 다 이 모양인가? 바깥을 나섰다. 청계천 골목으로 들어섰다. 세상일은 모른다. 자전거 타고 가던 사람이 지게꾼 때문에 우연히도 낭떠러지로 떨어졌다. 선혈이 낭자하여 볼 수 없다. 다행히도 중상은 아니었다. 사람의 일은 순간순간의 삶의 연속이다. 원 군을 찾으니 김해 군이 와 있다. 원 군에게서 개인 사진 하나를 받고 3인이 길을 나섰다. 참으로 일기는 화창하다. 산이나 거리나 봄빛이 가득하다. ** 군의 집을 들러 4인이 학교로 향하였다. 동창들이 많이 왔다. 학교에를 와야 만나겠다. 금일이 성적 발표일이다. 교우회지를 한(韓) 서기에게서 받다. 졸업생 중 오전(奧田) 군이 우등(85)이다. 나는 겨우 82점. 나의 사랑하는 권(權) 군이 왔다. **이도 만났다. 소산(小山) 군의 호출장으로 상경하였다고. 고공 한 떼의 동료들은 대로로 나섰다. 봄이 되어서 그런지 외출하는 인사들이 대단히 많다. 더구나 여학생들이 활갯짓을 하며 대로로 방자 횡행하는 꼴들! 그리고 광화문통을 지나려니 인력거 탄 기생들이 산떼와 같다. 별안간 기생 사태가 났나 하였다. 그리고 자전거에 아가씨를 싣고 다니는 풍류객들. 도중에서 채(蔡) 씨를 상봉. 영아가 중앙(中央)에 낙제하였으니 나보고 배재(培材)에 소개하여 달라고. 야(夜)에는 상동 예배당에 갔다. 엠윈 청년회 문학부 주최 간친회를 열었다.

아래의 일기에서 경성고공 3학년 졸업 무렵의 김희영의 일상을 확인할 수 있다. 그는 병고에 시달리는 어머니에 대한 걱정, 졸업 후 취

김희영의 일기

◆이상의 출생과 성장 과정

업에 대한 고민, 개인적 번민 등을 매우 솔직하게 일기에 기록하고 있다. 그런데 이 일기의 내용 속에 친구인 '김해경'에 관한 기록이 여러 군데 등장한다. 특히 이들이 함께 졸업 사진첩을 준비하던 과정을 알 수 있는 사진 촬영에 대한 이야기도 눈에 띈다. 3월 16일자 일기의 하단에는 학교에서 발표한 학생들의 성적을 메모한 부분도 있는데, 여기에 "김(金) 79 1, 82 1, 82 1"이라고 표시한 부분은 바로 이상의 각 학년별 성적 평균점과 학과 석차임을 알 수 있다. 이상은 1929년 3월 19일 경성고등공업학교 건축학과 12명의 졸업생 가운데 수석을 차지했다. 경성고공 건축학과에서는 이상을 조선총독부 내무국 건축과에 추천하였고 이해 4월 이상은 건축과 기수(技手)로 특채되었다.

◆ 조선총독부 건축 기사 시절

조선건축회와 잡지《조선과 건축》

이상은 1929년 3월 19일 경성고등공업학교 건축과를 수석으로 졸업한 후 학교의 추천으로 이해 4월 조선총독부 내무국 건축과 기수(技手)로 특채되었다. 이상이 조선총독부 건축과에서 어떤 역할을 했는지는 자세한 내용이 제대로 알려진 것이 없지만, 그는 자신의 특기를 살려 주로 건축설계도면을 그렸으며 더러는 총독부가 직접 발주한 관급 공사의 현장 감독으로 공사장에 나가 일하기도 했다.

이상의 조선총독부 기사 시절 활동 가운데에 주목해야 할 것은 그가 1929년 5월 조선건축회(朝鮮建築會) 정회원으로 입회했다는 사실이다.[*] 조선건축회는 1922년 3월 8일 서울에서 일본인 건축 전문가들이 결성한 학회다. 조선건축회의 취지문에는 "조선의 급속한 발전과 도시의 팽창에 대응하여 조선 건축계의 건실한 발전과 함께 과학적으로 조직화된 도시의 건설, 문화적 생활 개선, 기후 풍토에 적응할 수 있는 주택 건설 보급 등을 위해 건축 기술자의 책무를 다하기 위해 조선건축회를 조직한다."라는 설립 목표[**]가 제시되어 있다. 그리고 건축에

---

[*] 이러한 사실은《조선과 건축》(1929. 5)의 '회원(會員) 이동(異動)'란에서 확인할 수 있다.
[**]《조선과 건축》1호, 1922. 6, 2~5쪽.

대한 광범위한 연구 조사, 도시계획 건축법규 주택정책, 건축자재의 규격 통일 등을 실천적 과제로 내세우고 있다. 조선건축회의 창립 회원으로는 주로 서울을 중심으로 활동하던 일본인 건축 기술자 122명이 참여하고 있다. 이사장과 이사 전원이 일본인으로 구성되었으며, 한국인 가운데에는 명예회원으로 이완용, 송병준, 박영효 등의 친일 정치계 인사들이 추대되었다.

조선건축회는 학회 결성과 함께 학회 회원들이 한국 내에서 벌이는 여러 가지 건축 활동과 국내외의 건축계 동향을 소개하기 위해 전문 학회지 성격의 기관지 《朝鮮と建築(조선과 건축)》을 일본어로 발간했다. 이 학회지는 그 창간호가 1922년 6월 25일 발간됐다. 조선건축회의 사업 취지와 관련되는 건축 기술에 대한 조사 연구 내용을 중심으로 건축 토목 관련 연구 논문(論文)과 평설(評說), 잡보(雜報)와 만필(漫筆) 등과 함께 학회 소식 등을 수록하고 있다. 특히 이 학회지에 일제 강점기에 일본인들에 의해 건설된 중요 건축물의 설계도면은 물론 건설 과정에 관한 모든 내역이 소상하게 기록되어 있기 때문에 한국 근대 건축사의 중요 자료가 되고 있다.

이상이 일본인 건축 기술자들을 중심으로 조직 운영되었던 조선건축회 정회원이 된 것은 조선총독부 건축과 기사로서 당연한 일이었다. 조선건축회의 정회원이 된 이상은 조선총독부 건축 기사로서 일하면서도 여전히 화가의 꿈을 포기하지 않고 그림을 그렸다. 그리고 틈틈이 글쓰기에 집중하면서 소설을 집필했고 일본어로 시를 쓰기 시작했다. 그는 이 시기에 화가의 길과 작가의 길을 모두 열어 두고 있었음은 물론이다.

이상이 조선건축회 회원으로 잡지 《조선과 건축》과 인연을 맺은 것은 이 잡지의 표지화 디자인 현상 공모에 자신의 작품을 응모하면서부터였다. 조선건축회에서는 학회 활동에 더 많은 회원들의 참여 의욕을 북돋우기 위해 1926년부터 회원들을 상대로 학회지 《조선과 건축》

의 표지화 디자인을 현상 공모하는 행사를 매년 열고 있었다. 경성고공 시절 미술부에서 활동했던 이상은 조선건축회 정회원으로 입회하게 되자 1929년 연말에 이 현상 공모에 2편의 표지화 디자인을 응모했다. 1930년 1월 《조선과 건축》에 발표된 표지 도안 심사 결과가 발표되었는데 이상의 응모작 두 편이 각각 1등과 3등에 선정되었다. 심사평에서 이상의 표지의 도안은 학회지의 성격에 맞춰 섬세하고 부드러우며 디자인 자체의 기교도 뛰어나다는 평가(《조선과 건축》 1930. 1, 22쪽)를 받았다. 이상의 표지 도안 1등 당선작은 1930년 1월부터 12월까지 매월 출간된 《조선과 건축》의 표지화로 활용되었다.

이상이 그린 《조선과 건축》의 표지 도안을 보면 화면 전체의 균형과 조화를 느낄 수가 있다. 특히 '朝鮮と建築'이라는 제자(題字)의 경우 글꼴 하나하나가 건축의 어떤 부분을 추상화한 특이한 기호들을 조

1930년 1월 현상 모집 표지 도안 심사 결과 발표,
《조선과 건축》, 1930. 1, 21쪽

이상의 《조선과 건축》 표지 도안,
《조선과 건축》 1930년 2월호 표지

「자상」, 이상

합하여 만들어 낸 것임을 알 수 있다. 그리고 중앙에 그려 놓은 원형과 각의 모습이 현대식 건축의 특징을 집약적으로 제시하고 있는 점도 특징적이다. 이 표지 도안이 1930년도를 전후한 시기의 잡지 《조선과 건축》의 표지 도안 가운데 가장 현대적인 감각을 보여 주고 있음은 두말할 필요가 없다.

그는 조선총독부가 주관하여 매년 실시하던 조선미술전람회에도 작품을 출품했다. 1931년도 제10회 조선미술전람회에 그가 출품한 유화 「자상(自像)」이 입선된 사실은 1931년 6월 6일 조선총독부에서 관보(제1322호)를 통해 발표한 '소화6년도 제10회 조선미술전람회 입선작'을 통해 확인이 가능하다. 당시 각 부문별로 동양화 41점, 서양화 196점, 조각 15점, 서예 67점 등의 입선작 가운데 이상의 「자상」이 서양화 부문 입선작으로 명단에 올랐다. 이상은 전문적인 미술 공부를 하지 않았지만 조선미술전람회의 입선을 통해 미술 능력을 어느 정도 스스로 입증할 수 있게 되었다.

이상의 「자상」은 그 원본이 현재 전해지지 않는다. 이 그림은 이상이 운영했던 다방 제비의 벽면을 장식했다고 알려져 있지만 그 실물이 현재 어디에 있는지 알 수 없다. 이 그림은 「제10회 조선미술전람회도록(朝鮮美術展覽會圖錄)」(조선사진통신사, 1931) 속에 작은 사진으로만 남아 있다. 이 전람회 도록 속에 작은 흑백 사진으로 남아 있는 이상의 「자상」을 놓고 그 정확한 구도와 채색을 자세하게 설명하기는 어렵다. 그러나 이상 자신이 자기 시각으로 포착해 낸 자신의 모습을 화폭에 옮긴 것이라는 점을 주목하지 않을 수 없다. 이 그림에서 눈에 띄는 것은 우측으로 약간 기울어진 얼굴의 윤곽과는 달리 각도를 달리하여 정면을 마주보고자 하는 눈동자의 시선이다. 이 시선의 각도 변화로 인하여 초상화의 얼굴은 마치 곁눈질하는 모습처럼 보인다. 사물을 정시하지 않는 듯한 얼굴의 무표정 속에서 진정으로 그가 욕망하는 것이 무엇인가를 알아낸다는 것이 불가능하다. 이렇게 삐뚤어진 그의 시선은 그의 내면적 욕망 자체를 스스로 감춘다. 당시 제10회 조선미술전람회에서는 서양화 부문에 나혜석의 「정원(庭園)」, 윤상렬의 「하얀 꽃」, 이인성의 「세모가경(歲暮街景)」, 정현웅의 「빙좌(凭座)」 등 네 명의 조선인의 작품이 특선의 영예를 차지했다. 이상은 한국 근대미술의 성립기를 주도했던 화가의 반열 속에 그의 이름을 올린 셈이다.

이상과 조선공학회

이상은 조선총독부 건축 기사로 근무하면서 당시 이공계 출신 조선인들이 결성한 조선공학회(朝鮮工學會)에도 가담했다. 조선공학회는 1929년 3월 3일 창립된 단체로서 상당 기간 조직을 준비하고 있었다. 《동아일보》(1929. 2. 5)와 《조선일보》(1929. 2. 6)를 보면 조선공학회의 발기인 총회가 1929년 2월 3일 개최되었는데, 학회의 정관과 취지서를 작성하기 위한 준비위원으로 장익림(張益林), 박길룡(朴吉龍), 백남두(白南斗), 김윤기(金允基), 정이형(鄭利亨) 등이 선출되었음을 보도하고 있다. 창립대회는 2월 16일로 예정되어 있었다. 이 같은 보도가 나간 후에 동아일보는 이례적으로 「조선공학회의 설립 ─ 조선인 공업 발전에 진력하라」(《동아일보》, 1929. 2. 12)라는 사설을 게재하기도 했다.

조선인의 생활상 요구가 간절한 금일에 있어서 점차 조선인 측에서 이 공업적 방면에 유의 혹은 착수하게 된 것은 일반인의 각성을 표시함으로써 크게 주목할 바이거니와 최근 조선공학회 같은 것이 생겨서 공업에 관한 실질적인 조사 연구를 하게 되었다니 그 장래에 대하여 기대하는 바 많다. (중략) 조선공학회의 설립이 초창이니만큼 불비가 많을 것이나 조선 공업 진흥에 착안하고 성열(誠熱)로써 이에 착수하였다 함에 대하여 그 전도를 축하하지 않을 수 없으며 아울러 제공업적 방면의 기관과 한가지로 조선인 공업 발전에 노력함이 다대하기를 바란다.

조선공학회의 창립총회는 3월 3일 조선교육협회 회관에서 열렸다. 조선공학회는 창립대회를 통해 학회의 목적을 "회원의 내적 향상을 도(圖)하며, 우리의 공업 발전에 자(資)키로 함."이라고 확정했으며, 조직 부서로서 서무부, 편집부, 사업부 등을 두게 되었다. 그리고 학회의 간사로 정이형, 김윤기, 김항교(金恒敎), 김종량(金宗亮), 백남두, 김명련(金命鍊), 유두찬(劉斗燦), 김노수(金魯洙), 박길룡, 김종수(金鍾秀), 김해림(金海琳) 등을 선출했다. 동아일보와 조선일보는 1929년 3월 5일 사회면 기사에서 이 창립대회를 비중 있게 보도했다.

조선공학회의 간사위원 명단에 이상의 이름은 등장하지 않는다. 창립대회 당시 이상은 경성고공 졸업에 임박해 있었다. 그런데 1930년 조선공학회 간사 위원들이 일부 교체되면서 이상의 이름(본명 김해경)이 등장하고 있다. 이 사실은 조선공학회의 등장을 주시하고 있던 일본 고등계 경찰의 비밀 보고 문서 속에서 확인된다. 1930년 6월 26일 경성 종로경찰서장이 경성지방법원 담당 일본인 검사에게 발송한 「경종경고비(京鍾警高秘)」 제9742호 조선공학회역원이동건(朝鮮工學會役員異動件)이라는 문서를 보면 조선공학회의 임원이 일부 변경되었음을 알 수 있다.

이 문서에 기록해 놓고 있는 임원 명단을 보면 정이형, 김윤기, 김

항교, 김종량, 백남두, 김명련, 유
두찬, 김노수, 박길룡, 김종수 등
기존의 임원 외에 김해경, 김동
경, 김봉집, 김해도(金海瓙) 등이
등장한다. 이상이 조선공학회의
임원으로 활동했음을 말해 주는
자료이다. 그러나 이상이 조선공
학회의 임원으로 참가하게 된 계
기라든지 활동 내역 등을 확인할
수 있는 자료는 현재 찾아볼 수
없다.

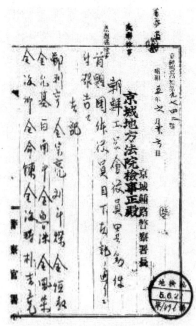

일본 경찰이 왜 조선공학회의
활동을 주시하고 있었는지는 당
시 신문들이 전하는 조선공학회
의 사회 활동에 관한 보도를 통

「경종경고비」 제9742호 문서 원본

해 짐작할 수 있다. 조선공학회는 1930년 8월 하계휴가를 이용하여 적
극적인 사회 계몽 활동을 전개하기 위해 지방 순회강연과 영화 상영을
시행한 바 있다. 중외일보는 1930년 8월 7일 사회 면에서 「공학회 지
부 순회강연 영화 선천(宣川)에서 성황」이라는 기사를 보도하고 있다.

조선공학회 재일본지부순회영화단은 4일 오후 8시 선천 기독교청년
회관에서 공학 강연 영화상영대회를 개최하였는데 연사 제군의 열렬한
강연과 흥미 있는 과학적 상영이었기 때문에 아직껏 공업 상식이 부족
한 우리 사회에 많은 도움이 되는 동시에 관중이 운집하여 실로 입추의
여지없이 대상황을 이루었는데, 그중 연사 유용선(柳庸善) 군은 경관(警
官)의 주의를 받았기 때문에 강연을 끝을 맺지 못하고 부득이 중지하고
말 때에 일반 청중은 박수갈채로 강연을 계속하라고 소동하였다.

이 신문 기사가 말해 주듯이 조선공학회 일본자부의 순회강연과 영화 상영은 일반 대중의 상당한 관심을 모으면서 8월 6일 정주(定州)에서도 성공리에 개최되었다. 그러나 8월 7일로 예정되었던 곽산(郭山)의 행사는 일본 경찰이 강연 내용을 문제 삼아 행사를 저지했기 때문에 모든 강연은 취소되고 영화 상영만으로 이루어졌다. 조선공학회의 사회 활동은 이후 신문에서 다시 찾아볼 수 없다.

이상이 조선공학회에서 어떤 활동을 했는지를 확인할 만한 자료는 현재까지 더 이상 조사된 것이 없다. 그러나 그가 일본인 중심의 조선건설회에 정회원으로 참여하고 있던 중에 조선공학회에 가담한 것은 주목을 요한다. 이상이 조선인 건축 기사로서 지니고 있던 자기 정체성에 대한 인식과 연관되는 문제이기 때문이다.

이상의 이중 언어적 글쓰기

이상은 조선총독부 건축 기사로 일하는 동안 그림뿐 아니라 글쓰기에도 관심을 기울였다. 그는 1930년《조선(朝鮮)》에 장편소설「십이월 십이일(十二月十二日)」을 국문으로 연재하면서 문학적 글쓰기를 시작했다. '이상(李箱)'이라는 필명으로 1930년 2월부터 12월까지 연재한 이 소설은 1931년《조선과 건축》에 발표한 일본어 시「이상한 가역반응(異常ナ可逆反應)」등보다 시기적으로 앞서 있으며, 이상 문학의 문제의식과 서사성의 단초를 확인할 수 있는 출발점에 해당한다는 점에서 일정한 의미를 지닌다. 이상의 첫 장편소설「십이월 십이일(十二月十二日)」을 연재한 잡지《조선》은 조선총독부의 식민지 지배 정책을 대중적으로 선전하기 위해 발간했던 종합 홍보지로서 일본어판과 국문판으로 간행되어 총독부 산하의 각 기관과 지방 관서에 배포되었다. 국문판《조선》은 1916년 1월에 창간된 후 월간지 형식으로 식민지 통치 기간 동안 계속 발간됨으로써 한국 근대 잡지 가운데 가장 오랜 역사를 지니게 된다. 식민지 한국 내의 정치, 경제, 사회, 문화 등에 관한 다양한 논설 기사를 한국인 필자 위주로 편집한 이 잡지에는 소설, 시, 수필 등의 문예물이 독자의 읽을거리로 권말에 함께 수록되었다. 이 잡지는 당시 문단권과 아무 연계도 갖고 있지 않았기 때문에, 이상이 시도한 소설 쓰기도 문단의 관심 대상이 되지 못했다. 장편소설 「십이월 십이일」은 이상의 처녀작이라는 한계를 넘어서지 못한 채 서사적 기법의 미숙성을 드러내고 있다. 특히 서술적 시각의 균형을 유지하지 못하는 데에서 오는 여러 문제가 그대로 노출되고 있다. 장편으로서의 서사 구조를 유지하고 있으면서도 그 삽화의 구성 자체를 풍부하게 살려 내지 못하고 있으며, 인물의 설정도 도식적이며 이야기의 짜임새와 전개 방식도 단조롭다. 이 작품이 이상 소설의 원점 또는 그 기원의 형태로 존재한다는 점은 부인할 수 없는 사실이지만, 소설적 기법과 정신의 수준 자체를 문제 삼기에는 여러 가지 문제성을 지니고 있는 셈이다.

이상은 1932년 3월 첫 단편소설 「지도(地圖)의 암실(暗室)」을 《조선》에 발표했다. 이 소설은 그 소설적 기법과 주제 의식 자체가 이상이 추구하게 되는 서사적 문법의 원점에 해당한다. 이 작품에서 비로소 이상 문학의 성격이 분명해지고 있으며, 그 특징적인 기법과 정신이 높은 수준의 형상성을 드러낸다. 첫 소설 「십이월 십이일」에서 드러난 서술의 불균형도 상당 부분 극복되고 있다. 이 작품은 패러디의 기법을 활용한 소설 내적 공간의 확충, 도시적 공간을 배회하는 '산책자'라는 특이한 존재의 창조, 개인의 삶과 그 존재를 통한 내면 의식의 탐구, 일상성의 의미에 대한 새로운 천착 등을 골고루 보여 준다. 이러한 문제적인 요건들은 이상의 소설 문학에서 반복적으로 실험되면서 그 주제 의식의 무게와 깊이를 더하게 된다. 그리고 두 번째 단편소설 「휴업(休業)과 사정(事情)」도 《조선》(1932. 4) 국문판에 '보산(甫山)'이라는 필명으로 발표했다.

이상의 또 다른 문학적 글쓰기는 조선건축회의 학회지《조선과 건축》에 발표한 일본어 시를 통해 더욱 본격화되었다. 이상은 일본어로 쓴 시 작품을 1931년부터 1932년까지 모두 네 차례에 걸쳐《조선과 건축》에 발표하는데, 1931년 7월 첫 번째로 발표한 작품들은 김해경(金海卿)이라는 본명 아래 「이상한 가역반응(異常ナ可逆反應)」, 「파편의 경치(破片ノ景色 ─ △ハ俺ノAMOUREUSEデアル)」, 「▽의 유희(▽ノ遊 ─ △ハ俺ノAMOUREUSEデアル)」, 「수염(ひげ ─ 鬚·鬣·ソノ外ひげデアリ得ルモノラ·皆ノコト)」, 「BOITEUX·BOITEUSE」, 「공복(空腹)」 등 모두 6편이 있다. 그리고 두 번째로는 1931년 8월 김해경이라는 본명으로 「조감도(鳥瞰圖)」라는 큰 제목 아래 「二人…… 1……」, 「二人…… 2……」, 「신경질적으로 비만한 삼각형(神經質に肥滿した三角形 ─ ▽ハ俺ノAMOUREUSEデアル)」, 「LE URINE」, 「얼굴(顏)」, 「운동(運動)」, 「광녀의 고백(狂女の告白)」, 「흥행물천사(興行物天使 ─ 或る後日譚として ─)」 등 8편의 시를 한데 묶어 연작시의 형식으로 발표하고 있다. 세 번째의 경우도 마찬가지로《조선과 건축》(1931. 10)에 김해경이라는 본명으로 발표하는데, 「삼차각설계도(三次角設計圖)」라는 큰 제목 아래 「선에 관한 각서 1(線に關する覺書 1)」, 「선에 관한 각서 2(線に關する覺書 2)」, 「선에 관한 각서 3(線に關する覺書 3)」, 「선에 관한 각서 4(線に關する覺書 4)」, 「선에 관한 각서 5(線に關する覺書 5)」, 「선에 관한 각서 6(線に關する覺書 6)」, 「선에 관한 각서 7(線に關する覺書 7)」 등의 7편의 작품이 포함되어 있다. 그런데 이상은 1932년 7월《조선과 건축》에 네 번째로 시를 발표하면서 '이상(李箱)'이라는 필명을 사용하고 있다. 「건축무한육면각체(建築無限六面角體)」라는 큰 제목 아래 「AU MAGASIN DE NOUVEAUTES」, 「열하약도 No. 2(熱河略圖 No. 2 未定稿)」, 「진단 0:1 (診斷 0:1)」, 「22년(二十二年)」, 「출판법(出版法)」, 「차8씨의 출발(且8氏の出發)」, 「대낮(眞晝 ─ 或るESQUISSE ─)」 등 7편을 묶어 놓고 있다.

이상의 일본어 시는 그 소재 영역과 기법에 있어서 시인 자신이 지니고 있던 근대과학에 대한 특별한 관심을 표현한 것이 많다. 「삼차각설계도」라는 제목 속에 연작의 형태로 이어진 「선에 관한 각서 1~7」을 비롯하여, 「이상한 가역반응」, 「운동」 등 여러 작품들이 이에 해당한다. 이들 작품에는 수학이나 물리학 등에서 사용하는 일본어로 번역된 용어들이 그대로 활용되고 있으며, 근대과학으로서의 기하학의 발전이라든지 상대성

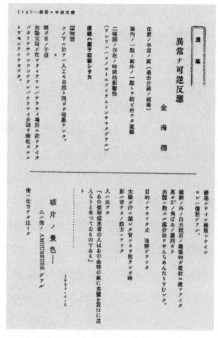

이상의 일본어 시.《조선과 건축》, 1931. 7.

이론과 같은 이론의 등장에 관한 특이한 상념을 이른바 '기하학적 상상력'에 기초하여 새로이 형상화하고 있다. 이상 자신의 개인사적 경험과 관련하여 폐결핵을 진단받은 후 병으로 인한 정신적 좌절과 죽음에 대한 공포를 표현한 것들도 많다. 「BOITEUX·BOITEUSE」, 「공복」, 「진단 0:1」, 「이십이 년」 등은 '병적 나르시시즘'의 세계를 시적으로 형상화하고 있다. 「수염」, 「LE URINE」, 「얼굴」, 「광녀의 고백」, 「흥행물천사」 등은 대체로 육체의 여러 부위에 관한 특이한 관심을 과도하게 드러냄으로써 육체의 물질성에 대한 특이한 인식을 보여 준다. 그리고 당대 사회 현실이나 현대 문명의 속성 등에 대한 비판적 인식을 시적으로 형상화하고 있는 작품들도 발표하고 있다. 「AU MAGASIN DE NOUVEAUTES」, 「출판법」, 「열하약도 No. 2」, 「2인」, 「대낮」 등

의 작품이 이에 해당한다. 이 작품들은 현대 도시 문명의 비판적 인식과 함께 인간의 삶의 방식과 그 가치를 새로이 질문하고 있다. 일상적인 생활 체험에서 얻어 낸 특이한 시적 모티프를 중심으로 시적 형상화를 시도한 「파편의 경치」, 「▽의 유희」, 「신경질적으로 비만한 삼각형」, 「차8씨의 출발」 등도 주목된다. 이 작품들은 일상의 삶에서 빼놓을 수 없는 촛불이라든지 친구를 소재로 하여 그의 예리한 시각과 판단을 시적으로 형상화해 내고 있다.

그런데 이상의 일본어 시는 1933년 이후 국문 시 창작 단계에서 새로이 개작하거나 그 시적 모티프를 부분적으로 패러디하여 새로운 형태로 재창조된 경우도 많이 있다. 예컨대 일본어 시 「이상한 가역반응」과 「LE URINE」은 변소라는 공간에서 이루어지는 배설의 욕망을 그려 낸 「정식(正式)」과 연관되어 있으며, 일본어 시 「수염」과 「얼굴」은 「자상」의 모티프를 제공하고 있다. 「선에 관한 각서 5」는 시간의 비가역성에 대한 시적 상념을 형상화한 「오감도 시제3호」와 이어지며, 일본어 시 「대낮」의 시적 발상법은 「백화(白晝)」의 심상과 깊은 관련이 있는 것으로 보인다. 일본어 시 「출판법」에서 볼 수 있는 타이포그래피의 과정은 「파첩(破帖)」의 시적 모티프로 다시 변용되어 복제로서의 현대 문명에 대한 비판적 인식을 형상화했으며, 일본어 시 「진단 0 : 1」은 「오감도 시제4호」로 개작되었다. 「이십이 년」은 병으로 인한 정신적 좌절감을 특이한 시적 공간에서 기호적으로 재구성한 「오감도 시제5호」로 개작되기도 하고 또한 「행로」의 시적 모티프를 제공하기도 한다. 이러한 사실은 이상의 일본어 시가 "이천 점에서 삼십 점을 고르는 데 땀을 흘렸다."(「오감도」 작자의 말)라고 이상 스스로 언명한 바 있듯이 습작 시기에 일본어로 쓴 작품들 가운데 선별되어 국문 시로 개작되었을 가능성을 말해 준다. 이 문제는 앞으로 이상 문학의 텍스트 전반에 걸친 치밀한 해독과 분석을 거쳐 더 깊이 있게 연구되어야 한다.

이상의 일본어 시는 언어 중심적 관점에서 볼 때 한국문학의 범주 속에 포함되기 어려운 이단적 속성을 지니고 있다. 이 무렵 문단에서 '조선문학'의 범주를 '조선인에 의해 조선어로 창작된 조선인의 생활 감정을 담은 문학'이라고 규정하는 것이 자연스러운 추세였다는 점은 시사하는 바가 크다. 여기에서 한국어라는 매체가 한국문학의 범주를 언어 중심적 원칙에 의해 강제하는 절대적 기준이 되고 있음을 확인할 수 있기 때문이다. 그렇지만 이상 문학의 출발점에서 확인할 수 있는 일본어 글쓰기가 이상의 경우에만 볼 수 있는 특징은 아니라는 점에 주목할 필요가 있다. 신문학 초창기의 소설가 이광수도 이중 언어적 글쓰기를 선택했으며, 시인 가운데 주요한과 정지용도 비슷한 글쓰기 양상을 보인다. 이것은 일본 식민지 시대에 정규 학교 교육과정에서 습득하게 된 일본어 글쓰기의 결과이기도 하고 식민지 지배 제국의 언어를 통해 전유하게 되는 새로운 문학적 상상력의 도전이기도 하다. 이들은 문단 진출이 이루어진 뒤 본격적인 문필 활동을 시작하면서 자연스럽게 모국어 글쓰기로 회귀하고 있었던 것이다.

이상이 일본어 시를 쓰게 된 과정은 의식적 선택에 의한 것이라고 보기 어렵다. 자신이 걸어온 일본어 교육과정과 제국의 언어로서 일본어가 지닌 제도적 성격에 따른 것이기 때문이다. 1920년대 일본 총독부가 시행하고 있던 일본어 교육정책의 원칙은 「조선교육령(朝鮮教育令)」(1911. 8)에 근거한 것이다. 일본은 한국인들을 충량한 일본 국민으로 만드는 데 식민지 교육의 목표를 두고 있다. 조선교육령은 한국인에 대한 교육을 보통교육, 실업교육, 전문교육으로 구분하여 한정한다. 여기서의 보통교육이란 한국인들에게 식민지 백성으로서의 자질을 심어 주기 위해 일본어를 보급시키기 위한 것이다. 실업교육은 농업, 상업 그리고 공업 분야의 하급 직업교육을 말하고, 전문교육도 약간의 전문성을 두고 있는 지식과 기술을 습득시키기 위한 것에 불과하다. 한국인들에게는 자율적으로 대학을 설립할 수 없게 만들었으며,

◆ 조선총독부 건축 기사 시절

대학 교육 같은 고등교육은 제한적으로만 허용한다. 그리고 조선총독부는 사립학교규칙(私立學校規則)(1911. 10)을 통해 사립학교의 설립 요건을 강화함으로써 사립학교의 설립 자체를 불가능하게 하고, 그 교육과정과 교과 내용에 대해서도 엄격하게 통제한다. 개화계몽시대에 설립되었던 상당수의 사립학교들은 이 규칙에 따라 합방 이전의 교과 내용을 모두 강제 폐기당했고, 문을 닫는 학교도 속출한다. 일본은 식민지 정책을 통해 국어와 국문에 대한 교육을 제한했다. 일본어를 '국어'라는 과목으로 소학교에서부터 교육하는 대신, 일본어 교육을 위한 방편으로 '조선어'라는 이름으로 한국어 교육을 제한적으로 허용한다. 그리고 일본어 교육을 확대하면서 점차 조선어 교육을 축소한다. 1935년에는 '조선어 교육'의 폐지를 결정함으로써 한국어와 한글 사용 자체를 학교 교육에서 강제로 금지하고, 이후 관공서에서의 상용어를 일본어로 국한함으로써 한국인이 독자적인 언어와 문자를 사용하는 것조차 금지했다.

이상은 소학교와 고등보통학교 시절의 일본어 교육을 통해 식민지 제국의 언어인 일본어를 '국어'라는 이름으로 습득한다. 그리고 그 제국의 언어를 통해 수용되는 새로운 문명과 지식에 눈을 뜬다. 특히 그가 수학한 경성고등공업학교의 교과과정에는 1학년 이수 과목에만 '국어. 조선어'라는 강좌명이 하나 보일 뿐이다. 그는 자연과학이나 건축학에 관련된 다양한 지식과 정보를 일본어를 통해 습득하고 이를 실제 현장에서 그대로 활용한다. 이러한 이상의 학교 교육 경험을 놓고 본다면 그의 일본어 글쓰기가 식민지 교육이라는 제도에 의해 강제된 것임을 알 수 있다. 이상은 식민지 시대의 정규 학교 교육을 통해 과학과 예술에 관한 근대적 지식과 정보들을 일본어를 매개로 하여 수용한다. 그리고 자신의 상상력에 근거하여 이를 새로운 형태로 재생산해 낸다. 이것이 바로 일본어 글쓰기에 의한 시작(詩作)으로 남아 있다고 할 것이다.

이상의 일본어 글쓰기는 그의 창작 활동의 출발점에 자리하는 것임에도 불구하고 습작 단계의 성격을 크게 벗어나지 않는다. 특히《조선과 건축》이라는 일본인 건축 기술자들이 중심을 이루었던 조선건축회의 학회지를 통해 이루어짐으로써, 1930년대 초반의 한국 문단과는 직접적인 연관을 갖지 못하고 있다. 그리고 대중적인 문학 독자와도 거리를 두고 있었기 때문에 문학 독자의 수용과 그 기대 지평을 벗어난 고립적인 기호 공간에 자리하는 것이다. 그러나 이 작품들은 비록 일본어로 창작한 것이기는 하지만 한국문학에 새로운 변화의 바람이 일기 시작한 때에 발표된 것이라는 점에서 주목을 요한다. 일본 총독부는 민족 단일당으로 출발했던 신간회(新幹會)의 해산(1931. 5) 이후 조선공산당 재건 운동과 연계되었던 조선프롤레타리아예술동맹의 계급문학 운동을 억압하기 위해 '제1차 카프 검거 사건'(1931. 6)을 빌미로 사상운동 자체를 탄압하기 시작한다. 특히 중국 만주 지역에 주둔하고 있는 일본 관동군에 의해 만주사변(1931. 9)이 발발하면서 한국 사회 전반에 걸친 통제와 억압은 더욱 강화된다. 이러한 외부적 상황의 변화 속에서 한국문학은 문학의 정신과 기법의 새로운 전환을 모색하기 위해 다양한 소그룹 중심의 동인 활동을 전개하기 시작한다. 특히 정지용, 김영랑 등을 중심으로 하는 동인지《시문학》(1930)의 성공적인 출발은 이후 문학의 모더니즘적 경향을 예견할 수 있게 한다. 그리고 일본 유학을 통해 전문적으로 문학 수업을 거친 문인들이 문단에 진출하여 해외 문학의 동향을 활발하게 소개함으로써 문학의 경향이 다양하게 전개된다. 이상의 일본어 시에서도 새로이 등장한 모더니즘 문학이 지향했던 현대성에 대한 문제의식과 함께 특이한 기법적 고안을 엿볼 수 있다. 이 작품들 가운데에는 문학적 텍스트로서의 완결성을 갖추고 있다고 보기 어려운 경우도 많이 있지만, 다양한 패러디의 방식에 의한 텍스트의 구성, 몽타주 기법에 의한 시상의 전개, 비약과 생략에 의한 시상의 변주 등을 통해 당대 시단의 경향에서 보기 드문 새로운 시적 실험을 실천하고 있다.

이상은 1933년경부터 박태원, 정지용, 김기림, 이태준 등과 문단적 교류를 가지게 되면서 일본어 시를 더 이상 발표하지 않고 있다. 그는 정지용의 추천을 받아 《가톨닉청년》에 「꽃나무」 등의 국문 시를 발표하면서 독자 대중과 자연스럽게 만날 수 있게 된다. 1933년부터 1937년 그의 죽음에 이르기까지 그가 일본어 시의 창작을 중단하고 국문 글쓰기에 집중했다는 사실은 매우 중요한 의미를 지니는 것이다. 이상의 일본어 시는 한국어와 일본어라는 두 개의 언어를 통한 동시적 소통 행위를 의미하는 이중 언어적 글쓰기의 산물임에도 불구하고 그의 전체적인 문학 세계에서는 초기 활동에 국한되는 특이한 사례에 해당한다고 할 것이다.

◆ 이상과 다방 '제비' 그리고 '구인회' 시대

다방 제비의 공간

이상은 1931년 가을 자신이 폐결핵을 앓고 있다는 사실을 알았다. 그리고 1932년 말에 조선총독부 건축 기사직을 사직했다. 그는 폐결핵이 점차 악화되면서 객혈을 거듭하고 심한 오한과 기침에 시달리게 되자 결국은 직장을 그만두고 병의 치료에 관심을 두게 된다. 가족들은 그가 골방 안에서 그림 그리기에 열중하면서 건강을 다친 것으로 여겨 미술 도구를 모두 치워 버렸다. 그런데 그의 후견인 역할을 해 오던 백부 김연필마저 1932년 5월 갑작스럽게 세상을 뜨게 되었다. 백부의 사망 직후 그 가계를 이어 호주를 상속받은 사람은 백부의 슬하에서 양자처럼 자란 이상이 아니었다. 김연필의 첩실로 들어온 김영숙에게 딸려 있던 김문경이 이미·친자로 호적에 올랐기 때문에 자연스럽게 호주 상속을 마쳤고 김연필의 가계를 법적으로 승계했다. 이상은 이런 가정사의 변화를 보면서 충격 속에서 결국은 큰집과의 관계를 청산했다.

이상은 1933년 이른 봄 자신이 앓고 있던 결핵의 요양을 위해 황해도 배천(白川) 온천으로 떠났다. 이 시골의 온천장에서 그가 운명적으로 만난 여인이 바로 기생 '금홍'이었음은 널리 알려진 일이다. 이상과 금홍의 만남은 소설 「봉별기」에 담백한 필치로 서사화되고 있지만, 이들의 만남과 사랑과 이별은 이상의 삶에 있어서는 거의 치명적이었다고 할 수밖에 없다. 이상은 온천 요양을 마치고 서울로 올라온 후에 금홍을 서울로 불러올릴 계획을 세웠고 이 운명적 투기를 구체적으로 실천에 옮기기 위해 문을 연 것이 바로 다방 '제비'였다. 친부모의 집문서를 저당 잡혀 가게를 세내었다고 전해지는 다방 제비는 이상 자신의 손으로 실내장식이 꾸며졌다. 다방 제비는 1933년 6월 종로 2가 반도광무소(半島鑛務所)의 건물 아래층에 문을 열었는데, 당시 경성의 몇 되지 않는 다방 가운데 하나로 세간의 관심사가 되었다.

1934년 5월 당시 대중 독자에게 가장 인기가 높았던 잡지《삼천리(三千里)》(제6권 제5호)에는 「끽다점평판기(喫茶店評判記)」라는 흥미로운 기사가 실려 있다. 일본인들이 상권을 쥐고 있던 본정(本町, 현재의 명동) 일대에는 일본인들을 상대로 하는 다방이나 카페가 여럿 있었지만 그것은 이 잡지의 관심사가 아니다. 조선 사람들이 제 손으로 세워 경영하는 다방 '뿌라탄', '낙랑(樂浪) 파라', '뿐 아미', '멕시코', '제비' 등 이것들이 서울 거리에 들어서면서 생겨난 새로운 풍속도가 세간의 흥밋거리다. 이 기사에서 제비 다방을 소개한 부분만 그대로 옮겨 보면 다음과 같다.

제비

총독부(總督府)에 건축 기사로도 오래 다닌 고등공업 출신의 김해경(金海卿) 씨가 경영하는 것으로 종로(鍾路)서 서대문(西大門) 가느라면 10여 집 가서 우편(右便) 페-부멘트 엽헤 나일강반(江畔)의 유객선(遊客船)가치 운치 잇게 빗겨 선 집이다.

더구나 전면 벽은 전부 유리로 깔엇는 것이 이색이다. 이러케 종로대가(鍾路大街)를 엽헤 끼고 안젓느니만치 이 집 독특히 인삼차나 마시면서 밧갓흘 내이다 보느라면 유리창 너머 페-부멘트 우로 여성들의 구두빨이 지나가는 것이 아름다운 그림을 바라보듯 사람을 황홀케 한다. 육색(肉色) 스톡킹으로 싼 가늘고 긴 ─ 각선미의 신여성의 다리 다리

다리 ―

　이 집에는 화가, 신문기자 그리고 동경(東京) 대판(大阪)으로 유학하고 도라와서 할 일 업서 양차(洋茶)나 마시며 소일하는 유한청년(有閑靑年)들이 만히 다닌다.

　봄은 안 와도 언제나 봄긔분 잇서야 할 제비. 여러 끽다점(喫茶店) 중에 가장 이 땅 정조(情調)를 잘 나타낸 「제비」란 일홈이 나의 마음을 몹시 끄은다.

여기 소개되고 있는 "총독부에 건축 기사로도 오래 다닌 고등공업 출신의 김해경 씨"가 바로 제비 다방의 주인 이상이다. 다방 제비는 이상 개인에게 있어서 하나의 새로운 사업이지만 사실은 흔치 않았던 영업이었음은 물론이다. 당시 경성은 일본 식민지 지배 상황에서 왜곡된 근대화의 과정을 겪으며 점차 현대적인 도시로 변모하고 있던 중이었다. 이런 가운데 들어서기 시작한 '다방'이 경성의 새로운 풍속도를 만들기 시작한다.

1930년대 초기에 경성의 거리에 등장한 다방이란 무엇인가? 이 무렵 동아일보 학예 면에 소개된 《다방과 예술가》라는 짧은 칼럼에서는 '다방'이라는 새로운 장소를 "주로 유한자, 인텔리군의 휴게소, 대합실, 한담실"로 규정하고 있다.

　근래 각 도시에는 주로 유한자(有閑者), 인텔리군의 휴게소, 대합실, 한담실(閑談室)로 다방이란 것이 생겨낫다. 그런데 지방 도시는 모르거니와 중앙에 잇어 보건대 이 다방과 예술과의 간에는 특이한 현상이 간취된다. 우선 그 경영자를 보면 화가, 극작가, 영화인, 시인, 배우, 음악가 등 거이 예술의 각 부문에 속하여 잇고 따라서 그 다방의 내부 장치 비품 기분 기타가 역시 각각 그 부문의 인사의 취미와 기호에 적합하도록 되어 잇으므로 각 부문의 예술가들은 마치 자기 집 사랑방이나 되는 듯 자주들 다니게 된다. 시하야 그 어느 하나를 찾어가 보면 거기서는 적막(寂寞), 권태(倦怠), 우울(憂鬱)에 잠긴 예술가(?)가 한잔 차를 앞에 노코 명상에 빠젓음인지 시간 가기를 기다림인지 분변(分辨)키 어려운 망연한 자세로 앉어 잇음을 적어도 하나둘은 반드시 보게 된다. 예술가와 다방! 그 무슨 인연인가. 구주(歐洲)에는 일즉이 살롱이 성하야 살롱문학을 산출한 때가 잇엇고 또 상징파 시인의 일군과 또 그 뒤에는 따따파가 카페를 본영(本營)으로 하야 기염을 토한 때가 잇엇다. 그러면 오늘날 '꼬십'의 교환소밖에 되지 않는 이 다방이란 존재도 장차 무슨 신예술의 요람이 될 것인가. 다방예술 — 설사 이런 것이 나온다 할지라도 우리는 거기에 많은 것을 기대할 수 없다. 그것은 무료(無聊)에서 허우적이는 낙오자의 푸넘밖에 될 수 없을 것이므로써이다. 시대의 불안과 생활의 과로가 너나를 불문하고 다방의 한구석으로 끌어감이 사실이지만 냉정하게 돌이켜 보면 다방이란 결코 고마운 존재가 아님에는 틀림없다. 다방 경영하는 예술가들도 산반(算盤)의 모독(冒瀆)에서 떠나 신성한 본업으로 돌아가려니와 거기 모으는 신시대의 예술가들도 마땅히 다방을 뒤로하고 가두로 나서야 할 것이다.

이 글을 쓴 익명의 필자는 "시대의 불안과 생활의 과로가 너나를 불문하고 다방의 한구석으로 끌어감이 사실이지만 냉정하게 돌이켜 보면 다방이란 결코 고마운 존재가 아님에는 틀림없다."라고 부정적 판단을 제시한다. 유럽의 살롱 문화와 같은 현상도 기대할 수 없다는 것이 이 논객의 견해다. 이상이 다방 제비의 문을 열게 된 것도 고상한 예술적 취향과는 관계가 없을 듯싶다. 그는 병으로 실직한 건축 기사에 불과하다. 이름난 문학가도 아니며 예술가로 알아주는 이가 있을 리 없다. 이상은 생업을 위해 새로운 사업을 구상했고 그것이 다방 제비였던 것이다. 이 같은 상황에 대해서는 이상의 누이동생 김옥희의 다음과 같은 회고를 참조할 만하다.

종로 2가에 '제비'라는 다방을 내건 것은 배천온천에서 돌아온 그해 6월의 일입니다. 금홍 언니와 동거하면서 집문서를 잡혀 시작한 것이 이 제비 다방이었습니다.

그런데 오빠가 집문서를 잡힐 때 집에서는 감쪽같이 몰랐다고 합니다. 도시 무슨 일이고 집안과는 의논이 없던 오빠인지라 집문서 잡힐 때라고 사전에 의논했을 리는 만무합니다만 설령 오빠가 다방을 내겠다고 부모님께 미리 말했다고 하더라도 응하시진 않았을 것입니다.

오빠는 늘 돈을 벌어 보겠다고 마음먹은 모양이지만 막상 돈벌이에는 소질이 없었던 것 같습니다. 더구나 장사 그것도 다방 같은 물장사가 될 이치가 없습니다. 돈을 모르는 사람이 웬 물장사를 시작했는지조차 의심스러운 일입니다만 거기다가 밤낮으로 문학하는 친구들과 홀 안에 어울려 앉아서 무엇인가 소리 높이 지껄이고 있었으니 더구나 다방이 될 까닭이 없었습니다. (중략)

큰오빠가 다방을 경영할 즈음 나는 이따금 우리집 생활비를 얻으러 그것으로 간 일이 있습니다. 오전 열한 시나 열두 시 그런 시간이었는데 그때에야 부스스 일어난 방 안은 언제나 형편없이 어지럽혀져 있었습니다. 지금도 그 방 안이 기억에 선한데 그것은 방이라기보다 '우리'라고 할 정도로 그렇게 지저분하게 흩어져 있었습니다.

'저게 너의 언니니라.'고 눈짓으로만 일러 줄 뿐 오빠는 금홍이 언니를 한 번도 제게 인사시켜 준 일이 없습니다. 그래서 저는 금홍이 언니와는 가까이서 말을 걸어 본 일이 없습니다.*

이상이 개업한 다방 제비는 여동생 김옥희의 회고대로 집문서를 저당 잡혀 이루어 낸 사업이었지만 성공적인 '물장사'가 되지 못한다. 이상 자신도 다방 제비의 경영에 크게 힘을 들이지 못했고, 금홍과의

---

* 김옥희, 「오빠 이상」, 《신동아》, 1964. 12.

불화로 인하여 그 운영 자체가 점차 힘들어진다. 종로 네거리에 인접하여 세간의 화제가 되었던 다방 제비는 2년을 제대로 넘기지 못한 채 문을 닫기에 이른다. 이러한 사실은 1935년 가을 잡지 《삼천리》의 취재 기사인 「서울 다방」(제7권 10호) 속에서 이미 그 이름을 찾을 수 없게 되었다는 데에서 확인된다. 이 기사를 보면 바로 한 해 전에 '끽다점평판기'에 등장했던 '뿌라탄', '낙랑 파라' 등 가운데 이상이 운영하던 제비 다방이 사라졌음을 확인할 수 있다. 이들 대신에 새로운 다방으로 인사동의 '삐너스', 명치정의 '에리자'와 '따이나', 남대문통의 '보스통', 그리고 관철동의 '백합원(百合園)' 등이 들어선 것을 보면 다방의 운영이라는 것이 당시 경성에서 그리 손쉬운 사업이 아니었음을 짐작할 수 있다. 이상의 다방 제비는 1935년 초에 문을 아예 닫았다. 김옥희의 회고에 따르면 이상은 제비의 폐업 후에 인사동에 '스루〔鶴〕'라는 카페를 인수했다가 손을 떼었고, 다시 종로에 '69'라는 다방을 설계하고는 개업도 하기 전에 남의 손에 넘긴다. 그리고 다시 명치정에 다방 '무기〔麥〕'를 열었지만 그도 또한 제대로 운영되지 못한다.

이상의 다방 제비는 금홍이라는 여인이 한자리를 차지한다. 이상의 삶에서 금홍과의 만남과 사랑과 이별은 예사로운 남녀의 이야기와는 사뭇 다르다. 이를 확인하기 위해서는 이상이 자신의 소설 「봉별기(逢別記)」(《여성》, 1936. 12)에서 그려 낸 금홍이라는 여인상을 먼저 살펴보는 작업이 필요하다. 단편소설 「봉별기」의 주인공인 '나'는 스물셋의 나이에 결핵 요양을 위해 온천장에 갔다가 그곳 술집에서 '금홍'이라는 여인과 만난다. 두 사람은 서로 가까워진다. '나'는 요양 생활을 마치고 서울로 돌아온 후에 금홍을 서울로 불러올린다. 그리고 함께 살게 된다. 그러나 두 사람의 생활은 서로 조화를 이루지 못한다. 금홍은 몇 차례의 출분을 거듭하다가 결국은 가출한다. 그리고 이들은 헤어진다. 이 작품에 등장하는 '나'의 이야기는 경험적 자아로서의 작가 이상의 삶의 과정과 상당 부분 일치하며, '나'의 상대역인 금홍의 경우에도 이상이 한때 같이 살았던 실제 인물이라는 점을 확인할 수 있다.

스물세 살이오 — 三月이요 — 咯血이다. 여섯 달 잘 길른 수염을 하로 면도칼로 다듬어 코밑에다만 나비만큼 남겨가지고 藥 한 재 지어 들고 B라는 新開地 閒寂한 溫泉으로 갔다. 게서 나는 죽어도 좋았다.

그렇나 이내 아즉 길을 펴지 못한 靑春이 藥탕관을 붓들고 늘어저서는 날 살리라고 보채는 것은 어찌하는 수가 없다. 旅館 寒燈 아래 밤이면 나는 늘 억울해했다.

사흘을 못참ㅅ고 기어 나는 旅館主人 영감을 앞장세워 밤에 長鼓 소리 나는 집으로 찾어갔다. 게서 맞난 것이 錦紅이다.

「몇 살인구?」

體大가 비록 풋고초만하나 깡그라진 게집이 제법 맛이 맵다. 열여섯 살? 많아야 열아홉 살이지 하고 있자니까

「스믈한 살이예요」

「그럼 내 나인 몇 살이나 돼 뵈지?」

「글세 마흔? 서른아홉?」

나는 그저 흥! 그래 버렸다. 그리고 팔짱을 떡 끼고 앉어서는 더욱더욱 점잖은 체했다.

이 소설의 첫 단계에서 그려 내고 있는 '나'와 금홍의 만남의 장면이다. '나'와 금홍의 만남은 예사로운 남녀의 만남과는 그 성격이 다르다. 금홍이가 여염집의 규수가 아니라 거리의 여인이었기 때문이다. 그러므로 이 만남의 과정 자체도 희화적으로 서술된다. 장난처럼 만나고 농(弄)처럼 이야기가 진전된다. '나'는 숫된 총각이면서도 객기를 부리듯 금홍과의 비정상적 관계를 유지한다. 그리고 전혀 자기 내면의 심정적 반응을 드러내 보이지 않는다. 금홍이라는 여인의 존재 자체를

객관적인 거리에 놓고 그려 놓고 있을 뿐이다. 「봉별기」의 둘째 장면에서는 '나'와 금홍의 동거 생활이 그려진다. '나'는 서울로 올라온 후에 금홍을 서울로 불러올린 후 간단하게 금홍의 과거를 묻지 않기로 하고 함께 살게 된다. 두 사람의 동거 생활은 정상적인 부부 관계처럼 이어진다. 금홍은 겨우 스물한 살이었지만 나이 서른이 넘은 것처럼 세상 물정에 밝았고, '나'는 스물셋인데도 여나믄 살을 먹은 아이처럼 그 밑에서 살아간다. 두 사람의 모습은 절름발이의 형상처럼 부조화와 불균형으로 그려진다. 금홍은 이러한 생활에 금방 흥미를 잃고 삶의 테두리를 벗어나는 일탈을 시작한다. 이 소설의 이야기의 세 번째 단계는 '나'와 금홍의 관계가 갈등으로 치달으며 결국은 파국에 이르게 됨을 서술한다. '나'는 금홍이가 다른 사내들과 어울리며 밖으로 나도는 것을 알아차리고는 '천하의 여성은 다소간 매춘부의 요소를 품고 있다.'라고 생각한다. 그리고는 더 이상 금홍을 찾으려 하지 않고 금홍과의 생활을 모두 청산한 후 본가로 돌아온다. 소설 「봉별기」의 결말은 금홍이와의 이별과 그 후일담의 한 장면을 보여 준다. 그러나 이 장면은 새로운 이야기의 연결을 위한 것이 아니라 '나'와 금홍의 관계가 이미 끝났음을 확인하는 자리로 제시된다. 풍파에 시달리며 살아가는 금홍의 모습과 함께 새로운 삶을 설계하면서 동경행을 꿈꾸고 있는 '나'의 모습을 대비하고 있다.

이처럼 소설 「봉별기」는 비교적 간결하게 '나'와 금홍의 관계를 서사화한다. 이 소설의 이야기에 등장하는 '나'와 '금홍'의 관계는 현실 속에서 이루어진 둘의 관계와 거의 그대로 일치한다. 그리고 부분적으로 희화화(戱畵化)된 여주인공 금홍의 행동을 통해 실제 인물 금홍의 성격이 암시되고 있다. 하지만 이 소설에서 작중 화자를 겸하고 있는 남성 주인공은 결코 아내의 일탈과 부정을 원망하거나 증오하지 않는다. 모든 이야기는 절제된 감정으로 간략하게 서술되고 있을 뿐이다.

이상의 다방 제비는 1930년대 경성의 풍속 가운데 가장 '슬픈 이야기'로 박태원에 의해 다시 기록된 바 있다. 박태원이 이상의 사후에 발표한 「유모어 콩트 다방 제비」(《조선일보》, 1939. 2. 22~23)를 보면 다방 제비는 그가 손수 그린 삽화와 함께 하나의 희화(戲畵)처럼 남아 있다. 이 글 가운데 담겨진 이상의 어두운 삶의 내면을 짐작해 볼 수 있다.

1

유모어 콩트라지만 그러나 이것은 슬픈 이야기다. 그도 그럴밖에 없는 것이 이것은 죽은 이상과 그이 찻집 〈제비〉의 이야기니까. 〈제비〉는 이를테면 이제까지 있었던 가장 슬픈 찻집이요 또한 이상은 말하자면 우리의 가장 슬픈 동무이었다.

2

〈제비〉 2층에는 광무소(鑛務所)가 잇섯다.

아니 그런 것이 아니다. 광무소 아래 〈제비〉는 잇섯다.

이것은 얼는 들어 가튼 말인 법하되 실제에 잇서 이러케 따지지 안흐면 안 된다.

웨 그런고 하면 그 빈약한 2층 건물은 그나마도 이상의 소유가 아니오 엄연히 광무소의 것으로 〈제비〉는 그 아래층을 세 어덧을 뿐. 그 셋돈이나마 또박또박 치르지 못하여 이상은 주인에게 무수히 시달림을 밧고 내용증면의 서류우편 다음에 그는 마침내 그곳을 나오지 안흐면 안 되엿던 것이니까 ― .

3

〈제비〉 ― 하야케 발라노흔 안 벽에는 실내장식이라고 도무지 이상의 자화상이 하나 걸려 잇슬 뿐이었다.

그것이 어느 날 황량한 벌판으로 변하엿다. 〈제비〉가 그렇게 변하엿

　◆ 이상과 다방 '제비' 그리고 '구인회' 시대

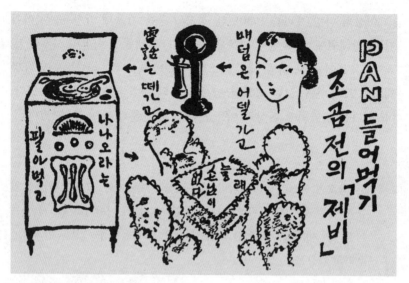

박태원 「유모어 콩트 다방 제비」의 삽화

다는 것이 아니라 그림 말이지만 결국은 〈제비〉도 매한가지다.

온 아무리 세월이 업느니 손님이 안 오느니 하기로 그처럼 한산한 찻집이 또 잇슬까?

언제 가 보아도 손님이란 별로 업섯고 심부름하는 수영이란 녀석은 아직 열여섯 살이나 그박게 안 된 놈이 때때로 그곳에 놀러 오는 이웃 카페 여급을 상대로 손님 업는 점 안에서 시시적거리고 낄낄거리고 그러는 것이엇다.

그래도 어쩌가다 찾는 손님이 잇스면 이 소년은 그리 친절할 것은 업서도 매우 신속하게 꼭 〈가배〉와 〈홍차〉만 팔앗다.

4

신속하게 〈가배〉와 〈홍차〉를 판다는 말에는 약간의 주해가 필요할지 모른다.

한때는 도무지 다른 찻집에서는 먹어 볼래야 볼 수가 업는 인삼차라는 것을 팔기까지 한 〈제비〉엿지만 그것도 이를테면 한마당의 헛된 꿈이요 〈포노라디오 나나오라〉를 팔아 버리고 전화는 전화상에서 떼어 가고 한 당시의 〈제비〉에서 이루 수십 종의 음료와 주류를 준비하여 노코 대체 언제 올지도 알 수 업는 손님을 가다리고 잇는 수도 업섯다.

박태원이 그린 다방 제비의 풍경은 어느 정도 희화화된 것이지만 그 실체를 크게 과장한 것 같지는 않다. 이런 식의 '물장사'라면 까다로운 경성의 한량들에게 외면당할 것은 뻔한 이치다. 이상은 다방 제비의 경영에서 2년을 견디지 못하고 완전히 실패한다. 그리고 배천온천에서 불러올려 함께 동거했던 기생 금홍과의 생활도 파탄에 이른다.

「오감도」의 탄생

1930년대 초 식민지 조선의 중심지 경성의 한복판에서 이상이 경영했던 다방 제비는 이상이라는 한 개인의 삶의 과정에서 볼 때 실패의 공간으로 기록된다. 다방 제비는 이상이 폐결핵이라는 병환으로 인하여 조선총독부 건축 기사를 사직하면서 새롭게 구상했던 생업이다. 그는 배천온천의 기생 금홍이와 동거하면서 제비를 개업했지만 운영에 실패해 경제적 궁핍에 시달린다. 그리고 금홍이와도 결별하게 되자 그 스스로 절망의 늪에 빠져들었던 것이다.

그렇지만 다방 제비의 공간이 이상의 대표작 「오감도」의 산실(産室)이 되었다는 것은 주목을 요한다. 이상은 다방 제비의 공간에서 자신의 젊음을 탕진했던 것만은 아니다. 이 특이한 공간은 1930년대 중반을 살았던 경성의 문학인들에게는 하나의 '살롱'이 되었고, 여기에 모여드는 문인들과의 교류가 가능해지면서 이상은 그 자신의 욕망의 새로운 출구를 찾아 갈 수 있게 된다. 그 출구가 바로 문학적 글쓰기의 세계이다. 조선총독부 건축 기사 시절부터 관심을 가졌던 이상의 글쓰기는, 즉 잡지 《조선》에 발표한 소설과 《조선과 건축》에 발표한 일본어 시 등은 당대의 문단과 단절된 채 소통과 수용의 공간을 공유하지 못했던 것이 사실이다. 이상은 다방 제비를 운영하면서 당시 문단의 중요 문인들과 자연스럽게 만날 수 있었고 이들과 교류할 수 있는 계기를 만들었던 것이다. 다방 제비에 드나들면서 이상에게 먼저 호감을 표시한 사람이 소설가 박태원이었고, 시적 재능을 먼저 간파한 이는 당대 최고의 시인 정지용이었다. 정지용은 동인지 《시문학》(1930) 시대부터 선명한 심상과 절제된 감각의 언어로 시적 대상을 포착해 내면서 새로운 시의 경향을 주도했던 당대 최고의 시인이다. 그는 시를 통해 감정을 절제하고 시적 대상을 감각적으로 형상화하는 기법을 확립함으로써 1930년대 시단에서 모더니즘 시 운동의 중심에 서 있었다. 정지용은 이상의 시적 천재성을 알아차리고는 자신이 편집하던 잡지 《가톨릭청년》(1933. 7)을 통해 이상의 국문 시를 처음으로 소개했다. 이상이 정지용을 만난 것은 문단의 외곽에 서 있던 그가 당대 한국 문단의 중심부로 들어서게 되었음을 의미한다고 할 수 있다.

이상의 시가 《가톨릭청년》에 서너 번 났었는데 그것은 순전히 지용의 객기에서 출발한 것이었다. 이상이 김소운(金素雲)의 소개로 잡지사로 지용을 찾아가서 제 시를 보아 달라고 했을 때에, 다른 때 같으면 나중에 볼 테니 그냥 두고 가라고 할 텐데 무슨 생각에서인지 그 당장에 그 시를 읽고 나서 안경 너머로 눈을 깜박거리더니,

"괴짠데……."

하고 탄성을 올렸다. 그리고는 이상을 보고 어느 학교를 나왔느냐고 물었다. 이상이 학교 이름과 현재의 직업을 대니까 깜짝 놀라서,

"무어, 고등공업학교 건축과를 나와서 전매청 건축 현장에서 십장(什

長) 일을 보고 있다구요. …… 그리고 시를 쓴단 말이죠. 이건 참 괴짠데
…….”

이렇게 해서 지용은 이상의 시를 그 다음 달《가톨닉청년》에 실어
주었다. 편집기자가 그게 무슨 시냐고 타박했더니 지용은,

“괜찮아. 우리나라에도 그런 괴짜 시를 쓰는 사람이 한 사람쯤은 있
어야 해…….”

하고 이상을 두둔하였다. 그리고는 이상이 가져오는 대로 두어 번 그의
괴상한 시를 내어 주었다.*

조용만의 술회 가운데에는 이상의 시적 천재성을 '괴짜'라는 말로
지목했던 정지용의 안목이 잘 드러나 있다. 이상은 정지용의 배려로
《가톨닉청년》에 「꽃나무」, 「이런 시」, 「1933. 6. 1」을 발표했다. 이 작
품들이 정지용의 주선으로 잡지에 소개된 것은 이상의 문학적 재출발
을 의미한다. 이상은 정지용을 만남으로써 최고 시인의 문학적 지지를
받으면서 문단의 중심에 내세워진다. 그는 금홍과의 불화로 인한 정신
적인 고뇌와 다방 제비의 경영난에서 비롯된 곤궁 속에서 용케도 모국
어의 세계로 들어와 시 창작의 꿈을 실현하게 된 것이다.

(1)
벌판한복판에 꽃나무하나가잇소 近處에는 꽃나무가하나도업소 꽃나무는
제가생각하는꽃나무를 熱心으로생각하는것처럼 熱心으로꽃을피워가지고
섯소. 꽃나무는제가생각하는꽃나무에게갈수업소 나는막달아낫소 한꽃나
무를爲하야 그러는것처럼 나는참그런이상스러운숭내를내엿소.

—「꽃나무」

---

* 조용만, 「이상 시대 젊은 예술가들의 초상」, 《문학사상》, 1987. 4.

(2)

역사를하노라고 쌍을파다가 커다란돌을하나 쓰집어내여놋코보니 도모지
어데서인가 본듯한생각이들게 모양이생겻는데 목도들이 그것을메고나가
드니 어데다갓다버리고온모양이길내 쏘차나가보니 危險하기짝이업는큰길
가드라.

그날밤에 한소낙이하얏스니 必是그돌이깨끗이씻겻슬터인데 그잇흔날가보
니까 變怪로다 간데온데업드라. 엇던돌이와서 그돌을업어갓슬가 나는참이
런悽량한생각에서 아래와가튼作文을지엿도다.

「내가 그다지 사랑하든 그대여 내한平生에 참아 그대를 니즐수업소이다.
내차례에 못올사랑인줄은 알면서도 나혼자는 꾸준히생각하리다. 자그러면
내내어엿부소서」

엇던돌이 내얼골을 물쓰럼이 치여다보는것만갓서서 이런詩는 그만씨저버
리고십드라.

—「이런 詩」

(3)

天秤우에서 三十年동안이나 살아온사람 (엇던科學者) 三十萬個나 넘는 별
을 다헤여놋코만 사람 (亦是) 人間七十 아니二十四年동안이나 쌘々히사라
온 사람 (나)

나는 그날 나의自敍傳에 自筆의訃告를 揷入하엿다 以後나의肉身은 그런
故鄕에는잇지안앗다 나는 自身나의詩가 差押當하는꼴을 目睹하기는 참아
어려윗기쌔문에.

—「一九三三, 六, 一」

《가톨릭청년》에 발표된 세 편의 시는 이상의 글쓰기가 지향하게
될 하나의 방향을 암시한다. (1)「꼿나무」의 텍스트에는 두 가지 시적
진술이 결합되어 있다. 하나는 시적 대상인 '꽃나무'에 관한 객관적 기

술이고 다른 하나는 시적 화자인 '나'의 태도에 대한 진술이다. '꽃나무'를 통해 사물의 존재 방식을 설명하고 거기에 '나'의 태도를 견주어 보고 있는 셈이다. 말하자면 현실적인 것과 이상적인 것의 거리 문제를 놓고 사물의 존재 방식과 인간의 존재 방식을 대비하여 제시한다. 여기에서 "꽃나무"는 이상의 시가 지향하는 지표이며, 하나의 '황금 가지'에 해당한다. 이상은 이제 스스로 시를 통해 황금의 꽃나무를 키워야 한다.

(2) 「이런 시(詩)」는 시적 텍스트 자체가 일종의 알레고리를 구축하고 있다. 이 작품의 전반부는 일터에서 파낸 '돌'에 관한 이야기를 담고 있다. 공사장 인부들이 커다란 돌을 파내어 큰길가에 버린다. 그날 밤 소나기가 내려 돌에 묻는 흙이 모두 씻겨 버렸을 것으로 생각하고 시적 화자는 다음 날 길가로 나가 본다. 그런데 누군가 그 돌을 치워 버려 자리에 없다. 작품의 후반부는 없어져 버린 돌에 대한 아쉬움의 감정을 '사랑하면서도 자신이 그 사랑을 차지하지 못한 안타까움'에 빗대어 표현한다. 이 작품의 텍스트에서 '돌'을 일반적인 사물이라고 한다면, 그 사물의 본질이나 실체를 제대로 알아보는 일이 중요하고 또 그것을 알아보게 되었을 때 그것을 취할 수 있는 기회를 포착하고 그것을 소유하는 용기도 필요하다는 것을 암시한다. '돌'의 의미는 옥구슬일 수도 있고, 연모의 대상일 수도 있다. 그러나 그 대상을 제대로 알아보지 못하고 적극적으로 취하지 못하면 아무 소용이 없어진다.

(3) 「1933, 6, 1(一九三三, 六, 一)」의 텍스트에서 전반부는 역사상 위대한 업적으로 남긴 과학자들의 생애에 관한 단상을 기록하고 있다. 중력의 법칙을 발견한 뉴턴이라든지 수많은 별들의 크기와 움직임을 관측해 낸 갈릴레오의 연구를 떠올릴 수 있다. 그리고 여기에 24세에 이르기까지 시적 화자 자신이 살아온 초라한 삶이 얼마나 부끄러운 것인가를 대비한다. 후반부의 경우는 시적 화자가 자신의 삶에 대해 가지게 된 일종의 자괴감 같은 것을 드러내면서 스스로 자신의 현실적인

삶에 대해 사망을 선고("訃告를 挿入")하게 된다. 이 작품은 시인 자신의 사적 체험을 중요한 시적 모티프로 활용함으로써 자신의 과거의 삶을 반성하고 새로운 삶에 대한 기대를 담아낸다. 텍스트상에서 지시하고 있는 '그날'이란 작품의 제목에 해당하는 '1933년 6월 1일'이다. 이상이 처음으로 잡지《가톨닉청년》에 국문으로 시를 발표한 날짜와 관련되는 것이 아닌가 생각된다. 시인으로서의 새로운 출발이 이루어진 날 시적 화자는 자기반성의 자세를 보여 주고 있는 셈이다. 여기에 표시되어 있는 '1933년 6월 1일'이라는 날짜는 이상이 조선총독부에서 정식으로 사직(자서전에 자필의 부고를 삽입)한 날짜일 가능성도 있다. 어쩌면 다방 제비를 시작한 날일 수도 있다. 하지만 이 날짜가 어디에 해당하든지 간에 새로운 삶으로서의 시의 세계로 나아가기 위한 결심을 스스로 표명한 날이라는 점은 부인할 수 없다.

이상의 새로운 시적 출발을 가장 먼저 주목했던 비평가는 김기림이다. 김기림은 「현대시의 발전」이라는 평문을 통해 현대시의 전반적인 변화와 그 추세를 설명하면서 한국의 새로운 시는 한 개의 통일된 시론 위에 세워진 시 운동의 형태까지는 갖추지 못했지만 분산적인 개개의 실험이 이루어지고 있다고 전제한다. 하지만 한 가지 분명한 것은 이 새로운 시의 지향이 쉬르레알리슴(초현실주의)을 목표로 하고 있다는 사실이다. 그는 서구의 현대시에서도 쉬르레알리슴은 로맨티시즘 이후 표현주의에서 그 최고조에 달한 일련의 주관적 시의 최후의 단계요 또한 극치라고 강조하고 있다. 김기림은 이 같은 사실을 강조하면서 그 구체적 사례의 하나로 이상의 시를 지목했다.

이상은 지금까지 얼마 알려지지 않은 시인이다. 잡지《가톨닉청년》을 읽은 분 가운데는 혹은 그의 일견 기괴한 듯한 시를 기억할 분이 있을 줄 안다.

일층 위에 이층 위에 삼층 위에 옥상정원에를 올라가서 남쪽을 보아도 아무것도 없고 북쪽을 보아도 아무것도 없길래 옥상정원 아래 삼층 아래 이층 아래 일층으로 내려오니까 동쪽으로부터 떠오른 태양이 서쪽으로 져서 동쪽으로 떠서 서쪽으로 져서 동쪽으로 떠서 하늘 한복판에 있길래 시계를 꺼내보니까 서기는 섰는데 시간은 맞기는 하지만 시계는 나보다 나이 젊지 않느냐는 것보다도 내가 시계보다 늙은 게 아니냐고 암만해도 꼭 그런 것만 같아서 그만 나는 시계를 내어버렸소.

— 이상,「운동」

그의 시는 대부분 우리가 가지고 있는 난해하다는 시의 부류에 속한다. 그럼으로 필자는 그의 시를 맨 꼭대기에 소개한다. 이 시에는 위선 아무러한 의미가 없는 것을 발견할 것이다. 모든 인도주의자를 실망시키도록 이 시인은 이 시에서 위선 표현하려는 의미나 전달하려고 하는 무슨 이야기들을 미리부터 정해 놓고 그것을 표현 또는 전달하려고 계획하지는 않았다.

또한 19세기를 통하여 우리들의 시사를 적시고 있던 눈물겨운 로맨티시즘과 상징주의의 감격도 애수도 또한 아무 데도 남아 있지 않다. 그 무엇인가를 음모하고 상징하는 새벽의 진통도 추방인과 이민들의 서러운 동무인 황혼의 애수도 구도자의 마음을 만족시키던 밤의 신비의 한 방울도 이 시는 가지고 있지 않다.

그 대신 독자는 대낮의 해안과 같은 명랑한 표정을 본다. '명랑 — 그렇다. 포에서는 이제는 아무러한 비밀도 사랑하지 않으리라.' 그리고 독자도 느낄 것이다. 이 시에서 언어는 문장의 표현수단이 아니고 언어 자체가 구성하는 한 개의 조직체 — 그리고 그 조직체 속에서 개개의 단어는 전후의 다른 단어로 향하여 혹은 이끌려 가고 혹은 이끌려 오면서 일으키는 부단의 운동을 느낄 것이다. 이 시가 겨눈 목표가 거기 있는 것 같으며 그럼으로 시의 제목도 그렇게 붙인 것처럼 생각된다.

이상은 사실 우리들 중에서 누구보다도 가장 뛰어난 쉬르리얼리즘
의 이해자다. 이 시도 적시 쉬르리얼리즘의 시라고 규정해도 좋을 것 같
다. 그러나 이 시인은 쉬르리얼리즘의 가장 현저한 방법상의 특색을 형
태에 대한 추구 — 즉 가시적인 그리고 가시적인 언어의 외적 형태에
는 얼마 비약적 시험을 하지 않고 그보다도 오히려 언어 자체의 내면적
인 에너지를 포착하여 그곳에서 내면적 운동의 율동을 발견하려고 한
점에 그 독창성이 있는가 한다. 그러한 점에서 이상은 스타일리스트다.
한 가지 흘려 버린 것은 독자가 이 시를 대할 때는 위선 과거의 전통적
인 어법이나 문법의 고색창연한 정규(定規)를 내던지라는 것이다. 시인
은 오히려 거진 고의로 그러한 것들을 이 시 속에서는 무시하였다. 그러
한 낡은 옷을 이러한 발발한 운동체 위에 억지로 입히는 것은 위험하고
또 무용한 일이다. 왜? 그것은 일순간에 산산히 남루가 되고 말 것이니
까 — *

　　김기림은 한국의 쉬르레알리즘을 대표하는 한국의 새로운 시인으
로 이상을 지목하면서 그의 시 「운동」을 하나의 구체적 사례로 제시한
다. 김기림이 주목하는 것은 이상의 시가 비록 난해하다는 인상을 주
고 있지만 언어 자체가 구성하는 한 개의 조직체로서 시적 텍스트가
만들어지는 현상이다. 그것은 언어 자체의 내면적 에너지를 포착하여
거기에서 내면적 운동의 율동을 발견하고자 한다는 점과 직결된다.
　　이러한 김기림의 비평적 관심에 힘입어 이상은 자신이 계획한 연
작시 「오감도」를 발표할 수 있게 된다. 「오감도」는 《조선중앙일보(朝
鮮中央日報)》에 연재한 연작시의 표제이지만 시인으로서의 이상의 문
학적 천재성이 모국어의 세계에서 시를 통해 유감없이 발휘된 첫 번째
사례에 해당한다. 「오감도」는 전체 15편의 작품이 모두 열 차례에 걸

---

* 김기림, 「현대시의 발전」, 《조선일보》, 1934. 7. 19.

처 연재되었는데, 「오감도 시제1호」가 1934년 7월 24일 처음 발표되었고, 이 시의 마지막 연재 작품이 된 「오감도 시제15호」는 1934년 8월 8일에 발표된다. 소설가 박태원과 이태준, 시인이자 비평가인 김기림 등의 호의에 의해 신문 연재의 방식으로 발표할 수 있었던 이 작품은 특이한 시적 상상력과 사물을 보는 새로운 시각으로 인하여 시인으로서 이상의 문단적 존재를 새롭게 각인시킨 화제작이 된다. 이상은 이 작품에서 기존의 시법을 거부하고 파격적인 기법과 진술 방식을 통해 새로운 시의 세계를 열어 놓는다. 그렇기 때문에 이 작품은 시라는 양식에서 가능한 모든 언어적 진술과 기호의 공간적 배치를 통해 사물을 보는 새로운 시각의 가능성을 보여 준다.

연작시 「오감도」에 포함되어 있는 15편의 작품들은 시적 지향 자체가 두 가지 계열로 크게 구분된다. 하나는 시적 자아에 대한 발견 자체가 인간과 현대 문명에 관한 비판적 인식으로 확대되는 경우며, 다른 하나는 병으로 인하여 불안정한 시적 자아의 형상에 대한 나르시시즘적인 자기 관조를 보여 주는 경우다. 「오감도 시제1호」를 비롯하여 「오감도 시제2호」, 「오감도 시제3호」, 「오감도 시제12호」 등은 전자에 속하고 「오감도 시제4호」, 「오감도 시제5호」, 「오감도 시제6호」, 「오감도 시제15호」 등은 모두 후자의 경우에 해당한다. 시적 텍스트의 진술 방식도 작품마다 서로 다르다. 「오감도 시제2호」와 「오감도 시제3호」의 경우는 전체 텍스트 자체가 하나의 문장으로 이어져 있으며, 「오감도 시제4호」와 「오감도 시제5호」의 경우는 언어적 텍스트와 시각적 도판을 서로 결합시켜 전혀 새로운 텍스트를 구성한다. 「오감도 시제7호」와 「오감도 시제8호 해부(解剖)」의 경우는 난해한 한문 구절을 연결해 놓음으로써 전체적인 맥락의 이해를 힘들게 만든다. 이 같은 「오감도」의 파격적인 형식과 기법은 그 실험적인 구상과 문제의식에도 불구하고 당시의 문단과 대중 독자로부터 철저하게 외면당한다. 이해에 발표된 어떤 평문에서도 「오감도」를 언급한 경우를 찾아볼 수 없기

◆ 이상과 다방 '제비' 그리고 '구인회' 시대

때문이다.

이상의 「오감도」는 성공한 작품은 아니다. 여기에서 '성공'이라는 것은 작품 자체의 완결성을 염두에 둔 판단이다. 앞의 인용에서 볼 수 있듯이 이 작품은 당초에 한 달 정도의 연재 기간을 예정했고, 이상 자신도 「오감도」의 연재를 위해 30편의 작품을 힘들여 골랐다고 밝혔다. 그러므로 15편의 연재로 중단된 「오감도」는 작품의 완결에 이르지 못한 셈이다. 이 신문의 지면에 발표하지 못한 작품들의 존재는 현재까지 확인된 바 없다. 하지만 「오감도」는 실패로 끝난 것이 아니다. 비록 일반 대중 독자의 비난을 받기는 했지만 시인으로서의 이상의 문단적 존재를 알리는 계기가 되었기 때문이다. 특히 이상 자신이 실험하고자 했던 새로운 예술적 구상과 그 기법은 한국 현대문학에서 문제 삼게 되는 모더니티의 새로운 인식을 의미한다는 점에서 그 의미의 중요성을 인정할 만하다.

「오감도」에서 가장 빛나는 부분은 사물에 대한 새로운 시각의 발견이라고 규정할 수 있다. 이상은 사물을 본다는 것 자체를 단순히 눈앞에 존재하는 사물의 외적 형상을 인지하는 것이라고 여기지 않는다. 그것은 이상에게 있어서 사물을 관찰하는 과정과 함께 주체를 둘러싼 환경 속에서 관찰자로서의 주체까지도 포함하는 여러 개의 장(場)을 함께 파악하는 일이다. 이상은 사물에 대한 물질적 감각을 정확하게 파악하기 위해 사물의 전체적인 형태나 중량감, 윤곽, 색채와 그 속성까지도 설명할 수 있는 특이한 시선과 각도를 찾아낸다. 이러한 방법에 대한 관심은 이상의 학업의 과정 자체와 연관된다고 할 수 있다. 그가 공업학교의 건축과에서 수학하면서 익힌 모든 지식은 20세기 초반의 기계문명 시대를 결정한 여러 가지 기초적인 이론에 대한 이해를 통해 이루어진 것이다. 사물에 대한 감각적 인식을 둘러싼 문화적 조건의 변화에 일찍 눈을 뜬 그는 어린 시절부터 미술에 관심을 두면서 근대 회화의 기본적 원리를 터득했고, 경성고등공업학교에 재학하는 동안 근대적 기술 문명을 주도해 온 물리학과 기하학 등에 관한 깊은 이해를 가지게 된다. 그리고 새로운 예술 형태로 주목되기 시작한 영화에 유별난 취미를 키워 나간다. 그는 사물의 역동성, 구조 역학, 기하학 등 기계시대를 이끌어 오고 있는 특징적인 이미지들을 작품의 주제로 채택하고 이를 작품을 통해 새롭게 형상화하고자 한다. 그리고 끊임없이 발전해 가는 기술 문명의 세계를 놓고, 그것의 정체를 포착하면서 동시에 주체의 의식의 변화까지도 드러낼 수 있는 새로운 그림을 상상한다. 그것이 바로 연작시 「오감도」의 세계라고 할 수 있다. 이 작품은 그러므로 1920년대까지 한국에서 유행하던 서정시의 시적 진술 방법만으로는 이해되지 않는다. 이 새로운 시는 한국 사회의 근대화 과정에서 등장하기 시작한 부르주아 계급의 삶을 전체적으로 묘사하고 그 전망을 노래했던 방식과는 달리, 사물에 대한 보다 직접적이고 감각적인 접근법을 채택한다. 이것은 세계에 대한 인식뿐 아니라 사물을 대하는 주체의 시각을 새롭게 변형시키기 위한 획기적인 방안이었다고 할 수 있다. 연작시 「오감도」에서 볼 수 있는 모더니티의 초극이야말로 바로 그 최초의 시적 실험이자 가장 구체적인 문학적 성취에 해당한다.

이상이 그린 「소설가 구보 씨의 일일」의 삽화

이상에게 다방 제비 시절은 첫사랑의 실패와 경제적 파탄을 경험했던 때이지만 그의 예술적 상상력이 다양하게 분출되기 시작한 때이기도 하다. 연작시 「오감도」의 연재 중단이라는 초유의 사태에도 불구하고 한국 현대시의 전개 과정에서 가장 주목된 것이 「오감도」였다는 점은 부인할 수 없는 사실이다. 더구나 이상은 「오감도」의 연재 기간 중에 박태원 소설 「소설가(小說家) 구보(仇甫) 씨의 일일(一日)」의 연재 삽화를 담당하면서 그의 미술적 재능도 마음껏 펼쳐 보일 수 있는 기회를 얻게 된다. 이상이 1934년 8월 1일부터 9월 19일까지 박태원이 《조선중앙일보》에 연재한 소설 「소설가 구보 씨의 일일」에 '하융(河戎)'이라는 필명으로 삽화를 그렸다는 사실은 널리 알려진 일이다. 이 연재 삽화는 비록 신문의 지면에 한 단(段)의 크기를 넘지 않는 작은 그림으로 그려진 것이지만 이상이 지닌 예술적 재능과 도시 문명에 대한 새로운 감각을 확인해 볼 수 있는 중요한 자료가 되고 있다.

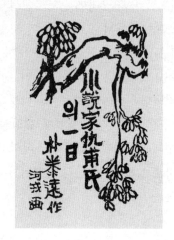

「소설가 구보 씨의 일일」 표제화

박태원의 「소설가 구보 씨의 일일」 연재에 맞춰 그린 이상의 삽화는 매회 연재 때마다 표제로 사용한 표제화가 2편이 있다. 1회부터 8회까지의 연재분에 사용한 표제화에는 반쪽은 펼쳐져 있고 다른 반쪽은 접혀 있는 특이한 형상의 우산 아래 소설의 제목이 세로로 적혀 있다. 1934년 8월 14일 이후 연재분 9회부터는 고목 아래 늘어진 가지 옆으로 소설의 제목을 세로로 적은 표제화를 사용했다. 이상은 자신의 또 다른 필명인 하융(河戎)을 표시했다. '하융'이라는 필명은 이 삽화

이외에는 사용한 일이 없으며, 이 필명에 대한 이상 자신의 해명도 찾아볼 수 없다. 「소설가 구보 씨의 일일」은 모두 30회로 그 연재가 끝난다. 이 소설의 연재 내용에 따라 덧붙여진 이상의 삽화는 모두 27편이다. 8월 29일 19회 연재에는 삽화가 없으며 소설의 말미에서도 29회와 30회에 삽화가 없다. 그 가운데 몇 편을 소개하면 다음과 같다.

1934년 8월 1일

위의 그림은 이상이 소설 「소설가 구보 씨의 일일」 연재 1회분에 그려 넣은 삽화다. 이 그림 속에는 화면의 바닥에 원고 용지가 여러 장 서로 겹쳐 깔려 있고, 왼편에 여인의 얼굴이 그려져 있다. 오른편에는 남성용 구두 한 켤레와 그 사이에 단장(短杖)의 손잡이 부분이 교묘하게 감춰져 있다. 그리고 펜을 잡은 오른손이 원고지 위에 올려 있다. 도회의 거리를 산보하는 주인공의 모습과 연관되는 구두와 지팡이를 그린 것이라든지 한 여인의 인상을 떠올리면서 펜을 잡은 손 모양을 그린 것은 앞으로 전개될 소설 속 이야기의 방향을 암시한다. 이처럼 연재 첫 회의 삽화에서부터 이상은 다양한 이미지를 하나의 화폭에 끌어들여 공간적으로 배치하는 콜라주의 기법과 몽타주의 방식을 활용하고 있다.

◆ 이상과 다방 '제비' 그리고 '구인회' 시대

1934년 8월 2일

　이상이 소설 「소설가 구보 씨의 일일」 연재 2회분에 그려 넣은 위의 삽화는 그 바탕의 왼쪽에는 원고지를, 오른쪽에는 여인의 치마를 그려놓고 그 위에 숫자를 손가락으로 셈하는 손을 두 개 포개어 놓았다. 원고지 위에 그린 손은 손가락을 두 개 접었고, 오른쪽 치마 위의 손은 손가락 세 개를 접었다. 치맛값이 원고료에 비해 더 비싸다는 것을 암시한다. 치마가 일상적인 삶을 상징한다면, 원고지는 예술가로서의 글쓰기를 의미한다. 원고지에 글을 쓰는 일로는 치마 하나도 사기 어렵다는 것을 그림으로 말해 준다. 「소설가 구보 씨의 일일」의 주인공 구보는 예술적인 삶과 일상적인 행복을 놓고 그 무게를 저울질하면서 하루 일과를 시작한다. 글쓰기라는 예술과 일상적인 생활의 가치를 두고 고심하는 구보의 내면을 대조적인 이미지로 그려 내고 있다.

　「소설가 구보 씨의 일일」 연재 4회분에 그려 넣은 다음 삽화는 소설가 구보가 화신상회 승강기 앞에 한 가족이 서 있는 모습을 보고 그 느낌을 서술한 소설 장면과 대응한다. 삽화의 오른편에는 초기 엘리베이터의 모양을 그려 놓고 있다. 층수를 표시하는 계기판 아래로 엘리베이터의 쇠창살문이 있다. 가운데에는 검은 바탕에 별이 빙빙 돌아가는 모양을 그렸다. 그리고 왼편으로는 'PERI meter'라는 영어 단어를

1934년 8월 4일

써 놓았다. 'perimeter'는 원의 둘레 또는 주위라는 뜻을 가진다. 엘리베이터를 타고 고층으로 수직 상승할 때 느끼는 아찔한 느낌을 '머리가 빙빙 도는 듯한 느낌'이라고 표시하기 위해 이런 형상을 초현실주의적 기법으로 그려 넣은 것이 아닌가 생각된다.

이상이 이야기 속에 등장하는 인물을 그리지 않고 엘리베이터를 그린 것은 건축학을 전공한 전문가로서의 관점을 보여 주는 것이라고 할 수 있다. 건축물의 높이를 극복하는 과정에서 발명한 엘리베이터는 1931년 뉴욕 맨해튼의 상징 건물인 102층의 엠파이어 스테이트 빌딩이 문을 열면서 그 성능을 자랑했다. 엘리베이터가 없었다면 이런 높이의 건축물은 가능하지 않았을 것이다. 일제강점기의 상업용 건축물에 엘리베이터가 설치된 것은 미츠코시 백화점 경성 지점이었다. 화신상회에도 엘리베이터가 설치되면서 근대적 백화점으로서의 위용을 갖추었다.

「소설가 구보 씨의 일일」 연재 5회분에 그려 넣은 다음 삽화는 작중의 주인공 소설가 구보 씨가 종로 네거리에서 전차에 올라타고 있을 때 차장이 다가와 차표를 찍는 장면과 대응한다. 구보는 동전 다섯 개를 꺼내어 들고 자기 행선지를 생각하고 있다. 오른편으로는 전차의 노선도를 그려 놓았고 왼편으로는 손바닥 위에 동전 다섯 개가 얹혀

◆ 이상과 다방 '제비' 그리고 '구인회' 시대

1934년 8월 7일

있는 모양을 그렸다. 콜라주의 기법으로 두 가지의 서로 다른 대상을 하나의 화면 위에 병치해 놓고 있다.

1930년대 경성의 전차는 도시의 대중교통 수단으로 크게 각광을 받았다. 1899년 처음 개통된 경성 전차는 1968년 노선이 폐지되고 차도를 철거하기까지 70년을 서울 시민의 사랑을 받았다. 경성 전차는 동대문 근처에 세워진 동대문 차고지를 중심으로 사방으로 벋어 나갔다. 1898년 서대문에서 종로를 거쳐 청량리에 이르는 전차 노선이 개통된 후 동대문에서 종로, 남대문을 거쳐 원효로, 노량진까지 이어졌고 이노선이 뒤에 영등포 신길동까지 연장되었다. 그리고 황금정(현재의 을지로) 길이 개통되고 난 후 여기도 전차 궤도가 깔렸는데, 돈암동에서 종로 4가, 을지로, 남대문으로 노선이 이어졌다. 서대문에서는 마포까지 노선이 연장되었다. 을지로 4가에서는 다시 신당리를 거쳐 왕십리로 연결되었다. 1930년대 경성은 이 같은 전차 노선의 정비와 그 확장으로 도시의 윤곽이 분명해졌고, 경성 교외 지역의 발전을 가능하게 했다.

다음 그림은 「소설가 구보 씨의 일일」 연재 7회분에 그려 넣은 삽화이다. 작중에서 소설가 구보 씨가 전차를 타고 종로에서 동대문 차고지에서 도착하자 전차의 행선지가 한강교로 바뀐다. 전차가 훈련원

1934년 8월 10일

(구 동대문운동장 부근, 현재 디자인센터) 앞을 거쳐 황금정으로 돌아서 약초정(현재의 을지로 3가 부근)을 지날 때 소설가 구보 씨는 전차에서 내릴 준비를 한다. 그런데 좌석에 앉아 있던 어떤 여자 손님이 양산을 다리 사이에 끼워 넣고 있는 모습을 본다. 구보 씨는 이런 여인의 모습을 보고 남편이 있는 여자일 것으로 추측한다. 이상은 이 대목을 흥미롭게 드러내기 위해 전차에 앉아 있는 손님들의 다리 모양만 그린다. 그리고 한 여인의 다리 가랑이 사이에 양산이 놓여 있는 모습을 놓치지 않고 있다.

「소설가 구보 씨의 일일」 연재 13회분에 그려 넣은 다음의 삽화는 작중에서 소설가 구보 씨가 경성역 대합실에 들러 우연히 만난 전당포집 둘째 아들을 따라 경성역에 있는 다방으로 들어가게 된 장면에 대응한다. 그 사내는 한 여성을 데리고 함께 놀러 가려고 경성역에 나온 것이다. 그림 속에서는 다방의 탁자 위에 당시 다방에서 팔던 모든 음료를 포장한 작은 상자들과 함께 찻잔이 놓여 있다. 영어 알파벳으로 표기된 것은 BRAZIL(커피), COCOA(코코아), LIPTON(홍차) 등이 있고 일본어로 표기된 ガテマラ(과테말라, 커피 원두), カルピス(칼피스) 등이 보인다. 커피 잔 옆에 각설탕이 놓여 있다.

1934년 8월 19일

　「소설가 구보 씨의 일일」 연재 14회분에 그려 넣은 아래 삽화는 특이하게 고야(Goya)의 그림 「옷을 벗은 마야」를 패러디하고 있다. 해변의 백사장에서 옷을 벗고 장의자에 기대고 있는 여인의 모습은 월미도(月尾島)라는 한자 표시와 돛단배가 없다면 그대로 고야의 그림과 일치한다. 소설가 구보 씨가 경성역 다방에서 만난 전당포집 둘째 아들은 함께 있던 여자와 함께 월미도로 놀러 가는 듯싶다. 구보는 교외로 데이트를 떠나는 남녀를 두고 그 여성의 미모를 생각하며 마음이 편치 못하다.

1934년 8월 21일

1934년 8월 24일

　연재 16회분에 그려 넣은 위의 삽화는 평면도 기법으로 다방 안의
장면을 그렸다. 소설 속에서 구보 씨가 기다리던 친구를 다방에서 만
나 서로 마주 앉게 된다. 다방 안의 천정에서 수직으로 아래를 내려다
보는 각도를 그대로 유지할 경우 이런 그림이 가능하다. 탁자를 사이
에 두고 구보 씨와 친구가 마주보고 앉아 있는 모습을 그린 것이지만
평면도 기법으로 그렸으므로 두 사람의 머리 모양만 드러나 있다.
　「소설가 구보 씨의 일일」 연재 18회분에 그려 넣은 아래의 삽화는

1934년 8월 28일

소설 속의 구보가. 종로 네거리로 다시 와서 황혼 무렵 거리를 거닐고 있는 여인들의 모습을 보고 생각에 잠기는 장면을 그린 것이다. 주로 여인들의 숙녀화를 신고 있는 다리 모양을 집중적으로 그렸다. 양장한 여성 스커트가 무릎을 살짝 덮는 정도의 길이였다는 것을 보여 준다.

「소설가 구보 씨의 일일」 연재 20회분에 그려 넣은 아래의 삽화는 소설 속의 구보가 설렁탕을 먹고 나서 친구와 헤어지면서 문득 동경에서 여인과 만나 데이트를 즐기다가 히비야[日比谷] 공원 근처에서 헤어졌던 모습을 떠올리는 대목을 그대로 그린 것이다. 이 삽화가 가장 사실적인 풍경을 보여 주는 그림이다.

1934년 9월 4일

다음은 「소설가 구보 씨의 일일」 연재 28회분에 그려 넣은 마지막 삽화이다. 29회와 30회분 연재에는 삽화가 없다. 이 삽화는 연재 1회분의 삽화와 내용상 서로 이어진다. 구보 곁에 앉은 카페의 여급은 웃을 때마다 손수건으로 입을 가리고 있다. 이 삽화에서는 손수건으로 입을 가린 얼굴 부분을 잘라 내어 펼쳐진 책 위에 얹어 놓은 것이 기발하다. 만년필이 책장 위에 놓여 있는데 글을 쓰던 손은 보이지 않는다. 이미 글이 모두 끝났음을 말해 준다. 이 삽화에서 여인의 얼굴 부분을 상반신에서 잘라 낸 것은 작은 화폭이라는 제약에서 비롯된 것이라고 할 수도 있다. 그렇지만 책장 위에 머리 부분과 눈물을 닦는 손을 별도로 그려놓은 것은 책 속에 담긴 이야기의 내용을 시각화하는 효과까지 노리고 있다고 할 것이다.

1934년 9월 15일

앞서 본 것처럼 이상의 삽화는 일반적인 신문 연재소설의 삽화와는 그 성격이 판이하다. 대개 신문 연재소설 삽화는 연재되는 소설의 이야기 가운데 드러나는 특징적인 장면이나 등장인물의 모습을 사실적으로 그려 넣는 것이 보통이다. 그러나 이상은 이러한 통념에서 벗어나 이른바 초현실주의적 기법을 활용하여 작은 화폭을 채워 나간다. 이상의 삽화에서 가장 두드러지게 드러나는 기법은 다양한 이미지의 통합을 시도하는 콜라주 기법이다. 그리고 일련의 이야기 내용을 이미지로 바꾸어 이를 결합시키는 일종의 몽타주 또는 모자이크의 방법에 의해 서로 다른 시간과 공간 속에서 펼쳐지는 대상의 다양한 현상을 하나의 그림 속에 배치한다. 그러므로 그의 삽화 속에는 파편화된 이미지들이 뒤섞이고 다양한 각도에서 관찰할 수 있는 특징적인 이미지들이 하나의 평면 위에 서로 겹쳐 나타나기도 한다. 그러므로 이상의 삽화는 마치 '숨은 그림 찾기'라도 하는 것처럼 그 속에 담긴 이미지들을 따라가면서 소설을 읽지 않으면 무엇을 대상으로 삼고 있는 그림인지 확인하기 어려운 경우도 있다.

이상의 삽화는 박태원의 소설과 서로 대비하여 읽어 보면 그 특징이 잘 드러난다. 박태원은 이른바 '고현학(考現學)'이라는 이름으로 당대 경성의 모습을 두루 관찰하고 있다. 그리고 그가 보고 사유했던 모든 것들을 소설 속에서 서술한다. 박태원이 소설 속에서 '이야기한 것'과 이상이 이에 맞춰 '그려 낸 것'의 관계를 놓고 본다면 1930년대 최고의 모더니스트가 벌이는 상상력의 현란한 대응 관계를 이해할 수 있다. 특히 박태원이 이야기하고자 한 것과 이상이 보여 주고자 한 것 사이의 간격을 통해 이 두 사람의 모더니티에 대한 인식의 차이를 확인해 볼 수 있을 것이다.

이상이 자신의 작품 속에 스스로 삽화를 그려 넣은 경우는 소설 「날개」와 「동해」가 있다. 이상은 단편소설 「날개」를 조선일보사에서 발간하던 종합 잡지 《조광(朝光)》(1936. 9)에 발표하면서 작품에 곁들여진 2편의 삽화를 직접 그렸다. 작품의 제목 '날개' 아래에 작자인 이상의 이름을 쓰고 그 뒤에 "作.畵"라고 표시하고 있다. "삽화 1"은 작품 제목의 오른쪽에 붙어 있다.

아래의 왼쪽 삽화는 이상이 그린 것인데 화면 구성을 좌우로 구분해 볼 수 있다. 삽화 내의 우측은 직육면체의 형상을 하고 있는 물체를

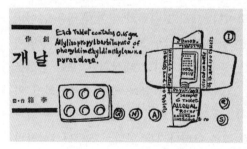

펼쳐 놓은 일종의 전개도다. 일반적으로 전개도는 3차원의 물체의 형태를 2차원의 평면에 나타내기 위한 기하학적 기법이다. 모든 물체는 정면에서 보는 경우 그 좌우와 후면의 형태를 알 수가 없다. 그러므로 전체적인 형태를 알 수 있도록 하기 위해서는 평면 위에 그 전개도를 그린다.

이것은 당시에 약국에서 취급했던 ALLONAL이라는 약을 포장한 약갑(오른쪽 사진)이다. 약갑 속에 들어 있는 약병의 모양이 전개도의 중앙에 드러나 있다. 전개도의 하단에 당시 이 약을 제조 판매했던 Roche라는 제약회사의 명칭이 나온다. Sample 6 Tablet ALLONAL이라는 글씨도 뚜렷하다. 약갑의 양쪽 측면에는 한 병에 100정이 들어 있다고 표시하고 있다. 왼쪽에는 약의 성분을 설명한 글이다. 이 같은 사용설명서는 대개 약갑에 쉽게 알아볼 수 있도록 표시되어 있다. 그리고 여섯 개의 알약이 포장지에서 꺼내진 상태로 흩어져 놓여 있는데, 이 알약에는 각각 R, I, S, A, N, G 라는 영문 대문자가 박혀 있다. '이상'의 이름을 표시한 것이다. 약의 성분을 설명한 내용은 그대로 옮겨 보면 다음과 같다.

Each Tablet contains 0.16gm
Allylisopropylbarbiturate of
Phenyl dimechyldimethylamine
Pyrazolone.

여기에서 설명하고 있는 '아로날'이라는 약은 진정제의 일종이다. 이 약에 해열 진통의 효과를 가져오는 피라졸론 계통의 아릴 이소프로필이라는 진정제 성분이 포함되어 있다는 내용이다. 그런데 이 약은 중추신경계를 약화시켜 진통의 효과를 내면서 동시에 수면제 또는 마취제와 같은 효과를 낼 수도 있다. 작품의 이야기 속에서 주인공이 발

◆ 이상과 다방 '제비' 그리고 '구인회' 시대

견하게 된 아스피린이나 아달린이라는 약과는 서로 관계가 없지만 당시 널리 알려진 수면제였기 때문에 이 삽화를 작품 제목과 함께 그려 놓았던 것으로 보인다. Roche는 1896년 스위스에 설립된 제약회사이며 이 회사 제품인 ALLONAL은 1930년대에 수면제로 널리 팔린 약품이다. 당시의 상품 광고에 나왔던 제품의 병 모양이 이상이 그린 삽화의 중앙부에 드러나 있다.

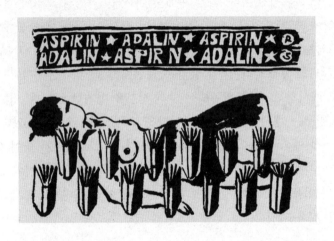

위의 삽화는 「날개」의 본문 사이에 삽입해 놓은 것이다. 이 삽화는 크게 세 가지 요소로 구성되어 있다. 삽화의 상단부에는 'ASPIRIN', 'ADALIN'이라는 두 개의 단어가 각각 반복되도록 두 줄로 써 놓았다. 판각(음각)을 하여 글씨를 찍어 놓은 것처럼 보이도록 하기 위해 글자를 모두 흰색으로 하고 그 바탕은 검은색으로 처리했다. 그리고 그 오른쪽 끝에 'R S' 영문 약자는 '이상'이라는 이름을 표시해 놓은 것이다. Aspirin과 Adalin은 모두 독일 제약회사 바이엘이 개발한 약품이다. Aspirin은 주로 해열 진통제로 널리 복용하고 있는 약이며, Adalin은 수면제 진정제로 복용한다. 하단부에는 누워 있는 작중 인물과 세워져 있는 13권의 책을 그렸다. 소설 속의 이야기에서는 아내가 감기

약이라고 내준 아스피린이 사실은 수면제 아달린이었다는 것을 알게
된 장면에 해당한다. 그림 속에 누워 있는 인물과 그 인물이 머릿속
으로 생각하는 것을 동시에 그린 점에서 환상적인 효과를 드러낸다.
표제 부분의 서두에 그려 놓은 삽화와도 의미가 서로 통한다.

소설 「동해(童骸)」는 이상이 작고하기 직전 《조광》(1937. 2)에 발표
했다. 이 작품이 게재된 잡지의 지면에는 삽화에 대해서는 아무런 정
보도 나와 있지 않다. 그렇지만 이상이 소설 「날개」에 그려 넣었던
삽화와 그 기법이 유사하고 그림 속의 영문 글자도 형체가 서로 닮
았다.

이 삽화는 소설의 내용 가운데 다섯째 단락에 해당하는 '명시(明示)'
부분에 그려진 한 장면과 대응한다. 주인공이 자신을 찾아온 여인을 데
리고 친구 윤을 찾아간 대목에 심각하게 담배 피우는 모습을 그려 놓
고 있다.

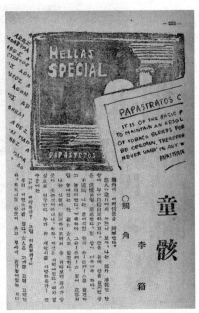

이 삽화는 당시 전 세계의 애연가들이 널리 좋아했던 그리스의 담배 회사 파파스트라토스(Papastratos) 제품인 '헬라스 스페셜(HELLAS SPECIAL)'의 담뱃갑 모양을 모자이크 방식으로 그려 낸 것이다. 담뱃갑의 전면 그림은 그리스 신전의 거대한 기둥과 하늘에 떠 있는 둥근 달이 중심을 이룬다. 진한 군청색 바탕에 황금색으로 그려져 있다. 하단에 제조 회사인 파파스트라토스가 영문으로 표기되어 있다. 두 면에 걸쳐진 영문 설명은 담뱃갑의 후면에 쓰여 있던 설명서이다. 왼쪽 면에 눕혀진 상태로 그려진 건물 그림은 1930년 당시 그리스 아테네에 설립된 회사의 건물이다. 이 회사의 담배가 유명해지면서 독일 베를린과 이집트의 카이로 등지에 제조 공장을 두기도 했다. 1930년대에 이 회사는 최고급의 시가 담배 'Papastratos'를 제조 판매하여 더욱 유명해졌다. 당시 이 회사에서 제조 판매했던 '헬라스 스페셜'의 담뱃갑 모양은 아래 사진과 같다.

구인회의 활동

이상이 다방 제비를 청산하면서 새로운 문단 활동을 꿈꿀 수 있었던 것은 새로운 문단 조직인 구인회(九人會)에 후반기 회원으로 가입하면서부터라고 할 수 있다. 물론 이상이 구인회에 가입한 정확한 시기를 확인할 수 있는 자료가 없다. 그러나 연작시 「오감도」의 연재가 중단된 후의 일이라는 것은 충분히 짐작할 수 있다.

1930년대 초반 문단에서 구인회의 등장은 하나의 작은 '사건'으로 기록되고 있다. 구인회의 문학적 활동은 1930년대에 이루어진 새로운 문학적 성과를 그대로 말해 준다. 구인회 회원들이 추구했던 모더니즘 문학은 계급 문단의 붕괴와 리얼리즘적 경향의 퇴조에 뒤이어 등장하면서 정치적 이념성을 거부하고 있었다는 점에서 문학적 순수주의 또는 순수문학의 경향으로 평가된 적도 있다. 이 새로운 문학이 집단주의적 논리와 역사에 대한 과도한 전망 자체를 부인하고 있는 것은 문학이 개인주의적인 취향으로 회귀하고 있음을 의미하며, 문학적 주제의식에서 일상성의 의미가 그만큼 중시되고 있음을 의미한다. 구인회는 그 결성에서부터 당대 문단의 관심사로 대두된다. 그 이유는 여러가지 측면에서 검토해 볼 수 있다. 구인회는 하나의 문학 동인에 불과하지만 다른 문학 동인들과는 분명하게 구별되는 성격을 지닌다. 대개의 문학 동인은 그 출발이 문단 신인들로 이루어진다. 그리고 이들이 새로운 문단 활동의 기반으로 동인지를 간행하면서 면모가 드러난다. 1920년대의《창조(創造)》,《백조(白潮)》 등의 동인지가 바로 거기에 해당한다. 그러나 구인회는 기성 문인들이 모여 만들어 낸 작은 단체다. 특히 당대 문단을 주도했던 계급문학 운동의 정치성에 대해 무관심으로 일관하면서 그 구성원들 각자가 자신의 문학적 역량에 기대고 있었다는 점이 주목된다. 구인회의 기관지로 출간된《시(詩)와 소설(小說)》(1936)은 이 문제적인 문단 조직의 출현을 알리는 동인지로서보다는 오히려 하나의 사화집(詞華集)처럼 생각될 정도다.

1930년대 문단에서 계급문학 운동이 일본 경찰의 사상 탄압으로 퇴조하기 시작하자, 크고 작은 새로운 문학 동인이 헤아리기도 어려울 정도로 많이 등장한다. 문학의 새로운 경향이 소그룹의 동인 활동을 중심으로 전환되면서 구인회도 그 가운데 하나로 자리 잡게 된다. 구인회의 결성을 보도한 조선일보의 학예면 기사는 「구인회 창립(創立)」이라는 제목으로 "순연(純然)한 연구적(研究的) 입장(立場)에서 상호(相互)의 작품(作品)을 비판(批判)하며 다독다작(多讀多作)을 목적(目的)으로 하고 아래의 9명은 금번 구인회(九人會)라는 사교적(社交的) 클럽을 맨들럿다. 이태준, 정지용, 이종명, 이효석, 유치진, 이무영, 김유영, 조용만, 김기림"*이라고 기록하고 있다. 여기에서 구인회라는 동인의 실체부터 살펴볼 필요가 있다. 조용만의 회고에 따르면 이 새로운 문단적 모임의 결성을 먼저 주장했던 인물로 소설가 이종명과 영화인 김유영을 지목하고 있다. 그러나 카프의 계급문학 운동에 대항할 수 있는 새로운 문학 단체를 기획했던 이종명과 김유영의 생각과는 달리 구인회는 아홉 명의 문학인이 모이는 소그룹의 동인 형태가 되었다.

이효석이 7월 스무 날께 여름방학으로 상경하였으므로 스무며칠 날이던가 종로 광교 천변에 있는 조그마한 양식집에서 저녁 때 모여 발회식을 가졌다. 모든 것을 상허 이태준이 리드하게 되어 사실상 회장은 그였고 지용은 해학으로 옆에서 거들었다. 부회장격이었다.

먼저 회 이름을 정하는 일인데 회원들로부터 여러 가지 이름이 나왔지만 다 마땅치 않았다. 마침내 상허가 아홉 사람이 모였으니 아주 평범하게 구인회라고 하자고 제의하였다. 여러 사람이 찬성하는 눈치였지만 내가 일본의 십삼인구락부(十三人俱樂部)를 본뜨는 것 같아 챙피하다고 했더니 모두들 그러면 어떠냐고 그래서 구인회로 결정되었다.

이야기란 그 달에 발표된 회원들의 작품평, 카프 측 작가들의 작품에 대한 논란을 주로 해서 잡담을 두어 시간 떠들었다. 이종명, 김유영은 아

* 《조선일보》, 1933. 8. 30.

무 말도 안 하고 끝까지 묵묵히 듣고만 있었다. 이렇게 해서 다음번 모임 날짜를 정하고 헤어졌는데, 벌써 틈이 벌어져 유치진이 안 나오고 세번째 모임부터는 이종명 김유영이 탈퇴하겠다고 통고하고 안 나왔다. (중략) 세 번째 회의에는 종명, 유영, 치진이 불참하고 이효석이 경성으로 돌아가 네 사람이 빠졌다. 나머지 다섯 사람이 모였는데 제일 궁지에 빠진 것이 나였다.*

구인회의 출발은 앞의 회고대로 우여곡절을 겪었다. 특히 동인 결성 직후 구성원 절반 가까이가 교체될 수밖에 없었다는 것은 당연히 문제가 되지 않을 수 없는 일이다. 구인회가 동인으로서의 결속력을 보여 주지 못한 것은 그 조직의 목표 자체가 가지는 '사교적 모임'으로서의 성격에 기인하는 것이라고 할 수 있다. 카프의 계급문학 운동에 참여했던 김유영이 카프 조직을 이탈하고 이에 대응하기 위한 새로운 문단 조직을 꿈꾸었다는 것은 모임의 초기부터 이미 짐작할 수 있는 일이었다. 그리고 김유영의 이 같은 의도에 이종명 또한 동조했던 것이 사실이다. 하지만 이태준이나 정지용 등은 애초부터 이념적 색채를 드러낸 문단 조직에 관심이 없었다. 그들은 하나의 사교적 모임 정도로 여겼을 뿐이었다. 실제로 구인회는 동인으로 참여하게 된 구성원들 사이에 이들의 결속력을 가능하게 하는 학연이나 지연(地緣)도 없었고, 이념적 성향의 공통점도 확인할 수가 없었다. 그야말로 자유로운 사교적 모임이었을 뿐이었다. 창립 초기에 의욕적으로 시도했던 '구인회 월평회'**도 지속적인 모임이 되지 못한 상태로 지지부진했다. 당시 임화 등과 함께 카프 조직에 깊이 관여하고 있던 백철은 구인회의 무정견성을 이렇게 비판했다.

---

* 조용만, 「구인회 이야기」, 『울밑에 핀 봉선화야 ─ 30년대 문화계 산책』(정음사, 1984), 134~135쪽.
** 구인회의 초기 활동을 확인할 수 있는 글로는 「구인회 월평 방청기」(《조선문학》, 1933. 10)가 있다.

◆ 이상과 다방 '제비' 그리고 '구인회' 시대

구인회 — 처음 이 그룹과 그를 구성한 사도(使徒)들의 이름이 발표되었을 때 나는 여러 가지 의미로서 될 수 있으면 일정한 의의를 붙여서 그것을 생각하고 싶었다. 그러나 아무리 생각하여 보아도 이 그룹의 생존은 실천 있는 내용차 방면을 가진 관찰된 존재는 아니었다.

첫째로 이 그룹은 과거의 자연주의파, 사실주의파, 이상주의 등의 시대적 조류를 대표하고 있는 의미의 존재는 본래부터 아니었다. 그렇다고 하여서 그것은 부분적으로 예술적 경향을 같이하고 있는 예술가의 일정한 존재, 예를 들면 미래파, 입체파, 초현실주의파, 그리고 일본의 신흥예술파 같은 내용을 가진 그룹도 아니었다. 왜 그러냐 하면 나는 이 그룹의 구성된 멤버를 볼 때에 이효석 씨와 이태준 씨 사이에 아무 공통적 경향을 발견할 수 없으며 그렇다고 하여 김기림 씨의 시적 경향을 정지용 씨의 가톨릭 시와 합치시킬 수도 없으니까…….

그들 자신이 발표한 구인회의 주지를 보면 서로 친목을 도모하는 것이 첫째 조건이고 독서와 연구를 하는 것이 둘째 목적으로 되어 있는 듯싶다. 구인회와 같은 산만한 성질을 가진 회합에서 천하를 공취하기보다 어려운 문학의 사업이 연구되리라고는 본래부터 믿을 수 없거니와 가사로 이 회합에서 일정한 독서와 연구가 된다고 가정해도 그것만으로는 구인회가 현실적으로 존재될 아무 의의가 없는 것이다. 과거의 일본 신흥 예술파의 전신으로서의 '13인구락부' 등에 비하여도 일층 공허한 내용을 갖고 있는 이 구인회는 결국에 있어 무의미하고 방향을 잃은 존재에 불과한 것이다.

그러한 의미에서 나는 이 구인회를 가리켜서 무의지파, 내지 자유주의전파라고 부르려고 한다. 그리고 이와 같이 구인회를 명명하고 있는 것은 나의 단순한 호기심적 변명이 아닌 것은 물론이다.

벌써 지적한 바와 같이 현실적으로 존재할 적극적 의의를 갖고 있지 못한 구인회는 의지와 방향을 잃고 있는 존재이며 따라서 그 무의지한 존재는 그들의 일시적 흥분이 없어지자 그대로 자연 소멸이 되기 쉽다. 그러한 한에서 그들은 무의지파다. 그리고 그것이 즉시 소멸되지 않는 한에 있어서는 그것은 어떤 것의 전파가 되지 않으면 아니된다. 구인회는 무엇보다도 그 조직의 내용으로 보아서 그대로 오랫동안 머물러 있을 성질의 것이 아니고 곧 다른 의상을 바꾸어 입어야 할 운명을 갖고 있다.

전파(前派)! 그러면 그것은 무엇의 전파일가. 여기서 나는 그것을 자유주의 전파라고 부른다. 전절에서 논한 비상 시기적 분위기와 관련하여 생각할 때에 이 시기에 있어 조선에 있어도 자유주의를 위한 일정한 분위기가 촉진되고 있으며 그 분위기 위에 광범한 의미의 자유주의 작가 그룹의 결성이 가능한 까닭이다. 그리고 구인회의 구성 멤버의 대부분이 자유주의 경향을 가질 것이라는 것, 기타로 보아서 이 그룹은 그것의 전파 이외에는 나갈 길이 없다는 것을 결정키 어려운 일이 아니다. 그리고 그들은 그러한 의미의 자유주의파까지 발전하는 데에서 비로소 일시적이나마 사회적으로 존재할 의의를 갖게 될 것이며 또 그러한 한에서만 그것은 일정한 진보적 임무를 다하게도 될 것이다.*

백철은 구인회 같은 문단 조직이 등장하여 그 존재를 드러낼 수 있기 위해서는 하나의 문단 유파적 성격을 가져야 할 것을 주문하고 있다. 이러한 태도는 '카프'라는 조직 자체가 지향하던 이념과 노선에 근거할 경우에는 어느 정도 수긍할 만하다. 그러나 구인회를 어떤 하나의 유파적 개념으로 인식한다는 것은 애당초부터 잘못된 관점이다. 구인회 자체가 하나의 기획에 동조하는 예술가들의 집단적 결의를 거쳐 나온 공식적인 성격의 조직체는 아니었기 때문이다. 게다가 구인회는 그들 스스로 명명하고 규정하고자 하는 어떤 경향을 드러내고 있는 집단도 아니었던 것이다. 이러한 이유 때문에 백철은 구인회의 등장을

---

* 백철, 「사악한 예원의 분위기」, 《동아일보》, 1933. 10. 1.

◆ 이상과 다방 '제비' 그리고 '구인회' 시대

놓고 당대 현실의 불안과 암담한 분위기에서 새로운 도피처를 구하고자 하는 일군의 문학인들의 도피 행각으로 치부했다. 그는 구인회 구성원들이 어느 곳을 향하여 어떻게 나아갈 것인지 아무 지침도 없이 현실에서 도피하는 데에만 급급한 '황혼(黃昏)의 사도(師徒)'들이라고 규정했다. 그러므로 구인회는 현실적으로 존재할 아무런 의미가 없으며, 자연 소멸될 것이라고 진단하면서, 다만 객관적 정세의 불안으로 보아 이들이 추구하는 자유주의적 색채가 일정 부분 의미 있는 요소가 될 가능성이 있다고 평가했다.

이 같은 백철의 비판에 대해 구인회를 대변하게 된 것은 이태준이다. 이태준은 구인회의 구성원 가운데 연장자에 속했고 문단 경력 또한 10년 가까운 중진이었다. 그는 백철이 지적한 '무의지파'로서의 구인회의 성격에 대해서도 크게 반발하지 않았고 하나의 통일된 이념과 목표를 가지지 못하고 있는 구인회 구성원의 문학적 태도 문제에 대해서도 변명하지 않았다. 구인회 구성원들의 다양한 문학적 관심과 자유주의적 성향 자체를 들어 구인회의 반유파적 성격을 해명하고자 했던 것이다.

　　요즘 백철 씨가 평을 많이 쓴다. 이분도 자주 무겸손한 문구를 보여준다. 중앙일보에 구인회도 여지없이 눌러 볼 셈을 차리었다. 씨는 원체 번쩍하면 악취미니 소독을 해야 하느니 하는 말을 금언처럼 즐기는 분이지만 구인회를 들춘 것도 평가의 태도에서 멀다. 구인회가 생겼으니 거기 대해서 무얼 쓰시오 해서 억지로 썼든 그렇지 않으면 소독광의 발증밖에는 아무것도 아닌 것이 이효석과 이태준이 같지 않고 김기림과 정지용도 같은 데가 없고 그런데 어떻게 회가 성립되느냐고 하였다. 같은 사람만 모여야 회가 성립된다는 회학(會學)을 우리는 모르거니와 믿지도 않는다. 사회는 감옥이 아니거든 제복을 즐길 필요는 없는 것이다. 애초부터 우리는 문예 공부를 위해서 단순한 우의로 모인 것이다. 우리가 가끔 만나 문예 공부를 함에 조선 문단에 해독이 될 것은 무엇인가? 이야말로 천하의 불가사의다.*

　구인회의 조직 결성을 두고 하나의 문단적 유파로 해석하기 어려운 무의지적 특징을 들어 그 지속 가능성에 회의했던 백철의 견해와는 달리, 이태준은 구인회가 가지는 문단적 사교성에 오히려 역점을 두어 그 가능성을 주장하고자 한다. 이러한 이태준의 주장 속에는 구인회라는 조직 자체의 이념적 속성보다는 이에 가담하고 있는 문인들의 개인주의적 성향에 대한 관심을 더욱 강조하고자 하는 의도가 담겨 있다. 실제로 구인회는 그 구성원들을 결속시키면서 조직을 강화할 만한 구심점을 가지지 못한 것이 사실이다.

　구인회의 문학 활동이 대중적인 관심의 대상이 된 것은 1934년도에 들어서면서부터다. 구인회는 1934년 6월 30일 첫 번째의 '문예강연회'를 열었다. 이른바 '신건설사 사건'이라는 이름으로 일본 경찰에 의해 카프의 맹원들이 모두 구속된 제2차 카프 검거 사건이 일어난 때였지만 대중 독자들의 커다란 호응을 얻었다. '시와 소설의 밤'이라는 제목을 내걸고 이루어진 이 문예 강연회는 조선중앙일보 학예부가 후원했으며, 종로에 자리 잡은 중앙기독교청년회관에서 개최되었다. 당시 이 소식을 전한 조선중앙일보의 기사를 전재하면 다음과 같다.

　　문단(文壇)의 일성사(一盛事)
　　〈시와 소설의 밤〉 '구인회' 개최와 본사 학예부 후원
　　구인회는 작년 8월 15일에 창립한 김기림, 박팔양, 박태원, 정지용, 이무영, 유치진, 조용만, 이효석, 조벽암, 이종명, 이태준 11씨의 작가 단체로서 조선 문단 위에 거대한 존재임은 물론이다. 이 구인회는 월례연

---

* 이태준, 「평가여 좀 더 겸손하여라」, 《조선일보》, 1933. 10. 14.

구회만 계속해 오던바 이번에는 〈시와 소설의 밤〉이란 이름에서 본사 학예부 후원으로 일반에 공개하기로 되었다. 잠잠한 조선 문단에 있어 일성사라 아니할 수 없으며 특히 시와 소설에 관심하는 문학 학도들을 위하야 적당한 기회가 될 것을 미리 말할 수 있다. (중략) 시일은 본월 30일(토요일) 밤 8시 15분이며, 장소는 부내 중앙기독교청년회관이다. 회비는 일반 10전, 학생 5전.*

구인회의 문예강연회는 정지용의 시 낭송과 함께 '창작의 이론과 실제(이태준)', '문장과 언어(박태원)', '시의 근대성(김기림)'이라는 주제의 문학 강연으로 이루어졌다. 대중을 상대로 하는 문예 행사로서 입장료까지 받은 이 강연회는 상당한 화제를 모았다. "구인회 주최로 '시와 소설의 밤'이라는 회합을 열었는데 그중 이태준 씨가 가장 훌륭했고 더욱이 정지용 씨의 시 낭독은 가장 인기가 좋았다."라는 방청기**가 나오기도 했다.

그런데 이 문예 강연회의 개최 소식 가운데 주목되는 것은 구인회에 참여한 문인 명단이다. 김기림, 박팔양, 박태원, 정지용, 이무영, 유치진, 조용만, 이효석, 조벽암, 이종명, 이태준 등 11인의 명단이 소개되고 있기 때문이다. 이 명단을 보면 구인회의 초기 구성원 가운데 김유영의 명단만 보이지 않고, 박팔양, 박태원, 조벽암 등의 새로운 인물이 참여하고 있다. 조용만이 그의 회고에서 초기부터 탈퇴했다고 밝혔던 유치진과 이종명이 1년 뒤까지 구인회 구성원으로 소개되고 있는 점이 눈에 띈다. 영화운동가였던 김유영이 빠진 대신에 시인과 소설가 중심으로 참여 문인이 확대된 것을 알 수 있다.

이상이 구인회에 참여하게 된 것은 시 「오감도」의 《조선중앙일보》

---

* 《조선중앙일보》, 1934. 6. 25.
** 《신인문학》, 1934. 10. 88쪽.

연재가 중단(1934. 8. 8)된 후의 일이다. 이상의 이름이 구인회 구성원으로 공식 등장하고 있는 자료는 1935년 2월 18일부터 5일간 계속된 구인회 문예 강좌에 관한 신문 기사가 있다. 이 기사로 미루어 보면 이상은 1934년 하반기에서 1935년 연초 사이에 구인회에 가입했음을 알수 있다.

> 구인회(九人會) 주최로 조선문예강좌(朝鮮文藝講座)가 개시된다 함은 부내 처처에 걸려 있는 포스터에 의하야만도 시청(視聽)을 집중하고 있거니와 이 강좌는 조선 문단의 효장(驍將)을 망라한 것만치 인기가 높아 문예 관심자는 그 개강을 기다리고 있는데 개강은 18일 밤 7시 반부터이며 5일간에 긍하여 계속 개강되는바 후원은 본사 학예부이오 장소는 청진동 경성보육 대강당인데 강사 제씨는 아래와 같다. 이광수, 김상용, 김동인, 정지용, 박팔양, 김기림, 박태원, 이태준, 이상.*

이 신문의 기사 내용으로 보아 구인회가 주최하는 문예 강연이 여전히 1935년에도 지속되었음을 알 수 있다. 특히 이 문예 강좌에는 문단의 원로 격인 이광수와 김동인이 참여함으로써 계급 문단과 대척점에 서 있던 구인회의 이념적 성격을 더욱 분명하게 드러낼 수 있게 된다. 이상은 이 문예 강좌에서 '시와 형태'라는 주제로 강연한 것으로 알려져 있지만 그 내용은 확인할 길이 없다.

이상은 박태원의 주선에 의해 구인회에 참여한 것으로 알려져 있다. 이상이 종로 한복판에서 문을 연 다방 제비는 두 해를 넘기고는 운영난에 빠진다. 다방 제비의 경영 실패는 한낱 서생에 불과한 이상을 경제적 곤궁으로 내몰았지만, 이 시련의 공간이 그의 새로운 문학적 산실이 되었다는 사실은 참으로 아이러니컬하다. 그는 다방 제비에서

---

*《조선중앙일보》, 1935. 2. 18.

자연스럽게 당대의 소설가 박태원과 만났고, 이태준, 정지용, 김기림 등과 접촉하는 기회를 얻었다. 그리고 이 같은 만남의 과정 속에서 연작시 「오감도」를 발표하여 자신의 존재를 한 사람의 문단인으로 내세울 수 있게 된다. 그리고 여기에서 구인회에 참여하여 당대의 문사들과 어깨를 나란히 할 수 있게 된 것이다.

구인회 동인지《시와 소설》

이상은 구인회에 참여하면서 문단적 활동 기반을 마련했지만 개인적으로 견디기 어려운 시련의 시기를 맞는다. 그가 경영하던 다방 제비는 적자에 허덕이다 문을 닫았고, 금홍도 이상의 곁을 떠났기 때문이다. 이상은 자신이 계획한 새로운 사업이 제대로 진척되지 못하자, 모든 일을 접고 성천, 인천 등지로 떠돌기도 한다. 1935년 한 해 동안 그는 제대로 된 집필 활동을 거의 하지 못한 채 경제적 궁핍에 쪼들린다. 그런데 이상은 친구 구본웅의 도움으로 정신적 좌절과 절망의 현실에서 벗어날 수 있게 된다. 구본웅이 자기 부친이 운영하던 인쇄소 창문사(彰文社)로 이상을 끌어들였던 것이다.

이상은 1935년 하반기부터 창문사 인쇄소에서 주로 원고 교정을 담당하면서 다시 마음을 다잡고 글쓰기에 매달린다. 그가 창문사에서 일하는 동안 구인회의 문단적 위상을 위해 기획한 것이 동인지 형태의 기관지 발간이다. 이상이 편집을 맡아 발간한 구인회의 기관지는《시(詩)와 소설(小說)》이라는 이름을 내걸고 1936년 3월에 세상에 나온다. 이 새로운 잡지의 등장을 당시 조선일보(1936. 3. 21)는 '구인회 동인지《시와 소설》창간'이라는 제목 아래 "구인회에서는 그 동인 잡지인《시와 소설》을 월간으로 창간해서 방금 반책(頒冊) 중인데 발행소는 시내 서대문통 창문사이고 반가(頒價)는 10전이라고 한다."라고 소개하고 있다. 이 기사의 내용으로 본다면 《시와 소설》은 동인지의 형태인데도 당초에는 월간으로 기획되었던 것임을 알 수 있다. 판매 가격이 10전에 불과하고 전체 50면을 넘지 않는 이 동인지는 전문 용어를 빌린다면 일종의 '소잡지(小雜誌)'에 해당한다. 이 새로운 동인지는 이상 자신의 야심 찬 기획에 의한 것이지만 제한된 발행 부수와 선별적인 유통 기획 자체의 비상업성 등으로 성공을 거두지 못한 채 창간호에서 더 이상 지속되지 못한다.

그런데 《시와 소설》의 창간은 1930년대 중반 한국 문단에서 구인회라는 동인의 존재와 그 문학적 성향을 분명하게 드러내어 보여 주는 증거가 되고 있다. 이 잡지에서는 발간 당시의 구인회 '회원'으로 박팔양, 김상용, 정지용, 이태준, 김기림, 박태원, 이상, 김유정, 김환태를 직접 소개하고 있다. 구인회의 출범 당시 이태준, 정지용, 이종명, 이효석, 유치진, 이무영, 김유영, 조용만, 김기림 등이 참여했던 점과 비교해 보면 초기 구성원 가운데 이태준, 정지용, 김기림만이 남아 있고, 이종명, 이효석, 유치진, 이무영, 김유영, 조용만이 빠졌다. 박팔양, 김상용, 박태원이 중간에 참여하고 뒤에 이상, 김유정, 김환태가 뒤에 합류한 것이다. 결국 구인회는 이태준, 정지용, 김기림이 그 중심에 자리하고 있음을 알 수 있다.

《시와 소설》의 창간호에 수록된 작품으로는 시의 경우 정지용의 「유선애상(流線哀傷)」, 이상의 「가외가전(街外街傳)」 김기림의 「제야(除夜)」, 김상용의 「눈오는 아침」, 「물고기 하나」, 백석의 「탕약(湯藥)」, 「이두(伊豆) 국주가도(國湊街道)」 등이 있고, 소설로 박태원의 「방란장(芳蘭莊) 주인」, 김유정의 「두꺼비」 등을 수록하고 있다. 김기림의 「걸작에 대하여」, 이태준의 「설중(雪中) 방란기(訪蘭記)」, 김상용의 「시」, 박태원의 「R 씨와 도야지」 등의 산문도 함께 실렸다. 구성원 가운데 박팔양과 김환태의 작품이 빠진 대신 구인회의 정식 회원이 아닌 백석의 시두 편이 수록되어 있는 점이 특기할 만하다.

《시와 소설》은 구인회의 기관지로 간행된 것이지만 이 잡지의 어디에서도 구인회의 문학적 경향이나 주장이나 계획을 하나의 목소리로 내세우지 않고 있다. 이 잡지의 출간 경위에 대해서는 이상이 직접 쓴 「편집 후기」에 다음과 같이 설명되어 있다.

전부터 몇 번 궁리가 있었으나 여의치 못해 그럭저럭 해 오던 일이 이번에 이렇게 탁방이 나서 회원들은 모두 기뻐한다. 위선 고우(高友) 구본웅(具本雄) 씨에게 마음으로 치사해야 한다. 쓰고 싶은 것을 써라 책을랑 내 만들어 주마 해서 세상에 흔히 있는 별별 글란 하나 겪지 않고 깨끗이 탄생했다. 일후도 딴 걱정 없을 것은 물론이다. 깨끗하다니 말이지 겉표지에서 뒷표지까지 예서 더 더할 수 있으랴. 보면 알 게다.

구인회처럼 탈 많을 수 참 없다. 그러나 한 번도 대꾸를 한 일이 없는 것은 말하자면 그런 대꾸 일일이 하느니 할 일이 따로 많으니까다. 일후라도 묵묵부답 채 지날 게다.

으쩌다 예회(例會)라고 모이면 출석보다 결석이 더 많으니 변변이 이야기도 못하고 흐지부지 헤어지곤 하는 수가 많다. 게으른 탓이겠지만 또 다 각각 매인 일이 있고 역시 그도 그럴 수밖에 없다고 해서 회원을 너무 동떨어지지 않는 한에 맞아 보자고 꽤 오래전부터 말이 있어 왔는데 그도 자연 허명무실해 오던 차에 이번 기회에 김유정(金裕貞), 김환태(金煥泰) 두 군을 맞았으니 퍽 좋다. 두 군은 전부터 회원들과 친분이 없지 않던 터에 잘됐다.

차차 페이지도 늘일 작정이다. 회원 밖엣분 것도 물론 실린다. 지면 벼르는 것은 의논껏 하고 편집만 인쇄소 관계상 이상(李箱)이 맡아 보기로 한다. 그것도 역 의논 훗 일이지만.

지난달에 태원이 첫 따님을 낳았다. 아죽 귀애 죽겠단다. 명명 왈 '설영(雪英)' —— 장래 기가 막힌 모던 걸로 꾸미리라는 부친 태원의 원대한 기업이다.

「시와 소설」에 대한 일체 통신은 창문사 출판부 이상한테 하면 된다.

이 '편집 후기'의 내용에 따르면 구인회는 1935년 중반 이후 특기할 만한 움직임을 보여 주지 못한 것을 알 수 있다. 연초에 개최했던 문학 강연을 빼놓고는 별다른 활동이 없었던 구인회는 이상이 창문사에서 일하게 된 것을 계기로 화가 구본웅의 호의에 의해 동인지 출판을 계획하고 새로운 동인으로 김유정, 김환태를 영입해 다시 그 구성원을 아홉 사람으로 채운다. 그러므로 이들 구성원들은 각자가 지니고 있는 예술에 대한 인식과 방법이 완전히 일치하는 것은 아니다. 각각의 개성적인 목소리로 자신들의 포부를 간략하게 제시하고 있는 다음과 같은 글에서도 이를 확인할 수 있다.

값있는 삶을 살고 싶다. 비록 단 하루를 살더라도.(여수)

결국은 '인텔리겐차'라고 하는 것은 끊어진 한 부분이다. 전체에 대한 끊임없는 향수와 또한 그것과의 먼 거리 때문에 그의 마음은 하루도 진정할 줄 모르는 괴로운 종족이다.(기림)

소설은 인간 사전이라 느껴졌다.(상허)

벌거숭이 알몸이면 가시밭에 둥그러져 그님 한번 보고지고.(유정)

노력도 천품이다.(태원)

어느 시대에도 그 현대인은 절망한다. 절망이 기교를 낳고 기교 때문에 또 절망한다.(이상)

언어예술이 존속하는 이상 그 민족은 열렬(熱烈)하리라.(지용)

불탄 잔디의 싹이 더욱 푸르다.(상용)

예술이 예술 된 본령은 묘사될 대상에 있는 것이 아니라 그를 종합하고 재건설하는 자아의 내부성에 있다.(환태)

이들은 자신들이 지니고 있는 예술적 주장을 작품을 통해 직접 독자들에게 전달하고자 한다. 다시 말하면 시와 소설이라는 문학 창작 행위 자체로서 자기들의 행동과 실천을 증거하고자 했던 것이다. 이와 같은 구인회의 성격에 대해서 이 조직의 좌장 격이었던 이태준은 다음 과 같이 해명한다.

구인회는 한낱 문학적 사교성을 가졌을 뿐이다. 우리 구인회원들은 이런 회합이 필요하였다. 대개는 창작에만 전심하지 못하고 기자니 교원이니 하는 번무(繁務)에 매여 무엇보다도 예술가로서의 기분 감정에부터 주으린 우리들이다. 종일 만나는 사람들이 예술가 아닌 사람들이요 종일 듣는 소리가 예술 아닌 소리들이다. 그러다가 우연히 글쓰는 사람 끼리 만나면 그때의 반가움이란 또 될 수 있으면 문학적인 회화를 가고 싶을 것이란 결코 적은 욕망이 아니었다. 그리고 그와 헤어질 때는 가뭄에 풀이 몇 방울 비에 젖는 갱생의 기가 나고 창작욕의 요동을 가슴 하나 느끼는 것이 사실이었다.

야, 자주 만나기만이라도 해야겠다. 이래서 그 우연히 만나는 것을 계획적으로 정기적으로 만나기 위해 생긴 것이 구인회다. 그래서 된 것이니 다른 일이 있을 리 없다. 회원의 것을 본위로 작품의 음미 비판이 있고 논제가 있으면 서로 생각해 가지고 와 공개한다. 그것 중에 일반적으로 공개할 만한 것이면 임시임시로 무슨 회를 개최하기도 하는 것이다. 가장 자유스러운 무지도자의 문학 사숙으로 알면 그리 틀리지 않을 것이다.

우리는 회원의 사상을 강제하지 않는다. 어느 단체에 끼어 어떤 사상 행동을 하거나 어떤 경향을 작품에서 강조하거나 절대 자유다. 다만 구인회 그것을 자기가 이용하려 들어서도 안 된다. 그런 야심인이 생기면 벌써 우의에 불순이 생기기 때문에 불가불 남이 될 수밖에 없는 것이다. 이러한 의미에서 우리들에게 이미 남 되어 주기를 요구받은 회원도 있었다. 그러므로 구인회 그 자체에게 어떤 정치적인 행동을 기대하는 것은 구인회의 성격을 모르기 때문이다. 구인회원인 작가가 개인으로나 혹은 다른 단체에 끼어선 어떤 행동이든 할 수 있되 구인회로서는 글공부 그 이상에 나서지 못한다. 그렇다고 그것이 구인회를 위해서 슬퍼하거나 못마땅해할 이유는 아무것도 없다. 애초에 붓으로 맨 것은 글을 쓰는 것으로 마땅하고 비로 맨 것은 마당을 쓰는 것만으로 마땅한 것이다. 쓸데없이 무슨 청년웅변대회에서나처럼 주먹을 부르쥐고 '구인회는 백해무익'일러니 '구인회 작가여 용감하여라 민중도 생각하여라.' 하는 것들은 참으로 무엇에 그리 놀란 사람들인지 알 수가 없다. 우리도 그만한 민중 관념 그만한 자기반성에 게으르지 않는다. 그냥 공연히 민중 운운한다고 지금은 수가 아니다.

　　회에도 여러 가지가 있는데 구인회 같은 회도 있거니 하는 것은 회에 대한 상식일 것이다.[*]

이태준의 지적대로 구인회는 어떤 사상이나 이념을 표방하지 않으면서도 이 구성원들의 개성 자체가 이미 문단의 새로운 경향으로 자리 잡게 된다. 그것은 《시와 소설》에 발표한 작품들이 당대 문학의 기법적 실험을 뜻하는 새로운 방식들을 각각 특이한 언어로 실천해 보이고 있기 때문이다.

이상이 편집을 주도하면서 발간했던 구인회의 《시와 소설》은 창간호가 나온 후에 더 이상 지속되지 못했다. 《시와 소설》에 발표된 회원들의 작품 자체에서 확인할 수 있는 새로운 기법적 실험에도 불구하고 이 잡지는 대중적인 독자층의 지지를 받지는 못한다. 구인회 자체의 동인 활동도 이 잡지의 창간 이후 실질적으로 중단되고 있다. 구인회의 중심 인물이었던 김기림이 1936년 봄 일본 동북제대(東北帝大)로 유학을 결행하면서 동인 활동의 구심점이 약화되었고, 당초 월간지로

---

[*] 이태준, 「구인회에 대한 난해 기타」, 《조선중앙일보》, 1935. 8. 11.

기획되었던 《시와 소설》도 속간되지 못했기 때문이다. 김기림이 유학을 떠난 뒤에 이상과 주고받은 서신을 보면 이러한 상황의 변화를 감지할 수가 있다.

(1)

起林 兄

兄의 그 「折れ釘みたいな字」로 된 글을 땀을 흘리며 읽었오이다. 無事히 着席하였다니 내 記憶 속에 「金起林」이라는 空席이 하나 決定的으로 생겼나 보이다.

九人會는 그 後로 모이지 않았오이다. 그러나 兄의 安着은 아마 그럭저럭들 다 아나봅디다.

事實 나는 兄의 雄飛를 目睹하고 「先手を打たれたような氣がして」 憂鬱했오이다. 그것은 무슨 한 계집에 對한 嫉妬와는 比較할 것이 못될 것이오. 나는 그렇게까지 내 自身이 미웠고 부끄러웠오이다.

不幸히 ─ 或은 多幸히 李箱도 이 달 下旬頃에 東京 사람이 될 것 같소. 그러나 그것은 어디까지든지 兄의 雄飛와는 區別되는 것이오.

아마 李箱은(도?) 그 「白白しい」 文學은 그만두겠지요.

「詩와 小說」은 會員들이 모두 게을러서 글렀오이다. 그래 廢刊하고 그만둘 心算이오. 二號는 會社 쪽에 내 面目이 없으니까 내 獨力으로 내 趣味雜誌를 하나 만들 作定입니다.

그러든지 「今からでも遲くはない」, 「すみやかに」 原稿들을 써 오면 어떤 雜誌에도 지지 않는 버젓한 冊을 하나 만들 作定입니다.*

(2)

起林 兄

---

* 권영민 편, 「이상 전집 4」(태학사, 2013), 325쪽.

어떻소? 거기도 더웁소? 工夫가 잘 되오?

氣象圖 되었으니 보오. 校正은 내가 그럭저럭 잘 보았답시고 본 모양인데 틀린 데는 고쳐 보내오.

具君은 한 千部 박아서 팔자고 그럽디다. 당신은 五十圓만 내고 잠자코 있구려. 어떻소? 그 對答도 적어 보내기 바라오.

참 體裁도 고치고 싶은 대로 고치오.

그리고 檢閱本은 안 보내니 그리 아오, 꼭 所用이 된다면 편지하오. 보내 드리리다.

이것은 校正刷이니까 삐뚤삐뚤한 것은 「간조」에 넣지 마오. 그것은 印刷할 적에 바로잡아 할 것이니까 염려 없오. 그러니까 두 장이 한 장 세음이오. 알았오?

그리고 ノンブル는 아주 빼어 버리는게 좋을 것 같은데 意見이 어떻소? 좀 メザワリ 같지 않소?

九人會는 人間最大의 怠慢에서 浮沈中이오. 八陽이 脫會했오 — 雜誌二號는 흐지부지요. 게을러서 다 틀려먹을 것 같소. 來日 밤에는 明月館에서 永郎詩集의 밤이 있오. 서울은 그저 踏步中이오.

자조 편지나 하오. 나는 아마 좀 더 여기 있어야 되나 보오.

참 내가 요새 小說을 썼오. 우습소? 자 — 그만둡시다.*

앞의 편지 (1)에는 발신 날짜가 '6일'이라고 표시되어 있다. 김기림이 일본에 도착한 후에 보낸 편지에 대한 답신의 형태로 작성된 것이다. 그런데 사연 가운데에 1936년 4월 29일부터 한 달간 단성사에서 상영한 독일 UFA社 제작의 영화 「장미(薔薇)의 침상(寢床)」을 구경했다는 내용이 담겨 있는 것으로 미루어 볼 때 이 편지의 작성일이 1936년 5월 6일임을 추측할 수 있다. 김기림의 도일 이후 구인회 회원들이

---

* 위의 책, 323쪽.

◆ 이상과 다방 '제비' 그리고 '구인회' 시대

한 번도 모임을 가지지 못했다는 소식이라든지 《시와 소설》을 더 이상 발간하지 않고 폐간해야 한다는 것도 전하고 있다. 구인회 활동이 제대로 지속되지 못하고 있음을 말해 준다. 편지 (2)의 경우는 발신 날짜를 확인하기 어렵다. 날씨 이야기라든지 시집 「기상도(氣象圖)」의 최종 교정본 이야기 등으로 보아 6월의 일로 추측된다. 김기림의 시집 「기상도」는 1936년 7월 창문사에서 발간되었다. 편지의 사연 중에 "구인회는 인간 최대의 태만에서 침묵 중이오. 팔양이 탈회했오 — 잡지 2호는 흐지부지요. 게을러서 다 틀려먹을 것 같소."라는 내용을 보면, 구인회 구성원 가운데 박팔양이 탈회한 소식도 나와 있고, 잡지 제2호는 출간 계획도 못하고 있음을 말해 주고 있다. 결국 구인회는 동인지 《시와 소설》의 창간 직후 여기에 참여했던 박팔양, 김상용, 정지용, 이태준, 김기림, 박태원, 이상, 김유정, 김환태 등 9인 가운데 박팔양이 이탈하고 있다. 구인회의 동인이 8인만 남게 된 것이다. 더구나 김기림이 일본으로 떠나고 이상 자신도 일본행을 계획하고 있었기 때문에 구인회라는 동인의 조직 자체도 유명무실한 상태로 빠져들게 된 것이다.

구인회 시대의 이상

　이상은 구인회의 회원으로 가입한 후 창문사에서 일을 시작하면서 문단 활동을 재개했다. 이상이 창문사에서 일한 기간은 1년 정도에 지나지 않지만 이 시기에 이상은 문학적으로 완벽하게 다시 일어선다. 이 시기에 보여 준 왕성한 창작 활동은 이상 문학이 구인회 시대를 통해 절정의 상태에 도달하고 있음을 말해 준다. 이상은 1936년에 들어서면 잡지 《가톨릭청년》(1936. 2)에 연작시 「역단(易斷)」이라는 표제 아래 「화로(火爐)」, 「아츰」, 「가정(家庭)」, 「역단」, 「행로(行路)」 등 다섯 편의 시를 한꺼번에 발표했다. 그리고 구인회 기관지 《시와 소설》을 만들었고 여기에 시 「가외가전(街外街傳)」(1936. 3)을 발표하면서 그 특유의 시적 상상력을 과시하게 된다. 1936년 10월 일본 동경으로 떠나기 직전에는《조선일보》에 연작시 「위독(危篤)」을 연재했다. 10월 4일부터 9일까지 연재된 이 작품 안에는 「금제(禁制)」, 「추구(追求)」, 「침몰(沈歿)」, 「절벽(絶壁)」, 「백화(白晝)」, 「문벌(門閥)」, 「위치(位置)」, 「매춘(買春)」, 「생애(生涯)」, 「내부(內部)」, 「육친(肉親)」, 「자상(自像)」 등 12편의 시가 이어져 있다. 그가 잇달아 발표한 소설 「지주회시(鼅鼄會豕)」(《중앙》, 1936. 6)와 「날개」(《조광》, 1936. 9)는 최재서, 백철 등의 평문에서 심리주의 문학의 새로운 가능성으로 높이 평가되었다. 여기에 더하여 이상은《매일신보》에 「조춘점묘(早春點描)」(1936. 3. 3∼26)와 「추등잡필(秋燈雜筆)」(1936. 10. 14∼28)이라는 표제 아래 짤막한 칼럼을 연재했다.

이상이 구인회 시대에 발표한 단편소설 「지주회시」와 「날개」는 서사 구성에서 볼 수 있는 인물의 설정이라든지 이야기의 서술 과정에서 드러나는 묘사의 구체성을 공통적으로 보여 준다. 소설 「지주회시」는 그 제목에서부터 애매성을 드러낸다. 여기에서 '지(鼅)'와 '주(鼄)'는 모두 '거미'를 뜻하는 한자이다. 두 글자가 모두 각각 '거미'를 의미하는 것인데도 언제나 두 글자를 결합하여 '지주'라고 쓴다. 글자 그대로 한다면, '지주'라는 말은 한 마리의 거미를 뜻하는 단수(單數) 명사가 아니라 복수의 '거미들'에 해당하는 셈이다. 실제로 소설 「지주회시」는 '지'와 '주'라는 두 마리의 '거미'로 그 의미를 해체시켜 놓는다. 주인공으로 등장하는 '그'와 '그의 아내'가 모두 '거미'에 비유되고 있기 때문이다. '회시(會豕)'에서의 '회(會)'는 '만나다'라는 뜻을 가진다. '시(豕)'는 '돼지'라는 뜻으로 해석되는 7획의 '부수자(部首字)'이기 때문에 '시(豕)' 부에 해당하는 글자들은 모두 '돼지'와 관련되어 있다. 따라서 '시'라는 글자는 비록 한 글자이지만 그 의미 안에 '돼지들'이라는 복수(複數)의 뜻을 담고 있다고 풀이할 수 있다. 이렇게 읽게 되면 소설의 제목이 되는 '지주회시'라는 말은 '거미 두 마리가 돼지들을 만나

◆ 이상과 다방 '제비' 그리고 '구인회' 시대

다.'라는 뜻으로 이해할 수 있다. 결국 「지주회시」의 서사는 '거미 두 마리가 돼지들을 만나다'라는 이 해괴한 제목의 의미를 해체하는 과정에 대응한다. 소설 「날개」는 이상 문학을 대표한다. 이 작품이 발표된 후에 당대의 평단에 드러난 열띤 반응과 수많은 논의가 오늘날까지도 그대로 이어지고 있는 것은 그 기법과 정신면에서 보여 주는 문제성을 그대로 말해 주는 것이라고 할 만하다. 「날개」는 자아의 형상과 그 존재 방식에 대한 회의와 그로부터의 탈출 욕망을 공간화의 기법으로 형상화한다. 이 소설의 화자는 '나'라는 지식인이다. 나는 도시의 병리를 대표하는 매춘부인 '아내'와 기형적인 삶을 살아가고 있다. 아무런 희망도 비판적 자각도 없는 무기력한 주인공이 좁은 방으로 표상되는 비정상적인 삶으로부터 탈출하고자 하는 욕망이 이 소설의 주제를 형성하고 있다.

이상이 1936년 2월 잡지 《가톨닉청년》에 발표한 연작시 「역단」과 이해 10월 동경으로 떠나기 직전 《조선일보》에 연재했던 연작시 「위독(危篤)」(《조선일보》, 1936. 10. 4~9)은 이상이 「오감도」에서 시도했던 기법적 실험과 새로운 시정신을 정리하는 작업에 해당한다. 연작시 「역단」은 '역단'이라는 표제 아래 「화로」, 「아츰」, 「가정」, 「역단」, 「행로」 등 다섯 편의 시를 연작의 형식으로 이어 놓고 있다. 비록 작품의 제목은 다르지만, 「역단」은 그 형식과 주제, 언어 표현과 기법 등이 모두 「오감도」의 경우와 그대로 일치한다. 이러한 특징은 연작시 「역단」이 미완의 「오감도」를 완결 짓기 위한 후속 작업일 가능성이 크다는 것을 암시한다. 연작시 「역단」의 발표가 예사롭지 않게 느껴지는 이유가 여기 있다. 연작시 「역단」의 작품들은 「오감도」의 경우와 마찬가지로 그 시적 주제 내용과 텍스트 자체의 구성법을 통해 연작으로서의 공통적인 특징을 지니고 있다. 각각의 작품들은 시적 텍스트가 어구의 띄어쓰기를 전혀 하지 않은 채 행의 구분 없이 단연(單聯) 형식의 산문체로 구성되어 있는데, 특히 모든 작품들이 공통적으로 '나'라는 주체를 시적 대상으로 삼고 있는 점도 「오감도」의 경우와 일맥상통한다. 이 가운데 「화로」, 「아츰」, 「행로」등은 이상 자신의 투병의 과정과 그 좌절 의식을 짙게 드러내고 있으며, 「가정(家庭)」의 경우에는 가족과의 불화 혹은 단절을, 「역단」의 경우는 병으로 인하여 나락에 빠져들게 된 자신의 운명에 대한 깊은 고뇌를 보여 준다. 이러한 형식상의 특징과 주제 내용의 상관성은 연작시 「역단」이 「오감도」와 시적 맥락을 같이하고 있음을 말해 준다.

이상이 국내 문단 활동을 마감하고 있는 연작시 「위독」에는 「금제」, 「추구」, 「침몰」, 「절벽」, 「백화」, 「문벌」, 「위치」, 「매춘」, 「생애」, 「내부」, 「육친」, 「자상」 등 12편의 시가 포함되어 있다. 이 작품들은 모두 「오감도」의 시적 특징을 이어받고 있으며 《가톨닉청년》에 발표한 연작시 「역단」의 연장선상에 놓여 있다고 할 수 있을 정도로 그 주제와 기법이 유사하다. 개인적인 삶의 과정과 그 존재 의미를 끈질기게 추구해 오고 있음을 보여 준다. 이 작품들은 자아의 형상 자체를 시적 대상으로 삼아 다양한 시각을 통해 이를 해체하고 있는 경우가 많으며, 자신을 둘러싸고 있는 아내와 가족에 대한 자기 생각과 내면 의식의 반응을 그려 낸 경우도 있다. 연작시 「위독」에서 볼 수 있는 시인의 사물을 보는 시각과 판단은 「오감도」의 특이한 자기 투사 방식과 상호 연관성을 통해 그 의미가 더욱 분명하게 드러난다. 자신의 병과 죽음에 대한 절박한 인식, 가족에 대한 책임 의식과 갈등, 좌절의 삶을 살아가는 자신에 대한 혐오 등을 말하고 있는 시적 진술 방법이 「오감도」의 작품들과 서로 통한다. 이상은 연작시 「위독」의 연재를 마친 후 동경행을 택함으로써 연작시 「위독」을 통해 국내에서 이루어진 자신의 시적 글쓰기 작업을 마감한다. 1934년에 발표한 미완의 연작시 「오감도」는 1936년 연작시 「역단」과 「위독」을 통해 그 연작 자체의 완성에 도달한 셈이다.

◆ 이상의 동경 생활

동경으로의 탈출

이상이 동경(東京)으로 건너간 것은 1936년 늦가을의 일이다. 이상은 연작시 「위독」의 신문 연재를 마친 후 동경행을 결행한다. 그의 문단 활동도 여기에서 실질적으로 끝이 난다. 그는 왜 동경행을 택했을까? 동경에서 어떤 날개를 꿈꾸었던 것인가? 이상의 문학적 삶의 마지막 장면을 정리하기 위해서는 이 질문이 반드시 필요하다. 1930년대 식민지 조선의 젊은 지식인에게 동양 문명의 중심지로 떠오른 일본 제국의 수도 동경은 조선을 지배하던 권력의 심장에 해당한다. 현해탄의 높은 파도를 넘어 한반도로 밀려 들어온 문명이라는 괴물을 놓고 내지(內地) 일본을 꿈꾸었던 젊은이들이 얼마나 많은가? 이광수가 문학의 춘원(春園) 시대를 열었던 것도 동경이요, 임화가 무산계급에는 국가가 없다는 신념을 키웠던 곳도 동경이다. 동경은 서로 다른 공간에 자리하면서도 동일한 시간의 질서 아래 식민지 조선을 옥죄던 제국의 힘의 중심이다.

이상의 동경행은 경성(京城)으로부터의 탈출을 뜻한다. 이 탈출이 새로운 문명에의 길이 아니라는 점을 이상은 언제쯤 알게 되었을까? 이상은 동경으로의 탈출을 생의 전환으로 삼고자 욕망한다. 그러나 이 조급한 선택은 그를 죽음의 길로 안내했을 뿐이다. 이상은 자신의 죽음이 동경에서 자신을 기다리고 있다는 사실을 깨닫지는 못했지만, 동경이라는 도시가 자신이 꿈꾸던 현대적 정신의 중심지가 아님을 금방 알아차린다. 그는 프랑스의 파리, 미국의 뉴욕과 같은 서구 도시를 치사하게도 흉내 내고 있던 동경의 '모조(模造)된 현대'에 절망하고는 봄이 되면 다시 서울로 돌아갈 계획을 세운다. 그러나 이상은 계획한 대로 귀국할 수 없게 된다. '거동 수상자'라는 이유로 일본 경찰에 검거되어 차디찬 동경의 늦겨울을 경찰서 유치장에서 견뎌야 했기 때문이다. 이 불행한 정신은 그 육신과 함께 거기서 무참하게도 허물어진다. 그리고 결국은 죽음으로 내몰린다.

그런데 이상의 동경행을 말하기 전에 반드시 짚고 넘어가야 할 중요한 사실이 하나 있다. 이상은 이해 6월 정릉 흥천사에서 변동림(卞東琳)*과 결혼식을 올렸다. 이러한 사실은 이상의 누이동생 김옥희의 회고 「오빠 이상」이라는 글 속에서 확인할 수 있다.

> 창문사(彰文社)에서 구인회의 동인지 《시와 소설》을 편집하고 있던 오빠는 그것이 1집만 나오고 그만이 되자 황금정(黃金町)으로 이사를 하고 거기서 임이 언니와 동거를 시작했습니다. 아마 유월달이었다고 생각되는데 그때 7, 8명 구인회 동인들이라고 생각되는 분들과 신흥사(新興寺)에서 형식만의 결혼식을 올렸습니다.
>
> 작품 연보로 보아서 가장 많은 작품을 여러 가지 '장르'에 걸쳐 여러 곳에 발표한 곳이 이해였다고 기억됩니다. '절름발이' 세월에 '절름발이' 부부 생활이었으나마 오빠에게 그만큼 위안이 되었던 것이 사실이 아닌가 생각합니다. 임이 언니는 사실 우리 가족과는 상당히 가까이 내왕(來往)이 있었습니다. 특히 운경 오빠와는 자주 만나 친밀히 이야기하

---

* 변동림은 1916년 서울 태생으로 경성여고보를 거쳐 이화여전 영문과를 졸업했다. 1936년 6월 이상과 결혼했으나 3개월 뒤에 이상이 동경으로 떠났다. 이상이 죽은 후 1944년 화가 김환기와 재혼했으며 이름도 김향안(金鄕岸)으로 개명했다.

◆ 이상의 동경 생활

는 사이였습니다.

그런데 임이 언니의 사랑도 결코 오빠를 행복하고 안정되게 하지는
못했습니다. 오빠는 임이 언니와 동거 생활을 하던 바로 그해 동경(東京)
으로 떠났습니다.*

변동림은 이상을 창문사로 이끌었던 화가 구본웅(具本雄)의 이모라
고 할 수 있다. 구본웅의 계모(繼母)의 친정 동생이며 이화여자전문학
교 영문과를 졸업한 재원이었다. 이 두 사람은 문학과 예술에 대한 관
심과 흥미를 공유하던 중에 갑자기 결혼했다. 변동림의 회고를 보면
이상을 처음 만난 것은 그녀의 오빠(변동욱)의 소개였다고 했다. 이상
의 인상은 후리한 키에 곱슬머리가 나부끼고 수염은 언제나 파랗게 깎
고 있었다. 검은 눈이 유난스럽게도 이글거리듯 타오르고 광채를 발산
했다. 두 사람은 급속도로 가까워졌다.

나는 상하고 결혼했다. 낮과 밤이 없는 밀월을 즐겼다. 나는 우리들
의 밀월을 월광으로 기억할 뿐이다.

나는 가방 속에 몇 권의 책(시와 소설)과 외국어 사전을 넣어 왔다.
그것들이 한 줄의 책꽂이가 되고 침실을 장식했다. 상은 그 책꽂이를 사
랑했다. 그러나 상의 고민은 '만국발음표'를 흉내 내지 못하는 것, 그래
서 우리는 자꾸만 웃었다.

상은 며칠 만에 한 번씩 시내에 들어가서 볼일을 보고 장을 봐 왔다.
나는 개울에서 빨래도 하고 밥도 지었지만 반찬은 주로 상이 했다. 상은
소의 내장으로 만드는 요리를 즐겼기 때문에 나는 간이나 천엽, 또 곰탕
같은 것을 못 먹었던 기억이 난다.

서울서는 우리들의 결혼을 스캔들로서 비난하는 소리가 들렸다. 나

---

* 김옥희, 「오빠 이상」, 《신동아》, 1964. 12.

의 오빠부터가 이상이 내 동생을 유혹했다고 잡음을 일으켰고 우리를 질투한 못난 친구는 후일에 동경까지 가서 이상을 괴롭힌 일도 있었다. 나는 이상의 유혹이 아니고 내가 이상을 좋아해서 따라간 것이라고 밝혔고 우리는 곧 동경으로 떠날 거라고 선언함으로써 상의 어머니와 나의 어머니는 서둘러서 결혼식을 올리게 마련하셨다.*

위의 변동림의 회고를 보면 두 사람은 결혼식을 올리기 전부터 동거를 시작했고 그것이 좋지 않은 소문으로 퍼지자 곧 결혼식을 올렸다. 이 결혼식을 두고 동생 김옥희는 형식만의 결혼식이었다고 했거니와 이상은 이 결혼을 정상적인 가정생활로 이끌어 가지 못했다. 그는 줄곧 동경행을 꿈꾸었고 1936년 10월 도망치듯 동경으로 떠났다.

임종국 편 『이상 전집 3』의 '이상 약력'에는 이상이 1936년 음력 9월 3일 동경으로 '탈출'한 것으로 기록되어 있다. 이 날짜는 양력으로 1936년 10월 17일 토요일에 해당한다. 그리고 일본 '동경 간다구(神田區) 진보초(神保町) 3정목(丁目) 101-4번지 이시카와(石川) 방(房)'에서 이상이 기숙했다고 밝히고 있다. 임종국이 펴낸 이 전집은 이상 문학의 텍스트에 대한 총체적인 정리 작업을 통해 이상 문학의 범주를 확정해 놓은 것으로 유명하다. 뒤에 발간된 대부분의 책들이 이 전집에 빚지고 있다. 그런데 근래 한 신문 기사에 따르면, 이상이 1936년 11월 21일 동경에 도착했으며, 11월 17일 서울을 떠난 후 닷새 동안의 여정(「이상 탄생 100주년 — 굿모닝 이상」, 《국민일보》, 2010. 1. 13)이었다고 밝힘으로써 임종국의 '이상 약전'과는 다르게 동경행의 날짜를 제시하고 있다. 물론 이 새로운 날짜가 어떤 사실에 근거하고 있는지를 밝히지 않았다.

이상이 동경으로 떠난 것은 언제일까? 이상이 남긴 글 가운데 동경

---

* 김향안, 「이상(理想)에서 창조된 이상(李箱)」, 《문학사상》, 1986. 8.

행의 경위를 확인할 수 있는 직접적인 자료로는 당시 일본 센다이(仙台) 동북제대(東北帝大) 영문학과에 재학 중이던 김기림에게 보낸 두 통의 사신이 있다. 이상은 그의 수필이나 소설 속에서도 근대 동양의 중심 지인 동경에 대한 꿈을 여러 차례 언급한 적이 있지만, 그가 동경행의 경위를 직접적으로 밝힌 것은 이 두 편지가 가장 믿을 만하다.

(1)

起林 兄

兄의 글 받았오. 퍽 반가웠오.

北日本 가을에 兄은 참 儼然한 存在로구려!

워-밍엎이 다 되었것만 와인드엎을 하지 못하는 이 몸이 兄을 몹씨 부러워하오.

지금쯤은 이 李箱이 東京 사람이 되었을 것인데 本町署高等係에서 「渡航マカリナラヌ」의 吩咐가 지난달 下旬에 나렸구려! 우습지 않소?

그러나 지금 다시 다른 方法으로 渡航證明을 얻을 道理를 차리는 中이니 今月中旬 — 下旬頃에는 아마 李箱도 東京을 헤매는 白面의 漂客이 되리다.

拙作「날개」에 對한 兄의 多情한 말씀 骨髓에 스미오. 方今은 文學 千年이 灰爐에 돌아갈 地上最終의 傑作「終生記」를 쓰는 中이오. 兄이나 부디 억울한 이 內出血을 알아주기 바라오!

三四文學 한 部 저 狐小路집으로 보냈는데 원 받았는지 모르겠구려!

요새 朝鮮日報 學藝欄에 近作詩「危篤」連載中이오. 機能語. 組織語. 構成語. 思索語.로 된 한글 文字 追求試驗이오. 多幸히 高評을 비오. 요다음쯤 一脈의 血路가 보일 듯하오.

芝溶, 仇甫 다 가끔 만나오. 튼튼히들 있으니 또한 天下는 泰平聖代가 아직도 繼續된 것 같소.

煥泰가 「宗橋禮拜堂」에서 結婚하였오.

「幽靈西ヘ行く」는 名作「洪吉童傳」과 함께 映畫史上 屈指의 ガラワタ입디다. ルネ·クレ ― ル·クソクラエ.

映畫時代라는 雜誌가 實로 無報酬라는 口實下에 李箱氏에게 映畫小說「白兵」을 執筆시키기에 成功하였오. ニウスオワリ.

秋夜長! 너무 蕭條하구려! 我黨萬歲! 꼰·나잍.*

(2)

起林 兄

期於코 東京 왔오. 와 보니 失望이오. 實로 東京이라는 데는 치사스런 데로구려!

東京 오지 않겠오? 다만 李箱을 만나겠다는 理由만으로라도 ―

三四文學 同人들이 이곳에 여럿이 있소. 그러나 그들은 어디까지든지 學生들이오. 그들과 어우러지지 못하는 것을 보면 우리는 인제 그만하고 늙었나 보이다.

三四文學에 原稿 좀 주어 주오. 그리고 씩씩하게 成長하는 새 世紀의 英雄들을 爲하여 貴下가 貴下의 尊重한 名聲을 暫間 낮추어 三四文學의 同人이 되어 줄 意思는 없는지 이곳 靑年들의 渴望입니다. 어떻소?

편지 주기 바라오. 이곳에서 나는 貧窮하고 孤獨하오. 住所를 잊어서 住所를 알아가지고 편지하느라고 이렇게 늦었소. 東京서 만났으면 작히 좋겠소?

兄에게는 健康도 富貴도 넘쳐 있으니 편지 끝에 常套로 빌〔祈〕을 만한 말을 얼른 생각해 내기가 어렵소그려.

一九三六年 十一月 十四日**

---

* 권영민 편, 「이상 전집 4」, 323~324쪽.
** 위의 책, 327쪽.

◆ 이상의 동경 생활

위의 사신 (1)에는 편지를 쓴 날짜가 적혀 있지 않다. 그러나 그 사연 속에서 "지금쯤은 이 이상이 동경 사람이 되었을 것인데 본정서 고등계에서 '도항 절대 불가'의 분부가 지난달 하순에 나렸구려! 우습지 않소? 그러나 지금 다시 다른 방법으로 도항 증명을 얻을 도리를 차리는 중이니 금월 중순~하순경에는 아마 이상도 동경을 헤매는 백면의 표객이 되리다."라는 구절이 주목된다. 이 구절을 통해 이상이 동경행을 계획하고 있으며, 도항 증명을 얻지 못하여 출발을 늦추고 있다는 사실을 알 수 있다. 이상은 이 편지에서 '금월 중순 또는 하순경'에는 동경에 가 있게 되리라고 밝히고 있다. 여기에서 말하고 있는 "금월"이란 1936년 10월을 말한다. 이상이 이 편지를 쓰면서 "조선일보 학예란에 「위독」 연재 중"이라고 밝히고 있기 때문이다. 이상의 연작시 「위독」은 1936년 10월 4일부터 9일까지 12편의 작품으로 이어지면서 연재되었다. 소설 「날개」를 잡지 《조광》(1936. 9)에 발표한 직후 이상은 의욕적으로 글을 쓰면서 동경행을 준비하고 있었던 것이다. 이 같은 여러 가지 정황으로 미루어 본다면 이 편지는 시 「위독」을 연재하던 1936년 10월 4일부터 9일 사이에 쓴 것임을 알 수 있으며, 이상 자신이 10월 하순이면 동경에 건너갈 수 있을 것으로 예상하고 있음을 확인할 수 있다.

사신 (2)의 경우는 "1936년 11월 14일"이라고 편지 쓴 날짜가 표시되어 있다. 이상은 이 편지에서 "기어코 동경 왔오."라고 밝힌 대로 이미 동경에 도착해 있음을 알 수 있다. 앞서 언급한 《국민일보》의 기사에서 이상이 11월 17일 서울을 출발하여 11월 21일 동경에 도착했다는 기록은 이 편지의 내용과 대조해 보면 잘못된 정보임을 확인할 수 있다. 그런데 이 편지에서 "이곳에서 나는 빈궁하고 고독하오. 주소를 잊어서 주소를 알아가지고 편지하느라고 이렇게 늦었오."라는 사연이 주목된다. 이 편지가 동경 도착 직후 쓴 것이 아님을 말해 주기 때문이다. 동경에 도착한 이상은 김기림의 일본 주소를 잊어버렸기 때문에 한동안 여기저기 주소를 확인했던 것으로 보인다. 서울에 연락하여 김기림의 주소를 다시 확인하게 되기까지 이상은 동경 도착 후 적어도 보름 이상의 기간을 보냈던 것이 아닌가 생각된다. 당시의 우편 사정이나 교통 문제 등을 고려한다면 이 정도의 시간은 필요했을 것이다. 이러한 상황 판단을 근거로 하면 이상은 《조선일보》에 시 「위독」의 연재가 끝난 후 경성을 출발하여 1936년 10월 하순에 동경에 도착할 수 있었던 것이 아닌가 생각된다.

이상의 동경행과 관련된 몇 가지 사실을 암시해 주는 내용은 소설 「실화」에서도 찾아볼 수 있다. 이상이 동경에서 쓴 이 작품의 전반부에서 주인공 '나'는 동경 유학생 'C' 양의 집에 놀러와 'C' 양으로부터 학교에서 공부하고 있는 소설 이야기를 들으며, 두 달 전에 서울에서 있었던 '연(姸)'이라는 여인과의 갈등과 그 헤어짐의 과정을 떠올린다.

> 菊花 한 송이도 없는 房 안을 휘 — 한번 둘러보았다. 잘 — 하면 나는 이 醜惡한 房을 다시 보지 않아도 좋을 수 — 도 있을까 싶었기 때문에 내 눈에는 눈물도 고일 밖에 —
>
> 나는 썼다 버슨 모자를 다시 쓰고 나니까 그만하면 내 姸이에게 對한 인사도 별로 遺漏없이 다 된 것 같았다.
>
> 姸이는 내 뒤를 서너 발자죽 딸아왔든가 싶다. 그렇나 나는 例年 十月 二十四日경에는 死體가 몇을만이면 상하기 시작하는지 그것이 더 급했다.
>
> 「箱! 어디 가세요?」
>
> 나는 얼떨결에 되는 대로
>
> 「東京」
>
> 勿論 이것은 虛談이다. 그렇나 姸이는 나를 挽留하지 않는다. 나는 밖으로 나갔다.*

---

* 권영민 편, 「이상 전집 2」(태학사, 2013), 353쪽.

앞의 인용에서 볼 수 있는 것처럼 소설 속의 주인공은 10월 24일 사랑하는 여인 '연'과 헤어지면서 자신의 동경행을 밝힌다. 그러나 바로 뒤의 대목에서 이 대답이 허언이었다고 쓰고 있다. 하지만 이 소설의 후반을 보면 주인공의 동경행은 사실로 드러난다. 이 소설의 주인공인 "나"는 경성을 떠나기 전날 문우 유정을 찾아가 "저는 내일 아침 차(車)로 동경 가겠습니다."라고 동경행을 밝혔던 것이다. 소설 「실화」의 이야기는 소설이라는 허구적 장치 속에서 전개되고 있지만, 이상 자신의 사적인 체험 영역을 상당 부분 그대로 보여 주고 있는 것이 사실이다. 그러므로 소설 속의 주인공이 '연'이라는 여인과 경성에서 헤어져 동경으로 떠난 10월 24일이 바로 이상의 동경행이 실제로 이루어진 날이라는 추측도 가능하다. 그리고 이러한 추측이 사실 그대로라면 이상은 1936년 10월 27, 28일경에 동경에 도착했을 것으로 짐작된다.

이상은 동경에 도착한 후 "동경 간다구 진보초 3정목 101-4번지 이시카와 방"을 자신의 거처로 정한다. 나는 동경에 갈 때마다 몇 차례나 간다 고서점가에 인접해 있던 이상의 하숙집의 정확한 위치를 찾아보려고 헤맸다. 그러나 이상이 묵었던 하숙집은 그 위치를 가늠할 수가 없었다. 진보초 3정목은 그리 넓은 구역은 아니지만 그 복판에 일본에서도 전통이 있는 센슈대학(專修大學) 캠퍼스가 자리하고 있는 데다가 근래 새로 지은 건물들이 늘어서 있어서 도저히 그 옛 번지수를 찾을 길이 없었다. 복덕방에 들어가서 101-4번지를 물었지만 주인은 고개를 갸웃거리면서 알 수 없다는 것이다. 나는 소화(昭和) 16년(1941년) 동경 인문사(人文社) 판 「간다구(神田區) 상세도(詳細圖)」를 도서관에서 복사했다. 그리고 먼저 그 지도 위에서 이 하숙집의 번지수를 찾아 표시한 후 그 위치를 가늠하기로 했다. 그런데 진보초 3정목에는 101-4번지가 지도 위에 표시되어 있지 않은 것이다. 참으로 이상한 일이다. 진보초 3정목은 크게 두 구역으로 나뉘어 있는데, 전체 지번이

29번에서 끝이 난다. 나는 결국 간다 구역소(區役所)에 찾아가서 다시 지번을 확인했다. 담당 직원은 진보초 3정목에는 29번지를 넘는 지번이 당초부터 존재하지 않는다는 것이다. 101번지는 있을 수 없다면서 담당 직원은 내가 알고 있는 주소가 잘못된 것이라고 말했다. 하지만 『이상 전집』(임종국 편, 1956)에 기록된 이상의 동경 하숙방 주소가 "진보초 3정목 101-4번지"로 표시되어 있었기 때문에, 나는 이 주소를 전혀 의심하지 않았다.

나는 진보초 3정목을 헤매다가 소화(昭和) 이래로 이 구역에서 장사를 하고 있다는 오래된 쌀가게를 찾게 되었다. 가게 주인은 소화 연간의 회원 명단(단골손님의 명단)을 위층 서재에서 꺼내다가 내게 보여 주면서 친절하게도 아주 재미있는 사실을 알려 주었다. 이 구역에는 101-4번지가 존재하지 않는다는 점. 그런데 3정목 10번지의 지번이 둘로 나뉘어 있어서 10-1과 10-2로 표시해 왔다는 점, 내가 알고 있는 101번지는 10-1번지일 것이라는 점, 10-1번지에는 당시에 모두 14가구가 살았다는 점 등을 설명해 주었다. 나는 가게 주인의 설명을 듣고서야 이들 열네 가구의 주소가 '10-1 번지의 1호' '10-1번지의 2호'와 같은 방식으로 표시되었을 것이라는 점을 알았다. 이상의 동경 하

진보초 상세도

진보초 3정목 10-1-4 일대의 현재 모습

◆ 이상의 동경 생활

숙집 주소는 진보초 3정목 101-4번지가 아니었다. 그것은 '3정목 10-1-4'의 오기였던 것이다. 지금은 이 지번 위에 수년 전에 새로 지었다는 센슈대학의 현대식 회관 건물이 들어서 있다.

이상은 왜 동경행을 선택했을까? 이 질문은 이상의 내면 의식을 캐묻는 본질적인 물음으로 생각할 수도 있다. 그러나 아주 단순하게 동경행의 동기를 따진다면 그 답을 찾기 위해 아래 소설의 한 대목을 참조할 필요가 있다.

나는 몇 篇의 小說과 몇 줄의 詩를 써서 내 衰亡해 가는 心身 우에 恥辱을 倍加하였다. 이 以上 내가 이 땅에서의 生存을 계속하기가 자못 어려울 지경에까지 이르렀다. 나는 何如間 허울 좋게 말하자면 亡命해야겠다.

어디로 갈까. 나는 맞나는 사람마다 東京으로 가겠다고 豪言했다. 그뿐아니라 어느 친구에게는 電氣技術에 關한 專門 공부를 하려 간다는 둥, 學校先生님을 맞나서는 高級 單式 印刷術을 硏究하겠다는 둥, 친한 친구에게는 내 五個國語에 能通할 作定일세 어쩌구 甚하면 法律을 배우겠오 까지 虛談을 탕 탕 하는 것이다. 원만한 친구는 보통들 속나 보다 그렇나 이 헷宣傳을 안 믿는 사람도 더러는 있다. 何如間 이것은 영영 뷘뷘털털이가 되어 버린 李箱의 마즈막 空砲에 지나지 않는 것만은 事實이겠다.*

소설 「봉별기」의 내용에서 진술하고 있는 동경행에 대한 호언은 그대로 받아들이기 어렵다. 하지만 이상의 동경행을 새로운 예술의 세계 또는 현대적인 학문 세계에 대한 관심과 관련지어 볼 수 있음은 부인할 수 없는 일이다. 이상과 함께 경성에서 어울렸던 문단의 정지용,

---

* 권영민 편, 「이상 전집 2」, 384쪽.

박태원, 김기림, 이태준, 김환태 등은 모두가 일본 유학파들이다. 이상은 이들과 함께 어울리면서 글을 썼지만, 이들 유학파가 지닌 지적 우월감 앞에서 자기 한계를 느꼈을 가능성도 없지 않다. 육체적 병마와 싸우면서 혼자 글을 쓰며 문학이라는 세계로 들어섰던 이상은 정규 학교 과정에서 문학을 공부할 수 있는 기회를 가지지 못했다. 경성고등공업학교 건축과에서 그가 공부한 과목 가운데는 '건축사(建築史)'가 거의 유일하게 인문학과 예술 분야에 관련된 과목이었던 것이다. 그러나 이상의 동경행은 유학을 목표로 계획된 것은 아니다. 이상은 이미 문단의 중심에 진출해 있던 기성 문인이었으며, 특별히 일본 대학에 유학하여 문학을 더 공부해야 할 정도로 동경행이 급박했던 것도 아니다. 그럼에도 불구하고 그가 별다른 준비 없이 동경으로 무작정 출발했다는 것은 이해하기 어렵다. 일본 경찰이 그에게 동경행 여행을 허가하는 '도항증(渡航證)'을 쉽게 발부하지 않았던 이유도 동경행의 목적이 불분명했던 때문으로 보인다. 그는 시인이며 작가라고 하지만, 조선총독부 건축 기사직을 사직한 후 뚜렷한 직업도 없고 신분을 보증할 만한 요건도 제대로 갖추지 못했던 것이다.

그렇다면 이상의 동경행을 어떻게 설명할 수 있는가? 그는 왜 도망치듯 경성을 벗어나고자 한 것일까? 이 질문에 답하기 위해 다시 참조해야 할 것이 소설 「실화」다. 이상이 동경에 체류하는 동안에 집필했고, 세상을 떠난 후 1939년 3월 잡지 《문장》에 유고의 형태로 소개된 이 작품에는 이미 앞에서도 지적한 있듯이 그의 짧았던 동경 생활의 내면을 보여 주는 암시적인 장면들이 겹쳐 있다. 소설 「실화」의 텍스트는 주인공인 '나'를 동경이라는 새로운 무대 위로 등장시킨다. 그러나 '나'의 의식 속에는 서울에 남겨 두고 온 여인과 문우들에 대한 상념들이 동경에서 이루어지고 있는 무료한 생활과 뒤섞여 있다. 작가 이상에게 동경이라는 공간은 매우 특이한 실제적 경험의 영역에 해당한다. 그럼에도 불구하고 소설 「실화」에서 '나'라는 주인공을 내세워 동경행을 허구적 서사의 형식으로 서술하고 있다는 것은 주목할 만한 일이다. 소설 「실화」에서 그려 내고 있는 '나'라는 주인공의 동경행은 그 내적 동기가 한 여인과의 애정 갈등에서 비롯된 것으로 암시되어 있다. 물론 그것은 소설의 이야기 속에서 실패한 도피 행각임이 드러난다. 그런데 소설의 이야기 속에서 주목되는 대목은 '간음(姦淫)'이라는 이름으로 지적하고 있는 여인의 부정한 행실이다. 물론 이 대목이 경험적 현실 속에서 작가 이상의 사적 체험 영역과도 어떻게 관련되고 있는지를 설명할 수는 없다. 왜냐하면 이 소설의 이야기에서 서사화되고 있는 주인공의 동경행에는 이상 자신의 자의식의 세계를 암시하고 있는 여러 가지 이야기의 장면들이 교묘하게 감춰져 있기 때문이다. 여기에서 「실화」의 서사 구조의 중심축에 자리하고 있는 '나'라는 주인공과 '연'이라는 여인의 관계를 제대로 이해할 필요가 생긴다.

작가 이상의 동경행에 숨겨진 내면 의식을 엿볼 수 있게 해 주는 또 다른 텍스트가 수필 「에피그람(EPIGRAM)」이다. 이상이 동경으로 떠나기 전에 잡지 《여성》(1936. 8)에 발표했던 이 글은 사랑하는 여인의 과거 행적에 대한 불신을 소재로 삼고 있다.

밤이 이슥한데 나는 사실 그 친구와 이런 會話를 했다. 는 이야기를 염치 좋게 하는 것은 요컨대 천하의 의좋은 내외들에게 대한 통명이다.
친구는
「旅費?」
「보조래도 해 줬으면 좋겠다는 말이지만.」
「둘이 간다면 내 다 내주지.」
「둘이.」
「姙이와 결혼해서 ― .」
여자 하나를 두 남자가 사랑하는 경우에는 꼭 싸움들을 하는 법인데 우리들은 안 싸웠다. 나는 결이 좀 났다. 는 것은 저는 벌써 姙이와 肉體

까지 授受하고 나서 나더러 姙이와 결혼하라니까 말이다.

나는 戀愛보다 공부를 해야겠어서 그 친구더러 여비를 좀 꾸어 달란 것인데 뜻밖에 會話가 이 모양이 되고 말았다.

「그럼 다 그만두겠네.」

「여비두?」

「결혼두.」

「건 왜?」

「싫여!」

그러고 나서는 한참이나 잠자코들 있었다. 두 사람의 敎養이 서로 뺨을 친다든지 하고 싶은 衝動을 참느라고 그런 것이다.

「왜 내가 姙이와 그런 일이 있었대서 그리나? 不快해서!」

「뭔지 모르겠네!」

「한 번. 꼭 한 번밖에 없네. 毒味란 말이 있지.」

「純粹허대서 자랑인가?」

「부러 그리나?」

「에피그람이지.」

암만해도 會話로는 해결이 안 된다. 회화로 안 되면 행동인데 어떤 행동을 하나.

물론 싸워서는 안 된다. 친구끼리는 정다워야 하니까. 그래서 우리는 우리 두 사람의 공동의 敵을 하나 찾기로 한다. 친구가

「李를 알지? 姙이의 첫 남자!」

「자네는 무슨 목적으로 타협을 하려 드나.」

「失戀허기가 싫여서 그런다구나 그래 둘까.」

「내 고집두 그 비슷한 이유지.」

나는 당장에 허둥지둥한다. 내 좀齒한 論理는 눈살을 찌푸린다. 나는 꼼짝할 수가 없다. 이렇게까지 나는 인색하다.

친구는

「끝끝내 이러긴가?」

「守勢두 攻勢두 다 우리 집어치우세.」

「엔간히 겁을 집어먹은 모양일세그려!」

「누구든지 그야 墮落허기는 싫으니까!」

요 이야기는 요만큼만 해 둔다. 姙이의 남자가 셋이 되었다는 것을 漏泄한댓자 그것은 벌써 秘密도 아무것도 아니다.*

이 글에 등장하는 '임'이라는 여인은 '나'와 결합하기 전에 이미 다른 사내들과 수차례 깊은 관계를 가졌던 인물이다. 물론 수필 「에피그람」의 내용에 등장하는 '임'이라는 여인과 친구의 이야기 속에서 이상 자신이 밝히고 있는 '동경행'의 의미는 '연애보다는 공부'라는 데에 놓여 있다. 하지만 이것은 그의 갑작스러운 동경행에 대한 변명일 수가 있다. 이상이 일본행 직전에 변동림과 결혼했고, 결혼 직후에 혼자서 동경행을 결행한 것을 보면 납득하기 어려운 일들이 적지 않다. 앞서 설명한 바 있는 소설 「실화」의 경우에서처럼, 이상의 동경행이 그의 여인 '연'(현실 속의 아내 '변동림')과의 문제에서 비롯된 현실적 탈출의 의미를 갖는 것이라면, 동경은 새로운 욕망의 대상이라기보다는 어두운 절망의 끝자락에 자리한다. 이상은 스스로의 윤리적 가치관을 '19세기'식으로 규명하면서 그 절망의 땅으로 탈출했던 것이다.

환멸의 도시 동경

이상이 꿈꾸었던 제국 일본의 수도 동경. 이상에게 동경은 현대적 문명의 상징 공간이었다. 그는 서울에서 작품 활동을 하며 이 새로운 세계

---

* 권영민 편, 「이상 전집 4」, 231~232쪽.

를 꿈꾸었고 결국 동경행을 결행했다. 그러나 이상은 동경에 도착한 후 커다란 절망감에 빠져들었다. 절망이 기교를 낳는다고 말한 적이 있던 그는 그러나 동경에 도착해서는 기교를 부릴 여유조차 가지지 못했다.

그는 동경에 도착하자마자 동북제대에서 공부하고 있던 김기림에게 동경 도착 소식을 전했다. 그가 보낸 편지(1936. 11. 14. 발신)에는 "기어코 동경 왔소. 와 보니 실망이오. 실로 동경이라는 데는 치사스런 데로구려!"라고 적고 있다. 이상은 자신의 실망감이 어디에서 비롯된 것이었는지를 밝히지는 않았다. 그렇지만 새로운 예술의 세계를 갈망하던 그가 동경의 첫인상을 "치사스런 데"라는 한마디 말로 표현한 것은 뜻밖의 일이다. 이상은 동경에서 김기림에게 보낸 두 번째 편지에서도 여전히 동경은 "참 치사스런 도시"라고 적고 있다.

起林 大人

여보! 참 반갑습디다. 鍛冶屋前丁 住所를 朝鮮으로 물어서 겨우 알아가지고 편지했는데 答狀이 얼른 오지 않아서 나는 아마 住所가 또 옮겨진 게로군하고 嘆息하던 차에 참 반가웠소.

여보! 당신이 바-레選手라니 그 바-레 팀인즉 내 어리석은 생각에 世界最强팀인가 싶소그려! 그래 이겼소? 이길 뻔하다가 만 所謂 惜敗를 했오?

그러나 저러나 東京 오기는 왔는데 나는 至今 누어 있오그려. 每日 午後면 똑 起動못할 程度로 熱이 나서 성가셔서 죽겠오그려.

東京이란 참 치사스런 都십디다. 예다 대면 京城이란 얼마나 人心 좋고 살기 좋은 「閑寂한 農村」인지 모르겠읍디다.

어디를 가도 口味가 땡기는 것이 없오그려! キザナ 表皮的인 西歐的 惡臭의 말하자면 그나마도 그저 分子式이 겨우 여기 輸入이 되어서 ホンモノ行세를 하는 꼴이란 참 구역질이 날 일이오.

나는 참 東京이 이따위 卑俗 그것과 같은 シナモノ인 줄은 그래도

몰랐오. 그래도 뭐이 있겠거니 했더니 果然 속 빈 강정 그것이오.

閑話 休題 — 나도 보아서 來달中에 서울로 도루 갈까 하오. 여기 있댓자 몸이나 자꾸 축이 가고 兼하여 머리가 混亂하여 不時에 發狂할 것 같소. 첫째 이 깨솔링냄새 彌蔓 セット 같은 거리가 참 싫소.

何如間 당신 겨울放學때까지는 내 若干의 健康을 獲得할 터이니 그때는 부디부디 東京 들려가기를 千번 萬번 당부하는 바이오. 웬만하거든 거기 女學徒들도 暫間 途中下車를 시킵시다그려.

그리고 始終이 如一하게 李箱先生께서는 プロレタリア —ト니까 軍用金을 톡톡이 拏來하기 바라오. 우리 그럴듯하게 하루저녁 놀아 봅시다. 東京 尖端女性들의 물거품 같은 「思想」 위에다 大陸의 由緖 깊은 千斤 鐵퇴를 나려뜨려 줍시다.

朝鮮日報 某氏論文 나도 그 後에 얻어 읽었소. 炯眼이 足히 남의 胸裏를 透視하는가 싶습니다. 그러나 氏의 모랄에 對한 卓見에는 勿論 具體的提示도 없었지만 — 若干 愁眉를 禁할 수 없는가도 싶습니다. 藝術的氣品云云은 氏의 失言이오. 톨스토이나 菊池寬氏는 말하자면 永遠한 大衆文藝(文學이 아니라)에 지나지 않는 것을 깜빡 잊어버리신 듯합디다.

그리고 危篤에 對하여도 —

事實 나는 요새 그따위 詩밖에 써지지 않는구려. 차라리 그래서 徹底히 小說을 쓸 決心이오. 암만해도 나는 十九世紀와 二十世紀 틈사구니에 끼워 卒倒하려 드는 無賴漢인 모양이오. 完全히 二十世紀사람이 되기에는 내 血管에는 너무도 많은 十九世紀의 嚴肅한 道德性의 피가 威脅하듯이 흐르고 있오그려.

이곳 三十四年代의 英雄들은 果然 秋毫의 汚點도 없는 二十世紀精神의 英雄들입디다. ドストイエフスキ —는 그들에게는 오직 先祖에 지나지 않는다는 것을 그들은 生理를 가지고 生理하면서 完璧하게 살으오.

그들은 李箱도 亦是 二十世紀의 スポ—ツマン이거니 하고 誤解하는 모양인데 나는 그들에게 落望을(아니 幻滅)을 주지 않게 하기 爲하여 그들과 만날 때 오직 二十世紀를 僅僅히 ホ°ーズ를 써 維持해 보일 수 있을 따름이로구려! 아! 이 마음의 아픈 갈등이어.

生— 그 가운데만 오직 無限한 기쁨이 있는 것을 너무도 잘 알기 때문에 이미 ヌキサシナラヌ程 轉落하고 만 自身을 굽어 살피면서

生에 對한 勇氣, 好奇心 이런 것이 날로 稀薄하여 가는 것을 自覺하오.

이것은 참 濟度할 수 없는 悲劇이오! 芥川이나 牧野 같은 사람들이 맛보았을 상실은 最後 한 刹那의 心境은 나 亦 어느 瞬間 電光같이 짧게 그러나 참 똑똑하게 맛보는 것이 이즈음 한두 번이 아니오. 帝展도 보았오. 幻滅이라기에는 너무나 慘憺한 一場의 ナンセンス입니다. 나는 ペ°ンキ의 惡臭에 窒息할 것 같아 그만 코를 꽉 쥐고 뛰어나왔오. (중략)

오직 가령 字典을 맨들어 냈다거나 一生을 鐵硏究에 바쳤다거나 하는 사람들만이 エライヒト인가 싶소.

가끔 眞짜 藝術家들이 더러 있는 모양인데 이 生活去勢氏들은 당장에 ドロネズミ가 되어서 한 二三年 만에 老死하는 모양입니다.

起林 兄

이 무슨 客적은 妄說을 늘어놓음이리오? 小生 東京 와서 神經衰弱이 極度에 이르렀오! 게다가 몸이 이렇게 不便해서 그런 모양이오.

放學이 언제 될른지 그 前에 편지 한번 더 주기 바라오. 그리고 올 때는 到着時刻을 調査해서 電報 쳐 주우. 東京驛까지 徒步로도 한 十五分 二十分이면 갈 수가 있오. 그리고 틈 있는 대로 편지 좀 자주 주기 바라오.

나는 이곳에서 외롭고 甚히 가난하오. 오직 몇몇 장 편지가 겨우 이 可憐한 人間의 命脈을 이어 주는 것이오. 당신에게는 健康을 비는 것이 亦是 우습고 그럼 당신의 러브 아풰어에 幸運이 있기를 비오.

二九日 拜*

---

* 권영민 편, 「이상 전집 4」, 328~330쪽.

이 긴 편지 속에서 이상은 동경에 대한 자신의 실망감을 조금도 과장하지 않고 그대로 드러내 보인다. 1930년대 동양 최고의 도시를 자랑하던 제국의 수도 동경을 보면서 식민지 조선의 초라한 시인 이상은 '어디를 가도 구미가 당기는 것이 없다.'라고 말한다. 그 이유는 동경의 거리에서 느끼는 '표피적인 서구의 악취' 때문이다. 서구 문명의 껍데기를 겨우 흉내 내면서 그것으로 진짜 행세를 하는 꼴이 구역질이 난다고 꼬집는다. 그는 동경이라는 도시가 이렇게 비속(卑俗)하다는 것에 절망한다. 무언가를 기대했지만 속이 빈 강정에 불과하다는 것이 이상의 판단이다. 이상은 자신이 느낀 실망감을 김기림에게 전하면서 '내달 중에 서울로 도로 갈까' 한다며 귀국의 가능성도 내비친다. 점차 나빠지는 건강 탓도 있었지만 실제로 이상은 동경에서 자신이 해야 할 일을 찾지 못하고 있었던 셈이다. 이 편지의 발신 날짜는 '29일'이라고만 표시되어 있는데, 편지의 사연 속에서 언급하고 있는 '조선일보 모씨 논문'이라는 대목이 비평가 최재서의 평문 「리얼리즘의 확대와 심화」(1936. 11. 31~12. 7)를 지시하는 것으로 보아 이 글이 1936년 12월 29일에 쓴 것임을 알 수 있다. 이상이 동경 생활을 시작한 지 두 달 남짓한 기간을 보낸 때임을 생각한다면, 그의 동경 생활은 여기에서 이미 끝난 것이나 다름이 없다.

이상이 스스로 밝힌 것처럼 동경은 그가 꿈꾸던 새로운 문명의 도시는 아니다. 그는 동경의 비속성(卑俗性)을 알아차리고는 자신이 몸 둘 곳이 아니라는 사실을 깨닫는다. 그가 동경에서 쓴 수필 「동경(東京)」(《문장》, 1939. 5)이야말로 식민지 예술가가 쓴 제국의 문명에 대한 가장 신랄한 비판적 에세이라고 할 만하다.

> 내가 생각하던 「마루노우찌삘딩」— 俗稱 마루비루 — 는 적어도 이
> 「마루비루」의 네 갑절은 되는 宏壯한 것이었다. 紐育「부로 — 드웨이」
> 에 가서도 나는 똑같은 幻滅을 당할른지 — 어쨌든 이 都市는 몹시 「깨

솔링」내가 나는구나! 가 東京의 첫 印象이다.

　우리같이 肺가 칠칠치 못한 人間은 위선 이 都市에 살 資格이 없다. 입을 다물어도 벌려도 척 「깨솔링」내가 滲透되어 버렸으니 무슨 飮食이고간 얼마간의 「깨솔링」맛을 免할 수 없다. 그렇면 東京市民의 體臭는 自動車와 비슷해 가리로다.

　이 「마루노우찌」라는 「삘딩」洞里에는 「삘딩」外에 住民이 없다. 自動車가 구두 노릇을 한다. 徒步하는 사람이라고는 世紀末과 現代 資本主義를 睥睨하는 거룩한 哲學人 — 그 外에는 하다못해 自動車라도 신꼬 드나든다.

　그런데 내가 어림없이 이 洞里를 五分 동안이나 걸었다. 그렇면 나도 賢明하게 「택시」를 잡아 타는 수밖에 —

　나는 「택시」속에서 二十世紀라는 題目을 硏究했다. 窓 밖은 지금 宮城호리 곁 — 無數한 自動車가 營營히 二十世紀를 維持하노라고 야단들이다. 十九世紀 쉬적지근한 내음새가 썩 많이 나는 내 道德性은 어째서 저렇게 自動車가 많은가를 理解할 수 없으니까 結局은 大端히 점잖은 것이렸다.

　新宿는 新宿다운 性格이 있다. 薄氷을 밟는 듯한 侈奢 — 우리는 「후란스야시끼」에서 미리 牛乳를 섞어 가저온 「커피」를 한잔 먹고 그리고 十錢式을 치를 때 어쩐지 九錢五厘보다 五厘가 더 많은 것 같다는 느낌이었다. 「에루테루」 — 東京市民은 佛蘭西를 HURANSU라고 쓴다. ERUTERU는 世界에서 第一 맛있는 戀愛를 한 사람의 이름이이라고 나는 記憶하는데 「에루테루」는 조곰도 슬프지 않다.

　新宿 — 鬼火 같은 繁榮 三丁目 — 저편에는 板橋과 팔리지 않는 地坪와 오줌 누지 말라는 揭示가 있고 또 집들도 勿論 있겠지요.

　C 君은 위선 졸려 죽겠는 나를 築地小劇場으로 案內한다. 劇場은 지

금 놀고 있다. 가지가지 「포스터」를 부친 이 日本新劇運動의 本據地가
내 눈에는 서툴은 設計의 喫茶店 같았다.

그러나 서푼짜리 映畵는 놓지는 限이 있어도 이 小劇場마는 때때로
參觀하였으니 나도 演劇愛護家中의로는 高級이다.

「人生보다는 演劇이 재미있다」는 C 君과 反對로 H 君은 懷疑派다.
「아파 ─ 트」H 君의 房이 겨울에는 十六圓 여름에는 十四圓 春秋로
十五圓 이렇게 山비둘기처럼 變하는 會計에 對하야 그는 懷疑와 嘲笑가
깊고 크다. 나는 健忘症이 좀 甚함으로 그렇게 季節을 따라 재조를 부리
지 않는 房을 願하였드니 시골 사람으로 이렇게 먼 데를 혼자 차저 온
것을 보니 당신은 亦是 재조가 많은 사람이리라고 죠쮸 孃이 나를 慰勞
한다. 나는 그의 코 왼편 언덕에 달린 사마귀가 亦是 당신의 幸福을 象
徵하는 것이라고 慰勞해 주고 나서 富士山을 한번 똑똑이 보았으면 願
이 없겠다고 附言해 두었다.

이튿날 아침 일곱時에 地震이 있었다. 나는 들窓을 열고 흔들리는
大東京을 내어다보니까 빛이 노 ─ 랗다. 그저편 잘 개인 하늘 소꿉작란
菓子같이 可憐한 富士山이 半白의 머리를 내어놓은 것을 보라고 「죠쮸」
孃이 나를 激勵했다.

銀座는 한 개 그냥 虛榮讀本이다. 여기를 것지 않으면 投票權을 잃
어버리는 것 같다. 女子들이 새 구두를 사면 自動車를 타기 前에 먼저
銀座의 輔道를 디디고 와야 한다.

낮의 銀座는 밤의 銀座를 위한 骸骨이기 때문에 적잖이 醜하다. 「살
롱하루」 구비치는 「네온사인」을 構成하는 부지깽이 같은 鐵骨들의 얼크
러진 모양은 밤새고 난 女給의 「퍼머넌트웨이쁘」처럼 襤褸하다. 그렇나
警視廳에서 「길바닥에 啖을 뱉지 말라」고 廣告板을 써 늘어 놓있음으로
나는 춤을 배앝을 수는 없다.

銀座八丁目이 내 測量에 依하면 두자가웃쯤 될른지! 왜? 赤染亂髮

의「모던」令孃 한 분을 三十分 동안에 두 번 半이나 만날 수 있었으니 말이다. 令孃은 지금 令孃 하루中의 가장 아름다운 時間을 消化하시려 나오신 모양인데 나의 이 乾燥無味한「푸로므나ㅡ드」는 一種 反芻에 지나지 않는다.

나는 京橋 곁 地下共同便所에서 簡單한 排泄을 하면서 東京 갔다 왔다고 그렇게나 자랑들 하든 여러 친구들의 이름을 한번 暗誦해 보았다.

師走 ㅡ 섯달 대묶이란 뜻이리라. 銀座거리 모퉁이모퉁이의 救世軍 社會냄비가 步兵銃처럼 걸려 있다. 一錢 ㅡ 一錢만 있으면 瓦斯로 밥 한 냄비를 끄릴수 있다. 이렇게 貴重한 一錢을 이 社會 냄비에 던질 수는 없다. 고맙다는 소리는 一錢어치 瓦斯만큼 우리 人生을 稗益하지 않을 뿐 아니라 때로는 新鮮한 散策을 不快하게 하는 수도 있으니「뽀오이」와「껄」이 慈善쪽박을 白眼視 하는 것도 또한 無道가 아니리라 妙齡의 娘子 救世軍 ㅡ 얼굴에 여드름이 좀 난 것이 흠이지 靑春다운 魅力이 橫溢하니「閉經期 以後에 入營하여서도 그리 늦지는 않을껄요」하고 간곡히 그의 轉向을 勸說하고도 싶었다.

三越 松坂屋 伊東屋 白木屋 松屋 이 七層 집들이 요새는 밤에 자지 않는다. 그러나 우리는 그 속에 들어가면 않된다.

왜? 속은 七層이 아니오 한 層式인 데다가 山積한 商品과 茂盛한 「숖껄」때문에 길을 잃어버리기 쉽다.

特價品 格安品 割引品 어느 것을 골를까. 그러나 저러나 이 術語들은 字典에도 없다. 그러면 特價 格安 割引 ㅡ 品보다도 더 싼 것은 없다. 果然 寶石 等屬 毛皮 等屬에는「눅거리」가 없으니 눅거리를 없수이 넉이는 이 種類顧客의 心理를 잘 理解 하옵시는 重形들의「슬로간」實로 躍如하도다.

밤이 왔으니 冠詞 없는 그냥「銀座」가 出現이다.「코롬방」의 茶 기

노꾸니야의 冊은 여기 사람들의 敎養이다 그러나 더 점잖게 「뿌라질」에
들러서 「스튜레잍」을 한잔 마신다. 茶를 날르는 새악시들이 모두 똑같
이 丹楓문의 옷을 입었기 때문에 내 눈에는 좀 性病模型 같아서 안됐다.
「뿌라질」에서는 石炭 대신 「커피」를 燃料로 汽車를 運轉한다는데 나는
이렇게 진한 石炭을 암만 삼켜 보아도 情熱은 불붙어 올르지 않는다.

　「애드빨룬」이 着陸한 뒤의 銀座하늘에는 神의 思慮에 依하여 별도 반
짝이렷만 이미 이 「카인」의 末裔들은 별을 잊어버린 지도 오래다. 「노아」
의 洪水보다도 毒瓦斯를 더 무서워 하라고 敎育받은 여기 市民들은 率直
하게도 散步歸家의 길을 地下鐵로 하기도 한다. 李太白이 노든 달아! 너
도 차라리 十九世紀와 함께 殞命하여 버렸었든들 작히나 좋았을가.*

　이상이 남긴 이 글에서 주목되는 것은 동경이라는 대도회가 안고
있는 문명이라는 이름의 양면성에 대한 날카로운 지적이다. 그는 이
글에서 동경이라는 거대한 도회를 세기말적인 현대 자본주의의 모조
품처럼 흉물로 그려 놓고 있다. '마루비루'의 높은 빌딩 숲을 거닐면서
그는 미국 뉴욕의 브로드웨이를 떠올리며 환멸에 빠져들고, 신주쿠의
사치스러운 풍경을 놓고 프랑스 파리를 시늉만 하는 그 가벼움에 치를
떤다. 그는 긴자 거리의 허영에 오줌을 깔겨 주며 아무래도 흥분하지
않는 자신을 '19세기'라고 치부하기도 한다.
　이상은 20세기 동양 최대의 도시 동경의 모습을 추상적으로 구성
하거나 해체하려 하지 않는다. 그는 스스로 도회의 산책자가 되어 그
가 꿈꾸었던 동경을 체험한다. 그는 동경을 보고, 만지고, 냄새 맡고,
발로 밟으면서 입맛을 다신다. 그러므로 이상의 동경에 대한 경험과
인식은 감각적일 수밖에 없다. 그가 동경에 대해 쓰고 있는 것은 감각

---

* 권영민 편, 「이상 전집 4」, 309~313쪽.

적인 주석 달기에 해당하는 셈이다. 그런데 이상은 현대적 대도시 동경을 상징하는 '마루노우치 빌딩'을 보고 상상했던 것보다 규모가 작다는 사실에 놀란다. 뉴욕의 브로드웨이에 가서도 그런 느낌을 받게 될까를 스스로 자문하기도 한다. 이 고층 빌딩의 거리에는 사람의 모습을 찾아보기 힘들다. 도회의 거리를 질주하는 것은 숱한 자동차들이다. 그 자동차들이 내뿜는 가솔린 냄새가 바로 동경의 냄새다. 자동차의 매연을 호흡하면서 이상은 고층 빌딩과 자동차로 가득한 이 도시가 20세기를 유지하기 위해 야단들이라고 적고 있다.

동경에서 가장 유명한 환락가인 신주쿠를 두고 이상은 "박빙(薄氷)을 밟는 듯한 사치(奢侈)"라는 한 구절로 주석을 달고 있다. 얇은 얼음은 속이 드러나 보인다. 그러나 그것은 언제나 깨질 듯 위태롭다. 속이 뻔히 드러나 보이는 이 도회의 사치를 두고 이상은 무언가 과장되고 과대 포장된 느낌을 어쩌지 못한다. '프랑스'를 '후란수'라고 말하는 이 특이한 흉내 내기를 놓고 그 '귀화(鬼火) 같은 번영'을 자랑하는 신주쿠 3정목의 뒷골목에서 "오줌 누지 말라"라는 경고문을 찾아낸다. 바로 여기에 더 이상 언급하지 않았지만 참으로 절묘한 비아냥이 담겨진다. 그리고 휴관 상태인 '축지소극장(築地小劇場)'의 시설을 돌아보면서 이상은 일본 신극 운동의 본거지인 이곳을 '서툰 설계의 끽다점' 같다고 평가한다.

긴자의 거리를 두고 이상은 '한 개의 그냥 허영 독본(讀本)'이라고 쓰고 있다. '낮의 긴자'는 '밤의 긴자의 해골'이라서 추하다고 부기한다. 낮에 훤히 드러나 보이는 네온사인의 철골 구조물의 흉물스러운 모습은 밤을 새운 여급의 파마머리처럼 남루하다고 설명한다. 긴자의 거리를 별 볼일 없이 떠도는 사람들과 마주치면서 이상은 거리 곳곳에 나붙어 있는 "담(啖)을 뱉지 말라."라고 써 붙인 경시청의 경고문을 찾아낸다. 침을 뱉어 주고 싶은 심정을 이런 식으로 말하고 있었던 것이다. 이상이 느낀 환멸은 "나는 경교(京橋) 곁 지하 공동변소에서 간단한 배설을 하면서 동경 갔다 왔다고 그렇게나 자랑들 하던 여러 친구들의 이름을 한번 암송해 보았다."라는 문장에서 극치에 도달한다. 자본주의의 현대와 세기말의 허영을 동시에 보여 주고 있는 동경이라는 대도시를 비예(睥睨)하면서 이상은 20세기를 유지하기 위해 부산스러운 이 도시의 풍경에 질린다. 그는 스스로를 낡은 19세기의 도덕과 윤리에 사로잡혔다고 말하면서도 동경에 대한 환멸을 감추지 못하고 있는 것이다.

모든 문명은 그 자체의 종말을 내부에 감추어 두고 있기 마련이다. 이상은 긴자 거리의 화려한 백화점들을 이렇게 묘사한다. '미스코시(三越), 마쓰자카야(松坂屋), 이토야(伊東屋), 시로키야(白木屋), 마쓰야(松屋), 이 7층 집들이 요새는 밤에 자지 않는다. 그러나 우리는 그 속에 들어가면 안 된다. 왜? 속은 7층이 아니요, 한 층식인 데다가 산적한 상품과 무성(茂盛)한 "슆결" 때문에 길을 잃어버리기 쉽다. "특가품, 격안품, 할인품, 어느 것을 고를까. 그러나 저러나 이 술어들은 자전에도 없다. 그러면 특가, 격안, 할인 ─ 품보다도 더 싼 것은 없다. 과연 보석 등속, 모피 등속에는 '눅거리'가 없으니 눅거리를 업수이 여기는 이 종류 고객의 심리를 잘 이해하옵시는 중형(重形)들의 '슬로건' 실로 약여하도다." 여기 열거된 긴자의 백화점 상가들은 소비를 유혹하는 온갖 구호들을 내세우며 연말 할인 세일에 바쁘다. 그렇지만 고객의 주머니를 노리는 이 놀라운 상술은 소비의 욕망을 부추길 뿐이다. 밤의 긴자 거리를 거닐면서 이상은 다방 "뿌라질"에서 진한 커피를 마신다. 그러나 단풍 무늬 옷을 입고 있는 여급들의 모습에 전혀 열정을 느끼지 못한다. "애드벌룬이 착륙한 뒤의 긴자 하늘에는 신의 사려에 의하여 별도 반짝이련만 이미 이 '카인'의 말예들은 별을 잊어버린 지도 오래다."라는 구절은 그러므로 이 호사스러운 문명의 종말을 암시하는 것처럼 들리기도 한다.

「동경」이라는 이 짤막한 글에서 이상이 그려 내고 있는 동경은 대

도시 동경 자체의 껍데기에 해당한다고 말할 수도 있다. 그러나 이 외관의 감각적 인식은 동경이라는 도회의 내부에 갇혀 겉으로 드러나지 않는 현대성의 문제를 알레고리처럼 풀어낸다. 신주쿠의 환락을 눈으로 확인하고 긴자의 사치에 몸을 떨고 있는 이상의 내면 의식이 거기에 담겨 있기 때문이다. 사실 수필 「동경」은 비슷한 시기에 쓴 것으로 보이는 「권태(倦怠)」와 특이하게도 짝을 이룬다. 그가 동경의 한복판에서 자신의 기억과 인상과 그 생생한 감각을 모두 동원하여 쓴 글이 평안도 성천(成川)을 여행했던 체험을 기록한 「권태」였다는 것은 참으로 의미심장하다.

　　이 마을에는 新聞도 오지 안는다. 所謂 乘合自動車라는 것도 通過하지 안흐니 都會의 消息을 무슨 方法으로 알랴? 五官이 모조리 剝奪된 것이나 다름업다. 답답한 하늘 답답한 地平線 답답한 風景 답답한 風俗 가운데서 나는 이리 디굴 저리 디굴 굴고 시플 만치 답답해하고 지내야만 된다.

　　아무것도 생각할 수 업는 狀態 以上으로 괴로운 狀態가 또 잇슬까. 人間은 病席에서도 생각한다. 아니 病席에서는 더욱 만히 생각하는 法이다. 끗업는 倦怠가 사람을 掩襲하얏슬 때 그의 瞳孔은 內部를 向하야 열리리라. 그리하야 忙殺할 때보다도 몇 倍나 더 自身의 內面을 省察할 수 잇슬 것이다.

　　現代人의 特質이오 疾患인 自意識過剩은 이런 倦怠치 안흘 수 업는 倦怠階級의 徹底한 倦怠로 말미암음이다. 肉體的 閑散 精神的 倦怠 이것을 免할 수 업는 階級이 自意識過剩의 絶頂을 表示한다.

　　그러나 지금 이 개울가에 안즌 나에게는 自意識過剩조차가 閉鎖되엇다. 이러케 閑散한데 이러케 極度의 倦怠가 잇는데 瞳孔은 內部를 向하야 열리기를 躊躇한다.

　　아무것도 생각하기 실타. 어제까지도 죽는 것을 생각하는 것 하나만은 즐거웠다. 그러나 오늘 그것조차가 귀찮다. 그러면 아무것도 생각하지 말고 눈뜬 채 졸기로 하자.*

이상은 자신의 의식을 짓누르고 있는 특이한 '권태'의 감각을 통해 20세기 동양 문명의 중심지인 동경을 비아냥대며 번득이는 천재성과 날카로운 비판력을 보여 준다. 그는 파리의 우울을 몰고 다녔던 시인 보들레르처럼 긴자의 거리를 돌아보면서 19세기와 함께 운명해 버렸으면 더 좋았을 밤하늘의 달을 보게 되는 것이다. 하나의 거울에 또 다른 하나의 거울을 비춰 보듯이 이상이 발견한 이 동경의 이미지는 문명의 화려한 꽃이 아니라 그 어슴푸레한 그림자다.

이상은 동경에서의 환멸을 견디지 못하고 스스로 절망감에 빠져 동경에서의 생활을 유지하기 어렵게 된다. 그는 이러한 '권태' 속에서 소설 「실화(失花)」**를 쓴다. '꽃을 잃다'라고 풀이되는 이 소설의 제목은 이상의 동경 여행이 이미 돌이킬 수 없는 종말의 단계에 들어서고 있음을 말해 준다. 이제 그는 어디로 가야 할 것인가? 이상이 김기림에게 보낸 마지막 편지는 음력 섣달그믐에 작성한 것이다. 이를 양력으로 환산하면 1937년 2월 10일인데, 동경 니시간다 경찰서로 연행되기 직전의 것으로 추측된다. 이상에게 절망의 끝이 무엇이었을까? 이고통의 편지는 더 큰 우울을 이렇게 고스란히 담고 있다.

起林 兄

궁금하구려! 內閣이 여러 번 變했는데 왜 편지하지 않소? 아하 요새 참 試驗때로군그래! 머리를 긁적긁적하면서 答案用紙를 이리 뒤척 저리 뒤척하는 당신의 ガラニモナイ風采가 짐짓 보고 싶소그려!

---

* 권영민 편, 『이상 전집 4』, 277~278쪽. 이 글은 1936년 12월 19일에 작성한 것으로 표시되어 있다.
** 「실화」는 '1936년 12월 23일'을 시간적 배경으로 하여 동경의 하루를 그린다.

허리라는 地方은 어떻게 平定되었오? 病院 通勤은 免했오? 당신은 スポーツ라는 超近代的인 政策에 マンマト 속아넘어갔오. 이것이 李箱氏의「起林氏의 バレーに進出す」에 對한 批判이오.

오늘은 陰曆 섯달그믐이오. 鄕愁가 擡頭하오. O라는 內地人大學生과 コーヒ를 먹고 온 길이오. コーヒ집에서 ラロ를 한 曲調 듣고 왔오. フーベルマン이라는 提琴家는 참 너무나 耽美主義입디다. 그저 限없이 キレイ하다뿐이지 情緖가 없오. 거기 比하면 エルマン은 참 놀라운 人物입디다. 같은 ラロ 더욱이 最終樂章 ロンド의 部를 그저 막 헐어 내서는 完全히 딴것을 맨들어 버립디다.

エルマン은 내가 싫어하는 提琴家였었는데 그의 꾸준히 持續되는 聲價의 原因을 이번 實演을 듣고 비로소 알았오. 所謂 エルマント――ン이란 무엇인지 斯道의 門外漢 李箱으로서 알 길이 없으나 그의 セラブ的인 굵은 線은 그리고 奔放한 デフォールマション은 驚嘆할 만한 것입디다. 英國 사람인 줄 알았더니 나종에 알고 보니까 亦是 イミグラント입디다.

閑話休題―― 次次 마음이 즉 생각하는 것이 變해 가오. 亦是 내가 固執하고 있던 것은 回避였나 보오. 胸裏에 去來하는 雜多한 問題 때문에 極度의 不眠症으로 苦生中이오. 二三日씩 이불을 쓰고 門外不出하는 수도 있오. 자꾸 自身을 잃어버리면서도 良心 良心 이렇게 부르짖어도 보오. 悲慘한 일이오.

閑話休題―― 三月에는 부디 만납시다. 나는 지금 참 쩔쩔매는 中이오. 生活보다도 大體 어떻게 했으면 좋을지를 모르겠오. 議論할 일이 한두 가지가 아니오. 만나서 結局 아무 이야기도 못하고 헤어지는 限이 있드라도 그저 만나기라도 합시다. 내가 서울을 떠날 때 생각한 것은 참 어림도 없는 桃源夢이었오. 이러다가는 정말 自殺할 것 같소.

故鄕에는 모두들 벼개를 나란히 하여 惰眠들을 繼續하고 있는 꼴이오. 여기 와 보니 朝鮮靑年들이란 참 寒心합디다. 이거 참 썩은 새끼조차도 周圍에는 없구려!

　進步的인 靑年도 몇 있기는 있오. 그러나 그들 亦 늘 그저 무엇인지 不絶히 怯을 내고 지내는 모양이 不敏하기 짝이 없습디다.

　三月쯤은 東京도 따뜻해지리다. 東京 들르오. 散步라도 합시다.

　朝光 二月號의 「童骸」라는 拙作 보았오? 보았다면 게서 더 큰 不幸이 없겠오. 등에서 땀이 펑펑 쏟아질 劣作이오.

　다시 ヤリナオシ를 할 作定이오. 그리기 爲해서는 當分間 作品을 쓸 수 없을 것이오. 그야 童骸도 昨年 六月 七月頃에 쓴 것이오. 그것을 가지고 지금의 나를 忖度하지 말기 바라오.

　조곰 어른이 되었다고 自信하오. (中略)

　妄言 妄言. 葉書라도 주기 바라오.

　　음력 除夜 李 箱*

　친구인 김기림에게 털어놓은 이 편지의 사연 속에는 이상의 자의식의 내면이 그대로 담긴다. "차차 마음이 즉 생각하는 것이 변해 가오. 역시 내가 고집하고 있던 것은 회피였나 보오. 흉리(胸裏)에 거래(去來)하는 잡다한 문제 때문에 극도의 불면증으로 고생 중이오. 2, 3일씩 이불을 쓰고 문외(門外) 불출(不出)하는 수도 있소. 자꾸 자신을 잃으면서도 양심 양심 이렇게 부르짖어도 보오. 비참한 일이오. (중략) 나는 지금 쩔쩔매는 중이오. 생활보다도 대체 어떻게 했으면 좋을지 모르겠소. (중략) 내가 서울을 떠날 때 생각한 것은 참 어림도 없는 도원몽(桃源夢)이었소. 이러다가는 정말 자살할 것 같소." 이상이 털어놓는 이러한 그의 심중은 결코 과장된 제스처가 아니다. 이상은 이제 기교를 부릴 힘조차 없어 보인다.

---

* 권영민 편, 『이상 전집 4』, 331∼332쪽.

이상의 동경 생활의 우울한 풍경은 소설 「실화」를 통해 잘 드러나고 있다. '누군가의 발길에 짓밟힌 한 송이 국화꽃'이라는 이미지를 담고 있는 이 작품은 이야기의 배경 속에 '1936년 12월 23일'이라는 날짜를 표시하고 있기 때문에 그 창작 시기가 동경 시절과 겹침을 알 수 있다. 이 소설의 텍스트 자체는 모두 아홉 개의 단락으로 구획되어 있지만, 이야기의 시간은 주인공인 '나(작품 속에서는 작가 자신의 이름인 '이상'이라고 호칭됨)'를 중심으로 이루어지는 동경에서의 하루의 일과(12월 23일)로 국한되어 있다.

소설 「실화」의 텍스트는 주인공인 '나'를 동경이라는 새로운 무대 위로 등장시켜 놓고 있지만 '나'의 의식 속에는 여전히 서울에서 있었던 몇 가지 장면들이 남아 있다. 그러므로 이 소설에서는 서울과 동경의 거리(距離)를 주인공이 어떤 방식으로 의식하고 있는지 살펴보는 일이 중요하다. 작가 이상에게는 동경이라는 것이 매우 특이한 실제적 경험의 영역에 해당한다. 이상의 동경행이 어떤 개인적 동기와 연결되어 있는지를 따지는 것은 별로 중요하지 않다. 그러나 그가 자신의 소설 속에 허구라는 이름을 달고 동경을 이야기하고 있다는 것은 주목할 만한 일이다. 이 소설의 주인공 '나'의 동경행은 '연'이라는 한 여인과의 애정 갈등에서 비롯된다. 그러나 그것은 실패한 도피 행각임이 드러난다. 소설 속에서 간음이라는 이름으로 지적되고 있는 여인의 부정한 행실은 이상의 문학 속에서 두루 다루어지는 모티프이다. 이것은 경험적 현실 속에서의 작가 이상의 사적 체험 영역과도 관련되어 있다. 그러나 이러한 서사의 표층 구조만으로 이 소설의 이야기를 모두 설명할 수는 없다. 왜냐하면 이 소설의 이야기에서 서사화되고 있는 것은 주인공인 '나'의 동경행 그 자체만이 아니다. 거기에는 주인공의 자의식을 보여 주는 여러 가지 이야기의 장면들이 교묘하게 감춰져 있다.

「실화」의 이야기는 '나'의 동경행이 이미 아무런 의미를 가질 수 없는 것임을 암시하는 것으로 그 결말에 이른다. '나'의 동경행은 사랑을 배반한 '연'에 대한 일종의 복수일 수 있다. '나'는 이 개인적인 탈출을 빌미 삼아 더 큰 탈출을 꿈꾸었던 것이다. 그것은 낡은 19세기로부터 벗어나기 위한 꿈이었을지도 모른다. 하지만 이 소설의 결말처럼 이상의 동경행은 결국 실패한 셈이다. '꽃을 잃다'라는 이 작품의 제목이 암시하는 세계는 사랑이라든지 연애라든지 하는 사적 공간에만 국한되는 것은 아니다. 그것은 현대적인 문명 공간을 꿈꾸던 작가 자신의 열정의 상실을 의미하기도 한다.

《삼사문학》 혹은 이상 문학의 계승

이상은 동경 간다의 진보 하숙방에서 주로 글을 쓰는 일로 혼자서 시간을 보냈다. 그가 만난 것은 당대 일본의 문단에서 활동하던 일본인 시인이나 소설가가 아니었다. 실상 동경에는 식민지 조선에서 온 이 가난한 문필가를 반가이 맞이하여 줄 문인이 없었다. 이상은 제국 일본의 문화가 식민지 조선을 향하여 쌓아 놓은 높은 문턱 앞에서 머뭇거렸을 뿐, 일본 문단에서는 누구도 이상에게 눈길조차 주는 이가 없었던 것이다. 이상을 동경에서 맞아 준 것은 동경에서 유학하며 문학 공부에도 관심을 가지고 있던 젊은 조선인 학생들뿐이었다. 이들에게는 이상의 동경 체류 자체가 하나의 적잖은 화제였다. 특히 이들 가운데에는 이상의 실험적인 글쓰기에 관심을 기울이고 있던 동인지 《삼사문학(三四文學)》에 참여하고 있는 유학생들도 끼어 있었다. 이상은 이 젊은이들의 열정을 통해 한국문학의 새로운 가능성을 발견하고 싶어 했다. 이상이 《삼사문학》이라는 문학 동인에 관심을 가지게 된 경위는 분명하지 않다. 그러나 그가 이 젊은이들의 도전에 대해 익히 알고 있었다는 것은 이상이 동경에서 쓴 여러 가지 형태의 글들을 통해 어느 정도 짐작할 수 있다.

작은 동인지인《삼사문학》은 1934년 9월 서울에서 창간호가 발간
되었다. 이상의 시「오감도」의 신문 연재가 중단된 후 그 특이한 글쓰기
자체가 문단의 화제로 떠오르던 시기에 이 작은 잡지가 나왔다는 것은
주목할 만한 일이다. 연희전문학교에서 공부하고 있던 신백수(申百秀)를
중심으로 이시우(李時雨), 정현웅(鄭玄雄), 조풍연(趙豊衍), 한상직(韓相稷)
등과 같은 문학 지망생들이 한데 어울려서 등사판으로 만들어 낸 이 초
라한 동인지는 그해 12월 2집을 활판 인쇄본으로 간행함으로써 자신
들의 존재를 어느 정도 분명히 드러낼 수 있게 된다. 그리고 이 동인지
발간을 주도한 신백수가 1935년 일본으로 유학 간 뒤에도 3집(1935. 3)
과 4집(1935. 8)이 나왔고, 1936년 5집(1936. 10)에 이상의 시「I WED
A TOY BRIDE」를 싣게 되면서 이상 문학에 대한 문단적 지지 세력
으로 자리 잡았던 것이다. 이 동인지가 이후에 어떤 형태로 지속되었
는지를 확인할 수 없지만 1937년 4월에 간행된《삼사문학》6호가 종
간호가 되었을 가능성이 크다.*

《삼사문학》의 창간 당시부터 이 모임을 이끌었던 것은 신백수**였
다. 그는 서울 태생으로 중앙고보에서 수학한 후 연희전문학교에서 영
문학을 공부하고 있었다. 신백수는《삼사문학》의 창간호 권두에 이른
바「3·4의 선언」을 통해 "새로운 예술로의 힘찬 추구"를 내세운다. 이
글에서 그는 "개개의 예술적 창조 행위의 방법 통일을 말하지 않는다."

---

* 간호배 편, 원본《三四文學》(이회, 2004)에는 제1집부터 제5집까지만 수록되어 있다. 그러나 이
동인의 주동적인 인물이었던 이시우는「역(曆)의 내력」(《상아탑》, 7호, 1946. 6. 25)에서 "1937년 1
월달에 제6집을 내고《三四文學》이 폐간"되었다고 썼고, 조풍연도 6집 발간 후 폐간되었음을 밝
힌 바 있다.
** 신백수는 1915년 7월 6일 서울 태생으로 수송공립보통학교를 졸업한 중앙고보에서 수학했고,
1933년 연희전문학교 영문과에 입학했다. 1934년 이시우, 정현웅, 주영섭, 한태천, 조풍연 등과
《삼사문학》을 창간 주재했다. 1935년 도일하여 동경 소재 명치대학 신문연구과에서 수학하면서
잡지《창작》과《탐구》의 발간을 주도하면서 시와 소설을 발표했다. 1943년 경기도 수원군청 서기
로 취직해 일하다가 1944년 제국섬유주식회사로 직장을 옮겼으며 1945년 음력 4월 24일 발진티
프스에 감염되어 사망했다.(「신백수 약력」,《상아탑》, 7호, 1946. 6. 25. 참조)

　　　　　　　　　　　　◆ 이상의 동경 생활

라는 개방적인 자유주의적 태도를 천명함으로써 비슷한 또래의 문학 청년들이 지니는 예술적 욕망을 동인이라는 이름으로 한 '모딈'으로 묶어 내는 데에 성공한다. 동인지《삼사문학》의 서장을 장식하고 있는 신백수의 「3·4의 선언」은 다음과 같다.

> 모딈은 새로운 나래(翼)다.
> ── 새로운 藝術로의 힘찬 追求이다.
> 모딈은 個個의 藝術的 創造 行爲의 方法統一을 말치 않는다.
> ── 모딈의 動力은 끌는 意志와 섞임의 사랑과 相互批判的 分野에서 結成될 것이매.
>
> 이 한쪽의 묶음은 모딈의 낯이다.
> 이 묶음은 質的 量的 經濟的……의 모든 '的'의 條件 環境에서 最大 値를 年二回에 둔 不定期 刊行이다.
>
> 聲援과 鞭撻을 앞세우고 이 쪽아리를 낯선 거리에 내세운다.
>
> 「3·4」는 1934의 「3·4」며 하나 둘 셋 넷……의 「3·4」이다.

여기에서 주목되는 것은 예술의 새로운 나래를 자처하고 있는 신백수의 야망이다. '삼사문학'이라는 제호의 '3·4'에 숨겨진 의미도 간과할 수 없다. 이 제호는 1934년 동인 출범과 동인지의 창간이 갖는 의미만을 강조하고자 하는 것은 아니다. 1934년은 문단사적으로 '새로운 예술'의 탄생의 의미를 지닌다. 이상의 연작시 「오감도」가 발표된 때가 바로 이해였고, 「오감도」가 완결을 보지 못한 상태로 연재 중단의 좌절을 맛본 것도 바로 1934년의 일이다. 1934년 9월 1일로 표시되어 있는 이 동인지의 창간호 발행일을 보면 이상의 「오감도」 연재가 중단된 직후에 동인지《삼사문학》이 등장했음을 확인할 수 있다.

신백수는《삼사문학》창간호부터 주로 시 창작에 주력하면서「얼빠진」,「무게 없는 갈쿠리를 차고」등을 발표했다. 그리고 제2집과 제3집에도 시「떠도는」,「어느 혀의 재간」,「12월의 종기(腫氣)」등을 내놓으면서 스스로 초현실주의자를 자처했다. 신백수의 문학 활동은 그가 1935년 일본으로 건너가 메이지대학(明治大學)에 입학하면서 일본 동경으로 그 무대가 넓어진다. 그는 동인지《삼사문학》의 발간에만 주력한 것이 아니라 1935년 동경 유학생들과 함께 새로운 동인지《창작(創作)》*을 간행하는 데에도 앞장선다. 이 동인지에는 신백수를 비롯하여 주영섭, 정병호, 한천, 장영기 등의 시와 함께 한적선의 희곡과 김일영의 수필이 수록되어 있다. 이 동인지의 편집 후기에는 "《창작》은 주장을 가지려고 하지는 않는다. 조선 문학을 진실히 생각하는 사람이면 누구나 포옹하련다.《창작》은 출발할 때부터 서둘지는 않으려고 생각한다."라며 동인들의 포부를 밝히고 있다. 동인지《창작》은 2집이 1936년 4월에 동경에서 나왔는데, 여기에 황순원이 동인으로 가담했으며, 3집(1937. 7)을 서울에서 발간한 후 더 이상 지속되지 못한다. 신백수는 이 새로운 동인지에 시「용명기(溶明期)에 해안(海岸)이 잇든 전설(傳說)」(1집)을 비롯하여 소설「송이(松茸)」등을 발표했다. 신백수가 간여한 또 다른 동인지는《탐구(探求)》다. 1936년 5월 창간호가 발간된 동인지《탐구》는 계간지 형태의 순문예지를 표방하고 있는데, 신백수의「무대장치」, 이용우의「외투」, 최인준의「이뿐이의 서름」등과 같은 단편소설과 정병호의「의욕」, 주영섭의「바·노바」등의 시가 실려 있다. 한태천의 희곡「산월(山月)이」와 이시우의 평론「비판의 심리」를 여기에서 읽을 수 있다. 동인지《탐구》는 2집(1936. 7)을 끝으로 더 이

---

* 1935년 11월 19일에 동경에서 발간한《창작》은 "동경에 있는 문학청년을 중심으로 순문학 잡지《창작》1호가 불일간 나오게 된다."라고 하는 짤막한 소식으로《조선일보》에 보도(1935. 11. 21)되기도 한다.

상 지속되지 못한 것으로 보인다.

1930년대 중반《삼사문학》을 중심으로 하는 이 새로운 소그룹 문학 동인지들의 출현이 당대의 문단에 어떤 영향을 남길 수 있었는지를 판단하기는 어려운 일이다. 당시 동인 중의 한 사람이었던 이시우와 조풍연은 다음과 같이《삼사문학》시대를 회고하고 있다.

(1)

《삼사문학》은 침체한 조선 문단에 던지는 하나의 돌이었고 무기력한 문단인에 대한 경고와도 같았다. 그즈음《구인회》라는 소위 중견 문단인 단체가 있었는데 그중에 김기림 씨가 꾸준한 성원을 보내었고 죽은 이상이 홀로 우리들과 함께 호흡을 맞췄을 뿐 다른 대부분의 문단인들은《삼사문학》을 이해하기는커녕《삼사문학》의 존재조차 무시하였다. (중략)《중앙》이라는 잡지에 이상의 「지주회시」란 걸작이 발표되어 우리들의 놀래움을 더욱 크게 하였지만, 그러나 이상의 「지주회시」역시 그러하였지만 이 작품은 불행히도 읽어 주는 사람이 없었다. (중략) 이상은 일 년이나 넘어 뼈를 깎아 쓴 자기의 「지주회시」를 속중(俗衆)들이 이해하지 못한다 하여 멸시하는 으미로서 그의 말을 빈다면 유행 창가식으로 「날개」라는 작품을 썼다. 그리하였더니 과연 속중들은 들고 일어나서 손뼉을 쳤고 최재서니 무어니 하는 자들은 대학 시절의 노트를 별안간 들추어내면서 현대문학의 무슨 性이니 하고 떠들어 냈다. 여기서 이렇게 말하는 것은 「날개」라는 작품이 조금둥 나쁘다는 뜻이 아니라 왜 「날개」는 떠들면서 「지주회시」는 떠들지 않았느냐 말이다. (중략)

1937년 1월 말에 제6집을 내이고《삼사문학》이 폐간된 후 신백수의 「역(曆)」은 발표할 곳을 잃은 채 설합 속에서 몇 해를 굴렀다.《삼사문학》이 어찌하여 폐간하였던가는 지금 아무리 생각하여도 확실치가 않다. 그냥 흐지부지 한 권도 팔리지 않았기 때문에 더 계속할 흥도 일지 않았고 우리들은 또 떠들 만큼 떠들었기 때문에 제풀에 지쳐 넘어져서 몇몇 아류들을 낳고는 누구의 빌표조차 기다리지 않고 그냥 흐지부지 폐간하여 버렸다. 그 누구의 말마따나 젊은 시절의 한낱 자위행위에 지나지 않는 것일지도 모르겠으나 《삼사문학》이 한때 침체한 조선 문단에 한 개 돌을 던져 창을 부수고 청신한 바람을 들이었다는 것과 그 효용을 더 실제적으로 말하면 조선이 장차 외국의 현대문학을 받아들일 준비를 하여 놓았다는 점만은 누구나 부인할 수 없는 사실일 거라.*

(2)

1934년이었던 까닭에 《삼사문학》이다. 흘러간 23년 전의 이야기 ─. 이 잡지는 6호를 내고 없어졌는데 그 여섯 번의 발간도 어떤 계통이 섰던 것도 아니고 문학사적으로는 더군다나 의의가 별로 없다는 간행 동인의 하나이던 나는 거침없이 말할 수 있다.

당시 내 나이 21세. 소설 창작에 뜻을 둔 나는 우연한 기회에 신백수라는 나보다 한 살 어린 청년을 알게 되었는데 이 사람의 체구가 몹시 왜소하고 나이에 비해 지독한 근시안이며 문학과 영화에 관한 이야기만 나오면 입에서 거품이 일며 열변을 토하였다. 그 행동이 심히 기이할 뿐만 아니라 이 사람이 동인 잡지에 대하여 관심이 큰 듯하여 무턱대고 잡지를 내자는 데에 합의되었다. (중략) 《삼사문학》은 이를테면 문학을 하고 싶은 20대의 청년들이 발표욕에 못이겨 소꿉질처럼 잡지를 낸 것이 동기로 몇 사람의 문학 지망생들이 길 가다가 잠깐 머물렀다는 것이라 하겠고 신백수라는 문학병자가 그곳에 짧은 족적을 남기었을 뿐이었다.**

앞의 회고 (1)에서 이시우는 《삼사문학》의 지지 세력으로 당시 문단의 중심부에 자리 잡고 있던 구인회를 지목하면서 김기림과 이상이

* 이시우, 「「역(曆)」의 내력」, 《상아탑》, 7호, 1946. 6. 25, 13〜15쪽.
** 조풍연, 「《삼사문학》의 기억」, 《현대문학》, 1957. 3.

◆ 이상의 동경 생활

이들을 각별히 성원했음을 밝히고 있다. 특히 "장차 외국의 현대문학을 받아들일 준비"를 위해《삼사문학》의 문단적 의의를 인정할 수 있다는 발언도 주목된다. 물론 (2)의 조풍연은《삼사문학》을 문학 지망생들의 소꿉장난에 비유하면서 그 문학사적 의의를 부정한다. 이러한 비판적 관점은 동인 활동에 직접 참여했던 구성원에 의해 제기된 것이라는 점에서 그 타당성을 인정할 수 있다. 실제《삼사문학》에 참여했던 동인 가운데 뒤에 소설가로 변신한 황순원을 제외하고는 주목할 만한 문학적 행보를 보여 준 문인이 없다는 점도 이 같은 부정적 평가를 어느 정도 수긍하게 한다.

동인지《삼사문학》에 서로 겹쳐 있는 문예 동인지《창작》과《탐구》를 펼쳐 보면 신백수, 이시우, 주영섭, 한태천 등이 모두 여기에 참여하고 있음이 눈에 띈다. 이들의 이름은 1930년대 한국문학사 연구에서 지극히 주변적인 곳에 밀려나 있다. 그러나 이들의 문필 활동은 일본 식민지 지배 권력이 군국주의로 치닫던 1930년대 중반 이후의 현실에 비추어 볼 때 결코 간과할 수 없는 문제성을 지닌다. 특히 이상 문학과의 연관성을 놓고 본다면 그 전위적 실험성의 의미가 주목된다.

(1)

1. ア ― ル는거울안의ア ― ル와같이슬프오

2. 喫煙을爲한喫煙에서煙氣의儼然한存在를認識할수없는0과같은ア ― ル의一生이다

3. 쟈미없던어저께에서밖에ロ ― マンチス゛ム을發見하지못하는ア ― ル는오늘도亦是쟈미없는ロ ― マンチス゛ム을맨들고있더라 (ロ ― マンチス゛ム을 爲한 ― マンチス゛ム인0과같이쟈미없는아,0과 같이쟈미없는0-과-같-이-쟈-미-없-는……)

4. 書架에낀겨져있는書籍과같은ア ― ル의憤怒는 ― ア ― ル는尨大한辱의思想인化石을거울에빛오일뿐이다

5. 너조차잠작고있으면또한개의ア ― ル는大體너에게다무엇을속삭일수있단말이냐. ア ― ル의비보*

(2)

세월갓흔벽에일이의키가나날히자랄적에 일이의부서진작란감은 곳과갓치나날히늘어갓다. 일이의부서진작란감이 곳과갓치늘어가든날 일이의아버지는부서진작란감처럼길우에서절명한것을일이는모른다. 약병마테세월갓치싸혀잇는부서진일이의작란감들. 일이는공일날갓치짜듯한미다지박그로작고만나가겟다고하고, 일이의어머니는작고만나가지를말나고한다. 아아房처럼슬픈일이의작란감들. 이럴때마다일이는이약이하지안흔이약이갓흔아름다운이약이를房처럼담북진이고잇섯고, 일이의어머니는일이의얼골을房처럼물그럼이바라다보고잇기만하는것이엇다. 일이는엇지하야작란감을부시는게제일조흐냐. 겨울에서부터봄으로. 날마다오른편책상사랍에는가위와고무공과오색가지색종히가, 외인편책상사랍에도만년필과편지와약이다아말너붓흔옥도뎡긔의약병들이너혀잇섯스니까, 가위와고무 공과오색가지색종히도너혀잇섯든것이엇다. 겨울에서부터봄으로. 결국달은뜨지를안코, 밤마다벽에서는별의소래가버레소래갓치들니여왓다. 이러는동안에세월갓흔房은일이의房이철이의房으로바귀여지는날은과연어느날일넌지. 화원과갓흔일이의향수등.**

《삼사문학》의 창간호에 수록된 이시우의 시 「ア ― ル의 悲劇」은

---

* 이시우, 「ア ― ル의 悲劇」, 《삼사문학》, 1호, 1934. 9, 8쪽.
** 이시우, 「房」, 《삼사문학》, 3호, 1935. 3, 40~41쪽.

이상이 「오감도」에서 보여 준 일탈의 글쓰기를 그대로 추종함으로써 이미 이상이 추구하고자 했던 새로운 예술의 경지에 나름대로 다가서고 있다는 사실을 확인할 수 있게 한다. 이 시의 첫 연에서 "ア—ルは 거울안의ア —ルと같이슬프오"라는 진술이 이상의 시 「오감도 시제 15호」와 연결되어 있다는 점을 부인하기는 어렵다. 《삼사문학》의 동인 가운데 시인 이시우의 경우야말로 이상의 문학에 충격을 받은 당대 이상의 '에피고넨'에 해당하기 때문이다. 여기에서 'ア—ル'가 알파벳의 'R'을 의미한다는 것을 생각한다면, 이상이 즐겨 쓰던 그의 성명의 이니셜 'R'을 연상하게 한다는 점도 놓칠 수 없다. 이시우는 「일인칭 시」, 「작일(昨日)」 등의 시를 통해 그의 실험 정신의 일단을 보여 주면서 이상의 시에 더욱 가깝게 다가서고 있었던 것이다.

(2)에서 인용한 시 「房」은 표제인 '房'이라는 한자를 네모진 상자 안에 가두어 놓음으로써 타이포그래피적으로 방 자체의 공간적 폐쇄성 또는 그 닫혀 있음의 의미를 강조한다. 이상의 시 형식을 따라 띄어쓰기를 거부하고 있는 이 작품에서 이상이 그려 내고자 했던 특이한 공간성의 문제를 다시 읽어 볼 수 있다는 것은 흥미로운 일이다.

이시우는 평문 「절연하는 논리」(《삼사문학》, 3호), 「19세기의 예술지상주의와 20세기의 예술지상주의」(《삼사문학》, 4호), 「쉬르레알리슴 (SURREALISME)」(《삼사문학》, 5호) 등을 통해 자신들이 주장하고자 하는 문학적 실험에 나름대로의 논리를 부여하고자 힘썼다. 특히 이상의 시적 실험에 대한 그의 아포리즘적인 설명이 눈에 띈다. 초현실주의자를 자칭하면서 예술의 '쉬르레알리슴'을 주창했던 그는 「절연하는 논리」에서 문학의 새로운 변화를 추구하는 정신과 방법의 중요성을 이렇게 설명한다.

변화하지 않는 시인을 진보치 않는 시인과 한가지 우리들은 인정할 수 없다. 시가에 진보적 의의가 없어진다는 것은 장송행진곡(葬送行進曲)

을 듣는 것이다. 사회는 발전성이 없는 여하한 것의 존재든지 허용할 만큼 관용치 않는 까닭이다. (중략) 일반으로 금일에 시라고 부르면 무엇을 가리키느냐고 하는 경우에 우리들은 최초에 현재 우리들이 규정하고 있는 '파아손(passion)'을 중심으로 그 시의 성질과 범위를 한정한다. 설혹 그것이 과도기이기 때문에 적지 않은 혼란이 허락되고 불명료한 약간의 보수적 시인에 의하여 그들의 묵은 '파아손'을 고수시키는 약간의 여지를 남긴다 하더라도. 역사는 '파아손'의 '파아손'인 연유로서 조금도 그들을 허용치 않는다. 예를 들면 오늘날에 있어서 시라고 부르는 것은 명확히 종래로 '자유시', '산문시'라고 불러 왔던 것을 가리키고 결코 이러한 시가 나오기 이전의 시의 개념을 차지하고 있던 '시조'라든가 '한시'라든가 혹은 '운문시'라든가를 의미하지 않는다. 이이와 똑같은 의미로서 또한 '자유시'와 '산문시(율적 산문)'를 우리는 인정하지 않는다. (중략)

사회 일반이 시 또는 시인에 대하여 몰이해하거나 무식한 것은 조금도 시의 발전을 저해하지는 못한다. 우수한 비평 정신에 기초된 금일의 시에 얼마나 많은 금일의 소설가나 평론가가 이 발전에 뒤떨어진 것인가. 예술을 위한 예술이 문학적으로 당연히 한정된 그룹 그것으로서 퇴영하고 있는 것같이 보이는 것은 다만 그들의 공부의 부족함에 있다. 여하한 예술에 있어서도 우수한 것이면 우수할수록 하등의 지적 파악, 개념적 근거조차 없이 흥미를 느낄 도리가 없다. 사회적 일반에게 시를 이해시키고자 하는 욕구는 지당하기도 하고 그것을 적극적으로 욕구하는 것도 불찬성은 아니나 당연히 스사로 구별될 차간(此間)의 소식을 혼동시키어 시 그것을 일반의 이해에까지 끌어내리려고 초조하거나 의미를 모르는 시나 혹은 이해지 못하는 시에 당면할 때마다 아무 반성 없이 적의를 품는 것은 언어도단이다.*

---

* 이시우, 「절연(絕緣)하는 논리(論理)」, 《삼사문학》, 3호, 1935. 3, 9~10쪽.

◆ 이상의 동경 생활

이 글에서 이시우가 강조하는 것은 시의 새로운 변화다. 이 변화는 현실과 사회의 변화를 따라가는 것이 아니라 그 새로운 변화를 요구하는 것이어야 한다. 새로운 예술에 대한 몰이해를 놓고 "그것을 일반의 이해에까지 끌어내리려고 초조하거나 의미를 모르는 시나 혹은 이해지 못하는 시에 당면할 때마다 아무 반성 없이 적의를 품는 것은 언어도단이다."라고 비판한다. 그는 평문 「SURREALISME」을 통해 "새로운 시의 이야기가 나오면 조선에서는 이상이를 끄집어내는데 그것은 아마추어들의 숙명적인 감동에 불과하다."라고 언명하면서 이상의 시를 통한 한국 현대시의 새로운 변화에 적극적인 지지를 표시한다.

《삼사문학》 동인들이 보여 준 문학적 실험은 기성 문단의 냉혹한 반응에 대해 좌절감을 느끼고 있던 이상에게는 새로운 희망으로 보였을 가능성이 크다. 이상은 자신이 추구하는 문학 세계를 추종하는 새로운 젊은 문학도들의 등장에 크게 고무되어, 동경행을 결행하기 직전에 간행된 《삼사문학》 5집(1936. 10)에 자신의 시 「I WED A TOY BRIDE」를 발표한다. 그리고 스스로 이 젊은 문학도들의 열정에 동참을 선언한다. 앞서 인용한 이시우의 회고 내용처럼 이상은 자신을 따르던 《삼사문학》의 동인들과 호흡을 맞추고 있었던 것이다. 현재 보존되어 있는 《삼사문학》 5집은 부분적으로 낙장이 생겨 잡지의 표지와 목차도 없고 판권란도 보이지 않기 때문에 이상이 이 동인지에 작품을 싣게 된 자세한 경위를 확인할 수가 없다. 그러나 이상은 《삼사문학》을 통해 자신이 추구하고자 했던 새로운 문학의 확산 가능성을 발견했다. 이상은 잡지 《삼사문학》에 발표한 시 「I WED A TOY BRIDE」를 통해 자신이 실험하고 있는 새로운 글쓰기 방식을 그대로 보여 주고 있다. 이것은 이상 문학의 방법적인 기반이 기성 문단을 통해서만이 아니라 새로운 문학 동인지를 통해서 점차 확대될 수 있다는 가능성을 의미한다. 그러므로 이상은 동경에 건너와서도 《삼사문학》을 자신의 문학 활동의 근거로 삼고자 했던 것이 아닌가 생각된다. 이러한 사실

은 이상이 김기림에게 보낸 편지를 통해서도 확인된다. 이상이 동경에 도착한 후 처음으로 김기림에게 보낸 편지의 내용 가운데 핵심을 이루는 것이 바로《삼사문학》동인에 관한 사연이다. 동경에 도착한 이상을 맞아 준 문학도들이 바로《삼사문학》동인들이었음을 밝히고 있는 것이다. 물론 이상은 유학생 신분인 이 젊은 문학도들과 터놓고 어울리기 어렵다고 생각한다. 하지만 그는 "삼사문학에 원고 좀 주어 주오. 그리고 씩씩하게 성장하는 새 세기의 영웅들을 위하여 귀하가 귀하의 존중한 명성을 잠간 낮추어 삼사문학의 동인이 되어 줄 의사는 없는지 이곳 청년들의 갈망입니다."라고 엉뚱한 제안을 김기림에게 하고 있다. 당대 한국문학에서 가장 주목되는 시인이자 시론가였던 김기림에게《삼사문학》에 참여해 달라는 이 부탁은 격에 맞지 않는 것이지만 이상은 새로운 문학의 가능성을《삼사문학》을 통해 확인하고 싶었던 것이 분명하다. 이상은 김기림에게 보낸 또 다른 편지에서도 "이곳 34년대의 영웅들은 과연 추호의 오점도 없는 20세기 정신의 영웅들입디다."라고《삼사문학》동인들의 순수한 문학적 열정을 높이 평가한다. 그러면서도 자신이 여전히 19세기의 정신을 크게 벗어나지 못하고 있음을 고뇌하면서 "그들은 이상(李箱)도 역시 20세기의 スポ―ツマン이거니 하고 오해하는 모양인데 나는 그들에게 낙망을(아니 환멸)을 주지 않게 하기 위하여 그들과 만날 때 오직 20세기를 근근히 ホ―ズ를 써 유지해 보일 수 있을 따름이구려! 아! 이 마음의 아픈 갈등이여."라고 술회하는 것이다.

《삼사문학》은 이상의 죽음을 전후한 시기에 6호를 발간하고 폐간된다. 이상과 함께 그 문학적 행보를 마감했던 것이다. 김기림 편『이상 선집』의 연보에는 이상의 수필「19세기식(十九世紀式)」이 바로 여기에 발표되었던 것으로 표시되어 있지만, 이 동인지의 종간호는 현재 소재가 밝혀져 있지 않다.《삼사문학》은 이시우나 조풍연이 회고하는 것처럼 흐지부지 사라져 버렸지만 그 특별한 존재 의미를 드러내지 못

◆ 이상의 동경 생활

한 것은 아니다. 이상 문학의 넓은 테두리 안에 《삼사문학》이 자리하고 있기 때문이다.

이상, 동경에서 죽다

이상은 동경이라는 도시가 자신이 꿈꾸던 현대적 정신의 중심지가 아님을 금방 알아차렸다. 그는 서구 세계를 치사하게도 흉내 내고 있던 동경의 '모조(模造)된 현대'에 절망하고는 봄이 되면 다시 서울로 돌아갈 계획을 세우고 있었다. 그러나 이상은 귀국할 수 없었다. '거동 수상자'라는 이유로 그는 일본 경찰에 검거되어 차디찬 동경의 늦겨울을 경찰서 유치장에서 견뎌야 했다. 이 불행한 정신은 그 육신과 함께 거기서 무참하게도 허물어졌다. 그리고 결국은 죽음으로 내몰렸다.

이상이 니시간다(西神田) 경찰서에 구금된 것은 1937년 2월 12일이다. 김기림에게 "차차 마음이 즉 생각하는 것이 변해 가오. 역시 내가 고집하고 있던 것은 회피였나 보오. 흉리에 거래하는 잡다한 문제 때문에 극도의 불면증으로 고생 중이오. 2, 3일씩 이불을 쓰고 문외 불출하는 수도 있오. 자꾸 자신을 잃어버리면서도 양심 양심 이렇게 부르짖어도 보오. 비참한 일이오."*라고 쓴 편지를 보내고 이틀 뒤에 일본 고등계 형사의 취체(取締)에 걸려들었다. 그리고 곧바로 경찰서 유치장에 갇혔다. 이상이 일본 경찰에 연행되어 구금당한 이유는 분명하게 드러나 있지 않다. 물론 당시 일본 경찰이 식민지 조선인들을 정당한 법적 근거를 가지고 취체했으리라 기대하기는 어렵다. 그들은 언제 어디서나 조선인에 대해 자기네 마음대로 처리할 수 있는 지배 제국의 권위와 힘을 가지고 있었다.

---

* 이상, 「사신 7」, 권영민 편, 『이상 전집 4』, 332쪽.

이상이 경찰서 구금에 풀려나온 직후 동경에서 그를 만났던 시인 김기림은 당시의 상황을 이렇게 회고하고 있다.

반년 만에 상을 만난 지난 3월 스무날 밤, 동경(東京) 거리는 봄비에 젖어 있었다. 그리로 왔다는 상의 편지를 받고 나는 지난겨울부터 몇 번인가 만나기를 기약했으나 종내 센다이(仙台)를 떠나지 못하다가 이날에야 동경으로 왔던 것이다.

상의 숙소는 구단(九段) 아래 꼬부라진 뒷골목 2층 골방이었다. 이 '날개' 돋친 시인과 더불어 동경 거리를 만보(漫步)하면 얼마나 유쾌하랴 하고 그리던 온갖 꿈과는 딴판으로 상은 '날개'가 아주 부러져서 기거(起居)도 바로 못하고 이불을 둘러쓰고 앉아 있었다. 전등불에 가로 비친 그의 얼굴은 상아(象牙)보다도 더 창백하고 검은 수염이 코밑과 턱에 참혹하게 무성하다. 그를 바라보는 내 얼굴의 어두운 표정이 가뜩이나 병들어 약해진 벗의 마음을 상해올까 보아서 나는 애써 명랑을 꾸미면서

"여보, 당신 얼굴이 아주 '피디아스'의 '제우스' 신상(神像) 같구려." 하고 웃었더니 상도 예(例)의 정열 빠진 웃음을 껄껄 웃었다. 사실은 나는 '듀비에'의 「골고다」의 '예수'의 얼굴을 연상했던 것이다. 오늘 와서 생각하면 상은 실로 현대라는 커다란 모함에 빠져서 십자가를 걸머지고 간 '골고다'의 시인이었다.

암만 누우라고 해도 듣지 않고 상은 장장 두 시간이나 앉은 채 거진 혼자서 그동안 쌓인 이야기를 풀어놓는다. '엘만'을 찬탄하고 정돈에 빠진 몇몇 벗의 문운을 걱정하다가 말이 그의 작품에 대한 월평(月評)에 미치자 그는 몹시 흥분해서 속견(俗見)을 꾸짖는다. 재서의 '모더니티'를 찬양하고 또 씨의 「날개」 평은 대체로 승인하나 작자로서 다소 이의가 있다고도 말했다. 나는 벗이 세평(世評)에 대해서 너무 신경과민한 것이 벗의 건강을 더욱 해칠까 보아서 시인이면서 왜 혼자 짓는 것을 그렇게 두려워하느냐, 세상이야 알아주든 말든 값있는 일만 정성껏 하다가 가

◆ 이상의 동경 생활

면 그만이 아니냐 하고 어색하게나마 위로해 보았다.

상의 말을 들으면 공교롭게도 책상 위에 몇 권 이상스러운 책자가 있었고 본명 김해경(金海卿) 외에 이상(李箱)이라는 별난 이름이 있고, 그리고 일기 속에 몇 줄 온건하달 수 없는 글귀를 적었다는 일로 해서 그는 한 달 동안이나 ○○○에 들어가 있다가 아주 건강을 상해 가지고 한 주일 전에야 겨우 자동차에 실려서 숙소로 돌아왔다는 것이다. 상은 그 안에서 다른 ○○주의자들과 마찬가지로 수기를 썼는데 예의 명문(名文)에 계원(係員)도 찬탄하더라고 하면서 웃는다. 니시간다(西神田) 경찰서 원 속에조차 애독자를 가졌다고 하는 것은 시인으로서 얼마나 통쾌한 일이냐 하고 나도 같이 웃었다. 음식은 그 부근에 계신 허남용 씨 내외가 죽을 쑤어다 준다고 하고 마침 소운(素雲)이 동경에 와 있어서 날마다 찾아 주고 주영섭(朱永涉), 한천(韓泉) 여러 친구가 가끔 들러 주어서 과히 적막하지는 않다고 한다.

이튿날 낮에 다시 찾아가서야 나는 그 방이 완전히 햇빛이 들지 않는 방인 것을 알았다. 지난해 7월 그믐께다. 아침에 황금정(黃金町) 뒷골목 상의 신혼 보금자리를 찾았을 때도 방은 역시 햇볕 한 줄기 들지 않는 캄캄한 방이었다. 그날 오후 조선일보사 3층 빈 방에서 벗이 애를 써 장정을 해 준 졸저(拙著) 『기상도(氣象圖)』의 발송을 마치고 둘이서 창에 기대서서 갑자기 거리에 몰려오는 소낙비를 바라보는데 창(窓)선에 뱉는 상의 침에 새빨간 피가 섞였었다. 평소부터도 상은 건강이라는 속된 관념은 완전히 초월한 듯이 보였다. 상의 앞에 설 적마다 나는 아침이면 정말(丁抹) 체조를 잊어버리지 못하는 내 자신이 늘 부끄러웠다. 무릇 현대적인 퇴폐에 대한 진실한 체험이 없는 나는 이 점에 대해서는 늘 상에게 경의를 표했다. 그러면서도 그를 아끼는 까닭에 건강이라는 것을 너무 천대하는 벗이 한없이 원망스러웠다.

상은 스스로 형용해서 천재일우(千載一遇)의 기회라고 하면서 모처럼 동경서 만나 가지고도 병으로 해서 뜻대로 함께 놀러 다니지 못하는 것을 한탄한다. 미진(未盡)한 계획은 4월 20일께 동경서 다시 만나는 대로 미루고 그때까지는 꼭 맥주를 마실 정도로라도 건강을 회복하겠노라고, 그리고 햇볕이 드는 옆방으로 이사하겠노라고 하는 상의 뼈뿐인 손을 놓고 나는 동경을 떠나면서 말할 수 없이 마음이 캄캄했다. 상의 부탁을 부인께 아뢰려 했더니 내가 서울 오기 전날 밤에 벌써 부인께서 동경으로 떠나셨다는 말을 서울 온 이튿날 전차 안에서 조용만(趙容萬) 씨를 만나서 들었다. 그래 일시 안심하고 집에 돌아와서 잡무에 분주하느라고 다시 벗의 병상(病狀)을 보지도 못하는 사이에 원망스러운 비보가 달려들었다.

"그럼 댕겨오오. 내 죽지는 않소."

하고 상이 마지막 들려준 말이 기억 속에 너무 선명하게 솟아올라서 아프다.*

이 글에서 적고 있는 "반년 만에 상을 만난 지난 3월 스무날 밤, 동경"이란 김기림이 1937년 3월 20일 동경에 들러 이상을 만났던 일을 말한다. 이상이 경찰서의 구금 상태에서 풀려난 지 한 주일이 지난 후의 일이다. 일본 동북 지방의 도시 센다이(仙台)의 동북제대에서 영문학을 공부하고 있던 김기림은 학년 말 방학을 이용하여 귀국하던 길에 동경에 들러 이상과 만난다. 이상은 동경에 도착한 후 여러 차례 김기림에게 보낸 편지에서 동경에 한번 올 수 없는지를 물었지만 학교 공부에 쫓기던 김기림은 센다이를 떠날 수 없었던 것이다.

이상은 그가 마지막으로 묵고 있던 간다(神田) 진보초(神保町)의 하숙집에서 김기림을 만난다. 동경으로 건너온 후 이상은 자신의 문학 세계를 이해하는 김기림에게 정신적으로 크게 기대고 있었던 것이 사실이다. 1936년 7월 서울에서 여름방학을 이용하여 귀국한 김기림을 서

---

* 김기림, 「고 이상의 추억」, 《조광》, 1937. 6.

◆ 이상의 동경 생활

울에서 만났던 때와는 그 느낌이 전혀 달랐을 것은 물론이다. 니시간다 경찰서에서 구금 상태로 한 달 정도를 보낸 이상은 "날개가 아주 부러져서 기거도 바로 못하고 이불을 둘러쓰고 앉아 있었다." 김기림은 이상의 모습을 보고 "전등불에 가로 비친 그의 얼굴은 상아보다도 더 창백하고 검은 수염이 코밑과 턱에 참혹하게 무성하다."라고 적었다.

이상은 자신이 경찰서에 구금당했던 그동안의 경위를 김기림에게 설명했다. 그러나 그 사유라는 것이 가당치 않다. "공교롭게도 책상 위에 몇 권 이상스러운 책자가 있었고 본명 김해경 외에 이상이라는 별난 이름이 있고, 그리고 일기 속에 몇 줄 온건하달 수 없는 글귀를 적었다는 일로 해서 그는 한 달 동안이나 ○○○에 들어가 있다가 아주 건강을 상해 가지고 한 주일 전에야 겨우 자동차에 실려서 숙소로 돌아왔다는 것이다." 이 짤막한 대목에서 "이상스러운 책자", "별난 이름", "온건하달 수 없는 글귀" 등이 일본 경찰의 취체 대상이었다는 점은 지금도 기가 막힌다. 이상은 기동조차 하지 못하는 몸으로 김기림을 만나 하룻밤을 지낸 후 김기림의 귀국길을 전송한다. 김기림이 방학을 보내고 다시 일본으로 돌아오게 되는 4월에 동경에 들러서 서로 만나자는 약속을 하고 헤어졌던 것이다.

이상에게 동경이란 무엇인가?

이상의 동경행은 '인심 좋고 살기 좋은 한적한 농촌'으로 비유했던 경성(京城)으로부터의 탈출을 뜻한다. 그러나 이 탈출은 문명에의 길이 아니다. 일찍이 오스카 와일드는 문명에 도달할 수 있는 길이 오직 두 개가 있을 뿐임을 갈파한 적이 있다. 하나는 교양을 습득하는 길이요, 다른 하나는 퇴폐에 빠져드는 길이다. 문명의 의미에 이렇게 명징한 토를 달아 놓은 것을 나는 달리 본 적이 없다. 이상은 동경으로의 탈출을 생의 전환으로 삼고자 욕망한다. 그러나 이 전환이 그를 안내한 것은 교양의 길도 퇴폐의 길도 아니다. 그것은 죽음의 길이었을 뿐이다. 이상은 자신의 죽음이 동경에서 자신을 기다리고 있다는 사실을 알아치리지는 못한다. 그는 동경에서 혼자서 죽는다.

1937년 4월 21일《조선일보》학예면에 「작가 이상(李箱) 씨 동경서 서거」라는 아주 짤막한 기사가 실렸다. "작가 이상 씨는 문학적 수업을 하기 위해서 동경으로 건너갔던바 숙아(宿痾)인 폐환이 더쳐서 매우 신음하던 중 지난 17일 오후 본향구 3정목 제대부속병원에서 영면했다. 유해는 방금 그 부인이 수습 중에 있는데 근일 다비(茶毘)에 부친다고 한다." 이 짧은 두 개의 문장이 이상의 죽음을 알리는 공식적인 기록이다. 이상의 죽음을 알리는 이 기사에는 그동안 한국 문단에서 풀어내지 못한 여러 개의 수수께끼들이 포함되어 있다. 이 신문이 전하는 내용대로라면 이상은 문학 수업을 위해 동경을 택했던 것임을 알 수 있다. 그러나 이상이 동경에서 머물렀던 반년 동안 무엇을 했는지에 대해서는 모든 것들이 여전히 베일에 가려져 있다. 이상은 새로운 학문과 예술에 뜻을 두고 동경에 간다고 했지만 여행객 신분으로 동경에 묵고 있었다. 그가 문학의 수업을 위해 동경으로 갔다면, 어디에서 어떤 일을 했는지 궁금하지 않을 수 없다. 하지만 이 같은 의문을 해결해 줄 만한 어떤 단서도 발견되지 않는다. 물론 젊은 시인이자 소설가인 이상의 동경 여행 정도로 간단히 설명할 수도 있다. 당시 동경은 동아시아에서 현대 문명과 예술의 중심지였고 이상은 동경을 꿈꾸어 왔던 것이 사실이다.

이상의 동경 체류 기간은 반년 정도의 짧은 기간에 불과하다. 이 기간 중에 이상이 동경 니시간다 경찰서 유치장에 한 달가량 구금당했고, 동경제국대학 부속병원에 몇 주간 입원해 있었다는 점을 계산에 넣는다면, 실제로 동경에서 활동했던 기간은 넉 달 정도에 지나지 않는다. 이 짧은 기간은 전위적인 이상을 교양의 길로 이끌기에도 충분하지 않고, 도덕을 거부한 이상을 퇴폐의 길로 끌고 가기에도 넉넉하지 않다. 이상의 동경 생활의 흔적은 남아 있는 것이 거의 없다. 그가 동경에서 무엇을 했는지 누구와 만났는지 등을 확인할 수 있는 자료도

◆ 이상의 동경 생활

별로 없다. 이상은 동경에서 어떤 날개를 꿈꾸었던 것인가?

이상이 동경대학 부속병원에서 세상을 떠난 것은 1937년 4월 17일이다. 그가 소설 「종생기」에서 작성했던 '묘비명'에는 "西曆 紀元後 一千九百三十七年 丁丑 三月 三日 未時"라고 적혀 있다. 이 날짜를 양력으로 환산하면 1937년 4월 13일이 된다. 참으로 믿어지지 않는 일이지만 이상은 스스로 자신의 종생을 정해 놓고 있었던 셈이다. 이상의 임종을 지켜보았던 그의 부인 변동림은 이렇게 적고 있다.

동대병원 입원실 다다미가 깔린 방들 그중의 한 방문을 열고 들어서니 이상이 거기 누워 있었다. 인기척에 눈을 크게 뜬다. 반가운 표정이 움직인다. 나는 무릎을 꿇고 그 옆에 앉아 손을 잡는다. 안심하는 듯 눈을 다시 감는다. 나는 긴장해서 슬프지 않았다. 어떻게 해야 살릴 수 있나, 죽어 간다고는 믿어지지 않는다. 상은 눈을 떠 보다 다시 감는다. 떴다 감았다 ─.

귀에 가까이 대고 '무엇이 먹고 싶어?' '셈비끼야(千匹屋)의 메론'이라고 하는 그 가느단 목소리를 믿고 나는 철없이 셈비끼야에 메론을 사러 나갔다. 안 나갔으면 상은 몇 마디 더 낱말을 중얼거렸을지도 모르는데…….

메론을 들고 와서 깎아서 대접했지만 상은 받아넘기지 못했다. 향취가 좋다고 미소 짓는 듯 표정이 한 번 더 움직였을 뿐 눈은 감겨진 채로. 나는 다시 손을 잡고 앉아서 가끔 눈을 크게 뜨는 것을 지켜보고 오랫동안 앉아 있었다.

담당 의사가 운명(殞命)은 내일 아침 열한 시쯤 될 것이니까 집에 가서 자고 아침에 오라고 한다. 나는 상의 숙소에 가서 잤을 거다. 거기가 어디였는지 지금 생각이 안 난다. 다음 날 아침 입원실이 열리기를 기다려서 그의 운명을 지키려고 그 옆에 다시 앉다. 눈은 다시 떠지지 않는다. 나는 운명했다고 의사가 선언할 때까지 식어 가는 손을 잡고 있었다는 기억이 난다.*

이상의 유해는 변동림의 손에 의해 수습되어 한 줌의 재로 서울로 돌아왔다. 그리고 미아리 공동묘지에 안장되었다. 지금은 그 흔적조차 확인할 수 없다.

이상의 죽음이 알려진 후에 문단에서는 이상을 기리기 위한 모임도 이루어졌고, 떠나간 이상을 위해 이런저런 추도의 글들이 발표되었다. 이상과 가장 가까이 지낸 것으로 알려진 박태원은 그의 부음에 '이십팔 년은 너무 짧다.'라면서 통곡의 글을 남긴다. 박태원의 이 글에서 "당신은 참말 무엇을 위하여, 무엇을 구하여 내 집, 내 서울을 버리고 멀리 동경(東京)으로 달려갔던 것이오? 모든 어려움을 다 물리치고 모든 벗들의 극진한 만류도 귀 밖에 흘리고 마땅히 하여야 할 많은 일을 이곳에 남겨 둔 채 마치 도망꾼이처럼 서울을 떠났던 당신의 참뜻을 나는 이제 있어도 풀어낼 수 없구료."라고 되묻는다. 이상의 동경행은 절친 박태원에게도 하나의 수수께끼였던 것이다.

여보, 상(箱)—
당신이 가난과 병 속에서 끝끝내 죽고 말았다는 그 말이 정말이오? 부음을 받은 지 이미 사흘, 이제는 그것이 결코 물을 수 없는 사실인 줄 알면서도 그래도 좀처럼 믿어지지 않는 이 마음이 설구료.
재질과 교양이 남에게 뛰어나메, 우리는 모두 당신에게 바라고 기다리던 바 컸거늘, 이제 얼어 이른 곳이 이 갑작스런 죽음이었소? 사람이 어찌 욕되게 오래 살기를 구하겠다면 28년은 너무나 짧소.
여보, 상—
당신이 아직 서울에 있을 때 하루저녁 술을 나누며 내게 일러 주던 그 말, 그 생각이 또한 장하고 커서 내 당신의 가는 팔을 잡고 마른 등을

---

* 김향안, 「이젠 이상의 진실을 알리고 싶다」, 《문학사상》, 1986. 5.

◆ 이상의 동경 생활

치며 한 가지 감격에 잠겼던 것이 참말 어제 같거든 이제 당신은 이미 없고 내 가슴에 빈 터전은 부질없이 넓어 이 글을 초(草)하면서도 붓을 놓고 머엉하니 창밖을 바라보기 여러 차례요.

여보, 상 ─

이미 지하로 돌아간 당신은 이제 참마음의 문을 열어 내게 일러 주지 않으려오? 당신은 참말 무엇을 위하여, 무엇을 구하여 내 집, 내 서울을 버리고 멀리 동경(東京)으로 달려갔던 것이오?

모든 어려움을 다 물리치고 모든 벗들의 극진한 만류도 귀 밖에 흘리고 마땅히 하여야 할 많은 일을 이곳에 남겨 둔 채 마치 도망꾼이처럼 서울을 떠났던 당신의 참뜻을 나는 이제 있어도 풀어낼 수 없구료.

여보, 상 ─

그래도 나는 믿었소. 벗에게 마음을 아직 숨겨 두어도 당신의 뜻은 또한 커서 이제 쉬 서울로 돌아올 때 당신은 응당 집안을 돌보아 아들 된 이의 도리를 지키고 또 한편 당신이 그렇게도 사랑하여 마지않던 우리 문학을 위하여 힘을 아끼지 않으리라고. 그러나 그것도 부질없이 만 리나 떨어진 곳에 가난하고 외로운 몸이 하룻날 병들어 누우매 이곳에 남은 벗들은 오직 궁금하고 답답하여 할 뿐으로 놀란 가슴을 부둥켜안고 달려간 아내의 사랑의 손길도 당신의 아픈 몸을 골고루 어루만지는 수는 없어 그래 드디어 할 일 많은 당신을 다시 돌아오게 못하였나, 하면, 우리가 굳이 당신을 붙들어 서울에 그대로 머물러 있게 못한 것이 이제 새삼스러이 뉘우쳐지는구료.

여보, 상 ─

재주가 남보다 뛰어난 사람은 마땅히 또 총명하여야 할 것으로, 우리는 그것도 당신에게 진작부터 허락하여 왔거든, 어찌 당신은 돌아보아 그 귀한 몸을 아낄 줄 몰랐었소?

병을 남에게 자랑할 줄 모르는 당신, 허약한 몸이 감당해 낼 턱 없는 줄 알면서도 그 절제 없는 생활을 그대로 경영하여 온 당신 ─ 그러한 당신의 이번 죽음을 아끼고 서러워하기 전에 먼저 욕하고 나무라고 싶은 이 어리석은 벗의 심사를 상의 영혼은 어떻게 풀어주려 하오?

여보, 상—

그러나 모든 말이 이제는 눈꼽만 한 보람도 없는 것이구료. 돌아오면 하리라고 마음먹었던 많은 사설도, 이제는 영영 찾아갈 곳을 잃은 채이 결코 충실치 못하였던 벗은 이제 당신의 명복만을 빌려 하오. 부디 상은 편안히 잠드시오.*

김기림은 이상의 부음을 서울에서 들었다. 1937년 3월 20일 방학을 맞아 동경에서 이상과 만난 후 잠시 귀국했던 그는 일본으로 돌아가는 4월 동경에 들러 이상과 다시 만날 계획을 세우고 있었다. 그러나이상은 더 기다려 주지 않았다. 이상은 기동하기조차 힘든 상태로 김기림을 만나게 되자 모처럼 동경에서 만났지만 병으로 인하여 함께 놀러다니지 못하는 것을 못내 아쉬워했다. 그러기에 한 달 뒤에 동경에서다시 만나게 된다면 그때까지는 꼭 맥주를 마실 정도로라도 건강을 회복하겠노라고 약속했다. 김기림은 이 불행한 천재 시인의 죽음을 「쥬피타 추방(追放) ─ 이상의 영전(靈前)에 바침」이라고 절규했다.

파초(芭蕉) 잎파리처럼 축 느러진 중절모(中折帽) 아래서
빼여 문 파이프가 자조 거룩지 못한 원광(圓光)을 그려올린다.
거리를 달려가는 밤의 폭행(暴行)을 엿듣는
치켜올린 어깨가 이걸상 저걸상에서 으쓱거린다.
주민(住民)들은 벌서 바다의 유혹도 말다툴 흥미도 잃어버렸다.

깐다라 벽화(壁畵)를 숭내낸 아롱진 잔(盞)에서

---

* 박태원, 「이상 애사(哀詞)」, 《조선일보》, 1937. 4. 22.

◆ 이상의 동경 생활

쥬피타는 중화민국(中華民國)의 여린피를 드리켜고 꼴을 찡그린다.
「쥬피타 술은 무엇을 드릴가요?」
「응 그다락에 언저둔 등록(登錄)한 사상(思想)을랑 그만둬.
빚은 지 하도 오라서 김이 다 빠졌을걸.
오늘밤 신선한 내 식탁에는 제발
구린 냄새는 피지말어.」

쥬피타의 얼굴에 절망(絶望)한 우슴이 장미처럼 히다.
쥬피타는 지금 씰크햇트를 쓴 영란은행(英蘭銀行) 노오만 씨(氏)가
글세 대명제국(大英帝國) 아츰거리가 없어서
장에 게란을 팔러 나온 것을 만났다나.
그래도 게란 속에서는
빅토리아 여왕(女王) 직속(直屬)의 악대(樂隊)가 군악(軍樂)만 치드라나.

쥬피타는 록펠라 씨(氏)의 정원(庭園)에 만발한
곰팽이 낀 절조(節操)들을 도모지 칭찬하지 않는다.
별처럼 무성한 온갖 사상(思想)의 화초(花草)들.
기름진 장미를 빨아 먹고 오만하게 머리 추어든 치욕(恥辱)들.

쥬피타는 구름을 믿지 않는다. 장미도 별도……
쥬피타의 품 안에 자빠진 비둘기 같은 천사(天使)들의 시체(屍體).
거문 피 엉크린 날개가 경기구(輕氣球)처럼 쓰러졌다.
딱한 애인(愛人)은 오늘도 쥬피타다려 정열을 말하라고 졸르나
쥬피타의 얼굴에 장미 같은 우슴이 눈보다 차다.
땅을 밟고 하는 사랑은 언제고 흙이 묻었다.

아모리 따려 보아야 스트라빈스키의 어느 졸작(拙作)보다도

이뿌지 못한 도, 레, 미, 파…… 인생의 일주일(一週日).
은단과 조개껍질과 금화(金貨)와 아가씨와
불란서인형(佛蘭西人形)과 몇 개 부스러진 꿈 쪼각과……
쥬피타의 노름감은 하나도 자미가 없다.

몰려오는 안개가 겹겹이 둘러싼 네거리에서는
교통순경(交通巡警) 로오랑 씨(氏) 로오즈벨트 씨(氏) 기타 제씨가
저마다 그리스도 몸짓을 숭내 내나
함부로 돌아가는 붉은 불 푸른 불이 곳곳에서 사고(事故)만 이르킨다
그중에서도 푸랑코 씨(氏)의 직립부동(直立不動)의 자세에 더군다나
현기ㅅ증이 났다.

쥬피타 너는 세기(世紀)의 아푼 상처였다.
악(惡)한 기류(氣流)가 스칠 적마다 오슬거렸다.
쥬피타는 병상을 차면서 소리쳤다.
「누덕이불로라도 신문지로라도 좋으니
저 태양(太陽)을 가려 다고.
눈먼 팔레스타인의 살육(殺戮)을 키질하는 이 건장한
대영제국(大英帝國)의 태양을 보지 말게 해 다고」

쥬피타는 어느 날 아침 초라한 걸레쪼각처럼 때묻고 해여진
수놓는 비단 형이상학(形而上學)과 체면과 거짓을 쓰레기통에 벗어
팽개쳤다.
실수 많은 인생을 탐내는 썩은 체중(體重)을 풀어 버리고
파르테논으로 파르테논으로 날아갔다.

그러나 쥬피타는 아마도 오늘 세라시에 폐하(陛下)처럼

◆이상의 동경 생활

해여진 망또를 둘르고

문허진 신화(神話)가 파무낀 폼페이 해안(海岸)을

바람을 데불고 혼자서 소요하리라.

쥬피타 승천(昇天)하는 날 예의(禮儀) 없는 사막에는

마리아의 찬양대도 분향도 없었다.

길잃은 별들이 유목민(遊牧民)처럼

허망한 바람을 숨쉬며 떠 댕겼다.

허나 노아의 홍수보다 더진한 밤도

어둠을 뚫고 타는 두 눈동자를 끝내 감기지 못했다.*

　김기림은 이상의 죽음을 보면서 왜 "쥬피타"를 노래하고 있는 것일까? 태양계의 모든 행성들은 그리스 로마 신화에 등장하는 신들의 이름으로 불린다. 목성을 올림포스산의 최고의 신 주피터(Jupiter 혹은 Zeus)라고 하듯, 수성은 전령의 신 머큐리(Mercury 혹은 Hermes)이고 금성은 사랑과 미의 여신인 비너스(venus 혹은 Aphrodite)다. 인간이 살고 있는 지구는 대지의 여신 가이아(Gaia 혹은 Earth)로 불린다. 화성은 전생의 신 마르스(Mars 혹은 Ares)……. 그리스 신화에서 제우스(주피터)는 아버지를 이긴 신이다. 크로노스는 '너는 너의 아들에 의해 망할 것이다.'라는 예언을 듣고는 아내 레이아와의 사이에 태어난 다섯 아이를 모두 삼켜 버린다. 그리고 여섯째인 제우스마저 해치려 들자 레이아는 꾀를 낸다. 크로노스는 제우스 대신에 돌덩이를 삼킨다. 제우스는 어머니의 도움으로 다른 곳에 숨겨져 자라난다. 그리고 그가 성장하여 아버지 크로노스를 능가할 정도로 힘이 강해지자 집으로 돌아온다. 그는 아버지 크로노스의 배를 걷어찬다. 그 배 속에서 아버지가 삼켰던 그의 형과 누이들이 모두 튀어나온다. 결국 크로노스는 우라노스

---

* 김기림, 「바다와 나비」,《신문화연구소》, 1946. 4, 93~98쪽.

의 예언대로 아들인 제우스의 힘 앞에 무릎을 꿇게 된다. 이로써 제우스는 신들의 제왕으로 구름 속의 산 정상에 그의 왕국을 건설하고 모든 것들을 주관하게 된다. 주피터는 신들의 신이다. 이상에게 이 이름은 그 예술적 재능에 값한다. 모든 기성적 권위를 거부하고 현실의 제도와 이념과 가치를 넘어서고자 했던 그를 달리 어떻게 호명할 수 있겠는가?

이상은 세상을 떠난 후에 김기림이 붙여 준 '주피터'라는 또 하나의 이름으로 이제 우리 문학사의 별이 된다. 앞에 인용한 김기림의 「쥬피타 추방」에서 이렇게 노래하고 있다. "쥬피타 승천하던 날 예의 없는 사막에는/ 마리아의 찬양대도 분향도 없었다./ 길 잃은 별들이 유목민처럼/ 허망한 바람을 숨쉬며 떠댕겼다./ 허나 노아의 홍수보다 더 진한 밤도/ 어둠을 뚫고 타는 두 눈동자를 끝내 감기지 못했다." 이상은 김기림이 노래한 "쥬피터 추방"을 어느 하늘에서 들을 수 있었을까?

◆ 이상의 동경 생활

◆

2부

◆ 이상의 일본어 시

《조선과 건축》의 일본어 시

　이상의 시작 활동은 일본어 글쓰기의 영역에서부터 출발한다. 이 상의 시 창작이 일본어 글쓰기에서 시작되고 있다는 것은 여러 논란 을 야기할 만하다. 이것은 언어 중심적 관점에서 볼 때 한국문학이라 는 범주 속에 포함되기 어려운 이단적 속성을 지니고 있기 때문이다. 더구나 그의 일본어 시 창작이 당대의 한국 문단과는 직접적인 연관을 갖지 못했다는 점도 간과할 수 없는 일이다. 그 이유는 이 작품들이 대 중적인 문학 독자와 거리를 두고 있었기 때문에 문학작품의 수용과 그 기대 지평을 벗어난 고립적인 기호 공간에 자리했던 것이다. 물론 이 작품들은 비록 일본어로 창작한 것이지만 이상의 시적 상상력의 출발 점에 놓여 있다는 점은 주목을 요한다. 이들 작품 가운데에는 문학적 텍스트로서의 완결성을 갖추고 있다고 보기 어려운 경우도 많이 있다. 그러나 다양한 패러디의 방식에 의한 텍스트의 구성, 몽타주 기법에 의한 시상의 전개, 비약과 생략에 의한 시상의 변주 등을 통해 당대 시 단의 경향에서 보기 드문 새로운 시적 실험성을 실천하고 있다.

　이상은 1931년 7월 《조선과 건축》에 김해경(金海卿)이라는 자신 의 본명으로 「이상한 가역반응(異常ナ可逆反應)」, 「파편의 경치(破片ノ 景色 — △ハ俺ノAMOUREUSEデアル)」, 「▽의 유희(▽ノ遊戲 — △ハ俺

ノAMOUREUSEデアル)」,「수염(ひげ — 鬚·鬚·ソノ外ひげデアリ得ルモノ
ラ·皆ノコト)」,「BOITEUX·BOITEUSE」,「공복(空腹)」 등 모두 6편
의 시를 발표했다. 그리고 두 번째로는 1931년 8월「조감도(鳥瞰圖)」라
는 큰 제목 아래「二人⋯ 1⋯」,「二人⋯ 2⋯」,「신경질적으로 비만
한 삼각형(神經質に肥滿した三角形 — ▽ハ俺ノAMOUREUSEデアル)」,「LE
URINE」,「얼굴〔顔〕」,「운동(運動)」,「광녀의 고백(狂女の告白)」,「흥행
물천사(興行物天使 — 或る後日譚として —)」 등 8편의 시를 한데 묶어 연
작시의 형식으로 발표했다. 세 번째의 경우도 마찬가지로《조선과 건축》
(1931. 10)에 김해경이라는 본명으로 발표하는데,「삼차각설계도(三次角
設計圖)」라는 큰 제목 아래「선에 관한 각서 1(線に關する覺書 1)」,「선에 관
한 각서 2(線に關する覺書 2)」,「선에 관한 각서 3(線に關する覺書 3)」,「선에
관한 각서 4(線に關する覺書 4)」,「선에 관한 각서 5(線に關する覺書 5)」
,「선에 관한 각서 6(線に關する覺書 6)」,「선에 관한 각서 7(線に關する
覺書 7)」 등의 7편의 작품이 포함되어 있다. 그런데 이상은 1932년 7월
《조선과 건축》에 네 번째로 시를 발표하면서 '이상(李箱)'이라는 필명
을 사용하고 있다.「건축무한육면각체(建築無限六面角體)」라는 큰 제목
아래「AU MAGASIN DE NOUVEAUTES」,「열하약도 No. 2(熱河略
圖 No. 2 未定稿)」,「진단 0 : 1(診斷 0 : 1)」,「22년(二十二年)」,「출판법(出
版法)」,「차8씨의 출발(且8氏の出發)」,「대낮(眞晝 — 或るESQUISSE —)」
등 7편을 묶었다. 1931년부터 1932년까지 모두 네 차례에 걸쳐 발표
한 이 작품들은 잡지 안에서 모두 '만필(漫筆)'로 분류되어 있다. '만필'
이란 당시 일본에서 '자유롭게 써 놓은 수필'이라는 의미로 쓰이던 말
이다.

  이상의 일본어 시는 1931년 7월 처음 발표된「이상한 가역반응」을
비롯한 6편의 작품을 제외하고는 각각「조감도(鳥瞰圖)」,「삼차각설계
도」,「건축무한육면각체」라는 세 편의 연작시 형태로 이루어져 있다.
이상이 시도한 연작시 형태는 그 이전의 한국 현대시에서는 찾아볼 수

가 없다. 이러한 연작시 형태는 1934년에 발표한 「오감도」에서도 그대로 이어졌기 때문에 이상 시의 형식적 특징으로 자리 잡게 되었다. 이상이 일본어 시에서 시도한 연작시 형태를 보면, 시적 주제에 대한 해석과 그 상상력의 확대 과정을 크게 두 가지 방향으로 설정하고 있다. 하나는 연작시의 형태로 이어지는 각각의 작품들이 주제의 발전과 그 확대 과정을 계기적으로 제시하여 주는 연쇄형의 형식을 취한 경우다. 「삼차각설계도」의 경우는 하나의 시적 주제를 놓고 그와 관련되는 대상들을 내적 논리와 그 순서 개념에 따라 연결시켜 시상의 전체적인 흐름을 통합해 나아가고 있다는 점에서 연쇄형의 연작시에 해당한다. 다른 하나는 각각의 작품들이 병렬적으로 배치되어 시상의 확대 과정을 다채롭게 보여 주는 병렬형의 형식을 들 수 있다. 「조감도」와 「건축무한육면각체」는 연작의 형태로 결합되어 있는 작품들이 내적 논리의 순서 개념과는 관계없이 다양한 형태로 병치되어 시적 상상력의 역동성을 보여 주는 병렬형의 연작시 형태를 드러내고 있다.

「이상한 가역반응」과 사물을 보는 시각

이상의 첫 일본어 시 「이상한 가역반응」, 「파편의 경치」, 「▽의 유희」, 「수염」, 「BOITEUX·BOITEUSE」, 「공복」 등은 그 시적 상상력과 기법적 고안이 특이하다. 이 작품들은 시적 대상으로서의 사물을 보는 새로운 시각과 인식만이 아니라 시적 텍스트의 구성에 있어서 주목할 만한 특징적 요소들을 보여 주고 있다. 이들 가운데 맨 앞의 「이상한 가역반응」을 먼저 살펴보자. 우선 시의 제목에 등장하고 있는 '가역반응(可逆反應)'이라는 용어에 주목할 필요가 있다. 화학반응에서 두 물질이 반응하여 새로운 다른 두 물질이 생길 경우 이를 정반응이라 하는데, 이들의 온도·농도를 바꾸면 원래의 두 물질로 복귀하는 역반응을 일으키기도 한다. 정반응과 역반응이 모두 가능한 경우가 가역반응에 해당한다. 이러한 점에서 볼 때 가역반응이란 화학평형이 유지되고 있는 반응이다. 그러나 정반응만 일어나고 다시 원래 상태로 돌이킬 수 없는 비가역반응도 있다. 예를 들면 종이가 다 타 버리고 난 후에 남는 재는 다시 종이로 되돌아오는 반응이 일어나지 않는다. 이 경우 종이의 연소는 비가역반응에 해당한다. 물리학에서는 가역성이라는 개념은 화학의 경우와 그 원리가 비슷하지만 성격이 다르다. 시간이 흐르는 동안 물체의 운동이 변화했을 때 시간을 거꾸로 되돌린다면 처음의 물체 상태로 되돌아갈 수 있는 성질을 가역성이라고 한다. 이때 외부나 자신 모두에게 어떤 변화를 남기지 않아야 한다. 바꾸어 말하면 어떤 물체나 그 상대가 모양은 변하지만, 그 근본적인 성격은 변하지 않음을 의미한다. 그런데 자연계에서 일어나는 모든 과정은 한 방향으로만 진행되는 비가역변화를 보여 준다. 폭발된 포탄은 절대로 원래 상태로 돌아갈 수 없다. 물이 담겨 있는 컵에 잉크를 한 방울 떨어뜨리면 시간이 지남에 따라 잉크가 퍼져 나가 섞이면서 물 전체가 균일한 색을 나타낸다. 비가역변화란 자발적으로 한쪽 방향으로만 일어나는 변화다. 즉 특정 순서로만 일어나고 역방향으로는 절대 일어나지 않는 일방통행의 변화다.

그런데 일본어 시 「이상한 가역반응」에서 시적 화자가 문제 삼고 있는 '가역반응'은 것은 화학반응을 염두에 둔 것이 아니다. 여기에서 말하는 '가역반응'은 물리적인 자연 속에서 나타나는 시간의 비가역성 문제와 연관되는 시적 화자의 상념과 관련되는 것으로 생각된다. 시간은 한 방향으로만 흘러가는 것처럼 인식된다. 바닥에 떨어져 깨어져 버린 유리컵의 조각들이 다시 한곳으로 모여져 원래의 유리컵으로 되돌아가는 일이란 불가능하다. 하지만 상대성 이론 이후에 이러한 시간의 비가역성에 대한 새로운 도전이 이루어진다. 시간 대칭 이론이 수학적으로 가능하다는 사실들이 입증되고 있기 때문이다. 그러므로 「이

상한 가역반응」이라는 제목에서 보듯이 '이상한'이라는 수식어를 사용
하고 있는 셈이다.

任意의半徑의圓 (過去分詞의時勢)

圓內의一點과圓外의一點을結付한直線

二種類의存在의時間的影響性
(우리들은이것에관하여무관심하다)

直線은圓을殺害하였는가

顯微鏡
그밑에있어서는人工도自然과다름없이現象되었다.

         ×

같은날의午後
勿論太陽이存在하여있지아니하면아니될處所에存在하여있었을뿐만
아니라그렇게하지아니하면아니될步調를美化하는일까지도하지아니하고
있었다.

發達하지도아니하고發展하지도아니하고
이것은憤怒이다.

鐵柵밖의白大理石建築物이雄壯하게서있던
眞眞5″의角바아의羅列에서

◆ 이상의 일본어 시

肉體에對한處分法을센티멘탈리즘하였다.

目的이있지아니하였더니만큼 冷靜하였다.

太陽이땀에젖은잔등을내려쪼였을때
그림자는잔등前方에있었다.

사람은말하였다.
「저便秘症患者는富者ㅅ집으로食鹽을얻으러들어가고자希望하고있
는것이다」
라고
....

「이상한 가역반응」은 시적 텍스트가 크게 전반부와 후반부로 나뉘
며, 각각 서로 다른 시적 정황을 그려 낸다. 전반부는 이른바 '기하학
적 상상력'의 소산이라고 할 수 있는 시적 모티프들이 중심을 이룬다.
여기에서 핵심이 되는 것이 점, 선, 원이다. 이 세 가지 요소가 모든 사
물의 근본적인 형태임을 암시한다. 후반부는 화장실에 앉아서 철책 너
머로 쏟아지는 햇살을 보면서 떠올리는 여러 가지 상념을 그려 놓았
다. 철책 너머에 눈부시게 비치는 햇살과 지붕 틈새로 들어와 등 뒤로
비치는 햇살을 묘사한 대목이 눈에 띈다. 이상의 시적 상상력의 단서
를 보여 주는 작품이다.
　먼저 전반부의 진술 내용을 검토하기로 하자. 첫 행에서 "임의의
반경의 원"이란 '반지름이 정해져 있지 않은 원'으로 그 크기가 한정
되어 있지 않은 원을 의미한다. 일반적으로 기하학에서 원과 관련되는
어떤 사실을 논증하고자 할 때 흔히 쓰는 일종의 전제다. '임의의 반
경의 원이 있다고 하자.'와 같은 전제를 하고 논의를 시작한다. 그리고

원 안의 한 점과 원 밖의 한 점을 연결시킨 직선을 그려 보이고 있다. 원 안의 한 점과 원 밖의 한 점을 연결하면 그 직선은 원주를 관통하는 모습으로 드러난다. 마치 과녁을 뚫고 지나는 화살처럼. 여기에서 점과 선과 원이라는 기하학의 기본 요소가 제시된다.

기하학적 개념으로 본다면 점은 위치만 규정되고 그 크기가 없다. 그러므로 이것은 엄격한 의미에서 눈에 보이지 않는 어떤 것에 해당하지만 그 실체가 없다. 그러므로 문장부호에서의 마침표는 기하학적인 점의 물질적 형태를 보여 주지만 그것은 말이 끝나고 없음이라는 침묵을 뜻하게 된다. 점은 모든 감각적 요소가 제거된 절대적인 존재인 것이다. 그런데 「이상한 가역반응」에서 시적 화자는 일정한 크기의 원을 그리고 그 원의 내부와 바깥에 각각 두 개의 점이 존재한다는 사실을 가정하고, 그 두 개의 점을 연결하여 하나의 직선을 그려 낸다. 여기에서 직선은 원의 바깥과 안에 위치한 두 개의 점을 연결한 것이지만, 선은 점이 움직인 하나의 흔적에 해당한다. 점이 움직이면 선이 생겨난다. 원의 바깥에 위치한 점이 움직이면서 원주를 통과해 원의 안에 있는 점과 만나는 셈이다. 이 과정을 두고 시적 화자는 '직선이 원을 살해'한 것처럼 사유한다.

그런데 이러한 사유는 '현미경'이라는 시적 대상을 제시함으로써 그 구체적인 내용을 이해할 수 있게 된다. 왜 여기에서 현미경을 내세웠을까? 그 이유는 1931년 독일 과학자 에른스트 루스카(Ernst Ruska)가 전자빔을 사용한 최초의 투과현미경(TEM), 즉 전자현미경을 만들었던 과학적 사실과 연관된다고 볼 수 있다. 투과현미경은 빛 대신에 전자를 사용해 물체의 확대된 영상을 만드는 장치다. 이 새로운 발명으로 광학현미경으로는 보이지 않는 작은 물체를 볼 수 있게 된 것이다. 실제로 광학현미경으로는 세포나 박테리아의 대체적인 윤곽만 보일 뿐이고 내부의 미세한 구조를 확인할 수 없었다. 하지만 루스카가 처음 발명한 이 새로운 현미경은 광학현미경의 한계를 넘어설 수 있게

◆ 이상의 일본어 시

되었다. 단위가 작은 자로 거리를 재면 그만큼 정확한 값을 얻을 수 있는 것처럼, 파장이 작은 매체를 통해 사물을 볼 때 정밀한 형상을 얻게 된 것이 바로 투과현미경의 원리다. 투과현미경은 전자총에 의해 전자빔이 만들어지고 전기장에 의해 시료로 가속되어 향한다. 자기장을 이용한 전자렌즈에 의해 형광판이나 사진필름에 초점을 만들고 시료를 투과하며 시료의 원자 및 전자들과 상호작용한다. 상호작용한 전자빔은 검출기인 형광판이나 사진필름을 통해서 영상을 만들게 된다. 투과현미경은 확대율과 해상력이 좋아 세포조직 및 물질의 미세구조를 정확하게 관찰할 수 있게 해 준다. 전자현미경으로 보면 모든 사물의 본질적인 구조가 비슷하게 생겼음을 확인할 수 있는데, 이를 두고 시적 화자는 "그 밑에 있어서는 인공도 자연과 다름없이 현상되었다.'라고 진술하고 있는 것이다. 이러한 설명을 놓고 보면 일본어 시 「이상한 가역반응」의 시적 발단은 기하학의 기본 원리와 새로운 투과현미경의 등장으로 인한 사물의 미세구조의 새로운 발견 등에 대한 상념으로 채워져 있음을 보게 된다.

「이상한 가역반응」의 후반부는 전반부와 달리 시적 시공간이 바뀐다. 시간은 오후이며, 구체적으로 언명되지 않고 있지만 전체적인 진술 내용으로 보아 '변소'라는 특이한 장소가 시적 공간을 이루고 있음을 알 수 있다. 시적 화자가 재래식 변소에 앉아 바깥 철책 너머로 쏟아지는 햇살을 보며 여러 가지 상념을 떠올리는 장면을 그려 놓고 있다. 철책 너머에 눈부시게 비치는 햇살과 지붕 틈새로부터 등 뒤로 비치는 햇살을 묘사하고 있는 대목이 눈에 띈다. 특히 "저 변비증 환자는 부잣집으로 식염을 얻으러 들어가고자 희망하고 있는 것이다."라는 마지막 구절은 시적 상상력의 단서를 확인해 볼 수 있는 부분이다. 이 구절은 '변비증'과 '오줌싸개'라는 배설 행위와 연관되어 있는 무의식적 욕망을 기호적으로 재현하고 있다. 그런데 이 구절을 분석해 보면 어법상으로 '변비증 환자'라는 주체와 이를 설명해 주는 "부잣집으로 식염을 얻으러 들어가고자 희망하고 있는 것이다."라는 서술부는 아무런 상관성을 갖고 있지 않기 때문에 의미의 충돌을 일으킨다. 통사적 차원에서 주체와 그 서술의 결합이 의미상 모순을 야기하지 않으려면, '변비증 환자'라는 말을 '오줌싸개'로 바꾸어야 한다. "저 오줌싸개는 부잣집으로 식염을 얻으러 들어가고자 희망하고 있는 것이다."라고 써 놓아야만 온전한 의미를 전달할 수 있다. 그런데도 불구하고 이 시에서 의미의 모순을 드러내면서 '변비증 환자'를 주체로 내세우고 있다. 그 까닭은 무엇일까를 밝혀야 한다. 변비증은 배설 억제와 그 고착을 의미한다. 변비증이라는 배설 장애를 겪는 경우에는 언제나 배설 욕구는 강하지만 실제로는 그것이 가능하지 않다. 이것은 배설에 대항하는 일종의 방어 반응으로 설명되기도 한다. 이와는 반대로 오줌싸개는 일종의 배설 과잉으로 욕구를 조절하지 못하고 배설의 쾌락에만 집착한다. 오줌싸개를 고치기 위해서는 '소금 얻어 오기'라는 치욕적인 모험을 통해 배설 억제의 의지를 익혀야 한다. 이처럼 변비증과 오줌싸개는 모두 배설 행위와 관련된 정신병리학적 이상(異常) 징후에 해당한다. 결국 "저 변비증 환자는 부잣집으로 식염을 얻으러 들어가고자 희망하고 있는 것이다."라는 구절은 동시적으로 일어나는 배설 욕구와 배설 억제라는 무의식적 욕망의 모순을 암시한다고 할 수 있다.

오줌과 똥을 누는 배설 행위는 인간의 본능이면서도 동시에 생리적인 행위다. 이러한 행위는 어떤 느낌이라든지 생각과는 아무런 관계가 없이 생명체를 유지하는 동안 되풀이된다. 생리적 욕구가 생기면 배설은 자연스럽게 이루어진다. 그러나 배설 행위는 원초적인 본능의 영역이긴 하지만 개인의 습관에 의해 조정하도록 훈육되고 사회적 규범에 의해 간섭당하기도 한다. 사람은 유아기부터 어머니에 의해 '똥오줌 가리기'라는 훈육의 방식으로 배설 행위를 조절할 수 있도록 길들여진다. 이 훈련의 과정은 외부로부터 가해지는 억압과 그 권위를 깨닫게 되는 최초의 유아기의 경험이다. 이 훈련은 본능적 집중과 외

　　　　　　　　　　　◆ 이상의 일본어 시

부의 제약 사이에 발생하는 갈등을 나타내며 인성의 구조에 지울 수 없는 흔적을 남긴다. 성년의 단계에 들어서서도 배설 행위는 문화라는 이름으로 가해지는 제약에 의해 조절된다. 아무 데서나 오줌을 누어서는 안 되고 배설물을 아무렇게나 처리해서도 안 된다. 그러므로 사람은 배설이라는 생리적 욕구를 상황에 따라 억제하면서 살아가야 한다. 그리고 거기서 비롯되는 욕구불만조차도 제대로 표출하지 못하고 무의식 속에 숨겨 둘 수밖에 없다.

이처럼 일본어 시 「이상한 가역반응」은 과학 문명의 발달로 사물의 미세구조를 밝힐 수 있게 되었고 심리학이라는 새로운 학문을 통해 인간의 의식 내면을 이해할 수 있게 되었음을 암시한다. 이 시는 과학 문명의 발달과 그 변화에 대한 개인적 상념을 자유롭게 보여 주기도 하고 자기 내면의 욕망을 드러내기도 한다. 여기에서 드러나는 난해한 어구의 나열, 상상력의 비약, 그리고 경험의 충동적 결합 등은 이상 시가 파격을 통해 구축하고자 하는 새로운 시법의 실험적 출발에 해당한다고 할 수 있다.

이상의 일본어 시 가운데 「파편의 경치」와 「▽의 유희」는 모두 촛불을 시적 대상으로 삼고 있다. 이 작품들에서 그려 낸 촛불은 이상의 문학에서 예술적 생명의 출발점에 해당한다. 이상은 이 작은 불꽃을 통해 자기 운명의 윤곽을 그린다. 그는 촛불 아래서 꿈꾸며 스스로 불꽃으로 타오른다. 그리고 촛불처럼 잦아든다. 가물거리는 불빛, 이 꺼지기 쉽고 흔들리기 쉬운 불꽃의 상태가 바로 시적 자아와 동일성을 이루게 되는 순간, 촛불은 하나의 미학으로 자리한다. 이 작품들은 《조선과 건축》(1931. 7)에 발표된 후 비평적 관심의 대상이 되었던 적이 별로 없고 촛불이라는 시적 대상을 노래하고 있다는 사실도 구체적으로 밝혀진 바 없다. 시적 진술의 주체라든지 시적 어조의 특징도 제대로 해명된 적이 없다. 모든 것들을 그대로 묻어 둔 채, 작품에 등장하는 '△'과 '▽'이라는 기호에 대해서만은 그 시적 의미에 대한 논란을 계속하고 있다.

「파편의 경치」에는 시적 진술을 주도하는 '나'라는 화자가 등장한다. 여기에서 '나'는 서정적 자아로서의 시인과는 직접적으로 연관되어 있지 않다. 이 작품의 시적 정황은 밤중에 갑자기 정전이 되어 전깃불이 나가자 촛불을 밝혀 어두운 방 안을 비추는 장면이 중심을 이루고 있다. 「파편의 경치」라는 제목이 바로 이 뜻밖의 장면을 그대로 암시한다. 이 작품에서 시인은 시적 정황의 정밀성(靜謐性)을 구체적으로 형상화하기 위해 촛불의 불꽃에 인격을 부여한다. 불꽃은 '나'라는 시적 화자가 되어 작품 속에 등장한다. '나'는 심지에 불이 당겨지면서 서서히 타오르는 불꽃으로 자기 존재를 드러낸다. 그리고 온전한 자신의 육신을 녹여 불꽃으로 태우는 양초에게 말을 건넨다. 이 작품의 시적 진술은 '나'를 통해 이루어지는 불꽃의 언어라고 할 수 있다. 그러므로 모든 시적 진술은 스스로를 불태우는 촛불의 존재 의미를 깊이 있게 음미할 수 있도록 유도한다.

이 작품의 제목 아래에 "△은 나의 AMOUREUSE이다"라는 부제가 붙어 있다. 이 부제 속의 '나'라는 존재는 본문 속에 등장하는 시적 화자와는 달리 시인 자신을 지칭한다. 그렇지만 '△'가 무엇을 상징하는 기호인지 이 대목만 보아서는 이해할 수가 없다. 작품의 분석을 위해 미리 밝힌다면, '△'는 '불꽃'을 뜻한다. 특히 '촛불'을 켜 놓았을 때 볼 수 있는 작은 '불꽃'이라고 해도 좋다. 이러한 사실은 시의 내용을 모두 제대로 읽게 되면 자연스럽게 드러난다. 'AMOUREUSE'는 프랑스어로 '연인, 사랑'을 뜻하므로, 결국 이 시의 부제는 '불꽃은 나의 사랑이다.'라는 뜻이 된다. 여기에서 부제 속의 '나'는 텍스트 내에서 시적 진술의 주체가 되고 있는 '나'와는 전혀 다르다는 점을 다시 강조해 둘 필요가 있다. 부제의 '나'와 작품 텍스트의 '나'를 동일 주체로 읽는 경우에는 의미상의 혼동을 가져오게 된다.

◆ 이상의 일본어 시

나는하는수없이울었다

電燈이담배를피웠다
▽은1/W이다

        ×

▽이여! 나는괴롭다

나는遊戱한다
▽의슬립퍼어는菓子와같지아니하다
어떠하게나는울어야할것인가

        ×

쓸쓸한들판을생각하고
쓸쓸한눈나리는날을생각하고
나의皮膚를생각지아니한다

記憶에對하여나는剛體이다

정말로
「같이노래부르세요」
하면서나의무릎을때렸을터인일에對하여
▽는나의꿈이다
스틱크! 자네는쓸쓸하며有名하다

어찌할것인가

  ×

마침내▽을埋葬한雪景이었다

　이 작품은 텍스트 자체가 모두 네 단락으로 구분되어 있는데, 첫 단락에서부터 시적 화자로서 '나'를 등장시킨다. 여기에서 '나'는 모든 시적 진술의 주체로서 시적 공간과 그 정황을 다양한 비유를 끌어들여 묘사한다. 물론 '나'는 앞서 지적한 대로 '불꽃'을 인격화한 것으로, '△'이라는 기호로 표상된다. 이 시에서는 결국 불꽃이 말을 한다. 불꽃의 언어에 의해 시상이 전개되고 시적 긴장이 고조된다. 불꽃은 스스로 말하고, 말하면서 춤을 춘다. 그리고 울기도 한다. 그러나 양초가 다 녹아 버리면 촛불은 사그라진다. 불꽃의 생명은 양초의 길이만큼으로 한정된다. 양초에 불이 붙고 불꽃이 타오르고, 타오르던 불꽃은 양초가 다 녹아지면 결국 꺼진다. 생성과 소멸의 이치를 불꽃은 스스로 빛과 어둠을 통해 보여 준다.
　첫 단락은 아주 단순한 세 개의 문장으로 나뉘어 있다. "나는 하는 수 없이 울었다"라는 첫 문장은 촛불에 불이 당겨져 불꽃이 타오르면서 초가 녹아내리기 시작하는 상황을 비유적으로 서술하고 있다. 촛불은 스스로 불꽃을 일으키지는 못한다. 누군가 심지에 불을 당겨 주어야만 불꽃이 살아난다. '하는 수 없이'라는 한정 어구(限定語句)는 바로 이러한 수동적인 속성을 암시한다. 물론 이 첫 문장에서 상정하고 있는 시적 정황은, 정전(停電)이 되어 집안의 전등불이 나간 후 초를 꺼내어 촛불을 켤 수밖에 없는 경우를 상상한다면 쉽게 이해할 수 있다. 둘째 문장에서 "전등이 담배를 피웠다"라는 표현은 '나'의 울음에 대한 이유를 밝힌 부분이다. 이어령 교수는 『이상 시 전작집』에서 이 대목을 "희미한 전등불이 켜져 있는 것이 담뱃불처럼 보이는 것"으로 풀이한 적이 있다. 여기에서는 '전등불이 마치 담뱃불처럼 껌벅거리는 것'으로 고쳐 읽기로 한다. 지금은 그리 흔한 일이 아니지만 예전에는 전압이 불완전하여 정전이 자주 일어났다. 정전이 되면 전등불도 나가 버린다. 그런데 정전이 되기 직전에 전등불이 껌벅거리다가 꺼지는 경우가 많다. "전등이 담배를 피웠다"라는 표현은 바로 이 같은 장면을 시각적으로 형상화하고 있는 것으로 볼 수 있다. '▽은 1/W이다'라는 셋째 문장에서 '▽'은 양초(촛불)를 의미한다. '1/W'는 양초의 촛불 밝기를 전력의 양으로 환산하여 표시한 것이다. 일반적으로 가정에서 사용하는 백열전구가 40W, 60W, 80W, 100W 등으로 구분되어 있듯이, 1/W에 불과한 양초의 촛불의 밝기가 어느 정도인지는 이를 통해 분명히 대비해 볼 수 있다. 여기에서 한 가지 주목해야 할 것은 '△'과 '▽'이라는 기호적 형상이 대조적으로 사용되고 있는 점이다. 시적 텍스트 내에서 이 두 가지의 기호는 '타오르는 불꽃'과 그 불꽃을 받치고 서 있는 '양초'에 각각 대응한다. 기존의 연구에서는 이를 '연인(여성)과 나(남성)' 또는 '아내와 나'로 풀이하는 경우가 많지만, 외연의 지나친 확대로 해석의 과잉 상태에 빠져들 위험이 많다. 이 시의 둘째 단락에서도 불꽃인 '나'의 진술이 중심을 이룬다. 양초가 타 들어가면서 불꽃이 춤추고 촛농이 아래로 녹아내리면서 응고되어 붙어 버리는 모양이 주로 묘사되고 있다. '나'는 양초를 녹여 불꽃으로 타오르게 하여 방 안을 밝혀야 하기 때문에 "괴롭다"고 말한다. 그러나 불꽃은 타오르면서 춤을 출 수밖에 없다. "나는 유희한다"라는 말은 마치 춤을 추듯 불꽃이 흔들리는 모양을 묘사한 것이다. 여기에서 "▽의 슬립퍼어는 과자와 같지 아니하다"라는 문장이 쉽게 해석되지 않는다. "슬립퍼어"와 "과자"가 무엇을 비유하고 있는지를 밝혀야만 한다. 이 대목을 제대로 이해하기 위해서는 촛불이 탈 때 초가 녹아 촛농이 촛대를 따라 밑바닥까지 흘러내리는 장면을 떠올릴 필요가 있다. 촛농이 흘러내리면서 양초(촛대)의 밑바닥에 둥그렇게 응고된다. 촛대의 밑바닥에 둥그렇게 응고된 촛농은 마치 사람이 발등을 덮는 둥근 슬리퍼를 신고 서 있는 것처럼 보인다. 촛농이 녹아내리면서 양초에 달라붙어 응고된 것은 과자처럼 보이기도 한다. 그러나 이것은 슬리퍼를 신은 것도 아니고 과자가 달라붙은 것도 아니다. 넷째 문장은 촛불의 울음이라는 비유적 진술이 주목된다. 전깃불이 들어오지 않으면 촛불을 계속 밝혀 둘 수밖에 없다. 촛불은 불꽃으로 타오르면서 계속 양초를 녹여 촛농을 흘러내리게 한다. 이러한 장면을 놓고, 한없이 울면서 눈물을 그치지 못하는 것으로 그려 낸다. 셋째 단락에서는 촛불의 몽상이 이어진다. 촛불을 밝힌 채 "쓸쓸한 들판을 생각하고/ 쓸쓸한 눈 내리는 날을 생각"한다. 여기에서 "눈 내리는 날"이라는 표현은 이 시의 맨 마지막 문장에 등장하는 "설경(雪景)"을 예비하고 있는 표현임을 알아 둘 필요가 있다. 어쩌면 밖에 눈이 내리는 겨울밤일 수도 있다. 촛불은 자신의 몸(피부)이 타 들어가는 것을 상관하지 않는다. "기억에 대하여 나는 강체이다"라는 비유적 진술은 단단한 양초가 불꽃으로 타오르면서 어떤 변화를 드러내는가를 말하고 있는 대목이다. 촛불이 타오르기 전에 양초는 단단한 고체(강체)의 형태로 존재한다. 그러나 불이 당겨지면서 초는 녹아 버리고 그것이 기체화하여 불꽃으로 타오른다. 녹아내리는 촛농은 이내 다시 굳는다. 촛불이 타오르는 현재의 상황을 제외한다면 초는 언제나 단단한 고체로 남는다. 이처럼 타다가 남은 촛농이 다시 응고하여 고체로 굳는 것을 보고 "기억에 대하여 나는 강체이다"라고 진술한 것임을 짐작할 수 있다.

그런데 셋째 단락에서 "정말로/「같이 노래 부르세요」/ 하면서 나의 무릎을 때렸을 터인 일에 대하여/ ▽는 나의 꿈이다"라는 구절이 다시 의미의 애매성을 드러낸다. 이 대목은 촛불이 타오른 것과 관련된 어떤 변화를 묘사하고 있지만 그 구체적인 상황이 분명하게 드러나 있지 않다. 그러나 조용히 촛불이 타오르다가 갑작스럽게 어떤 변

◆ 이상의 일본어 시

화가 나타난다는 점, 그로 인해 '나'의 상념도 깨진다는 점을 서술하고 있음을 알 수 있다. 촛불은 조용히 타오르다가도 가끔 '치지직' 소리를 내면서 불꽃이 흔들린다. 촛불의 심지가 쓰러지며 '파' 하는 소리를 내고 불꽃이 잦아드는 경우도 있다. 이러한 현상은 흔하게 경험할 수 있는 일이다. 이를 두고 노래하자고 덤비며 "나의 무릎을 때렸을 터"라고 묘사하고 있는 것이 아닌지 생각된다. "스틱크! 자네는 쓸쓸하며 유명하다"라는 구절에서는 '양초'를 "스틱크"(stick, 막대 또는 지팡이)에 비유하고 있다. 기다란 막대형의 양초를 스틱 캔들(stick candle)이라고 한다. 촛불(촛대)은 동서양을 막론하고 종교의식에 두루 이용된다. 초의 불꽃이나 빛을 신의 상징 또는 신의 위광이나 신성도(神聖度)의 상징으로 삼으며 세상과 사람의 영혼을 밝게 비치는 청신한 힘을 가졌다고 여기기 때문이다. 사람들은 신에게 기도할 때는 반드시 촛불을 밝힌다. 촛불은 신과 인간, 영적인 신성계와 현실의 인간계를 이어 주는 매개체가 된다. 그러므로 촛불은 수많은 문인들의 찬사 속에서 숱한 문학작품의 소재가 되어 왔다. '촛불'을 "유명하다"라고 설명한 것은 바로 이러한 사실을 지적한 것으로 볼 수 있다. 이 작품에서 시상(詩想)은 "마침내 ▽을 매장한 설경이었다"라는 문장으로 종결된다. '마침내'라는 부사어는 시적 공간 안에서 도달하게 된 궁극적인 시간의 끝을 암시한다. 물론 여기에서는 초가 모두 타 버린 때를 의미한다. 불꽃이 잦아들면서 촛불이 꺼진다. 초가 다 녹아 버렸기 때문이다. 초가 타 버린 자리에는 녹아내린 촛농이 하얗게 쌓여 굳어 버린다. 촛불이 마치 흰눈에 파묻혀 버린 것처럼 보인다. 불꽃이 소멸한 공간이 눈덮인 설경으로 바뀐다. 이 시적 이미지의 전환은 매우 섬세한 시각적 감각에 기초하여 가능해지고 있다.

이처럼 「파편의 경치」는 촛불에 불을 당기는 순간부터 초가 다 녹아 불꽃이 잦아드는 순간까지의 시공간(時空間)을 그려 낸다. 촛불로 밝히는 방 안에서 한 자루의 초가 다 타 들어가는 제한된 시간을 교묘하게 겹쳐 놓는다. 이 한정된 시공간이 촛불이 차지하는 세계다. 촛불은 어둠을 밝히되 결코 천지(天地)를 요구하는 법이 없다. 촛불은 자신(양초)의 길이만큼 불꽃으로 타오른다. 그리고 자신의 육체를 모두 소진시키고는 스스로 꺼진다. 이 작은 불꽃이 드러내는 미세한 파동과 거기 덧붙여지는 삶과 죽음의 의미를 시인 이상은 은밀하게 감지한다. 그리고 스스로 연약한 촛불이 되어 밀려오는 어둠의 공포와 싸운다. 촛불이 밝히는 어둠과 밝음의 세계를 통해 이상은 꿈꾸는 자로서의 자기 존재 의미를 드러낸다. 그러므로 촛불은 언제나 시인의 의식 내면의 리얼리티를 비춘다.

일본어 시 「▽의 유희」는 함께 발표된 「파편의 경치」와 시적 모티프가 서로 연결되어 있다. 이 작품의 제목 아래에도 「파편의 경치」와 똑같이 "△은 나의 AMOUREUSE이다"라는 부제가 붙어 있다. 여기에서 '나'는 시인 자신을 지칭한다. 그리고 시적 텍스트 내에서도 마찬가지로 '나'라는 시적 화자로 등장한다. 이것은 「파편의 경치」에서 '불꽃'을 시적 주체로 변용시켜 내세운 것과는 전혀 다르다. '나'는 '▽'(촛불)을 시적 대상으로 하여 그 밝음과 어둠의 변화를 대비시키면서 상념의 공간을 확대한다.

> 종이로만든배암을종이로만든배암이라고하면
> ▽은배암이다
>
> ▽은춤을추었다
>
> ▽의웃음을웃는것은破格이어서우스웠다
>
> 슬럼퍼어가땅에서떨어지지아니하는것은너무나소름끼치는일이다
> ▽의눈은冬眠이다

◆ 이상의 일본어 시

▽은電燈을三等太陽인줄안다

×

▽은어디로갔느냐

여기는굴뚝꼭대기냐

나의呼吸은平常的이다
그러한데탕그스텐은무엇이냐
(그무엇도아니다)

屈曲한直線
그것은白金과反射係數가相互同等하다

▽은테에블밑에숨었느냐

×

1

2

3

3은公倍數의征伐로向하였다
電報는아직오지아니하였다

앞의 인용에서 볼 수 있듯이, 이 시의 첫 단락은 촛불의 움직임과 그 밝기를 고도의 비유를 통해 여러 가지 형태로 표현하고 있다. '촛불'을 '뱀'에 비유함으로써 촛불에 담겨진 원시적 생명력을 암시한다. 그리고 흔들리며 타오르는 촛불을 "춤을 추었다"라고 묘사함으로써 그 작은 움직임을 감지해 낸다.

'촛불'은 흔히 눈물에 비유된다. 그러나 이 시에서는 "▽(촛불)의 웃음"을 찾아낸다. 촛불이 타 들어가면서 가끔 '파 — ' 하는 소리를 내며 불꽃이 떠는 모양을 웃음에 비유하여 묘사하고 있다. "슬립퍼어가 땅에서 떨어지지 아니하는 것"이라는 표현이 재미있다. 양초에 불을 붙인 후 촛농을 바닥에 떨어뜨려 놓고 그 위에 양초를 고정시켜 붙여 놓는다. 촛불이 타 들어가는 동안 촛농이 녹아내리면서 그 자리에 응고된다. 촛농이 녹아내려 초의 아래 부분에 응고되면, 그 모양이 발등을 덮은 슬리퍼를 신고 있는 것처럼 보인다. 바닥에 눌어붙어 있는 촛대는 자리에서 제대로 떨어지지 않는다. "슬립퍼어가 땅에서 떨어지지 아니하는 것"이라는 표현은 이 같은 상황을 묘사한 것이다. 촛불은 결코 전등불빛처럼 밝지 않다. 흐릿한 촛불은 동면에 비유된다. 촛불의 밝기와 전등불의 밝기를 태양과 비교하여 표현하기도 한다. 전등불은 태양보다는 못하지만 촛불에 비하면 태양처럼 밝다. 그러므로 전등불을 "삼등태양"이라고 말하고 있다.

이 시의 둘째 단락은 촛불이 타오르다가 꺼져 버린 장면을 섬세하게 묘사한다. 촛불이 꺼지고 불꽃은 그 형체가 보이지 않는다. "여기는 굴뚝 꼭대기냐"라는 구절은 촛불이 꺼지면서 심지에서 연기가 피어나는 모습을 그려 낸다. 촛불의 심지에서 가늘게 파릇한 연기가 피어오르는 모양이 마치 굴뚝에서 연기가 올라가는 것과 흡사하다. 그러나 불꽃이 꺼지고 연기가 피어나고 있지만, '나'는 자신의 호흡이 평상시와 다름없음을 밝힌다. 이 가느란 연기가 매캐하지 않기 때문이다. '나'는 불꽃이 피어나던 자리를 자세히 들여다본다. 촛불은 꺼

◆ 이상의 일본어 시

지고 불이 꺼진 후 검은 심지가 말려들어 있는 모습이 드러난다. 이것은 마치 백열전구의 필라멘트로 사용되고 있는 텅스텐과 흡사하다. 하지만 이것은 텅스텐과 같은 광물질이 아니라 섬유질로 된 타다 남은 양초 심지에 불과하다. 초의 심지는 불이 꺼지면서 검게 돌돌 말려들어 있다. 이 모양을 "굴곡한 직선"이라는 말로 표현한다. 이것은 전구의 필라멘트 모양을 연상하게 하는 진술이다. 전구에서 강한 불빛을 발하는 부분이 바로 필라멘트다. 텅스텐으로 만든 필라멘트는 그 모양이 나선형으로 말려 있다. "그것은 백금과 반사계수가 상호 동등하다"라는 진술에 대해서는 광학적인 개념의 설명이 필요하다. 빛의 밝기를 측정하는 표준은 19세기 초로 거슬러 올라간다. 당시에는 촛불을 표준으로 어떤 특정 광원의 밝기를 비교하여 그 광도를 측정했다. 초의 불꽃이 밝기의 기준이 되었으므로 이를 표시하는 단위를 촉광(candle)이라고 말한 것이다. 하지만 촛불을 표준으로 하는 측정의 방식은 곧 오일램프(oil lamp)의 불꽃 표준에 자리를 내준다. 그리고 1909년에는 백금을 사용하는 방법이 제안되기에 이른다. 이 새로운 방법은 국제조명학회(CIE, International Commission of Illumination)에 의해 1921년에 표준으로 받아들여진다. 지금도 사용하고 있는 칸델라(candela)라는 밝기의 기준은 특정 압력 아래에서 백금 응고점의 일정한 흑체 표면의 수직 방향에 대한 광도를 말한다. 이러한 광학적 이론에 근거한 상념이 "그것은 백금과 반사계수가 상호 동등하다"라는 진술로 표출되고 있는 셈이다. "▽은 테이블 밑에 숨었느냐"라는 말은 뒤로 이어지는 셋째 단락의 경우와 연관하여 설명해야만 그 의미가 분명해진다. 촛불을 다시 켜기 위해 심지에 불을 당길 경우 처음에는 불꽃이 금방 타오르지 않는다. 작은 불꽃이 서서히 살아난다. 그러므로 이 대목은 촛불을 켰지만 불꽃이 크게 타오르지 않아 방 안이 여전히 컴컴한 상태를 암시한다. 마치 촛불이 책상 밑에 숨어든 것처럼 어둑하다.

이 시의 셋째 단락은 다시 켜 놓은 촛불의 불꽃이 점차 커지면서 사방이 밝아지는 모양을 시간의 흐름과 공간의 확대라는 변화를 통해 그려 낸다. 여기에서 1, 2, 3이라는 숫자는 불꽃이 점차 커지며 밝아지는 과정을 시간과 공간의 변화를 통해 표시한 것이다. 특히 처음에는 어둑했던 불꽃이 그 밝기가 점차 더해지면서 사방이 환해지는 과정을 "3은 공배수의 정벌로 향하였다"라고 서술하고 있다. 다시 말하면, 촛불을 처음 켰을 때와 불꽃이 커져서 사방을 환하게 비출 때의 공간의 밝기를 마치 '3'의 공배수로 밝아진다고 말하고 있는 것이다. 이 시는 "전보는 아직 오지 아니하였다"라는 마지막 문장을 통해 시상이 종결된다. 불빛에 사방이 환하게 밝아졌지만 그것은 전등불에 의한 것이 아니다. 전기는 정전된 후 다시 들어오지 않고 있다. 촛불을 켜 놓은 채로 전등불이 다시 들어오기를 기다리지만 정전 상태가 오랫동안 지속되고 있음을 암시한다.

이처럼 「▽의 유희」는 시상의 전개 과정이 텍스트의 구조와 같이 크게 세 가지의 장면으로 나뉜다. 첫째 단락에서는 촛불을 밝힌 상태를 그려 낸다. 불꽃의 모양과 그 작은 움직임, 그리고 밝기를 묘사한다. 촛불이 타오르면서 흔들리는 모습을 보고 뱀을 떠올리기도 하면서 그 움직임을 춤추는 것에 비유하기도 한다. 촛불이 타 들어가면서 가끔 '파' 하고 소리를 내며 불꽃이 줄어들었다가 다시 타오른 모습은 웃음을 웃는 것으로 묘사한다. 촛불은 방 안을 환하게 밝히지만 전등불의 밝기에는 미치지 못한다. 그러나 밝은 전등불도 태양에 견주면 '삼등태양'에 불과하다. 둘째 단락은 촛불이 꺼진 장면이다. 불꽃이 꺼지면서 피어나는 연기와 검게 타다 남은 심지 모양을 묘사한다. 연기가 피어나는 것을 보고 굴뚝을 떠올린다. 그리고 검게 말려들어 있는 촛불의 심지 모양에서 전구의 필라멘트가 연상된다. 텅스텐으로 된 필라멘트가 촛불 심지의 모양과 흡사하기 때문이다. 셋째 단락은 다시 촛불을 켜는 장면이다. 촛불의 불꽃이 점점 커진다. 방 안의 어둠이 걷히

◆ 이상의 일본어 시

고 사방이 점차 환해지는 시공간적 변화 과정을 1, 2, 3의 숫자로 구획
하여 표시한다. 여기에서 1, 2, 3이라는 숫자는 시간의 흐름과 밝기를
동시에 기호적으로 해체하여 보여 준다. 촛불에 의해 사방이 밝아지는
모습을 일종의 '광학적' 관점으로 묘사하고 있는 셈이다.

시인은 전등불을 밝히고 책상 앞에 앉아 있다. 그런데 곧잘 전기가
정전을 일으킨다. 껌벅거리던 전등불이 꺼지면서 사방이 갑자기 어둠
에 빠져든다. 서랍 속에 넣어 둔 양초를 꺼낸다. 촛불을 켠다. 전등의
불빛에 비해 비록 밝지는 않지만 촛불은 방 안을 밝히며 어둠을 몰아
낸다. 전등불이 나가 버린 뒤에 밝히는 촛불. 이것은 근대와 전근대를
극명하게 구획한다. 시인은 전등불의 밝기에 익숙해져 있으면서도 이
문명의 불빛을 결코 찬양하려 들지 않는다. 그의 눈에는 전등불이 '삼
등태양'일 뿐이고 인공의 빛에 지나지 않는다. 흔히 전기는 문명의 꽃
이라고 한다. 전기는 문명의 진보라는 이름으로 인간 생활에 커다란
변혁을 초래한다. 희미하게 타오르며 흔들리는 촛불의 시대가 전기에
의해 밀려난다. 그러나 전기가 나가 버리면 사람들은 속수무책이다.
다시 촛불의 시대로 돌아갈 수밖에 없다.

가스통 바슐라르의 「촛불의 미학」을 보면 다음과 같은 구절이 나
온다.

　　모든 이마쥬 중에서 불꽃의 이마쥬 — 소박하기도 하고 더없이 면
　밀하기도 하며 슬기롭기도 하고 광적(狂的)이기도 한 — 불꽃의 이마쥬
　는 시(詩)의 표시(signe)를 지니고 있다. 불꽃의 몽상가는 모두 잠재적인
　시인이다. 그리고 불꽃 앞에서의 모든 몽상은 감탄하여 바라보는 몽상
　이다. 불꽃의 몽상가는 모두 원초적인 몽상의 상태에 있다. 이러한 원초
　적 감탄은 우리들의 먼 과거에 뿌리박혀 있다. 우리들은 불꽃에 대해 자
　연적인 감탄을, 감히 말하자면, 태어나면서부터의 감탄을 가지고 있다.
　불꽃은 보는 기쁨의 강조의 원인이 되고 항상 보았던 것의 피안(彼岸)을

명백히 한다. 그것은 우리들에게 바라보도록 강요한다.*

시적 상상력은 인간의 원초적인 능력에 해당한다. 이것은 인간의 삶을 이루고 있는 물질적인 세계의 변화와는 달리 그 순수성을 유지하며 지속적으로 이어진다. 모든 어둠을 한꺼번에 몰아낸 전등불을 이상은 '삼등태양'이라고 명명한다. 그러나 이것은 인간 문명에 대한 찬사가 아니다. 이 인공의 삼등태양으로 인해 사람들은 자연적 질서에 대한 교란과 혼동을 운명적으로 겪게 된다. 하지만 촛불을 버릴 수가 없다.

촛불의 역사는 인간의 삶의 역사와 함께한다. 어둠을 밝히는 조명 장치로서 촛불보다 오랜 것이 어디 있는가? 촛불의 역사는 수천 년 전으로 거슬러 올라간다. 태양처럼 밝은 전깃불이 사용되는 현재까지도 여전히 촛불은 사람 곁에서 불빛을 밝힌다. 절간의 법당에서 부처님의 설법을 전하고, 성당의 미사에서 천주님의 사랑으로 불탄다. 죽은 자를 위해 차리는 제사에도 촛불을 밝힌다. 사랑하는 사람의 생일을 축하하면서도 촛불을 켜야 한다. 기도의 불꽃, 찬양의 불꽃, 추도의 불꽃, 사랑의 불꽃……. 이런 모든 것들을 위해 촛불이 타오른다. 촛불은 언제나 무엇인가를 위해서 예비된다.

사람들은 누구나 부서지거나 깨지기 쉬운 가치에 집착한다. 촛불의 경우도 마찬가지다. 촛불은 스스로 불을 당기는 법이 없다. 누군가 심지에 불을 붙여야만 한다. 작은 불꽃이 붙여지면 서서히 스스로 타오른다. 그러나 자칫 꺼지기 쉽다. 조금만 바람이 불어도 불꽃은 흔들리고 흔들리다가 꺼진다. 작은 불씨에 의해 살아나지만 작은 흔들림에도 꺼진다. 살아 있다는 것과 죽는다는 것이 이처럼 손쉽게 뒤바뀔 수 있음을 촛불처럼 극명하게 보여 주는 것은 달리 찾아보기 어렵다. 타오르는 촛불이 광명을 뜻한다면, 꺼지는 촛불은 죽어 가는 태양을 의미

---

* 가스통 바슐라르, 이가림 옮김, 『촛불의 미학』(문예출판사, 1975), 25쪽.

◆ 이상의 일본어 시

한다. 심지가 검게 타 들어가다가 꾸부러지고 그러다가는 꺼진다. 한 줄기 연기가 가늘게 피어오르고 어둠이 밀려온다. 마치 죽음처럼.

이상의 시「수염」의 일본어 원문을 보면 '수염'이라는 제목 아래 부제로 "수(鬚)·수(鬚)·그 밖에 수염일 수 있는 것들·모두를 이름"(鬚·鬚·ソノ外ひげデアリ得ルモノラ·皆ノコト)이라는 구절이 ( ) 속에 묶여 있다. 여기에 '수(鬚)'라는 동일한 한자가 두 번이나 등장한다. 이것은 귀밑이나 입언저리에 난 수염을 지시하기 위한 기호적 표시라고 할 수 있다. 그런데 임종국의『이상 전집』에서 이 한자를 어떤 근거에 따른 것인지 밝히지 않은 채 '수(鬚)'와 '자(髭)'로 구분하여 고쳐 놓았다. '수(鬚)'는 턱에 난 수염을 뜻하며, 자(髭)는 코밑의 수염을 말한다. 이러한 교정은 전후 문맥으로 보아 설득력이 있어 보이기는 하지만, 작품에서 ( ) 속의 부제가 사실 '수염'이라는 제목의 부연적 설명에 해당한다는 점을 놓쳐서는 안 된다. 이것은 수염과 같이 사람의 얼굴에 나 있는 모든 털을 함께 지시하고 있기 때문이다.

시「수염」의 텍스트는 모두 열 개의 단락으로 구분되어 있다. 이러한 시적 형태의 단락 구분은 특별한 고안을 염두에 둔 것으로 보이지는 않는다. 그러나 시적 공간 자체를 일종의 몽타주 기법으로 질서화한다. 사람의 얼굴에 나 있는 수염을 포함한 여러 가지 형태의 털을 대상으로 하여 그 특징적인 인상을 병렬적으로 나열하고 있기 때문이다. 임종국 편『이상 전집』2권(1956, 116~119쪽)에 수록된 번역문을 통해 이 작품을 다시 음미해 보기로 한다.

1

눈이存在하여있지아니하면아니될處所는森林인웃음이存在하여있었다

2

홍당무

3

아메리카의幽靈은水族館이지만大端히流麗하다
그것은陰鬱하기도한것이다

4

溪流에서 ──
乾燥한植物性이다
가을

5

一小隊의軍人이東西의方向으로前進하였다고하는것은
無意味한일이아니면아니된다
運動場이破裂하고龜裂할따름이니까

6

三心圓

◆ 이상의 일본어 시

7

조〔粟〕를그득넣은밀가루布袋
簡單한須臾의月夜이었다

8

언제나도둑질할것만을計劃하고있었다
그렇지는아니하였다고한다면적어도求乞이기는하였다

9

疎한것은密한것의相對이며 또한
平凡한것은非凡한것의相對이었다
나의神經은娼女보다도더욱貞淑한處女를願하고있었다

10

말(馬) ──
땀(汗) ──

　余, 事務로써散步라하여도無妨하도다
　余, 하늘의푸르름에지쳤노라이같이閉鎖主義로다

　이 시의 전반부에 해당하는 1~4 단락은 얼굴의 윗부분에 돋아나
는 머리털과 눈썹을 묘사의 대상으로 삼고 있다. 첫 단락의 진술은 고
도의 비유와 암시를 포함한다. "눈이 존재하여 있지 아니하면 아니 될

처소"라는 말은 인간의 얼굴에서 시각의 기능을 담당하는 '눈'이 붙어 있는 자리를 뜻한다. 일반적으로 동물의 눈은 머리 꼭대기나 앞쪽에 붙어 있다. 사람의 경우는 전면을 향하도록 얼굴 중앙에 좌우로 한 쌍의 눈이 있고 그것을 보호하도록 눈 주변에 눈썹이 나 있다. "삼림인 웃음이 존재하여 있었다"라는 말 속에는 몇 가지의 비유적 표현이 겹쳐 있는데, 먼저 '웃음'이라는 말에 주목할 필요가 있다. 이 구절은 눈이 웃음과 밀접한 관계가 있음을 암시한다. '눈웃음'이라는 말도 널리 쓰이고 있다. 그런데 눈을 깜박거리거나 실제로 웃음을 웃는 경우 그 동작은 눈을 둘러싸고 있는 눈꺼풀과 눈썹의 움직임을 통해 감지된다. 이런 사실을 통해 여기에서 비유적으로 쓰인 '삼림'이 '눈썹'을 뜻한다는 것을 유추해 볼 수 있다.

둘째 단락은 '홍당무'라는 하나의 명사가 제시되어 있다. 일본어로 발표한 원문을 보면 이 대목이 '人參'이라고 표시된 것을 확인할 수 있다. 일본어에서 이 말은 '당근(홍당무)'을 뜻한다. 여기에서 당근의 잎이 무성한 모습을 덥수룩한 사람의 머리 모양을 암시하는 것이 아닌가 생각된다. 그런데 이 말은 프랑스의 작가 쥘 르나르(Jules Renard, 1864~1910)의 대표 소설 「홍당무(Poil de Carotte)」(1893)를 인유(引喩)한 것으로 볼 수 있다. 시인 이상이 르나르의 산문집인 『전원수첩(田園手帖)』(일본어 번역판, 1934)을 즐겨 읽었다는 사실과 그 특이한 단문주의(短文主義)의 수사학이 이상의 문체 속에 스며들어 있다는 점은 이미 밝혀진 바 있다.* 르나르의 소설 「홍당무」는 작가 자신의 자전적 체험을 바탕으로 하는 농촌 생활의 에피소드를 풍부한 시정으로 담아낸 소설이다. 이 작품의 주인공이 바로 '홍당무'라는 별명으로 불리는 오줌싸개 소년이다. 르피크 씨의 막내아들인 '홍당무'— 주근깨투성이

---

* 박현수, 「이상 시학과 「전원수첩」의 수사학」, 『이상 연구 — 모더니즘과 포스트모더니즘의 수사학』(소명출판, 2003), 233~265쪽.

◆ 이상의 일본어 시

에 빨간 곱슬머리인 이 소년은 집안 식구들에게서 따돌림을 당하고 어머니한테 구박을 당하지만 천성이 대범하여 모든 일을 웃음으로 넘긴다. 그러므로 관대한 아버지, 신경질적인 어머니, 비겁하고 교활한 형과 누이들 틈에서도 '홍당무'는 단연코 생생하게 빛나는 존재가 된다. 이 소설의 제목인 「홍당무」가 붉은색의 곱슬머리에서 연유된 것임을 생각한다면 머리털을 설명하는 대목에 이 말이 연결될 수 있다는 것은 자연스러운 일이다. 셋째 단락의 '아메리카 유령(幽靈)'은 1930년대 새로운 헤어스타일로 유행한 여성들의 '길게 풀어헤쳐 늘어트린 머리 모양'을 비꼬아 표현한 말이다. 한국에서는 전통적으로 혼전의 여성인 경우는 머리를 땋지만 결혼 후에는 쪽머리를 한다. 그런데 서양의 풍습이 전래되면서 한국 여성들도 단발을 하거나 파마머리를 한다. 그리고 머리를 풀어헤쳐 길게 늘어트린 모양도 하게 된다. 여기에서 '아메리카 유령'이라는 말도 생겨난다. 머리를 풀어 버린 것을 귀신의 모양으로 생각해 온 습속에 따라 이런 식의 새로운 말이 등장한 것으로 보인다. 길게 풀어헤쳐 늘어트린 머리가 유려한 모양이긴 하지만 어딘지 음울한 느낌을 준다고 설명하고 있다. 넷째 단락에서는 머리털의 속성을 비유적으로 설명하고 있다. 머리털은 마치 골짜기를 흐르는 물처럼 부드럽지만 실상은 물이 없이도 자라난다. 머리털이 자라나는 것은 식물과 비슷하다. 털의 성장 속도는 나이를 먹으면서 빨라지고 털이 자라는 영역 또한 계속 넓어진다. 또한 털이 나는 속도도 계절에 따라 다르다. 식물처럼 겨울보다 여름에 털이 나는 속도가 빠르다. 그리고 가을에 풀과 나뭇잎에 단풍이 드는 것처럼 나이가 들면 머리 색깔이 희어진다.

이 시의 중반부라고 할 수 있는 5~6 단락은 눈썹에 돋아난 털과 눈의 모양을 시적 묘사의 대상으로 삼고 있다. 두 눈썹이 미간을 사이에 두고 양쪽으로 벌어져 있는 모양을 "일소대의 군인이 동서의 방향으로 전진하였다"라는 비유적 표현을 통해 묘사하고 있다. 두 개의 눈

섭은 머리에 비해 털이 많지 않다. "일소대의 군인"이라는 표현이 여기에서 비롯된다. 그리고 두 눈썹이 양쪽으로 벌어진 채 눈 위에 자리하고 있는 모양을 "동서의 방향으로 전진"하고 있다고 묘사한다. 사람 얼굴의 인상을 말할 때 눈썹의 위치와 모양에 따라 미간이 넓다든지 좁다고 하는 표현이 여기서 생긴다. 얼굴을 찌푸리고 눈을 부릅뜨고 눈초리를 치켜세우는 등의 모든 얼굴 표정의 변화(운동장이 파열하고 균열하는 것)가 눈썹의 움직임과 그 모양에 따라 가능해진다는 점에 주목할 필요가 있다. 여섯째 단락에 등장하는 "삼심원(三心圓)"이라는 말은 시인이 조작해 낸 용어다. 기하학적인 개념으로는 "삼심원"이란 존재하지 않는다. 평면 위의 두 정점으로부터의 거리의 합이 일정한 점을 이루는 궤적을 타원이라고 하는데, 이 두 정점을 타원의 초점이라고 한다. 타원은 두 개의 초점을 갖기 때문에 '이심원'에 해당한다. 그러나 초점이 세 개가 되는 원은 존재하지 않는다. 그럼에도 불구하고 '삼심원'이라는 용어를 쓴 것은 얼굴 위에 나 있는 털과 관련된 어떤 형상에서 착안한 것이 아닌가 생각된다. 여기에서 둥근 얼굴에 자리하고 있는 두 개의 동그란 눈(눈꺼풀의 가장자리에 속눈썹이 나와 있음)의 형상을 떠올릴 수 있다. 커다란 하나의 원(얼굴의 둥근 모양)에 두 개의 작은 원(동그란 두 눈)이 나란히 자리하고 있으므로 '삼심원'이라는 표현을 쓴 것이라고 할 수 있다.

시 「수염」의 후반부에 해당하는 7~10 단락에서는 수염을 묘사하고 있다. 수염을 깎은 모양과 수염이 자라나는 과정을 특이한 비유적 표현으로 드러낸다. 이 대목의 내용을 시인 이상 자신의 외모와 견주어 볼 때, 유난히도 수염이 많았던 그의 모습을 사진을 통해 확인할 수 있다. 일곱째 단락은 수염을 면도질하여 깎아 버린 후의 모양을 묘사하고 있다. 성인 남성의 수염은 하룻밤 사이에도 0.5mm 이상 자라나기 때문에 수염이 많은 사람은 아침마다 수염을 깎는다. 수염을 면도칼로 밀어내면 피부가 뽀얗게 드러난다. 그러나 곧 수염이 자라나 그

◆ 이상의 일본어 시

털 자국이 가뭇가뭇 드러나 보인다. 이 모양을 비유적으로 표현한 대목이 "조를 가득 넣은 밀가루 포대"다. 면도질을 자주 해 본 사람이면 이 표현의 감각을 충분히 이해할 수 있을 것이다. 뒤에 이어지는 "간단한 수유의 월야이었다"라는 구절은 이러한 감각을 다시 비유적으로 표현한 대목이다. '수유(須臾)'는 '잠시 동안'을 뜻하는 말인데, 수염을 깎고 나서 하룻밤만 지나면 어느새 다시 수염이 돋아나는 것을 암시한다. '수(須)' 자는 원래 '혈(頁)' 즉 얼굴에 수염 즉 '삼(彡)'이 자라나다는 뜻을 가진 말이므로, '수(須)'라는 한자어를 가지고 일종의 '기호 놀이'를 하고 있는 것으로 볼 수도 있다. 일곱째 단락은 면도한 자리가 오래가지 못하고 바로 수염이 가뭇가뭇하게 돋아나는 모양을 시간적 공간적으로 비유하여 표현하고 있는 셈이다. 여덟째 단락은 바로 앞의 일곱째 단락과 서로 대조를 이루는 부분이다. 면도를 하지 않아 텁수룩하게 자라난 수염 털의 모양을 묘사하고 있다. "언제나 도둑질할 것만을 계획하고 있었다"라는 표현은 수염이 더부룩하고 무성하게 돋아난 모습을 말한다. 흔히 이럴 경우 '산적 같다.'라고 비유적으로 표현한다. 뒤로 이어지는 "그렇지는 아니하였다고 한다면 적어도 구걸이기는 하였다"라는 구절은 수염을 제대로 손질하지 않아 보기에 지저분함을 암시한다. '거지 같다.'라는 표현에 잘 어울린다. 아홉째 단락에서는 수염이 많이 난 것과 듬성듬성 난 것을 대조하고, 특이한 수염의 모습과 평범한 모습을 상대적으로 하여 말하기도 한다. 남성들은 누구나 수염을 잘 간수하고 다듬어 깨끗하게 유지하고 싶어 하는 마음을 가진다. "나의 신경은 창녀보다도 더욱 정숙한 처녀를 원하고 있었다"라는 표현은 수염을 잘 기르고 간수하기를 바라는 심정을 비유적으로 표현한 대목이다.

시 「수염」은 열째 단락에서 모든 시상을 종결한다. 여기 쓰인 "말"과 "땀"이라는 두 단어는 수염의 형태를 연상하도록 유도하고 있다. '말'은 길게 자라난 턱수염을 놓고 말의 등줄기에 돋아난 말갈기를 연상하게 한다. '땀'은 물을 마시거나 술을 마실 때 그것이 흘러내려 수염에 방울처럼 맺히는 것을 암시한다. 사람들은 물을 마시거나 술을 마신 후에 수염을 쓰다듬는다. 입에서 흘러나와 수염에 맺힌 물방울을 마치 땀방울을 씻어 내듯 씻어 버리기 위해서다. 마지막에 제시된 "여, 사무로써 산보라 하여도 무방(無妨)하도다/ 여, 하늘의 푸르름에 지쳤노라 이같이 폐쇄주의로다"라는 두 구절에서는 시적 어조의 변화가 드러난다. 이 대목에서 '여(余)'는 얼굴에 나 있는 수염 털을 인격화하여 '나'라고 지칭한 것이다. 수염이 자라는 것은 무슨 특별한 역할이 있는 것도 아니고, 대단한 생리적 기능을 논할 수 있는 일도 아니다. 수염을 기르는 것은 일에 비유한다면 가볍게 산보하는 것 정도에 지나지 않는다. 수염 털은 그 색깔이 하늘과 같은 푸른색이 아니고 돋아나는 식물처럼 초록빛도 아니다. 처음부터 어두운 검정색으로 돋아나며 나이든 후에 늙으면 회색과 흰색으로 변한다. 검정색과 회색, 그리고 하얀색을 고집하는 수염의 성격을 비유한다면 '폐쇄주의자'의 성격과 같은 것이 아닐까 생각하게 된다.

앞에서 살펴본 대로, 일본어 시 「수염」에서 시적 진술의 대상이 되고 있는 것은 머리에서부터 턱에 이르기까지 사람의 얼굴에서 볼 수 있는 여러 가지 형태의 '털'이다. 특히 귀밑과 입언저리에 돋아나는 수염이 관심의 초점을 이룬다. 머리카락이나 수염은 인간의 육체의 표피에 돋아나는 것이지만 피부가 지니고 있는 감각적 기능이 소멸된 죽어 버린 조직이다. 이 작품은 머리카락, 눈썹 그리고 수염이라는 특수한 육체의 조직을 대상으로 인간 육체의 물질성에 대한 시인의 관심을 파격적인 비유로 표현하고 있다.

그런데 이상의 소설 가운데에도 수염을 깎아 버리는 장면이 여러 군데 등장한다. 성인 남성들은 대부분 매일 아침 수염을 깎는다. 때로는 면도날로 살갗을 베어 피를 흘리기도 하지만, 수염을 제대로 손질하는 데에 골몰한다. 남성의 상징으로 인식되기도 하는 수염을 깎아

내는 작업을 프로이트적인 '거세(castration)'의 개념으로까지 확대할 필요는 없어 보인다. 그러나 반복적으로 등장하는 이 '수염 깎기'의 모티프를 단순한 일상으로만 보아 넘길 수는 없다.

(1)

나는 아마 한 달이나 이렇게 지냈나 보다. 내 머리와 수염이 좀 너무 자라서 후틋해서 견딜 수가 없어서 내 거울을 좀 보리라고 안해가 외출한 틈을 타서 나는 안해 방으로 가서 안해의 화장대 앞에 앉아 보았다. 상당하다. 수염과 머리가 참 산란하였다. 오늘은 리발을 좀 하리라 생각하고 겸사겸사 고 화장품 병들 마개를 뽑고 이것저것 맡아 보았다 한동안 잊어버렸든 향기 가운데서는 몸이 배배 꼬일 것 같은 체취가 전해 나왔다. 나는 안해의 일흠을 속으로만 한번 불러보았다. 「연심(蓮心)이!」하고…….

—「날개」

(2)

이런 정경(情景)은 어떨까? 내가 이발소(理髮所)에서 이발(理髮)을 하는 중에 —

이발사(理髮師)는 낯익은 칼을 들고 내 수염 많이 난 턱을 치켜든다.

"님재는 자객입늬까?"

하고 싶지만 이런 소리를 여기 이발사(理髮師)를 보고도 막 한다는 것은 어쩐지 아내라는 존재를 시인(是認)하기 시작한 나로서 좀 양심(良心)에 안된 일이 아닐까 한다.

—「동해」

(3)

이튿날 화우(畵友) K 군이 왔다. 이 사람인즉 나와 농하는 친구다. 나

는 어쨌는 수없이 그 나비 같다면서 달고 다니든 코밑수염을 아주 밀어 버
렸다. 그리고 날이 저물기가 급하게 또 금홍(錦紅)이를 만나러 갔다.

「어디서 뷘 어른 겉은데.」

「어쩌녁에 왔든 수염 난 냥반 내가 바루 아들이지. 목소리꺼지 닮었
지?」

하고 익살을 부렸다. 주석이 어느듯 파하고 마당에 나려스다가 K 군의
귀에 대이고 나는 이렇게 속삭였다.

                                                      ──「봉별기」

(4)

「선생님! 이 여자를 좋아하십니까 ── 좋아하시지요 ── 좋아요 ──
아름다운 죽음이라고 생각해요 ── 그렇게까지 사랑을 받은 ── 남자(男
子)는 행복(幸福)되지요 ── 네 ── 선생님 ── 선생님 선생님.」

(선생님 이상(李箱) 턱에 입언저리에 아 ── 수염 숱하게도 났다. 좋
게도 자랐다.)

「선생님 ── 뭘 ── 그렇게 생각하십니까 ── 네 ── 담배가 다 탔는
데 ── 아이 ── 파이프에 불이 붙으면 어떻게 합니까 ── 눈을 좀 ── 뜨
세요. 이야기는 끝났습니다. 네 ── 무슨 생각 그렇게 하셨나요.」

                                                      ──「실화」

(5)

위선 그 작소(鵲巢)라는 뇌명(雷名)까지 있는 봉발(蓬髮)을 썰어서 상
고머리라는 것을 만들었다. 오각수(五角鬚)는 깨끗이 도태(淘汰)해 버렸
다. 귀를 우비고 코털을 다듬었다. 안마(按摩)도 했다. 그리고 비누 세수
를 한 다음 문득 거울을 들여다보니 품(品) 있는 데라고는 한 귀퉁이도
없어 보이는 듯하면서 또한 태생(胎生)을 어찌 어기리오

                                                      ──「종생기」

◆ 이상의 일본어 시

위의 인용에서 볼 수 있는 것처럼 이상의 소설 주인공들은 모두 수염을 달고 있다. 주인공들의 수염은 그 성격을 규정하는 데에 빠질 수 없는 인상적 특징으로 그려진다. 주인공은 이야기 속에서 자신의 덥수룩하게 자란 수염을 깎아 버린다. 이 반복적으로 드러나는 수염 깎기의 행위는 일상의 규칙에서 벗어나 살고 있던 주인공을 다시 일상의 복판으로 끌어내는 전환의 모티프로 작용한다. 수염 깎기는 육체에 돋아나는 죽음의 자국을 밀어 버리면서 인간 육체의 생식(生殖)의 가능성을 재확인하는 과정에 해당하기 때문이다.

사람의 몸에는 동물들과 마찬가지로 털이 돋아난다. 어느 피부과 의사의 보고에 따르면 무려 500만 개 정도의 털이 사람의 피부에서 자란다는 것이다. 사람의 피부에서 돋아나는 털은 죽어 있는 조직이지만 마치 풀이나 나무처럼 자라난다. 그리고 피부에 뿌리를 박고 영양과 색소를 공급받아 일정한 색깔을 유지한다. 사람의 머리카락과 수염은 몸에 돋아나는 털 가운데 그 길이가 길게 자라난다. 일생 동안 3미터 이상 자라난 수염을 그대로 유지하고 있는 인도의 한 사나이의 이야기가 해외 토픽에 소개된 적도 있고, 자기 키의 두 배가 넘는 긴 머리카락을 온전히 보전하고 있는 여인의 모습이 텔레비전에 등장한 적도 있다.

머리와 수염을 기른다든지 어떤 모양으로 꾸미는 일은 보이지 않는 일종의 사회적 규범에 해당한다. 개화 계몽 시대 일본에 의해 획책된 단발령(斷髮令, 1895)은 풍속 개량을 내세워 상투를 없애고 머리를 짧게 깎도록 한 명령이지만, 엄청난 민중적 저항에 부딪친다. 그러나 식민지 시대에 접어든 이후 남성의 상투머리는 사라진다. 1970년대에는 남성의 장발이 한때 유행한 적이 있다. 경찰이 풍속 사범을 단속한다는 명분으로 장발을 금했던 것도 그 무렵의 일이다. 최근에는 머리 모양이나 색깔을 바꾸는 것을 놓고 아무도 무어라고 간섭하는 일이 없다. 이제는 모든 것이 하나의 유행처럼 지나간다. 노란색, 붉은색은 물론 푸른색으로까지 염색한 머리의 색깔을 하고 남녀의 구별도 없이 대로를 활보하는 젊은이들이 있어도 이제는 아무도 상관하지 않는다.

여성의 얼굴에는 수염이 없다. 사춘기 이후 남성에게 나타나는 성징(性徵)의 하나로 수염이 자라난다. 모든 기성적인 것에 대한 반항도 이때부터 시작된다. 기성세대의 틀을 거부하고 자기만의 독창적 독립적인 세계를 구축하려고 하기 때문이다. 남성들은 이때부터 수염을 기르기도 하고 깎아 내기도 한다. 얼굴에 돋아나는 수염은 남성적 권위의 상징이다. 수염이 자라나는 것은 육체적으로 성숙한 남성이 되고 있음을 말해 준다. 일반적으로 남성은 사춘기에 접어들면서 코밑이 거뭇거뭇해지고 사타구니와 겨드랑이에 털이 나기 시작한다. 윗입술 가장자리에서 거뭇거뭇하게 돋아나기 시작한 털이 코밑 가운데로 퍼지면서 콧수염을 이룬다. 다음에는 귀밑으로부터 턱 아래까지 털이 자라나면서 사나이의 징표인 구레나룻이 된다. 수염은 청년기를 지나면서 완전한 형태를 이루는데, 성인으로서의 남성을 상징하는 징표로 자리 잡게 된다.

수염은 피부 속 모공에 뿌리를 내리고 있으면서 깎아 내도 빠르게 자라난다. 수염의 성장은 식물과 비슷하다. 턱수염은 나이를 먹으면서 빠르게 털이 자라나고 그 영역 또한 계속 넓어진다. 그리고 뿌리가 뽑혀도 대개는 다시 털이 돋아 나온다. 이처럼 수염은 다른 부위의 털도 마찬가지이지만 인간의 육체에 속하는 조직 가운데 생식(生殖)이 가능한 유별난 조직이다. 손톱이나 발톱도 이와 비슷한 성질이 있다. 손가락이 잘려 나가면 영구적인 불구가 된다. 눈을 다치면 다시는 앞을 볼 수 없다. 다리가 잘리면 의족을 달지 않는 한 걸음이 불가능하다. 그러나 수염은 매일 깎아 버려도 빠르게 다시 돋아난다. 수염은 육체의 일부이지만 육체의 살아 있는 조직 자체와는 구별된다. 수염은 모든 피부 위의 털과 마찬가지로 피부에서 돋아나오면서 이미 그 조직이 죽어 버린다. 살아 있는 인간의 육체에 죽어 버린 조직이 자라난다는 것은 특이한 일이다. 수염은 죽은 조직이므로 아무런 감각이 없으며, 깎

◆ 이상의 일본어 시

아도 아프지 않고, 별다른 지장을 초래하지 않는다. 그러나 곧 다시 자란다. 죽어도 다시 생식하는 육체의 조직 ─ 살아 있는 것과 죽어 버린 것의 경계를 넘나드는 특이한 존재가 바로 수염이다.

이상이 자신의 그림 속에서 그리고 시에서 그려 낸 자기 얼굴 모습은 헝클어진 머리와 덥수룩한 수염을 특징으로 한다. 머리카락과 수염은 잘라 내도 다시 돋아나는 육체의 조직이다. 이것들은 훼손이 되어도 재생한다. 살아 있는 것처럼 성장을 하면서도 죽은 것처럼 아무 감각이 없는 이 조직은 인간 육체의 물질성을 그대로 보여 준다. 시인 이상은 바로 이러한 육체의 물질성을 수염을 통해 주목한다. 병에 의해 훼손된 자신의 폐부(肺腑)는 다시 재생이 불가능하다. 그러나 머리털과 수염은 깎아 내도 귀찮게 다시 자라난다. 몸에 돋아나지만 별 소용이 없어 다시 깎아야 하는 수염, 깎아도 아무런 느낌이 없이 다시 자라나는 머리털 ─ 삶과 죽음의 의미를 동시에 담고 있는 이 수염 기르기와 깎기를 놓고 이상은 한가로운 '산보(散步)'를 떠올린다. 그러나 인간의 삶이 어찌 한가로운 산보로만 이어질 수 있겠는가?

일본어 시 「BOITEUX·BOITEUSE」는 텍스트 자체가 모두 네 개의 단락으로 구분되어 있다. 그러나 시적 의미는 전반부와 두 단락과 후반부의 두 단락으로 나뉜다.

긴것

짧은것

열十字

×

그러나 CROSS에는 기름이묻어있었다

墜落

不得已한平行

物理的으로아팠었다
　　(以上平面幾何學)

　　　　　×

오렌지

大砲

匍匐

　　　　　×

萬若자네가重傷을입었다할지라도피를흘리었다고한다면참멋적은일
이다

오一
沈黙을打撲하여주면좋겠다
沈黙을如何히打撲하여나는洪水와같이騷亂할것인가
沈黙은沈黙이냐

메쓰를갖지아니하였다하여醫師일수없을것일까

天體를잡아찢는다면소리쯤은나겠지

나의步調는繼續된다

언제까지도나는屍體이고저하면서屍體이지아니할것인가

　　우선 이 작품의 제목을 보면 "BOITEUX·BOITEUSE"라는 프랑스어로 되어 있다. 이 말은 두 단어가 모두 '절름발이'라는 뜻을 가지는데, 앞의 것이 남성형이고 뒤의 것이 여성형이다. 같은 뜻을 지닌 단어임에도 성에 따라 그 표기가 달라지고 있는 것에 착안하여 이들을 나란히 배열함으로써 '절름발이'라는 말을 기호적으로 표상하고 있다. 이 작품은 전반부에 해당하는 첫째 단락과 둘째 단락은 이상 자신이 즐겨 쓴 일종의 '말놀이'의 수법을 활용하여 불균형 상태에 빠진 자신의 건강 상태를 암시한다. 작품의 전반부의 내용은 구원의 의미를 표상하는 '십(十)'이라는 글자에서 두 개의 획이 서로 떨어져 '이(二)'와 같은 형태의 불완전한 평행 상태에 이르게 됨을 일종의 파자(破字)의 방식을 통해 기호적으로 해체하여 보여 준다. 이 작품의 후반부에 해당하는 셋째 단락과 넷째 단락은 병으로 인한 육체적 훼손의 과정을 제대로 극복하지 못하고 고통스러워하는 인간적 고뇌를 진술하고 있다. 이상 자신이 폐결핵을 진단받은 후에 자신의 병과 싸워 나가는 고통의 과정은 여러 작품에서 암시적으로 그려진 바 있다. 여기에서는 셋째 단락에서 병을 치료하기 위해 복용하는 약의 모양과 색깔을 보여준다. 그리고 겉으로는 아무런 표시가 없이 내부에서 소리 없이 진행되고 있는 병세의 악화 과정을 고통스럽게 묘사하고 있다. "천체를 잡아 찢는다면 소리쯤은 나겠지"라든지, "나는 시체이고저 하면서 시체이지 아니할 것인가"와 같은 표현에서 고통의 심도를 감지할 수 있다.

연작시 「조감도」

이상이 두 번째로 발표한 일본어 시는 「조감도(鳥瞰圖)」라는 제목의 연작시다. 이 작품은 1931년 8월 김해경이라는 본명으로 발표되었는데, '조감도(鳥瞰圖)'라는 큰 제목 아래 「二人‥‥ 1‥‥」, 「二人‥‥ 2‥‥」, 「신경질적으로 비만한 삼각형(神經質に肥滿した三角形 ─ ▽ハ俺ノAMOUREUSEデアル)」, 「LE URINE」, 「얼굴(顔)」, 「운동(運動)」, 「광녀의 고백(狂女の告白)」, 「흥행물천사(興行物天使 ─ 或る後日譚として ─)」 등 8편의 시를 한데 묶은 연작시 형식이다. 각각의 작품들은 연작시의 틀 안에 포함되어 있지만 시적 주제나 시상의 전개 방식 자체에서 어떤 공통적인 모티프를 바탕으로 계기적으로 서로 연결되고 있는 것은 아니다. 오히려 시적 대상을 보는 특이한 시각을 각각의 작품들을 통해 확인하는 것이 중요하다. 연작시 「조감도」의 표제가 되고 있는 '조감도'라는 말은 원래 미술 용어이지만 건축에서 널리 쓰인 전문용어다. 여기에서 주목되는 것이 바로 사물을 보는 '조감'의 시각이다. 조감도는 공중에 떠 있는 새의 눈으로 지상의 사물을 내려다본다는 것을 가정하고 그 대상을 그린다는 점에 그 특징이 있다. 공중에 떠 있는 새가 아래를 내려다볼 경우 넓은 범위의 지형, 건물의 모습, 거리의 구획 등을 한눈으로 알아낼 수가 있다. 그러므로 조감도는 새로운 시각을 통해 발견하게 되는 사물의 형상을 상상하는 것이지만, 바로 여기에서 세계를 인식하는 추상적이면서도 창조적인 정신을 발견한다. 이러한 정신 작용은 그 본질 자체를 규정하기는 어렵지만 그 경험을 기술하는 것은 가능하다.

연작시 「조감도」의 작품들 사이에는 연작성의 요건으로 문제 삼을 수 있는 공통적인 특징이 드러나 있지 않다. 각각의 작품들이 지니는 시적 형식과 주제 내용의 독자성이 강하기 때문에 연작으로서의 상호 연결 고리를 찾아내기 어렵다. 그러나 이들 작품이 시적 대상으로서의 사물을 보는 어떤 시각의 문제를 중시하고 있다는 공통점을 발견할 수 있다. 「二人…… 1……」과 「二人…… 2……」은 미국의 악명 높은 마피아 두목 알 카포네가 1929년 2월 14일 성 발렌타인데이에 시카고에서 일으킨 대학살 사건을 소재로 하고 있다. 기독으로 표상되는 인간의 선과 알 카포네로 표상되는 인간의 악의 대립 양상이 첫째 단락에서 제시된다. 그리고 둘째 단락에서는 끔찍한 사건이 있은 후 오히려 교회는 타락하고 악이 교회를 지배하고 있음을 암시적으로 비판하고 있다. 특히 「二人…… 2……」에서는 알 카포네가 불법적으로 축적한 엄청난 재산, 그러나 그 물질적 유혹을 뿌리치는 기독의 정신의 의미를 강조하고 있다. 「신경질적으로 비만한 삼각형」은 양초의 불꽃을 보면서 느끼는 상념의 세계를 다양한 비유적 표현으로 그려 낸다. 양초에 불을 붙여 세워 놓기가 쉽지 않다는 점, 불이 타 들어가면서 초가 녹는 모습 등을 섬세하게 그려 낸다. 양초의 기능성을 놓고 '카라반'에 비유하기도 한다. 그런데 「LE URINE」, 「얼굴」, 「운동」, 「광녀의 고백」, 「흥행물천사」 등은 모두 사물을 보는 시각의 문제를 시적 대상과 연결시켜 놓고 있다.

　　이상의 연작시 「조감도」의 작품들은 대부분 어떤 대상의 외형을 사실적으로 묘사하거나 전면화한 예를 찾아보기 어렵다. 그는 대상 자체의 외관을 배제한 대신 그 형태를 분석적으로 제시하는 특이한 '추상화(抽象化)'의 방식을 택한다. 그리고 사물의 외형을 통해 그 내적인 요소와 관계를 주목한다. 그러므로 그의 시들은 사물의 가시적 속성을 감각적으로 그려 내는 경우보다는 불가시적인 요소를 끄집어내어 제시한 경우가 많다. 이러한 방식은 그가 채택하고 있는 특이한 시각을 통해 사물의 본질에 근접할 수 있는 가능성을 획득한다. 물론 이상이 제시하고 있는 사물의 본질이 무엇인가를 한마디로 설명하기는 어렵다. 거기에는 끊임없는 내적 움직임과 변화가 숨겨져 있기 때문이다. 이 역동성의 발견이야말로 이상의 시가 도달한 하나의 성과라고 할 수 있다.

먼저 시 「LE URINE」의 경우를 보기로 하자. 「LE URINE」은 이상의 일본어 시 가운데 대표적인 난해시로 알려져 있다. 이 작품은 기왕의 연구자들에 의해 섹스와 관련된 것으로 해석되거나 성병과 관련된 시적 진술이라고 분석되기도 했다. 그러나 시의 제목인 「LE URINE」이 프랑스어의 '오줌'이라는 뜻임을 생각한다면, 인간의 삶에서 가장 중요한 생리 작용의 하나인 배설의 문제를 시적 제재로 다루고 있음을 짐작할 수 있다. 「LE URINE」은 공개적으로 말하는 것을 금기시하는 변소라는 장소를 시적 공간으로 고정하고 있다. 작품의 텍스트에서 시상의 전개 과정을 암시하는 것은 시간의 흐름과 함께하는 시적 화자의 공상의 변화다. 한여름 오후의 풍경 속에서 그려지는 변소는 배설이라는 본능적이고도 생리적인 행위를 통해 억압된 욕망의 분출을 가능하게 하는 고립된 상상의 공간이 된다. 이 시에서 그려 내고 있는 변소라는 공간은 오늘날의 수세식 화장실과는 전혀 다르다. 변소는 사람이 거주하는 실내 공간과 일정하게 떨어져 있어야 하고, 되도록이면 사람의 눈에 띄지도 않아야 한다. "처갓집과 변소는 멀리 있을수록 좋다."라는 속담이 생길 정도로 격리된 공간성이 강조된다. 변소는 그 바닥에 커다란 항아리나 드럼통 같은 것을 묻어 놓거나 시멘트로 큰 구덩이를 만든다. 그리고 그 위에 사람이 디디고 쪼그려 앉을 수 있도록 나무판자로 디딤틀을 만들어 올려놓는다. 허름하게 판자로 벽을 둘러치고 엉성하게 지붕을 덮지만 변소는 생활의 뒷그늘에 숨겨져 있는 은밀한 공간이다. 변소에는 두 사람이 함께 들어서서 일을 볼 수가 없다. 혼자서 변소에 들어서서 옷을 벗어 내리고 엉덩이를 드러낸다. 그리고 자신이 입으로 먹은 음식물들이 체내에서 모두 소화되고 영양분이 흡수된 후 남은 찌꺼기들을 배설한다. 배설의 장면이 공개되는 경우는 극히 드물지만, 변소에서 인간의 적나라한 모습이 가장 잘 드러난다. 사람은 배설을 하는 동안 자연 속의 동물에 가까워진다. 비록 야생의 동물처럼 아무 데서 먹고 아무 곳에서나 배설하는 것은 아니지만, 맨살을 드러내고는 자신의 입으로 들어왔던 음식의 찌꺼기를 항문을 통해 참지 않고 배출해 버리기 때문이다.

불길과같은바람이불었건만불었건만얼음과같은水晶體는있다. 憂愁는 DICTIONAIRE와같이純白하다. 綠色風景은網膜에다無表情을가져오고그리하여무엇이건모두灰色의明朗한色調로다.

들쥐(野鼠)와같은險峻한地球등성이를匍匐하는짓은大體누가始作하였는가를瘦瘠하고矮小한ORGANE을愛撫하면서歷史冊비인페이지를넘기는마음은平和로운文弱이다. 그러는동안에도埋葬되어가는考古學은과연性慾을느끼게함은없는바가장無味하고神聖한微笑와더불어小規模하나마移動되어가는 실(糸)과같은童話가아니면아니되는것이아니면무엇이었는가.

진綠色납죽한蛇類는無害롭게도水泳하는瑠璃의流動體는無害롭게도半島도아닌어느無名의山岳을島嶼와같이流動하게하는것이며그럼으로써驚異와神秘와또한不安까지를함께뱉어놓는바透明한空氣는北國과같이차기는하나陽光을보라. 까마귀는恰似孔雀과같이飛翔하여비늘을秩序없이번득이는半個의天體에金剛石과秋毫도다름없이平民的輪廓을日沒前에빗보이며驕慢함은없이所有하고있는것이다.

이러구려數字의COMBINATION을忘却하였던若干小量의腦髓에는雪糖과같이淸廉한異國情調로하여假睡狀態를입술우에꽃피워가지고있을즈음繁華로운꽃들은모다어데로사라지고이것을木彫의작은羊이두다리잃고 가만히무엇엔가귀기울이고있는가.

水分이없는蒸氣하여왼갖고리짝은말르고말라도시원찮은午後의海水浴場 近處에있는休業日의潮湯은芭蕉扇과같이悲哀에分裂하는圓形音樂과休止 符, 오오춤추려나, 日曜日의뷔너스여, 목쉰소리나마노래부르려무나日曜 日의뷔너스여.

그平和로운食堂또어에는白色透明한MENSTRUATION이라門牌가붙어서 限定없는電話를疲勞하여LIT우에놓고다시白色呂宋煙을그냥물고있는데.
마리아여, 마리아여, 皮層는새까만마리아여, 어디로갔느냐, 浴室水 道콕크에선熱湯이徐徐히흘러나오고있는데가서얼른어젯밤을막으렴, 나 는밥이먹고싶지아니하니슬럼퍼어를蓄音機우에얹어놓아주려무나.

無數한비가無數한추녀끝을두드린다두드리는것이다. 분명上膊과下膊과 의共同疲勞임에틀림없는식어빠진點心을먹어볼까 — 먹어본다. 만도린 은제스스로包裝하고지팽이잡은손에들고그그작으마한삽짝門을나설라치면 언제어느때香線과같은黃昏은벌써왔다는소식이냐, 수닭아, 되도록巡査 가오기前에고개숙으린채微微한대로울어다오, 太陽은理由도없이사보타 아지를恣行하고있는것은全然事件以外의일이아니면아니된다.

이 작품에서 배설 행위와 변소의 밑바닥에 쌓이는 배설물은 모두 비유적이고 암시적인 언어로 묘사된다. 예컨대 남자들이 소변을 볼 때 손으로 잡게 되는 남성 성기(페니스)를 "수척하고 왜소한 ORGANE" 이라고 명명했고, 엉덩이는 "만도린"으로 바꾸어 표현하고 있다. 변소 바닥에 쌓인 똥과 오줌을 "매장되는 고고학"이라고 명명하면서 그 형 상을 "진녹색의 사류"와 "산악과 도서"로 묘사하기도 한다. 이 밖에도 시인의 놀라운 상상력과 기지를 엿볼 수 있는 비유적 표현이 많다. 이 작품에서 확인할 수 있는 기발한 시적 발상법은 인간의 욕망에 대한 억압과 그 실현의 의미를 육체의 물질성에 근거하여 고도의 비유와 기지를 활용하여 진술하고 있음을 알 수 있다.

「LE URINE」의 서두에 해당하는 첫 단락부터 셋째 단락까지는 변소에서 이루어지는 배설 행위를 암시적으로 그려 보여 준다. 대부분의 시적 진술은 고도의 비유와 암시로 이루어져 있다. 시적 화자는 재래식 변소에 들어가서 일을 보는 동안 변소 바닥을 내려다보기도 하고 또 엉성한 지붕과 벽 틈으로 스며드는 햇살을 받으면서 머리에 스쳐 가는 여러 가지 상념을 그려 낸다. 이 시의 첫 단락은 두 가지 방향으로 해독할 수 있다. 하나는 시적 배경의 설정과 관련하여 이 부분을 읽어 가는 방식이다. 여기에서 찾아볼 수 있는 "바람", "녹색 풍경", "회색" 등의 시어는 모두가 한여름 흐린 날 오후의 풍경과 관련된다. "불과 같은 바람"이라든지 "얼음과 같은 수정체"는 모두 그것이 드러내고자 하는 원관념을 숨겨 놓고 있지만, 여름날 한낮의 더운 바람이 눈으로는 전혀 감지되지 않음을 암시해 준다. 흐린 날씨가 우수처럼 느껴지고 녹색의 풍경마저 회색으로 보인다. 그런데 이 부분을 시적 동기의 제시라는 차원에서 논의할 경우 의미가 달라진다. 첫머리에 제시되어 있는 "불길과 같은 바람이 불었건만 불었건만"이라는 구절은 시적 화자의 배설 욕구와 연결된다. 시적 화자가 급하게 변의(便意)를 느끼는 상황을 암시하고 있는 것으로 해석할 수 있다. 물론 변소에 가서 자리에 앉는 순간 급했던 느낌이 사라진다는 것도 바로 뒤에 이어지는 "얼음과 같은 수정체"에서 암시된다. 이상 자신은 소설 「지도의 암실」에서도 밤에 오줌이 마려워 바깥 변소로 나가는 장면을 "태양이 양지쪽처럼 내려쪼이는 밤에 비를 퍼붓게 하여 그는 레인코오트가 없으면 그것은 어쩌나 하여 방을 나선다."라고 묘사한 바 있다. 여기에서 "비를 퍼붓게 하여"라는 대목이 바로 급하게 요의(尿意)를 느끼는 현상을 암시하는 것을 보면 이러한 해석의 가능성을 인정할 수 있다.

둘째 단락은 변소에서의 배변의 과정과 함께 머릿속에 떠오르는 여러 가지 상념들을 그려 낸다. "들쥐와 같은 험준한 지구 등성이를 포복하는 짓"은 표면적으로는 인간이 땅 위에서 고통스럽게 영위하고 있는 삶 그 자체를 말하는 것으로 볼 수 있지만, 변소에 쭈그리고 앉아 오줌을 누는 동안 성기를 잡고서 여성과 섹스하는 장면을 연상하는 대목으로 추측할 수 있다. 그리고 이러한 공상에 잠기는 순간을 "역사책 빈 페이지를 넘기는 마음처럼 평화"롭다고 진술하고 있다. 그리고 대변이 나와 변소 바닥으로 떨어져 가라앉는 것을 두고 "매장되어 가는 고고학"으로, 뒤이어 나오는 작은 줄기의 오줌을 "소규모하나마 이동되어 가는 실과 같은 동화"라고 비유하여 묘사하고 있다. 이러한 배설 행위는 기실 성욕과는 아무 관계가 없는 것이라고 진술하지만 성적 욕망의 역설적 표현으로 읽을 수도 있다.

셋째 단락은 어둑한 변소 바닥의 모습과 함께 허름한 널판 사이로 내다보이는 하늘의 변화를 그려 낸다. 변소의 바닥에는 똥이 쌓이고 오줌이 그 주변으로 흘러내린다. "진록색의 사류", "수영하는 유리의 유동체"는 모두 변소 바닥에 흘러 고이는 오줌을 비유한 말이다. 바닥에 쌓이는 똥 무더기는 "반도", "산악", "도서"에 비유되고 있으며, 오줌이 이들 사이에 고여 있다. 이러한 변소 바닥의 모습은 어찌 보면, "경이와 신비와 또한 불안까지를 함께 뱉어 놓는"다. 그런데 고개를 들면 널판 사이로 하늘이 내다보인다. 여름날 오후의 흐린 하늘에는 마치 까마귀처럼 시커먼 구름이 덮여 온다. 구름 사이로 공작이 날개를 펼친 듯이 햇살이 비치기도 한다.

「LE URINE」의 시적 전개 과정은 넷째 단락부터 여섯째 단락까지 중반부를 이룬다. 여기에서는 변소 안에서 오랫동안 시간을 보내며 느끼는 허기와 휴식의 욕망을 상상적 공간 속에서 그려 낸다. 넷째 단락은 변소 안에 쪼그리고 앉아 한참 동안 시간을 보내면서 점차 졸음에 빠져드는 모습을 그려 낸다. "이러구려 숫자의 COMBINATION을 망각"하고 있다는 것은 시간이 가는 줄을 모르고 있음을 비유적으로 표현한 대목이다. 변소에 앉아 졸음에 겨워 공상에 빠져들고 있는 화자의 모습을 "목조의 작은 양이 두 다리를 잃고 가만히 무언가에 귀를 기울이고 있"다고 묘사하고 있다. 다섯째 단락부터는 밀려드는 피로감을 해소시키고 싶은 욕망을 표현한다. 바닷물을 데운 목욕탕인 '조탕(潮湯)'을 떠올리면서 따뜻한 목욕탕에 들어가고 싶다는 생각을 하게 된다. 어디선가 들려오는 듯한 축음기의 슬픈 음악 소리가 분위기를 고조시킨다. 여기에서 "파초선"(파초잎 모양으로 된 큰 부채)은 느릿하고 부드러운 느낌을 암시하며, "원형 음악"이란 축음기판에서 들리는 음악 소리를 비유적으로 표현한 말이다. 여섯째 단락과 일곱째 단락은 허기와 식욕을 느끼게 되는 과정을 암시적으로 표현한다. 머릿속에 떠올리고 있는 식당에는 '영업 준비 중'이라는 팻말이 붙어 있다. 손님을 위해 음식을 준비하는 동안 손님을 받지 않는다는 뜻이다. 이것을 여성이 멘스 중임을 암시하는 "MENSTRUATION"이라는 말로 바꿔 놓음으로써 이색적인 식당 풍경을 섹스가 연상되는 공간으로 환치해 그 욕망을 해소한다. 여기에서 말하는 "한정 없는 전화"는 시적 화자 자신이 혼자서 이런저런 공상을 하고 있는 것을 비유적으로 표현한 것으로 볼 수 있다. 시적 화자는 한없는 공상에 빠져 있으면서 피곤함을 느낀다. 변소에 앉아 담배에 불을 붙이지 않은 채 입에 물고 있으면서 "백색 여송연"(여송연은 담뱃잎을 그대로 말아 놓은 것이므로 갈색임)을 물고 있는 장면으로 바꾸어 놓는다. 그리고 다시 목욕탕의 장면을 연상한다. 하녀인 "마리아"에게 욕조의 물을 잠그게 하고(배설의 억제) 음악도 멈추게 하도록 명한다.

이 시는 일곱째 단락에서 시상의 종결이 이루어진다. 시적 화자는 배변을 마치고 변소를 나서려고 한다. 밖에 비가 내리기 시작한다. 빗방울이 추녀 끝에 떨어지는 소리가 들린다. 점심을 먹지 않았음을 떠올리며 입맛을 다신다. 배설이 끝난 후에 느끼는 허기 때문임을 알 수 있다. 식사하는 것을 "상박과 하박과의 공동 피로"라고 비유하고 있다. "식어 빠진 점심"이란 말은 점심을 먹지 않고 그대로 놓아둔 채였음을 짐작하게 한다. 변소에 쪼그리고 앉아 있는 동안 벗어 내렸던 옷을 제대로 올려 입는다. 여기에서는 옷을 엉덩이 위로 올려 입는 것을 "만도린"을 포장한다고 말하고 있다. '만돌린'이라는 악기의 몸체 뒷부분이 바가지같이 불룩하게 생긴 것을 '엉덩이'에 비유한 구절이다. "향선"은 변소에서 풍기는 냄새를 말한다. 비가 내리기 시작했으므로 사방이 어둑해진 것을 보고 벌써 황혼이 깃들고 있는가 하고 생각한다. "향선과 같은 황혼"이라는 표현에서 시간과 공간에 대한 공감각적 인식이 드러나고 있다. 저물녘에 때 없이 울기도 하는 수탉을 두고 "되도록 순사가 오기 전에 고개 숙으린 채 미미한 대로 울어 다오."라고 말하는 대목이 재미있다. 비가 오고 있어서 해가 구름 속에 가려 전혀 햇빛이 비치지 않는 것을 "태양은 이유도 없이 사보타지"(해야 할 일을 하지 않음)하는 것으로 비유하고 있다.

　이상의 시 「LE URINE」는 인간의 본능적 생리적 욕구인 배설의 문제를 변소라는 닫힌 공간 속에서 환상적으로 그려 낸다. 이 작품에서 서술되고 있는 배설은 생리적으로 내적 긴장의 근원을 제거함으로써 그 억제되었던 욕망의 해소를 가져온다. 그러므로 배설 행위는 긴장 해소의 쾌락을 환상적으로 경험하는 과정으로 묘사된다. 여기에서 주목되는 것이 욕망의 분출과 억압이라는 심리적 기제를 통해 드러나는 무의식적 상념의 의식화 과정이다. 시인은 몽타주 기법에 의해 아무 관계없는 것처럼 보이는 장면들을 서로 연결하여 시상의 비약, 의미의 생략, 이미지의 충돌 등을 드러낸다. 이것은 무의미한 언어유희처럼 보이기도 하지만 인간 의식의 내면에 자리 잡고 있는 욕망의 기호적 표상에 해당한다. 이것들은 모두 위로부터 아래로 떨어지게 한다든지 아래로부터 위로 솟아오르려 한다든지 하는 역동적이고도 드라

마틱한 상황 변화를 보여 준다. 이러한 이미지의 충돌과 그 결합에서 드러나는 의미의 변화를 통해 우리는 억압된 욕망의 무의식적 표출을 읽어 낼 수 있는 것이다.

　일본어 시 「LE URINE」은 특이하게도 이상이 1935년 4월 《가톨릭청년》에 발표한 연작시 「정식(正式)」으로 새로운 형태로 개작되고 있다. 이 시에서도 일본어 시 「LE URINE」와 마찬가지로 '변소'라는 장소를 시적 공간으로 설정하고 있다. 「정식」은 전체 텍스트가 모두 6연으로 나뉘어 있다. 각 연마다 다시 소제목을 「정식 I」부터 「정식 VI」까지로 이어 붙이고 있기 때문에 각 연이 독자적 성격을 유지하는 일종의 연작시 형태로 볼 수도 있다. 그러나 이 작품은 전체 텍스트가 하나의 시적 공간을 유지하고 있으며 그 의미가 서로 연결되어 있다. 「정식 I」과 「정식 V」에서는 배설 행위 자체가 직접 묘사되었으며, 나머지 부분들은 모두 '나'라는 시적 화자가 변소에 앉아 대변을 보면서 펼치는 공상의 세계를 함께 그려 낸다.

　　海底에가라앉는한개닻처럼小刀가그軀幹속에滅形하야버리드라完全히달
　아없어졌을때完全히死亡한한개小刀가位置에遺棄되여있드라
　　　　　　　　　　　　　　　　　　　　　　　　　—「정식 I」

　첫째 연에서 "해저에 가라앉는 한 개 닻처럼 소도가 그 구간 속에 멸형하야 버리드라."라는 대목은 여러 가지 해석이 가능하다. "소도"와 "구간"이 무엇을 의미하는지 제대로 드러나 있지 않기 때문이다. '소도'는 글자 그대로 '작은 칼'을 의미한다. '구간'은 사람의 '몸통'을 뜻한다는 점에 착안할 경우, '몸통'에 붙어 있는 것처럼 묘사되고 있는 '소도'를 남성의 '성기'로 유추하기 쉽다. 실제로 이 부분을 이승훈 교수의 분석(『이상 문학 전집』 1(문학사상사), 193~196쪽) 이후 비슷한 의미로 해석한 연구자들이 많다. 그렇기 때문에 "해저에 가라앉는 한 개의 닻"이라

는 보조관념도 섹스 행위를 암시하는 것으로 보고 있다. 그러나 이 첫째 연은 작품 텍스트의 전체적인 의미 구조 속에서 그것이 뜻하는 바를 밝히는 일이 매우 중요하다. 여기에서 비유적으로 묘사하고 있는 장면은 남녀의 섹스와는 거리가 멀다. 이것은 변소 안에서의 배변 행위에 대한 묘사다. 이러한 사실은 바로 뒤에 이어지는 「정식 Ⅱ」에서 그대로 설명되고 있다. 이 작품에서 시적 화자는 '뒤를 보고' 있다고 진술한다. 변소에 앉아 일을 보고 있는 중임을 알 수 있다. 지금은 이런 말을 별로 사용하지 않지만, 똥을 '뒤'라고 하고, 변소를 '뒷간'이라고 하고, 변소에서 사용하는 휴지를 '뒤지'라고 한다. 그러므로 이 장면을 변소에서 뒤를 보는 배변 행위에 대한 묘사라고 할 경우, '소도'는 항문에서 나오는 '변'을 비유적으로 말한 것으로 볼 수 있다. '구간'은 항문이 붙어 있는 몸통을 뜻한다. "해저에 가라앉는 한 개 닻처럼 소도가 그 구간 속에 멸형하야 버리드라."라는 구절은 바닷속으로 가라앉는 닻처럼 항문에서 나온 '변'이 변소 바닥으로 떨어져 밑으로 가라앉음을 말한다. 재래식 변소를 사용해 본 사람들에게는 별로 낯선 장면이 아니다. 뒤로 이어지는 문장의 경우에도 비슷한 의미를 드러낸다. 항문에서 나온 변이 변소 바닥의 위로 드러나 보이는 장면을 보여 주고 있기 때문이다.

나와그아지못할險상구즌사람과나란이앉아뒤를보고있으면氣象은다沒收되여없고先祖가늣기든時事의證據가最後의鐵의性質로두사람의交際를禁하고있고가젔든弄談의마지막順序를내여버리는이停頓한暗黑가운데의奮發은참秘密이다그러나오즉그아지못할險상구즌사람은나의이런努力의氣色을어떠케살펴알았는지그때문에그사람이아모것도모른다하야도나는또그때문에억찌로근심하여야하고地上맨끝整理인데도깨끗이마음놓기참어렵다.

　　　　　　　　　　　　　　　　　　　　　　—「정식 Ⅱ」

이 시의 둘째 연에 해당하는 「정식 Ⅱ」는 시적 화자가 변소에 앉아 변을 보면서 공상에 잠기는 장면을 그려 놓고 있다. 첫 문장에 등장하는 "아지 못할 험상구즌 사람"은 몇 가지 해석이 가능하다. 변소에 앉아 있는 시적 화자의 어둑한 그림자를 말하는 것으로 볼 수도 있고, 이를 좀 더 과장하여 오줌과 똥이 섞여 있는 변소 바닥에 어리는 자신의 어두운 그림자를 말한 것이라고 할 수도 있다. 시적 화자의 상상 속에 나타난 하나의 환상, 또 하나의 '나'라는 설명도 가능하다. 어느 쪽으로 보아도 맥락이 통한다. 이어지는 구절들을 좀 더 자세히 살펴보자. "기상은 다 몰수되어 없고"라는 구절은 변소 안의 적막한 분위기를 말하는 것으로 아무런 변화가 없이 잠잠함을 암시한다. "선조가 늦기든 시사의 증거가 최후의 철의 성질로 두 사람의 교제를 금하고 있고"라는 말도 그 의미가 애매하지만, 시적 화자와 "아지 못할 험상구즌 사람"의 관계가 원만하지 않음을 암시하는 것으로 볼 수 있다. "농담의 마지막 순서를 내여버리는 이 정돈한 암흑 가운데의 분발은 참 비밀이다."라는 구절은 '배변'하려 애쓰지만 헛방귀(농담)가 나오는 것을 암시한다. 그리고 뒤끝이 아무래도 개운하지 않음을 "깨끗이 마음 놓기 참 어렵다."라고 설명하고 있다.

웃을수있는時間을가진標本頭蓋骨에筋肉이없다

—「정식 Ⅲ」

셋째 연은 변소에 앉아 있는 시적 화자의 머릿속에 떠오르는 죽음에 대한 상념을 그려 낸다. "웃을 수 있는 시간"은 마음이 편하고 화평스러운 때를 말하는데 사실은 '죽음'의 상태를 의미한다. 표본으로 전시되는 해골은 모든 근육이 썩어 뼈만 남은 상태를 말한다. 그러므로 "웃을 수 있는 시간"을 맞이한 상태이지만 "근육이 없"으니 웃음을 표현할 수 없다. 죽음이라는 것이 갖는 역설적 상황을 말한 것으로 볼 수 있다.

너는누구냐그러나門밖에와서門을두다리며門을열나고외치니나를찾는一
心이아니고또내가녀를도모지모른다고한들나는참아그대로내여버려둘수
는없어서門을열어주려하나門은안으로만고리가걸닌것이아니라밖으로도
너는모르게잠겨있으니안에서만열어주면무엇을하느냐너는누구기에구타
여다친門앞에誕生하였느냐

―「정식 Ⅳ」

넷째 연은 변소 안에서 느끼는 외부와 단절 상황을 그려 낸다. 시
적 진술 내용을 본다면 변소의 문이 밖에서 잠긴 상태를 상정하고 있
으며, 변소 문을 경계로 하여 경험적 존재인 '나'와 변소 밖의 '너'의
분열적 갈등 양상이 문제적인 상태로 그려진다. 이러한 시적 모티프는
'거울'을 경계로 하여 현실의 '나'와 거울 속의 '나'를 분열적으로 인식
하고 있는 「거울」과 같은 시의 경우와 일맥상통한다.

키가크고愉快한樹木이키적은子息을나았다軌條가平偏한곳에風媒植物의
種子가떨어지지만冷膽한排斥이한결같아灌木은草葉으로衰弱하고草葉은
下向하고그밑에서靑蛇는漸漸瘦瘠하여가고땀이흘으고머지않은곳에서水
銀이흔들리고숨어흘으는水脈에말둑박는소리가들녔다

―「정식 Ⅴ」

다섯째 연은 다시 변소 안으로 시적 공간이 고정된다. 여기서는 쾌
변의 상태를 암시하기 위해 배변 행위와 함께 변소 바닥의 장면을 자
연 속의 숲에 비유하여 그려 내고 있다. "유쾌한"이라는 말이 '시원스
러운 배변'을 암시한다. 큰 덩어리가 먼저 시원하게 나오고 오줌 방울
이 뒤에 이어진다. "궤조가 평편한 곳"은 변소의 밑바닥을 말한다. "풍
매식물의 종자"에서부터 "초엽은 하향하고"까지는 변과 함께 오줌 방
울이 떨어지는 장면을 비유적으로 묘사하고 있다. 여기에서 쓰이고 있

　　　　　　　　　　　　　◆ 이상의 일본어 시

는 '떨어지다', '하향하다'라는 동사를 보면, 모든 것들이 밑바닥으로 떨어지고 있음을 쉽게 알 수 있는데, 변소의 밑바닥에 떨어져 고이는 배설물은 "청사", "수은(水銀)" 등으로 비유되고 있다. 일본어 시 「LE URINE」에서도 이와 유사한 표현이 등장한다. "수맥에 말둑 박는 소리"는 변이 변소 바닥에 떨어지는 소리를 비유적으로 표현한 말이다. 사람의 몸에서 빠져나온 배설물들이 자연 속으로 돌아가면서 물질로 환원되는 이 과정은 궁극적으로 인간 육체의 물질성을 그대로 드러낸다.

> 時計가뻐꾹이처럼뻐꾹그리길내처다보니木造뻐꾹이하나가와서모으로앉
> 는다그럼저게울었을理도없고제법울가싶지도못하고그럼앗가운뻐꾹이는
> 날아갔나
>
> ─「정식 Ⅵ」

시 「정식」의 마지막 연은 시간을 알리는 '뻐꾸기시계'의 소리를 듣는 환상적 장면으로 끝난다. 변소에서 상당한 시간이 경과했음을 암시하는 이 대목은 시적 화자가 보여 주는 무의식적 상념의 의식화 과정과 일치한다.

시 「정식」에서 그려 내고 있는 배설의 욕망과 그 해소 과정은 쾌락의 원칙에 따라 정교하게 구조화되어 있다. 배설의 욕망은 생물학적 충동, 또는 본능적인 욕구에 해당한다. 배설 행위는 자기중심적으로 행해지는 본능적인 것이지만 외부적 조건들에 의해 억제되거나 조절된다. 이상이 시 「정식」에서 배설 행위를 통해 실험하고 있는 쾌락의 원칙은 자기중심성을 초월하는 힘을 필요로 한다. 그러므로 무의식적인 욕망의 충동과 의식적 조절 사이의 균형이 어떻게 가능해지고 있는지를 발견하지 못한다면, 이 시에서 암시하고 있는 무의식적 욕망의 기호화 과정을 이해할 수 없게 되는 것이다.

일본어 시 「LE URINE」와 한국어로 개작된 「정식」은 프로이트가

주장했던 성 본능(sexual instinct)의 개념과 인간의 생육사적 발달 과정에 대한 여러 가지 가설들을 다시 한번 상기시킨다. 프로이트가 주장하는 성에 대한 개념은 아주 폭이 넓다. 그것은 단순히 생식기의 조작과 자극을 통해 얻어지는 것일 뿐만 아니라 신체의 모든 부분을 조작하여 얻어 내는 쾌감을 모두 포함한다. 그런데 자극을 받으면 흥분하는 과정이 집중적으로 일어나는 부분 가운데 생명에 필요한 욕구 충족과 관련되는 입, 항문, 성기는 특히 중시된다. 입과 항문은 인간이 생명을 유지하는 데에 필수적인 음식을 먹고 그것을 배설하는 행위와 직결되며, 성기는 인간이 종족을 이어 가는 생식 행위와 관련되기 때문이다.

프로이트는 아기가 태어난 후 성적 에너지인 '리비도'가 입에 집중되는 시기를 '구강기(口腔期)'라고 한다. 그리고 뒤이어 항문에 '리비도'가 집중되는 시기를 '항문기(肛門期)'라고 구분하고 있다. 아기는 '항문기'에 들어서면서 배설에 관심을 갖는다. 그리고 괄약근이 발달하여 스스로 배설을 조절할 수 있게 되면 배설을 참고 견디다가 마침내 배설을 통해 쾌감을 느끼게 된다. 항문기의 아기는 배설을 참고 견디기도 하고 동시에 배설을 하기도 하는 긴장 상태와 해소 과정을 번갈아 시도하면서 쾌감과 만족감을 경험한다. 그런데 이 시기는 처음으로 아기가 사회적 요구에 직면하는 단계다. 이때 아기는 적절한 때와 장소가 허락될 때까지 배설을 지연시키는 법을 배워야 한다. 대체로 생후 두 살을 전후하여 아기는 거의 무의식적으로 이루어지는 배설 행위를 대소변 가리기 훈련을 통해 의식적으로 통제할 수 있게 된다. 대소변 가리기의 훈련 과정은 외부적인 규율과 권위를 깨닫게 만들 수 있는 최초의 경험이다. 이 훈련 과정은 본능적인 것과 외부적인 요구 사이에 갈등 상태를 야기하기 때문에 인성의 발달에 매우 중요한 영향을 미칠 수 있다. 배변 훈련은 본능적인 쾌락적 활동에 대한 외적인 규제를 의미한다. 그러므로 이러한 본능적 욕구가 억압되는 경험을 통해 좌절, 분노, 적대감 등의 부정적인 감정을 접하게 되고 동시에 그것을 수용하는 것을 배운다.*

시 「LE URINE」와 「정식」은 배설 행위를 시적 모티프로 하여 변비와 같은 배설 장애의 고통과 쾌변으로 이어지는 배설의 쾌락을 환상적으로 그려 낸다. 이러한 시적 작업은 이상 문학의 경향을 대표하는 '병적 나르시시즘'과도 관련되고, 시인으로서 이상 자신이 지녔던 악마주의적 상상력의 세계와도 연결된다. 그렇지만 이상은 이들 작품에서 인간의 정신이 나르시시즘을 넘어서 어떤 대상에 리비도를 집착시키는 충동을 내포하고 있다는 점에 주목한다. 배설은 본능적인 것이다. 그렇지만 그것은 욕망에 따라 실현되기도 하고 자기 의지로 조절되기도 한다. 이상의 시는 이러한 배설의 문제를 놓고 본능적인 욕망과 자기 의지 사이에 야기되는 충동과 억제라는 역설적 의미를 시적으로 형상화하면서 무의식과 의식의 경계를 넘나든다.

이상의 일본어 연작시 「조감도」 가운데 「광녀의 고백」은 별로 주목된 적이 없다. 그러나 기존의 전집들을 보면 대체로 여성과 성애(性愛)에 관련된 주제를 담고 있는 작품으로 설명한 경우가 많다. 이 작품에 등장하는 관능적 요소들이 시의 내용을 여인의 육체와 남녀 간의 섹스에 관련지어 해석하도록 유인하고 있기 때문이다. 그러나 이 시는 텍스트의 표층에 드러나 있는 진술 내용만으로 그 의미를 해석하기 어렵다. 이 작품의 텍스트 구조에 동원되고 있는 다양한 기표들은 대부분 교묘하게 조작되어 의미의 혼동을 야기한다. 그리고 그 비유적 기법도 시적 대상의 실체를 숨기기 위한 고도의 수사적 전략에 의해 고안된 것들이다. 이러한 특징을 제대로 파악하지 못할 경우 시적 의미의 심층 구조를 밝혀낼 수 없다. 이 작품의 텍스트에 대한 분석이 까다롭게 생각되는 이유가 여기 있다.

---

* 캘빈 S. 홀, 민희식 옮김, 『심리학(*A Primer of Freudian Psychology*)』(정민미디어, 2003), 162~165쪽.

여자인S玉孃한테는참으로未安하오. 그리고B君자네한테
感謝하지아니하면아니될것이오. 우리들은S玉孃의前途에
다시光明이있기를빌어야하오.

蒼白한여자
얼굴은여자의履歷書이다. 여자의입(口)은작기때문에여자는溺死하지아
니하면아니되지만여자는물과같이때때로미쳐서騷亂해지는수가있다. 온
갖밝음의太陽들아래여자는참으로맑은물과같이떠돌고있었는데참으로고
요하고매끄러운表面은조약돌을삼켰는지아니삼켰는지항상소용돌이를갖
는褪色한純白色이다.

   등쳐먹으려고하길래내가먼첨한대먹여놓았죠.

잔내비와같이웃는여자의얼굴에는하룻밤사이에참아름답고빤드르르한赤
褐色쵸콜레이트가無數히열매맺혀버렸기때문에여자는마구대고쵸콜레이
트를放射하였다. 쵸콜레이트는黑檀의사아벨을질질끌면서照明사이사이
에擊劍을하기만하여도웃는다. 웃는다. 어느것이나모다웃는다. 웃음이마
침내엿과같이녹아걸쭉하게찐더거려서쵸콜레이트를다삼켜버리고彈力剛
氣에찬온갖標的은모다無用이되고웃음은散散이부서지고도웃는다. 웃는
다. 파랗게웃는다. 바늘의鐵橋와같이웃는다. 여자는羅漢을밴(孕)것을다
들알고여자도안다. 羅漢은肥大하고여자의子宮은雲母와같이부풀고여자
는돌과같이딱딱한쵸콜레이트가먹고싶었던것이다. 여자가올라가는層階
는한층한층이더욱새로운焦熱氷結地獄이었기때문에여자는즐거운쵸콜레
이트가먹고싶다고생각하지아니하는것은困難하기는하지만慈善家로서의
여자는한몫보아준心算이지만그러면서도여자는못견디리만큼답답함을느
꼈는데이다지도新鮮하지아니한慈善事業이또있을까요하고여자는밤새도
록苦悶苦悶하였지만여자는全身이갖는若干個의濕氣를띤穿孔(例컨대눈其

他)近處먼지는떨어버릴수없는것이었다.

여자는勿論모든것을抛棄하였다. 여자의姓名도, 여자의皮膚에붙어있는 오랜歲月중에간신히생긴때〔垢〕의薄膜도甚至於는여자의睡腺까지도, 여자의머리로는소금으로닦은것이나다름없는것이다. 그리하여溫度를갖지 아니하는엷은바람이참康衢煙月과같이불고있다. 여자는혼자望遠鏡으로 SOS를듣는다. 그리곤덱크를달린다. 여자는푸른불꽃彈丸이벌거숭이인 채달리고있는것을본다. 여자는오오로라를본다. 덱크의勾欄은北極星의 甘味로움을본다. 巨大한바닷개〔海狗〕잔등을無事히달린다는것이여자로 서果然可能할수있을까. 여자는發光하는波濤를본다. 發光하는波濤는여 자에게白紙의花瓣을준다. 여자의皮膚는벗기고벗기인皮膚는仙女의옷자 락과같이바람에나부끼고있는참서늘한風景이라는點을깨닫고사람들은고 무와같은두손을들어입을拍手하게하는것이다.

　　이내몸은돌아온길손, 잘래야잘곳이없어요.

여자는마침내落胎한것이다. 트렁크속에는千갈래萬갈래로찢어진 POUDRE VERTUEUSE가複製된것과함께가득채워져있다. 死胎도있 다. 여자는古風스러운地圖위를毒毛를撒布하면서불나비와같이날은다. 여자는이제는이미五百羅漢의불쌍한홀아비들에게는없을래야없을수없는 唯一한아내인것이다. 여자는콧노래와같은ADIEU를地圖의에레베에슌에 다告하고No.1-500의어느寺刹인지向하여걸음을재촉하는것이다.

　「광녀의 고백」은 그 텍스트의 구조 자체가 매우 복잡한 양상을 드러내고 있다. 시적 진술의 주체인 '화자(話者)'의 층위와 시적 대상인 '여자'라는 행위 주체의 층위가 텍스트 내에서 서로 중첩되어 있기 때문이다. 이 작품에서 시적 진술을 주도하고 있는 화자의 모습은 텍스트의 표면에는 전혀 드러나 있지 않다. 그렇지만 작품의 서두에서 "여자인 S옥 양한테는 참으로 미안하오. 그리고 B 군 자네한테 감사하지 아니하면 아니 될 것이오. 우리들은 S옥 양의 전도에 다시 광명이 있기를 빌어야 하오."라는 진술을 통해 그 존재를 암시하고 있다. 이 서두의 진술에서 시적 대상이 "S옥 양"이며, "B 군"은 텍스트상에 설정해 놓은 가상적 독자라는 사실도 드러난다. '우리들'이라는 집단적 주체는 시적 화자를 포함한 일반 독자를 모두 지칭한다.

「광녀의 고백」의 텍스트는 "여자인 S옥 양"에 대한 묘사적 설명을 중심으로 시적 진술이 이루어진다. 그러나 시적 화자가 텍스트상의 모든 진술을 주재하는 것은 아니다. 텍스트의 전반부와 후반부에서 각각 두 차례에 걸쳐 "S옥 양"의 목소리를 직접 들려준다. "등쳐 먹으려고 하길래 내가 먼첨 한 대 먹여 놓았죠."라는 말과 "이내 몸은 돌아온 길손, 잘래야 잘 곳이 없어요."라는 말이 바로 그것이다. 이 두 마디의 말은 시적 화자를 중심으로 전개되는 진술 내용 속에 끼어든다. 그리고 활자의 모양과 크기를 달리하는 타이포그래피적 고안을 통해 텍스트의 시각적 분할을 가능하게 한다. 이 작품 텍스트의 시적 진술이 단성적(單聲的)인 평면성을 극복하게 되는 것은 바로 이 때문이다. 이 두 마디의 말에는 어조의 단일성을 파괴하면서 텍스트의 의미 구조를 교란시킬 수 있는 극적 기능이 부가되어 있다. 그러므로 이 두 마디의 말이 끼어든 부분에서부터 시적 정황이 새로운 국면으로 전환된다.

이 작품에서의 시적 진술의 대상인 "S옥 양" 또는 "여자"의 실체는 무엇일까? 텍스트의 표층에서 "S옥 양"은 "여자"라는 일반명사로 지칭되며 모든 행위의 주체로 그려진다. 시적 화자는 "S옥 양"이라는 한 여자의 처절한 삶의 과정을 설명하기 위해, 여자의 관능적인 얼굴 모습, 초콜릿의 환상, 나한의 잉태와 낙태, 그리고 버림받은 여자의 쓸쓸한 뒷모습 등을 그려 놓는다. 이러한 여자의 외모와 행동은 거리의 여인이 겪어야 하는 육체적 타락과 고통의 삶의 장면들을 연출한다. 특히 여자를 주체로 하는 모든 진술은 관능적이고도 감각적으로 묘사로 일

◆ 이상의 일본어 시

관되어 있으며, 실재하는 하나의 인간 존재로 그 삶의 과정을 보여 준다. 그러나 작품 속에서 "여자"에 대해 묘사하거나 서술하고 있는 중요 구절들을 면밀히 검토해 보면, "여자"의 존재가 실재하는 인간이 아니라 어떤 비유적 형상에 관련되어 있음을 알 수 있다. 작품 속에서 "여자"의 형상과 동작은 모두 고도의 비유와 암시를 통해 묘사하거나 설명한다. 작품의 전반부에서는 '표면이 매끄럽다', '맑은 물과 같이 떠돌다', '웃다', '초콜릿을 방사하다', '나한을 배다', '소금으로 닦다' 같은 묘사적 설명으로 "여자"의 형상을 구체화한다. 그리고 "약간 개의 습기를 띤 천공(穿孔)", "박막(薄膜)", "타선(唾腺)" 같은 용어들을 "여자"와 연결하여 그 존재의 특성을 제시한다. 이러한 비유와 암시는 시적 대상으로서의 "여자"라는 존재는 무엇을 말하는 것인가를 되묻게 한다.

"S옥 양"이라고 명명하고 있는 "여자"는 과연 무엇인가? 시 「광녀의 고백」에서 "S옥 양" 혹은 "여자"는 '눈'을 비유적으로 표현한 말이다. 실제로 '아름답게 빛나는 눈'을 가리키는 '명모(明眸)'가 '아름다운 여인'을 뜻하는 말로 사용됨을 생각한다면, 이 시에서 '눈'을 '여자'라는 말로 표현한 것이 부자연스런 일은 아니다. '표면이 매끄럽다'라든지, '물과 같이 떠돈다'라는 표현은 모두 '눈'의 외형적 특성을 암시한다. 눈동자 속에 어리는 사람의 형상을 지시하는 '눈부처'라는 말이 있는데, 작품 속에서는 이것을 "여자는 나한을 밴 것"이라는 진술로 바꾸어 놓고 있다. 이 대목은 "여자"가 바로 '눈'을 비유적으로 말하고 있는 것임을 그대로 입증한다. '초콜릿을 방사하다'라는 표현은 눈에 눈곱이 생기는 것을 재미있게 표현한 것이며, "천공", "타선", "박막"과 같은 말은 모두 눈의 구조와 관련된 용어임을 확인할 수 있다.

「광녀의 고백」의 서두 부분에서는 시적 대상이 되고 있는 '여자'의 외양을 설명적으로 묘사하고 있다. '창백하다', '입이 작다', '맑은 물과 같이 떠돈다', '표면이 고요하고 매끄럽다', '순백색이다'와 같은 설명적 묘사는 모두가 '눈'의 모양과 그 빛깔을 그려 낸다.

이 시의 서두 부분의 묘사적 설명을 보면 공통적으로 감각적인 요소가 담겨 있다. 이 가운데 '여자의 입이 작다'라는 진술은 눈동자가 눈꺼풀에 싸여 일부분만 외부로 노출된 상태를 설명해 준다. '맑은 물과 같이 떠돈다'라는 표현이 예사롭지 않다. 눈동자는 언제나 눈물샘과 기름샘에서 분비되는 눈물과 기름으로 감싸여 상하좌우로 쉽게 움직이며 습한 상태를 유지한다. 그리고 눈동자는 "온갖 밝음의 태양들 아래" 노출된다. 눈을 감으면 눈동자의 모습도 보이지 않으며 그 역할도 사라진다. 이것은 눈이 지니고 있는 빛에 대한 감각이 매우 중요하다는 사실을 암시한다. 눈은 빛의 양이 많고 적음을 구별하는 밝기의 감각을 지니고 있으며, 스스로 이를 조절하는 기능도 지니고 있기 때문이다.

이 시의 중반부는 "여자"의 특이한 움직임과 그 기능을 비유적으로 묘사하고 있다. 여기에서 "등쳐 먹으려고 하길래 내가 먼첨 한 대 먹여 놓았죠."라는 말은 시적 진술의 변화를 유도하기 위해 직접 인용한 "여자"의 말이다. 이 말은 "여자"가 남의 마음의 낌새를 알아챌 수 있는 재주를 지니고 있음을 밝힌 부분이다. 우리가 흔히 쓰는 말 가운데 '눈치'라는 말이 있는데, 바로 이 구절이 '눈치'의 의미를 서술적으로 풀어놓은 것에 해당한다. '눈치가 빠르다', '눈치를 보다', '눈치를 살피다', '눈치를 채다'와 같은 말이 모두 비슷한 맥락으로 사용된다는 점을 알아차릴 필요가 있다. 그러나 이 말이 '눈'을 통해 이루어지는 어떤 사태에 대한 인지 기능만을 설명하는 것은 아니다. 오히려 어떤 상황에 직면하여 반사적으로 이루어지는 '눈을 깜박이다'라는 특이한 동작 또는 움직임을 직접 서술하고 있기 때문이다. '눈'을 깜박거리는 동작은 거의 반사적으로 일어난다. 이 동작을 통해 무언가 이물질이 눈에 들어가는 것을 사전에 차단한다. 바람이 스쳐 지날 정도의 미세한 움직임에도 '눈'이 깜박일 정도로 그 반응이 민감하다. 이러한 눈의 움직임은 뒤에 이어지는 '초콜릿을 방사하다', '웃다'와 같은 행동을 통

◆ 이상의 일본어 시

해 다시 구체적으로 설명된다. 하지만 이 비유적 표현은 비유의 원관념과 보조관념의 관계를 면밀하게 검토해야만 그 함의를 제대로 이해할 수 있다.

먼저 '웃다'라는 동사가 무엇을 뜻하는 말인지 살펴보자. '눈'을 동작의 주체로 놓고 볼 때, 앞의 시적 진술 속에 수없이 등장하는 '웃다'라는 동사는 '눈'을 깜박거리는 행동 자체를 비유적으로 표현한 말이라고 할 수 있다. 영어의 '윙크(wink)'라는 말이 눈을 살짝 찡그리거나 감았다가 뜨는 동작을 의미한다든지, '눈웃음'이라는 말이 널리 사용되고 있는 것을 생각하면 쉽게 이해할 수 있는 부분이다. '눈'을 깜박거리는 것은 눈이 지니고 있는 감각의 민감성과 직결되어 있으며, "등쳐먹으려고 하길래 내가 먼첨 한 대 먹여 놓았죠."라는 설명에 그대로 부합되는 동작이다. '초콜릿을 방사하다'라는 말은 눈동자를 부드럽게 움직일 수 있도록 '눈'의 기름샘에서 기름기를 과도하게 분비하는 작용을 비유적으로 표현한 것이다. 하룻밤 잠을 자고 일어나면 적갈색의 초콜릿이 맺혀 있다고 설명하고 있는 것은 눈곱이 눈언저리에 붙어 있는 것을 말한다. 눈에서 분비되는 진득한 피지가 눈언저리에 말라붙은 것이다. '초콜릿은 흑단의 사아벨을 질질 끌며서 조명 사이사이에 격검을 한다'라는 표현도 매우 흥미롭다. "흑단의 사아벨"은 글자 그대로 풀이하면 기병들이 차고 다니는 흑단목으로 만든 검(劍, 사브르, sabre)을 뜻하지만, 여기에서는 눈가에 나 있는 속눈썹을 말한다. 검정 색깔의 가늘고 긴 모양을 한 속눈썹의 외양을 비유적으로 표현한 것이다. 그런데 눈곱은 눈 가장자리뿐 아니라 속눈썹에도 붙는다. 더러는 빠진 속눈썹에 눈곱이 붙어 있는 경우도 있다. 이때 이물감 때문에 눈을 깜박거리게 되는데, 이때 아래 위의 속눈썹이 서로 부딪치는 것을 마치 검도를 하듯(격검을 하다) 한다고 묘사한다. "바늘의 철교"라는 비유적 표현도 아래위의 속눈썹을 의미한다. 앞에서 이미 눈동자가 맑은 물에 떠돈다고 했기 때문에 눈을 감을 때 아래위 눈꺼풀의 가장자리에 가지런히 나 있는 속눈썹이 서로 겹쳐지는 모양을 '다리'에 비유한 것이다. 이렇게 본다면 앞의 모든 시적 진술이 눈을 깜박거리는 동작에 관련되는 여러 가지 상황을 비유적으로 서술하고 있음을 알 수 있다.

> 여자는羅漢을밴〔孕〕것을다들알고여자도안다. 羅漢은肥大하고여자의子宮은雲母와같이부풀고여자는돌과같이딱딱한쵸콜레이트가먹고싶었던것이다. 여자가올라가는層階는한층한층이더욱새로운焦熱氷結地獄이었기때문에여자는즐거운쵸콜레이트가먹고싶다고생각하지아니하는것은困難하기는하지만慈善家로서의여자는한몫보아준心算이지만그러면서도여자는못견디리만큼답답함을느꼈는데이다지도新鮮하지아니한慈善事業이또있을까요하고여자는밤새도록苦悶苦悶하였지만여자는全身이갖는若干個의濕氣를띤穿孔(例컨대눈其他)近處먼지는떨어버릴수없는것이었다.

위의 대목은 눈 안으로 말라 버린 단단한 눈곱이 들어가는 고통스러운 경우를 들어 이를 재미있게 묘사한다. 인간의 눈동자 안에는 사람의 형상이 얼비쳐 나타난다. 눈동자 안에 비치는 사람의 형상을 '눈부처'라고 한다. 여자가 나한을 임신한 것으로 묘사하고 있는 앞의 첫 문장은 눈동자에 비쳐 나타나는 '눈부처'를 '나한'이라는 말로 바꿔치기한 것에 불과하다. '나한'은 불교에서 모든 번뇌를 벗어나 열반의 경지에 도달한 성자를 말하는 것이므로, 부처와 다를 바가 없다. 그런데 눈 안으로 단단한 눈곱이 들어간 것을 놓고 바로 이 눈부처가 "돌과 같이 딱딱한 쵸콜레이트가 먹고 싶었던 것이다"라고 비유적으로 표현하고 있다. 눈 안에 이물질이 들어갔기 때문에 눈을 수없이 깜박거리면서 그 고통을 견디지 않으면 안 된다. "여자가 올라가는 층계"는 이물감에 눈을 감고 고통을 견디고 있는 상태를 뜻하는데, 불교에서 말하는 불의 지옥(초열지옥)과 얼음의 지옥(빙결지옥)을 그 고통에 비유하기도 한다. 눈 주변의 눈물샘과 피지 분비선(약간 개의 습기를 띤 천공)이

287　　　　　　　　　　　　　　◆ 이상의 일본어 시

자극을 받게 되는 것은 물론이다. 결국 이 대목에서는 눈언저리에 붙어 있던 눈곱이 눈꺼풀 안으로 들어간 상태를 설명하기 위해 여러 가지 비유를 동원하고 있는 셈이다. 눈동자에 비치는 눈부처를 놓고 '나한'을 임신한 상태로 비유하면서 바로 그 임신한 나한 때문에 단단한 초콜릿(눈곱)이 눈 안으로 들어간 것이라고 추측한다. 그리고 눈을 감을 때 느끼는 이물감과 그 고통스러움을 불의 지옥과 얼음의 지옥에 들어가는 것처럼 묘사하기도 한다.

다음에 이어지는 부분은 눈 안으로 이물질이 들어가게 되어 아무 것도 할 수 없게 되자 이것을 식염수로 닦아 내는 과정을 설명하고 있다. 눈에 이물질이 들어가면 아무것도 할 수가 없다. "여자"는 모든 것을 포기한다. 눈 안으로 단단한 눈곱이 들어갔기 때문이다. 그것을 닦아 내기 위해 눈에 식염수를 한 방울 넣은 후에 눈을 감는다. 이를 "소금으로 닦은 것"에 비유하여 설명하고 있는 것이 아닌가 생각된다. 물론 그냥 고통을 참고 눈을 감고 있을 때 저절로 눈물이 많이 나오게 되는 것을 비유적으로 설명한 것이라고 할 수도 있다. 눈물 자체가 적당한 염분을 포함하고 있기 때문이다. 식염수로 닦아 낸 후 눈을 감고 있으면 시원하고 편안한 느낌이 든다. "강구연월(康衢煙月)"은 '태평한 시대의 큰 길거리의 평화로운 풍경 또는 태평한 세월'을 말하는데, 여기에서는 눈을 슬그머니 감고 편안한 상태로 있음을 암시한다.

"여자는 혼자서 망원경으로 SOS를 듣는다."라는 문장은 불편한 한쪽 눈을 가린 채 나머지 한 눈으로 사물을 보는 경우를 비유적으로 표현한 것이다. 망원경으로 천체를 관측하거나 먼 경치를 볼 때는 한쪽 눈을 감고 다른 한 눈을 망원경에 대고 보게 된다. 뒤에 이어지는 묘사들은 모두 눈에 어리는 여러 가지 영상을 비유적으로 표현한 것이다. "덱크"란 말은 그 본뜻이 배의 갑판이지만, 여기에서는 눈동자를 가려 주는 눈꺼풀을 의미하는 것으로 볼 수 있다. 앞에서 눈동자가 물과 함께 떠 있다고 묘사했기 때문에 이런 표현이 가능해진다. 바로 뒤의 구절에서 "덱크의 구란(句欄)"이라는 말이 나오는데, 이것은 눈꺼풀의 둥 그런 가장자리를 둥그스름한 갑판의 난간으로 비유하여 표현한 것으로 볼 수 있다. "거대한 바닷개 잔등"은 눈을 감았을 때 위쪽 눈꺼풀이 덮이면서 둥그렇게 생겨나는 눈두덩을 비유적으로 표현한 것이 아닌가 생각된다. 우여곡절 끝에 눈에서 느껴지던 이물감이 없어지면서 시원한 느낌이 들자, 두 손등으로 눈을 비벼 댄다. 이런 광경을 "고무와 같은 두 손을 들어 입을 박수"한다고 묘사한다. 마치 지우개 고무로 문질러 대듯 손등으로 눈을 비벼 대기 때문이다.

「광녀의 고백」은 "이내 몸은 돌아온 길손, 잘래야 잘 곳이 없어요." 라는 "여자"의 목소리를 경계로 하여 후반부로 이어지며 시상의 종결에 이른다. 눈의 이물감이 사라지자 편안하게 눈을 감고 잠에 빠져드는 과정이 후반부에 그려져 있다.

시적 대상이 되고 있는 "여자"의 말을 직접 인용하고 있는 "이내 몸은 돌아온 길손, 잘래야 잘 곳이 없어요."라는 구절은 '눈'의 구조와 그 기능의 일단을 비유적으로 설명하고 있다. 사람의 눈동자는 언제나 외부 세계를 향하여 열려 있다. 동공을 통해 들어오는 빛의 양을 적절히 조절하여 시신경에 전달함으로써 밝기와 색감을 감지하게 한다. 눈동자 자체는 두개골의 안면에 고정되어 있고 어떤 경우에도 스스로를 외부와 차단할 수 없다. 눈동자를 둘러싸고 있는 눈꺼풀이 눈동자를 덮는 경우(눈을 감는다고 말함)에만 외부 세계의 빛이 눈으로 들어오는 것을 막는다. 어딘가를 찾아가 편안한 휴식을 취할 수 없는 상태이기 때문에, "잘래야 잘 곳이 없어요."라는 진술이 가능해진 것이 아닌가 생각된다.

이 대목에서 "여자는 마침내 낙태한 것이다."라는 표현은 "나한"을 잉태한 것으로 묘사된 바 있는 눈동자의 상태 변화를 암시한다. 눈 안에 들어갔던 이물질이 밖으로 빠져 나온 상태를 비유적으로 표현한 것으로 볼 수 있다. "트렁크"라는 말은 여행용 가방을 뜻하는 것이 아니

◆ 이상의 일본어 시

라 이물질이 들어가 있던 눈꺼풀의 안쪽을 말하는 것이 아닌가 생각된다. 실제로는 눈을 감은 상태에서 머리에 떠오르는 갖가지 영상들(시각적 감각을 통해 인지된 여러 가지 영상들을 '복제된 것'이라고 함)과 화장품 가루 등이 눈꺼풀 안에 들어 있음을 뜻한다. 눈동자를 굴리면서 방 안의 천정을 올려다보기도 한다. "고풍스러운 지도"란 방 안의 천정을 비유적으로 표현한 것으로 본다. 눈동자에는 이제 아무것도 걸리는 것이 없고 오직 눈부처만이 어리어 있다. 그러므로 눈동자가 '오백 나한의 불쌍한 홀아비들의 유일한 아내'임을 다시 한번 밝힌다. 다시 눈을 감고 잠이 드는 과정을 '어느 사찰로 걸음을 재촉하는 것'이라고 설명한다.

이처럼 시 「광녀의 고백」은 인간 육체에서 가장 중요한 감각을 담당하고 있는 눈동자(눈)를 시적 대상으로 삼고 있다. 인간의 육체에 대한 관심은 이상의 시와 소설에서 여러 가지 방식을 통해 드러난다. 이상에게 육체의 의미는 어떤 가치나 이념에 의해 그 속성이 규정되는 것은 아니다. 오히려 이상은 육체에 덧붙여진 가치와 이념을 해체시키고 육체 자체의 물질성과 그 기능을 확대하여 제시한다. 이상이 그려내고 있는 눈은 스스로에 대해 말하고 스스로를 있는 그대로 보여 준다. 그리고 이 작품에서 눈이 지니는 육체의 물질성과 감각적 인식 기능의 결합이라는 새로운 가능성을 열어 놓는다. 눈은 주체와 대상이 만나는 열려 있는 기관이다. 그러므로 그 물질성과 정신성의 경계를 구별해 내기 어렵다. 눈은 모든 것을 보면서 스스로 자신을 볼 수 없다. 이러한 특징을 말하기 위해 이상은 눈이 겪는 육체의 고통을 시적 모티프로 활용한다. 사람들은 누구나 눈에 티(눈곱)가 들어가면 견디기 힘든 고통을 겪는다. 눈 안으로 이물질이 들어가는 것은 아주 작은 일이며 흔한 일이긴 하지만 '육체의 물질적 훼손'이라는 것이 얼마나 견디기 어려운 고통인가를 가장 예민하게 감지할 수 있도록 해 준다. 이 고통을 통해 '눈' 자체의 존재 의미가 드러난다. 「광녀의 고백」은 눈 안으로 들어온 이물질이 얼마나 고통스러우며 어떻게 하여 눈 밖으로 내보내지게 되는가를 면밀하게 추적한다. 물론 이 과정은 텍스트의 표층에서 "S옥 양"이라는 "여자"의 참혹한 삶의 과정으로 꾸며진다. 이 위장된 텍스트의 심층에 시인 이상이 지니고 있는 인간의 육체에 대한 물질적 인식이 새롭게 자리하고 있다.

「흥행물천사」는 「광녀의 고백」과 시적 모티프를 일정 부분 공유하고 있는 작품이다. 두 작품에서 제시하고 있는 시적 대상이 모두 "여자"라고 명시되어 있으며 그 진술 내용이 서로 연관되어 있기 때문에, 텍스트의 상호 관계를 주목할 필요가 있다. 「흥행물천사」의 텍스트는 전체 내용이 세 부분으로 나뉘어 있다. 이러한 텍스트의 구성 자체는 시적 대상인 '여자'의 형상에 대한 설명적 묘사가 일정한 서사적 단계 변화를 효과적으로 표출하기 위한 시적 고안에 해당한다. 실제로 이 작품은 "어떤 후일담(後日譚)으로"라는 부제가 암시하고 있는 것처럼, 어떤 일의 경과와 관련하여 뒤에 벌어지게 된 이야기를 소개하고 있다.

　　整形外科는여자의눈을찢어버리고形便없이늙어빠진曲藝象의눈으로 만들고만것이다. 여자는싫것웃어도또한웃지아니하여도웃는것이다.

　　여자의눈은北極에서邂逅하였다. 北極은초겨울이다. 여자의눈에는白夜가나타났다. 여자의눈은바닷개(海狗)의잔등과같이얼음판우에미끄러져떨어지고만것이다.

　　世界의寒流를낳는바람이여자의눈에불었다. 여자의눈은거칠어졌지만여자의눈은무서운氷山에싸여있어서波濤를일으키는것은不可能하다.

　　여자는大膽하게NU가되었다.汗孔은汗孔만큼의荊蕀이되었다. 여자는노래를부른다는것이찢어지는소리로울었다. 北極은鍾소리에戰慄하였던것이다.

거리의音樂師는따스한봄을마구뿌린乞人과같은天使.天使는참새와같
이瘦瘠한天使를데리고다닌다.

天使의배암과같은회초리로天使를때린다.
天使는웃는다. 天使는고무風船과같이부풀어진다.

天使의興行은사람들의눈을끈다.
사람들은天使의貞操의모습을지닌다고하는原色寫眞版그림엽서를산다.

天使는신발을떨어뜨리고도망한다.
天使는한꺼번에열個以上의덫을내어던진다.

日曆은쵸콜레이트를늘인(增)다.
여자는쵸콜레이트로化粧하는것이다.

여자는트렁크속에흙탕투성이가된즈로오스와함께엎드려져운다. 여
자는트렁크를運搬한다.

여자의트렁크는蓄音機다.
蓄音機는喇叭과같이紅도깨비靑도깨비를불러들였다.

紅도깨비靑도깨비는펭긴이다. 사루마다밖에입지않은펭긴은水腫이다.
여자는코끼리의눈과頭蓋骨크기만큼한水晶눈을縱橫으로굴리어秋波
를濫發하였다.

여자는滿月을잘게잘게썰어서饗宴을베푼다. 사람들은그것을먹고돼
지같이肥滿하는쵸콜레이트냄새를放散하는 것이다.

「흥행물천사」의 1연부터 4연까지의 서두 부분에는 "정형외과는 여
자의 눈을 찢어 버리고 형편없이 늙어 빠진 곡예상의 눈으로 만들고
만 것이다. 여자는 실컷 웃어도 또한 웃지 아니하여도 웃는 것이다."
라는 '여자의 눈'에 대한 설명적 진술이 제시된다. 이 대목은 '여자'
와 '눈'에 관련되는 어떤 일을 암시하고 있다. 정형외과에서 여자의 눈
을 찢어 놓아 곡마단의 늙은 코끼리 눈으로 만들었다는 것, 그리고 그
결과로 여자의 눈은 웃어도 웃지 않아도 언제나 웃는 모습이라는 것
이다. 이러한 진술이 구체적으로 어떤 이야기를 뜻하는 것인지는 뒤
로 이어지는 텍스트의 내용을 통해 자연스럽게 드러난다. 그러나 '눈
이 웃는다'라는 구절은 이미 「광녀의 고백」에서 밝혀진 대로 '눈'과 관
련된 '깜박거리다' 또는 '찡그리다'와 같은 동작을 암시한다는 사실을
상기할 필요가 있다. 이처럼 「흥행물천사」는 '여자의 눈'을 시적 대상
으로 삼고 있다. '여자'가 곧 '눈'을 의미한다는 점을 생각할 경우, 여
기에서 '여자의 눈'은 일종의 동어반복임을 알 수 있다. 전반부의 시
적 배경은 추운 겨울이다. 추운 겨울에 눈에 이상이 생긴다. 눈에 백태
같은 것이 끼어 사물을 제대로 분간할 수 없이 뿌옇게 보이는 상태를
"눈에는 백야가 나타났다."라고 설명하고 있는 것으로 보인다. 그렇기
때문에 자꾸만 저절로 눈이 감긴다. "바닷개의 잔등과 같이 얼음판 우
에 미끄러져 떨어지고 만 것이다."라는 설명은 눈이 감길 때 눈꺼풀이
자꾸만 눈동자를 덮어 내려오는 것을 묘사한 대목이다. 둥그스름하게
덮이는 눈꺼풀의 모양을 바닷개의 잔등에 비유하고 있다. 차가운 바람
이 불지만, 눈동자는 빙산에 싸인 것처럼 각막으로 둘러싸여 있어서
파도를 일으키지는 않는다. 그러나 찬바람에 노출된 눈이 그 자극으로
충혈되기 시작한다. 눈이 심하게 충혈된 것을 "NU가 되었다."라고 묘

사한다. 그리고 그 자극으로 눈물이 계속 나오는 것을 "울었다"라고 설명한다. 이처럼 전반부의 텍스트에서는 겨울 동안 찬바람에 노출된 눈에 이상이 생겨나는 과정을 비유적으로 설명하고 있다.

「흥행물천사」의 텍스트는 5연부터 8연까지의 중반부에서 '천사(天使)'를 시적 대상으로 등장시킨다. 시간적 배경을 '봄'으로 바꾸어 놓고, '여자의 눈'에서 '천사'에 대한 이야기로 시적 진술을 전환하면서 그 내용이 더욱 극적으로 전개된다. 그러나 이러한 텍스트 표층에서 이루어지는 이야기의 전환은 모두가 일종의 우의적(寓意的) 고안에 불과하다. 여기에 등장하는 '천사'는 비유적 상징이다. '천사'는 눈을 감을 때 눈동자를 덮어 주는 '눈꺼풀'을 비유적으로 표현한 말이다. 눈꺼풀은 눈을 감게 하기도 하고 뜨게 하기도 한다. 눈꺼풀로 눈동자를 덮으면 아무것도 보이지 않는다. 눈을 감는 것은 곧 죽음을 의미한다. 이러한 특징 때문에 인간의 죽음에 관여하는 '천사'의 이미지를 눈꺼풀에서 찾아낸 것이 아닌가 생각된다. 천사라는 것이 곧 인간의 삶과 죽음(눈을 뜨고 감는 것)을 주재하는 신(神)의 사자(使者)가 아닌가?

그런데 이 시에서 "천사는 참새와 같이 수척한 천사를 데리고 다닌다."라고 설명하고 있다. 이것은 눈을 감거나 뜰 때 위쪽 눈꺼풀에 맞춰 아래쪽 눈꺼풀이 항상 같이 움직이는 모양을 말하는 것으로 볼 수 있다. "천사의 배암과 같은 회초리로 천사를 때린다."라는 진술은 눈을 깜박거릴 때 위쪽 눈꺼풀이 아래 눈꺼풀에 닿으면서 속눈썹이 서로 부딪치는 것을 비유적으로 묘사한 대목이다. 그리고 눈을 자꾸만 찡그리거나 깜박거리는 것을 "천사는 웃는다."라고 표현하고 있는데 이것은 눈시울에서 이물감을 느끼고 있음을 암시한다. 실제로 아래쪽 눈꺼풀에 이상이 생겨 "고무풍선과 같이 부풀어진다."라는 설명이 뒤에 이어지고 있다. 이 대목에서 눈시울에 "고무풍선과 같이 부풀어진 것"은 무엇일까? 이것은 우리가 알고 있는 다래끼를 말하는 것이 아닌가 생각된다. 눈시울에 생겨나는 눈 다래끼는 아주 흔하게 볼 수 있는 작은 부스럼이다. 대개는 저절로 낫지만, 함부로 손을 대어 덧날 경우 부어오르며 화농을 일으키고 그 흉터가 남기도 한다. 바로 뒤에 등장하는 '천사의 흥행'이란 곧 눈꺼풀의 가장자리인 눈시울에 생겨난 '다래끼'를 비유적으로 표현한 말에 불과하다. 눈시울에 난 다래끼는 금방 드러나 보인다. 남의 눈에 쉽게 띄는 것을 의식할 수밖에 없게 된다. 어린애들 사이에는 다래끼가 난 것을 서로 놀리기도 한다. 말하자면 하나의 '흥행물(興行物)'이 되는 셈이다.

다래끼와 관련하여 민간에 전해 오는 속설도 많다. 요즘은 다래끼가 생기면 병원에서 간단히 치료받을 수 있지만 예전에는 그럴 형편이 되지 못했기 때문에 여러 가지 민간 처방을 따른다. 눈 다래끼가 터를 잡기 시작할 때는 손이나 발에 붓으로 부적처럼 글씨를 써 놓으면 빨리 낫는다는 속설이 있다. 다래끼가 위쪽 눈꺼풀에 생기면 '천평(天平)'이라고 쓰고, 아래 눈꺼풀에 생기면 '지평(地平)'이라고 쓴다. 이와 반대로 하는 경우도 있다. 다래끼가 생기면 이것을 남에게 팔아 버려야 쉽게 낫는다는 속설도 전해 온다. 그래서 다래끼를 쳐다보고 먼저 말을 거는 사람에게 이것을 팔아넘기기도 한다. 이런 민간 속설에서 비롯된 다래끼 팔아넘기기를 이 시에서는 "원색 사진판 그림엽서를 산다."라는 특이한 행위로 묘사한다. 다래끼가 생겨난 눈시울 근처의 속눈썹을 뽑아서 사람들이 많이 다니는 길 위에 작은 돌멩이로 덮어 놓기도 한다. 속눈썹을 덮어 놓은 그 작은 돌멩이를 누군가가 발로 차거나 밟고 지나가면 다래끼가 그 사람에게 옮아가 곧 다래끼가 낫는다는 속설이 있기 때문이다. 이러한 속설은 넷째 단락에서 "신발을 떨어뜨리고 도망한다."라든지 "열 개 이상의 덫을 내어던진다."라는 설명을 통해 암시되고 있다.

「흥행물천사」의 9연부터 13연까지 후반부는 다래끼가 저절로 아물지 않고 화농을 일으키는 과정을 서술한다. 그리고 여러 가지 다양한 비유를 끌어들여 그 견디기 어려운 고통스러운 상황을 특이한 시적 정

　◆ 이상의 일본어 시

황으로 변용하고 있다. 앞의 인용에서 첫 단락에 등장하는 '초콜릿'은 눈곱을 비유한 말이다. 이미 「광녀의 고백」에서도 등장한 바 있다. 다래끼가 난 후에 날짜가 좀 지나고 나면 눈에 눈곱이 끼게 된다. 둘째 단락의 '트렁크'는 눈꺼풀을 말한다. 눈곱이 생겨 눈자위가 지저분하게 된 상태를 흙투성이가 된 "즈로오스(속옷)"라고 표현하고 있다. 이런 고통 때문에 눈을 감고 엎드리면 저절로 눈물이 나게 된다. 그런데 다래끼는 화농을 일으키면서 점점 커진다. 셋째 단락은 눈꺼풀이 뒤집히고 다래끼가 바깥으로 불거져 나오는 상태를 묘사한다. 여기에서 불거져 나오는 다래끼를 축음기에 비유한 것이 재미있다. 눈꺼풀을 내려 눈을 감고 있으면 눈에 보였던 모든 영상이 그대로 눈에 어리는 것을 축음기에 노래가 담겨 있는 것에 비유한 것이 아닌가 생각된다. 축음기에서 소리가 나오는 나팔 부분이 몸체 위로 삐져나온 것을 다래끼가 불거져 나온 것으로 유추하여 볼 수도 있다. 축음기의 나팔처럼 삐져나온 다래끼가 부풀어 오르면서 붉은색, 푸른색을 띠는 것을 청도깨비, 홍도깨비에 비유하기도 한다.

다래끼가 부풀어 오른 모양은 넷째 단락에서 펭귄의 통통한 몸집에 비유된다. 다래끼는 '펭귄' 모양이고 '수종(水腫)'처럼 부어오른다. 수종은 몸의 조직 간격이나 체강(體腔) 안에 림프액, 장액(漿液) 따위가 괴어 몸이 붓는 병을 말하는데, 여기에서는 화농이 생겨 불거져 나온 눈 다래끼의 모습을 지적한 것이다. 이렇게 다래끼의 상태가 악화되면 눈망울을 굴리기도 힘들어진다. 끝 문장은 억지로 눈을 깜박일 때마다 눈동자와 눈꺼풀과 다래끼가 함께 움직이는 모양을 과장하여 그려 낸 것이다. 앞의 인용에서 마지막 단락은 곪았던 다래끼가 터져 고름이 흘러나오는 모습을 그려 낸다. 다래끼가 동그랗게 커져 화농을 일으킨 상태를 '만월'에 비유하고 있으며, 다래끼가 곪아 터져 고름이 나오는 것을 초콜릿을 방사하는 것으로 비유한다.

「홍행물천사」에서 상세하게 묘사하고 있는 다래끼는 아주 흔한 안

질환이다. 대개 저절로 없어지고 일정 기간이 지나면 그 자국도 사라진다. 그러나 잘못 손대 덧나면 눈꺼풀에 흉터가 생기기도 한다. 근래에는 이런 일이 별로 없지만 예전에는 다래끼를 민간에서 잘못 치료하여 눈꺼풀에 흉터를 남기는 일이 많았다. 이 시의 텍스트에서 서두의 첫 문장 "정형외과는 여자의 눈을 찢어 버리고 형편없이 늙어 빠진 곡예상의 눈으로 만들고 만 것이다. 여자는 실컷 웃어도 또한 웃지 아니하여도 웃는 것이다."라는 진술은 바로 이 같은 사실을 설명하는 것이다. 다래끼를 고치기 위해 병원에 갔다가 그만 수술이 잘못되면 눈시울에 흉터가 남는다. 그 흉터 때문에 눈꺼풀이 늘어져 곡마단의 늙은 코끼리의 눈 모양으로 흉하게 된다. 그리고 눈을 깜박거릴 때나 눈을 뜨고 있을 때나 눈을 찡그린 모습으로 보일 수밖에 없게 된 것이다.

이상의 일본어 시 「광녀의 고백」과 「흥행물천사」는 인간의 육체에서 감각의 중심을 이루고 있는 '눈'을 시적 대상으로 삼고 있다. 인간의 육체에서 감각의 중심을 이루고 있는 것은 '눈'이다. 인간은 누구나 눈을 통해 바깥 세상에 존재하는 모든 사물의 형상을 알아내며, 그 위치와 거리 등을 인식한다. 인간에게는 두 개의 눈이 있기 때문에 물체의 모양을 분간할 수 있으며, 멀고 가까움, 깊고 얕음에 대한 감각을 갖는다. 그러므로 인간의 육체와 감각의 중심이다. 눈으로 본다는 것은 사물에 대한 인식을 가지게 된다는 것의 출발점이다. 그런데 눈은 '본다'라는 행위의 직접적인 주체이면서도 사실은 일종의 매개 수단처럼 이해되곤 한다. 사물에 대한 인식으로서의 '보기'와 눈으로 본다는 행위 자체는 언제나 정신과 육체의 분리라는 데카르트적 이원론으로 인하여 불편한 분리 관계를 유지한다. 특히 눈에 이상이 생길 경우에는 이러한 감각적 기능을 제대로 발휘하지 못한다. 안질환은 아무리 사소한 것이라도 견디기 어려운 고통을 수반한다. 이상은 이러한 감각 기관으로서의 눈의 기능과 그 질환으로 인한 장애를 시적 대상으로 삼아 육체의 물질성에 대한 새로운 인식의 지평을 열어 놓고 있다.

인간이 눈을 통해 사물을 본다는 것은 언제나 현재성의 의미를 지닌다. 외부 세계에서 일어나는 모든 움직임이 언제나 동시적인 것처럼 인식되기 때문이다. 그러나 이러한 동시성은 감각적 인지의 순간이 지나면 서로 뒤섞여 새롭게 질서화한다. 그런데 눈의 감각적 기능에 이상이 생겨 문제를 일으킨다면 어떤 일이 벌어질까? 눈의 이상(異常)은 곧 시각의 교란, 사물에 대한 인식의 불안전성으로 이어진다. 육체로서의 눈과 정신의 현상 사이에서 생겨날 수 있는 간극은 정신 작용에 미치는 육체의 물질성의 영향이 얼마나 중요한가를 말해 준다. 여기에서 주목되는 것은 사물에 대한 인식의 과정에서 '눈'이라는 감각의 중추가 그 자체의 존재를 소외시키고 있는 현상을 시적으로 형상화하고 있는 점이다. 이 두 편의 시에서 고도의 비유를 통해 재현하고 있는 '눈'은 단순한 육체의 한 부분을 의미하는 것은 아니다. 이것은 외부 세계에 대한 인식의 기반이 되는 시각(視覺)의 문제에 대한 관심에서 비롯된 것으로 볼 수 있다. 여기에서 눈은 시적 진술의 대상이면서 동시에 주체가 되기도 한다. 눈은 외부 세계를 향한 시각의 중심에 자리하고 있으며 언제나 양방향으로 작용한다. 밖을 내다볼 수도 있고, 안으로 들어가 볼 수도 있다. 그러나 눈은 모든 것을 보면서 자신을 보지 못한다. 눈은 그 육체적 물질적 요소의 장애가 생겨날 때 비로소 그 존재의 의미를 드러낼 뿐이다. 시인 이상은 바로 이 같은 문제성을 눈의 질병 또는 정상적 상태를 벗어난 눈의 기능성을 통해 새롭게 질문한다. 눈의 이상(異常) 또는 질병이라는 것은 그것이 아무리 사소한 것일지라도 매우 예민하게 작용한다. 그리고 인간의 정신과 사고뿐 아니라 인간 존재 자체를 뒤흔드는 근본적인 경험으로 작용하기도 한다. 이 육체의 문제성을 중심으로 시인 이상은 '말하는 눈'을 고안하고 '눈이 하는 말'을 듣고자 한다. 이러한 기호적 전략은 '눈'이라는 감각기관을 통해 인간의 삶과 거기서 비롯되는 문화의 영역에 육체가 어떻게 자리매김할 수 있는지를 보여 준다.

인간의 눈은 어떤 특수한 형태의 시선이 출발하는 장소다. 이 시선 속에는 타자를 향한 주체의 욕망이 담긴다. 눈은 곧 욕망에 해당한다. 눈으로 보는 대상으로서의 세계, 말하자면 욕망의 대상은 본질적으로 상상적인 것이지만 육체의 물질성을 떠나서는 인식이 불가능하다. 사물을 보는 시각은 언제나 남성적 권위의 영역으로 규정된다. 그런데 시인 이상은 이러한 관습적 의미를 거부한 채, 눈을 여성적 주체로 내세움으로써 여성의 입장에서 보고 여성의 목소리로 말한다. 이상이 그리는 '말하는 눈'은 사물에 대한 남성적 인식의 이념화 경향에서 벗어나 육체의 물질성 그 자체에 대한 섬세한 감각적 재현을 가능하게 한다. 물론 이 경우에 눈은 부분적으로 그리고 환유적으로 제시될 수밖에 없다.

일본어 연작시 「조감도」에 포함되어 있는 「얼굴」은 제목 그대로 시로 그려 낸 일종의 '자화상'에 해당한다. 이 시는 자신의 표정에 대한 자기분석이 내용의 전체를 이루고 있지만 작품의 텍스트는 전반부와 후반부로 크게 나누어 볼 수 있다.

배고픈얼굴을본다.

반드르르한머리카락밑에어째서배고픈얼굴은있느냐.

저사내는어데서왔느냐.
저사내는어데서왔느냐.

저사내어머니의얼굴은薄色임에틀림없겠지만저사내아버지의얼굴은 잘생겼을것임에틀림없다고함은저사내아버지는워낙은富者였던것인데저 사내어머니를聚한後로는급작히가난든것임에틀림없다고생각되기때문이

　　　　　　　　　　　　　◆ 이상의 일본어 시

거니와참으로兒孩라고하는것은아버지보담도어머니를더닮는다는것은그
무슨얼굴을말하는것이아니라性行을말하는것이지만저사내얼굴을보면저
사내는나면서以後大體웃어본적이있었느냐고생각되리만큼험상궂은얼굴
이라는점으로보아저사내는나면서以後한번도웃어본적이없었을뿐만아니
라울어본적도없었으리라믿어지므로더욱더험상궂은얼굴임은卽저사내어
머니의얼굴만을보고자라났기때문에그럴것이라고생각되지만저사내아버
지는웃기도하고하였을것임에는틀림없을것이지만대체로大體로兒孩라고하
는것은곧잘무엇이나숭내내는性質이있음에도불구하고저사내가조금도웃
을줄을모르는것같은얼굴만을하고있는것으로본다면저사내아버지는海外
를放浪하여저사내가제법사람구실을하는저사내로장성한後로도아직돌아
오지아니하던것임에틀림이없다고생각되기때문에또그렇다면저사내어머
니는大體어떻게그날그날을먹고살아왔느냐하는것이問題가될것은勿論이
지만어쨌든간에저사내어머니는배고팠을것임에틀림없으므로배고픈얼굴
을하였을것임에틀림없는데귀여운외톨자식인지라저사내만은무슨일이있
든간에배고프지않도록하여서길러낸것임에틀림없을것이지만아무튼兒孩
라고하는것은어머니를가장依支하는것인즉어머니의얼굴만을보고저것이
정말로마땅스런얼굴이구나하고믿어버리고선어머니의얼굴만을熱心으로
숭내낸것임에틀림없는것이어서그것이只今은입에다金니를박은身分과時
節이되었으면서도이젠어쩔수도없으리만큼굳어버리고만것이나아닐까고
생각되는것은無理도없는일인데그것은그렇다하드라도반드르르한머리카
락밑에어째서저험상궂은배고픈얼굴은있느냐.

이 작품에서 시적 대상은 시인 자신의 '얼굴'이다. 인간은 태어나
면서부터 자신의 몸을 통해 자기 내면의 다양한 욕망과 감정을 표현
한다. 철이 들어 말과 글을 배우면 언어와 문자를 통해 이를 고정시킨
다. 이 과정을 상상계에서 상징계로의 진입이라고 설명한 라캉의 주장
이 설득적이다. 하지만 인간이 언어와 문자를 통해 자기표현을 완성

해 갈 수 있게 되었다고 하지만 몸을 통해 이루어지는 미묘한 감정 표현은 여전히 필요하다. 인간은 몸 위에 옷을 걸치면서 몸 자체가 스스로 자기를 드러낼 수 있는 방식을 차단한다. 그런데 오직 얼굴만은 맨살을 그대로 드러내어 보여 준다. 몸의 표현력을 얼굴에 집중시키면서 얼굴의 표정으로 자기 내면의 풍경을 드러낼 수 있게 된 것이다. 그러므로 얼굴의 표정은 언어 이전에 이미 인간의 본능적인 모든 욕망을 그대로 보여 준다. 기쁘면 얼굴을 펴고 웃고 괴로우면 이마를 찌푸리고 입을 다문다. 그렇기 때문에 인간의 모습 가운데 얼굴은 언제나 가장 중요한 것으로 취급된다. 얼굴의 표정은 가장 직접적인 자기표현에 해당한다. 언어보다도 더욱 깊고 감각적이다. 언어는 문법이라는 사회적 규범에 의해 속박되지만 얼굴의 표정은 결코 어떤 것에도 지배되지 않는다. 그만큼 주관적이고 개인적인 것이다. 얼굴의 표정은 공간과는 아무런 관계가 없다. 그것은 그 자체로서 완전하고 이해 가능한 것이다. 우리는 얼굴에서 그 표정을 보는 것이고 그 표정은 공간 속에 존재하는 어떤 것이 아니다. 그것은 주체의 외부에서 일어나는 공간적 현상이 아니라 주관적 자기표현인 것이다.

시의 전반부는 시적 진술의 도입 과정에 해당한다. 시적 화자는 자신의 모습을 들여다보면서 자기 존재의 실체에 대해 스스로 질문한다. 여기에서 가장 중요한 것은 관상학에서 말하는 '빈상(貧相)'을 뜻하는 '배고픈 얼굴'에 대한 자기 질문이다. 후반부에 해당하는 '저 사내 얼굴은 ― 배고픈 얼굴은 있느냐.' 부분은 모든 진술 내용이 하나의 문장으로 포섭되어 있다. 시인은 의도적으로 문장의 주어와 서술어의 통사적 관계를 중첩시키면서 아버지와 어머니 그리고 사내아이의 혈연적 요소들을 진술한다. 이 같은 방식은 언어와 문자의 진술에서 드러나는 '선조성'을 거부하고 진술 내용의 '동시성' 또는 '통합성'을 강조하기 위한 하나의 기법적 의장(意匠)에 해당한다. 이 진술 속에서 아버지의 출향, 집안의 빈곤, 어머니의 고생과 자식에 대한 희생 등이 서술되고 있는데, 이러한 요소들은 그 선후 관계를 따질 것이 없이 동시적으로 그리고 통합적으로 "배고픈 얼굴"을 통해 유추된 것들이다. 문장 내용 가운데 "아해라고 하는 것은"이라는 구절을 세 차례 반복시킴으로써 의미상의 혼란을 피하여 맥락을 구분할 수 있도록 배려하고 있음에 착안한다면, 전체적인 진술 내용을 이해하는 데에는 무리가 없어 보인다. 이상 자신의 개인사에서 백부의 집안으로 양자로 들어가 성장한 사실이 이 작품의 중요 모티프가 되고 있음을 알 수 있다.

일본어 시 「운동」은 전체 텍스트를 하나의 문장으로 구성하고 있다. 지구가 자전하면서 태양을 중심으로 공전하는 과정을 통해 시간의 흐름을 자연스럽게 감지하게 됨을 암시적으로 드러낸다. 인위적인 시간으로서의 '시계'에 대한 거부가 인상적이다. 그런데 이 작품에서 시인이 말하고자 사물의 운동은 아인슈타인의 상대성원리와 관련된다. 시적 화자는 1층에서 3층 옥상을 오르내리면서 동서남북의 방향을 헤아려 보고 태양의 고도와 움직임의 방향을 가늠해 본다. 그리고 태양이 하늘의 한복판에 와 있는 순간에 자신의 위치를 헤아려 보게 된다. 공간 속에서 상하, 전후, 좌우 세 가지 요소를 바탕으로 자신의 위치를 규정하고자 하는 것이다. 여기에서 문제가 되는 것이 상대성원리다. 상대성원리는 세상의 모든 것이 항구 불변한 절대적인 것이 아니라 각각의 운동 상태에 따라 달라지는 상대적인 것임을 천명하고 있다.

연작시 「삼차각설계도」

이상이 《조선과 건축》(1931. 10)에 세 번째로 발표한 작품이 일본어 시 「삼차각설계도」다. 이 작품 역시 연작시 형태를 취하며 김해경이라

는 본명으로 발표했다.「삼차각설계도(三次角設計圖)」라는 큰 제목 아래「선에 관한 각서 1(線に關する覺書 1)」,「선에 관한 각서 2(線に關する覺書 2)」,「선에 관한 각서 3(線に關する覺書 3)」,「선에 관한 각서 4(線に關する覺書 4)」,「선에 관한 각서 5(線に關する覺書 5)」,「선에 관한 각서 6(線に關する覺書 6)」,「선에 관한 각서 7(線に關する覺書 7)」등 7편의 작품이 포함되어 있다. 이들 작품은 현대 문명의 기반을 이루고 있는 과학으로서의 물리학 또는 기하학의 발전 과정이라든지 상대성 이론과 같은 새로운 과학 이론에 관한 특이한 관심을 보여 준다. 특히 이른바 '기하학적 상상력'이라고 말할 수 있는 현대 문명과 과학의 발전에 대한 다양한 상념을 각 작품에 따라 계기적으로 진술해 나아감으로써 연작시로서의 내용과 형식의 완결된 결합 형태를 보여 주고 있다.

이 작품의 제목으로 사용한 '삼차각'은 기하학이나 건축학에서도 찾아볼 수 없는 용어다. 이러한 용어는 어디에서 비롯되었고, 그것이 무엇을 의미하는지에 대해서는 아직도 논의가 분분하다. '삼차각'이라는 말은 이상의 시에서만 등장한다. 이상은 어떻게 '삼차각'이라는 말을 생각해 냈을까? 그리고 이 말은 어떠한 의미를 지니는 것일까? 이 낯선 용어로 된 시의 제목을 이해하기 위해서는 먼저 이 제목 아래 한데 묶여「선에 관한 각서」라는 7편의 시의 텍스트 자체를 자세히 검토할 필요가 있다. 이 작품들은 현대 과학의 중요 명제와 기하학의 개념들을 다양한 수식과 기호를 통해 시적 텍스트의 구성에 활용하고 있다. 이러한 시적 기표들은 모두 추상적인 속성을 지닌 것들이기 때문에 그 자체만으로는 정확한 의미를 이해할 수가 없다. 특히 단편적인 상념들을 위주로 하여 기술하고 있는 작품에서는 이 특이한 개념과 수식과 기호들이 수사적 장치로 활용되고 있기 때문에 쉽게 그 내면의 구조를 설명할 수가 없다. 그러므로 작품 텍스트를 보는 순간 오히려 더 큰 혼란에 빠져들게 된다. 이 작품에서 볼 수 있는 과학의 명제나 기하학의 개념은 현실적 상황의 논리적 해석에 대한 일종의 제유(提喩)

에 해당한다. 그리고 이것이 예술적 상상력을 고양시키면서 새로운 의미의 시적 창조에까지 이르게 되는 것이다. 이것이 시적 텍스트에서 환기하는 '낯설게 하기'의 과도한 효과로 인하여 텍스트의 내적 공간으로부터 독자들을 소외시키는 경우도 있지만, 이상의 문학에서 이 과학적 명제와 기하학의 도식과 수학의 기호들은 그 자체가 문학적 상상력의 기반을 이루고 있다는 점을 부인할 수 없다.

이상이 과학기술과 문명의 발달이라든지 수학이나 물리학적 개념 등에 관심을 갖게 된 것은 경성고등공업학교 건축과에서 수학한 경력과 직접적으로 연관된다. 일본 식민지 시대 한국 내에서 과학기술 분야의 최고 수준에 해당하던 경성고등공업학교에서 이상은 3년 동안 수학, 물리학, 응용역학 등의 기초적인 이론 학습의 과정을 거쳤고, 건축학 분야에 관련된 건축사, 건축 구조, 건축 재료, 건축 계획, 제도, 측량, 시공법 등을 공부했다. 이러한 수학 과정을 거치면서 이상은 과학기술의 발달과 그 변화 과정에 대한 폭넓은 식견을 쌓을 수 있었다. 그런데 여기에서 주목해야 할 것은 현대의 과학기술과 문명이 주로 19세기 말부터 20세기 초에 이르는 동안 획기적인 발달과 변화를 겪었다는 사실이다. 예컨대 미국의 에디슨이 1879년 수명이 40시간이나 지속되는 '실용 탄소 전기'를 발명했고, 독일의 뢴트겐이 1845년에 음극선 연구를 하다가 우연하게도 투과력이 강한 방사선이 있음을 확인하여 X선이라고 부른 것은 모두 19세기 말의 일이다. 활동사진이라는 이름으로 처음 영화가 만들어지고 가솔린 자동차가 처음 등장한 것도 19세기 말이다. 1903년 라이트 형제의 비행기가 등장하여 새처럼 하늘을 날아가고 싶어 했던 인간의 오랜 꿈이 실현되었다. 이 모든 새로운 발명과 창조가 한꺼번에 이루어지면서 이것들이 새로운 인간의 삶의 물질적 기반을 형성하게 된 것이다. 더구나 세기말을 거치면서 프로이트의 정신분석 이론이 등장하여 심리학의 획기적인 발전이 이루어졌으며, 아인슈타인의 상대성 이론으로 시간과 공간에 대한 인식의 대전환을 가져왔다. 예술 분야에서는 표현주의 이후 입체파가 등장하고, 문학의 경우 의식의 흐름이라는 새로운 기법을 활용하는 심리주의적 경향이 강하게 나타나게 된다. 이상은 바로 이러한 과학 문명과 예술의 전환기적 상황을 깊이 있게 관찰하면서 그 자신의 문학 세계를 새롭게 구축했던 것이다.

여기에서 이상이 제안한 '삼차각'이라는 말의 의미를 다시 생각해 볼 필요가 있다. '삼차각'이란 말은 기하학에서는 사용된 적이 없다. '각(角)'은 '2차원 평면에서 이루어지는 특수한 도형'을 의미한다. 이것을 달리 표현한다면 평면상의 한 점 O에서 시작한 반직선 OA, OB로 이루어진 도형에 해당한다. 기하학에서는 평면상에 한 점 O를 공유하는 두 반직선 OA, OB가 만드는 도형을 '각 AOB'라 말하고, ∠AOB라고 적는다. O는 각의 꼭지점이며, OA, OB는 각의 변이라 한다. 반직선 OB가 OA의 위치에서 O를 중심으로 회전하여 각 AOB를 만들게 되는 경우, 그 회전의 양을 각의 크기 또는 각도라고 한다.

각의 크기나 두 각의 관계에서 여러 가지 명칭의 각이 정의된다는 것도 초급 수준의 수학 또는 기하학을 학습한 사람이라면 누구나 알고 있는 상식이다. 평면상의 한 점 O에서 시작되는 두 개의 반직선 OA, OB는 항상 두 개의 각을 만들어 낸다. OA, OB가 일직선을 이루도록 늘어서는 경우 이들에 의해 만들어지는 두 개의 각이 모두 평각이다. 그러나 두 개의 반직선이 일직선을 이루지 못할 경우에는 두 개의 각 가운데 작은 쪽이 열각이며, 다른 큰 쪽은 우각이 된다. 그리고 또 평각의 절반보다 작은 각을 예각(銳角), 평각의 절반을 직각(直角), 직각보다 크고 평각보다 작은 각을 둔각(鈍角)이라 칭한다.

이러한 기초적인 설명에 등장하는 수많은 각의 명칭 가운데 이상이 사용한 '삼차각'이라는 말은 없다. 이 말이 '삼차'라는 말과 '각'이라는 말의 합성으로 이루어진 것이라는 점은 쉽게 알아차릴 수 있다. '각'의 개념에 덧붙여진 '삼차'라는 말의 뜻을 헤아려 볼 필요가 있다.

◆ 이상의 일본어 시

'삼차'라는 말은 '삼차원(三次元)'이라는 말의 준말로 보는 것이 타당할 것 같다. 흔히 '일차원'이나 '이차원'이라는 말을 '일차' 또는 '이차'라고 줄여서 부르기도 하기 때문이다. 수학의 경우 삼차원이라는 말은 '입방체를 길이, 넓이, 두께의 자리표로 나타냄과 같은 세 개의 차원'을 말한다. 이것을 좀 더 자세히 설명해 보면, 길이와 넓이의 개념을 중심으로 하는 평면에 높이 또는 두께의 개념이 결합되면 입체 또는 공간이 된다. 그러므로 '삼차원' 또는 '삼차'는 입체 공간을 의미한다. 이러한 의미대로라면 '삼차각'이라는 말도 '삼차원 공간에서의 각'을 뜻한다고 할 수 있을 것이다.

그러나 '삼차각'이란 말은 기하학적 개념이라고 할 수 없다. 각이라는 개념은 이차원 평면 위에서 이루어지는 도형의 하나다. 평면 위의 한 점 O는 언제나 그 위치를 정확하게 표시할 수 있으며, O에서 시작되는 반직선 OA와 OB의 경우도 마찬가지다. 이것을 삼차원 공간으로 옮겨 놓을 경우 그 위치와 크기를 한정하기 어렵다. 이차원적인 평면 기하학에서의 각의 개념을 삼차원적인 입체 공간으로 확장한다는 것은 간단한 일이 아니다. 그렇기 때문에 이상이 내세운 '삼차각'이라는 개념은 실체를 입증하기 어려운 하나의 추론에 불과하다. 이 같은 새로운 기하학은 아직까지 성립된 적이 없다. 하지만 이상은 사물을 바라보는 주체의 시각과 빛의 속성을 통하여 그 '삼차각'의 가능성에 도전한다. 연작시 「삼차각설계도」가 도달하고자 하는 지점은 삼차원의 공간을 넘어서는 자리다. 이러한 사고의 확장은 아인슈타인의 '상대성 원리'를 통해 가능해진다. 아인슈타인은 처음으로 시간 차원을 제4차원으로 간주했고, 4차원에서 통합된 공간과 시간은 서로 대칭성을 가지며 또한 회전(이것은 특수상대성이론에서 말하는 공간과 시간의 휘어짐으로 나타난다.) 가능하다고 주장한 바 있다. 이상은 이러한 아인슈타인의 '시공간성'을 주목하면서 빛의 속성과 물체의 움직임에 대해 사고하고 이것이 주체에 의해 인식되는 '시각'의 문제성을 강조하기에 이른다.

이처럼 연작시 「삼차각설계도」는 기하학적 상상력에 근거한 과학 문명과 기술의 발전에 대한 상념을 다양한 시적 모티프를 이용하여 표현하면서 태양의 빛을 통해 인간의 시각이 어떻게 가능하게 되는가를 보여 준다. 이상은 사실주의의 원칙, 시간의 불가역성, 삼차원의 공간 법칙 등이 현대 과학의 이름 아래 무너지기 시작하는 것을 보면서 주체와 사물을 보는 시각의 문제를 중심으로 빛의 속성을 다채롭게 해석한 「선에 관한 각서」를 7편의 시로 완성하고 있다. 이상은 '삼차각설계도'라는 주제로 묶인 이 새로운 기획을 통해 현대 과학의 법칙에 의해 더 이상 설명하기 어려운 '삼차각'의 존재를 상상적으로 구축해 낸 셈이다.

연작시 「삼차각설계도」를 통해 확인할 수 있는 이상의 시적 상상력은 개인적 실험으로 그치지 않고 새로운 모더니즘 문학이 안고 있는 현대성에 대한 인식과 함께 특이한 기법적 고안을 보여 준다. 이 작품 속에 포함되어 있는 「선에 관한 각서」 7편 가운데에는 문학적 텍스트로서의 완결성을 갖추고 있다고 보기 어려운 경우도 있다. 하지만 다양한 패러디의 방식에 의한 텍스트의 구성, 몽타주 기법에 의한 시상의 전개, 비약과 생략에 의한 시상의 변주 등을 통해 당대 시단의 경향에서 보기 드문 새로운 시적 실험성을 실천하고 있는 점이 눈에 띈다. 특히 이들 작품에는 수학이나 물리학 등에서 사용하는 용어들이 그대로 활용되고 있으며, 근대 과학으로서의 기하학의 발전이라든지 상대성이론과 같은 이론의 등장에 관한 특이한 상념을 '기하학적 상상력'에 기초하여 새로이 형상화하고 있다. 그러므로 이 작품들은 모두 수학적 도식이나 물리학적 개념이 중심을 이루고 있으며, 기하학의 발전, 태양과 광선, 과학과 시간 등에 관한 새로운 지식들을 동원하여 인간의 존재에 관한 다양한 상념을 해체시켜 기표화하고 있다. 그러므로 이 작품의 의미를 이해하기 위해서는 기하학의 발전, 원자론, 상대성이론 등에서 끌어오고 있는 다양한 시적 모티프에 대한 정확한 해석이

　　　　　　　　　　　　　　◆ 이상의 일본어 시

필수적이다. 특히 이 일곱 편의 작품들은 '삼차각설계도'라는 커다란 하나의 주제와 서로 밀접한 연관성을 유지하고 있기 때문에, 먼저 '삼차각'에 관한 설계를 통해 구현하고자 했던 시적 창조의 세계를 주목할 필요가 있다.

　이상은 연작시 「삼차각설계도」를 통해 현대 과학 문명이 도달한 적이 없는 미지의 세계에 대한 도전을 시작하고 있다. 이상은 어떤 방식으로 '삼차각'이라는 새로운 개념의 도형을 통해 그의 문학 속에 하나의 창조의 세계를 설계해 나가고 있을까? 이상의 '삼차각설계도'는 존재하지 않는 것에 대하여 그 존재의 가능성을 열어 보이는 하나의 상상적 모험이라고 할 수 있다. 이상이 시적 텍스트의 형식을 빌려 새롭게 시도하고 있는 '삼차각설계도' 프로젝트는 기하학의 공리라든지 현대물리학의 합리성으로는 설명하기 어려운 상상력을 기반으로 하고 있다. 그가 「선에 관한 각서 1」에서 우선적으로 질문하는 것은 인간이 과연 빛의 속도를 넘어설 수 있는가 하는 문제였다. 먼저 「선에 관한 각서 1」의 텍스트를 살펴보자.

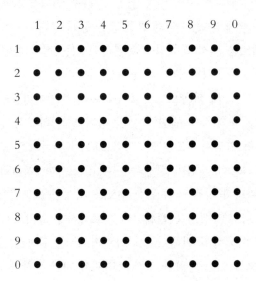

(宇宙는冪에依하는冪에依한다)

(사람은數字를버리라)

(고요하게나를電子의陽子로하라)

스펙톨

軸X 軸Y 軸Z

速度etc의統制例컨대光線은每秒當300,000키로메 — 터달아나는것이確實하다면사람의發明은每秒當600,000키로메 — 터달아날수없다는法은勿論없다. 그것을幾十倍幾百倍幾千倍幾萬倍幾億倍幾兆倍하면사람은數十年數百年數千年數億年數兆年의太古의事實이보여질것이아닌가, 그것을또끊임없이崩壞하는것이라고하는가, 原子는原子이고原子이고原子이다. 生理作用은變移하는것인가, 原子는原子가아니고原子가아니고原子가아니다, 放射는崩壞인가, 사람은永劫인永劫을살릴수있는것은生命은生도아니고命도아니고光線인것이라는것이다.

臭覺의味覺과味覺의臭覺

(立體에의絶望에依한誕生)
(運動에의絶望에依한誕生)
(地球는빈집일境遇封建時代는눈물이날이만큼그리워진다)

위의 인용에서 볼 수 있듯이 「선에 관한 각서 1」의 텍스트는 전반부에 수학적 도표가 제시되고 후반부에 간략한 시적 진술들로 이어진다. 특히 후반부의 시적 진술은 일부 내용이 ( ) 속에 담겨 있다. 그러므로 시적 텍스트에서 전개되는 시상의 흐름을 전체적으로 파악하기 힘들다. 서로 다른 성격을 지닌 텍스트들이 뒤섞여 연결되어 있기 때문에 그 내적 의미의 연관성을 시각적으로 방해한다. 이러한 타이포그래피적 고안은 이상의 시 이전에는 볼 수 없었던 것이다. 이 시의 텍스트적 성격을 제대로 파악하기 위해서는 시적 화자가 제시하고 있는 수학적 도표의 성격을 이해하고, 시적 화자의 내면 의식을 드러내고 있는 괄호 속의 진술 내용을 정확하게 해석해야 한다.

먼저 이 시의 텍스트 전반부에 제시되고 있는 수학적 도표가 무엇을 의미하는 것인가를 생각해 보기로 한다. 현대물리학의 발전은 유클리드기하학이라고 부르는 고전기하학의 약점들이 극복되면서 시작된다. 앞의 시 「선에 관한 각서 1」의 전반부에 제시되어 있는 도표는 평면 위의 한 점(●)의 위치를 표시하는 방법을 도식화한다. 여기에서 x, y축은 1부터 0까지의 숫자로 나타나 있고, 평면상에는 무수한 점(●)이 표시되어 있다. 이 표에서 각 점의 위치는 2개의 직선 x축과 y축의 거리로 표시한다. 예컨대 점 P의 위치는 $P(x, y)$로 표시한다. 그리고 점과 점을 잇는 직선은 방정식 $y=mx+b$로 표시한다. 여기에서 m과 b는 상수이고 x와 y는 각 축 위에서의 거리다. 이러한 좌표계의 고안은 프랑스 철학자 데카르트(René Descartes, 1596~1650)에 의해 처음으로 주창되었다. 데카르트는 고전적인 유클리드기하학에 대수학의 계산을 이용한 새로운 연구의 길을 열어 놓은 인물이다. 그는 대수학을 기하학에 적용하여 한 점의 위치를 앞서 설명한 대로 한 쌍의 수로 표현했으며, 방정식으로 직선과 곡선을 표현했다. 한 점은 그 위치를 나타내는 숫자로 설명할 수 있다는 것이 데카르트적인 해석기하학의 기본 개념이다. 이 방법에 따라 기하학의 대상을 대수 기호화 과정으로 설명할 수 있게 되자, 이 새로운 방법은 유클리드 기하학의 내용을 더욱 풍부하게 했고, 또한 3차원에서 일반적인 n차원으로의 확장을 가능하게 한다. 이 같은 해석기하학의 원리는 뒤에 대수기하학으로 발전하여 기하도형의 평면적 2차원적 위상을 입체적이고 공간적인 3차원에서 다룰 수 있는 다양한 대수기하학의 원리로 발전하게 된 것이다.* 이와 같은 설명을 통해 시 「선에 관한 각서 1」의 전반부에 제시되어 있는 도표가 함의하고 있는 바를 이해할 수 있다. 이 도표는 기하학의 대상을 대수 기호화함으로써 새로운 기하학의 지평을 열게 된 '해석기하학(解析幾何學)'의 기본 개념을 표시한 것이다. 이 도표는 이상 문학에 등장하는 기하학적 상상력의 단초라는 점에서 중요한 의미를 지닌다.

「선에 관한 각서 1」의 텍스트의 중반부에는 앞에 제시된 도표에 대한 시적 화자의 단편적인 상념이 ( ) 속에 담겨 있다. "우주는 멱에 의하는 멱에 의한다"라는 구절에서 "멱에 의하는 멱에 의한다."라는 말은 $((N)^n)''\cdots\cdots$라는 수식으로 표시된다. 이것은 우주가 무한대로 큰 세계임을 말해 준다. "사람은 숫자를 버리라"라는 구절은 무한대의 크기로 표시할 수밖에 없는 원대한 우주에 비해 인간의 세계라는 것이 보잘 것없는 좁은 것임을 암시한다. 인간이 합리성 또는 과학성이라는 것을 내세워 숫자로 계산하고 따지는 일이 아무런 의미가 없음을 말한다. 여기에서 '숫자(數字)'는 인간 존재의 유한성에 대한 표식일 수밖에 없다. 그런데 이러한 생각 끝에 "고요하게 나를 전자의 양자로 하라"라는 대목이 등장한다. 이 말은 광대한 우주와 유한한 인간의 관계를 물체의 핵심 구조인 원자구조로 축소하여 비유적으로 설명한 것이라고 할 수 있다. 그러나 이에 대해서는 좀 더 구체적인 해명이 필요하다.

원자의 모형을 실험을 통해 발견한 것은 영국 과학자 러더포드(Ernest Rutherford, 1871~1937)다. 러더포드는 원자의 모형이, 태양을 중심으로 지구나 화성 같은 행성이 그 주변을 돌고 있는 작은 우주와 같다고 주장한다. 러더포드의 원자모형의 발견에 뒤이어 20세기에 들어와서 많은 과학자들에 의해 원자구조도 밝혀지게 된다. 원자는 어떤 것이든 간에 그 한가운데 태양에 해당되는 원자핵(原子核)이 있고 그

---

* 佐佐木 力, 『數學史入門』(筑摩書房, 2005), 137~143쪽.

주변을 돌고 있는 행성에 해당되는 전자(電子)들이 돌고 있다. 원자핵과 그 주변을 돌고 있는 전자의 궤도 안쪽은 아무것도 없는 텅 빈 공간이다. 음전기(−)를 띠고 있는 전자는 원자의 바깥 주변을 굉장히 빠른 초스피드로 회전하고 있을 뿐 아니라 여기에 양전기(+)를 띤 원자핵의 전기적인 작용도 있기 때문에 전자와 원자핵 사이를 다른 물질이 통과할 수 없게 된다. 다시 말하면 원자의 속은 텅 비어 있는 공간이지만 그 바깥쪽은 딱딱한 껍질을 씌워 둔 것과 같은 상태다. 원자핵은 양성자(陽性子)와 중성자(中性子)라는 작은 입자로 구성되어 있다. 양성자는 앞에서 말한 대로 전기를 갖고 있으나 중성자는 전기를 띠지 않은 문자 그대로 중성이므로 원자핵 자체가 (+)전기를 띠고 있다는 것은 사실은 양성자가 띠고 있는 전기임을 말한다. 여기에서 원자의 종류는 원자핵에 있는 양성자의 수로 구별된다. 이 시에서 말하고 있는 '양자(陽子)'는 '양성자'를 뜻한다. 양성자는 원자핵의 초소 구성 입자인데, 모든 사물의 기본적인 속성(원자의 종류)이 바로 이 양성자의 숫자로 결정된다. 그러므로 이 시에서 "고요하게 나를 전자의 양자로 하라"라는 구절은 방대한 우주 공간에서 비록 작은 존재이지만 그 주체로 서고자 하는 인간의 욕망을 암시한 것이라고 할 수 있다.

이 시의 후반부는 분광기(spectre)를 통해 굴절되는 빛을 관찰하면서 빛의 본질과 속성에 대한 설명을 시적 진술로 바꿔 놓고 있다. 시적 텍스트에 하나의 행으로 제시되어 있는 "스펙톨"이라는 말은 빛을 굴절시키는 분광기를 말한다. 그리고 "축X 축Y 축Z"는 분광기를 통해 굴절 분산되는 빛을 공간 속에서 x, y, z라는 3개의 축으로 표현하고 있다. 그리고 뒤에 이어지는 "속도 etc의 통제~광선인 것이라는 것이다."라는 산문적 진술은 빛의 속도와 이에 관련된 여러 가지 과학적 지식을 설명하고 수치로 제시하고 있다. 진공에서 빛의 속도는 정확히 초속 299,792,458미터이다. 이 속도는 1초에 지구를 일곱 바퀴 반을 돌 수 있고 지구에서 달까지 가는 데는 1초 정도 걸린다. 태양까지는 약 8분 거리다. 이는 측정치가 아니라 미터의 정의에 의한 것이다. 그런데 이러한 빛의 속도는 아인슈타인(Albert Einstein, 1879~1955)의 상대성이론에 따르면 어떤 물체의 움직임도 그것을 넘을 수 없다는 사실이 밝혀진다. 물질의 이동 속도는 빛의 속도를 넘어설 수 없다. 질량이 없는 물체는 빛의 속도로 전파될 수 있지만 이는 인과율에 중요한 영향을 준다. 물론 빛의 속도보다 빠르게 이동할 수 있다면 현재의 위치에서 무한한 과거로 돌아가 볼 수 있다는 가정도 해 볼 수 있다. 시적 화자는 이를 두고 "수억 년 수조 년의 태고의 사실이 보여질 것이 아닌가."라고 반문하기도 한다.

시적 화자는 물체의 궁극적인 핵심에 해당하는 원자를 대상으로 자신의 상념을 이어 간다. 러더포드의 원자모형이 발표된 후 20세기 초 원자가 물질을 구성한다는 사실이 확인되었다. 그러나 원자의 내부 구조가 영구적으로 안정적인 것이 아니라는 사실이 밝혀진다. 그리고 1911년에는 거의 모든 원자의 질량은 총 부피 중 미소한 부분만을 차지하는 핵에 집중되어 있다는 결론에 이른다. 이어서 동위원소라는 중요한 개념이 확립되었고 실험실에서 원자핵을 변환시키는 데도 성공한다. 마침내 1934년 인공적으로 고안된 장치 속에서 보통 물질을 핵변환시켜 방사능을 갖게 할 수 있다는 것이 밝혀진다. 이 시에서 화자는 바로 이 같은 과학의 발전 과정을 염두에 두고, "원자는 원자가 아니고 원자가 아니고 원자가 아니다, 방사는 붕괴인가,"라고 반문하기도 한다. 더 이상 원자가 물질의 핵심이 아니며 원자핵을 변화(분열 또는 붕괴)시켜 방사능이 생기게 할 수 있다는 사실을 스스로 확인하고 있는 셈이다. 그리고 다시 빛이 인간과 자연의 모든 법칙의 기준임을 주장한다.

이 시의 텍스트는 결말 부분에서 다시 괄호 속에 시적 화자의 상념을 세 가지로 구분하여 표시하면서 시상을 매듭짓고 있다. 첫째는 '입체에의 절망에 의한 탄생'이라는 구절이다. 이 진술은 유클리드기하학의 한계를 극복한 해석기하학의 현대적 등장을 암시한다. 데카르트 이후 대수학을 기하학에 적용하여 기하도형의 차원을 다루게 되면서 방정식으로 직선과 곡선을 표현하게 되었으며, 이를 발전시켜 원과 원뿔곡선도 방정식으로 표현할 수 있게 된다. 이 새로운 접근법은 많은 기하학적 과제를 해결할 수 있는 새로운 원리로 등장하게 되어 기하학을 'n차원'으로까지 확대 적용할 수 있게 한 것이다. 둘째는 "운동에의 절망에 의한 탄생"이라는 구절이다. 이것은 현대물리학의 새로운 차원을 열어 준 아인슈타인의 상대성이론의 등장을 말한다. 아인슈타인의 특수상대성이론은 모든 좌표계에서 빛의 속도가 일정하고 모든 자연법칙이 똑같다면, 시간과 물체의 운동은 관찰자에 따라 상대적이라는 것을 입증한다. 이를 수학적으로 표현하여 질량과 에너지의 등가를 확립했는데, 이에 따르면 어떤 양의 물질이 갖는 에너지는 그 물질의 질량에 빛의 속도의 제곱을 곱한 값, 즉 $E=mc^2$이다. 아인슈타인은 이 특수상대성이론에 중력 현상을 새로 포함시키려고 이론을 계속 발전시켜 마침내 일반상대성이론(1916)을 내놓는다. 일반상대성이론은 뉴턴의 만유인력 법칙을 대체하는 새로운 수식을 제시하는데, 이를 이용해 중력 현상을 설명하기 위해서는 미분기하학과 텐서라는 수학적 개념이 필요하다. 일반상대성이론은 특수상대성이론이 관성 좌표계의 관측자만을 다루는 데 반해 모든 기준계의 관측자가 동일하다고 놓는다. 물리법칙은 관측자가 가속운동을 하는 경우에도 모두 동일하게 적용된다. 중력은 시공간의 휘어짐으로 표현되는데, 이것은 곡률이 수학적으로 비관성 좌표계와 동일하기 때문이다. 일반상대성이론은 질량과 에너지가 시공간을 휘게 하고, (빛을 포함한) 자유 입자들이 이렇게 휘어진 시공간 속에서 움직인다는 방식의 기하학적인 이론이다.* 셋째

---

* 스티븐 호킹·레오나르드 플로디노프, 전대호 옮김, 『시간의 역사(*A Briefer History of Time*)』(까치, 2006), 45~59쪽.

는 "지구는 빈집일 경우 봉건시대는 눈물이 나리만큼 그리워진다"라는 구절이다. 이것은 현대 문명 이전의 상태에서 인간이 누렸던 행복감에 대한 일종의 향수를 뜻한다. 물론 여기에는 인간에 대한 문명의 속박을 벗어나고자 하는 시적 화자의 욕망이 담겨 있다.

　이상의 시에서 기하학적 상상력에 기반하여 이루어지고 있는 현대 과학기술 문명의 발달에 대한 반성은 「선에 관한 각서 2」에 이르러 공간의 개념으로 확장된다. 이 작품은 「선에 관한 각서 1」을 통해 시적 모티프로 삼았던 데카르트 이후의 해석기하학의 등장과 함께 새롭게 발전한 현대 과학의 이론을 배경으로 하고 있다. 여기에서는 특히 빛의 속도와 그 성질에 관한 여러 가지 이론을 기호와 수식으로 표현한다. 그리고 시적 텍스트의 후반부에서 이러한 빛의 성질에 관한 시적 화자의 상념과 그 내면 의식이 괄호 속에 묶인 채 함께 진술되어 있다.

$$1 + 3$$
$$3 + 1$$
$$3 + 1 \quad 1 + 3$$
$$1 + 3 \quad 3 + 1$$
$$1 + 3 \quad 1 + 3$$
$$3 + 1 \quad 3 + 1$$
$$3 + 1$$
$$1 + 3$$

線上의一點A
線上의一點B
線上의一點C

A + B + C = A

A + B + C = B

A + B + C = C

二線의交點 A

三線의交點 B

數線의交點 C

3 + 1

1 + 3

1 + 3   3 + 1

3 + 1   1 + 3

3 + 1   3 + 1

1 + 3   1 + 3

1 + 3

3 + 1

(太陽光線은, 凸렌즈때문에收斂光線이되어一點에있어서爀爀히빛나
고爀爀히불탔다, 太初의僥倖은무엇보다도大氣의層과層이이루는層으로
하여금凸렌즈되게하지아니하였던것에있다는것을생각하니樂이된다, 幾
何學은凸렌즈와같은불작난은아닐른지, 유우크리트는死亡해버린오늘유
우크리트의焦點은到處에있어서人文의腦髓를마른풀과같이燒却하는 收
斂作用을羅列하는것에依하여最大의收斂作用을재촉하는危險을재촉한
다, 사람은絶望하라, 사람은誕生하라, 사람은誕生하라, 사람은絶望하라)

이 작품의 텍스트에서 전반부를 이루는 수식과 기호를 먼저 살펴
보자. 수식 "1+3"은 '1'이 의미하는 것과 숫자 '3'이 의미하는 것의 결

합 상태를 암시한다. 여기에서 '1'은 1차원의 세계를 상징한다. 1차원의 세계는 시간처럼 전후의 개념만을 지닌 선(線)과 같은 성질을 띠는 것으로 볼 수 있다. '3'은 3차원의 세계를 의미한다. 이것은 공간의 세계다. 그러므로 "3+1" 또는 "1+3"은 1차원의 시간과 3차원의 공간의 결합을 의미한다. 이것은 4차원의 세계이며, 곧 인간의 세계와는 다른 새로운 세계를 말하는 셈이다. 아인슈타인의 상대성이론의 핵심은 바로 이 같은 시간(1차원)과 공간(3차원)의 새로운 결합 가능성을 암시한다. 그러나 인간이 빛의 속도처럼 빠르게 새로운 세계로 나아간다면 빛의 속도를 돌파하는 순간 모든 것이 분해되어 버린다. 이 새로운 세계는 절대적인 중심이 존재하는 것이 아니라 모든 것이 중심이 될 수 있는 상대적 세계에 해당한다.

그런데 여기에서 한 가지 지목하고 싶은 것은 "3+1"과 "1+3"이라는 수식이 단순히 1차원의 세계와 3차원의 세계의 결합만이 아니라 사영기하학(射影幾何學)에서 이론화된 '장이론(field theory)'와 관련 있는 것처럼 보인다는 점이다. 사영기하학의 개념은 매우 다양한 대수계에서 좌표들을 선택하여 확장시킬 수 있는 이점이 있다. 사형기하학에서는 더하고 빼고 곱하고 나눌 수 있는 기호 집합을 '체(體, field)'라고 한다. 그리고 이 '체'에서 좌표를 선택할 때 하나의 기하학을 얻을 수 있다. 예를 들면, 1이나 3과 같은 실수는 하나의 '체'다. 대수학은 더하고 빼고 곱하고 나눌 수 있는 기호 체계를 제공하지만, 기호들의 곱 ab가 반드시 ba와 같지는 않다. 이런 체계를 비가환체(非可換體, skew field)라고 한다. 비가환체에서 연구할 때, 보통의 합 관계와 교차 관계는 타당하지만 다른 정리들은 더 이상 참이 아닌 하나의 기하학이 만들어질 수 있다.

사영기하학은 공리론적(公理論的)으로 볼 때 유클리드기하학에 비해 훨씬 적고 간단명료한 공리로부터 출발하여 엄밀한 논증에 의해 기하학을 전개한다. 특히 사영기하학에서는 다음에 서술하는 바와 같이

◆ 이상의 일본어 시

완전한 쌍대(雙對, duality)가 성립하는 것이 두드러진 특징이다. 예컨대 '두 점을 지나는 직선은 1개만 존재한다.'라는 명제에서 '점'과 '직선', '~을 지나는'과 '~의 위에 있는'을 서로 치환하면, '두 직선 위에 있는 점은 1개만 존재한다.'라는 명제가 된다. 이와 같은 치환에 의해 하나의 명제에서 새로운 명제를 만들어 내는 것을 쌍대라고 한다. 사영기하학의 공리계(公理系)는 그 어떤 공리의 쌍대도 또한 이 공리계 속에 존재한다. 따라서 하나의 명제가 '참'이면 그 쌍대 명제는 다시 증명하지 않아도 반드시 '참'이 된다. 그런데 사영기하학에서는 사영 대응에 의해 (1) 몇 개의 점이 한 직선 위에 있는 것(공선, 共線) (2) 몇 개의 직선이 한 점을 지나는 것(공점, 共點)의 2가지 성질은 변하지 않는다. 이 경우 무한원점(無限遠點)도 점 중의 하나로 고려하기 때문에 한 점에서 교차하는 두 직선이 사영 대응에 의해 평행한 두 직선으로 이동하는 경우도 있다. 사영기하학의 특징적인 과정은 한 직선이나 평면 위에 있지 않은 한 점에서 투시도법으로 다른 직선이나 평면에 그것을 사상시키는 것이다. 이 과정은 한 물체를 외부점에서 그리거나 사진 촬영할 때 하는 것과 근본적으로 일치한다. 사영기하학의 목적 가운데 하나는 사상 과정에 의해 변하지 않는 도형의 성질을 연구하는 것이다.*

그런데 「선에 관한 각서 2」는 이러한 사영기하학의 공점(共點)과 공선(共線)에 관한 공리에 기초하여 그 텍스트가 구성되고 있다. 앞의 인용에서 "선상의 일점 A / 선상의 일점 B / 선상의 일점 C"라는 진술은 '임의의 한 직선 위에 점 A, 점 B, 점 C가 있다.'라는 뜻으로 이해할 수 있다. 그리고 "A+B+C=A/ A+B+C=B/ A+B+C=C"라는 진술은 앞서 표시한 세 점의 위치와 그 관계를 표시한 수식에 해당한다. 그런데 평면상에 위치하고 있는 A, B, C라는 점들이

---

* 瀬山士郎, 『幾何物語』(筑摩書房, 2007), 153~159쪽.

A+B+C=A, A+B+C=B, A+B+C=C와 같은 식으로 성립되려면, 세 점이 사영 대응의 방식으로 동일시되는 경우에만 가능하다. 점은 크기를 따지지 않는 것이므로, 위치가 같다면 같은 점이다. 그러나 A, B, C가 각각 위치가 다른 임의의 한 점이라면 이 수식은 모순이다. 하지만 이 수식이 성립 가능한 경우도 있다. 평면 위에서가 아니라 사영 공간 속에서 세 점이 일정한 각도를 유지하여 직선으로 연결되는 경우, 즉 공선상에서는 세 점이 동일한 한 점으로 보이는 경우가 얼마든지 가능해진다. 이러한 현상은 직진하는 빛의 성질을 전제해야만 이해가 된다. 바로 뒤에 이어지는 "이선의 교점 A / 삼선의 교점 B / 수선의 교점 C"라는 진술은 앞에 전제되어 있는 조건들에 비추어 볼 때, 두 가지의 사실을 말해 준다. 첫째, 수식 "A+B+C=A/ A+B+C=B/ A+B+C=C"에서 얻어진 값으로서의 A, B, C라는 점들은 평면상에 위치한 것이 아니다. 둘째, A, B, C는 공간(입체) 속에서 공간을 통과하는 임의의 직선이 서로 교차하는 공점이 된다. 결과적으로 각 점 A, B, C는 두 직선 또는 세 직선, 그리고 무수한 직선들의 교점에 해당한다. 이러한 사실은 공간에서 두 개 이상의 직선이 얼마든지 한 점에서 서로 만날 수 있음을 말해 주는 것이다.

이 작품의 텍스트 후반부에서는 앞서 예시한 공선과 공점에 관한 사영기하학의 공리를 놓고 이것을 실제의 환경 속에서 '볼록렌즈'를 통해 이루어지는 빛의 굴절과 수렴 현상을 통해 다시 입증해 보이고 있다. 기하광학(幾何光學)에서는 빛이 지나는 경로를 나타내는 데 광선을 쓰고, 빛에너지의 흐름은 여러 개의 광선의 모임인 것으로 생각한다. 모든 광선 또는 그 연장이 한 점에서 만날 때 공심광선속(共心光線束), 한 점으로 집중되어 갈 때 수렴광선속(收斂光線束), 한 점에서 퍼져 나갈 때 발산광선속(發散光線束)이라 한다. 여러 가닥의 빛이 '수렴광선속'을 이루어 한 점에서 만날 때 이 점을 '공심광선속'이라고 하는데, 바로 이 점에 빛이 집중되므로 열을 내게 된다. 볼록렌즈로 빛을 굴절

◆ 이상의 일본어 시

시켜 수렴광선속을 만들어 공심광선속을 이루게 하여 모든 빛이 한 점에 모이면 그 초점에서 불이 붙는 것을 볼 수 있다. 이상의 소설 「날개」에서도 볼록렌즈를 가지고 노는 장면이 등장한다. 그런데 태양 광선은 지구가 생성된 때부터 대기층을 직진하여 통과하면서 지구를 비추고 있기 때문에 빛이 수렴되지 않는다. 시적 화자는 바로 이러한 사실을 떠올리면서 속으로 이를 천만다행이라고 여긴다. 만일 볼록렌즈에서와 같은 빛의 수렴 현상이 지구 위에서 나타났다면 지구는 그대로 폭발하고 말았을 것이다. 시적 화자의 상념은 다시 기하학의 발전 과정에 관한 것으로 이어진다. 현대의 기하학은 유클리드기하학에서 내세운 공리들을 확장하거나 부분적으로 부정하면서 이른바 '비유클리드기하학'으로 발전한다. 그리고 아인슈타인의 일반상대성원리의 골격을 세우는 데 중요한 역할을 하게 된다. 그렇지만 이 일반상대성원리로 인하여 시공간구조(時空間構造)의 개념이 근본적으로 바뀌게 된 것이 오히려 인간 세계의 재앙을 불러올지 모르는 '불장난'이 아닐까 하는 것이 시적 화자의 생각이다. 그렇기 때문에 시적 화자는 이러한 문제들과 관련지어 인간의 삶의 현실에서 요구되는 새로운 인간관과 가치의 정립을 주장하고 있다. 결국 시 「선에 관한 각서 2」는 현대 과학 문명의 발달에 대한 시적 화자의 우울한 공상을 그려 놓고 있는 셈이다.

이상의 기하학적 상상력은 시 「선에 관한 각서 3」에 이르러 하나의 결론에 도달한다. 이 작품은 「선에 관한 각서 1」의 텍스트와 그 구성법이 유사하다. 시적 텍스트의 전반부는 수학적 도표가 자리하고 후반부에 간단한 수식과 함께 시적 화자의 상념이 괄호 속에 묶여 제시된다.

$$
\begin{matrix}
& 1 & 2 & 3 \\
1 & \bullet & \bullet & \bullet \\
2 & \bullet & \bullet & \bullet \\
\end{matrix}
$$

```
3  ●  ●  ●

   3  2  1

3  ●  ●  ●

2  ●  ●  ●

1  ●  ●  ●
```

$$\therefore nPn = n(n-1)(n-2)\cdots\cdots(n-n+1)$$

(腦髓는부채와같이圓에까지展開되었다, 그리고完全히廻轉하였다)

　　이 작품에서 텍스트의 전반부에 위치한 도표와 수식의 의미를 이
해하기 위해서는 앞서 설명한 사영기하학의 공리를 염두에 두어야 한
다. 이 작품은 유클리드기하학 이후 발전을 거듭해 온 현대기하학의
공리를 적용하여 공간에서의 한 점의 위치를 어떻게 수식으로 표시할
수 있는지를 간단한 도표와 식으로 표현하고 있다. 여기에서 특히 주
목해야 할 것은 사영기하학의 공리를 텍스트상의 도표와 그 뒤에 제시
된 순열식에 어떻게 적용하고 있는가 하는 점이다. 사영기하학의 특징
적인 과정은 한 직선이나 평면 위에 있지 않는 한 점에서 투시도법으
로 다른 직선이나 평면에 사상시킨다. 이 과정은 한 물체를 외부점에
서 그리거나 사진 촬영할 때 하는 것과 근본적으로 일치한다.

　　「선에 관한 각서 3」에 등장하는 도표는 「선에 관한 각서 1」의 도표
와 유사성을 띠고 있지만 그 성질이 다르다. 「선에 관한 각서 1」의 경
우는 평면 위의 한 점을 수식으로 표시하는 법을 도표화한 것인데, 여기
에서는 3차원의 세계 속에 한 점(●)의 위치를 표시하는 법을 보여 준
다. 이 도표는 정육면체에서 서로 수직으로 만나는 두 개의 평면을 하
나의 평면 위에 펼쳐 놓은 것이라고 할 수 있다. 이 표의 중간에 끼워진
"3 2 1"은 바로 두 평면이 수직으로 만나는 접면 부분을 가리킨다. 여기
에서 '3'은 꼭지점에 해당한다. 이를 실제로 펼쳐 보이면 다음과 같다.

　　　　　　　　　　　　　　　◆ 이상의 일본어 시

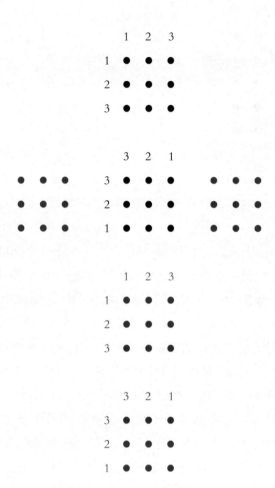

위의 펼친그림을 보면 공간에서의 점의 위치는 세 개의 숫자 또는 좌표로 표시할 수 있다. 다시 말하면 공간 속의 한 점은 다양한 3차원 좌표를 이용하여 그 위치를 표시할 수 있다. 그리고 이 점들은 평면의 경우와 달리 무한하게 표시될 수밖에 없다. 이러한 사실은 「선에 관한 각서 2」에서도 이미 밝혀 놓은 바 있다.

그런데 이 도표에 이어서 시적 텍스트에는 "∴ $nPn=n(n-1)(n-2)\cdots\cdots(n-n+1)$"이라는 수식이 등장한다. 이 수식은 순열(順列)의 공식을 그대로 옮겨 놓은 것이다. 먼저 순열의 원리를 생각해 보자. 순열은 서로 다른 n개의 원소 중에서 r개를 뽑아서 한 줄로 세우는 경우의 수를 말한다. 이를 기호화하여 nPr, 혹은 $P(n, r)$ 라고 쓰며, $P(n, r)=n(n-1)(n-2)\cdots\cdots(n-h+1)$이라는 수식으로 표시한다. 그런데 이 수식이 시적 텍스트에서 의미하는 것이 무엇인가? 이것은 시적 텍스트의 전체적인 맥락을 통해 밝혀야만 한다. 이 작품에서 제시하고 있는 순열의 공식은, 앞의 도표로 예시하고 있는 것처럼 공간 속에 위치하고 있는 임의의 두 점을 골라 연결(공선을 이루도록 한 줄로 세우는)하는 경우의 수를 말한다. 그러나 이 경우에 답을 구할 수는 없다. 왜냐하면 공간 속에서 점의 수(여기에서는 'n')는 무한정이기 때문이다. 다시 말하자면 이 순열의 공식에 의거하여 문제를 풀 경우 답은 무한하다.

여기서 공간 속의 두 점을 이어가는 방식은 점의 공간적 이동과 그 시간에 관한 상념에 이르는 순간 아인슈타인의 상대성이론과 만난다. 상대성이론의 시공(time-space)에서는 특정의 공간 속에 3차원 좌표로 표시되는 점의 위치에 시간의 개념이 결합된다. 그러므로 3차원 공간 좌표와 시간 척도의 결합을 표시하기 위해 네 개의 수 또는 네 개의 좌표가 필요하게 된다. 앞의 「선에 관한 각서 2」에서 볼 수 있었던 "3+1"이라는 수식에서 이미 이 같은 사실을 암시한 바 있다.

그런데 시 「선에 관한 각서 3」에서 시적 화자는 고전역학에서부터 아인슈타인의 상대성이론의 발전 과정을 생각하기도 하고, 유클리드기하학에서 현대기하학이 사영기하학에서부터 대수기하학이나 미분기하학에까지 발전하는 과정을 생각하면서, 모든 물질계의 현상이 더욱 미궁으로 빠지거나 추상화되어 버린다는 자신의 생각을 비유적으로 진술하고 있다. 이 시의 결말 부분에서 "뇌수는 부채와 같이 원에까지 전개되었다, 그리고 완전히 회전하였다"라는 말이 바로 이러한 미궁의 형상을 비유적으로 표현한 것이 아닌가 생각된다. 말하자면, 앞에서 제시한 순열의 공식에 따르면 공간 안에서 임의의 두 점을 골라 서로 연결하는

323

경우의 수는 무한하다. 답을 구할 수 없는 것이다. 그러므로 "뇌수는 부채와 같이 원에까지 전개되었다. 그리고 완전히 회전하였다"라는 진술을 통해 머리가 돌 지경임을 말해 준다. 물론 이 결말의 진술을 좀 더 복잡한 기하학적 개념으로 확대해 볼 수도 있다. 이 결말의 진술이 '원뿔굴절(conical refraction)'의 개념을 패러디한 것이 아닌가 생각되기 때문이다. '원뿔굴절'이란 쌍축결정에서 나타나는 광학 현상으로 광선이 굴절하여 원뿔 모양으로 퍼지는 것을 말한다. 하지만 여기까지 논리를 비약시킨다면 이것은 이미 시적 상상력의 경지를 넘어서는 것이다.

연작시 「선에 관한 각서」는 유클리드기하학에서 현대기하학으로의 발전 과정, 고전역학에서 아인슈타인의 일반상대성이론에 이르기까지의 변화 등에 관한 갖가지 상념을 수학적 도표와 공식의 현란한 기표를 활용하여 시적 텍스트 속에 담아 놓는다. 그리고 여기에서 두 가지의 문제에 대한 나름대로의 개념을 정리한다. 그 하나가 인간의 존재와 시간의 개념에 관한 것이고, 다른 하나가 사물에 대한 인식과 시각(視覺)의 문제다.

먼저 시간의 개념에 관한 이상의 시적 단상들을 생각해 보자. 사람들은 누구나 시간은 고정불변이며 오직 하나뿐임을 믿고 있다. 고전역학을 대표하는 뉴턴은 시간을 설명하기 위해 '절대적 시간'이라는 개념을 설정한다.* 시간의 불변성을 인정하고 있는 고전역학에서는 시간이라는 것이 운동방정식의 실수 좌표 위를 움직이는 것이며, 그 반대 방향으로 바뀌어도 그 가치가 변함이 없고 유효하다고 설명한다. 이러한 주장이 일반화되면서 시간의 균질성에 대한 믿음이 확대된 것이라고 할 수 있다. 고전역학의 시간 개념에서 가장 주요한 것은 시간대칭 이론이다. 뉴턴이 주장한 역학적 운동 법칙에서 시간은 제2의 잠

* 클라우스 마인처, 두행숙 옮김, 『시간이란 무엇인가(Zeit Von der Urzeit zur Computerzeit)』(들녘, 2005), 48~52쪽.

재력으로서 항상 제곱(t^2)으로 표시된다. 그러므로 '양'의 값을 가지고 앞으로 진행하는 시간(t)을 그 반대 방향으로 진행하는 '음'의 값을 지닌 시간($-t$)으로 대치해도 이 법칙은 변하지 않는다. 이것은 결국 두 개의 시간이 서로 구별될 수 없음을 말해 준다. 바로 여기에서 시간 대칭이라는 개념이 성립된다. 앞으로 흐르는 시간을 반대쪽으로 거꾸로 돌리는 것도 가능하다는 것을 역학 법칙에서 말해 주고 있기 때문이다. 이러한 논리를 확대시킨다면, 모든 역학적 과정들은 원칙적으로 되돌려질 수 있으며 환원 가능하다는 이른바 가역성의 원리를 인정하게 된다. 즉 시간의 환원성은 그 운동 방향을 역으로 바꿈으로써 가능하며 하나의 운동은 그 이동 장소를 역으로 이동해 갈 때 환원 가능한 것처럼 보이는 것이다. 그렇지만 고전역학의 이론에 따라 시간의 가역성을 인정한다고 하더라도 실제의 상황 속에서 모든 물체는 하나의 방향으로만 움직인다는 것이 사실이다. 어떤 물체라 하더라도 그 운동 과정은 결코 그 역운동을 관찰할 수가 없는 것이다. 모든 물체의 운동 과정은 그 반대의 방향으로 되돌릴 수 없다. 이러한 불가역성은 결국 고전역학의 운동 법칙에서 내세우고 있는 절대 시간의 개념이 분명한 문제성을 지님을 말해 준다.

그런데 이상은 아인슈타인의 상대성원리에서 입증된 '모든 움직임은 빛의 속도를 넘을 수 없다.'라는 원리를 놓고 사물에 대한 인식과 그 정보의 전달을 다양한 방식으로 재질문하고 있는 시인의 상념을 서술하고 있다. 시간의 본질에 대한 관념은 아인슈타인의 상대성이론이 등장하면서 크게 바뀐다. 유일한 절대적 시간의 존재에 대한 신념은 상대성이론에 의해 밀려난다. 모든 물질의 이동속도는 물론, 힘의 매개체인 보존도 빛의 속도를 넘어서 전달될 수 없다. 질량이 없는 물체는 빛의 속도로 전파된다. 이는 인과율에 중요한 영향을 준다. 예컨대 어떤 정보에 대한 인식과 그 전달이 빛보다 빨리 일어날 가능성이 있다고 하면, 이 경우 자신이 보낸 정보가 보내기도 전에 상대방에게 도착하게 되는 역설에 빠지게 되고 심지어는 자신의 탄생을 두 번 경험하게 되는 경우도 상상할 수 있다.

다음의 시를 보자.

(1)

彈丸이一圓壔를疾走했다(彈丸이一直線으로疾走했다에있어서의誤謬等의修正)

正六雪糖(角雪糖을稱함)

瀑筒의海綿質塡充(瀑布의文學的解說)

             —「선에 관한 각서 4」

(2)

사람은光線보다빠르게달아나면사람은光線을보는가, 사람은光線을본다, 年齡의眞空에있어서두번結婚한다, 세번結婚하는가, 사람은光線보다도빠르게달아나라.

未來로달아나서過去를본다, 過去로달아나서未來를보는가, 未來로달아나는것은過去로달아나는것과同一한것도아니고未來로달아나는것이過去로달아나는것이다. 擴大하는宇宙를憂慮하는者여, 過去에살으라, 光線보다도빠르게未來로달아나라.

사람은다시한번나를맞이한다, 사람은보다젊은나에게적어도相逢한다, 사람은세번나를맞이한다, 사람은젊은나에게적어도相逢한다, 사람은適宜하게기다리라, 그리고파우스트를즐기거라, 메퓌스트는나에게있는것도아니고나이다.

速度를調節하는날사람은나를모은다, 無數한나는말〔譚〕하지아니한다, 無數한過去를傾聽하는現在를過去로하는것은不遠間이다, 자꾸만反復되는過去, 無數한過去를傾聽하는無數한過去, 現在는오직過去만을印刷하고過去는現在와一致하는것은그것들의複數의境遇에있어서도區別될수없는것이다.

聯想은處女로하라, 過去를現在로알라, 사람은옛것을새것으로아는도다, 健忘이여, 永遠한忘却은忘却을모두求한다.

來到할나는그때문에無意識中에서사람에一致하고사람보다도빠르게나는달아난다, 새로운未來는새로움게있다, 사람은빠르게달아난다, 사람은光線을드디어先行하고未來에있어서過去를待期한다, 于先사람은하나의나를맞이하라, 사람은全等形에있어서나를죽이라.

사람은全等形의體操의技術을習得하라, 不然이라면사람은過去의나의破片을如何히할것인가.

思考의破片을反芻하라, 不然이라면새로운것은不完全이다, 聯想을죽이라, 하나를아는者는셋을아는것을하나를아는것의다음으로하는것을그만두어라, 하나를아는것은다음의하나의것을아는것을하는것을있게하라.
사람은한꺼번에한번을달아나라, 最大限달아나라, 사람은두번分娩되기前에××되기前에祖上의祖上의星雲의星雲의星雲의太初를未來에있어서보는두려움으로하여사람은빠르게달아나는것을留保한다, 사람은달아난다, 빠르게달아나서永遠에살고過去를愛撫하고過去로부터다시過去에산다, 童心이여,童心이여, 充足될수없는永遠의童心이여.

——「선에 관한 각서 5」

◆ 이상의 일본어 시

앞에 인용한 두 작품은 아인슈타인의 상대성원리 이후의 절대 시간과 공간의 개념이 바뀜에 따라 야기되는 여러 가지 문제들에 대한 상념들을 나열하고 있다.

(1)의 경우 첫 행에서 "탄환이 일원도를 질주했다"라는 진술은 문자 그대로 "탄환이 일직선으로 질주했다에 있어서의 오류 등의 수정"을 의미한다. 이 대목은 아인슈타인의 일반상대성이론에서 제기된 '휘어진 공간'*의 개념을 구체적으로 설명한 부분이다. 일반상대성이론에서 물체는 항상 4차원 시공 속에서는 측지선을 따라서 움직인다. 물질이 없으면 4차원 시공에서의 측지선은 3차원 공간에서의 직선과 동일하다. 물질이 있으면 4차원 시공은 변형되고 3차원 공간 속의 물체의 경로는 휜다. 그러므로 탄환이 일직선으로 질주한다는 것은 엄격히 말하면 잘못된 표현이다. 오히려 측지선에 해당하는 '일원도'를 질주한다고 표현해야 한다. 둘째 행에서 문제가 된 것은 "각설탕"이라는 말이다. '각'은 평면 위에서 두 직선이 서로 만나는 경우에 생겨나는 교차점에서의 간격을 말한다. 그런데 '각설탕'은 그 형태가 입체형이므로 '각설탕'이라는 용어는 부적절하다. 오히려 정육면체의 설탕이라는 뜻으로 '정육설탕'이라고 말하는 것이 옳다고 진술하고 있다. 마지막 행은 '폭포'라는 말을 재정의한다. 폭포라는 것을 두고, 해면질처럼 물을 빨아들여서 통을 가득 채운 '폭통'이라고 설명하고 있다. 문학적 해석이라는 단서를 달고 있다.

(2)의 경우에는 시간의 가역성이라는 문제를 전제하면서 과거나 미래로의 여행을 꿈꾸는 시적 화자의 상념을 그려 낸다. 물론 아인슈타인의 상대성이론은 고전역학의 시간 대칭 이론을 확장시켜 놓고 있는 것처럼 보인다. 그러나 궁극적으로 이 이론은 시간 여행이 불가능하다는 점을 암시한다. 상대성이론에 따르면 물체가 광속에 가까워질수록

---

* 스티븐 호킹·레오나르드 플로디노프, 앞의 책, 61~65쪽.

질량은 점점 빠르게 증가한다. 따라서 좀 더 속도를 높이기 위해서는 더 많은 에너지가 필요하게 된다. 이런 식으로 물체의 속도가 광속에 도달하면 그 물체의 질량은 무한대가 된다. 그리고 질량과 에너지의 등가 원리에 의해 물체를 광속에 도달시키려면 또한 무한대의 에너지가 필요하다는 계산이 나온다. 이런 이유 때문에 일반적인 물체는 결코 광속과 같거나 더 빠르게 움직이는 것이 불가능하다. 그러나 이 작품에서 시적 화자는 과거의 시간으로 돌아가거나 미래의 시간으로 점프하는 상황을 상상하고 있으며, 그 가능성 위에서 인간 존재의 의미를 새롭게 따져 보고 있는 것이다.

연작시 「선에 관한 각서」는 주체로서의 인간과 사물을 보는 시각의 문제를 그 결론으로 내세우면서 시상을 매듭짓는다. 이상은 먼저 인간의 감각 가운데 시각은 빛과 밀접한 관련을 가지며 삶의 모든 과정이 빛을 통한 시각에서 이루어진다는 점을 강조한다. 그리고 사물에 대한 인식이 시각을 통해 이루어지는 것이며, 모든 사물의 존재를 드러내는 이름이라는 것이 결국 시각의 표현이라는 점을 주목하고 있는 것이다.

(1)

數字의 方位學

4 ＋ ＋ ＋

數字의 力学

時間性(通俗思考에 依한 歷史性)

速度와 座標와 速度

┴ +┵

┵ + ┵

4 + ┵

┼ + 4

etc

사람은靜力學의現象하지아니하는것과同一하는것의永遠한假說이다,
사람은사람의客觀을버리라.

主觀의體系의收歛과收歛에依한凹렌즈.

4 第四世

4 一千九百三十一年九月十二日生.

4 陽子核으로서의陽子와陽子와의聯想과選擇.

原子構造로서의一切의運算의研究.

方位와構造式과質量으로서의數字와性狀性質에依한解答과解答의分
類.

數字를代數的인것으로하는것에서數字를數字的인것으로하는것
에서數字를數字인것으로하는것에서數字를數字인것으로하는것으로
(1234567890의疾患의究明과詩的인情緖의棄却處)

330

(數字의一切의性態 數字의一切의性質 이런것들에依한數字의語尾
의活用에依한數字의消滅)

數式은光線과光線보다도빠르게달아나는사람과에依하여運算될것.

사람은별 — 天體 — 별때문에犧牲을아끼는것은無意味하다, 별과별
과의引力圈과引力圈과의相殺에依한加速度函數의變化의調査를于先作成
할것.

—「선에 관한 각서 6」

(2)
空氣構造의速度 — 音波에依한 — 速度처럼三百三十메 — 터를模倣
한다(光線에比할때참너무도劣等하구나)

光線을즐기거라, 光線을슬퍼하거라, 光線을웃거라, 光線을울거라.

光線이사람이라면사람은거울이다.

光線을가지라.

——

視覺의이름을가지는것은計畫의嚆矢이다. 視覺의이름을發表하라.

□ 나의이름

△ 나의안해의이름(이미오래된과거에있어서나의AMOUREUSE는이와

같이도聰明하니라)

視覺의이름의通路는設置하라, 그리고그것에다最大의速度를附與하라.

———

하늘은視覺의이름에對하여서만存在를明白히한다(代表인나는代表
인一例를들것)

蒼空, 秋天, 蒼天, 靑天, 長天一天, 蒼弓(大端히갑갑한地方色이나아닐른
지)하늘은視覺의이름을發表하였다.

視覺의이름은사람과같이永遠히살아야하는數字的인어떤一點이다.
視覺의이름은運動하지아니하면서運動의코오스를가질뿐이다.

———

視覺의이름은光線을가지는光線을아니가진다. 사람은視覺의이름으
로하여光線보다도빠르게달아날必要는없다.

視覺의이름들을健忘하라.

視覺의이름을節約하라.

사람은光線보다빠르게달아나는速度를調節하고때때로過去를未來에
있어서淘汰하라.

—「선에 관한 각서 7」

앞의 (1)에 인용한 「선에 관한 각서 6」은 물리학의 기초가 되는 요소들, 힘, 시간, 방향, 속도 등의 개념을 도식화하여 제시하면서 새로운 4차원의 시공계의 가능성에 대한 여러 가지 상념을 기록하고 있다. 아인슈타인의 상대성이론에서 제시하고 있는 3차원의 세계를 넘어서는 4차원의 시공계는 이 작품에서 '4'라는 숫자로 기호화되어 있다. 여기에서 4는 「선에 관한 각서 2」에서 제시했던 "3+1"의 값에 해당하며, 3차원의 공간에 속도의 개념이 덧붙여져 만들어진 것이다. 이러한 인식을 기반으로 할 때 '삼차각'의 의미도 그 범위가 정해진다. 왜냐하면 삼차각이라는 개념을 3차원 공간에서의 각의 의미로 규정할 경우 그것은 결국 빛의 속성을 전제하지 않고서는 설명할 수 없는 것이다.

(2)의 「선에 관한 각서 7」은 모든 사물에 대한 인식의 주체가 인간이며, 사물에 대한 인식이란 결국 시각에 의한 것임을 강조하면서 그 시상의 결말에 도달한다. 시각이란 사물을 본다는 것을 의미한다. 이는 언어보다 늘 앞선다. 말로 표현하기 전에 먼저 보는 행위가 이루어진다. 그런데 여기에서 사물을 본다는 것은 대상에 대한 인식 이전에, 보는 행위의 주체로서의 '나'의 존재와 그 위상을 또한 드러내 준다. 그러므로 주체가 어디에 있느냐에 따라서 보는 대상의 범위가 정해지는 것이다. 그런데 여기에서 사물에 대한 시각은 빛의 자극에 의해 이루어지는 감각적 반응이라는 기계적인 의미 이상의 뜻을 가진다. 시각이란 시선이 미치는 범위 안에서만 의미를 가진다. 그러므로 시각은 일종의 선택이다. 이 선택에 의해 보는 것의 범위가 정해지며 그 의미가 인식된다. 시각은 하나로 고정되는 것이 아니라 언제나 움직이며 변화한다. 그리고 이것이 바로 현실에 대한 감각을 결정한다. 그러므로 어떤 시각을 가진다는 것은 사물에 대한 인식의 출발점이 된다는 것을 알 수 있다.

이상의 연작시 「삼차각설계도」는 주체의 존재를 규정하는 근본 원리로서 시간과 사물에 대한 인식의 기초가 되는 시각(視覺)의 문제를 새롭게 해석하고 있다. 이상이 시간에 관해 관심을 가지게 되는 과정은 아인슈타인의 상대성이론에 대한 인식 과정에서 자연스럽게 드러난다. 상대성이론이 등장하기 전에는 시간의 불가역성 또는 비가역성을 의심하는 경우가 없었다. 그러나 아인슈타인은 절대적인 주체와 그 존재의 기반이 되는 시간의 의미를 상대적인 것으로 바꾸어 놓음으로써 모든 사물에 대한 인식 방법에 근본적인 반성을 제기한다. 여기에서 가장 빛나는 부분은 사물에 대한 새로운 시각의 발견이다. 이상은 사물에 대한 물질적 감각을 정확하게 파악하기 위해 사물의 전체적인 형태나 중량감 윤곽, 색채와 그 속성까지도 설명할 수 있는 특이한 시선과 각도를 찾아내고자 한다. 그리고 끊임없이 발전하는 기술 문명의 세계를 놓고, 그것의 정체를 포착하면서 동시에 주체의 의식의 변화까지도 드러낼 수 있는 새로운 그림을 상상하게 된다. 이것은 세계에 대한 인식뿐만 아니라 사물을 대하는 주체의 시각을 새롭게 변형시킬 수 있다는 점에서 획기적이다. 바로 그것이 이상 문학의 출발점에 놓여 있는 연작시 「삼차각설계도」라고 할 수 있다.

연작시 「건축무한육면각체」

이상이 1932년 7월 《조선과 건축》에 네 번째로 시를 발표한 일본어 연작시가 「건축무한육면각체」다. 이 작품 역시 '건축무한육면각체'라는 큰 제목 아래 「AU MAGASIN DE NOUVEAUTES」, 「열하약도 No. 2(熱河略圖 No. 2 未定稿)」, 「진단 0 : 1(診斷 0 : 1)」, 「22년 (二十二年)」, 「출판법(出版法)」, 「차8씨의 출발(且8氏の出發)」, 「대낮(眞晝―或るESQUISSE―)」 등 7편을 묶어 놓고 있다. 이 가운데 「열하약도 No. 2」와 「대낮」은 텍스트의 완결성이 결여된 상태다. 「열하약도 No. 2」에는 '미정고'라고 써 놓은 것으로 보아 정리되지 않은 상념들을 모아 놓듯이 기록한 듯하다. 이 작품에서 '열하(熱河)'는 중국의 만주 지역에 있는 지명이다. 1931년 일본이 만주 대륙에서 전쟁을 일으키면서 대륙 진출을 시도한 사건을 염두에 두고 있다. 이 작품의 내용은 영화관에서 본 시사 뉴스에 대한 느낌을 적어 놓고 있지만 그 내용이 분명하지는 않다. 「대낮」의 경우에도 하나의 스케치에 불과하다는 사실을 밝히고 있듯이 미완의 상태이지만 몇 가지 중요한 장면들을 몽타주의 방법으로 연결시켜 놓고 있다. 이 작품에서 그려 내고 있는 것은 이상 자신의 주변에 친하게 지내던 닭띠생(1909년생. 己酉생)의 도시에서의 하루 생활이다. 이 텍스트에서 내세운 세 마리의 닭은 이상보다 나이가 바로 한 살 위에 속하는 '닭띠생'의 세 친구를 비유적으로 지칭하는 것이라고 본다. 구인회의 박태원(朴泰遠)이 1909년 12월 7일(음력)생이고, 조용만(趙容萬)이 1909년 3월 10일생이며, 정인택(鄭人澤)도 1909년 9월 12일생이다. 그리고 김환태(金煥泰) 역시 1909년 11월 29일생이다. 이들은 모두가 룸펜이나 다름없지만 모던 보이들이다. 이들이 함께 만나 밤새도록 도시를 헤매고 돌아다니는 모습이 이 작품 속에 묘사된다. 지하층에 자리한 카페나 레스토랑에 가서 빵을 먹는 모습을 개미집에서 콘크리트를 먹는다고 묘사하고 있다. 이들이 도심을 쏘다니는 동안 날이 새고 자기와 같은 태양이 떠오른다. 이 작품의 제목인 '대낮'이라는 말도 한밤중에도 대낮처럼 쏘다니는 군상들을 그려 내기 위해 붙인 것으로 보인다.

연작시 「건축무한육면각체」에서 우선 문제가 되는 것은 '건축무한육면각체'라는 말이다. 이 제목에서 '건축'이라든지 '무한'이란 말은 그 의미를 쉽게 짐작할 수 있다. 그러나 '육면각체'라는 말은 이해하기 어렵다. '삼차각'이라는 말과 마찬가지로 기하학, 물리학, 건축학에서는 볼 수 없는 용어다. 이 용어도 이상이 만들어 낸 말이다. '육면각체'라는 말의 의미를 정확하게 파악하기 위해서는 먼저 연작시 「삼차각설계도」에 포함되어 있는 「선에 관한 각서 4」를 면밀하게 다시 검토할 필요가 있다.

◆ 이상의 일본어 시

彈丸이一圓壔를疾走했다(彈丸이一直線으로疾走했다에있어서의誤
謬等의修正)

正六雪糖(角雪糖을稱함)

瀑筒의海綿質塡充(瀑布의文學的解說)

　이 작품의 시적 텍스트의 성격에 대해서는 앞 절에서 이미 설명한
바 있다. 여기에서는 이 시의 텍스트의 구조를 주목하면서 그 시적 진
술 방식의 메타언어적 속성을 정확하게 파악하는 일이 중요하다. 시의
텍스트는 아주 단순한 3행의 시적 진술로 이루어져 있다. 각 행의 진
술 자체도 전반부와 후반부로 나뉘어 있는데, 특히 각 행의 후반부는
전반부의 시적 진술에 대한 메타언어적 진술로 ( ) 속에 채워져 있다.
　이 가운데 둘째 행은 "정육설탕(각설탕을 칭함)"이라는 짤막한 명사
구로 이루어져 있다. 이 구절에서 괄호를 풀어쓴다면 '정육설탕이란
각설탕을 지칭하는 것임'이라는 뜻이 된다. 이렇게 풀어쓰기를 하고
보면 둘째 행의 시적 진술이 지닌 문제점을 짐작할 수 있다. '각설탕'
이라는 말은 일상생활 속에서 흔히 쓴다. 특히 차를 마실 때 접시에 담
아내는 설탕은 분말이 아니라 정육면체의 입체형으로 만들어진 각설
탕인 경우가 많다. 각설탕 한두 덩이를 집어 찻잔에 넣기가 아주 편리
하다. 그런데 시인 이상은 '각설탕'이라는 단어에 대해 이의를 제기하
고 있다. 그는 이 단어를 '정육설탕'으로 고쳐 써 놓고 있다. 오랜 관습
에 의해 만들어진 이 말이 개념적인 모순을 안고 있다고 생각했기 때
문이다. '각설탕'이라는 말은 '각(角)＋설탕(雪糖)'과 같은 방식으로 조
성된 복합어다. 이 말을 글자 그대로 읽는다면 '각이 생긴 설탕', '각진
설탕', '각 모양의 설탕' 등으로 이해할 수 있다. 그런데 실제의 각설탕
을 놓고 이러한 설명이 타당한지를 한번 생각해 보자.

　위의 사진은 정육면체의 형태를 띤 각설탕의 사진이다. 이 사진을 놓고 보면 '각이 생긴 설탕', '각 진 설탕', '각 모양의 설탕'이라는 말이 그림의 모양에 제대로 어울리지 않는다는 것을 알 수 있다. 이미 앞에서 설명한 것처럼 '각'이라는 개념은 기하학에서 평면 위의 두 직선이 서로 만나는 경우 그 교차점에서 두 직선의 벌어진 간격을 말한다. 그런데 위의 사진에서 보는 것처럼 우리가 통칭하고 있는 '각설탕'은 그 형태가 입체형이다. 이 입체형의 설탕을 '각설탕'이라는 용어로 지칭하는 것은 부적절하다. 이상이 문제 삼은 것도 바로 이 '각설탕'이라는 명칭이다. 그는 '각설탕'이라는 용어 대신에 '정육면체의 설탕'이라는 뜻으로 '정육설탕'이라는 새로운 용어를 제안하고 있다. '정육설탕'이라는 용어는 시인 이상이 창안해 낸 새로운 말이다. 이 신조어는 시적 상상력의 소산이지만, 기하학의 기본 개념에 대한 인식에 근거하여 만들어 낸 것이다. 이 새 단어가 '각설탕'으로 굳어져 버린 개념을 전복시킬 수 있을지는 더 기다려 보아야 한다.

　이상이 '각설탕'을 '정육설탕'이라고 재정의하고자 했던 방식을 따라가 보면 물체를 보는 시각의 문제가 얼마나 중요한가를 알 수 있다. 이상의 새로운 관점은 '건축무한육면각체'라는 말에서도 드러난다. 이 용어도 '정육설탕'과 같이 기하학 또는 건축학적 개념에 근거한 직관에 의해 만들어 낸 것이라고 볼 수 있기 때문이다.

'건축무한육면각체'라는 말의 의미가 어떤 형상성을 드러내는 것인가를 확인하기 위해서는 일본어 시 「AU MAGASIN DE NOUVEAUTES」를 먼저 검토할 필요가 있다. 'AU MAGASIN DE NOUVEAUTES'는 프랑스어 표기 그대로 '새로운 상품들이 신기하게 진열되어 판매되고 있는 상점'이라는 뜻을 지닌다. 우리가 알고 있는 '양품점'을 이렇게 말하기도 한다. 여기에서는 이 같은 관용적 의미보다는 새롭게 선보이는 상품들이 사람들의 호기심을 자극할 수 있도록 진열되어 있는 백화점을 말하는 것으로 본다. 굳이 이 제목을 '신상품들이 진열된 가게에서'라고 번역하지 않는 것은 프랑스어 표기 자체가 기호적으로 환기하는 이국적 취향을 그대로 살려 두기 위한 것이 아닌가 생각된다.

四角形의內部의四角形의內部의四角形의內部의四角形의內部의四角形。

四角이난圓運動의四角이난圓運動의四角이난圓.

비누가通過하는血管의비눗내를透視하는사람.

地球를模型으로만들어진地球儀를模型으로만들어진地球.

去勢된洋襪.(그女人의이름은워어즈였다)

貧血緬袍. 당신의얼굴빛깔도참새다리같습네다.

平行四邊形對角線方向을推進하는莫大한重量.

마루세이유의봄을解纜한코티의香水의마지한東洋의가을.

快晴의空中에鵬遊하는Z伯號. 蛔蟲良藥이라고쓰여져있다.

屋上庭園, 猿猴를흉내내이고있는마드무아젤.

彎曲된直線을直線으로疾走하는落體公式.

時計文字盤에XII에내리워진二個의浸水된黃昏.

도아 ―의內部의도아 ―의內部의鳥籠의內部의카나리야의內部의嵌殺門戶의內部의인사.

338

食堂의門간에方今到達한雌雄과같은朋友가헤여진다.

검은잉크가엎질러진角砂糖이三輪車에積荷된다.

名啣을짓밟는軍用長靴. 街衢를疾驅하는造花金蓮.

위에서내려오고밑에서올라가고위에서내려오고밑에서올라간사람은
밑에서올라가지아니한위에서내려오지아니한밑에서올라가지아니한위에
서내려오지아니한사람.

저여차의下半은저남자의上半에恰似하다.(나는哀憐한邂逅에哀憐하
는나)

四角이난케 ─스가걷기始作이다.(소름끼치는일이다)

라지에 ─타의近傍에서昇天하는꿈.빠.이.

바깥은雨中. 發光魚類의群集移動.

위의 시에서 그리고 있는 백화점 풍경은 '키치(kitsch)'적 환상을 불
러일으키기에 적당하다. 그러나 이 시에서 일본 제국이 강요하고 있는
식민지 시장의 새로운 소비문화 행태를 고도의 비유로 비꼬고 있다고
까지 설명하려면 더 많은 새로운 논의가 필요할 듯하다. 신기한 상품
의 현혹과 그 단순한 쾌락주의를 어떤 사회 윤리적 기준을 내세워 재
단한다는 것도 간단한 일이 아니다. 문화적 현상이 개인적 취향의 영
역과 결부될 경우에는 그 판단이 쉽지 않다. 이 시는 도회의 가을 어느
날에 이루어진 한가로운 백화점 구경을 소재로 한다. 시적 텍스트는
백화점을 구경하는 화자의 위치에 따라 몇 가지 단계로 구분된다. 전
반부는 시적 화자가 백화점 건물의 외양을 멀리서 바라보면서 그 구조
를 건축 공간의 현대적 특성과 기능에 착안하여 묘사한다. 중반부에서
는 백화점 내부에 진열되어 있는 상품들을 구경하는 장면과 백화점 옥
상에 올라서서 건너다본 길 건너 상점과 내려다본 길거리의 풍경이 그
려진다. 후반부는 다시 백화점 내부로 화자의 시선이 이동한다. 물건
을 사서 나르는 사람, 엘리베이터를 타고 오르내리는 사람들의 모습이

등장한다. 그리고 어느덧 어둠이 깃들기 시작한 저녁 무렵, 비가 내리는 거리의 풍경을 그리는 것으로 시상이 종결된다.

이 시의 텍스트의 전반부는 백화점 건물의 외형적 구조와 함께 그 내부로 들어가는 회전문의 기능을 기하학적 이미지를 통해 묘사하고 있다. 백화점 건물은 전면에 서서 보았을 때는 그 외양이 평면적인 사각형 모양으로 드러난다. 물론 이 근대적인 건축물은 엄청난 크기의 직육면체일 것이다. 그러나 이 직육면체의 입체적 형상을 평면적으로 해체시켜 놓고 보면 "사각형의 내부의 사각형의 내부의"로 이어지는 형상이 된다는 것을 쉽게 알 수 있다. 바로 뒤에 이어지는 둘째 문장은 백화점의 내부로 드나들 수 있는 출입문의 형상을 묘사한다. 백화점의 출입문은 흔히 볼 수 있는 미닫이 문이나 여닫이 문이 아니다. 수많은 사람들이 드나들기 편리하도록 회전문 형태로 만들어져 있다. 그러므로 "사각이 난 원운동의 사각이 난 원운동"이라는 대목에서 사람이 드나들 때마다 빙빙 돌아가는 출입문의 움직임과 그 형태를 묘사하고 있다. 출입문의 형태와 그 움직임을 입체적으로 재현하기 위해 "사각이 난 원운동"으로 묘사하고 있는 것이다. 이처럼 백화점의 외양은 무한한 '사각형'의 결합으로, 그리고 그 출입문은 "사각이 난 원운동"으로 단순화되고 추상화된 채 기하학적 이미지로 재현되고 있다.

이 시의 중반부는 시적 화자의 시선이 백화점의 내부로 이동되면서 시작된다. 시적 화자가 백화점에 진열된 물건 중에서 가장 먼저 지목한 것이 비누다. 진열대 안에 늘어놓은 비누의 모습은 마치 혈관을 통과하는 것처럼 묘사되어 있다. 그리고 그것을 자세히 들여다보고 있는 사람이 마치 "비눗내를 투시"하는 듯한 모습으로 그려진다. 진열장 위에는 지구의가 놓여 있다. 그 모형의 지구의를 통해 지구상의 모든 것들이 백화점 안에 상품으로 진열되고 있음을 암시한다. 백화점은 작은 지구에 해당한다. 거기 진열된 상품들은 국경도 없고 차별도 없다. 백화점의 상품 가운데 시선을 모은 것은 "거세된 양말"이라고 비유적

으로 표현한 여성용 스타킹이다. 스타킹에는 "워어즈"(이 말의 철자법을 확인할 수 없지만)라는 상품명이 찍힌 상표가 붙어 있고 여성의 다리 모형에 신겨 있다. 이 여성용 스타킹은 물론 오늘날의 얇은 나일론 스타킹과는 다르다. 나일론이 나오기 이전이다. 당시에는 '기누(きぬ, 絹) 양말'이라고 하여 견직(絹織)으로 된 얇은 여성용 양말이 유행했다. 전통적인 우리네의 무명으로 만든 버선은 발의 모양을 모조리 감춘다. 그러나 이 견직의 양말에는 여성들의 발과 종아리의 모양과 살결이 보얗게 내비친다. 시인 이상은 바로 이러한 감각을 놓치지 않는다. '빈혈면포'는 창백한 빛깔로 살결을 내비치는 여성용 양말의 외양을 다시 한번 설명해 준다. 얇은 양말을 통해 드러나는 가느다란 다리의 윤곽이 "참새 다리"에 비유되고 있다. 그리고 시적 화자가 백화점 내부의 층계를 통해 위층으로 올라가 옥상의 정원에 이르는 과정을 묘사하면서 중반부의 내용을 더욱 다채롭게 구성한다. 백화점 안에는 위층으로 오르는 층계가 길게 나 있다. 이 계단의 비스듬한 모양을 힘의 이동을 표시하는 평행사변형의 대각선에 비유한다. 여기에서 '막대한 중량'이란 수많은 사람들이 층계를 오르내리고 있음을 암시한다고 할 수 있다. 백화점 내부에는 코티(Coty)의 향기가 그윽하다. 지금도 백화점 일층은 여성용 화장품 판매대가 늘어서 있고 그 야릇한 향기가 사람들의 마음을 들뜨게 한다. 시적 화자는 프랑스 마르세유(Marseilles) 항구를 출발한 상선에 실린 코티 향수가 지중해를 거쳐 멀리 동양의 경성(京城) 한복판 백화점에까지 퍼져 와 있음을 보게 된다. 코티는 프랑스가 자랑했던 유명한 화장품 회사이다. 여기에서 만들어 낸 '코티 향수'를 비롯한 각종 여성용 화장품들은 1900년대 전반기를 대표하는 고급 화장품으로 전 세계에 널리 알려진다. 프랑스에서 만든 '코티' 향수가 마르세유 항구를 봄에 출발하여 가을에 동양의 작은 도시 '경성'의 백화점에까지 들어와 있음을 말한 이 대목은 이미 여성용 패션과 화장품의 소비 시장이 이 무렵에 세계의 각 지역을 하나로 묶어 버리고 있음을 암시한다.

하늘에는 거대한 새처럼 비행선이 떠 있다. 하늘을 나는 "Z백호(伯號)"는 세계 최초로 비행선을 제작한 독일인 체펠린(Zeppelin)의 이니셜을 그대로 따온 이름이다. 비행선을 지칭하는 일반명사처럼 전의되어 사용되고 있다. 이 시기에 상품의 광고를 위해 많이 이용된 비행선에는 '회충양약'이라는 광고 문자가 쓰여 있다. 회충약을 선전하기 위한 광고용 비행선이 떠 있는 것으로 미루어, 이 시기에 의약품이 광고용 상품으로 등장하고 있음을 알 수 있다. 백화점 옥상 정원에는 원숭이처럼 무언가를 흉내 내고 있는 젊은 여성이 보인다. 새로 나온 상품을 소개하는 백화점 판매원일 가능성이 크다. 그렇지 않다면 옥상 정원에 세워 놓은 상품 선전용 간판의 그림일 수도 있다. 상품을 광고하기 위해 어떤 포즈를 취하고 있는 여성 모델의 모습을 원숭이를 흉내 내고 있다고 설명하고 있는 것이 아니가 생각된다.

이 시에서 가장 주목되는 부분은 옥상 위에서 멀리 길 건너편에 있는 건물들을 건너다보고 길거리를 내려다보는 장면이다. 시적 화자의 시선과 각도의 움직임을 여기에서 분명하게 확인할 수 있다. 건물의 옥상이라는 특이한 공간은 근대적 건축물이 아니고서는 체험할 수 없다. 기존의 한옥이나 기와집의 경우 사람이 올라서 있을 수 있는 옥상은 존재하지 않는다. 사람이 지붕 위에 올라갈 수 있는 경우란 지붕을 고치거나 손을 볼 경우를 제외하고는 그리 흔치 않다. 그러나 근대적인 서양식 건축에는 사람이 올라갈 수 있는 옥상이라는 새로운 공간이 생겨난다. 이 공간은 건축물의 상층부에 허공을 향해 열려 있다. 여기에서는 모든 방향으로 시야가 열리고 모든 사물이 그 시야 안에 펼쳐진다. 하늘을 올려다볼 수도 있고, 눈 아래 펼쳐지는 모든 사물을 내려다볼 수 있다. 그러므로 건축물의 옥상이라는 공간은 일상적인 생활 공간의 위치와 높이에 관한 감각과는 전혀 다른 시각을 제공한다. 높은 곳에서 아래를 내려다볼 수 있는 위치에 선다는 것, 그것은 일상적인 생활 감각으로는 상상할 수 없는 일이다. 시의 텍스트에서 "만곡된 직선을 직선으로 질주하는 낙체 공식"이라는 구절이 낯설다. 그러나 사실은 이상할 것이 없다. 옥상 위에서 건너편의 길거리를 내려다보는 동작을 섬세하게 묘사하고 있기 때문이다. 고개를 숙이면서 아래를 내려다볼 때 시선의 이동 경로가 바로 '만곡된 직선'에 해당한다. 기하학적 용어를 동원하고 있는 이 구절에는 마치 둥그렇게 곡선을 그으면서 어떤 물건이 땅으로 떨어지고 있는 것처럼 시선이 땅에 닿게 되는 짧은 순간이 묘사되고 있다. 건너편 건물 입구에 내걸린 시계의 바늘 두 개가 황혼 속에 어릿하게 보이는 광경이 어둑하게 그려진다. 건너편 건물의 유리창 안으로 사람들의 모습이 어른거린다. 햇빛만 받아들이고 여닫지 못하도록 만든 감살창(嵌殺窓)이 마치 새장처럼 조그맣게 보이고 그 속에 갇혀 있는 카나리아 새처럼 사람들이 인사를 하는 모습도 보인다. 건물의 식당 출입구에서 서로 헤어지는 사람들의 모습도 눈에 띈다. 시선과 거리의 감각이 뛰어나다. 길가에는 삼륜차 한 대가 세워져 있다. 네모 난 상자를 삼륜차에 싣는 모습이 눈에 들어온다. 차에 싣는 상자는 마치 검정색 잉크가 엎질러진 것처럼 겉포장이 새까맣고, 네모난 모양이 각설탕처럼 조그맣게 보인다. 보도에는 길을 걸어가는 사람들이 늘어서 있다. 저녁 무렵의 발걸음이 모두 바쁘다. "명함을 짓밟는 군용 장화"라는 구절은 여러 가지 의미로 읽힌다. 그러나 실제로는 이 구절에서 '명함'이란 사람의 이름과 주소를 적어 놓은 작은 종이 카드를 말하는 것은 아니다. 길거리에 떨어져 있는 광고지나 신문지와 같은 종이를 말한다. 높은 옥상 위에서 내려다보고 있으므로 그 크기가 명함처럼 작게 보인다. 자동차에 싣는 상자가 조그맣게 내려다보이는 것을 놓고 각설탕이라고 말하고 있는 것과 마찬가지다. 길을 걸어가는 남자들의 구둣발에 광고지와 신문지 같은 것들이 짓밟히고 있는 모양을 눈에 비친 대로 그려 놓은 것이다. 유독 "군용 장화"를 강조하고 있는 것처럼 보이기는 하지만 이를 확대 해석하여 만주사변으로 확대되는 일본 군국주의의 세력이라고까지 말할 필요는 없을 것 같다. "가구를 질구하는 조화금련"이라는 구절은 제대로 해석된 경우가 없다. "명함을 짓밟는 군용 장화"가 남성들의 발걸음을 묘사한 것임에 착안한다면 이 구절이 남성들의 모습에 대비하여 여성들의 걸음걸이를 묘사한 것임을 알아차릴 수 있다. 여기에서 문제가 되는 것이 '조화금련(造花金蓮)'이라는 말이다. '금련'이라는 말도 여러 가지 의미로 읽힐 수 있지만 여기에서는 '금련보(金蓮步)'의 준말로 보아야 한다. 중국의 고사에 따르면 옛날 제(齊)나라의 동혼후(東昏侯)가 그의 총희(寵姬)인 반비(潘妃)가 걸어가는 길에 황금으로 만든 연꽃을 놓아두고 그 위를 걷게 하여 그녀가 걸어가는 걸음마다 연꽃이 피게 하였다는 이야기가 있다. 이 이야기의 내용에 따라 후대에 내려오면서 '금련보(金蓮步)'라는 말이 생긴다. 오늘날까지도 미인의 아름답고 고운 걸음걸이를 '금련보'라고 한다. '조화'는 인공적으로 만들어진 꽃을 의미하지만 실제로는 '잘 꾸미고 차린 여성'을 비유적으로 표현한 말이다. 결국 이 대목에서는 아름답게 치장한 미인들이 길거리를 바쁘게 걸어가는 모습이 그려진다.

이 시의 후반부는 시적 화자의 시선이 다시 백화점 내부로 이동한다. 백화점 안에는 아래위 층을 오르내리기 위해 층계로 이동하는 사람들이 많다. "저 여자의 하반은 저 남자의 상반에 흡사하다."라는 구절은 층계를 올라가는 사람과 내려가는 사람이 서로 지나치는 순간의 장면을 묘사한 대목이다. 마치 여자의 하반이 남자의 상반에 붙어 있는 것처럼 보인다. 그러나 이것은 아무런 의미도 없이 익명의 공간에서 이루어지는 순간의 해후에 불과하다. 층계를 내려오는 동안 눈여겨본 것은 "사각이 난 케-스가 걷기 시작이다."라는 구절에서 묘사하고 있는 특이한 장면이다. 여기에서 "사각의 케-스"는 상품을 포장한 커다란 상자를 말한다. 여기저기 분주하게 상자로 포장된 물건을 나르는 모습을 보고 마치 상자가 걸어가는 것처럼 묘사한다. 이러한 장면은 이상의 수필 「산책(散策)의 가을」(《신동아》 1934. 10)에도 "백화점 새 물건 포장 ── 반드를 끈아풀처럼 꾀여들고 바쁘게 걸어오는 상자 속에는 물건보다도 훨신훨신 호기심이 더 들었으리라.'라고 서술된 바 있다. 백화점 구석에 자리하고 있는 라디에이터 옆으로 엘리베이터가 있다. 사람들을 가득 실은 엘리베이터가 위층으로 올라가는 모습을 보고는 '승천'한다고 표현한다. 그리고 "바깥은 우중. 발광 어류의 군집이동"이라는 외부의 풍경 묘사로 시상을 종결한다. 시적 화자의 시선이 백화점 안에서 바깥으로 옮겨지면서 비가 내리는 거리의 풍경이 눈에 들어온다. 길에는 헤드라이트를 밝힌 자동차의 행렬이 이어진다. 이 시의 서두에서부터 결말 부분에 이르는 동안에 이루어진 시적 정화의 변화와 함께 시간의 흐름이 감지된다. 비가 내리는 어두운 거리에는 헤드라이트를 켜고 달리는 자동차들이 줄을 잇는다. 마치 어두운 심해에서 빛을 발하면서 움직이는 어류처럼 빗속의 자동차 행렬이 묘사되고 있는 것이다.

이상의 시 「AU MAGASIN DE NOUVEAUTES」는 시적 대상으로서의 사물에 대한 인식을 특이한 감각과 시선을 통해 표현하고 있다. 이 시에서 그리는 백화점은 그 외양에서부터 평면기하학적 개념으로 해체되고 있으며, 시선의 이동 자체도 구조역학의 기본 개념으로 추상화된다. 그러나 시적 텍스트는 백화점을 구경하는 화자의 위치에 따라 건물의 외양과 내부의 공간적 특성을 인상적으로 묘사해 낸다. 이 시에서는 우선 백화점 건물의 외부에서 내부로 시선의 이동이 일어난다. 그리고 아래에서 위로 일층에서 옥상으로 이동한다. 그리고 옥상 위에서 하늘을 쳐다보기도 하고 건너편 건물을 건너다보기도 하면서 거리의 풍경을 내려다보기도 한다. 이러한 시선의 이동과 각도의 변화를 통해 사물을 보는 여러 가지 시각이 공간적으로 형상화되고 있는 것이다. 시적 화자는 먼저 백화점 건물을 보고 구조역학을 적용하여 그 구조를 투시한다. 백화점 건물은 수많은 사각형으로 해체되어

◆ 이상의 일본어 시

드러난다. 그리고 내부의 층계와 엘리베이터의 모습을 통해 백화점 공간의 내적 역동성을 보여 주기도 한다. 그러므로 이 작품은 백화점 구경이라는 일상적 소재를 통해 사물을 보는 새로운 시선과 그 각도를 다양하게 작동시켜 보고 있는 시적 감수성의 실험에 해당한다고 할 수 있다. 거기에는 당연히 대상으로서의 백화점과 상품들 그리고 구경꾼으로써의 시적 화자의 시선과 각도가 드러난다. 이 시에서 이루어지는 시적 대상에 대한 감각적 인식은 대상 자체에만 의존하는 것이 아니라 대상과 주체의 상호작용에 의존한다. 여기에서 문제가 되는 것이 바로 사물을 보는 시선과 그 시선의 이동이다. 결국 이 시는 백화점에 진열된 상품들을 대상으로 하여 그것을 보는 관점과 그 각도의 문제가 어떻게 하나의 공간적 형식으로 형상화되고 있는가를 이해하는 것이 핵심적인 과제임을 알 수 있다.

이 시에서 이상이 만들어 낸 '건축무한육면각체'라는 용어를 연상케 하는 장면이 바로 다음의 구절이다.

四角形의內部의四角形의內部의四角形의內部의四角形의內部의四角
形.
四角이난圓運動의四角이난圓運動의四角이난圓.

이 대목은 현대식 건축인 백화점의 건물의 외양을 묘사한 부분이다. 건물의 전면에 드러나는 외양은 수많은 사각형들이 겹쳐진 모양이다. 시의 텍스트에 묘사된 백화점 건물은 전면에 서서 보았을 때는 그 외양이 평면적인 사각형 모양으로 드러난다. 물론 이 근대적인 건축물은 엄청난 크기의 직육면체일 것이다. 그러나 이 직육면체의 입체적 형상을 투시해 보면 "사각형의 내부의 사각형의 내부의"로 이어지는 형상이 된다는 것을 쉽게 알 수 있다. 바로 뒤에 이어지는 둘째 문장은 백화점의 내부로 드나들 수 있는 출입문의 형상을 묘사한다. 수

많은 사람들이 드나들기 편리하도록 회전문 형태로 만들어져 있다. 그러므로 "사각이 난 원운동의 사각이 난 원운동"이라는 대목에서 사람이 드나들 때마다 빙빙 돌아가는 출입문의 움직임과 그 형태를 묘사하고 있다. 출입문의 형태와 그 움직임을 입체적으로 재현하기 위해 "사각이 난 원운동"으로 묘사하고 있는 것이다. 이처럼 백화점의 외양은 무한한 '사각형'의 결합으로, 그리고 그 출입문은 "사각이 난 원운동"으로 단순화되고 추상화된 채 기하학적 이미지로 재현되고 있다.

이상은 이 시에서 현대식 건축인 백화점 건물의 입체적 형상을 평면적으로 해체시켜 놓는다. 현대식 건축물의 설계도에서 볼 수 있는 것처럼 "사각형의 내부의 사각형의 내부의"로 이어지는 건물의 외형을 기학학적으로 해체하여 '사각형'이라는 지배적 인상을 포착해 내고 있는 것이다. 이러한 이상의 새로운 관점에 따른다면 그가 자신의 연작시의 제목으로 사용한 "건축무한육면각체"라는 말은 무한한 숫자의 사각형으로 해체되어 표시되는 현대식 건축물의 기하학적 특성을 지시한 것으로 볼 수 있다. 여기에서 "육면각체"는 "삼차각"이라든지 "정육설탕"이라든지 하는 말과 같이 물체의 형상에 대한 시각적 인식을 새롭게 규정하고자 하는 욕망에서 비롯된 것이다. '직육면체' 또는 '정육면체'라는 말이 갖는 개념상의 문제에 대한 이상 자신의 불만의 표시이기도 하다.

연작시 「건축무한육면각체」에 포함되어 있는 「출판법(出版法)」은 타이포그래피의 공간에서 언어의 물질성을 새롭게 형상화한 작품이다. 이상 시의 텍스트에서 두드러지게 드러나고 있는 특유의 공간 감각은 타이포그래피의 차원에서 새롭게 검토해 볼 수 있다. 이 공간 감각은 텍스트 자체의 시각적 구성에 관련되는 것이다. 그리고 그 의미 구조는 궁극적으로 주체의 존재론적인 위기 상황을 제시하기 위한 고도의 전략으로 작용한다. 이상의 시에서 '타이포그래피의 상상력'과 연관되는 다양한 시각적인 기법이 활용되고 있다는 것은 널리 알려진 사실이다. 타이포그래피는 텍스트의 의미를 명료화하고 그것을 널리 분배할 수 있는 기술의 하나다. 언어의 시각적 형식으로서의 타이포그래피가 추구하는 명료성은 텍스트에 내재하는 논리를 외형적 조직으로 변형하는 데에 있다. 타이포그래피는 텍스트와 그 밖의 요소 사이의 시각적 관련성을 실제적 관계의 반영체로 구현한다.* 모든 텍스트는 타이포그래피에 의해 시각적으로 구성되는 공간화 과정에서 일정한 자기 규칙을 따른다. 타이포그래피는 높은 예술적 창조성보다는 형식과 기능을 동시에 충족하는 일종의 현실성을 목표로 한다. 기계로 만들어 낸 활자를 일정한 규격에 따라 일정하게 배열하는 것은 정확한 구성과 명확한 균형 감각을 요구한다. 타이포그래피는 질서와 균형과 조화를 중시한다. 그리고 이것은 기호적 유희가 아니라 소통의 원리에 봉사하는 것이므로 실제성과 정확성을 생명으로 한다. 하지만 타이포그래피의 공간은 문학적 상상력에도 깊이 작용한다. 이 새로운 공간적 구성이 시인 자신의 현실에 대한 인식의 지평을 열어 보일 수 있기 때문이다.

　「출판법」의 텍스트에서 타이포그래피의 공간은 단순한 인쇄 기술의 영역에 국한되는 것이 아니라, 기호적 의미의 생산이라는 새로운 창조성의 공간을 제공한다. 때로는 텍스트 자체의 공간 활용을 통해 때로는 글자 자체의 크기나 모양을 통해 때로는 기호와 숫자의 활용을 통해 끊임없이 새로운 의미의 생산에 작용한다. 그러므로 이 작품 텍스트에서는 언어 문자 표현의 어떤 단위도 모두 하나의 기호적 체계를 형성하기 위해 동원된다. 말하자면 텍스트에서 드러나는 언어 문자의 표현은 자연스러운 것이지만 그 자체가 하나의 기호화 과정임을 알 수 있다. 그러므로 이 기호 체계를 통해 창조해 내는 새로운 의미 구조를

---

* Robert Bringhurst, *The Elements of Typographic Style*(Hartly & Marks, 2005), 21쪽.

이해하기 위해서는 기호 체계 자체의 분석과 해독이 필수적이다.

그런데 전통적인 타이포그래피의 과정에서 반드시 거치게 되었던 채자(採字), 식자(植字), 교정(校正), 정판(整版), 지형(紙型), 연판(鉛版), 인쇄(印刷) 등은 컴퓨터를 이용한 인쇄 출판이 성행하면서 상당 부분 생략된다. 그러나 시 「출판법」에서 이루어지는 시적 진술 내용을 정확하게 이해하기 위해서는 활판 인쇄의 방법과 절차를 단계별로 미리 알아 둘 필요가 있다. 인쇄 과정은 원고가 완료되고 편집 지시가 끝난 뒤부터 이루어진다. 원고의 편집 지시대로 문선공들이 활자 케이스에서 활자를 뽑아(채자) 상자에 모으는 일이 문선 작업이다. 원고가 보기 쉽게 잘 정리되어 있을 경우 채자의 속도가 그만큼 빨라져서 문선 작업의 능률이 높아진다. 활자 케이스에는 다양한 크기의 활자를 배열해 놓고 있다. 문선 작업에서는 텍스트의 원고에 표시되어 있는 띄어쓰기나 줄 바꾸기 등에는 신경을 쓰지 않고 단지 각각의 글자와 기호와 구두점에 해당하는 활자만을 크기에 따라 골라내 그것을 조판하기 위해 식자공에게 넘겨준다. 식자공들은 문선 작업을 통해 골라낸 활자와 구두점·기호 등을 식자대(植字臺) 위에 준비하고, 원고를 보면서 필요한 활자나 공목·약물 등을 골라 '스틱'이라는 소형 도구 안에 몇 행분을 짜 놓고, 이것을 '게라'라고 하는 테두리가 있는 판자에 옮겨 한 페이지분을 모아 끈으로 잡아맨다. 이 과정이 조판 작업의 핵심에 해당한다. 한 페이지씩 조판이 되면 이것을 간단한 인쇄기에 올려놓고 시험 인쇄를 한다. 이렇게 인쇄된 종이를 '교정쇄(校正刷)'라고 한다. 이 교정쇄를 보고 원고 내용과 대조하여 판의 잘못된 글자(오식)를 바로잡고 편집 지시 내용을 검토하는 것이 교정 작업이다. 교정은 인쇄소와 인쇄를 주문한 쪽이 함께 행하는 것이 보통이다. 최초의 교정을 초교, 2회째 이후를 재교, 3교, 4교……라 하며, 교정 종료를 교료(校了), 인쇄소의 책임 아래 바로잡는 지시를 책임 교료라 한다. 교정이 모두 완료되면 인쇄 작업이 이루어진다. 신문의 경우는 여러 면으로 구성되어 있으므로 조판된 각 면을 연결하여 인쇄한다. 그러나 책의 경우에는 그 크기에 따라 면을 달리하여 조판하고 이를 몇 페이지씩 배열하여 인쇄한다. 이때 활자 등을 짜 놓은 판을 인쇄 원판(原版)이라 하는데, 이것을 직접 인쇄기에 걸어 인쇄한 것을 원판쇄라 한다. 그러나 원판 자체는 보관하기 어렵기 때문에 대개는 원판의 내용 그대로 복판을 만들기 위해 지형을 제작한다. 지형은 원판 위에 특수 가공한 용지를 깔고 열과 압력을 가해 원판과 요철이 반대가 되어 나타나도록 만든 것이다. 지형 위에 납을 부어 넣으면 원판과 같은 모양의 연판이 만들어진다. 인쇄 과정에서는 이 연판을 인쇄기에 걸어 종이에 인쇄한다. 지형을 만든 후에는 조판된 활자를 모두 헐어 다시 활자 상자에 보관한다. 이러한 방식으로 이루어지던 활판 인쇄는 최근 컴퓨터가 인쇄 과정에 도입되면서 점차 사라지고 있다. 문선, 조판, 교정 등의 과정을 모두 컴퓨터에서 처리하도록 함으로써 그 절차가 간단해졌기 때문이다.

Ⅰ

虛僞告發이라는罪名이나에게死刑을言渡하였다. 자취를隱匿한蒸氣속에몸을記入하고서나는아스팔트가마를睥睨하였다.

── 直에関한典古一則 ──

其父攘羊　其子直之

나는아아는것을아알며있었던典故로하여아알지못하고그만둔나에게의執行의中間에서더욱새로운것을알지아니하면아니되었다.

나는雪白으로曝露된骨片을줏어모으기始作하였다.

「筋肉은이따가라도附着할것이니라」

剝落된膏血에對하여나는斷念하지아니하면아니되었다.

Ⅱ 어느警察探偵의秘密訊問室에있어서

嫌疑者로서檢擧된사나이는地圖의印刷된糞尿를排泄하고다시그것을嚥下한것에對하여警察探偵은아아는바의하나를아니가진다. 發覺當하는 일은없는級數性消化作用.사람들은이것이야말로卽妖術이라말할것이다.

「물론너는鑛夫이니라」

參考男子의筋肉의斷面은黑曜石과같이光彩가나고있었다고한다.

Ⅲ 號外

磁石收縮을開始

原因極히不明하나對內經濟破綻에因한脫獄事件에關聯되는바濃厚하다고보임.斯界의要人鳩首를모아秘密裡에硏究調査中.

開放된試驗管의열쇠는나의손바닥에全等形의運河를掘鑿하고있다.未久에濾過된膏血과같은河水가汪洋하게흘러들어왔다.

Ⅳ

落葉이窓戶를滲透하여나의正裝의자개단추를掩護한다.

$\boxed{暗\ 殺}$

地形明細作業의只今도完了가되지아니한이窮僻의地에不可思議한郵遞交通은벌써施行되었다.나는不安을絶望하였다.

日曆의反逆的으로나는方向을紛失하였다.나의眼晴은冷却된液體를散散으로切斷하고落葉의奔忙을熱心으로幇助하고있지아니하면아니되었다.

(나의猿猴類에의進化)

이 시의 텍스트는 표면적으로 타이포그래피의 기술적 메커니즘을 통해 하나의 텍스트가 구축되는 과정을 보여 준다. 여기에는 일제강점기의 정치 현실과 함께 신문의 기사를 통제하는 일본 경찰의 검열(censorship) 과정이 패러디의 기법을 통해 교묘하게 감추어져 있다. 검열이란 하나의 텍스트가 구축되는 과정에 대한 강제적인 외부 간섭을 의미한다. 이것은 자기 규율을 통해 하나의 완성을 지향하고자 하는 텍스트의 자율적 속성을 무력하게 만들어 버리는 폭력적인 파괴 행위에 해당한다. 검열은 권력의 힘으로 타이포그래피의 공간을 강제적으로 점령하여 활자라는 문자 기호의 지시 기능을 마비시키고 텍스트 안에 담기는 메시지를 왜곡한다.

이 시의 제목인 '출판법'이라는 말을 먼저 검토해 볼 필요가 있다. 출판법은 인쇄 출판에 관한 법규를 뜻한다. 한국에서 인쇄 출판의 방법과 절차, 출판물의 내용, 출판물의 발행과 보급 등이 법적 제도로 처음 정해진 것은 1907년 일본 통감부가 주도하여 제정 공포한 '신문지법(新聞紙法)'과 1909년의 '출판법'을 들 수 있다. 이것은 표면적으로는 인쇄와 출판 문화의 발전을 도모하기 위한 것이라고 내세우고 있지만 출판물의 내용에 대한 검열, 출판물의 발행과 보급에 대한 규제 장치로 활용된다. 한국 사회에 대한 일본의 식민지 지배가 시작된 1910년 이후 일본 총독부는 이 법적 제도를 더욱 강화한다. '신문지법'과 '출판법'의 내용 가운데에는 신문 발행과 도서 출판물의 발간은 반드시 허가를 받아야 한다는 원칙이 정해져 있으며, 발매 반포의 금지, 압수, 발행정지 등의 행정처분과 언론인에 대한 체형과 같은 사법처분에 따르는 처벌 조항도 담겨 있다. 이 법의 규정 가운데 주목해야 할 것이 바로 신문이나 도서 출판물에 대한 사전 검열 조항이다. 신문, 잡지 그리고 도서 출판물은 발행하기 전에 경찰부서에 반드시 검열용 2부를 미리 납부하도록 규정하고 있다. 먼저 검열을 실시하고 검열이 끝난 후에 발행 배포를 허가하는 것이다. 1920년 이후 신문에 대한 검열은 인쇄된 신문의 첫판을 일본 총독부에 납본하여 인쇄 허가를 받도록 되어 있고, 잡지와 도서는 원고 자체를 인쇄 작업 전에 검열하게 되어 있다.* 검열에서 지적 사항이 생기면 문제된 내용을 모두 삭제하고 새로운 내용의 기사를 보충해야 한다. 그러나 신문이나 잡지는 발행 날짜가 정해져 있기 때문에 새로운 기사를 보충하지 못하는 경우도 많다. 이 경우 검열에 의해 삭제된 부분이 그대로 노출되기 때문에 인쇄된 텍스트의 체제가 무너지고 그것이 만들어 내는 지식과 정보가 왜곡되기도 한다.

---

* 정진석, 『조선총독부의 언론 검열과 탄압』(커뮤니케이션북스, 2007), 93~94쪽.

그런데 '출판법'이라는 말은 출판에 관한 법적 제도만을 뜻하는 것은 아니다. 이 말은 글자 그대로 인쇄 출판의 기술과 방법에 해당하는 타이포그래피 자체를 뜻하기도 한다. 타이포그래피는 텍스트의 의미를 언어 문자의 시각적 형식을 통해 명료하게 하고 그것을 널리 분배하는 기술의 하나다. 타이포그래피는 텍스트에 내재하는 의미와 그 논리를 외형적이고도 시각적인 형태로 변형하는 데에 그 목표가 있다.*
타이포그래피의 세부적인 절차에 해당하는 활자의 선택과 배열, 조판과 교정, 인쇄의 방법과 인쇄물의 제작 등은 모두 하나의 시각적 텍스트를 만들어 내기 위한 과정이다. 이 과정과 방법은 고도의 기술적인 숙련과 엄밀성을 요구한다. 그러므로 각각의 과정마다 그 자체 내에서 반드시 지켜야 하는 규칙과 제약이 따른다. 만일 어느 한 부분이라도 자체 내의 규칙과 제약에서 벗어나는 경우에는 제대로 된 시각적 텍스트로서의 인쇄물을 생산할 수 없게 된다. 결국 '출판법'이라는 말은 인쇄 출판에 관한 법적 제도적 장치를 의미하기도 하고, 타이포그래피의 원리와 방법에 의해 텍스트를 구성하고 산출하는 방법을 뜻하기도 한다. 그러므로 이 시는 타이포그래피를 둘러싸고 있는 내적 규율과 외적 간섭이라는 역설적 상황이 패러디의 기법을 통해 시적 텍스트로 재구성되고 있다고 할 것이다.

시 「출판법」에는 '나'라는 시적 화자가 전면에 등장한다. '나'는 실제 인물이 아니다. 인쇄에 필수적인 '활자'를 의인화한 가상적 인물이라고 할 수 있다. '나'는 시적 진술의 주체로서 활자의 배열을 통해 텍스트를 구성하게 되는 타이포그래피의 과정을 조밀하게 그려 낸다. 여기에서는 이 물질화된 기호로서의 활자들이 구축하고 있는 타이포그래피의 공간과 거기에서 생산된 텍스트의 의미를 정밀하게 해독하는 일이 중요하다. 이 작품은 네 개의 단락으로 구분되어 있는데, 전반부

---

* Robert Bringhurst, 앞의 책, 21쪽.

◆ 이상의 일본어 시

에 해당하는 I, II 단락은 신문 호외판 제작을 위한 조판 단계에서 행해지는 기사 검열을 교정과 정판 과정 속에 숨겨서 보여 준다. 그리고 후반부에 해당하는 III, IV 단락에서는 인쇄기에 올려진 원판을 최종 점검한 후 기계를 작동시켜 종이 위에 인쇄하게 되는 과정이 그려진다. 검열로 인하여 호외 기사는 앞뒤의 문맥이 제대로 맞지 않지만 '암살'이라는 글자가 선명하게 찍혀 나온다.

시적 텍스트의 첫 단락은 신문 호외판의 조판 과정에서 행해지는 기사에 대한 검열 작업을 교정의 절차와 방법에 빗대어 그려 낸다. 텍스트에 등장하는 '나'라는 시적 화자는 검열에 의해 삭제당한 기사 내용을 표시했던 인쇄 활자라고 할 수 있다. 검열관이 허위 사실이라며 삭제하도록 지시한 신문 기사는 원판에서 그 활자들을 제거해야 한다. 텍스트 자체가 지향하던 객관성이나 공정성과는 관계없이 권력의 강압에 의해 기사가 지워지면, 그 기사를 조판한 원판에서 무수한 활자(골편)를 빼내야 한다. 이러한 과정은 마치 조판에서 오식으로 판명된 글자를 교정 작업을 통해 바로잡는 것과 흡사하다. 인쇄 원판에 잘못 배열된 활자를 찾아 뽑아내고 다른 활자로 바꾸는 작업은 새로이 구축되는 텍스트의 세계로부터 오식된 활자를 영구 추방하는 과정(사형)에 해당한다. 텍스트에서 등장하는 "허위고발이라는 죄명이 나에게 사형을 언도하였다."라는 진술은 바로 이러한 경우에 해당한다. 그 뒤로 이어지는 "자취를 은닉한 증기 속에 몸을 기입하고서 나는 아스팔트 가마를 비예하였다."라는 구절은 "자태를 숨겼던 증기 속에서 움칫하며 나는 아스팔트 가마를 노려봤다."라고 다시 풀어 쓰면 의미가 자연스럽게 살아난다. 교정쇄를 인쇄할 때 생기는 증기 때문에 '나(활자)'의 모습이 잘 드러나지 않는다. 그러나 '나'는 검열에 의해 제거당할 처지에 놓여 있기 때문에, 몸을 움칫하고 검은 인쇄기(인쇄 잉크가 묻어 있으므로 아스팔트 가마라고 칭함)을 노려보는 것으로 묘사하고 있다.

그런데 여기에서 "곧고 바른 것에 관한 전고 한 가지(直에関한典古

一則)"이라고 하여 「논어(論語)」의 한 대목을 패러디한 것이 흥미롭다. 텍스트에서 예시하고 있는 "기부양양 기자직지(其父攘羊 其子直之)"라는 구절이 바로 그것이다. 「논어」의 '자로(子路) 편'에 다음과 같은 이야기가 나온다. 섭공이 공자에게 말한다. "우리들 중에 정직한 사람이 있는데, 그 아버지가 남의 양을 훔친 것을 아들이 증언했습니다." 이에 공자께서 말씀하시길, "우리들 중의 정직한 사람은 그와 다릅니다. 아버지가 아들을 위해 숨겨 주고 아들이 아버지를 위해 숨겨 주는데, 정직한 것은 그 속에 있습니다."(葉公語孔子曰吾黨有直躬者 其父攘羊 而子證之 孔子曰吾黨之直者 異於是 父爲子隱 子爲父隱 直在 其中矣.) 이 짤막한 이야기를 패러디하면서 이상은 "其父攘羊 而子證之(기부양양 이자증지)"라는 구절을 "其父攘羊 其子直之(기부양양 기자직지)"라고 고쳐 놓고 있다. '아버지가 양을 훔쳤는데 그 아들이 그것을 증언하였다.'는 뜻에서 '아버지가 양을 훔쳤는데 그 아들이 그것을 바로잡았다.'라는 뜻으로 그 의미가 바뀐다.

이 시에서 「논어」 문구의 패러디적 변형은 식자공(植字工)이 활자를 잘못 조판한 것을 원고에 따라 바로잡아 가는 교정 과정의 메커니즘을 그대로 암시한다. 이것은 텍스트의 구축에 동원되는 문자 기호의 물질성이 엄격한 자기 규율에 의해 조정되는 것임을 의미한다. 「논어」에서 볼 수 있는 공자의 말씀은 아비가 아들을 덮어 주고 아들이 그 아비를 감싸는 인간적 정서와 덕망을 강조한 것이다. 하지만 정확한 지식과 정보를 산출하는 텍스트의 세계는 이 같은 인간적인 정서와 아무 관계가 없다. 만일 이러한 정서적 가치를 내세울 경우, 텍스트의 구축에서 가장 중시되는 엄밀한 과학성 또는 정확성이라는 자기 규율이 무너진다. 그렇기 때문에 문자 기호가 활자라는 물질성에 근거하여 구축하는 텍스트의 세계에서는 틀린 것을 즉시 바로잡고 잘못된 것을 고쳐야만 한다. 아비가 한 일이라도 잘못된 것이면 그 아들이 바로잡아야 하는 것이다. 이러한 엄격함과 냉정함이 텍스트의 세계가 추구하는 과학성의 미덕을 뒷받침하는 것이라고 할 수 있다. 이러한 원칙을 놓고 본다면, 권력의 요구가 아무리 강하다 하더라도 옳은 것이 아니라면 텍스트를 함부로 훼손할 수 없는 일이라는 주장도 가능해진다. 결국 「논어」 한 구절의 패러디적 변형은 교정 절차의 정당성을 강조하면서 한편으로 검열의 부당성을 지적하기 위한 것임을 알 수 있다. 시적 화자인 '나'는 이러한 텍스트의 본질을 교정 절차와 방법을 통해 비로소 새롭게 깨닫게 된다. 원고에 기록된 사실 그 자체만을 그대로 구현하는 것으로 알고 있던 '나'는 검열 과정의 저변에 숨겨진 권력의 속성을 알게 되면서 뽑혀져 흩어진 다른 활자들과 함께 모아진다. 그리고 현재 이루어지고 있는 텍스트의 구축 과정에 대해 더 이상의 미련을 가지지 않게 된다.

이 시의 둘째 단락에는 "어느 경찰탐정의 비밀신문실에 있어서"라는 구절이 소제목처럼 앞에 붙어 있다. 여기에서는 검열 과정에서 삭제된 기사 내용을 원판에서 수정하는 장면을 그대로 제시한다. 삭제된 기사 내용에 해당하는 활자를 판에서 찾아내는 작업은 간단한 일이 아니다. 더구나 신문의 호외처럼 촌각을 다투어 인쇄해야 하는 경우에는 삭제된 기사를 대체하여 새로운 기사를 써넣을 시간이 없다. 이럴 경우에는 하는 수 없이 원판에서 해당 기사의 활자를 뒤집어 놓는다. 이렇게 되면 활자가 뒤집혀서 검정색 네모꼴이 그대로 종이에 찍히게 된다. 텍스트에서는 이러한 현상을 "지도의 인쇄된 분뇨를 배설하고 다시 그것을 연하한 것"이라고 묘사한다. 이렇게 고쳐져서 인쇄된 것을 놓고 왜 이러한 현상이 나타났는지를 아무도 알아내지 못한다. 텍스트에서 이를 두고 "발각당하는 일은 없는 급수성소화불량"이라고 비유적으로 표현하고 있다. 원판을 앞에 놓고 활자를 교정하는 작업을 보면서 '광부'의 작업에 빗대고 있는 것도 흥미롭다. "남자의 근육의 단면은 흑요석과 같이 광채가 나고 있었다"라는 대목은 오식된 활자의 뒷면에서 느낄 수 있는 광채를 흑요석에 비유하고 있다.

셋째 단락에는 "호외"라는 소제목이 붙어 있다. 첫 단락에서부터 묘사하고 있는 타이포그래피의 과정이 사실은 신문사에서 이루어지는 호외판의 제작 과정임을 여기에서 확인할 수 있다. 호외 기사의 내용도 "원인 극히 불명하나 대내 경제 파탄에 인한 탈옥 사건"이라는 구절을 통해 부분적으로 암시된다. "사계의 요인 구수를 모아 비밀리에 연구 조사 중"이라는 구절은 인쇄 직전 원판의 이상 유무를 최종적으로 점검하는 과정에 해당한다고 할 수 있다. 정판 작업이 끝난 후 인쇄기에 판을 걸어 인쇄를 개시하는 장면이 뒤로 이어진다. 활판인쇄에서는 일반적으로 정판 후에 지형을 뜨고 연판을 만들어 그것을 인쇄기에 걸게 된다. 그러나 이 시에서는 원판을 그대로 직접 인쇄하는 것으로 그려져 있다. 이러한 방식은 신문사에서 긴급 뉴스나 사건 상황을 빠르게 보도하기 위해 '호외'를 발행할 경우 시간 절약을 위해 행하는 인쇄 방식이다. 물론 인쇄 물량이 많지 않은 경우에도 원판을 직접 사용한다. "전등형의 운하를 굴착하고 있다."라는 구절과 "고혈과 같은 하수"는 인쇄 작업이 시작되기 직전에 인쇄기에 올려진 판 위로 인쇄 잉크를 주입하는 과정을 과장하여 그려 낸 부분이다.

넷째 단락은 종이에 신문 호외판 기사가 인쇄가 시작되는 광경을 묘사한다. 인쇄기로 물려 들어가는 종이를 "낙엽"에 비유하고 오톨도톨하게 글자가 새겨진 활자 위로 종이가 덮이면서 글자가 찍히는 것을 "자개단추를 엄호"한다고 비유하기도 한다. 네모 상자 안에 '暗殺'(암살)이라는 활자가 찍힌 것을 보면 '호외'로 내보내는 뉴스가 매우 긴박한 사건임을 말해 준다. 이것은 어떤 의미에서 소리로서의 말과 활자라는 물질적인 문자 기호가 만들어 낸 공간적 상호작용의 절정에 해당한다. 굵게 박힌 '暗殺'이라는 두 글자와 그 글자를 둘러싸고 있는 네모난 상자는 이 글자가 환기하는 소리의 공명을 매우 강렬하게 시각화한다. 그리고 상황의 긴박성을 감각적으로 빠르게 전달한다. 그러므로 이 문자 기호는 사실 소리를 내어 읽지 않아도 된다. 문자 텍스트성

◆ 이상의 일본어 시

의 한계를 뛰어넘는 감각적 호소력을 살려 내고 있기 때문이다. "불가사의한 우체교통"이라는 표현도 흥미롭다. 활자라는 물질화된 문자 기호를 조작하여 만들어 내는 하나의 텍스트, 활자와 활자가 서로 배열되면서 서로 의미가 통하는 문자 텍스트로 만들어지는 과정을 이렇게 표현하고 있는 것이다. 텍스트의 마지막 구절들은 인쇄기가 빠르게 작동하기 시작하면서 종이가 인쇄되어 넘어가는 모습을 묘사하고 있다. "나는 원후류에의 진화"라고 적고 있는 것은 인간이 언어와 문자를 가지고 문명을 발전시켜 온 과정을 암시하고 있는 것으로 볼 수 있다.

이상의 「출판법」이 신문 제작 과정에 대한 경찰의 검열 방식을 타이포그래피의 방법과 절차를 통해 패러디하고 있다는 점은 주목을 요한다. 이 작품에 그려지고 있는 문자 텍스트의 구축 과정은 모두가 타이포그래피의 절차에 따라 이루어진다. 입에서 발화되는 말을 문자 기호로 전화시키는 것은 특정한 규칙에 지배된다. 하지만 텍스트의 구성을 위해 문자가 배열되는 조건은 말이 발화되는 조건과는 전혀 다르다. 문자 텍스트는 그 기호적 콘텍스트 안에서 고립된 채 쓰인다. 그러므로 시인 이상은 이 작품에서 음성적 성질이 결여된 시각적인 문자 텍스트를 놓고 그 음성적 요소의 소생을 꿈꾼다. 그는 "直에関한典古一則"이라든지 "磁石収縮을開始"와 같은 구절에서 문자 기호의 크기를 일부러 크게 확대하여 표시하기도 하고, "筋肉은이따가라도附着할것이니라"라든지, "물론너는鑛夫이니라" 등에서처럼 어조가 다른 말을 삽입하여 놓기도 한다. 이러한 노력은 일종의 '말소리 살려 내기'의 고안에 해당한다. 말하자면 이것은 음성적 기호의 시각화를 시도하는 것이라고 할 수 있다. 특히 "암살(暗殺)"이라는 충격적 사건을 텍스트화하기 위해 네모 안에 활자를 박아 놓고 그 자체를 하나의 기호로 시각화한 것은 타이포그래피의 공간 속에 던져진 커다란 외침이면서 동시에 엄청난 침묵의 등가물이 된다. 그러므로 이 문자 기호가 지시하는 것은 시적 상상 속의 것이긴 하지만 시각적으로 감지되는 현실 공간

358

의 어떤 부문과 합치될 수 있는 일이다. 이처럼 시 「출판법」의 텍스트 구조는 그 의미의 중첩성을 전제하지 않고서는 이해하기 어렵다. 물론 타이포그래피의 방법에 의해 하나의 텍스트가 구축되는 과정이 중심에 놓여 있다. 그리고 그 기호적 공간에 실제 텍스트에 대해 강제로 행하여지는 검열이라는 외부적 간섭을 중첩시킨다. 이러한 시적 구상은 식민지 시대에 이루어진 모든 담론의 모순 구조를 우회적으로 비판하는 의미까지 포괄한다고 할 수 있다.

일본어 시 「출판법」에서 표면상으로 드러난 인쇄의 과정은 이상 사후 1937년 10월 유작의 형식으로 《자오선(子午線)》에 공개된 시 「파첩」에서 새롭게 형상성을 획득하고 있다. 「파첩」은 전체 텍스트가 10연으로 구분되어 있다. 텍스트의 표층에는 어떤 '도시'의 소란과 그 붕괴 과정이 고도의 비유와 암시를 통해 그려지고 있다. 그러나 여기에서 시적 대상으로 묘사되고 있는 '도시'는 실제의 도시가 아니다. 이 작품이 타이포그래피의 방법과 절차를 패러디하여 창조해 내고 있는 새로운 시적 공간은 문자(활자)로 만들어지는 텍스트 그 자체라고 할 수 있다. 「파첩」의 내용을 정밀하게 분석해 보면 이를 확인할 수 있다.

1

優雅한 女賊이 내뒤를밟는다고 想像하라

내門 빗장을 내가질으는소리는내心頭의凍結하는錄音이거나, 그「겹」
이거나……

── 無情하구나 ──

燈불이 침침하니까 女賊 乳白의裸體가 참 魅力있는汚穢 ── 가안이
면乾淨이다

◆ 이상의 일본어 시

2

市街戰이끝난都市 步道에「麻」가어즈럽다 黨道의命을받들고月光이
이「麻」어즈러운우에 먹을즐느니라
(色이여 保護色이거라) 나는 이런일을흉내내여 껄껄 껄

3

人民이 퍽죽은모양인데거의亡骸를남기지안았다 悽慘한砲火가 은근
히 濕氣를불은다 그런다음에는世上것이發芽치안는다 그러고夜陰이夜
陰에繼續된다
猴는 드디어 깊은睡眠에빠젓다 空氣는乳白으로化粧되고
나는?
사람의屍體를밟고집으로도라오는길에 皮膚面에털이소삿다 멀리 내
뒤에서 내讀書소리가들려왔다

4

이 首都의廢墟에 왜遞信이있나
응? (조용합시다 할머니의下門입니다)

5

쉬 — ㅌ우에 내稀薄한輪廓이찍혓다 이런頭蓋骨에는解剖圖가參加
하지않는다
내正面은가을이다 丹楓근방에透明한洪水가沈澱한다
睡眠뒤에는손까락끝이濃黃의小便으로 차겹드니 기어 방울이저서떨

어젓다

6

건너다보히는二層에서大陸게집들창을닫어버린다 닫기前에춤을배알
었다
마치 내게射擊하듯이…….
室內에展開될생각하고 나는嫉妬한다 上氣한四肢를壁에기대어 그
춤을 디려다보면 淫亂한
外國語가허고많은細
菌처럼 꿈틀거린다
나는 홀로 閨房에病身을기른다 病身은각금窒息하고 血循이여기저
기서망설거린다

7

단초를감춘다 남보는데서「싸인」을하지말고……어디 어디 暗殺이
부헝이처럼 드새는지 ― 누구든지모른다

8

……步道「마이크로폰」은 마즈막 發電을 마첫다
夜陰을發掘하는月光 ―
死體는 일어버린體溫보다훨신차다 灰燼우에 시러가나렷건만……

별안간 波狀鐵板이넌머젓다 頑固한音響에는 餘韻도업다
그밑에서 늙은 議員과 늙은 敎授가 번차례로講演한다

◆ 이상의 일본어 시

「무엇이 무엇과 와야만되느냐」

이들의상판은 個個 이들의先輩상판을달멋다

烏有된驛構內에貨物車가 웃둑하다 向하고잇다

9

喪章을부친暗號인가 電流우에올나앉어서 死滅의「가나안」을 指示
한다

都市의崩落은 아 ―風說보다빠르다

10

市廳은法典을감추고 散亂한 處分을拒絕하엿다

「콩크리 ― 토」田園에는 草根木皮도없다 物體의陰影에生理가없다

 ― 孤獨한奇術師「카인」은都市關門에서人力車를나리고 항용 이거리
를緩步하리라

이 작품의 1연에서 '나'는 타이포그래피의 공간에 자신의 위치를
고정하지 못한 낱낱의 활자를 의인화한 것이다. '나'의 시각적 형상을
물질적으로 구현하고 있는 '활자'를 여기에서는 "우아한 여적"이라고
비유적으로 지칭하고 있다. 타이포그래피는 청각에 호소하는 말을 시
각적 평면에 문자 기호로 고정시켜 배치한다. 이 기호의 공간적 고정
과정을 물질적으로 실현하는 것이 활자인 셈이다. 타이포그래피의 활
자는 문자의 기호와는 그 성질이 다르다. 말이 글로 쓰이는 순간에는
그 음성적 속성에 따라 정해진 문자 기호로 표시된다. 발음기관을 통
해 나오는 '가'라는 소리는 언제나 '가'라는 하나의 문자 기호로 표시
된다. 그런데 타이포그래피에서는 '가'라는 문자 기호는 원고에 표시

된 수만큼의 '가'라고 새겨진 금속성의 활자를 필요로 한다. 이러한 물질적인 속성을 시인은 "우아한 여적이 내 뒤를 밟는다"라고 상정한다. 이 "여적(女賊)"의 발자국이 곧 인쇄된 글자가 된다는 것을 암시하고 있는 셈이다.

문선 과정에서 채자된 활자는 모두가 원고대로 한 줄의 문장을 이루고 그것들이 다시 한데 모여 한 페이지의 텍스트를 구축한다. 이때 낱낱의 활자 가운데 조판에 처음 쓰이는 새 활자의 경우 '건정(乾淨)'이라고 그 상태를 묘사하고, 두세 번 사용된 적이 있는 것들은 이미 인쇄 잉크가 묻어 있기 때문에 '오예(汚穢)'라고 표현한다. 이제 활자는 그 크기와 위치에 따라 자기 자리를 잡는다. 말하자면 모든 활자는 타이포그래피의 공간에서 자신의 위치가 고정된다. "내 문 빗장을 내가 질으는 소리는 내 심두의 동결하는 녹음"이라고 표현한 것은 이 같은 활자의 고정 작업, 말하자면 '식자(植字)'의 과정을 의미한다. 모든 활자는 식자 과정에서 원판에 고정 배열되면 자기 위치를 떠날 수 없다. 단 오식된 경우는 예외다.

타이포그래피 공간의 절대적 고정성은 불변의 법칙에 해당한다. 타이포그래피는 그 자체로 하나의 공간을 창조하지만 자기 폐쇄성을 벗어나지 못한다. 그리고 주어진 공간 안에서 하나의 완벽한 텍스트를 구현하고 있다는 완결성에 대한 감각을 거의 무의식적으로 강조하게 된다. 모든 텍스트는 타이포그래피의 과정을 거쳐야만 하나의 완결된 형태, 궁극적인 것으로 간주된다. 정해진 공간 위에 규칙에 따라 문자 기호가 배열되고 그것이 하나의 의미 내용을 이루도록 고안되어 종이 위에 잉크로 찍히면 텍스트는 더 이상 손을 댈 수 있는 여지를 남기지 않는다. 이러한 절차와 과정이 때로는 인간의 내면 의식, 사고와 지식, 정서와 충동까지도 사물화하는 과정으로 몰아간다. 이 특이한 감각은 타이포그래피 자체의 물질성과 관련된다.

2연을 보면, 조판대(식자대라고도 함)가 마치 격렬한 시가전을 치른 것

363 ◆ 이상의 일본어 시

처럼 어지럽다. 여기저기 활자를 동여매기 위해 노끈(시에서는 '마(麻)'라고 표현됨)들이 널려 있다. 원고에 표시된 편집 지시 내용은 "당도(黨道)의 명(命)"처럼 절대적이다. 조판의 과정은 이 지시 내용대로 전개된다. 제3연에서 수많은 활자가 채자되어 흩어져 있던 모습이 마치 죽은 시체가 널려 있는 듯 보이기도 하지만, 조판이 끝나면 모두가 원판 위에 자기 자리를 찾으므로 바닥에 남아 있는 활자가 별로 없다. 타이포그래피의 과정에서 이렇게 활자를 원고대로 배열해 가는 작업을 '식자(植字)'라고 한다. 활자를 판에 심는다는 뜻이다. 그러나 이렇게 판에 심어 놓은 활자는 꽃이나 나무처럼 싹이 터서 올라오는 것은 아니다. 고정된 자신의 위치에서 텍스트의 구축을 위한 하나의 기호로 기능할 뿐이다. 인쇄공들이 원고를 읽으면서 부지런히 활자를 찾고 있는 소리(독서 소리)가 들려온다. 4연의 "체신(遞信)"은 일본어시 「출판법」의 마지막 연에 등장하는 "우체교통(郵遞交通)"이라는 말과 같은 의미라고 할 수 있다.

5연부터 8연까지는 지형(紙型)의 제작 과정을 묘사한다. 조판이 완료되면 페이지별로 짜 맞춘 원판을 일정한 순서대로 배열하여 그 원판의 복판(複版)을 제작한다. 원판 자체는 활자를 배열한 것이므로 그것을 그대로 인쇄하고 보관하는 것은 불편하고 비효율적이다. 그러므로 지형이라는 복판을 제작하게 된다. 인쇄 원판을 지형 제작기에 장착하고 특수 제작된 두꺼운 판지(板紙)를 물에 불려 눅여서 인쇄 원판 위에 덮어 놓는다. "쉬-ㅌ 우에 내 희박한 윤곽이 찍혓다", "홍수가 침전" "농황의 소변" 등은 모두 이 과정에서 생겨나는 현상들을 암시한다. 그리고 그 위에 철판 뚜껑을 닫는다. '이층에서 대륙 게집들 창을 닫어 버린다"(6연)라는 구절이 이를 암시한다. 철판 뚜껑의 압력에 의해 종이 덮인 인쇄 원판이 함께 눌린다. 그리고 열이 가해진다. 이 장면은 "실내에 전개될 생각하고 나는 질투한다 상기한 사지를 벽에 기대어 그 춤을 디려다보면 음란한/ 외국어가 허고많은 세/ 균처럼 꿈틀거린다/ 나는 홀로 규방에 병신을 기른다 병신은 각금 질식하고 혈순이 여기저기서 망설거린다"라고 설명되어 있다. 이 과정을 거치면서 활자의 돌기된 부분이 그대로 종이에 박혀("단초를 감춘다") 건조되면 '뒤집힌 형태'의 원판 글자 모양이 지형 위에 생긴다. 8연은 지형의 제작 과정이 종료되는 모습을 보여 준다. 열을 가해 주던 전기가 차단("마지막 발전을 마첫다")되면 원판과 지형이 모두 함께 점차 식어 간다.("체온보다 훨씬 차다") 그리고 철판 뚜껑을 열어젖힌다. 인쇄공들이 지형이 만들어진 상태를 살핀다. 모든 지형의 형태는 그대로 인쇄 원판의 모습을 복제한 형태("선배 상판을 닮았다")가 된다.

「파첩」의 마지막 두 연은 인쇄 원판의 해체 과정을 말해 준다. 원고의 편집 지시에 따라 거대하게 구축되었던 인쇄 원판 — 활자로 만들어진 물질세계로서의 텍스트(도시)는 지형이라는 가볍고 보관이 용이한 복판 제작이 끝나면 그 존재 의미를 잃어버린다. '모조(카피)'라고 할 수 있는 복제판이 살아남고 원판이 해체되는 이 허망하기 그지없는 타이포그래피의 물질성은 기술 복제의 아이러니를 그대로 반영한다. 이 작품에서 동원하고 있는 "상장", "사멸", "도시의 붕락" 등의 시어들은 모두 이 허망의 '도시'의 해체를 말하기 위해 동원된다. 인쇄 원판의 제작과 그 해체의 과정은 인쇄된 텍스트가 말해 주는 타이포그래피의 세계에서는 전혀 겉으로 드러나지 않는 땅(가나안)일 뿐이다. 이제 지형이라는 복판이 생겼기 때문에 모든 편집 내용을 그 지시대로 따라서 시행했던 원고("법전"을 감추고)조차도 챙길 필요가 없어진다. 「콩크리 — 토」 전원에는 초근목피도없다 물체의 음영에 생리가없다"는 설명은 타이포그래피 자체의 물질성을 잘 지적해 낸다. 활자(물체의 음영)는 생리적인 것이 아니다. 그것은 하나의 물질화된 문자 기호에 불과하다. 이 같은 해석은 타이포그래피라는 기술 자체의 비인간적 속성과도 연관된다. 말하고 듣는 관계에서 볼 수 있었던 인간적인 유대는 인쇄된 글을 혼자 읽는 상황에서는 찾아볼 수 없다. 그러므로 일단 문

◆ 이상의 일본어 시

자 기호로 인쇄된 말들은 모두가 그 인간적인 생동감을 잃은 것으로 볼 수 있다. 한때는 그 아름다운 자태를 자랑했지만 향기도 없고 색깔도 드러나지 않는 언어 문자로 묘사되어 그려진 여인의 모습은 책갈피에 담기는 순간 이미 죽은 것이다. 이 기호화된 여인의 모습은 오직 타이포그래피의 세계에서는 문자 텍스트의 심리적 등가물에 불과할 뿐이다. 살아 있는 인간 생활에서 격리된 채 시각적으로 고정된 텍스트 안에 갇혀 버린 존재이기 때문이다. 그러므로 "물체의 음영에 생리가 없다"라는 시적 진술이야말로 매우 복잡한 현대 문자 문명의 속성을 암시하기도 한다.

타이포그래피는 인간 사회의 문명의 중심을 이룬다. 이것은 무엇보다도 인간의 공통 소유에 해당하는 말의 사적인 소유를 가능하게 만든다. 무엇보다도 말 그 자체의 상품화를 이끌어 낸다. 이러한 경향은 결국 인간 생활의 개인주의화라는 방향으로 작용한다.* 그런데 여기에서 더 중요한 것은 사람이 쓴 원고(원본)가 버려지고, 복판을 위해 제작하는 지형이 만들어지면 그 힘든 노동에 의해 구축된 인쇄 원판도 다 해체한다는 사실이다. 복제된 지형을 보존하기 위해 행해지는 타이포그래피의 복잡한 절차와 방법, 그리고 거기 바치는 인간의 노동을 어떻게 설명할 것인가?

이것은 벤야민(Walter Benjamin)이 주장했던 기술 복제 시대의 예술적 현상을 떠올리게 한다.** 문명과 기술의 발전 그리고 그 사회적 확대에 의해 20세기 초반에 일어나고 있는 예술의 변화가 심각한 상태에 이르고 있음을 간파한 벤야민은 이를 아우라(Aura)의 상실이라는 특이한 심미적 현상으로부터 설명한다. 아우라는 예술 작품과 그것을 즐기고 향수하는 수용자 사이에 일어난 특정한 유형의 관계에서 출발한다.

---

* 월터 J. 옹, 이기우·임명진 옮김, 『구술 문화와 문자 문화』(문예출판사, 2003), 199쪽.

** 반성완 편역, 『발터 벤야민의 문예이론』(민음사, 1983), 197~231쪽.

이 말의 의미는 흔히 '분위기'라고 번역되고 있지만, 사실은 작품에 대한 접근 불가능성으로 인하여 생기는 특이한 감각을 말한다. 예술 작품을 향수한다는 것은 아무리 가까이에서 본다고 하더라도 결국은 단한 번의 만남에 불과한 일이다. 물론 이러한 현상은 르네상스 이후의 예술에서 볼 수 있는 세속성과도 관련이 있다. 그러나 현대의 기술 복제 시대에는 이러한 의미의 아우라는 소멸된다. 예술 작품의 수용 과정에서 진품에 대한 느낌, 단 한 번 볼 수 있다는 생각 등은 모두 예술의 아우라와 관련된다. 그러나 영화처럼 처음부터 복제를 겨냥하고 있는 예술의 경우는 아우라적 수용이라는 것이 불가능하다. 예술에 대한 지각 방식도 이 기술 복제의 시대에 와서 바뀌고 있는 것이다.

이상의 고뇌도 이와 동궤를 이룬다. 인간 문명의 근본이 되는 것이 언어와 문자이며, 이 언어, 문자를 물질적인 형상으로 바꾼 것이 인쇄 활자다. 모든 텍스트는 인쇄 활자를 통해 타이포그래피의 과정을 거치면서 새로운 의미 공간을 만든다. 그러나 이 인쇄 활자는 인간의 언어를 시각적 기호로 표시하고 있는 모사품에 불과하다. 하나의 텍스트가 완성되면 이 인쇄 활자들은 그것들에 의해 구축된 타이포그래피의 질서를 무너뜨리고 낱개의 활자로 다시 돌아가야만 한다. 그러므로 인간의 언어는 소리 자체를 떠나서는 더 이상 물질적 구체성을 드러낼 수가 없다. 언어의 실체를 어떤 텍스트도 그대로 반영하지 못한다는 것을 여기에서 확인 할 수 있다. 이러한 새로운 발견과 인식을 놓고 본다면 이상은 복제 예술의 의미를 설명하고자 했던 벤야민의 경우보다 보드리야르(Jean Baudrillard)의 경우에 더 근접해 있는 것인지도 모른다. 그 이유는 이상의 시적 상상력이 도달하고 있는 지점이 바로 보드리야르가 경고한 '시뮬라크르'의 세계*임을 의미하기 때문이다.

「파첩」은 "고독한 기술사 카인"의 모습을 거리 위에 세움으로써 타

---

* 장 보드리야르, 하태환 옮김, 『시뮬라시옹』(민음사, 1992), 13~19쪽.

　　　　　　　　　　　　　◆ 이상의 일본어 시

이포그래피에 기대어 이루어진 시적 진술의 대미를 장식한다. 에덴에서 추방된 카인. 이는 신을 거역한 인간을 의미한다. "태초에 말씀이 있었다."라는 『성서』의 구절은 오직 신의 말씀만을 유일의 실재로 규정하는 것이다. 그런데 타이포그래피는 신의 말씀이 아닌 인간의 언어를 조작한다. 이 엄청난 거역을 우리는 문명이라고 말한다. 도시의 거리에 나도는 숱한 인간의 언어들, 타이포그래피가 쏟아내는 이 시대의 '카인'을 이상은 그의 상상력 속에서 아득하게 만나고 있었던 것이다.

인간의 언어는 직접적이며 구체적인 행위의 과정이다. 그러나 문자 기호는 이러한 구체성이나 직접성을 드러내지 못한다. 오히려 타이포그래피라는 물질적 생산의 과정을 거치면서 텍스트라는 환상을 구축한다. 시인 이상은 바로 이러한 기호 체계의 물질적 전환을 의미하는 타이포그래피의 세계를 그의 시적 상상력에 접합시킨다. 그가 즐겨 활용하고 있는 숫자와 기호, 글자의 변형과 크기의 조작 등은 명백하게도 어떤 함축적인 사고를 표시한다. 특히 타이포그래피를 통해 구현하고 있는 기호의 질서, 배열, 공간 등은 모두가 하나의 독특한 글쓰기의 방법으로 활용된다. 이상의 시들은 타이포그래피의 방법으로 인하여 다른 어떤 작품들보다 더 시각적으로 구성된 텍스트를 구축함으로써 그 독자성을 강조한다.

이상의 시 「출판법」과 「파첩」에서 묘사되고 있는 타이포그래피의 원리는 모든 문자 기호의 공간적 배치에서부터 시작된다. 소리의 세계를 시각적 공간의 세계로 바꾸어 놓는 것이 글쓰기라면, 타이포그래피는 글쓰기에 동원된 문자들을 금속성의 활자로 변환시켜 특정한 형태로 특정의 위치에 배치하는 물질적 공간을 창출한다. 이 공간의 배치에 관련되는 복잡한 작업의 절차는 인쇄된 텍스트의 표면에 등장하지는 않지만, 종이 위에 규칙적으로 배열된 문자 기호의 기계적 통제를 독자들은 어떤 방식으로든지 느낄 수밖에 없다. 이 활자라는 물질화된 문자 기호의 공간 배치는 철저하게 비인간적이며 엄격하다. 이 시에서 묘사되고 있는 타이포그래피의 기술과 방법은 단순한 인쇄 기술의 영역에 국한되는 것이 아니라, 시적 텍스트의 구성과 의미의 생산이라는 새로운 창조적 공간을 보여 준다. 특히 글자 자체의 크기와 모양과 서로 다른 배열 방식을 통해 타이포그래피의 과정을 시각적으로 재현한다. 그러므로 이 시에서 사용되고 있는 언어와 문자는 모두가 타이포그래피의 공간 안에서 하나의 텍스트를 구성하는 기호 단위가 된다. 타이포그래피를 통한 텍스트의 제작은 사회적 활동과 변화를 추동하는 지식과 정보와 이데올로기의 생산 작업에 직결된다. 타이포그래피는 그 기술적 영역에서 요구되는 규칙과 제약만이 아니라 텍스트 자체에 대한 사회적 규범을 필요로 하게 된다.

이상의 시는 서구적 합리주의에 대한 거대한 반역을 꿈꾼다. 자아의 절대성과 이성에 대한 신뢰를 중시하는 근대적인 가치 체계를 놓고 볼 때, 이상이 강조하고 있는 실체와 모조 사이의 분열 현상은 절대적인 것으로 신뢰되어 온 주체의 의미를 부정하는 것이라고 할 수 있다. 실제로 이상이 자주 활용하고 있는 기하학적인 공리나 대수학의 원리는 모두 절대적으로 신뢰되어 온 규칙에 대한 부정을 위해 동원된 것들이다. 이상은 그러한 원리와 규칙들이 부정될 수 있는 가능성과 그 가능성의 현실을 열어 보이고자 한다. 바로 이러한 상상력의 개방성에서 우리는 이상의 시에 드러나 있는 새로운 세계 인식의 가능성을 발견한다.

「진단 0:1(診斷 0:1)」은 1932년 7월 《조선과 건축》에 발표한 연작시 「건축무한육면각체」의 세 번째 작품이다. 이 작품은 텍스트 자체가 숫자판과 함께 제시되는 간략한 몇 개의 진술로 구성되어 있다. 이 작품은 1934년 7월 28일 《조선중앙일보》에 발표한 「오감도 시제4호」로 개작되었다.

어떤患者의容態에關한問題

```
1 2 3 4 5 6 7 8 9 0 ●
1 2 3 4 5 6 7 8 9 ● 0
1 2 3 4 5 6 7 8 ● 9 0
1 2 3 4 5 6 7 ● 8 9 0
1 2 3 4 5 6 ● 7 8 9 0
1 2 3 4 5 ● 6 7 8 9 0
1 2 3 4 ● 5 6 7 8 9 0
1 2 3 ● 4 5 6 7 8 9 0
1 2 ● 3 4 5 6 7 8 9 0
1 ● 2 3 4 5 6 7 8 9 0
● 1 2 3 4 5 6 7 8 9 0
```

診斷 0 : 1

26·10·1931

以上 責任醫師 李箱

이 작품은 텍스트 자체가 숫자판과 함께 제시되는 간략한 몇 개의 진술로 구성되어 있다. 숫자판 자체의 구성에서 볼 수 있는 기호적인 특성을 해명하기 위해 여러 가지 접근법이 시도되기도 했고, 다양한 의미로 해석되기도 했다. 이 작품에서 숫자판의 성격에 대해서는 김명환 교수의 설명이 설득적이다. 수학자인 김 교수는 「이상의 시에 나타나는 수학기호와 수식의 의미」(『이상 문학 연구 60년』, 권영민 편, 170~171쪽)에서 이 숫자판의 맨 위에 "1 2 3 4 5 6 7 8 9 0"이라는 숫자가 있는데, 이 숫자가 한 줄씩 아래로 내려오면서 1/10씩 곱해지는 등비수열의 형태를 나타내고 있다고 해석하고 있다. 그리고 이렇게 계속 내려가면 아무리 큰 수부터 시작해도 결국은 0으로 수렴하게 된다는 사실을 지적하고 있다.

이 작품의 시적 진술 내용을 보면, 텍스트의 첫머리에는 "환자의 용태에 관한 문제"라는 짤막한 어구가 배치되어 있다. 이 짤막한 진술은 환자의 병환이 어떤 상태인지에 대한 의문을 내포한다. 이 어구의 바로 뒤에 "1 2 3 4 5 6 7 8 9 0"이라는 숫자를 반복적으로 기록해 놓은 도판이 삽입되어 있다. 이 숫자의 도판은 시의 텍스트에서 진술하고자 하는 "환자의 용태에 관한 문제"와 어떤 연관성을 가지는 것이라고 짐작된다. 이 시의 텍스트는 말미에서는 환자의 용태에 대한 진단 결과를 "0 : 1"이라는 숫자로 다시 정리해 놓고 있다. 이 진단 결과는 1931년 10월 26일에 나왔으며, 이 결과를 진단한 의사는 "이상" 자신이다. 시인 자신이 자기 이름을 의사로 표시하고 있음을 알 수 있다. 이 작품은 "환자의 용태에 관한 문제"라는 진술과 "진단 0 : 1/ 26·10 · 1931/ 이상 책임의사 이상"이라는 진술 사이에 삽입되어 있는 숫자의 도판이 어떤 시적 맥락을 형성하고 있는지를 먼저 규명해야만 한다. 그래야만 시적 텍스트 자체의 시각적 특징을 정확하게 이해할 수 있게 된다.

이 시는 경험적 자아로서의 시인 이상이 폐결핵 환자인 자신을 대상화하여 스스로 자기 진단을 수행하는 과정을 숫자로 단순 추상화하여 시각화한 것이라고 할 수 있다. 시인 이상은 자신의 건강 상태와 병환의 진전 상황을 수없이 스스로 진단하며 병든 육체에 대한 자기 몰입에 빠져들고 있었던 것이다. 이 과정을 단순 추상화하여 시각적인 기호로 대체해 보여 주는 것이 십진법의 기수법으로 배열된 숫자의 도판이다. 수없이 되풀이하여 자기진단을 해 보지만 그 결과는 '0'과 '1'이라는 이진법의 숫자로 간단명료하게 논리화된다. '있음'을 의미하는 '1'은 정상적으로 작동하고 있는 한쪽의 폐를 말하고, 병으로 훼손된 다른 한쪽의 폐는 '없음'을 의미하는 '0'으로 표시하고 있는 것이다.

「22년(二十二年)」은 앞의 「진단 0 : 1」과 함께 이상이 시도했던 '보는 시(visual poetry)'의 형태에 해당한다. 이에 대해서는 뒷장에서 다시 설명하겠지만 이 두 편의 시는 이상이 쓴 일본어 작품 가운데 난해한 작품으로 손꼽혀 왔다. 그 이유는 독특한 인유(引喩)의 방법과 기호로서의 도형의 제시 등이 전체 텍스트의 해독을 방해했기 때문이다. 이 작품의 텍스트는 짤막한 몇 개의 진술과 하나의 도형으로 이루어져 있다. 그러나 이 같은 텍스트 구성을 정밀하게 분석하면 크게 세 부분으로 구분된다. 첫 단락은 제1행과 제2행, 둘째 단락은 제3행과 도표, 그리고 셋째 단락은 ( ) 속에 들어 있는 작품의 마지막 행이다.

前後左右를除한唯一한痕迹이있어서

翼段不逝　目大不覩

胖矮小形의神의眼前에내가落傷한故事가있다

(臟腑그것은浸水한畜舍와다를것인가)

이 작품에서 제목이 되고 있는 '22년'은 시인 자신이 폐결핵을 처음 진단받은 나이를 말한다. 이 작품은 결핵 진단을 받은 후의 충격과 병에 대한 공포를 동시에 드러낸다. 제목에서 '22년'라는 숫자가 흥미롭다. '二十二'는 글자 그대로 놓고 보면 좌우 균형을 이룬 건강한 상태를 암시한다. 그런데 여기에서 좌우를 없애 버리면 '十'이라는 글자만 남는다. 전후와 좌우를 없애 버린 하나의 흔적이 있다는 시구가 바로 일종의 '말놀이' 또는 '글자 놀이'의 출발점에 해당함을 알 수 있다.

'전후좌우를 제외한 흔적'이라는 시적 진술은 뒤의 구절과 자연스럽게 의미상 서로 이어진다. 이 작품에서 먼저 주목해야 할 것은 "익단불서(翼段不逝) 목대부도(目大不覩)"라는 구절이다. 이 구절은 중국의 대표적인 고전 『장자(莊子)』의 「산목」 편에 나오는 구절을 패러디한 것이다. 원문의 전체 내용을 옮겨 보면 다음과 같다.

장주(莊周)가 조릉의 울타리 안을 거닐다가 이상한 까치 한 마리가 남쪽에서 날아오는 것을 본다. 그것은 날개 폭이 일곱 자요, 눈의 지름이 한 치나 되어 보인다. 그 새가 장주의 이마를 스치고 날아 밤나무 숲에 내려앉으니 장주가 그걸 보고 중얼거린다. 저건 대체 무슨 새인고? 날개는 큰데도 제대로 날지 못하고 눈이 큰데도 제대로 보지를 못하는구나. 장주가 바지 자락을 걷고 빠른 걸음으로 다가가 활을 겨누고 노리는데, 가만히 보니 매미 한 마리가 서늘한 나무 그늘에서 울면서 제 몸도 잊은 채로 있고, 사마귀가 잎에 몸을 숨기고는 매미를 잡으려고 거기에만 정신이 팔려 제 몸을 잊고 있다. 이상한 까치는 그 가운데에서 잇속을 챙기고자 눈앞의 먹이에 혹하여 제 몸을 잊고 있다. 장주는 섬뜩하여 혼자 중얼거린다. 아 세상의 모든 사물은 본래 서로에게 해를 끼치고 서로의 이해를 불러들이고 있구나. 그는 활을 버리고 돌아서서 달려가는데, 산지기가 쫓아오며 심한 욕을 퍼붓는다.

이 이야기에서 장주가 한 말 가운데 "날개가 큰데도 제대로 날지 못하고 눈이 큰데도 제대로 보지 못한다."라는 말은 원문이 "익은불서(翼殷不逝) 목대부도(目大不覩)"라고 되어 있다. 그런데 이 구절에서 '날개가 크다'라는 의미를 지니는 '익은(翼殷)'을 시인은 '익단(翼段)'으로 바꾸어 놓는다. 이 작품의 첫 대목에서 "전후좌우를 제한 유일한 흔적이 있어서"라고 진술한 대로 텍스트상에서 '은(殷)'자의 획을 두 개 제외시켜 '단(段)'자를 만들어 놓는 '글자 놀이'를 행하고 있는 것이다. 말하자면, 일종의 '파자(破字)' 방법을 통해 고전의 익숙한 어구의 글자를 바꾸어 전혀 새로운 의미의 어구를 만들어 놓고 있다. 「장자」의 원전과는 달리 "익단불서(翼段不逝) 목대부도(目大不覩)"라는 새로운 문구가 만들어진 것이다. 이 새로운 문구는 '날개는 부러져 날지 못하고 눈은 커도 보지 못한다.'는 의미로 해석된다. 이 문구를 텍스트상에서 제1행과 연결하여 해석해 보면 그 의미가 더욱 분명해져서 '전후좌우를 없앤 하나의 흔적이 있어서, 날개는 부러져 날지 못하고 눈은 커도 보지 못한다.'라는 뜻이 된다.

이 작품에서 난해 어구로 지목되고 있는 또 하나의 구절은 "반왜소형(胖矮小形)의 신(神)의 안전(眼前)에 내가 낙상(落傷)한 고사(故事)가 있어서"라는 제3행이다. 이 구절에서 "반왜소형(胖矮小形)의 신(神)"은 글자 그대로 풀이할 경우 '살이 찌고 키가 작은 모습을 한 신'이라는 의미가 된다. 이것은 시인 이상을 진찰했던 병원의 의사를 묘사한 것으로 보인다. '신(神)'이라는 말로 지칭할 수 있는 존재는 의사 외에 달리 찾아보기 어렵다. 특히 "안전(眼前)에 내가 낙상(落傷)한 고사(故事)가 있어서"라는 구절을 통해 이를 확정할 수 있다. 시인 이상은 22세 되던 해에 폐결핵임을 판정받는다. 그가 자신을 진찰하는 의사 앞에서 기침을 하고 객혈을 하며 쓰러진 적이 있다는 사실은 그의 소설과 수필에도 등장한다. 이 대목은 결국은 '키가 작고 살이 찐 의사의 눈앞에서 나는 쓰러진 일이 있다.'로 해석된다.

이 작품의 텍스트에 제시되어 있는 추상적인 도표에 대해서는 그 해석이 구구하다. 어떤 연구자는 이 도표를 시적 주체의 성격, 또는 욕망과 연결시켜 해석하기도 하고, 어떤 연구자는 일종의 성적(性的) 심볼로 해석하기도 한다. 그러나 이 도표는 텍스트상에서 바로 앞에 제시된 "반왜소형의 신의 안전에 내가 낙상한 고사가 있어서"라는 진술과 연결되는 것으로 이해하는 것이 적절하다. 그래야만 제1, 2행의 의미 내용과 일종의 대구(對句)로서의 형식을 만족시킨다. 이 도표는 병원에서 찍은 흉부의 X선 사진의 모양을 평면 기하학적으로 추상화하여 그려 본 것이라고 할 수 있다. 안쪽으로 굽어 들어간 화살표는 혈관을 표시하는 것이다. 그러나 정작 이 혈관이 이어져야 할 폐가 없다.

폐결핵이 중증 상태임을 말해 준다. 이것은 제1행에서 설명한 대로 '전후좌우를 없앤 흔적'에 해당하는 병에 의한 '신체적 결여'의 기호적 표상에 해당하기도 하고, 앞서 인용한 「장자」의 구절을 변형시킨 대로 "날개가 부러져서……"라는 대목을 추상화한 도표로서 텍스트상에서 서로 의미가 연결된다.

이 작품의 마지막 구절은 "장부 그것은 침수한 축사와 다를 것인가"라는 자문(自問)의 형식으로 ( ) 속에 묶여 있다. 이 대목은 흉부 촬영한 X선 사진의 영상을 보면서 그 거무스레하고 희끄무레한 모양이 마치 물속에 잠긴 축사의 모습처럼 엉성하다는 생각을 하고 있음을 보여 준다. 병으로 인한 폐부의 손상 상태를 사진을 통해 살펴보고 있는 시적 화자의 망연한 심경을 엿볼 수 있는 대목이다.

이 작품에서 그려 내고 있는 것은 결국 시인의 나이 22세에 폐결핵을 진단받고 그 병환이 심각한 상태에 있음을 알게 된 순간의 절망감이다. 시적 화자는 병으로 인한 신체 기능의 결여 상태를 「장자」의 한 대목을 패러디하여 그려 내고 이를 다시 X선 사진을 통해 추상화해 표현한다. 이 작품에서 제시되고 있는 육체의 물질성에 대한 인식은 작품의 마지막 구절에서 절망적으로 표출된다. 이상의 개인사적 체험과 관련되어 있는 이 작품은 1934년 「오감도 시제5호」로 개작 발표되었는데, 여기에서는 인용된 「장자」의 문구를 "익은불서(翼殷不逝) 목대부도(目大不覩)"라는 원문 그대로 바로잡아 놓았으며, "장부(臟腑) 타는 것은 침수한 축사(畜舍)와 다를 것인가."라고 고쳐 놓았다.

연작시 「건축무한육면각체」에 포함되어 있는 「차8씨의 출발」은 매우 특이한 방식으로 이상 자신의 기지와 위트를 시적 텍스트에 담아내고 있다.

龜裂이生긴莊稼泥濘의地에한대의棍棒을꽂음.
한대는한대대로커짐.

樹木이盛함.

以上 꽂는것과盛하는것과의圓滿한融合을가르침.

沙漠에盛한한대의珊瑚나무곁에서돌과같은사람이산葬을當하는일을當하는일은없고심심하게산葬하는것에依하여自殺한다.

滿月은飛行機보다新鮮하게空氣속을推進하는것의新鮮이란珊瑚나무의陰鬱한性質을더以上으로增大하는것의以前의것이다.

輪不輾地　展開된地球儀를앞에두고서의設問一題.

棍棒은사람에게地面을떠나는아크로바티를가르치는데사람은解得하는것은不可能인가.

地球를掘鑿하라

同時에

生理作用이가져오는常識을抛棄하라

熱心히疾走하고 또 熱心으로疾走하고 또 熱心으로疾走하고 또 熱心으로疾走하는 사람은 熱心으로疾走하는일들을停止한다.

沙漠보다도靜謐한絶望은사람을불러세우는無表情한表情의無智한한대의珊瑚나무의사람의脖頸의背方인前方에相對하는自發的인恐懼로부터이지만사람의絶望은靜謐한것을維持하는性格이다.

地球를掘鑿하라

同時에

사람의宿命的發狂은棍棒을내어미는것이어라*

　　* 事實且8氏는自發的으로發狂하였다. 그리하여어느듯且8氏의
　　溫室에는隱花植物이꽃을피워가지고있었다. 눈물에젖은感光
　　紙가太陽에마주쳐서는히스므레하게光을내었다.

이 작품 역시 이상의 시 가운데 대표적인 난해시의 하나로 지목되어 오고 있다. 작품의 제목에 드러나 있는 '차8씨(且8氏)'에서 '차'(且, 이 글자와 결합된 한자들은 그 음이 '저', 또는 '조'가 된다.)라는 한자와 '8'이

라는 숫자가 남성 성기를 암시하는 기호로 해석한 경우가 많다. 특히 본문 속에 등장하는 '곤봉(棍棒)'이라는 말 자체도 남성의 상징으로 쉽게 읽게 되니, 작품 내용 전체를 자연스럽게 '섹스 시'로 이해할 수밖에 없게 된다.

> 이 섹스 시는 이상의 많은 시와 소설이 거의 성적 표상의 새타이어를 도입하는 이상의 성교주의(性交主義)를 나타내고 있다. 차팔(且八)은 말할 것도 없이 남근(男根)이며 장가이녕(莊稼泥濘)의 지(地)는 여기(女器)이다. 그것이 은화식물(隱花植物)이 꽃을 피우고 젖은 감광지가 희미하게 비치는 성교 직후에 이르러 이 직유 직설의 시행은 설명적으로 끝난다. 이상의 가해자적(加害者的) 섹솔로지와 그의 절망의 수단이 되는 매저키즘은 표리를 이루면서 이상적(李箱的) 자아를 자독(自瀆)하고 있다.*

이러한 독법은 시인 이상이 거의 의도적으로 유인하고자 했던 함정으로 독자를 몰아간 대표적인 사례라고 할 수 있다. 이상의 뛰어난 해학과 그의 '글자놀이'에 숨겨진 의미를 엉뚱한 방향으로 해석하도록 유도하고 있기 때문이다. 사실 이 작품은 이상이 친구인 구본웅에게 바친 헌시이지만 고도의 말장난을 숨겨 놓고 있다. 어린 시절부터 친하게 지냈던 친구 구본웅이 육체적 불구를 이겨 내고 당당히 '조선의 화가'로 서게 되는 광경을 보면서 이상은 '곤봉' 하나가 '산호나무'로 자라났다고 찬탄했던 것이다.

이 작품의 제목에 등장하는 '且8氏'는 구본웅(具本雄, 1906~1953)의 성씨인 '구(具)씨'를 의미한다. 아라비아 숫자로 표시된 '8'을 한자로 고치면 '팔(八)' 자가 된다. 그리고 '차(且)' 자의 아래에 '팔(八)'를 붙여 쓰면 그것이 바로 '구(具)' 자임을 알 수 있다. 구본웅은 시인 이

---

* 고은, 『이상 평전』(민음사, 1974), 182쪽.

상을 모델로 한 「친구의 초상」(1935)을 그린 화가이다. 구본웅이 「친구의 초상」을 그렸을 때 시인 이상에게는 매우 고통스러운 몇 개의 사건이 겹쳐 있었다. 바로 한 해 전에 이상은 시 「오감도」를 발표하면서 본격적으로 문단에 나섰지만 이 작품은 독자들의 항의로 인해 조선중앙일보 연재가 15회로 중단된다. 그의 생활 역시 그리 행복하지 못하다. 그가 애착을 가지고 시작했던 다방 제비의 문을 닫는다. 이러한 경제적 난관은 제비의 운영을 도맡았던 여인 '금홍'과의 결별로 이어지면서 이상을 정신적 공황 상태로 몰아간다. 이상은 거듭되는 사업의 실패로 곤궁에 빠진 채 금홍과의 동거 생활마저 깨어지자 허망에서 벗어나지 못한다. 이때 이상 앞에 나타난 것이 구본웅이다. 구본웅은 이상에게 새 출발을 권유한다. 그는 이상을 위해 아버지 구자혁이 운영하는 인쇄소 창문사(彰文社)에 일자리를 주선한다. 허망에 빠져 있던 이상을 현실의 한복판으로 다시 끌어올려 놓은 것이다. 그리고 그는 이상의 새 출발을 위해 이상을 모델로 「친구의 초상」을 그린다. 구본웅의 그림 「친구의 초상」에서 가장 유별난 것은 이상이 그토록 부담스러워했던 수염도 아니고 초라한 빈상(貧相)의 얼굴도 아니다. 얼굴의 길이만큼이나 길게 그려 놓은 상아 파이프, 바로 그것이다. 구본웅은 장난스럽게도 이상의 입에 상아 파이프를 물린다. 이 그림에서 상아 파이프는 불균형이다. 그러나 바로 그 불균형이 이 그림의 구도를 망치지 않는다. 오히려 굳어진 표정을 살아 움직이게 한다. 구본웅은 시인 이상의 입에 상아 파이프를 물림으로써, 그의 헛된 한숨을 멈추게 한다. 그리고 다시 다부지게 출발할 것을 명한다. 상아 파이프는 꼽추 화가 구본웅의 자존심을 보여 주는, 그리고 그것이 바로 이상 자신의 자존심을 부추기는 하나의 상징이 된다.

구본웅은 이상과 함께 신명(新明)학교를 졸업한(1921) 것으로 알려져 있다. 구본웅이 이상보다 나이가 네 살이나 위였지만 꼽추라는 불구의 몸에 허약 체질이어서 소학교를 뒤늦게 다녔다는 것이다. 둘은 모두 그림 그리기에 취미가 있었고, 화가가 되는 것이 꿈이었다. 이상이 보성고보를 다니는 동안 구본웅은 이웃에 있는 경신고보에서 미술에 빠져든다. 구본웅의 미술 공부는 경신고보를 졸업하면서 본격화한다. 그는 매주 토요일 YMCA에 있는 고려화회(高麗畫會)에 나가 그림 공부를 시작한다. 고려화회는 우리나라 최초의 서양화가인 춘곡(春谷) 고희동(高羲東)이 주관하던 모임으로 1919년에 발족한 후 점차 그 규모가 커지면서 1923년 고려미술회로 확대되었다. 구본웅은 1924년 고려미술회 '제2회 회원전'에 처음으로 작품 「폐허」를 출품한다. 그리고 여기에서 자신의 그림에 자신감을 얻는다. 그는 1925년부터 조각가 김복진(金復鎭)을 사사하면서 조각 분야로 그 관심을 넓혀 나간다.

구본웅이 그의 이름을 화단에 올린 것은 제6회 조선미전(朝鮮美展) 때이다. 1927년 5월에 열린 이 전시회에서 구본웅의 「얼굴 습작(習作)」이 조소 분야에서 유일한 조선인 특선작이 된다. 구본웅은 이를 계기로 도일 유학을 계획한다. 그리고 1928년 동경으로 건너가 가와바타(川端)미술학교 양화부에 입학한다. 그러나 자유분방한 그는 미술 실기 교육만을 도제식으로 반복하는 이 학교의 교육에 염증을 느끼고는 다음 해 봄에 일본대학 예술전문부로 학교를 옮긴다. 그는 이 학교에서 정식으로 예술 이론에 학문적으로 접근하면서 서양 예술사와 미학의 원리를 깊이 있게 터득한다. 1929년 여름 부친의 권유로 결혼한 그는 미술 공부를 계속한다. 당시 일본의 화단은 인상파의 영향에서 보다 강렬한 야수파 운동이 유행한다. 야수파는 극한적으로 단순화한 형태와 선명한 원색적 색조 그리고 대담하고 격정적 필촉으로 화면을 형성하는 특색을 지녔다. 그는 이 대담하고 거칠면서도 선명한 야수파의 기법에 매료된다.* 구본웅은 1930년 가을 일본 동경의 '이과회(二科會) 미술전람회'에 입선한다. 제국미전이 전통적인 서양화의 화풍을 중심으로

---

* 김현숙, 「구본웅의 작품을 통해 본 모더니즘 수용의 일례」, 《미술사연구》, 11호, 1997. 12 참조.

관전(官展)의 형태로 운영되고 있는 데에 반하여, 자유롭고 진취적 경향의 새로운 미술 운동은 민간 중심의 '이과 미전'을 통해 이루어진다. 당시 언론은 청년 미술가 구본웅이 조선인으로는 처음으로 이과 미전 양화부에 입선했다고 보도한다. 1931년 동아일보는 구본웅을 초대하여 개인전을 개최한다. 당시 동아일보는 "양화가(洋畵家), 구본웅(具本雄), 개인미술전시회(個人美術展覽會)'라는 타이틀로 이 불구의 천재 화가의 첫 개인전을 소개하면서 "서양화에 독특한 천분을 보여 오는 구본웅 씨는 (중략) 수년 전에 조선미술전람회에 조각을 출품하여 특선이 된 일이 있으며 최근에 와서는 제전(帝展), 이과전(二科展), 독립전(獨立展), 태평양전(太平洋展) 등에 출품하는 대로 다 입선이 되어 장래가 매우 촉망되는 화가(畵家)이다."라고 대서특필한다.* 50점의 작품이 전시된 개인전은 대성황을 이루었고, 그는 '운명의 화가' 또는 '조선의 로트레크'로 불리게 된다. 꼽추라는 불구의 육신을 극복하고 스스로 그 운명을 이겨 나간 구본웅. 그는 자기 운명의 시련을 이겨 낸 한 사람의 예술가로 돌아온 것이다.

이상은 구본웅의 예술적 정진을 지켜보며 그 집념의 인간 승리를 찬탄한다. 그리고 구본웅을 모델로 화가 구본웅의 불굴의 초상을 시로 적는다. 꼽추라는 세인의 멸시, 자기 스스로 느껴야 하는 육체의 곤구함을 구본웅은 당당히 이겨 낸 것이다. 그리고 자기 신념대로 그가 꿈꾸던 캔버스를 화가라는 이름으로 지배한 것이 아닌가? 이상은 구본웅의 빛나는 개인적 성취를 '곤봉의 변신, 하나의 산호나무 되기'라고 노래한다. 그것이 바로 시 「차8씨의 출발」이다. 그러므로 이 시에서 '且8氏'는 '남성의 성기'를 말한 것도 아니고, 입에 담기 어려운 'X팔씨'라는 욕설을 말한 것도 아님이 분명해진다. '구(具)'라는 한자를 '차(且)'와 '팔(8)'로 파자(破字)하여 놓은 것이기 때문이다. 물론 이상은 여

---

* 《동아일보》, 1931. 6. 11.

기에서 이 파자놀이를 시각적 기호로 환치시키기도 한다. '차(且)' 자와 '8' 자를 글자 그대로 아래위로 붙여 보라. 이 경우 그 모양은 구본웅의 외양을 형상적으로 암시한다. 구본웅이 늘 쓰고 다녔던 높은 중산모(且)와 꼽추의 기형적인 형상(8)을 합쳐 놓은 것이 아닌가? 이런 식의 기호놀이는 이상과 구본웅이 '서로 농하는 사이'라고 말할 정도로 가까이 지냈기 때문에 가능한 일이었다고 생각된다.

이제 「차8씨의 출발」이라는 제목을 '구씨의 출발'이라고 바꾸어 보자. 화가로서의 당당히 출발하여 자기를 세우고 있는 구본웅의 예술가로서의 개인적 발전을 보면서 이상은 또다시 말장난을 건다. 이 작품에서 구본웅을 지시하는 말이 또 있다. "곤봉"이다. "곤봉"은 대부분의 연구자들이 남성 상징으로 풀이한다. 아마도 그 형태에서 남성의 성기를 연상했던 것이 아닌가 생각된다. 그러나 사실은 전혀 다르다. 가슴과 등이 함께 불룩 나온 꼽추 구본웅의 외양을 상상해 보라. '곤봉'은 구본웅의 불구의 육신에 해당한다. 특히 '곤봉'이라는 말은 '구본웅'이라는 이름을 2음절로 줄여서 부른 것이기도 하다. '말장난'의 귀재였던 이상의 언어적 유희가 연상 기법의 묘미를 그대로 보여 준다. 그러나 이상의 말장난은 여기에서 그치지 않는다. 이상의 시적 상상력에 따르면 한낱 마른 몽둥이에 불과한 '곤봉'이 자라나 아름다운 '산호나무'로 바뀐다. '곤봉'에서 '산호나무'가 되기. 이것이 바로 「차8씨의 출발」의 참주제이다. 이 작품 속에서 여러 군데 등장하는 '산호나무'는 한 사람의 화가로 성장한 구본웅을 말한다. 그 예술의 정신까지도 산호나무처럼 고귀하다는 의미를 드러내고자 함이 아닌가? 그런데 이 '산호나무'라는 말도 역시 구본웅의 불구의 육신을 형상하고 있는 것이라면 어떤가? 마른 체구와 기형적인 곱사등이의 형상을 '산호나무'의 모양에 빗대어 지칭한 것이 아닐까?

이 시의 전반부는 구본웅이 사회적으로 인정받기 어려운 낯선 영역(亀裂이生긴莊稼泥濘의地)인 미술 공부에 뜻을 두고 일본 유학을 결행하는 과정을 압축적으로 제시한다. 구본웅은 자신이 택한 미술 영역에서 재능을 발휘하고 재력가인 그의 부친도 불구의 아들이 집념을 보이는 미술 공부를 적극 지원한다. 이상은 구본웅의 미술 공부를 이리저리 갈라진 황폐한 땅 그 진흙의 구덩이에 '곤봉'을 박는 일이었다고 적고 있다. 서양 미술에 겨우 눈뜨기 시작한 당시 상황으로 보아 이 무모한 도전은 참으로 험난한 앞날을 예고한다. 특히 육체적 불구를 어떻게 극복할 것인가? 하지만 구본웅은 자신의 재능을 능가하는 끈질긴 노력으로 그 무딘 '곤봉'에 싹을 틔우고 새로이 잎을 피우고 줄기가 자라게 한다. 그리고 그 줄기가 자라나 이제 하나의 '산호 나무'가 된다. 그는 결코 좌절하지 않았으며 육체적 불구의 한계를 놓고 회한에 빠져든 적도 없다.

이 시는 그 중반부에서 구본웅의 외모와 성격을 묘사한다. 구본웅의 외양과 걸음걸이 모습을 해학적으로 표현하기 위해『장자』에서 인유(引喩)하고 있는 "윤부전지(輪不輾地)"라는 구절의 패러디 수법이 놀랍다.「장자」의 원문은 "윤부전지(輪不蹍地)"이다. 이 구절은 그 의미 자체가 기하학적 관점에 맞닿아 있다는 점에서 더욱 흥미롭다. "윤부전지(輪不蹍地)"는 수레바퀴와 그 바퀴가 굴러가는 땅의 관계를 설명한다. 수레바퀴는 땅 위를 딛는 것이 아니라 굴러간다. 이것이「장자」의 원문 "윤부전지(輪不蹍地)"의 뜻이다. 이 대목이 포함되어 있는 원문을 살펴보자.

혜시(惠施)의 학설은 다방면에 걸쳐 그 저서가 다섯 수레에 쌓일 정도이며, 그의 도(道)는 잡박하고 그의 말은 적중하지 않다. 그는 사물의 뜻을 늘어놓아 이렇게 말했다. "지극히 커서 밖에 테두리가 없는 것을 태일(太一)이라 하고 지극히 작아서 속이 없는 것을 소일(小一)이라 한다. 두께가 없어 쌓을 수 없는 것도 (소일의 입장에서 보면) 그 크기가 천리나 된다. 그러나 (태일의 입장에서 보면) 천지의 고저도 같게 보이고 산

382

과 연못도 모두 평평해 보인다. 태양은 공중에 떠 있지만 동쪽에서 보면 서쪽으로 기울어 보이고 서쪽에서 보면 동쪽으로 기울어 보인다. 만물이 살아 있는 것도 죽음의 세계에서 보면 죽은 것이다. 대국적인 견지에서 보면 같은 것일지라도 그것을 구분하여 작은 단위로 그 같기를 비교하면 각각 틀리니 이것을 소동이(小同異)라고 한다. 만물은 상대적인 것도 보는 견지에 따라 같아질 수 있고 같다고 생각되는 것도 생각하는 방법에 따라 모든 것이 각기 다르니 이것을 대동이(大同異)라 한다. 남방은 끝이 없다고 하지만 (북방과의 한계를 생각하면) 한계가 있고, 오늘 월나라로 떠났다고 하지만 (시간상의 기준을 달리하면) 어제 월나라에 왔다고 할 수 있다. 이어서 꿰어 놓은 고리는 (고리 하나하나의 입장에서 볼 때는 각자 공간을 차지하고 있으므로) 풀려 있다고 말할 수 있다. 나는 천하의 중심을 알고 있다. 그것은 연나라의 북쪽이 될 수도 있고 월나라의 남쪽이 될 수도 있는 것이다. 두루 만물을 사랑하면 천지도 일체가 된다."

혜시는 이러한 논법을 전개하면서 자신은 천하를 달관한 자라 하여 세상의 변자(辯子)들을 가르쳤으며 세상의 변자들도 서로 이런 식으로 이야기하는 것을 즐겼다. "알에는 털이 있다. 닭은 발이 셋이다. 초나라의 수도인 영(郢)에 천하가 있다. 개가 양이 될 수 있다. 말도 알이 있다. 개구리도 꼬리가 있다. 불은 뜨겁지 않다. 산도 입이 있다. **수레바퀴는 땅에 닿지 않는다.** 눈은 보지 못한다. 손가락이 닿지 않고 닿으면 떨어지지 않는다. 거북이 뱀보다 길다. 곡척으로는 방형이 그려지지 않고 컴퍼스로도 원이 그려지지 않는다. 구멍은 자루에 맞지 않는다. 날아가는 화살은 가지도 않고 멈추지도 않는 때가 있다. 구(狗)는 견(犬)이 아니다. 누런 말 한 필과 검은 소 한 필을 합치면 셋이 된다. 흰개는 검다. 외로운 망아지는 일찍이 어미가 없다. 한 자의 채찍이라도 하루에 그 반씩을 잘라 가면 만년이 되어도 없어지지 않는다." 이런 설을 내세워 천하의 변론자들은 혜시에게 응답하며 종신토록 끝이 없었다. 환단(桓團)이나 공손룡(公孫龍)은 이런 변론자의 무리로서 사람의 마음을 꾸미고 사

◆ 이상의 일본어 시

람의 뜻을 어지럽혔다. 사람의 입을 이기기는 했지만 그 마음을 이기지
는 못하였다. 이것이 변론가의 한계이다.*

　「장자」의 「천하」편에 수록되어 있는 앞의 이야기는 장자 자신의
가까운 친구이기도 했던 전국시대(戰國時代) 송(宋)나라의 궤변가 혜시
(惠施)에 관한 글이다. 혜시는 『혜자(惠子)』라는 책을 지었다고 하지만
지금은 전하지 않는다. 춘추전국시대 제자백가 가운데 논리학파로 손
꼽는 '명가(名家)'의 한 사람이다. 혜시를 둘러싸고 전하는 여러 가지
궤변들 가운데 이상이 인유한 '윤부전지(輪不蹍地)'는 '수레바퀴가 땅
에 닿지 않는다.'라는 뜻이지만 이것을 '윤부전지(輪不輾地)'라고 고쳐
놓을 경우 그 의미에 미묘한 변화가 일어난다. 이상은 혜시와 함께 전
국시대의 궤변가들이 만들어 놓은 이 구절을 패러디하여 '수레바퀴는
땅 위를 굴러가는 것이 아니다.'라고 바꾸어 놓는다. 「장자」의 텍스트
에서 '윤부전지(輪不蹍地)'의 '전(蹍)'이라는 글자('디디다'라는 뜻)를 '전
(輾)'('구르다'라는 뜻)으로 바꾸어 놓고 있는 문자 교체는 이상이 여러
작품에서 시도한 '문자놀이'의 기법에 해당한다. 기하학에서는 원둘레
의 한 점과 직선이 만나는 지점을 '접점(接點)'이라고 한다. 이 논리에
근거한다면, 이 글자 바꾸기는 「장자」의 경우와 상호 텍스트적 공간을
형성하면서 새로운 의미를 만들어 낸다. 수레바퀴는 땅 위를 구르지

---

* 이석호 옮김, 『장자(莊子)』(삼성출판사, 1990), 542~545쪽. 원문은 다음과 같다.
　惠施多方, 其書五車, 其道舛駁, 其言也不中. 厤物之意, 曰; "至大无外, 謂之大一. 至小无內, 謂之
小一. 无厚, 不可積也, 其大千里. 天與地卑, 山與澤平. 日方中方睨, 物方生方死. 大同而與小同異,
此之謂小同異. 萬物畢同畢異, 此之謂大同異. 南方无窮而有窮, 今日適越而昔來. 連環可解也. 我知
天下之中央, 燕之北, 越之南, 是也. 氾愛萬物, 天地一體也." 惠施以此爲大觀於天下而曉辯者. 天下
之辯者, 相與樂之. 卵有毛. 鷄三足. 郢有天下. 犬可以爲羊. 馬有卵. 丁子有尾. 火不熱. 山出口. 輪不
蹍地. 目不見. 指不至. 至不絶. 龜長於蛇. 矩不方, 規不可以爲圓. 鑿不圍枘. 飛鳥之景, 未嘗動也. 鏃
矢之疾, 而有不行不止之時. 狗非犬. 黃馬驪牛三. 白狗黑. 孤駒未嘗有母. 一尺之棰, 日取其半, 萬世
不竭. 辯者以此與惠施相應, 終身无窮. 桓公孫龍辯者之徒, 飾人之心, 易人之意, 能勝人之口, 不能服
人之心, 辯者之囿也.

않는다. 오직 한 점과 닿아 있을 뿐이다. 이러한 변화는 결국『장자』의 텍스트에서 의도했던 것과는 전혀 반대의 의미를 시적 텍스트에서 구현하도록 유도한다.

그런데 이 같은 '문자놀이'의 패러디에서 노리고 있는 것이 무엇인가? 이를 이해하기 위해서는 작품의 제목에서 '구(具)씨'를 '且8씨'로 파자하여 놓은 부분에서부터 유추하지 않으면 안 된다. 기형적인 꼽추였던 구본웅의 외모와 그 이상스러운 걸음걸이를 상상해 보라. 커다란 중산모를 쓰고 걸어가는 구본웅의 모습. 가슴과 등이 안팎으로 솟아나와 있는 그의 기형적인 모습을 머리에 그리면서 이상은 그의 성씨인 '구(具)' 자를 다시 파자하여 기호적으로 형상화한다. '차(且)'와 '8' 이라는 글자를 그대로 결합시켜 놓으면, '차(且)'라는 한자 아래에 '8' 자가 바로 세워져 붙게 된다. 이때 '차(且)' 자는 수레의 윗부분의 형상을 드러내고 '8'자는 바퀴에 해당하게 된다. 그런데 '차(且)' 자 아래에 '8'자가 바로 서 있게 되면 수레바퀴가 땅위로 굴러가는 모양을 이룰 수 없다. '8'자가 옆으로 누워 있는 모양(∞)이 되어야만 두 바퀴가 땅위로 굴러가는 형태를 이루기 때문이다. 구본웅의 걸음걸이는 '차(且)' 자 아래에 '8' 자가 서 있는 모양이 될 수밖에 없다. 그러므로 '수레바퀴는 땅에 구르지 않는다.'라는 뜻에 해당하는 '윤부전지(輪不輾地)'가 되지 않으면 안 된다. 이 고도의 비유를 담고 있는 '말놀이,' 거기 젖어 있는 유머 감각과 기지를 이상이 아니고서는 흉내조차 내기 어려운 일이다. 이 구절에서 드러나는 패러디의 방식은 바로 뒤의 "곤봉은사람에게지면을떠나는아크로바티를가르치는데사람은해득하는것은불가능인가."라는 구절로 이어진다. 이 대목 또한 구본웅이 걸어가는 모습을 묘사한다. 마치 '차(且)' 자 아래 '8' 자가 서 있는 모습이기 때문에 "지면을 떠나는 아크로바티를 가르치는" 것처럼 설명되고 있다. 여기에서 "지면을 떠나는 아크로바티"는 구본웅의 예술이 일상의 현실에서 벗어나 어떤 경지에 이르게 됨을 암시한다. 세속의 인간들과는 함께 땅을 닫지 않는다는 것 이것은 친구인 구본웅에게 이상이 말해 줄 수 있는 최대의 찬사에 다름 아니다. 이제 구본웅은 '곤봉'이 아니다. 그는 스스로 '산호나무'가 되어 그 존귀함을 자랑하는 예술가로 변신했던 것이다.

이 작품의 텍스트 후반부는 구본웅의 우습게 생긴 외양을 묘사하면서도 그 침착하고 담대한 성품을 빗대어 그려 낸다. 그리고 구본웅이 회화만이 아니라 조각 분야에도 관심을 두면서 자기 예술에 더욱 정진하는 모습을 "지구를 천착하라."라는 말로 암시하여 그려 보이기도 한다. 구본웅은 그의 기형적인 외모에 대한 사람들의 경계심("산호나무의사람의발경의배방인전방에상대하는자발적인공구")에도 불구하고, 여기에 절망하지 않고 자기 본연의 예술적 기질을 마치 '숙명적 발광'이라도 하듯 그렇게 드러낸다. 그 결과 그의 작업실(온실)에는 그가 그려 낸 아름다운 그림(은화식물)들이 쌓이고 그것들이 점차 사람들의 관심을 끌며 세상에 알려진다.

이상의 시 「차8씨의 출발」은 그 텍스트 자체가 기지와 위트로 채워져 있다. 그리고 자신의 가장 친한 친구인 화가 구본웅에 대한 끝없는 사랑과 신뢰를 담고 있다. 텍스트에 드러나 있는 '말놀이'의 희화적인 속성에도 불구하고, 이 작품에서 이상은 화가인 구본웅의 예술적 감각에 대한 상찬과 함께 그 불구의 모습에 대한 연민의 정을 깊이 있게 표현한다. 이것은 친구에 대한 사랑과 존경이 없이는 불가능하다.

구본웅은 이상이 시로 쓴 자신의 초상을 어떻게 생각했을까? 이상의 재기를 위해 힘썼던 그는 이상과의 끈질긴 인연을 지속한다. 이상이 뒤에 결혼한 변동림이 구본웅의 서모의 배다른 동생, 말하자면 이모에 해당한다는 사실은 알 만한 이들은 모두 알고 있다. 이상의 일본행을 뒤에서 도운 것도 구본웅이다. 그러나 구본웅은 이상의 처참한 죽음 이후 어떤 이야기도 이상에 관한 것은 입에 올리지 않는다. 「차8

씨의 출발」이 미궁에 빠져 있었던 것도 구본웅의 함구 덕분이다. 그는 이상의 입에 하얀 상아 파이프를 물렸듯이 스스로 입을 다물고 '지구를 떠나는 아크로바티'를 혼자 즐겼던 것이다.

이상의 미발표 일본어 시

이상의 일본어 시는 《조선과 건축》에 발표했던 일련의 작품들 외에도 미발표작 9편을 더 추가해야 한다. 이 작품들은 모두 임종국이 1956년 태성사에서 펴낸 『이상 전집』에 포함시킴으로써 그 존재가 세상에 알려졌다. 이 아홉 편의 작품은 「척각(隻脚)」, 「거리(距離)」, 「수인(囚人)이 만든 소정원」, 「육친(肉親)의 장(章)」, 「내과(內科)」, 「골편(骨片)에 관한 무제(無題)」, 「가구(街衢)의 추위」, 「아침」, 「최후(最後)」 등이다. 임종국은 이들 일본어 시가 고인(이상)의 사진첩 속에 담겨 있던 원고를 찾아내 이를 번역하고 일본어 원문과 함께 수록했다고 밝히고 이상이 일본어로 쓴 작품의 원문도 공개했다. 이 작품들의 그 제작 연대를 정확히 추정하기는 어렵다. 그러나 「거리」, 「아침」 등에서 '나'와 '아내'를 등장시킨 점, 「육친의 장」에서 '나'의 나이를 스물넷이라고 밝힌 점, 「가구의 추위」에 '1933년'을 지목한 점, 「내과」, 「골편에 관한 무제」 등에서 자신의 병에 관한 상념을 그린 점 등으로 보아 1931년에서 1934년 사이에 쓴 것이라는 추측이 가능하다.

이 작품들 가운데에는 이상 자신이 앓고 있던 결핵과 관련되는 것이 많다.

(1)

하이한天使 이醜醜난天使는큐피드의祖父님이다
醜醜이全然(?)나지아니하는天使하고혼히結婚하기도한다.

나의肋骨은2떠 ── 즈(ㄴ). 그하나하나에노크하여본다. 그속에서는海

綿에젖은더운물이끓고있다. 하이한天使의펜네임은聖피 — 타 — 라고. 고무의電線똑똑똑똑 버글버글 열쇠구멍으로盜聽.

發信) 유다야사람의임금님 주므시나요?

(返信) 찌 — 따찌 — 따따찌 — 찌 — (1)찌 — 따찌 — 따따찌 — 찌 — (2) 찌 — 따찌 — 따따찌 — 찌 — (3)

흰뺑끼로칠한十字架에서내가漸漸키가커진다. 聖피 — 타 — 君이나 에게세번式이나아알지못한다고그런다. 瞬間닭이활개를친다……

어얼 크 더운물을 엎질러서야 큰일 날 노릇 —

— 「내과」

(2)

신통하게도血紅으로染色되지아니하고하이한대로
　뺑끼를칠한사과를톱으로쪼갠즉속살은하이한대로
　하느님도亦是뺑끼칠한細工品을좋아하시지 — 사과가아무리빨갛더
라도속살은亦是하이한대로. 하느님은이걸가지고人間을살작속이겠다고.
　墨竹을寫眞撮影해서原板을햇볕에비쳐보구료 — 骨骼과 같다(?)
　頭蓋骨은柘榴같고 아니 柘榴의陰畵가頭蓋骨같다(?)
　여보오 산사람骨片을보신일있우? 手術室에서 — 그건죽은거야요
살아있는骨片을보신일있우? 이빨! 어머나 — 이빨두그래骨片일까요.
그렇담손톱도骨片이게요?
　난人間만은植物이라고생각됩니다.

— 「골편에 관한 무제」

(3)
네온사인은쌕스폰과같이瘦瘠하여있다.

파릿한靜脈을切斷하니샛빨간動脈이었다.

―그것은파릿한動脈이었기때문이다―

―아니! 샛빨간動脈이라도저렇게皮膚에埋沒되어있는限……

보라! 네온사인인들저렇게가만 ―히있는것같어보여도其實은不斷히
네온가스가흐르고있는게란다.

―肺病쟁이가쌕스폰을불었드니危險한血液이檢溫計와같이
―其實은不斷히壽命이흐르고있는게란다

―「가구의 추위」

앞의 시 (1)「내과」는 진찰하는 장면을 희화적으로 나타나고 있다.
이 같은 시적 소재는 이상의 시에서 여러 차례 반복적으로 다루어진
것으로 시인 자신의 병원 체험과 투병 생활에서 자연스럽게 얻어진 것
이다. 시적 텍스트를 이루고 있는 문자의 크기를 조절하여 타이포그래
피의 시각적 특징을 강조함으로써 일종의 '보는 시'의 효과도 드러내
고 있다.

이 작품에는 시적 화자인 '나'와 '하이한 천사'가 등장한다. '나'는
환자이며, '하이한 천사'는 '나'를 진찰하는 의사이다. 사람의 병을 진
단하고 그 생명을 구할 수도 있기 때문에 '천사'라는 비유를 사용했다.
의사가 '나'를 진찰하는 장면은 시적 텍스트의 중반부에 그려진다. 의
사는 청진기를 '나'의 흉부에 대고 진찰을 시작한다. "해면에 젖은 더
운 물이 끓고 있다."라는 진술은 가슴속의 폐부를 통과하는 피를 상상
적으로 설명한 대목이다. 이상 자신이 폐결핵을 앓고 있었던 점과 관
련된다. 그런데 병환의 상태는 의사의 진찰에도 불구하고 제대로 알
수가 없다. 이러한 상황은 시의 중반부에서 예수의 최후의 만찬과 그
죽음의 과정을 패러디함으로써 그 절박한 심경을 보여 준다. 예수는
제자들과 함께 성만찬의 자리에서 "오늘 밤 너희들이 다 나를 버리고

◆ 이상의 일본어 시

도망할 것이다."라고 말한다. 그때 베드로는 "다른 사람들은 다 주님을 버릴지라도 나는 주님을 버리지 않겠나이다."라고 장담한다. 예수는 "새벽닭이 울기 전에 나를 세 번 부인할 것이다."라고 다시 말한다. 베드로는 "죽는 한이 있어도 주님을 버리지 않겠나이다."라고 다짐한다. 그러나 그날 밤 예수가 붙잡혀 심문당할 때 베드로는 세 번이나 예수를 모른다고 부인했던 것이다. 의사는 몇 차례 청진기를 대면서 병환의 상태를 체크하지만 그 경과를 제대로 알 수가 없다. 시의 후반부에서는 의사 앞에서 갑작스럽게 기침을 하는 모습을 그려 낸다. "어억 크더운물을 엎질러서야 큰일 날 노릇"이라는 마지막 구절은 객혈이 생길까 봐 걱정하는 모습을 암시한다고 할 수 있다.

(2) 「골편에 관한 무제」는 이상이 결핵을 진단하기 위해 촬영했던 X선 사진의 영상을 소재로 삼고 있다. 「오감도 시제5호」에서도 비슷한 상황을 설정했던 적이 있다. 이 작품에서는 X선 사진에 흑백으로 현상되는 육체를 보면서 인간의 골격(뼈)이 '하얀 것'으로 드러나는 속성을 특이한 시적 상념으로 발전시켜 보여 준다. 대나무의 줄기처럼 하얗게 드러나는 뼈의 모습을 보고 있다. 인간의 뼈에 붉은 살이 붙어 있고 붉은 피가 흐름에도 불구하고 하얗게 드러나는 것을 보면서, 붉은 사과의 속살, 석류 알의 속 등이 겉은 붉으면서도 하얀색으로 이루어진 것과 대비한다. 그리고 살아 있는 인간의 경우는 사과나 석류나 다 마찬가지로 절대 하얀 뼈를 보이지 않음을 설명한다. 인간의 존재가 겉으로 보이는 피와 살에 의해서가 아니라 그 근간을 이루는 하얀 뼈에 의해 규정될 수밖에 없다는 인식에 이르면서 결국 인간은 자라나는 '식물'이라는 결론을 이끌어 낸다.

(3) 「가구의 추위」는 시적 화자가 자신의 야윈 몸을 비춰 보면서 피부 겉으로 튀어나와 보이는 핏줄을 놓고 그것을 거리의 네온사인에 대비하여 간결하면서도 감각적인 방식으로 기술하고 있다. 파란 핏줄 속에서도 붉은 피가 흐르고 있고 그것이 생명의 흐름이라는 점을 다시

깨닫게 된다.

새로 찾은 이상의 일본어 시 가운데에는 아내와의 불화를 소재로 한 작품이 두 편 포함되어 있다. 1933년부터 서울 종로에 다방 제비를 개업하고 요양지 배천온천에서 만난 기생 금홍과 동거했던 이상의 실생활을 놓고 본다면 이 작품들에서 그려 내고 있는 아내가 금홍이라는 여인과 연관될 가능성이 아주 크다.

(1)

白紙위에한줄기鐵路가깔려있다. 이것은식어들어가는마음의圖解다. 나는每日虛僞를담은電報를發信한다. 明朝到着이라고. 또나는나의日用品을每日小包로發送하였다. 나의生活은이런災害地를닮은距離에漸漸낯익어갔다.

— 「距離 — 女人이出奔한境遇 — 」

(2)

안해는駱駝를닮아서편지를삼킨채로죽어가나보다. 벌써나는그것을읽어버리고있다. 안해는그것을아알지못하는것인가. 午前十時電燈을끄려고한다. 안해가挽留한다. 꿈이浮上되어있는것이다. 석달동안안해는回答을쓰고자하여尙今써놓지는못하고있다. 한장얇은접시를닮아안해의表情은蒼白하게瘦瘠하여있다. 나는外出하지아니하면아니된다. 나에게付託하면된다. 자네愛人을불러줌세 아드레스도알고있다네

— 「아침」

(3)

목발의길이도歲月과더불어漸漸길어져갔다.
신어보지도못한채山積해가는외짝구두의數爻를보면슬프게걸어온距離가짐작되었다.

終始제自身은地上의樹木의다음가는것이라고생각하였다.

　　　　　　　　　　　　　　　　　　　　　　—「隻脚」

　　앞의 (1) 「거리」에는 "여인이 출분한 경우"라는 부제가 붙어 있다.
여기에서 여인은 함께 살던 사랑하는 사람이라고 풀이해도 된다. 부
제에서 암시하고 있는 것처럼 떠나 버린 여인에 대한 그리움과 안타
까움을 그려 낸다. 제목인 '거리'는 시적 화자와 여인과의 간격을 말
한다. 시의 내용은 둘 사이에 떨어져 있는 거리가 점점 커지고 있음
을 암시한다. 첫 문장에서 '철로'는 여러 가지 의미를 지니는 하나의
상징에 해당한다. 이것은 여인이 떠나간 길이며, '나'와 여인의 심정
의 거리를 암시한다. 이 철로는 백지 위에 그려 놓은 선(線)에 불과하
지만, 이 철로를 따라 여인의 곁으로 간다는 것은 불가능하다. 그러므
로 이 철로를 두고 시적 화자는 "식어 들어가는 마음의 도해"라고 설
명을 덧붙인다. 백지 위에 그려 놓은 철로는 여인으로부터 점차 멀어
지고 있는 '나'의 마음을 그대로 그려 놓은 것이다. 하지만 시적 화자
는 매일같이 "명조도착(내일 아침 도착)"이라는 전보를 보낸다. 이 전
보는 사실 시적 화자가 떠나간 여인에게 보내는 것이라고 생각되지
만 그 여인이 시적 화자에게 '내일 아침 도착'한다는 전보를 보내오는
것을 가상하고 있는 내용으로 읽힌다. 여인이 자기에게 다시 돌아와
주기를 바라는 심정이 담겨 있다. 시적 화자는 자신의 일용품도 소포
로 발송했다고 밝히고 있는데, 이것은 떠나 버린 여인에 대한 생각으
로 인하여 일상의 모든 일들이 허물어져 버렸음을 말한다고 볼 수 있
다. 이 시의 텍스트에서 마지막 문장은 시적 화자가 모든 것이 쑥대밭
처럼 뒤엉켜 버린 "재해지"와 같은 삶에 점차 익숙해지고 있음을 그려
낸다.

　　(2) 「아침」과 (3) 「척각」의 경우에도 시적 화자와 아내 사이의 불화
와 갈등 상태를 그리고 있다. 「아침」의 경우 시적 화자가 아침에 자리

에서 일어나 보니 아내는 죽은 듯이 잠을 자고 있다. 잠을 자고 있는 아내를 그대로 두고 시적 화자는 외출을 해야 한다. 아내와 석 달이 지나도록 말도 하지 않는다. 그 이유는 아내에게 온 편지 때문이다. 이 편지가 어떤 사연인지는 밝히지 않았지만 아내의 옛 애인으로부터 온 것이리라고 짐작이 된다. 아내의 고민을 눈치채고 있으면서도 이를 묵인하고 있는 '나'의 고통스러운 내면 풍경이 암시된다. 「척각」의 제목은 그대로 '외짝다리'라는 뜻을 지닌다. 이것은 부조화의 삶을 이어 가고 있는 두 부부의 모습을 상징한다. 한쪽 다리를 쓰지 못하는 불구의 상태로 자신의 삶의 문제를 그려 낸다. 이 시에서 한쪽 다리를 쓰지 못하여 짚게 된 목발이 나이가 들어 가면서 그 길이가 길어지는 과정과, 구두 가운데 한 짝만 신게 되니 나머지 한 짝은 신어 보지도 못한 채 그냥 쌓여 가는 것을 교묘하게 대비시켜 놓고 있다.

이상이 남긴 시 가운데에는 아버지 또는 부성(父性)에 관한 것이 여럿 있지만 어머니를 직접적인 대상으로 한 작품은 「육친의 장」이 유일하다. 이 시는 이상이 24세 되던 1933년 무렵에 창작된 것으로 추정된다. 시적 화자인 '나'의 나이를 24세라고 밝히기 때문이다. 널리 알려진 대로 이상은 1910년에 태어났지만 남동생이 태어나자 곧바로 백부의 집으로 양자처럼 보내져 친부모와 떨어진 채 성장한다. 그러나 백부가 사망한 후 병든 몸으로 가난한 친가로 돌아오게 된다. 이 시에서는 장성한 삼남매가 어머니와 함께 둘러앉아 있는 모습이 그려진다.

나는24歲. 어머니는바로이낫새에나를낳은것이다. 聖쎄바스티앙과같이아름다운동생·로오자룩셈불크의木像을닮은막내누이·어머니는우리들三人에게孕胎分娩의苦樂을말해주었다. 나는三人을代表하여 ──드디어──

어머니 우린 좀더 형제가 있었음 싶었답니다

── 드디여어머니는동생버금으로孕胎하자六個月로서流産한顚末을
告했다.

그녀석은 사내댔는데 올에는 19(어머니의 한숨)

三人은서로들아알지못하는兄弟의幻影을그려보았다. 이만큼이나컸
지 ── 하고形容하는어머니의팔목과주먹은瘦瘠하여있다. 두번씩이나喀
血을한내가冷淸을極하고있는家族을爲하여빨리안해를맞아야겠다고焦燥
하는마음이었다. 나는24歲 나도어머니가나를낳으드키무엇인가를낳아
야겠다고생각하는것이었다.

── 「육친의 장」

「육친의 장」에서 시적 화자가 주목한 것은 자기의 나이다. 그 나이
에 어머니가 바로 자신을 낳았던 것이다. 하지만 '나'는 결핵을 앓으면
서 직장도 사직한 상태로 큰집에서 나와 친가로 들어온다. 자신의 병
에 대해서는 가족들이 모두 속으로 걱정을 하면서도 겉으로는 아무 표
정도 드러내지 않고 있다. 시적 화자는 이런 가족들의 친애의 정을 깊
이 느끼면서 어머니의 사랑을 다시 생각하게 된다. 자신의 나이에 첫
아들로 자신을 낳았던 어머니의 심정을 헤아리면서 자기 자신도 이제
는 자식 된 도리로서 배우자를 얻어야겠다고 생각하는 것이다. 이 시
에서 '육친'의 의미는 그대로 부모와 자식 간의 뗄 수 없는 사랑임을
확인할 수 있다.

일본어 시 텍스트 뒤집어 보기

이상의 일본어 시들은 그 소재 영역과 기법에 있어서 시인 자신이
지니고 있던 근대 과학에 대한 특별한 관심을 표현한 것이 많다. 「삼

차각설계도」라는 제목 속에 연작의 형태로 이어진 「선에 관한 각서 1~7」을 비롯하여, 「이상한 가역반응」, 「운동」 등 여러 작품들이 이에 해당한다. 이들 작품에는 수학이나 물리학 등에서 사용하는 일본어로 번역된 용어들이 그대로 활용되고 있으며, 근대 과학으로서의 기하학의 발전이라든지 상대성이론과 같은 이론의 등장에 관한 특이한 상념을 이른바 '기하학적 상상력'에 기초하여 새로이 형상화하고 있다.

이상 자신의 개인사적 경험과 관련하여 폐결핵을 진단받은 후 병으로 인한 정신적 좌절과 죽음에 대한 공포를 표현한 것들도 많다. 「BOITEUX·BOITEUSE」, 「공복」, 「진단 0:1」, 「二十二年」 등이 이에 해당한다. 미발표 작품으로 추가된 「가구의 추위」, 「내과」, 「골편에 관한 무제」 등도 마찬가지다. 그리고 「수염」, 「LE URINE」, 「얼굴」, 「광녀의 고백」, 「흥행물천사」 등의 경우는 대체로 육체의 여러 부위에 관한 특이한 관심을 과도하게 드러냄으로써 이른바 '병적 나르시시즘'의 세계를 시적으로 형상화하고 있다. 특히 「수염」, 「LE URINE」, 「얼굴」, 「광녀의 고백」, 「흥행물천사」 등의 경우는 대체로 육체의 물질성에 대한 인식과 발견을 특이한 비유와 상징을 통해 시적으로 형상화하고 있다.

그리고 당대의 사회 현실이나 현대 문명의 속성 등에 대한 비판적 인식을 시적으로 형상화하고 있는 작품들도 발표하고 있다. 「AU MAGASIN DE NOUVEAUTES」, 「출판법」, 「열하약도 No. 2」, 「2인」, 「대낮」 등의 작품이 이에 해당한다. 「AU MAGASIN DE NOUVEAUTES」과 같은 작품은 일본 자본주의 세력이 식민지 조선의 도시에 자리 잡는 과정을 상징적으로 보여 주는 경성 미쓰코시 백화점의 개관(1930. 10)을 보면서 쓴 시이다. 만주사변 이후 일본 군국주의가 확대되면서 언론 출판에 대한 검열이 강화되자 이를 우회적으로 비판한 「출판법」을 쓴다. 만주사변 자체를 영화관의 뉴스를 통해 구경하게 되는 암울한 심경은 「열하약도 No. 2」를 통해 엿볼 수 있다. 인간의 폭력성과 종교의 타락을 꼬집고 있는 「2인」이라는 시도 있고, 도시의 룸펜으로 태양을 등지고 살아가는 지식인의 어두운 뒷모습을 스케치한 「대낮」이라는 작품도 있다. 이 작품들에서는 이상은 현대 도시 문명의 비판적 인식과 함께 인간의 삶의 방식과 그 가치를 새로이 질문하고 있다. 이들 이외에도 일상적인 생활 체험에서 얻어 낸 특이한 시적 모티프를 중심으로 시적 형상화를 시도하고 있는 작품들도 주목된다. 「파편의 경치」, 「▽의 유희」, 「신경질적으로 비만한 삼각형」, 「차8씨의 출발」 등을 들 수 있다. 이 작품들은 일상의 삶에서 빼놓을 수 없는 촛불이라든지 자신의 친구를 소재로 하여 그의 예리한 시각과 판단을 시적으로 형상화해 내고 있다.

그런데 이상의 일본어 시는 1933년 이후 국문시 창작 단계에서 새로이 개작하거나 그 시적 모티프를 부분적으로 패러디하여 새로운 형태로 재창조된 경우도 많이 있다. 예컨대 일본어 시 「이상한 가역반응」과 「LE URINE」은 변소라는 공간에서 이루어지는 배설의 욕망을 그려 낸 「정식」과 연관되어 있으며, 일본어 시 「수염」과 「얼굴」은 「자상」의 모티프를 제공하고 있다. 「선에 관한 각서 5」의 경우에는 시간의 비가역성에 대한 시적 상념을 형상화한 「오감도 시제3호」와 이어지고 있으며, 일본어 시 「대낮」의 시적 발상법은 「백화」의 심상과 깊은 관련이 있는 것으로 보인다. 일본어 시 「출판법」에서 볼 수 있는 타이포그래피의 과정은 「파첩」의 시적 모티프로 다시 변용되어 복제로서의 현대 문명에 대한 비판적 인식을 형상화하고 있으며, 일본어 시 「진단 0 : 1」은 「시제4호」로 개작되고 있다. 「二十二年」은 병으로 인한 정신적 좌절감을 특이한 시적 공간에서 기호적으로 재구성한 「오감도 시제5호」로 개작되기도 하고 또한 「행로」의 시적 모티프를 제공하기도 한다. 이러한 사실은 이상의 일본어 시가 "이천 점에서 삼십 점을 고르는 데 땀을 흘렸다."('오감도' 작자의 말)라고 이상 스스로 언명했듯이 습작 시기에 일본어로 쓴 작품들 가운데 선별되어 국문시로 개작되었을 가능성을 말 준다. 이 문제는 앞으로 이상 문학의 텍스트 전반에 걸친 치밀한 해독과 분석을 거쳐 더 깊이 있게 연구되지 않으면 아니 된다.

◆「오감도」의 탄생

연작시 「오감도」

이상의 「오감도(烏瞰圖)」는 한 편의 시로만 존재하지 않는다. 「오감도」는 문학사에 기록되어 있지만 더 이상 하나의 고유명사가 아니다. 그것은 새로운 예술의 시각과 그 형식을 의미하는 제유(提喩)의 하나가 되고 있다. 「오감도」는 기성적인 모든 것에 대한 거부이며, 인습처럼 굳어진 제도와 가치에 대한 저항의 의미로 읽힌다. 새로운 예술적 실험과 창조적 도전을 말하고자 한다면 당연히 「오감도」를 먼저 펼쳐야 한다. 그것은 보이지 않는 세계를 보여 주고 들리지 않는 소리를 들려주고 손댈 수 없는 것들을 만지게 한다. 아무것도 의미하지 않으면서도 그 속에 모든 것을 담아 두고자 한다.

「오감도」는 인간의 감정이라고 일컬어 온 시적 정서의 영역을 희생시킨 대신에 예술에 있어서 관념의 문제를 새롭게 제안한다. 「오감도」는 근대시가 빠져들어 있던 감상성을 전면적으로 전복시킴으로써 독자를 혼란시키고 비평적 대화를 단절시킨다. 어떤 경우에는 받아들이기 어려운 개인적 일탈을 지적하기도 하고 상상을 초월하는 파격에 실색하기도 한다. 관습적 언어의 생략을 통해 「오감도」가 얻어 낸 것은 겉으로 드러나고 있는 무의미성이다. 이 특이한 시 형식을 반(反)예술적 충동으로 규정하고 있는 경우가 많지만, 이것이 기성 예술에 저항하는 무기였다는 사실을 당시에는 제대로 알아차린 사람이 별로 없었다. 그러므로 「오감도」는 한국문학사에서 최대의 예술적 모험으로 여전히 숱한 논란에 싸여 있는 지적 스캔들에 해당한다.

이상의 「오감도」가 《조선중앙일보》에 발표된 것은 1934년이다. 첫 작품인 「시제1호」가 7월 24일에 나왔고, 다음 날인 7월 25일에는 「시제2호」와 「시제3호」가 잇달아 발표된다. 이 시의 마지막 작품이 된 「시제15호」는 1934년 8월 8일자 신문에 발표된다. 이렇게 「오감도」는 연작 형태로 15편의 작품이 열 차례에 걸쳐 신문에 연재된다. 소설가 박태원과 이태준 등의 호의적인 주선에 의해 발표된 이 작품은 특이한 시적 상상력과 사물을 보는 새로운 시각으로 인해 시인으로서 이상의 문단적 존재를 새롭게 각인시킨 화제작이 된다. 이상은 「오감도」에서 기존의 시법을 거부하고 파격적인 기법과 진술 방식을 통해 새로운 시의 세계를 열어 놓고 있다. 그는 사물에 대한 보다 직접적이고 감각적인 접근법을 채택함으로써 대상에 대한 인식뿐만 아니라 사물을 대하는 주체의 시각을 새롭게 변형시킬 수 있게 된다. 실제로 이 작품은 시라는 양식에서 가능한 모든 언어적 진술과 기호의 공간적 배치를 통해 사물을 보는 새로운 시각의 가능성을 보여 주고 있다. 그러므로 이 작품에는 1920년대까지 한국에서 유행하던 서정시의 시적 진술 방법으로는 이해할 수 없는 낯섦과 새로움이 넘쳐 나고 있다.

「오감도」에서 그 제목인 '오감도'라는 말 자체부터 낯설다. 이상이 만들어 낸 신조어이기 때문이다. 이 말의 의미는 '조감도(鳥瞰圖)'라는 말을 놓고 보면 어느 정도 이해가 가능하다. 조감도라는 말은 원래 미술 용어로 사용되었다. 공중에 떠 있는 새가 아래를 내려다볼 경우 넓은 범위의 지형, 건물과 거리 등의 형상을 상세하게 알아낼 수가 있다. 이미 중세 유럽에서는 조감도가 회화 기법의 하나로 활용되어 다양한 형태의 도시 조감도가 많이 만들어졌다. 오늘날에는 관광지의 관광 안내도에서처럼 지리와 산세, 건물의 위치와 거리 등을 한눈에 알아볼 수 있도록 그린 것이 많다. 조감도와는 반대로 벌레나 개구리가 낮은 지점에서 위로 쳐다보는 것 같이 그리는 앙시도(worm's-eye view)라는 것도 있다. 일반적인 시점에서는 바라볼 수 없는 넓은 경관을 한정된 도면에 담는 데에 조감도의 특징이 있다. 지상의 어떤 사물을 공중에 뜬 새의 눈으로 내려다본다는 것 자체가 상상의 시점이기 때문에 상황을 설명하고자 하는 관념성이 강하지만 복잡한 여러 대상을 전체적으로 배치하여 한눈으로 그 윤곽을 파악할 수 있다. 건축에서는 조감도를 투시도의 한 종류로 설명하기도 한다. 투시 투상(透視投象) 중에서 '조감적 투시'를 생략해서 조감도라고 말한다. 공중에 뜬 새처럼 시점을 높이 하면 높은 곳에서 아래를 내려다보는 것과 동일한 도형을 구할 수 있다.

　'오감도'라는 말은 이상이 '조감도'라는 한자의 글자 모양을 변형시켜 새로운 단어를 만들어 낸 것이다. 한자로 쓸 경우 '오감도(烏瞰圖)'는 '조감도(鳥瞰圖)'와 글자 모양이 아주 흡사하다. '조(鳥)'라는 한자에서 획(一) 하나를 제거하면 바로 '오(烏)' 자가 된다. 이 글자는 명사인 경우 '까마귀'라는 뜻을 지닌다. 이런 방식은 전통적으로 한자의 자획(字劃)을 나누거나 합쳐서 전혀 다른 글자를 만들어 내는 '파자(破字)' 놀이를 패러디한 것이다. 탁자(坼字), 해자(解字)라고도 하는 이 '문자놀이(paronomasia)'는 일종의 지적 유머의 형태를 드러내기도 한다. 예를 든다면, 천자문을 처음 익힐 때 했던 글자놀이 가운데 한자의 형상을 따라, '양(羊)의 뿔이 빠지고 꽁지도 빠진 글자'가 무엇인가라고 물으면, '왕(王)' 자라고 답하는 수수께끼가 바로 그것이다. 이상은 이러한 파자 방식을 시적으로 변용하여 '오감도'라는 새로운 단어를 만들어 낸다. 그러나 이 단어는 파자에 의한 것이지만 단순한 우스갯말로 만들어 낸 것이 아니다. 이 말은 '까마귀'가 환기하는 독특한 분위기를 통해 암울한 현대인들의 삶의 모습을 전체적으로 암시하고 있기 때문이다. 「오감도」는 '새가 공중에서 아래로 내려다본 모습'이 아니라 '까마귀가 공중을 날면서 땅을 내려다본 모습'으로 바뀐다. 이런 변용을 통해 얻어 내고 있는 의미의 변화를 시인 이상은 스스로 즐겼던 것이 아닌가 생각된다. 이처럼 이상은 해학적인 의도 또는 수사적 고안을 염두에 두면서 이 특이한 문자놀이를 언어 의미의 이중성을 드러내도록 교묘하게 운용하고 있는 것이다. 그런데 여기에서 한 가지 주목해야 할 것은 이상이 1931년 8월 「조감도(鳥瞰圖)」라는 일본어 연작시를 발표한 적이 있다는 사실이다. 「조감도」를 큰 제목으로 하여 그 아래 8편의 일본어 시를 《조선과 건축》에 발표했던 것이다. 물론 이 작품은 연작시 「오감도」와는 직접적인 관계가 없지만 위에서 아래로 내려다보는 '조감적 투시'를 이용하여 사물을 보는 새로운 시각을 전제로 하고 있다. 이러한 사실을 놓고 본다면 「오감도」의 제목이 '조감도(鳥瞰圖)'에서 연유되었으리라는 점을 쉽게 확인할 수 있다.

「오감도」를 어떻게 이해할 것인가? 이 질문에 답하기 위해서는 먼저 「오감도」를 발표하게 되기까지 이상의 삶을 다시 일별할 필요가 있다. 이상은 1910년 서울에서 태어났으며, 세 살을 넘긴 후 생부모의 곁을 떠나 백부 김연필의 집에서 양자처럼 자랐다. 1926년 관립 경성고등공업학교 건축과에 입학한 그는 소학교 시절부터 꿈꾸었던 화가가 되기 위해 미술 공부에 전념했다. 그는 1929년 3월 건축과 수석 졸업의 영예를 안게 되자 학교의 추천을 받아 조선총독부 내무국 건축과의 기사로 특채되었다. 이상은 조선총독부 건축 기사로서 활동하면서 1931년 조선미술전람회에 서양화 「자상(自像)」를 출품하여 입선함으로써, 자신이 꿈꾸었던 화가의 길에 들어설 수 있는 가능성을 열어 놓았다. 그리고 잡지 《조선》에 소설을 발표하고 조선건회 기관지 《조선과 건축》에 일본어 시를 발표함으로써 화가로서뿐 아니라 시인으로서의 자질을 펼쳐 보였다. 그런데 이상은 자신의 예술적 열정을 제대로 구현해 보기도 전에 깊은 절망의 늪에 빠져들었다. 1931년 가을 그는 조선총독부에서 시행하던 건축 공사의 현장 감독으로 일하던 중에 피

◆「오감도」의 탄생

를 토하고 쓰러졌던 것이다. 이상의 나이 스물두 살이 되던 해의 일이다. 병원으로 옮겨져 응급처치를 하고 정밀 진단을 통해 알게 된 것이 바로 폐결핵이었다. 이상은 의사에게서 병환이 매우 심각한 상태라는 사실을 통보받은 후 충격을 받았다. 그는 자신을 향해 가까이 다가오는 죽음에 대한 공포에 떨며, 때때로 찾아오는 객혈의 고통 속에서 훼손되어 가는 육체에 대한 특이한 자기 몰입의 과정을 겪었다. 그 고통의 시간을 그는 다음 글에서 볼 수 있듯이 '죽어 왔다.'라고 적고 있다.

> 그동안 數個月 — 그는 極度의 絶望 속에 살아왔다. (이런 말이 잇을 수 잇다면 그는 '죽어왔다'는 것이 더 適確하겠다) 及其也 그가 病床에 씰어지지 아니하면 아니되였을 瞬間 — 그는 '죽엄은 果然 自然的으로 왔다'를 늣겼다. 그러나 하로 잇흘 누어있는 동안 生理的으로 죽엄에 갓가히까지에 빠진 그는 타오르는 듯한 希望과 野慾을 가슴 가득히 채웠든 것이다. 意識이 自己로 恢復되는 사히사히 그는 이 오래간만에 맛보는 새 힘에 졸니웠다.(보채워졌다) 나날이 말너들어가는 그의 體軀가 그에게는 마치 鋼鐵로 만든 것으로만 決코 죽거나 할 것이 아닌 것으로만 自信되였다.*

화가를 꿈꾸었던 청년 이상은 화필을 던졌고 조선총독부 건축 기사도 사직했다. 그리고 그는 1933년 봄 황해도 배천온천으로 요양을 떠났다. 여기에서 그가 만난 것이 운명의 여인 금홍이다. 이상은 한 달 보름 정도의 요양 생활을 마치고 서울로 올라온 후 종로에 다방 제비를 개업하고 금홍과 동거를 시작했다. 하지만 두 사람의 동거 생활은 그리 오래가지 못한 채 파탄에 이르고 이상 자신의 삶에도 치명적인 상처로 남게 되었다.

그렇지만 이상은 다방 제비에서 자신의 젊음을 탕진했던 것만은 아

---

* 권영민 편, 「병상 이후」, 『이상 전집 4』, 303쪽.

니다. 그가 운영했던 다방 제비가 그의 출세작 「오감도」의 산실(産室)이 되었기 때문이다. 1930년대 중반 식민지 조선의 중심지였던 경성의 한 복판에 자리했던 다방 제비는 이상이라는 한 개인에게 있어서는 유폐 의 공간에 다름 아니었다. 다방 제비는 이상이 폐결핵 때문에 조선총 독부 건축 기사를 사직하면서 새롭게 구상했던 생업이었다. 그는 배 천온천의 기생 금홍과 동거하면서 제비를 개업했지만 그 운영에 실 패함으로써 경제적 궁핍에 시달렸고 결국 금홍과도 결별하게 되었다. 그런데 이 특이한 공간은 이상의 개인적 실패에도 불구하고 1930년 대 중반을 살았던 경성의 문학인들에게는 하나의 '살롱'이 되었다. 이 상은 이곳에 모여드는 문인들과의 교류가 가능해지면서 그 자신의 욕 망의 새로운 출구를 찾아갈 수 있게 되었다. 그 출구가 바로 문학적 글 쓰기의 세계였다. 조선총독부 건축 기사 시절부터 관심을 가지게 된 이상의 글쓰기는 당대의 문단과는 소통과 수용의 공간을 공유하지 못 했던 것이 사실이다. 이상은 다방 제비를 운영하면서 당시 새로운 문 학 동인으로 구성된 구인회(九人會)의 구성원들과 어울릴 수 있었고 이 들과 교류를 통해 자기 문학에 대한 어떤 확신을 가질 수 있게 되었던 것이다.

그런데 1934년 7월 《조선중앙일보》 연재가 시작된 「오감도」는 그 실험적인 구상과 문제의식에도 불구하고 당시의 문단과 대중 독자에 게서 철저하게 외면당한다. 이해에 발표된 어떤 평문에서도 「오감도」 를 언급한 경우를 찾아볼 수 없기 때문이다. 이러한 당대의 상황은 박 태원과 조용만의 술회 속에 잘 나타나 있다.

(1)
어느 날 나는 이상과 당시 《조선중앙일보》에 있던 상허(尙虛)와 더불 어 자리를 함께하여 그의 시를 《중앙일보》 지상에 발표할 것을 의논하 였다. 일반 신문 독자가 그 난해한 시를 능히 용납할 것인지 그것은 처음부터 우려할 문제였으나 우리는 이미 그 전에 그러한 예술을 가졌어야만 옳았을 것이다.

그의 「오감도」는 나의 「소설가 구보(仇甫) 씨의 일일」과 거의 동시에 《중앙일보》 지상에 발표되었다. 나의 소설의 삽화도 '하융(河戎)'이란 이름 아래 이상의 붓으로 그려졌다. 그러나 예기하였던 바와 같이 「오감도」의 평판은 좋지 못하였다. 나의 소설도 일반 대중에게는 난해하다는 비난을 받았던 것이나 그의 시에 대한 세평은 결코 그러한 정도의 것이 아니다. 신문사에는 매일같이 투서가 들어왔다. 그들은 「오감도」를 정신이상자의 잠꼬대라 하고 그것을 게재하는 신문사를 욕하였다. 그러나 일반 독자뿐이 아니다. 비난은 오히려 사내에서도 커서 그것을 물리치고 감연히 나가려는 상허의 태도가 내게는 퍽이나 민망스러웠다. 원래 약 1개월을 두고 연재할 예정이었으나 그러한 까닭으로 하여 이상은 나와 상의한 뒤 오직 십수 편을 발표하였을 뿐으로 단념하여 버리지 않으면 안 되었다.*

(2)

이상은 정지용(鄭芝溶)을 끼고 상허(尙虛)를 졸라대서 필경 중앙일보 학예면에 「오감도」를 내었다. 조감도(鳥瞰圖)가 옳은 말이지만 이것을 비꼬아서 새 '조(鳥)' 자에 한 획을 뺀 까마귀 '오(烏)' 자를 만들어서 '오감도(烏瞰圖)'로 제목을 붙인 것이다. 이 괴상한 제목을 붙인 괴상한 시가 삼사일을 두고 나타나자 독자들이 전화와 투서로 중단하라고 야단을 쳤다.

"이게 시냐? 미친놈의 잠꼬대, 어서 집어치워라."

"무슨 개수작이냐? 그따위 시를 내면 신문 안 볼 테다."

이런 투서가 자꾸 들어오고 바깥 독자들뿐만 아니라 신문사 안에서

---

* 박태원, 「이상의 편모」, 《조광》, 1937. 6.

도 반대 소리가 시끄러워져서 학예부장인 상허가 견딜 수가 없었다. 그래서 상허는 이상과 가까운 구보(仇甫)를 불러 이것을 호소하고 중단할지도 모른다는 뜻을 이상에게 전하라고 하였다. 구보는 정인택(鄭人澤)을 불러 가지고 둘이서 '제비'로 가서 이상을 만난 것이다. (중략)

"박형, 당신도 알다시피 불란서의 보들레르는 지금부터 백 년 전인 1850년에 「악(惡)의 꽃」을 발표해서 그 유명한 악마파(惡魔派)의 선언을 하지 않았소? 이것에 비하면 우리는 너무 떨어졌어요. 왜 우리나라는 불란서만 못합니까. 우리나라도 찬란한 시의 역사를 갖고 있지 않아요? 이번에 내 「오감도」는 「악의 꽃」에 필적할 세기적인 작품이라고 나는 감히 생각해요."

이상의 기고만장한 장광설은 그칠 줄 몰랐다.*

이상은 「오감도」를 통해 1930년대 문단의 한복판에 서게 되었지만 「오감도」 연재는 그의 뜻대로 진행되지 못했다. 앞의 인용에서 볼 수 있듯이 이 작품은 당초에 한 달 정도의 연재 기간을 예정했지만 15편을 발표한 후 연재가 중단된다. 그러므로 「오감도」 연작은 작품의 전모를 확인할 수 없게 된 미완의 상태로 방치된다.

「오감도」의 탄생 과정에 얽힌 문단적 상황 가운데 다음과 같은 몇 가지 사실은 주목을 요한다. 우선 이상의 문학적 재능을 발견하고 그의 「오감도」를 세상 밖으로 끌어낸 인물이 박태원, 정지용, 이태준 등이라는 사실이 주목된다. 정지용은 1920년대 후반부터 시작 활동을 전개했으며 동인지 《시문학》(1930) 시대부터 선명한 심상과 절제된 감각의 언어로 시적 대상을 포착해 내면서 새로운 시의 경향을 주도하는 당대 최고의 시인으로 부각되었다. 그는 시를 통해 감정을 절제하고 시적 대상을 감각적으로 형상화하는 기법을 확립함으로써 1930년

---

* 조용만, 「이상 시대 젊은 예술가들의 초상」, 《문학사상》, 1987. 5.

405 ◆ 「오감도」의 탄생

대 시단에서 이른바 모더니즘 시 운동의 중심에 서 있었다. 그는 박태원 등의 소개로 이상을 알게 되었지만 이상의 시 「꽃나무」 등을 1933년 《가톨릭청년》에 발표하도록 이끌었다. 박태원은 일본 호세이대학(法政大學)에서 수학하면서 당대 일본의 새로운 예술적 분위기를 따라 문학만이 아니라 영화라든지 서구 미술과 음악 등에 흥미를 느끼고 거기에 빠져들었던 인물이다. 그는 학업을 중단하고 귀국한 후 단편 「수염」, 「피로」 등을 발표하면서 문단적 지위를 얻었고, 중편 「소설가 구보 씨의 일일」과 장편 「천변풍경」을 통해 소설적 모더니즘의 새로운 가능성을 열었다. 제비 다방 시절부터 이상과 교유하면서 이상을 정지용, 이태준 등에게 소개해 문단 진출을 도왔고, 특히 중편 「소설가 구보 씨의 일일」을 《조선중앙일보》에 연재하면서 그 삽화를 이상에게 그리도록 했다. 이렇게 놓고 본다면 이상의 문학에 먼저 관심과 호감을 표시한 것은 소설가 박태원이었고, 시적 재능을 간파한 것은 당대 최고의 시인 정지용이었으며, 그의 「오감도」의 신문 연재를 직접 결정한 것은 《조선중앙일보》의 학예부장 이태준이었음을 알 수 있다. 이들은 1933년 결성한 《구인회》의 핵심 인물이었으며, 《구인회》를 중심으로 이들이 추구했던 새로운 문학은 계급 문단의 붕괴와 리얼리즘적 경향의 퇴조에 뒤이어 등장하면서 정치적 이념성을 거부하고 있었다는 점에서 문학적 순수주의 또는 순수문학의 경향으로 평가된 적도 있다. 이 새로운 문학이 집단주의적 논리와 역사에 대한 과도한 전망 자체를 부인하고 있는 것은 문학이 개인주의적인 취향으로 회귀하고 있음을 의미하며, 문학적 주제 의식에서 일상성의 의미가 그만큼 중시되고 있음을 의미한다. 그리고 그것이 곧 한국적 모더니즘 운동의 출발이었던 것임은 물론이다.

하지만 이상이 「오감도」를 발표할 당시 문단에서는 「오감도」에 냉담했고 독자 대중의 반응도 매우 비판적이었다는 점을 주목해야만 한다. 앞의 글에서도 확인할 수 있는 것처럼 신문사에는 매일같이 「오감도」의 연재를 항의하는 투서가 들어왔다. 독자 대중들은 이상이 추구하고자 했던 연작시 「오감도」의 새로운 상상력과 그 창조적 정신을 이해하려 들지 않았다. 그들은 「오감도」의 텍스트가 드러내고 있는 파격적인 기법의 실험과 거기에서 비롯된 난해성을 두고 정신이상자의 잠꼬대라고 비판하면서 그런 원고를 게재하는 신문사의 무책임을 성토했다. "이게 시냐? 미친놈의 잠꼬대, 어서 집어치워라." "무슨 개수작이냐? 그따위 시를 내면 신문 안 볼 테다."라는 항의가 빗발치듯 이어지자 신문사에서도 이를 무시하기 어려웠다. 결국 「오감도」는 원래 계획의 절반 정도 연재가 진행되는 도중에 아무런 예고 없이 그 연재를 중단당했다. 독자 항의로 작품 연재를 중단한 이 특이한 사건은 당시 문단에서는 보기 드문 일이었다. 하지만 이상 자신은 「오감도」에 상당한 자부심을 갖고 있었음을 확인할 수 있다.

이상은 「오감도」를 프랑스의 시인 보들레르의 『악의 꽃』과 견주고자 했다. 보들레르의 이 시집은 1857년 발간되었다. 하지만 이 시집은 출간 직후 그 내용의 풍기문란을 언론이 들고 나서면서 비판하자 공안국이 경범재판소에 고발하여 책이 압류 처분을 받았고, 저자와 출판인은 '공중도덕 훼손죄'로 기소되었다. 그 당시 대부분의 사람들에게 보들레르는 공포와 혐오감을 불러일으키는 작품으로 공중도덕과 미풍양속을 해쳤다는 이유로 시집이 압수되고 뒤에 작품이 강제 삭제당하고 벌금형을 선고받은 필화 사건의 주인공일 뿐이었다. 선(善)이라는 것이 최고의 가치처럼 내세워지면서 그것이 고정관념처럼 굳어 버린 현실을 던져 두고 보들레르는 이 기성의 체제를 벗어나 악(惡)을 찾아 선뜻 도회로 나섰다. 이러한 파격적인 행위가 인간의 자유의지이며 동시에 새로운 세계를 창조하고자 하는 창조적 욕망의 표현이라는 사실을 제대로 공감하고 이해하려는 이는 거의 없었다. 하지만 보들레르의 『악의 꽃』은 프랑스 상징주의의 출발점이자 모더니즘 문학 운동의 거점이 되었다. 그리고 현대시의 새로운 기원을 보들레르의 『악의 꽃』에서 찾는 것은 당연한 일이 되었다.* 이상은 연재가 중단된 「오감도」를 놓고 『악의 꽃』에 필적할 만한 작품이라고 스스로 위로하고 있었던 것이다.

「오감도」는 과연 한국 문단에서 『악의 꽃』이 될 수 있는가? 이 질문은 「오감도」가 지니는 문학적 의미를 새롭게 해석할 것을 요구한다. 「오감도」의 시적 상상력은 '한 마리의 새가 되어 하늘을 날 수 있을까'라는 공상의 명제로부터 시작된다. 하늘을 나는 것은 모든 인간에게 하나의 꿈이다. 식민지 조선의 청년 이상도 「오감도」를 통해 이 꿈을 그리고 있다. 하지만 이상의 꿈은 하늘을 날고자 하는 것은 아니다. 그는 하늘에 높이 떠올라 한눈으로 지상의 인간을 내려다볼 수 있기를 꿈꾼다. 인간의 세계를 공중에서 내려다볼 수 있는 새로운 시선과 각도를 꿈꾸는 것이다. 이 특이한 발상은 사물을 보는 새로운 시각을 예비하고 있다. 하늘에 떠 있는 까마귀가 되어 인간 세계를 내려다보는 것은 하늘 높이 날고 있는 까마귀의 눈(또는 시선)에 모든 사물이 집중되어 있음을 뜻한다. 공중에 떠 있는 까마귀의 위치에서 가질 수 있는 시선의 높이와 그 각도로 인해 지상의 모든 사물의 새로운 형태와 그 지형도가 드러나는 것이다. 그러므로 「오감도」에서 가장 주목되는 것은 시적 대상을 보는 시각의 변화와 그 대상을 둘러싼 공간과 시간에 대한 인식의 전환이라고 할 수 있다. 대상을 본다는 것은 단순히 눈앞에 존재하는 사물의 외적 형상을 인지하는 것만은 아니다. 그것은 사물을 관찰하는 과정과 함께 주체를 둘러싸고 있는 환경 속에서 관찰자로서의 주체까지도 포함하는 여러 개의 장(場)을 함께 파악하는 일이다. 일반적인 의미에서 '보다'라는 지각의 행위는 언제나 자기 육체에 속하는 '눈'의 위치와 그 높이에 의해 결정된다. '눈'으로 보지 않고서는 그 사물의 실재를 이해하기 어렵다. 그렇지만 보이는 것이 그 사물

---

* Peter Gay, *Modernism — The Lure of Heresy*(New York, W. W. Norton & Company, 2008), 34~36쪽.

의 전체는 아니다. 지각된 대상은 실제로 주어져 있는 것 이상의 어떤 것을 포함한다. 그러므로 '보다'라는 말은 일종의 역설을 드러낸다. 시인 이상이 「오감도」를 통해 표현하고자 한 것도 바로 이 같은 사물을 보는 시각의 역설적 의미가 아닌가 생각된다.

「오감도」는 한국 현대시 가운데 대표적인 난해시로 손꼽히고 있다. 이 작품은 시에서 중시되어 온 낭만적 열정이나 정서적 표현과는 거리가 멀고 시적 공감을 통해 이해하기에는 너무나 모호하고 그 의미가 애매하다. 「오감도」의 언어는 시인의 감정을 표현하는 도구도 아니고 경험과 현실을 담아 놓는 그릇도 아니다. 다시 말하자면 그것은 문학 텍스트에서 정서와 사고의 단순한 매개체로서만 기능하지는 않는다. 그것은 텍스트를 통해 구현하게 되는 물질적인 사회적 과정의 구성적 요소로서 작동한다. 물론 그것은 매우 특이한 인지의 과정을 필요로 한다. 언어 표현과 상상력의 관계라든지 정보의 상호작용이라든지 하는 것은 추상적인 사고가 직접적인 감각으로 현실화될 수 있는 물질적 행위이자 과정에 해당하기 때문이다. 「오감도」가 문단에 커다란 충격을 던져 준 이유도 바로 여기에 있다.

이상은 「오감도」를 통해 시적 감성을 표현하려고 노력하기보다는 시적 인식의 세계를 새롭게 제시하는 데에 힘을 기울인다. 그는 전통적인 서정시의 기법과 양식을 거부하고 사물에 대한 보다 직접적이고 감각적인 접근법을 실험한다. 이것은 인간의 삶의 세계와 사물을 보는 시각의 문제에 대한 새로운 도전에 해당한다. 그는 세계에 대한 인식뿐 아니라 사물을 대하는 주체의 시각을 새롭게 변형시키고 한국 현대시의 시정신을 획기적으로 전환시켜 놓을 수 있는 방법을 추구한다. 그 결과 이상은 끊임없이 발전해 가는 기술 문명의 세계를 놓고 그 정체를 포착하면서 동시에 주체의 변화까지도 드러낼 수 있는 하나의 상상도를 만들어 낼 수 있게 된다. 「오감도」는 새로운 세계를 꿈꾸는 자의 주문(呪文)이며 기도(祈禱)이다. 「오감도」의 문학적 의미가 바로 여기에 있다.

「오감도」와 사물을 보는 시각의 문제

「오감도」 연작에 포함되어 있는 15편의 작품 가운데에는 인간과 사물을 대상으로 하여 그 존재 의미와 가치를 새로운 각도에서 깊이 있게 추구하는 작품들이 많다. 현대 문명에 대한 불안 의식을 표출하고 있는 「오감도 시제1호」를 비롯하여 「오감도 시제2호」, 「오감도 시제11호」, 「오감도 시제12호」 등이 여기에 속한다. 이 작품들은 시적 대상을 보는 시각의 전환과 그 새로운 기법을 잘 보여 준다. 시적 대상으로서의 사물에 대한 인식 혹은 지각은 무수한 원근법적 시선의 무한한 총합으로 가능해진다. 하나하나의 시선에 따라 대상이 지각되기는 하지만 그것은 항상 대상으로서 사물의 어떤 한 측면만 보이게 된다. 대상은 그것을 보는 관점이나 장소에 따라 다르게 보이기 때문이다. 대상의 전체적인 모습이나 그 형태를 한눈에 '본다'는 것은 거의 불가능하다. 이러한 한계는 대상 자체의 문제가 아니라 그것을 보는 사람의 시각에서 드러나는 제약에 기인하는 것이라고 할 수 있다. 「오감도」에서 시적 화자는 스스로 '까마귀'를 자처하여 공중에 떠 있다. 공중에 떠 있는 '까마귀'의 시선과 각도를 가진다는 것은 사물에 대한 감각적 인지를 전체적으로 가능하게 하는 시선과 각도를 가진다는 것을 말한다. 그리고 이것은 사물의 세계를 그보다 높은 시각에서 장악할 수 있게 됨을 암시하는 것이다.

이상의 연작시 「오감도」의 첫 작품인 「시제1호」는 1934년 7월 28일 《조선중앙일보》 지상에 발표되었다. 한국 근대문학사에서 그 유례를 다시 찾아보기 힘든 특이한 형태의 연작시가 신문에 등장한 것이다. 당시의 신문 지면을 보면, 이 시의 텍스트는 전체적인 짜임새 자체가 타이포그래피의 속성을 활용하여 외형상 시각적인 속성을 강조하고 있다. 텍스트 구성에 동원되고 있는 인쇄 활자의 모습 자체는 굵은 고딕체의 글자로 이루어져 있으며, 일반적인 띄어쓰기 방식을 무시한 채 각각의 시적 진술이 일정한 규칙에 따라 배열되어 있다. 전체 5연으로 구분되어 있는 시적 텍스트에서 전반부의 1, 2연은 각 행이 모두 13개의 글자로 이루어진 문장을 단위로 하여 반복되고 있다.

十三人의兒孩가道路로疾走하오.
(길은막달은골목이適當하오.)

第一의兒孩가무섭다고그리오.
第二의兒孩도무섭다고그리오.
第三의兒孩도무섭다고그리오.
第四의兒孩도무섭다고그리오.
第五의兒孩도무섭다고그리오.
第六의兒孩도무섭다고그리오.
第七의兒孩도무섭다고그리오.
第八의兒孩도무섭다고그리오.
第九의兒孩도무섭다고그리오.
第十의兒孩도무섭다고그리오.

第十一의兒孩가무섭다고그리오.
第十二의兒孩도무섭다고그리오.
第十三의兒孩도무섭다고그리오.
十三人의兒孩는무서운兒孩와무서워하는兒孩와그러케뿐이모혓소.(다른事情은업는것이차라리나앗소)

그中에一人의兒孩가무서운兒孩라도좃소.
그中에二人의兒孩가무서운兒孩라도좃소.

그中에二人의兒孩가무서워하는兒孩라도좃소.
그中에一人의兒孩가무서워하는兒孩라도좃소.

(길은뚫닌골목이라도適當하오.)
十三人의兒孩가道路로疾走하지아니하야도좃소.

「오감도 시제1호」의 텍스트 구조와 그 진술 내용을 보면, 시적 화자가 공중에서 내려다본 그림치고는 의외로 단순하다. 지상의 복잡한 사물들과 시각적 물리적 요소들을 제거해 버리고 시적 화자 자신의 정서적 반응이나 관념조차도 전혀 드러내지 않는다. 시의 텍스트는 '도로'에서 '13인의 아해'가 '질주'하고 있는 상황만이 제시되어 있다. 그런데 '13인의 아해'들은 모두가 자신들이 처해 있는 상황을 '무섭다'라고 말한다. 그리고 각각 스스로 무서운 존재로 변하기도 하고 무서워하는 존재가 되기도 한다. 여기에서 '13인의 아해'가 누구이며 왜 '아해'인가를 따지는 것은 큰 의미가 없어 보인다. 왜냐하면 여기 등장하는 '아해'는 실제의 아이가 아니라 공중에서 내려다보이는 사람들에 불과하기 때문이다. 하늘에 떠서 지상을 내려다보면 모든 사물들은 실제의 크기보다 작게 보인다. 이러한 거리의 감각을 염두에 둔다면 '아해'는 아이들처럼 작게 보이는 사람들을 지시한다는 것을 알 수 있다. '13'의 경우도 숫자 자체의 상징성이 문제가 되기도 하지만 지상에 있는 많은 사람들을 가리키는 것이라고 보아도 크게 의미에서 벗어나지 않는다. 결국 이 시의 텍스트는 길 위로 달려가며 서로 무섭다고 말하는 아이들의 모습만 그려 놓고 있는 셈이다. 이 특이한 서술 방식은 대상에 대한 단순화 혹은 추상화를 의미한다. 시적 화자는 자신이 공중의 까마귀가 되어 지상을 내려다보면서 관찰하고 생각한 것 가운데 모든 디테일을 제거한 후 '13인의 아해'라는 단순한 이미지만을 제시한 것이다. 이 시의 텍스트가 이렇게 믿기 어려울 정도로 대상을 단순화하고 있기 때문에 오히려 그 의미 구조를 파악하기 어려웠던 것이 아닌가 생각된다.

「오감도 시제1호」에서의 단순화 혹은 추상화의 기법은 눈에 보이는 대상 전체를 있는 그대로 재현하는 것이 아니라 다른 사람들이 미처 발견하지 못하고 있는 한두 가지 특징만을 그려 내고 있다는 점이다. 이상이 그려 내고 있는 시적 공간은 지상에 살아가는 인간들의 모습과 그 특성을 추상화의 과정을 통해 그려 낸다. 그 결과 새로운 시각을 통해 얻어 낸 삶의 현실에 대한 통찰과 그 숨은 의미를 제시할 수 있게 된다. 말하자면 이상이 상상적으로 그려 낸 '오감도'라는 그림에는 무의미한 디테일이 모두 제거되었고 복잡한 형태와 구도가 대담하게 생략되었으며, 전체적인 풍경을 대표할 수 있는 하나의 관념만이 단순한 이미지로 제시되었다고 할 것이다. 이 시의 첫 문장은 "13인의 아해가도로로질주하오."라는 진술을 통해 시적 정황을 제시하고 있다. 열세 명의 아이들이 도로를 질주하고 있다는 아주 단순한 내용이다. 그러나 제2행에서 ( ) 속에 담겨진 "길은막달은골목이적당하오."라는 진술에 이르면 그 내용 속에 긴장이 담겨지게 됨을 알 수 있다. 왜냐하면 '아해'가 '막달은 골목'을 달리고 있기 때문이다. 여기에서 문제가 되는 '질주하다'라는 동사는 '빨리 달리다'라는 뜻을 지닌다. 주체의 행위로서의 '빨리 달리기'는 단순하게 규정한다면 누가 더 빨리 달리느냐 하는 상대방과의 경쟁을 말하는 것이 보통이다. 그러나 이 말은 단순한 경쟁만을 의미하는 것이 아니다. 어떤 상황이나 상대방의 위협으로부터 멀리 도피하기 위해 달리는 것으로도 해석이 가능하다. 붙잡히지 않으려면 빨리 달아나야 한다. 결국 '질주하다'라는 말은 끝없는 경쟁을 의미하기도 하고 어떤 상황으로부터의 도피를 의미하기도 한다.

이 시의 첫째 연에서 제시하고 있는 '13인의 아해의 질주'는 둘째 연과 셋째 연에서 그 이유와 동기가 드러난다. 첫째 연의 진술 내용 자체에 대한 설명으로 이루어진다. "13인의아해가도로로질주하오."라는 진술을 놓고 다시 하나씩 '아해'들의 말과 행동을 설명해 준다. "제1의 아해가무섭다고그리오."라는 문장과 동일한 내용의 진술을 "제1의아해"부터 "제13의아해"에 이르기까지 열세 번이나 반복적으로 열거하고 있다. 여기에서 시적 진술의 수사적 장치로서 활용되는 열거와 반복은 진술되는 내용 자체의 의미 공간을 내적으로 확장하고 그것을 강조하는 기능을 수행한다. 이 단순한 반복과 열거를 통해 시적 진술의 주체인 '아해'가 표명하고 있는 '무섭다'라는 서술 내용 자체가 긴박감을 고조시키면서 확장되고 있는 것이다. 셋째 연의 끝에 붙어 있는 "13인의아해는무서운아해와무서워하는아해와그렇게뿐이모혓소."라는 설명적 진술을 보면 앞의 설명을 이해할 수 있다. "13인의아해"가 각각 밝히고 있는 '무섭다'라는 서술의 의미를 다시 메타적으로 해명하고 있기 때문이다. '무섭다'라는 형용사는 이 말이 서술하고 있는 주체가 '두려움이나 놀라움을 느낄 만큼 성질이나 기세 따위가 몹시 사납다'라는 뜻과 함께 '어떤 대상에 대하여 두려운 느낌이 있고 마음이 불안하다'라는 뜻을 나타낸다. 앞의 경우는 '무섭다'라는 말로, 뒤의 경우는 '무서워하다'라는 말로 각각 바꾸어 볼 수 있다. 결국 13인의 아해가 각각 "무서운 아해"와 "무서워하는 아해"로 구분되고 있는 것이다. 이러한 해석을 더욱 발전시킨다면 13인의 아해는 그 속성이 동일하지 않으며, 그 가운데 일부는 "무서운 아해"이고 나머지는 "무서워하는 아해"임을 알 수 있다. 이 시의 넷째 연에서 그려 내고 있는 시적 정황을 자세히 살펴보면, 시적 화자는 막다른 골목길을 질주하면서 무섭다고 하는 "13인의 아해"를 두고, 그 가운데 하나둘씩 각각 무서운 아해와 무서워하는 아해로 구분하고 있다. '무섭다'라는 말이 결국 그 주체인 '아해'를 서술하기도 하고 대상화하기도 한다. 이를 더욱 명확히 하기 위해서 이 시에서 서술하고 있는 무서운 존재가 누구인지, "아해"가 누구를 무서워하고 있는가를 질문해 보면 그 뜻이 드러난다. 이 두 가지 질문에 대한 답은 모두 "아해"이다. 결국 공포의 대상이 아해이고 그 아해를 무서워하는 주체도 아해이다. 다시 말하자면 "13인의 아해" 가운데 무서운 "아해"가 있고, 그 무서운 "아해"를 다른 "아해"가 공포의 대상으로 여기며 두려워하고 있는 셈이다. 이 시의 마지막 연은 첫째 연에서 제시한 시적 정황에 대한 반대 진술의 가능성을 열어 놓고 있다. "막다른 골목"이 아니라 "뚫린 골목"이어도 좋고, "질주하지 아니하여도" 좋다고 설명하고 있기 때문이다. 이러한 반대 진술은 이 시에서 말하고자 하는 내용이 어떤 경우라도 실상은 마찬가지라는 점을 암시한다.

「오감도 시제1호」의 텍스트에서 가장 많이 반복적으로 등장하고 있는 시어는 '무섭다'라는 형용사이다. 그러므로 반복의 수사법에 의해 강조하고 있는 '무섭다'라는 말의 의미에 관해 좀 더 깊이 있게 검토할 필요가 있다. 예를 들어 "나는 호랑이가 무섭다."라는 문장을 놓고 보자. 이 문장에서 '무섭다'라는 형용사는 '호랑이'라는 대상을 두고 '두려운 느낌이 있고 마음이 불안하다'는 '나'의 마음 상태를 설명한다. '나'는 '호랑이'에 대해 두려움과 공포심을 갖고 있는 것이다. 다음에는 "무서운 호랑이가 나타났다."라는 문장을 보자. 이 문장에서는 '무서운'이라는 말은 '호랑이'의 포악한 성질을 설명한다. '호랑이'가 '두려움이나 놀라움을 느낄 만큼 성질이나 기세 따위가 몹시 사납다' 라는 뜻을 지니는 것이다. 그러므로 '무섭다'라는 말은 대상에 대한 주체의 두려움을 표시하기도 하고 상대에게 공포감을 불러일으킬 수 있는 포악한 성질을 지니고 있는 상태 자체를 말해 주기도 한다.

이와 같은 '무섭다'라는 말의 의미를 놓고 보면 「시제1호」에서 그려 내고자 하는 불안과 공포가 무엇을 의미하는지 어느 정도 분명해진다. '무섭다'라는 말이 드러내고 있는 불안과 공포의 실체가 드러나기 때문이다. "아해"들이 무서워하는 것은 괴물이라든지 귀신이라든지 하는 다른 어떤 대상이 아니다. "13인의 아해" 가운데에는 아주 무서운 "아해"가 있다. 그러므로 다른 "아해"는 그 무서운 "아해"를 공포의 대상으로 여기며 두려워하고 있는 것이다. 이러한 의미를 확대 해석할 경우, "13인의 아해"는 서로가 서로를 공포의 대상으로 여기고 있다는 설명이 가능하다. "13인의 아해"가 서로를 무서워하는 까닭은 시적 텍스트에서 설명하고 있지는 않다. 그러나 도로를 질주하면서 경쟁하고 있는 "13인의 아해"를 보면 이들이 서로 분열 대립하여 경쟁하고 있음을 짐작할 수 있는 일이다. 이 시의 마지막 5연은 이 같은 결론을 더욱 분명하게 만들어 준다. 마지막 연을 보면, 첫째 연에서 제시한 시적 정황에 대한 반대 진술의 가능성을 열어 놓는다. "막다른 골목"이 아니라 "뚫린 골목"이어도 좋고, "질주하지 아니하여도" 좋다고 설명하고 있다. 이러한 반대 진술은 이 시에서 말하고자 하는 내용이 어떤 경우라도 실상은 마찬가지라는 점을 암시한다. "13인의 아해"는 막다른 골목을 질주하든, 뚫린 길을 질주하지 않든지 어떤 경우에도 자신을 무서운 존재로 내세우기도 하고 상대방을 공포의 대상으로 여기고 있는 것이다. 여기에서 상호 대립과 갈등과 불신이 '아해'의 공포를 조장하고 있음을 알 수 있다. 「오감도 시제1호」의 시적 텍스트에서 "13인"이라는 숫자가 어떤 의미를 지니는 것인가를 따지는 것은 본질적인 문제는 아니다. 하지만 이상 자신도 '13'이라는 숫자 자체의 의미에 덧붙여진 다양한 미신(迷信)을 주목했기 때문에 이 시에 그것을 끌어들이고 있는 것은 분명하다. 물론 여기에서 '13'에 붙어 있는 '종말의 의미'를 아무리 강조한다고 해도 시적 의미의 깊이에 도달하기는 어렵다. '13'이라는 숫자를 '조선 13도'로 환원해 보거나 이상과 함께 경성고등공업학교 건축과에 입학했던 '동기생 13명'의 숫자와 일치한다는 점을 강조해도 상황은 마찬가지다. 그럼에도 불구하고 굳이 설명이 필요하다면, "13인의 아해"가 지구상에 살고 있는 인간의 존재를 상징하고 있는 숫자라고 보는 것이 어떨까 하는 생각이 든다. 이 시가 '까마귀'처럼 공중에서 땅을 내려다보는 '오감도'의 관점에서 쓰였다는 점을 생각한다면, 땅 위에서 살아가는 인간의 왜소한 모습이 '아해'처럼 보인다는 것은 당연하다. '13'은 종말의 숫자이며 인간 존재의 위기를 암시한다. 이것은 현실 속에 살고 있는 인간의 실체를 '무섭다'라고 하는 하나의 형용사로 묘사한 것과도 그 성격이 일맥상통한다.

「오감도 시제1호」의 참주제는 공중에 떠 있는 까마귀의 시각을 빌려 인간이 인간을 공포의 대상으로 여길 수밖에 없게 된 인간 사회의 비리와 모순을 지적하는 데에 있다. 그러므로 이 시에서 강조하고 있는 '아해'들의 '무서움'은 현실을 살아가는 인간의 대립, 갈등, 분열, 질시와 거기에서 비롯되는 상호 불신, 공포, 불안의 상태를 단순화하여 표현한 것이라고 할 수 있다. 이러한 불안과 공포의 개념은 정신분석에서도 핵심적인 위치를 차지한다. 불안이란 어떤 위협에 대한 개인의 반응으로 이해된다. 이때 외부적으로 이미 알려져 있는 위험과 거기에서 비롯되는 위협은 현실적 불안을 야기하는데, 이를 공포라고 한다. 물론 내부적 위험에서 기인하는 신경증적 불안도 존재한다. 불안은 어떤 위험의 결과로부터 생기는 것이 아니라 위험을 예상하는 데에서 생겨나기도 하기 때문이다. 「오감도 시제1호」에서 암시하는 인간의 불안과 공포는 개인 의식의 내면에서 비롯된 것이지만 20세기 문명의 특징인 끝없는 경쟁과 속도와 무관하지 않다고 본다. 인간이 인간에 대하여 느끼는 공포는 현대 문명이 만들어 낸 속도와 경쟁에 대한 두려움도 포함하기 때문이다. 인간의 탐욕이 빚어내는 대립과 갈등, 전쟁과 파괴 등의 비인간적 행위가 인간에 대한 불신을 초래한다는 것은 당연한 일이다. 그런데 속도와 경쟁을 부추겨 온 물질문명이 인간의 상호 불신과 대립, 적대감과 경쟁 의식, 불안과 공포 등을 더욱 부추기도 있는 것도 사실이다. 결국 「오감도 시제1호」의 참주제는 공중에 떠 있는 까마귀의 시각을 빌려 인간이 인간을 공포의 대상으로 여길 수밖에 없게 된 현대사회의 병리를 지적하는 데에 있다. 이 시에서 강조하고 있는 '아해'들의 '무서움'은 현실을 살아가는 인간의 대립, 갈등, 분열, 질시와 거기에서 비롯되는 상호 불신, 공포, 불안의 상태를 단순화

◆ 「오감도」의 탄생

하여 표현한 것이라고 할 수 있을 것이다.

「오감도 시제3호」는 1934년 7월 25일 「오감도 시제2호」와 나란히 발표된다. 「오감도 시제2호」의 경우와 마찬가지로 텍스트 전체가 띄어쓰기를 거부한 줄글로 이어져 있으며 복잡한 복문(複文) 구조를 지닌 하나의 문장으로 연결되어 있다.

> 싸흠하는사람은즉싸흠하지아니하든사람이고또싸흠하는사람은싸흠하지
> 아니하는사람이엇기도하니까싸흠하는사람이싸흠하는구경을하고십거든
> 싸흠하지아니하든사람이싸흠하는것을구경하든지싸흠하지아니하는사람
> 이싸흠하는구경을하든지싸흠하지아니하든사람이나싸흠하지아니하는사
> 람이싸흠하지아니하는것을구경하든지하얏으면그만이다

이 시에서 시적 진술의 대상이 되는 것은 "싸흠하는 사람"이다. 여기에서 말하는 "싸흠"이라는 시어는 특별한 상징적 의미를 갖는 것은 아니다. 일반적인 인간의 행위 전체를 "싸흠"이라는 말로 단순 추상화하여 지칭한다. 시인은 "싸흠"이라는 인간의 행위를 놓고 사물의 현상에 대한 인식 방법을 시간의 차원에서 새롭게 탐색하고자 시도한다. 다시 말하면 시간에 대한 인식 문제가 시적 대상을 묘사하는 데에 있어서 어떤 식으로 작용하는가를 질문하고 있다. 시적 텍스트의 첫머리에 등장하는 "싸흠하는 사람은 즉 싸흠하지 아니하든 사람이고 또 싸흠하는 사람은 싸흠하지 아니하는 사람이엇기도 하니까"라는 대목은 어떤 사실의 전제 또는 조건을 나타내면서 전체 진술에 종속되어 있다. 이 구절의 구성 성분을 다시 분석해 보면, "싸흠하는 사람은 즉 싸흠하지 아니하든 사람"이라는 문장과 "싸흠하는 사람은 싸흠하지 아니하는 사람이엇다"라는 문장이 서로 이어져 있음을 보게 된다. 여기에서 시적 대상으로서의 "싸움하는 사람"은 '사람이 싸움한다.'라는 서술

적 문장으로 바꾸어 보면 그 존재와 행위의 의미가 분명해진다. 현재라는 시간적 위상을 통해 그 구체성이 드러나고 있기 때문이다. 그러나 현재라는 시간적 위상을 떠나서 생각할 경우, "싸홈하는 사람"은 과거에 "싸홈하지 아니하던 사람" 또는 "싸홈하지 아니하는 사람"이었을 것이다.

이러한 사실을 전제하고 보면, 텍스트의 후반에 이어지는 진술의 의미를 이해할 수 있게 된다. 이 후반부의 진술에서도 "싸홈하는 사람이 싸홈하는 구경을 하고 십거든"이라는 부분이 하나의 전제 조건에 해당한다. 그리고 이 조건에 따라 "싸홈하는 구경을 하고 십거든" 첫째 '싸홈하지 아니하던 사람이 싸홈하는 것을 구경하든지' 둘째 "싸홈하지 아니하는 사람이 싸홈하는 것을 구경하든지" 셋째 "싸홈하지 아니하던 사람이나 싸홈하지 아니하는 사람이 싸홈하지 아니하는 것을 구경하든지" 하면 그만이라고 말하고 있는 것이다. 이처럼 「시제3호」는 하나의 대상을 놓고 유사한 어구들을 반복하면서 그 자체의 존재 의미가 현재와 과거와 미래라는 시간의 위상에 따라 서로 다른 양상을 드러내면서 분열되어 나타나고 있음을 진술하고 있다. 그러므로 시적 대상에서 자기동일성의 분열 양상을 시간의 인식을 통해 시인이 어떻게 파악하고 있는가를 명확하게 이해하는 일이 중요하다. 이 시에서 "싸홈하는 사람"은 "싸홈하는"이라는 동작을 통해 그 존재가 현재의 시간에 묶여 있다. 지금 현재 '사람이 싸홈한다'는 사실을 내포하고 있기 때문이다. "싸홈하는 사람"의 존재는 그 본질적 속성이 시간적으로 그 이전의 상태와 그 이후의 상태를 서로 연결 지어 생각할 때 비로소 구체성을 드러낸다. 모든 실재하는 대상은 엄격하게 말할 경우, 'A라는 상태가 B라는 상태에 선행하거나 B라는 상태가 A라는 상태에 선행하는 방식'으로 나타나게 된다. 이것은 단순한 경험적 지각을 넘어서 사물에 대한 인식의 개념과 연결된 시간의 선후 관계에 따른 인과법칙으로 규정할 수 있는 것이다. 모든 실재하는 대상들 사이의 이러한 선후

◆「오감도」의 탄생

관계는 말할 것도 없이 시간의 계기를 전제해야만 인식 가능하다. 그러므로 여기에서의 시간은 인과성에 따르는 대상의 운동에 대한 중요한 척도가 된다.

이와 같은 논리를 전제할 때, "싸홈하는 사람"은 그 선행의 상태로서 "싸홈하지 아니하던 사람"이다. 그리고 또한 "싸홈하지 아니하는 사람"이었다는 진술도 가능해진다. 이를 근거로 이 시의 텍스트의 후반부는 "싸홈하는 사람이 싸홈하는 구경을 하고 싶거든"이라는 좀 더 복잡한 행위에 대한 인식의 가능성을 다시 전제하면서 논의가 확대된다. 그리고 결국은 "싸홈하지 아니하던 사람이 싸홈하는 것을 구경하든지 싸홈하지 아니하는 사람이 싸홈하는 구경을 하든지 싸홈하지 아니하든 사람이나 싸홈하지 아니하는 사람이 싸홈하지 아니하는 것을 구경하든지 하얏으면 그만이다"라는 결론에 도달하고 있다. 이 같은 논리를 발전시키면 "싸움하는 사람"은 스스로 자신이 싸움하는 장면을 구경하는 사태로 발전할 수도 있다. 이 텍스트가 노리고 있는 것은 바로 이 같은 새로운 차원에서 이루어지는 대상에 대한 인식의 가능성이다. 물론 그 기반을 이루는 시간성에 대한 의식이 얼마나 중요한 것인가를 먼저 주목해야만 한다.

「오감도 시제3호」의 시적 진술을 보면, 일반적인 인간의 행위를 "싸움"이라는 말로 단순 추상화하여 지칭하고 있다. "싸움하는"이라는 동작은 현재의 시간에 묶여 있지만, 이 시는 사물에 대한 인식이 시간의 위상에 따라 얼마든지 다양하게 달라질 수 있음을 단순화하여 제시한다. 물론 시간이라는 것이 주관에 속하면서 모든 인식을 가능하게 하는 초월적 관념에 해당하지만 그 자체가 경험적 실제성이라는 사실을 직시할 필요가 있다. 여기에서 주목되는 것이 시적 대상의 존재에 대한 인식의 양상이다. 모든 실재하는 대상의 가능/불가능, 현존/부재, 필연/우연의 구분은 시간 조건과의 결합에 의해 결정된다. 그러므로 현재 "싸움하는 사람"은 과거에는 "싸움하지 아니하던 사람"이라는 인식이 가능하다. 시적 대상에 대한 인식은 객관적인 사물에 대한 인식 그 자체에 해당한다. 그러나 그 대상의 존재는 객관적 시간, 즉 계기를 본질로 하는 시간 속에 존재함을 뜻한다. 바로 여기에서 어떤 동작을 행하는 대상을 인식하는 데에 있어서 시간이 절대적인 조건이 된다는 사실을 확인할 수 있게 된다.*

「오감도 시제3호」에서 "싸움하는 사람"은 시간적으로 현재에 속한다. 그러나 '바로 전'에는 "싸움하지 아니하던 사람" 또는 "싸움하지 아니하는 사람"이었다고 할 수 있다. 물론 여기에서 현재 "싸움하는 사람"과 '바로 전'에 "싸움하지 아니하던 사람"은 동일한 존재이다. 그럼에도 불구하고 이들이 서로 분열되어 마치 서로 다른 존재처럼 의식되는 것은 시간성의 문제에 따른 것임은 물론이다. 존재의 동일성에도 불구하고 그것이 '지금'과 '바로 전'이라는 시간 의식에 따라 서로 다른 속성을 드러내는 것처럼 분열적으로 인식된다. 말하자면 자기동일성의 분열 상태가 시간 의식에 따라 필연적으로 드러난다는 점을 보여 주고 있다고 할 것이다.

「오감도 시제11호」는 경험적 현실 공간과 초현실적 환상 공간을 동시에 보여 주는 특이한 시적 공간으로 구성되어 있다. 이 시에서 시

---

* 이러한 시간성의 인식은 후설(E. Husserl)의 시간 의식에 관한 현상학적 해석을 연상하게 한다. 소광희 교수가 『시간의 철학적 성찰』(2001)에서 논하고 있는 '후설의 의식 시간론'에 따르면, 자아(ego)는 살아 있는 자아이며 유동하는 현재 속의 자아이다. 여기에서 모순되는 문제가 발생한다. 그것은 흐르는 시간 속에서 자아가 언제나 자기부정적 계기를 가지게 되면서 동시에 자기동일성을 견지하고 있기 때문이다. 이 모순점을 해결하기 위해 시간에 있어서의 지향성을 문제 삼지 않을 수 없게 된다. 후설은 지각하고 반성하는 자아(cogito)와 지각되고 반성되는 자아(cogitatum)를 구별한다. 그러나 사실 이 양자는 동일한 자아이다. 여기에서 반성되는 자아는 '바로 전에' 반성하던 자아이다. 반성은 '지금'과 '바로 전' 사이의 다리를 놓는 간격이지만, 이것이 곧 자아의 자기 분열을 의미하기도 한다. 여기에서 반성은 바로 '있었다'와 '있다'의 긴장을 간취하고 그것을 하나로 연결해 주는 시간성이기도 한 것이다. 후설의 견해를 따르면 자아는 자기 자신과 구별되며, 반성하는 자아와 반성되는 자아의 구별을 통해 자아의 자기 동일성이 지양되지 않을 수 없다는 사실을 알 수 있다.

◆ 「오감도」의 탄생

적 대상으로 내세우고 있는 것은 '사기 컵'이다. 이것은 현실 공간에 배치되어 있는 실재적인 대상이다. 시적 화자가 대상인 '사기 컵'을 손에 쥐고 있기 때문이다. 그런데 이러한 시적 대상을 중심으로 이루어지는 시상이 상상적 공간에서 새로운 방향으로 전개된다. 팔 하나가 돋아나 거기 달린 손이 사기 컵을 마룻바닥에 메어 부딪쳐 그 컵이 깨졌기 때문이다. 이러한 시상의 전환은 실재적 공간과 환상적 공간의 대조와 병치를 통해 가능해진다. 하지만 '나'의 손은 여전히 사기 컵을 잡고 있다.

> 그사기컵은내骸骨과흡사하다。내가그컵을손으로꼭쥐엿슬때내팔에서는 난데업는팔하나가接木처럼도치드니그팔에달린손은그사기컵을번적들어 마루바닥에메여부딧는다。내팔은그사기컵을死守하고잇스니散散히깨어 진것은그럼그사기컵과흡사한내骸骨이다。가지낫든팔은배암과갓치내팔 로기어들기前에내팔이或움즉엿든들洪水를막은白紙는찌저젓스리라。그 러나내팔은如前히그사기컵을死守한다。*

이 시에서 먼저 주목할 것은 육체의 물질성에 대한 시적 화자인 '나'의 인식이다. '나'는 손에 잡고 있는 "사기 컵"을 "해골"에 비유하고 있다. "그 사기 컵은 내 해골과 흡사하다."라는 첫 문장의 진술을 보면, "사기 컵"은 곧장 시적 화자의 "해골"에 비유되고 있다. 사기 컵의 외형, 특히 그 흰 색깔에서 해골과의 유사성이 인정된다. 이러한 비유적 진술은 인간 육체의 물질적 인식을 기반으로 하여 가능해진 것임을 알 수 있다.

「오감도 시제11호」의 시적 공간은 경험적 현실 공간으로부터 초현실적 환상 공간으로 바뀌고 있는 점이 특이하다. "내가 그 컵을 손으

---

*《조선중앙일보》, 1934. 8. 4.

로 꼭 쥐었을 때 내 팔에서는 난데없는 팔 하나가 접목(接木)처럼 돋히더니 그 팔에 달린 손은 그 사기컵을 번쩍 들어 마룻바닥에 메어 부딪는다."라는 문장은 경험적 현실의 실재 공간과 초현실적인 환상 공간을 하나의 시적 진술로 묶어 놓고 있다. "내가 그 컵을 손으로 꼭 쥐었을 때"라는 시적 상황은 경험적 현실 속의 실재의 모습에 해당한다. 그러나 "내 팔에서는 난데없는 팔 하나가 접목처럼 돋히더니 그 팔에 달린 손은 그 사기컵을 번쩍 들어 마룻바닥에 메어 부딪는다."라는 문장의 후반부는 경험적 현실의 실재 공간과는 아무런 관계가 없다. 멀쩡한 내 팔에 또 하나의 팔이 돋아나고 그 팔에 달린 손이 사기 컵을 번쩍 들어 마룻바닥에 내던져 떨어트리고 있기 때문이다. 이러한 상황은 초현실적 환상의 공간에서 이루어진 일이다. 신체의 일부가 마치 어떤 하나의 물체처럼 변형되어 자신의 의지와는 상관없이 움직이는 것은 경험적 현실 속의 실재 공간에서는 불가능한 일이다. 그러므로 이 문장은 시적 환상을 시각적 언어로 재구성한 것이라고 할 수 있으며 일종의 초현실적 상상력에 의한 환상적 이미지를 구현한 것이라고 할 수 있다.

이 시의 텍스트에서 세 번째 문장은 시적 상황을 다시 현실 공간으로 바꾼다. "내 팔은 그 사기 컵을 사수하고 있으니"라는 진술을 보면, "사기 컵"이 손에 쥐어져 있음을 밝히고 있다. 하지만 초현실적 환상 공간에서는 이미 손에 들고 있던 "사기 컵"을 마룻바닥에 내던져 버렸기 때문에 마룻바닥 위에서 "사기 컵"이 산산이 깨어졌음을 알 수 있다. 그러므로 "산산이 깨어진 것은 그럼 그 사기 컵과 흡사한 내 해골이다."라는 진술이 가능해진다. 현실 공간 안에서는 "사기 컵"이 여전히 손에 쥐어져 있음을 밝히고 있으므로 마룻바닥 위에 산산이 깨어진 것은 "사기 컵"은 아니다. 시적 화자는 이를 자신의 육체의 일부인 "해골"이 깨어진 것이라고 상상한다. 이 시의 네 번째 문장은 "가지 났던 팔은 배암과 같이 내 팔로 기어들기 전에 내 팔이 혹 움직였던들 홍수를 막은 백지는 찢어졌으리라."라는 진술로 이루어져 있다. 이것은 앞서 제시했던 시적 공간과는 달리 "내 팔이 혹 움직였던들"이라는 반대의 상황을 설정하는 방식으로 시적 진술을 전개한다. 그리고 실제로 팔이 움직였다면 당연히 "홍수를 막은 백지는 찢어졌으리라."라고 설명한다. 이 대목에서 "홍수를 막은 백지"는 그대로 '사기 컵'의 은유에 해당한다. 시적 화자는 손의 움직임에 따라 사기 컵이 실제로 깨어질 수도 있음을 암시하고 있다.

이 시에서 시상의 결말은 "그러나 내 팔은 여전히 그 사기 컵을 사수한다."라는 문장으로 이루어진다. 여전히 내 손안에는 "사기 컵"이 쥐어져 있는 것이다. 결국 이 시는 물이 들어 있는 "사기 컵"을 손에 쥐고 서서 그 컵의 형상을 마치 '나'의 뼈의 일부인 것처럼 생각하면서 그 컵을 마룻바닥에 내려트려 깨지는 광경을 환상적인 수법으로 그려 낸다. 동일한 사물의 존재를 경험적 실재 공간과 초현실적 환상 공간의 대비를 통해 상이하게 그려 내고 있는 셈이다. 이 시에서 주목되는 부분은 일종의 '환상의 기법'을 통해 육체의 물질성에 대한 새로운 인식을 보여 준다는 점이다. 시적 텍스트에서 다루고 있는 것은 손에 쥐고 있던 사기 컵이며 그것을 마룻바닥에 내려뜨려 깨치는 장면이다. 이러한 극적인 순간을 컵을 손에 꼭 쥐고 있는 실재의 장면과 그것을 내려트려 깨지게 하는 환상적 장면을 대비하여 보여 준다. 이 과정에서 신체의 일부 기관의 확장 변형 등을 자유롭게 구사하여 환상의 현실을 만들어 내는 초현실주의적 상상력이 돋보인다.

「오감도 시제12호」는 사물에 대한 인식과 그 새로운 시각을 하나의 시적 정황으로 끌어들여 형상화하는 방식이 독특하다. 이 작품에서 그려 내고 있는 시적 공간은 빨래터이다. 아낙네들이 빨래터에서 빨래하는 장면은 평화로운 일상적 삶을 암시한다. 그런데 이 시의 텍스트에서는 빨래터라는 공간에 두 개의 장면이 포개진다. 하나는 평화의 장면이고 다른 하나는 전쟁의 장면이다. 이 두 개의 장면에 구체적으로 대응하고 있는 것이 텍스트의 전반부에 그려 놓고 있는 비둘기 떼와 텍스트의 후반에 그려 놓고 있는 빨래터에서 이루어지는 빨래 방망이질이다. 이것들은 표면상 아무런 관련성을 지니지 않고 있지만 시적 상상력에 의해 하나로 통합되면서 새로운 의미 체계를 구성한다.

때무든빨내조각이한뭉텡이空中으로날너떠러진다. 그것은흰비닭이의떼다. 이손바닥만한한조각하늘저편에戰爭이끗나고平和가왓다는宣傳이다. 한무덕이비닭이의떼가깃에무든때를씻는다. 이손바닥만한하늘이편에방맹이로흰비닭이의떼를따려죽이는不潔한戰爭이始作된다. 空氣에숯검정이가지저분하게무드면흰비닭이의떼는또한번이손바닥만한하늘저편으로날아간다.*

「오감도 시제12호」에서 시적 소재로 등장하는 '빨래'는 일상생활 속에서 일어나는 일과(日課)의 하나이다. 옷을 입고 지내다가 그것이 더러워지면 빨래를 한다. 더러워진 옷을 깨끗하게 만든다는 의미에서 본다면 빨래는 일종의 '정화(淨化)' 과정에 해당한다. 이전에는 마을 어귀의 냇가에서 아낙네들이 빨래를 했다. 빨랫감을 머리에 이고 빨래터로 나와서는 더러워진 빨래를 내려놓고 흐르는 냇물에 빨래를 한다. 더럽혀진 때가 잘 빠지도록 방망이로 빨랫감을 두드리기도 한다. 마치 전쟁이라도 치르는 것처럼 격렬하게 이루어지는 방망이질을 통해 빨래의 더럽혀진 때가 씻겨 나간다. 빨래가 끝나면 이를 햇볕에 널어 말린다. 그리고 다시 손질하여 입게 된다. 이렇게 되풀이되는 빨래의 과정 자체로 놓고 본다면 이는 반복적인 일상의 한 장면에 틀림없다. 그

---

*《조선중앙일보》, 1934. 8. 4.

리고 이러한 장면 자체가 일상의 평화를 의미하기도 한다.

그런데 이 시는 빨래라는 일상적인 장면을 시적인 것으로 변용시키면서 전쟁과 평화의 의미를 대조적으로 부각시킨다. 그것은 바로 빨래터에 날아와 앉는 비둘기 떼의 모습을 통한 특이한 연상 때문이다. 도심의 하늘을 날아다니는 비둘기는 일상생활에서도 흔히 볼 수 있는 자연물에 불과하다. 이 시에서는 바로 이러한 자연물로서의 비둘기를 시적 대상으로 삼아 빨래터로 끌어들인다. 시적 텍스트의 첫 문장은 "때묻은 빨래 조각이 한 뭉텅이 공중으로 날아 떨어진다."라는 진술로 이루어져 있다. 그리고 바로 뒤에서 이 첫째 문장의 비유적 의미를 "그것은 흰 비둘기의 떼다."라는 문장을 통해 암시적으로 드러낸다. 이 두 개의 문장을 연결시켜 보면, 흰 비둘기 떼가 마치 공중에서 때 묻은 빨래 조각 한 뭉텅이가 떨어지는 것처럼 내려앉고 있음을 알 수 있다. 이 비둘기 떼가 내려앉은 곳이 바로 동네의 빨래터임은 물론이다. 일반적으로 비둘기는 '평화'를 뜻하는 하나의 상징으로 널리 활용된다. 시적 텍스트의 세 번째 문장에서 "이 손바닥만 한 조각 하늘 저편에 전쟁이 끝나고 평화가 왔다는 선전이다."라는 진술은 하늘을 날고 있는 비둘기가 '평화로움의 상태'를 암시한다. "한 무더기 비둘기의 떼가 깃에 묻은 때를 씻는다."라는 네 번째 문장에서 이러한 의미가 더욱 구체적으로 드러나고 있다. 그런데 "이 손바닥만 한 하늘 이편에 방망이로 흰 비둘기의 떼를 때려죽이는 불결한 전쟁이 시작된다."라는 다섯째 문장에서 시상이 전환된다. 시적 화자는 더렵혀진 빨래를 방망이로 두드리는 장면과 방망이 소리에 놀라 하늘로 날아오르는 비둘기 떼의 모습을 동시적으로 포착함으로써 이를 통해 '전쟁'과 '평화'의 대립적 의미를 끌어낸다. 더러운 빨래를 방망이로 두드리는 것을 마치 비둘기를 방망이로 때리는 무자비한 학살의 장면처럼 그려내고 있는 것이다. 빨래터에 내려앉았던 비둘기 떼는 방망이 소리에 놀라 하늘 저편으로 다시 날아가 버린다. 이것을 두고 시적 텍스트의 마지막 문장에서는 '공기에 숯검정이가 지저분하게 묻으면 흰 비둘기의 떼는 또 한번 이 손바닥만 한 하늘 저편으로 날아간다."라고 기술하고 있다.

이 작품에 그려진 빨래터는 일상의 공간이다. 이 공간에서 아낙네들이 빨래를 하는 장면은 빨래터로 날아와 내려앉은 비둘기 떼의 모습과 겹치면서 평화로운 일상을 그대로 보여 준다. 그러나 평화로운 일상의 공간 속에도 놀랍게도 '전쟁'과 '평화'라는 대립적 의미의 긴장 관계가 작용한다. 그것은 바로 '빨래 방망이질'이라는 행위가 암시하는 외형적 폭력성 때문이다. 실제로 비둘기 떼는 방망이 소리에 놀라 하늘로 날아가 버리고 만다. 이 방망이질은 위험스럽게도 비둘기를 때려죽이는 장면으로 느껴졌던 것이다. 시적 화자는 평화롭게 일상적으로 되풀이되는 빨래 장면을 놓고 거기에 개입될 수 있는 폭력과 전쟁의 의미를 들춰낸다. 이 과정에서 이루어지는 시적 이미지의 중첩과 환치의 기법은 사물에 대한 동시성의 감각을 통해 그 형상성을 획득한다. 시적 대상에 대한 인식과 그 언어적 진술 사이에는 반드시 시간적 격차의 문제가 생긴다. 하지만 인간의 눈은 시야에 들어오는 모든 대상들을 동시적으로 포착하기 때문에 한꺼번에 시야가 채워진다. 눈을 뜨는 순간 모든 것들이 한눈에 들어온다는 뜻이다. 영화의 모든 장면들도 이와 비슷하다. 이 동시성의 감각은 말을 하거나 그림을 직접 손으로 그려 나가는 경우와는 근본적으로 구별된다. 화가가 그림을 그릴 때는 하나의 선 하나의 형체를 만들어 가면서 어떤 순서에 따라 서서히 캔버스를 채워 간다. 시인이 어떤 사물을 묘사하고자 할 때도 바로 이러한 과정을 거친다. 하나하나의 단어를 선택하고 이를 결합해 문장을 만들고 그 문장의 선후 관계를 고려하여 배열한다. 이렇게 화가나 시인은 자신이 그려 내고자 하는 대상을 자신의 의식 속에서 스스로 통제하면서 순차적으로 시간적 선후 관계를 고려하여 그려 나가는 것이다.

그런데「오감도 시제12호」는 빨래터의 장면이 시야에 들어오는 순간 거기에서 이루어지는 모든 것을 동시에 재현하고자 한다. 이러한 시적 진술법을 가능하도록 하기 위해 시인은 우연성에 의존하고 있다. 빨래터로 내려앉는 비둘기 떼의 모습과 빨래 방망이질을 하는 장면은 아주 우연하게 겹친 것이다. 마치 사진을 찍을 때 일어나는 것처럼 의도하지 않은 장면들이 화면 속에 포착된다. 시적 맥락에서 벗어난 우연성의 개입은 크게 주목되지 않지만 현실 속에서 이루어지고 있는 일상적인 삶 자체가 언제나 우연적인 것들의 연속임을 생각한다면 이것을 그리 간단하게 넘겨 버릴 수는 없는 일이다.「오감도 시제12호」는 바로 이 같은 장면의 우연성을 동시적으로 포착하는 시각을 통해 일상의 경험 속에서 전쟁과 평화의 의미를 시적으로 구현하는 놀라운 성취에 도달하고 있는 것이다.

「오감도」와 병적 자기 인식

이상의「오감도」는 그가 폐결핵으로 인하여 조선총독부 건축 기사를 퇴직한 후 병의 고통 속에서 만들어 낸 작품이라고 할 수 있다. 이 병으로 인해 그는 결국 자신의 예술적 열정을 잃어버렸고 그의 삶 전체를 망가뜨렸다. 이상이 자신의 폐결핵이 중증 상태라는 사실을 확인하게 된 것은 조선총독부 기사로 일하던 1931년 가을이다. 그는 자신의 병세가 심각한 상태임을 확인한 후부터 병의 고통과 그 감각을 내면화하면서 이를 추상적으로 표현하고자 한다.「오감도」의 연작 형태에 포함되어 있는 작품들 가운데에는 폐결핵의 고통과 자기 몰입의 성향을 강하게 드러내는 작품들이 적지 않다.「오감도 시제4호」,「오감도 시제5호」,「오감도 시제8호」,「오감도 시제9호」,「오감도 시제15호」 등에서 이를 확인할 수 있다.

「오감도 시제4호」는 발표 당시 문단에 큰 충격을 던져 준 작품이다. 시적 텍스트 자체가 숫자의 도판을 뒤집어 놓은 특이한 형상을 드러내고 있기 때문이다. 일반적으로 시적 텍스트는 언어 문자의 통사적 배열을 통해 그 구조가 결정되는데, 이 작품은 아주 단순한 어구로 이루어진 "환자의 용태에 관한 문제"라는 진술 뒤에 '1 2 3 4 5 6 7 8 9 0'이 뒤집힌 채 열한 줄로 반복 배열된 특이한 숫자의 도판을 하나 제시해 놓고 있다. 다시 말하면 텍스트 자체가 언어적 진술로 이루어진 것이 아니라 시각적인 숫자의 도판으로 대체되어 있는 것이다. 그리고 도판 아래에는 "진단 0·1/ 26·10·1931/ 이상 책임의사 이상"이라고 기록해 놓고 있다. 「오감도 시제4호」는 시의 텍스트 자체가 일반적인 독법을 거부하고 있기 때문에 시의 텍스트를 '읽는' 방식으로는 접근하기 어렵다. 텍스트에 배치되어 있는 뒤집힌 숫자의 도판을 '보는' 방식으로 텍스트의 내부로 접근해야 한다.

그런데 「오감도 시제4호」는 이상의 일본어 연작시 「건축무한육면각체」에 포함되어 있는 「진단 0 : 1」(《조선과 건축》, 1932. 7)을 개작한 것이다. 두 작품 사이에는 상당한 유사성이 있음에도 불구하고 다음과 같은 몇 가지 차이를 드러낸다. 「오감도 시제4호」에는 별도의 제목이 없지만 일본어 시의 경우 그 제목이 「진단 0 : 1」이다. 시적 텍스트에서 일본어로 이루어진 「진단 0 : 1」의 첫 행인 "或る患者の容態に關する問題"는 "어떤 환자의 용태에 관한 문제"로 번역된다. 시적 텍스트의 핵심을 이루고 있는 숫자의 도판도 「오감도 시제4호」에서는 반대로 뒤집혀 있다. 그리고 도판 바로 아래에 "진단 0·1"이라는 진술이 등장하는데, 일본어 시의 경우는 "진단 0 : 1"이므로 여기서도 표기가 달라졌음을 알 수 있다. 이러한 부분적인 차이 때문에 두 작품을 동일한 것으로 취급해서는 안 된다. 작품의 개작 과정에서 드러나고 있는 텍스트의 변형 자체가 여러 가지 방향으로 해석될 가능성이 많다.

患者의容態에關한問題。

```
1234567890·
123456789·0
12345678·90
1234567·890
123456·7890
12345·67890
1234·567890
123·4567890
12·34567890
1·234567890
·1234567890
```

診斷 0·1

26·10·1931

　　以上　責任醫師　李箱[*]

　「오감도 시제4호」는 '읽는 시'가 아니라 눈으로 '보는 시(visual poetry)'에 해당한다. '보는 시'는 시적 텍스트를 시각적 형태로 구현하고자 하는 실험적 시도의 산물이다.[**] 서구의 현대시에서는 다다운동을 뒤이은 초현실주의 운동가들이 이러한 새로운 기법을 고안한다. 이상은 서구 예술의 전위적 실험에 관심을 기울이면서 시적 텍스트를 언어 문자의 배열로만 구성하는 일률적인 방식을 거부한다. 그는 텍스트 자체의 물질성을 드러내는 문자, 문장부호, 띄어쓰기, 행의 구분, 행의 배열, 여

---

[*] 《조선중앙일보》, 1934. 7. 28.

[**] Willard Bohn, *The Aesthetics of Visual Poetry, 1914~1928*(The Univ. of Chicago Press, 1986), 2쪽.

430

백 등의 시각적 요소들을 해체하기도 하고 새롭게 조합하기도 한다. 그리고 문자 텍스트에 도판과 같은 회화적 요소를 첨부하여 새로운 변형을 시도하기도 한다. 그러므로 「오감도 시제4호」는 바로 이러한 실험적 방식으로 만들어 낸 '보는 시'라고 할 수 있다.

◇診　斷　0 : 1

成る患者の容態に關する問題，

```
1234567890·
123456789·0
12345678·90
1234567·890
123456·7890
12345·67890
1234·567890
123·4567890
12·34567890
1·234567890
·1234567890
```

診斷　0 : 1
26·10·1931
以上　責任醫師　李箱

「오감도 시제4호」는 시적 텍스트의 첫 문장이 "환자의 용태에 관한 문제"라는 짤막한 진술로 이루어져 있다. 이것은 아주 간단한 내용의 명사구문이지만 환자의 병환이 어떤 상태인지에 대한 의문을 표시한다. 그리고 그 뒤에 숫자의 도판이 제시되어 있다. 숫자 도판은 뒤집혀 보인다. 시적 정황으로 볼 때 이 숫자의 도판은 시의 텍스트에서 진술하고자 하는 "환자의 용태에 관한 문제"와 연관된다는 사실을 짐작할 수 있다. 시적 텍스트의 말미에서는 숫자의 도판을 통해 시각적으로 제시한 환자의 용태를 놓고 그 진단 결과를 표시하고 있다. 일본어 시에서는 "0 : 1"로 표시했는데, "0·1"이라는 숫자로 다시 정리해 놓고 있다. 이 진단 결과는 1931년 10월 26일에 나왔으며, 이렇게 진단한 의사는 "이상" 자신이다. 시인 자신이 자기 이름을 의사로 표시하고 있음을 알 수 있다. 이 작품은 "환자의 용태에 관한 문제"라는 진술과 "진단 0·1/ 26·10·1931/ 이상 책임의사 이상"이라는 진술 사이에 삽입되어 있는 숫자의 도판이 어떤 시적 맥락을 형성하고 있는지를 먼저 규명해야만 한다. 그래야만 시적 텍스트 자체의 혼성적 특징을 정확하게 이해할 수 있게 된다.

◆「오감도」의 탄생

이 시에서 시적 진술의 주체와 시적 대상의 관계는 환자의 용태를 진단하고 있는 "의사 이상"과 그 대상인 "환자" 사이의 관계로 구체화되고 있다. 텍스트 안에서는 시적 대상으로 내세우고 있는 "환자"가 어떤 인물인지 확인할 수 있는 근거는 찾아볼 수가 없다. 그러나 시적 진술의 주체를 "이상"이라고 내세움으로써 경험적 자아로서의 시인 자신이 작품의 내적 상황에 개입하고 있음을 보여 준다. 이러한 시적 정황으로 보면, 이 시는 시인 자신인 "이상"에게 의사라는 자격을 부여하여 진술의 주체로 내우면서 어떤 "환자의 용태"를 진단하고 있는 것이라고 설명할 수 있다. 일반적으로 서정시의 시적 진술은 서정적 주체에 해당하는 시인 자신에 의해 이루어진다. 그러므로 시적 진술의 주체가 시인 자신임을 내세우지 않더라도 독자들은 그 사실을 쉽게 인지하게 된다. 물론 시적 정황 속에 어떤 인물을 내세워 시적 자아인 시인의 존재를 숨기고 자기 목소리를 감출 수도 있다. 이 시에서는 시적 진술의 주체를 "의사 이상"이라고 드러낸 점을 주목하면서 시적 대상인 환자가 누구일까를 생각해야 한다. 이를 확인할 수 있는 징표는 텍스트 내에 표시되어 있는 "1931. 10. 26"이라는 날짜이다. 이 날짜는 시 속에서 "책임의사 이상"이 "환자"를 진단한 날로 표시되고 있다. 1931년은 이상이 조선총독부의 건축 기사로 근무하던 경험적 시간과 일치한다. 이해 가을 이상은 공사장에서 객혈하며 쓰러진 후 병원에 옮겨져 의사로부터 폐결핵이 중증이라는 사실을 처음 알게 되었다. 10월 26일이 바로 그날이다. 이러한 사실을 놓고 본다면, 이 시에서 시적 대상이 되고 있는 '환자'는 결국 시인 이상 자신임을 알 수 있다. 결국 「오감도 시제4호」는 시인이 시적 화자로 등장하여 자신의 병환과 그 용태에 관하여 스스로 조심스럽게 진단해 보고 있는 내용이 중심을 이루고 있는 셈이다.

그런데 「오감도 시제4호」의 시적 텍스트에서 문제가 되는 것은 "1 2 3 4 5 6 7 8 9 0 ·"이라는 숫자가 뒤집혀 열한 번이나 반복적으로 배열된 숫자의 도판이다.

(a)

```
1 2 3 4 5 6 7 8 9 · 0
1 2 3 4 5 6 7 8 · 9 0
1 2 3 4 5 6 7 · 8 9 0
1 2 3 4 5 6 · 7 8 9 0
1 2 3 4 5 · 6 7 8 9 0
1 2 3 4 · 5 6 7 8 9 0
1 2 3 · 4 5 6 7 8 9 0
1 2 · 3 4 5 6 7 8 9 0
1 · 2 3 4 5 6 7 8 9 0
· 1 2 3 4 5 6 7 8 9 0
```

(b)

```
· 0 9 8 7 6 5 4 3 2 1
0 · 9 8 7 6 5 4 3 2 1
0 9 · 8 7 6 5 4 3 2 1
0 9 8 · 7 6 5 4 3 2 1
0 9 8 7 · 6 5 4 3 2 1
0 9 8 7 6 · 5 4 3 2 1
0 9 8 7 6 5 · 4 3 2 1
0 9 8 7 6 5 4 · 3 2 1
0 9 8 7 6 5 4 3 2 · 1
0 9 8 7 6 5 4 3 2 1 ·
```

이 도판에서 확인되는 숫자의 배열과 그 반복이 어떤 의미를 지니는 것인지 밝혀야만 전체적인 시적 텍스트의 의미에 도달할 수 있다. 물론 이 같은 숫자의 반복 배열 자체의 의미를 따지기 전에 이 숫자 전체가 어떤 사실(환자의 용태)에 대한 언어적 진술을 약호화(略號化)하기 위한 도판(圖版)에 해당한다는 점을 다시 강조해 둘 필요가 있다. 이 도판은 언어 텍스트의 진술 내용과 연관되는 환자의 어떤 상태를 시각적으로 형상화한 것이기 때문이다. 여기에서 이 숫자 도판의 성격을 밝혀내기 위해 「오감도 시제4호」와 일본어 시 「진단 0 : 1」의 텍스트에 삽입되어 있는 숫자 도판을 대조해 볼 필요가 있다. 앞에 예시한 「오감도 시제4호」의 숫자 도판 (b)는 일본어 시 「진단 0 : 1」에서 볼 수 있는 도판 (a)를 뒤집어 놓은 형태로 보인다. 그러나 실제로는 뒤집어 놓은 것이 아니다. 도판 (a)를 들고 거울 앞에 서서 이를 비춰 보면 (b)와 같은 형태로 나타난다. 여기에서 중요한 것이 바로 '거울에 비춰 보기'라는 행동이다. 이상의 문학에서 자주 등장하는 '거울'이라는 이미지가 나르시시즘의 의미를 담고 있다는 점도 상기할 필요가 있다. 여

◆ 「오감도」의 탄생

기에서 도판 (a)를 거울에 비춰 본 모습이 도판 (b)와 같이 거꾸로 뒤집힌 형태로 나타난다는 사실을 전제하고 본다면, 이 시에서 시인 이상은 의사처럼 환자인 자신의 모습을 거울에 비춰 보며 스스로 그 용태를 진단하고 있음을 알 수 있다. 결국 「오감도 시제4호」에서 시인은 스스로 의사가 되어 자신을 한 사람의 환자로 대상화(對象化)하고 있다. 시적 주체가 곧 시적 대상으로 변환되고 있는 것이다. 이 같은 자기 진단의 방식을 통해 시인의 자의식이 강하게 드러나게 됨은 물론이다.

그렇다면 「오감도 시제4호」에서 뒤집힌 숫자의 도판이 지니는 성격을 어떻게 해석할 것인가를 생각해 보자. 이에 대해서는 김명환 교수의 설명이 설득적이다. 수학자인 김 교수는 「이상의 시에 나타나는 수학기호와 수식의 의미」*에서 이 숫자판의 맨 위에 "1234567890"이라는 숫자가 있는데, 이 숫자가 한 줄씩 아래로 내려오면서 1/10씩 곱해지는 등비수열의 형태를 나타내고 있다고 해석하고 있다. 그리고 이렇게 계속 내려가면 아무리 큰 수부터 시작해도 결국은 0으로 수렴하게 된다는 사실을 지적하고 있다.

그렇지만 나는 이를 좀 다르게 설명해 보고 싶다. 「오감도 시제4호」에서 "1234567890"이라는 숫자의 배열은 십진법(十進法)의 자리수인 1, 2, 3, 4, 5, 6, 7, 8, 9, 0을 그대로 나타내고 있다. 십진법의 기수법에서는 9가 가장 큰 숫자이다. 9보다 하나가 더 큰 수를 표시하는 숫자는 따로 없다. 10이라고 쓰지만 이는 1과 0으로 표시된 것이다. 여기에서 십진법의 위치값 기수법으로 수를 표현하는 경우 특정한 위치가 수의 표현에서 필요하지 않는 경우가 생긴다는 것을 알 수 있다. 이때 그 위치가 의미를 가지지 않는다는 것을 나타내기 위해서 0의 개념이 필요하다. 그러므로 십진법에서는 1, 2, 3, 4, 5, 6, 7, 8, 9, 0으로 수

---

* 권영민 편, 『이상 문학 연구 60년』(문학사상사, 1998), 170~171쪽.

를 표시하게 된다. 「오감도 시제4호」의 숫자 도판은 1부터 0까지 숫자의 순차적 배열을 열한 번이나 반복하여 표시해 놓고 있다. 이것은 어떤 일의 순서, 진행 과정, 변화 단계 등을 기호화한 것이며, 동일한 작업이 여러 차례 반복되었음을 의미한다고 설명할 수 있다. 그런데 이 숫자의 도판은 내리읽기를 할 경우 오른편 끝에 '1'이라는 숫자가 줄지어 있고, 왼편 끝에는 '0'이라는 숫자가 마찬가지로 줄지어 있다. 중간에 배열된 숫자의 변화가 어떻게 표시되든지 간에 결과적으로 이 숫자도판은 왼쪽과 오른쪽에 '1'과 '0'이라는 두 숫자만 나타낸다. 이 시의말미에 제시되어 있는 '진단 0·1'이라는 문구는 바로 이 같은 도판의숫자 배열의 특징을 요약해 놓은 것이다. 이를 달리 말하면 '1, 2, 3, 4, 5, 6, 7, 8, 9, 0'이라는 십진법의 기수법으로 표시했던 숫자 배열을 '0·1'이라는 이진법(二進法)의 두 개의 숫자로 바꾸어 단순하게 표시하고있다고 할 수 있다. 이진법은 관습적으로 0과 1의 기호를 쓴다. 0과 1이라는 두 가지의 숫자만을 이용한다는 특징 때문에 논리적인 이분법(二分法)과 서로 상통하는 바가 있다. 그러므로 논리와 관련된 상당 부분의 수학적 표현이 이진법으로 이루어지기도 한다. 이진법은 있음(1)과 없음(0)을 나타내는 방식으로도 쓰이고, 참(true)과 거짓(false)을 나타내는 방식으로도 사용된다. 참은 1로, 거짓은 0으로 표시한다.

「오감도 시제4호」에서 볼 수 있는 "0·1"과 일본어 시 「진단 0:1」에표시된 "0:1"의 표기 방식에 대해서도 깊이 생각해 볼 필요가 있다. 기왕의 전집 가운데에는 「시제4호」의 "0·1"을 일본어 시 「진단 0:1」에서 볼 수 있는 "0:1"의 오식(誤植)으로 간주하여 "0:1"로 고쳐서 표기한 예도 많다. 그러나 이것은 오식이 아니다. 앞의 원문 텍스트를 보면두 작품의 표기가 명확하게 차이를 드러낸다. 일본어 시 「진단 0:1」에서는 "0:1"로 표기되어 있고, 「시제4호」의 경우는 "0·1"로 표기해 놓고있다. 먼저 '0'과 '1'이라는 숫자의 의미를 검토하기로 하자. 0(零, 영)은 −1보다 크고 1보다 작은 정수이다. 이 정수를 표시하기 위한 숫자가

◆「오감도」의 탄생

바로 '0'이다. '0'은 수학에서 정수, 실수, 또는 방정식 구조에서 덧셈에 대한 항등원이 된다. 숫자로서의 0은 수체계에서 자리를 표시하는 역할을 하기도 한다. 음의 값이 없는 양(量)을 표시할 때 '0'은 '무(無)'와 같은 의미를 지닌다. '1'은 가장 작은 자연수로서, 0과 2 사이의 정수이다. '1'은 소수도, 합성수도 아니며, 모든 수의 약수에 해당하며 어떤 수도 '1'을 곱하면 그 수 자신이 된다. '1'은 곱셈에 대한 항등원이다. 사물의 세계에서 '1'은 유일한 하나의 존재를 표시한다. 그렇다면 「오감도 시제4호」에서의 "0·1"은 무슨 의미인가? 수학에서는 '·'(가운 뎃점)이 곱하기의 부호로 쓰인다. 그러므로 "0·1"은 '0 × 1'을 뜻한다. 물론 그 값은 다시 '0'이 된다. 그러나 문장부호로서의 '·'(가운뎃점)은 동위부(同位符)로서 성질이 비슷한 몇 개의 단어를 '미국·영국·독일'과 같이 나열할 때에 그 사이에 쓴다. 그리고 두 숫자로 된 말 사이에도 '3·1만세 운동', '4·19학생혁명' 등과 같이 표시한다. 이 경우에는 '0과 1'이라는 뜻으로 풀이된다. 일본어 시 「진단 0:1」의 "0:1"에서 볼 수 있는 ':(쌍점)'은 이와 다르다. 수학에서 쌍점은 비율 표시로 쓰이기 때문에 '0 대 1'이라고 읽는다. 여기서 '0:1'이라는 수식은 '0 ÷ 1'과 같은 의미를 지니며 그 값은 '0'이다. 문장부호로서의 쌍점은 앞에 제시된 말에 내포되는 사항을 다시 뒤에서 자세히 설명하거나 그 사례를 들어 보일 때 쓰인다. 예컨대 '푸짐한 햇과일: 사과·배·감·대추 등'이 이에 해당한다. 그리고 한 문장이 끝나면서 다음 문장과 의미상 연결됨을 보일 때에도 쌍점을 표시한다. "0:1"에서 사용된 쌍점의 의미를 문장부호의 하나로 읽게 되면, '0은 곧 1이다.'라는 의미로 해석될 수 있다.

이와 같은 해석을 종합해 보면, 「오감도 시제4호」는 경험적 자아로서의 시인 이상이 폐결핵 환자인 자신을 대상화하여 스스로 자기 진단을 수행하는 과정을 수식으로 추상화한 것이라고 할 수 있다. 서두에 제시한 '환자의 용태에 관한 문제'라는 문구의 내용 그대로 환자의 용태에 대한 진단 과정은 십진법의 기수법으로 순차 배열한 "1234567890"의 숫자를 열한 번이나 반복하여 적어 놓고 있다. 그리고 그 결과는 "진단 0·1"이라는 문구를 통해 이진법의 숫자로 요약하고 있다. 여기에서 '0'은 '없음' 또는 '소멸'의 뜻으로, '1'은 '있음' 또는 '유일한 존재'라는 의미로 읽을 수도 있다. 이처럼 「오감도 시제4호」의 의미는 시인 자신의 경험적 현실과 관련지어 볼 때에만 그 기호의 배면에 숨겨 둔 시적 의미의 구체성이 드러난다. 시인 이상은 자신의 건강 상태와 병환의 진전 상황을 수없이 스스로 진단하며 병든 육체에 대한 자기 몰입에 빠져들고 있었던 것이다. 이 과정을 시각적인 기호로 대체하여 보여 주는 것이 뒤집힌 십진법의 기수법으로 배열된 숫자의 도판이다. 물론 여기에서 숫자의 도판이 뒤집혀 있는 것은 거울을 통해 자기 모습을 들여다보고 있음을 말해 준다. 그런데 수없이 되풀이하여 자기 진단을 해 보지만 그 결과는 '0'과 '1'이라는 이진법의 숫자로 간단명료하게 논리화된다. '있음'을 의미하는 '1'은 정상적으로 작동하고 있는 한쪽의 폐를 말하고, 병으로 훼손된 다른 한쪽의 폐는 '없음'을 의미하는 '0'으로 표시하고 있는 것이다. 자신의 감정을 절제하면서도 자기 집착을 드러내 보이는 이 시에서 이상 자신이 빠져들었던 병적 나르시시즘의 징후를 밝혀내는 것은 이 시를 보고 그 숫자 도판의 이미지를 '읽는' 독자의 몫이다. 그리고 그것이 바로 '보는 시'로서의 「오감도 시제4호」의 새로운 가능성을 말해 주는 것이다.

결국 이 시에서 문제가 되었던 숫자의 도판은 글자 그대로 "환자의 용태"에 관한 상세한 관찰과 그 설명을 숫자로 추상화하여 시각적으로 제시한 것이다. 여기에서 추상화란 어떤 대상의 전체적인 과정을 그대로 재현하는 것이 아니라 거기에 드러나는 특징적인 사실만을 간추려 제시하는 방식이다. 시인은 자신의 육체 내부에서 일어난 병의 상태만을 주목한다. 그러므로 이 과정에서 복잡하게 작용할 수 있는 또 다른 정서적, 물리적, 시각적 관념들을 제거한다. 이러한 절차를 거치

　　　　　　　　　◆ 「오감도」의 탄생

면서 도달하게 된 것은 결국 아무것도 의미하지 않는 것처럼 보이는 시각적인 숫자이다. 십진법의 기수법에 따라 순차적으로 배열되고 있는 '1234567890'의 숫자는 어떤 일의 진행 과정과 그 단계를 추상화하여 제시한다. 이러한 추상화의 단계를 거쳐 얻어 낸 결과가 "진단 0·1"이다. 이것은 십진법의 기수법을 따라 진행되었던 진단의 결과를 이진법의 기수법으로 요약하고 있는 것이다. 수의 개념은 어디에든지 적용 가능한 추상의 진수에 해당한다. '없음'은 실재하지 않는 것을 추상화한 '0'이라는 숫자에 해당한다. 그리고 이를 기반으로 숫자의 개념이 산출된다. 「오감도 시제4호」는 이 숫자의 추상성을 활용한 단순화의 과정을 통해 '있음'과 '없음' 또는 '정상'과 '비정상'의 의미를 시각화하는 순수의 힘을 획득한다. 일체의 언어적 설명을 제거한 대신에 추상화된 숫자만을 제시함으로써 시인은 시각적 이미지의 강렬한 힘을 얻어 내고 있는 것이다.

「오감도 시제5호」는 「오감도 시제4호」와 함께 1934년 7월 28일 《조선중앙일보》에 발표되었다. 두 작품이 모두 '보는 시'의 특징을 드러내고 있는 데다가 그 내용 자체도 의미상의 상호 연관성을 지니고 있는 것으로 볼 수 있다. 이 시는 시적 진술 자체가 해독하기 힘든 한문 구절로 이루어져 있는 데다가 독특한 기하학적 도형이 시의 텍스트 중간에 삽입되어 있다. 말하자면 언어적 진술과 기하학적 도형이라는 이질적 요소가 서로 결합되어 하나의 시적 텍스트를 시각적으로 구성하고 있는 셈이다. 이처럼 시의 텍스트가 보여 주는 이질적 요소의 결합으로 인하여 전체적인 의미를 제대로 이해할 수 없었기 때문에 이상 문학 가운데 대표적인 난해시의 하나로 지목되어 왔다.

이 시의 텍스트는 현대미술의 새로운 기법으로 각광을 받았던 콜라주(Collage) 방법을 그 텍스트 구성에 원용하고 있다. 문자 텍스트와 기하학적 도형의 이질적 결합을 통해 새로운 시적 텍스트를 구성해 내고 있기 때문이다. 콜라주는 원래 색종이의 여러 조각들을 한데 붙여 새로운 형상과 이미지를 만드는 일종의 미술적 오락을 지칭한다. 그런데 1910년대에 접어들면서 피카소, 브라크 등 입체파 미술가들이 캔버스 위에 신문지, 헝겊, 벽지 등 일상생활에서 흔히 볼 수 있는 이질적인 물건들을 찢어 붙여 특이한 작품을 만들면서 중요한 미술 기법의 하나로 각광받게 되었다. 피카소와 브라크가 그들의 작품에 콜라주 기법을 도입하여 입체파 미술의 새로운 경향을 선보이자, 콜라주는 동시대 유럽 각국에서 활동하고 있던 다다이스트들에게 급속히 파급되었다. 다다이스트들에게 콜라주의 새로운 기법은 그들의 사고를 표현하는 데 매우 적절한 수단이었다. 그들은 예술을 접근하기 어려운 고귀한 어떤 것이 아닌 우연한 것, 장난스러운 것으로 보고 고상한 예술의 경계를 허물고자 했다. 그러므로 기성적인 것을 해체하여 새로운 이미지로 만드는 콜라주 작업은 다다이스트들의 예술적 태도와 일맥상통했던 것이다.*

　　其後左右를除한唯一한痕迹이있어서

翼殷不逝　目大不覩
　　胖矮小形의神의眼前에我前落傷한故事를有함.

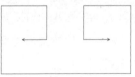

　　臟腑타는 것은浸水된畜舍와區別될수잇슬른가.

「오감도 시제5호」는 이상이 1932년 7월 《조선과 건축》에 발표했던 일본어 연작시 「건축무한육면각체」에 포함되어 있는 시 「二十二年」을

---

* 닉 콕스, 천수원 옮김, 『입체주의』(한길사, 2003), 261～262쪽.

개작한 것이다. 기왕의 연구자들 가운데에는 「二十二年」과 「오감도 시제5호」를 동일 작품으로 판단한 경우도 많이 있지만, 두 텍스트는 여러 군데 새로운 변형을 통해 미묘한 의미의 차이를 드러낸다. 「二十二年」은 일본어로 쓴 시이지만 「오감도 시제5호」는 일본어 글쓰기에서 벗어나 한자를 혼용한 국문으로 창작한 작품이며 그 제목도 새롭게 바뀌었고 몇 군데 표현도 미세한 차이를 드러낸다. 그러므로 각각 서로 다른 작품으로 만들어진다. 「오감도 시제5호」의 첫 행은 일본어 시의 "전후좌우(前後左右)"라는 어구가 "기후좌우(其後左右)"로 바뀐다. 둘째 행의 "익은불서(翼殷不逝) 목대부도(目大不覩)"라는 구절도 「二十二年」에서는 "익단불서 목대부도(翼殷不逝 目大不覩, 날개가 부러져 날지 못하고 눈이 커도 보지 못한다.)"라고 표현되었던 부분이다. 셋째 행에서 "아전낙상(我前落傷)한 고사(故事)를 유(有)함"이라는 구절은 「二十二年」에서 '내가 낙상한 고사가 있어서'라는 구절을 바꾼 것이다. '전(前)'이라는 글자를 추가하여 지나간 날에 있었던 일임을 상기시켜 놓고 있다. 셋째 행의 뒤에 붙어 있는 도형은 「二十二年」에 삽입되었던 것과 동일하다. 마지막 행은 "장부 타는 것은 침수된 축사와 구별될 수 잇슬는가."라는 의문형 문장으로 끝난다. 「二十二年」에서는 '장부(臟腑) 그것은 침수(浸水)한 축사(畜舍)와 다를 것인가'라는 문장이 ( ) 속에 묶여 있었다. 「오감도 시제5호」에서는 이 구절의 ( )를 풀어 버리고 자문(自問) 형식의 문장으로 표현함으로써, 시의 텍스트가 시적 화자의 일관된 목소리를 담아낼 수 있도록 조정해 놓고 있다.

이제 다시 「오감도 시제5호」의 텍스트를 보기로 하자. 이 시의 첫 행은 '그 뒤 좌우를 제거한 유일한 흔적이 있어서'라고 읽힌다. 이 구절은 바로 뒤에 오는 둘째 행의 "익은불서(翼殷不逝) 목대부도(目大不覩)"와 문맥상 자연스럽게 이어지면서 그 진술 내용의 인과관계를 설명하게 된다. 여기 등장하는 "익은불서(翼殷不逝) 목대부도(目大不覩)"라는 한문 구절이 고전 『장자(莊子)』의 「산목」 편에 나오는 한 대목을 패러디한 것임을 앞 장에서 설명한 바 있지만 이를 다시 옮겨 보기로 한다.

장주(莊周)가 조릉의 밤나무 밭 울타리 안을 거닐다가 이상한 까치 한 마리가 남쪽에서 날아오는 것을 본다. 그것은 날개의 폭이 일곱 자요, 눈의 지름이 한 치나 되어 보인다. 그 새가 장주의 이마를 스치고 날아서 밤나무 숲에 내려앉으니 장주가 그걸 보고 중얼거린다. 저건 대체 무슨 새인고? 날개는 큰데도 멀리 날지 못하고 눈이 큰데도 제대로 보지 못하는구나. 장주가 바지 자락을 걷고 빠른 걸음으로 다가가 활을 겨누고 노리는데, 가만히 보니 매미 한 마리가 서늘한 나무 그늘에서 울면서 제 몸도 잊은 채로 있고, 사마귀가 잎에 몸을 숨기고는 매미를 잡으려고 거기에만 정신이 팔려 제 몸을 잊고 있다. 이상한 까치는 그 가운데에서 잇속을 챙기고자 눈앞의 먹이에 혹하여 제 몸을 잊고 있다. 장주는 이 꼴을 보고 놀라서 혼자 중얼거린다. 아 세상의 모든 사물은 본래 서로에게 해를 끼치고 서로의 이해를 불러들이고 있구나. 그는 활을 버리고 돌아서서 달려가는데, 밤나무 밭을 지키는 이가 쫓아오며(밤을 몰래 따 낸 줄 알고) 심한 욕을 퍼붓는다.

앞의 인용 가운데 짙은 색깔로 표시한 "날개가 큰데도 멀리 날지 못하고 눈이 큰데도 제대로 보지 못하는구나."라는 대목이 「장자」의 원문에 "익은불서(翼殷不逝) 목대부도(目大不覩)"라고 표시되어 있다. 이 구절은 원문 속의 문맥을 살펴보면 장주가 한 혼잣말이다. 그런데 「오감도 시제5호」에 그대로 옮겨져서는 장주가 한 말이 아니라 시적 화자인 '나'의 말로 바뀌고 있다. 시의 텍스트에서 이 한문 구절을 굵은 글씨로 크게 써 놓은 것은 이 구절이 시적 문맥 속에서 패러디의 기법을 통해 새롭게 획득한 의미를 강조하기 위한 타이포그래피적 고안이라고 할 수 있다. 결국 날개가 큰 새가 제대로 멀리 날아가지도 못하고 눈이 큰데도 자신을 노리고 있는 사냥꾼을 알아채지 못한다고 했던 「장자」에서의 본래의 뜻은 모두 사라지게 된다. 그 대신에 '익은불서(翼殷不逝)'라는 구절은 시적 문맥 속에서 '큰 뜻을 품었지만 그것을 펼치지 못하게 되었다.'라는 의미로 읽히며, '목대부도(目大不覩)'의 경우에도 '눈이 큰데도 제대로 살피지 못했다.'라는 뜻으로 읽게 되는 것이다. 그러므로 "익은불서(翼殷不逝) 목대부도(目大不覩)"는 폐결핵으로 인하여 건강을 상실함으로써 자신의 꿈을 이루지 못하게 되었음을 토로하면서 병의 진행 과정이나 몸의 상태를 자신이 전혀 알아채지 못했음을 탄식하는 시적 화자의 말로 해석할 수 있는 것이다.

이 시의 시적 텍스트에서 "반왜소형의 신의 안전에 아전낙상한 고사를 유함."이라는 셋째 행에는 "반왜소형의 신"이라는 어구가 등장한다. 이 구절에 대한 해석도 연구자에 따라 다르다. 글자 그대로 풀이할 경우 '살이 찌고 키가 작은 모습을 한 신'이라는 의미가 된다. 나는 "반왜소형의 신"을 시적 화자를 진찰했던 병원 의사의 모습을 묘사한 것이 아닌가 생각한다. 이상이 쓴 수필 「병상 이후」를 보면, 그 서두부터 입원한 환자에게 의사의 존재가 얼마나 위대하게 생각되는지를 잘 그려 낸다. 그러므로 이 시에서 병들어 죽어 가는 사람을 살려 낼 수 있는 능력을 가진 의사를 '신(神)'이라는 말로 지칭하고 있는 것은 과장적인 표현이 아니다. '내가 낙상한 고사가 있어서'라는 구절은 시적 화자가 결핵 진단을 받은 후 그 충격으로 의사 앞에서 졸도했다는 뜻으로 읽힌다. 자신의 병이 심각한 상태임을 알게 된 후에 엄청난 정신적 충격을 받고 그만 쓰러졌음을 말해 준다. 이러한 사실은 이상의 유작으로 발굴 소개된 일본어 작품 「1931년-작품 제1번」에도 암시되고 있다.

「시제5호」의 셋째 행 다음에는 추상적인 기하학적 도형 하나가 아무 설명 없이 삽입되어 있다. 이 도형이 어떤 의미를 지니는 것인지에 대해서도 그 해석이 구구하다. 어떤 연구자는 이것을 시적 주체의 성격, 또는 욕망과 연결시켜 해석하기도 하고, 어떤 연구자는 일종의 성적(性的) 상징물로 해석하기도 한다. 하지만 이러한 해석은 전체적인 텍스트의 연결 관계를 지나치게 확대하거나 시적 문맥을 초월해 버린 결과라고 할 것이다. 이 도형이 상징하고 있는 의미는 시의 텍스트 내에서 재문맥화의 과정을 거쳐야만 분명하게 드러난다.

이 도형은 앞서 검토한 「오감도 시제4호」의 시적 텍스트에 삽입되어 있는 숫자판과 똑같은 성질의 시각적 이미지에 속한다. 이것이 무엇을 의미하는지 따지기 전에 이 단순화된 도형이 추상화의 방식에 따라 어떤 내용의 언어적 진술을 대체하고 있다는 점을 주목해야 한다. 이를 확인하기 위해 텍스트에 제시되어 있는 언어적 진술 내용을 정확하게 이해할 필요가 있다. 이 도형은 시적 텍스트의 첫 행에서 설명하고 있는 대로 '그 후 좌우를 없앤 흔적'에 해당한다. 그리고 『장자』의 문구를 패러디한 "익은불서(翼殷不逝) 목대부도(目大不覩)"라는 구절의 '날개가 큰데도 멀리 날지 못하고 눈이 큰데도 제대로 살피지 못했다.'는 의미와도 어떤 맥락을 유지하면서 연결된 것이다. 뚱뚱하면서 키 작은 의사와도 관련되며 시적 화자인 '나' 자신이 졸도했던 일과도 연관된다. 특히 마지막 행에서 "장부 타는 것은 침수된 축사와 구별될 수 잇슬른가."라는 구절 가운데 "장부 타는 것"은 바로 이 도형을 통해 추상화되고 있는 어떤 대상을 그대로 지시한다.

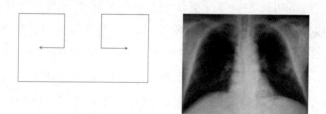

일찍이 나는 이 도형을 병원에서 찍은 흉부 X선 사진을 평면 기하학적으로 추상화한 도형이라고 설명한 바 있다.* 추상에 도달하기 위

---

* 권영민, 『이상 텍스트 연구』, 74쪽.

　　　　　　　　　　　　　　　　　　◆「오감도」의 탄생

해서는 항상 구체적인 실재가 전제되어야 한다. 무엇인가 실체가 있는 것에서부터 출발해야만 뒤에 그 실재의 흔적들을 제거하는 단순 추상화의 작업이 가능하기 때문이다. 이 시에서도 마찬가지다. 시적 텍스트의 도형에서 도형 자체를 이루고 있는 선은 X선 사진의 윤곽을 표시하며 안쪽으로 굽어 들어간 화살표는 폐부와 연결되는 혈관에 해당한다. 그러나 정작 이 혈관과 연결되어야 할 폐가 손상되어 그 흔적이 제대로 드러나지 않는다. 폐결핵이 중증 상태라는 것을 여기에서 확인할 수 있다. X선 사진에 드러난 폐부의 상태로 보아 병은 상당히 심각한 정도로 진전되어 있다. 그러므로 시적 화자는 한창 젊은 시기에 폐결핵 환자가 된 자신의 처지를 놓고 날개가 큰데도 멀리 날아갈 수 없다고 말한다. 더구나 폐부에서 진행된 병은 겉으로 드러나는 외상(外傷)이 전혀 없기 때문에 아무리 눈이 커도 어떤 상태에 이르고 있는지를 알아볼 수 없다고 탄식한다. 시적 화자는 이 충격적인 사진의 영상을 보고는 의사 앞에서 졸도한다. 그리고 X선 사진의 영상을 보면서 그 희끄무레한 모양이 마치 물속에 잠긴 축사의 모습처럼 엉성하다는 생각을 하고 있음을 보여 준다. 병으로 인해 손상된 폐부의 상태를 사진을 통해 살펴보고 있는 시적 화자의 망연한 심경을 엿볼 수 있는 대목이다. 이러한 의미로 앞뒤의 구절을 연결하여 보면 이 도형은 병에 의한 '신체 내부의 훼손과 결여 상태'를 보여 주는 흉부 X선 사진의 영상을 기하학적 도형으로 단순화시키고 추상화하여 시각적으로 제시한 것이라고 할 수 있다. 이 추상화 작업 방식은 말할 수 없는 복잡한 정서를 대상과 연결시켜 시각적으로 단순화한다. 그 결과로 복잡한 내적 갈등과 정서를 다각적으로 통찰하고 그 의미를 새롭게 해석할 수 있는 길을 열어 놓는다. 이것은 비록 그 의미를 쉽게 파악하기 어려운 것임에도 불구하고 중요한 통찰의 가능성을 보여 주는 것이다.

결국 「오감도 시제5호」는 시적 화자가 자신의 병인 폐결핵이 심각한 상태에 있음을 X선 검사를 통해 자신의 눈으로 직접 확인하는 과정을 압축적으로 제시한다. 여기에서 자기 육체 내부에 자리하고 있는 장부가 병으로 인하여 훼손되어 버렸다는 사실을 시각적으로 인식하는 순간 시적 화자가 느꼈을 병에 대한 공포와 삶에 대한 절망감이 어떤 것이었을까는 설명할 필요조차 없는 일이다. 시적 화자는 병으로 인한 육체의 훼손과 그 기능의 결여 상태를 「장자」의 한 대목을 패러디하여 간략하게 그려 내고, X선 사진을 기하학적 도형으로 추상화하여 그 절망적인 상태를 묵언(黙言)으로 보여 주고 있다. 이 추상화된 도형으로 그려 내고자 하는 실제의 감각은 언어적 진술 자체가 필요 없다. 가슴 터지는 고통, 다시 일어서지 못할 것 같은 절망감, 죽음에 대한 엄청난 공포를 아무리 소리치고 목청껏 외친다 해도 그 아픔의 크기를 표현할 수 있는 말은 없는 셈이다. 시적 화자는 바로 이 장면에서 언어를 포기하고 도형으로 대체한다. 이 특이한 도형은 모든 것을 한꺼번에 다 보여 준다. 육신의 저 깊은 곳에서 추상화되어 나온 이 간략한 이미지 하나가 어떤 말보다도 감각적으로 앞서 있기 때문이다.

「오감도 시제8호」에는 "해부(解剖)"라는 부제가 붙어 있다. 이 부제가 암시하는 바와 같이 이 작품에서 그리는 시적 공간은 병원이다. 실제로 텍스트 내에 병원과 관련되는 "해부", "수술대", "마취" 등의 단어가 등장한다. 그러나 병원에서 이루어지는 해부 장면을 그리고 있는 것은 아니다. 이 시는 이상 자신이 겪었던 두 차례의 X선 촬영 과정과 그 결과로 얻어진 영상 자료에 대한 검토 과정을 마치 수술대에서 마취를 하고 수술을 하는 것처럼 설명하고 있을 뿐이다. 이 작품의 내용은 「오감도 시제4호」와 「오감도 시제5호」를 함께 읽을 경우 구체적 정황을 이해하기 쉽다.

이 시가 X선 검사를 위한 준비 작업, 촬영 과정, 그리고 촬영 후 사진 필름 판독 등의 모든 절차를 요약적으로 제시하고 간략하게 설명하고 있다는 것은 시적 텍스트에 동원하고 있는 몇몇 시어를 통해 확인된다. 제1부에 등장하는 '평면경'이라는 말은 재래식 X선 촬영 기기에 부착시키는 필름을 넣은 판을 말한다. 빛이 들어가지 않도록 조치하면서 촬영을 하고 그다음 그 필름을 인화한 후 그 영상을 통해 병변을 진단할 수 있게 된다. '평면경에 광선 침입 방지' 등의 설명이 붙어 있는 것을 통해 이를 확인할 수 있다. '마취 운동'이라는 말은 X선 검사를 할 때 피검사자가 촬영 기기에 흉부를 밀착시키고 숨을 멈춘 채 몸을 고정하는 동작을 암시하고 있다.

第一部試驗	手術臺	一
	水銀塗沫平面鏡	一
	氣壓	二倍의平均氣壓
	溫度	皆無

爲先痲醉된正面으로부터立體와立體를爲한立體가具備된全部를平面鏡에 映像식힘. 平面鏡에水銀을現在와反對側面에塗沫移轉함. (光線侵入防止에 注意하야) 徐徐히痲醉를解毒함. 一軸鐵筆과一張白紙를支給함. (試驗擔任 人은被試驗人과抱擁함을絶對忌避할것) 順次手術室로부터被試驗人을解放함. 翌日. 平面鏡의縱軸을通過하야平面鏡을二片에切斷함. 水銀塗沫二回.
　　ETC 아즉그滿足한結果를收拾치못하얏슴.

| 第二部試驗 | 直立한 平面鏡 | 一 |
| | 助手 | 數名 |

野外의眞實을選擇함. 爲先痲醉된上肢의尖端을鏡面에附着식힘. 平面鏡의水銀을剝落함. 平面鏡을後退식힘. (이때映像된上肢는반듯이硝子를無事通過하겟다는 것으로假說함) 上肢의終端까지. 다음水銀塗沫.(在來面에) 이瞬間 公轉과自轉으로부터그眞空을降車식힘. 完全히二個의上肢를接受하기까

지. 翌日. 硝子를前進식힘. 連하야水銀柱를在來面에塗沫함. (上肢의處分)

(或은滅形) 其他. 水銀塗沫面의變更과前進後退의重複等.

ETC 以下未詳*

　이 시는 이상 자신이 병원에서 특이하게 경험했던 흉부 X선 촬영 검사의 과정 전체를 시의 내용으로 구성해 놓고 있다. 시적 텍스트에서 그려 내고 있는 X선 촬영 검사는 육체와 기계의 접촉에 의해 이루어진다. 이것은 살아 있는 인간의 육체와 그 내부 기관의 모습을 투시해 보이는 신기한 체험이지만 이상 자신에게는 이미 기능을 상실한 자신의 폐부를 확인하고 그 병환의 상태를 인지하게 되는 공포의 순간이기도 하다. 이상은 X선을 몸의 특정 부위에 투과시켜 그 영상을 얻어 내는 이 검사법을 처음으로 직접 체험하면서 인간 육체의 물질성을 시각적으로 확인할 수 있게 된다. X선 검사를 통해 육체의 내부에 대한 감각과 그 인식에 획기적인 전환이 이루어진 셈이다. 여기에서 한 가지 주목해야 할 것은 이 작품의 텍스트에 그려져 있는 흉부 X선 촬영 사진의 기호적 형상이 육체의 내부 공간에 대한 시각적 인식의 새로운 가능성을 제시하고 있다는 사실이다. 그러므로 이 검사를 처음 받아 보는 사람들은 누구나 상당한 호기심과 함께 그 결과에 공포를 느낄 수밖에 없는 일이다. 인간이 살아 있는 자기 육체의 내부 형상을 그것도 병으로 훼손된 상태까지 사진을 통해 확인할 수 있으리라는 것을 그전에 누가 상상이나 할 수 있었겠는가?

　「오감도 시제8호」의 텍스트는 "제1부 시험"과 "제2부 시험" 두 개의 단락으로 크게 구분되어 있다. 이 두 단락은 전체적인 텍스트의 구성이나 의미 내용이 서로 연결되면서 매우 간략하게 'X선 촬영 검사 과정'을 설명적으로 제시한다. 먼저 '제1부'의 내용을 살펴보자. 여기

---

*《조선중앙일보》, 1934. 8. 2.

에서 "수술대"는 X선 촬영 기기를 뜻한다. 초기의 X선 촬영 기기는 현재의 일체형과는 달리 구조가 복잡하다. 피검사자는 상의를 벗고 서서 기기에 흉부를 밀착시킨 채 숨을 멈추고 촬영을 한다. 촬영할 때마다 필름의 원판을 갈아 끼우는 과정이 필요하다. 그리고 "수은 도말 평면경"은 촬영용 필름을 담아 놓은 원판을 말한다. "위선 마취된 정면으로부터 입체와 입체를 위한 입체가 구비된 전부를 평면경에 영상식힘"이라는 구절은 숨을 멈춘 채 흉부를 촬영 기기에 밀착 고정시키고 촬영하는 과정을 요약적으로 설명한다. 촬영 필름은 광선을 피하여 암실에서 현상 작업을 거친다. 피검사자는 촬영이 끝난 후 기기에 밀착시켰던 몸을 떼면 된다. 이 동작을 시적 텍스트에서는 "서서히 마취를 해독함"이라고 설명하고 있다. 그리고 피검사자는 검사실을 나오게 된다.

시적 텍스트의 제2부는 X선 촬영이 끝나 뒤 그 결과물인 필름을 판독하는 장면을 제시한다. 여기에서 "직립한 평면경"은 현상된 필름의 상태를 살펴볼 수 있도록 만들어진 영상 판독기에 해당한다. 오늘날은 컴퓨터의 화면을 통해 직접 환부의 사진 영상을 볼 수 있지만, 예전에는 현상한 필름을 영상 판독기에 걸어 놓고 그 상태를 살핀다. 그 상태를 설명하는 담당 의사 주변에는 이를 지켜보는 여러 명의 '조수'가 서 있다. X선 촬영 필름의 판독은 외부와 차단된 밀실에서 이루어지는 것이 아니라 의사와 피검사자와 간호사와 조수가 모두 드나드는 진찰실에서 행해진다. 이 상황을 '야외의 진실'이라고 표현한다. 그리고 의사는 필름 판독을 위해 흉부를 촬영한 사진 필름을 영상 판독기의 유리판에 끼워 놓고, 전등불을 켜 빛이 투사되게 한다. 이 과정을 시의 텍스트에서는 유리판에서 수은을 박탈한다고 표현한다. 빛이 통과하도록 했다는 의미로 해독이 가능하다. 영상 판독기 위에 놓인 필름을 통해 흉부의 내부가 드러나면 X선 필름의 앞뒤를 뒤집어 보면서 정밀하게 상태를 판독한다. 시의 텍스트에서는 이러한 과정을 "자전"과 "공전"이라고 암시적으로 표현하고 있다.

「오감도 시제8호」에서 그리는 X선 검사는 살아 있는 인간 육체의 내부 장기의 특정 부위를 눈으로 볼 수 있도록 만들어 주는 검사 방법이다. X선 검사가 의학에 적용된 것은 그리 오래된 일은 아니다. X선 검사를 이용한 병에 관한 진단은 주로 X선이 인체를 투과하는 작용, 필름을 감광시키는 사진 작용, 형광 물질에 해당하는 형광을 내는 형광 작용 등을 이용하여 행해지는데, 인체를 손상하지 않고 그 내부 구조 및 거기에 생긴 병변을 정확하게 판단할 수 있다는 장점을 지닌다. 독일의 물리학자 뢴트겐(Wilhelm Conrad Röntgen)이 X선을 발견한 것은 1895년이다. 뢴트겐은 이 광선의 정체를 알 수 없다는 뜻으로 'X선'이라고 이름 붙인다. X선은 빛과 같은 전자기파이지만 그 파장이 원자의 크기 정도로 작다. 그러나 에너지가 크기 때문에 물질에 대한 형광 작용이 강하며, 물질을 쉽게 투과할 수 있고, 투과할 때 물질을 이온화시킨다. X선은 인체를 구성하는 물질의 종류, 밀도, 두께 등에 따라 흡수율이 다르다. 이 성질을 이용해서 만든 X선 검사 장치가 1910년대에 들어서면서 외과 분야에 적용되기 시작하면서, 손가락에 박힌 유리 조각을 찾아내기도 하고, 머리에 박힌 총알을 확인하기도 한다. 그리고 인체 내부를 촬영하여 필름 위에 농도의 차로서 그 특징을 나타내기에 이른 것이다.

여기에서 주목해야 할 것은 X선 촬영을 통해 얻어지는 영상이 살아 있는 인간 육체의 외부와 내부라는 구분을 사실상 넘어선다는 사실이다. 시각적 영상을 통해 병으로 훼손된 육체의 내부 형태를 단일한 평면 위에 펼쳐 보이기 때문이다. 실제로 이러한 시각적 형상은 앞서 설명한 바 있는 「오감도 시제5호」의 텍스트에서 기하학적 도형의 이미지를 통해 제시된 바 있다. 이 작품에서 X선 사진의 모습을 추상적인 기하학적 도형으로 바꾸어 놓음으로써 언어 텍스트가 구축하는 공간과 시간의 제약을 뛰어 넘고 있다. 그러므로 「오감도 시제8호」는 인간의 육체에 부여된 모든 가치론적 의미를 벗어나서 육체의 물질성 자

◆「오감도」의 탄생

체를 그대로 드러내 보여 주는 과학기술의 수준에 대한 새로운 인식과도 연관된다는 점을 알아 둘 필요가 있다.

「오감도 시제9호 총구(銃口)」는 "총구(銃口)"라는 부제가 붙어 있으며, 다섯 개의 문장으로 구성되어 있는 시적 텍스트에 "총", "총신", "총구", "총탄" 등의 시어가 유별나게 눈에 띈다. 이러한 시어들이 환기하는 격렬한 이미지가 이 시의 주제와 연결되고 있음은 물론이다.

> 每日가치列風이불드니드듸여내허리에큼직한손이와닷는다. 恍惚한指紋골작이로내땀내가숨여드자마자 쏘아라. 쏘으리로다. 나는내消化器官에묵직한銃身을늣기고내담으른입에맥근맥근한銃口를늣긴다. 그리드니나는銃쏘으듯키눈을감이며한방銃彈대신에나는참나의입으로무엇을내여배앗헛드냐.*

이 작품에서 시적 텍스트를 구성하는 첫 문장은 "매일같이 열풍이 불더니 드디어 내 허리에 큼직한 손이 와닿는다."라는 짧막한 진술로 이루어져 있다. 여기에서 주목되는 것은 "매일같이"라는 말이 암시하는 규칙적 반복성과 "열풍"과 "큼직한 손"이라는 두 개의 시어에 담겨 있는 비유적 의미이다. '열풍'이라는 말은 몇몇 선집에서는 그 한자를 '열풍(烈風)'으로 고쳐 써 놓은 곳도 있다. '맹렬하게 부는 바람'이라는 뜻으로 해석할 수 있기 때문이다. 하지만 여기에서는 원전의 표기대로 '열풍(列風)'이라고 쓴다. 물론 이 말은 사전에 등재되어 있지 않다. 시인 이상이 만들어 낸 신조어에 해당한다. 이 경우에는 '열(列)'은 '거듭되다', '연이어지다'라는 뜻으로 읽을 수 있으므로 '열풍'은 '그치지 않고 계속되는 바람'이라는 뜻으로 풀이할 수 있다. 이것은 '거듭되는 기

---

*《조선중앙일보》, 1934. 8. 3.

침'을 비유적으로 표현한 말이라고 생각한다. "내 허리에 큼직한 손이 와닿는다."라는 구절은 기침이 그치지 않고 계속 이어지게 되면서 허리에 느끼는 묵직한 동통(疼痛) 같은 감촉을 말한다. 심하게 감기에 걸려 기침에 시달려 본 사람은 대개 이 느낌이 어떤 것인지 짐작할 수 있을 것이다.

시적 텍스트의 둘째 문장은 "황홀한 지문 골짜기로 내 땀내가 스며들자마자 쏘아라."로 이어진다. 그리고 바로 뒤에 "쏘으리로다. 나는 내 소화기관에 묵직한 총신을 느끼고 내 다물은 입에 매끈매끈한 총구를 느낀다."라는 비교적 긴 설명적 진술이 덧붙여진다. 문장의 중간에 끼어 있는 "쏘아라. 쏘으리로다."라는 구절은 무엇인가 목구멍에서 터져 나올 것 같은 긴박한 느낌을 강조하기 위한 것이다. "황홀한 지문 골짜기"는 손바닥에 나 있는 손금과 지문 사이를 지시한다. 그 의미는 기침이 계속되면서 '손바닥에도 식은땀이 나게 되자'라고 읽을 수 있다. "나는 내 소화기관에 묵직한 총신을 느끼고 내 다물은 입에 매끈매끈한 총구를 느낀다."라는 구절은 목구멍으로부터 무엇인가가 넘어오면서 입으로 터져 나오는 것처럼 느껴지는 것을 묘사한다. 이 장면은 실제로 기침 끝에 목구멍을 거쳐 입으로 피가 터져 나오는 객혈의 순간을 나타낸다. 객혈의 순간에 느끼는 육체적인 고통을 그려 내기 위해 일체의 감정을 억제한 채 실제로 몸에서 일어나는 변화를 정밀하게 감각적으로 묘사하고 있는 것이다. 물론 그 격렬함을 강조하게 위해 '총'이라는 파격적인 이미지를 끌어들인다. 그 결과 객혈의 순간을 마치 총구에서 총탄이 격발되는 순간처럼 묘사하고 있다. 방아쇠를 당겨 탄환을 발사하는 격발의 순간은 최고조의 긴장을 수반한다. 손가락으로 총의 방아쇠를 당기면 탄약이 폭발하면서 총탄이 발사된다. 표적을 명중시키려면 정조준이 필요하고 방아쇠를 당기는 손가락에 너무 힘을 주어서는 안 된다. 부드럽게 그리고 빠르게 방아쇠를 당기는 요령이 필요하다. 호흡을 멈추고 과녁을 정조준하기 위해 팔과 다리는 부

◆「오감도」의 탄생

동의 자세를 유지할 수 있어야 한다. 시적 화자인 '나'는 이 긴장된 순간을 시적 정황으로 끌어들임으로써 자신의 몸 안에서 일어나는 고통과 그 고통에 이어지는 객혈의 과정에서 느끼는 긴장감을 서로 대치시켜 놓고 있다.

이 시의 마지막 구절에서 "그러더니 나는 총 쏘듯이 눈을 감으며 한 방 총탄 대신에 나는 참 나의 입으로 무엇을 내뱉었더냐."라는 의문형 문장으로 종결된다. 팽팽하게 유지되어 오던 시적 긴장을 한순간에 해소시켜 놓고 있는 이 구절은 객혈의 고통을 견디기 위해 눈을 감고 입으로 피를 토하게 되는 순간을 묘사한다. 물론 여기에서는 과녁을 겨냥하기 위해 마치 한 눈을 감고 총을 쏘는 모양으로 그려진다. 총탄이 총구에서 격발되는 순간 번쩍 불꽃이 튄다. 불꽃 속으로 튕겨 나가는 총탄의 모습은 목구멍을 격하게 넘어와 입 밖으로 내뱉게 되는 피의 시각적 이미지와 겹친다.

이처럼 「오감도 시제9호 총구」는 병이라는 육체적 고통을 통해 이루어진 정신의 자기 투여 과정을 형상화하고 있다. 이 시에서 가장 주목되는 것은 몸 자체의 느낌이다. 몸이 먼저 어떤 증상을 말해 주고 어떤 느낌에 따라 움직여 준다. 이른바 '몸의 상상력'이라고 할 수 있는 어떤 힘이 몸 자체의 긴장과 촉감과 움직임을 작동시킨다. 대개의 사람들은 이러한 힘을 제대로 포착하지 못한다. 그러나 이상은 병이라는 특이한 체험을 통해 이 몸의 감각을 스스로 익힌다. 이 시에 등장하는 객혈의 충동은 총탄의 격발 순간으로 이미지화하면서 육체의 물질성에 대한 시적 인식의 지평을 열어 놓고 있다. 일반적으로 폐결핵은 호흡기와 관련된 다양한 증상을 수반한다. 기침이 가장 흔하며 이때 가래나 혈담(피 섞인 가래)이 동반되는 경우가 있다. 혈담은 피를 토해 내는 객혈로 나타나기도 하는데, 이런 증상이 나타나면 누구나 병에 대한 공포감에 휩싸인다. 실제로 빈번한 객혈은 대체로 병이 상당히 진행된 경우에 나타난다. 이 시에서는 견디기 힘들게 지속되는 기침과 거기 수반되어 나타난 객혈의 증상이 모두 몸 자체의 고통과 긴장을 유발한다. 그리고 이러한 몸의 긴장을 시적으로 묘사하기 위해 총탄을 발사하는 격발의 긴장된 순간을 비유적으로 끌어들이고 있다. 시적 화자는 사람의 목구멍과 입으로 이어지는 '소화기관'에서 유추를 통해 끌어낸 '총구'라는 파격적인 이미지를 시적 텍스트의 전면에 배치한다. 물론 이것은 일종의 수사적 장치로 텍스트에 동원한 것이지만, 이 작품이 폐결핵의 증상 가운데 하나인 기침과 거기에 이어지는 객혈의 순간을 감각적으로 포착해 내기 위한 고안임을 주목할 필요가 있다.

「오감도」에 그려진 가족과의 불화

이상은 백부의 슬하에서 성장하면서 일본 식민지 시대에 경성의 중산층이 아니고서는 꿈도 꾸어 보지 못할 고등보통학교를 다녔고 그 뒤에 최고의 이공계 전문학교에 해당하는 경성고공을 마쳤다. 보통 집안이라면 누구도 이러한 호사를 누릴 수가 없었을 것이다. 그렇지만 이상은 자신의 삶을 '공포의 기록'으로 적어 놓고 있다. 엄격한 백부의 훈도를 거역할 수 없었던 이상은 백부 집안의 복잡한 내력으로 갈등을 겪다가 백부가 사망한 뒤에야 그 그늘에서 벗어나게 된다. 그 후 이상은 요양지에서 만난 기생을 서울로 불러 올려 동거를 시작하면서 더욱 커다란 혼동과 고통 속으로 빠져든다. 이와 같은 그 자신의 삶의 경험과 갈등은 「오감도 시제2호」, 「오감도 시제6호」, 「오감도 시제7호」, 「오감도 시제14호」 등에서 확인된다.

「오감도 시제2호」는 '나'라는 시적 주체를 전면에 내세운다. 「오감도 시제1호」에서 인간 전체의 삶의 모습을 공중을 나는 까마귀의 시선으로 파악하여 단순하게 전경화(全景化)했던 것과는 달리 개별적인간으로서의 '나'라는 주체의 존재와 그 의미에 초점을 맞추고 있다. 시적 텍스트에서는 '나'라는 시적 주체와 '아버지'라는 시적 대상 사이의 관계에 대한 설명적 진술이 띄어쓰기 없이 이어진다. 그리고 마지막 문장을 '의문형'으로 종결함으로써 자기 진술 자체에 대한 의문을 강하게 표시하고 있다. 물론 이 시에서 '의문형' 종결법은 상대를 지정하여 묻는 것은 아니라 스스로에게 던지는 물음이며, 어떤 해답을 요구하는 것도 아니다. 일종의 수사적 표현으로 의문형을 쓴 '설의법'에 해당하기 때문이다. 이와 같은 외형적 특징은 이 시의 전체적인 의미를 이해하는 데 반드시 고려해야 하는 텍스트적 속성이라고 할 것이다.

> 나의아버지가나의곁에서조을적에나는나의아버지가되고또나는나의아버지의아버지가되고그런데도나의아버지는나의아버지대로나의아버지인데어쩌자고나는자꾸나의아버지의아버지의아버지의……아버지가되니나는웨나의아버지를껑충뛰어넘어야하는지나는웨드듸어나와나의아버지와나의아버지의아버지와나의아버지의아버지의아버지노릇을한꺼번에하면서살아야하는것이냐*

이 작품에서 시적 진술의 주체인 '나'는 시인 이상이 시적 텍스트 내에 설정해 놓은 서정적 자아에 해당한다. 이를 경험 세계 속의 시인 자신으로 읽어도 큰 무리는 없다. 여기에서 좀 더 '나'의 존재와 그 정체성의 인식 문제를 검토할 필요가 생긴다. '나'는 '나' 이외의 외부의 대상들과 대조되는 주체로서의 '나'를 가리킨다. 이 말은 가장 일상적으로 사용되는 상식적인 용어이기도 하지만 심리학적으로는 인격의 핵심 부분을 지칭한다. '나'는 자신에게 중심적 목적을 제공하고 삶의

---

*《조선중앙일보》, 1934. 7. 25.

의미를 산출함으로써 '나'로 하여금 자기 지향적이면서도 자기 지각적인 주체로서 기능하도록 하는 힘을 부여한다. 여기에서 '나'를 이루는 영역 가운데 가치의 축이 허약한 경우 '나'는 병리적으로 과도한 부담에 시달린다. 반대로 지나치게 가치를 요구받게 되면 오히려 죄책감에 시달리기도 한다.

이 시에서 '나'를 통해 진술하고 있는 것은 '아버지'에 관한 일이다. 여기에서 '아버지'는 시적 진술의 대상이 된다. 시적 진술의 주체인 '나'를 시인 자신이라고 한다면, '아버지'는 시인 자신의 아버지라고 할 수 있다. 그렇지만 시적 텍스트 내의 모든 진술 내용을 경험적 현실 속에서 이루어지는 시인 자신의 삶과 직결시켜 그 의미를 축소 제한할 필요는 없다. '아버지'는 가족적 혈연관계로 본다면 '나'의 존재를 가능하게 만들어 준 선대(先代)에 해당한다. '아버지'가 없다면 '나'라는 존재도 없다. 그만큼 '아버지'는 '나'의 존재에 절대적인 의미를 지닌다. 이 시에서 '아버지'는 현재 '나'의 곁에서 졸고 있다. 다시 말하면 아무런 활동도 하지 않는 무기력한 모습을 보여 준다. 이러한 아버지의 형상은 가족 안에서의 '부성(父性)'의 역할 부재 또는 부성적 기능의 상실을 암시한다. '아버지'가 가족 구성원들을 위해 아무런 역할도 하지 못하고 무기력한 상태에 빠져들어 있음을 말해 주는 것이다. 아버지의 역할 부재라는 상황 속에서 시적 화자인 '나'는 스스로 '아버지'로서의 역할을 감당하지 않으면 안 된다. 시인은 이를 두고 "나는 나의 아버지가 되고 또 나는 나의 아버지의 아버지가 되고……"라고 진술한다. 하지만 문제는 '아버지'를 대신하는 '나'의 역할에도 불구하고 '아버지'가 가지는 '아버지'로서의 존재 의미와 그 권위는 여전히 변함이 없다. "나의 아버지는 나의 아버지대로 나의 아버지"인 것이다. 이 같은 엄연한 사실을 놓고 '나'는 갈등에 빠져든다. 자신이 '아버지'의 역할을 대신하면서도 '아버지'의 존재와 그 의미와 권위를 인정해야 하기 때문이다. 이 시의 결말 부분은 "나는 왜 드디어 나와 나의 아버지와 나의 아버지의 아버지와 나의 아버지의 아버지의 아버지 노릇을 한꺼번에 하면서 살아야 하는 것이냐"라는 의문형으로 맺어진다. 여기서 '아버지'는 단순한 '나'의 '아버지'로 국한되지 않는다. "나의 아버지와 나의 아버지의 아버지와 나의 아버지의 아버지의 아버지"로까지 선대의 조상으로 거슬러 올라가고 있기 때문이다. 시인은 "아버지의 아버지"와 같은 중첩의 표현을 통해 '부성' 자체의 막중한 의미만이 아니라 그 혈통의 가계와 전통의 무게까지도 강조하면서 그 모든 무게를 감당해야 하는 자신의 난감한 처지를 자문하고 있는 것이다.

그런데 「오감도 시제2호」에서 설정하고 있는 시적 정황을 보면 '아버지'는 현재 '나'의 곁에서 졸고 있다. 아무런 역할도 하지 못하고 무기력한 상태에 빠져들어 있는 '아버지'를 대신하여 시적 화자인 '나'는 "나의 아버지가 되고 또 나는 나의 아버지의 아버지가 되고……"라고 진술한다. '나'를 중심으로 가계를 일련의 세대 개념으로 구조화함으로써 부계 제도의 질서를 그려 낸다. 여기에서 흥미로운 것은 "나는 나의 아버지가 된다."라는 진술이다. 이 진술은 시간의 논리로 본다면 명백한 사실적 모순을 드러낸다. 시간의 흐름을 따라가면 할아버지에서 아버지로 그리고 아버지에서 '나'로 이어지는 세대교체가 자연스러운 것이다. 시간은 언제나 과거로부터 현재로 이행하며 결코 과거로 돌아갈 수 없는 불가역성의 속성을 지니기 때문이다. 그런데 "나는 나의 아버지가 된다."라는 진술은 '나'를 기준으로 할 때 현재의 '나'로부터 '아버지'로 거슬러 올라감을 보여 준다. 이른바 시간의 불가역성이라는 논리를 거부하고 있는 셈이다. 이것은 시간적 논리로는 분명 모순이지만 인간의 삶에서는 가능한 논리이다. '나'는 스스로 '아버지'로서의 역할을 감당해야 하고 '아버지의 아버지' 역할도 감당해야 하는 것이다. 하지만 문제는 '아버지'를 대신하는 '나'의 역할에도 불구하고 '아버지'가 가지는 '아버지'로서의 존재 의미와 그 권위는 여전히 변함이 없다. '나의 아버지는 나의 아버지대로 나의 아버지'인 것이다. 이 같은 엄연한 사실을 놓고 시적 주체인 '나'는 갈등에 빠져든다. 자신이 '아버지'의 역할을 대신하면서도 '아버지'의 존재와 그 의미와 권위를 인정해야 하기 때문이다.

그렇기 때문에 시적 화자는 "나는 왜 드디어 나와 나의 아버지와 나의 아버지의 아버지와 나의 아버지의 아버지의 아버지 노릇을 한꺼번에 하면서 살아야 하는 것이냐"라고 묻고 있다. 이러한 질문은 시적 진술의 주체인 '나'를 통해 '주격의 나/목적격의 나'라는 정체성의 논리 구조를 되묻게 하는 것임은 물론이다. '목적격의 나'는 개인의 심리적 발달 과정에서 '주격의 나'가 의식하게 되는 정체성이다. '주격의 나'는 개인의 능동적이면서도 원초적인 의지이며 이 의지는 사회적 유대의 반영이라고 할 수 있는 '목적격의 나'를 장악한다. 그러므로 '나'는 '나'이며, '나' 이외의 다른 어느 것도 아니다. 하지만 이 시에서 '나'는 '목적격인 나'를 '아버지'와 '아버지의 아버지'와 '아버지의 아버지의 아버지'로 대체한다. 여기에서 '나'의 존재가 '나'가 아닌 다른 어떤 존재로 대체됨으로써 자기 정체성의 혼란이 야기되는 것이다. 현재의 '나'에 대응하는 "아버지, 아버지의 아버지, 아버지의 아버지의 아버지……"는 가족 또는 가문의 차원에서는 '조상(祖上)', '선조(先祖)'에 해당하며, 세대의 차원에서는 '기성세대'를 말한다. 시간상으로는 '과거'라고 할 수 있다. 그러므로 이 작품에서 '나'는 가문의 전통이나 기성세대의 권위나 과거의 역사에 대한 자신의 역할에 대해 의문을 표시하면서 이들로부터 벗어나고자 한다. 하지만 이 시에서 '나'라는 개인은 과거로부터 유래되는 제도와 관습과 전통의 무게를 결코 쉽게 벗어날 수 없다. 오히려 그 모든 역사적 책무를 감당하면서 살아가야 한다. 다시 말하자면, '나'는 '나' 자신의 존재를 분명하게 하기 위해서 '나'에게 부여된 아버지 역할을 수행해야만 하고, 과거의 역사와 전통이라는 커다란 굴레 안에서 그 무게를 감당해 내야만 하는 것이다.

◆ 「오감도」의 탄생

「오감도 시제14호」를 보면 시에서 동원하고 있는 "고성(古城)", "모자", "걸인", "장승", "돌"과 같은 시어들이 모두 낡은 것, 단단한 것, 닫힌 것, 고정된 것 등의 상징적 이미지를 드러낸다. "풀밭", "공중"과 같은 시어에서 느낄 수 있는 열린 것, 부드러운 것 등의 이미지와는 상반된다. 시적 화자인 "나"는 이 상반되는 이미지들이 작동하는 공간 속에서 "걸인"의 억압에 눌려 자기 욕망을 실현하지 못한 채 "기절"해 버림으로써 "고성"의 테두리에서 벗어나지 못한다. 그러므로 이 시에서는 시적 자아인 "나"의 내면적 갈등이 전통과 관습이라는 좀 더 복잡한 사회역사적 배경으로 확장되고 있다.

> 古城압풀밧이잇고풀밧우에나는내帽子를버서노앗다.城우에서나는내記憶에꽤묵어운돌을매여달아서는내힘과距離껏팔매질첫다.抛物線을逆行하는歷史의슯흔울음소리.문득城밋내帽子겻헤한사람의乞人이장승과가티서잇는것을나려다보앗다.乞人은城밋헤서오히려내우에잇다.或은綜合된歷史의亡靈인가.空中을向하야노힌내帽子의깁히는切迫한하늘을불은다.별안간乞人은慄慄한風彩를허리굽혀한개의돌을내帽子속에치뜨려넛는다.나는벌서氣絶하얏다.心臟이頭蓋骨속으로옴겨가는地圖가보인다.싸늘한손이내니마에닷는다.내니마에는싸늘한손자옥이烙印되여언제까지지어지지안앗다.

이 시의 텍스트는 "고성 앞 풀밭이 있고 풀밭 위에 나는 내 모자를 벗어 놓았다."라는 첫 문장의 진술을 통해 시적 정황을 그려 낸다. 시적 화자는 '고성' 앞의 풀밭에 자신이 쓰고 있던 '모자'를 벗어 놓는다. 여기에서 중요한 것이 '고성'과 '모자'라는 두 개의 시어가 지니는 상징적 의미이다. '성'은 닫혀 있는 하나의 영역을 표시한다. 경계가 분명하여 안과 밖이 서로 나뉜다. 이 첫 문장에서 화자는 '고성' 앞에 펼쳐진 풀밭에 서서 자신의 모자를 벗어 놓고 있으므로, 이미 성 밖에 서 있었던 셈이다. 이러한 정황으로 본다면 '고성'은 시적 화자를 가두어 두었던 닫힌 공간이었다고 할 수 있다. '모자'는 인간의 머리 위에 씌우는 것이라는 점에서 인간의 신분이나 지위 등을 뜻하기도 하고 머릿속에 담아 두고 있는 모든 사고와 가치를 암시하기도 한다. 그러므로 '모자'를 풀밭 위에 벗어 놓았다는 것은 시적 화자가 지녀 온 기존의 자기 위상은 물론 자신이 지켜 온 사고와 가치의 틀을 벗어 던졌다고 해석할 수 있다. 결국 이 시의 텍스트에서 시적 정황을 암시하는 첫 문장의 진술 내용은 기성의 권위와 관습과 가치와 구속으로부터 벗어나 끝없이 탈출하고자 하는 '나'의 자의식의 내면을 보여 주고 있다고 할 것이다.

실제로 이 시의 의미는 첫 문장에 이어지는 "성 위에서 나는 내 기억에 꽤 무거운 돌을 매어달아서는 내 힘과 거리껏 팔매질 쳤다."라는 진술을 통해 그 내용이 확장되고 구체화된다. 이 문장은 자신의 머릿속에 담겨진 모든 옛 생각을 떨쳐 버리기 위해 무거운 돌을 매달아 멀리 힘껏 내던져 버린다는 뜻으로 풀이된다. 그런데 뒤에 이어지는 "포물선을 역행하는 역사의 슬픈 울음소리."라는 구절은 그 의미가 단순하지 않다. 이 문장은 힘껏 내던진 돌이 획 하는 바람 소리를 내며 멀리 공중에서 날아가는 장면 그 자체를 연상시킨다. 하지만 이러한 표면적인 현상 자체를 통해 현재와 과거의 거리를 공간화하면서 자신이 떨쳐 버리고자 하는 기존의 가치와 사고의 공간적 반향을 비유적으로 표현하고 있는 것으로 이해할 수 있다. 시적 화자가 버리고자 하는 기억들에 대한 느낌은 '슬픈 울음소리'라는 이미지로 구체화된다.

그런데 모든 기성적 것으로부터 벗어나고자 시적 화자의 욕망은 쉽게 실현되지 못한다. 그 이유는 다음과 같은 진술을 통해 확인된다. "문득 성 밑 내 모자 곁에 한 사람의 걸인이 장승과 같이 서 있는 것을 내려다보았다. 걸인은 성 밑에서 오히려 내 위에 있다. 혹은 종합된 역사의 망령인가." 여기에서 '걸인'은 시적 화자인 '나'의 의식을 억압하고 있는 어떤 존재의 환영(幻影)에 해당한다. 하지만 '걸인'을 '종합된 역사의 망령'이라고 비유함으로써 단순한 개인적 차원을 넘어서는 역사적 의미를 획득하고 있다. 특히 "걸인은 성 밑에서 오히려 내 위에 있다."라는 진술에서 볼 수 있듯이 시적 화자는 '걸인'의 위상을 공간적으로는 비록 성 아래에 있지만 '나'보다 정신적 우위를 점하고 있는 존재로 인식하고 있음을 알 수 있다. 그렇기 때문에 시적 화자인 '나'는 '걸인'과의 구속적인 상하 관계에서 벗어나고 싶어 한다. 뒤에 이어지는 "공중을 향하여 놓인 내 모자의 깊이는 절박한 하늘을 부른다."라는 문장은 하늘을 향해 구원을 간구하는 '나'의 간절한 욕망을 암시하고 있다. 하지만 '나'의 구원에 대한 간곡한 소망은 실현되지 못한다. "별안간 걸인은 율률한 풍채를 허리 굽혀 한 개의 돌을 내 모자 속에 치뜨려 넣는다." '걸인'은 '나'의 의식을 짓누르듯이 힘을 다해 멀리 내던져 버린 무거운 돌을 다시 '나'의 모자 속에 치뜨려 넣고 있다. 말하자면 '걸인'은 내가 벗어던져 버리고자 했던 굴레를 '나'에게 다시 씌우고 있는 것이다.

이 시의 결말 부분에서 시적 화자는 '나는 벌써 기절하였다.'라고 진술한다. 절박한 상황에 직면한 '나'의 의식의 가위눌림 상태를 암시하는 대목이다. '나'는 아무리 노력해도 결코 '걸인'의 속박에서 벗어날 수 없다. "심장이 두개골 속으로 옮겨 가는 지도가 보인다."라는 진술은 육체의 내부에 대한 투시를 감각적으로 표현하고 있다. 실제로는 머리끝으로 피가 솟구쳐 오르는 격렬한 느낌을 구체화한 것이다. 기성적 가치와 그 권위를 대표하는 '걸인'과 거기에서 벗어나고자 하는 '나'의 격렬한 거부 반응이 대조적으로 드러난다. 그렇지만 '나'는 '걸인'의 요구와 걸인이 부여하는 의무를 거부할 수도 없고 그것을 넘어설 수도 없다. "싸늘한 손이 내 이마에 닿는다."라는 시적 진술에서 볼 수 있는 것처럼 '싸늘한 손'은 '나'의 격렬한 반발과 그 열정을 식어 버리게 만드는 '걸인(망령)'의 손이기 때문이다. 이 시의 마지막 문장에서

"내 이마에는 싸늘한 손자국이 낙인되어 언제까지 지워지지 않았다."
라는 진술은 기성적 권위와 그 억압으로부터 벗어날 수 없게 된 '나'의
입장을 암시하고 있다고 할 것이다.

「오감도 시제14호」에서 시적 화자인 '나'는 '나' 자신을 억압하고
있는 '걸인'의 존재와 대립한다. 이 작품에서 '걸인'은 낡은 사고와 기
성적인 가치에 얽혀 있는 '나'의 또 다른 모습일 수 있다. 그러므로 끝
없는 자유와 해방을 갈구하는 '나'는 낡은 사고와 이념, 틀에 박힌 윤
리와 가치에서 벗어나지 못하고 있는 '걸인'의 입장과 대립한다. '나'는
도피와 탈출을 꿈꾸고 '걸인'은 '나'를 억압한다는 이 대립적 양상은 욕
망과 그 억압이라는 내면 의식의 표출에 다름 아니다. 하지만 이상의
다른 작품에서는 도피하려는 '나'와 억압하려는 '아버지'의 이미지로
변용되기도 한다. 억압과 금지의 상징인 '아버지'로부터 벗어나지 못하
고 있는 '나'의 존재를 여러 작품에서 쉽게 찾을 수 있기 때문이다.

「오감도 시제6호」에서는 시적 대상으로 설정하고 있는 '앵무(鸚鵡)'
를 주목해야 한다. '앵무'는 우리나라에는 자생적으로 분포되어 있지
않은 새이지만 관상용으로 기르는 경우가 많아서 우리에게는 아주 친
숙하다. 앵무는 그 종류가 많은데, 몸집이 큰 것을 앵무새라고 하고 몸
집이 작은 종류의 것은 잉꼬라고 구별한다. 앵무는 암컷과 수컷 한 쌍
이 서로 어울려 오래 살아가는 새이기 때문에 흔히 금슬이 좋은 부부
를 '잉꼬부부'라고 한다. 하지만 이 작품에서는 '앵무'의 이 같은 속성
을 일종의 반어적 의미로 활용하고 있다. 이 시의 텍스트는 크게 전반
부와 후반부로 구분된다. 전반부에서 시적 진술의 대상이 되고 있는
것은 '앵무'이다. 여기에서 '앵무'는 시적 화자인 '나'와의 관계를 감추
고자 하는 이중적이고도 양면적인 태도를 보여 주고 있는 '부인'을 가
리킨다. '앵무'는 밖에 나가서는 '나'와의 부부관계가 드러나는 것을
싫어한다. 화자인 '나'는 이 같은 '앵무'의 태도에 대해 모멸감을 느끼

「오감도」의 탄생

게 된다. 후반부는 '나'의 입장을 설명하는 내용이 시적 진술의 중심
을 이룬다. '나'는 육체의 훼손(여기에서는 병을 암시함)으로 말미암아 스
스로 물러나와 자멸감에 빠져든다. '나'는 세간의 풍설에 지쳐 버린다.
그리고 이를 피해 도망친다.

　　　鸚鵡 ※ 二匹

　　　　　　二匹

　　　※ 鸚鵡는哺乳類에屬하느니라.

내가二匹을아아는것은내가二匹을아알지못하는것이니라. 勿論나는
希望할것이니라.

　　　鸚鵡　二匹

「이小姐는紳士李箱의夫人이냐」,「그러타」

나는거기서鸚鵡가怒한것을보앗느니라. 나는붓그러워서 얼굴이붉어
젓섯겟느니라.

　　　鸚鵡　　二匹

　　　　　　二匹

勿論나는追放당하얏느니라. 追放당할것까지도업시自退하얏느니라.
나의體軀는中軸을喪尖하고또相當히蹌踉하야그랫든지나는微微하게涕泣
하얏느니라.

「저기가저기지」,「나」,「나의—아—너와나」

「나」

sCANDAL이라는것은무엇이냐.「너」,「너구나」

「너지」,「너다」,「아니다 너로구나」 나는함

뿍저저서그래서獸類처럼逃亡하얏느니라. 勿論그것을아아는사람或
은보는사람은업섯지만그러나果然그럴는지그것조차그럴는지.*

―――――――

*《조선중앙일보》, 1934. 7. 31.

「오감도 시제6호」의 텍스트를 자세히 살펴보면 전반부의 경우 시적 진술이 외형상 대칭을 이루고 있다. 이러한 구성은 '앵무'의 양면성에 대한 진술 내용을 구체적으로 표현하기 위한 텍스트의 시각화라고 할 수 있다.

이 시에서 시적 진술의 주체는 '나'라는 시적 화자이다. '나'를 내세워 대상인 '앵무'의 행태와 속성을 설명하기도 하고 묘사하기도 한다. 첫 행의 '앵무'라는 말은 시적 대상을 직접적으로 지시한다. 그러나 뒤에 이어지는 '※ 2필/ 2필'이라는 말과 "※ 앵무는 포유류에 속하느니라."라는 말과의 의미상 연결 관계가 분명하게 드러나 있지 않다. 먼저 '앵무 ※ 2필/ 2필'을 살펴보자. 이 대목에서 사용하고 있는 문장부호 '※'는 단순한 시각적 효과를 겨냥하여 사용한 기호는 아니다. 이것은 앞에 놓인 '앵무'라는 말과 뒤에 오는 '2필/ 2필'이라는 말의 의미상 결합 관계를 말해 준다. 이 기호는 '＝'와 같은 등치(等値)의 관계를 내포하지만 그 등치 관계를 입증하기 위한 일련의 추론 과정을 전제한다. 그렇기 때문에 이 기호는 '그러므로' 또는 '그 결과에 의해' 등의 의미를 지닌 것으로 읽히게 된다. 이 같은 사실을 놓고 본다면 '앵무 ※ 2필/ 2필'이라는 대목은 '앵무'라는 말 자체에 대한 메타언어적 진술에 해당한다는 것을 알 수 있다. 시의 텍스트에서 사용되고 있는 '※'라는 기호가 이 같은 진술법의 특징을 암시한다.

이 시에서 첫 단락의 내용이 '앵무'라는 대상언어에 대한 메타언어적 진술로 이루어져 있다는 사실은 매우 중요하다. 메타언어라는 말은 대상을 지시하는 언어 그 자체에 대해 다시 언급하는 한 차원 높은 언어를 뜻한다. 일반적으로 '앵무'는 한 마리의 앵무새를 지시한다. 그런데 이 시에서는 '앵무'를 '2필(두 마리)'이라고 단정하고 있다. 이것은 물론 실제로 '앵무새가 두 마리 있다.'라는 뜻으로 해석할 수도 있다. 그렇지만 이렇게 해석할 경우에는 '※'라는 문장부호가 암시하는 기호적 의미가 제대로 드러나지 않는다. 앞서 지적한 대로 '앵무(鸚鵡)'라는 단어는 그 조어(造語) 상의 특징으로 보면 '앵무새'를 의미하는 '앵(鸚)'과 '무(鵡)'라는 두 개의 서로 다른 한자가 결합되어 이루어진 말이다. 그런데 한자 '앵'과 '무'는 서로 다른 기표임에도 불구하고 의미상으로는 동일한 기의에 해당하는 '앵무새'를 뜻한다. 두 개의 한자 가운데 어느 하나를 쓴다 해도 의미상으로는 '앵무새'를 나타내는 데에 부족함이 없다. 하지만 일상적인 언어생활에서 '앵'과 '무'가 분리되어 각각 홀로 앵무새를 뜻하는 말로 사용되는 예를 찾아보기 힘들다. '앵(鸚)'이라는 글자 또는 '무(鵡)'라는 글자 하나만으로 '앵무새'라는 대상을 지시할 수 있음에도 불구하고, 언제나 두 글자가 결합되어 '앵무'라는 하나의 대상을 지시하는 말로 사용된다. 엄밀하게 따진다면 '앵무'라는 말은 '앵무새(앵) 앵무새(무)'라는 동일 언어의 중복을 드러낸다. 이와 같은 이유 때문에 이 시의 화자는 '앵무'를 '2필'이라고 규정한다. 실제로 앵무새가 두 마리 존재한다는 것이 아니라 '앵무'라는 말 자체가 그 속에 두 마리의 앵무새 '앵'과 '무'를 포함하고 있다는 뜻이다. '앵무'라는 말 자체가 드러내는 동일 의미의 이중적 또는 중복적 기표를 지적한 것이라고 할 수 있다.

이제 '※ 앵무는 포유류에 속하느니라.'라는 대목을 보기로 하자. 이 대목 역시 '앵무'에 대한 일종의 메타언어적 진술법에 해당한다. 그러나 이 진술 내용에서 '앵무'를 '포유류'에 속한다고 설명한 것이 문제다. '앵무'는 '포유류'에 해당하는 것이 아니라, '조류'에 속하기 때문이다. 이 진술의 진위(眞僞) 문제를 놓고 볼 때 '앵무는 포유류에 속하느니라.'라는 진술은 실제와는 다른 명백한 '거짓' 진술에 해당한다. 그럼에도 불구하고 이 진술은 시적 텍스트의 공간 안에서 나름의 의미를 지닌다. 그것은 '앵무'라는 말이 실제의 앵무새 자체를 지시하는 것이 아니라 하나의 비유로 제시되고 있기 때문이다. 이를 좀 더 자세히 설명한다면, '앵무'는 실제의 앵무새가 아닌 포유류에 속하는 어떤 대상을 비유한 말이다. 이 경우 '앵무'라는 말은 원관념을 전제로 하는 은유가 된다. 그리고 '앵무는 포유류에 속하느니라.'라는 대목 자체도 비유적 표현으로 성립될 수 있는 것이다.

전반부의 첫 단락은 "내가 2필을 아아는 것은 내가 2필을 아알지 못하는 것이니라. 물론 나는 희망할 것이니라."라는 두 문장으로 끝난다. "내가 2필을 아아는 것은 내가 2필을 아알지 못하는 것이니라."라는 문장에서도 의미상의 모순을 드러낸다. '아는 것'과 '알지 못하는 것'을 등치의 관계로 결합시켜 놓았기 때문이다. 여기에서 '2필'은 '두 마리'를 지시하는 말이 아니라, '앵무'의 이중성 또는 양면성을 암시하는 말이다. 이 진술 속에는 '2필'의 실체를 제대로 알 수 없다는 부정적 의미가 내포된다. '앵무'로 비유된 대상의 이중성 또는 양면성을 제대로 이해하기 어렵다는 사실을 드러내기 위해 "아는 것 같기도 하고 알지 못하는 것 같기도 하다."라고 모호하게 표현하고 있는 셈이다. 둘째 단락은 "앵무 2필/「이 소저는 신사 이상의 부인이냐」,「그러타」/ 나는 거기서 앵무가 노한 것을 보앗느니라. 나는 붓그러워서 얼굴이 붉어젓섯겟느니라."라는 시적 진술로 이루어진다. 첫째 단락의 내용과는 직접적으로 연결되는 것은 아니지만 하나의 짤막한 에피소드가 요약적으로 제시되어 있다. 물론 여기에서도 시적 대상은 '앵무'이며 '2필'이라는 단서를 붙여 놓고 있다. 그런데 뒤에 이어지는 에피소드의 내용이 흥미롭다. '앵무 2필'이라고 제시된 문구 뒤에 짤막한 대화 한 대목이 제시된다. 누군가 "이 소저는 이상의 부인이냐?"라고 묻고 "그렇다."라는 대답을 누군가가 한다. 그런데 이 대화 끝에 "나는 거기서 앵무가 노한 것을 보았느니라. 나는 부끄러워서 얼굴이 붉어졌었겠느니라."라는 시적 화자의 진술이 뒤따라 이어지고 있다.

이와 같은 「오감도 시제6호」의 모순된 진술 내용이 무엇을 의미하는가에 대해서는 텍스트의 분석을 통해 밝혀내야 한다. 첫 행의 '앵무 2필'은 시적 정황을 설정하기 위한 하나의 전제에 해당한다. 이미 첫 단락의 분석을 통해 밝혀낸 것처럼 '앵무 2필'이라는 말은 '두 마리의

◆「오감도」의 탄생

앵무새'를 뜻하는 것이 아니다. '앵무'라는 말에 내포된 동일 의미의 중복을 지적한 것이다. 자신의 목소리를 위장하여 사람의 소리를 흉내 내는 '앵무'의 이중성의 본능을 드러내고 있는 것이다. 이러한 사실을 전제하고 보면 뒤에 이어지는 에피소드의 의미가 분명해진다. 이 에피소드에는 '나'라는 화자와 '아내'가 등장한다. 두 사람이 함께 서 있는데 누군가 아내를 가리키면서 "이 소저가 신사 이상의 부인이냐?"라고 묻는다. '나'는 당연히 "그렇다."라고 대답한다. 그런데 여기에서 문제가 생겨난다. 나의 대답에 아내가 화를 내고 있는 것이다. '나'의 아내라는 사실을 밝힌 것에 대해 아내가 화를 내니 '나'는 부끄러울 수밖에 없다. 물론 이 장면에 등장하는 대화 자체에도 이미 모순어법이 감춰져 있다. '소저(小姐)'라는 말과 '부인(夫人)'이라는 말은 분명 의미상의 충돌을 일으킨다. '소저'는 나이 어린 여자 아이를 지칭하는 말이고, '부인'은 남편이 있는 여인을 지칭한다. 이 질문에 숨겨져 있는 모순을 제거하려면 당연히 "이 여인이 신사 이상의 부인이냐?"라고 물었어야 한다. 그런데도 불구하고 '소저'라는 말을 사용한 것은 남들에게 어리고 젊게 보이고 싶어하는 여인의 욕망을 역이용한 것이라고 할 수 있다. 여기에서 두 가지 사실이 확인된다. 하나는 시적 대상으로 제시하고 있는 '앵무'가 앵무새가 아니라 시적 화자의 '아내'를 비유적으로 표현한 말이라는 점이다. 첫 단락에서 '앵무'를 '포유류'에 속한다고 진술했던 대목도 '아내'라는 대상을 놓고 본다면 그 의문이 쉽게 풀린다. 또 하나는 '아내'가 마치 앵무새처럼 자기 속내를 드러내지 않으며, 심지어는 남들 앞에서도 자신이 유부녀라는 사실을 감추고자 한다는 점이다. 아내가 보여 주는 이 이중적 행태 때문에 남편으로서의 '나'는 남 보기에 부끄러울 수밖에 없다.

이 시의 후반부는 화자인 '나'를 시적 진술 내용의 중심에 내세워 '나' 자신의 심경을 드러내도록 하고 있다. '나'의 형편을 둘러싼 여러 가지 소문이 "sCANDAL"이라는 영문 글자로 표시되면서 이리저리 뒤엉킨다. '나'를 둘러싼 이런저런 소문에 대해 사람들이 그 실상을 전혀 알지도 보지도 못하고 있다는 사실이 더욱 마음에 걸린다.

勿論나는追放당하얏느니라. 追放당할것까지도업시自退하얏느니라. 나의體軀는中軸을喪尖하고또相當히蹌踉하야그랫든지나는微微하게涕泣하얏느니라.

「저기가저기지」, 「나」, 「나의 ―아 ―너와나」

「나」

sCANDAL이라는것은무엇이냐. 「너」, 「너구나」

「너지」, 「너다」, 「아니다 너로구나」 나는함

뿍저저서그래서獸類처럼逃亡하얏느니라. 勿論그것을아아는사람或은보는사람은업섯지만그러나果然그럴는지그것조차그럴는지.

앞의 인용은 '나'에 관한 이런저런 사람들의 말이다. '나'는 '추방' 당한 존재이지만 사실은 스스로 물러난 처지이다. 경험적 현실로 비춰 본다면 이상 자신이 폐결핵으로 조선총독부 건축 기사직을 사퇴하고 일상적인 사회생활을 중단한 사실과 일치한다. '나'는 자신의 처지를 두고 좌절감에 빠져 버리지만 온천 요양지에서 만난 기생 금홍을 서울로 데려와 다방 제비를 개업하고 동거한다. 이 과정에서 이런저런 이야기들이 사실과는 관계없이 사람들 사이에서 만들어지고 전파된다. 그것이 바로 여기에서 지적하고 있는 "sCANDAL"이다. 이 뜬소문의 언어가 만들어 내는 배반감이 또 다른 상처가 되었음을 확인할 수 있다. 시적 화자인 '나'는 결국 이 근거 없는 소문과 손가락질 속에서 빠져나오기 위해 도망친다.

「오감도 시제6호」은 '앵무'라는 말에 대한 메타언어적 진술에서 비롯되는 특이한 패러독스의 상황을 제대로 이해하지 않고서는 그 의미를 파악하기 힘들다. 이미 앞에서 설명한 대로 시적 화자는 대상인 '앵무'를 '2필'이라고 규정하고 그것이 '포유류에 속한다.'라고 서술하고 있다. 한 마리의 앵무새를 두고 '2필'이라고 언급한다든지 조류에 해당하는 앵무새를 포유류라고 설명한 것은 분명 '참'이 아니다. 그렇지만 이러한 시적 진술은 그 언어 자체에 대한 자기 언급을 통해 스스로 참이 될 수 있다는 사실을 입증해 보이기도 한다. 실제로 '아내'를 '앵무'로 비유함으로써 '앵무'가 포유류에 속한다는 사실을 확인할 수 있게 만들어 놓고 있는 것이다. 그리고 이 '앵무'와 같은 '아내'가 '소저'와 '부인'이라는 두 가지 말로 지칭된다는 점, '나'의 아내임에도 불구하고 유부녀로 지칭되기보다는 '소저'로 불리기를 바라는 이중적 태도를 아내가 보여 주고 있다는 점 등을 통해 '두 마리의 앵무'라는 언급도 가능함을 확인하게 된다. 그런데 이 시의 후반부는 진위를 확인하지 않은 채 떠도는 이런저런 말들의 정체가 '나'와 '아내'에 관한 스캔들을 통해 적나라하게 해체된다. '나'라든지 '너'라는 인칭대명사는 주체와 대상을 분명하게 갈라놓는다. 그러나 일상적인 언어의 세계에서 이런 말들은 그 지시 대상과는 관계없이 마구 쓰인다. '스캔들'이라고 지칭되는 모든 이런저런 소문들은 그 근원을 확인할 수 없이 번져 나가면서 그 언어의 주체를 배반하고 그 대상을 상처 낸다. 인간은 언어로 생각하고 언어로 생활하지만 언어 현실은 개인마다 다르게 사용하는 언어들보다 훨씬 더 복잡하고 때로는 모순적이다. 「오감도 시제6호」는 바로 이 같은 실재와 언어의 거리 문제를 '나'와 '아내'의 관계를 통해 제시하고 있는 것이다.

　「오감도 시제6호」의 첫머리에 "앵무 ※ 2필 / 2필/ ※ 앵무는 포유류에 속하느니라."라는 문구를 전제해 놓고 있다. 그리고 이를 통해 언어와 그것이 지시하는 대상과의 연관 관계를 여러 가지 차원에서 검토하면서 그 불완전함에 이의를 제기한다. '앵무'라는 말이 지니는 조어(造語)상의 특징을 들어 기표의 양면성과 기의의 동일성을 예시하고, '아내'를 지칭한 '소저'와 '부인'이라는 말의 용법과 그것에 대한 아내의 반응을 문제 삼기도 한다. 그리고 스캔들이라는 말로 지목되는 이 런저런 소문을 이끌고 있는 인칭대명사와 지시대명사의 용법에 대해 서도 이상은 불만을 표시한다. 이처럼 이상은 사물의 인식과 태도의 문제에 연관되는 이른바 '언어의 배반'을 문제 삼고 있다. 그는 문학 텍스트 안에서 언어 자체의 모호성과 그것이 실제의 생활에서 드러내 는 패러독스의 상황에 도전하고자 했던 것이다. 「오감도 시제6호」는 시적 소재가 시인 자신의 사적 체험 영역인 여성 문제와 겹쳐 있기는 하지만, 이 작품이 문제 삼는 것은 그러한 소재의 내용이 아니다. 이상 자신은 경험적 현실의 한 부분을 시적 정황 속으로 끌어들이면서 언어 자체의 본질적 속성을 문제 삼아 언어가 얼마나 불완전하며 실재의 세 계와 얼마나 거리를 두고 있는지를 특이한 모순어법을 통해 제시하고 있다. 이러한 언어 인식의 문제는 현실 세계와 그 속에서 이루어지는 인간의 삶을 리얼리티의 원칙에 따라 반영하고자 했던 기존의 문학에 대한 근본적인 반성을 전제로 한다는 점에서 더욱 주목되는 것이다.

「오감도 시제7호」는 텍스트 전체가 한문투의 의고법(擬古法)을 수 사적으로 활용하고 있기 때문에 그 진술 내용에 쉽게 접근하기 어려 울 정도로 낯설고 까다롭다. 이 작품에 대한 분석이나 해설이 제대로 이루어지지 않은 것은 바로 이 때문이다. 그런데 이 시의 텍스트의 한 문 구절들은 의도적으로 '·'(가운뎃점)에 의해 분절되고 있다. 이 특이 한 문장부호의 활용을 통해 한문 구절의 문맥을 어느 정도 가늠할 수 있도록 배려하고 있는 셈이다. 한문 구절의 중간중간에 표시되어 있는 이 가운뎃점은 독자의 접근을 어렵게 만드는 난해한 한문 구절을 시각 적으로 분절해 놓음으로써 그 의미의 전후 관계를 따져 볼 수 있도록 만들고 있다. 하지만 이 시의 의미 구조를 이해하기 위해서는 한문 구 절의 정확한 해독이 반드시 전제되어야 한다.

久遠謫居의地의一枝·一枝에피는顯花·特異한四月의花草·三十輪·三十輪
에前後되는兩側의 明鏡·萌芽와갓치戱戱하는地平을向하야금시금시落魄
하는 滿月·淸澗의氣가운데 滿身瘡痍의滿月이劓刑當하야渾淪하는·謫居
의地를貫流하는一封家信·나는僅僅히遮戴하얏드라·濛濛한月芽·靜謐을
蓋掩하는 大氣圈의遙遠·巨大한困憊가운데의一年四月의空洞·槃散顚倒
하는星座와 星座의千裂된死胡同을 跑逃하는巨大한風雪·降霉·血紅으로
染色된岩鹽의粉碎·나의腦를避雷針삼아 沈下搬過되는光彩淋漓한亡骸·
나는塔配하는毒蛇와가치 地平에植樹되어다시는起動할수업섯드라·天亮
이올때까지*

　이 시에도 '나'라는 시적 화자가 등장한다. '나'는 모든 시적 진술의
주체로서 텍스트의 내적 구조를 지탱하는 중심에 자리잡고 있다. 전체
텍스트는 '나'를 서술의 주체로 내세우고 있는 두 개의 문장으로 구성
되어 있는데, 각각 전반부("久遠謫居의地의一枝"에서 "遮戴하얏드라"까지)
와 후반부("濛濛한月芽"에서 끝까지)를 이루면서 시간적으로 선후 관계
를 드러내는 시적 정황과 그 변화 과정을 설명해 주고 있다. 전반부의
서두에서 "구원적거의 지"는 시적 정황을 구체화하는 어떤 장소를 암
시하고, '4월'은 바로 그곳에서 어떤 일이 생겨난 때를 말해 준다. 그리
고 '삼십륜'은 해가 서른 바퀴를 도는 동안이라는 한 달 동안의 기간을
표시한다. 이러한 요소들을 종합해 보면 시적 화자인 '나'는 먼 유적(流
謫)의 땅에서 4월 한 달 동안을 지냈다는 사실이 확인된다. 그런데 그
유적의 땅에 꽃 한 송이가 피어 있다. 특이한 4월의 꽃이다. 여기에서
'꽃'은 여인을 암시한다. '나'는 해가 서른 바퀴를 도는 한 달 동안 그
꽃과 서로 대면하면서 아무것도 헤아릴 수 없는 상태가 되도록 깊이
빠져든다. '만월(滿月)'에서 '만월'까지로 구체화되어 있는 한 달 정도

---

*《조선중앙일보》, 1934. 8. 1.

의 기간 동안 '나'는 시간의 흐름을 전혀 의식하지 못한 채 '만신창이'가 되어 버린다. 이때 가족들이 보낸 편지(一封家信)가 이 유적의 땅에 날아온다. '나'는 간신히 그 편지를 받는다. 이 전반부의 진술 내용에서 핵심을 이루고 있는 시적 모티프는 유적의 땅에서 이루어진 한 여인과의 만남이다. 이 만남은 한 달가량 지속되었지만, 행복한 것도 아니고 예사로운 일도 아니다. 시적 화자인 '나'는 이 여인에게 빠져들어 만신창이가 되고 코를 베는 형벌을 받은 것처럼 체면을 크게 잃게 되었다고 고백하고 있기 때문이다.

그런데 이러한 시적 진술은 시인 자신이 23세가 되던 1933년 봄에 폐결핵으로 황해도 배천온천에 요양했던 개인적인 체험의 영역과 상당 부분 겹쳐 있다. 이상 자신이 요양지인 배천온천에서 '금홍'이라는 기생을 만나 깊은 인연을 맺게 된 사연은 널리 알려진 일이다. 이상이 폐결핵이라는 병으로 직장을 사직하고 요양을 떠났던 곳이 배천온천이므로 이곳을 "구원적거의 지"라는 말로 시 속에서 표현하는 것이 별로 어색하지 않다. 가족과 헤어져 낯선 곳에서 혼자 지내면서 병으로 인한 고통과 싸워야 했기 때문이다. 이 고통의 시기에 만나게 된 '꽃'이 바로 기생 '금홍'임은 의심의 여지가 없다. 그런데 양반의 자제로 태어나 총독부의 건축 기사로 일했던 이상의 입장에서 본다면 거리의 여인에 불과한 온천장 술집 기생과의 사랑이란 한낱 '봄바람' 정도에 불과한 일이다. 하지만 이러한 일탈 자체를 스스로 견디기 어려운 "코를 베는 형벌"처럼 부끄럽고 수치스러운 일이라고 생각했다는 사실도 주목하지 않으면 안 된다.

이 작품의 후반부는 전반부와는 다른 시적 정황을 그려 낸다. 여기에서도 어떤 상황이 지속된 기간을 '1년 4월'이라는 말로 표시한다. 그리고 그 기간이 거대한 곤비(困憊)의 시기였고, 공동(空洞)에 해당했음을 밝히고 있다. 특히 헤어날 길이 없는 각박한 현실을 막다른 골목을 의미하는 '사호동(死胡同)'이라는 말로 규정한다. 시의 후반부에서 시적 화자를 둘러싸고 있는 상황은 "거대한 풍설·강매(降霾)·혈홍으로 염색된 암염(岩鹽)의 분쇄(粉碎)" 등의 거칠고 세찬 느낌을 주는 이미지로 묘사되어 있다. 그리고 '나'는 "탑배하는 독사"에 비유되어 밖으로 나갈 수 없이 탑 안에 갇힌 채로 기동할 수 없는 상태에 빠져들었음을 보여 준다. '나'는 이 혼동과 고통의 세월 속에서 다시 새벽이 되어 날이 밝게 되기까지 기다린다. 이 후반부의 진술 내용에서 주목되는 것은 거대한 곤비 가운데의 1년 4개월이라는 구체적인 기간이다. 이 기간은 시적 텍스트의 전반부 내용과 이어지는 맥락을 고려해 보면 실제로 시인 이상이 1933년 봄 배천온천에서 금홍을 처음 만난 시기부터 1934년 연작시 「오감도」를 발표할 무렵까지의 기간과 거의 일치한다. 이상은 배천온천에서 한 달 정도의 요양 생활을 마친 후 서울로 올라와 다방 제비를 개업하고 금홍과의 동거 생활을 시작하면서 「오감도」를 발표하기까지 무려 1년 4개월의 기간을 보내고 있었던 것이다. 이처럼 「오감도 시제7호」에서 비유적으로 표현하고 있는 시적 모티프들은 시인 이상 자신의 사적인 체험과 상당 부분 그대로 연결되어 있다. 그가 폐결핵으로 직장을 쉬게 된 후 배천온천으로 요양을 떠났다가 그곳에서 금홍이라는 여인을 만나게 된 과정, 서울로 올라온 후 다방 제비를 개업하면서 금홍과 동거했던 사실 등은 널리 알려진 일이다. 이러한 자기 체험의 영역을 고백의 형식을 빌려 시적 텍스트로 바꾸어 놓은 것이 바로 「오감도 시제7호」라고 할 것이다.

그런데 「오감도 시제7호」에서 시적 화자는 난해한 한문 구절을 통해 구체적인 진술 내용을 압축함으로써 자기감정이나 정서적 파장 등을 절제하고 있다. 이 특이한 문체는 시적 화자가 겪어야 했던 고통과 괴로움을 한데 압축하고 그 내면 의식을 숨기기 위한 일종의 수사적 장치라고 할 수 있다. 이 시에서 자기모멸과 회한의 정서는 낯선 한문 구절의 기표 속에 감춰진다. 하지만 이상은 이 시에서 동원하고 있는 난해한 한문 투와 그 요약적이고도 압축적인 진술 내용을 소설 「봉별기」(《여성》, 1936. 12)의 이야기를 통해 구체적으로 서사화한 바 있다. 이 소설의 '나'라는 주인공은 스물셋의 나이에 결핵 요양을 위해 온천장에 갔다가 그곳 술집에서 '금홍'이라는 여인과 만난다. 두 사람은 서로 가까워진다. '나'는 온천장으로 떠나 서울로 돌아온 후에 금홍을 서울로 불러올린다. 그리고 함께 살게 된다. 그러나 두 사람의 생활은 서로 조화를 이루지 못한다. 금홍은 몇 차례의 출분을 거듭하다가 결국은 가출한다. 그리고 이들은 서로 헤어진다. 이 작품에 등장하는 '나'는 경험적 자아로서의 작가 이상의 삶의 과정과 상당 부분 일치한다. 그리고 '나'의 상대역인 금홍도 이상이 한때 같이 살았던 실제 인물이라는 점을 확인할 수 있다.

「오감도」와 자의식의 세계

이상은 「오감도」에서 자신의 모습을 시적 텍스트 속에 직접적으로 투영하는 방식을 통해 주체의 인식과 그 시적 형상화의 가능성에 도달하게 된다. 대상화된 주체를 그려 내는 이 특이한 방법은 전통적인 의미의 서정적 진술과는 전혀 다르기 때문에 존재론적인 차원에서 별도의 논의를 가능하게 한다. 그는 시적 형식을 통해 주체의 정서를 표현하는 것이 아니라 자아의 형상을 시적 대상으로 삼아 이를 여러 각도에서 보여 주고 있는 것이다. 그러므로 시적 주체는 텍스트 안에서 대상화되어 마치 사물처럼 분석되기도 하고 해체되기도 한다. 「오감도 시제10호」, 「오감도 시제13호」, 「오감도 시제15호」의 경우가 이에 해당한다.

「오감도 시제10호」에는 "나비"라는 부제가 붙어 있다. 여기에서 '나비'는 시적 공간을 넘나드는 하나의 상징이다. 특히 '나비'라는 시어를 중심으로 두 개의 서로 다른 시적 진술이 결합되어 하나의 텍스트를 구성하고 있는 점이 주목된다.

찌저진壁紙에죽어가는나비를본다. 그것은幽界에絡繹되는秘密한通話口다. 어느날거울가운데의鬚髥에죽어가는나비를본다. 날개축처어진나비는입김에어리는가난한이슬을먹는다. 通話口를손바닥으로꼭막으면서내가죽으면안젓다이러서듯키나비도날러가리라. 이런말이決코밧그로새여나가지는안케한다.*

이 작품에서는 모두 여섯 개의 문장이 시적 진술에 동원된다. 맨 앞의 두 문장은 "찢어진 벽지에 죽어 가는 나비를 본다. 그것은 유계에 낙역되는 비밀한 통화구다."라고 되어 있다. 여기에서 '나비'는 공중을 날고 있는 살아 있는 '나비'가 아니다. "찢어진 벽지에 죽어 가는 나비를 본다."라는 진술에서 확인할 수 있듯이 '찢어진 벽지'가 곧 '나비'의 형상과 겹쳐진다. 시적 화자는 벽에 발라 놓은 벽지 일부가 찢어진 채로 늘어져 붙어 있는 모양을 보면서 '죽어 가는 나비'의 형상을 연상하고 있는 것이다. 일반적으로 '나비'라는 시어는 영혼을 상징하거나 빛의 세계를 지향하는 무의식적 매혹을 의미한다. 물론 이 속에 생명의 의미가 숨겨져 있다. 여기에서 중요한 것은 '나비'가 지향하고 있는 지점이다. 시적 텍스트에서는 벽지가 찢어진 부분을 "유계와 낙역되는 비밀한 통화구"라고 비유적으로 묘사한다. 찢어진 벽지의 모양을 죽어가는 나비에 비유하고 있는 것과 연결하여 보면, '나비'는 죽음의 세계인 '유계'를 향하고 있는 것이다. 현실의 세계와 죽음의 세계를 가로막고 있는 벽에 생겨난 비밀스러운 통로를 통해 현실의 세계에서 빠져나가려 하고 있기 때문이다.

---

* 《조선중앙일보》, 1934. 8. 3.

그런데 시적 텍스트 중간의 두 문장은 "어느날 거울 가운데의 수염에 죽어 가는 나비를 본다. 날개 축 처어진 나비는 입김에 어리는 가난한 이슬을 먹는다."라고 되어 있다. 이 두 개의 문장에서 진술되고 있는 내용은 서두의 두 문장과는 전혀 다른 시적 정황을 그려 낸다. 이 대목은 거울 속의 자신의 모습을 보면서 자기 얼굴에 돋아난 수염의 형상을 '나비'의 모습에 비유하고 있는 것이다. 여기에서도 '나비'는 살아서 날고 있는 것이 아니라 "죽어 가는 나비"로 묘사된다. 물론 '나비'라는 시어는 볼품없이 처져 있는 수염의 모양을 비유적으로 표현한 것이다. 입 주변에 볼품없이 돋아나 있는 수염을 보면서 그것이 "입김에 어리는 가난한 이슬"을 먹고 있는 "날개 축 처진 나비"와 같다고 생각하고 있는 것이다.

이와 같이 시적 텍스트의 서두에서 진술하고 있는 내용과 중반의 진술 내용은 외견상 서로 아무런 관련성을 지니고 있지 않다. 하지만 서두와 중반부에서 확인되는 시적 진술의 공통점이 하나 있다. 그것이 바로 '죽어 가는 나비'라는 이미지이다. '찢어진 벽지'를 통해 연상된 것도 '죽어 가는 나비'이고, 거울을 통해 비춰 본 자신의 초라한 '수염'에서도 '죽어 가는 나비'를 연상하고 있는 것이다. 결국 이 작품의 텍스트에서 서두와 중반부의 시적 진술은 '죽어 가는 나비'라는 이미지를 통해 내적 연관성을 획득하게 된다.

「오감도 시제10호」의 후반부는 '통화구(通話口)를 손바닥으로 꼭 막으면서 내가 죽으면 앉았다 일어서듯이 나비도 날라가리라. 이런 말이 결코 밖으로 새어나가지는 않게 한다.'라는 두 문장으로 구성되어 있다. 이 문장들이 암시하는 의미를 이해하기 위해서는 '통화구'라는 시어에 다시 주목해야 한다. '통화구'는 이미 서두에 한번 등장했고, 벽지가 찢어진 부분을 비유적으로 표현한 것이다. 그런데 시적 텍스트의 후반부에서 '날개 축 처진 나비'의 형상을 하고 있는 수염의 볼품없는 모습을 놓고 생각한다면, 이 '통화구'라는 시어는 시적 화자의 초라한 삶을 이끌어 가는 '입'을 암시하는 것으로 해석할 수 있다. 호흡이 이루어지고 음식을 먹는 곳이 바로 입이다. 입이 막히면 사람은 살 수가 없다. 그러므로 입은 삶과 죽음을 이어 주는 '통화구'에 해당한다. 여기에서 "통화구를 손바닥으로 꼭 막으면서 내가 죽으면 앉았다 일어서드키 나비도 날라가리라."라는 문장은 손으로 입을 막고 내가 죽게 될 경우를 가정한다. 내가 입을 손으로 막고 죽게 되면 나비 모양의 수염도 보이지 않게 된다. 수염이 모두 손으로 가려졌기 때문이다. 시적 화자는 이러한 상황을 놓고 나의 죽음과 함께 '나비'가 날아가 버린 것으로 설명한다. 시의 마지막 문장인 "이런 말이 결코 밖으로 새어나가지는 않게 한다."라는 구절은 시적 화자의 자기 의지를 보여 준다. 이 구절은 "통화구를 손바닥으로 꼭 막으면서 내가 죽으면"이라고 설명했던 자기 행위에 대한 일종의 메타적 진술에 해당하는 것이지만 자신의 생각을 누구에게도 말하지 않을 것임을 스스로 다짐하는 의지의 표현으로 읽을 수도 있다.

「오감도 시제10호」에서 '가난한 이슬'을 받아먹으면서 '날개 축 처진 채 죽어 가는 나비'는 결국 시적 화자의 정신세계의 위축 상태를 암시한다. 그러나 이 '나비'는 '통화구를 손바닥으로 꼭 막으면서 내가 죽으면' 나의 육신을 떠나게 된다. 내가 살아 있는 동안에는 '가난한 이슬을 먹으면서' 죽어 가던 '나비'는 내가 죽으면 '앉았다 일어나듯이' 나를 떠나 버린다. 그러므로 여기에서 '나비'는 그 존재 자체가 하나의 역설에 해당한다. 내가 살아 있는 동안에 나비는 죽어 가고, 내가 죽으면 나비는 살아서 날아가기 때문이다. 이 시에서 시적 진술의 대상으로 삼고 있는 '수염'의 경우도 역시 육체의 표피에서 돋아나는 것이지만 피부가 지니고 있는 감각적 기능이 소멸된 죽어 버린 조직이다. 살아 있는 것처럼 성장을 하면서도 죽은 것처럼 아무 감각이 없는 이 조직은 인간 육체의 물질성을 그대로 보여 준다. 시인 이상은 바로 이러한 육체의 물질성을 '수염'을 통해 주목한다. 그리고 '수염'을 '죽어 가는 나비'로 비유함으로써 삶과 죽음의 의미를 동시에 담아낼 수 있게 된다. 그러므로 이 시에서 '나비'는 시적 화자인 '나'의 육신의 죽음에 대응하는 상징적 의미를 지니고 있다. 그것은 육체의 죽음 혹은 소멸과는 전혀 다른 지향점을 드러낸다는 점에서 정신적 부활을 의미할 수도 있고 새로운 삶을 향한 환생의 의미로 해석할 수도 있다. 가난한 이슬을 먹으면서 죽어 가던 나비는 나의 죽음과 함께 나를 떠난다. 육신의 죽음으로부터 벗어나게 되는 것이다. 결국 나비는 나의 죽음을 통해 살아난다. 나의 죽음 앞에서 나비의 환생이 극적으로 이루어지는 것이다.

「오감도 시제13호」는 텍스트 전체가 모두 다섯 개의 문장으로 구성되어 있는데 이 다섯 개의 문장을 통해 진술하는 내용은 매우 특이한 장면을 보여 준다. 이 시에서 "내 팔이 면도칼을 든 채로 끊어져 떨어졌다."라는 첫 문장은 육체의 일부가 절단 분리되었음을 말해 준다. 이러한 특이한 체험은 물론 현실에서는 불가능하다. 그러나 초현실주의 이후의 미술에서는 이와 같은 육체의 변형이 자주 등장한다. 시적 대상으로서 제시된 '끊어진 팔'은 인간의 육체에 대한 의도적인 왜곡과 변형이며, 그 자체가 초현실주의적 상상력의 소산이라고 할 수 있다.

내팔이면도칼을 든채로끈어저떨어젓다. 자세히보면무엇에몹시 威脅당하는것처럼샛팔앗타. 이럿케하야일허버린내두개팔을나는 燭臺세음으로 내 방안에裝飾하야노앗다. 팔은죽어서도 오히려나에게怯을내이는것만갓다. 나는이런얇다란禮儀를花草盆보다도사량스레녁인다.*

「오감도 시제13호」는 '팔'의 절단 분리라는 가혹한 육체적 훼손과

---

*《조선중앙일보》, 1934. 8. 7.

◆ 「오감도」의 탄생

그에 따르는 고통을 내면화하고 있다. 인간이 자신의 팔을 면도칼로 잘라 버린다는 것은 상상하기 힘든 일이다. 그러나 마치 칼로 팔을 자르듯이 어떤 기능을 수행하지 못하도록 스스로 억제하는 경우는 얼마든지 가능하다. 이러한 가정에서 출발한다면 이 시가 시인 자신의 체험 영역에서 억제된 욕망과 관련되어 있다는 사실을 부인하기 어렵다. 다시 말하면 이 시의 내용 자체가 시인 자신의 특별한 체험 영역의 상상적 재현과 관련되는 것이 아닌가 생각된다. 여기에서 '끊어진 팔'은 인간의 육체 가운데 팔이 수행하던 기능의 상실을 의미한다는 점에서 여러 방향으로 그 해석이 가능해진다. 물론 이 시에서 '끊어진 팔'은 아주 폐기된 것은 아니다. "이렇게 하여 잃어버린 내 두 개 팔을 나는 촉대 세움으로 내 방 안에 장식하여 놓았다."라는 진술에서처럼 팔을 촉대처럼 세워 방 안에 장식해 두었다는 것이다. 그런데 주목해야 할 점은 내 육체로부터 절단되어 분리된 '팔'과 '나' 자신의 관계이다. '팔'은 무엇인가에 위협당하는 것처럼 파랗게 질려 있고, 나에게 겁을 내는 것처럼 느껴지기도 한다. 그렇지만 나는 오히려 이러한 모양을 사랑스레 여긴다고 밝히고 있다. 이처럼 이 작품은 시적 화자가 자신의 육체의 일부를 절단 분리해 놓고 그것을 대상화하고 있는 셈이다. 물론 이 시에서 시적 화자인 '나'는 '팔'이 끊어진 상태이기 때문에 손으로 할 수 있는 중요한 모든 활동이 중단될 수밖에 없는 상황임을 알 수 있다.

시인 이상은 화가를 꿈꾸었다. 하지만 집안 어른들은 그가 관심을 두고 있는 미술을 이해하려 하지 않았다. 그는 경성고등공업학교에서도 혼자서 미술을 그렸고, 총독부 건축 기사가 된 후에도 미술에 대한 꿈을 버리지 못했다. 그는 자신이 폐결핵을 심하게 앓고 있다는 사실을 알게 되고서야 그림을 포기한다. 그림물감의 지독한 냄새가 몸에 해로울 것이라는 가족들의 걱정도 한몫을 했던 것이다. 이러한 개인사적 체험을 전제할 때 「오감도 시제13호」에서 그려 낸 환상적인 이미지는 캔버스를 앞에 놓고 나이프를 들고 페인트 물감으로 그림을 그렸던 시인의 경험을 바탕으로 하는 것이 아닌가 생각된다. 그림을 그릴 때는 물감이 옷소매 자락에 묻는 것을 막기 위해 손목에서부터 팔꿈치까지 닿는 '토시'를 하는 경우가 많다. 그림 그리기를 마치면 '토시'를 벗어 나란히 걸어 놓는다. 그런데 회화용 나이프 옆에 '토시'를 벗어 놓은 것이 마치 자신의 팔이 칼을 든 채로 잘린 것처럼 보이게 된다. 이상 자신이 그림 공부에 집착했던 사실을 놓고 본다면 그림을 그린다는 것 자체를 언제나 소중하게 여겼으리라는 것을 쉽게 짐작할 수 있다. 이 작품의 마지막 대목에서 이를 확인할 수 있다. 그림을 더 이상 그릴 수 없게 된 것은 마치 '팔'을 끊어 낸 것처럼 고통스러운 일이다. 스스로 꿈을 포기하면서 빠져드는 절망감을 감당하기 어려웠을 것이다. 그는 그림을 더 이상 그리지 못하게 되자, 그림 그릴 때 사용했던 나이프와 토시를 함께 촛대처럼 세워 둔다. 그러고는 화가로서의 꿈을 키웠던 지난날들을 돌이켜보곤 하는 것이다. 하지만 잘려 나간 '팔'이 '나' 자신에 대해 겁을 내는 것처럼 느껴진다. 병으로 인하여 미술에 대한 꿈과 욕망을 스스로 포기해 버린 이상은 자신의 내면에 담겨 있는 미술에 대한 갈망과 애착을 이렇듯 환상적으로 그려 내고 있는 것이다.

「오감도 시제15호」는 연작시 「오감도」의 마지막 작품이다. 1934년 8월 8일 발표된 이 작품을 마지막으로 그 연재가 중단되었다. 이 시에서 핵심적인 의미를 함축하고 있는 '거울'은 이상 문학에서 가장 중요한 상징의 하나로 자주 등장하고 있다.

1

나는거울업는室內에잇다. 거울속의나는역시外出中이다. 나는至今거울속의나를무서워하며떨고잇다. 거울속의나는어디가서나를어쩌케하랴는

陰謀를하는中일가.

2

罪를품고식은寢床에서잣다. 確實한내꿈에나는缺席하얏고義足을담은 軍用長靴가내꿈의 白紙를더럽혀노앗다.

3

나는거울잇는室內로몰래들어간다. 나를거울에서解放하려고. 그러나거울속의나는沈鬱한얼골로同時에꼭들어온다. 거울속의나는내게未安한뜻을傳한다. 내가그때문에囹圄되어잇듯키그도나때문에囹圄되여떨고잇다.

4

내가缺席한나의꿈. 내僞造가登場하지안는내거울. 無能이라도조흔나의孤獨의渴望者다. 나는드듸어거울속의나에게自殺을勸誘하기로決心하얏다. 나는그에게視野도업는들窓을가르치엇다. 그들窓은自殺만을爲한들窓이다. 그러나내가自殺하지아니하면그가自殺할수업슴을그는내게가르친다. 거울속의나는不死鳥에갓갑다.

5

내왼편가슴心臟의位置를防彈金屬으로掩蔽하고나는거울속의내왼편가슴을견우어拳銃을發射하얏다. 彈丸은그의왼편가슴을貫通하엿스나 그의心臟은바른편에잇다.

480

模型心臟에서붉은잉크가업즐러젓다. 내가遲刻한내꿈에서나는極刑을바
닷다. 내꿈을支配하는者는내가아니다. 握手할수조차업는두사람을封鎖
한巨大한罪가잇다.

　이 작품에서 시적 화자인 '나'는 '거울'을 들여다보면서 '거울 속
의 나'와 마주한다. 이때 현실 속에 존재하고 있는 경험적 자아로서의
'나'와 '거울 속의 나' 사이에는 외형상 아무런 차이가 없음에도 불구
하고 근접할 수 없는 거리감과 부조화가 드러난다. 시적 화자는 '거울'
이라는 대칭면을 중심으로 일어나는 물리적 현상으로서의 반사작용
을 통해 '나'와 '거울 속의 나'의 관계를 절묘하게 형상화하고 있다. 여
기에서 문제시되는 '나'와 '거울 속의 나'의 불일치는 시적 화자의 내
면에서 비롯된 자기 정체성의 혼란을 뜻하는 것으로 이해할 수 있다.
물론 경험적 현실 속에서 환자로서 병의 고통에 시달리고 있는 '나'와
'나' 자신이 꿈꾸는 이상적인 '나'의 괴리를 상징하기도 한다.
　이상이 시적 상징으로 활용하고 있는 '거울'의 의미를 이해하기 위
해서는 1933년 10월《가톨닉청년》에 발표한 시「거울」을 함께 살펴볼
필요가 있다.

　　　거울속에는소리가업소
　　　저럿케까지조용한세상은참업슬것이오

　　　거울속에도내게귀가잇소
　　　내말을못아라듯는딱한귀가두개나잇소

　　　거울속의나는왼손잡이오

내握手를바들줄몰으는── 握手를몰으는왼손잡이오

거울째문에나는거울속의나를만저보지를못하는구료만은
거울아니엿든들내가엇지거울속의나를맛나보기만이라도햇겟소

나는至今거울을안가젓소만은거울속에는늘거울속의내가잇소
잘은모르지만외로된事業에골몰할쎄요

거울속의나는참나와는反對요마는
쏘꽤닮앗소
나는거울속의나를근심하고診察할수업스니퍽섭々하오

　이 작품에서 '거울'은 시적 화자가 자리 잡고 있는 현실 세계와는 다른 '거울 속'의 세계를 보여 준다. '거울'은 현실을 그대로 비춰 보여 주고 있지만 그것은 현실 그 자체가 아니다. 현실의 세계와는 다른 '거울 속'의 세계이기 때문이다. 현실의 실재 공간과 거울 속에 비친 새로운 세계, 즉 모사(模寫)의 공간은 똑같은 것처럼 보이지만 서로 일치하지 않는다. 시인 이상은 거울 속의 세계를 '소리가 없는 세상'이라고 언명함으로써 감각이 살아 있지 않은 이 공간의 속성을 정확하게 지적해 낸다. 그리고 현실 속의 '나'와 '거울 속의 나' 사이의 거리감과 부조화를 발견하게 되는 것이다. 그러므로 '나'는 '거울 속의 나'를 부정하고 거부한다. 진정한 '나'의 모습을 찾기 위해 '위조'된 '나'를 거부하고 그 존재를 부인하는 것이다. 여기에서 드러나는 '나'의 이중성은 자아의 분열 또는 대립의 의미로 해석될 수 있다.
　이제 「오감도 시제15호」를 보기로 하자. 이 작품은 앞서 검토한 시 「거울」에서 발견한 '나'와 '거울 속의 나' 사이의 불일치 상태를 더욱 내면화하여 시적 주제로 발전시켜 놓고 있다. 주체의 분열과 그 존재의 모순이라는 점에서 「오감도 시제15호」는 경험적 자아로서의 '나'와 '거울 속의 나'를 대립시켜 그 내적인 갈등 상태를 증폭해 낸다. 그러므로 현실 속에 존재하고 있는 경험적 자아로서의 '나'는 '거울 속의 나'(위조된 나)와 대립된다. 이러한 내적 갈등은 현실에서 겪는 병의 고통과 좌절의 삶에 의해 더욱 촉발된 것이라고 할 수 있다.

이 시의 텍스트는 6연으로 구분되어 있다. 그러나 이 시의 의미 구조를 형성하는 시적 공간은 크게 두 가지로 나뉜다. 하나는 제1연과 제2연에서 펼쳐지는 '거울 없는 실내'이다. 이 공간에서는 거울이 없기 때문에 '거울 속의 나'와 만날 수 없다. '나'는 '거울 속의 나'의 존재를 확인할 수 없는 상태에서 '부재에 대한 두려움'을 느끼게 된다. 그리고 침상에서 잠을 청하지만 '의족을 담은 군용 장화'로 표상되고 있는 더 큰 공포에 질려 잠을 이루지 못한다. 결국 '거울 없는 실내'라는 시적 공간에는 자신의 참모습을 발견할 수 없는 것에 대한 두려움의 정서가 자리 잡는다. 3연부터 6연까지는 '거울 있는 실내'로 시적 공간이 바뀐다. '나'는 거울을 들여다보면서 '거울 속의 나'를 발견한다. 그러나 거울에 비치는 '나'는 하나의 영상에 불과하다. 이것은 실체로서의 '나'가 아니며 거울이라는 도구에 의해 비춰진 위조된 '나'일 뿐이다. 하지만 시적 화자는 이러한 위조된 '나'가 아닌 진정한 '나'의 모습을 찾길 원하기 때문에, '거울 속의 나'를 거부한다. 여기에서 '거울 있는 실내'라는 시적 공간은 진정한 '나'의 모습이 아니라 위조된 '나'를 거울을 통해 보여 준다. 그러므로 시적 화자는 진정한 '나'의 모습을 찾기 위해 위조된 '나'를 거부하고 그 존재를 부인할 수밖에 없다.

이 시에서 시적 화자인 '나'는 현실 속에 실제로 살아 움직이고 있는 경험적 자아로서의 '나'이며, 모든 사고와 행동의 주체로서의 '나'이다. '나'와 상대를 이루고 있는 '거울 속의 나'는 '거울'이라는 반사면에 나타나는 '나'의 '허상'에 불과하다. 현실 속의 '나'는 '거울'이 없

　　　　　　　　　◆「오감도」의 탄생

이는 자신의 모습을 대상화하여 볼 수 없다. '거울'을 통해서만 '나'의 모습을 확인할 수 있는 것이다. 그러므로 '나'는 '거울' 속에 나타나는 '나'의 허상을 보고 그것이 바로 '나' 자신의 참모습이라고 생각하게 된다. 현실 속의 실재하는 '나'는 '거울' 속에 맺어지는 '허상'으로서의 '나'의 모습을 보고 그것을 자신의 참모습과 동일시하게 되는 것이다. 바로 여기에서 시적 화자인 '나'와 '거울 속의 나' 사이에 야기되는 실재와 허상 사이의 본질적인 불일치가 드러난다. 이 시에서는 이러한 불일치가 일종의 자기 분열적 현상처럼 묘사되면서 더욱 증폭되고 내적인 갈등 상태로 발전하고 있는 것이다.

1연에서 그리고 있는 시적 공간은 '거울 없는 실내'이다. 시적 화자인 '나'는 '거울 없는 실내'에 있다. 그렇기 때문에 '나' 자신의 모습을 확인하여 볼 수가 없다. 다시 말하자면 이 공간에서 '나'는 '거울 속의 나'와 만날 수 없다. 시적 텍스트에서는 이러한 상황을 '거울 속의 나는 역시 외출중이다.'라고 설명한다. 그런데 여기에서 '거울 속의 나'의 부재는 결국 실재하는 '나'의 모습과 그 존재를 확인할 수 없는 상태를 암시한다. 그러므로 "거울 속의 나를 무서워하며 떨고 있다."라는 진술은 결국 자기 존재를 확인할 수 없는 상태에 대한 불안과 공포를 의미하는 것이다. 1연의 마지막 문장, "거울 속의 나는 어디 가서 나를 어떻게 하려는 음모를 하는 중일까."라는 질문은 자기 존재를 확인할 수 없는 상황에서 느끼는 존재에 대한 두려움의 정서를 공간적으로 확장하고 있는 것이다.

이 시의 2연은 "죄를 품고 식은 침상에서 잤다. 확실한 내 꿈에 나는 결석하였고 의족을 담은 군용 장화가 내 꿈의 백지를 더럽혀 놓았다."라는 두 문장으로 이어진다. 첫 문장은 시적 진술의 주체인 '나'라는 화자가 '죄를 품고' 식은 침상에서 잠을 잤다는 내용이다. 여기에서 '죄를 품고'라는 구절의 해석이 문제다. '나'라는 화자가 어떤 형벌이나 재앙을 당한 채로 식은 침상에서 잤다고 풀이할 경우, 그 '형벌과 재앙'의 정체가 무엇인지를 알아야만 의미를 파악할 수 있다. 뒤로 이어지는 두 번째 문장은 "확실한 내 꿈에 나는 결석하였고"라는 구절과 "의족을 담은 군용 장화가 내 꿈의 백지를 더럽혀 놓았다."라는 구절로 나뉜다. '확실한 내 꿈에 나는 결석하였고'라는 표현은 모순어법을 이용한 진술이다. 이 진술은 '나'에 대한 꿈을 꿀 수 없는 상태를 말하는 것으로 볼 수도 있고, 주체가 부재하는 꿈을 뜻하는 것으로 볼 수도 있다. '의족을 담은 군용 장화가 내 꿈의 백지를 더럽혀 놓았다.'에서 '의족을 담은 군용 장화'는 고도의 비유적 의미와 상징성을 지닌다. 여기에서 '의족'은 다리가 절단된 사람이 나무나 고무로 만들어 붙인 인공의 다리 또는 발을 말한다. '의족'을 붙였다면 발과 다리가 자연 상태로 온전하지 못함을 알 수 있다. 결국 '의족을 담은 군용 장화'는 온전하지 못하여 나무나 고무로 만들어 붙인 인공의 발에 신겨진 커다란 군용 장화를 의미한다고 할 수 있다. 물론 이러한 설명은 동어반복에 불과하여 이것만으로 그 속에 담겨진 비유적 의미나 상징성에 접근하기는 어렵다. 하지만 이 둘째 문장에서 시적 화자인 '나'는 꿈을 꿀 수 없게 되었으며, 온전하지 못한 인공의 발에 신겨진 군용 장화로 인하여 '나'의 꿈이 모두 망가져 버렸음을 말해 주고 있다고 할 것이다.

그런데 2연에서 '죄'라는 시어가 의미하는 '형벌 또는 재앙'을 어떻게 이해할 것인가 하는 문제는 '의족을 담은 군용 장화'로 비유되고 있는 것이 대체 무엇인가라는 질문과 함께 여전히 미궁에 갇혀 있다. '죄를 품고'라는 구절은 제1연에서 '무서워하며 떨고'라는 말로 표현된 바 있는 시적 화자의 심리 상태를 암시한다. 무언가 두려움과 공포를 느끼면서 잠자리에 들고 있음을 말한다. '의족을 담은 군용 장화'는 이상의 소설 「십이월 십이일」에서부터 등장하는 아픈 다리의 이미지와 연결해 볼 수도 있을 것이다. 그러나 이러한 설명이 여전히 불만스럽다. 여기에서는 '죄'라는 말과 '의족을 담은 군용 장화'라는 구절의 어떤 연관성을 상정하고 이에 대한 새로운 해석을 시도해 보려고 한다. 우선 '군용 장화'라는 말을 어떤 추상적인 개념이나 의미로 읽는 것보다는 구체적인 사물로서의 '군용 장화'의 형상과 그 이미지로 보는 것이 좋겠다고 생각한다. 이와 유사한 이미지는 시 「가외가전」의 "어디로 피해야 저 어른 구두와 어른 구두가 맞부딪는 꼴을 안볼 수 있스랴."라는 구절에 등장하는 '구두'에서도 발견된다. 이 대목은 그대로 인간 육체의 장기(臟器) 가운데 '폐(肺)'의 형상을 이미지화한 것이다. 그러므로 '의족을 담은 군용 장화'도 온전하지 못한 '폐'의 형상을 구체적인 사물인 '군용 장화'의 형상으로 이미지화한 것이 아닌가 생각된다. 이러한 해석을 놓고 보면 '죄를 품고'라는 구절에서 '죄'가 암시하는 형벌과 재앙의 의미가 곧바로 폐결핵이라는 육체의 병환을 뜻한다는 점도 이해할 수 있는 것이다. 결국 2연은 폐결핵이라는 병환에 시달리는 온전하지 못한 육체로 인하여 시의 화자는 자신의 꿈을 펼칠 수가 없게 되었고, 그 병환 자체가 꿈을 망쳐 버렸음을 말해 준다고 해석할 수 있다.

3연부터 6연까지는 '거울 있는 실내'로 시적 공간이 바뀐다. '나'는 거울을 들여다보면서 '거울 속의 나'를 발견한다. 거울을 통해 자신의 모습을 확인하는 것이다. 3연에서는 이러한 자기 확인으로서의 '거울 보기'를 그대로 설명하고 있다. "나는 거울 있는 실내로 몰래 들어간다. 나를 거울에서 해방하려고. 그러나 거울 속의 나는 침울한 얼굴로 동시에 꼭 들어온다."라는 구절에서 볼 수 있듯이 '나'는 자기 존재에 대한 두려움으로부터 벗어나기 위해 아무도 모르게 가만히 거울을 들여다본다. 그러나 거울을 보는 순간 '거울 속의 나'는 피곤한 모습으로 거울에 나타난다. 그리고 '나'를 향하여 미안하다는 뜻을 표시한다. 이같이 거울에서 '나'의 모습을 확인하게 되는 자기 발견의 방식을 통해 '나'는 자신의 존재로부터 벗어날 수 없다는 사실을 인식하게 된다. "내가 그 때문에 영어되어 있듯이 그도 나 때문에 영어되어 떨고 있다."라는 마지막 문장이 이를 설명하고 있다.

4연에서는 2연과 3연에서 이루어진 진술 내용을 놓고 시적 의미의 전환을 시도한다. 이미 설명한 대로 '내가 결석한 나의 꿈'은 꿈속에 그 꿈의 주체인 '나'가 없음을 말한다. '꿈'이라는 것이 어떤 구체적인 목표에 대한 갈망을 의미하는 것이라면, 그 '꿈'을 향해 실현하고자 하는 주체로서의 '나'의 부재는 결국 꿈 자체의 실현이 불가능함을 뜻한다. 그러므로 '나'는 '내 위조가 등장하지 않는 내 거울'을 생각한다. '나'의 참모습을 발견하고 싶은 것이다. 하지만 이것도 불가능하다. 여기에서 시적 화자인 '나'는 새로운 방법을 찾아낸다. 그것이 바로 '거울 속의 나'의 자살이다. "나는 드디어 거울 속의 나에게 자살을 권유하기로 결심하였다."라는 진술을 통해 이를 확인할 수 있다. "나는 그에게 시야도 없는 들창을 가리키었다. 그 들창은 자살만을 위한 들창이다."라는 두 개의 문장은 자살의 방법을 행동으로 지시하는 대목이다. 여기에서 '시야도 없는 들창'이란 '거울' 그 자체를 말한다. 이 특이한 은유는 소설 「지도의 암실」에 등장한다. "거울에 열린 들창에서 그는 리상 ─ 이상히 이 이름은 그의 그것과 똑같거니와 ─ 을 만난다 리상은 그와 똑같이 운동복의 준비를 차렸는데 다만 리상은 그와 달라서 아무것도 하지 않는다 하면 리상은 어디 가서 하루 종일 있단 말이오 하고 싶어 한다."라는 구절에서 볼 수 있는 것처럼 '거울에 열린 들창'이 바로 거울 그 자체를 지시하고 있다. 거울은 속이 들여다보이는 것처럼 거울 바깥의 사물을 그대로 반사시켜 보여 주지만 실상은 앞이 탁 트인 것은 아니다. '시야도 없는 들창'이라는 은유는 바로 이 같은 거울의 속성을 그대로 말해 주는 셈이다. 이러한 설명을 그대로 따른다면 "나는 그에게 시야도 없는 들창을 가리키었다."라는 구절은 거울을 향해 손가락질을 하는 행위를 그대로 설명한 것이라고 할 수 있다. 그런데 바로 그러한 행위 자체가 '거울 속의 나'를 향해 총을 겨냥하는 행동처럼 드러난다. 이어지는 5연에서 총을 발사하는 장면을 묘사하고 있는 것은 바로 이 대목을 통한 연상(聯想) 작용으로 이해할 수

487 ◆ 「오감도」의 탄생

있다. 하지만 '거울 속의 나'의 자살은 가능하지 않다. '거울 속의 나'
는 현실 속의 '나'의 허상에 불과하기 때문이다.

5연과 6연은 5연에서 언급한 '자살'을 시도하는 장면을 묘사한다.
'나'는 '거울 속의 나'의 왼쪽 가슴을 겨누고 권총을 발사한다. 탄환이
'거울 속의 나'의 왼쪽 가슴을 관통한다. 그러나 '거울 속의 나'의 심장
을 꿰뚫는 데에는 실패한다. 거울 속에 비친 '나'의 모습은 반사의 원
리에 따라 좌우가 바뀌어 보이므로 바른 편에 있는 심장을 겨냥할 수
가 없기 때문이다. 그런데 6연의 첫 문장에서는 "모형 심장에서 붉은
잉크가 엎질러졌다."라고 진술하고 있다. 이 대목은 총탄에 맞아 심장
에서 피가 흘러나오는 장면을 선명하게 묘사한 것처럼 보이지만 실상
은 그렇지 않다. 이 대목을 제대로 이해하기 위해서는 「오감도 시제9
호 총구」를 다시 읽을 필요가 있다. 이 작품은 폐결핵의 증상 가운데
하나인 기침과 거기에 수반하는 '객혈'의 고통스러운 순간을 감각적으
로 포착해 내고 있다. 이 시의 마지막 구절 "그리더니 나는 총 쏘으드
키 눈을 감으며 한 방 총탄 대신에 나는 참 나의 입으로 무엇을 내어
배알었더냐."라는 의문형 문장은 객혈의 고통을 견디기 위해 눈을 감
고 입으로 피를 토하는 순간을 묘사한 대목이다. 과녁을 겨냥하기 위
해 한 눈을 감고 총을 쏜다. 총탄이 총구에서 격발되는 순간 번쩍 불꽃
이 튄다. 여기에서 불꽃 속으로 튕겨 나가는 총탄의 모습을 목구멍을
격하게 넘어와 입 밖으로 내뿜는 객혈의 피와 겹쳐 놓고 있다. 객혈의
순간이 마치 총구에서 총탄이 격발되는 순간처럼 격렬하게 묘사되고
있는 것이다. 극한의 고통과 격렬한 파괴의 이미지가 여기에 덧붙여지
고 있음을 알 수 있다. 이처럼 「오감도 시제9호 총구」에서 볼 수 있는
극렬한 고통의 장면과 "모형 심장에서 붉은 잉크가 엎질러졌다."라는
「시제15호」의 구절을 연결시켜 보면 그 의미가 분명하게 드러난다. 여
기에 제시되고 있는 '모형 심장'은 '거울 속의 나'의 심장을 가리킨다.
거울에 비친 '허상'이기 때문에 '모형 심장'이라는 표현을 쓰고 있다.

"붉은 잉크가 엎질러졌다."라는 장면은 '기침'을 하는 순간 '객혈'이 일어나면서 피가 튀겨 '거울' 위로 흘러내리는 것을 은유적으로 표현한 것이다. 이 객혈의 순간을 넘기면서 시적 화자는 "내가 지각한 내 꿈에서 나는 극형을 받았다. 내 꿈을 지배하는 자는 내가 아니다. 악수할 수조차 없는 두 사람을 봉쇄한 거대한 죄가 있다."라고 진술하면서 시적 의미의 매듭을 짓는다. 결국 이 시의 마지막 대목은 거울을 보고 있는 순간 기침이 일어나고 객혈하게 되어 거울에 핏방울이 묻어 흐르는 장면에서 느끼는 처절한 비애와 부정적인 자기 인식을 보여 준다. 시적 화자가 겪는 현실적 고통으로서의 기침과 객혈의 과정을 암시하는 대목으로 결말을 매듭짓고 있는 것은 현실 속의 '나'에게 가장 큰 '죄'가 바로 병이라는 재앙임을 암시한다고 할 수 있다.

「오감도 시제15호」는 병든 육체의 고통을 견디면서 살아야 하는 '나'라는 시적 화자가 거울을 통해 자신의 모습을 확인하고 거기에 집착하는 일종의 '병적 나르시시즘'을 드러낸다. 현실 속의 '나'는 자신의 병을 커다란 죄업으로 여길 정도로 병든 자신의 모습을 견디기 어렵다. '거울 속의 나'는 거울의 표면에 비친 '나'의 허상에 불과하지만 '나'는 자신의 존재를 이 거울 속의 허상을 통해서만 확인할 수 있다. 여기에서 '거울'은 시적 화자인 '나' 자신을 응시하고 그 존재를 확인할 수 있는 자기 투시와 자기 인식의 존재론적 공간이 된다. 그런데 문제가 되는 것은 현실 속의 실재로서의 '나'와 거울을 통해서 볼 수 있는 '거울 속의 나' 사이의 불일치이다. '나'는 거울에 비친 '거울 속의 나'를 '나'라고 믿고 있지만 둘 사이에는 분명히 경험적 실재와 모사된 허상으로서의 차이가 존재하기 때문이다. 더구나 경험적 현실 속의 '나'는 거울을 통해 거듭 자신의 존재를 확인하는 동안 '거울 속의 나'를 실재의 나 자신으로 착각하게 된다. 현실적으로 병고에 시달리고 있는 '나'를 거부하는 대신에 '거울 속의 나'를 보면서 거기에 자신의 이상적인 모습을 투사하고 있기 때문이다. 그러므로 오히려 허상에 불

◆「오감도」의 탄생

과한 '거울 속의 나'는 거울 밖에 있는 현실적 존재로서의 '나'와 달리 본질적 자아의 모습으로 부각되는 것이다.

「오감도」 그 미완의 세계

이상의 연작시 「오감도」는 까마귀의 눈으로 내려다본 지상의 풍경이라는 거대한 상상적 구도를 전제하고 있지만 완결에 도달하지 못한 채 전체 15편의 작품으로 마감된다. 각각의 작품은 그 형태와 주제가 독자성을 지니고 있음에도 불구하고 '오감도'라는 커다란 틀 안에 서로 묶여 있다.

「오감도」에 포함되어 있는 15편의 작품들은 다양한 시적 구성을 보여 준다. 시적 진술 자체는 고백적인 정조를 형성하고 있는데 그러한 시적 무드와 호흡을 지켜 나갈 수 있는 형태의 특성을 유지하고 있다. 시적 심상의 구조와 그 짜임새 역시 매우 복합적이다. 시적 진술의 주체와 대상의 거리 역시 상당한 변주가 드러난다. 시적 진술 방식도 고정되어 있지 않다. 물론 모든 시적 진술은 서정적 자아인 '나'와 시적 대상 사이에 이루어지는 정서적 교감을 기반으로 하고 있다. 시적 대상에 대한 인식은 함께 묶인 다른 작품을 통해 다시 유사한 주제가 덧붙여짐으로써 더욱 강렬해지며 그 정서는 그것이 다시 반복되면서 더욱 깊어지기도 한다. 시적 정서의 폭과 깊이를 생각할 때에 「오감도」의 연작성과 테마의 중첩 구조는 정서의 확대와 심화를 추구하기 위한 기법임을 알 수 있는 것이다.

「오감도」는 완결된 형태로 발표되지는 못했지만 그 등장 자체가 하나의 문단적 충격이었음은 두말할 필요조차 없다. 이 충격은 시적 감성의 영역을 시적 인식의 세계로 바꾸어 놓은 시정신과 기법의 전환으로부터 비롯된 것이다. 이상은 사물에 대한 보다 직접적이고 감각적인 접근법을 「오감도」를 통해 실험해 보임으로써 사물에 대한 인식과 주체의 시각을 새롭게 변형시킬 수 있는 가능성을 제시한다. 그가 시도했던 시적 기법의 실험과 사물에 대한 새로운 시각의 발견은 한국 근대문학의 전환을 가능하게 했던 것이다.

이상의 「오감도」에는 한국의 대표적인 난해시라는 표지가 따라다닌다. 「오감도」는 서정시에서 중시되어 온 시적 정서와 그 표현 방식으로는 제대로 이해되지 않는다. 「오감도」에 포함되어 있는 열다섯 편의 작품들은 모두 시에 있어서의 낭만적 열정이나 정서적 표현과 그 공감을 통해 이해하기에는 너무나 모호하고 그 의미가 애매하다. 「오감도」의 파격적인 기법과 언어 표현의 난해성은 지금도 한국 근대시의 최대의 스캔들처럼 논란의 대상이 되고 있다.

연작시 「오감도」가 난해시로 지목된 이유는 우선 시적 진술 내용의 단순화 또는 추상화(抽象化) 기법에 기인한다. 이상은 시적 대상을 그려 내면서 그 대상의 복잡한 형상과 구체적인 디테일을 과감하게 생략하거나 제거한다. 그리고 자신이 새로운 시각과 관점을 통해 착안해 낸 한두 가지의 특징만을 중심으로 하는 단순화한 시적 진술을 이어 간다. 그는 대상에 대한 주관적인 감정이나 정서적 반응을 철저하게 절제하고 시적 진술 내용에서 구체적인 설명이나 감각적 묘사 대신에 한두 가지의 중심 명제를 찾아내 이를 반복적으로 진술한다. 어떤 경우에는 일체의 언어적 진술 대신에 특징적인 기호나 도형과 같은 파격적인 이미지를 사용하기도 한다. 이러한 방법은 눈에 보이는 것을 넘어서서 상상의 영역 속으로 독자를 끌어들여 새로운 세계와 그 법칙을 인식할 수 있도록 유도한다. 이와 같은 특징 때문에 독자들이 작품에서 그려 내고 있는 시적 정황에 쉽게 접근할 수가 없다. 예를 들자면 「오감도 시제1호」의 경우 시적 화자가 까마귀처럼 공중에서 내려다본 그림치고는 의외로 그 내용이 단순하다. 지상의 복잡한 사물들과 물리적 요소들을 제거해 버리고 시적 화자 자신의 정서적 반응이나 관념조차도 전혀 드러내지 않는다. 시의 텍스트는 '도로'에서 '13인의 아해'가 '질주'하고 있는 상황만이 제시되어 있다. 결국 이 시의 텍스트는 길 위로 달려가며 서로 무섭다고 말하는 아이들의 모습만 그려 놓고 있는 셈이다. 시적 화자는 자신이 공중의 까마귀가 되어 지상을 내려다보면서 관찰하고 생각한 것 가운데 모든 디테일을 제거한 후 '13인의 아해'라는 단순한 이미지만을 제시한 것이다. 이 시의 텍스트가 이렇게 믿기 어려울 정도로 대상을 단순화하고 있기 때문에 오히려 그 의미 구조를 파악하기 어려웠던 것이 아닌가 생각된다. 「오감도 시제2호」에서도 단순화의 기법에 의한 시적 의미의 추상화 과정이 두드러지게 드러난다. 이 작품은 '나'와 '아버지'의 관계를 중심으로 하는 시적 진술 내용을 한 개의 문장으로 구성하고 있다. 「오감도 시제3호」의 경우에도 사물에 대한 인식이 시간의 위상에 따라 얼마든지 다양하게 달라질 수 있음을 단순화하여 제시한다. 물론 시간이라는 것이 주관에 속하면서 모든 인식을 가능하게 하는 초월적 관념에 해당하지만 그 자체가 경험적 실제성이라는 사실을 직시할 필요가 있다. 여기에서 주목되는 것이 시적 대상의 존재에 대한 인식의 양상이다.

「오감도」는 시적 텍스트 자체의 물질성에 주목하여 그것을 시각화함으로써 '보는 시' 또는 '시각시(visual poetry)'라는 새로운 시적 양식 개념에 도전한다. '보는 시'는 시적 텍스트 자체를 시각적 형태로 구현하고자 하는 시도의 산물이다. 간단히 말하자면 시적 텍스트 자체가 무엇인가를 스스로 드러내어 보이도록 고안된다. 여기에서 시적 텍스트 자체의 물질성을 드러내는 문자, 문장부호, 띄어쓰기, 행의 구분, 행의 배열, 여백 등의 시각적 요소들을 해체하기도 한다. 그리고 텍스트 자체가 무엇인가를 보여 줄 수 있도록 문자 텍스트에 삽화, 사진, 도형 등과 같은 회화적 요소를 첨부하여 새로운 변형을 시도하기도 한다. 「오감도 시제4호」와 「오감도 시제5호」에서 볼 수 있는 '보는 시'의 형태는 그 실험성만이 아니라 실제로 그 자신이 언어와 문자 행위를 통해 얻어 낸 어떤 관념과 의미의 공유 의식에 근거한다는 점에 더욱 주목할 필요가 있다. 일반적으로 시적 텍스트는 언어의 통사적 배열에 그 구조가 결정되는 것이지만 이 작품들은 숫자의 도판과 도형을 텍스트에 삽입해 놓고 있다. 다시 말하면 텍스트의 언어적 진술에 시각적인 도판이 삽입되어 있는 것이다. 그러므로 시적 텍스트는 언어적 진술과 시각적 도판의 결합에 의해 추상화되면서 혼성적 특징을 드러낸다. 이상은 「오감도」에서 '보는 시'라는 새로운 형태를 실험하기 위해 언어 문자의 모든 가능성을 동원하고 있다. 이상의 시에서 '타이포그래피'의 다양한 시각적 기법이 텍스트 구성에 활용되고 있다는 것은 널리 알려진 사실이다.* 이상은 「오감도」에서 일반적인 신문 인쇄에서 볼 수 있는 일관된 활자의 크기와 그 규칙적 배열의 틀을 지키지 않는다. 실제로 「오감도」의 작품들은 신문 발표 당시 크기가 다른 활자를 각각 5~6종 이상 사용하고 있다. 그리고 띄어쓰기를 무시한 행간의 조정과 행의 배열로 인하여 텍스트 자체가 신문의 다른 기사와는 시각적으로 확연하게 구분되고 있다. 심지어는 언어 텍스트에 시각적 도형이나 도판의 삽입 등과 같은 파격적인 콜라주 기법도 자유롭게 활용하고 있다. 이와 같은 시각적 요소의 공간적 배열을 통해 「오감도」 연작은 텍스트의 의미 영역을 내적으로 확대하면서 시적 형태 자체를 미학적으로 공간화하고 있다. 「오감도」의 시적 텍스트에서 타이포그래피의 공간은 단순한 인쇄 기술의 영역에 국한되는 것이 아니라, 기호적 의미의 생산이라는 새로운 창조력의 공간을 제공한다.** 때로는 공간의 활용을 통해 때로는 글자 자체의 크기나 모양을 통해 때로는 기호

---

* 이상 문학 텍스트가 보여 주는 타이포그래피의 특성은 안상수 교수의 「타이포그라피적 관점에서 본 이상 시에 대한 연구」(한양대 박사 학위 논문, 1996), 김민수 교수의 「시각예술의 관점에서 본 이상 시의 혁명성」(권영민 편, 『이상 문학 연구 60년』(문학사상사, 1998)) 등에 의해 집중적으로 논의된 후 지속적인 관심사가 되고 있다.
** Robert Bringhurst, *The Elements of Typographic Style*(Hartly & Marks, 2005), 21쪽.

◆「오감도」의 탄생

와 숫자의 활용을 통해 끊임없이 새로운 의미의 생산을 위해 작용하고 있다. 이와 같은 「오감도」의 '보는 시'는 소리의 세계를 시각적 공간의 세계로 바꾸어 놓기 위한 하나의 실험이라고 할 수 있다.

이상의 「오감도」는 둘 이상의 사물이나 어떤 현상들 사이에서 기능적 유사성이나 내적인 연관성을 찾아내 하나의 전체로 통합해 가는 유추의 방법을 시적 기법으로 적극 활용하고 있다. 물론 이 과정에서 어떤 사물이 지니는 성질이 다른 것에도 공통적일 수 있다고 추리하는 유추의 방식이 지극히 주관적일 경우 오히려 그 비논리적 사고로 인해 오해를 불러일으키고 난해성을 부추기기도 한다. 그런데 이 불완전하고도 부정확한 것처럼 보이는, 어떤 경우에는 전혀 엉뚱하게 느껴지기도 하는 접근 방식을 통해 이미 알려져 있는 것과 전혀 알려지지 않은 것 사이의 내적 연결의 새로운 가능성을 제시한다. 「오감도」에서 확인할 수 있는 이 같은 유추와 통합의 시적 상상력은 사물을 보는 새로운 시각과 그것을 통해 가능해지는 새로운 세계로의 도약을 예비하고 있다. 예를 들면 「오감도 시제9호」는 시의 텍스트에 '총', '총신', '총구', '총탄' 등의 시어가 유별나게 눈에 띈다. 이 시에서는 고통스럽게 지속되는 기침과 거기 수반되어 나타난 객혈의 증상을 시적 묘사의 대상으로 삼기 위해 총탄을 발사하는 격발의 긴장된 순간을 비유적으로 끌어들이고 있다. 그리고 목구멍과 입으로 이어지는 '소화기관'에서 유추를 통해 끌어낸 '총구'라는 파격적인 이미지를 시적 텍스트의 전면에 배치한다. 「오감도 시제10호」에서는 '나비'라는 시어를 중심으로 하여 두 가지의 서로 다른 시적 진술을 통합하는 특이한 유추 과정을 텍스트 내에서 드러내고 있다. 이 시에서는 벽을 발라 놓은 벽지 일부가 찢어진 채로 늘어져 붙어 있는 모양이 '죽어 가는 나비'의 형상을 연상하게 하는 것이다. 그리고 바로 그 벽지가 찢어진 부분은 '유계와 낙역되는 비밀한 통화구'로 인식된다. 벽지가 찢어진 상태로 늘어져 붙어 있는 것을 보고 죽어 가는 나비를 연상하고, 그것이 바로 현실의 세계와 죽음의 세계를 연결하는 통로라고 유추하고 있는 것이다. 「오감도 시제12호」에서 그려 내고 있는 시적 공간은 빨래터이다. 아낙네들이 빨래터에서 빨래하는 장면은 평화로운 일상적 삶을 암시한다. 그런데 이 시의 텍스트에는 빨래터라는 공간에 두 개의 장면이 포개진다. 하나는 안식과 평화의 장면이고 다른 하나는 혼란과 투쟁의 장면이다. 이 두 개의 장면에 구체적으로 대응하고 있는 것이 텍스트의 전반부에 그린 비둘기 떼와 텍스트의 후반에 그린 빨래터에서 이루어지는 빨래 방망이질이다. 이것들은 표면상 아무런 관련성이 없지만 유추의 방법에 의해 하나의 세계로 통합되고 있는 것이다.

「오감도」에는 인간의 육체에 관한 특이한 인식을 그려 내기 위해 실재의 언어로 표현하기 어려운 환상의 시적 공간을 창조해 내고 있다. 그러므로 몸의 느낌이라는 구체성에 대한 인식이 없이는 이 특이한 비밀의 감각에 접근하기란 쉽지 않다. 이상이 인간의 육체에 대해 관심을 기울이게 된 것은 그가 혼자서 익힌 미술 공부의 과정과 연관시켜 볼 수도 있고, 그의 젊은 꿈을 앗아 간 폐결핵이라는 병의 고통에 기인한 것으로 볼 수 있다. 사물에 대한 몸의 느낌을 마음속으로 불러 낸다는 것은 간단한 일이 아니다. 「오감도 시제11호」는 몸의 상상력을 통해 경험적 현실 공간과 초현실적 환상 공간을 동시에 하나로 통합해 내는 특이한 시적 공간을 제시하고 있으며, 「오감도 시제13호」에서는 '팔'의 절단 분리라는 가혹한 육체적 훼손과 그에 따르는 고통을 내면화하고 있음을 알 수 있다. 「오감도 시제14호」에서도 전통과 인습에서 벗어나고자 하는 시적 화자의 내적 욕망이 몸의 움직임, 몸의 감각 등을 통해 인상적으로 표출되고 있다.

이상이 「오감도」를 통해 남겨 준 것은 사물을 보는 새로운 시각의 발견과 그 시적 기법이다. 인간이 자신의 눈을 통해 외부 세계의 사물을 본다는 것은 단순히 눈앞에 존재하는 사물의 외형을 인지하는 것은 아니다. 그것은 사물을 관찰하는 과정과 함께 주체를 둘러싼 환경 속

　　　　　　　　　　　　　　◆「오감도」의 탄생

에서 관찰자로서의 주체까지도 포함하는 여러 개의 장(場)을 함께 파악하는 일이다. 그러므로 본다는 것은 곧 안다는 것과 통한다. 이상은 사물에 대한 물질적 감각을 정확하게 파악하기 위해 사물의 전체적인 형태나 중량감 윤곽, 색채와 그 속성까지도 설명할 수 있는 특이한 시선과 각도를 찾아내고자 한다. 그는 20세기 기계문명 시대를 결정한 기초과학에 대한 이해를 통해 기하학과 구조역학 등의 원리를 자신의 시적 텍스트의 구성에 동원했고 사물의 역동성을 깊이 있게 인식하게 된다. 그러므로 「오감도」는 서구 모더니즘 예술에서 특징적으로 드러났던 초현실주의적 기법, 다다 운동과 입체파의 기법 등에 기초한 새로운 이미지들을 형상화할 수 있었던 것이다.

◆「오감도」이후의 시

다방 제비로부터의 탈출

「오감도」의 연재가 중단된 후 이상은 개인적으로 견디기 어려운 시련을 맞는다. 동거하던 여인 금홍이 이상의 곁을 떠났고, 그가 경영하던 다방 제비도 적자에 허덕이다 문을 닫았다. 경제적 궁핍에 시달리면서 사랑에 대한 배반으로 큰 상처를 입은 이상은 깊은 절망에 빠져 버린다. 그는 모든 일을 접어 두고 성천, 인천 등지로 떠돌면서 제대로 된 집필 활동을 하지 못한 채 경제적 궁핍에 쪼들린다. 그런데 이상은 친구 구본웅의 도움으로 정신적 좌절과 절망의 현실에서 벗어날 수 있게 된다. 구본웅이 자기 부친이 운영하던 인쇄소 창문사(彰文社)로 이상을 끌어들였기 때문이다.

이 무렵에 이상이 발표한 시 가운데 「●소●영●위●제●(●素●榮●爲●題●)」(《중앙》, 1934. 9)라는 특이한 제목의 시가 있다. 이 작품은 남녀의 사랑과 이별이라는 모티프를 바탕으로 한 여인에 대한 사랑과 그 배반의 아픔을 비통한 심정으로 노래하고 있다. 이상 자신이 금홍과의 결별에 즈음하여 그 관계를 정리하면서 겪어야 했던 심정적 고통과 내적 갈등이 이 시의 내용 속에 담겨 있다고 할 수 있다. 이 작품의 정황을 보면 시적 화자인 '나'와 그 상대가 되는 여인 '너'를 배치하고 있는데, 모든 시적 진술 내용은 '너'에게 향하는 '나'의 말을 그대로 옮겨 놓은 것이다. 여기에서 '너'는 '나'의 사랑의 대상이었음을 쉽게 알 수 있다. 그러나 '나'의 사랑이 순탄하지는 않다. 아니 순탄하지 않은 것이 아니라 숨이 막힐 정도로 고통스럽다. 사랑한다는 것, 그리고 그 사랑의 믿음을 잃어버린다는 것에서 오는 심정의 격변과 그 고통을 억제하며 내뱉은 말은 단 한 번의 호흡도 용납하지 않고 길게 한 개의 문장으로 이어지고 있다.

1

달빛속에있는네얼굴앞에서내얼굴은한장얇은皮膚가되
어너를칭찬하는내말씀이發音하지아니하고미닫이를간
지르는한숨처럼冬柏꽃밭내음새지니고있네머리털속
으로기어들면서모심드키내설움을하나하나심어가네나

2

진흙밭헤매일적에네구두뒤축이눌러놓은자국에비내려
가득괴었으니이는온갖네거짓말네弄談에한없이고단한
이설움을哭으로울기전에따에놓아하늘에부어놓는내억
울한술잔네발자국이진흙밭을헤매이며헤뜨려놓음이냐

3

달빛이내등에묻은거적자국에앉으면내그림자에는실고
추같은피가아물거리고대신血管에는달빛에놀래인冷水
가방울방울젖기로니너는내벽돌을씹어삼킨원통하게배
고파이지러진헝겊心臟을들여다보면서魚항이라하느냐

498

「●소●영●위●제●」의 텍스트는 전체 3연으로 구분되어 있으며, 각 연이 동일한 길이의 한 개의 문장으로 이루어져 있다. 실제로 각 연은 모두 똑같이 24음절의 4행으로 나뉘어 있어서 그 길이가 96음절로 짜맞춰졌음을 알 수 있다. 시각적인 고려라든지 어떤 의도가 아니고서는 이것을 우연하게 이루어진 일이라고 할 수 없다. 아주 세심하게 그리고 절묘하게 그 길이를 맞추고 의도적으로 글자 수를 따졌기 때문에 가능한 일이라고 생각된다. 아흔여섯 개의 글자, 그 글자를 띄어쓰기 없이 조합하여 끊이지 않게 이어진 말, 그리고 그것이 연출하는 내면의 풍경. 여기에서 '96'이라는 숫자는 범상하지 않다. 이 숫자가 지시하는 기호적 의미는 타이포그래피적 공간(typographic space) 안에서만 작동한다. 96개의 글자들이 만들어 낸 공간이 시인의 내면에 현존하는 복잡한 심정의 갈등을 기호적으로 엮어 낸다. 그리고 이 공간 속에서 빚어내는 이야기가 심적 통곡의 등가물이 된다. 그러므로 이 시를 일상적인 텍스트로만 읽어 나가는 사람들의 눈에는 이 새로운 공간이 눈에 띄지 않는다. 물론 이상의 개인사(個人史)를 떠나서는 '96'이라는 숫자가 이해되기 어렵다.

'96'이라는 것은 무엇을 말하기 위한 숫자인가? 이상은 경영이 어려워진 다방 제비의 문을 닫고 '69'라는 숫자로 이름을 붙인 다방을 새로 열었었다는 것은 앞에서 언급한 바 있다. 이 대목을 시인 고은은 『이상 평전』에서 이렇게 설명한다.

> 1935년의 「스루〔鶴〕」의 폐업을 이어서 이번에는 다방 경영에 손을 댔다. 그것이 종로 1가의 해괴한 다방 「69」의 신장개업이었다. 아무리 전위적인 엽기 취미를 가진 이상이지만 이 나라의 개화기가 아직 완결되지 않은 연대기 사회에서 69라는 성태는 충격적이었다. 그런 이름을 붙인 이상의 단말마(斷末魔) 사업은 그러나 그의 의도에 유순하게 따라가지 않고 두 번째의 다방조차 그의 파산을 재촉하였다.[*]

　　　　　　　◆ 「오감도」 이후의 시

카페 '69'가 남녀의 섹스의 양태를 기호적으로 형상화한 것이라는 설명은 설득력이 있다. 그러나 이것은 성적 관심에서 비롯된 것만은 아니다. 이상이 관심을 보였던 서구의 '다다(DADA)' 운동을 일별한다면, 미국의 다다이스트 스티글리츠(Alfred Stieglitz)가 뉴욕 맨해튼 5번가의 291번지에 바로 그 지번에 해당하는 '291'을 간판으로 화랑을 1905년 개업한 바 있다. 현대 사진 예술의 개척자 가운데 한 사람으로 지목되고 있는 스티글리츠는 이 작은 공간에서 처음으로 사진과 회화의 접목을 시도하는 여러 가지 전시회를 개최한다. 그리고 뒤에 《291》이라는 전위적인 예술 전문지를 발간한다. 수많은 화가와 사진작가 그리고 전위적 예술가들이 여기 모여든 것은 물론이다. 이를 본떠 피카비아(Francis Picabia)는 《DADA》의 프랑스어판 잡지를 스페인 바르셀로나에서 창간하면서 그 제호를 《391》(1917)이라고 정한다. 《291》이라는 미국 잡지 제호의 첫 숫자를 '3'으로 바꾼 것이다. 《391》은 그 제호에 쓴 숫자의 합이 '13'이 된다는 사실 하나만으로도 세인의 관심을 이끌기에 충분했던 것이다.** 이상은 경성의 한복판인 종로 1가에 뉴욕 5번가의 명물 화랑 '291'을 만들고 싶었는지도 모른다. 그러나 다방 '69'는 그 옥호가 드러내는 기호적 의미의 '불순함'으로 인하여 소문만 풍성하게 남긴 채 더 이상 유지되지 못한다. 두 달 정도 운영되던 '69'도 문을 닫는다. 이상의 시 「●소●영●위●제●」는 바로 이 다방 '69'의 숫자를 새로운 형태로 패러디하면서 그 내용이 구성된다. 이 작품의 각 연을 구성하는 글자의 수(음절수)에 해당하는 '96'이라는 숫자는 다방 '69'의 숫자와는 반대의 형상을 보여 준다. '69'라는 숫자가 '남녀의 성적 교합'을 의미한다고 쑥덕거리지 않았던가? 그렇다면 '96'이라는 숫자는 어떤가? 다방 '69'의 옥호에 사용했던 숫자를 서로 바꾸

---

* 고은, 『이상 평전』, 294쪽.
** 한스 리히터, 김채현 옮김, 『다다: 예술과 반(反)예술』(미진사, 1994), 133~138쪽 참조.

어 놓으면 '96'이라는 숫자가 된다. 이 숫자의 기호적 형상은 '남녀의 성적 교합 상태'를 암시하는 것이 아니라 그 반대의 상황을 드러낸다. '남녀가 서로 등을 돌린 상태'가 아닌가?

시 「●소●영●위●제●」는 정확하게 96개의 글자로 구성된 3연의 형태를 보여 준다. 물론 이 숫자 놀이의 기호적 의미를 작품 속에서 더 이상 물고 늘어지는 것은 무의미하다. 그럼에도 이를 따지는 것은 이상의 시적 상상력이 고도의 기교를 자랑하는 '글자놀이'와 결합되어 있는 경우가 많다는 것을 보이기 위해서이다. 「●소●영●위●제●」는 결국 이 작품의 텍스트를 구성하고 있는 글자 수 '96'이 기호화하고 있는 그대로 '결별'의 의미를 서정적으로 표출한다. 그리고 제목에 표시된 '소영(素榮)'이라는 말의 의미를 헤아린다면 이것이 '헛된 사랑을 위한 시'임을 알 수 있다.

제1연에서 그려 내고 있는 시적 정황을 보자. 달빛 아래 시적 화자인 '나'와 그 대상이 되고 있는 '너'의 형상이 드러난다. '너'의 아름다운 모습은 "동백꽃밭 내음새 지니고 있는 네 머리털"이라는 대목에서 감각의 극치를 보여 준다. 그러나 '나'는 그 아름다움을 칭찬하는 말을 한마디도 말하지 못한다. '나'에게는 그 사랑만큼 시름이 커진다. 첫 구절에서 "달빛에 비치는 너의 얼굴"의 희고 차거움이 "얇은 한 장의 피부가 된 나의 얼굴"을 통해 암시되는 부끄러움의 심정에 대응한다. '너'에 대하여 칭찬하는 말 대신에 '나'의 말 속에 한숨이 서려 있다. 이 한숨은 '나'와 '너' 사이에 놓인 미닫이의 단절감과 거리감에서 비롯된다. 그러면서도 동백기름 곱게 바르고 있는 '너'의 머리칼 하나하나를 마음속으로 헤면서 마치 모를 심듯이 그렇게 숱한 설움을 그 머리칼만큼 심어 놓는다. '나'의 설움이 그렇게 쌓이고 쌓였던 것은 어떤 연유인가.

제2연에서는 '너'의 방탕한 행동(진흙밭을 헤매는)과 거짓말과 헛소리에 지쳐 버린 '나'의 서러움을 노래한다. 배반의 사랑을 앞에 둔 사

◆「오감도」이후의 시

내의 설움이라는 것. 그것은 '너'의 발자국에 고이는 빗물이 되고, 서러움을 곡으로 울기 전에 땅에 놓아 부어 놓은 '나'의 억울한 술잔이 된다. 진흙밭을 헤매는 발자국. 이 대목은 고시가 가운데 유명한 「정읍사(井邑詞)」의 한 구절을 연상케 한다. 행상 떠난 남편이 돌아오지 않자 이를 염려하는 아내는 절창의 가락을 이렇게 노래한다. "달하 노피곰 도다샤/ 어긔야 머리곰 비취오시라/ 어긔야 어강됴리 아으 다롱디리/ 져재 녀러신고요/ 어긔야 즌대를 드디욜셰라/ 어긔야 어강됴리/ 어느이다 노코시라/ 어긔야 내 가논디 졈그랄셰라/ 어긔야 어강됴리 아으 다롱디리."(『악학궤범(樂學軌範)』) 이 노래에서 "어긔야 즌대를 드디욜셰라"라는 구절이 그대로 "진흙밭 헤매일 적"이라는 대목과 일치한다. 다만 이 발걸음의 주인공이 사내가 아니라 여인이라는 점이 다를 뿐이다.

제3연은 '너'에 대한 '나'의 열정이 식어 버렸음을 고백하는 것으로 끝난다. 사랑을 잃어버린 '나'의 초라한 형상이 여기에서 섬세한 감각으로 묘사된다. 달을 향하여 서 있는 '너'와는 달리 '나'는 달빛을 등지고 서 있다. "거적자욱"이라는 말이 암시하는 초라한 뒷모습이라든지, "실고추 같은 피"라든지 "달빛에 놀래인 냉수" 등의 표현이 인상적이다. 그림자 속에 어리는 가느다란 혈관, 그리고 차디찬 이슬방울이 그 혈관에 방울지고 있음을 말하고 있는 것은 '나'의 열정이 이미 식었음을 암시한다. 이러한 '나'의 심사를 전혀 이해하지 못하고 있는 '너'의 모습은 이 작품의 마지막 대목에서 "이지러진 헝겊 심장을 들여다보면서 어항이라 하느냐"라는 물음을 통해 더욱 분명하게 드러난다.

시 「●소●영●위●제●」에 드러난 내면적 정서를 시인 이상의 자의식의 반영이라고 보는 것은 전혀 어색하지 않다. 사랑의 배반에 대한 한 사내의 회한과 통곡이라고 할 만하다. 그러나 떠나가는 여인을 향한 사내의 울음이므로, 소리 없이 고통스럽게 울어야 한다. 이러한 울음의 시가 아니고서는 그 사연이 그토록 아플 수가 없다. 과연 여인에 대한 사랑이란 무엇인가? 이 천고의 의문을 놓고 이상은 끝없이 고뇌하고 있었던 것이다.

이상의 시 가운데 금홍과의 결별을 소재로 삼고 있는 것처럼 보이는 작품이 하나 더 있다. 1936년 1월 잡지 《여성(女性)》에 발표한 「지비(紙碑)」라는 시이다. '아내의 출분(出奔)'이라는 구체적인 모티프를 바탕으로 하고 있는 이 시에는 "어디 갓는지 모르는 안해"라는 부제가 붙어 있다.

　　○ 紙碑 一

　　안해는 아츰이면 外出한다 그날에 該當한 한男子를 소기려가는것이다 順序야 밧귀어도 하로에한男子以上은 待遇하지안는다고 안해는말한다 오늘이야말로 정말도라오지안으려나보다하고 내가 完全히 絕望하고나면 化粧은잇고 人相은없는얼골로 안해는 形容처럼 簡單히돌아온다 나는 물어보면 안해는 모도率直히 이야기한다 나는 안해의日記에 萬一 안해가나를 소기려들었을때 함즉한速記를 男便된資格밖에서 敏捷하게 代書한다

　　○ 紙碑 二

　　안해는 정말 鳥類엿든가보다 안해가 그러케 瘦瘠하고 거벼워젓는데도 나르지못한것은 그손까락에 낑기웟던 반지때문이다 午後에는 늘 粉을바를때 壁한겹걸러서 나는 鳥籠을 느낀다 얼마안가서 없어질때까지 그 파르스레한주둥이로 한번도 쌀알을 쪼으려들지안앗다 또 가끔 미다지를열고 蒼空을 처다보면서도 고흔목소리로 지저귀려들지안앗다 안해는 날를줄과 죽을줄이나 알앗지 地上에 발자죽을 남기지안앗다 秘密한 발을 늘보선신ㅅ고 남에게 안보이다가 어느날 정말 안해는 업서젓다 그

제야 처음房안에 鳥糞내음새가 풍기고 날개퍼덕이든 傷處가 도배우에
은근하다 헤트러진 깃부스러기를 쓸어모으면서 나는 世上에도 이상스
러운것을어덧다 散彈 아아안해는 鳥類이면서 염체 닷과같은쇠를 삼켯
드라그리고 주저안젓섯드라 散彈은 녹슬엇고 솜털내음새도 나고 千斤
무게드라 아아

　　○ 紙碑 三

　　이房에는 門牌가업다 개는이번에는 저쪽을 向하야짓는다 嘲笑와같
이 안해의버서노흔 버선이 나같은空腹을表情하면서 곧걸어갈것갓다 나
는 이房을 첩첩이다치고 出他한다 그제야 개는 이쪽을向하여 마즈막으
로 슬프게 짓는다

　앞의 인용에서 볼 수 있듯이 이 작품의 텍스트는 "지비(紙碑) 1",
"지비 2", "지비 3"으로 구분되어 있다. 하지만 이 세 부분이 하나의 의
미 내용으로 이어지기 때문에 각각의 부분을 독립된 작품으로 구분할
필요는 없을 것이다. 전체 작품 텍스트의 1연, 2연, 3연에 해당하는 것
으로 보는 것이 자연스럽다.
　이 시에서는 '나'와 '아내'의 부조화와 그 결별의 과정에서 느낀 괴
로움을 담담하게 서술하고 있다. 1연은 아내의 잦은 외출과 그것을 지
켜보는 '나'의 심정을 그린다. 아내는 자신이 유부녀라는 사실을 숨긴
채 다른 남자와 만나고 있다. 나는 그것을 알면서도 아내의 거짓된 행
동을 지켜볼 뿐이다. 그리고 오히려 아내가 외출한 후 귀가가 늦어지
는 경우 혹시 아내가 아주 돌아오지 않으면 어쩌나 초조한 마음으로
절망감에 빠져든다. 아내는 짙은 화장 아래 본래의 얼굴 표정을 모두
감추고 집에 돌아온다. 아내는 늦은 귀가에도 불구하고 화장에 가려진
모습대로 아무런 거리낌을 드러내지 않는다. '나'는 아내가 들려주는

말 가운데 혹시 자신의 일기에만 몰래 기록하고 '나'에게는 속이려 드는 내용이 있는지를 생각하면서 마음속에 재빠르게 새겨 둘 뿐이다. 2연은 아내의 가출을 새장에서 탈출한 한 마리의 새로 비유하고 있다. 아내는 마치 조롱 속에 갇힌 한 마리 새처럼 날아가지 못한다. '나'는 그 이유가 아내의 손가락에 끼워진 '반지' 때문이라고 생각한다. 여기에서 '반지'는 '결혼 또는 약혼'이라는 사회적 제도의 굴레를 상징한다. '나'는 아내가 자신의 방에서 화장을 할 때 그 방이 아내를 가두고 있는 '조롱(새장)'이라고 생각한다. 아내는 한동안 집에서 식사를 하지 않고 집을 나가기 전 얼마 동안 '나'에게 아무 말도 하지 않는다. 그러고는 아무런 족적도 남기지 않고 집을 나가 버린다. 아내가 방에 벗어 놓은 '버선'은 아내의 가출을 상징한다. '나'는 아내가 떠난 후에야 그녀가 남겨 놓은 체취와 흔적을 느낀다. 그리고 아내가 몹시도 고통스럽게 지냈다는 사실을 알아차린다. 아내가 당했던 상처의 흔적도 발견한다. 아내는 가정이라는 테두리 안에서 일상에 닻을 내리고 살아 보고자 했지만 결국은 모든 것을 버리고 떠난 것이다. 3연은 아내가 떠나 버린 후 텅 비인 방 안을 그려 놓는다. 이 방은 '나'와 아내가 함께 지내 온 삶의 공간이다. 그러나 이제는 문패가 없는 것처럼 그 주인이 없다. 여기에서 '개가 짖는다.'는 것은 세상 사람들의 손가락질과 수근대는 말들을 비유적으로 표현한다. 그리고 집을 나가 버린 아내에 대한 나쁜 소문들이 나돌기 시작한다. '나'는 결국 아내와의 모든 생활을 청산할 수밖에 없게 된다. '이쪽을 향하여 짖는 개'는 '나'를 흉보기도 하고 측은하게 여겨 동정하기도 하는 사람들의 말을 뜻하는 것이라고 할 수 있다.

시 「지비」에서 아내는 날개를 달고 새장 바깥세상으로 날아가 버린다. 새장처럼 갇혀 있던 가정이라는 울타리 안에서 아내는 끊임없이 탈출을 꿈꾸어 왔던 것이다. 이것을 놓고 아내로서의 역할을 저버린 부도덕한 행동으로 치부한다면 지나치게 단순한 사회윤리적 기준에

　　　　　　　　◆「오감도」이후의 시

매달리는 것이 된다. 사랑하던 남녀의 이별이란 그 이유가 무엇이든지 간에 언제나 고통스럽고 괴로운 일일 수밖에 없다. 그리고 그것이 허구가 아니라 실제의 체험이라면 어떠하겠는가? 이상이 시적 텍스트들을 통해 구축하고 있는 '아내의 출분'이라는 특이한 모티프는 남성 중심의 가정이라는 속박으로부터 벗어나고자 하는 여성적 본능을 암시하기도 하고 부조화의 관계 속에서 파탄에 이르는 남녀 관계로 발전한다. 그러므로 이상이 사랑했던 여인 금홍에 대해서는 어떤 하나의 기준으로 설명하기가 불가능하다. 이 여인은 이상의 삶에서는 치명적이었던 것이 사실이지만, 숫된 도회의 청년 이상에게 사랑과 욕망의 대상으로서의 첫 여성이었던 것이다.

이상은 금홍이 자기 곁을 떠나 버리자 그녀와의 관계를 정리한 후 자신도 다방 제비의 공간을 벗어난다. 그러므로 그가 자기 내면의 고통을 거의 숨김없이 털어 내면서 발표한 시가 바로 「●소●영●위●제●」와 「지비」였다고 할 수 있다. 실제로 이상의 시 가운데 주관적 감정의 세계가 이렇게 진하게 드러난 작품은 달리 찾아볼 수가 없다. 그가 발표한 소설 「봉별기」도 사랑의 실패라는 고통스러운 체험에 대한 고백으로 읽을 수 있지만 모든 이야기가 절제된 감정으로 담담하게 그 정황을 간략하게 서술하고 있을 뿐이다.

난해시 「가외가전」과 문학적 대결 의식

이상은 구인회의 회원으로 가입한 후 1935년 말부터 창문사에서 일을 시작하면서 문단 활동을 재개할 수 있게 된다. 이상이 창문사에서 일한 기간은 1년 정도에 지나지 않는다. 그가 이곳에서 기획했던 것이 구인회의 기관지 발간이다. 이상이 편집을 맡아 그 발간을 주도했던 구인회의 기관지는 《시(詩)와 소설(小說)》이라는 이름을 내걸고

1936년 3월에 세상에 나왔다. 이 잡지의 창간은 1930년대 중반 한국 문단에서 구인회라는 동인의 존재와 그 문학적 성향을 분명하게 드러내어 보여 주는 증거가 되고 있다. 이상은 최고의 난해시로 손꼽히는 「가외가전(街外街傳)」을 이 잡지에 발표했다. 이 작품은 정지용의 시 「유선애상(流線哀傷)」, 박태원의 소설 「방란장(芳蘭莊) 주인」과 함께 지금도 여전히 논란의 대상이 되고 있는데, 구인회가 지향했던 문학 정신과 그 기법적 실험을 여기에서 확인해 볼 수 있다. 시적 이미지와 공간성의 의미에 대한 해석을 놓고 그 대상의 실체를 읽어 내는 문제에서부터 논란을 빚어 온 「유선애상」은 서로 다른 시간과 공간 속에서 하나의 대상이 어떤 이미지를 통해 인식될 수 있는가를 기법적으로 실험한다. 「방란장 주인」의 경우에는 서사에서 시간과 공간의 질서를 뛰어넘는 서술성을 확보하기 위해 하나의 문장 안에서 모든 등장인물의 행동을 묘사하고 상황을 진술하고자 하는 유별난 실험을 감행한다. 「가외가전」은 텍스트 안에서 이루어지고 있는 시적 정황 자체가 거의 해독 불가능한 난해시로 유명하다. 이 세 작품은 구인회 동인으로서 정지용, 박태원, 이상이 서로 공유하고 있는 문학적 경향과 기법의 특성이 무엇인가를 말해 주는 동시에 이들의 문학적 상상력이 서로 경쟁하는 자리에 놓여 있는 듯한 느낌을 주기도 한다.

이상의 시 「가외가전」은 제목인 '가외가전(街外街傳)'이라는 말 자체부터 그 의미를 제대로 이해할 수 없다. 더구나 작품 속에서 그려 내고 있는 시적 정황 자체가 매우 특이한 우의성(寓意性)을 지니고 있기 때문에 시적 의미의 심층에 접근하기도 어렵다. 여기에서 '가외가'는 '길거리이지만 길거리가 아닌 길거리'이라는 뜻으로 풀이된다. '가(街)'는 사람이나 차가 다니는 길거리를 말한다. 그런데 '가외가'는 길거리 바깥의 길이거나 길거리가 아닌 길이다. 길이지만 사람과 차가 다니는 길이 아닌 길을 말하는 것으로 볼 수도 있다. 이 작품은 이 같은 모호한 제목을 내걸고 '길이 아닌 길에 대한 이야기'를 시적으로 풀어낸다. 외형상 6연으로 구분되어 있는 이 시의 텍스트에서 각 연에 등장하는 시적 대상은 전혀 그 실체를 드러내지 않은 채 특유의 비유와 암시로 그 형태와 기능이 묘사되거나 서술된다. 그리고 시상의 전개를 위해 각 연을 일종의 몽타주의 기법을 활용하여 연결하고 있다. 그러므로 시적 의미의 파악을 위해서는 대상을 묘사하고 있는 비유적 표현에서 그 은유 구조의 원관념과 보조관념의 관계를 정확하게 이해하는 것이 중요하다.

喧噪때문에磨滅되는몸이다. 모도少年이라고들그리는데老爺인氣色이 많다. 酷刑에씻기워서算盤알처럼資格넘어로튀어올으기쉽다. 그렇니까 陸橋우에서또하나의편안한大陸을나려다보고僅僅이삺다. 동갑네가시시거리며떼를지어踏橋한다. 그렇지안아도陸橋는또月光으로充分히天秤처럼제무게에끄덱인다. 他人의그림자는위선넓다. 微微한그림자들이얼떨김에모조리앉어버린다. 櫻桃가진다. 種子도煙滅한다. 偵探도흐지부지 — 있어야옳을拍手가어쩔서없느냐. 아마아버지를反逆한가싶다. 黙黙히 — 企圖를封鎖한체하고말을하면사투리다. 아니 — 이無言이喧噪의 사투리리라. 쏟으랴는노릇 — 날카로운身端이성성한陸橋그중甚한구석을診斷하듯어루맍이기만한다. 나날이썩으면서가르치는指向으로奇蹟히골목이뚤렸다. 썩는것들이落差나며골목으로몰린다. 골목안에는侈奢스러워보이는門이있다. 門안에는金니가있다. 金니안에는추잡한혀가달닌肺患이있다. 오 — 오 —. 들어가면나오지못하는타잎기피가臟腑를닮는다. 그우로짝바뀐구두가비철거린다. 어느菌이어느아랫배를앓게하는것이다. 질다.

反芻한다. 老婆니까. 마즌편不滑한유리우에解消된政體를塗布한조름오는惠澤이튼다. 꿈 — 꿈 — 꿈을짓밟는虛妄한勞役 — 이世紀의困憊와殺

氣가바둑판처럼넓니깔였다. 먹어야사는입술이惡意로구긴진창우에서슬
몃이食事흉내를낸다. 아들 ─ 여러아들 ─ 老婆의結婚을거더차는여러
아들들의육중한구두 ─ 구두바닥의징이다.

層段을몇벌이고아래로나려가면갈사록우물이드믈다. 좀遲刻해서는텁텁
한바람이불고 ─ 하면學生들의地圖가曜日마다彩色을곷인다. 客地에서
道理없어다수굿하든집웅들이어물어물한다. 郎이聚落은바로여드름돋는
季節이래서으쓱거리다잠꼬대우에더운물을붓기도한다. 渴 ─ 이渴때문
에견듸지못하겠다.

太古의湖水바탕이든地積이짜다. 幕을버틴기둥이濕해들어온다. 구름이
近境에오지않고娛樂없는空氣속에서가끔扁桃腺들을알는다. 貨幣의스캔
달 ─ 발처럼생긴손이염치없이老婆의痛苦하는손을잡는다.

눈에띠우지안는暴君이潛入하얏다는所聞이있다. 아기들이번번이애총이
되고되고한다. 어디로避해야저어른구두와어른구두가맞부딋는꼴을안볼
수있스랴. 한창急한時刻이면家家戶戶들이한데어우러저서멀니砲聲과屍
斑이제법은은하다.

여기있는것들은모두가그厖大한房을쓸어생긴답답한쓰레기다. 落雷심한
그厖大한房안에는어디로선가窒息한비들기만한까마귀한마리가날어들어
왔다. 그렇니까剛하든것들이疫馬잡듯픽픽씰어지면서房은금시爆發할만
큼精潔하다. 反對로여기있는것들은통요사이의쓰레기다.
간다. 「孫子」도搭載한客車가房을避하나보다. 速記를펴놓은床几욹에알
뜰한접시가있고접시우에삶은鷄卵한개 ─ 오 ─ 크로터뜨린노란자위겨
드랑에서난데없이孵化하는勳章型鳥類 ─ 푸드덕거리는바람에方眼紙가
찌저지고氷原욹에座標잃은符牒떼가亂舞한다. 卷煙에피가묻고그날밤에

◆「오감도」이후의 시

遊廓도탔다. 繁殖한고거즛天使들이하늘을가리고溫帶로건는다. 그렇나
여기있는것들은뜨뜻해지면서한꺼번에들떠든다. 尨大한房은속으로골마
서壁紙가가렵다. 쓰레기가막붙는다.

이 시의 텍스트는 외형적으로 여섯 개의 연으로 구분되어 있지만
그 내용상 크게 세 개의 단락으로 나뉜다. 1연과 2연을 내용상 첫 단
락으로 볼 수 있고, 3연과 4연을 둘째 단락으로 하고, 5연과 6연을 셋
째 단락으로 나누어 볼 수 있다.

첫째 단락에 해당하는 1연과 2연은 인간의 구강(입안)을 주로 묘사
하고 있다. 입술 부분은 바깥으로 뚫려 있지만 안쪽은 목구멍으로 연
결된다. 입안에서 윗부분은 구개(口蓋)로 둘러싸여 있고 아랫쪽은 혀
가 나와 있다. 위아래로 둥근 활모양의 턱뼈에는 이가 나 있다. 입안
의 내부는 점막으로 덮여 있는데 많은 침샘이 분포되어 있고 거기에
서 타액이 흘러나온다. 시의 텍스트에서 1연의 서두 부분을 보면 모
든 시적 진술이 통사적으로 주체(주어)를 생략하고 있다. 그러므로 무
엇에 대해 서술하고 있는지, 무엇이 묘사되고 있는지 표면적으로 드러
나지 않는다. 시적 대상의 정체를 숨긴 채 지배적인 인상에 대한 묘사
와 비유적 표현에 의해 서술하고 있기 때문이다. 주어를 생략한 채 서
술부만을 제시하고 있는 "훤조(喧噪) 때문에 마멸(磨滅)되는 몸이다."라
는 첫 문장에서 '훤조(喧噪)'는 '지껄이고 떠들다(말하다)'라는 뜻을 가
지며, '마멸(磨滅)'은 '닳아지다'라는 뜻을 지닌다. 이 첫 문장에서 생략
된 주어가 무엇인지를 알아내기 위해서는 '훤조'와 '마멸'이라는 두 개
의 단어가 암시하고 있는 생략된 주어의 기능과 형태에 주목해야만 한
다. 우선 '훤조'라는 단어가 '말하기'와 관련된다는 점에서 착안하여 그
대상을 인간의 입과 연관하여 생각해 볼 수 있다. 특히 '마멸'이라는 단
어가 암시하는 바에 따라 입안의 조음기관(調音器官) 가운데 마모(磨耗)
가 되는 것으로 그 범위를 압축해 본다면, 자연스럽게 유추해 낼 수 있

는 것이 바로 입안에 있는 '치아(齒牙)'이다. 여기에서 문장의 주어를 '치아(이빨)'라고 써넣고 보면 문맥이 자연스럽게 이어진다. 둘째 문장인 "모두 소년이라고들 그리는데 노야(老爺)인 기색(氣色)이 많다."라는 진술에도 마찬가지로 주어가 없지만, '치아'를 주어로 놓고 보면 그 비유적 표현에서 암시하고 있는 의미가 분명해진다. '소년'이라는 말과 '노야(老爺)'라는 말은 모두 치아의 상태를 암시하고 있는데, 나이가 어리지만 치아의 상태가 그리 건강하지 않음을 뜻한다. 셋째 문장에서는 '치아'가 가지런하지 못하고 불규칙하게 울퉁불퉁하게 튀어나와 있는 모습을 '주판의 알이 솟아나와 있는 모양'에 비유하고 있다. 넷째 문장에서 '동갑네'는 비슷한 시기에 나와서 가지런히 자리를 잡고 있는 치아들을 말하는데, 잇몸 위에 치아가 나란히 나와 있는 모습을 '답교놀이'를 하는 모습에 비유하고 있다. 다섯째 문장에서 '육교(陸橋)'는 치아가 나와 있는 '치골'을 말한다. 입을 벌리거나 다물거나 할 때 그 움직임에 따라 치골이 함께 움직이는 것을 '육교가 끄덕인다'라고 표현하고 있다. 이처럼 시의 서두에서 입안의 치아를 묘사의 대상으로 삼고 있다는 것은 뒤에 이어지는 시적 묘사에서도 확인이 가능하다. 그렇지만 "타인의 그림자는 위선 넓다. 미미한 그림자들이 얼떨김에 모조리 앉어 버린다. 앵도가 진다. 종자도 연멸한다. 정탐도 흐지부지 ── 있어야 옳을 박수가 어쨌서 없느냐. 아마 아버지를 반역한가 싶다."라는 몇 개의 문장은 그 의미를 정확하게 파악하기 어렵다. "아버지를 반역한가 싶다."라는 말은 새로운 치아가 헌 이빨을 빼낸 자리에 나오는 것을 비유적으로 표현한 것이 아닌가 생각된다. 여기에서 '아버지'는 '젖니'를 말하고 그 자리에 새로 나온 치아는 '간니'에 해당하는 셈이다. 뒤에 이어지는 "묵묵히 ── 기도를 봉쇄한 체하고 말을 하면 사투리다. 아니 ── 이 무언이 훤조의 사투리리라."라는 표현은 입을 다물고 (이를 물고) 말을 하면 제대로 발음이 되지 않음을 의미한다. "날카로운 신단이 싱싱한 육교 그중 심한 구석을 진단하듯 어루만지기

◆「오감도」 이후의 시

만 한다."라는 문장은 입을 다물고 있을 때는 입안에서 혀끝(날카로운 신단)이 아래위의 치아에 닿으면서 마치 구석구석을 진단하듯 스친다는 것을 비유적으로 표현한 것이다. 첫 연의 후반부는 치아에 충치가 생겨 구멍이 뚫려 음식물 찌꺼기가 그곳에 자꾸 끼이는 것을 묘사한다. "기적히 골목이 뚫렸다. 썩는 것들이 낙차 나며 골목으로 몰린다."라는 대목이 이를 말해 준다. 이렇게 되면 누구나 치과에 가서 충치를 치료하면서 치아의 구멍을 메우게 된다. 여기에서 '금니'라는 것은 바로 충치의 치료를 위해 금으로 상한 치아를 감싸거나 구멍을 메운 것을 말한다. 그러나 금니를 해 넣는 경우에도 치아의 내부가 상해 들어갈 수도 있고 제대로 맞지 않아 고생을 겪기도 한다. 금니를 해 넣은 것이 아래윗니와 제대로 맞지 않는 것을 "짝 바뀐 구두"라고 표현하기도 한다.

2연에서도 입안에서 이루어지는 치아의 움직임을 묘사한다. "반추한다. 노파니까"라는 구절에서 '반추(反芻)'라는 말은 글자 그대로 '되새김질'을 뜻하는데, 치아의 저작 운동을 말하는 것으로 볼 수 있다. 음식을 먹지 않고 입맛을 다시거나 침을 삼킬 때 치아가 자연스럽게 저작 운동을 한다. 이 무의식적으로 이루어지는 저작 운동은 '허망한 노역'에 불과하다. 이때 입술도 마치 "식사 흉내를 내는 것"처럼 함께 움직인다. 아래윗니가 서로 부딪는 것이 마치 "구두바닥의 징"이 부딪치는 것처럼 느껴진다. "아들 — 여러 아들 — 노파의 결혼을 걷어차는 여러 아들들"이란 젖니가 빠진 후에 새로 나온 여러 개의 치아들, 즉 간니를 말한다. 어금니는 영구치이기 때문에 중간에 빠지고 새로 이가 나는 법이 없다. 그러므로 평생을 가는 어금니를 '노파'에 비유한다. 그런데 이 어금니에 충치가 생겨 금니를 덧씌웠기 때문에 이를 두고 "노파의 결혼"이라고 비유적으로 표현하고 있다.

이 시의 텍스트에서 내용상 둘째 단락에 해당하는 3연과 4연은 혀 뿌리에서 인두 부분에 이르는 목구멍을 묘사한다. 이 부분은 특이하게도 음식물이 넘어가는 식도의 기능과 호흡을 할 수 있는 기도의 기능을 동시에 수행하는 부분이다. 입을 크게 벌려 구강의 맨 안쪽 윗부분을 보면 그 중앙에서 밑으로 처져 있는 목젖(구개수, 口蓋垂)이 보인다. "층단을 몇 벌이고 아래로 내려가면 갈수록 우물이 드물다."라는 3연의 첫 문장에서 볼 수 있듯이 시적 묘사의 대상이 입안에서 안쪽의 후두(목구멍) 부분으로 이동하고 있는 것을 확인할 수 있다. 구강의 안쪽 부분부터는 침샘이 없어서 침이 나오지 않는다. 이것을 두고 "우물이 드물다."라고 표현하고 있다. "좀 지각해서는 텁텁한 바람이 불고 — 하면 학생들의 지도가 요일마다 채색을 곷인다. 객지에서 도리없어 다 소곳하던 지붕들이 어물어물한다. 즉 이 취락은 바로 여드름 돋는 계절이래서 으쓱거리다 잠꼬대 위에 더운 물을 붓기도 한다."라는 부분은 정확하게 어떤 상태를 말하고 있는 것인지 알 수 없다. 그러나 "좀 지각해서는 텁텁한 바람이 불고"라는 표현은 목구멍을 통해 올라오는 트름을 암시하는 것 같기도 하고, "잠꼬대 위에 더운 물을 붓기도 한다."라는 진술은 수면 중에 침을 흘리는 현상을 비유적으로 설명한 것이 아닌가 생각되기도 한다. "갈 — 이 갈 때문에 견디지 못하겠다."라는 표현은 '목이 마르다'라는 말을 바꾸어 놓은 것으로 본다. 4연에서도 모든 진술이 고도의 비유와 암시로 일관하고 있다. "태고의 호수 바탕이든 지적이 짜다."라는 문장은 구강에서부터 목구멍에 이르기까지 심하게 일어나고 있는 갈증을 '짜다'라는 형용사로 표현한다. 기관지에 가래가 생기고("기둥이 습해 들어온다.") 편도선을 앓기도 한다. 마지막 문장에서 "발처럼 생긴 손"은 편도선염으로 붓고 늘어진 '목젖'을 말한 것이 아닌가 생각된다. 여기에서 '남의 돈을 꿀꺽 삼킨다'는 데에서 유래된 것으로 보이는 "화폐의 스캔들"이라는 말을 비유적으로 활용한 것이 매우 재미있다. 사실은 음식이나 침을 꿀꺽 삼키기조차 힘들다는 것을 암시하고 있다.

이 시에서 내용상 셋째 단락에 해당하는 5연과 6연은 직접 눈으로 확인하기 어려운 호흡기관의 중심에 해당하는 폐부(肺腑)를 묘사의 대상으로 삼고 있다. 5연의 경우는 "눈에 띄지 안는 폭군이 잠입하얏다는 소문이 있다."라는 첫 문장에서 공기를 통해 전염되는 병균(폭군)이 폐부에 침입하게 된 것을 암시한다. "아기들이 번번이 애총이 되고되고 한다."라는 둘째 문장에서는 아기들의 죽음에 대하여 진술하고 있는데, 홍역에 걸린 아기들이 폐렴이 생겨 목숨을 잃게 되는 현상을 암시하는 것으로 보인다. 폐렴은 극심한 호흡곤란을 야기하고 가슴과 폐 사이 늑막에 물이 고이는 늑막염 등의 합병증을 일으키기도 한다. 심한 기침과 많은 양의 가래를 분비하며 각혈을 동반하기도 한다. 이를 잘못 다스리면 치명적인 상태에 빠져든다. '애총'은 아기들의 무덤을 말한다. "어른 구두와 어른 구두가 맞부딪는 꼴"이라는 표현은 폐렴이라는 병환의 증상을 비유적으로 표현한 것이 아닌가 생각된다. 여기서 "어른 구두"가 폐(허파)의 모양을 빗대고 있는 것으로 본다면, 홍역이 폐렴으로 악화되어 가슴과 폐 사이에 물이 고이거나 기관지가 확장되는 모양을 비유적으로 표현한 것이라고 할 수도 있다. "한창 급한 시각이면 가가호호들이 한데 어우러저서 멀리 포성과 시반이 제법 은은하다."라는 마지막 문장은 홍역이 아주 심할 때 그 전염을 막기 위해 환자를 격리시키고 사람들이 서로 출입을 삼가던 일을 서술한 것으로 보인다.

이 시의 마지막 6연을 보면 그 전반부에서 '폐부'의 내면에 관한 묘사가 이루어진다. 여기에서 '방대(尨大)한 방'이란 바로 폐부를 비유적으로 표현한 말이다. 온몸을 순환한 혈액이 폐부에 와서 새로운 산소를 공급받고 탄산가스를 내보낸다. 이 방 안으로 날아 들어왔다는 "비둘기만 한 까마귀 한 마리"는 '오염된 공기'를 암시하는 비유적인 표현인데, 실제로는 담배를 피울 때 들이키는 담배 연기가 아닌가 한다. 뒤에 "궐련에 피가 묻고"라는 대목이 나오는 것으로 보아 이를 짐작할 수 있다. 산소가 혈액에 공급되고 나면 폐부에는 탄산가스가 주로 남

게 된다. 이를 두고 '쓰레기'가 남아 있다고 표현하고 있다. 6연의 중반
부는 '간다'라는 동사 하나로 어떤 대상의 움직임을 그려 낸다. 이것은
들이켰던 담배 연기가 폐부에 남아 있는 탄산가스와 함께 내쉬는 숨결
을 타고 밖으로 나가게 되는 상황을 말해 준다고 할 수 있다. '손자(孫
子)'는 폐부 내에서 증식된 병균(결핵균)을 암시한다. 뒤에 이것을 다시
'번식한 거짓 천사'라고 지칭하고 있다. 폐부에서 몸 밖으로 내쉬는 숨
결에 따라 담배 연기를 그대로 내뿜는 형상을 기차가 가는 것처럼("객
차가 방을 피하다") 비유하고 있다. 그런데 6연의 후반부는 시적 화자가
폐부에 맞춰 놓고 있던 초점을 현실 공간(방)으로 옮겨 놓고 있음에 유
의해야 한다. 책상 위에 접시가 있고, 그 접시에 하얀 양초에 발갛게
불이 켜져 있다. 양초가 녹아내려 촛농이 응고된 것을 "삶은 계란"으로
비유하고 있으며, 곱게 타오르는 불꽃을 "포크로 터뜨린 노른자에서
부화하는 훈장형 조류"라고 비유하여 표현하고 있다. 그런데 갑작스럽
게 기침이 나온다. 담배 연기로 인하여 재채기가 나오게 되었다고 할
수도 있다. "푸드덕거리는 바람"(기침이 나옴)으로 인하여 삽화를 그리
기 위해 펼쳐 놓은 종이(방안지)가 방바닥에 이리저리 흩어진다. 피우
던 담배 위로 객혈이 묻어난다. 핏빛의 감각적 이미지를 강조하기 위
해 '유곽(遊廓)'의 화재를 한데 묶어 놓는다. 그리고 기침을 통해 밖으
로 나온 병균("번식한 거짓 천사")이 공기 중에 떠돌아다니게 된다는 것
을 암시한다. "방대한 방은 속으로 곪아서 벽지(壁紙)가 가렵다. 쓰레
기가 막 붙는다."라는 마지막 두 문장은 다시 시점을 폐부로 이동하여
폐병이 더욱 심해지고 있음을 암시한다.

　이상은 시 「가외가전」에서 인간의 호흡기관의 구조와 기능을 병적
인 것과 결부시켜 시적으로 형상화하고 있다. 인간의 육체와 병에 관
한 시인의 우울한 공상이 이러한 난해시를 가능하게 한 것이 아닌가
생각된다. 이 시에 동원하고 있는 모든 문장은 묘사하고 있는 대상 자
체를 지칭하는 말을 생략하는 방식으로 시적 진술을 이끌어 간다. 이

특이한 생략법의 수사는 결국 시적 의미 자체를 모호하게 하면서 그 의미의 난해성 속으로 독자를 끌어들인다. 더구나 각 연마다 시적 대상이 바뀌고 있는 데다가 그 묘사 방식과 진술이 서로 다르게 이루어진다. 특히 각 연의 연결과 결합에서 드러나고 있는 의미의 단절과 비약이 전체 시의 맥락을 따지기 어렵게 만들고 있다. 여기에서 이 시의 제목이 뜻하고 있는 '길 바깥의 길'이라는 의미를 다시 생각해 볼 필요가 있다. 이 시가 그려 내고 있는 입에서부터 폐부까지는 외부의 공기가 사람의 몸 안으로 들어왔다가 다시 나가는 길이다. 우리는 이를 '숨길'이라고 한다. 인간의 육체가 외부와 서로 통하는 가장 중요한 '숨길'은 폐부에 이르면 그 자취가 사라진다. 이상은 이 특이한 구조와 기능을 가지고 있는 숨길에 주목한다. 숨길이 막히면 인간은 생명을 유지하지 못한다. 이상 자신은 폐결핵을 앓고 있는 환자였기 때문에 이 길의 기능이 제대로 작동하지 못하는 상태였다. 그러므로 병든 자신의 육체에 대한 집착이 이 시에서 볼 수 있는 특이한 공상을 만들어 냈을 것이라는 점은 납득할 수 있지만 씁쓸하다. 이 시의 제목을 「가외가전」이라고 붙인 이유도 여기에서 그 추론이 가능하다. 숨길은 인간의 육체 내부를 향하고 있기 때문에 길이지만 사람이나 자동차가 다닐 수 없다. 인간의 육체 내부와 통하는 '길 바깥의 길'인 것이다.

이상의 「가외가전」이 보여 주는 특유의 시적 상상력은 정지용의 시 「유선애상」에서 볼 수 있는 기발한 착상과 그 시적 형상성과 좋은 대조를 이룬다. 박태원의 소설 「방란장 주인」의 경우에도 하나의 문장을 길게 늘여서 하나의 이야기를 만들어 내는 서술법이 유별나다. 이 작품들이 보여 주는 특이한 기법은 구인회가 지향하는 어떤 목표와 연관되는 것일 수 있지만 구인회의 회원으로서 이들이 지니고 있는 특이한 대결 의식의 발로라고 할 수도 있을 것이다. 이 작품들은 누가 더 모호하고 애매하고 난해하게 한 편의 작품을 완성할 수 있는지를 자랑이라도 하듯이 의미를 감추고 주지를 숨겨 놓고 있다. 「가외가전」의 특징을 제대로 확인하기 위해 정지용이 《시와 소설》에 발표한 「유선애상」과 박태원의 소설 「방란장 주인」을 간단히 검토하기로 한다.

　정지용의 「유선애상」은 이상의 「가외가전」과 마찬가지로 시적 대상에 대한 묘사 기법이 어떤 하나의 패턴으로 고정되어 있지 않다. 이 시의 경우에도 시적 대상을 지칭하는 말을 모두 생략한 채 그 서술에서 비유적 표현으로 일관한다. 다양한 비유적 표현으로 이루어져 있는 시적 진술의 함축된 의미를 이해하지 못하면 시의 내용을 파악하기 어렵다. 이 시는 시적 화자와 대상 사이의 간격도 일정하지 않기 때문에, 시적 묘사에서의 초점의 이동과 거기에서 생겨나는 설명적 진술의 비약을 이해하는 것도 중요하다. 이러한 여러 가지 문제 때문에 이 시는 그 의미 해석의 요체에 도달하지 못한 채 여전히 논란거리가 되고 있다. 특히 핵심을 이루는 쟁점은 이 작품에서 시적 묘사의 대상이 되고 있는 것이 무엇인가 하는 문제이다. 이 시의 복잡한 비유 구조와 묘사 방식이 시적 대상에 대한 접근조차 쉽게 허용하지 않는다.

　　　생김생김이 피아노보담 낫다.
　　　얼마나 뛰어난 燕尾服맵시냐.

　　　산뜻한 이紳士를 아스빨트우로 꼰돌라인듯
　　　몰고들 다니길래 하도 딱하길래 하로 청해왔다.

　　　손에 맞는 품이 길이 아조 들었다.
　　　열고보니 허술히도 半音키 — 가 하나 남었더라.

　　　줄창 練習을 시켜도 이건 철로판에서 밴 소리로구나.
　　　舞臺로 내보낼 생각을 아예 아니했다.

애초 달랑거리는 버릇 때문에 궂인날 막잡어부렸다.
함초롬 젖어 새초롬하기는새레 회회 떨어 다듬고 나선다.
대체 슬퍼하는 때는 언제길래
아장아장 꽥꽥거리기가 위주냐.

허리가 모조리 가느래지도록 슬픈 行列에 끼여
아조 천연스레 굴던게 옆으로 솔쳐나자 —

春川三百里 벼루ㅅ길을 냅다 뽑는데
그런 喪章을 두른 表情은 그만하겠다고 꽥 — 꽥 —

몇킬로 휘달리고나서 거북 처럼 興奮한다.
징징거리는 神經방석우에 소스듬 이대로 견딜 밖에.

쌍쌍이 날러오는 風景들을 뺨으로 헤치며
내처 살폿 엉긴 꿈을 깨여 진저리를 쳤다.

어늬 花園으로 꾀여내어 바늘로 찔렀더니만
그만 蝴蝶같이 죽드라.

「유선애상」은 그 시적 의미의 해석을 둘러싸고 여러 가지 논란이
이루어져 왔다. 특히 이 시에서 그려 내고 있는 시적 대상에 대해서
는 해석자마다 그 시각을 달리한다.* 이 작품에서 주목되는 것은 섬세

---

* 이숭원 교수의 『정지용 시의 심층적 탐구』(태학사, 1999)에서는 이 시가 '오리'를 대상으로 하는
것임을 분석해 보인 바 있다. 그런데 최근 황현산 교수의 글 「정지용의 '누뤼'와 '연미복의 신사」
(《현대시학》, 2000. 4)에서 이 시의 시적 대상을 '자동차'로 규정한 뒤 대체로 이 의견에 동조하는
듯하다. 이근화 교수는 '담배 파이프와 흡연의 경험'(「어느 낭만주의자의 외출」, 최동호 외, 『다시 읽

한 언어 감각과 특이한 비유적 표현이다. 특히 시적 대상에 대한 고정 관념을 모두 해체시켜 새롭게 재구성하고 있는 감각과 기법이 특이하다. 이 작품은 절제된 감정을 기반으로 언어적 소묘를 통해 시적 대상을 그려 낸다. 이 작품에 동원하고 있는 시어들은 상태와 동작을 동시에 드러내는 형용동사가 많다. 그러나 이 언어들은 시적 대상에 대한 개개의 디테일을 추구하는 것이 아니라, 대상에 대한 지배적인 인상을 포착한다. 이를 위해 시적 화자는 스스로 위치와 관점을 바꾸면서 움직이는 시적 대상을 묘사해 낸다. 이 같은 묘사 방법을 동적 관점형(動的觀點型)이라고 말할 수 있는데, 동시적 표상으로 그려 내기 불가능한 대상을 상관적인 연속적 표상으로 변용하여 시적 형상성을 부여하는 데에 기능적이다. 그러나 시적 대상에 대한 묘사적 표현 자체가 하나의 서사를 구축하는 방식으로 이루어지고 있어서, 이러한 서사의 진행 과정을 놓치는 경우 시의 내용을 제대로 이해하기 어렵게 되기도 한다. 이 시가 난해한 작품으로 치부되는 이유가 여기 있다.

「유선애상」의 시적 의미 구조는 그 진술법의 특징을 통해 암시된다. 이 시의 첫 연은 두 개의 문장으로 구성되어 있다. 그러나 두 문장은 통사적으로 보아 서술부만 드러나 있다. 각각의 서술부에 호응하는 주체가 무엇인지 알 수 없다. 시적 화자는 비유적 표현을 위해 동원하고 있는 보조관념들 속에 시적 대상을 숨겨 두고 있는 것이다. 이 같은 시적 대상에 대한 숨기기의 전략은 텍스트의 결말에 이르기까지 지속된다. 그리고 독자들의 상상을 자극하면서 시적 긴장을 고조시킨다.

1연에서 시적 대상은 주로 그 생김생김과 모양새를 통해 숨겨진 실체를 암시한다. 시인은 시적 대상을 '피아노'와 비교하기도 하고 '연미복'의 맵시와 비교하기도 한다. '피아노'와 '연미복'이라는 보조관념들을 통해 연상하고 유추해 낼 수 있는 요소들은 검은 색깔, 유선형의 날

는 정지용 시』(월인, 2003))이라고 말한다.

◆「오감도」이후의 시

렵한 모양 등 여러 가지가 있다. 그러나 이러한 단편적인 암시만으로
는 대상의 실체를 알아낼 수 없다. 뒤에 이어지는 시적 진술을 함께 검
토하면서 연상 작용의 끈을 놓치지 말아야 한다. 2연에서부터 4연까지
는 시적 대상과 연관되는 기능과 동작을 암시적으로 표현한다. 2연은
'연미복'으로부터 연상되는 '신사'라는 새로운 보조관념을 등장시킨다.
그리고 아스팔트 위로 "꼰돌라"인 듯 몰고 다닌다고 비유한다. 여기서
"꼰돌라"라는 보조관념은 "몰고들 다니길래"라는 동사구와 결합됨으로
써 이 시에서 묘사하고 있는 시적 대상이 '몰고 다니는 것'이라는 기능
성을 지닌 것임을 암시한다. 어떤 연구자는 여기에서 바로 '자동차'를
떠올린다. 사람들이 마치 곤돌라처럼 아스팔트 위로 몰고 다닌다는 것
만 놓고 본다면, 이러한 직감이 설득력을 지닌다. 그러나 너무 섣불리
단정할 일은 아니다. "몰고들 다니길래"라는 말은 "꼰돌라"와 연결할
경우, 타고 다닌다는 말로 바꾸어도 될 것이다. 3연의 경우에도 여전
히 시적 진술을 구성하는 문장들이 통사적인 결함을 보여 준다. 첫 행
은 시적 화자의 주관적 진술로 이루어져 있는데, '손에 맞다', '길이 들
다'와 같은 서술부에 호응하는 주체가 드러나 있지 않다. '손에 맞다'
라는 말은 손에 들어올 정도로 크기가 적절할 때 쓰는 표현이다. '길이
들다'라는 말은 여러 번 사용하여 손때가 묻고 익숙하여 제대로 잘 작
동된다는 뜻이다. 이러한 표현은 시적 화자와 대상과의 관계가 일반적
인 의미에서 인간과 도구의 관계로 연결될 수 있다는 사실을 암시한
다. 사람들이 직접 가지고 부리는 것, 어떤 도구나 물건이 아니고서는
이런 식의 표현을 하기 어렵다. 그러므로 여기에서는 시의 서두에 등
장한 '피아노'라는 보조관념을 비유적으로 활용하여 대상화한 것으로
볼 수 있다. '반음 키'가 남았다든지 '연습'이라든지 '무대'라든지 하는
시어가 모두 '피아노'를 비유적으로 끌어들이고 있음을 말해 준다. 특
히 "열고 보니 허술히도 반음 키가 하나 남았더라"라는 진술에 주목할
필요가 있다. 피아노와 같은 생김새로 보아 여러 개의 키가 붙어 있을

것으로 여겼는데, 겉모양과는 다르게 '반음 키' 하나만 남아 있다고 설명하고 있는 것이다. 이 대목에서 시적 대상의 외양이 피아노 비슷하지만 '반음 키'가 하나뿐이라는 구조적인 특성을 암시한다. 4연은 시적 화자가 연습을 시작하는 장면을 그린다. 그러나 아무리 해도 "반음 키 하나"만 가지고서는 피아노처럼 아름다운 소리를 내지 못한다. '철로판에서 밴' 소리만 낸다. "무대로 내보낼 생각을 아예 아니했다"는 것은 아무리 연습해도 신통하지 않음을 말한다. 여기에서 암시되고 있는 "철로 판에서 밴 소리"의 정체는 뒤에 구체적으로 의성화되어 나타난다. 그러나 모두가 비유적으로 표현되어 있기 때문에 실제로 무엇을 가지고 어떤 소리를 내는 연습을 했는지 알 수 없다. 이 부분에서 주목해야 할 것은 "철로 판에서 밴 소리"를 내는 "반음 키"라는 보조개념이다. 이미 밝혀진 대로 시적 대상은 피아노와 외양이 비슷하지만, 소리를 내는 키는 오직 "반음 키" 하나뿐이다. 그런데 여기에서 그 "반음 키"가 "철로 판에서 밴 소리"를 낸다는 사실이 밝혀진 것이다.

이 시의 텍스트는 5연에서부터 그 시적 진술법이 바뀐다. 시적 배경이 구체적으로 묘사되는 가운데 시적 화자 자신이 동작의 주체로 등장한다. 전반부에서 비유적으로 끌어들였던 '피아노'와 관련되는 진술은 더 이상 등장하지 않는다. 시적 화자는 궂은 날에도 불구하고, "막 잡아부렸다"고 진술한다. '피아노'라는 보조관념 대신에 "꼰돌라"라는 보조 관념을 여기서부터 활용함으로써 시적 이미지의 전환과 비약을 시도한다. 시적 화자는 "꼰돌라"를 밖으로 끌고 나와 막 잡아 부린다. 비를 맞아 새초롬하기는커녕 빗방울을 떨어 버리며 밖으로 나선다. 여기에서 비가 오는 가운데에도 부릴 수가 있다는 새로운 사실이 하나 더 첨가된다. 피아노와 같은 악기라면 빗속을 몰고 다닐 수 없는 일이다. 6연에서 "대체 슬퍼하는 때는 언제길래/ 아장아장 꽉꽉거리기가 위주냐."라는 표현은 구어적 산문체로 표현된다. 이러한 진술은 시적 대상에 하나의 생명체와 같은 정의적 요소를 부여함으로써 가능해

521   ◆「오감도」이후의 시

진다. 시의 결말에 이르기까지 이러한 의인화의 기법이 유지된다. "아장아장"이라는 의태적인 표현과 "꽥꽥"이라는 의성적 표현은 비유적으로 끌어들인 "꼰돌라"의 움직이는 모습과 그것이 내는 소리를 암시한다. 이 부분에서 드러나는 감각적 표현에 착안하여 시적 대상을 '오리'라고 판단했던 연구자도 있다. 그러나 "아장아장"은 뒤뚱거리며 움직이는 모습을 비유적으로 표현한 것이며, "꽥꽥"이라는 소리는 사실 앞서 말한 바 있는 "반음 키"에서 나는 소리라는 점을 놓쳐서는 안 된다.

이 시의 후반부를 이루는 7연부터 10연에서는 시적 대상의 이동에 따라 시적 화자의 묘사적 관점도 이동한다. 이 부분에서도 시적 화자는 "꼰돌라"라는 보조관념의 기능성을 주목하여 그것을 몰고 다니는 장면을 그려 낸다. 7연에서 "허리가 모조리 가느래지도록"이라는 표현은 몸의 균형을 잡기 위해 긴장하며 힘을 주는 모습을 말해 준다. 이 구절은 통사적으로 볼 때, 둘째 행의 "솟쳐나자"를 한정하는 것으로 보는 것이 가장 적절하다. "슬픈 행렬에 끼어 아주 천연스레 굴던 게, 허리가 가느래지도록 솟쳐나자"와 같이 부사절의 위치를 변동시켜 보면 그 통사적 결합 관계가 분명하게 드러난다. 사람들이 오가는 속에 끼어서 자연스럽게 굴다가, 허리를 낮추고 힘을 주어("허리가 모조리 가느래지도록") 그 무리에서 빠져나와 앞서 가는 모습이 그려진다. 8연은 춘천으로 가는 벼랑길로 달리는 모습이다. 사람들과 같은 슬픈 표정을 짓지 않겠다고 꽥꽥거리면서 속력을 내어 달린다. 이미 6연에서도 시적 대상을 놓고 슬퍼하는 때가 없다고 진술한 바 있다. 그러나 9연에서는 금방 힘이 빠진 모습이다. 몇 킬로를 휘달리니 힘에 부친다. "거북처럼 흥분한다"는 진술에 이르면 "꼰돌라"에 '거북'이라는 또 다른 보조관념을 덧붙여 비유적으로 활용한다. 거북이는 아무리 빨리 달려가려고 해도 빨리 가기 어렵다. 발을 굴러도 앞으로 나가지 못하는 것을 두고, 거북이가 흥분하고 있다고 비유한 것이다. 더구나 길이 험하여 방석 위에서 앉아 있는 몸이 덜그럭거리면서 솟으뜨기 일쑤다. 그러니 자칫 쓰러질까 조바심하며 참는다. 제발 그만 편하게 쉬었으면 하는 생각이 들 법하다. 10연에서는 두 뺨으로 스치는 바람 속에 펼쳐지는 풍경들이 상쾌하다. 그 바람에 몸을 추스리고 다시 정신을 차린다.

이 시의 마지막 연은 시상의 종결 부분으로 "어느 화원으로 꾀어내어 바늘로 찔렀더니만/ 그만 호접같이 죽더라"라는 한 문장으로 이루어져 있다. 이 대목에서 묘사하고 있는 대상과 그 내용은 바로 앞 10연의 "살풋 엉긴 꿈"과 연결시켜 볼 때 그 의미가 분명해진다. 10연에서와는 달리 시적 화자는 더 이상 내닫지 못하고 풀밭 위에서 쉬고 있다. "화원"이나 "호접(나비)"은 모두 쉬고 있는 시적 대상을 묘사하기 위해 비유적으로 동원된 보조개념들이다. 화자는 풀밭에 있는 시적 대상의 형상을 놓고, 채집하여 바늘로 찔러 놓은 죽은 나비의 형상을 떠올린다. 마치 나비가 바늘에 찔린 채 두 날개를 펼치고 죽은 것처럼 그렇게 풀밭에 누운 것이다. 춘천길의 힘든 달리기를 잠시 멈추고 죽음처럼 평화로운 휴식을 누리고 있는 셈이다.

「유선애상」의 시적 텍스트를 자세히 분석해 보면, 대상에 대한 비유적 표현에 동원하고 있는 여러 가지 보조관념들 가운데 "피아노", "연미복", "꼰돌라", "거북", "호접" 등이 시적 진술의 핵심적인 내용을 구성한다는 점을 확인할 수 있다. "꼰돌라"는 사람이 타거나 몰고 다닐 수 있는 것이라는 기능성을 암시하는 보조관념이다. "꼰돌라"처럼 사람이 타고 다니는 것이라면, 더구나 그것이 땅 위로 다니는 것이라면, 그 범위가 별로 넓지 않다. 가장 손쉽게 생각할 수 있는 것이 자동차이다. 그리고 자전거, 오토바이 등을 추가할 수 있다. 이러한 것들을 놓고 나머지 보조관념들과 관련지어 보면, 어느 정도 대상의 윤곽이 드러난다. 더구나 "피아노", "연미복", "호접"과 같은 보조관념들이 암시하는 형상적 특징을 찾아내어 '꼰돌라'의 기능성과 결부시킨다면, 시적 대상이 무엇인가를 알아낼 수 있게 될 것이다.

시인 정지용이 「유선애상」에서 그리고 있는 시적 대상은 무엇일

◆ 「오감도」 이후의 시

까? 어떤 연구자의 주장대로 '택시'일까? 아니면 다른 어떤 해석이 가
능한가? 이쯤에서 나 자신이 이제껏 숨겨둔 답을 먼저 공개하기로 한
다. 나의 카드에는 '자전거'라고 적었다. 이 시에서 그려 내고 있는 시
적 대상은 자전거이다. 시적 화자는 자전거 타는 방법을 익힌 후 자전
거를 타고 춘천길로 한번 나들이를 나간 것이다. 어떻게 그런 해석이
가능한가? 비유적 묘사에 스며들어 있는 시적 대상에 대한 다양한 이
미지들을 주목하면서 다시 한번 시를 살펴보자.

시의 1연에서 "피아노"니 "연미복"이니 하는 것은 자전거의 검은
색깔과 특정 부위의 모양에서 연상된 이미지들이다. 자전거 앞뒤 바
퀴의 바로 위에 바퀴를 덮는 덮개가 붙어 있다. 흙탕물이 튀어 오르지
못하도록 막기 위해 흙받침이 그 덮개의 끝에 매달려 있다. 이 흙받침
의 모양에서 연미복의 꼬리 모양을 연상할 수 있다. 그런데 왜 하필 피
아노일까? 여기에 대해서는 3연의 시적 진술을 보아야만 구체적인 해
명이 가능하다. 2연에서 자전거는 "꼰돌라"에 비유되면서 사람이 타고
다니는 것이라는 기능성을 부각시킨다. 여기에서 아스팔트 위로 몰고
들 다닌다는 표현 때문에 이내 '택시(자동차)'라고 생각할 수 있다. 그
러나 타고 다니는 것이 어찌 자동차뿐인가? 더구나 이 시기의 택시(자
동차)는 결코 유선형의 외양을 갖추고 있지 않다. 1930년대 일본과 한
국에서 운행되던 택시는 투박한 지프의 외양을 닮아 있다. 더구나 우
리의 생활 속에서 자동차가 일반화된 것은 한국전쟁 이후의 일이다.
1960년대만 하더라도 자전거 한 대를 가지는 것이 얼마나 자랑스러웠
는가?

처음 자전거를 만져 보고 타 보는 모습은 3, 4연에서 "피아노"를 만
지는 것처럼 비유적으로 표현된다. 그리고 "열고 보니 허술히도 반음
키 —가 하나 남았더라."라는 진술을 통해 시적 대상의 특징적인 형상
을 하나 암시해 놓고 있다. 피아노의 뚜껑을 열어 보면 부챗살 모양으
로 배치되어 있는 피아노의 현(絃)이 금방 눈에 들어온다. 자전거에도

두 바퀴의 원형(휠)을 제대로 지탱하기 위해 강철 철사로 된 수많은 살을 부챗살 모양으로 고정시켜 놓고 있다. 이 자전거 바큇살이 마치 피아노의 현처럼 보인다. 피아노에 붙어 있는 수많은 현들은 모두 건반의 키와 연결되어 있어서 키를 두드리면 여러 음의 소리가 난다. 그러나 자전거 바퀴에서 볼 수 있는 현은 소리를 내기 위한 것이 아니다. 그러므로 시적 화자는 "열고 보니 허술히도 반음 키만 하나 남었더라." 라고 진술한다. 자전거에는 손잡이 부분에 오직 한 가지 소리(반음)만을 내는 경적과 연결된 까만 키가 달려 있을 뿐이다. 이 자전거의 경적소리는 뒤에 "꽉꽉"과 "꽥꽥"이라는 의성어로 두 차례 묘사된다. 자동차에도 비슷한 경적(클랙슨)이 있지만, 피아노와 자전거처럼 따로 까만 키의 모습은 아니다. 더구나 1930년대의 자동차에는 피아노에서 소리를 내는 강철 철사로 된 현은 어디에도 없다. 이러한 사실에 착안한다면, 자동차가 이 시의 시적 대상이 되기 어려움을 일찍부터 짐작할 수 있다. 이 대목에서 시적 화자는 피아노와 자전거의 특징적인 부분에서 얻어 낸 공통적인 이미지를 지배적 인상으로 확대시켜 놓고 있는 셈이다. 아주 작은 부분에서 느낀 강한 인상을 보고 그것을 전체 사물의 형상으로 대체시키는 일종의 환유적 기법을 변용하고 있는 것이다.

자전거 타는 연습이 끝난 후 5, 6연에서는 드디어 자전거를 몰아본다. 처음 자전거를 배우고 뒤뚱거리면서 달리는 모습이 그려진다. 자전거를 배우기 시작한 사람은 잠시도 참지 못하고 자전거를 타려고 한다. 심지어는 남의 가게 앞에 세워 둔 자전거도 몰래 끌어다가 타기도 하니까. 비가 오는 날에도 밖에 자전거를 끌고 나와 연습을 한다. 서툴게 자전거를 타는 뒷모습이 마치 오리걸음 하듯 엉덩이가 뒤뚱거린다. 오리는 빗속에서도 몸에 젖은 빗물을 휘 떨어 버리고 꽉꽉거리면서 뒤뚱뒤뚱 걸어간다. 빗속에서 엉덩이를 뒤뚱거리면서 서투르게 자전거를 타는 모습이 오리걸음처럼 보이는 것이다.

이 시의 후반부에 해당하는 7연에서부터 자전거 타기에 점차 익숙해진다. 자전거를 타고 거리를 달리면서 사람들 사이를 지날 때는 천천히 조심한다. 그러다가 사람들 틈에서 벗어나려고 "허리가 모조리 가느래지도록" 윗몸을 약간 앞으로 빼면서 내닫는다. 8연에서는 자전거를 타고 야외로 나선다. 춘천 가는 벼룻길로 자전거를 몰아 본다는 것은 참으로 기분 좋은 일이다. 사람들 틈에서 천천히 조심스럽게 타는 그런 모양새가 아니다. 이제는 몸을 흔들며 힘을 주고 빠르게 달린다. 경적 소리도 "꽉꽉"이 아니라 "꽥꽥" 힘을 준다. 9, 10연은 춘천 길을 달리는 힘든 과정이 그려진다. 자전거를 타고 춘천 가는 벼룻길을 달리는 것은 출발은 즐거웠지만 몹시 힘들다. 더구나 당시의 도로는 포장도 되지 않은 길이라 불과 몇 킬로를 달리자 지쳐 버린다. 힘이 들어 제대로 달리지도 못하면서도 열심히 몸을 움직인다. 자전거 위에 앉아 있기도 힘들다. 작은 돌부리에 걸려도 몸이 솟뜬다. 그러나 이 모든 고통을 견딜 수밖에. 두 빰으로 바람이 스쳐 가고 산과 강의 경치가 함께 스친다.

　11연의 "어느 화원으로 꾀어내어 바늘로 찔렀더니만/ 그만 호접같이 죽더라"는 자전거를 세우고 쉬는 장면을 비유적으로 묘사하고 있는 부분이다. 시적 화자는 자전거를 풀밭에 눕힌다. 표본 채집을 위해 바늘로 찔러 놓은 나비처럼 자전거가 죽은 듯이 풀밭에 눕혀 있다. 자전거가 나비처럼 죽었다. "피아노"처럼 연습을 했던 자전거, "오리"처럼 뒤뚱거리면서 타기 시작한 자전거, 춘천 가는 길을 "거북처럼" 힘들게 달린 자전거가 바늘에 찔려 죽은 나비가 되어 풀밭에 눕혀 있는 것이다. 죽은 나비가 된 자전거라는 이 놀라운 비유는 정지용만이 지니는 상상력의 소산이다. 이 대목에서 나비는 시적 대상인 자전거의 전체적인 모습을 그대로 보여 주는 보조 개념으로 활용된다. 풀밭의 자전거가 죽은 나비의 형상과 흡사하다. 자전거의 두 바퀴와 손잡이의 형상이 나비의 두 날개와 더듬이를 연상하게 한다. 그리고 시적 대상을 비유적으로 그리기 위해 동원한 "피아노", "연미복", "꼰돌라" 등의 보조관념들을 통해 부분적으로 인상지었던 이미지들이 모두 여기에서 '나비'라는 보조관념과 결합되면서 자전거라는 시적 대상의 실체를 드러낸다. 그런데 이 같은 비유적 표현에서 주목해야 할 것은 자전거가 가지는 속성이다. 자전거는 달릴 때만 유선형을 이룬다. 그러므로 자전거는 언제나 바퀴를 돌리면서 땅 위로 굴러다녀야 한다. 자전거가 땅 위를 달리지 못하고 풀 위에 눕혀지면, 자전거로서의 가치와 기능을 잃는 것이다. 그것은 마치 바늘에 찔려 죽은 나비와 같다고 할 수 있다. 「유선애상」이라는 이 시의 제목이 바로 이 같은 자전거의 숙명을 암시한다. 길 위로 달릴 때에만 자신의 존재 의미와 가치를 드러낼 수 있다는 것은 얼마나 힘들고 고된 운명인가? 어쩌면 이것은 '유선형'이라는 형상적 특질로 규정되었던 현대적 문명의 속도와 움직임 자체가 안고 있는 슬픈 운명일지도 모른다.

정지용의 「유선애상」에서 볼 수 있는 시적 진술은 산문적이다. 이 시는 분명 아름다운 율조를 가진 언어로 이루어진 것이 아니다. 시인은 의도적으로 이른바 시적 언어라고 인식되었던 아름답고 부드러운 말들을 제거한 대신에 일상적인 구어와 산문적 표현을 대담하게 시 속으로 끌어들이고 있다. 이 작품에서 볼 수 있는 구어체의 산문은 시적 정감의 표현을 위해서라기보다는 경험적 현실감을 살리는 데에 더욱 기능적이다. 이것은 말할 나위도 없이 자연스러운 말로 들린다. 이 자연스러움을 달리 경험적 진실성이라고 할 수 있을 것이다. 이 산문적 표현은 한편으로는 시적 진술의 정확성을 드러내면서도 동시에 매우 까다로운 암시로 이루어진다. 그것은 산문적 진술을 이루는 문장 안에서 특정의 문장 구성 성분을 탈락시키고 있는 점을 통해 확인된다. 이 시의 첫 문장인 "생김생김이 피아노보담 낫다."라는 표현은 통사적으로 완전하지 않다. 시적 진술의 대상을 구체적으로 지시하는 말을 생략함으로써 얻어 내는 암시와 비유의 효과는 산문적 진술의 명료성을 방해하면서 시적 의미의 긴장을 살려 낸다. 이와 같은 진술법은 「유선

◆「오감도」이후의 시

애상」의 시적 공간 안에서 현실적 감각의 구체성과 암시적 표현의 추상성을 함께 펼쳐낸다.

「유선애상」의 시적 텍스트를 이루는 각 연의 구성과 결합 방식은 매우 특이하다. 시적 텍스트의 구성은 일반적으로 동질성의 법칙을 기준으로 한다. 그리고 모든 요소들의 상위성(相違性)을 조정하는 데에는 질서와 균형을 추구하는 통합을 필요로 한다. 그러나 이 작품은 시적 이미지와 모티프들이 질서 있게 배열되지 않고 있다. 이 느슨해 보이는 텍스트의 구조는 몽타주의 기법을 차용하고 있다. 영화의 편집 기법에서 비롯된 몽타주는 여러 가지 요소들을 하나의 작품 속에서 결합해 놓는 일종의 조립 기법이라고 할 수 있다. 「유선애상」은 모든 구성 요소들을 하나로 통일시키는 유기적 구조 대신에 몽타주의 기법을 활용하여 여러 가지 요소들의 불균형과 부조화를 극복한다. 이 작품에서 외견상 드러나는 동적인 이미지와 정적인 이미지의 대립, 시각적인 것과 청각적인 것의 부조화 등은 몽타주의 기법으로 본다면 오히려 자연스러운 일이다. 시적 대상을 따라 움직이는 동적 관점에 의해 통일성과 집중성을 잃고 있는 시적 진술도 마찬가지라고 할 수 있다. 시적 텍스트를 구성하는 요소들 사이의 이질성, 시적 모티프의 불연속성, 서로 관련성이 없어 보이는 모티프의 삽입, 시간과 공간의 비약 등을 통해 실제의 현실 속에서 일어나고 있는 다양한 이동성(移動性)을 어떻게 형상화하느냐 하는 문제는 이 작품의 섬세한 독법을 통해 확인할 수 있을 것이다.

그런데 정지용의 「유선애상」에서 더 중요한 것은 대상에 대한 묘사에 있어서 감각적인 시선과 각도를 발견하고 거리와 높이와 척도를 다양하게 바꿔 나가는 점에 있다. 이 시는 부분적인 것에 대한 세부적인 분석과 묘사를 통해 실재성의 감각을 높인다. 그리고 작품 속에서 그 수용의 공간을 새롭게 확장하고 보다 역동적으로 대상을 따라 움직이는 듯한 감각을 심어 준다. 특히 각각의 연을 몽타주의 기법으로 결합해 놓는다. 이때 중요한 것이 장면을 포착하는 시선의 위치와 그 이동이다. 어떤 각도에서 어떻게 특정의 대상을 묘사하느냐 하는 것은 시의 독자에게 어떤 특이한 정서적 감응을 유도하느냐 하는 문제와 직결된다. 시적 진술의 각도는 언제나 대상에 대한 새로운 이미지를 생산하면서 전혀 다른 관심을 드러낼 수 있기 때문이다. 그러므로 몽타주의 기법은 어떤 대상이나 개념에 대한 연상 작용을 시각적으로 표현한다. 이미지는 언제나 대상을 현재의 상태로 보여 준다. 과거나 미래의 것을 이미지로 보여 줄 수는 없다. 「유선애상」의 시적 공간에서 시인은 시적 이미지를 통해 구현할 수 있는 경험적 동시성의 문제를 놓고 그 진술의 언어적 한계를 고민하면서 몽타주의 기법을 활용한다. 이러한 특징은 앞서 소개한 이상의 시 「가외가전」에서도 마찬가지로 확인할 수 있다. 영화의 모든 장면들은 카메라의 각도 안에 들어오는 모든 대상들을 동시적으로 포착하여 한꺼번에 공간을 채워 놓는다. 이 새로운 방식은 말을 하거나 그림을 직접 손으로 그려 나가는 방식과는 구별된다. 화가가 그림을 그릴 때는 하나의 선 하나의 형체를 만들어 가면서 어떤 순서에 따라 서서히 캔버스를 채워 간다. 이렇게 화가는 자신이 표현하고자 하는 대상을 자신의 의식 속에서 스스로 통제하면서 순차적으로 시간적 선후 관계를 고려하여 그려 간다. 그러나 영화 속의 카메라는 이와 다르다. 카메라는 일단 각도가 정해지고 위치가 고정되면 시야에 들어오는 모든 것을 동시에 재현한다. 정지용은 이상과 마찬가지로 동시성의 감각을 최대한 구현할 수 있는 장면 묘사와 그 결합을 몽타주의 기법으로 실현해 보인다. 몽타주는 본질적으로 시각적인 세계 안에서의 분절과 그 한계를 제시하면서 동시에 그 분절과 한계를 뛰어넘는 방법이 된다. 그리고 서로 다른 관점과 시각을 병치시키면서도 모든 것을 하나로 통합할 수 있는 단일한 관점을 펼칠 수도 있다. 그러므로 몽타주의 기법에 의해 새로이 구성된 시적 텍스트는 여러 가지 서로 다른 경험적 요소들의 혼성물이 되고 다중적 관점을 보여 주면서 동시성의 감각을 살릴 수 있게 된다.

정지용의 「유선애상」은 이상의 시 「가외가전」과 마찬가지로 시 읽기의 고통스러움과 즐거움을 동시에 보여 준다. 이 작품은 비유적 이미지의 결합 과정 자체가 시적 텍스트의 내부에서 하나의 '작은 이야기'를 형성하고 있다. 이 서사의 줄기를 따라 시적 정황 속으로 몰입하지 않으면, 다양한 비유적 표현과 산문적 진술들이 몽타주의 기법을 통해 새롭게 결합되면서 빚어내는 시적 의미를 이해하기 어렵게 된다. 이 시의 시적 진술 방법은 시적 대상에 대한 지배적인 인상을 중심으로 비유적 묘사를 이끌어 간다는 점에 그 특징이 있다. 이러한 비유적 묘사에서 암시하는 대상에 접근하는 것을 돕기 위해, 시적 화자는 정황의 변화를 요약적으로 제시하기도 하지만, 어떤 경우에는 그 접근을 지연시키기 위해 엉뚱한 비약을 시도하기도 한다. 그러므로 시인의 상상력을 따라잡기 위해 시를 읽으면서도 긴장을 늦춰서는 안 된다. 이 작품의 마지막 연에 이르러 "피아노", "연미복", "꾠돌라" 등의 부분적 이미지와 암시적 표현을 뒤로하고 "나비가 된 자전거"를 읽어 낼 수 있게 되는 것은 독자의 입장에서 시인의 시적 상상력에 함께 동참하는 기쁨에 해당한다.

박태원의 단편소설 「방란장 주인」은 그가 추구하고자 했던 새로운 모더니즘의 서사 미학을 실험적 형식을 통해 보여 주는 문제작이다. 소설 속의 이야기 자체가 작가 자신의 경험적 일상을 기반으로 하는 '사적(私的) 요소'로 채워져 있으며 전체 스토리를 하나의 문장 속에 담아내고 있는 특이한 서술 구조를 보여 준다. 부제로 표시하고 있듯이 소설 「성군(星群)」과는 2부작의 성격을 유지하고 있다. 이 소설에서 표제가 되고 있는 "방란장"은 젊은 화가가 개업한 끽다점(喫茶店)의 이름이다. "방란장 주인 젊은 화가"의 주변에는 예술가들이 모여 있다. 이들은 모두가 특별한 생업이 없이 예술활동을 꿈꾼다. 그러나 이들 가운데 변변하게 자기 예술 세계를 지키고 있는 사람은 없다. 이들이 서로 의기투합하여 우연히 만나게 된 공간이 "방란장"이다. 하지만 '방란장'은 이웃에 크게 새로 낸 "모나미"가 등장하면서 그 경영이 어려워진다. 이러한 구도로 본다면 "방란장"은 물질주의의 확대와 자본의 횡포로 인하여 현실에서 밀려나게 되는 예술의 위기를 암시한다. 애당초에 돈벌이를 위한 것이라기보다는 한 동리에 살고 있는 불우한 예술가들—— 수경(水鏡) 선생, 만성(晚成), 자작(子爵) 등이 자기네 구락부처럼 드나들며 소일하는 장소처럼 출발했다고는 하지만 방란장의 주인은 마음이 심란하다. 무엇보다도 이 젊은 주인을 심란하게 하는 것은 끽다점의 종업원으로 일하고 있는 여성 '미사에'에 대한 대우 때문이다. 수경 선생의 천거로 이 집에 와서 일하게 된 미사에에게 주인은 끽다점 운영이 여의치 않게 되자 제대로 월급도 주지 못한다. 그러나 미사에는 찾아주는 손님이 드문 이 다점을 열심히도 지켜 주고 있다. 수경 선생은 주인에게 아예 이참에 미사에와 결혼하는 것이 어떠냐고 말하기도 했으나 적지않이 밀린 월급도 주지 못하고 있는 상황이 우선 다급하다. 집주인에게 집세 독촉을 당하면서 궁리 끝에 주인은 수경 선생 댁을 찾아 나선다. 그러나 새로운 소설을 구상한다던 수경 선생은 무슨 일 때문인지 집에서 그 부인으로부터 호되게 닦달을 당하고 있다. 중년 부인이 그 남편에게 아무것이나 마구 내던지고 깨뜨리면서 종알대고 있는 무서운 광태(狂態)를 보면서 방란장의 주인은 달음질치듯이 그곳을 벗어나 혼자 들판에서 고독에 휩싸인다. 그런데 이러한 전체적인 경개는 소설 「방란장 주인」의 끝 장면에 등장하는 "문득 황혼의 가을 벌판 우에서 자기 혼자로서는 아모렇게도 할 수 없는 고독을 그는 그의 전신에 느꼈다."라는 마지막 구절을 주절(主節)로 하는 아주 긴 종속절(從屬節)의 내용으로 채워지고 있다. 다시 말하면 이 소설은 전체 내용이 아주 길고 복잡한 복문 구조의 한 개 문장으로 끝난다. 소설 속에서 그려 내고 있는 이야기를 한 개의 문장으로 표현하고 있다는 말이다. 이러한 표현 방식은 한국 근대소설에서는 찾아보기 어려운 사례에 해당한다. 여기에는 문장의 길이라든지 문장 구성 등과 같은 문체론적 특성만으로 설명하기 어려운 작가 특유의 내면 의식이 작동한다. 이상이 자신의 시에서 행의 구분을 하지 않고 전체 텍스트를 한 개의 긴 문장으로 이어 쓴 경우는 있지만 소설에서 이러한 방식을 취한 작품은 「방란장 주인」의 경우가 유일한 것이 아닌가 생각된다.

소설 「방란장 주인」의 이야기가 한 개의 문장으로 서술되고 있다는 것은 대상에 대한 서술 자체를 여러 개의 문장으로 분절하지 않고 있음을 말해 주는 것이다. 일반적으로 문장이란 말과 글에서 그 기본적인 단위가 된다. 어떤 개념을 단어로 연결하여 하나의 온전한 의미를 전달할 수 있는 최소 단위의 언어 형식이 문장이다. 그런데 문장은 음의 연쇄체이지만 반드시 그 앞과 뒤에 휴지(休止)가 놓임으로써 서술되는 의미의 분절을 만들어 낸다. 그렇기 때문에 하나의 이야기를 서술하기 위해서는 수많은 문장이 동원되기 마련이다. 하지만 박태원은 소설 「방란장 주인」의 이야기를 오직 하나의 문장으로 서술하기 위해 일체의 분절을 거부한다. 모든 어구는 연결어미 또는 접속어로 이어져 있다. 한국어 표현에서 동원 가능한 모든 종류의 연결어미와 접속어가 이 소설에 등장한다고 할 수 있을 정도이다. 이러한 서술법은 인간의 의식 속에서 이루어지는 사고(思考) 작용의 연속성을 그대로 표현하고자 하는 의욕에서 비롯된 것이다. 언어를 문자로 표기할 경우 모든 어구와 문장은 의미상의 혼동을 피하기 위해 시각적으로 분절된다. 한국어 문장의 경우는 모든 단어를 띄어쓰고 문장의 종결이 이루어지면 반드시 휴지부(休止符)를 표시한다. 그러나 인간의 의식 속에서 이루어지는 모든 사고 내용은 분명한 분절이 이루어지는 것도 아니고 휴지부를 통해 그 종결을 표시하는 것도 아니다. 모든 생각과 느낌은 끊임없이 지속된다. 박태원은 바로 이 같은 사고 작용의 지속성 자체를 하나의 문장으로 구현하고자 했던 셈이다.

구인회 기관지 《시와 소설》에 수록된 시 「가외가전」과 「유선애상」

그리고 소설 「방란장 주인」은 모두 어떤 구체적인 목적을 가지고 작품을 만들어 내고 있다는 공통점을 지닌다. 다시 말하자면 하나의 가치 창조를 향하여 시와 소설을 '제작'하고 있는 것이다. 이러한 창작의 방법은 소박한 표현주의적 태도와는 전혀 다른 새로운 방법이며 관점이다. 당시 문단에서는 이러한 새로운 접근법을 주지적(主知的) 태도*라고 명명한 바 있다. 주지적 태도란 문화의 전면적 발전 과정을 의식하고 있는 가치 창조자로서의 시인의 자세와 방법을 규정하고 있는 말이다. 그러므로 주지적 태도를 기반으로 만들어지는 시와 소설은 한 개의 가치 형태로서의 위치를 인정받을 수 있다. 이러한 특징은 결국 시와 소설이 언어를 통해 조직된 것이며 한 개의 통일된 세계라는 사실을 강조하고 있는 것이다. 그리고 이것은 언어의 구성물로서의 시와 소설을 기법적 특성을 중시하고 있다는 점에서 구인회의 지향점과도 맞닿아 있다.

그런데 문학작품이 언어를 통한 의미의 실제적 구성물 또는 제작물이라는 규정은 결국 문학이 독자적인 성격의 예술이라는 인식으로 통한다. 그리고 이것은 당시 김기림이 강조했던 "제작으로서의 시"**의 개념을 그대로 받아들이면서 시의 가치가 미적 자율성에 근거한다는 새로운 인식을 그대로 보여 주고 있다. 여기에서 새롭게 제기되는 문제가 바로 문학의 기술(技術) 또는 작품의 기법이다. 시와 소설이 하나의 실체로서의 구성물이 되기 위해서는 기술이라는 의미의 제작 방법과 그 과정이 당연히 문제가 된다. 문학에서 기술 문제가 그 주제 내용과 별개의 문제로 취급되어서는 안 되기 때문이다. 여기에서 강조되는 문학의 기술은 하나의 초점을 가진 작품의 구성의 문제에 해당한다. 그러므로 이것은 문학작품을 구성하고 있는 언어와 그 외형적 형태에

---

* 김기림, 「시작(詩作)에 있어서의 주지적 태도」, 《신동아》, 1933. 4) 참조.
** 「'제작으로서의 시'라는 개념은 김기림의 '시의 기술·인식·현실 등 제 문제'」(《조선일보》, 1931. 2. 11~14)에서 제기된 후 모더니즘 시 운동의 핵심 개념으로 자리 잡는다.

◆「오감도」 이후의 시

국한된 문제도 아니다. 그것은 문학의 형식과 내용을 관통하는 특별한
구상 작업으로서 양식 자체의 혁명을 요구한다. 결국 문학의 기술과
방법은 그 주제와 형식에 대한 새로운 발견이라고 할 수 있다. 시「가
외가전」과「유선애상」그리고 소설「방란장 주인」이 보여 주는 문학적
기법이 당대의 문단에서 새로운 문학적 경향을 제시하는 문제적인 것
이었음을 여기에서 확인할 수 있다.

◆ 연작시「오감도」그 완성의 길

「오감도」의 행방

이제 다시 이상의 연작시「오감도」에서부터 논의를 시작하기로 하자.「오감도」는 1934년 8월 8일 신문 연재가 중단된 후 어떻게 되었을까? 이 질문은「오감도」의 연재가 중단된 후 이상은 어찌 되었는가를 묻는 것으로 대체해도 된다. 시인 이상에게는「오감도」가 곧 이상 자신이었기 때문이다. 이상은《조선중앙일보》에 발표한「오감도 시제15호」를 끝으로 더 이상 작품 연재를 이어 갈 수 없게 된다. 연재 중단 연락을 받은 뒤 그는「오감도 작자의 말」*이라는 짧은 자기변명을 글로 썼지만 신문사에서는 이 글의 발표조차 허락하지 않는다.

왜 미쳤다고들 그리는지 대체 우리는 남보다 수십 년씩 떨어져도 마음 놓고 지낼 작정이냐. 모르는 것은 내 재주도 모자랐겠지만 게을러 빠지게 놀고만 지내던 일도 좀 뉘우쳐 보아야 아니 하느냐. 여나믄 개쯤 써보고서 시 만들 줄 안다고 잔뜩 믿고 굴러다니는 패들과는 물건이 다르다. 2천 점에서 30점을 고르는 데 땀을 흘렸다. 31년 32년 일에서 용

---

* 이 글은 이상이 죽은 후 박태원이 쓴「이상의 편모(片貌)」(《조광》, 1937. 6)에 수록되면서 세상에 알려졌다.

535

대가리를 떡 꺼내어 놓고 하도들 야단에 배암 꼬랑지커녕 쥐 꼬랑지도 못 달고 그만두니 서운하다. 깜빡 신문이라는 답답한 조건을 잊어버린 것도 실수지만 이태준(李泰俊), 박태원(朴泰遠) 두 형이 끔찍이도 편을 들어준 데는 절한다. 철(鐵) ── 이것은 내 새 길의 암시요 앞으로 제 아무에게도 굴하지 않겠지만 호령하여도 에코 ── 가 없는 무인지경은 딱하다. 다시는 이런 ── 물론 다시는 무슨 다른 방도가 있을 것이고 우선 그만둔다. 한동안 조용하게 공부나 하고 땀은 정신병이나 고치겠다.

이상이 썼다는 「오감도 작자의 말」은 200자 원고지 2매 분량에 지나지 않는다. 이 글에서 이상이 당대 문단에 대해 가지고 있던 불만을 솔직하게 털어놓는다. 그리고 자신의 시 「오감도」에 대한 시인으로서의 자부심을 드러낸다. 이 글의 첫머리에는 한국문학이 감내해야 했던 시대적 조건이 먼저 제시되고 있다. "대체 우리는 남보다 수십 년씩 떨어져도 마음 놓고 지낼 작정이냐."라는 말은 한국 근대문학의 식민지적 후진성을 지적한 말이다. 한국문학의 근대적 출발을 놓고 "서구 문학의 모방, 일본 문학의 이식"이라고 자조했던 임화의 주장을 놓고 본다면 시인으로서 이상이 지니고 있던 문학사적 인식의 문제성을 충분히 인정할 수 있다. 그는 자신이 발표한 「오감도」가 시 몇 편을 쓰고 시인이라는 명패를 달고 다니는 패들과는 "물건"이 다르다는 점을 강조한다. 그리고 이것이 1931년부터 1932년 사이에 쓴 2천여 편의 작품에서 30편을 골라낸 것이라고 밝히고 있다. 이 진술의 내용을 그대로 받아들이기는 어려울지 모르지만 이상은 「오감도」를 위해 자신의 습작 2천여 편 가운데 30편을 골랐다는 것이다. 여기에서 언급하고 있는 1931년과 1932년의 일이란 이상이 조선총독부 건축 기사 시절 잡지 《조선과 건축》에 일본어 시를 발표했던 일과 연관되는 것이 아닌가 생각된다. 당시 잡지에 발표했던 작품은 모두 28편인데 이들을 제외하고 남는 엄청난 숫자의 습작이 어디로 갔는지는 그 행방을 알 수가 없다. 그런데 주목해야 할 것은 이상이 「오감도」를 위해 골라낸 작품이 30편이었다고 밝힌 점이다. 이 진술 내용은 연작시 「오감도」가 신문에 연재된 15편 외에도 15편 정도의 작품이 발표되지 못한 채 폐기되었음을 말해 준다. 「오감도」의 연재 중단 후 미발표작이 된 나머지 작품들은 어떻게 되었을까? 이런 질문은 이상이 가졌던 「오감도」에 대한 애착과 자부심을 놓고 본다면 당연히 제기할 수 있는 문제이다. 미완의 문제작 「오감도」의 행방을 찾는 일은 이 새로운 질문으로부터 시작되어야 한다.

연작시 「역단」과 새로운 가능성

이상의 「오감도」가 미완의 상태였음을 생각하면서 주목하고 싶은 것은 1936년 2월 잡지 《가톨릭청년》에 발표한 연작시 「역단(易斷)」이다. 이 작품은 '역단'이라는 표제 아래 「화로(火爐)」, 「아츰」, 「가정(家庭)」, 「역단(易斷)」, 「행로(行路)」 등 다섯 편의 시를 연작 형식으로 묶어 놓고 있다. 그런데 이 작품들은 「역단」이라는 제목 아래 묶여 있지만 그 시적 형태가 짧은 산문시로 이루어져 있다. 모든 시적 진술에서 띄어쓰기를 무시하고 있다든지 시적 대상에 대한 묘사를 단순화하고 추상화시켜 놓고 있으며 유추의 방법을 시적 표현에 적용하는 경우가 많다. 이러한 언어 표현과 기법 등은 모두 「오감도」의 작품들과 유사하며 시의 내용도 비슷한 주제들이 눈에 띈다. 이것은 연작시 「역단」의 작품들이 미완의 「오감도」를 완결 짓기 위한 후속 작업일 가능성이 크다는 것을 암시한다. 연작시 「역단」의 발표가 예사롭지 않게 느껴지는 이유가 여기 있다.

연작시 「역단」의 표제가 된 '역단(易斷)'이라는 말은 '오감도'의 경우와 마찬가지로 이상 자신이 만들어 낸 신조어로서 사전에 올라 있지 않다. '역(易)'이란 한자는 그 음이 두 가지가 있다. 하나는 '역(바꾸다)'이고, 다른 하나는 '이(쉽다)'이다. 여기에서 '역'이라는 말은 명사로 쓰일 경우 대개 「주역(周易)」을 일컫는다. 「주역」의 괘를 이용하여 인간의 길흉화복을 따지는 점복(占卜)의 의미를 갖는다. 그러므로 미래의 운명을 점친다는 뜻으로 풀이할 수 있다. '단(斷)'은 '끊다', '결단하다' 등의 의미를 가진다. 이렇게 읽는다면 '역단'은 '운명에 대한 거역'이라는 뜻을 지니는 것으로 본다. 물론 '역(易)' 자를 '이(易)'로 읽을 수도 있다. 이 경우에는 '쉽다'라는 뜻을 가진다. '이단(易斷)'이라는 말은 '쉽게 자르다' 또는 '손쉽게 끊어 내다' 등의 뜻으로 풀이된다. 그러나 연작시에 포함된 작품 「역단」을 보면 그 주제가 운명에 대한 거역을 뜻하는 것으로 풀이하는 것이 자연스럽기 때문에 '역(易)' 자로 읽어야 한다.

이 연작시의 표제작 「역단」을 먼저 살펴보기로 하자. 이 작품은 연작 형식의 틀 안에서 네 번째로 이어진 것이다.

> 그이는백지위에다연필로한사람의運命을흐릿하게草를잡아놓았다. 이렇게홀홀한가. 돈과과거를거기다가놓아두고雜踏속으로몸을기입하여본다. 그러나거기는타인과約束된握手가있을뿐, 다행히空欄을입어보면長廣도맞지않고안들인다. 어떤빈터전을찾아가서실컷잠자코있어본다. 배가아파들어온다. 苦로운發音을다삼켜버린까닭이다. 奸邪한文書를때려주고또먹살을잡고끌고와보면그이도돈도없어지고피곤한과거가멀거니앉아있다. 여기다座席을두어서는안된다고그사람은이로位置를파헤쳐놓는다. 비켜서는惡息에虛妄과複讐를느낀다. 그이는앉은자리에서그사람이평생을살아보는것을보고는살짝달아나버렸다.

앞의 인용에서 이 작품의 시적 진술 내용을 보면, 인간의 삶의 운명을 정초해 주는 '그이'라는 존재가 등장한다. '그이'는 백지 위에 한 사람의 운명을 초 잡아 놓고 있다. 이런 점에서 '그이'는 인간의 운명을 주재하는 초월적 존재로 이해할 수 있다. 그런데 '그이'가 초 잡아놓은 운명을 거부한 '그 사람'이 등장한다. '그 사람'은 '그이'가 그려놓은 삶의 과정을 따르지 않고 돈도 버리고 지내 온 삶도 물리치고 너절한 현실(잡담)에 발을 내딛는다. 그러나 모든 것이 자신과 제대로 맞지 않는다. 고통을 견디며 살아오다가 다시 제자리로 돌아온다. 그러나 그 자리에는 재물도 사라지고 성가신 과거만 남아 있다. '그 사람'은 그 자리에 주저앉아 살아서는 안 된다고 생각하면서 그 위치를 파헤쳐 버린다. 그러나 허망함과 복수심을 버릴 수가 없다. 이 작품에서 그리는 것은 인간의 삶과 그 운명이다. 하지만 인간의 삶은 인간 스스로 어찌하지 못한다. 그것은 이미 그렇게 진행되도록 정해진 것이다. 이 운명에 대한 거역을 시인 자신은 '역단'이라는 말로 요약하고 있는 셈이다. 이 시에서 자신에게 부여된 운명을 거역하는 '그 사람'이라는 존재는 시적 진술의 주체가 되는 이상 자신에 해당한다. 자기가 꿈꾸었던 삶을 살지 못하고 화가가 되는 것을 포기했던 그는 조선총독부 건축 기사로 안정된 생활을 보장받지만 결국 결핵으로 직장을 포기하기에 이르는 것이다. 그리고 금홍이와 다방 '제비'를 운영하면서 일상적 삶의 현실에 파묻힌다. 이러한 과정을 돌아보면서 그는 허망감을 느끼며 스스로 그 운명에 대한 복수를 꿈꾸게 되는 것이다.

연작시 「역단」 속에 포함되어 있는 시 「가정」은 시인 자신이 자기 운명을 거역하면서 겪어야 했던 가족과의 불화 혹은 갈등을 소재로 하고 있다. 백부의 집에서 양자처럼 성장한 그는 자신을 낳아 준 친부모에게 자식의 도리를 다하지 못하고 있다는 죄의식을 갖고 있다. 더구나 폐결핵으로 조선총독부 건축 기사를 사임한 후에는 오히려 집안에 더 큰 부담을 주는 존재가 되었고, 다방 제비의 운영 실패로 집안 전체의 생활 자체를 쪼들리게 만들었던 것도 사실이다. 이상은 이 같은 자신의 처지를 시 「가정」에서 다음과 같이 그려 내고 있다.

◆ 연작시 「오감도」 그 완성의 길

門을암만잡아당겨도안열리는것은안에生活이모자라는까닭이다. 밤이사나운꾸지람으로나를졸른다. 나는우리집내門牌앞에서여간성가신게아니다. 나는밤속에들어서서제웅처럼자꾸만減해간다. 식구야封한窓戶어데라도한구석터놓아다고내가收入되어들어가야하지않나. 지붕에서리가내리고뾰족한데는鍼처럼月光이묻었다. 우리집이앓나보다그러고누가힘에겨운도장을찍나보다. 壽命을헐어서典當잡히나보다. 나는그냥문고리에쇠사슬늘어지듯매어달렸다. 문을열려고안열리는문을열려고.

앞의 시에서 시적 자아인 '나'는 어둔 밤 집안으로 들어서지 못하고 문 밖에서 서성대고 있다. 문이 열리지 않기 때문이다. 바깥은 밤이 되어 어둡고 춥다. 집안은 식구들이 모여 있는 곳이지만, '나'는 집안으로 들어설 수가 없다. '나'는 가정으로부터 소외되어 있고 그 고립감으로 인하여 더욱 위축되어 있다.

이 시에서 시적 화자인 '나'와 집안 사이의 단절을 어떻게 이해할 수 있을까? 이 시의 진술 내용을 보면, '나'와 가족 사이의 문제는 경제적 궁핍에 의해 생겨난 것이다. 따라서 이 궁핍의 현실을 타개하지 않고서는 '나'와 집안의 화해가 가능하지 않으며 '나'의 귀가가 쉽지 않음을 알 수 있다. "우리집이앓나보다그러고누가힘에겨운도장을찍나보다.수명을헐어서저당잡히나보다."라는 진술은 집안의 경제가 파탄의 지경에 이르러 있음을 암시한다. '나'는 안에서 누구도 '나'를 위해 문을 열어 주는 사람이 없다는 사실을 알면서도 문을 잡아당기고 열리지 않는 문을 열고자 한다. 이러한 내용을 보면, 이 시는 '나'와 가족과의 갈등, 다방 제비의 운영 실패를 둘러싼 경제적 위기를 암시하고 있음을 짐작할 수 있다.

연작시 「역단」의 작품들 가운데에는 병의 고통과 죽음에 대한 충동을 감각적 언어로 치밀하게 그려 내고 있다. 시적 화자는 자기 삶과 운명에 대한 거역이 자신을 죽음의 공포로 몰아가고 있는 병과 그 고통으로 이어진다는 점을 여러 형태의 비유와 상징을 통해 그려 낸다. 시인은 자신에게 절망과 좌절을 안겨 준 병에 대한 고통을 직접적으로 제시하기보다는 시적 텍스트 내에서 정교하게 기호화함으로써 특유의 고통의 미학으로 승화시키고 있다.

(1)

房거죽에極寒이와다앗다. 極寒이房속을넘본다. 房안은견딘다. 나는讀書의뜻과함께힘이든다. 火爐를꽉쥐고집의集中을잡아땡기면유리窓이움폭해지면서極寒이혹처럼房을눌은다. 참다못하야火爐는식고차접기때문에나는適當스러운房안에서쩔쩔맨다. 어느바다에潮水가미나보다. 잘다져진房바닥에서어머니가生기고어머니는내압흔데에서火爐를떼어가지고부엌으로나가신다. 나는겨우暴動을記憶하는데내게서는억지로가지가돗는다. 두팔을버리고유리창을가로막으면빨내방맹이가내등의더러운衣裳을뚜들긴다. 極寒을결커미는어머니—— 奇蹟이다. 기침藥처럼따끈따끈한火爐를한아름담아가지고내體溫우에올나스면讀書는겁이나서근드박질을친다.

——「화로(火爐)」

(2)

캄캄한空氣를마시면肺에害롭다. 肺壁에끄름이앉는다. 밤새도록나는옴살을알른다. 밤은참많기도하드라. 실어내가기도하고실어들여오기도하고하다가이저버리고새벽이된다. 肺에도아츰이켜진다. 밤사이에무엇이없어젓나살펴본다. 習慣이도로와있다. 다만내侈奢한책이여러장찢겼다. 憔悴한결론우에아츰햇살이仔細히적힌다. 永遠히그코없는밤은오지않을듯이.

——「아츰」

◆ 연작시 「오감도」 그 완성의 길

(3)

기침이난다. 空氣속에공기를힘들여배앗하놋는다. 답답하게걸어가는길이
내스토오리요기침해서찍는句讀을심한空氣가주물러서삭여버린다. 나는
한章이나걸어서鐵路를건너질를적에그때누가내經路를듸듸는이가있다.
압흔것이匕首에버어지면서鐵路와열十字로어얼린다. 나는문어지느라고
기침을떨어뜨린다. 웃음소리가요란하게나드니自嘲하는表情우에독한잉
크가끼언친다. 기침은思念우에그냥주저앉어서떠든다. 기가탁막힌다.

—「행로(行路)」

앞의 작품들은 공통적으로 시적 자아인 '나' 자신이 결핵을 앓으면
서 겪어야 했던 병의 고통과 절망감을 소재로 삼고 있다. (가)는 오한
과 객혈의 고통을 그리고 있으며, (나)는 몸살의 괴로움을 어두운 밤과
대비시키고 있다. (다)는 끝없이 반복되는 기침과 객혈의 고통을 그려
낸다. 연작시 「역단」의 전체적인 내용과 그 주제의 형상화 과정이 이
세 편의 작품을 통해 구체화되고 있는 셈이다.

(1) 「화로」는 추운 방 안에서 오한에 떨며 책을 읽다가 기침을 하고
객혈을 했던 경험을 그려 낸다. 이상은 심하게 결핵을 앓았기 때문에
미열, 기침, 도한(盜汗) 등과 함께 객혈의 고통을 수없이 경험한다. "어
느 바다에 조수가 미나 보다."라는 구절은 객혈의 순간을 특이한 감각
으로 표현하고 있다. 그런데 이 고통스러운 경험 속에서 환상처럼 등
장하는 것이 어머니의 모습이다. 따뜻하게 몸을 덥혀 줄 수 있는 '화
로'를 '어머니'의 이미지에 겹쳐 놓고 있다. 말하자면 시인의 상상력을
통해 '화로=어머니'의 관계가 성립되고 있는 셈이다. 몸으로 느끼는
한기와 신열의 고통을 다양한 시각적 표현을 동원하여 구체적으로 형
상화하는 기법도 매우 뛰어나다.

(2) 「아츰」에서도 시적 화자는 긴 밤의 어둠 속에서 병의 고통에 시
달린다. 밤새도록 어두운 밤을 몸살을 하면서 견디어 내면 어둠이 물

러가고 새벽이 된다. 빛나는 아침에는 병의 고통도 다시 사라지고 예사로운 일상을 맞이하는 것이다. 병고에 시달리면서 밤을 지내고 나서 아침을 맞아 그 어둠의 고통으로부터 벗어나는 과정을 시각적인 이미지의 대조를 통해 감각적으로 형상화하고 있다.

(3) 「행로」는 시적 화자인 '나'의 고통스러운 삶의 과정을 암시적으로 그려 낸다. 이상 자신의 개인사와 관련지어 본다면, 폐결핵에 걸려 투병하는 과정에서 반복적으로 경험했던 심한 기침과 객혈의 고통이 그대로 드러나 있다고 할 것이다. 특히 '기침'이라는 말은 그 고통을 집약해 놓은 하나의 상징이 되고 있는데, 시의 텍스트에 '기침'이라는 시어가 네 차례나 반복적으로 등장한다. 기침은 공기 속에 공기를 힘들여 뱉어 놓는 것으로 설명되기도 하고, 답답하게 걸어가는 길에 찍는 '구두점(句讀點)'으로 비유되기도 한다. 그리고 기침으로 인해 아무것도 제대로 할 수 없는 상태를 타이포그래피의 '구두점'이라는 기호로 변형시켜 놓기도 한다. 이러한 표현은 기침의 고통을 감각적으로 구체화하기 위한 기법적 고안에 해당한다.

그런데 「행로」의 텍스트는 '행로'라는 제목 자체가 암시하고 있는 것처럼 '나'의 삶의 중요한 고비를 메타적 진술법에 의해 설명하고 있다. "나는 한 장이나 걸어서 철로를 건너지를 적에 그때 누가 내 경로를 지는 이가 있다. 압흔 것이 비수에 버어지면서 철로와 열십자로 어얼린다."라는 구절이 바로 이에 해당한다. 여기에서 시적 화자는 자신의 삶의 과정 가운데 운명적인 고비를 이룬 스물두 살의 나이를 그 숫자의 기호적 표상을 통해 교묘하게 묘사하고 있다. "한 장이나 걸어서 철로를 건너지를 적"이라고 표현한 구절은 삶의 과정과 나이를 암시한다. 철로는 두 개의 선로로 이루어진 길이다. 이것은 한자의 '이(二)'라는 글자와 유사한 기호적 표상을 드러낸다. "철로를 건너지를"이라는 동작은 '이(二)' 자를 가로지르는 '≠'과 같은 기호로 그려진다. 이 기호는 수학에서 'a≠b'라고 표시하는 데에 쓰인다. 이것은 a라는 전항이

b라는 후항과 등치관계를 이루지 않는 상태임을 의미한다. 다시 말하면 a와 b는 서로 일치하지 않으며, 그 값이 서로 다름을 뜻한다. 시적 화자의 운명이 어떤 전환점을 맞게 되었음을 암시한다고 할 수 있다. "그때 누가 내 경로를 되되는 이가 있다."라는 구절은 '나'를 따라오고 있는 정체를 알 수 없는 존재가 있었음을 말해 준다. 그것이 바로 병이다. 죽음의 그림자가 드리우기 시작한 것이다. 그렇기 때문에 여기에서 그 대상에 대한 두려움의 정서가 환기된다. 실제로 시인은 스물두 살에 객혈을 시작하면서 심각한 결핵을 앓고 있음을 확인한 바 있다. "아픈 것이 비수에 베어지면서 철로와 열십자로 어얼린다."라는 구절은 '二十二'라는 나이를 표시하는 숫자의 형상을 병의 진전 상황과 연결하여 설명하고 있는 것으로 볼 수 있다. 철로를 건너지를 적에 "아픈 것이 비수에 베어지면서"라고 서술하고 있는 부분은 '二十二'라는 숫자의 기호적 형상을 만들어 내기 위한 전제에 해당한다. 철로(=)를 건널 때(≠)에 아픈 것이 비수에 베어진다. 그래서 철로는 두 도막으로 잘라져 '='와 '='의 형태로 나뉜다. 결국 '二'라는 글자가 둘이 생겨난 셈이다. "철로와 열십자로 어울린다."라는 구절은 곧바로 '= 十 ='라는 기호로 도식화할 수 있다. 이 기호는 그대로 '이십 이(二十二)'라는 숫자와 일치한다. 그리고 이것은 곧 '스물두 살'이라는 시적 화자의 나이를 의미하는 것으로 해석된다.

이 시의 결말 부분은 심한 기침과 객혈의 장면을 그려 낸다. "독한 잉크"는 바로 객혈을 의미한다. 기침을 하는 동안에는 아무것도 할 수 없다. 연거푸 계속되는 기침의 고통을 "기침은 사념 우에 그냥 주저앉아서 떠든다."라고 묘사한다. 결국 스물두 살이 되던 해부터 병고에 시달리며 살아야 했던 고통스러운 삶의 모습을 처절하게 묘사하고 있는 것이다.

이처럼 연작시 「역단」의 작품들은 그 시적 주제 내용과 텍스트 자체의 구성법이 「오감도」의 경우와 공통적인 특징을 확인할 수 있다.

각각의 작품들은 시적 텍스트가 어구의 띄어쓰기를 전혀 하지 않은 채 행의 구분 없이 단연(單聯) 형식의 산문체로 구성되어 있는데, 이러한 형식적 특징도 「오감도」의 연작 형식으로 묶인 대부분의 작품들과도 흡사하다. 특히 모든 작품들이 공통적으로 '나'라는 주체를 시적 대상으로 삼고 있는 점도 「오감도」의 경우와 일맥상통한다. 이 가운데 「화로」, 「아츰」, 「행로」 등은 이상 자신의 투병의 과정과 그 좌절 의식을 짙게 드러내고 있으며, 「가정(家庭)」은 가족과의 불화 혹은 단절을, 「역단(易斷)」은 병으로 인해 나락에 빠져들게 된 자신의 운명에 대한 깊은 고뇌를 보여 준다. 이러한 형식상의 특징과 주제 내용의 상관성은 연작시 「역단」이 「오감도」와 시적 맥락을 같이하고 있음을 암시한다. 이것은 「오감도」의 연장선상에서 「역단」이 창작된 것임을 말해 주는 특징이라고 할 수 있다. 연작시 「역단」이 「오감도」의 미발표작의 일부에 해당할 수 있다는 조심스러운 추정이 가능한 이유가 여기 있다. 하지만 이 다섯 편의 작품 만으로는 30편으로 연결되어 있다고 말한 「오감도」의 규모에 도달하지 못한다.

연작시 「위독」, 그리고 「오감도」의 완성

이상이 1936년 가을 동경행을 준비하는 동안 마지막으로 정리하여 발표한 시적 작업은 연작시 「위독」이다. 이 작품은 10월 4일부터 9일까지 《조선일보》에 연재 형식으로 발표했는데, 여기에는 「금제(禁制)」, 「추구(追求)」, 「침몰(沈歿)」, 「절벽(絶壁)」, 「백화(白晝)」, 「문벌(門閥)」, 「위치(位置)」, 「매춘(買春)」, 「생애(生涯)」, 「내부(內部)」, 「육친(肉親)」, 「자상(自像)」 등 12편의 시가 이어져 있다. 이 작품들은 자아의 형상 자체를 시적 대상으로 삼아 다양한 시각을 통해 이를 해체하고 있는 경우가 많으며, 자신을 둘러싸고 있는 아내와 가족에 대한 자기 생각과 내면 의식의 반응을 그린 경우도 있다. 연작시 「위독」에서 볼 수 있는 사물을 보는 시각과 판단은 「오감도」의 특이한 자기 투사 방식과 상호 연관성을 통해 그 의미가 더욱 분명하게 드러난다. 자신의 병과 죽음에 대한 절박한 인식, 자기 가족에 대한 책임 의식과 갈등, 좌절의 삶을 살아가는 자신에 대한 혐오 등을 말하고 있는 시적 진술 방법이 「오감도」의 연장선상에 놓여 있기 때문이다. 이상은 연작시 「위독」의 연재를 마친 후 동경행을 택한다. 그러므로 연작시 「위독」은 국내에서 이루어진 이상 자신의 시적 글쓰기 작업의 마지막을 장식한다. 1934년에 발표한 미완의 연작시 「오감도」는 1936년 「역단」과 「위독」을 통해 그 연작 자체의 완성에 도달한 셈이다.

이상 자신은 연작시 「위독」의 연재에 관해 김기림에게 다음과 같은 사신을 보낸 적도 있다.

起林 兄
兄의 글 받았오. 퍽 반가웠오.
北日本 가을에 兄은 참 儼然한 存在로구려!
워-밍엎이 다 되었것만 와인드엎을 하지 못하는 이몸이 兄을 몹씨 부러워하오.
지금쯤은 이 李箱이 東京사람이 되었을 것인데 本町署高等係에서 「渡航マカリナラヌ」의 吩咐가 지난달 下旬에 나렸구려! 우습지 않소? 그러나 지금 다시 다른 方法으로 渡航證明을 얻을 道理를 차리는 中이니 今月中旬 — 下旬 頃에는 아마 李箱도 東京을 헤매는 白面의 漂客이 되리다.
拙作 「날개」에 對한 兄의 多情한 말씀 骨髓에 스미오. 方今은 文學 千年이 灰燼에 돌아갈 地上最終의 傑作 「終生記」를 쓰는 中이오. 兄이나 부디 억울한 이 內出血을 알아주기 바라오!
三四文學 한部 저 狐小路집으로 보냈는데 원 받았는지 모르겠구려!

요새 朝鮮日報學藝欄에 近作詩「危篤」連載中이오. 機能語. 組織語. 構成語. 思索語.로 된 한글文字 追求試驗이오. 多幸히 高評을 비오. 요다음쯤 一脈의 血路가 보일 듯하오.

芝溶, 仇甫 다 가끔 만나오. 튼튼히들 있으니 또한 天下는 泰平聖代가 아직도 繼續된것 같소.

煥泰가「宗橋禮拜堂」에서 結婚하였오.

이상의 사신 가운데 연작시「위독」에 관한 내용은 "조선일보 학예란에 근작시「위독」연재중이오. 기능어, 조직어, 구성어, 사색어로 된 한글 문자 추구 시험이오. 다행히 고평을 비오. 요다음쯤 일맥의 혈로가 보일 듯하오."라고 말한 부분이다. 이상은 이 대목에서 연작시「위독」의 언어 실험을 분명하게 지목하고 있다. 그는 자신의 작업을 "기능어, 조직어, 구성어, 사색어로 된 한글 문자 추구 시험"이라고 말하면서 일맥의 "혈로"가 여기에서 보일 듯하다고 스스로 자평한다. 여기에서 말하는 "기능어, 조직어, 구성어, 사색어"란 무엇을 뜻하는지가 궁금하다. 먼저 '기능어'라는 용어를 생각해 보자. 기능어는 단어와 단어, 어구와 어구, 또는 문장과 문장 사이에서 문법적인 기능을 드러내는 말을 지시하는 용어이며 구조어라고도 한다. 구체적으로 조사나 접속사 등이 이에 속한다. 하나의 문장에서 어떤 사물을 지시하거나 개념을 나타내는 말을 내용어라고 하는데, 체언, 용언, 수식언, 독립언 등에 속하는 말은 모두 내용어이다. 기능어는 이 내용어를 통일되게 엮는 데 쓰이는 조사, 어미, 접속어 등을 말한다. 한국어는 그 특징 가운데 하나로서 기능어가 매우 발달되어 있다. 조직어라는 말은 단어, 문장, 문단 등을 연결하면서 담화 생성에 관여한다는 점에서 기능어를 포함한다. 그런데 문단과 문단의 연결, 문장 전체의 구성과 조직 등을 뜻으로 본다면 그 지시 범위가 넓어진다. 구성어는 하나의 문장을 구성하는 데에 쓰이는 주어, 목적어, 서술어, 보어 등과 같은 문장 구성

◆ 연작시「오감도」그 완성의 길

성분 언어를 통칭하는 말이며, 사색어는 관념어와 동의어로서 추상어
라고 한다. 이상이 연작시 「위독」을 통해 강조하고 있는 이 용어들은
시적 진술에서 문제가 되는 언어 표현과 그 기법의 문제임은 물론이
다. 시의 텍스트는 말 그대로 언어 문자의 결합으로 이루어진다. 그러
므로 언어 문자의 속성과 기능을 제대로 이해하고 그 관계를 정확하게
맺어 주는 일이 중요하다. 연작시 「위독」의 경우 각 작품들은 언어 표
현에 있어서뿐만 아니라 그 시적 형태의 균형에 있어서 「오감도」의 경
우보다 어떤 전형에 도달하고 있다고 할 정도로 정제되어 있다. 연작
시 「오감도」가 「위독」의 연재를 통해 그 완결의 지점에 도달하고 있는
셈이다.

연작시 「위독」의 작품 가운데 관심을 두고 볼 수 있는 시적 주제는
가족과의 갈등 또는 가계의 전통에 대한 거부를 표시하고 있는 점이
다. 이상의 성장 과정을 보면 이 복잡한 가계 문제가 서로 얽혀 있다.
실제로 연작시 「위독」 가운데에 「문벌」이나 「육친」과 같은 작품을 보
면 가계의 전통과 그 계승이라든지 부친에 대한 반감 등을 쉽게 확인
해 볼 수 있다.

(1)

墳塚에게신白骨까지가내게血淸의原價償還을强請하고잇다. 天下에달이
밝아서나는오들오들떨면서到處에서들킨다. 당신의印鑑이이미失效된지
오랜줄은꿈에도생각하지안으시나요 ─ 하고나는으젓이대꾸를해야겟는
데나는이러케실은決算의函數를내몸에진인내圖章처럼쉽사리끌러버릴수
가참업다.

─「문벌(門閥)」

(2)

크리스트에酷似한襤褸한사나이가잇스니이이는그의終生과殞命까지도내

게떠맛기랴는사나운마음씨다. 내時時刻刻에늘어서서한時代나訥辯인트집
으로나를威脅한다. 恩愛 — 나의着實한經營이늘새파랏게질린다. 나는이
육중한크리스트의別身을暗殺하지안코는내門閥과내陰謀를掠奪당할까참
걱정이다. 그러나내新鮮한逃亡이그끈적끈적한聽覺을벗어버릴수가업다.

—「육친(肉親)」

앞의 (1)「문벌」은 '나'라는 시적 화자를 통해 한 개인이 가문의 전
통과 그 굴레를 쉽사리 벗어나기 어렵다는 점을 이야기하도록 하고 있
다. 여기에서 "분총에 계신 백골"은 이미 세상을 떠난 선대의 조상들
을 의미한다. 시인 이상 자신에게 국한시킨다면 가까이는 세상을 떠난
백부에서부터 그 윗대의 조상이 모두 포함된다고 할 수 있다. 이들이
'나'에게 요구하는 것은 후손으로서 가계를 이어 가야 할 의무이다. 가
계의 계승은 특히 가부장적 가족제도를 유지해 온 한국 사회에서는 매
우 특이한 전통에 해당한다. 이것은 윤리와 도덕이라는 이름으로 가계
라는 울타리 안에 개인을 속박한다. 이 작품에서 시적 화자는 결코 이
가족의 테두리를 벗어날 수 없는 자신의 처지를 놓고 고뇌한다. 이 굴
레를 화자는 "당신의 인감"과 "내 몸 안에 지닌 내 도장"이라고 표현한
다. 이미 그 효력은 사라졌는데도 '나'는 이 굴레를 벗어나기 어려운
것이다. 가족이라는 혈연적 제도의 틀 안에서 결국 '나'는 갈등하며 방
황할 수밖에 없다.

(2)의 「육친」은 시적 화자인 '나'의 '육친'에 대한 은애의 정을 역
설적으로 그려 내고 있다. 이 작품에는 '나'와 '나'를 억압하는 '사나
이'가 등장한다. 그리고 이 두 사람의 관계를 설명하는 말들이 '위협
하다', '질리다' '암살하다', '약탈당하다'와 같은 격렬한 의미의 단어
로 서술된다. 하지만 이것은 일종의 반어적인 표현에 불과하다. 이 시
에 등장하는 '은애(恩愛)'라는 말은 못난 부모에 대한 원망이나 자신의
처지에 대한 탄식 자체를 모두 무색하게 만들고 있다. 그러므로 '나'는

◆ 연작시 「오감도」 그 완성의 길

가족들을 위해 희생한 육친의 존재를 결코 거역할 수 없다. 실제로 이상 자신은 가족과 가정으로부터 도피하고자 한 것이 아니라 가족을 제대로 돌보지 못하고 있음을 늘 후회하고 있음을 확인할 수 있다.

이상 자신이 「문벌」이나 「육친」를 통해 스스로 묻고 있는 중심 과제는 '아버지'라는 개념이다. 이 시적 주제는 연작시 「오감도」의 「시제 2호」에서 '나'의 '아버지 되기'라는 특이한 문제의식으로 형상화된 적이 있다. 「라캉 정신분석 사전」을 보면, 라캉은 정신 구조에 작용하는 아버지의 역할에 일찍부터 관심을 가졌다. 그는 프로이트의 오이디푸스콤플렉스를 놓고 아버지에게는 보호 기능과 금지 기능이 있다고 설명한다. 서로 상충되는 이 두 가지 기능이 오이디푸스콤플렉스를 통해 아버지의 모습에서 결합된다는 것이다. 그는 이러한 가설을 바탕으로 아버지의 부재라든지 굴욕적인 아버지와 같은 '부성 이마고'의 사회적 쇠퇴가 신경증의 원인이 된다고 했다. 라캉에게 아버지의 이름은 모든 인간의 의식 속에 작동하고 있는 내면화된 아버지의 무의식적·상징적 기능, 혹은 상징적 아버지를 의미한다. 금지의 기능을 수행하는 아버지의 이름은 단순한 금지 기능을 넘어, 주체로 하여금 어머니의 욕망으로부터 벗어나 상징계로 나아가도록 만든다. 아버지의 이름은 아이에게 상징적 세계에서의 위치와 정체성을 제공함으로서 인간적 주체로 탄생하게 한다. 라캉이 주장하는 상징적 아버지는 실질적인 존재로서의 아버지가 아니다. 상징적 아버지는 어떤 하나의 위상이나 기능을 뜻하는 것이기 때문에 부성 기능이라는 말과 동일하게 쓰이기도 한다. 이 부성 기능은 오이디푸스콤플렉스에서 근친상간의 금기에 관한 법을 정하고 욕망을 억제하고 조절하는 기능이다. 그리고 어머니와 아이 사이에 꼭 필요한 상징적 거리를 만들어 주기 위해 어머니와 아이의 상상적 '이자 관계(二者關係)'에 끼어들게 된다. 여기에서 아버지의 기능은 욕망과 법을 대립시키는 것이 아니라 이 두 가지를 근본적으로 결합시키는 것이다.

이 같은 라캉의 논리를 바탕으로「문벌」이나「육친」에서 이상이 그려 낸 '육친' 혹은 '아버지'를 설명하는 것은 간단한 일이 아니다. 그러나 이 시에서 제시하고 있는 "크리스트에 혹사한 남루한 사나이"라든지 "육중한 크리스트의 별신"이라는 이미지들은 헌신과 희생의 의미를 함축한다. 이것은 물론 시적 주체가 '아버지'의 주변에 환상적으로 만들어 놓은 상상적 구조물이기 때문에 실재의 아버지와 관련이 있다고 보기는 어렵다. 하나의 이상적인 아버지(상상적 아버지)로 해석될 수 있는 여지가 많기 때문이다. 시적 화자인 '나'는 종교적인 의미에서 절대전능의 '크리스트'라는 신의 형상을 아버지에게 부여하고 있지만 기실은 아버지를 암살하고 싶은 욕망을 감추지 못한다.

연작시「위독」에 포함되어 있는「추구(追求)」,「생애(生涯)」,「백화(白晝)」등의 작품을 보면 '아내'와의 불화와 그 갈등을 직접적으로 진술하고 있는 경우도 확인할 수 있다.

    (1)

안해를즐겁게할條件들이闖入하지못하도록나는窓戶를닷고밤낮으로꿈자리가사나워서가위를눌린다어둠속에서무슨내음새의꼬리를逮捕하야端緒로내집내未踏의痕跡을追求한다. 안해는外出에서도라오면房에들어서기전에洗手를한다. 닮아온여러벌表情을벗어버리는醜行이다. 나는드듸어한조각毒한비누를發見하고그것을내虛僞뒤에다살작감춰버렷다. 그리고이번꿈자리를豫期한다.

                                   —「추구(追求)」

    (2)

내頭痛우에新婦의장갑이定礎되면서나려안는다. 써늘한무게때문에내頭痛이비켜슬氣力도업다. 나는견디면서女王蜂처럼受動的인맵시를꾸며보인다. 나는已往이주추돌미테서平生이怨恨이거니와新婦의生涯를浸蝕하는내陰森한손찌거미를불개아미와함께이저버리지는안는다. 그래서新婦는그날그날까므라치거나雄蜂처럼죽고죽고한다. 頭痛은永遠히비켜스는수가업다.

—「생애(生涯)」

(3)

내두루매기깃에달린貞操빼지를내어보엿드니들어가도조타고그린다. 들어가도조타든女人이바로제게좀鮮明한貞操가잇으니어떠냔다. 나더러世上에서얼마짜리貨幣노릇을하는세음이냐는뜻이다. 나는일부러다홍헌겁을흔들엇드니窈窕하다든貞操가성을낸다. 그리고는七面鳥처럼쩔쩔맨다.

—「백화(白晝)」

(1) 「추구」는 시적 화자인 '나'와 '아내'의 갈등이 작품 내용을 이루고 있다. '나'는 '아내'가 쓸데없는 바깥일에 관심을 두지 않게 하려고 애를 쓴다. 하지만 '아내'의 행실을 의심하기 시작하면서 그 단서를 찾아내고자 한다. 그러나 '아내'는 밖에서 돌아오면 세수를 하고 화장을 지워 버린다. '나'는 '아내'의 행동이 밖에서 남들에게 보였던 여러 가지 표정을 모두 지워 버리기 위한 것이라고 생각한다. 그리고 '아내'가 사용하는 비누를 몰래 감춰 버린다. 하지만 이러한 시도 자체가 '나'에게는 한없이 괴롭고 두려운 일이다. '나'와 '아내'의 거리를 극복하지 못하고 괴로워하는 심경을 그려 내고 있는 이 작품에서 핵심이 되는 것은 '아내'에 대한 의심과 불신이다. 그리고 이러한 의심은 '아내'의 이중적 태도에서 비롯된 것이지만 이것이 시적 화자의 불안으로 이어지고 있는 것이다. 이러한 시적 주제는 (2) 「생애」에서도 그대로 드러난다. 이 작품에서는 시적 화자인 '나'와 '신부'의 관계를 '여왕봉'과 '웅봉(雄蜂)'의 관계로 도치시켜 축약적으로 제시한다. 다시 말하면 '나'를 여왕봉으로 설명하고, 아내는 '웅봉'으로 묘사한다. '나'와

'신부'의 역할을 뒤바꾸어 놓고 있는 셈이다. 이러한 역할의 전도(顚倒)
자체가 두 사람의 관계에 내재되어 있는 문제성을 말해 준다고 할 수
있다. 작품에 사용된 시어들이 대체로 부정적 의미를 드러내는 '두통',
'원한', '죽다'와 같은 단어를 주축으로 하고 있다는 것 자체가 삶에 대
한 부정적 태도를 암시하는 것이라고 할 수 있다. '나'와 '신부' 사이의
불화와 불신과 갈등이 '두통'이라는 말 속에 함축되어 있다.

(3) 「백화」는 시적 화자인 '나'와 '여인'의 관계를 대상으로 한다.
이 시의 제목인 '백화(白畵)'는 기존의 전집이나 선집에서 '백주(白晝)'
라고 적어 놓은 것들이 많다. 그러나 분명 이 작품의 제목은 발표 당시
에 '백화'로 표시되어 있다. 이 제목은 글자 그대로 '하얀 그림'을 뜻한
다. 여기에서 '하얀 그림'이란 아무런 형상이 없는 것을 의미한다. '헛
된 것'일 수도 있다. 이 작품은 특이한 어조로 시적 화자인 '나'의 이야
기를 전달하는 방식으로 전개된다. 이 이야기 속에는 현실에 만연되어
가는 물질주의에 대한 특유의 조소가 담겨 있다. 여인의 정조마저도
화폐로 계산되는 것을 보고 시적 화자는 모든 진정한 가치가 사라져버
린 현실을 야유하고 있는 것이다.

연작시 「위독」에서 시적 자아의 존재와 그 의미를 스스로에게 묻
고 있는 작품으로는 「금제」, 「절벽」, 「위치」를 예로 들 수 있다.

(1)

내가치튼개[狗]는튼튼하대서모조리實驗動物로供養되고그中에서비타민
E를지닌개[狗]는學究의未及과生物다운嫉妬로해서博士에게흠씬어더맛
는다. 하고십흔말을개짓듯배아터노튼歲月은숨엇다. 醫科大學허전한마
당에우뚝서서나는必死로禁制를알른[患]다. 論文에出席한역올한髑髏에
는千古에는氏名이업는法이다.

— 「금제(禁制)」

　　　　　　　　◆ 연작시 「오감도」 그 완성의 길

(2)

重要한位置에서한性格의심술이悲劇을演繹하고잇슬즈음範圍에는他人
이업섯든가. 한株 — 盆에심은外國語의灌木이막돌아서서나가버리랴는
動機오貨物의方法이와잇는椅子가주저안저서귀먹은체할때마츰내가句讀
처럼고사이에끼기어들어섯스니나는내責任의맵씨를어떠케해보여야하나.
哀話가註釋됨을따라나는슬퍼할準備라도하노라면나는못견데帽子를쓰고
박그로나가버렷는데원사람하나가여기남아내分身提出할것을이저버리고
잇다.

— 「위치(位置)」

(3)

꼿이보이지안는다. 꼿이香기롭다. 香氣가滿開한다. 나는거기墓穴을판
다. 墓穴도보이지안는다. 보이지안는墓穴속에나는들어안는다. 나는눕는
다. 또꼿이香기롭다. 꼿은보이지안는다.香氣가滿開한다. 나는이저버리
고再처거기墓穴을판다. 墓穴은보이지안는다. 보이지안는墓穴로나는꼿
을깜빡이저버리고들어간다. 나는정말눕는다. 아아. 꼿이또香기롭다. 보
이지도안는꼿이 — 보이지도안는꼿이.

— 「절벽(絶壁)」

앞에 인용한 (1)「금제」는 시적 자아인 '나'와 '내가 치던 개'를 대
비하여 '나'의 고통스러운 억압된 생활을 그려 낸다. 이러한 상황은
"하고십흔말을개짓듯배아터노튼세월은숨엇다."라는 구절에서 암시하
는 것처럼 자유로운 글쓰기가 억압된 조건을 비유하는 것으로도 읽을
수 있다. 물론 여기에서 '개'는 내가 앓고 있는 병(개 짖는 소리처럼 내
는 기침)에 해당한다. 그러므로 이 시는 병 때문에 자유로운 생활을 더
이상 지속하기 어렵다고 진단받게 된 과정을 그린 것으로 볼 수 있다.
(2)「위치」는 '나'라는 시적 화자가 처했던 특이한 상황과 그 상황 속

에서의 자신의 위치를 비문법적인 문장을 통해 의도적으로 왜곡 진술하고 있다. 세 개의 문장으로 구성되어 있는 시적 텍스트에서 특히 문제가 되는 것은 다음과 같은 두 번째 문장이다. "한주 —— 분에심은외국어의관목이막돌아서서나가버리랴는동기오화물의방법이와잇는의자가주저안저서서귀먹은체할때마츰내가구두처럼고사이에낑기어들어섯스니나는내책임의맵씨를어떠케해보여야하나." 이 같은 문장의 특이한 진술법은 시적 언어의 통사적 결합 과정에서 볼 수 있는 비문법성을 통해 의미의 맥락을 혼동시키면서 환상 속으로 이야기를 이끈다. '나'의 입장과 처지가 이러지도 저러지도 못하게 되었음을 짐작하게 되지만, 이 자리를 벗어나기는 어렵다는 것이 화자의 판단이다.

(3) 「절벽」은 '나'의 죽음에 이르는 과정을 환상적 수법으로 그려 내고 있다. 이 작품에서 '나'라는 시적 화자는 보이지도 않는 '꽃'의 향기를 맡고는 그 자리에 묘혈을 파고 그 속으로 스스로 들어간다. 스스로 구덩이를 파고 그 속으로 자신을 밀어넣는 셈이다. 이 형체를 알 수 없는 '꽃'의 향기를 죽음의 향기라고 말할 수 있을지도 모른다. 그런데 이 시가 그려 내고 있는 묘혈과 주검의 장면은 그 모티프가 노르웨이의 화가 뭉크(E. Munk, 1863~1944)의 그림 「썩어 가는 시체」와 그대로 일치한다. 뭉크는 1896년 프랑스 파리에서 당대의 시인 보들레르를 만나 그의 시집 『악(惡)의 꽃』의 삽화를 의뢰받는다. 그러나 그가 그린 그림은 이 시집의 표지화로 채택되지 못한다. 뭉크가 시집 『악의 꽃』을 위해 제작한 그림은 모두 세 편. 이 그림들은 지상의 삶과 지하의 죽음을 동시에 보여 주는 특이한 구도를 드러낸다. 꽃이 장식된 땅 위에서 짙은 사랑의 키스를 나누는 두 남녀가 서 있고, 땅속에는 썩어 가는 시체가 묻혀 있다. 이들 그림에 뭉크는 「썩어 가는 시체」라는 제목을 달고 있다. 이상이 뭉크의 그림에 대해 알고 있었는지를 따지는 것은 여기에서 그리 중요한 문제가 아니다. 오히려 이 시에서 시적 화자가 '보이지 않는 꽃'의 향기를 맡으면서 자신이 파 놓은 묘혈에 들어가

눕는다는 것 자체가 죽음의 향기를 감지하고 있는 시인 자신의 퇴영적 감성을 그대로 보여 주는 것이라고 할 수 있다.

　이상의 자기 몰입은 이미 연작시 「오감도」에서도 확인된 바 있듯이 연작시 「위독」에서도 병으로 인한 육체적인 고통을 내적 고뇌와 결합시켜 격렬하게 표현하고 있다. 이러한 병적 나르시시즘은 「매춘」, 「침몰」, 「내부」 등을 통해 육체의 건강을 추구하기도 하고 어두운 죽음의 세계로 침잠하기도 하는 시적 정서의 변화를 보여 주고 있다.

(1)

記憶을마타보는器官이炎天아래생선처럼傷해들어가기始作이다. 朝三暮四의싸이폰作用. 感情의忙殺.

나를너머트릴疲勞는오는족족避해야겟지만이런때는大膽하게나서서혼자서도넉넉히雌雄보다別것이여야겟다.

脫身. 신발을벗어버린발이虛天에서失足한다.

　　　　　　　　　　　　　　　　　　　　　　——「매춘(買春)」

(2)

죽고십흔마음이칼을찻는다. 칼은날이접혀서펴지지안으니날을怒號하는焦燥가絶壁에끈치려든다. 억찌로이것을안에떼밀어노코또懇曲히참으면어느결에날이어듸를건드렷나보다. 內出血이뻑뻑해온다. 그러나皮膚에傷차기를어들길이업스니惡靈나갈門이업다. 가친自殊로하야體重은점점무겁다.

　　　　　　　　　　　　　　　　　　　　　　——「침몰(沈歿)」

(3)

　입안에짠맛이돈다. 血管으로淋漓한墨痕이몰려들어왓나보다. 懺悔로벗어노은내구긴皮膚는白紙로도로오고붓지나간자리에피가롱져매첫다.

尨大한墨痕의奔流는온갓合音이리니分揀할길이업고다므른입안에그득찬
序言이캄캄하다. 생각하는無力이이윽고입을뻐겨제치지못하니審判바드
려야陳述할길이업고溺愛에잠기면버언저滅形하야버린典故만이罪業이되
어이生理속에永遠히氣絶하려나보다.

—「내부(內部)」

앞의 인용 (1)「매춘(買春)」은 그 제목이 특이하다. 제목을 한자로
쓰지 않고 한글로 바꿔 놓는다면 전혀 그 의미를 해석할 수가 없다. 무
심코 읽다가는 이 제목을 '매춘(賣春)'으로 착각할 가능성도 많다. 기존
의 여러 책 가운데 이런 잘못을 저지른 경우가 많다. '매춘(賣春)'은 글
자 그대로 여자가 돈을 받고 아무 남자에게나 몸을 파는 것을 뜻한다.
'매음(賣淫)'이라든지 '매색(賣色)'이라는 말과 같은 뜻을 지닌다. 그런
데 시인은 '매춘(賣春)'이라는 익숙한 단어에서 '賣(팔다)'라는 한자를
음이 같지만 뜻이 반대가 되는 '買(사다)'로 바꿔 놓음으로써 '매춘(買
春)'이라는 새로운 의미의 말을 만들어 놓고 있다. 이 시의 텍스트는
정신세계의 내면을 보여 주는 전반부와 외부적인 육체를 묘사하는 후
반부로 구분된다. 전반부에서는 시적 주체가 기억력도 없어지고 정신
이 몽롱해지면서 정서가 불안정한 상태에 놓여 있음을 비유적으로 표
현한다. 정신적 피폐 현상에 빠져 있는 주체의 내면 의식을 드러내고
있다고 할 수 있다. 후반부는 몰려오는 피로를 이겨 내지 못하는 병약
한 육체를 그려 낸다. 피로를 물리치지 못한 채 정신을 잃고 쓰러지는
장면이 하나의 짤막한 문장으로 묘사되어 있다. 결국 이 시는 정신적
피폐 현상을 겪으면서 육체적 병약 상태에서 벗어나지 못하는 시적 주
체의 자기 표백에 해당한다고 할 수 있다.
　이 시에서 전반부의 첫 문장은 "기억을 맡아보는 기관이 염천 아래
생선처럼 상해 들어가기 시작이다."라는 비유적 진술로 이루어져 있
다. 여기에서 "기억을 맡아보는 기관"은 사람의 머리 또는 두뇌를 말한

　　　　　　　◆ 연작시 「오감도」 그 완성의 길

다. 점차 기억력이 감퇴되는 것을 생선이 상하는 것에 비유하여 표현하고 있다. 둘째 문장은 "조삼모사의 싸이폰 작용"이라는 명사구로 이루어져 있다. '조삼모사'는 중국의 고사에서 온 말이지만, 여기에서는 어떤 사실을 제대로 알지 못하고 균형을 잃거나 기준이 무너져 아침 저녁으로 이랬다 저랬다 하는 상태를 말한다. 사이폰(siphon)은 압력을 이용하여 높낮이가 다른 두 곳의 물을 이동시키는 관을 말하는데 "싸이폰 작용"이라는 것도 사고와 감정이 일정하지 않고 균형이 깨진 상태를 비유적으로 표현하고 있는 것으로 볼 수 있다. 셋째 문장의 경우도 "감정의 망쇄"라는 명사구로 표현되어 있는데, 시적 주체의 정서적 불안 상태를 암시한다. 넷째 문장은 길이가 길고 구조가 복잡하다. "나를 넘어뜨릴 피로는 오는 족족 피해야겠지만"이라는 전반부는 그 해석에서 문제가 될 것이 없다. 그러나 "이런 때는 대담하게 나서서 혼자서도 넉넉히 자웅보다 별것이어야겠다."라는 표현이 문제다. 특히 "자웅보다 별것이어야겠다."라는 서술부는 비문법적인 데다가 모호성을 지닌다. 일반적으로 '자웅'은 암컷과 숫컷을 의미한다. 그리고 비유적으로 '강약, 우세 등을 겨루다'라는 뜻으로 쓰이기도 한다. 여기에서는 후자의 경우를 택하여 '당당하게 맞서서 겨루다'라는 뜻으로 이해할 수 있다. "별것이어야겠다."라는 말은 '~보다는 다른 것(다른 방식)이어야 한다'라고 읽을 수 있다. 이렇게 놓고 본다면, 넷째 문장은 '피로가 덮쳐 올 때 그걸 피하는 것이 좋겠지만, 오히려 당당하게 거기에 맞서서 겨루기보다 그것을 이겨 내야 한다.(별것)'라는 뜻으로 읽힌다.

이 시의 후반부는 "탈신. 신발을 벗어 버린 발이 허천에서 실족한다."라는 두 구절로 이루어져 있다. '탈신'이라는 말은 '상관하던 일에서 몸을 빼다' 또는 '위험에서 벗어나다'라는 뜻으로 쓰인다. 그러나 여기에서는 이러한 일반적인 의미가 그대로 적용되기는 어렵다. 글자 그대로의 뜻에 따라 '몸이 빠져나가다', 즉 '정신으로부터 육체가 빠져나가다'라는 의미로 읽어야 한다. '정신이 아찔하여 몸의 균형을 제대로 잡지 못하는 상태'를 암시한다. 뒤에 이어지는 구절은 '마치 텅 빈 하늘[虛天]을 디딘 것처럼 발을 헛디며 넘어지다'라고 풀이할 수 있다. 시「매춘(買春)」은 정신적 육체적 '젊음(건강)'에 대한 시적 주체의 갈망을 내면화하고 있다. 이 시의 제목인「매춘(買春)」이라는 말도 바로 이러한 시적 주제를 그대로 암시한다. 이 새로운 단어는 '젊음을 사 오다'라는 의미로 읽어야 한다. 실제로 이 작품은 기억력이 쇠퇴하고 정서가 불안정한 상태(정신적인 노화)와 밀려오는 피로(육체적인 노화)로 인하여 정신을 잃고 쓰러진 것을 그려 놓고 있다. 병약의 상태에서 건강과 젊음에 대한 갈망이 내면화한 것이라고 하겠다. 결핵이라는 병고에 시달렸던 시인의 개인사를 염두에 둘 경우 이 같은 내적 욕망을 충분히 이해할 수 있다.

(2)「침몰」의 경우는 '침몰(沈殁)'이라는 한자 제목이 우선 주목된다. 원래 '침몰'은 '물에 빠지다' '물속으로 가라앉다' 등의 뜻으로 쓴다. 그런데 시인은 이 단어의 한자 가운데 '몰(沒)'이라는 글자를 음은 같지만 그 뜻이 전혀 다른 '몰(殁)' 자로 바꿔 놓았다. 그러므로 '물속으로 가라앉다'라는 의미가 '물에 빠져 죽다'라는 뜻으로 바뀌게 된 것이다. '죽음'의 의미를 제목에 덧붙이고 있는 셈이다.「침몰」의 시적 화자는 '나'의 내적 갈등을 '칼'이라는 상징물을 통해 형상화하고 있다. 여기에서 '칼'은 날이 접혀 펴지지 않는다. 닫혀 있는 '칼'은 아무런 기능을 가지지 않는다. 이것은 마치 자신의 뜻을 굽히고 모든 일을 참고 견디어야 하는 '나'의 상황과 그대로 대응한다. 그러므로 날이 닫혀 있는 '칼'은 그대로 '나'의 상징인 셈이다. 그러나 속으로 닫혀 있는 칼날이 속에서 몸 안의 어딘가에 상처를 내 버림으로써 '나'의 내적 고뇌는 안에서 폭발하고 만다. '나'는 절망의 늪에 빠져 헤어나지 못한 채 점점 깊이 죽음의 세계로 빠져드는 것이다.

이와 같은 시적 발상은 (3)「내부」의 경우 병고에 시달리는 시적 자아의 정신적 좌절 상태를 노래하고 있다는 점에서「침몰」과 유사하다.

◆ 연작시「오감도」그 완성의 길

이 시에서 '묵흔(墨痕)'이라는 시어는 일차적으로 폐결핵으로 인한 객혈에 해당한다고 할 수 있지만 자기 내면의 고통과 그 분출하고자 하는 응어리를 함축적으로 드러낸다. 그리고 그 분출의 순간은 자신의 내부에서 갈망하고 있는 숱한 언어가 한꺼번에 쏟아져 나오는 것으로 비유하고 있다. 실제로 이 시에서는 하고 싶은 일을 제대로 하지 못하고 말하고 싶은 것들을 제대로 말하지 못하는 억압된 삶이 병에 시달리는 육체적인 고통과 연결되면서 더욱 선명한 이미지로 부각되고 있는 것이다.

「침몰」과 「내부」는 프로이트적 개념으로서의 죽음 충동, 혹은 타나토스라고 말할 수 있는 특이한 의식과 감정 상태를 보여 준다. 여기에서 시적 화자가 자신에게 다가오고 있는 죽음에 대응하는 방식은 병으로 인한 죽음 자체에 대한 두려움에서부터 출발한다. 이 두려움은 여러 가지 심리적 실체와 연관되면서 시적 화자의 내면 의식을 조직하는 주된 원리가 되고 있다. 죽음은 삶에 대한 궁극적인 상실을 의미한다. 그러므로 죽음에 대한 두려움 자체가 삶에 대한 애착도 저버리게 만든다. 이러한 충동은 자신을 삶의 영역으로부터 몰아내면서 죽음에도 상처받지 않을 정도로 스스로 자기 감정을 소진시켜 버린다. 이러한 정신적 육체적인 자기 파괴 행위가 스스로 경험적 삶의 영역으로부터 자신을 격리시키고자 하는 욕망으로 이어지면서 이상은 죽음의 길로 들어선다.

연작시 「위독」의 작품들 가운데에서 이상의 자기 몰입 과정을 확인해 볼 수 있는 시는 「자상(自像)」이 있다. 「위독」 연작의 마지막 작품이다.

여기는어느나라의떼드마스크다. 떼드마스크는盜賊맞았다는소문도있다. 풀이極北에서破瓜하지않던이수염은絶望을알아차리고生殖하지않는다. 千古로蒼天이허방빠져있는陷穽에遺言이石碑처럼은근히沈沒되어있다. 그러면이곁을生疎한손짓발짓의信號가지나가면서無事히스스로워한다.점잖던內容이이래저래구기기시작이다.

이 작품에서 먼저 주목해야 할 것은 「자상」이라는 제목 자체이다. 이상이 화가를 꿈꾸며 그렸던 그림 가운데도 「자상」이라는 표제의 자화상이 남아 있기 때문이다. 이상의 유화 「자상」은 1931년 제10회 조선미술전람회 입선작이다. 「제10회 조선미술전람회도록」 속에 작은 흑백 사진으로 남아 있는 이 그림에 대해서는 이미 설명했듯이 그 정확한 구도와 채색을 자세하게 설명하기는 어렵다.

이상이 그린 또 다른 자화상은 《청색지(靑色紙)》(1939. 5)에 수록되어 있다. 이상의 친구 구본웅이 발간하고 있던 이 잡지에 유고 형태로 소개된 수필체의 실명 소설(實名小說)인 「김유정」과 함께 실린 것이다. 연필화로 되어 있는 이 그림은 얼굴 모습이 정면을 향하고 있는데, 텁수룩한 머리와 함께 입언저리에 수염을 그려 놓은 것이 특징이다. 경성고공 시절의 사진에서 볼 수 있는 고운 얼굴에 진지한 표정이 모두 사라진 대신, 눈매에 우울이 담겨 있고 헝클어진 머리와 턱수염이 허수하게 느껴진다. 청년 이상의 맑은 모습을 여기에서 다시 찾아보기는 쉽지 않다. 흐트러진 머리와 수염이 난 이 초췌한 얼굴에 드러나는 삶

◆ 연작시 「오감도」 그 완성의 길

에 지친 어느 중년 사내의 표정은 매우 사실적으로 이상의 면모를 화폭 위에 옮겨 놓고 있다.

자화상(自畵像)이라는 특별한 형식의 그림은 자신의 붓끝으로 자기 얼굴을 그려 내는 작업이다. 자신의 얼굴은 자기 눈으로 직접 들여다볼 수가 없다. 거울에 비춰진 영상을 통해서만 간접적으로 인지할 수 있을 뿐이다. 거울 속의 얼굴 모습은 사실적 형상의 입체성을 제대로 드러내지 못한다. 거울은 모든 것을 평면적 영상으로 재현하기 때문에, 거울을 통해 보이는 코의 높이도 눈의 깊이도 제대로 가늠하기 어렵다. 그러나 사람들은 누구나 거울을 보면서 자기 얼굴 모습에 관심을 기울이고 거기에 집착한다. 물론 다른 사람의 얼굴을 바로 눈앞에 대놓고 보듯이 그렇게 생생하게 거울을 통해 자기 얼굴 모습을 알아볼 수 없는 일이다. 자기 얼굴을 그리는 작업은 초상화(肖像畵)의 사실주의와는 상당한 거리가 있다. 자기가 특히 관심을 기울이는 부분이 더욱 강조되고 관심을 두지 않는 부분은 소홀하게 취급되기 일쑤다. 그러므로 자화상은 자기 집착을 드러내는 욕망의 기표로도 읽힌다.

앞에 예시한 두 편의 자화상을 놓고 이상이 시적 형식을 통해 그려낸 자화상은 어떤 내용인가를 확인하기 위해서는 연작시 「위독」 속의 「자상」과 연관되는 일본어 시 「얼굴」을 먼저 읽어 보아야 한다. 이 작품은 1931년 8월 잡지 《조선과 건축》에 발표한 연작시 「조감도」 속에 포함되어 있다. 이 작품에서 전반부는 시적 진술의 도입 과정에 해당한다. 시적 화자는 자신의 모습을 들여다보면서 자기 존재의 실체에 대해 스스로 질문한다. 여기에서 가장 중요한 것은 관상학에서 말하는 '빈상(貧相)'을 뜻하는 '배고픈 얼굴'에 대한 자기 질문이다. 후반부는 아버지의 출향(出鄕), 집안의 빈곤, 어머니의 고생과 자식에 대한 희생 등이 서술되고 있는데, 이러한 요소들은 그 선후 관계를 따질 것이 없이 동시적으로 그리고 통합적으로 '배고픈 얼굴'을 통해 유추된 것들이다.

일본어 시 「얼굴」은 연작시 「위독」에 포함되는 「자상」과 상호 텍스트적 관계를 유지하고 있다. 여기에서 가장 중요한 것은 사내아이의 '배고픈 얼굴'이라는 지배적 인상에 대한 자기 분석 방식이다. 이 '배고픈 얼굴'에 대한 인상은 연작시 「위독」 속의 「자상」에서는 생기를 잃고 있는 표정으로 바뀐다. 「자상」의 시적 텍스트에서 첫 문장은 "여기는 어느 나라의 떼드마스크다."라고 진술되어 있다. 시적 화자는 자신의 얼굴을 '데스마스크'에 비유함으로써, 얼굴을 통해 표현되는 생의 이미지를 제거한다. 표정이 없는 얼굴은 살아 있는 느낌을 주지 못한다. '데스마스크'라는 말은 생기를 잃고 있는 무표정한 자기 모습에 대한 자조적인 느낌을 그대로 드러내고 있다. 하지만 "떼드마스크는 도적맞았다는 소문도 있다."라는 둘째 문장의 진술을 통해 첫 문장의 내용을 반어적으로 돌려 버린다. 아직은 죽지 않고 살아 있는 얼굴이라는 것을 말하기 위해 '데스마스크'를 도적맞았다고 언급하게 된 것으로 보인다. 이 시에서 얼굴의 표정을 묘사하면서 관심을 집중하고 있는 부분은 바로 귀밑과 입언저리에 돋아나 있는 '수염'이다. 수염은 많아도 문제이고 적어도 문제인데, 늘 자라나는 것이기 때문에 이를 손질하여 모양을 낸다. 그러나 이 시에 그려진 얼굴의 수염은 '생식하지 않는다.' 새로 더 돋아나지 않는다는 말이다. 여기에서 '풀'은 그대로 '수염'의 비유적 표현에 해당한다. 풀이 땅에 뿌리를 내리고 돋아나와 자라는 것처럼 수염도 피부에 뿌리를 박고 자라나기 때문이다.

시적 텍스트의 세 번째 문장에서 "풀이 극북(極北)에서 파과(破瓜)하지 않던 이 수염"이라는 구절은 수염의 모양을 비유적으로 설명해 준다. '극북'은 '수염의 끝' 부분을 말한다. 뒤에 이어지는 '파과하지 않다'라는 말의 뜻에 유의할 필요가 있다. '파과(破瓜)'는 '파과지년(破瓜之年)'의 준말이다. '과(瓜)'라는 한자는 파자(破字)할 경우, 그 형태가 '팔(八)'과 '팔(八)'로 나뉜다. 그러므로 '파과지년'은 '과(瓜)' 자를 파자하여 생기는 두 개의 '팔(八)' 자를 합친 나이 또는 곱한 나이를 의미한다. 여자를 두고 말할 경우에는 '16세'의 젊은 여자 또는 생리를 시작하는 여자의 나이를 지칭하는 말로 쓰이기도 하고, 남자의 경우는 '64세'의 나이를 뜻하기도 한다. 하지만 이 시에서 '파과(破瓜)'라는 말은 관용적으로 쓰이는 '16'이나 '64'라는 숫자의 의미와는 거리가 멀다. '파과(破瓜)'라는 말이 지시하고 있는 그대로 '과(瓜)' 자를 파자하여 생기는 '팔(八)'이라는 글자의 형태 자체를 시각적 기호로 제시하고 있기 때문이다. 그러므로 '파과(破瓜)하지 않다'라는 말은 달리 해석될 여지가 없다. '수염의 꼬리가 팔(八) 자의 모양을 이루지 못한다'라는 뜻으로 자연스럽게 읽히게 되기 때문이다. 시적 화자는 근사한 '팔(八)' 자 모양으로 갈라져 자라지 않고 덥수룩하기만 한 수염에 대해 스스럽다. 자신의 수염에서 어떤 위엄도 발견하지 못하며, 그저 점잖지 못한 인상에 불만을 털어놓고 있을 뿐이다.

이 시의 다섯째 문장은 덥수룩한 수염에 둘러싸여 있는 입의 모양을 암시한다. "천고(千古)로 창천(蒼天)이 허방 빠져 있는 함정(陷穽)"은 바로 움푹 들어간 입을 말한다. 그리고 "유언이 석비처럼 은근히 침몰되어 있다."는 것은 말을 하지 않고 이를 악물고 있는 입의 모양을 그려 놓은 것으로 볼 수 있다. 이 시의 마지막 구절은 입언저리의 수염을 손으로 쓰다듬어 보아도 도무지 위엄스러운 기품이나 점잖은 모습을 찾을 수 없는 자기 모습에 스스러워 하는 화자의 심경을 드러낸다.

이처럼 시 「자상」은 언어로 그려 낸 자화상에 해당한다. 시인이 그려 내고 있는 그대로 자신의 얼굴 모습을 시적 대상으로 삼고 있는 것이다. 이상의 시에서 흔히 볼 수 있는 특이한 자기 탐구의 방식은 대체로 자기부정의 의미를 드러낸다. 이러한 경향은 특이한 성장 과정이라든지 폐결핵으로 인한 고통스러운 투병 생활 등에서 영향받은 것으로 짐작할 수 있다. 때로는 병적인 자기몰입으로 나타나기도 하고 자기 혐오의 방식을 보여 주기도 하는 이유가 여기 있는 것이 아닌가 생각된다.

「오감도」가 남긴 과제

이상은 연작시 「위독」의 신문 연재를 마친 후 동경행을 결행한다. 그의 문학적 글쓰기도 여기에서 실질적으로 끝난다. 이상이 「오감도」 연작의 완결을 통해 꿈꾼 것은 무엇인가? 이 질문에 대한 답은 아주 간명하다. 이상은 「오감도」 연작을 매듭지으면서 자기 자신의 문학적 삶의 '종생'을 고하고 있었던 것이다. 실제로 이상은 「위독」의 연재를 마침으로써 연작시 「오감도」의 원대한 구상을 완결한다. 그리고 그는 마치 도망이라도 치듯이 동경으로 떠난다. 경험적 삶의 영역에서 스스로 이탈한 이상을 동경에서 기다리고 있었던 것은 그가 꿈꾼 새로운 예술도 아니요 문명의 세계도 아니다. '죽음'이 그를 기다리고 있었던 것이다. 그러므로 이상의 동경행은 삶의 길이 아니라 종생의 길이었던 것이다. 새로운 예술을 찾은 동경으로의 탈출이 결국은 그 자신을 죽음으로 몰아넣었다는 사실은 견디기 힘든 아이러니이다.

연작시 「오감도」는 이상의 문학적 삶의 출발이자 그 끝에 해당한다. 「오감도」는 연재 중단 후 「역단」으로 이어지고 「위독」을 통해 그 완결에 도달한다. 하지만 「오감도」는 연작이라는 개방적 형식을 통해 완결된 것이기 때문에 그 끝을 볼 수가 없다. 글쓰기는 끝이 났지만 여전히 불확실한 미래를 향해 그 결말의 새로운 가능성이 열려 있는 것이다. 그러므로 「오감도」는 이상이 처음 그리기 시작했고 그의 손에 의해 매듭을 이루게 되었음에도 불구하고 결국은 끝이 난 것은 아니다. 사실 「오감도」의 완결은 이상의 몫이 아닐지도 모른다. 그것은 이상 이후의 한국문학이 감당해야 할 새로운 과제라고 할 수 있기 때문이다.

◆ 이상의 시와 시적 모더니티

연작 형식과 상상력의 확대

이상의 시작 활동을 보면 그가 일본어 시를 발표하기 시작하면서 부터 연작시 형태를 즐겨 활용했다는 사실을 확인할 수 있다. 이상이 《조선과 건축》에 발표했던 일본어 시 「조감도」(《조선과 건축》(1931. 8))는 「얼굴」, 「운동」, 「광녀의 고백」 등 8편의 작품으로 구성되어 있고, 「삼차각설계도」(《조선과 건축》(1931. 10))에는 「선에 관한 각서」라는 제목으로 7편의 시가 이어져 있다. 「건축무한육면각체」(《조선과 건축》 (1932. 7))의 경우도 「열하약도 No. 2」, 「출판법」 등 7편의 작품으로 구성된 연작 형식이다. 이상은 이 같은 연작시의 형태를 통해 시적 상상력의 공간적 확장을 자유롭게 시도한다. 특히 「삼차각설계도」의 경우에는 시적 주제의 전개 자체에 내적 논리를 부여하고 현대 과학의 발전과 인간의 존재에 대한 인식 자체를 다양한 기호적 형상으로 구현하는 데 성공하고 있다.

이상의 대표작인 「오감도」의 경우도 모두 15편의 시가 이어지는 연작시의 형태를 드러내고 있다. 「오감도」는 '공중에 떠 있는 까마귀의 눈으로 인간 세계를 내려다본 그림'이라는 거대한 상상적 구도를 목표로 한 것이지만 그 연재가 중단되면서 새로운 시적 실험의 완결된 형태를 보여 주지 못했다. 이상은 「오감도」의 연재 중단 직후 2000여

편의 작품에서「오감도」를 위해 30여 편을 골랐다고 밝힌 적이 있다. 이 진술 내용을 그대로 받아들일 경우 연작시「오감도」는 신문에 연재된 15편 외에도 상당수의 작품이 발표되지 못한 채 폐기되었음을 알 수 있다.「오감도」의 연재 중단 후에 이상은 두 편의 연작시「역단」과「위독」을 발표함으로써 그의 시작 활동을 실질적으로 마감했다.

「오감도」에서 연작의 형식으로 묶인 모두 15편의 작품들은 시적 지향 자체가 두 가지 계열로 크게 구분된다. 하나는 시적 자아를 대상으로 한 자의식의 탐구에서 병에 대한 고뇌와 육체의 물질성에 대한 발견 등으로 그 인식의 방향을 확대하고 있는 경우다.「시제4호」,「시제5호」,「시제8호」,「시제9호」,「시제10호」,「시제13호」,「시제15호」 등이 여기에 속한다. 다른 하나는 시적 자아의 범위를 넘어서 가족과의 불화와 갈등, 인간의 삶과 현대 문명에 대한 불안 의식을 표출하고 있는 경우이다.「시제1호」를 비롯하여「시제2호」,「시제3호」,「시제6호」,「시제7호」,「시제13호」,「시제15호」 등을 들 수 있다. 이 작품들은 그 형태와 주제 내용이 독자성을 지니고 있음에도 불구하고 '오감도'라는 커다란 틀 안에서 서로 묶여 있다. 이 특이한 연작 형식은 한국 현대 시에서 이상 이전에는 누구도 시도한 적이 없다.

「오감도」의 시적 형식으로서 주목되는 연작성은 주제의 유기적 통일성이나 형식의 구조적 일관성을 전제한 것은 아니다. 15편의 작품들이 각각 시적 주제와 그 형식의 독자성을 유지하면서 내적으로 연결되어 있기 때문이다. 그럼에도 불구하고「오감도」의 작품들은 새로운 주제의 중첩과 병렬이라는 특이한 연작성의 구조를 실험하고 있다. 각각의 작품들은「시제1호」에서부터 순번을 달고 이어진다. 새로운 작품이 추가되는 순간마다 새로운 정신과 기법과 무드가 전체 시적 정황을 조절한다. 물론「오감도」의 작품들이 소제목처럼 달고 있는 순번은 작품의 연재 방식이나 연작으로서의 결합에서 필연적으로 요구하는 순서 개념을 말해 주는 것은 아니다. 이 연속적인 순번은 각 작품의 제목

◆ 이상의 시와 시적 모더니티

을 대신하면서 시적 주제의 병렬과 반복과 중첩을 말해 준다. 그러므로 「오감도」의 연작 형식은 이질적인 정서적 충동을 직접으로 드러낼 수 있도록 고안된 '병렬'의 수사와 그 미학을 추구하는 것이라고 할 수 있다. 실제로 「오감도」는 모든 작품들이 그 전체적인 외형적 틀 속에 계기적으로 연결되고 있지 않다. 모든 작품은 시적 주제를 놓고 어떤 순서 개념에 따라 배열된 것이 아니라 테마의 반복을 실험한다. 「오감도」의 작품들은 대부분 외형상 그 텍스트가 짧고 단조로운 시적 구성을 보여 준다. 시적 진술 자체가 고백적인 정조를 형성하고 있기 때문에 그러한 시적 무드와 호흡을 지키며 나아갈 수 있는 형태의 단순성이 유지된 것으로 보인다. 그러나 형태의 단순성에도 불구하고 시적 심상의 구조와 그 짜임새는 매우 복합적이다. 시적 진술의 주체와 대상의 거리 역시 상당한 변주가 드러난다. 시적 진술 방식도 고정되어 있지 않다. 물론 모든 시적 진술은 서정적 자아인 '나'와 시적 대상 사이에 이루어지는 정서적 교감을 기반으로 하고 있다. 이처럼 「오감도」의 연작성은 시적 주제의 중첩적인 구조를 지향함으로써 시적 심상의 내적인 결합을 가능하게 하고 있다. 시적 대상에 대한 인식은 다시 유사한 테마를 덧붙임으로써 더욱 강렬해지며 그 정서는 그것이 다시 반복되면서 더욱 깊어지기도 한다. 시적 정서의 폭과 깊이를 생각할 때에 「오감도」의 연작성과 테마의 중첩 구조는 정서의 확대와 심화를 추구하기 위한 기법이라고 할 수도 있을 것이다.

연작시 「역단」은 「오감도」 연작의 제2부작에 해당한다. 1936년 2월 잡지 《가톨릭청년》에 발표된 이 작품은 '역단'이라는 표제 아래 「화로」, 「아츰」, 「가정」, 「역단」, 「행로」 등 다섯 편의 시를 연작의 형식으로 이어 놓고 있다. 비록 작품의 제목은 다르지만 그 형식과 주제, 언어 표현과 기법 등이 모두 「오감도」의 경우와 그대로 일치한다. 이러한 특징은 연작시 「역단」이 미완의 「오감도」를 완결짓기 위한 후속 작업일 가능성이 크다는 것을 암시한다. 연작시 「역단」의 발표가 예사롭

지 않게 느껴지는 이유가 여기 있다. 연작시 「역단」의 작품들은 「오감
도」의 경우와 마찬가지로 그 시적 주제 내용과 텍스트 자체의 구성법
을 통해 연작으로서의 공통적인 특징을 지니고 있다. 각각의 작품들
은 시적 텍스트가 어구의 띄어쓰기를 전혀 하지 않은 채 행의 구분 없
이 단연(單聯) 형식의 산문체로 구성되어 있는데, 이러한 형식적 특징
은 「오감도」의 작품들과도 흡사하다. 특히 모든 작품들이 공통적으로
'나'라는 주체를 시적 대상으로 삼고 있는 점도 「오감도」의 경우와 일
맥상통한다. 이 가운데 「화로」, 「아츰」, 「행로」 등은 이상 자신의 투병
의 과정과 그 좌절 의식을 짙게 드러내고 있으며, 「가정」은 가족과의
불화 혹은 단절을, 「역단」은 병으로 인하여 나락에 빠지게 된 자신의
운명에 대한 깊은 고뇌를 보여 준다. 이러한 형식상의 특징과 주제 내
용의 상관성은 연작시 「역단」이 「오감도」와 시적 맥락을 같이하고 있
음을 암시한다. 이것은 「오감도」의 연장선상에서 연작시 「역단」이 창
작된 것임을 말해 주는 특징이라고 할 수 있다. 연작시 「역단」이 「오감
도」 연작의 제2부작에 해당한다는 추정이 가능한 이유가 여기 있다.

연작시 「위독(危篤)」은 「오감도」 연작의 제3부작에 해당한다. 이상
이 동경으로 떠나기 직전 1936년 10월 4일부터 9일까지 《조선일보》에
발표한 이 작품에는 「금제」, 「추구」, 「침몰」, 「절벽」, 「백화」, 「문벌」, 「위
치」, 「매춘」, 「생애」, 「내부」, 「육친」, 「자상」 등 12편의 시가 이어져 있
다. 이 작품들은 자아의 형상 자체를 시적 대상으로 삼아 다양한 시각
을 통해 이를 해체하고 있는 경우가 많으며, 자신을 둘러싸고 있는 아
내와 가족에 대한 자기 생각과 내면 의식의 반응을 그려 내는 경우도
있다. 연작시 「위독」에서 볼 수 있는 시인의 사물을 보는 시각과 판단
은 「오감도」의 특이한 자기 투사 방식과 상호 연관성을 통해 그 의미
가 더욱 분명하게 드러난다. 자신의 병과 죽음에 대한 절박한 인식, 자
기 가족에 대한 책임 의식과 갈등, 좌절의 삶을 살아가는 자신에 대한
혐오 등을 말하고 있는 시적 진술 방법이 「오감도」의 연장선상에 놓여

　　　　　◆ 이상의 시와 시적 모더니티

있기 때문이다. 이상은 연작시「위독」의 연재를 마친 후 동경행을 택함으로써 연작시「위독」을 통해 국내에서 이루어진 자신의 시적 글쓰기 작업을 마감한다. 결국 1934년에 발표한 미완의 연작시「오감도」는 1936년 연작시「역단」과「위독」을 통해 그 연작 자체의 완성에 도달한 셈이다. 이상이 당초에 계획했던 30편 정도로 구성된 연작시「오감도」는「역단」과「위독」이라는 새로운 연작시를 모두 포함시킬 경우 그 전체적인 규모가 구체적으로 드러나기 때문이다.

연작시는 여러 편의 독립된 시들이 한데 결합되어 커다란 한 덩어리의 더 큰 작품을 이룬다. 연작시의 형태에서 작은 단위의 시들이 결합되는 방식은 시적 모티프의 계기적인 연속성에 근거할 수도 있고, 독자적인 모티프들이 어떤 외형적인 틀에 의해 배열될 수도 있다. 모두가 주제 의식의 방향에 따라 결합되는 것이기 때문에 연작으로 묶이는 작품들의 내적 상호 관계에 의해 연작 형식의 성격이 결정된다. 연작 형식에서는 각각의 작품들이 갖고 있는 독자적인 분절성의 의미와 전체적인 큰 작품으로 이어지는 연작성 사이에 독특한 긴장을 유지하게 된다. 그러므로 연작의 형식으로 발표되는 작품들의 성패는 분절성을 유지하면서 동시에 어떻게 내적인 결합을 이루는가에 놓여 있다. 연작의 형식이 다른 어떤 형태보다도 다양한 변화를 드러내고 있는 것은 바로 이 같은 특징에서 비롯되는 것이다. 물론「오감도」에서 출발하여「역단」과「위독」으로 이어지는 연작 형식은 어떤 구조적 법칙성이나 일관성을 따르고 있지는 않다.「오감도」의 작품들과「역단」이나「위독」에 포함된 작품들은 각각 독자성을 유지하면서도 사물을 보는 새로운 시각이라는 하나의 커다란 주제를 통해 내적으로 연결되어 있을 뿐이다. 그러므로 시적 정서의 발단이 어디서부터 비롯되고 있으며 어디가 그 도달점인지는 확인할 수가 없다. 시적 출발과 끝이 드러나 있지 않은 형식의 개방성을 통해「오감도」연작이 추구하는 시적 정서의 긴장과 그 이완을 자연스럽게 포괄할 수 있게 된다.

이상이 「오감도」에서 「역단」, 「위독」에 이르기까지 일관되게 시도하고 있는 연작 형식은 현실의 삶을 누리는 과정과 흡사하게 작품이 그려 내는 세계를 하나의 전체로 체험할 수 있게 한다. 연작의 형식에 대한 시인의 관심을 작품 내적인 요건과 연관지어 본다면, 무엇보다도 중요시해야 할 것이 장르 확대의 개념이다. 이미 언급한 것처럼 연작의 형태로 묶이는 작품들은 각 작품들이 지니는 독자성을 기반으로 하면서도 연작성의 요건에 의해 더 큰 덩어리의 작품이 된다. 이러한 방식은 여러 개의 짧막한 시편들을 모아 더 큰 작품을 만들려는 상상력의 본질과도 연관된다. 말하자면 시의 내적 공간이 확장되어 그 길이가 길어지는 경향을 드러내게 된 것이다. 실제로 하나하나의 작품들은 일단 연작으로 묶이는 순간부터 이미 독립된 성격보다는 연작이 추구하는 더 큰 덩어리의 작품 형식에 종속된다. 각각의 작품들이 그 자체로서 지탱하고 있는 개별적 특성을 유지하면서 동시에 더 큰 덩어리의 전체적인 균형 속에 묻혀 버리는 것이다. 그러므로 연작의 형식은 작은 것과 큰 것, 부분과 전체의 긴장 속에서 연작으로 확장된 시적 공간을 기반으로 하여 삶의 다양성과 전체성을 동시에 표출하게 되는 것이다.

'보는 시(visual poetry)'의 실험

이상의 시는 발표 당시 일반 독자들에게 새로운 충격을 던져 준다. 그것은 시적 텍스트 구성과 그 형식에서 보여 준 파격성에 기인한다고 할 수 있다. 여기서 주목해야 할 것이 이상이 새로이 고안하고 있는 '보는 시' 또는 '시각 시'라는 새로운 시적 양식 개념이다. '보는 시'는 시적 텍스트를 시각적 형태로 구현하고자 하는 시도의 산물이다. 간단히 말하자면 시적 텍스트 자체가 무엇인가를 드러내어 보이도록 고안된다. 여기서 시적 텍스트 자체의 물질성을 드러내는 문자, 문장부호,

띄어쓰기, 행의 구분, 행의 배열, 여백 등의 시각적 요소들을 해체하기도 한다. 그리고 텍스트 자체가 무엇인가를 보여 줄 수 있도록 문자 텍스트에 삽화, 사진, 도형 등과 같은 회화적 요소를 첨부하여 새로운 변형을 시도하기도 한다. 특히 연작시 「오감도」에서 실험하고 있는 '보는 시'라는 새로운 개념은 언어 텍스트로 이루어지는 시의 형태에 시각적 요소를 부여함으로써 텍스트 자체가 시각적 형태를 드러내도록 구성된다.

『프린스턴 시학 사전(*The New Princeton Encyclopedia of Poetry and Poetics*)』에서는 '보는 시'의 기능을 '귀'를 위해서가 아니라 '눈'을 위해서 구성된 것이라고 규정하고 있다.* 시의 텍스트는 활자화함으로써 어느 정도 시각성을 가지게 되는데, 텍스트의 언어 문자는 단순히 언어적 연쇄체의 한 단위가 아니라, 커다란 영상의 한 부분으로 작용한다. '보는 시'에서의 텍스트의 시각성은 단순한 타이포그래피의 문제만은 아니다. 시적 텍스트 자체가 하나의 이미지를 형성하면서 시각적 인식의 대상으로서 작용하기 때문이다. 이러한 속성은 어떤 경우에는 시적 형태의 통일성이나 자율성을 강조하기도 하고 어떤 경우에는 시적 형태를 해체하기도 한다. 그러므로 '보는 시'에서는 그 시각적 요소가 구현하는 이미지 자체가 어떤 의미를 지니고 있는가를 밝히는 일이 중요하다. 이를 위해서는 언어적 메시지를 해독해 나가는 방식처럼 행간을 따라가면서 그 영상의 이미지를 추적해야 한다.

「오감도」의 첫 작품인 「시제1호」를 보면, 시적 텍스트를 구성하고 있는 문자의 배열과 텍스트의 전체적인 짜임새 자체가 타이포그래피의 속성을 활용하여 시각적인 특징을 강조하고 있다. 텍스트 구성에 동원되는 활자는 굵은 고딕체의 글자로 이루어져 있는데, 일반적인 띄어쓰기 방식을 무시한 채 각각의 시적 진술이 일정한 규칙에 따라 배

---

* *The New Princeton Encyclopedia of Poetry and Poetics*(Princeton Univ. Press, 1993), 1364쪽.

열되어 있다. 전체 5연으로 구분되어 있는 시적 텍스트에서 전반부의 각 행은 13개의 글자로 이루어진 문장 단위로 반복되고 있는 것이다. 「시제4호」와 「시제5호」는 시적 텍스트 자체가 특이한 형태를 드러낸다. 일반적으로 시적 텍스트는 언어의 통사적 배열에 그 구조가 결정된다. 그러나 「시제4호」는 언어 텍스트로만 구성되어 있지 않다. 아주 간단한 언어 텍스트 사이에 '1 2 3 4 5 6 7 8 9 0'이 뒤집힌 채 열한 줄로 반복 배열된 특이한 숫자의 도판을 하나 끼워 넣었다. 「시제5호」의 경우에는 문자 텍스트 사이에 간단한 도형을 삽입했다. 말하자면 언어 텍스트 사이에 시각적 도판이나 도형을 삽입했다고 설명할 수 있다. 그러므로 언어적 진술과 시각적 도판의 결합에 의해 구조화된 새로운 '보는 시'가 만들어진다. 이러한 작품들은 '보는 시'로서 지니고 있는 텍스트의 시각적 요소와 그 혼성적 특징을 이해하지 않으면 안 된다.

서구에서는 현대적 의미에서 '보는 시'의 등장을 프랑스 상징주의 시인 말라르메(Stephane Mallarmé)의 시적 실험에서 찾는다.* 그는 문자화된 시적 텍스트에서 단어와 단어 사이의 공백을 일종의 시각적인 휴지(休止)로 인식하면서 단어의 배치와 그 공백을 함께 활용하여 텍스트 자체가 어떤 시각적 이미지를 창출하도록 고안했다. 이러한 기법을 통해 종이 위에 인쇄된 단어와 단어 사이의 떼어 쓴 공간, 행과 행 사이의 여백 등은 일종의 침묵과 부재의 의미를 환기시킬 수 있었다. 이 공백은 언어를 따라 이어지는 사유의 뚫린 구멍인 셈이며 소통의 괴리 또는 간격을 의미한다. 그리고 그것은 곧 인간의 모든 발화를 둘러싸고 있는 침묵을 상징하는 것이다. 말라르메는 이 침묵이야말로 텍스트를 구성하는 문자의 배열 못지않게 텍스트 자체에서 중요한 기능을 하는 것이라고 믿었다. 그는 화제의 시 「주사위 던지기(Un coup de dés)」(1897)에서 텍스트의 통사 구문을 완전히 파괴하고 언어가 지닌 의미

---

* Willard Bohn, *The Aesthetics of Visual Poetry, 1914~1928*(The Univ. of Chicago Press, 1986), 3~4쪽.

전달 차원을 인위적으로 전복시켜 놓은 바 있다. 여기서 그의 시어는 의미를 전달하는 소통의 매체로서 기능하는 것이 아니라 언어가 본래 지니는 음악성과 시각성이라는 질료적 차원으로 환원된다. 이러한 시도는 언어를 의사소통 수단에서 해방시키려는 의도를 담고 있다. 예술 언어에서 소통 기능을 제거한다는 말은 의사소통의 기능에 필수적인 언어의 의미 자체를 배제한다는 뜻이다. 이렇게 될 경우 시의 언어는 마치 음악의 소리나 회화의 색채 또는 형태와 같은 하나의 질료로 환원될 수밖에 없다. 언어가 일상적인 의미 영역을 무시한 채 시 작품에 사용된다면 그러한 시는 더 이상 구체적인 의미 구조를 유지하기 어렵다. 그리고 그 언어는 작품 내에서 새롭게 구조화되거나 또는 탈구조화되어 시적 대상의 세계를 이탈하게 된다. '보는 시' 또는 시각 시라는 이름의 새로운 시적 실험은 언어 자체가 지닌 음악적 울림이나 문자의 시각성을 활용하여 작품을 쓰려는 파격적인 실험이었던 것이다.

이러한 시적 텍스트의 시각적 구성으로 인하여 「주사위 던지기」를 비롯한 말라르메의 작품들은 대부분 그 의미가 난해하기로 유명하다. 일반적인 언어 표현의 방식을 뛰어넘고 있는 그의 작품들은 어떤 의미를 담은 통사적 구조로 이해할 수가 없다. 그는 가장 순수한 언어란 다른 사람이 결코 이해할 수 없는 자신의 내면을 직접적으로 드러내는 언어라고 생각했다. 이렇게 다른 사람과 소통할 목적을 지니지 않은 순수한 언어로 만든 시를 그는 '순수시'라고 불렀다. 그러므로 그의 시는 텍스트 자체를 하나의 이미지로 보아야만 한다. 종이 위에 산만하게 흩뿌려진 것처럼 보이는 다양한 크기의 글자들은 그것이 지닌 의미에 따라 읽히지 않는다. 그보다는 텍스트 전체가 하나의 그림처럼 전달하는 어떤 시각적 이미지에 주목하지 않을 수 없는 것이다.

그런데 '보는 시'에서 볼 수 있는 시각적인 요소로서의 영상과 언어 문자의 결합은 단순히 그림과 시가 결합되는 것을 의미하지 않는다. 두 가지 매체의 밑바닥에 깔려 있는 심미적 요소가 통합되는 것이기 때문이다. 이 새로운 방식의 결합은 문자 문명에서 오랫동안 지켜져 내려온 '보기'와 '읽기'라는 이항적 대립 자체를 폐기시킨다. 시적 텍스트에서 '읽기'와 '보기'라는 두 가지 차원의 접근법 사이에 지속적인 내적 대화가 이루어지면서 언어적 텍스트의 공간적 확대를 통해 새로운 미적 경험의 폭과 깊이를 증대시킨다. 그리고 궁극적으로는 시각적 요소가 시적 텍스트의 핵심적인 요건이 되는 것이다.

이상은 '보는 시'라는 새로운 공간적 형태를 실험하기 위해 언어 문자의 모든 가능성을 동원하고 있다. 그는 타이포그래피의 다양한 기법을 텍스트 구성에 활용함으로써, 신문 인쇄에서 볼 수 있는 일관된 활자의 크기와 그 규칙적 배열의 틀을 깨 버린다. 시적 텍스트에 동원되는 활자의 크기와 모양을 자기 방식대로 바꾸고 그 배열 자체에 띄어쓰기를 무시함으로써 특유의 시각성을 부여하고 있다. 이와 같은 시각적 요소의 공간적 배열을 통해 이상의 시는 텍스트의 의미 영역을 내적으로 확대하면서 시적 형태 자체를 미학적으로 공간화하고 있으며, 타이포그래피의 기법을 통하여 언어의 물질성을 텍스트 공간에서 새로운 형태로 살려 내고 있다.

이상의 시에서 구현하고 있는 타이포그래피적 상상력은 소리의 세계를 시각적 공간의 세계로 바꾸어 놓기 위한 하나의 실험이다. 타이포그래피는 글쓰기에 동원된 문자들을 금속성의 활자로 변환시켜 특정한 형태로 특정의 위치에 배치하는 물질적 공간 창출의 기술이다. 타이포그래피에 관련되는 복잡한 작업의 절차는 인쇄된 텍스트의 표면에 등장하지는 않지만, 종이 위에 규칙적으로 배열된 문자 기호의 기계적 통제를 독자들은 어떤 방식으로든지 느낄 수밖에 없다. 하지만 활자를 통해 물질화된 언어기호의 공간 배치는 철저하게 비인간적이며 엄격하다. 타이포그래피는 형식과 기능을 동시에 충족하는 기술이기 때문에, 기계로 만들어 낸 활자를 일정한 규격에 따라 일정하게 배열하기 위해 정확한 조직 구성과 명확한 균형감각을 요구한다. 타이포그래피에서 질서와 균형과 조화를 중시하는 것은 기호적 유희가 아니라 소통의 원리에 봉사하는 것이므로 실제성과 정확성을 생명으로 한다. 하지만 타이포그래피의 공간은 문학적 상상력에도 깊이 작용한다. 이 새로운 공간적 구성이 시인 자신의 현실에 대한 인식의 지평을 열어 보일 수 있기 때문이다. 타이포그래피는 인간 사회의 문명의 중심을 이룬다. 이것은 무엇보다도 인간의 공통 소유에 해당하는 언어의 사적인 소유를 가능하게 만든다. 무엇보다도 말 그 자체의 기록과 상품화를 이끌어 내면서 결국 인간 생활의 개인주의화라는 방향으로 작용한다.*

이상의 연작시 「오감도」는 타이포그래피의 방법으로 인하여 다른 어떤 작품들보다 더 시각적으로 구성된 텍스트를 구축함으로써 그 독자성을 강조한다. 인간의 언어는 직접적이며 구체적인 행위의 과정이다. 그러나 문자 기호는 이러한 구체성이나 직접성을 드러내지 못한다. 오히려 타이포그래피라는 물질적 생산의 과정을 거치면서 텍스트라는 환상을 구축한다. 시인 이상은 바로 이러한 기호 체계의 물질적 전환을 의미하는 타이포그래피의 세계를 그의 시적 상상력에 접합시킨다. 그가 즐겨 활용하고 있는 숫자와 기호, 글자의 변형과 크기의 조작 등은 명백하게 어떤 함축적인 사고를 표시한다. 특히 타이포그래피를 통해 구현하고 있는 기호의 질서, 배열, 공간 등은 모두가 하나의 독특한 글쓰기 방법으로 활용된다. 그리고 각각의 시 텍스트에서 언어 문자의 기호들은 타이포그래피의 공간을 활용하여 특이한 시각 경험을 체현하고 있다. 이것은 이상이 자주 동원하고 있는 '거울'의 이미지와도 연결되고, 이른바 '모조'의 모티프로 발전하게 되는 것이다.

이상이 시도하고 있는 '보는 시'는 그 실험성만이 아니라 실제로 그 자신이 언어와 문자 행위를 통해 얻어 낸 어떤 관념과 의미의 공유

---

* 월터 J. 옹, 『구술 문화와 문자 문화』, 199쪽.

의식에 근거한다는 점을 더욱 주목할 필요가 있다. 그가 사용하고 있는 어떤 언어의 표현, 어떤 문자적 기술은 자연적이거나 직접적인 것이 많지 않다. 그의 언어는 각각의 텍스트 내에서 독자적인 일종의 기호 체계를 지향한다. 이상의 시적 텍스트는 하나의 기호 체계로서의 자기 통제적 규칙을 지니고 있다. 그리고 현실이나 경험의 영역이 함부로 끼어들지 못하게 차단한다. 그 결과 그의 기호는 자의적일 수밖에 없다. 그리고 기호들의 내적 관계를 통해서만 어떤 인식의 의미화를 가능하게 할 뿐이다. 그러나 이상의 시가 어떤 기호 체계를 지향한다고 해서 그것이 경험의 영역과 완전히 차단되어 있다고 보기는 어렵다. 그의 언어와 문자가 기호화하고 있는 것들은 경험적 현실과 사회적 활동의 영역과 내밀하게 연관되어 있다. 그리고 그것은 물질적 사회적 행위에 대한 의미화의 과정 자체를 벗어나고 있는 것은 아니다. 그가 조작하고 있는 기호들의 텍스트화 과정은 오히려 경험과 현실을 스스로 차단함으로써 더 다양한 인식의 공간을 열어 놓는다. 이상 텍스트의 모든 언어와 문자가 지향하고 있는 기호적 전략은 기호 자체의 유희성에서부터 출발하는 것처럼 보이는 경우가 많다. 하지만 그것은 언제나 하나의 사회 문화적 행위로 확산된다. 그 이유는 텍스트를 구성하고 있는 기호 자체의 물질적이며 사회적인 관계들이 실질적으로 작용하면서 더 넓게 의미의 지평을 열어 놓고 있기 때문이다.

시적 진술의 추상성 혹은 난해성

이상의 시는 자신의 상상력과 특이한 정서를 구체화하기 위해 언어의 모든 가능성을 동원하고 있다. 이상은 사물을 보는 새로운 시각과 그 인식의 내용에 대한 새로운 명명법(命名法)에 골몰한다. 이것은 기성적인 관점을 거부하고 있다는 점에서 혁신적이며, 이미 관습화한

◆ 이상의 시와 시적 모더니티

인식을 넘어서고자 한다는 점에서 혁명적이다. 이상 문학이 드러내는 전위성을 바로 여기서 찾아 볼 수 있다. 이상은 언어를 통해 표현되는 것을 중시하기보다 언어로 표현할 수 없는 것에 관심을 기울인다. 이것을 달리 말한다면 언어로 표현할 수 없는 것에 대한 표현에 관심을 기울인다고 해도 좋다. 그는 사물을 구별 짓고 그것을 명명하는 일에 유별난 관심을 보여 준다. 그는 사물에 대한 자신의 인식을 언어로 명명하기 위해 새로운 언어를 찾아낸다. 이 작업은 일상적인 언어의 질서를 파괴하고 규범을 넘어서면서 언어가 만들어 낸 의미 체계를 교란시키기도 한다.

이상은 시적 진술 내용의 단순화 또는 추상화(抽象化) 기법을 즐겨 사용한다. 시적 대상을 그려 내면서 그 대상의 복잡한 형상과 구체적인 디테일을 과감하게 생략하거나 제거한다. 그리고 자신이 새로운 시각과 관점을 통해 착안해 낸 한두 가지의 특징만을 중심으로 단순화한 시적 진술을 이어 간다. 그는 대상에 대한 주관적인 감정이나 정서적 반응을 철저하게 절제하고 시적 진술 내용에서 구체적인 설명이나 감각적 묘사 대신에 한두 가지의 중심 명제를 찾아내어 이를 반복적으로 진술한다. 어떤 경우에는 일체의 언어적 진술 대신에 특징적인 기호나 도형과 같은 파격적인 이미지를 사용하기도 한다. 이러한 방법은 눈에 보이는 것을 넘어서서 상상의 영역 속으로 독자를 끌어들여 새로운 세계와 그 법칙을 인식할 수 있도록 유도한다. 이와 같은 특징 때문에 독자들이 작품에서 그려 내고 있는 시적 정황에 쉽게 접근할 수가 없다. 이상의 시가 낯설고 난해하다는 평가를 받고 있는 이유가 여기 있다.

이상이 발표했던 일본어 시 가운데에는 「삼차각설계도」, 「건축무한육면각체」, 「且8氏의 出發」 등의 난해한 제목이 붙어 있다. 국문시 가운데도 「오감도」, 「●소●영●위●제●」, 「매춘」, 「지비」와 같은 특이한 제목을 가진 작품들이 있다. 이 작품들에서 이상이 찾아낸 언어는 그 표현의 새로운 방법과 가치가 어떤 것인지를 말해 준다. 이상의 시 텍스트에는 언어가 아닌 기호들이 동원된 경우도 있다. 이것은 언어를 통해 대상을 표현하고자 하는 욕망과 그 표현의 불가능성을 동시에 보여 준다. 여기에는 말하기와 말할 수 없음이 동시에 존재하며 언어 표현에 대한 고의적 지연이나 방해도 포함된다. 이상의 시에는 외견상으로 볼 때 그렇게 말할 필요가 없어 보이는 진술 내용을 반복하는 경우도 많고, 언어적 진술 대신에 어떤 기호를 대체시키기도 한다. 이 기호들은 대개 어떤 도형이나 수식 같은 것들인데, 거기에는 말로써 설명하지 못함을 지시하는 기능까지 포함되어 있다. 언어를 포기하고 언어로 표현하는 것을 스스로 거부하고 있는 이런 태도는 이해하기 어려운 측면도 없지 않지만, 이것은 사회적 현실과 개인의 내면적 질서가 와해될 것 같은 불안과 당혹감의 결과가 아닌가 생각된다. 이상 시의 언어는 자연스러운 구어체의 발화와는 달리 그 어투가 뒤틀리고 왜곡된 것들이 많다. 이러한 언어 표현법이 하나의 문체처럼 고정되어 시적 화자의 부조리한 관념과 생각들을 표현한다. 이것은 가공할 어떤 것 앞에서 말하지 못하는 것과 다를 바 없다. 그리고 단지 어떤 것을 통해서라도 암시하지 않을 수 없는 절망의 표지(標識)에 해당한다. 어떤 말로도 표현할 수 없는 것을 표현하고자 할 경우에 생기는 묵언은 바로 그 상태에 대한 강한 부정에 다름 아니다. 바로 거기에 시인으로서 이상이 느끼는 자기 규정의 비밀이 있다.

이상은 언어 의미의 함축성을 통해 사물의 깊은 의미를 드러낼 수 있도록 특정 문자를 해체하거나 결합시켜 새로운 말을 만들어 낸다. 예컨대 '조감도(鳥瞰圖)'에서 '오감도(烏瞰圖)'를 만들고 '구씨(具氏)'를 '저8씨(且8氏)'로 바꾸고 '매춘(賣春)'을 '매춘(買春)'이라고 고쳐 쓰는 일종의 언어유희는 특유의 해학과 기지를 드러내지만 그것이 말장난에만 그치는 것이 아니다. 그의 시에서 언어유희는 대상에 대한 특이한 언어적 세부 묘사에서 출발하여 언어를 통해 그 기호가 환기하는 감각의 구체성을 드러내는 일이라고 할 수 있다. 그러므로 이상의 언

◆ 이상의 시와 시적 모더니티

어는 언제나 새로운 미지의 세계를 향해 독자들의 상상력을 자극할 수 있는 방향으로 사용된다.

문학은 인간이 창조한 세계라고 한다. 문학의 세계에서 개인의 정서가 그 바탕을 이루는 것이라면, 상상력은 문학 창조의 힘이라고 할 수 있다. 문학에서 상상의 힘은 무한하다. 그러나 상상력은 아무것도 없는 무의 상태에서 새로운 것을 만들어 내는 신비한 창조력은 아니다. 상상의 힘은 체험으로부터 나온다고 할 수 있다. 여러 가지 체험들을 언어를 통해 결합시켜 새로운 세계를 만들어 내는 것이 상상이다. 시인은 자신을 둘러싸고 있는 온갖 사물들을 무의미하게 넘겨 버리지 않는다. 오히려 그 사물들 속에서 새로운 의미를 발견하고자 하며, 그것들을 결합시켜 보다 새로운 의미 있는 형상을 언어로 창조하는 것이다. 이상의 시에서 언어는 새로운 시대정신을 표현하는 문화적 기초이며 본질에 해당한다. 그의 문학은 언어를 매개로 성립되고 있지만, 문학에서의 언어는 매체 이상의 의미를 지닌다. 이상은 언어의 절대성을 믿지 않는다. 언어는 가장 확실한 소통의 도구이지만 인간의 체험 가운데 상당 부분은 언어로 설명되지 못한다. 그리고 어떤 것들은 왜곡되거나 그대로 소멸된다. 물론 언어 이전에 문학적 체험이나 어떤 표현 욕구가 존재한다고 상상할 수 없는 일이다. 이상 문학에서 언어는 항상 어떤 결핍 상태에 놓여 있다. 이상은 말할 수 없는 것들과 말해지는 것들 사이에서 야기되는 아이러니를 놓치지 않는다. 그는 언어가 본질에서 벗어나 하나의 수단으로 소모되는 현실에 대하여 저항한다. 현실의 불행에 빠져들어 거기에 혐오를 드러내는 일은 누구에게나 가능하다. 그러나 그 환멸의 언어를 통해 표현하는 권태는 이상에게 있어서만 가능했던 일이다.

메타언어적 진술과 패러디의 시학

　이상의 시에서는 감정의 표현이라든지 정서의 공감이라든지 하는
말이 설득력을 갖기 어렵다. 이상은 서정의 세계에서 강조되어 온 공
감의 중요성보다 시적 대상에 대한 새로운 발견과 인식의 중요성을 강
조한다. 그리고 시인의 감정이 언어를 통해 수동적으로 표현된다는 전
통적인 관념을 거부하면서, 언어 자체가 지니는 독립적이면서도 자족
적인 속성을 최대한 활용하고자 한다. 특히「오감도」연작에 자주 등
장하는 시적 진술의 '메타언어'적 속성이 주목된다. 「오감도」의 텍스
트를 보면 시적 화자가 자신의 진술 자체를 다시 언급하면서 텍스트
를 확장해 가는 경우가 많다. 이러한 방법은 텍스트의 창작 과정 자체
를 정교하게 반영할 수 있지만, 그 시적 의미는 텍스트의 경계를 넘어
선다. 이것은 시적 대상에 대한 묘사보다 텍스트 내부에서 이루어지는
언어와 텍스트 자체의 구성에 관심이 집중되고 있음을 말해 준다. 이
것은 그가 시적 자아의 표현에 충실하다든지 시적 공감의 영역을 확대
한다든지 하는 것보다는 시적 텍스트 내부의 세계를 새롭게 구조화하
는 데에 더 큰 관심을 갖고 있음을 말해 준다. 이상이 시도한 메타언어
적 진술은 시적 텍스트 구성의 새로운 가능성을 탐색하고자 하는 실험
의식에 의해 이루어진 것이다. 이상의 시는 흔히 자의식 과잉 상태에
빠져 있다고 비판되거나 불확실한 자기 반영성을 넘어서지 못했다고
지적당하기도 한다. 하지만 이상 문학은 자기 탐닉과 퇴폐의 징후만을
보여 주는 것은 아니다. 이러한 진술 방법을 통해 주체의 소외 현상과
파멸의 과정을 정밀하게 추적하고 그러한 경향을 보이고 있는 주체와
현실을 해체할 수 있게 되는 것이다.

　이상의 시에서 텍스트의 구성 원리로 주목되는 것은 패러디 기법
이다. 이상의 시는 패러디 기법을 통해 구축되는 상호 텍스트적 공간
에서 시적 의미 구조의 중층적인 전개를 가능하게 하고 있다. 「오감

　　　　　　　　　　◆ 이상의 시와 시적 모더니티

도」에서도 패러디 기법을 활용하여 텍스트 자체의 내적 공간을 확장
하면서 시적 연작성의 특이한 변형을 유도한다. 그러므로 한 편의 작
품을 제대로 읽기 위해서는 그 텍스트와 관련되는 다른 모든 텍스트들
을 함께 연결시켜야 한다. 하나의 텍스트가 다른 텍스트들과 서로 연결
되는 상호 텍스트성은 그 지시 범위가 아주 넓다. 가장 분명한 것은 하
나의 텍스트 안에서 다른 텍스트가 명시적으로 언급될 경우 두 개의 텍
스트는 상호 텍스트성을 지닌다고 할 수 있다. 비교문학에서 널리 행해
졌던 연원이나 영향 관계에 대한 연구에서도 이 같은 텍스트의 상호 관
계를 중시한다. 하지만 상호 텍스트성에서 문제의 핵심은 텍스트의 기
원이나 어떤 영향 등을 밝히고자 하는 것은 아니다. 상호 텍스트성에
대한 관심은 두 개의 텍스트가 서로 연결되면서 만들어지는 새로운 상
호 텍스트적 공간과 그것이 구현하고자 하는 의미에 대한 해석에 초점
을 둔다. 그러므로 상호 텍스트성은 텍스트를 중심으로 이루어지는 모
든 지적 작용을 포괄한다. 다시 말하자면 하나의 텍스트가 드러내는 의
미를 가능하게 만들어 주는 모든 것들에 대한 통합적 인식을 요구한다.

새로운 시각의 발견과 시정신의 전환

이상의 시는 사물에 대한 새로운 시각의 발견을 그대로 보여 준다.
이상 문학에서 본다는 것은 단순히 눈앞에 존재하는 사물의 외적 형상
을 인지하는 것만은 아니다. 그것은 사물을 관찰하는 과정과 함께 주
체를 둘러싸고 있는 환경 속에서 관찰자로서의 주체까지도 포함하는
여러 개의 장(場)을 함께 파악하는 일이다. 이상은 사물에 대한 물질적
감각을 정확하게 파악하기 위해 사물의 전체적인 형태나 중량감, 윤
곽, 색채와 그 속성까지도 설명할 수 있는 특이한 시선과 각도를 찾아
낸다. 이것은 그의 미술에 대한 개인적 관심이나 학업 과정 자체와 연

관되는 것이라고 할 수 있다. 그는 20세기 초반까지의 기계문명 시대를 결정한 여러 가지 기초적인 이론에 대한 이해를 통해 광선, 구조역학, 기하학 등의 원리를 자신의 시적 텍스트의 구성에 동원하면서 사물의 존재 의미를 새롭게 규정한다. 그리고 서구 모더니즘 예술에서 특징적으로 드러났던 초현실주의적 기법, 다다 운동과 입체파의 기법 등을 활용하여 사물의 새로운 이미지들을 시적으로 형상화하는 방법을 찾아내고 있다.

　이상의 시는 시간의 인식과 공간을 바라보는 상이한 각도를 통합하여 사물에 대한 감각과 그 통찰을 시적 텍스트에 동시적으로 병렬시킨다. 이 특이한 시적 기법은 하나의 고정된 위치에서 사물을 관찰하여 얻어 내는 객관적 실재성에 대한 인식 자체를 거부한다는 것을 의미한다. 이상의 시에서 다루는 사물은 우리가 일상적인 경험 속에서 지각하고 인식했던 대상과는 다른 모습으로 그려진다. 이상이 그려 내는 대상은 그의 지각 영역에 존재하는 많은 새로운 시각과 그 차원에 따라 각각 다르게 그려 내는 것이므로 하나의 이미지로 고정되는 것은 아니다. 이상의 시는 대상으로서의 사물의 형상을 단순 추상화하는 방식으로 제시하는 경우가 많다. 이상이 그의 시에서 즐겨 사용한 추상화의 방법은 그가 경험적 세계를 자기 문학 속에서 새롭게 구성하기 위해 끌어들인 하나의 기법이다. 이상은 초기에 창작한 일본어 시에서부터 현대 과학의 중요 명제와 기하학의 개념들을 다양한 수식과 기호를 시적 텍스트의 구성에 동원한다. 과학의 발달이나 그것이 인간의 삶에 미치는 영향 등에 대한 언급 자체가 그대로 텍스트의 표층을 형성하기도 한다. 이러한 시적 기표들은 모두 추상적인 속성을 지니고 있는 것들이기 때문에 설명적 진술을 거부한다. 특히 「오감도」의 경우 사물에 대한 전체적 인상을 단순 추상화하여 표현함으로써 시적 이미지의 전체적인 구도나 대상에 대한 인식 자체를 텍스트 속에 숨겨 놓게 된다. 그러므로 이상의 시에서 그 텍스트의 기호적 속성을 제대로

　　　　　　　　◆ 이상의 시와 시적 모더니티

이해하지 못하는 경우 그 진정한 의미와 가치에 도달할 수 없게 된다.

　이상은 자신의 개인적인 삶을 텍스트 속에 직접적으로 투영하는 자기 반영의 방식을 통해 주체의 존재를 객관화하고자 한다. 이상의 시에서 시적 대상으로 등장하는 경험적 주체로서의 시인 자신은 텍스트 속에 등장하는 순간 그 실재성의 의미를 상실한다. 그것은 텍스트의 언어에 의해 조작되는 것이기 때문이다. 그런데 주체에 대한 시적 인식은 시간의 개념과 시간에 대한 새로운 체험을 통해 구체적으로 형상화된다. 시에서의 시간은 내적 의식과 외적 현실을 함께 포괄할 수 있는 유일한 영역이다. 이상은 그의 시에서 시간의 개념과 관련되는 기하학과 물리학의 여러 개념들을 시적 모티프로 활용한다. 그는 시간 대칭의 개념을 ‘거울’이라는 이미지로 구현하기도 하고 시적 공간 안에서 공적 시간과 사적 시간의 불일치를 통해 현대인의 모순된 삶의 양상을 표현하기도 한다. 그리고 서로 다른 시점에서 일어나는 개별적 사건들의 동시성 문제를 하나의 시적 상황으로 끌어들여 통합적으로 구성하기도 한다. 이러한 인식과 방법은 사물과 사물이 끊임없이 상호 관련되어 변화한다는 점을 보여 줄 수 있을 뿐만 아니라 현실을 넘어서서 보다 더 복합적인 세계를 문학을 통해 만들어 낼 수 있다는 것을 말해 주는 것이다. 그러므로 이상의 시는 감정의 표현이라든지 공감이라든지 하는 정서의 영역을 벗어난다. 이상의 시가 보여 주는 시적 모더니티는 바로 이 같은 시적 인식의 전환을 통해 가능해지는 것이다.

◆

3
부

◆ 이상 소설과 상상력의 원점

이상이 남긴 소설

　이상에게 있어서 소설이란 무엇인가? 이상이 시도했던 여러 가지 방식의 글쓰기 가운데 소설은 특별한 의미를 지닌다. 그의 소설은 짧은 생애와 극적으로 대응하는 경험적 요소를 담아내고 있는 경우가 많다. 그러므로 그의 개인적인 행적은 정확한 사실의 확인도 없이 그의 소설을 통해 설명되기도 하고 과장되거나 신비화되기도 한다. 그가 보여 준 특이한 여성 편력이라든지 동경에서의 죽음 등에 대해서 특히 그렇다. 그의 소설 텍스트 자체도 이 같은 삶의 특징에 덧붙여져서 그릇된 해석으로 독자들을 이끈 경우도 적지 않다.

　이상이 남긴 소설은 13편에 지나지 않는다. 이상은 첫 장편소설 「十二月十二日」을 발표한 뒤 잡지 《조선》에 단편소설 「지도의 암실」 (1932. 4)을 '비구(比久)'라는 필명으로, 「휴업과 사정」은 '보산(甫山)'이라는 필명으로 각각 발표했다. 이상이 본격적인 문단 활동을 시작하면서 생전에 발표한 소설은 「지팽이 역사」(《월간매신(月刊每申)》(1934. 8)), 「지주회시」(《중앙》(1936. 6)), 「날개」(《조광》(1936. 9)), 「봉별기」(《여성》 (1936. 12)), 「동해」(《조광》(1937. 2)), 「종생기」(《조광》(1937. 5)) 등이 있다. 그의 단편소설 「환시기」(《청색지》(1938. 6))를 비롯하여 「실화(失花)」 《문장》(1939. 3)), 「단발」(《조선문학》(1939. 4)), 「김유정」(《청색지》(1939.

5)) 등은 모두 사후에 유고의 형태로 소개된 것들이다. 「실화」의 경우를 제외하고는 이 작품들의 정확한 창작 시기를 알 수 없다. 이러한 이유 때문에 이상의 소설은 그 창작 순서에 따라 작품을 배열할 수가 없다.

이상의 소설은 대체로 이야기의 내용도 해체되어 있고, 줄거리도 뚜렷하지 않다. 소설가로서의 이상은 어떤 특정한 방법과 관점에 따르거나 기성적 권위를 부여받는 가치와 이념을 인정하지 않는다. 그는 단지 자신이 가지는 특수한 시각, 사물에 대한 지각에 충실하다. 이러한 자기 시각에 대한 경사(傾斜)를 모더니스트로서의 태도라고 할 수도 있다. 이상의 소설에서 볼 수 있는 새로운 충동은 삶을 예술 속에 종속시키려는 의욕이다. 휴머니즘적 사실주의의 간판을 내건 문학이 문단을 주도하던 때에 그 거만한 세속주의에 반기를 든 이상은 이미 절대적 가치라든지 역사적 전망이라든지 하는 '신(神)'적 존재가 사라져 버린 시대의 예술 철학의 가능성에 도전한다.

이상 소설의 주인공은 가정을 박차고 나와서 방황하고 사회적 윤리와 제도에 의해 끊임없이 그 개인적 책무를 호명당한다. 그리고 새로운 문명에 대한 꿈을 안고 동경에까지 건너간다. 이 과정은 잃어버린 왕관을 찾아 헤매는 신화적인 탐색의 주인공을 서사적으로 구성하기 위한 고안은 아니다. 이것은 오히려 현대의 인간들에게 이 같은 신화적 비전이라는 것이 가능한 것인가를 되묻는 행위에 불과하다. 이상의 소설은 신화적 질서에 의해서가 아니라 인간의 삶의 양상이 모든 인간들에게 각자 맡겨진 대로 그렇게 굴러간다는 사실을 확인하는 것으로 끝난다. 어떤 관념적인 목표나 신의 계시를 향하여 그 종말이 준비되는 것이 아니라 인간의 선택에 의해 지극히 인간적으로 귀결된다는 것을 확인하게 한다. 인간의 삶과 그것이 만들어 내는 문화는 늘 변한다. 그 변화를 특정한 시대에 묶어 두려는 시도는 언제나 무모하다. 이상의 소설은 바로 여기서 새롭게 출발한다.

이상의 소설은 그 궁극적인 실체가 언어적 텍스트라고 할 수 있다.

이 언어적 텍스트에는 실체와 본질, 현실과 이상이 서로 갈등하는 모순된 양상들이 담긴다. 때로는 상징화되고 때로는 비약되고 때로는 패러디되어 엉뚱한 상상의 공간을 만들어 낸다. 이상의 소설은 물론 현실의 세계를 떠나지 않는다. 그러나 그의 언어는 언제나 이 현실의 영역을 넘어설 수 있는 또 다른 공간을 준비하고 있다.

이상 소설의 원점 「十二月十二日」

이상은 1930년 장편소설 「十二月十二日」을 국문으로 조선총독부 공식 기관지였던 《조선》에 연재하면서 그의 문학적 글쓰기를 시작하고 있다. '이상(李箱)'이라는 필명으로 1930년 2월부터 12월까지 연재된 이 소설은 1931년 《조선과 건축》에 발표한 일본어 시 「이상한 가역반응」 등보다 시기적으로 앞서 있다. 이상이 어떤 경로로 이 소설을 《조선》에 연재하게 되었는지는 알려진 바가 없다. 이 소설의 존재 자체도 1975년 9월 월간 문예지 《문학사상》의 자료 발굴을 통해 처음으로 세상에 알려졌다. 하지만 이 작품은 이상 문학의 문제의식과 서사성의 단초를 확인할 수 있는 출발점에 해당한다는 점에서 일정한 의미를 지닌다.

이상이 자신의 첫 장편소설 「十二月十二日」를 연재한 잡지 《조선》은 조선총독부의 식민지 지배 정책을 대중적으로 선전하기 위해 발간했던 종합 홍보지다. 이 잡지는 일제 강점기에 일본어판과 국문판으로 간행되어 총독부 산하의 각 기관과 지방 관서에 배포되었다. 국문판 《조선》은 1916년 1월에 창간된 후 월간지 형식으로 식민지 통치 기간 동안 계속 발간됨으로써 한국 근대 잡지 가운데 가장 오랜 역사를 지니게 된다. 식민지 한국 내의 정치, 경제, 사회, 문화 등에 관한 다양한 논설 기사를 한국인 필자 위주로 편집한 이 잡지에는 소설, 시, 수필 등의 문예물이 독자의 읽을거리로 권말에 함께 수록되었다.

이상이 장편소설 「十二月十二日」을 총독부 기관지인 《조선》에 연재하게 된 경위는 정확하게 확인할 수가 없다. 첫 회분의 연재가 시작된 때부터 소설의 연재가 완료될 때까지 이 잡지의 편집진은 문단 신인에 불과한 이상의 작품에 대해 아무런 언급도 하지 않고 있다. 이상이 총독부 건축과 기사였다는 사실을 제외한다면 이 잡지와 어떤 연관이 있었는지 확인할 수 있는 자료는 현재까지 밝혀진 바 없다. 더구나 이 잡지는 당시 문단권과 아무 연계도 없기 때문에, 이상이 시도한 소설 쓰기가 문단의 관심 대상이 되지는 못했다.

소설 「十二月十二日」의 주인공인 '그'는 산후병으로 아내가 죽은 뒤 자식마저 잃는다. 가난 속에서 고생을 견디지 못한 그는 노모를 모시고 동생인 'T'의 가족들과 헤어져 일본으로 건너간다. 그러나 일본에서 한 해 겨울을 보내는 사이에 노모까지 세상을 떠나고 혈혈단신이 된다. 그는 막노동자로 떠돌기도 하고, 음식점 주방에서 일하기도 하다가 사할린의 탄광까지 흘러간다. 그리고 탄광 사고로 다리를 다친 채 다시 도회로 굴러든다. 그는 다리의 치료를 위해 의학 서적을 넘기며 지내다가 하숙집 주인의 호의로 그 유산을 물려받는다. 이 뜻하지 않은 횡재를 안고 그는 귀국을 결행한다. 이러한 소설 전반부의 이야기는 모두 여섯 통의 편지 속에 요약되어 제시된다. 그는 일본으로 떠나면서 가장 친한 친구인 'M'에게 동생네 가족을 돌보아 줄 것을 부탁한 바 있고, 일본에서의 생활 내역을 'M'에게 편지로 알렸던 것이다. 동생 'T'의 가족에 관한 이야기는 '업'이라는 조카애가 똑똑하게 자라나고 있다는 점, 'M'의 도움으로 업이 중학 과정까지 학업을 지속하게 된다는 점, 그리고 업이 음악 학교에 진학하겠다는 것을 'M'이 만류하고 있다는 사실 정도가 간략하게 소개된다.

이 소설의 후반부는 그의 귀국과 함께 새로운 국면으로 이어진다. 그의 동생인 'T'는 형이 상당한 돈을 들고 귀국한 것을 알고는 은근히 자기네 식구들을 위해 그 돈을 나누어 줄 것으로 기대한다. 그러나 그는 새로이 병원을 개업하고 'M'과 함께 그 병원을 운영할 것이라는 계획을 말해 준다. 다만 병원의 수익 가운데 일정액을 'T'에게도 배분하겠다는 것을 약속한다. 하지만 아우는 이러한 형의 계획에 수긍하지 않고 오히려 형의 모든 호의를 거부한다. 이로 인하여 형제 간의 갈등이 지속된다. 업도 음악을 공부하겠다는 자신의 희망이 좌절되자 가족들에게 크게 반발한다. 이 소설의 이야기는 형에게 한을 품게 된 아우 'T'가 공사장에서 큰 부상을 당하고 자리에 눕게 되면서 파국으로 치닫는다. 더구나 병원에 근무하는 간호사 'C' 양의 존재가 부각되면서 또 다른 갈등으로 발전한다. 'C' 양은 그가 일본에서 함께 지냈던 친구의 여동생이다. 그 친구는 불의의 사고로 세상을 떠났는데, 우연이긴 하지만 그 여동생이 간호사가 되어 그의 병원에 근무하게 된 것이다. 그는 'C' 양에게 일종의 이성적 호감을 느끼게 된다. 그런데 이야기는 엉뚱하게 발전한다. 'C' 양이 병원에 가끔 들르던 그의 조카 '업'을 사랑하게 된 것이다. 스물한 살의 청년 '업'은 가족으로부터 멀어지면서 자신을 이해해 줄 수 있는 새로운 도피처가 필요하였고, 연상인 'C' 양은 옛 연인의 외모를 닮아 있는 '업'의 고뇌와 방황을 모성적 사랑으로 끌어안는다. 두 사람은 여름철 휴가 기간을 이용하여 해수욕장으로 놀러가기로 약속하고 그 허락을 얻기 위해 그의 앞에 함께 나타난다. 그는 두 사람에 대해 엄청난 배반감을 느낀다. 그리고 업이 사 들고 들어온 수영 용품들을 모두 책상 위에 올려놓고는 불 질러 버린다. 이것을 보고 충격을 받은 업은 병석에 눕게 되고 백부가 자신에게 했던 그대로 수영 용품을 사다 달라고 한 뒤 백부 앞에서 그것을 마당에 쌓아 놓고 불을 지르게 한다. 그리고 업은 세상을 떠난다. 이 소설은 누구의 아이인지 밝히지 않은 채 젖먹이 어린애를 그에게 남겨 주고 떠난 'C' 양, 집과 병원에 불을 질러 버리고 방화범으로 붙잡힌 'T', 그리고 철길 옆에 젖먹이를 남겨 두고 달리는 기차에 뛰어들어 자살하는 그의

◆ 이상 소설과 상상력의 원점

모습을 그려 내면서 비극적 결말에 도달한다.

　장편소설 「十二月十二日」은 이상의 첫 소설이라는 의미 자체만으로도 비평적 관심의 대상이 되고 있지만, 처녀작이라는 한계를 넘어서지 못한 채 서사적 기법의 미숙성을 드러내고 있다. 특히 서술적 시각의 균형을 유지하지 못하는 데서 오는 여러 가지 문제성이 그대로 노출되고 있다. 장편으로서의 서사 구조를 유지하고 있으면서도 그 삽화의 구성 자체를 풍부하게 살려 내지 못하고 있으며, 인물의 설정도 도식적이며 이야기의 짜임새와 전개 방식도 단조롭다. 이 작품이 이상 소설의 원점 또는 그 기원의 형태로 존재한다는 점은 부인할 수 없는 사실이지만, 소설적 기법과 정신의 수준 자체를 문제 삼기에는 여러 가지 문제성을 지니고 있는 셈이다.

　소설 「十二月十二日」은 주인공의 탈향(脫鄕)과 귀환(歸還)이라는 모티프를 중심으로 이야기의 전반부를 구성하고 있다. 특히 소설의 전반부는 여섯 통의 편지를 통해 그 서사 내용을 압축적으로 제시하고 있다는 점이 특징이다. 이러한 서간체 형식의 서사적 수용은 소설에서의 근대적 시점 확립을 꾀하던 1920년대 초기 소설에서 널리 시험되던 양식이다. 예컨대 최서해의 단편소설 「탈출기(脫出記)」는 궁핍한 삶을 견디지 못해 가족을 버리고 집을 뛰쳐나온 주인공이 독립단에 가담하게 된 과정을 친구에게 고백하는 편지 형식으로 되어 있다. 소설의 주인공이 결행하는 탈출은 식민지 조선을 벗어나는 일이다. 주인공은 식구들과 함께 먹고살 수가 없어 고향을 버린다. 그리고 간도로 이주한다. 하지만 그곳에서도 농사를 지을 땅을 얻지 못하고 할 일을 구하지 못한다. 그가 할 수 있는 일이라고는 나무를 해다 팔거나 두부를 만들어 파는 일뿐이다. 그러나 그것으로는 가족을 제대로 먹여 살릴 수가 없다. 그는 자신과 가족이 겪는 가난과 고통이 한 개인의 삶에 대한 충실성과는 무관하게 험악한 사회제도 그 자체에서 비롯된다는 것을 깨닫는다. 그리고 이 같은 불합리한 사회제도의 변혁이 우선되어야 한다고 생각한다. 그는 노모와 처자를 버리고 집을 나와 독립단에 가담함으로써 새로운 투쟁의 출발을 결행한다. 이 작품에서 그린 탈출 과정은 경제적인 한계에 대한 인식으로부터 출발한다. 말하자면 가난한 삶에서 벗어나려는 욕망에서 비롯된 것이라고 할 수 있다. 그러나 이 개인적 욕망을 이루기 위해서는 근본적인 사회적 변혁을 필요로 한다는 것이 주인공의 생각이다. 그러므로 주인공은 또 다른 삶의 가능성을 위해 개인적 결단에 따라 정치 투쟁을 위한 조직에 가담한다. 그러므로 이 소설에서 활용한 서간체 형식은 사적 심정의 고백이 아니라 계급적 담론의 성격을 드러내는 장치이다. 소설 「十二月十二日」의 서두에서 그리는 '탈향' 또는 '탈출'의 장면은 최서해의 「탈출기」와 흡사하다. 적빈이라는 말로 요약하고 있는 가난과 그 고통을 벗어나기 위해 주인공의 탈향이 이루어지고 있기 때문이다. 그리고 탈향 이후 서간체를 활용하여 자신의 심정을 친구에게 고백하는 것도 마찬가지다. 그러나 「十二月十二日」은 「탈출기」의 이념 지향적 성격을 완전히 벗어나면서 물질적인 것에 대한 개인적 욕구라는 하나의 목표에 매달린다. 이러한 구도는 「十二月十二日」의 서사적 성격을 개인의 사적 생활 공간에 밀착시켜 놓을 수 있게 한다. 그러나 서술의 객관성을 훼손하는 감상적 진술에 의해 디테일이 훼손되면서 리얼리티의 구현에 실패하고 있다. 이 소설의 전반부 내용을 구성하고 있는 여섯 통의 편지는 주인공의 일본 체험이 얼마나 험난한 고통으로 이어졌는지를 요약적으로 제시하는 데 집중된다. 고향을 떠나는 장면에서부터 오랜 세월을 보낸 후 귀향을 알리는 데에 이르기까지의 시간적 경과와 공간적 이동의 과정이 주인공의 의식을 통해 모두 편지 속에 압축된다. 이러한 서간체 형식의 진술법은 서사적 자아의 내면 풍경을 쉽사리 드러낼 수 있는 회상적 서술을 가능하게 한다. 그리고 사적인 고백을 위장함으로써 독자에 대한 소설적 감응력을 높일 수 있다는 이점이 있다. 그렇지만 이 진술법은 소설 내적 공간에서 극적인 장면을 모두 사상(捨象)시

　◆ 이상 소설과 상상력의 원점

켜 버림으로써 '보여 주기'의 방식이 가지는 긴장을 전혀 살릴 수 없게 된다. 모든 장면은 볼 수 있도록 제시되는 것이 아니라 들을 수 있도록 설명될 뿐이다. 이러한 치명적 약점은 소설의 이야기가 중반에 접어들면서 서서히 극복되고 있지만, 전반부에서 이미 그 서술적 균형을 잃고 있는 이야기의 방향을 제대로 끌어가지 못한다.

소설 「十二月十二日」이 드러내고 있는 기법적 미숙성은 인물의 성격 창조의 실패에서 쉽게 확인된다. 특히 서사 내적 상황에 작가가 개입함으로써 인물의 성격을 쉽게 규정하는 점이 문제가 된다. 이 작품의 서두에는 "내가 나의 고향을 떠난 뒤 오늘날까지 십육여 년 간의 방랑 생활에서 얻은 바 그 무엇이 있다 하면, '불행한 운명 가운데서 난 사람은 끝끝내 불행한 운명 가운데에서 울어야만 한다. 그 가운데에 약간의 변화쯤 있다 하더라도 속지 말라. 그것은 다만 그 '불행한 운명'의 굴곡에 지나지 않는 것이다.' 이러한 어그러진 결론 하나가 있을 따름이겠다. 이것은 지나간 나의 반생의 전부요 총결산이다. 이 하잘것없는 짧은 한 편은 이 어그러진 인간 법칙을 '그'라는 인격에 붙여서 재차의 방랑 생활에 흐르려는 나의 참담을 극한 과거의 공개장으로 하려는 것이다."라는 주인공의 진술이 제시된다. 여기서 '그'라는 인격에 붙여 한 인간의 삶의 과정을 그리겠다는 것은 소설에서의 서술적 간격을 고려하고 있음을 의미한다. 그렇지만 실제 작품 내적 상황에서는 특히 서간체로 이루어진 전반부의 경우 이러한 의도를 전혀 실천하지 못한다. 서술적 간격을 전혀 지키지 못함으로써 서술의 긴장도 살리지 못하고 리얼리티의 감각도 구현할 수 없게 된다. 그러므로 소설의 이야기 속에서 '그'의 관점을 그대로 '나'의 입장으로 전환해 놓고 본다 하더라도 하등의 격차를 느낄 수 없게 되는 것이다. 이러한 문제점은 극단적인 방화와 자살이라는 파멸의 과정으로 끝나는 소설의 후반부에 이르면 서술자로서의 작가의 목소리까지 함께 겹쳐지면서 서사 공간의 긴장을 약화시켜 버리는 데까지 이르게 된다.

이 작품은 이야기의 흐름을 통제하는 방식에 있어서도 균형을 잃고 있다. 전반부의 연재 과정에서 텍스트를 一, 二, 三, 四로 구획 지어 나가던 것이 4회 연재 이후 사라지면서 전반부에서 시도했던 이야기 단위의 구획 자체를 무색하게 만들고 있다. 그리고 '십이월 십이일'이라는 숫자가 드러내는 일종의 시간적 종말 의식에 집착하고 있다는 점도 독자의 입장에서는 부담스럽게 느껴질 수 있다. 행위와 사건의 필연적 계기를 약화시키는 우연성의 개입도 서사의 진행을 부자연스럽게 만든다. 하지만 그 서사 기법이 드러내는 문제점에도 불구하고 이 소설은 작가 스스로 언급하고 있는 것처럼 '무서운 기록'으로서의 자기 규정에 접근할 수 있는 갈등 구조의 구축에는 어느 정도 성공한다. 이상은 작품의 연재 도중에 다음과 같은 작가의 의도를 밝힌 바 있다.

나의 지난날의 일은 말갛게 잊어 주어야 하겠다. 나조차도 그것을 잊으려 하는 것이니 자살은 몇 번이나 나를 찾아왔다. 그러나 나는 죽을 수 없었다. 나는 얼마 동안 자그마한 광명을 다시금 볼 수 있었다. 그러나 그것도 전연 얼마 동안에 지나지 아니하였다. 그러나 또 한번 나에게 자살이 찾아왔을 때에 나는 내가 여전히 죽을 수 없는 것을 잘 알면서도 참으로 죽을 것을 몇 번이나 생각하였다. 그만큼 이번에 나를 찾아온 자살은 나에게 있어 본질적이요, 치명적이었기 때문이다.

나는 전연 실망 가운데 있다. 지금에 나의 이 무서운 생활이 노[繩]위에 선 도승사(渡繩師)의 모양과 같이 나를 지지하고 있다. 모든 것이 다 하나도 무섭지 아니한 것이 없다. 그 가운데에도 이 '죽을 수도 없는 실망'은 가장 큰 좌표에 있을 것이다. 나에게, 나의 일생에 다시없는 행운이 돌아올 수만 있다 하면 내가 자살할 수 있을 때도 있을 것이다. 그 순간까지는 나는 죽지 못하는 실망과 살지 못하는 복수, 이 속에서 호흡을 계속할 것이다.

나는 지금 희망한다. 그것은 살겠다는 희망도 죽겠다는 희망도 아무

◆ 이상 소설과 상상력의 원점

것도 아니다. 다만 이 무서운 기록을 다 써서 마치기 전에는 나의 그 최후에 내가 차지할 행운은 찾아와 주지 말았으면 하는 것이다. 무서운 기록이다. 펜은 나의 최후의 칼이다.

이 글은 이상이 조선총독부 건축 기사 시절 '의주통 공사장'의 공사 감독관실에서 쓴 것이다. 그가 최초의 소설 「十二月 十二日」을 연재하면서 쓴 이 글에서 "나는 죽지 못하는 실망과 살지 못하는 복수, 이 속에서 호흡을 계속할 것이다. 나는 지금 희망한다. 그것은 살겠다는 희망도 죽겠다는 희망도 아무것도 아니다. 다만 이 무서운 기록을 다 써서 마치기 전에는 나의 그 최후에 내가 차지할 행운은 찾아와 주지 말았으면 하는 것이다. 무서운 기록이다. 펜은 나의 최후의 칼이다."라는 구절은 비장한 의미를 담고 있다. '최후의 칼'을 들고 '죽지 못하는 실망과 살지 못하는 복수'의 싸움에서 얻어 낸 것이 소설이기 때문이다. 나이 스무 살의 청년 이상에게서 나온 이 말은 듣는 이의 가슴을 서늘하게 한다. 이런 식으로 말한다면 소설이야말로 이상에게는 운명적인 글쓰기라고 할 수밖에 없다. 그리고 이상의 표현대로 '무서운 기록'이 바로 소설에 해당한다고 할 수 있다. 이 '무서움'이라는 정서적 충동은 그의 화제작 「오감도 시제1호」에서도 핵심적 요소로 강조되었던 것이다. 그러므로 이 글에서 내세우고 있는 '무서움'의 정체가 무엇인가를 밝히는 일은 이상 문학 전체의 주제에 접근하는 가장 중요한 일이라고 할 수 있다.

소설 「十二月十二日」은 그 문제의 핵심이 가족 구성원 사이의 대립과 갈등, 그리고 거기서 비롯된 원한과 관련될 수 있다는 사실을 그 서사의 맥락을 통해 암시한다. 이 소설의 이야기는 두 가지 갈등의 축을 중심으로 서사가 진행된다. 그중의 하나는 주인공인 '그'와 아우인 'T'의 사이에서 빚어지는 동기 간의 갈등과 대립이다. 이 갈등의 기저에는 물론 궁핍한 삶과 물질적인 것에 대한 개인적인 욕망이 가로놓여 있다. 다른 하나의 경우는 '그'와 조카 '업' 사이에 야기된다. 이것은 매우 복잡한 여러 가지 요소들이 함께 작동하는 과정에서 서서히 드러나 극적으로 폭발한다. 특히 'C'라는 여성을 가운데 두고 일어나는 백부와 조카의 대결 양상은 그 내면 심리의 투사 과정을 정밀하게 분석할 것을 요구한다. 그런데 이러한 갈등 대립의 구조는 어떤 결말에 이르더라도 승자와 패자를 구분하기 어려운 파국을 낳을 수밖에 없게 된다. 이 무서운 결과를 놓고 작가 이상은 '복수'라고 말한다. 하지만 철저하게 파멸하는 삶의 결말에 젖먹이를 남겨 놓고 생의 새로운 가능성을 암시한다고 하더라도 이 소설의 이야기가 결국은 생에 대한 환멸에 머물러 있다는 것은 부인할 수 없는 사실이다. 이 작품의 서사 구조를 작가 자신의 개인적인 경험의 영역에 곧바로 대입시켜 놓는 연구들을 보면, 바로 이러한 문제를 간과하는 경우가 많다. 이야기의 주인공을 작가 이상의 백부로 놓고 그 아우인 'T'를 이상의 생부로 읽어 간다면, '업'은 곧바로 작가 이상의 분신이 되고 만다. 그러나 이런 식의 설명은 이 소설이 가지는 텍스트적 속성을 지나치게 경험론적 인과관계에 얽어 놓음으로써 텍스트 내적 공간의 의미를 이해할 수 없도록 만든다. 작가 이상이야말로 가장 철저한 텍스트주의자였다는 점을 간과해서는 안 된다.

단편소설 「지도의 암실」의 서사적 기법

이상의 단편소설 「지도의 암실」은 이후 이상이 추구하게 되는 서사적 기법의 여러 요소를 잘 보여 주고 있다. 이 작품에서 비로소 이상 문학의 성격이 분명해지고 있으며, 그 특징적인 기법과 정신이 높은 수준의 형상성을 드러낸다. 첫 소설 「十二月十二日」에서 드러나고 있던 서술의 불균형도 상당 부분 극복되고 있으며, 비슷한 시기의 발표

◆ 이상 소설과 상상력의 원점

작인 「휴업과 사정」에서 볼 수 있는 구성의 미숙성도 거의 눈에 띄지 않는다. 이 작품은 패러디 기법을 활용한 소설 내적 공간의 확충, 도시적 공간을 배회하는 '산책자'라는 특이한 존재의 창조, 개인의 삶과 그 존재를 통한 내면 의식의 탐구, 일상성의 의미에 대한 새로운 천착 등을 골고루 보여 준다. 이러한 문제적인 요건들은 이상의 소설문학에서 반복적으로 실험되면서 그 주제 의식의 무게와 깊이를 더하게 된다.

소설 「지도의 암실」은 '그'라는 주동적 인물이 겪게 되는 만 하루 동안의 일과를 서사의 공간 속에 펼쳐 보인다. 그러나 이야기의 중심을 이루는 뚜렷한 줄거리는 담고 있지 않다. 모든 장면과 장면을 주인공의 의식의 흐름을 따라 내면화시켜 놓고 있기 때문이다. 하루라는 제약된 시간 속에서 주인공이 보여 주는 것은 일상의 상궤에서 일탈하는 행위로 채워져 있다. 소설 속의 인물은 개성화되어 있고, 사회적 존재로 부각되는 것이 일반적이다. 그러나 이 작품의 경우, 주인공인 '그'는 '어떤 인물'이라는 익명의 인간 이상의 의미를 가지기 어렵다. 이처럼 작품 속에 심리적 통일체로서의 성격화된 주인공이 존재하지 않는다는 것은 결국 극적 갈등도, 위기의 국면도, 전환의 고비도 존재하지 않는다는 것을 의미한다. 모든 삽화는 우연스런 생각, 그 기원을 따지기 어려운 연상, 그리고 자연스레 이어지는 생각들로 채워진다. 동기화되어 있지 않은 행위, 지표가 없는 동작은 일련의 사건으로 이어지는 이야기를 제대로 만들어 내지 못한다. 인물의 존재 기반이 되는 가정, 사회 등의 현실적 요건들도 이 작품에서는 거의 그려지지 않는다. 오직 사적(私的)인 영역으로서의 의식의 내면 공간만이 드러나고 있을 뿐이다. 이 소설은 성격화된 인물 대신에 무성격자인 주인공을 등장시킨 채, 잘 구성된 이야기 대신에 지리하고 무의미한 반복적인 일상을 보여 준다. 그러므로 이 소설에서 줄거리를 이끌어 가는 인물에게 운명의 도정이라는 것을 기대하기는 어렵다.

「지도의 암실」에서 서사 구조의 기초가 되고 있는 하루 동안이라는 제약된 시간은 일반적인 시간의 보편적 속성과는 관계없이 '그'라는 인물의 사적 체험 속에서 재구성된 실제적 경험의 시간이다. 이 사적인 시간성의 의미를 서사 구조와 연관하여 보면 그 본질적인 속성을 쉽게 확인할 수 있다. 이 소설은 하루 동안의 시간을 다음과 같은 몇 가지 단계로 구분하고 있다. 이 작품의 첫째 장면은 주인공이 새벽 4시가 되어서야 잠자리에 드는 모습을 그린다. 그리고 아침 10시쯤에 일어난다. 좀 늦은 시간이긴 하지만 아침 식사를 마친다. 둘째 장면에서는 아침나절에 화장실에 들어가서 상당한 시간을 보내며 온갖 생각들이 뒤엉키는 것을 묘사한다. 정오의 사이렌 소리를 듣고 나서야 밖으로 나온다. 셋째 장면은 도회의 시가지로 나서는 '그'의 모습이다. 혼자 걷다가 영화관에 들어가 「LOVE PARADE」라는 영화를 구경한다. 넷째는 영화관을 나와서는 가끔 들르는 레스토랑에 가는 장면이다. 그 레스토랑에 들어서다가 문 앞에서 넘어져 얼굴을 다친다. 레스토랑의 여급이 다친 얼굴을 돌봐 준다. 그녀에게 기대고 싶어진다. 마지막 장면은 밤에 집에 돌아와 밤이 늦도록 무언가 일하는 모습이다. 레스토랑의 여자를 생각한다. 새벽 4시가 되어서야 잠자리에 든다. 이러한 시간 구분은 어떤 계기적인 행위와 사건을 중심으로 이루어지는 것은 아니다. 이야기 자체가 행위와 사건을 주축으로 삼기보다는 주인공의 머릿속에서 일어나고 있는 여러 가지 상념을 중심으로 전개되고 있기 때문이다. 실제로 이 작품에는 주인공과 어떤 관계를 형성하고 있는 다른 등장인물이 없다. 이야기의 마지막 단계에 등장하는 레스토랑의 여급이 유일하며, 친구인 K라는 인물이 간간이 거명되고 있을 뿐이다. 주인공의 존재를 사회적으로 고립시켜 놓음으로써, 타자와의 관계에서 이루어지는 사건이 제거된 대신에 의식 내면의 공간이 크게 확장시켜 놓고 있는 것이다.

소설 「지도의 암실」의 서사 구조를 이해하기 위해서는 그 의미를 제대로 이해하기 어려운 여러 구절의 정확한 해독이 필요하다. 이 작품에

◆ 이상 소설과 상상력의 원점

서 난해한 문장으로 지목되어 온 부분들을 다시 읽어 보기로 하자.

(1)

　태양이양지짝처럼나려쪼이는밤에비를퍼붓게하야 그는레인코오트가 업스면 그것은엇써나하야방을나슨다.

　離三茅閣路 到北停車場 坐黃布車去

　엇던방에서그는손싸락끗을걸린다 손싸락끗은질풍과갓치지도우를거 웃는데 그는마안흔은광을보앗건만의지는것는것을엄격케한다

　이 대목은 소설의 서두에 등장한다. 소설의 주인공은 새벽 서너 시가 되어 잠자리에 들기 전에 방을 나선다. 여기서 "태양이 양지짝처럼 나려쪼이는 밤"은 전등불이 환하게 비치는 밤을 말한다. "離三茅閣路 到北停車場 坐黃布車去(이삼모각로 도북정거장 좌황포차거)"라는 구절은 '방을 나선' 주인공의 행로를 가리킨다고 할 수 있다. 기존의 연구자들은 이 한문 구절을 "삼모각로를 떠나서 북정거장에 도착하여 황포차에 올라 앉아 간다."라고 해석(이어령 편, 『이상 소설 전작집』 1, 172쪽; 김윤식 편, 『이상 문학 전집』 2, 176쪽)하기도 하고, "삼모각로에서 북정거장까지 황포수레를 타고 간다."라고 해석(김주현 편, 『정본 이상 문학 전집』 2, 147쪽)하기도 한다. 의미상 큰 차이는 없어 보이지만, 문제가 되는 것은 '삼모각로', '북장거장', '황포차' 등이 무엇을 의미하는지를 밝히지 못하고 있는 점이다.

　이 구절은 앞뒤의 문맥을 따져야만 그 의미에 접근할 수 있다. 주인공은 잠자리에 들기 전에 자리에서 일어나 방을 나선다. "離三茅閣路 到北停車場 坐黃布車去"라는 한문 구절은 '그'가 방을 나와 가는 곳이 어디인지를 암시한다. 이 한문 구절 뒤에는 "엇던 방에서 그는 손싸락끗을 걸린다."라는 문장이 이어진다. 이들 문장의 내용을 서로 연결해 보면, 주인공은 잠자리에 들기 전에 '방'에서 나와 '북정거장'으로

가서는 '황포차'를 타고 떠난다. 그런데 바로 뒤에서 그가 '어떤 방'에 앉아 있는 것으로 서술하고 있다. 새벽 4시경이라는 시간으로 보아서 결코 멀리 밖으로 나갔을 리는 없다. 어디로 간 것일까? '그'가 앉아 있는 '어떤 방'이란 어디인가? '그'는 '어떤 방'에서 무엇을 하고 있을까? 이러한 의문은 "離三茅閣路 到北停車場 坐黃布車去"라는 한문 구절의 해석을 통해서만 그 해답을 구할 수 있다.

이 구절을 해석하는 데에 중요한 단서를 제공해 줄 수 있는 자료가 하나 있다. 이상의 친구였던 문종혁(文鍾赫)의 회상기 「심심산천(深心山川)에 묻어 주오」(《여원》(1969. 4))를 보면 이상이 살았던 가옥에 대하여 다음과 같이 서술하고 있다.

> 상의 집(실은 백부님의 집)은 통동 154번지다.
>
> 지금의 중앙청과 사직공원 중간 지점에 위치해 있다. 순수한 주택으로서 안채와 뒷채, 그리고 행랑방이 하나, 따로 떨어져 있는 송판제 바라크 변소가 하나 이렇게 구성되어 있다. 기와집이었으나 얇고 낡아서 명실공히 서민층의 고옥이었다.
>
> 이 집의 특색이라면 대지가 넓었다. 백여 평도 넘는 밭을 이루고 있었고, 밭에는 철따라 마늘이니 상추 같은 것이 심어지고 있었다. 늦가을이 되면 옥수수와 수수대만이 꺼칠하게 서 있었다. 흙냄새를 풍기는 집이었다. 바라크 변소가 이 밭 가운데 외롭게 달랑 서 있다. 후일 상은 이 변소에 앉아 달과 이야기하며 시상에 잠기곤 했다.

이 서술 내용에 근거하여 "離三茅閣路到北停車場 坐黃布車去"을 자세히 검토하면 다음과 같은 해석이 가능해진다. '離三茅閣路'은 '삼모각로를 나서다.'로 볼 수 있다. 여기서 '삼모각'은 삼간짜리 모옥(茅屋, 초가집)을 말한다. 그리고 '到北停車場'은 '북쪽(뒤쪽) 정거장에 이르다.' 정도로 풀이할 수 있다. 그런데 여기서 '정거장'을 '북'이라는 방향과 관련지어 놓은 것을 생각한다면, ‘離三茅閣’의 ‘리(離)’를 이와 대응시켜 보는 것도 가능해진다. 이 대목에서 한자가 가지는 의미상의 중의성을 의도적으로 활용하고 있는 것으로 보인다. ‘이(離)’는 ‘나서다, 떠나다, 헤어지다.’ 등의 의미를 가지는 말이지만, 주역의 팔괘(八卦)에서 ‘남(南)’에 해당한다. 그러므로 집의 건물의 배치를 따질 경우, ‘離三茅閣路到北停車場’은 ‘남쪽(앞) 삼모각에서 길이 북쪽(뒤)의 정거장에 이른다.’라고 풀이해도 큰 무리가 없다. ‘離三茅閣(남쪽의 삼모각)’에 ‘北停車場(북쪽의 정거장)’을 대응시켜 놓으면 의미가 분명해진다.

여기서 ‘삼모각’과 ‘정거장’은 각각 어디를 말하는 것인가는 앞의 문종혁의 회고에서 확인할 수 있다. 작가 이상이 살고 있던 백부의 집안의 건물들의 배치를 보면 식구들이 기거하던 집과 좀 떨어진 곳에 화장실이 위치해 있다. 굳이 향을 따진다면, 남쪽에 집이 있고, 북쪽에 화장실이 있었던 셈이다. 화장실이 떨어져 있으니 당연히 사람이 다닐 수 있도록 길이 나 있을 것이다. 결국 ‘삼모각’은 식구들이 기거하던 집이며, ‘정거장’은 화장실을 말하는 것으로 이해할 수 있다. 마지막 구절인 ‘坐黃布車去’는 ‘황포차에 올라앉아 가다.’라고 해석된다. 이 대목은 변소에 들어가서 일을 보기 위해 자리에 앉은 장면을 말한다고 할 수 있다. ‘황포차’는 허름한 화장실을 말한다. 앞서 화장실을 ‘정거장’이라고 비유한 것과 서로 의미상 연결을 가지게 하기 위해 만들어 낸 비유적인 고안이다. ‘거(去)’는 화장실에서 일을 보기 시작한 것으로 볼 수 있다. 문종혁의 글에는 이상이 화장실에서 하늘의 별을 보고 달을 보고 이야기했다는 사실을 진술해 놓고 있다. 이로 미루어 본다면, 이 구절은 밤에 잠자리에 들기 전에 화장실에 가서 쭈그리고 앉는 장면을 그려 놓은 것임을 짐작할 수 있다.

이와 같은 풀이가 가능하다면, 이 한문 구절에 이어지는 “엇던방에서그는손까락씃을 걸린다.”라는 구절도 쉽게 그 의미를 파악할 수 있다. 주인공이 변소에 앉아서 하늘의 별들을 손가락질하며 헤어 보고

있음을 말하기 때문이다. 여기에 이어지는 "손싸락끗은질풍과갓치지
도우를거웃는데"라는 대목에서 '지도'는 별들이 떠 있는 '하늘'을 말한
다. 엄청난 간격으로 서로 떨어져 있는 별과 별 사이를 손가락으로 이
리저리 헤아리는 것을 두고 손가락이 질풍처럼 걷는다고 표현하고 있
다. '그 마안흔 은광'이라는 것도 '하늘에 빛나는 별빛, 또는 수많은 별
들'을 의미한다. 깜깜한 밤중에 화장실에 앉아 밤하늘의 별들을 헤아
리는 이 서두의 장면은 소설의 제목에 등장하는 '지도'와 '암실'이라는
말의 의미까지도 암시하고 있다.

(2)

　　거울에열닌들창에서 그는리상 — 이상히이일홈은 그의그것과쏙갓거
　　니와 — 을맛난다 리상은그와쏙갓치 운동복의준비를차렷는데 다만리상
　　은그와달라서 아모것도하지안는다하면 리상은어데가서하로종일잇단말
　　이요 하고십허한다.
　　그는그책임의무체육선생리상을맛나면 곳경의를표하야그의얼골을리
　　상의 얼골에다문즐러주느라고 그는수건을쓴다 그는리상의가는곳에서
　　하는일짜지를뭇지는안앗다 섭섭한글자가하나식 하나식섯다가 씰어지기
　　위하야 나암는다.
　　你上那兒去 而且 做甚麽

이 대목은 주인공이 아침에 일어나 세수를 하고 거울을 들여다보
는 장면을 묘사한 부분이다. 맨 마지막에 써 놓은 '你上那兒去 而且 做
甚麽(니상나아거 이차 주심마)'라는 구절이 문제다. 백화문(白話文) 식으
로 이루어진 이 구절의 해석은 이미 이어령 교수가 『이상 소설 전작
집』1(갑인출판사, 1977)에서 정확하게 제시한 바 있다. 이 교수는 '니
상 너는 어딜 가며 무엇을 하려느냐.'라고 풀이한다. '你上'이라는 말
을 '이상'이라는 이름의 발음을 따서 쓴 듯하다는 풀이도 설득력이 있

　　　　　　　　　　◆ 이상 소설과 상상력의 원점

다. 이 구절의 의미는 바로 앞에서 묘사하고 있는 문장에 그대로 나타 난다. "리상은어데가서하로종일잇단말이요"라든지 "리상의가는곳에 서 하는일까지를뭇지는안앗다"라는 문장은 이 한문 구절의 풀이에 해 당한다. 그러므로 이 한문 구절은 앞서 묘사한 대목을 그대로 압축시 켜 놓은 메타적인 기표임을 알 수 있다. 여기서 주목해야 할 것은 '어 디 가서 무엇을 하려느냐.'라는 질문 자체가 이 작품의 제목에 등장하 는 '지도'와 '암실'의 의미를 함축하고 있다는 사실이다.

(3)

그의뒤는그의천문학이다. 이럿케작정되여버린채 그는별에갓가운산 우에서 태양이보내는몃줄의볏을압정으로 꼭쏘자노코 그압헤안저그는놀 고잇엇다

이 대목은 주인공이 아침나절에 화장실에 들어가 앉아 있는 장면을 묘사하고 있다. 여기서 '뒤'라는 말은 '사람의 똥'을 점잖게 이르는 말 이다. 화장실에서 대변을 보는 일을 '뒤를 본다.'라고 말하고, 대변을 본 뒤에 엉덩이를 닦는 종이를 '뒷지'라고 말한다. 그런데 이 장면을 '천문 학'에 빗대어 말하고 있는 까닭은 화장실에 앉아서 하늘을 쳐다보며 여 러 가지 생각에 잠기기 때문이다. '천문학'과 '별'에 대하여는 이상의 수 필 「권태」(《조선일보》(1937. 5. 4~5.11)에 "내게는 별이 천문학의 대상 될 수 없다. 그렇다고 시상(詩想)의 대상도 아니다. 그것은 다만 향기도 촉 감도 없는 절대 권태의 도달할 수 없는 영원한 피안(彼岸)이다."라고 서 술된 부분이 있다. 이 대목을 이해하는 데에 참고할 만하다.

(4)

JARDIN ZOOLOGIQUE

ETTE DAME EST-ELLE LA FEMME DE MONSIEUR

LICHAN?

　　앵무새당신은 이럿케짓거리면 조흘것을그째에 나는

OUI!

　　라고그러면 조치안켓슴니까 그럿케그는생각한다.

　　앞의 대목은 주인공이 변소에 앉아서 마치 동물원을 찾아간 것처럼 상상에 잠긴 모습을 묘사한 부분이다. 동물원이라는 상상의 공간에서 주인공은 가장 먼저 앵무새를 머리에 떠올린다. 'JARDIN ZOOLOGIQUE'는 프랑스어로 '동물원'을 뜻한다. 그런데 주인공은 혼자서 동물원에 간 것이 아니다. 그의 곁에 한 여인이 서 있다. 이들 남녀의 행색을 보고 앵무새가 "이상 씨, 이 여인은 당신의 부인입니까?(CETTE DAME EST-ELLE LA FEMME DE MONSIEUR LICHAN?)"라고 묻는다. 그러면 주인공은 "예(OUI!)"라고 대답할 것이라고 밝힌다. 하지만 이 장면은 하나의 상상에 불과하다. 주인공은 어떤 여인을 생각하면서 그녀와 둘이서 동물원에 구경 가는 것을 꿈꾼다. 여기서 주인공의 욕망이 무의식적으로 표출된 셈이다.

　　그런데 이 대목은 이상의 시 「오감도 시제6호」에서 다음과 같이 변형되어 새로운 의미를 드러낸다.

　　鸚鵡 ※ 二匹

　　　　二匹

　　※ 鸚鵡는哺乳類에屬하느니라.

　　내가二匹을아아는것은내가二匹을아알지못하는것이니라. 勿論나는希望할것이니라.

　　鸚鵡 二匹

　　　　　　　　　　　　◆ 이상 소설과 상상력의 원점

『이小姐는紳士李箱의夫人이냐』『그렇다』

나는거기서鸚鵡가怒한것을보았느니라. 나는부끄러워서얼굴이붉어
졌었겠느니라.

鸚鵡　　二匹

　　　　二匹

勿論나는追放당하였느니라. 追放당할것까지도없이自退하였느니라.
나의體軀는中軸을喪尖하고또相當히踉蹌하여그랬던지나는微微하게涕泣
하였느니라.

　「오감도 시제6호」는 시적 주체인 '나'의 입장에서 '아내'가 보여
주는 이중성을 앵무새의 입을 빌려 비유적으로 그려 낸 작품이다. 앞
에서 검토한 대로 소설 「지도의 암실」에서는 주인공이 어떤 여성과 함
께 동물원에 나들이를 나간 것처럼 상상한다. 그리고 앵무새의 입을
통해 나란히 서 있는 여성의 존재를 확인하고 싶은 욕망을 드러낸다.
그러나 시의 경우에는 '이소저(小姐)는신사(紳士)이상(李箱)의부인(夫人)
이냐'라는 물음에 '그렇다'라는 대답이 나오자 앵무새가 노여워한다고
진술하고 있다. 부인의 부정과 이중적인 태도를 지적하기 위한 시적
장치에 해당한다. 유사한 소재를 모티프로 하면서도 산문적 서술과 시
적 진술 사이에 의미의 격차가 드러난다. 이러한 상호 텍스트적 속성
은 이상 문학이 가지는 중요한 특질의 하나로 자리 잡고 있다.

(5)

　혼자사아는것이 가장혼자사아는것이 되리라하는마음은 락타를타고
싶허하게하면 사막넘어를생각하면 그곳에조흔곳이 친구처럼잇스리라
생각하게한다 락타를타면그는간다 그는락타를죽이리라 시간은그곳에
안이오리라왔다가도 도로가리라그는생각한다 그는트렁크와갓흔락타를

조와하얏다 백지를먹는다 지폐를먹는다 무엇이라고적어서무엇을 주문하는지 엇던녀자에게의답장이녀자의손이포스트압헤서한듯이 봉투째먹힌다.

이 대목은 소설의 주인공의 상상이 동물원의 앵무새에서 낙타로 옮겨지고 있음을 보여 준다. '그'는 공상에 잠겨 낙타를 타고 사막의 한복판에 아무도 없는 곳으로 간다. 그리고 거기서 낙타를 죽인다. 낙타는 외부 세계와 자신을 연결해 주는 것이기 때문이다. 주인공은 자기 고립을 꿈꾸고 있다. 이 대목에서 '트렁크와 갓흔 낙타'라는 비유적 표현이 눈에 띈다. 흔히 '트렁크(trunk)'라고 하면 '여행용 큰 가방' 또는 '자동차의 짐칸'을 떠올린다. 그러나 영어의 '트렁크'라는 말은 '나무줄기', '철도의 간선', '건물의 기둥 줄기', '전화의 중계선', '장거리 전화' 등의 뜻으로도 쓰인다. 이 글에서는 '전화의 중계선', '장거리 전화'라는 의미로 전체 문맥을 이해할 수도 있지 않을까 한다. 바로 앞에서 사막을 가는 낙타 이야기라든지 바로 뒤의 대목에서 우체통에 들어가는 것처럼 낙타가 편지 봉투를 삼키는 장면을 말하는 것은 모두 '먼 거리를 연결하여 소식을 전해 주는 것'으로서의 낙타를 말하고 있기 때문이다. 언어의 다의성을 교묘하게 활용하는 패러디의 기법을 엿볼 수가 있다.

(6)

　　잔등이묵어워들어온다 죽엄이그에게왓다고 그는놀라지안아본다 죽엄이묵직한것이라면 남어지얼마안되는시간은 죽엄이하자는대로하게내여버려두어 일생에업든 가장위생적인시간을향락하야보는편이 그를위생적이게하야 주겟다고그는생각하다가 그러면그는죽엄에 견데는세음이냐못 그러는세음인것을자세히알아내이기어려워고로워한다 죽엄은평행사변형의법측으로 보일르샤알르의법측으로 그는압흐로 압흐로걸어

　　　　　　　◆ 이상 소설과 상상력의 원점

나가는데도왓다 써밀어준다.
　　　活胡同是死胡同 死胡同是活胡同

　　이 대목은 주인공이 집을 나와 길을 걸으면서 느끼는 육체적인 피로감을 죽음의 과정과 관련시켜 생각하고 있는 장면이다. 길을 걸어가는데도 계속 밀려드는 피로를 '죽음이 평행사변형의 법칙'으로 밀려온다고 적고 있다. 이러한 느낌을 다시 요약하여 말하고 있는 것이 '活胡同是死胡同 死胡同是活胡同(활호동시사호동 사호동시활호동)'이라는 구절이다.
　　이 구절의 의미에 대한 해석에 있어서도 의견이 분분하다. 이어령 교수는 "사는 것이 어째서 이와 같으며, 죽음이 어째서 같은가, 죽음이 어째서 이와 같으며 삶이 어째서 같은가."(『이상 소설 전작집』1, 181~182면)라고 했다. 김윤식 교수는 "사는 것이 어찌하여 이와 같으며, 죽음이 어째서 같은가. 죽음이 어째서 이와 같으며, 사는 것이 같은가."(김윤식 편, 『이상 문학 전집』2, 177쪽)라고 이어령 교수와 비슷하게 풀이했다. 최근 김주현 교수는 이 대목을 백화문으로 보고, "뚫린 골목은 막다른 골목이요, 막다른 골목은 뚫린 골목이다."(김주현 편, 『정본 이상 문학 전집』2, 154쪽)라는 새로운 해석을 제기한 바 있다. 이 구절이 한문식 독법과 백화문식 독법에 따라 그 의미가 전혀 달라진다는 점을 밝힌 것은 매우 중요하다. 작가도 바로 이 같은 성질을 활용하고자 의도했을 가능성이 크다. 앞서 "離三茅閣路 到北停車場 坐黃布車去(이삼모각로 도북정거장 좌황모차거)"라는 구절에서도 살핀 바 있듯이 동일한 한문구가 전혀 다른 두 가지의 의미로 읽힐 수 있도록 고안되어 있다는 것 자체가 중요하다. 그러나 이 한문 구절이 드러내고 있는 기호적 중의성(重義性)에도 불구하고 이야기의 전체적인 흐름에 맞춰 보면, 이어령 교수가 최초에 해석했던 것과 비슷하게 '살고 있는 것이 죽은 것 같고, 죽은 것이 곧 살고 있는 것과 같다.'라고 풀이하는 것이 타당해 보인다.

(7)
그때에그의잔등외투속에서.
양복저고리가 하나떨어젓다 동시에그의눈도 그의입도 그의염통도
그의뇌수도 그의손까락도 외투도 자암뱅이도모도어얼러떨어젓다

이 대목은 길을 걸으면서 일어났던 매우 특이한 경험에 근거한다.
외투 속에서 양복저고리가 떨어진 것이다. 이 일이 단초가 되어 이른바
'유체 이탈(遺體離脫)'이라고 말할 수 있는 특이한 체험을 하게 되는 과
정이 섬세하게 그려진다. 이상의 누이동생인 김옥희의 「오빠 이상」(《신
동아》, 1964. 12)이라는 글을 보면 다음과 같은 대목이 나온다.

마침 친구가 찾아와서 함께 나가게 되었습니다.
벽에 걸린 외투를 입었는데 벗었을 때 상의를 외투와 함께 벗어 걸
었던 것을 그냥 입었는데, 한쪽 상의 소매가 팔에 꿰어지지 않고 외투
소매만 꿰었으니 상의의 소매 하나가 외투 밖으로 나올 수 밖에 없었습
니다.
마침 길을 가는 여인들이 이것을 보고 크게 웃었는데도 오빠는 무관
심했습니다. 친구가 그 모양을 보고 고쳐 입으라고 해도 내쳐 가는 데까
지 그대로 갔답니다.

이러한 회고적 진술 내용에 비춰 본다면, 앞의 대목이 어떤 경우에
서 비롯된 것인지를 짐작할 만하다. 여기서 드러나고 있는 '체외 이탈
체험'은 자신의 육체 바깥 어떤 위치로부터 물질계를 인식하고 있는
것처럼 느껴지는 개인적인 경험이다. 이런 경험의 본질을 다루고 있다
는 것은 살아 있는 존재로서의 인간에 대한 새로운 인식을 의미한다.

　◆ 이상 소설과 상상력의 원점

인간의 의식이 육체로부터 분리되고 물질계에서 분리된 형태(비육체적인 형태)로 존재할 수 있다는 것은 일종의 환각일 수 있다. 그런데 여기서 중요한 것은 바로 그러한 체험을 통하여 인간의 육체의 물질성을 확인하게 된다는 점이다.

(8)

　　그는무서움이 일시에치밀어서성내인얼골의성내인 성내인것들을헤치고 홱압흐로나슨다 무서운간판저어뒤에서 기우웃이이쪽을내여다보는 틈틈이들여다보이는 성내엿던것들의 싹둑싹둑된모양이 그에게는한업시 가엽서보혀서 이번에는그러면가엽다는데대하야 장적당하다고 생각하는것은무엇이니 무엇을내여거얼가 그는생각하야보고 그럿케한참보다가 우숨으로하기로작정한그는그도 모르게얼는그만우서버려서 그는 다시거더드리기어려웟다 압흐로나슨우슴은화석과갓치 화려하얏다.

笑 怕 怒

이 대목은 마지막에 등장하는 '소파노(笑 怕 怒)'라는 한문구로 인하여 전체적으로 그 의미가 애매하게 느껴지고 있다. 그러나 이 한문구는 글자 그대로 '웃음(웃다)', '두려움 혹은 공포(무서워하다)', '노여움(성내다)'을 뜻한다. 그리고 이 한문구의 의미는 바로 앞의 문장에 서술되고 있는 내용 자체를 요약적으로 제시하는 메타적 속성을 드러낸다. 주인공은 자신의 육체가 분리되어 떨어져 나가는 환상에 사로잡혀 있다가 실제로 그런 현상이 일어나서 육신이 해체되면 어쩌나 무서움에 빠져든다. 그리고 성난 표정 위로 그 두려워하는 모습이 드러난다. 그러다가 모든 것을 웃음으로 넘겨 버린다.

(9)

　　시가지한복판에 이번에새로생긴무덤우으로 싹장벌러지에무든각국

우슴이 헷쓰려써러트려저모혀들엇다

　앞의 대목에서 시가지 한복판에 새로 생긴 '무덤'은 '극장(영화관)'
을 비유적으로 지적한 말이다. 극장의 내부로 들어서는 문의 겉모양이
마치 서양식의 묘지와 유사한 면이 있다. 특히 극장 안은 묘지처럼 어
둡다. 관객은 시체처럼 꼼짝없이 모두 자기 자리에 가만히 앉아 있어
야 한다. 앞서 죽음에 대한 공상을 하고 있었기 때문에 '극장'을 '무덤'
이라고 연상한 것이다. 주인공은 이제 극장으로 들어간다.
　그런데 여기서 "딱정벌러지에무든각국우슴"이 무엇을 비유적으로
묘사하고 있는지 분명하게 말하기 어렵다. 극장의 건물 모습이 '딱정
벌레'의 외관을 닮은 것으로 볼 수도 있다. '딱정벌레'는 '갑충(甲蟲)'이
라고도 하는데, 그 모양이 원형이나 공 모양에서부터 가늘고 긴 원통
형이나 판 모양의 것, 호리병형, 거기에 돌기나 가시가 돋은 것 등으로
다양하다. 몸 빛깔은 검은색, 황갈색, 적갈색 또는 아름다운 금속광택
이 나는 것도 있으며 붉은색, 노란색, 초록색 등의 종류도 있다. 그런
데 혹시 여기서 말하는 딱정벌레가 '무당벌레'를 말하는 것인지도 모
른다. '무당벌레' 몸 껍질의 황갈색 바탕에 검은색 점무늬가 있는 모습
은 영화관이나 극장 앞에서 손님을 끌기 위해 피에로의 분장을 한 사
람의 외모와 흡사하다. 피에로의 분장은 기쁜 모습, 슬픈 모습, 우울한
모습, 놀란 모습, 찡그린 모습 등을 다양하게 표현한다. 얼굴 색조 표
현에 있어서 기본 색은 흰 바탕색에 흑색과 적색을 기본으로 사용하
고, 코 모양 또한 둥글고 빨간 코를 붙인다. 모자는 흰색 바탕 원뿔 모
양에 노랑, 파랑, 빨간색의 둥근 점을 붙여서 썼고, 의상은 목과 손, 발
목에 긴 레이스를 달았으며 크고 둥근 허리에 노랑, 파랑, 빨간색의 둥
근 점을 붙여 울긋불긋한 의상을 만들어 입는다. 이런 모습의 피에로
가 혹시 극장 앞에 서 있었는지 모르겠다. 그리고 지붕에서부터 울긋
불긋하게 만국기를 늘어뜨려 한껏 분위기를 고조시켰을 법하다. 이런

　　　　　　　　　◆ 이상 소설과 상상력의 원점

극장 풍경은 1960년대까지만 해도 흔히 있었던 장면이다.

(10)

　그는그의행렬의마즈막의 한사람의위치가 끗난다음에 지긋지긋이 생
각하야보는것을 할줄모르는 그는그가안인 그이지 그는생각한다 그는피
곤한다리를잇글어불이던지는불을밟아가며불로갓가히가보려고불을작고
만밟앗다.
　　我是二 雖說沒給得三也我是三

　이 대목은 도회의 '무덤'으로 비유된 극장에서 영화 구경을 마치고
나온 주인공이 어둠을 밝히는 불빛이 환한 거리를 배회하는 모습을 보
여 준다. 여기에 등장하는 '我是二 雖說沒給得三也我是三(아시이 수설
몰급득삼야아시삼)'이라는 한문 구절이 무슨 의미인지 명확하지 않다.
이어령 교수는 "나는 둘이다. 비록 셋을 줄 수 없다고 말한다 하더라도
역시 나는 셋이다."(이어령 편, 『이상 소설 전작집』 1, 184쪽)라고 해석했고,
뒤의 연구자들이 모두 이를 따르고 있다. 그런데 최근 김주현 교수는
'雖說沒給得三也'라는 구절에 문법적 오류가 있다(김주현 편, 『정본 이상
문학 전집』 2, 157쪽)고 지적한다. 그렇기 때문에 이 한문구를 제대로 읽
어 낼 수 없다는 것이다.
　이 한문 구절이 어떤 정황과 연관되는 것인지를 알아내기 위해서는
바로 앞부분의 "불이 던지는 불을 밟아 가며 불로 갓가히 가 보려고 불
을 작고만 밟앗다."라는 구절을 주목해야 한다. 거리에 늘어선 가로등
불빛, 그리고 여기저기 상점에서 내걸어 놓은 불빛으로 인하여 길거리
가 환하다. 이런 경우 땅바닥을 보면 자신의 그림자가 여기저기에 어
른거린다. 그림자가 둘이 되기도 하고 셋이 되기도 한다. 이러한 상황
이 이미 앞서 언급한 바 있는 '체외 이탈 경험'과 같은 환상과 이어지
면서 자기 육신의 형체가 여러 개로 나뉘어 있는 듯한 느낌을 불러일

으킨다. '나는 둘이구나.'라고 생각한다. 그러다가 그림자가 셋으로 늘어나는 것을 보고는 생각을 바꾼다. '나는 셋이로구나.'라고 말이다.

그런데 바로 문제가 되는 것이 "雖說沒給得三也"라는 구절이다. 나는 이 구절을 다시 두 부분으로 나누어 "雖說沒給이라도 得三也면"이라고 읽을 것을 제안한다. 그럴 경우에는 '비록 주지 않았더라도 셋을 얻으면'이라는 해석이 가능해진다. 결국 이 대목은 "나는 둘이다. 비록 주지 않았더라도 셋을 얻으면 나는 셋이다."라는 뜻으로 해석된다. 이러한 해석이 정통 한문의 해독 방식에서 벗어난다 하더라도 크게 문제가 될 것 같지는 않다.

(11)

LOVE PARRADE

그는답보를게속하얏는데 페브멘트는후을홀날으는 초콜레에트처럼 홀홀날아서 그의구두바닥밋흘밋그러히쏙쏙째저나가고잇는것이 그로하야금더욱더욱 답보를식히게한원인이라면 그것도원인의하나가 될수도 잇겟지만 그원인의대부분은 음악적효과에잇다고안이볼수업다고 단정하야버릴만치 이날밤의그는음악에 적지안이한편애를 가지고잇지안을수업슬만치 안개속에서라이트는스포츠를하고 스포츠는그에게잇서서는 마술에갓가운기술로 밧게는안이보이는것이엿다.

이 대목에 등장하는 "LOVE PARRADE"는 일본의 한국문학 연구자인 사에쿠사 교수(『한국문학 연구』, 베틀북, 347쪽)가 「더 러브 퍼레이드(The Love Parade)」라는 영화 제목임을 밝혔다. 이 소설의 주인공은 이미 앞에서 확인한 대로 시가지 한복판에 새로 생긴 극장(무덤)에 들어간다. 거기서 감상한 영화가 바로 1929년 미국 파라마운트사에서 만든 뮤지컬 코미디 영화인 「더 러브 퍼레이드」이다. 언스트 루비치(Ernst Lubitsch) 감독의 이 영화에는 모리스 슈발리에(Maurice Chevalier)

◆ 이상 소설과 상상력의 원점

와 저넷 맥도널드(Jeanette MacDonald)가 출연했다. 이 영화는 실바니아
의 루이스 여왕으로 등장하는 자넷 맥도널드와 여왕의 남편이 된 모
리스 슈발리에 사이의 까다로운 로맨스를 그리고 있다. 루이스 여왕이
나이가 들자 그 신하들이 그녀를 결혼시키고자 한다. 이때 파리에서
여성 스캔들로 소환된 대사(모리스 슈발리에)가 여왕의 배우자로 간택
되어 두 사람은 결혼을 하게 된다. 그러나 고집이 강한 여왕의 배우자
가 된 슈발리에는 점차 아무 하는 일 없이 여왕 곁에 들러리로 서 있
어야 하는 자신의 처지에 염증을 느끼게 되면서 둘 사이에 갈등이 커
진다. 슈발리에의 노래와 춤이 일품이다.

주인공이 감상한 영화 「더 러브 퍼레이드」가 뮤지컬 코미디 영화
였기 때문에 배우들의 노래와 춤이 화면을 장식한다. 주인공은 영화관
을 나와서도 여전히 영화의 흥취에 젖어 있기 때문에 페이브먼트를 걸
어가면서도 발걸음이 가볍고 미끄러지듯 한다.

(12)

쏘어가그를무서워하며 뒤로물러스느는거의 동시에묵어운저기압으로
흘르는고 기압의기류을리용하야 그는그레스토오랑으로넘어젓다하야도
조코 그의몸을게다가 내어버렷다틀어박앗다하여도 조츨만치그는그의
몸덩이 의향방에대하야아모러한설게도하야 노치는안이한행동을 직접
행동과행동이가지는 결정되여잇는운명에 내여맛겨버리고 말앗다 그는
너무나 돌연적인탓에그에게서 짜아져버서서저서업즐러젓다 그는이것은이
결과는 그가바다서는내어던지는 그의하는일의무의미에서도 제외되는
것으로사사오입이하에씰어내엿다.

이 대목은 거리를 배회하던 주인공이 레스토랑의 문을 열고 들어
서다가 안쪽으로 엎어지는 장면을 묘사한다. 이 소설에서 긴장이 고조
되는 순간에 해당한다. 주인공이 이 레스토랑에는 여급으로 일하는 한

여자를 보기 위해 레스토랑에 들어서다가 그만 넘어지고 만 것이다.
이 장면의 바로 뒤에 여자의 존재를 다음과 같이 설명하고 있다. "그가
늘 산보를 가면 그곳에는 커다란 바위돌이 돌연히 잇스면 그는 늘 그
곳에 기대이는 버릇인 것처럼 그는 한 녀자를 늘 찾는데 그 녀자는 참
으로 위치를 변하지 안이하고 잇스닛가 그는 곳 기대인다."

(13)
　　이런때에녀자가와도 조흔째는그의손에서 피곤한연기가물억물억기
어올으는째이다 그녀자는그고생이 자심하야서말낫다는넓적한손바닥으
로 그를쭈덕쭈덕두드려 주어서잠자라고하지만그는 녀자는가도조타오지
안아도 조타다고생각하는것이지만이럿케 각금정말좀와주엇으면생각도
한다 그가만일녀자의뒤로가서바지를것고스면 그는잇는지 업는지몰으
게되여버릴만콤화가나서 말낫다는녀자는 넘적한체격을 그는녀자쑨아니
라 아무에게서도슬혀하는 것이다

　　이 장면은 소설의 결말 부분에서 주인공이 집으로 돌아와 책상 앞
에 앉아 자신이 늘 하던 작업에 열중하다가 레스토랑의 여자를 생각하
는 대목이다. 여자와 함께 있는 장면을 상상한다. 그러나 여자가 자기
자신보다 더 덩치가 크다는 사실이 마음에 걸린다. 이 대목에 이르러
주인공이 레스토랑의 여자를 마음에 두고 있음이 확인된다. 이 소설의
이야기 가운데 여자에 관한 서술은 모두 세 개의 장면에 걸쳐 있다. 첫
째는 오전 중에 화장실에 들어가 앉아서 상상하는 장면이다. 자신의
곁에 여자가 함께 서 있는 장면을 상상하면서 그 여자의 존재를 앵무
새를 통해 확인하고자 한다. 그러나 곧 낙타를 등장시켜 자신이 여자
에게 보내려고 써 놓은 편지마저 집어삼키도록 하면서 여자에 관한 서
술이 끝난다. 둘째 장면은 레스토랑에 들렀던 장면이다. 경험적 현실
속에서 여자를 직접 대면한다. 그리고 그 여자에게 기대어 보고자 한

다. 셋째 장면이 바로 앞의 인용에 해당한다. 잠자리에 들기 직접에 여자가 함께 있었으면 하고 상상한다.

소설 「지도의 암실」에서 먼저 주목되는 것은 글쓰기 방식과 관련되는 메타적 속성이다. 여기서 '메타적'이라는 말은 단순히 메타언어적인 것만을 뜻하지 않는다. 이것은 일종의 소설의 이야기 자체에서 드러나는 일종의 자기 반영성을 말하기 때문이다. 이를 달리 설명한다면 소설을 통해 소설 텍스트 내부의 세계를 반영하는 것이라고 말할수 있다. 소설을 통해 현실 세계를 전체적으로 반영한다든지, 소설을 통해 삶의 실재성을 추구한다든지 하는 리얼리즘적 관점은 이러한 소설적 기법과는 거리가 멀다. 「지도의 암실」에서 드러나고 있는 메타적 글쓰기는 「날개」, 「지주회시」, 「종생기」 등에서 더욱 확대되어 서사의 속성 자체를 지배하게 됨으로써 '메타픽션'*으로서의 의미를 강화하게된다. 다음의 인용을 보면 「지도의 암실」의 서사 자체가 텍스트의 창작과정을 어떻게 반영하고 있는지를 쉽게 확인할 수 있다.

(가)

기인 동안 잠자고 짧은 동안 누엇든 것이 짧은 동안 잠자고 기인 동안 누엇섯든 그이다 네시에 누우면 다섯 여섯 일곱 여덜 아홉 그리고 아홉시에서 열시까지 리상 — 나는 리상이라는 한 우수운 사람을 아안다 물론 나는 그에 대하야 한쪽 보려 하는 것이거니와 — 은 그에서 그의 하는 일을 쎄어던지는 것이다.

(나)

인사는 유쾌한 것이라고 하야 그는 게을느지 안타 늘. 투스부럿쉬는

---

* 메타픽션이라는 말에 대해서는 Patricia Wauch, *Metafiction: The Theory and Practice of Self-Conscious Fiction*(London: Metheun, 1984) 참조.

616

그의 니 사이로 와보고 물이 얼골 그 중에도 빰을 건드려본다 그는 변소에서 가장 먼 나라의 호외를 가장 갓갑게보며 그는 그 동안에 편안히 서술한다 지난 것은 버려야 한다고 거울에 열닌 들창에서 그는 리상— 이상히 이 일홈은 그의 그것과 쪽갓거니와— 을 맛난다 리상은 그와 쪽갓치 운동복의 준비를 차렷는데 다만 리상은 그와 달라서 아모것도 하지 안는다 하면 리상은 어데 가서 하로 종일 잇단 말이요 하고 싑허 한다.

앞의 인용에서 볼 수 있듯이 이 소설의 메타적 글쓰기에서 주목되는 것은 작가 자신이 소설 텍스트의 인물로 등장함으로써 일상성 혹은 역사성의 의미를 쉽게 획득할 수 있게 된다는 점이다. 그러나 여기서의 경험적 또는 자전적 요소는 역사적 상황을 입증하기 위해 서술되는 것은 아니다. 이것은 존재론적인 차원에서 전혀 별개의 논의를 가능하게 한다. 메타적 글쓰기에서 텍스트 내에 등장하는 작가는 텍스트 속에 등장하는 순간 그 실재성의 의미를 상실한다. 또는 실재성이 의문시될 수밖에 없다. 그것은 텍스트의 언어에 의해 만들어지는 것이기 때문이다. 이러한 현상은 작가와 그 창작으로서의 텍스트 사이에 저자로서의 주체와 대상으로서의 작품이라는 입장이 서로 뒤바뀌면서 서로가 서로를 창조하고 서로가 서로의 입장을 파괴한다는 점을 통해 확인된다. 그러므로 「지도의 암실」의 텍스트 안에 등장하는 '리상'이라는 인물은 실재하는 자연인으로서의 작가 이상과는 구별된다. 이것은 단지 텍스트의 인위성과 현실의 삶의 인위성을 강조하기 위해 활용하는 하나의 서사 기법에 불과한 것이다.

이와 같은 특징은 이 작품이 허구의 산물에 지나지 않는다는 사실을 말해 주는 근거가 된다. 그 이유는 앞의 인용에서 외부의 객관적인 현실 세계가 묘사의 중심을 이루는 것이 아니라 텍스트 내부에서 이루어지는 허구적 텍스트의 창작 과정 자체가 설명되고 있기 때문이다. 말하자면 소설 속에서 소설이 창작되는 과정 자체를 보여 준다는 점이

◆ 이상 소설과 상상력의 원점

다. 여기서는 작가 자신이 자기 소설의 창작 과정에서 의도적으로 자기 이름과 동일한 주인공을 등장시킨다. 그리고 직접 작품에 개입하여 서사 내적 상황에 대해 간섭한다. 독자들은 이러한 글쓰기 방식을 보면서 이 작품의 내용이 작가가 의도적으로 꾸며 내고 있는 이야기임을 알아차리게 되는 것이다. 결국 「지도의 암실」은 자기 반영적인 속성으로 인하여 텍스트 밖의 세계보다는 오히려 텍스트 내에서 이루어지는 내적인 메커니즘으로 독자들의 관심을 유도하고 있는 셈이다.

「지도의 암실」에서 볼 수 있는 메타적 글쓰기는 서사의 진행 과정에 삽입되어 있는 난해한 백화체의 한문 구절을 통해서도 분명하게 드러난다. 이 한문 어구들은 장면의 전환과 비약과 단절을 드러내고 있기 때문에 그 자연스러운 이야기의 전개를 방해한다. 그러나 작가는 의도적으로 이 한문 구절을 삽입시켜 놓음으로써 서사 진행 과정 자체에 대한 독자들의 관심을 유도한다. 이 백화체의 한문 구절을 정확하게 해석하고 보면 그것이 때로는 앞의 장면을 요약하기도 하고 새로운 장면으로 전환하기 위한 암시적 기능을 수행하고 있음을 알게 된다. 이러한 특이한 메타적 서술 방식은 이 소설의 서두에서부터 더 이상 안정적이지 않고 더 이상 연속적일 수 없는 그러한 조건의 시간 위에 특정한 공간이 자리하게 됨을 말해 준다. 이 공간은 고정되고 고립된 것이 아니다. 이것은 현실과 상상의 세계 속에서 새로운 발전과 변화의 가능성을 보이는 가상적 공간에 해당한다.

소설 「지도의 암실」의 서사 구조는 그것을 지배하고 있는 시간의 속성에 의해 결정되고 있다. 이 작품은 공적 시간 개념을 전복시키는 시간에 대한 사적 체험을 중심으로 서사가 전개된다. 이러한 구성법은 경험적인 현실과 주체의 내적 의식 사이에 이루어지고 있는 간극을 지양하기 위한 기법적인 모색과 관련되는 것이지만 그 '미학적 위장'이 다분히 실험적이다. 그 이유는 작품의 이야기 속에서 주인공의 행위가 그 구체성을 잃고 있는 데서 찾아진다. 주인공의 행위가 들어설 자리에는 관념적이고도 추상적인 사념의 연쇄가 이어진다. 심지어는 이야기의 서술 과정에서 등장인물의 대화가 모두 생략되어 있거나 간접화되고 있다. 이 '추상화의 원칙'은 이 소설이 지향하고 있는 새로운 서사의 문법과 직결되어 있음을 말하는 것이다.

「지도의 암실」은 '그'라는 인물이 보여 주는 어느 일요일 하루 동안의 일과를 그대로 재현한다. 이 사적(私的)인 시간성의 의미를 서사 구조와 관련시켜 보면 그 본질적인 속성을 쉽게 확인할 수 있다. 이 소설에서 시간의 흐름은 크게 밤의 시간과 낮의 시간으로 구분된다. 이야기의 시작과 결말 부분은 밤의 시간이며, 중간 부분이 낮의 시간에 해당한다. 그리고 이러한 시간의 구분을 공간의 변화와 결합 시켜 몇 개의 단계로 나누어 놓고 있다. 물론 이 구분은 어떤 행위와 사건을 중심으로 이루어지는 것은 아니다. 이야기 자체가 행위와 사건을 주축으로 삼기보다는 주인공의 머릿속에서 일어나고 있는 여러 가지 상념을 중심으로 전개되고 있기 때문이다.

소설 「지도의 암실」에서 이야기의 첫 장면은 주인공이 하루의 일과를 마치고 잠자리에 들어가기 직전의 상황을 보여 준다. 밤을 새워 가며 어떤 작업에 몰두해 있던 주인공은 새벽 3시가 넘어서야 잠자리에 들 준비를 한다. 오줌이 마렵기 때문에 방에서 나와 뜰 안의 북쪽 구석에 자리하고 있는 변소에 간다. 하늘의 별들을 쳐다보기도 하면서 볼일을 마친다. 방 안으로 다시 돌아와서는 잠자리에 든다. 그러나 입고 있는 옷을 벗는 것도 귀찮다. 옷을 입은 채로 자리에 누우면서 그는 전구에 봉투를 덧씌운다. 불빛이 너무 밝기 때문이다. 그러나 잠이 쉽게 오지는 않는다.

이 소설은 주인공이 일요일 아침 10시가 가까이 되어 잠에서 깨어나는 대목에서부터 새로운 전개 과정에 들어선다. 햇빛이 환하게 드는 아침나절에 주인공은 세수를 하고 아침 식사를 한다. 그리고 러시아의 시인 에르셍코의 시집을 꺼내 읽는다. 그는 친구의 외투를 걸치고 밖

◆ 이상 소설과 상상력의 원점

으로 나온다. 그가 간 곳은 다시 변소다. 변소에 앉아 있으면서 주인공은 온갖 공상에 사로잡힌다. 동물원의 앵무새를 떠올리면서 한 여인을 생각한다. 사람을 흉내 내는 원숭이를 생각하고 낙타를 떠올린다. 그리고 여자에게 보내는 편지를 떠올린다. 이러한 공상의 시간은 정오의 사이렌이 울리는 소리를 들으면서 끝난다. 주인공은 집에서 시가지로 나와 길을 걷는다. 길을 걷는 동안 상당한 피곤을 느끼지만 시가지 한복판에 새로 문을 연 영화관(무덤)에 들어간다. 그리고 자리에 가만히 앉아 영화를 감상한다. 영화 감상을 마치고 밖으로 나와 보니 이미 해가 저물기 시작했다. 어둠이 밀려오고 거리에는 가로등이 밝혀진다. 밤의 거리를 걸어서 그가 찾아 간 곳은 레스토랑이다. 문을 밀고 들어서다가 그만 발을 헛디뎌 넘어진다. 얼굴에 생채기가 생긴다. 여자가 그를 부축하고 얼굴의 상처를 씻어 준다. 여자는 술을 마시고 눈물까지 흘리면서 자신의 신세를 한탄한다.

이 작품의 결말 부분은 주인공이 8시가 넘어서 집으로 돌아오는 과정을 보여 준다. 집에 돌아온 주인공은 전등불을 밝히고는 백지와 색연필을 들고 작업에 들어간다. 밤의 피로가 몰려드는 순간에 주인공은 여자를 떠올린다. 그 여자가 이런 밤에 함께 있어 주었으면 하고 상상한다. 이때 시계가 새벽 4시를 알린다. 다시 전구에 봉투를 씌우고 잠자리에 들게 된다.

이처럼 소설 「지도의 암실」은 주인공의 도시 생활의 하루 일과를 그대로 그려 내고 있다. 이 작품의 서사 구조를 지배하고 있는 하루 동안이라는 시간은 이상의 소설 가운데 「동해」, 「지주회시」, 「실화」 등에서도 반복적으로 나타난다. 작품 속의 주동적 인물이 겪게 되는 만 하루 동안의 일과를 서사의 공간 속에 펼쳐 보이고 있기 때문이다. 이 제약된 시간은 일반적인 시간의 보편적 속성과는 관계없이 등장인물의 사적 체험 속에서 재구성된 실제적 경험의 시간이다.

(가)

기인동안잠자고 짧은동안누엇든것이 짧은동안 잠자고 기인동안누엇
섯든그이다 네시에누우면 다섯 여섯 일곱 여덜 아홉 그리고아홉시에서
열시까지리상 — 나는리상이라는한우수운사람을아안다 물론나는그에대
하야 한쪽보려하는것이거니와 — 은그에서 그의하는일을쩨어던지는것
이다. 태양이양지짝처럼나려쪼이는밤에비를퍼붓게하야 그는레인코오트
가업스면 그것은엇쩌나하야방을나슨다.

(나)

넷 — 하나둘셋넷이럿케 그거추장스러히 굴지말고산뜻이넷만첫스면
여북조흘가생각하야도시게는 그러지안으니 아무리하야도 하나둘셋은
내여버릴것이닛가 인생도이럭저럭하다가 그만일것인데낫모를녀인에게
우숨까지산저고리의지저분한경력도 희지부지다슬어질것을 이럿케마음
조릴것이안이라 암쑤을르에봉투씨우고 옷벗고몸뎅이는 침구에써내여맛
기면 얼마나모든것을 다니즐수잇서 편할가하고그는잔다.

앞의 인용에서 확인할 수 있는 것처럼 소설 「지도의 암실」의 이야
기는 그 시작(가)과 결말(나)의 장면이 동일하다. 잠자리에 들어가는
장면에서 시작되어 하루의 시간이 경과된 후 다시 잠자리에 들어가는
장면으로 끝난다. 이처럼 서두와 결말의 장면을 일치시키는 것은 이야
기 자체의 완결성을 추구하기 위한 시도일 수도 있지만, 일상적으로
반복되는 하루의 일과를 암시하기 위한 일종의 서사적 고안에 해당한
다. 이야기 속의 시간이 비록 제한된 하루 동안의 일에 해당한다 하더
라도 그것이 일상적으로 반복되는 것이라는 점을 말해 주고 있는 셈이
다. 사건이랄 것도 없는 사소한 이야기가 이어지는 가운데 작품의 결
말이 발단 부분과 동일하게 제시된다. 이것은 줄거리가 변화하고 발전
한다는 신념을 거부하고 있음을 말한다. 변하는 것은 그러한 상황이

◆ 이상 소설과 상상력의 원점

나타나는 국면뿐이다. 여기서 하루 동안의 일과는 도시적인 현대인의 삶의 전부에 해당한다. 그러므로 이 하루가 바로 소설의 중심이며 이야기의 핵심이 된다. 이 소설에서 이야기의 줄거리를 따지는 일은 더 이상 의미가 없다. 어떤 행위의 연속을 통해 구체화되는 사건이라는 것이 존재하지 않기 때문이다.

「지도의 암실」에서 확인할 수 있는 또 다른 서사적 특징은 등장인물의 탈영웅적 속성과 함께 줄거리의 해체가 불분명하게 드러나고 있는 점이다. 실제로 이 소설의 등장인물은 그 성격도 불분명하고 이야기의 줄거리도 뚜렷하지 않다. 다만 소설 속에서 이어지고 있는 이야기는 마치 작가 자신이 직접적으로 경험하고 있는 일들, 눈앞에서 벌어지고 있는 일들을 그대로 기록하고 있는 것처럼 그려진다. 잘 짜여진 하나의 이야기가 존재하는 것이 아니라 지금 눈앞에서 일어나는 일을 보여 준다는 식으로 이야기를 만들어 놓았다.

이 소설은 그 발단에서부터 결말에 이르기까지 하나의 등장인물을 추적한다. 그러나 통일적인 하나의 시점을 일관되게 보여 주는 것이 아니다. 서술의 각도는 뒤틀리고 그 거리가 제대로 지켜지지 않는다. 모든 삽화들은 일련의 이야기를 위해 통합되거나 연쇄되는 것이 아니라 서로 대립되거나 갈등하거나 전혀 무관한 일종의 불연속성을 드러낸다. 이렇게 해체된 방식에 따라 옮겨지는 시점의 이동은 시간의 경과와 공간의 변화, 상황의 발전 등을 모두 하나의 공간 속으로 끌어들인다. 이러한 구성법은 모든 삽화의 종속적 배열보다는 병렬성을 더 강조하고 있다는 점에서도 그 특징이 드러난다. 전체를 이루는 부분적인 삽화의 상호 이질성과 모티프의 불연속성은 때로는 시간적 순서의 가역성으로 치닫기도 하고 서사의 공간을 비약하기도 한다. 여기서 얻어지는 효과는 흔히 영화의 장면에서 볼 수 있는 '몽타주'의 효과와 유사하다.

소설 「지도의 암실」의 주인공인 '그'는 자신의 사회적 기반을 제대로 드러내지 않는다. 자기 자신을 둘러싸고 있는 사회적 배경을 제거함으로써 그 성격도 모호하게 처리된다. 주인공의 모든 행동은 거의 무의지적인 것으로 그려진다. 거기에는 어떤 구체적인 의도가 드러나 있지 않다. 그러므로 서사의 흐름을 주도하는 것은 행동이 아니라 주인공의 의식이다. 주인공의 의식 속에서 일어나고 있는 갖가지 상념들, 몽환적이기조차 한 단편적인 사고들이 밑도 끝도 없이 전개된다. 주인공은 누구와 만나 대화를 나누는 법도 없다. 그러므로 주인공은 경험적 주체로서의 인간이라기보다는 하나의 사념, 또는 의식 그 자체라고 할 수 있을 정도이다.

그런데 주인공의 의식 속에서 표출되는 온갖 사념들은 경험적 현실과 연관된 어떤 의미 관계를 형성하는 것처럼 보이지도 않는다. 그것들은 도막난 조각 맞추기 그림처럼 복잡하게 헝클어져 있다. 그러므로 이런 사념과 의식을 표현하는 언어 문장 자체도 간신히 통사적 요건을 맞춰 가지고 있을 뿐, 엄격한 문법적 규범으로부터 모두 벗어나 있다. 문장을 이루는 어구들은 시간적 선후 관계와 관계없이 결합된다. 하나의 문장 안에 시제를 달리하는 서술어들이 숱하게 달라붙어 있으며, 주술의 관계도 깨어지고 호응이나 일치를 기대하기도 어렵다. 물론 이것은 거의 의도적으로 왜곡된 것이다. 일반적으로 드러나는 언어와 문자의 선조성을 거부하면서 동시성의 감각을 구현하려는 의욕을 담고 있기 때문이다. 그러므로 이 낯선 언어 표현은 언어 소통의 규범에 익숙해 있는 독자들을 당혹시킨다.

「지도의 암실」의 주인공은 사회적 현실과는 거리를 두고 있는 인물이다. 개인과 개인의 관계 속에서 성립되는 삶의 전체적인 모습을 이 주인공에게 기대하는 것은 불가능하다. 주인공인 '그'는 철저히 격리되어 있고, 탈개성화된 인물이다. 이같은 성격의 해체는 주체에 대한 강한 부정으로 이어지고 인간의 탈인격화를 조장하면서 물화의 과정으로 몰아가기도 한다. 그런데 이 성격의 해체는 전체적인 서사의 진행 과정에서 내적 독백을 유별나게 강조하면서 더욱 두드러지게 드

◆ 이상 소설과 상상력의 원점

러난다. 내적 독백은 일차적으로 서술 문체의 영역에 해당한다. 이것은 '그는 ― 라고 생각했다.'와 같은 통사적 틀을 활용하지 않고, 정신의 내적 작용, 의식의 흐름을 그대로 서술한다. 그러면서 동시에 서술적 공간 내에서 주체의 자기 소외를 그대로 반영한다.

그는에로시엥코를넑어도조타 그러나그는본다외나를 못보는눈을가젓느냐 차라리본다. 먹은조반은 그의식도를거처서바로에로시엥코의뇌수로들어서서 소화가되든지안되든지 밀려나가든버릇으로 가만가만히시간관렴을 그래도안이어기면서압슨다 그는그의조반을 남의뇌에써맞기는것은견델수업다 고견데지안아버리기로한다음 곳견데지안는다. 그는차즐것을찻고도 무엇을차잣는지알지안는다.

태양은제온도에조을닐것이다 쏘다트릴것이다 사람은싹장벌러지처럼띨것이다 따뜻할것이다 넘어질것이다 샘감안피조각이씽그렁소리를내이며 썰어저쌔여질것이다 쌍우에눌어부틀것이다 내음새가날것이다 구들것이다. 사람은피부에검은빗으로도금을올닐것이다 사람은부듸질것이다소리가날것이다.

사원에서종소리가걸어올것이다 오다가여긔서놀고갈것이다 놀다가가지안이할 것이다.

앞의 인용에서 볼 수 있는 내적 독백은 사실상 주관적인 세계도 아니다. 객관적 현실과 관련되어 있지도 않다. 이러한 내적 독백은 그 상대역이 없다. 아무도 들어주는 사람이 없는 상황에서 혼자 쏟아 내는 생각의 홍수 같은 것으로, 주체는 이것을 통제하지 못한다. 오히려 스스로 그 자동적인 연상의 흐름 속에 침잠하고 만다. 내적 독백을 통해 드러나는 모든 사념들, 연상들, 그리고 충동들은 불명확하고 전혀 구체적인 것이 없다. 그리고 불연속적이다. 그러므로 등장인물은 이 정신적 과정에 끌려가다가 그만 무의식 속에서 자기 스스로 해체된다.

624

여기서 내적 독백은 무엇인가를 보여 주기 위한 내적인 욕구나 충동과는 아무런 관계가 없다. 이것은 1920년대 초기 소설에서부터 시도되었던 이른바 '고백의 형식'이라는 특이한 서술 방법과는 전혀 다르다. 내적 독백은 자기 내면의 분석도 아니다. 단지 의식의 자동 기술에 지나지 않는다. 여기서 한 가지 주목해야 할 것은 이상이 즐겨 활용하고 있는 내적 독백의 방식이 내면성을 외현화하기 위한 장치가 아니라는 점이다. 오히려 이것은 끊임없이 변화하고 예측하기 어렵게 요동치는 현실 자체를 내면화하기 위한 수법이다. 실제로 이러한 특징은 비논리적인 어구들의 나열, 상상의 비약, 전후 문맥의 상호 충돌 등을 그대로 보여 주는 언어 표현의 특징을 통해 잘 드러난다.

소설 「지도의 암실」은 이상 문학의 어떤 좌표를 정교하게 수놓고 있다. 이 소설은 박태원의 중편 소설 「소설가 구보 씨의 일일」(1934)보다 두 해나 앞서서 다양한 모더니즘적 기법을 실험하고 있다. 이 작품에서 시도하고 있는 여러 가지 기법 가운데 메타적 글쓰기에 의해 구축되는 상호 텍스트적 공간은 개별적인 작품들이 서로 긴밀하게 연관되어 전체 문학 세계를 형성하고 있음을 말해 준다. 그리고 공적 시간을 사적 경험의 시간으로 환치시키는 새로운 시간의 해석법은 이상 문학의 서사 문법의 중심을 이룬다. 인물의 행위를 제거하고 내적 독백이라는 새로운 서술 방법을 통해 추상화의 원리를 추구하는 것도 유별나다. 이 소설의 가장 빛나는 서사적 성취는 하루 동안의 시간이 일상적 공간 안에서 주인공의 개인적인 습성에 따라 그 공적인 속성을 모두 제거당한 채 사적 경험의 시간으로 재구성되는 점이다.

이 작품의 제목인 '지도의 암실'은 여러 가지의 의미로 해석이 가능하다. 우선 이 작품 속에 등장하는 구체적인 장면과 연결시킬 경우, '암실'은 어두운 화장실, '지도'는 별들이 떠 있는 하늘의 모습을 연상케 한다. 그러나 일상적으로 반복되는 무의미한 생활의 공간(암실) 속에서 앞으로 나아가지 못하는 주인공의 처지가 상징적으로 드러난 것

◆ 이상 소설과 상상력의 원점

으로 볼 수도 있다. 암실 속에서는 아무리 정교한 좌표가 표시된 '지도'를 가지고 있어도 그 방향과 위치를 알아낼 수 없는 일이다. 그러므로 이 제목은 정신의 좌표로서의 지도와 방향의 알 수 없는 암실과 같은 삶의 현실 사이에 가로놓인 본질적인 상호 모순 관계를 보여 준다고 해석할 수 있다. 이상의 글쓰기는 이 모순의 삶을 정교하게 기호화하여 배열하는 작업에 해당한다.

여기서 한 가지 사실을 지적하기로 하자. 소설 「지도의 암실」에서 볼 수 있는 국문 글쓰기는 문체상으로 볼 때 비체계적이고 비문법적인 문장의 연쇄로 이루어진다. 메타언어적 언급조차도 제대로 문맥의 흐름을 지시하지 못하는 경우가 많다. 이러한 서술상의 문제는 독자들을 고의적으로 혼란에 빠뜨린다. 극심한 비문법성으로 인하여 통사적 결합 자체가 전후의 맥락과는 상관없이 이루어진 것처럼 보이는 경우도 허다하다. 이 소설의 문체에서 볼 수 있는 난맥상은 소설 「날개」의 간결하면서도 변화 있는 문장과 대비된다. 이것이 이상의 의도적인 문체인가, 초기 단계에서 보여 준 국문 글쓰기의 미숙성에 기인한 것인가 하는 문제는 독자들의 판단에 맡기기로 한다.

이 소설은 「지주회시」와 마찬가지로 국문 띄어쓰기를 전혀 시도하지 않은 것으로 알려져 있다. 그러나 이것은 소설 텍스트의 성격을 제대로 파악하지 못한 데에서 온 잘못된 판단이다. 이 소설은 어절 단위로 띄어 쓰게 되어 있는 국문 띄어쓰기의 규정을 올바르게 지키지는 않고 있다. 그러나 글 읽기의 호흡을 일정 부분 반영하면서 의미 단위를 배려하여 어구를 띄어 쓰고 있다. 이러한 현상은 "한글맞춤법통일안"이 등장하기 이전에 출판된 대부분의 출판물에서 볼 수 있는 현상이기 때문에 이 작품만의 텍스트적 특징은 아니다.

「휴업과 사정」의 문제점

「휴업과 사정」은 '보산'(이상이 사용했던 필명을 주인공의 이름으로 쓰고 있다.)이라는 등장인물의 개인적 삶의 과정에 기대고 있다. '보산'은 작중에서 시를 쓰는 사람으로 그려져 있지만 외부 세계와는 단절된 자신의 일상에 갇혀 있다. 이러한 존재의 특이성은 그가 이웃하여 살고 있는 'SS'라는 사내와의 대비를 통해 분명하게 드러난다.

주인공 '보산'에게 유일하게 문제가 되는 것은 'SS'의 침 뱉는 버릇이다. 주인공이 살고 있는 집 마당을 향하여 침을 뱉는 그 버릇 때문에 주인공은 늘 신경이 거슬린다. 그러나 'SS'는 이런 정도의 일에는 거의 무감각이다. 주인공이 삐쩍 마른 사내인 데 반하여 'SS'는 몸집이 뚱뚱하다. 주인공은 'SS'의 뚱뚱한 몸집도 증오의 시선으로 바라본다. 그 몸집이라면 분명 머리가 나쁘리라고 추측하기도 한다. 그리고 이 뚱뚱이와 함께 살고 있는 여인을 측은하게 여기고 그 사이에서 태어난 어린 계집아이를 보고 안타까워한다. 그러나 이러한 대비는 주인공인 '보산'의 입장만을 내세운 것에 불과하다. 'SS'는 지극히 정상적인 평범한 사람이다. 신체 건강하고 결혼하여 아내가 있고 자식까지 낳아 기른다. 이러한 일상적 인간형을 기준으로 한다면 주인공 '보산'이라는 인물이야말로 일상을 벗어난 비상식적 존재일 수밖에 없다. 주인공은 특별히 하는 일이 없다. 낮에는 늦게까지 잠을 자고 오후에야 겨우 일어나 빈둥댄다. 나이가 들었지만 결혼도 못 하고 있으니 자식이 있을 리가 없다. 결국 주인공 '보산'은 오히려 'SS'의 존재와 대비됨으로써 그 일탈된 습관과 삶의 모습이 확연하게 드러나는 것이다.

이 소설에서 주인공의 삶을 통해 드러나는 특이한 문제성은 공적 시간의 규범을 모두 무시하고 있는 생활 태도이다. 이것은 시간의 사적 소유화 또는 사사화(私事化)의 특징을 말한다. 일상적인 시간은 모든 사람들에게 공통적인 여러 가지 관습을 가능하게 만든다. 그러나

이 소설에서 주인공은 이러한 일반적인 관습을 무시하고 제멋대로 행동하는 생활을 유지한다. 그러므로 주인공은 타자와 괴리된 상황 속에서 고립된 주체가 될 수밖에 없다. 이 같은 주인공의 고립 상황은 이후 이상의 소설에서 반복적으로 다루어진다. 그리고 그 자체가 하나의 성격처럼 고정된다.

이 소설의 이야기에는 주인공의 행동에서 느낄 수 있는 리얼리티의 구체성이라는 것이 드러나 있지 않다. 그 이유는 이야기 자체가 주인공의 내적 독백에 의존하여 서술되고 있기 때문이다. 여기서 내적 독백은 어떤 의도나 지표를 드러내기 위한 것이 아니다. 일정한 방향도 없고 성격도 없는 자잘한 생각들과 연상들이 끊임없이 이어지고 있을 뿐이다. 그러므로 소설 문장은 앞뒤가 뒤틀리고 두서가 없고 통사적 규범과 논리를 넘나든다. 이러한 문투가 이상의 초기작에서 볼 수 있는 서툰 글쓰기의 문제라고 판단할 수도 있다. 그러나 이것은 일종의 자동기술법과 유사한 글쓰기의 전략이라는 것을 알아 둘 필요가 있다. 그 이유는 이상의 소설 가운데 「날개」의 감각적이고도 간결한 문체가 있는가 하면, 「지주회시」의 경우에서 볼 수 있는 난삽한 어투가 문체론적 고안으로 자리 잡혀 있기 때문이다. 그러나 단편소설의 양식이 요구하는 구성의 원리를 생각한다면 이 작품은 서사의 기법이 균형잡혀 있다고 보기는 어렵다. 두 인물의 대비 과정이 지나치게 작위적인 것도 문제고 서술 시점의 불균형도 문제다. 이러한 서사의 문제성도 「날개」에 이르면 대체로 극복된다.

◆ 도회의 일상과 탈출 욕망

　이상의 단편소설 가운데 「지주회시」와 「날개」는 그 서사의 구성 요소가 서로 유사하다. 이 소설의 이야기는 도시의 한 구석에서 격리된 채 살고 있는 젊은 부부를 중심으로 펼쳐진다. 이상의 소설 가운데 한 가정의 남편과 아내의 존재를 그려 낸 작품은 달리 찾아보기 어렵다. 하지만 이야기의 내용은 일반적이고 상식적인 부부 관계를 넘어선다. 주인공 '나'는 무능력한 지식인으로 일정한 직업을 갖지 못하고 현실 사회와 일정한 거리를 둔 채 은둔적인 삶을 살아가는 인물이다. '나'와 함께 살고 있는 여성 주인공은 도시의 병리를 말해 주는 매춘부이거나 술집 접대부다. '나'는 아내가 벌어 오는 돈으로 먹고살면서 자족할 뿐이다.

　「지주회시」와 「날개」에서 확인할 수 있는 독특한 인물의 배치는 「지주회시」의 경우처럼 서로를 갉아먹는 거미의 관계로 그려지기도 하고 「날개」의 서두에서 언급한 '여왕봉'의 삶처럼 드러나기도 한다. 물론 이들 부부는 술집이 있고 매춘이 벌어지고 서로 속이며 뜯어먹는 도시적 일상의 어두운 구석을 벗어나서는 성립되기 어려운 것이다. 여기서 작가 이상이 내세우고 있는 것이 돈이다. 근대적 자본주의 질서를 내세울 필요도 없이 돈은 인간관계와 사회적 삶의 중요한 연결 고리이면서 매개체가 된다. 물론 돈벌이의 의미도 중시된다. 하지만 이상은 이 소설의 이야기 속에서 부부의 기형적인 삶의 모습을 통해 물질 중심의 자본주의의 가치라든지 왜곡된 윤리 의식에 대한 환멸을 그려 낸다. 그리고 주인공은 결국 그 어둡고 칙칙한 일상의 테두리를 벗어나고자 한다.

「지주회시」와 환멸의 현실

소설 「지주회시」에서 제목으로 내세운 '지주회시'라는 말은 작가 이상이 만들어 낸 문구다. 이 제목에서부터 의미의 모호성이 드러난다. 여기서 '지(蜘)'와 '주(蛛)'는 모두 '거미'를 뜻하는 한자다. 일반적으로는 '지주(蜘蛛)'라고 쓰는데, 이상은 이 한자들을 굳이 '지주(蟲蟲)'라고 표기한다. 두 글자가 모두 각각 '거미'를 의미하는 것인데도 '거미'라는 실제 대상을 지시하기 위해서는 '지'라든지 '주'라는 글자 하나만을 쓰는 경우가 없다. 언제나 두 글자를 결합하여 '지주'라고 쓴다. 이상은 「오감도 시제6호」에서 '앵무(鸚鵡)'라는 말을 이와 비슷하게 사용한 적이 있다. 두 글자가 모두 각각 '앵무새'를 의미하는 것인데도 '앵무새'라는 실제 대상을 지시하기 위해서는 '앵'이라는 글자 하나만을 쓰는 경우는 없다. 언제나 두 글자를 결합시켜 '앵무'라고 쓴다. 이러한 글자 자체의 의미와 속성을 놓고 본다면 이 소설에서 '지주'라는 말은 한 마리의 거미를 뜻하는 단수(單數) 명사로 사용하고 있는 것이 아님을 알 수 있다. '지'와 '주'라는 '두 마리의 거미'라는 뜻으로 그 의미를 해석해야만 한다. 실제로 소설 속의 주인공으로 등장하는 '그'와 '아내'가 모두 '거미'에 비유되고 있다.

「지주회시」에서 '회시(會豕)'라는 말도 그 뜻이 복잡하다. 여기서 '회(會)'는 '만나다' 또는 '모이다'라는 뜻을 가진다. 그리고 '시(豕)'는 '돼지'라는 뜻으로 풀이된다. 옥편을 찾아보면 '시(豕)'는 7획의 '부수 자(部首字)'다. '시(豕)' 부(部)에 해당하는 글자들은 파(豝, 암퇘지), 액(豟, 큰 돼지), 종(豵, 햇돼지), 해(豯, 네 굽 흰 돼지), 회(豗, 돼지가 흙을 파다.) 등에서 볼 수 있는 것처럼 모두가 '돼지'와 관련되어 있다. 따라서 '시'라는 부수 자는 '돼지들'이라는 복수(複數)의 의미를 표시하는 것이라고 하겠다. 이러한 의미 관계를 따지고 보면, '지주회시'라는 제목은 '거미 두 마리가 돼지들을 만나다.'라는 뜻으로 풀이할 수 있다. 「지주회시」의 서사는 '거미 두 마리가 돼지들을 만나다.'라는 이 해괴한 제목의 의미를 메타적으로 해체 서술하는 과정에 대응한다. 먼저 '거미' 두 마리의 존재를 알아내야 하고, 이 두 마리의 거미가 만나게 되는 '돼지들'의 정체를 밝혀야 한다.

거미는 곤충과 흡사하지만 날개와 가슴이 없고 다리가 여덟 개다. 그러므로 곤충으로 분류되지 않는다. 이 특이한 동물은 적당한 크기의 살아 있는 작은 동물이라면 어느 것이나 잡아먹는 육식성이다. 개체가 단독생활을 하는 것이 특징이며 먹이 사냥을 위해서 거미줄을 활용한다. 거미줄을 쳐 놓고 있다가 거기에 작은 곤충이 걸려들면 달려들어 잡아 먹는다. 그리고 다시 또 다른 먹잇감이 거미줄에 걸려들기를 기다린다. 이렇게 단순한 삶을 유지하고 있는 '거미'가 어떻게 '돼지들'과 만날 수 있는가? '거미'가 '돼지들'까지 잡아먹을 수 있겠는가? 소설 「지주회시」의 이야기는 바로 이 같은 우의적(寓意的)인 질문에 대한 흥미로운 답안을 제공한다.

소설 「지주회시」에는 '그'라는 주인공과 그의 아내가 등장한다. 이 부부가 살아가는 모습은 다른 소설 속에서도 유사한 형태로 그려진다. 이야기 속에서 거듭되는 아내의 출분과 귀가는 이들 부부의 심상치 않은 관계를 암시한다. 하지만 '그'라는 주인공은 면전에서 아내를 탓하지 않는다. 이러한 부부 관계의 설정은 소설 「날개」에서도 비슷하게 나타난다. 이 소설의 이야기는 어느 크리스마스 날 오후에 시작된다. 그리고 다음 날 오후까지 하루라는 제약된 시간 속에서 서사가 진행되고 있다. 이 하루 동안의 시간은 그 보편적 속성과는 관계없이 소설의

◆ 도회의 일상과 탈출 욕망

이야기 속에 등장하는 인물의 사적 체험 속에서 재구성된 것이다. 그러므로 이 하루가 바로 소설의 중심이며 이야기의 핵심이 된다. 소설의 주인공인 '나'는 모든 기억들을 하루라는 시간 속에 담아 놓고 있기 때문에, 온갖 경험적 요소들이 서로 뒤섞이게 된다. 그리고 이야기 속에서 하루 동안이라는 제약된 시간을 특별한 현재로 구성한다. 여기서 주목해야 할 것은 주인공의 의식 내면에서 자유롭게 연상된 정신의 궤적을 따라 서사 공간이 확대되거나 수축되는 가변적인 것으로 드러난다는 점이다. 소설 속의 시간의 흐름도 일상적인 현실 속에서 드러내는 규범이라든지 그 지속의 과정과 서로 다른 시간적 불일치를 드러내게 된다.

「지주회시」에서 하루라는 제약된 시간은 줄거리의 발전과 거대한 변화를 따지는 일보다는 그 이야기를 구성하는 요소의 반복적 특성에 주목해야 한다. 이 소설의 이야기는 전반부와 후반부로 나뉘어 있으며 전체 텍스트 자체도 1과 2로 구분되어 있다. 그리고 아래의 인용에서 볼 수 있듯이 전반부와 후반부의 서두에 "그날 밤에 그의 안해가 층게에서 굴러 떨어지고"라며 사건의 실마리를 제시하고 있다.

(1)

그날밤에그의안해가층게에서굴러떨어지고 — 공연히내일일을글탄 말라고 어느눈치빠른어른이 타일러놓섰다. 옳고말고다. 그는하루치썩만 잔뜩산(生)다. 이런복음에곱신히그는 덩어리(속지말라)처럼말(言)이없다. 잔뜩산다. 안해에게무엇을물어보리오? 그러니까안해는대답할일이생기 지않고 따라서부부는식물처럼조용하다.

(2)

그날밤에안해는멋없이층게에서굴러떨어졌다. 못났다. 도저히알아볼 수없는이킹가망가한吳와그는어디서술을먹었다. 분명히안해가다니고있는R회관은아닌그러나역시그는그의안해와조금도틀린곳을찾을수없는너무많은그의안해들을보고소름이끼쳤다. 별의별세상이다.

이 소설에서 '아내가 층계에서 굴러 떨어지다.'라는 서사의 모티프는 이 소설의 텍스트를 전반부와 후반부로 분할하는 데 결정적으로 작용하는 하나의 사건이다. 그러므로 이 모티프를 전반부와 후반부의 서두에 각각 내세우고 있는 것은 스토리의 전개를 위해 고도로 계산된 서사 전략에 해당한다고 할 수 있다. 이 모티프는 크리스마스 날 오후부터 그 이튿날 오후까지의 하루 동안으로 고정되어 있는 서사적 시간 속에서 가장 중요한 계기로 작용하고 있다.

「지주회시」의 이야기는 어느 크리스마스 날 오후, 아내가 방구석에만 박혀 있는 '그'를 채근하면서 시작된다. 수염이나 좀 깎고 밖에 좀 한번 나가 보라고 한다. 날씨도 춥지 않다는 것이다. 그는 아내의 말을 듣고 오랜만에 집을 나선다. 그가 집을 나와 찾아간 것은 '오(吳)'라는 친구다. 서울에 있는 'A 취인점' 사무실에서 일하고 있다. 주인공은 '오'와 십년지기로 친하게 지내 오던 사이다. 학창 시절에 함께 미술 공부를 꿈꾸었던 두 사람은 서로 각각 다른 삶의 길로 들어선다. '오'는 상당한 재력가인 아버지의 권유에 따라 미두 사업장에 직접 나선다. 인천의 'K 취인점'에서 '오'는 잘나가는 젊은이가 된다. 그는 '오'의 살아가는 모습을 부러워도 하고 걱정도 하면서 자신의 가난한 처지를 빗대 본다. 그리고는 아내를 채근하여 아내가 일하는 R회관의 뚱뚱보 사장한테서 일금 100원을 빌게 된다. 그 돈은 석 달 후에 '500원'을 만들어 주겠다는 '오'에게 넘겨진다. 그러나 '오'의 부친의 미두 사업이 결딴이 나 버리면서 숱한 재산이 모두 날아가 버린다. 물론 그의 돈 '100원'도 받을 길이 없게 된다. 그는 아내에게 그런 이야기를 전혀 할 수 없는 처지가 되고 만다. 그런데 아무 소식이 없던 '오'에게서 몇 달이 지난 후에야 한 통의 편지가 날아온다. '오'가 서울에 와 있단

◆ 도회의 일상과 탈출 욕망

다. 그가 편지의 주소로 '오'를 찾은 것이 바로 그 크리스마스 날 오후이다. 그런데 뜻밖에도 거기서 아내가 일하는 R회관의 뚱뚱보 주인을 만난다. '오'에게 주었던 돈 100원을 빌기 위해 아내와 함께 그 앞에서 고개를 조아리면서 도장을 찍었던 바로 그 인물이다. '오'는 자기네 회사의 망년회를 내일 R회관에서 가지게 되었다는 사실을 말해 준다. '오'가 그 준비 책임자란다.

소설 「지주회시」의 후반부는 '오'를 따라간 술좌석으로부터 시작된다. '오'는 여전히 호기있게 술을 먹는다. '마유미'라는 뚱뚱한 술집 여급은 '오'가 거느리고 사는 여인이다. 하지만 마유미는 자신이 '오'를 거느린다고 말해 준다. 그는 '오'의 모습에서 머리가 어지럽다. 그리고 자리를 일어나 집으로 돌아온다. 그런데 아내가 없다. 아직 집에 들어오지 않은 것이다. 그는 아내가 일하는 R회관으로 찾아가 본다. 그의 아내가 경찰서에 가 있다고 한다. A 취인점의 전무인 뚱뚱보 신사가 카페에서 술을 마시다가 그의 아내를 말라깽이라고 자꾸만 놀렸다는 것이다. 그러자 그녀가 뚱뚱한 양돼지라고 되받아 버린다. 술기운이 올라 있던 전무는 화가 나서 그녀를 층계 위에서 밀쳐 버린다. 아내는 층계에서 아래로 굴러떨어지면서 부상을 당한다. 이것을 본 R회관의 종업원들이 경찰에 신고하자, 뚱뚱보는 경찰서 유치장으로 끌려간다. 그가 경찰서를 찾아가자, '오'가 뚱뚱보 주인과 함께 그를 맞는다. 이들은 뚱보 전무를 유치장에서 빼내려고 그와 아내에게 화해를 종용하고 일을 무마시키려고 한다. 그는 친구인 '오'를 포함한 이들의 모습에 모든 것이 귀찮기만 할 뿐이다. 그는 이들을 뿌리치고 아내를 데리고 집으로 돌아온다. 다음 날 낮에 뚱뚱보 전무는 '오'를 통해서 아내에게 20원의 위자료로 전해 준다. '오'에게 맡겼던 큰 돈 100원은 사라진 채 대신에 아내는 그 돈을 받고 공돈이 생겼다고 좋아하면서 10원을 그에게 준다. 그는 피곤해서 잠든 아내의 모습이 애처롭기 그지없다. 그는 아내가 받은 돈 20원을 모두 챙겨 집을 나온다. 그리고 '오'

의 여인 마유미를 만나기 위해 카페로 향한다.

「지주회시」의 이야기에서 서사의 두 축은 그와 아내의 관계, 그리고 그와 '오'라는 친구의 관계로 요약된다. 그런데 이들의 관계는 모두 돈에 얽혀 있고, 신뢰를 저버린 속임수와 적당한 타협으로 이루어진다. 먼저 그와 아내의 관계를 놓고 보면, 둘 사이는 이미 서로에 대한 믿음과 사랑이 존재하지 않는다. 아내는 그를 속이고 가출과 귀가를 반복한다. 하지만 그는 아내를 버리지 못하고, 아내는 아내대로 그를 떠나가지 못한다. 이들은 서로에 대한 특이한 연민 때문에 떨어지지 못한 채 '거미'가 되어 각자의 방식대로 서로 갉아먹으면서 살아간다.

> 그가어쩌다가그의안해와부부가되어버렸나. 안해가그를많아온것은 사실이지만 웨많아왔나?아니다. 와서웨가지않았나 — 그것은분명하다. 웨가지않았나 이것이분명하였을때 — 그들이부부노릇을한지 一년반쯤 된때 — 안해는갔다. 그는안해가웨갔나를알수없었다. 그까닭에도저히안해를찾을길이없었다. 그런데안해는왔다. 그는웨왔는지알았다. 지금그는 안해가웨안가는지를알고있다. 이것은분명히웨갔는지모르게안해가가버릴증조에틀림없다. 즉 경험에의하면그렇다. 그는그렇다고웨안가는지를 일부러몰라버릴수도없다. 그냥 안해가설사또간다고하드래도왜안오는지를잘알고있는그에게로불숙돌아와주었으면하고바라기나한다.

아무런 능력이 없는 남편을 위해 아내는 밤마다 술집에 나가 손님들을 접대하며 돈을 벌어 와 살림을 꾸린다. 더구나 그는 친구인 '오'의 말에 현혹되어 아내로 하여금 그녀가 일하고 있는 술집 주인으로부터 돈을 빌려 오도록 했고 '오'는 그 돈을 모두 날려 버린다. 그는 차마 아내에게 친구 이야기를 할 수가 없다. 아내는 술집 주인에게서 빌린 돈 때문에 술집에서 벗어날 수가 없는 형편이다. 그러므로 이 부부를 놓고 보면 남편인 그가 아내에게 빌붙어 있는 꼴이다.

◆ 도회의 일상과 탈출 욕망

그와 친구인 '오'의 관계는 돈에 얽힌 투기와 실패를 의미한다. 그는 '오'의 허풍에 욕심이 생겨 아내를 충동질하여 술집 R회관의 뚱뚱보 주인으로부터 돈 100원을 빌린 것이다. 물론 그 돈은 아내의 몸값이나 다름없다. 그가 그 돈을 '오'에게 넘긴 것은 물론 며칠 내로 500원을 만들어 준다는 '오'의 말에 넘어갔기 때문이다. 그러나 이 돈은 '오'에 대한 신뢰를 무너뜨리면서 그대로 사라진다. 그는 아내와 친구 사이에 끼어 아무 말도 하지 못하고 영문도 모르는 아내는 그 돈 때문에 밤마다 술집으로 출근하지 않으면 안 되었던 것이다. 그런데 '오'가 서울에 나타난다. 그는 예전과 전혀 다르게 변해 버린 '오'의 모습을 발견하고는 돈 이야기는 꺼내지도 못하고 만다.

그런데 친구 '오'가 일하는 취인점의 뚱보 전무가 망년회에 참석했다가 술집에서 일하고 있는 아내를 시비 끝에 층계에서 밀어 버리는 사고가 터진 것이다. 다친 아내를 두고 전무와 화해하도록 친구 '오'가 중간에서 주선한다. 피해 보상을 한답시고 친구 '오'가 아내에게 준 돈이 20원이다. 아내는 몸을 다쳤지만 그 돈을 공돈이라고 생각하면서 좋아한다. 그 내막을 알게 된 그는 그 돈이 역겹다. 100원을 다섯 배로 늘려 주겠다던 친구가 100원의 5분의 1에 해당하는 20원을 되돌려 준 셈이다. 이 황당한 셈법이 소설 「지주회시」가 보여 주는 역설적인 삶의 방식이다. 아내는 '오'와 전무로부터 20원 공돈을 긁어낸 것처럼 좋아하고 있지만 사실 '오'는 이들 거미 부부를 이미 더 크게 갉아먹었기 때문이다.

오래간만에잠다운잠을참한참늘어지게잤다. 머리가차츰차츰맑아들어온다. 「뭇가주드라」, 「그래뭐라고그리면서주드냐」「전무가술이깨서참잘못했다고사과하드라고」「너대체어디까지갔다왔느냐」「조─바까지」「잘한다,그래그걸넙적받았느냐」「안받으려다가정잘못했다고그러드라니까」그럼뭇의돈은아니다. 전무? 뚱뚱주인 둘다있을법한일이다. 아니, +

636

원씩추렴인가. 이런때왜그의머리는맑은가. 그냥흐려서 아무것도생각할
수없이되어버렸으면자히좋겠나. 망년회 오후. 고소. 위자료. 구데기. 구
데기만도못한인간안해는. 아프다면서재재대인다.「공돈이생겼으니써버
립시다. 오늘은안나갈테야 (멍든데고약사발을생각은꿈에도하지않고) 내일낮
에치마가한감저고리가한감(뭣이하나뭣이하나) (그래서十원은까불린다음) 남
저지十원은당신구두한켜레마처주기로」마음대로하려므나. 나는졸립다.
졸려죽겠다. (중략)

　위로가될수있었나보다. 안해는혼곤이잠이들었다. 전등이딱들하다는
듯이물끄럼이내려다보고있다. 진종일을물한목음마시지않았다. 二十원
때문에그들부부는먹어야산다는 철측을 ── 그장중한법률을완전히 거역
할수있었다. 이것이지금이기괴망측한생리현상이즉배가고프다는상태렸
다. 배가고프다. 한심한일이다. 부끄러운일이었다. 그러나 뭣 네생활에
내생활을비교하야 아니 내생활에네생활을비교하야어떤것이진정우수한
것이냐. 아니어떤것이진정열등한것이냐.

　이 소설에서 '거미'로 묘사되고 있는 그와 아내에 대비를 이루고
있는 것이 '오'를 중심으로 하는 취인점의 전무, 술집 R 회관 주인 등
의 '돼지들'이다. 이들은 큰돈을 만지면서도 작은 돈에 몸을 걸고 일하
는 사람들의 처지는 아랑곳하지 않는다. 돈의 힘과 그 논리만을 따르
면서 약자를 착취하는 이들의 태도는 '돼지들'의 행태로 그려진다. 돈
100원을 돌려주지 않고 있는 '오'가 보여 주는 판이하게 달라진 삶의
방식은 말할 것도 없고 아내를 밀쳐 층계에서 굴러떨어지게 만든 뚱뚱
보 전무나 R 회관의 뚱보 주인의 모습은 모두 돼지들의 모습과 다를
바 없다. 돈으로 모든 것을 해결해 보려는 이들의 태도를 두고 일반적
인 가치 규범이나 보편적 윤리 의식을 따지려는 시도는 당치 않다. 돈
문제를 둘러싼 친구의 내면적 갈등에도 불구하고 주인공인 그는 친구
인 '오'에게 자신의 처지를 털어놓고 말하지도 못하고 돈을 돌려 달라

　　　　　◆ 도회의 일상과 탈출 욕망

는 말도 하지 못한다. 그러면서도 이 소설의 결말에서 다친 아내가 전무로부터 받아 온 위자료 20원을 빼내어 자신도 친구 '오'처럼 호기 있게 술을 마시러 가겠다고 나서는 장면은 역설적 언어의 극치에 해당한다.

「지주회시」의 서사는 결국 '그'와 아내를 중심으로 하는 거미의 세계와 '오'를 중심으로 하는 돼지들의 세계를 교묘하게 겹쳐서 보여 준다. 개체로서의 삶에 자족하면서 자기 자신을 갉아먹고 살아가는 그의 부부는 작품 속에서 그린 그대로 거미들의 관계가 된다. 그리고 이들 부부와는 달리 돈만 좇아가는 친구 '오'와 취인점 전무와 술집 주인은 물질적 이익을 다투며 살아가는 돼지들의 삶에 비유된다. 그러므로 '거미 두 마리가 돼지들을 만나다'라는 제목을 내건 소설 「지주회시」는 물질 만능으로 치닫는 현대 사회의 퇴폐와 병리에 대한 작가의 조롱으로 읽을 수 있다. 인간의 개인적 유대 의식의 상실과 그 물신화의 현상을 이처럼 잔혹하게 그려 낸 소설을 찾아볼 수 없기 때문이다. 이 소설의 결말에서 '거미는 나밖에 없구나.'라고 하면서, 아내가 몸을 다치고 얻은 돈을 다시 탕진해 버리고자 하는 그의 일탈 행위는, 퇴폐와 병리의 극단에 몸을 던짐으로써 그 추악함의 본질을 드러내는 역설에 해당한다. 그리고 이 역설의 언어가 결국 근대 사회에서의 자본주의적 착취 구조의 연결 고리를 풍자적으로 그려 냈다고 말한다 해도 지나치지 않다.

소설 「날개」와 일상으로부터의 탈출

소설 「날개」의 서두에는 에피그램적 성격을 띤 짤막한 머리글이 붙어 있다. 발표 당시의 잡지 원문에는 굵은 선으로 이루어진 상자 안에 이 글이 담겨 있다. 이 글은 소설 「날개」의 창작과 관련된 작가의 말에 해당한다. 그러나 이 글에 설정되어 있는 대화적 상황은 그리 단순하지 않다. 이 글에 등장하는 '나'는 작가 자신을 위장한다. 그러므로 소설 「날개」의 서사를 주도하고 있는 작중 화자 '나'와도 그 목소리를 일정 부분 공유하고 있다. 경험적 자아로서의 '나'와 위장된 작가로서의 '나', 그리고 서사적 자아로서의 '나'가 각각 작용하고 있다는 말이다. 이것은 결국 소설 「날개」가 메타적 글쓰기의 전략에 의해 서사화되고 있음을 말해 주는 것이기도 하다.

그런데 이보다 더 중요한 것은 이 짧막한 글이 상정하고 있는 대화적 공간의 극적인 구성이다. 이 글은 전체 내용이 작가 자신의 말로 채워져 있는 것처럼 이해되곤 했지만 그것은 중대한 오독(誤讀)이다. 이 글 속에는 '나'와 함께 '나'의 말을 듣고 있는 가상적인 독자(또는 상대자)의 존재가 설정되어 있다. 그리고 이 글의 진술 내용 자체도 '나'의 말로만 채워져 있지 않다. '나'의 진술 내용을 듣고 있던 가상의 독자가 '나'를 향하여 던지는 충고의 말도 함께 싣고 있다. 그러므로 '나'는 가상의 독자에게 말을 건네고, 그 가상의 독자는 다시 '나'를 향하여 '그대'라고 호칭하며 화답한다. 이 극적인 진술 방식을 통해 작가와 독자 사이에 이루어질 수 있는 새로운 대화적 공간을 열어 놓고 있는 것이다.

剝製가되어버린天才'를 아시오? 나는 愉快하오. 이런때 戀愛까지가 愉快하오.

肉身이흐느적흐느적하도록 疲勞했을때만 精神이 銀貨처럼 맑소 니코틴이 내 蛔ㅅ배알는 배ㅅ속으로숨이면 머리속에 의례히 白紙가準備되는법이오. 그우에다 나는 윗트와 파라독스를 바둑 布石처럼 느러놓소. 可恐할常識의病이오.

나는또 女人과生活을 設計하오. 戀愛技法에마자 서먹서먹해진 智性

◆ 도회의 일상과 탈출 욕망

의極致를 흘낏 좀 드려다본일이있는 말하자면 一種의 精神奔逸者말이
오. 이런女人의半 — 그것은온갖것의半이오 — 만을 領受하는 生活을
設計한다는말이오 그런生活속에 한발만 드려놓고 恰似두개의太陽처럼
마조처다보면서 낄낄거리는 것이오. 나는 아마 어지간히 人生의諸行이
싱거워서 견델수가없게쯤되고 그만둔모양이오. 꾿 빠이.

꾿 빠이. 그대는 있다금 그대가 제일실여하는 飮食을 貪食하는 마일
로니를 實踐해 보는것도 좋을것같ㅅ오. 윗트와파라독스와…….

그대 自身을 僞造하는것도 할만한일이오. 그대의作品은 한번도 본
일이없는 旣成品에依하야 차라리 輕便하고高邁하리다.

十九世紀는 될수있거든 封鎖하야버리오. 도스토에프스키精神이란
자칫하면 浪費인것같ㅅ오, 유—고—를 佛蘭西의 빵한조각이라고는
누가그랫는지 至言인듯싶ㅅ오 그러나 人生 或은 그 模型에있어서 띠테
일때문에 속는다거나해서야 되겠오? 禍를보지마오. 부디그대께 告하는
것이니…….

(테잎이끊어지면 피가나오. 傷차기도 머지안아 完治될줄믿ㅅ오. 꾿 빠이)

感情은 어떤 포—스. (그 포—스의素만을 指摘하는것이아닌지나모르겠
오) 그 포—스가 不動姿勢에까지 高度化할때 感情은 딱 供給을停止합
데다.

나는내 非凡한發育을回顧하야 世上을보는 眼目을 規定하얏오.
女王蜂과未亡人 — 世上의 허고많은女人이本質的으로 임이 未亡人
아닌이가있으리까? 아니!女人의全部가 그日常에있어서 개개「未亡人」
이라는 내 論理가 뜻밖에도 女性에對한冒瀆이되오? 꾿 빠이.

640

이 글은 전체 내용을 크게 세 단락으로 구분할 수 있다. 첫째 단락은 "박제가 되어 버린 …… 그만 둔 모양이오 꿋 빠이"라는 부분이다. 이 부분에는 경험적 세계의 작가 자신이 '나'라는 화자로 등장한다. '나'는 '나'의 말을 들어줄 수 있는 가상의 독자 또는 상대자를 향하여 이야기를 전개한다. 여기서 가장 주목되는 것은 '나' 자신의 의식의 내면을 드러내면서 새롭게 설계하고 있는 소설의 내용이다. 백지를 준비하고 위트와 패러독스를 바둑판처럼 포석하는 새로운 소설은 그 내용이 '여인과의 생활'을 다루는 것이다. 바로 소설 「날개」의 소재 내용에 해당한다. 그리고 이 소설에서 "女人의 半—그것은 온갖 것의 半이오—만을 領受하는 生活"을 그린다는 점을 다시 강조한다. 이 새로운 서사 공간을 두고 "恰似 두개의 太陽처럼 마조 처다보면서 낄낄거리는 것"이라고 덧붙이기도 한다. 이 대목만으로도 이미 소설 「날개」의 세계는 그 전모가 드러난다.

둘째 단락은 '꿋 빠이 그대는 …… 완치될 줄 믿소. 꿋 빠이' 부분이다. 이 부분은 첫째 단락을 통해 이루어진 '나'의 진술을 들은 가상의 독자가 '나'에게 건네는 일종의 충언(忠言)을 가장한다. 그러므로 그 어조도 바뀌고 있다. 이러한 서술적 장치를 암시하기 위해 이 대목에서는 앞 단락의 맨 끝에 나오는 '꿋 빠이'라는 말을 그대로 다시 받아 이야기를 시작하는 것으로 꾸민다. 작가인 '나'를 '그대'라는 호칭을 사용하여 부르기도 한다. 가상의 독자의 입을 통해 진술되고 있는 것은 '나'로부터 들은 소설 창작의 설계, 다시 말하면 '여인과의 생활 설계'에 대한 의견이다. 여기서 '자신을 위조하는 일'이라는 이상의 소설 시학이 간접적으로 제시된다. 러시아의 도스토예프스키라든지 프랑스의 빅토르 위고라든지 하는 작가로 대변되는 19세기 소설의 방법과 정신을 넘어서야 하고 디테일의 과잉에도 주의해야 한다는 점을 주문한다. 이것이야말로 자기 관점에 대한 객관적 검증을 시도하는 대목이라고 할 만하다.

◆ 도회의 일상과 탈출 욕망

이 글의 셋째 단락은 '감정은 어떤 …… 모독이 되오? 굳 빠이.' 부
분이다. 여기서 다시 작가로서의 '나'가 등장한다. 디테일의 과잉을 경
계한 독자의 말에 대해 '나'는 감정과 포즈의 문제를 거론한다. 이 말
은 달리 내면 의식과 그 외현의 방법을 의미한다고 할 수 있다. 이 점
에 있어서만은 사실 작가 이상을 따를 자가 없다. 소설의 새로운 설계
를 여인과의 생활 문제로 한정할 경우 문제가 되는 것이 여성의 존재
에 대한 인식이다. 이 문제를 거론하게 되면 벌써 이상 문학의 핵심에
들어서는 셈이다. 작가는 '여왕봉'이라는 상징물을 내건다. 그리고 이
것을 다시 '미망인'으로 환치한다. 이 둘 사이에 내재하고 있는 존재의
모순을 이해하는 길, 그것이 바로 소설 「날개」의 세계인 것이다.

소설 「날개」는 자아의 형상과 그 존재 방식에 대한 회의와 그로부
터의 탈출 욕망을 공간화의 기법으로 형상화한다. 이 소설의 주인공은
'나'라는 지식인이다. 나는 도시의 병리를 대표하는 매춘부 '아내'와
기형적인 삶을 살아가고 있다. 아무런 희망도 비판적 자각도 없는 무
기력한 주인공이 좁은 방으로 표상되는 비정상적인 삶의 공간으로부
터 탈출하고자 하는 욕망이 이 소설의 주제를 형성하고 있다.

이 소설의 전반부에서 주인공은 외적 현실과 정상적인 관계를 맺
지 못하고 아내에게 기생하여 살아간다. 아내가 수상한 외출을 하거나
방에 외간 남자를 불러들여도 분노할 줄 모르며, 오히려 착한 어린이
나 순한 동물처럼 '아무 소리 없이 잘 논다.' 이 같은 비정상적인 현실
에 대한 적응은 자신의 존재를 비하시키고 자아에 대한 모독과 부정을
일삼는 병리적 쾌락으로 전화되어 나타난다. 그러므로 이야기의 공간
은 주인공 자신이 혼자 지내고 있는 골방 안으로 고정되어 있다.

　　　나는 어데까지든지 내방이— 집이아니다. 집은없다— 마음에 들었
　　다. 방안의기온은 내체온을위하야 쾌적하였고 방안의침침한정도가 또
　　한 내 안력을위하야 쾌적하였다. 나는 내방이상의 서늘한방도 또 따뜻

한방도 히망하지않었다. 이이상으로 밝거나 이이상으로 안윽한방을 원하지않었다. 내방은 나하나를위하야 요만한정도를 꾸준히직히는것같아늘 내방이 감사하였고 나는또이런 방을위하야 이세상에 태어난것만같아서 즐거웠다.

그러나 이것은 행복이라든가 불행이라든가 하는것을 게산하는것은 아니었다. 말하자면 나는 내가행복되다고도 생각할필요가없었고 그렇다고 불행하다고도 생각할 필요가없었다. 그냥그날그날을 그저 까닭없이 펀둥펀둥 게을느고만있으면 만사는 그만이었든것이다.

내몸과마음에 옷처럼 잘맞는 방속에서 딩굴면서 축처저있는것은 행복이니 불행이니하는 그런세속적인 게산을떠난 가장 편리하고 안일한 말하자면 절대적인상태인것이다. 나는 이런상태가 좋았다.

이 절대적인 내방은 대문ㅅ간에서 세어서 똑— 일곱째칸이다. 럭키쎄븐의뜻이없지않다. 나는 이 일곱이라는 숫자를 훈장처럼 사랑하였다. 이런이방이가운데 장지로 말미암아 두칸으로 난호여있었다는 그것이 내 운명의상증이였든것을 누가알랴?

앞의 인용에서처럼 주인공에게 있어서 방은 하나의 작은 자기 세계에 해당한다. 이 방은 주인공이 외부 세계로부터 고립되고 타자와의 관계로부터 차단되어 있음을 의미한다. 현실 세계와 단절된 공간이기 때문에 주인공은 바깥세상을 궁금해 할 필요도 없고 세상 사람들이 추구하는 행복이라는 것에도 관심이 없다. 자신의 몸에 적당하게 맞는 작은 공간에서 빈둥거리면서 살아가는 안일함을 보장해 주는 이 '절대적인 상태'에 만족할 뿐이다. 이러한 주인공의 모습은 마치 어머니의 자궁이라는 작은 공간에서 여전히 벗어나지 못하고 있는 태아의 모습처럼 그려지기도 한다.

그런데 문제가 되는 것은 이 방이 장지문으로 나눠져서 두 개의 공간으로 분할되어 있다는 사실이다. 그곳은 물론 아내가 사용하는 방이

◆ 도회의 일상과 탈출 욕망

다. 어린애를 기르듯 주인공을 먹여 살리는 아내라는 존재가 자리하는 곳이다. 아내의 방은 이렇게 묘사된다.

아랫방은 그래도 해가든다. 아츰결에 책보만한해가들었다가 오후에 손수건만해지면서 나가버린다. 해가영영들지안는 웃ㅅ방이 즉 내방인 것은말할것도없다. 이렇게 볓드는방이 안해방이오 볓안드는방이내 방이 오 하고 안해와나 둘중에누가정했는지 나는 기억하지못한다. 그러나 나에게는 불평이없다.

안해가 외출만하면 나는 얼는 아래ㅅ방으로와서 그동쪽으로난 들창을열어놓고 열어놓면 드려비치는볓살이안해의 화장대를비처 가지각색 병들이 아롱이지면서 찬란하게 빛나고 이렇게 빛나는것을 보는것은 다시없는 내오락이다. 나는 조꼬만「돋뵈기」를끄내갖이고 안해만이 사용하는 지리가미를 끄실너 가면서 불작난을하고논다. 평행광선을굴절식혀서 한초점에몰아갖이고고 초점이 따끈따끈해지다가 마즈막에는 조히를끄실느기 시작하고 가느다란 연기를내이면서 드디어 구녕을 뚫어놓는데까지에니르는 고 얼마안되는동안의 초조한맛이 죽고싶을만치 내게는 재미있었다. (중략)

이작난도 곳 실증이난다. 나의 유희심은 육체적인데서정신적인 데로 비약한다. 나는 거울을내던지고 안해의 화장대앞으로 가까이가서 나란히 늘어놓인 고 가지각색의화장품병들을 드려다본다. 고것들은 세상의무엇보다도매력적이다. 나는 그중의하나만을골라서 가만히 마개를빼고 병ㅅ구녕을 내코에갖어다대이고 숨죽이듯이 가벼운호흡을하야본다. 이국적인 쎈슈알한향기가 폐로숨여들면 나는 제절로 스르르 감기는 내 눈을느낀다. 확실히 안해의체臭의 파편이다. 나는 도로병마개를막고 생각해본다. 안해의 어느부분에서 요 내음새가났든가를…… 그러나 그것은 분명치않다. 왜? 안해의체취는 요기늘어섰는 가지각색향기의 합게일 것이니까.

아내의 방은 외부 세계와 통하는 곳이다. 동쪽으로 난 들창으로 햇살이 들어오고 아내의 화장대 위에는 갖가지 화장품들이 놓여 있다. 여기서 나는 매력적인 향기가 아내의 냄새다. 아내의 방 벽에 걸려 있는 화려한 아내의 옷가지들이 아내의 몸을 상상하게 만든다. 주인공은 아내의 공간에서 아내라는 존재를 감각적으로 인지하고 있을 뿐이다.

주인공이 아내와 외부 세계에 대해 관심을 가지게 된 것은 아내를 찾는 손님들이 아내에게 주고 가는 돈의 실체에 대해 의문을 가지게 되면서부터라고 할 수 있다. 아내는 언제나 주인공을 골방 안에서 나오지 못하도록 하고는 손님을 맞이한다. 그리고 이 손님들은 아내에게 돈을 주고 간다. 아내의 몸을 산 대가로 놓고 가는 일종의 화대(花代)였던 것이다. 그런데 손님이 나가고 나면 아내가 골방 안에 갇힌 듯이 누워 있는 나에게 건너온다. 그리고 아내는 마치 위로하듯 미소를 던지고는 은전 한 닢을 머리맡에 던져 준다. 그 돈들이 제법 모여지게 되면서 나는 어렴풋하게 그 돈의 실체를 깨닫게 된다.

> 래객이 안해에게돈을놓고 가는것이나 안해가 내게돈을놓고가는것이나 일종의 쾌감— 그외의다른 아모런리유도 없는것이아닐까 하는것을 나는 또 이불속에서 연구하기시작하였다. 쾌감이라면 어떤종류의 쾌감일까를 계속하야연구하였다. 그러나 그것은 이불속의연구로는알ㅅ길이없었다. 쾌감 쾌감, 하고 나는 뜻밖에도 이문제에 대해서만 흥미를 느꼈다.
>
> 안해는 물논 나를 늘 감금하야두다시피하야왔다. 내게 불평이있을리없다. 그런중에도 나는 그 쾌감이라는것의유무를 체험하고싶었다.

주인공은 아내의 돈이 '쾌감'과 관련된다는 사실을 짐작한다. 여기서 쾌감은 여러 가지로 해석될 수 있지만 매춘부인 아내와 섹스를 나누는 대가로 지불하는 것이라는 점은 누구나 짐작할 수 있다. 섹스와 돈의 관계는 쾌락을 사고파는 교환가치에 대응한다. 주인공이 아내가 자신의 머리맡에 던져 주고 가는 돈의 교환가치를 쾌락이라고 짐작하게 되면서 자신도 스스로 쾌락을 추구하고자 시도한다. 이것이 바로 주인공의 외출이다. 주인공은 돈을 주머니에 넣고 바깥세상으로 나가게 된다. 주인공이 보여 주는 이 새로운 행동 방식이 소설 「날개」의 중반부 이야기의 중심을 이루고 있다.

주인공은 소설의 중반부에서 몇 차례의 외출을 감행한다. 이 외출은 자기의 작은 골방에 유폐되어 있던 주인공이 드디어 외부 세계로 나아가는 과정이다. 아내가 외출한 사이에 나는 아내가 던져 준 은전을 지폐 5원으로 바꾸어 서울 시내를 떠돈다. 하지만 이 돈으로 어떤 쾌락도 구하지 못한 채 피곤한 몸을 이끌고 밤늦게 집으로 돌아온다. 하지만 아내가 그녀를 찾은 손님과 함께 있다는 것을 알아채지 못한 상태로 방문을 열게 된다. 나는 아무것도 보지 않은 것처럼 얼른 장지문을 열고 내 방으로 들어와 이불 속으로 들어간다. 그리고 아내에게 미안할 뿐이다. 손님이 가 버린 후에 아내는 내 방으로 건너와 나를 흘겨본다.

나는 그 머리맡에제절로몰인 五원ㅅ돈을 아모에게라도좋으니 주어 보고싶었든것이다. 그뿐이다. 그렇나 그것도 내잘못이라면 나는 그렇게 알겠다. 나는후회하고있지않나? 내가 그 五원ㅅ돈을 써버릴ㅅ수가있었든들 나는 자정안에 집에도라올수없었을것이다. 그러나 거리는 너무 복잡하였고 사람은 너무도 들끓었다. 나는 어느사람을 붓들고 그 五 원돈을 내주어야 할지갈피를잡을수가없었다. 그러는동안에 나는 여지없이 피곤해버리고말았든 것이다. (중략)

한시간동안을 나는 이렇게 초조하게 굴지않으면 않되였다. 나는 이불을 획 제처버리고 이러나서 장지를열고 안해방으로비철비철 달려갔든것이다. 내게는 거의 의식이라는것이없었다. 나는 안해 이불우에없드

러지면서 바지포켙속에서 그 돈 五원을끄내안해손에 쥐어준것을 간신
히 기억할 뿐이다.

  잇흔날 잠이깨였을 때 나는 내안해방 안해이불속에있었다. 이것이
이 三十三번지에서 살기 시작 한이래 내가 안해방에서 잔맨처음이였다.

주인공은 결국 자신이 쥐고 있던 돈 5원을 아내에게 건네고는 아내
의 방에서 아내와 처음으로 잠자리를 같이하게 된다. 이 특이한 경험
은 이후 비슷한 패턴으로 세 번이나 이어진다. 그 다음 날에도 나는 아
내가 주는 돈 2원을 들고 서울 시내를 나가 돌다가 집으로 돌아와 그
돈을 다시 아내에게 맡기고는 아내 곁에서 잘 수 있게 된다. 나의 두
번째 외출과 그 귀가 장면은 다음과 같이 묘사되어 있다.

  경성역시게가 확실히 자정이지난것을본뒤에 나는 집을향하였다. 그
  날은 그 일각대문에서 안해와 안해의남자가 이야기하고섰는것을 맞났
  다. 나는 모른체하고 두사람곁을지나서 내방으로 들어갔다. 뒤니어 안
  해도 들어왔다. 와서는 이밤중에 평생안하든 쓰게질을 하는것이다. 조
  곰있다가 안해가 눕는기척을옄였든자마자 나는 또 장지를 열고 안해방으
  로가서 그 돈 二원을 안해손에 덥석쥐어주고 그리고— 하여간 그 二원
  을 오늘밤에도 쓰지않고 도로 갖어온것이 참 이상하다는듯이 안해는 내
  얼골을 몇번이고였보고— 안해는 드디어 아모말도없이 나를 자기방에
  재워주었다. 나는 이 기쁨을 세상의무었과도 바꾸고싶지는않았다. 나는
  편이 잘 잣다.

나의 외출은 세 번째로 이어진다. 아내는 나에게 지폐를 쥐어 주면
서 좀 더 늦게 집에 돌아와도 좋다고 말해 준다. 하지만 나의 세 번째
외출은 밤부터 내리던 비 때문에 일찍 마감된다. 나는 비를 그대로 맞
으면서 예정보다 이른 시간에 집 안에 들어선다. 아내의 방에 손님이

◆ 도회의 일상과 탈출 욕망

아내와 함께 있었지만 나는 전혀 아랑곳하지 않고 내 골방 안으로 들어온다. 당초 아내가 내게 지시한 대로 좀 늦게 들어오라는 말을 어긴 셈이다.

나는 지독한 감기에 걸려 자리에서 일어나지 못한 채 앓아눕게 된다. 나는 아내가 사다 준 약을 먹고는 밤낮없이 잠을 잔다. 거의 한 달을 자리에서 잠만 자다가 나는 자리에서 일어나 아내 방으로 건너간다. 아내는 외출했고 아내의 방 안에는 아내의 체취가 그윽하다. 그런데 아내의 화장대 아래에서 나는 아내가 내게 먹여 준 약이 아스피린이 아니라 수면제 아달린이라는 사실을 보게 된다. 한 달 동안 아내는 내게 아달린을 먹여 잠을 재운 셈이다.

나는 아내가 나를 죽이려 했던 것이 아닌가 하는 생각까지 하면서 아달린 약을 주머니에 넣고는 집을 나온다. 그리고 거리를 나돌다가 벤치를 발견하고는 거기 누워 버린다. 그리고 남은 알약 여섯 개를 한 꺼번에 먹어 버린다. 그리고 거기서 그만 깊은 잠에 빠져 하루 동안 깨어나지 못한다. 나는 다음 날 저녁 어둠이 내릴 무렵 집으로 돌아온다. 그리고 인기척도 내지 않고 아내의 방문을 열게 된다. 나는 정신도 없이 아내의 방을 거쳐 내 방으로 들어오지만 아내가 자신을 찾아온 손님과 섹스를 나누는 장면을 목도하게 된다. 나는 '절대로 보아서는 안 될 것'이라고 말하고 있지만 아내는 남편이 보는 앞에서 다른 사내와 엉켜 있었던 것이다.

이건 참 너무 큰일났다. 나는 내 눈으로는 절대로 보아서안될것을 그만 딱 보아버리고만것이다. 나는 얼떨결에 그만 냉큼 미다지를닫고 그리고 현기증이나는것을진정식히느라고 잠간 고개를숙이고 눈을감고 기둥을집고섰자니까 일초여 유도없이 홱 미다지가 다시열니드니 매무새를 풀어헤친 안해가 불숙내밀면서 내멱살을잡는것이다. 나는그만 어지러워서 게가 그냥나둥그러젔다. 그랬드니 안해는 너머진내우에 덥치

면서내살을 함부로 물어뜯는것이다. 앞아죽겠다. 나는 사실반항할의사
도힘도없어서 그냥 넙적 업뎌있으면서 어떻게되나보고있자니까 뒤니어
남자가나오는것같드니 안해를 한아름에 덥썩 안아갖이고 방안으로 드
가 는것이다 안해는 아모말없이 다소곳이 그렇게 안겨드러가는것이 내
눈에 여간 미운것이아니다. 밉다.

    안해는 너 밤 새어가면서 도적질하려단이느냐, 계집질하려단이느냐
고 발악이다. 이것은 참 너무 억울하다. 나는 어안이 벙벙하야 도모지입
이 떨어지지를안았다. 너는 그야말로 나를 살해하려든것이아니냐고 소
리를 한번 꽥 질러보고도싶었으나 그런 킹가망가한소리를 싯불니 입밖
에내였다가는 무슨화를볼른지 알수있나. 차라리 억울하지만 잠잣고있
는것이 위선 상책인듯싶이생각이들길래 나는 이것은 또 무슨생각으로
그랬는지모르지만 툭툭털고이러나서내 바지포켙속에 남은 돈 몇원몇십
전을 가만히끄내서는 몰래미다지를열고 살몃이문ㅅ지방밑에다놓고 나
서는 그냥 줄다름박질을처서나와버렸다.

앞의 장면은 소설 「날개」의 이야기 가운데 흥미로운 논점을 제기
한다. 일반적인 도덕이나 윤리적 기준을 내세울 필요도 없이 남편이라
는 입장에서 볼 때 아내의 행위는 용납되기 어려운 일이다. 하지만 오
히려 이 장면에서 나를 다그치는 것은 아내이다. 아내는 나의 멱살을
잡고는 어디서 무슨 짓을 하면서 밤새도록 들어오지 않았느냐고 난리
를 친다. 나를 때리고 물어뜯으면서 "도적질을 하러 다니느냐 계집질
을 하러 다니느냐"라면서 발악한다. 나는 꼼짝도 못한 채 아내의 성화
를 그대로 받아 준다. 오히려 아내와 함께 있던 사내가 아내를 뜯어말
리는 상황이 되니 남편으로서의 내 체면은 완전히 땅에 떨어진다. 나
는 결국 모든 것을 털어 버리고 주머니 속의 남은 돈마저 다 내놓고는
집을 나와 버린다. 「날개」의 이야기 가운데 흥미롭게 반복되면서 하나
의 패턴처럼 자리 잡았던 나의 잇단 외출은 여기서 끝이 난다. 아내가

◆ 도회의 일상과 탈출 욕망

준 돈을 가지고 그 돈을 통해 느낄 수 있는 쾌감을 찾아다니던 나는 결국 모든 것을 포기한다.

소설 속에서 나의 반복된 외출은 아내가 준 돈과 아내와의 섹스와 거기서 느끼는 쾌감이라는 요소들이 서로 뒤엉켜 있다. 돈은 자본주의 사회에서 교환경제의 수단으로 가장 중시되는 것이지만 이 소설 속에서는 섹스를 나눈 대가로 지불된 것이다. 그러므로 돈은 결국 섹스의 쾌감과 등가물로 인정된다. 이 소설이 보여 주는 파격성은 부부라는 제도적 성격의 남녀 관계와 섹스의 문제를 돈을 매개로 한 매춘이라는 특이한 코드로 풀이한 점이다. 이상은 쾌감이라는 단어를 통해 돈과 섹스의 의미를 단순화시켰지만 섹스를 둘러싼 다양하고도 은밀한 사회적 담론을 이 소설을 통해 탈신비화하고 있는 것은 분명한 사실이다. 특히 부부 관계에서의 남녀의 역할을 전도시킨 인물의 설정도 이상의 소설이 아니고서는 상상하기 힘든 일이라고 할 수 있다. 여기서 다시 주목되는 것이 「날개」의 서두에서 작가가 언급했던 내용이다. "나는 또 女人과 生活을 設計하오. (중략) 이런 女人의 半 — 그것은 온갖 것의 半이오 — 만을 領受하는 生活을 設計한다는 말이오."라는 언급에서 볼 수 있듯이 '여인의 반'만을 받아들이는 특이한 생활이라는 것이 바로 이 소설의 이야기 내용을 암시하고 있기 때문이다. 특히 이런 타입의 여인을 '여왕봉'에 비유하고 있는 점도 흥미롭다. 수많은 수컷을 거느리고 살아가는 여왕벌의 생리를 생각한다면 소설 속의 아내를 매춘부로 설정한 작가의 의도를 어느 정도 이해할 만하다.

소설 「날개」의 결말은 주인공인 나의 마지막 외출을 보여 준다. 그러나 이 외출은 반복된 주인공의 외출과는 성격이 판이하게 구별된다. 단순한 외출이 아니라 하나의 탈출이기 때문이다. 주인공인 나는 밖으로 나와 거리를 배회한다. 그리고 아내에 대한 생각을 정리하면서 서로 발이 맞지 않는 절름발이로 살아온 부부였다는 것을 알아차린다.

이때 뚜 — 하고 정오 사이렌이울었다. 사람들은 모도 네활개를 펴고 닭처럼 푸드덕거리는것같고 온갖 유리와 강철과 대리석과지페와잉크가 부글부글 끓고 수선을떨고 하는것같은 찰나, 그야말로 현란을 극한 정오다.

나는 불연듯이 겨드랑이 가렵다. 아하그것은 내 인공의날개가돋았든 자족이다. 오늘은없는 이 날개, 머릿속에서는 희망과야심의 말소된 페 — 지가 띡슈내리넘어가듯번뜩였다.

나는 것든걸음을 멈추고 그리고 어디한번 이렇게 외쳐보고싶었다.

날개야 다시 돋아라.

날자. 날자. 날자. 한번만 더 날자ㅅ구나.

한번만 더 날아보자ㅅ구나.

이 소설의 서두에서는 '나의 방'에 갇혀 있던 주인공의 무기력한 삶이 '박제'로 상징되어 그려진다. 그러나 이 결말의 장면에서 나는 한낮 거리에서 아예 하늘로 비상을 꿈꾼다. 이 탈출에의 의지가 '날개'로 상징된다. "날개야 다시 돋아라. 날자. 날자. 날자. 한 번만 더 날자꾸나."라는 절규가 그것이다. 하지만 이 탈출 의지는 미래로의 적극적인 투기라기보다는 결코 행동화될 수 없는, 자의식 속에서만 드러나는 간절한 내적 원망의 표백에 더 가까운 것이다.

소설 「날개」의 서사 구조는 닫혀 있던 일상적 삶의 틀로부터 탈출하려는 주인공의 욕망을 반복적인 행위의 패턴으로 구체화시켜 보여 준다. 그 첫 단계가 '아내의 방'으로 나오는 일이며, 뒤에 '아내의 방'을 거쳐 바깥세상에 발을 내딛게 되는 것이다. 외출과 귀가라는 반복적인 행위의 패턴을 통해 구현되는 탈출의 욕망과 그 좌절의 과정은 모두 자아의 내면 의식의 복잡한 갈등 과정으로 채색되어 있다. 그러므로 서사 구조의 핵심을 이루는 공간성의 의미가 주체의 존재를 규정하는 데에 어떻게 작용하는가를 확인해 볼 필요가 있다.

◆ 도회의 일상과 탈출 욕망

이 작품에서 방이라는 닫힌 공간의 폐쇄성과 바깥세상이라는 열린 공간의 개방성은 서사 구조 내에서도 상반된 성격을 드러낸다. 방으로부터 바깥세상으로의 공간 이동은 존재론적으로 불안전한 개인의 자아 인식의 과정과 대응한다. 방안에서 주인공은 스스로 자신이 살아 있음을 내부로부터 확신하고 있는 경우가 별로 없다. 그리고 가장 기본적인 경험적 요건으로서 시간의 불연속성이 자주 나타난다. 이 작품의 이야기에서 시간은 어떤 연속적인 서사성을 인지하기 어렵게 분리되어 있다. 앞의 경험과 뒤의 경험이 서로 연관되어 있다기보다는 별개의 것으로 떨어져 있는 듯한 느낌으로 시간이 인지되기 때문이다. 그러나 그 방 안을 벗어나기 시작하면서 주인공은 이 같은 시간적 경험의 분열 과정으로부터 어느 정도 자유로워지고 있다. 물론 주인공은 외부적으로 자신에게 가해 오는 또는 가해 올지도 모르는 위협을 스스로 차단하지 못하는 데에서 오는 불안감에 사로잡혀 있다. 그 결과로 자신의 온전함 자체에 대한 스스로의 신뢰를 잃어버리게 되며, 자기 행동과 사고 자체를 끊임없이 반복하여 다시 돌아본다. 그 결과로 자아의 생생한 자발성이 사라지고 있지만, 그가 꿈꾸는 것은 자기 존재의 정체성을 위협하는 현실적 공간으로부터 벗어나는 일이다.

소설 「날개」는 현대 사회에서 개인이 겪는 일상적 삶의 현실에 대한 일종의 환멸을 보여 준다. 이 작품 속에 등장하는 주인공은 외부 세계와 아무런 유대 관계를 유지하지 못하고 있는 소외된 지식인이며 삶에 뿌리내리지 못하고 있는 외로운 현대인이다. 이러한 성격의 주인공을 통해 그려 내고 있는 도시적 삶과 그 감각은 때로는 현대적인 것에 대한 무한한 동경과 추구를 보여 주기도 하지만 인간적인 가치에 대한 동경과 향수가 음울하게 스며들어 있다. 이러한 감각의 양가적 특징은 이상 문학의 정신적인 폭에 해당한다. 그리고 이것은 이상 문학의 근본적 정서에 해당한다. 소설 「날개」의 주인공이 보여 주는 모든 행동은 전반적으로 자의식적 경향이 강하다. 기왕의 연구에서 수없이 지적해 온 심리적 경향이라든지 무의식적 속성이라든지 하는 것들은 사실 모두가 자의식적인 속성을 말하는 것으로 볼 수 있다. 이러한 자의식의 경향은 필연적으로 자기 반영적 요소를 담게 된다. 그러므로 이상의 소설은 객관적인 현실 세계가 묘사의 중심을 이루는 것이 아니다. 오히려 소설 내부에서 이루어지는 허구적 텍스트의 창작 과정과 거기 덧붙여지는 자기 반영적 요소가 그만큼 중시되는 것이다. 이 소설에서 주인공의 삶의 내면과 외부를 서로 왜곡시키는 충동은 시공간을 아우르는 상황에 대한 감각과 인식, 그리고 소설 자체가 서사화하고 있는 일상성의 추구 작업을 통해 구체화된다. 그러므로 이상의 소설에서 가장 생산적인 것은 모순적이면서도 자의식적인 감정과 자기 비판적 사고의 변증법적인 지양이라고 할 수 있을 것이다.

소설 「날개」의 이야기에서 주목해야 할 것은 현대인이 요구하는 쾌감의 삶이라는 것을 돈과 섹스로 규정하고 있다는 점이다. 매춘으로 돈을 버는 아내와 마치 여왕벌과 함께 지내는 수벌처럼 그려진 주인공이 보여 주는 모든 행위는 도덕적 분노를 일으키기보다는 강렬하고도 특이한 어색함과 호기심을 보여 준다. 실제로 이상의 소설 「동해」, 「주지회시」, 「봉별기」, 「종생기」, 「실화」 등에서도 「날개」의 경우와 마찬가지로 기형적으로 엮인 남녀 관계를 보여 준다. 이 소설들에서 반복적으로 그려 내는 남녀의 만남과 헤어짐의 장면들은 한국 사회가 식민지 근대화의 왜곡된 과정을 겪으면서 한편으로는 개방되고 한편으로는 더욱 내밀해진 성에 대한 도덕적 고뇌와 갈등을 보여 준다. 그러므로 이상의 소설에서 그려지고 있는 남녀 관계는 전통적인 관습으로 볼 때 기형적인 부부 관계로 보이고 변태적인 섹스로 이해되기도 한다. 하지만 이 같은 관점은 육체에 몰두해 있으면서도 한편으로 그것을 거부하도록 길들여진 문화적 태도일 뿐 이상이 그려 내고자 하는 성의 자유로움 또는 분방함을 포괄적으로 받아들일 수 있는 태도는 아니다. 섹스의 문제가 이제 도덕만큼이나 중요한 사회적 이슈로 널리 확대되

◆ 도회의 일상과 탈출 욕망

고 있기 때문이다. 소설 「날개」의 주인공과 그의 아내가 보여 주는 행태는 그에 대한 반감을 느끼게 하면서도 은밀하게 접근하도록 독자들을 충동질한다. 이 복잡한 반응은 이 소설이 인간의 내밀한 욕망에 대해 감각적인 자극을 가하고 있음을 말해 주는 것이다. 이 소설에서 주인공은 쾌락적인 삶을 가능하게 하는 요소로서 돈의 의미와 섹스의 감각성을 아내를 통해 깨닫게 된다. 돈이라는 것이 표상하는 교환가치는 현대 사회의 다양한 관계망을 형성하게 하는 힘이지만 그것을 단순화하면 인간의 욕망의 물질성을 그대로 보여 준다. 그리고 그것은 섹스와 등가 관계를 형성한다. 이러한 인식은 결국 돈으로 표상되는 경제생활이 섹스의 문제를 새롭게 변화시키는 기본적 순환 구조를 구축하게 됨을 암시한다. 물론 이 소설의 결말에서 주인공은 이러한 욕망의 세계로부터 탈출을 꿈꾼다. 그러나 이 꿈은 실현이 불가능하다. 이미 현대 사회는 돈과 섹스로 넘쳐 나고 거기서부터 모든 변화와 충동이 가능해지기 때문이다. 소설의 주인공은 이제 다시는 혼자서 자족할 수 있는 좁은 골방 안으로 돌아가기는 어려울 것이다.

◆ 이상 소설과 기법으로서의 메타픽션

이상의 단편소설 「동해」와 「종생기」는 이른바 메타픽션(metafiction)
의 방식으로 이야기를 서술하고 있다. 이 두 작품 속에서 이야기의 주
인공은 작가로 분하여 스스로 자신의 글쓰기 행위에 대해 설명한다.
이야기의 흐름과 그 방향을 소개하기도 하고 이야기 속의 인물들에 대
해 비판하면서 때로는 자신의 태도를 반성하기도 한다. 그리고 주인공
스스로 작가인 것처럼 자기 소설의 이론가가 되어 서사의 외부에 존
재하는 모든 것들을 작품 속으로 끌어들이고 있다. 이 특이한 서술 방
식은 서사의 진행 속에서 볼 때 텍스트가 만들어지는 과정 자체를 정
교하게 반영한다. 그리고 소설의 서두에서부터 이야기가 허구의 산물
에 지나지 않는다는 사실을 강조하면서 허구의 세계와 실재의 현실 사
이에 어떤 괴리가 존재할 수 있다는 점을 암시한다. 소설의 이야기 자
체도 삶의 현실과 그 객관적 묘사에 중점을 두기보다는 텍스트 내부에
서 이루어지는 텍스트의 창작 과정에 관심을 기울인다. 이와 같은 자
기 반영성으로 인하여 작가의 자의식이 소설을 통해 그대로 표현되기
도 한다.

「동해」와 「종생기」는 '나'라는 주인공과 그 상대가 되는 여인을 중
심으로 일어나는 하나의 사건을 다루고 있다. 여기서 말하는 사건이
란 예사롭지 않은 특이한 연애 방식과 연관된다. 작중 화자인 '나'라
는 인물은 작가 자신인 '이상'으로 위장하고 있는 상태로 등장한다. 그

리고 '나'의 상대역으로 등장하는 여성은 친구의 아내이거나 다른 사내와 사귀고 있는 자유분방하고 개방적인 여성으로 설정되어 있다. 이들은 똑같이 '나'에게 사랑을 내세우면서 접근한다. 남편과 더 이상 살수 없게 되었다면서 남편 친구인 '나'를 찾아온 「동해」의 여주인공을 놓고 '나'는 메타픽션의 방법을 활용하여 텍스트 내에서 숱한 사회윤리적 담론을 쏟아 낸다. 그러므로 소설 속의 이야기는 어떤 방향으로 전개되기보다는 정절이라든지 간음이라든지 하는 주제를 둘러싼 논의로 머뭇거리기 일쑤다. 「종생기」의 경우도 '나'라는 작중 화자가 작가 이상으로 위장하고 있다. '나'는 여주인공의 사랑을 의심하면서도 결국은 그 유혹에 빠져든다. 모든 체통을 내던지고 마치 죽음을 각오하듯 자신의 '묘지명'을 써 놓고 여인과 사랑을 나누지만 사실은 그 사랑이 거짓이라는 것이 한 통의 엽서를 통해 드러난다. 남편을 둔 여인의 무모한 접근이나 딴 남자와 사랑하면서도 사랑이라는 이름으로 접근해 온 여인의 간교한 유혹을 놓고 소설 속의 '나'는 여성에 대한 환멸 또는 사랑에 대한 절망에 빠져드는 것이다.

「동해(童骸)」 혹은 '동정(童貞)'과 '형해(形骸)'

이상의 단편소설 「동해」*는 그가 생존해 있던 시절에 발표한 마지막 작품이다. 이상이 일본 동경에서 세상을 떠나기 직전인 1937년 2월 월간 종합잡지 《조광》에 발표되었다. 이 소설은 서사 내적 시간을 하루라는 일상적 생활 단위로 고정시켜 놓고 있으며, 작품 전체가 '촉각(觸角)', '패배(敗北) 시작(始作)', '걸인(乞人) 반대(反對)', '명시(明示)',

---

* 이상은 이 작품을 발표하면서 "「동해」는 작년 6~7월경에 쓴 냉한삼곡의 열작(劣作)입니다. 그 작품을 가지고 지금의 이상을 촌탁(忖度)하지 말아 주십시오."(『이상 전집 3』, 사신 8)라고 김기림에게 편지를 쓴 바 있다.

'TEXT', '전질(顚跌)'이라는 여섯 개의 단락으로 나누어져 있다. 각 단락의 소제목은 서사의 진행 과정에서 의미 있는 하나의 장면을 전경화하기 위해 고안된 것이다. 이들은 이야기 속의 특징적인 장면을 보여주면서 영화적 몽타주의 방식으로 결합되고 있다.

이 작품에서 이야기의 중심에 자리하고 있는 '나'라는 인물은 스스로 작가 이상으로 위장하고 있으며 화자의 역할을 담당한다. '나'의 상대역은 '임(姙)'이라는 여인이다. 이 여인은 '나'의 친구인 '윤(尹)'이라는 사내와 살고 있다. 그런데 그녀가 어느 날 남편과 다툰 후 가방을 싸 들고 '나'를 찾아온다. 더 이상 '윤'과 살 수 없어서 집을 나왔다는 것이다. 그리고 엉뚱하게도 '나'와 한번 살아 보겠다고 덤빈다. 이런 식의 인물 설정이라면 쉽게 애정 갈등의 삼각 구도를 떠올릴 수 있다. 그러나 문제는 그리 간단하지 않다. 소설 속에서 화자는 이야기의 통속적인 갈등 구조보다는 '임'이라는 여인의 행동과 성격 변화와 그것을 관찰하는 '나'의 내면 심리에 초점을 맞추고 있다. 이 소설이 비교적 단순한 이야기를 담고 있는데도 불구하고 텍스트 자체가 복잡하게 얽혀 있는 것처럼 느껴지는 것은 이 때문이다.

소설 「동해」의 서술 구조와 그 기법의 특성을 이해하기 위해서는 먼저 작품 제목의 의미를 정확하게 파악할 필요가 있다. '童骸(동해)'라는 한자어는 사전에 등재되어 있지 않은 말이다. 이 제목에 대해 최초로 논의를 제기했던 김윤식 교수는 '童骸'를 다음과 풀이했다.

'환각의 인'이란 무엇인가. 인간고의 근원에 해당하는 이 '환각의 인'이란 회색(관념)의 세계에 갇혀 있는 수인(囚人)이다. '색소 없는 혈액'의 세계와 녹색으로 된 생명의 황금 나무의 세계. 이 이항 대립의 형식 체계 속에 놓여 당황하고 있는 모습이 「동해」에서 선명히 드러나 있거니와, 그는 이 두 세계를 잇는 열쇠를 장만해 놓았다. 이것은 「오감도」의 방법론과 한 치도 다르지 않다. '童孩(아이)'를 '童骸(아이의 해골)'

◆ 이상 소설과 기법으로서의 메타픽션

로 바꾸어 놓은 것이 그것. 글자 획수 하나를 빼거나 첨가함으로써 전혀
다른 의미를 획득케 하는 이러한 방식이란 순수관념 세계와 현실 세계의
차이를 갈라내기 위한 열쇠로 고안된 이상 문학의 눈부신 독창성이다.*

 김 교수의 설명을 보면 「동해」의 한자어 제목은 '童孩'를 '童骸'로
바꾸어 놓은 것에 불과하다고 했다. 이상이 '조감도(鳥瞰圖)'라는 말을
'오감도(烏瞰圖)'로 바꾸어 놓았던 방법을 그대로 따른 것이라는 해석
이다. 이 한자어가 일종의 파자(破字) 방법에 의해 만들어진 것을 지적
한 셈이다. 이러한 김 교수의 해석은 이상 소설 연구자들에게 널리 받
아들여졌으며 이에 대해서 별다른 논의가 이루어진 적이 없다. 대부분
의 연구자들은 이 애매한 작품 제목에 크게 관심을 두지 않았던 것이
다. 하지만 이 제목의 뜻을 '아이의 해골' 또는 '아이와 해골'이라고 풀
이할 경우 소설의 이야기 내용과 별다른 연관성을 찾아보기 어렵다.
김 교수의 해석에도 불구하고 이 제목에 대한 의문점이 여전히 남아
있는 것이다.
 '童骸'라는 한자어는 이상 자신이 만들어 낸 신조어임에 틀림없다.
이 제목의 의미를 새롭게 해석해 보기 위해서는 먼저 이상의 수필 가
운데 잘 알려져 있는 「행복(幸福)」이라는 글의 한 대목을 주목해 볼 필
요가 있다.

 오 호 너로구나. 너는 네 平生을 두고 내 形象 없는 刑罰 속에서 不
幸하리라. 해서 우리 둘은 結婚하였든 것이다. 閨房에서 나는 新婦에게
行刑하였다. 어떻게? 가지가지 幸福의 길을 가지가지 敎材를 가지고 가
르쳤다. 勿論 내 抱擁의 多情한 맛도.
 그러나 仙이가 한번 媚艷을 보이랴 드는 瞬間 나는 嶺上의 枯木처

───────────
* 김윤식, 『이상 문학 텍스트 연구』(서울대 출판부, 1998), 300쪽.

럼 冷膽하곤 하곤 하는 것이다. 閨房에는 늘 秋風이 簫條히 불었다. 나는 이런 過勞 때문에 무척 야위었다. 그러면서도 내, 눈이 充血한 채 무엇인가를 찾는다. 나는 가끔 내게 물어본다.

「너는 무엇을 願하느냐? 復讐? 천천히 천천히 하야라. 네 殞命 하는 날이야 끝날 일이니까」

「아니야! 나는 지금 나만을 사랑할 童貞을 찾고 있지. 한 男子 或 두 男子를 사랑한 일이 있는 女子를 나는 사랑할 수 없어. 왜? 그럼 나 더러 먹다남은 形骸에 滿足하란 말이람?」

「허 — 너는 잊었구나? 네 復讐가 畢하는 것이 네 落命의 날이라는 것을. 네 一生은 이미 네가 復活하든 瞬間부터 祭壇 우에 올려 놓여 있는 것을 어쩌누?」

그만해도 석달이 지났다. 刑吏의 心境에도 倦怠가 왔다.

「싫다. 귀찮아졌다. 나는 한번만 平民으로 살아보고 싶구나. 내게 정말 愛人을 다고.」

마호멭 것은 마호멭에게로 돌려보내야할 것이다. 一生을 犧牲하겠다든 壯圖를 나는 석달동안에 이렇게 蕩盡하고 말았다.

당신처럼 사랑한 일은 없습니다라든가 당신만을 사랑하겠습니다 라든가 하는 그 女子의 말은 첫사랑 以外의 어떤 男子에게 있어서도 ‘인사’ 程度에 지나지 않는다는 것을 잊어서는 안 된다.[*]

수필 「행복」은 이상이 1936년 10월 대중잡지 《여성(女性)》에 발표한 글이다. 이 글은 이상이 변동림과 결혼한 후 그 신혼 생활의 소회를 밝혀 놓은 것으로 볼 수 있다. 그런데 이 글의 내용 가운데 일부가 소설 「동해」이야기 속의 삽화 하나와 겹쳐 있다. 소설의 텍스트 안에서 그려 낸 장면 가운데 일부가 수필 속의 서술 내용과 서로 연결되어 있

---

[*] 이상, 「행복」(《여성》, 1936. 10), 30~31쪽.

다는 말이다. '동해'라는 제목이 암시하는 바가 무엇인지 밝히기 위해
서는 이 같은 상호 텍스트의 특징을 주목할 필요가 있다. 앞의 인용에
서 밑줄 친 "아니야! 나는 지금 나만을 사랑할 동정(童貞)을 찾고 있지.
한 남자 혹 두 남자를 사랑한 일이 있는 여자를 나는 사랑할 수 없어.
왜? 그럼 나더러 먹다 남은 형해(形骸)에 만족하란 말이람?"이라는 구
절을 주목하면서 여기에 나오는 단어 가운데 '동정'이라는 말과 '형해'
라는 말을 놓쳐서는 안 된다. 이 두 개의 단어는 그 뜻이 서로 대립된
다. 앞의 '동정'은 사전적 의미로는 '이성(異性)과 성적인 접촉이 없는
순결, 또는 그런 사람'을 뜻한다. 이 글의 문맥상으로 본다면 '숫된 처
녀'에 해당한다. 뒤의 '형해'는 글자 그대로 '앙상하게 남은 잔해'라는
뜻을 갖는다. '동정'과 반대되는 뜻으로 쓰고 있는 것으로 보아 '헌 계
집'을 뜻한다고 할 수 있다. 이러한 의미는 인용 구절 안에서 그대로
드러난다. 여기서 '동해(童骸)'라는 한자어 제목의 근거를 확인할 수
있다. '동해(童骸)'는 '동정(童貞)'과 '형해(形骸)'를 줄여서 새롭게 만들
어 낸 일종의 '약어(略語)'가 아닌가 생각된다. 이렇게 풀이할 경우 '동
해(童骸)'는 그 의미가 '아이의 해골'을 뜻하는 것이 아니라 '처녀와 헌
계집'이라는 의미가 된다.「동해」의 제목의 뜻을 이렇게 풀이할 때 작
품 속에 그려 낸 서사의 내용과 서로 어울린다.

「동해」는 남녀 간의 사랑과 거짓 그리고 갈등과 화해라는 흔해 빠
진 주제를 다루고 있다. 그렇지만 소재의 통속성을 벗어나기 위해 다
채로운 서사 기법을 동원한다. 이 소설에서 패러디와 메타픽션의 기법
을 통해 구축되는 상호 텍스트의 공간을 제대로 이해하지 못하면 그
서사 구조의 특징을 제대로 설명할 수 없다. 특히 "나는 지금 나만을
사랑할 동정을 찾고 있지. 한 남자 혹 두 남자를 사랑한 일이 있는 여
자를 나는 사랑할 수 없어. 왜? 그럼 나더러 먹다 남은 형해에 만족하
란 말이람?"이라고 내던진 말 속에 담긴 작가의 자의식을 그대로 덮어
둘 수는 없다. 소설「동해」의 텍스트가 보여 주는 서사의 중층성은 바

로 이 말의 의미 속에 그 비밀이 숨겨져 있기 때문이다.

「동해」의 전반부는 '촉각'이라는 첫 단락과 '패배 시작'이라는 둘째 단락으로 이루어진다. '촉각'은 대상에 대한 감각적 인지 방법을 의미한다. 그리고 긴장이 수반된다. 작중 화자인 '나'에게 '임'이라는 여인이 찾아온다. 옷 가방까지 싸 들고 '나'에게 온 것이다. '윤'이라는 사내와 살다가 이제 헤어지게 되었다는 것이다. 당연히 '나'는 긴장해야 하고 '임'의 행동거지를 살펴야 한다. 이 첫째 단락에서 '나'는 '임'의 실체를 감지한다. 그녀의 반응을 떠보면서 '나'는 그녀가 여러 남자를 두루 거친 경험을 가졌다는 사실을 그대로 확인한다. 그리고 함께 밤을 지낸다. '패배 시작'이라는 둘째 단락은 다음 날 아침의 정경을 보여 준다. '나'의 집에 찾아온 '임'이 제법 신부 노릇을 하려 든다. '나'의 손톱을 깎아 주고 끼니를 때울 수 있도록 먹을 것도 준비해 온다. '나'는 '임'이 친구인 '윤'의 아내로서 그들이 함께 지내던 모습을 떠올린다. 그리고 이 두 남녀의 사이에 끼어든 '나'의 입장을 생각하며 스스로 취해야 할 태도를 생각한다. 하지만 '나'는 '임'의 여성스러움에 빠져들 수밖에 없게 된다.

(1) 觸角이 이런 情景을 圖解한다.

悠久한 歲月에서 눈뜨니 보자, 나는 郊外 淨乾한 한 방에 누워 自給自足하고 있다. 눈을 둘러 방을 살피면 방은 追憶처럼 着席한다. 또 창이 어둑어둑 하다.

不遠間 나는 굳이 직힐 한개 슈―ㅌ케―스를 발견하고 놀라야한다. 계속하야 그 슈―ㅌ케―스 곁에 花草처럼 놓여있는 한 젊은 女人도 발견한다.

나는 실없이 疑訝하기도 해서 좀 쳐다보면 각시가 방긋이 웃는 것이 아니냐. 하하, 이것은 기억에 있다. 내가 열심으로 연구한다 누가 저 새악시를 사랑하든가!

◆ 이상 소설과 기법으로서의 메타픽션

(2) 이런 情景은 어떨가? 내가 理髮所에서 理髮을 하는 중에 ─

理髮師는 낯익은 칼 을 들고 내 수염 많이 난 턱을 치켜든다.

「님재는 刺客입늬가」

하고 싶지만 이런 소리를 여기 理髮師를 보고도 막 한다는 것은 어쩐지 안해라는 존재를 是認하기 시작한 나로서 좀 良心에 안된 일이 아닐까 한다.

싹뚝, 싹뚝, 싹뚝, 싹뚝,

나쓰미캉 두개 外에는 또 무엇이 채용이 되였든가 암만해도 생각이 나지 않는다. 무엇일까.

그러다가 悠久한 歲月에서 쪼껴나듯이 눈을뜨면, 거기는 理髮所도 아무데도 아니고 新房이다. 나는 엊저녁에 결혼 했단다.

앞의 인용은 소설 「동해」의 첫째 단락과 둘째 단락의 첫머리 부분이다. 여기서 먼저 주목해야 하는 것이 메타픽션의 글쓰기 방식이다. '메타픽션'은 작가의 현실 의식이나 세계관에 대한 것이라기보다는 글쓰기 자체의 방식에 관련된다. 그러므로 현실 세계의 총체적인 반영이라든지 삶의 실재성에 대한 추구 등과 같은 소설의 리얼리즘적 관점과는 일정한 거리가 있다. 메타적 글쓰기는 소설을 통해 텍스트 내부의 세계를 반영하는 데 더 큰 관심을 보여 주는 것이기 때문이다. 앞의 인용에서 (1)의 "觸角이 이런 情景을 圖解한다."와 (2)의 "이런 情景은 어떨가?" 등은 텍스트 자체에서 서사의 진행이나 창작 과정을 스스로 밝히고 있다. 작가 스스로 텍스트 내부에서 이루어지는 허구적 텍스트의 창작 과정 자체를 설명하고 있을 뿐이다.

「동해」의 중반부는 '걸인 반대'와 '명시'라는 제목을 붙이고 있는 셋째 단락과 넷째 단락으로 이어지면서 정점을 향해 발전한다. '나'는 아침 식사를 마친 후 '임'을 데리고 그녀의 남편인 '윤'의 집으로 향한다. '임'은 길거리 은행에 들러 10원짜리 지폐를 모두 10전짜리 잔돈으로 바꾸더니 기념품 가게에 들러서는 'DOUGHTY DOG'이라는 장난감 강아지를 하나 산다. '나'는 이런 '임'의 천연덕스런 행동을 보면서 그녀와 같이 '윤'의 집으로 들어선다. 그런데 이번에는 자기 아내와 함께 들어서는 '나'를 맞이한 '윤'의 의연함에 다시 놀란다. 더구나 자기 남편과 '나'를 건드렸다 말았다 하던 '임'이 아무 일도 없었던 것처럼 집 안에 들어서는 모습에 질려 버린다. '윤'은 아주 덤덤하게 '나'에게 돈 10원을 건네주면서 한 잔 하라고 권한다. 그리고 자기는 아내인 '임'을 데리고 키네마에 갔다 오겠다는 것이다. 그러자 '임'도 자기 남편인 '윤'을 따라나서면서 10전짜리 잔돈을 한 줌 '나'에게 내민다. 나는 그 돈을 받지 않을 수 없게 된다. 결국 중반부에서 이야기는 '임'의 행동이 하나의 흔해 빠진 부부 싸움에 지나지 않음이 밝혀진다. 그리고 두 사람 사이에 어정쩡하게 끼어든 셈이 된 '나'의 모습은 장난감에 빗대어 희화화된다.

그런데 이러한 서사의 전개 과정도 사실은 아주 정교하게 계산된 논리에 의해 이루어지고 있음을 다음의 인용을 통해 확인할 수 있다.

> 이런 情景 마자 불쑥 내어놓ㅅ는 날이면 이번 復讐行爲는 完璧으로 흐지부지하리라. 적어도 完璧에 가깝기는 하리라.
> 한 사람의 女人이 내게 그 宿命을 公開해 주었다면 그렇게 쉽사리 公開를 받은 ──懺悔를 듣는 神父같은 地位에 있어서 보았다고 자랑해도 좋은 ── 나는 비교적 행복스러웠을른지도 모른다. 그렇나 나는 어디까지든지 약다. 약으니까 그렇게 거저 먹게 내 행복을 얼골에 나타내이거나 하지는 않는다는 것이다.
> 이와 같은 ㄹ로직을 不言實行하기 위하야서만으로도 내가 그 구중중한 수염을 깎지 않은 것은 至當한 중에도 至當한 맵시일 것이다.

앞의 인용은 셋째 단락의 한 부분이다. 첫 문장인 "이런 情景 마자

◆ 이상 소설과 기법으로서의 메타픽션

불쑥 내어놓ㅅ는 날이면 이번 復讐行爲는 完璧으로 흐지부지하리라."
에서 "이런 情景" 운운하는 서술 방식은 앞서 예시했던 전반부와 다르
지 않다. 소설의 전반부의 장면들이 어떤 구도에 따른 것인가를 밝혀
주면서 앞으로 전개될 방향을 암시한다. 이러한 메타픽션의 방법으로
인하여 독자들은 텍스트 밖의 세계보다는 오히려 텍스트 내에서 이루
어지는 내적인 메커니즘에 관심을 기울인다. 결국 이 소설은 그 자체
가 허구적 산물임을 강조하면서 그것이 만들어지는 과정에 관심을 집
중하도록 하고 있음을 알 수 있다. 그리고 소설이라는 것이 하나의 꾸
며진 세계이며 허구에 불과하다는 사실을 강조함으로써 실재와 허구
사이의 거리를 분명하게 제시한다.

「동해」의 이야기는 'TEXT'라는 소제목을 붙이고 있는 다섯째 단
락에서 서사적 전환을 시도한다. 여기서 주목되는 것이 서술적 어조의
변화와 함께 이루어진 메타적인 글쓰기 방식이다. 이 다섯째 단락에
서는 소설 「동해」의 중반부에 이르기까지 드러나는 '임'의 일탈 행동
과 '나'의 반응을 돌이켜 보면서 여성과 정조 문제를 담론의 중심으로
끌어들인다. 그리고 마치 '임'이 자신의 태도를 해명하고 있는 것처럼
가정하여 그녀가 들려주었음직한 말을 만들어 보인다. 그리고 거기에
'나'의 의견을 덧붙인다. 이미 전개된 이야기를 놓고 그것에 대한 등장
인물의 태도를 되묻는 방식으로 이루어진 이러한 서술 방식이야말로
자기 반영성을 바탕으로 하는 메타적 글쓰기를 그대로 보여 준다.

(1)
「불작난 ─ 貞操責任이 없는 불작난이면? 저는 즐겨 합니다. 저를
믿어 주시나요? 貞操責任이생기는 나잘에 벌서 이 불작난의 記憶을 저
의 良心의 힘이 抹殺하는 것입니다. 믿으세요」

評 ─ 이것은 分明히 다음에 敍述되는 같은 姬이의 敍述 때문에 姬
이의 怜悧한 거즛뿌렁이가 되고마는 것이다. 즉

664

「貞操責任이 있을 때에도 다음 같은 方法에 依하야 불작란은 — 主觀的으로만이지만 — 용서될 줄 압니다. 즉 안해면 남편에게, 남편이면 안해에게, 무슨 特殊한 戰術로든지 감쪽같이 모르게 그렇게 스무-드 하게 불작란을 하는데 하고나도 이렇달 形蹟을 꼭 남기지 말아야한다는 것입니다. 네?

그러나 主觀的으로 이것이 容納되지 안는 경우에 하였다면 그것은 罪요 苦痛일줄 압니다. 저는 罪도 알고 苦痛도 알기 때문에 저로서는 어려울까합니다. 믿으시나요? 믿어 주세요」

評 — 여기서도 끝으로 어렵다는 대문부근이 分明히 거짓뿌랭이라는 것이다. 그것은 亦是 같은 姙이의 筆蹟 이런 潛在意識 綻露現象에 依하야 確實하다.

「불작란을 못하는 것과 안하는 것과는 性質이 아주 다릅니다. 그것은 컨디슌 如何에 左右되지는 않겠지오. 그러니 어떻다는 말이냐고 그러십니까. 일러드리지오. 기뻐해주세요. 저는 못하는 것이 아니라 안하는 것입니다.

自覺된 戀愛니까요.

안하는 경우에 못하는 것을 觀望하고 있노라면 좋은 語彙가 생각납니다. 嘔吐 저는 이것은 견딜 수 없는 肉體的 刑罰이라고 생각합니다. 온갖 自然發生的 姿態가 저에게는 어째 乳臭萬年의 넝마조각 같습니다. 기뻐해 주세요. 저를 이런 遠近法에조차서 사랑해주시기 바랍니다」

評 — 나는 싫여도 요만큼 닥아슨 位置에서 姙이를 說喩하려드는 때 쉬의 姿勢를 取消해야 하겠다. 안하는 것은 못하는것보다 敎養 知識 이런 尺度로 따저서 높다. 그러나 안한다는 것은 내가 빚어내이는 氣候 如何에 憑藉해서 언제든지 아모 謙遜이라든가 躊躇없이 불작란을 할 수 있다는 條件附 契約을 車道 복판에 安全地帶 設置하듯이 强要하고 있는 徵兆에 틀림은 없다.

(2)

나 스스로도 不快할 에필로-그로 貴下들을 引導하기 위하야 다음과 같은 薄氷을 밟는듯한 會話를 組織하마.

「너는 네말맞다나 두사람의 男子 或은 事實에 있어서는 그以上 훨신 더많은 男子에게 내주었든 肉體를 걸머지고 그렇게도 豪氣있게 또 正正堂堂하게 내 城門을 闖入할 수가 있는 것이 그래 鐵面皮가 아니란 말이냐?」

「당신은 無數한 賣春婦에게 당신의 그 당신 말맞다나 高貴한 肉體를 廉價로 구경시키셨옵니다. 마찬 가지지요」

「하하! 너는 이런 社會組織을 깜박 잊어버렸구나. 여기를 너는 西藏으로 아느냐, 그렇지 않으면 男子도 哺乳行爲를 하든 피데칸트롭스 시대로 아느냐. 可笑롭구나. 未安하오나 男子에게는 肉體라는 觀念이 없다. 알아듣느냐?」

「未安하오나 당신이야말로 이런 社會組織을 어째 急速度로 逆行하시는 것 같옵니다. 貞操라는것은 一對一의 確立에 있옵니다. 掠奪結婚이 지금도 있는 줄 아십니까?」

「肉體에 對한 男子의 權限에서의 嫉妬는 무슨 걸레쪼각같은 敎養나 브랭이가 아니다. 本能이다. 너는 아 本能을 無視하거나 그 稗氣滿滿한 敎養의 掌匣으로 整理하거나하는 재조가 通用될 줄 아느냐?」

「그럼 저도 平等하고 溫順하게 당신이 定義하시는 '本能'에 依해서 당신의 過去를 嫉妬하겠옵니다. 자 ── 우리 數字로 따저보실까요?」

評 ── 여기서부터는 내 敎材에는 없다.

新鮮한 道德을 期待하면서 내 舊態依然하다고 할만도 한 貫祿을 버리겠노라.

다만 내가 이제부터 내 不足하나마나 努力에 依하여 獲得해야 할 것은 내가 脫皮할수 있을만한 知識의 購買다.

나는 내가 환갑을 지난 몇해後 내 무릎이 이러스는 날까지는 내 오-

크材로 만든 葡萄송이같은 孫子들을 거느리고 喫茶店에 가고싶다. 내 알라모우드는 손자들의 그것과 泰然히 맞스고 싶은 現在의 내 悲哀다.

앞의 인용 (1)에서 '임'의 말은 실제의 대화가 아니라 '나' 스스로 그렇게 가정해 보는 이야기에 불과하다. '나'는 '임'이 정조에 대한 책임이 없는 불장난을 지적하면서도 서로에게 책임이 있는 경우라면 그것을 비밀로 지켜 줄 수 있어야 한다고 말한다. 그리고 '임'의 개방적 태도에 대하여 쉽사리 받아들이기 어려운 '나'의 입장을 평설처럼 덧붙인다. 그리고 인용 (2)에서는 '나'와 '임'의 여성의 정조 관념에 대해 서로 다른 태도를 보여 주는 대화 내용을 논쟁적 말과 평설로 조직해 놓음으로써 이 소설의 결말을 어느 정도 암시해 준다. 여기서 화제의 중심을 이루고 있는 것은 남녀의 정조 문제다. 그리고 육체와 그 순결에 대한 '임'의 태도는 매우 공격적이다. '나'는 '임'의 적극적이면서 개방적인 태도에 수세적 입장을 보이다가 그만 스스로 자신의 구태의 연함을 밝히고 물러서게 된다. 이러한 장면들에서 볼 수 있는 작가의 자의식과 그 자기 반영적 특성은 텍스트 안에서 서술되고 있는 이야기와는 일정한 거리를 두고 있다. 이것은 소설 속의 이야기가 실제 세계의 반영이 아니라 작가에 의해 만들어지고 있는 허구적 산물임을 말해 준다. 물론 텍스트가 구현하고 있는 내적 상황에서 결코 자유로울 수 없다는 점도 간과해서는 안 된다.

소설 「동해」는 마지막 단락인 '전질'에서 영화 「만춘」의 이야기를 덧붙여 극적인 결말을 희화적으로 처리한다. 이 장면에 드러나는 패러디의 특징은 뒤에서 상론하겠지만 '나'의 쓸쓸한 심정은 "내 卑怯을 嘲笑하듯이 다음 순간 내 손에 무엇인가 뭉클 뜨뜻한 덩어리가 쥐어졌다. 그것은 서먹서먹한 表情의 나쓰미깡, 어느 틈에 T君은 이것을 제 주머니에다 넣고 왔든구. 입에 침이 좌르르 돌기 전에 내 눈에는 식은 컵에 어리는 이슬처럼 방울지지 안는 눈물이 핑 돌기 시작하였다."라고 묘사적으로 서술된다. 여기 등장하는 '나쓰미깡'이이야말로 소설의 첫 장면에서 '임'이 껍질을 벗겨 주던 그 '나쓰미깡'과 다를 것이 없다. 이상의 글쓰기가 노리고 있던 감각적 인지 방법으로서의 서사화 전략은 이 작품의 결말에서 "달착지근하면서도 쓰디쓰고 시디신", "나쓰미깡"의 맛으로 귀결된다.

소설 「동해」는 이 소설을 발표하기 직전에 잡지에 발표된 이상의 수필 「EPIGRAM」이나 시 「I WED A TOY BRIDE」의 내용을 패러디의 방식으로 변형하여 서사화하고 있다. 이 같은 상호 텍스트성의 문제는 하나의 텍스트가 다른 텍스트들을 흡수하고 그것을 변형시키고 있다는 점에서 그 내적 연관성이 주목된다. 「동해」의 텍스트는 다른 텍스트들과의 내적 연관성과 그 상호 관련성 속에서 새로운 의미를 발현하고 있다.

수필 「EPIGRAM」의 경우를 먼저 검토해 보기로 한다. 이 수필은 잡지 《여성》 1936년 8월호에서 기획했던 '비밀'이라는 소재의 수필 특집 속에 여러 문인들의 작품들과 함께 수록되어 있다. 이 텍스트가 보여 주는 개인적 진술의 내면은 수필이라는 양식 자체가 요구하는 특질이기도 한데, 여기서 이상은 두 가지의 화제를 끌어 간다. 하나는 자신의 동경행이며 다른 하나는 '임'이라는 여인과의 결혼 문제이다. 「동해」에서 문제의 인물로 등장하는 여인 '임'이 이 짤막한 수필 속에 나타나 있다. 「EPIGRAM」의 전문은 다음과 같다.

밤이 이슥한데 나는 사실 그 친구와 이런 회화(會話)를 했다. 는 이야기를 염치 좋게 하는 것은 요컨대 천하의 의좋은 내외들에게 대한 통명이다. 친구는

「여비(旅費)?」

「보조래도 해줬으면 좋겠다는 말이지만.」

「둘이 간다면 내 다 내주지.」

「둘이.」

「임(姬)이와 결혼해서 ─ .」

여자 하나를 두 남자가 사랑하는 경우에는 꼭 싸움들을 하는 법인데 우리들은 안 싸웠다. 나는 결이 좀 났다. 는 것은 저는 벌써 임(姬)이와 육체(肉體)까지 수수(授受)하고 나서 나더러 임(姬)이와 결혼하라니까 말이다.

나는 연애(戀愛)보다 공부를 해야겠어서 그 친구더러 여비를 좀 꾸어 달란 것인데 뜻밖에 회화(會話)가 이 모양이 되고 말았다.

「그럼 다 그만 두겠네.」

「여비두?」

「결혼두.」

「건 왜?」

「싫여!」

그러고 나서는 한참이나 잠자코들 있었다. 두 사람의 교양(敎養)이 서로 뺨을 친다든지 하고 싶은 충동(衝動)을 참느라고 그런 것이다.

「왜 내가 임(姬)이와 그런 일이 있었대서 그리나? 不快해서!」

「뭔지 모르겠네!」

「한 번. 꼭 한 번 밖에 없네. 독미(毒味)란 말이 있지.」

「순수(純粹)허대서 자랑인가?」

「부러 그리나?」

「에피그람이지.」

암만해도 회화로는 해결이 안 된다. 회화로 안되면 행동인데 어떤 행동을 하나.

물론 싸워서는 안 된다. 친구끼리는 정다워야 하니까. 그래서 우리는 우리 두 사람의 공동의 적(敵)을 하나 찾기로 한다. 친구가

「이(李)를 알지? 임(姬)이의 첫 남자!」

「자네는 무슨 목적으로 타협을 하려 드나.」

「실연(失戀)허기가 싫어서 그런다구나 그래둘까.」

「내 고집두 그 비슷한 이유지.」

나는 당장에 허둥지둥한다. 내 인색(吝嗇)한 논리(論理)는 눈살을 찌푸린다. 나는 꼼짝할 수가 없다. 이렇게까지 나는 인색하다.

친구는

「끝끝내 이러긴가?」

「수세(守勢)두 공세(攻勢)두 다 우리 집어치우세.」

「엔간히 겁을 집어먹은 모양일세그려!」

「누구든지 그야 타락(墮落)허기는 싫으니까!」

요 이야기는 요만큼만 해 둔다. 임(姙)이의 남자가 셋이 되었다는 것을 누설(漏洩)한댓자 그것은 벌써 비밀(秘密)도 아무것도 아니다.

이 수필에서 서술하고 있는 내용을 따라가 보면, 친구는 이상에게 '임'과의 결혼을 전제로 동경행의 여비 주선을 약속한다. 둘이서 결혼하고 함께 동경으로 가야 한다는 것이다. 그러나 이 텍스트를 좀 더 깊이 파고들면 친구의 제안을 쉽게 받아들일 수 없다는 사실을 알게 된다. 친구가 권유하는 결혼의 상대인 '임'이라는 여인이 사실은 친구와 깊이 사귀던 여인이었기 때문이다. 이미 잠자리까지 함께했던 사이라고 고백하고 있지 않은가? 그런데 이 수필의 진술 내용과는 달리 경험적 현실 속에 서 있는 작가 이상은 친구의 권유를 받아들이고 실제 인물 '변동림'과 결혼한 바 있다. 그리고 이상은 결혼 후 혼자서 동경행을 결행했던 것이다.

소설 「동해」의 내용을 보면 수필 「EPIGRAM」에서 화제로 삼았던 '임'의 남성 편력을 서사 속으로 끌어들이면서 이를 희화적으로 변용시키고 있다. 자기 내면에 대한 고백적 요소와 함께 경험적 진실성을 내포하고 있는 이 수필의 화제는 허구로서의 서사 영역에 포함되면서 실제적 경험으로서의 의미를 상실한다. 그러므로 소설 「동해」의 서사를 「EPIGRAM」이라는 수필의 내용과 직결시킬 수는 없는 일이다.

소설 「동해」와 수필 「EPIGRAM」에서 주목할 것은 '부정(不貞)한 아내'라고 할 수밖에 없는 '임'이라는 여인의 '행동'과 그 윤리의식이다. 이상은 '아내의 부정 또는 부정한 아내'라고 하는 이 특이한 모티프를 소설의 세계로 끌어들인다. '부정한 아내'와 함께 살아야 한다는 것은 남성에게 모멸적일 수밖에 없는 일이다. 이상은 「동해」의 경우만이 아니라 소설 「날개」 이후 「지주회시」, 「종생기」, 「실화」 등에서 반복적으로 이 모티프를 수용하여 여러 가지 의미로 서사적 변형을 일으킨다. 「날개」의 경우에는 '아내'의 부정을 받아들이던 주인공이 자의식에서 벗어나면서 느끼게 되는 탈출의 욕망을 그린다. 「지주회시」는 아내의 부정을 알면서도 서로 엉혀서 '거미'처럼 뜯어먹고 살아야 하는 환멸의 삶을 그려 낸다. 「종생기」는 부정한 여인이 보여 주는 교활함을 결코 이겨 낼 수 없는 주인공의 삶의 종생을 메타적으로 서술해 놓았으며, 「실화」의 경우는 부정한 아내로부터 벗어나지만 그 내면의 갈등을 벗어나지 못하는 주인공의 절망을 밀도 있게 그리고 있다.

결혼반지를 잊어버리고 온 新婦. 라는 것이 있을까? 可笑롭다. 그렇나 모르는 말이다. 라는것이 반지는 新郎이 준비하라는 것인데 ── 그래서 아주 아는 척하고

「그건 내 슈-ㅌ케-스에 들어 있는게 原則的으로 옳지!」

「슈-ㅌ케-스 어딨에요?」

「없지!」

「쯧, 쯧,」

나는 신부 손을 붓잡고

「이리좀 와봐」

「아야, 아야, 아이, 그러지 마세요, 놓세요」

하는것을 잘 달래서 왼손 무명지에다 털붓으로 쌍줄반지를 그려주
었다. 좋아한다. 아모것도 끼기운 것은 아닌데 제법 간질간질한게 천연
반지 같단다.

천연 결혼하기 싫다. 트집을 잡아야겠기에 ──

「몇번?」

「한번」

「정말?」

「꼭」

이래도 안 되겠고 間髮을 놓지 말고 다른 방법으로 拷問을 하는 수
밖에 없다.

「그럼 尹 以外에?」

「하나」

「예이!」

「정말 하나예요」

「말 말아」

「둘」

「잘헌다」

「셋」

「잘헌다, 잘헌다」

「넷」

「잘헌다, 잘헌다, 잘헌다」

「다섯」

속았다. 속아 넘어갔다. 밤은 왔다. 촛불을 켰다. 껐다. 즉 이런 假짜
반지는 탄로가 나기 쉬우니까 감춰야겠기에 꺼도 얼른 켰다. 밤이 오
래 걸려서 밤이었다.

앞의 인용은 소설 「동해」의 여러 장면 가운데 그 묘사가 압권이다.

'임'이라는 여인이 '나'에게 자신의 남성 편력을 그대로 털어놓는 장면이다. 이 극적 장면은 이상의 또 다른 소설 「실화」에서도 유사하게 차용된 적이 있다. 서술적 거리를 적절하게 조정하면서 해학적 어조를 숨기지 않고 있는 점이 특기할 만하다. '연애의 비밀'은 끝까지 비밀로 지켜져야 한다고 수필 「19세기식」*에서 주장한 바 있는 이상은 '부정한 아내'의 부정을 폭로함으로써 여성의 무너져 버린 정조 의식에 대한 특이한 냉소적 시선을 보여 준다.

소설 「동해」에 숨겨져 있는 또다른 상호 텍스트성의 특징은 이상이 1936년 10월 동인지 《삼사문학》에 발표한 시 「I WED A TOY BRIDE」과의 관계를 통해 확인된다. 다음에 인용하는 (1)은 시의 전문이고 (2)는 시의 내용과 유사한 소설 「동해」의 한 대목이다.

(1)

1 밤

작난감新婦살결에서 이따금 牛乳내음새가 나기도한다. 머(ㄹ)지아니하야 아기를낳으려나보다. 燭불을끄고 나는 작난감新婦귀에다대이고 꾸즈람처럼 속삭여본다.

「그대는 꼭 갓난아기와 같다」고…………

작난감新婦는 어둔데도 성을내이고대답한다.

「牧場까지 散步갔다왔답니다」

작난감新婦는 낮에 色色이風景을暗誦해갖이고온것인지도모른다. 내 手帖처럼 내가슴안에서 따근따근하다. 이렇게 營養分내를 코로맡기만 하니까 나는 작구 瘦瘠해간다.

---

* 이상, 「19세기식(十九世紀式)」, 《三四文學》(1937. 4).

◆ 이상 소설과 기법으로서의 메타픽션

2 밤

작난감新婦에게 내가 바늘을주면 작난감新婦는 아무것이나 막 찔른다. 日曆. 詩集. 時計. 또내몸 내 經險이들어앉어있음즉한곳.

이것은 작난감新婦마음속에 가시가 돋아있는證據다. 즉 薔薇꽃처럼..........

내 가벼운武裝에서 피가좀난다. 나는 이 傷차기를곶이기위하야 날만 어두면 어둠속에서 싱싱한密柑을먹는다. 몸에 반지밖에갖이않은 작난감新婦는 어둠을 커 ― 틴열듯하면서 나를찾는다. 얼른 나는 들킨다. 반지가살에닿는것을 나는 바늘로잘못알고 아파한다.

燭불을켜고 작난감新婦가 密柑을찾는다.

나는 아파하지않고 모른체한다

(2)

나는 오랜동안을 혼자서 덜덜 떨었다. 姙이가 도라오니까 몸에서 牛乳내가 난다. 나는 徐徐히 내活力을 整理하야가면서 姙이에게 注意한다. 똑 간난애기 같아서 썩 좋다.

「牧場꺼지 갔다왔지요」

「그래서?」

카스텔라와 山羊乳를 책보에 싸 가지고 왔다. 집시族 아침 같다.

그러고나서도 나는 내 本能以外의 것을 지꺼리지 않았나보다.

「어이, 목말라죽겠네,」

대개 이렇다.

이 牧場이 가까운 郊外에는 電燈도 水道도 없다. 水道대신에 펌프.

물을 길러 갔다오드니 운다. 우는 줄만 알었드니 웃는다. 조런 ― 하고보면 눈에 눈물이 글성 글성하다. 그러고도 웃고 있다.

「고게 누우집 아일까. 아, 쪼꾸망게 나더러 너 담발했구나, 핵교 가

니? 그리겠지, 고게 나알 제 동무루 아아나봐, 참 내 어이가 없어서, 그
래, 난 안간단다 그랬드니, 요게 또 헌다는 소리가 나 발씻게 물좀 끼언
저주려무나 얘, 아주 이리겠지, 그래 내 물을 한통 그냥 막 좍 좍 끼언저
쥐었지, 그랬드니 너두 발 씻으래, 난 있다가 씻는단다 그러구 왔서, 글
세, 내 기가 맥혀,」

누구나 속아서는 안된다. 해ㅅ수로 여섯해 전에 이 女人은 정말이지
處女대로 있기는 성가서서 말하자면 헐값에 즉 아모렇게나 내어주신 분
이시다. 그동안 滿五個年 이분은 休憩라는 것을 모른다. 그런줄 알아야
하고 또 알고 있어도 나는 때마츰 변덕이 나서

「가만있자, 거 얼마 들었드라?」

나쓰미깡이 두개에 제아모리 비싸야 二十錢, 올치 깜빡 잊어버렸다
초한가락에 二十錢, 카스텔라 二十錢, 山羊乳는 어떻게해서그런지 거저,

「四十三錢인데」

「어이쿠」

「어이쿠는 뭐이 어이쿠예요」

「고눔이 아무數루두 除해지질 않는군 그래」

「素數?」

옳다.

신통하다.

「신통해라!」

앞의 인용 ⑴ 「I WED A TOY BRIDE」는 이상이 생전에 발표한
마지막 시 작품이다. 이상의 시 가운데 특이하게도 제목을 영어로 쓰
고 있다. '나는 장난감 신부와 결혼한다.'라는 뜻으로 풀이된다. 작품
의 텍스트가 크게 전반부와 후반부로 나누어져 있는데, 각각 '1 밤' '2
밤'이라는 소제목을 붙였다. 시적 화자인 '나'는 그 상대역에 해당하는
'장난감 신부'를 맞아 아늑하고도 따스한 일상을 회복한다. 전반부인

　　　　　　◆ 이상 소설과 기법으로서의 메타픽션

'1 밤'의 경우 '장난감 신부'의 앞에서 '나'는 일종의 유아적 본능을 감추지 못하고 그녀를 탐닉한다. "내 수첩처럼 내 가슴 안에서 따근따근하다."와 같은 표현에서처럼 사랑의 감정이 넘쳐흐르고 있음을 볼 수 있다. 후반부인 '2 밤'의 경우는 '장난감 신부'는 '나'를 채근하면서 일상의 품으로 돌아와 다시 시작(詩作) 활동을 할 것을 재촉한다. 텍스트 안에서 '일력, 시집, 시계'를 열거한 것은 이러한 뜻으로 풀이할 수 있다. 그리고 그녀는 '나'의 과거를 들춰내어 따지기도 한다. '나'는 가끔 이로 인해 상처를 받기도 하지만 육체적인 위무(慰撫)를 통해 이를 보상받는다. 그런데 이 시의 텍스트에서 문제가 되는 것이 '장난감 신부'라는 말의 의미이다. 이 말은 '신부(新婦)'라는 말이 함축하는 처녀적 순결성과는 전혀 반대의 의미를 가진다. '장난감'이라는 말은 '소중하게 간수하는 보물'이 아닌 '가지고 노는 물건' 또는 '노리개'라고 바꾸어 놓아도 문제가 없어 보인다. 하지만 시 속에서 화자는 이 '노리갯감 신부'를 어찌하지 못하고 오히려 그녀에게 빠져든다. 이 모순의 상황이 바로 이 시가 포착한 시적 정황이라고 할 수 있다.

그런데 시 「I WED A TOY BRIDE」에서 그리는 장면은 소설 「동해」의 한 장면 속에 그대로 들어오게 된다. 앞의 (2)의 인용 대목을 보면 두 텍스트가 빚어내는 상호 텍스트성의 특징을 확인할 수 있다. (2)는 소설 「동해」의 둘째 단락 '패배 시작' 속의 한 장면이다. 이 둘째 단락의 내용을 보면 작중 화자인 '나'는 자신을 찾아온 '임'이라는 여인의 여성스런 면모에 대한 관심을 보여 준다. 남편과 더 이상 살 수 없다는 이 여인의 돌출 행동을 끝까지 미심쩍게 여기면서도 그녀가 보여 주는 다정함이나 여성스러움에 자신도 모르게 끌린다. 이 단락의 소제목을 '패배 시작'이라고 붙인 것은 끝까지 냉정을 지키지 못한 채, '임'의 여성적인 행동에 호감을 가지게 되는 '나'의 정서적 반응을 뜻하는 것이라고 할 수 있다. '나'는 '임'의 행동에서 발견되는 '갓난아기' 같은 느낌에 끌려든다. 그리고 '나'를 찾아와 제법 아내 노릇까지 하려고 하는 태도에 놀란다. 근처 목장에서 우유와 카스텔라를 준비해 오고, 물을 길어 오는 모습에서 드러나는 여성적인 면모가 '나'의 마음을 움직인 것이다. 그러므로 '나'는 '임'의 모든 행동에 대해 그 진정성을 의심하면서도 한편으로는 그녀를 떼어 버리지 못한다. 그녀의 존재는 '나'의 의식 속에서 전혀 풀리지 않는 '소수(素數)'처럼 인식될 뿐이다. 그리고 바로 이러한 장면이 시 「I WED A TOY BRIDE」의 시적 정황을 서사적으로 변형한 것에 해당한다. 시와 소설의 장면을 오가는 상호 텍스트성의 특징을 통해 이상이 강조하고자 한 것은 미묘한 정서적 변화와 그 차이를 강조하기 위한 것일 수도 있고, 일종의 자기 위장일 수도 있다.

소설 「동해」는 이야기 속에 등장하는 '나'와 '임'과 '윤'이라는 세 인물이 모두 극장 단성사(團成社) 앞에 나타나는 장면으로 그 결말을 맺고 있다. 이 장면의 극적 의미를 이해하기 위해서는 이야기의 전체적인 흐름 속에서 소설 속 화자인 '나'의 내면 의식을 좀 더 섬세하게 헤아려 보아야만 한다. '나'는 더 이상 못 살겠다면서 집을 나온 '임'을 자기 방에서 하룻밤 머물게 한 후 다음 날 그녀와 '윤'을 찾아간다. 그리고 그녀를 '윤'에게 돌려보낸다. 그런데 두 남녀가 아무 일도 없었다는 듯이 둘이서 키네마를 보겠다면서 극장으로 들어간다. '나'는 친구인 'T' 군을 불러내어 맥주를 마시면서 온갖 상념에 사로잡힌다. 두 사람이 영화 구경을 마치고 함께 극장 밖으로 나오자 '나'는 '윤'이 자기 아내인 '임'을 데리고 가도록 말해 준다. 극장을 빠져 나온 두 사람은 '나'를 뒤로 하고는 인파 속으로 사라진다. 그런 다음 '나'도 'T' 군과 함께 영화 「만춘」의 시사를 보겠다며 극장 안으로 들어간다. 여기서 소설의 이야기는 그 결말을 영화의 스토리로 대체한다. 소설의 결말에 영화 「만춘」의 장면을 끌어들임으로써 그 서사 내적 공간을 확장하고 있는 것이다. 이 대목은 소설 속에서 다음과 같이 흥미롭게 제시되어 있다.

T군은 암만해도 내가 불상해 죽겠다는 듯이 나를 물끄럼이 바라다 보드니

「자네, 그중 어려운 外國으로 가게, 가서 비로소 말두 배우구, 또 사람두 처음으루 사귀구 그리구 다시 채국채국 살기 시작허게. 그렇거능게 자네 自殺을 救할 수 있는 唯一의 方途가 아닌가 그렇게 생각하는 내가 그럼 薄情한가?」

自殺? 그럼 T군이 눈치를 채었든가.

「이상스러워 할 것도 없는게 자네가 주머니에 칼을 넣고 댕기지 안는 것으로보아 자네에게 自殺하려는 意思가 있다는 걸 알 수 있지 않겠나. 勿論 이것두 내게 아니구 남한테서 꿔온 에피그람이지만」

여기 더 앉었다가는 鯢魚처럼 탁 터질 것 같다. 아슬아슬한 때 나는 T君과 함께 빠 — 를 나와 알마치 단성사문 앞으로 가서 三分쯤 기다렸다.

尹과 姙이가 一條二條하는 文章처럼 나란히 나온다. 나는 T君과 같이 '晩春' 試寫를 보겠다. 尹은 우물쭈물하는 것도 같드니

「바통 가저가게」

한다. 나는 일없다. 나는 절을 하면서

「一着選手여! 나를 列車가 沿線의 小驛을 자디잔 바둑돌 黙殺하고 通過하듯이 無視하고 通過하야 주시기(를)바라옵나이다」

瞬間 姙이 얼굴에 毒花가 핀다. 응당 그러리로다. 나는 二着의 名譽 같은 것은 요새쯤 내다버리는것이 좋았다. 그래 얼른 릴레를 棄權했다. 이 경우에도 語彙를 蕩盡한 浮浪者의 자격에서 恐懼 橫光利一氏의 出世를 사글세 내어온 것이다.

姙이와 尹은 人波속으로 숨여버렸다.

갸렐리 어둠속에 T군과 어깨를 나란히 앉어서 신발 바꿔 신은 人間 코미디를 나려다보고 있었다. 아래배가 몹시 아프다. 손바닥으로 꽉 눌으면 밀려나가는 김 이 입에서 哄笑로 化해 터지려든다. 나는 阿片이 좀

생각났다. 나는 조심도 할 줄 모르는 野人이니까 半쯤 죽어야 껍적대이지 안는다.

스크린에서는 죽어야할 사람들은 안 죽으려들고 죽지 않아도 좋은 사람들이 죽으려 야단인데 수염난 사람이 수염을 혀로 핥듯이 만지적만지적하면서 이쪽을 향하드니 하는 소리다.

「우리 醫師는 죽으려드는 사람을 부득부득 살려 가면서도 살기 어려운 세상을 부득부득 살아가니 거 익쌀맞지 않소?」

말하자면 굽달린 自動車를 硏究하는 사람들이 거기서 이리뛰고 저리뛰고 하고들 있다.

나는 차츰차츰 이 客 다 빠진 텅 뷘 空氣속에 沈沒하는 果實 씨가 내 허리띠에 달린 것같은 恐怖에 지질리면서 정신이 점점 몽롱해 드러가는 벽두에 T군은 은근히 내 손에 한자루 서슬 퍼런 칼을 쥐어준다.

(復讐하라는 말이렸다)

(尹을 찔러야 하나? 내 決定的 敗北이 아닐가? 尹은 찔르기 싫다)

(姙이를 찔러야 하지? 나는 그 毒花 핀 눈초리를 網膜에 映像한채 往生하다니)

내 心臟이 꽁 꽁 얼어드러온다. 빼드득빼드득 이가 갈린다.

(아 하 그럼 自殺을 勸하는 모양이로군, 어려운데 — 어려워, 어려워, 어려워)

내 卑怯을 嘲笑하듯이 다음 순간 내 손에 무엇인가 뭉클 뜨뜻한 덩어리가 쥐어졌다. 그것은 서먹서먹한 表情의 나쓰미깡, 어느 틈에 T君은 이것을 제 주머니에다 넣고 왔든구.

입에 침이 쫘르르 돌기 전에 내 눈에는 식은 컵에 어리는 이슬처럼 방울지지 안는 눈물이 핑 돌기 시작하였다.

앞의 인용에 등장하는 극장 단성사는 1907년 종로 거리에 2층 목조 건물로 세워졌던 영화관이다. 이곳에서 1926년 나운규(羅雲奎)의 영화 「아리랑」이 개봉되어 장안의 화제가 되었으며, 1930년대에 들어서서는 700석이 넘는 현대식 철근 건물을 신축하면서 영화 흥행을 이

◆ 이상 소설과 기법으로서의 메타픽션

어 간다. 1935년 한국 최초의 발성 영화 「춘향전」을 상영한 곳도 바로 이곳이다. 인용에서 볼 수 있듯이 소설 「동해」의 주인공들이 극장 단성사 앞에서 서로 만나 영화를 구경하는 것은 특별한 일이 아닐 수도 있다. 영화가 이미 소설 속에서 그려 내는 일상의 한 요소가 되어 버렸음을 뜻하기 때문이다. 하지만 이 소설의 결말 장면에서 그려 내는 극장 단성사와 거기서 구경한 영화 이야기는 단순한 일상의 한 장면이 아니다.

소설 「동해」의 결말 부분에 끌어들인 영화 「만춘」의 이야기는 극적 결말을 위한 허구적 장치로 꾸며 낸 것이 아니다. 영화 「만춘」은 실제로 1936년 6월 23일부터 일주일 동안 단성사에서 상영된 미국 영화 「The Flame within」*을 말한다. 이 영화는 미국의 MGM사가 1935년 제작했으며, 에드먼드 골딩(Edmund Goulding)이 감독했다. 당대 지성파 여배우로 평판을 얻었던 앤 하딩(Ann Harding)이 정신과 의사 메리 화이트로 분했는데, 그녀의 곁에는 그녀를 사랑하는 동료 의사로 등장하는 허버트 마셜(Herbert Marshall)이 있다. 의사 메리는 새로이 등장한 심리 치료의 방법에 몰두하면서 결혼에는 관심이 없다. 자신이 결혼하게 된다면 한 가정의 주부가 되어 의사로서의 자기 일을 할 수 없을지 모른다고 생각했기 때문이다. 1930년대만 하더라도 결혼한 여성이 직업을 가진다는 것에 대해 부정적으로 생각하는 사람들이 많았다. 「동해」의 주인공 '나'는 단성사 극장 안의 갤러리에 앉아 이 영화를 보면서 '신발 바꿔 신은 인간 코미디'라고 한마디로 그 성격을 규정한다.

소설 「동해」의 결말에 영화 「만춘」의 이야기를 끌어들인 것은 소

---

* 필자가 조사한 바에 따르면 당시 신문에 수록된 영화 「만춘」의 광고(《동아일보》(1936. 6. 20))를 통해 이를 확인할 수 있다. 신문 광고에서는 "새암 솟듯 열정은 넘치네/ 부질없는 사랑에 우는 여성의 가지가지의 모양/ 이지(理智)와 정염(情炎)의 야상곡(夜想曲)/ 아름다운 걸작(傑作)"이라고 이 영화를 선전하고 있다. 영화 「만춘」은 1936년 3월 일본에서도 개봉했는데, 영화의 원제 「The Flame within」을 개봉 당시 일본인들이 「晩春」이라고 고쳤다.(『20世紀アメリカ映画事典』, 畑暉男 編 (日本 カタログハウス, 2002) 참조)

설의 이야기를 더욱 흥미롭게 매듭짓기 위해 작가가 고안한 일종의 패러디에 해당한다. 그 이유는 영화의 내용을 보면 쉽게 이해할 수 있다. 영화의 이야기는 어느 날 고든이 메리에게 한 여성 환자를 소개하면서부터 시작된다. 그 여성 환자는 부유한 집안의 딸인 린다 벨튼 양이다. 그녀는 다량의 약을 복용하고 자살을 시도했다. 고든은 그녀의 주치의로서 정신과 치료가 필요하다고 판단하여 심리 치료를 위해 메리에게 그녀를 보낸 것이다. 메리는 린다 양과 상담을 하면서 자살을 시도한 동기가 무엇인가를 밝혀내려고 한다. 메리는 린다 양이 잭 케리와 약혼한 사이라는 것을 알고는 린다 양과 상담하던 중에 진료실에서 잭에게 전화를 걸게 한다. 그러나 린다 양은 전화를 걸다가 갑자기 유리창 문을 열고 진료실 밖으로 뛰어내리려고 한다. 메리는 황급하게 이를 저지하면서 린다 양을 진정시킨다. 그 뒤 메리는 린다 양의 약혼자 잭이 알코올 중독자라는 사실을 밝혀내고, 그녀의 정신적 상처의 요인이 바로 알코올 중독자인 잭에 있다는 사실을 확인한다. 잭은 알코올에 찌든 채 자신을 진정으로 사랑하고 있는 린다 양을 전혀 돌보지 않고 있었던 것이다. 의사 메리는 린다 양에 대한 심리 치료를 진행하면서 그녀의 약혼자 잭을 설득시켜 재활 프로그램을 통해 알코올 중독을 고치도록 한다. 메리의 적극적인 진료 덕분에 잭은 약 8개월 후에 전혀 몰라보게 건강해져 돌아온다. 그리고 린다 양과 잭은 결혼에 골인한다. 두 사람은 이제 겉보기에는 아주 행복해 보이는 부부가 된다. 이들이 모두 참석한 연회에서 잭은 의사 메리와 춤을 출 기회를 갖게 된다. 잭은 자신의 알코올 중독을 치료해 준 메리에게 사랑한다고 말한다. 메리는 의사의 입장에서 자신의 환자였던 잭의 사랑 고백을 탓하지 않는다. 그런데 린다가 이를 보고, 의사인 메리를 향한 잭의 태도가 심상치 않다는 것을 눈치챘다. 그리고 메리에 대한 질투에 사로잡힌다. 그녀는 의사인 메리가 자신으로부터 잭을 빼앗으려 하고 있으며, 두 사이를 갈라놓고 있다고 비난한다. 이 같은 상황이 벌어지자 메리는 혼란에 빠진다. 메리는 자신의 치료법을 잘 따라 준 잭에게 깊은 호감을 가지고 있지만 그의 사랑을 받아들일 수 없다는 것을 잘 알고 있다. 더구나 의사의 신분으로서 자신의 또 다른 환자였던 린다 양을 지켜 주어야 한다는 책임감도 여전히 느끼고 있다. 이 영화는 메리가 잭에게 린다 양과의 결혼에 대해 책임이 있음을 상기시키는 장면에서 절정에 도달한다. 우여곡절을 겪었지만 메리의 권유에 따라 잭과 린다 양은 다시 화해한다. 그리고 동시에 메리 또한 이들 두 남녀의 갈등을 치료하는 과정을 통해 동료 의사인 고든과의 사랑을 생각할 수 있게 된다.

이와 같은 영화 「만춘」의 이야기는 소설 「동해」의 서사와 유사한 구조를 보여 준다. 남녀 관계의 갈등과 그 해결의 과정에서 드러나는 사랑의 삼각 구도가 바로 그것이다. 그러나 이상은 유사한 두 가지 이야기를 단순하게 병치시키는 데 만족하지 않는다. 영화 「만춘」에서 갈등에 빠져든 두 남녀로 인하여 곤경에 직면했던 정신과 여의사 메리의 입장을 내세워 소설 속의 주인공 '나'의 경우를 스스로 설명하도록 변형하고 있기 때문이다. 소설의 주인공 '나'는 '임'의 앙탈을 달래고 '윤'과 다시 만나 화해하도록 만들어 준다. 하지만 '나'에게 찾아와 자신의 사랑을 받아 달라고 했던 '임'이 다시 '윤'에게 태연하게 돌아가는 모습에 질려 버린다. 이 같은 극적인 결말에 영화 「만춘」의 장면들이 겹침으로써 소설 「동해」는 결국 그 서사 내적 공간을 확대할 수 있게 된 셈이다.

내가 結婚하고 싶어하는 女人과 結婚하지 못하는 것이 결이 나서 結婚하고 싶지도, 저쪽에서 結婚하고싶어 하지도 안는 女人과 結婚해버린 탓으로 뜻밖에 나와 結婚하고 싶어하든 다른 女人이 그또 결이 나서 다른 男子와 결혼해버렸으니 그야말로 ― 나는 지금 一朝에 破滅하는 結婚우에 佇立하고 있으니 ― 一擧에 三尖일세 그려

「동해」의 이야기는 영화 「만춘」을 끌어들임으로써 그 희화적 이야기의 전개 과정을 서사 내적 공간의 확장을 통해 매듭짓는다. 그리고 앞에 인용한 대목처럼 주인공인 '나'의 내적 독백으로 처리된 한 마디 말속에 작가 이상의 경험적 자아가 짙게 드리워져 있음을 느낄 수 있다.

단편소설 「동해」는 그 서사적 형식의 불안정성과 함께 자기 반영의 경향을 특징으로 하고 있다. 이상은 소설적 글쓰기를 통해 경험적 현실의 총체적 인식이라는 리얼리티의 재현보다는 예술의 양식으로서의 소설이 인간의 삶을 새롭게 구성해 내는 방법에 관심을 기울인다. 그는 종래의 소설적 관습을 탈피하여 행위의 논리를 바탕으로 하는 이야기의 구성을 거부하고 개성적 특성을 강조해 온 인물의 성격을 해체한다. 그러므로 그의 소설은 이야기의 흐름에 어떤 질서를 부여하는 구성의 요건을 제대로 갖추고 있는 경우가 드물다. 그리고 소설의 등장인물도 사회적 활동의 기반을 전혀 지니지 못한 채 파편적인 의식과 무의미한 방황을 그대로 보여 준다. 그러므로 그의 소설에서는 더 이상 리얼리티의 개념을 경험적 현실의 객관적 반영이라고 규정할 수 있는 근거가 발견되지 않는다. 이상이 그의 소설에서 제시하고 있는 과제는 개인과 사회의 관계가 아니라 개별적 주체로서의 자아의 존재 그 자체다.

소설 「동해」의 제목에서 확인되는 '동정과 형해'라는 모티프는 몇 가지 형태의 다른 텍스트들과 상호 텍스트적 공간을 구축한다. 그리고 「동해」의 서사 속에 구체적 형상성을 드러내면서 자연스럽게 자리잡고 있다. 여기서 주목되는 것이 '임'이라는 여주인공의 성격이다. 이 여주인공은 이상의 소설 가운데 「날개」의 '안해'와 부분적으로 그 성격이 닮아 있다. 그러나 「종생기」의 '정희'라든지 「실화」의 '연'과 같은 인물을 놓고 보면, 상당 부분 그 성격이 일치하고 있음을 확인할 수 있다. 이 작품들에 등장하는 여주인공들은 공통적으로 성적(性的) 개방성을 보여 준다. 여성의 정조라든지 한 남성의 아내로서의 도덕이라든지 하는 문제에 대해 비교적 자유로운 태도를 보여 준다. 이러한 여주

◆ 이상 소설과 기법으로서의 메타픽션

인공의 태도에서 드러나는 이중성과 기만성은 「종생기」와 「실화」에서도 경멸적으로 묘사된 바 있다. 그런데 「동해」의 경우에는 여주인공을 정점으로 하는 상대적인 두 남성과의 삼각관계가 언제든지 남성 주인공에게만 문제적인 상태로 제기된다는 점이 흥미롭다. 이 소설에서 두드러지게 드러나고 있는 메타적 글쓰기의 방법은 이들 여주인공의 교활한 이중적 태도와 이에 대하여 고심하는 남성 주인공의 입장을 상대적으로 제시하는 데 효과적이다.

소설 「동해」에서 볼 수 있는 메타픽션으로서의 특징은 이 작품만이 가지는 고유의 특징은 아니다. 일반적으로 소설은 메타적 글쓰기에 일정 부분 의존한다. 메타적 글쓰기는 허구적인 서사의 내부 세계와 외부 세계 사이의 관련성을 탐색하기 위해 필요하다. 메타적 글쓰기는 하나의 소설을 창작하면서 동시에 그 소설이 만들어지는 과정을 그대로 따라서 진술하는 방식을 취한다. 이러한 방법은 창작의 과정과 비평의 방식의 차이를 없애 버린다. 그리고 소설의 세계라는 것이 어떤 구조에 서로 얽혀 있는 상호 의존적인 기호 체계라는 점을 인식시켜 준다. 그렇기 때문에 메타적 글쓰기는 허구와 리얼리티와의 관계에 의문을 제기하면서 소설의 위상에 자의식적이고 체계적인 관심을 갖는 허구적인 글쓰기*라고 할 수 있는 것이다.

소설 「동해」의 메타적 글쓰기는 서사 자체가 자기 탐닉적 요소에만 집착하고 있다는 문제점을 드러낸다. 이러한 자기 집착의 경향은 이상의 소설이 사회적 역사적 현실로부터 도피하거나 초월하고 있다는 비판으로부터 자유로울 수 없음을 의미한다. 이상의 소설이 자의식의 과잉 상태에 빠져 있다고 비판받거나 불확실한 자기 반영성을 넘어서지 못하고 있다고 지적당하는 이유가 여기 있다. 그리고 이러한 경

---

* Patricia Waugh, 김상구 옮김, 『메타픽션(Metafiction: The Theory and Practice of Self-Conscious Fiction)』(1984), 16쪽.

향이 자기 탐닉과 문학적 퇴폐의 한 징후처럼 읽혀 왔다는 점도 간과할 수 없는 일이다. 그러나 이러한 관점은 리얼리즘적 소설의 전형에 근거한 판단일 뿐이다. 현실 세계의 리얼리티 자체가 근본적인 회의에 봉착해 있는 상황에서 이상 소설이 보여 주고 있는 메타적 글쓰기는 먼저 자기 반영성의 원리를 통해 개인의 소외 현상과 파멸의 과정을 추적한다. 이것은 도덕적으로 무책임하고 퇴폐적인 것이 아니라 오히려 바로 그러한 경향을 보이고 있는 현실을 해체한다는 점에서 하나의 역설적 요소를 담고 있다.

「종생기」와 메타픽션 그리고 소설적 패러디

소설 「종생기」는 1937년 5월 《조광》에 발표된 작품이다. 이 소설은 유고(遺稿)의 형태로 소개된 것은 아니지만 이상의 죽음(1937. 4. 17)을 알리는 소식과 함께 비슷한 시기에 잡지에 소개된다. 이상이 생전에 이미 이 작품을 완성하여 잡지사로 보냈던 것이지만, 이 소설의 이야기를 통해 이상은 자신의 죽음을 실로 절묘하게 암시하고 있다. 그렇기 때문에 소설 「종생기」는 스스로를 향한 자학과 냉소를 통하여 삶의 고뇌를 그대로 표출하고 있는 작가 자신의 이야기를 들려준다. 이 소설은 서사의 속성 자체를 이해하기 어려울 정도로 패러디의 방식을 활용하고 있지만, 이상의 글쓰기가 보여 주는 메타픽션의 기법이 이채롭다는 점을 부인할 수 없다.

소설 「종생기」는 이렇게 시작된다.

郤遺珊瑚—— 요 다섯字동안에 나는 두字以上의 誤字를 犯했는가싶다. 이것은 나스스로 하늘을 우러러 부끄러워할일이겠으나 人智가발달해가는面目이 실로 躍如하다.

죽는한이 있드라도 이 珊瑚채찍을랑 꽉 쥐고죽으리라 내 廢袍破笠
우에 退色한亡骸우에 鳳凰이 와 앉으리라

나는 내「終生記」가 天下 눈있는선비들의 肝膽을 서늘하게해놓기를
애틋이 바라는 一念아래의만큼 奢侈한 내맵씨의 節約法을 披瀝하야보
인다. (후략)

이 서두 부분에서 작중 화자인 '나'는 소설 「종생기」의 이야기가 서
사화되는 과정을 미리 암시한다. 그리고 작가 자신의 의도를 교묘하게
감추기도 하고 드러내기도 한다. 「종생기」의 서사가 메타픽션으로서
의 성격을 지니고 있음을 알 수 있다. 여기서 주목되는 메타픽션의 새
로운 글쓰기 전략*은 소설을 통해 소설 텍스트 내부의 세계를 반영하
는 데에 더 큰 관심을 보여 주는 특이한 방식을 말한다. 이것은 소설을
통해 현실 세계를 전체적으로 반영한다든지, 소설을 통해 삶의 실재성
을 추구한다든지 하는 리얼리즘적 관점을 거부하고 있음을 말해 준다.
「종생기」에 드러나 있는 메타픽션의 속성은 크게 두 가지로 구분하여
검토할 수 있다. 하나는 자의식(self-consciousness)적 경향이며 다른 하
나는 자기 반영(self-reflection)적 경향이다. 이 두 가지의 경향은 서로
겹쳐 있기 때문에 명확하게 구분하기조차 어렵다. 두 가지 경향이 모
두 동일 텍스트에서 함께 드러나는 특징인 데다가 패러디의 장식이나
아이러니의 기법을 활용하기 때문이다.**

이상의 문학이 전반적으로 자의식적 경향이 강하다는 것은 널리
알려진 사실이다. 기왕의 연구에서 수없이 지적되어 온 심리적 경향이
라든지 무의식적 속성이라든지 하는 것들은 사실 모두가 자의식적인

---

* 이상 문학에 드러나는 메타적 글쓰기의 특징에 대해서는 김윤식, 『이상 문학 텍스트 연구』(서울
대 출판부, 1998)와 김주현, 『이상 소설 연구』(소명출판, 1999) 등에서 지적된 바 있다.
** Linda Hutcheon, *Narcissistic Narrative: The Metafictional Paradox*(New York: Methuen, 1984)의 경
우에는 메타픽션의 자기 반영성에 더 많은 관심을 기울인다.

속성을 말하는 것으로 볼 수 있다. 그런데 이러한 자의식적 경향은 필연적으로 자기 반영적 요소를 담게 된다. 소설이라는 것이 현실에 대해 거울을 비추고, 그 거울을 통해 드러나는 실재의 세계를 객관적으로 재현하고자 한다는 것은 본질적인 문제에 해당한다. 그러나 서사에서의 자기 반영성이란 이와는 전혀 다른 속성을 지닌다. 여기서는 외부의 객관적인 현실 세계가 묘사의 중심을 이루는 것이 아니라 텍스트 내부에서 이루어지는 허구적 텍스트의 창작 과정 자체에 관심이 집중된다. 말하자면 소설 속에서 소설이 창작되는 과정 자체를 보여 준다는 점이다. 이상의 소설 가운데에는 「종생기」만이 아니라 「날개」, 「동해」 등에서도 이러한 메타픽션의 글쓰기의 특징이 잘 드러나 있다.

앞에 인용한 「종생기」의 서두 부분에 드러나 있는 작가의 개입은 작가 자신의 글쓰기에 대한 독자의 관심을 끌어모으기 위한 하나의 전략이라고 할 수 있다. 실제로 이 소설에 작가는 "나는 내 「終生記」가 天下 눈있는 선비들의 肝膽을 서늘하게해놓기를 애틋이 바라는 一念아래의만큼 咨啬한 내맵씨의 節約法을 披瀝하야 보인다."라고 독자들을 향하여 자기 의도를 밝힌다. 이것은 마치 '제가 만드는 새로운 이야기를 제 방식대로 끝낼 수 있도록 참고 읽어 주시기 바랍니다.'라고 말하는 것이나 다름없다. 실제로 「종생기」의 이야기 속에는 작가 자신의 이름과 동일한 주인공이 등장한다. 그러므로 이 소설의 이야기에 등장하는 '나'는 작가 자신과 혼동되기도 한다. 서사를 주도하고 있는 작중 인물인 '나(이상)'과 경험적 자아로서의 '나(작가 이상)'의 목소리가 서로 뒤섞여 나타나고 있기 때문이다.

소설 「종생기」의 첫 문장은 '극유산호(郤遺珊瑚)'라는 한문 구절로 시작된다. 이 구절이 당나라 시인 최국보(崔國輔)의 「소년행(少年行)」이란 시에서 인유한 것임은 일찍부터 알려져 왔다.* 한시의 원문은 아래와 같다.

---

* 여영택, 「이상의 산문에 대한 고구」,《국어국문학》 39·40호(1968) 참조

遺郤珊瑚鞭(유극산호편)　산호 채찍을 잃고 나니
白馬驕不行(백마교불행)　백마가 교만해져 가지 않는다.
章臺折楊柳(장대절양유)　장대(지명, 유곽 있는 곳)에서 여인을 희롱하니
春日路傍情(춘일노방정)　봄날 길가의 정경이여.

　이 한시의 첫 구절은 '遺郤珊瑚鞭'이라는 다섯 글자로 이루어져 있다. 이 구절을 따라 읽어 보면 작품 속에 그려지는 정경이 드러난다. 시적 화자는 '산호 채찍'을 들고 백마를 타고 간다. 그러다가 잠깐 '산호 채찍'을 잃어버린다. 채찍이 없으니 가던 길로 말을 몰아갈 수가 없게 된다. 말이 주인의 뜻을 거스르니 길을 멈출 수밖에 없다. 결국 장대에 머물게 되고 거기서 거리의 여인을 희롱하게 된다. 모든 것이 봄날의 정취와 어울린다. 이 시에서 거리의 여인을 만나 희롱하는 '소년행'의 일탈은 산호편을 잃은 탓도 아니고 말이 교만해서 그리 된 것도 아니다. 봄날의 흥취와 함께 거기에 젊음이 있었던 것이다.

　소설 「종생기」는 「소년행」의 첫 구절 '遺郤珊瑚鞭'을 의도적으로 바꾸어 놓는 패러디의 방식으로 이야기를 시작한다. 첫머리의 두 글자인 '유극(遺郤)'은 그 순서를 바꾸어 써 놓고, 마지막의 '편(鞭)' 자를 탈락시켜 버린 채 '극유산호(郤遺珊瑚)'라고 쓰고 있다. 그러면서 바로 뒤에 "다섯 자 동안에 나는 두 자 이상의 오자를 범했는가 싶다."라고 밝힌다. 이 의도적인 글자 바꾸기 방식 속에 「종생기」의 이야기를 이해하는 데에 필요한 '산호편'의 열쇠가 숨어 있다.

　'산호편'이란 무엇인가? 여기서 '산호편'은 단순한 말채찍을 뜻하기도 하지만, 자신의 신분과 위상을 말하기도 한다. 어찌 보면 자기 자신의 굳은 의지 또는 높은 기상을 상징한다고 할 수 있다. 「종생기」의 작중 화자로 분장한 작가는 "죽는 한이 있더라도 이 산호(珊瑚) 채찍일랑 꽉 쥐고 죽으리라."라고 진술했다. 그렇지만 이러한 진술 자체가 자기 의지에 대한 일종의 위장술에 지나지 않는다. '산호편'을 절대로 놓

지 않겠다고 말하고 있지만, 실상은 이 작품의 첫 대목에서 벌써 '산호편'의 '편' 자를 빼놓고 있다. 이 기호적 변형은 텍스트 차원에서 이루어진 작위적인 일탈이지만 서사 내적 공간에서는 '산호편'의 상실 또는 부재를 암시한다. 이것은 이미 '산호편'을 잃어버렸음을 말해 준다. 절대로 놓지 않겠다는 '산호편'이 이미 텍스트상에서는 하나의 탈락된 기호에 불과할 뿐이기 때문이다. 그러므로 「종생기」라는 소설의 모순적 글쓰기는 자연스럽게 그 서사 속에 최국보의 「소년행」의 구절 그대로를 재현할 수밖에 없게 된다. 거리의 여인을 만나 자신의 체통과 위신을 잃어버린 채 서로 희롱했던 봄날의 정경, 이러한 「소년행」의 이야기가 서사적으로 재현되면서 소설 「종생기」가 탄생한다. 이 소설은 「소년행」의 서사적 패러디를 주축으로 하여 "종생기"라는 이름의 자기 파멸의 과정을 그려 낸다. 일반적으로 '종생'이라는 말은 두 가지 의미를 가진다. 하나는 '한평생을 마치다.'라는 뜻으로 이해할 수 있다. 생을 마감한다는 '죽음'의 의미가 여기에 담긴다. 또 다른 하나는 '목숨을 다하기까지.'라는 뜻이다. '살아 있는 동안 내내'라는 뜻으로 본다면 '평생 동안'이라는 의미가 여기 덧붙여진다. 여기서 「종생기」는 이 두 가지의 뜻을 동시에 담고 있는 중의적인 것임에 주목할 필요가 있다.

소설 「종생기」는 작가 자신이 서두에서 밝힌 의도대로 그 서사의 출발을 위해 다음과 같이 이른 봄날의 시냇가에 한 여성을 등장시킨다. 이 장면은 텍스트 내에서 구조화된 서사의 출발점에 해당한다. 그러므로 텍스트 바깥의 실재적인 현실 공간과는 관계없이 허구화된 형태로 모든 요소들이 제시된다.

> 「치사(侈奢)한 소녀(少女)는」, 「해동기(解凍期)의 시냇가에 서서」, 「입술의 낙화(落花)지듯 좀 파래지면서」, 「박빙(薄氷) 밑으로는 무엇이 저리도 움직이는가 고」, 「고개를 갸웃거리는 듯이 숙이고 있는데」, 「봄 운기를 품은 훈풍(薫風)이 불어와서」, 「스커트」, 아니 아니, 「너무나.」 아니

◆ 이상 소설과 기법으로서의 메타픽션

아니, 「좀」, 「슬퍼 보이는 홍발(紅髮)을 건드리면」 그만. 더 아니다.

　이 장면에서 그리는 '소녀'의 모습은 이른 봄의 정경과 한데 어울린다. '훈풍'이 불면서 소녀의 스커트를 건드리고 붉은 댕기 머리를 스친다. 그러나 이 대목은 실재적 현실의 모방이 아니라 최국보의 「소년행」이 암시한 바 있는 봄날 길가의 정경(春日路傍情)을 위해 꾸며낸 장면이라고 할 수 있다. 이러한 봄날의 정경에 맞춰 주인공으로 등장하게 되는 것은 작중 화자인 '나'다. 그러나 '나'는 이 훈풍의 봄을 맞이할 자세를 제대로 갖추지 못했다. 작품 속에서는 이 같은 상황의 부조화를 "나는 가을. 소녀(少女)는 해동기(解凍期)."라고 표현하고 있다.

　이 서사의 첫 장면에서부터 작가의 자의식이 강하게 반영된다. 그것은 이 장면을 구성하는 모든 요소들을 문장 부호의 하나인 낫표(「」)로 묶어 놓은 데에서 확인된다. 일반적인 서술 문장에서 낫표의 사용은 그 중요성을 강조하기 위한 타이포그래피로서 시각적 효과를 겨냥한다. 그러나 이 장면에서는 모든 어구들이 실재성에 대한 모방에서 비롯된 것이 아니라 허구적 고안에 의해 배열되는 것임을 보여 주는 장치가 된다. 이러한 작가의 자의식의 표출에서 드러나는 메타적 특성은 다음의 인용에서도 볼 수 있듯이 실재성을 지향하고 있는 서사의 공간에 작가 스스로 자신을 반영하려는 시도임을 알 수 있다. 여기서 텍스트의 구성이 메타적인 글쓰기 방식에 의존하고 있다는 것은 서사에서 모방의 원리 대신에 허구의 원리를 강조하는 방향으로 조정되고 있음을 말해 주는 것이다.

　그러므로 이 소설 속에 등장하는 '나'와 '정희'라는 인물은 현실 속에 숨 쉬며 살아가는 인물이 아니라 작가 자신이 구상해 낸 허구적 존재에 불과하다는 점을 강조하게 된다. 그리고 바로 그 허구적 존재가 실제의 인물보다 훨씬 진실되고 설득력 있다고 간주하기도 한다. 이처럼 텍스트 밖에 놓여 있는 현실적 상황보다도 텍스트 내부에 존재하는 허구적인 실재에 더 큰 관심을 부여함으로써 소설 「종생기」는 그 내적 공간이 더욱 확대될 수 있는 것이다.

(1)

나는 그해 봄 에도—

부즐없는 세상이 스스로워서 霜雪같은 威嚴을 가춘몸으로 寒心한 不遇의 日月을 맞고보내지않으면 안되었다.

美文, 美文, 曖呀! 美文.

美文이라는것은 저윽이 措處하기 危險한 수작이니라

나는 내 感傷의꿀방구리속에 靑山가든나비처럼 痲醉昏死하기 자칫 쉬운것이다. 조심 조심 나는 내 맵시를 고처야할것을 안다.

나는 그날 아침에 무슨생각에서 그랬든지 니를닥그면서 내 作成中에있는 遺書때문에 끙 끙 앓았다.

(2)

나는 까므라칠뻔하면서 혀를 내야둘렀다. 나는 깜빡 속기로한다. 속고만다.

여기 이 李箱 先生님이라는 허수아비같은 나는 지난밤사이에 내 平生을 經歷했다. 나는 드디어 쭈굴쭈굴하게 老衰해버렸든차에 아침(이온것)을보고 이키! 남들이보는데서는 나는 可及的 어쭙지않게(잠을) 자야되는 것이어늘, 하고 늘 니를닦고 그리고는 도로 얼른 자버릇하는것이었다. 오늘도 또 그럴 세음이었다.

사람들은 나를보고 짐짓 奇異하기도해서그러는지 驚天動地의 육중한 經綸을품은 사람인가보다 고들 속는다 그러니까 고렇게하는것이 내 시시한姿勢나마 維持식킬수있는 唯一無二의 秘訣이었다. 즉 나는 남들좀 보라고 낮에 잔다.

그러나 그편지를받고 欣喜雀躍, 나는 蓋世의經綸과 遺書의苦悶을

◆ 이상 소설과 기법으로서의 메타픽션

깨끗이 씻어버리기위하야 바로 理髮所로갔다. 나는 여간아니 豪傑답게 입설에 다齒粉을 허옇게 묻혀가지고는 그현란한거울앞에가 앉어 이제 豪華壯麗하게 開幕하랴드는 내 終生을 悠悠히 즐기기로 거기該當하게 내맵씨를收拾하는것이었다.

(3)

어떤 風景을 못지않고 風景의 根源, 中心, 焦點이말하자면 나 하나 「도련님」다운 素行에있어야 할것을傍若無人으로 强調한다. 나는 이 盲目的信條를 두눈을 그대로 딱 부르감ㅅ고 믿어야된다.

自進한「愚昧」,「歿覺」이 참 어렵다.

보아라. 이 自得하는 愚昧의 絶技를! 沒覺의 絶技를

白鷗는 宜白沙하니 莫赴春草碧하라.

李太白. 이 前後萬古의 으리으리한「華族」나는 李太白을 닮기도 해야한다. 그렇기 위하야 五言絶句 한줄에서도 한字가량의 泰然自若한 失手를 犯해야만 한다. 絢爛한門閥이 풍기는 可히 犯할수없는 氣品과 勢道가 넉넉히 古詩한節쯤 서슴ㅅ지않고 상차기를 내어놓아도 다들 어수룩한 체들하고 속느니 하는 교만한迷信이다.

곱게빨아서 곱게다리미질을 해놓은 한벌 슈미— 스의 꼬빡속는 淸節처럼 그렇게 雅淡하게 나는 어떠한 跌蹉에서도 거뜬하게 얄미운 微笑와함께 이러나야만 하는것이니까—

앞의 인용들은 이 소설의 메타적 글쓰기 방식을 보여 주는 여러 가지 사례들을 가려 뽑은 것이다. 텍스트 내부에서 명시적으로 제시되는 자기 반영적 요소들이 혹은 패러디의 방식으로 혹은 글자 바꾸기와 같은 문자 놀이의 방식으로 표출되고 있다.

소설「종생기」에서 이야기는 한 통의 속달 편지가 '나'에 배달되는 순간부터 긴박하게 전개된다. '나'는 정희라는 여성으로부터 사랑을 고백하는 편지를 받는다. 이 편지에는 "저의 最後까지 더럽히지 않은 것을 先生님께 드리겠읍니다. 저의 히멀건 살의 魅力이 이렇게 다섯 달 동안이나 놀고 없는 것은 참 무었이라고 말할 수 없이 아깝습니다. 저의 잔털 나스르르한 목 영한 온도가 先生님을 기다리고 있읍니다. 先生님이어! 저를 부르십시오. 저더러 영영 오라는 말을 안 하시는 것은 그것 亦是 가신적 경우와 똑같은 理論에서 나온 苟苟한 人生辯護의 치사스러운 手法이신가요? 永遠히 先生님 「한 분」만을 사랑하지요. 어서 어서 저를 全的으로 先生님만의 것을 만들어 주십시오."라고 적혀 있었던 것이다. 그러나 '나'는 이 유혹의 편지 내용을 크게 신뢰하지는 않는다. 그러면서도 '나'는 약속된 날짜(3월 3일)에 약속 장소를 찾아가기 위해 이발소에서 머리를 깎고 외출을 준비한다.

'나'와 정희의 만남은 약속된 장소에서 이루어지고 두 사람은 겉보기에는 "이 땅을 처음 찾아온 제비 한 쌍처럼 잘 앙증스럽게 만보"하는 여유를 드러내며 서로를 탐색한다. 이 과정에서 '나'는 먼저 정희의 표정을 살펴보고 그 의중을 떠보지만 정희는 보냈던 편지 내용과는 달리 일체 감정적 반응을 드러내지 않는다. '나'는 자신을 돌아보고 정희의 확고한 부동자세에 눌려 버린 채 스스로 발을 돌린다. 그러다가 이제 자신이 더 머뭇거릴 수 없음을 알게 된다. 정희를 향한 불같은 열정이 가슴에서부터 끓어올랐기 때문이다. '나'는 스스로 점잖게 처신할 생각도 버리고 먼저 정희에게 접근하고자 한다. 그리고 자신을 죽은 것으로 치부하면서 이렇게 한 줄의 묘지명을 쓰게 된다.

墓誌銘이라. 一世의鬼才 李箱은 그通生의大作「終生記」一篇을남기고 西歷紀元後一千九百三十七年丁丑三月三日未時 여기 白日아래서 그 波瀾萬丈(?)의生涯를 끝막고 문득 卒하다. 享年 滿 二十五歲와 十一個月. 嗚呼라! 傷心커다. 虛脫이야 殘存하는 또하나의 李箱 九天을우러러號哭하고 이 寒山 一片石을세우노라. 愛人貞姬는 그대의 歿後 數三人의 秘

妄된바있고 오히려 長壽하니 地下의 李箱아! 바라건댄 瞑目하라.

그러나 '나'의 죽음에 대해 서술하고 있는 이 묘지명은 하나의 자기 위장술에 지나지 않는다. 이 묘지명은 체면을 강조하고 명분을 내세우면서 정희와 적당히 거리를 두었던 '나'를 자신으로부터 벗겨 내기 위한 술책이다. 이 묘지명대로 '나' 자신은 이미 죽은 것이나 마찬가지다. 이제 과거의 '나'는 죽었다고 치고 정희와 거리를 둔 채 체면을 차리고 머뭇거릴 필요가 없어진 셈이다. 정희에게 가까이 가고자 하는 욕망을 감출 필요도 없다. 이전의 '나'로부터 벗어난 '나'는 돌렸던 발걸음을 멈추고 담배 한 갑을 사고는 다시 재바르게 정희와 보조를 맞춘다. 그리고 "그리 칠칠치는 못하나마 이만큼 해 가지고 이 꼴 저 꼴 구지레한 흠집을 살짝 도회(韜晦)하기로 하자. 고만 실수(失手)는 여상(如上)의 묘기(妙技)로 겸(兼)사 겸(兼)사 메꾸고 다시 나는 내 반생(半生)의 진용(陣容) 후일(後日)에 관해 차근차근 고려하기로 한다."라고 자기변명을 늘어놓으면서 정희에게 접근하는 것이다.

소설 「종생기」의 이야기는 '나'의 삶과 정희의 삶의 과정을 인유(引喩)적으로 대비하여 서술하면서 그 중반을 넘어선다. 양반의 자제로 태어나 신산스런 삶을 살아온 '나'의 피폐한 모습은 모파상의 단편 「비곗덩어리」를 패러디한 정희의 삶과 대비되면서 더욱 선명하게 부각된다. 두 사람은 점차 마음을 열고 함께 걷는다. '나'는 정희의 어깨에 손까지 얹는다. '나'는 홍천사 구석방으로 정희와 함께 들어서기까지 수도 없이 자신의 삶을 회의하고 반성한다. 그러나 그렇게 지켜보고자 했던 '산호편'은 이미 사라져 버린 지 오래다. 더 이상 꾸물거릴 필요가 없다. 물론 작가는 아래 (1)의 예처럼 이 장면에도 스스로 개입하여 설명을 늘어놓으면서 독자들을 자기편으로 끌어들이고자 한다. 그리고 홍천사 구석방에서 벌어지는 두 사람의 격렬한 정사 장면은 (2)와 같이 전투처럼 묘사된다.

(1)

興天寺 으슥한 구석방에 내 終生의竭力이 貞姬를 이끌어들이기도전
에 나는 밤 쓸쓸히 거즛말개나 해놓았나보다.

나는 내가 그윽히陰謀한바 千古不易의蕩兒, 李箱의 자자레한 文學
의貧民窟을 攪亂식히고저하든 가지가지 珍奇한 연장이 어느겨를에 삐
믈르기 시작한것을 여기서 께단해야 되나보다. 社會는 어떻궁, 道德이
어떻궁, 內面的省察 追求 摘發 懲罰은 어떻궁, 自意識過剩이어떻궁, 제
깜냥에 번즈레한 漆을 해내어걸은 치사스러운 看板들이 未嘗不 우수꽝
스럽기가 그지없다.

「毒花」

足下는 이 꼭뚝 각시같은 語彙한마디를 暫時 맡가지고 게서보구려?

(2)

興天寺 으슥한 구석 房한간 방석두개 火爐한개. 밥상술상—

接戰 數十合. 左衝右突. 貞姬의 허전한關門을 나는 老死의힘으로 디
리친다. 그렇나 도라오는 反撥의 凶器는 갈때보다도 몇倍나 더큰 힘으
로 나 自身의손을식혀 나自身을 殺傷한다.

지느냐. 나는 그럼 지고그만두느냐.

나는 내 마즈막 武裝을 이 戰場에 내어세우기로하였다. 그것은 즉
酒亂이다.

한몸을 건사하기조차 어려웠다. 나는 게울것만같았다. 나는 게웠다.
貞姬 스카—ㅌ에다. 貞姬 스턱킹에다. 그리고도 오히려 나는 不足했다.
나는 일어나 춤추었다.

이 소설은 이 격정의 대목으로 끝나지 않는다. 격렬하게 정사를 치
른 후 '나'는 술을 핑계 삼아 정희의 속셈을 알아내기 위해 크게 주정
을 부린다. '나'를 말리던 정희의 스커트 자락 속에서 방바닥으로 떨어

695 ◆ 이상 소설과 기법으로서의 메타픽션

진 편지 한 통. 그 내용을 펼쳐 본 나는 그 자리에서 혼절한다. 그 편지는 '나'와 정희가 만나고 있는 바로 그날 밤에 다시 정희를 만나자면서 다른 사내가 보낸 속달 우편이었던 것이다. 정희가 '나'를 만난 후 돌아가서는 밤에 그 사내를 만날 계획이라는 것을 순간적으로 눈치챈 '나'는 자리에서 일어설 기력조차 없어 그 자리에서 혼절하듯 쓰러진다. 자기 순정한 사랑을 받아 달라고 '나'에게 보냈던 정희의 편지가 거짓이었음은 물론이다. '나'는 교활한 정희의 유혹을 뿌리치지 못하고 거짓된 사랑놀음에 빠져들었던 자신을 후회하고 자책한다. 정희는 쓰러져 있는 '나'를 흥천사 구석방에 그대로 남겨 둔 채 그 자리를 떠나 버린다. 소설 「종생기」가 그려 낸 '나'와 정희의 데이트는 이렇게 끝난다. 「소년행」의 이야기와 같이 봄날의 춘흥을 이기지 못한 소년의 객기라고 하기에는 이야기 자체가 어처구니없게도 싱겁다.

「종생기」에서 '나'는 수많은 인유를 통해 동서의 명문을 소설의 내용 속으로 끌어들이면서 '나' 자신의 모습과 정희의 경우를 대비하고자 한다. 이 특이한 서술법은 소설의 마지막 장면을 위한 수식에 불과하지만 '나'의 직접적 진술 속에 드러나는 자의식과 거기 드리워진 자기 반영성의 깊이에 주목해야 한다.

(1)

윗니는 좀 잇새가 벌고 아랫니만이고흔 이 漢鏡같이 缺陷의美를 가춘 깜쪽스럽게 새침미를띌줄아는 얼골을보라. 七歲까지 玉簪花속에 감춰두었든 장粉만을발르고 그후 粉을발른일도 세수를 한일도없는것이 唯一의 자랑꺼리. 貞姬는 사팔뚜기다. 이것은 무엇으로도 對抗하기어렵다. 貞姬는 近視六度다. 이것은 무었으로도 對抗할수없는 先天的勳章이다. 左亂視 右色盲 아 ─ 이는 實로 完璧이 아니면무엇이랴.

속은후에 또속았다. 또 속은후에 쏘 속았다. 未滿 十四歲에 貞姬를 그 家族이 强行으로 賣春식켰다. 나는 그런줄만알았다. 한방울눈

696

물 — 그렇나 家族이 强行하였을때쯤은 貞姬는 이미 自進하야 賣春한후 오래오래 後다. 당홍당기가 늘 貞姬등에서 나붓겼다. 家族들은 不意에 올 災앙을막아줄 단하나 값나가는 다홍당기를 忌憚없이 믿었것만 —

그렇나 — 不義는 貴人답고 참 즐겁다. 간음한處女 — 이는 不義중 에도 가장 즐겁지않을수없는 永遠의密林이다.

(2)

나는 自己紹介를한다. 나는 貞姬에게 分手를 지기싫기때문에 殘忍 한 自己紹介를하는 것이다. 나는 베(稻)를 본일이없다. 自轉車를 탈줄모 른다. 生年月日을 가끔 잊어버린다. 九十 老祖母가 二八少婦로 어는 하 늘에서 시집온 十代祖의古城을 내손으로 헐었고 綠葉千年의 호도나무 아람두리 根幹을 내손으로 베었다. 銀杏나무는 원통한家門을 骨髓에진 이고 찍혀너머간뒤 長長 四年 해마다 봄만되면 毒矢같은 싹이 엄 돋는 것이었다.

나는 그렇나 이모든것에 견뎠다. 한번 柘榴나무를 휘어잡고 나는 廢 墟를나섰다. 早熟 爛熟 감(柿)썩는 골머리 때리는 내. 生死의岐路에서 莞爾而笑. 慓悍無雙의 瘠軀 陰地에蒼白한꽃이피었다. 나는 未滿 十四歲 ㅅ적에 水彩畵를 그렸다. 水彩畵와 破瓜. 보아라 木箸같이 야윈팔목에 서는 三冬에도 김이 무럭무럭 난다.

앞의 인용에서 (1)은 정희를 설명하고 있는 대목이다. 정희의 어린 시절부터 시작하여 그 성장 과정을 그렸다. 여기서 주목해야 할 것은 정희가 나이 14세부터 가족을 위해 집을 나와 일을 하게 되었다는 것 이다. 정희는 가족을 위해 직업을 가지게 된 '일하는 여성'이다. 그러 나 당시에는 여성의 사회 진출 자체가 부정적 시선으로 인식되었던 점 을 간과해서는 안 된다. 직업 전선에 나와 있던 정희는 성적(性的)으로 개방적인 태도를 보여 준다. 이를 두고 주인공인 '나'는 정희가 '간음한 처녀'라고 지목하고 있는 것이다. 이와 같은 설명은 결국 '나'를 사랑한다는 편지를 보내온 정희의 진정성을 신뢰하기 어렵다는 점을 미리 암시하고 있는 셈이다.

그런데 (2)는 '나'의 처지를 설명한 대목이다. 농사를 지어 본 적도 없는 '나'는 정희와 같은 나이인 14세에 수채화를 그리기 시작했다. 대대로 내려오던 양반 가문의 가대를 모두 거덜 낸 몸으로 지금은 생사의 기로에 서 있는 중이다. 이러한 '나'의 진술은 그대로 작가 이상이 자신의 삶을 빗대어 언급한 것이라고 할 수 있다. 이러한 자기 반영적 요소는 소설 속의 여러 장면에서 찾아볼 수 있다.

> 잘못빚은 蒸편같은 詩몇줄 小說서너편을 꾀어차고 조촐하게 登場하는것을 아 무엇인줄알고 깜빡속고 서뿔리 손벽을 한두번 첬다는罪로 제게집 간음당한것 보다도 더 큰 망신을 一身에 질머지고 그리고는 앙탈비슷이 시침이를 떼지않으면 안되는 어디까지든지 치사스러운 禮儀節次 — 魔鬼(터주가)의 所行(덧났다)이라고 돌려버리자?
>
> 「毒花」
>
> 勿論 나는 來日새벽에 내 길드른路上에서 無慮 내게 匹敵하는 한 숨은 蕩兒를 邂逅할른지도 마치 모르나, 나는 신빠람이난 巫당처럼 어깨를 칙혔다 첬혔다하면서라도 風磨雨洗의苦行을 얼른 그렇게 쉽사리 그만두지는 않는다.
>
> 아 — 어쩐지 全身이 몹시 가렵다. 나는 無緣한衆生의 뭇 怨恨탓으로 惡疫의犯함을 입나보다. 나는 은근히 속으로 앓으면서 토일렡 정한대야에다 兩손을 정하게 썻은다음 내자리로 도라와앉어 차근차근 나自身을反省 悔悟 — 쉬운말로 자자레한 세음을 좀 놓아보아야겠다.

앞의 인용은 '나'의 입을 빌려서 공개하고 있는 작가 이상의 내면 의식이라고 할 수 있다. 그런데 삶에 대한 환멸을 보여 주는 이 진술

속에는 특이하게도 신라 향가 '처용가'의 주인공 처용의 형상이 암시
되고 있다. 처용의 이야기에서 핵심을 이루는 '아내의 부정'이라는 모
티프를 「종생기」에서 재현하고 있다는 것은 놀랄 만한 일이다. 『삼국
유사(三國遺事)』에 기록되어 있는 처용에 얽힌 이야기가 다음과 같다.
신라 헌강왕이 개운포(開雲浦, 지금의 울산)에서 놀다가 돌아오는 길에,
용의 조화로 구름과 안개 때문에 길을 잃는다. 일관의 말에 따라 그 근
처에 용을 위하여 절을 세우도록 명하자, 곧 안개와 구름이 걷히고 용
이 아들 일곱을 거느리고 나타나 왕의 공을 칭송한다. 그 가운데 처용
이라는 아들이 왕을 따라 서울로 가게 된다. 왕은 처용에게 미녀를 아
내로 삼게 하고, 그의 마음을 잡아 두려고 급간(級干) 벼슬을 준다. 그
런데 역신(疫神)이 처용 아내의 아름다움을 흠모하여 사람의 모습으로
변신하여 밤에 처용의 집에 가서 그 아내를 범한다. 처용이 밖에서 돌
아와 잠자리를 보니 두 사람이 있으므로, 이에 노래를 부르고 춤을 추
면서 물러난다. 역신이 처용 앞에 나타나 그 태도에 감복했음을 밝힌
다. 그리고 이후로는 처용의 얼굴 그림만 보아도 그 문 안에 들어가지
않겠다고 맹세하며 사라진다. 이후 사람들이 처용의 모습을 그려 문에
붙여 사기(邪氣)를 물리치고 경사스러움을 맞는 풍습이 생겨난다.

소설 「종생기」에서는 춤을 추며 역신을 물리치는 처용의 모습을
'신바람이 난 무당'으로 패러디하고 있다. 그는 춤을 추지만 역신과 대
적할 수 없다. 그의 춤은 역신의 침노를 막아 내기 위한 것이 아니라
사랑의 배반에 따른 고통의 몸짓에 불과하기 때문이다. '처용가'에서
역신은 아름다움을 흠모하여 처용의 아내를 범한다. 그러나 「종생기」
의 여인은 스스로 자기 몸을 여기저기에 던진다. 역신은 바로 이 여인
의 내면에 웅크리고 앉아 있다. 스스로 역신이 된 여인, 그 여인의 육
체를 더듬었던 '나'는 그 악역(惡疫)의 고통을 벗어날 수 없게 된다. 그
러므로 이 소설에 등장하는 가련한 '처용'은 운명의 몸짓으로 춤을 춘
다. 악역의 침노를 받아 온몸이 가렵다. 앞의 인용의 마지막 구절은 소

　　　　　　　　◆ 이상 소설과 기법으로서의 메타픽션

설 「종생기」 속에 환생한 처용의 모습을 보여 준다. '나'는 "무당처럼 어깨를 치켰다 젖혔다 하면서라도 풍마우세(風磨雨洗)의 고행(苦行)을 얼른 그렇게 쉽사리 그만두지는 않는다." 그러면서도 스스로 절망한다. "아 ― 어쩐지 전신(全身)이 몹시 가렵다. 나는 무연(無緣)한 중생(衆生)의 뭇 원한(怨恨) 탓으로 악역(惡疫)의 범(犯)함을 입나보다."라고 혼자서 중얼거리는 대목이다. 이 참담한 모습이 결국은 소설 속의 '나'의 종생으로 변형된다.

소설 「종생기」의 대단원은 정희라는 여인의 간교한 연애에 속아 거기에 사랑이라는 의미를 붙이고자 했던 어리석은 '나'의 종생을 확인하는 것으로 끝난다. 온갖 수사와 비유를 동원하면서 정희의 거짓된 유혹에 빠져든 자신을 합리화하고자 했던 '나'는 정희의 교활함에 치를 떤다. 흥천사 구석방에서 격하게 정사를 나누고 술을 마시는 동안 '나'는 정희의 진심이 궁금해진다. 그래서 '나'는 술이 취하여 주정이라도 부리듯 난간에서 바깥으로 뛰어내리겠다고 만용을 부린다. 정희가 '나'를 만류하다가 자기 스커트 안에 숨겼던 다른 남자의 엽서를 방바닥에 떨어트린다. 바로 그날 밤에 다시 만나자는 약속을 확인하는 편지다. '나'는 그 편지를 보고 정희의 이중성에 그만 혼절한다. 죽을 때까지 '산호편'을 놓지 않겠다고 다짐했던 '나' 자신은 정희의 배신, 사랑에 대한 배반감에 치를 떤다. 하지만 정희가 '나'를 방구석에 혼자 남겨 둔 채로 절간을 빠져 나간 후 '나'는 정희의 몸에서 느꼈던 부드러움과 그 훗훗한 호흡의 감각을 떨치지 못한다. 어리석은 '나'의 종생은 마감하지만 '종생기'는 여전히 끝나지 않는다. 이 대단원을 작가는 이렇게 그린다.

나는 니를 간다.
나는 걸핏하면 까므러친다.
나는 부글부글 끓는다.

그렇나 지금 나는 이 撤天의怨恨에서 슬그머니 좀비켜스고 싶다. 내
마음의 따뜻한平和 따위가 다 그 리워졌다.

즉 나는 屍體다. 屍體는 生存하야게신 萬物의靈長을向하야 嫉妬할
資格도能力도 없는것이리라는것을 나는깨달른다.

貞姬, 간혹貞姬의 후틋한呼吸이 내 墓碑에와 슬쩍부딧는수가있다.
그런때 내 屍體는 홍당무처럼 확끈 달으면서 九天을 꾀뚤러 슬피 號哭
한다.

그동안에 貞姬는 여러번 제(내 때꼽째기도 묻은) 이부자리를 찬란한
日光아래 널어말렸을것이다. 累累한 이 내 昏睡 덕으로 부디 이 내 屍體
에서도 生前의 슬픈 記憶이 蒼穹높이 훨 훨 날아가나 버렸으면—

나는 지금이런 불상한생각도 한다. 그럼—

— 滿 二十六歲와 三個月을 맞이하는 李箱先生님이여! 허수아비여!

자네는老翁일세. 무릎이귀를넘는 骸骨일세. 아니, 아니.

자네는 자네의 먼祖上 일세. 以上

소설 「종생기」에서 작가 이상이 그려 낸 것은 결국 개인의 삶에 대
한 절망적인 회고만은 아니다. 그것은 개인의 의미를 가장 크게 부각
시킨 근대적 주체의 붕괴를 함께 말해 준다. 이 작품에서 서사의 기반
을 형성하는 요소는 기실 사랑도 연애도 아니다. 그것은 사랑 또는 연
애를 가장하여 보여 주는 인간관계의 신뢰의 붕괴이다. 절대적인 자아
를 근거로 하는 개인의 존재와 그것에 대한 신뢰가 붕괴되고 있다는
것은 새로운 시대를 살아가야 하는 인간의 운명이다. 작가 이상은 바
로 그 같은 근대적인 가치의 종언을 예고한다. 개인적 종생을 선언하
면서도 그 '종생기'는 계속될 것임을 언명하고 있다.

소설 「종생기」의 이야기는 한 여인의 사랑에 대한 배반을 「소년행」
의 패러디를 통해 구체화한다. 그러나 이 소설의 중심을 이루는 것은
이 같은 통속적 서사가 아니다. 오히려 자기 나름대로 '산호편'을 움켜

◆ 이상 소설과 기법으로서의 메타픽션

쥐고 '나'라는 화자를 내세워 표출하고자 했던 고백적 진술의 형식 자체가 무게의 핵심을 이룬다. 말하자면 작가로서의 자신의 삶에 대한 회의와 반성, 인생과 죽음, 문학과 예술에 대한 단상 등이 이 작품의 핵심에 해당한다는 말이다.

◆ 패러디와 상호 텍스트적 공간

이상의 소설 「봉별기」와 「실화」는 자신이 겪었던 여성과의 관계를 바탕으로 이야기가 전개된다. 작가가 자신의 사적 체험 영역을 그대로 소설의 공간 속으로 끌어들이고 있다는 점에서 볼 때는 당대에 유행했던 일본의 '사소설(私小說)' 경향과 맥락을 같이한다고 할 수 있다. 실제 두 작품 속에서 작중 화자인 '나'는 '작가 이상'으로 표시된다. 「봉별기」에서는 한때 이상과 동거했던 여인 금홍이 여주인공으로 등장시켜 그 만남과 헤어짐의 과정을 담담하게 풀어놓고 있다. 「실화」의 경우는 이상이 동경으로 떠나기 전에 결혼했던 여인을 '연'이라는 이름으로 바꾸어 등장시킨다. 그리고 몇몇은 'C', 'Y' 등의 익명으로 처리하고 '지용(정지용)', '유정(김유정)' 등은 실명으로 소설의 무대로 끌어올린다. 그러므로 「봉별기」와 「실화」에는 작가 이상의 삶의 궤적을 통해 확인 가능한 경험적 사실과 그 소설적 변형이 함께 뒤섞여 나타난다. 이상이 실제로 금홍이라는 여인과 동거했던 과정이라든지 '변동림'이라는 신여성과 결혼식을 올렸던 사실을 소설의 이야기와 연결시켜 보게 되는 이유가 여기 있다.

「봉별기」와 「실화」의 이야기는 하나의 소설이다. 이 두 편의 소설에서 핵심을 이루는 사건은 남녀의 사랑과 이별, 결혼과 부부 생활의 파탄이라고 할 수 있다. 하지만 이 사건의 내용이 사실이냐 허구냐를 따지는 일은 중요한 것이 아니다. 오히려 주목해야 할 것은 남녀의 결

703

혼, 여성의 정조 등의 문제를 놓고 패러디의 기법을 통해 다양한 텍스트의 공간으로 그 주제를 확산시켜 나가는 방법이다. 이 두 편의 소설에서 활용하고 있는 서사적 패러디의 기법은 필연적으로 상호 텍스트성의 문제를 야기한다. 실제의 경험 세계와 허구의 공간을 넘나들면서 이상이 만들어 낸 여러 형태의 텍스트들이 서로 모방하고 개작되고 변형되면서 새로운 상호 텍스트적 공간을 창출하고 있기 때문이다.

「봉별기」와 「실화」는 개인의 삶에서 중요한 위치를 차지하게 되는 결혼과 거기 수반되는 새로운 성(性) 윤리와 그 문제성을 서사화한다. 그리고 결혼과 가정이라는 사회적 제도 속에 감춰져 있는 성과 그 욕망을 그대로 노출시킴으로써 일상의 중심에 은밀하게 감춰져 있는 성의 문제성을 부각시키고 있다. 다만 「봉별기」에서는 금홍의 출분(出奔)을 통해 이를 보여 주고 있으며, 「실화」의 경우는 '나'의 동경으로의 탈출을 통해 이를 확대시켜 놓고 있는 셈이다.

소설 「봉별기」와 만남과 이별

소설 「봉별기」에서 주인공 '나'는 스물셋의 나이에 결핵 요양을 위해 온천장에 갔다가 그곳 술집에서 '금홍'이라는 여인과 만난다. 두 사람은 서로 가까워진다. '나'는 온천장을 떠나 서울로 돌아온 후에 금홍을 서울로 불러올린다. 그리고 함께 살게 된다. 그러나 두 사람의 생활은 서로 조화를 이루지 못한다. 금홍은 몇 차례의 출분을 거듭하다가 결국은 가출한다. 그리고 이들은 헤어진다.

이 작품에 등장하는 '나'의 경험은 경험적 자아로서의 작가 이상의 삶의 과정과 상당 부분 일치한다. 그리고 '나'의 상대역인 금홍 역시 이상이 한때 같이 살았던 실제 인물이라는 점을 확인할 수 있다. 이처럼 작품 속에서 허구적 자아와 경험적 자아를 일치시키는 것은 당대 일본의 사소설 형식에서 흔히 볼 수 있는 방식이다. 그러나 소설 「봉별기」의 서사 내적인 요소들을 그대로 작가 자신의 사적 경험 영역과 직결시켜 보는 것은 이 소설의 이야기가 구축하고 있는 상호 텍스트적 공간을 축소시킬 우려가 있다.

소설 「봉별기」는 그 텍스트가 모두 네 부분으로 나누어져 있다. 그리고 각 부분은 소설 속의 이야기의 전개 과정에 따라 '나'와 금홍의 만남 — 사랑 — 갈등 — 헤어짐의 단계를 분명하게 보여 준다.

스물세살이오— 三月이요— 咯血이다. 여섯 달 잘 길른 수염을 하로 면도칼로 다듬어 코밑에다만 나비만큼 남겨가지고 藥 한 제 지어들고 B라는 新開地 閑寂한 溫泉으로 갔다. 게서 나는 죽어도 좋았다.

그렇나 이내 아즉 길을 펴지 못한 靑春이 藥탕관을 붓들고 늘어저서는 날 살리라고 보채는 것은 어찌하는 수가 없다. 旅館 寒燈아래 밤이면 나는 늘 억울해했다.

사흘을 못참ㅅ고 기어 나는 旅館主人영감을 앞장세워 밤에 長鼓소리나는 집으로 찾어갔다. 게서 맞난 것이 錦紅이다.

「몇살인구?」

體大가 비록 풋고초만하나 깡그라진 게집이 제법 맛이 맵다. 열여섯살? 많아야 열아홉살이지하고 있자니까

「스물한 살이예요」

「그럼 내 나인 몇살이나 돼 뵈지?」

「글세 마흔? 서른아홉?」

나는 그저 흥! 그래버렸다. 그리고 팔짱을 떡 끼고 앉어서는 더욱더욱 점잖은 체했다.

이 소설의 첫 단계에서 그려 낸 '나'와 금홍의 만남은 예사로운 장면이 아니다. '나'는 병을 얻어 스물세 살이 되던 해 봄에 조용한 온천

◆ 패러디와 상호 텍스트적 공간

장으로 요양을 떠난다. 그리고 온천장에서 뜻하지 않게 한 여인을 만나게 된다. 그녀가 바로 금홍이다. '나'와 금홍의 만남은 예사 남녀의 만남과는 그 성격이 다르다. 금홍이가 여염집의 규수가 아니라 거리의 여인이었기 때문이다. 그러므로 이 만남의 과정 자체도 희화적으로 서술된다. 장난처럼 만나고 농(弄)처럼 이야기가 진전된다. '나'는 객기를 부리듯 금홍과의 비정상적 관계를 유지한다. 그리고 전혀 자기 내면의 심정적 반응을 드러내 보이지 않는다. 금홍이라는 여인의 존재 자체를 객관적인 거리를 두고 그리고 있을 뿐이다.

소설 「봉별기」의 둘째 단계에서는 '나'와 금홍의 동거 생활이 그려진다. '나'는 서울로 올라온 후에 금홍을 서울로 불러올린다. '나'는 금홍의 과거를 묻지 않기로 하고 함께 산다. 두 사람의 동거 생활은 결혼을 하고 이루어지는 정상적인 부부 관계는 아니지만 사랑으로 이어진 관계다. 금홍은 겨우 스물한 살이었지만 나이 서른이 넘은 것처럼 세상 물정에 밝았고, '나'는 여나믄 살을 먹은 아이처럼 그 밑에서 살아간다. 두 사람의 모습은 절름발이의 형상처럼 부조화와 불균형으로 그려진다. 금홍은 이러한 생활에 금방 흥미를 잃고 삶의 테두리를 벗어나는 일탈을 시작한다.

부즐없는 歲月이——一年이 지나고 八月, 여름으로는 늦고 가을로는 이른 그 북새통에 —— 錦紅이에게는 예전 生活에 對한 鄕愁가 왔다.

나는 밤이나 낮이나 누어 잠만 자니까 錦紅이에게 對하야 심심하다. 그래서 錦紅이는 밖에 나가 심심치않은 사람들을 맞나 심심치않게 놀고 도라오는—— 즉 錦紅이의 狹窄한 生活이 錦紅이의 鄕愁를 向하야 發展하고 飛躍하기 시작하였다는데 지나지 않는 이야기다.

그런데 이번에는 내게 자랑을 하지않는다. 않을 뿐만아니라 숨기는 것이다.

이것은 錦紅이로서 錦紅이답지 않은 일일밖에 없다. 숨길 것이 있나? 숨기지 않아도 좋지. 자랑을 해도 좋지.

나는 아모말도 하지 않는다. 나는 錦紅이 娛樂의 便宜를 도웁기 위하야 가끔 P君집에 가 갔다. P君은 나를 불상하다고 그랬든가싶이 지금 記憶된다.

나는 또 이런것을 생각하지 않았든 것도 아니다. 즉 남의 안해라는 것은 貞操를 직혀야 하느니라고! 錦紅이는 나를 내 懶怠한 生活에서 깨우치게 하기 위하야 우정 姦淫하였다고 나는 好意로解釋하고 싶다. 그렇나 世上에 흔히 있는 안해다운 禮儀를 직히는체 해본 것은 錦紅이로서 말하자면 千慮의 一失 아닐 수 없다.

이런 實없은 貞操를 看板 삵자니까 自然 나는 外出이 자졌고 錦紅이 事業에 便宜를 도웁기 위하야 내 房까지도 開放하야 주었다. 그러는中에도 歲月은 흘으는法이다.

하로 나는 題目없이 錦紅이에게 몹시 얻어마졌다. 나는 아파서 울고 나가서 사흘을 들어오지 못했다. 너무도 錦紅이가 무서웠다.

나흘만에 와보니까 錦紅이는 때묻은 버선을 윗목에다 버서놓고 나가버린 뒤었다.

이렇게도 못났게 홀애비가된 내게 몇사람의 친구가 錦紅이에 關한 不美한 꼬싶을 가지고와서 나를 慰勞하는 것이었으나 終始 나는 그런 趣味를 理解할 도리가 없었다.

버스를 타고 錦紅이와 男子는 멀리 果川 冠岳山으로 가는 것을 보았다는데 정말 그렇다면 그사람은 내가 쪼차가서 야단이나 칠까봐 무서워서 그런 모양이니까 퍽 겁쟁이다.

이 소설의 이야기의 세 번째 단계는 '나'와 금홍의 관계가 갈등으로 치달으며 결국은 파국에 이르게 되는 과정이다. '나'는 금홍이가 다른 사내들과 어울리며 밖으로 나도는 것을 알아차리고는 "천하의 여성은 다소간 매춘부의 요소를 품고 있다."라고 생각한다. 그러고는 더 이

◆ 패러디와 상호 텍스트적 공간

상 금홍을 찾으려 하지 않고 금홍과의 생활을 모두 청산한 후 본가로
돌아온다.

　　나는 긴상에게서 錦紅이의宿所를 알아가지고 어쩔것인가 망서렸다.
宿所는 동생 一心이집이다.
　　드디어 나는 맞나보기로 決心하고 그리고 一心이집을 차저가서
　　「언니가 왔다지?」
　　「어유 ─ 아제두, 도라가신 줄 알았구려! 그래 자그만치 인제온단
말슴유, 어서 드로수」
　　錦紅이는 亦是 憔悴하다. 生活戰線에서의 疲勞의 빛이 그 얼골에 如
實하얐다.
　　「네눔하나 보구저서 서울왔지 내 서울 뭘허려 왔다디?」
　　「그러게 또 난 이렇게 널 차저오지 않었니?」
　　「너 장가갔다드구나.」
　　「얘 디끼싫다. 그 육모초 겉은 소리.」
　　「안갔단 말이냐 그럼」
　　「그럼」
　　당장에 목침이 내 面上을 向하야 날라들어왔다. 나는 예나 다름이
없이 못났게 웃어주었다.
　　술床을 보왔다. 나도 한잔먹고 錦紅이도 한잔 먹었다. 나는 寧邊歌
를 한마디 하고 錦紅이는 육자백이를 한마디 했다.
　　밤은 이미 깊었고 우리 이야기는 이게 이 生에서의 永離別이라는 結
論으로 밀려갔다. 錦紅이는 銀수저로 소반전을 딱 딱 치면서 내가 한번
도 들은 일이 없는 구슬픈 唱歌를한다.
　　「속아도 꿈결 속여도 꿈결 굽이굽이 뜨내기世上 그늘진 心情에 불질
러버려라 云云」

소설 「봉별기」의 결말은 금홍이와의 마지막 만남의 한 장면을 보여 준다. 그러나 이 장면은 새로운 이야기의 연결을 위한 것이 아니라 '나'와 금홍의 관계가 이미 끝났음을 확인하는 자리로 제시된다. 풍파에 시달리며 살아가는 금홍의 모습과 함께 새로운 삶을 설계하면서 동경행을 꿈꾸고 있는 '나'의 모습이 대비되고 있을 뿐이다.

소설 「봉별기」에서 그려 낸 '나'와 '금홍'과의 만남과 사랑과 이별은 이상의 시 「오감도 시제7호」를 비롯하여 「소영위제(●素●榮●爲●題●)」와 「지비(紙碑)」에서도 여러 가지 형태로 변형되어 나타나기도 한다. 연작시 『위독』에 포함되어 있는 「추구(追求)」, 「생애(生涯)」에서도 그 변형된 모티프를 확인할 수 있다. 이러한 시적 패러디는 물론 남녀의 사랑과 이별이라는 주제 자체가 가지는 보편성과도 연관되는 것이지만 이상 자신의 개인사에서 이 대목이 상당한 의미를 지니는 아픈 경험이라는 점을 그대로 보여 준다. 여기 경험적 현실 속에서 금홍과 만나 사랑을 나누었던 이상은 소설 「봉별기」를 통해 자신의 이야기를 소설화한 작가지만, 이 소설의 장면을 다시 시로 고쳐 쓴 시인이라는 이중적 지위를 지니고 있다. 이와 같은 패러디의 기법은 단순히 다른 작품을 모방하는 것이 아니라 그 작품이 안고 있는 어떤 요소를 다시 드러내어 강조하고 있다는 점에서 특이한 텍스트의 이중 구조를 연출할 수밖에 없다. 말하자면 이야기 내용이 서로 겹친다는 뜻이다. 바로 이 텍스트상의 이중 구조가 소설 「봉별기」와 시 「오감도 시제7호」를 비롯한 여러 작품들 사이에 드러나는 상호 텍스트성이라고 할 수 있다.

「오감도 시제7호」는 이상이 '금홍'이라는 여인과 만나서 사랑을 나누고 동거하게 된 자신의 개인적 경험의 세계를 시의 공간으로 끌어들인 작품이다. '나'와 '금홍'이 처음 만나 서로 사랑하게 되는 과정은 소설 「봉별기」의 전반부에서 다분히 회화적으로 그려진 바 있다. 서울의 조선총독부 건축 기사였던 '나'는 병을 얻어 온천장에 내려와 요양하는 신세지만 술집 작부에 불과했던 '금홍'에게는 제법 남자로서의 위

◆ 패러디와 상호 텍스트적 공간

신을 세우고자 한다. 장난스럽게 시작된 만남은 더욱 깊어지고 '나'는
이 위험스런 사랑놀이를 마치 운명처럼 받아들인다. 그런데 시 「오감
도 시제7호」는 객관적 진술이 중심을 이루고 있는 「봉별기」의 경우와
는 달리 남녀의 만남과 거기서 이루어지는 애정의 갈등 문제를 회한의
정서로 표현하고 있다.

「오감도 시제7호」는 자기 모멸과 회한의 정서를 낯선 한문 구절의
기표 속에 감춰 놓고 있다. 당시 상황을 볼 때 아마도 이 시적 정황 자
체가 이상이 처했던 경험적 현실에 더 가까울 것이라는 점은 분명하
다. 이상은 가문의 전통이라든지 인습을 무시하기 어려웠을 것이고 깊
어 가는 자신의 병환의 고통과도 싸우지 않으면 안 되었기 때문이다.
그러므로 「오감도 시제7호」가 시적으로 패러디하고 있는 거리의 여인
과의 만남과 사랑이라는 「봉별기」의 서사적 모티프는 그렇게 간단히
덮어 둘 수 있는 문제가 아니다.

소설 「봉별기」의 중반부에서 그려지고 있는 '나'와 '금홍'의 갈등
은 이상의 시 「소●영●위●제」에서 비통한 어조로 묘사된다. 이 시는
여인과의 사랑과 갈등, 그리고 이별에 직면한 자신의 심중을 애절하게
노래하고 있다. 이 시는 헤어져야만 하는 여인을 위해 바치는 하나의
헌사에 해당한다고 할 수 있을 정도로 그 표현이 절절하다.

소설 「봉별기」에서 후반부의 이야기를 이루고 있는 '금홍'의 출분
은 「지비」라는 시를 통해 다시 한번 그 비애의 정서를 표출한다.

시 「지비」의 핵심적인 모티프는 '아내의 가출' 또는 '떠나 버린 여
인'이다. 이 모티프는 만남의 과정보다 훨씬 문제적이다. 그 이유는 이
상 자신이 여러 가지 형태로 이 모티프의 변형을 실험하면서 여인의
애정과 그 갈등 문제의 속성을 그려 보고 있기 때문이다. 이 시에서 아
내는 날개를 달고 새장 바깥세상으로 날아가 버린다. 새장처럼 갇혀
있던 가정이라는 울타리 안에서 아내는 끊임없이 탈출을 꿈꾸어 왔던
것이다. 이것을 놓고 아내로서의 역할을 저버린 부도덕한 행동으로 치

부한다면 지나치게 단순한 사회 윤리적 기준에 매달리는 것이 된다. 남녀의 이별이란 그 이유가 무엇이든지 간에 언제나 고통스럽고 괴로운 일일 수밖에 없는 것이다. 그런데 연작시『위독』에 포함되어 있는 「추구」,「생애」,「백화」 등의 작품을 보면 '아내'와의 불화와 그 갈등을 직접적으로 진술하고 있는 경우도 확인할 수 있다.

이상은 「봉별기」에서 비교적 '금홍'과의 만남과 결별의 과정을 회고적 진술 방식을 통해 직설적으로 그렸다. 이 소설에서 '나'는 결코 아내의 일탈과 부정을 원망하거나 증오하지 않는다. 모든 이야기는 절제된 감정으로 간략하게 서술되고 있을 뿐이다. 그러므로 이 소설이 회고적 진술 방식에 의해 서사 내적인 모든 행동과 사건을 이야기하고 있다는 것은 주목을 요한다. 서사에서 회고적 진술 방식은 언제나 서술자의 자기 내면에 대한 섬세한 분석을 가능하게 한다. 회고적 진술을 통해 이미 지나 버린 일들을 현재의 상황 속으로 끌어들여 다시 논의할 수 있기 때문이다. 그런데 이 소설에서 회고적 진술은 자기 분석을 대담하게 생략한 채 만남과 헤어짐의 과정을 간결하게 서술한다. 자신의 과거 행적을 한 여인과의 관계를 통해 보여 주고 있는 것임에도 불구하고 서술적 주체이기도 한 '나'는 철저하게 자기 내면을 감춘다. 그리고 어떤 감정적 굴곡도 드러내지 않고 담담하게 그 정황을 간략하게 서술한다. 그러므로 소설 「봉별기」는 전형적인 고백체로 발전하지 않는다. 간결한 문장, 서술적 주체의 감정에 대한 절제, 담담하게 전개되는 사건 등은 모두 서사적 상황과의 거리 두기를 위해 적절하게 고안된다. 인간의 인연으로 만났다가 헤어지게 되는 여인과의 삶에 묻어나는 희열과 고통을 담백하게 서술하고 있을 뿐이다.

그렇지만 이상은 시 「오감도 시제7호」, 「●소●영●위●제●」, 「지비」와 연작시『위독』의 「추구」,「생애」등을 통해 자기 내면의 사랑과 고통과 번뇌를 서정적으로 표현하고 있다. 자신의 사적 체험 영역에 아픔으로 자리하게 된 떠나 버린 여인을 모티프로 하여 그 시적 의미

◆ 패러디와 상호 텍스트적 공간

를 확장한 것이다. 여기서 주목되는 것은 이 텍스트들을 통해 구축하고 있는 상호 텍스트적 공간이다. 이 공간 속에서 '아내의 출분'이라는 서사의 모티프는 남성적 권위로부터 벗어나고자 하는 여성적 본능을 암시하는 것처럼 변용되기도 한다. 사적 체험 영역의 문제를 문화적으로 재해석하게 하는 상호 텍스트성의 문제가 이렇게 새롭게 제기될 수 있다는 것은 주목하지 않으면 안 될 일이다.

소설 「실화」의 공간과 상호 텍스트성

소설 「실화」는 작가 이상이 세상을 떠난 후에 잡지 《문장》(1939. 3)에 유고의 형태로 소개된 작품이다. 이상의 소설 가운데 동경 생활을 배경으로 하여 엮어진 작품은 이 소설이 유일하다. 특히 이야기의 배경 속에 '1936년 12월 23일'이라는 날짜가 나타나는 것으로 보아 그 창작 시기도 어느 정도 짐작할 수 있다. 이 소설은 매우 특이한 서사 구조를 드러낸다. 이 소설의 텍스트 자체는 모두 아홉 개의 단락으로 구획되어 있지만, 이야기의 시간은 주인공인 '나(작품 속에서는 작가 자신의 이름인 '이상'이라고 호칭됨.)'를 중심으로 이루어지는 동경에서의 하루의 일과로 국한되어 있다.

이 소설의 전반부에서 주인공인 '나'는 동경에서 'C' 양의 집에 놀러온다. 그리고 'C' 양으로부터 학교에서 공부하고 있는 소설 이야기를 들으며, 두 달 전에 서울에서 있었던 '연(姸)'이라는 여인과의 갈등과 그 헤어짐의 과정을 떠올린다. 'C' 양의 이야기를 듣고 있는 '나'의 의식 속에서는 과거(서울)와 현재(동경)의 대조적인 두 개의 공간이 서로 교차하면서 대비된다. 이 두 개의 공간은 주인공의 내면 의식과 함께 자연스럽게 연상되고 있는 것처럼 보이지만, 남녀의 애정 관계에서 정조와 간음의 문제를 중심으로 하는 갈등의 국면을 사랑의 비밀이라는 교묘한 명제를 통해 숨기고 드러내는 과정을 보여 준다.

이 소설의 후반부는 동경의 밤 풍경을 보여 준다. 'C' 양의 집을 나온 '나'는 하숙집으로 돌아오는 길에서 우연스럽게도 법정대학 유학생인 'Y' 군을 만나 함께 커피숍에서 커피를 마신 후 신주쿠의 '노바'라는 카페로 자리를 옮긴다. 'Y' 군과의 대화 속에서도 '나'는 갑작스럽게 결행했던 자신의 동경행을 다시 떠올린다. 사랑이라는 이름으로 동경행을 말렸던 '연'이라는 여인의 모습과 함께 문단의 우정으로 동경행을 만류했던 '유정'의 모습을 생각하기도 한다. '나'는 제국의 도시가 서구 문명을 뒤쫓기에 바쁜 하나의 모조품에 불과하다는 것을 짧막한 몇 개의 장면을 통해 보여 준다. 이 소설은 다음 날 아침 서울에서 날아온 두 통의 편지를 소개하는 것으로 끝난다. 하나는 '연'이라는 여인으로부터, 다른 하나는 유정으로부터 온 것이다. 모두가 서울로 돌아올 것을 권유한다.

이 소설은 표면적으로는 매우 단조로운 형식이다. 그러나 주인공의 의식 속에서는 서울에 남겨 두고 온 여인과 문우들에 대한 상념들이 동경에서 이루어지고 있는 무료한 생활과 뒤섞인다. 여기서 주목되는 것이 이 소설의 내적 공간을 확대시키고 있는 메타적 글쓰기와 상호 텍스트적 특징이다. 특히 영화적 몽타주와 쇼트 커팅의 방식으로 각각의 단락이 서로 결합됨으로써 겉보기에 단순해 보이는 이 소설의 텍스트를 중층 구조의 서사로 발전시키고 있다는 점이다. 이상 문학이 이른바 상호 텍스트성의 문제를 가장 중요한 특질로 삼고 있다는 것은 널리 알려진 바 있다.* 여기서 말하는 상호 텍스트성이란 크리스테바의 이론에 근거한다. 크리스테바의 주장에 따르면 모든 텍스트는 마치 모자이크와 같아서 서로 다른 여러 가지 인용문들로 구성되어 있다. 그러므로 하나의 텍스트는 다른 텍스트들을 흡수하고 그것을 변형시

---

* 김주현, 『이상 소설 연구』(소명출판, 1999), 125~129쪽.

킨 것에 지나지 않는다.* 이 주장은 전통적으로 인정해 온 작가의 창작 행위라는 것과 독자의 독서 행위라는 것에 대한 새로운 해석에 근거한다. 작가의 창작 행위는 독창적인 상상력에 의한 예술적 창조 행위로 인식되어 왔다. 그러나 따지고 보면 작가의 창작이라는 것이 결국은 자신이 읽어 왔던 여러 가지 다른 텍스트들의 내용을 일부 변형시키고 새롭게 해석해 낸 결과에 지나지 않는다는 사실을 알 수 있다. 텍스트의 창작은 아무것도 없는 '무'의 상태에서 새로운 '유'의 상태를 만들어 내는 것이 아니다. 독자의 독서라는 것도 주어진 하나의 텍스트를 읽는 것이라기보다는 자신이 읽어 온 여러 가지 텍스트의 독서 경험을 통해 새로운 텍스트를 보게 된다. 그리고 바로 거기서 새로운 의미를 발견한다. 결국 상호 텍스트의 문제는 텍스트를 중심으로 창작 행위와 독서 행위를 모두 아우르는 문제임을 알 수 있다.

소설 「실화」에서 상호 텍스트성의 문제는 작품 텍스트에 드러나 있는 다른 텍스트에 대한 직접적인 인용이라든지 언급을 통해 확인된다. 어떤 경우에는 텍스트의 상호 관계가 패러디의 방식으로 드러나기도 하고 메타적 글쓰기를 통해 암시되기도 한다. 이러한 특징은 텍스트의 연원이나 영향 관계를 이해하기 위해서도 그 성격이 규명되어야 한다. 전통적인 비교 문학의 방법이나 역사주의 비평에서는 당연히 이같은 인과 관계를 통한 사실적 관계의 확인에 주력한다. 그러나 상호 텍스트성의 연구는 텍스트 상호 간의 인과적 관계 규명을 위해서가 아니라 텍스트 자체의 의미 구조에 대한 새로운 해석을 목표로 한다. 상호 텍스트성이라는 것 자체가 텍스트와 텍스트 사이에 일어나는 모든 지식의 관계의 총체를 뜻하기 때문이다. 물론 이 말은 하나의 텍스트를 창작하거나 읽는 주체와 주체 사이에 일어나는 지식의 관계의 총체

---

* Julia Kristeva, trans. Thomas Gora, Alice Jardine and Leon Goudiez, *Desire in Language*,(New York: Columbia Univ. Press, 1980), p. 66.

714

로 바꾸어 볼 수도 있다. 소설 「실화」의 텍스트는 이미 존재해 온 다른 텍스트들을 의도적으로 패러디하거나 메타적으로 다시 쓰거나 새롭게 재결합하여 새로운 상호 텍스트적 공간을 구축한다. 이 소설에서 드러나고 있는 작가 이상의 독창적인 글쓰기는 그가 기존의 여러 텍스트에 의존하여 자유자재로 그것들을 해체하고 새롭게 구성하는 가운데에서 보여 준 기법과 정신에서 비롯된 것이다.

소설 「실화」의 이야기는 주인공인 '나'를 동경이라는 새로운 무대 위로 등장시키면서 시작된다. 그러나 '나'의 의식 속에는 여전히 서울에서 있었던 몇 가지 장면들이 남아 있다. 그러므로 이 소설에서는 서울과 동경의 거리(距離)를 주인공이 어떤 방식으로 의식하고 있는지 살펴보는 일이 중요하다. 작가 이상에게는 동경이라는 장소가 매우 특이한 실제적 경험의 영역에 해당한다. 이상의 동경행이 어떤 개인적 동기와 연결되어 있는지를 따지는 것은 별로 중요하지 않다. 그러나 그가 자신의 소설 속에 허구라는 이름을 달고 동경을 이야기하고 있다는 것은 주목할 만한 일이다.

이 소설에서 그려 내는 주인공 '나'의 동경행은 한 여인과의 애정 갈등에서 비롯된다. 그러나 그것은 실패한 도피 행각임이 드러난다. 소설 속에서 간음이라는 이름으로 지적되고 있는 여인의 부정한 행실은 이상의 문학 속에서 두루 다루는 모티프이다. 이것은 경험적 현실 속에서의 작가 이상의 사적 체험 영역과도 관련되어 있다. 그러나 이러한 서사의 표층 구조만으로 이 소설의 이야기를 모두 설명할 수는 없다. 왜냐하면 이 소설의 이야기에서 서사화되고 있는 것은 주인공인 '나'의 동경행 그 자체만이 아니다. 거기에는 주인공의 자의식을 보여 주는 여러 가지 장면들이 교묘하게 감춰져 있다. 이 소설이 감추고 있는 상호 텍스트성의 그물망과 그 내적 속성을 제대로 이해하지 못하는 경우에는 특이한 패러디의 정신과 그 의미의 중층성을 제대로 파악하기 어렵다.

소설 「실화」의 첫째 단락은 하나의 문장을 에피그램처럼 내세워 놓고 있다.

사람이
비밀(秘密)이 없다는 것은 재산(財産) 없는 것처럼 가난하고 허전한 일이다.

이 문장에서 '비밀'이라는 말이 지니는 의미가 유별나다. 그 이유는 이 문장이 「실화」의 텍스트에서 약간씩 변형되어 모두 네 차례나 등장하기 때문이다. 특히 이 문장에서 지시하고 있는 내용 자체가 바로 이 소설의 서사 구조에 대응한다는 점은 주목을 요한다. 그런데 이 문장은 소설 「실화」에서 처음 쓴 것은 아니다. 이상의 수필 「19세기식」에서 "비밀이 없다는 것은 재산 없는 것처럼 가난할 뿐만 아니라 더 불쌍하다."라고 쓴 적이 있기 때문이다. 여기서 말하는 '비밀'의 의미를 알아내기 위해서는 수필 「19세기식」을 섬세하게 읽어 볼 필요가 있다.

정조(貞操)
이런 경우 — 즉, '남편만 없었던들,' '남편이 용서만 한다면,' 하면서 지켜진 안해의 정조(貞操)란 이미 간음이다. 정조는 금제(禁制)가 아니요 양심(良心)이다. 이 경우의 량심이란 도덕성(道德性)에서 우러나오는 것을 가르치지 않고 '절대(絶對)의 애정(愛情)' 그것이다.
만일 내게 안해가 있고 그 안해가 실로 요만 정도의 간음을 범한 때, 내가 무슨 어려운 방법으로 곧 그것을 알 때, 나는 『간음한 안해』라는 뚜렷한 죄명(罪名) 아래 안해를 내쫓으리라.
내가 이 세기에 용납되지 않는 최후의 한 꺼풀 막(幕)이 있다면 그것은 오직 『간음한 안해는 내쫓으라』는 철칙(鐵則)에서 영원히 헤어나지 못하는 내 곰팡내 나는 도덕성(道德性)이다.

비밀(秘密)

비밀이 없다는 것은 재산 없는 것처럼 가난할 뿐만 아니라 더 불쌍하다. 정치세계(情痴世界)의 비밀 — 내가 남에게 간음한 비밀, 남을 내게 간음시킨 비밀, 즉 불의(不義)의 양면 — 이것을 나는 만금(萬金)과 오히려 바꾸리라. 주머니에 푼전이 없을망정 나는 천하를 놀려먹을 수 있는 실력을 가진 큰 부자일 수 있다.

이유(理由)

나는 내 안해를 버렸다. 안해는 '저를 용서하실 수는 없었습니까.' 한다. 그러나 나는 한번도 '용서'라는 것을 생각해본 일은 없다. 왜? '간음한 계집은 버리라'는 철칙에 의혹(疑惑)을 가지는 내가 아니다. 간음한 계집이면 나는 언제든지 곧 버린다. 다만 내가 한참 망서려가며 생각한 것은 안해의 한 짓이 간음인가 아닌가 그것을 제정하는 것이었다. 불행히도 결론은 늘 '간음이다.' 였다. 나는 곧 안해를 버렸다. 그러나 내가 안해를 몹시 사랑하는 동안 나는 우습게도 안해를 변호하기까지 하였다. '될 수 있으면 그것이 간음은 아니라는 결론이 나도록' 나는 나 자신의 준엄(峻嚴) 앞에 애걸(哀乞)하기까지 하였다.

악덕(惡德)

용서한다는 것은 최대의 악덕(惡德)이다. 간음한 계집을 용서하여 보아라. 한번 간음에 맛을 들인 계집은 두 번째도 세 번째도 간음하리라. 왜? 불의라는 것은 재물보다도 매력적(魅力的)인 것이기 때문에.

계집은 두 번째 간음이 발각되었을 때 실로 첫 번째 때 보지 못하던 귀곡적(鬼哭的) 기법(技法)으로 용서를 빌리라. 번번이 이 귀곡적 기법은 그 묘(妙)를 극(極)하여 가리라. 그것은 여자라는 동물 천혜(天惠)의 재질이다.

어리석은 남편은 그때 마다 새로운 감상(感傷)으로 간음한 안해를

◆ 패러디와 상호 텍스트적 공간

용서하겠지 ─ 이리하여 실로 남편의 일생이란 '이놈의 계집이 또 간음하지나 않을까.'하고 전전긍긍하다가 그만 두는 가엾이 허무(虛無)한 탕진(蕩盡)이리라.

내게서 버림을 받은 계집이 매춘부(賣春婦)가 되었을 때 나는 차라리 그 계집에게 은화(銀貨)를 지불하고 다시 매춘(賣春)할망정 간음한 계집을 용서하지도 버리지도 않는 잔인(殘忍)한 악덕은 범하지 말아야 한다고 나는 나 자신에게 타이른다.

위의 수필은 아내의 애정과 정조의 문제를 하나의 화제로 삼아 직접적으로 거론하고 있기 때문에 소설 「실화」의 내용과 특이한 상호 텍스트적 관계를 형성한다. 이 수필에서 이상이 문제 삼고 있는 것은 '아내의 간음'에 대한 사실적 인식과 그것에 대한 윤리적 판단 문제다. 이것은 작가 또는 지식인으로서 이상이 지니고 있는 도덕관이나 성에 대한 윤리 의식의 일반적 성향을 피력한 것처럼 보인다. 그러나 이 수필에서 논의하고 있는 문제가 이상의 사적 생활 속에서 이루어진 자기 경험의 고백과 관련된다고 하면 문제가 달라진다. 이 글의 요지는 '간음한 아내'를 용서하지 말고 버려야 한다는 것이다. 그리고 '치정 세계'에서 이루어진 일이란 '비밀'이어야 한다는 점을 강조한다. 여기서 말하는 '비밀'이란 거짓을 가장한다는 의미보다는 사적 영역에 대한 자기 보호와 같은 의미로 해석할 수 있다. 비밀이 지켜지지 않을 때 신뢰가 무너지기 마련이다. 이상은 이 글에서 자신이 아내를 버렸음을 공개한다. 그리고 절대로 아내의 간음을 용서할 수 없음을 분명히 한다. 여기서 언급하고 있는 것이 '금홍'과의 결별을 말하는 것인지 아니면 '변동림'과의 파경을 고백하는 것인지 분명하지는 않다. 그러나 이상 자신에게는 그 누구이든지 간에 '아내가 간음한 경우라면' 특히 그 사실을 알게 될 경우에는 이를 용납할 수 없음을 분명히 한다. 바로 여기서 '비밀'이라는 말의 의미가 드러난다. 그것은 어떤 방법으로도 밝힐 수 없는 사실을 의미한다. 이를 달리 표현한다면 자기만이 간직할 수 있는 비밀스러운 사랑일 수 있고, 연애의 감정일 수 있다. 이러한 정서의 영역은 누구에게나 가능한 부분이다. 그러나 어떤 경우에도 절대로 밝혀서는 안 된다. 그래야만 자기에게 소중한 재산이 된다는 해석도 가능하다.

이처럼 수필 「19세기식」의 내용을 검토해 보면, 소설 「실화」에는 작가 이상의 사적 체험 영역이 상당한 비중을 차지하고 있음을 짐작할 수 있다. 그러나 이 사적 체험의 영역은 허구적 서사로서의 텍스트 위에 그대로 미끄러져 들어오는 것은 아니다. 때로는 사실 자체가 왜곡되기도 하고 때로는 패러디의 장치를 통해 걸러지기도 한다. 매우 섬세한 소설적 장치와 치밀하게 계산된 서사화의 전략에 의해 새로운 이야기 공간을 만들어 내고 있는 것이다. 그러므로 여기저기 흩어 놓은 서로 다른 텍스트들이 서로 간섭하는 상호 텍스트적 관계를 정밀하게 규명하지 않을 경우, 경험적 요소를 곧바로 허구적 서사 영역에 대입시키는 혼란을 겪을 수밖에 없는 일이다.

소설 「실화」는 둘째 단락에서부터 이야기가 시작되며 서사 공간이 구체적으로 드러난다. 여기서 '나'라는 인물이 등장한다. '나'는 '이상 선생'으로 호칭된다. 동경이라는 장소가 밝혀진다. '나'의 상대역으로 'C 양'이라는 여성이 설정되어 있다. '나'는 지금 C 양의 집에 놀러 와 있는 중이다. C 양은 학교에서 배우고 있는 소설의 한 대목을 '나'에게 들려준다. 'C' 양이 들려주는 소설 이야기는 전후의 문맥이 모두 제거된 상태이긴 하지만 '나'의 의식 속으로 파고들면서 '연'이라는 여인과의 사랑과 결별의 장면과 서로 겹쳐진다.

　　「언더 ── 더윗취 ── 시게 아래서 말이예요, 파이앺타운스 ── 다섯 개의 洞里란 말이지요 ── 이靑年은 요世上에서 담배를 제일 좋아합니다 ── 기 ── 다랗게 꾸브러진 파잎에다가 香氣가 아주 높은 담배를 피어

　　　　　　　　◆ 패러디와 상호 텍스트적 공간

뻑 — 뻑 — 연기를 풍기고 앉었는것이 무엇보다도 樂이었답니다.」

(내야말로 東京와서 쓸데없이 담배만 늘었지. 울화가 푹 — 치밀을때 저 — 肺
까지 쭉 — 연기나 디리키지않고 이發狂할것같은 心情을 억제하는 도리가 없다.)

「연애를 했어요! 高尙한 趣味 — 優雅한 性格 — 이런것이 좋았다
는 女子의遺書예요 — 죽기는 왜죽어 — 先生님 — 저같으면 죽지 않겠
읍니다 — 죽도록 사랑할수 있나요 — 있다지요 — 그렇지만 저는모르
겠어요.」

(나는 일즉이 어리석었드니라. 모르고 妍이와 죽기를 約束했드니라. 죽도록 사
랑했것만 面會가끝난뒤 大略二十分이나 三十分 만 지나면 妍이는 내가 「설마」 하고
만 녁이든 S의 품 안에 있었다.)

「그렇지만 先生님 — 그男子의 性格이 참 좋아요 — 담배도 좋고 목
소리도 좋고 — 이小說을 읽으면 그男子의 音聲이꼭 — 웅얼웅얼 들려
오는것같아요 이 男子가 같이 죽자면 그때당해서는 또모르겠지만 지금
생각같아서는 저도죽을수있을것 같아요 先生님 사람이 정말죽을수 있
도록 사랑할수 있나요 있다면 저도그런戀愛한번 해보고 싶어요.」

(그러나 철不知 C孃이어. 妍이는 約束한지 두週日되는날 죽지 말고 우리 살자
고 그립디다. 속았다. 속기시작한것은 그때부터다. 나는 어리석게도 살수있을것을
믿었지. 그뿐인가. 妍이는 나를 사랑하느니라고 까지.)

C 양의 입을 통해 전해지고 있는 소설의 한 대목. 그 이야기를 「실
화」의 첫머리에 올려놓은 이유가 무얼까? 이 질문에 답하기 위해서
는 C 양이 소개하고 있는 소설이 대체 어떤 작품인지 확인해야만 한
다. 그 단서는 "언더 — 더웟취 — 시게 아래서 말이예요, 파이앳타운
스 — 다섯개의 洞里란 말이지요."라는 C 양의 첫마디에 숨겨져 있다.
C 양이 들려주고 있는 '웟취'라든지, '파이앳타운스'라는 말이 소설의
제목과 장면을 암시하고 있기 때문이다.

C 양이 소개하고 있는 소설은 영국의 작가 아놀드 베넷(Arnold

Benett 1867~1931)이 쓴 장편소설 「파이브 타운의 안나(Anna of The Five Towns)」(1902)다. 이 소설은 두 남자를 사랑하게 된 한 여인의 비극적인 운명을 그려 낸다. 안나는 고지식하고도 인색한 아버지 밑에서 성장한다. 그녀 앞에 한 청년이 등장한다. 그는 사업에 성공하고 힘이 넘치는 헨리로, 안나의 마음을 사로잡기에 충분한 사람이다. 두 사람은 곧 결혼을 약속한다. 그러나 안나는 마음 속에서 그녀의 아버지의 사업을 돕고 있는 가난한 청년 윌리를 지울 수가 없다. 안나는 자기 아버지의 도산해 버린 사업을 다시 일으키고자 묵묵히 일하고 있던 윌리를 보면서 자신의 사랑이 윌리였다는 것을 깨닫는다. 그러나 그녀는 이제 돌이킬 수 없다는 것을 알고 괴로워한다. 소설의 결말에서 윌리는 안나를 떠나 멀리 호주로 가 버린다.* 소설 「실화」에서 C 양이 소개하고 있는 이야기의 장면은 「파이브 타운의 안나」의 제10장 "섬(Isle)"의 한 장면이다. 안나와 헨리가 함께 해변을 거닐며 사랑을 속삭인다. 헨리는 파이프 담배를 물고 있다. 멀리 해변을 내려다 볼 수 있는 '나이트 워치 언덕(the Hill of the Night Watch)'으로 오른다. 이 대목에서 '웟치'는 사실 시계를 의미하는 것은 아니다. C 양은 이 소설의 이야기 속에 등장하는 인물들의 마지막 모습도 전해 준다. 이루어질 수 없는 사랑의 고통을 안고 윌리는 안나의 곁을 떠난다. 사랑을 두고 떠나는 남자 주인공의 행로와 여인의 죽음 등……. 한 여인이 두 남자를 사랑하게 됨으로써 겪게 되는 비극적인 삶의 모습이 암시된다. 그러나 이러한 안나의 사랑 이야기는 소설 「실화」에 암시되고 있는 '나'와 '연'의 이야기와는 전혀 그 성격이 다르다. 그러므로 '나'는 C 양이 들려주는 비극적 사랑, 아름다운 연애 이야기를 애써 모른 체한다. 그리고 오히려 사랑의 배반에 괴로워하는 자신의 처지를 떠올릴 뿐이다. 그리고 C 양이 들려주는 사랑 이야기의 주인공을 자신의 처지와 대비시킨다.

---

* Arnold Benett, *Anna of the Five Towns*(Penguin Books, 1982) 참조.

◆ 패러디와 상호 텍스트적 공간

소설 「실화」의 셋째 단락은 '나'의 의식 속에서 이야기의 무대가 서울로 옮겨진다. 이때 소설적 장면의 전환은 영화적 기법인 디졸브 (dissolve)의 방식을 차용하여 서사적 연결을 가능하게 한다. 이 셋째 단락에 이르면 서사의 기본적인 틀이 어느 정도 드러난다. '나'는 서울을 떠나오기 직전의 상황을 떠올린다. '연'이라는 여인과 살고 있는 '나'에게 친구 'S'가 찾아온다. 'S'는 '나'와 '연'의 관계를 청산할 것을 요구한다. 그리고 자신이 이미 '연'과 깊은 관계를 맺어 온 사실을 넌지시 밝힌다. 바로 여기서 소설 「실화」의 첫 대목에 언급한 '비밀'의 실마리가 잡힌다. 주인공인 '나'는 'S'의 입을 빌려서 「EPIGRAM」이라는 글을 떠올리도록 한다. 이 글은 이상이 동경으로 떠나기 전에 잡지 《여성》(1936.8)에 발표했던 수필이다. '비밀'이라는 공통적인 토픽을 내걸고 몇몇 문인들의 수필을 모아 놓은 소 특집 속에 이 글이 포함되어 있다. 이 수필 속에 드러나 있는 작가 이상의 내면 의식을 놓고, 소설 속의 인물 S는 '나'의 자존심을 건드린다. '서 푼짜리 우월감'을 걷어치우라는 것이다. 이쯤 되면 「EPIGRAM」이라는 글을 펼쳐 보아야 한다. 그렇지 않으면 소설 속의 두 인물의 대결 의식의 참모습을 이해하기 힘들다.

하나의 텍스트가 또 다른 텍스트의 내용을 물고 늘어지는 이 특이한 메타적 글쓰기 방식은 텍스트 구성이라는 관점에서 볼 때 상호 텍스트적 속성을 그대로 드러낸다. 하나의 텍스트에서 다른 하나의 텍스트를 불러들이는 일종의 '참조(reference)' 또는 '주석 달기(footnote)'의 형태로 두 개의 텍스트를 연관시킨다. 소설 「실화」에서 유별나게 활용되고 있는 이 기법을 패러디라고 설명할 수도 있다. 그러나 언제나 문제가 되는 것은 이같은 텍스트의 구성법을 통해 부가되거나 삭제되거나 변형되는 의미를 정확하게 읽어 내는 일이다. 서로 성격이 다른 텍스트를 곧바로 연결시키게 되면, 텍스트 층위의 간극으로 인하여 의미의 왜곡을 불러일으키기 때문이다.

밤이 이슥한데 나는 사실 그 친구와 이런 회화(會話)를 했다. 는
이야기를 염치 좋게 하는 것은 요컨대 천하의 의좋은 내외들에게 대한
통명이다. 친구는

「여비(旅費)?」

「보조래도 해줬으면 좋겠다는 말이지만.」

「둘이 간다면 내 다 내주지.」

「둘이.」

「임(姙)이와 결혼해서 —.」

여자 하나를 두 남자가 사랑하는 경우에는 꼭 싸움들을 하는 법인데
우리들은 안 싸웠다. 나는 결이 좀 났다. 는 것은 저는 벌써 임(姙)이와
육체(肉體)까지 수수(授受)하고 나서 나더러 임(姙)이와 결혼하라니까 말
이다.

나는 연애(戀愛)보다 공부를 해야겠어서 그 친구더러 여비를 좀 꾸
어달란 것인데 뜻밖에 회화(會話)가 이 모양이 되고 말았다.

「그럼 다 그만 두겠네.」

「여비두?」

「결혼두.」

「건 왜?」

「싫여!」

그러고 나서는 한참이나 잠자코들 있었다. 두 사람의 교양(敎養)이
서로 뺨을 친다든지 하고 싶은 충동(衝動)을 참느라고 그런 것이다.

「왜 내가 임(姙)이와 그런 일이 있었대서 그리나? 不快해서!」

「뭔지 모르겠네!」

「한번. 꼭 한번 밖에 없네. 독미(毒味)란 말이 있지.」

「순수(純粹)허대서 자랑인가?」

「부러 그리나?」

「에피그람이지.」

◆ 패러디와 상호 텍스트적 공간

암만해도 회화(會話)로는 해결이 안된다. 회화로 안되면 행동인데 어떤 행동을 하나.

물론 싸워서는 안 된다. 친구끼리는 정다워야 하니까. 그래서 우리는 우리 두 사람의 공동의 적(敵)을 하나 찾기로 한다. 친구가

「이(李)를 알지? 임(姙)이의 첫 남자!」

「자네는 무슨 목적으로 타협을 하려 드나.」

「실연(失戀)허기가 싫어서 그런다구나 그래둘까.」

「내 고집두 그 비슷한 이유지.」

나는 당장에 허둥지둥한다. 내 인색(吝嗇)한 논리(論理)는 눈살을 찌푸린다. 나는 꼼짝할 수가 없다. 이렇게까지 나는 인색하다.

친구는

「끝끝내 이러긴가?」

「수세(守勢)두 공세(攻勢)두 다 우리 집어치우세.」

「엔간히 겁을 집어먹은 모양일세그려!」

「누구든지 그야 타락(墮落)허기는 싫으니까!」

요 이야기는 요만큼만 해 둔다. 임(姙)이의 남자가 셋이 되었다는 것을 누설(漏泄)한댓자 그것은 벌써 비밀(秘密)도 아무것도 아니다.

수필 「EPIGRAM」의 내용에 등장하는 '임'이라는 여인과 친구의 이야기는 소설 「실화」의 서사 속으로 인유되면서 텍스트 내적 변화를 유도한다. 「EPIGRAM」 속에서 이상 자신이 밝히고 있는 '동경행'의 의미는 '연애보다는 공부'라는 데에 놓여 있다. 이상의 주변에 관련된 문우들은 김유정의 경우를 제외하고는 모두가 일본 유학파들이다. 새로운 문명이 자리 잡은 동경은 이상에게는 꿈일 수밖에 없다. 그는 이 꿈을 위해 동경행을 결행한다. 그러나 소설 「실화」의 '나'는 '연'이라는 여인의 가증스런 거짓된 사랑에 복수하기 위해 그녀를 버리고 동경으로 떠나온다. 이것은 이 소설의 둘째 단락에서 'C' 양의 입을 통해

소개되고 있는 「파이브 타운의 안나」의 남자 주인공의 마지막 행로와
도 전혀 다르다. 이에 대해서는 '간음한 여인을 용서할 수 없다.'라는
자기 논리로 이미 설명한 바 있다.

수필 「EPIGRAM」은 그 마지막 대목에서 '비밀'이라는 말의 의미
를 다시 환기시킨다. 비밀은 가슴 속에 품고 있을 때만 그 긴장의 의미
가 살아난다. 누군가 알고 있는 일이라면 그것은 벌써 비밀이 아니다.
소설 「실화」의 주인공인 '나'는 그 행적이 드러나 버린 '연'의 비밀을
캐내고자 한다. 그리고 밤늦도록 '연'을 추궁한다.

二十四日 東이 훤 ── 하게 터올때쯤에야 妍이는 겨우 입을열었다.
　아! 長久한時間!
　「첫뻔 ── 말해라」
　「仁川 어느 旅舘」
　「그건안다. 둘째뻔 ── 말해라」
　「……」
　「말해라」
　「N삘딩 S의 事務室」
　「쎈째뻔 ── 말해라」
　「……」
　「말해라」
　「東小門밖 飮碧亭」
　「넷째뻔 ── 말해라」
　「……」
　「말해라」
　「……」
　「말해라」
　머리맡 책상설합속에는 서슬이퍼런 내 면도칼이 있다. 頸動脈을 따

◆ 패러디와 상호 텍스트적 공간

면 — 妖物은 鮮血이 대쭐기 뻐치듯하면서 急死하리라.

이 대목이야말로 소설 「실화」의 여러 장면 가운데 압권이다. 주인
공인 '나'는 '연'의 대답을 들으면서 감정의 흥분 상태를 감추지 못한
다. 사랑에 대한 배반감 때문에 죽여 버리고 싶다는 생각마저 감추지
않는다. 그런데 사실 이 장면은 새로운 것은 아니다. 이미 소설 「동해」
에서 다음과 같이 썼다.

결혼반지를 잊어버리고 온 新婦. 라는 것이 있을까? 可笑롭다. 그렇
나 모르는 말이다. 라는것이 반지는 新郞이 준비하라는 것인데 — 그래
서 아주 아는 척하고
「그건 내 슈-ㅌ케-스에 들어 있는게 原則的으로 옳지!」
「슈-ㅌ케-스 어딨에요?」
「없지!」
「쯧, 쯧,」
나는 신부 손을 붓잡고
「이리좀 와봐」
「아야, 아야, 아이, 그러지 마세요, 놓세요」
하는것을 잘 달래서 왼손 무명지에다 털붓으로 쌍줄반지를 그려주
었다. 좋아한다. 아모것도 끼기운 것은 아닌데 제법 간질간질한게 천연
반지 같단다.
천연 결혼하기 싫다. 트집을 잡아야겠기에 —
「몇번?」
「한번」
「정말?」
「꼭」
이래도 안 되겠고 間髮을 놓지 말고 다른 방법으로 拷問을 하는 수

밖에 없다.

「그럼 尹 以外에?」

「하나」

「예이!」

「정말 하나예요」

「말 말아」

「둘」

「잘헌다」

「셋」

「잘헌다, 잘헌다」

「넷」

「잘헌다, 잘헌다, 잘헌다」

「다섯」

속았다. 속아 넘어갔다. 밤은 왔다. 촛불을 켰다. 껐다. 즉 이런 假짜 반지는 탄로가 나기 쉬우니까 감춰야하겠기에 꺼도 얼른 켰다. 밤이 오래 걸려서 밤이었다.

소설 「동해」에서 이 장면은 코미디의 한 장면처럼 처리된다. 두 남녀 사이에 감정의 거리가 일정 부분 자리하고 있기 때문에, '나'는 이 서술적 거리의 긴장 속에서 여인의 행태를 가볍게 묘사할 수 있게 된다.

그러나 소설 「실화」에서는 상황이 이와 전혀 다르다. 친구인 S로부터 '연'과의 관계를 들은 직후에 '나'는 집으로 돌아와 '연'을 다그친다. 아마도 '연'이 모든 사실을 끝까지 부인하기를 바라고 있었을지 모른다. 그 이유는 '연'을 사랑하고 있었기 때문에. 그러나 이러한 '나'의 기대는 허물어진다. '연'은 인천의 여관으로, S의 사무실로, 동소문 밖 음벽정으로 그렇게 나대며 S와 깊은 관계를 맺었음을 밝힌다. 끝내 비밀이었어야 하는 일들이 자신의 입을 통해 고해진다. 면도칼로 '연'의

◆ 패러디와 상호 텍스트적 공간

경동맥을 잘라 죽이고 싶을 정도로 흥분하고 배반에 치를 떤다. 이제 비밀이라는 것이 없다. 모두가 허망한 일이다.

소설 「동해」와 「실화」의 두 장면이 보여 주는 이 서술적 어조의 차이야말로 작가 이상이 노리는 글쓰기 전략의 궁극에 해당한다고 할 수 있다. 이 현란한 글쓰기의 세계, 텍스트가 드러내는 어조의 농담(濃淡)은 누구도 흉내 낼 수 없을 듯하다. 작가 이상의 경험적 현실을 곧바로 이 텍스트의 장면과 환치시켜 버린다면 그 미묘한 정서의 영역을 그대로 뭉개 버리는 결과를 초래한다. 그것은 작가 이상에게는 정말 견딜 수 없는 텍스트에 대한 모독이 아닐까?

소설 「실화」의 이야기는 넷째 단락에서 '나'의 머릿속에서 일어나는 연상 작용을 잠시 중단시키고 다시 동경 'C' 양의 방으로 시선을 옮긴다. 동경의 'C' 양, 그녀는 지금 'C' 군과 함께 산다. 두 사람의 생활은 남녀의 동거라고 설명하지 않아도 다음과 같은 서술을 통해 그 실상이 드러난다. "나는 C 孃다려 「夫人」이라고 그랬드니 C 孃은 성을 냈다. 그렇나 C 君에게 물어보면 C 孃은 「안해」란다." 이러한 특별한 남녀 한 쌍의 관계를 놓고 작가 이상은 이미 그의 소설 「지도의 암실」에서 앵무새의 입을 통해 한 차례 이국적 언어(프랑스어)를 실험하여 묘사한 바 있고 「오감도 시제6호」에서 이를 다시 기호적 장치를 동원한 시적 진술로 이렇게 그려 낸다.

鸚鵡 ※ 二匹
　　 二匹
　※ 鸚鵡는哺乳類에屬하느니라.

내가二匹을아아는것은내가二匹을아알지못하는것이니라. 勿論나는
希望할것이니라
鸚鵡　二匹

『이小姐는紳士李箱의夫人이냐』『그러타』

나는거기서鸚鵡가怒한것을보앗느니라. 나는붓그러워서 얼굴이붉어젓섯겟느니라.

鸚鵡　二匹

二匹

勿論나는追放당하얏느니라. 追放당할것까지도업시自退하얏느니라. 나의體軀는中軸을喪尖하고또相當히蹌踉하야그랫든지나는微微하게涕泣하얏느니라.

『저기가저기지』『나』『나의 — 아 — 너와나』

『나』

sCANDAL이라는것은무엇이냐. 『너』『너구나』『너지』『너다』『아니다 너로구나』나는함뿍저저서그래서獸類처럼逃亡하얏느니라.勿論그것을아는사람或은보는사람은업섯지만그러나果然그럴는지그것조차그럴는지.

이 시에서 그려 내고자 하는 시적 대상의 중심에 '앵무'라는 새가 등장한다. '앵무'가 다른 새의 울음소리나 사람의 말소리를 잘 흉내낸다는 것은 누구나 아는 사실이다. 여기서 '앵무'는 진정한 자신의 목소리를 내지 못하고 거짓된 말로 변명만 하는 '아내'를 가리킨다. 시적 화자인 '나'와 '아내'의 불화와 결별 그리고 그에 따른 세간의 풍문을 '앵무'의 이중성 또는 가면을 통해 암시하고 있다. '앵무'로 지칭되는 아내는 밖에 나가서는 '나'와 부부임을 감추고자 한다. 시적 화자인 '나'는 이 같은 아내의 태도에 모멸감을 느끼게 된다. 「오감도 시제6호」에서 '나'와의 부부 관계를 부인하는 '앵무(아내)'의 태도는 소설 「실화」의 C 양에게서도 나타난다. 이것을 놓고 이른바 '일반화의 논리'에 빠져 여성의 이중성을 말해 주는 근거라고 비약할 필요는 없을 듯하다. 그러나 부부 관계까지도 부인하고자 하는 어떤 본능적인 감추

　　　　　　　　◆ 패러디와 상호 텍스트적 공간

기의 유혹이 있을 법하다는 설명은 얼마든지 가능하다. 그럼에도 불구하고 자신의 비밀을 끝까지 간직하지 못한 '연'의 태도는 어떻게 설명해야 하는가? '나'는 다시 C 양을 통해 '연'의 모습을 떠올린다. '연'의 여학교 시절부터 이미 S와 놀아난다. 낮에는 강의실에 앉아 기싱과 호손을 공부하는 영문학도지만 저녁에는 S와 어울려 돌아다니며 옷을 벗고 키스를 한다. 학생 시절부터 방종했던 그녀의 일탈을 놓고 "홀로 눈 가리고 야옹하는 희대의 천재"라고 '나'는 생각한다. '나'는 C 양의 방을 나선다. 그녀가 집어 주는 하얀 국화꽃 한 송이를 왼편 옷깃에 꽂고 있다. 이제 소설 「실화」의 텍스트는 다섯째 단락으로 넘어가고 이야기는 다시 서울의 마지막 날로 거슬러 올라간다. '나'는 '연'과 함께 지낸 '추악한 방'을 돌아보고는 집을 나선다. 두 눈에 눈물이 고인다. 어디 가느냐고 따라나서는 '연'에게 동경으로 간다는 말 한마디를 남기고 '나'는 사실 죽음의 길을 찾았던 것이다.

이처럼 소설 「실화」의 전반부는 동경을 무대로 'C' 양이라는 유학생을 매개로 등장시켜 동경에 와 있는 '나'의 개인사를 드러낸다. '나'는 서울에서 헤어진 '연'의 이야기를 '아내의 간음'이라는 소재와 관련지어 소상하게 들려준다. 여기서 주목되는 것이 일종의 패러디 기법에 의해 구축된 상호 텍스트적 공간이다. 이 상호 텍스트의 공간은 텍스트와 텍스트라는 정해진 대상을 넘어서서 문화 전반의 맥락으로 확대되기도 한다. 소설 「실화」는 어떤 형태의 텍스트라도 그것이 위치하고 있는 문화적 맥락을 떠나서는 이해할 수 없는 것임을 말해 준다.

소설 「실화」의 이야기는 여섯째 단락에서부터 후반부로 이어진다. 'C' 양을 매개로 하여 연상할 수 있었던 서울의 '연'의 이야기 대신에 '나'의 동경 생활의 단면이 제시된다. 그러므로 관심의 초점도 '나'의 내면세계로 이동하면서 동경의 밤거리 풍경이 배경으로 그려진다. 'C' 양의 방을 나온 '나'는 동경 진보초(神保町)의 하숙방으로 발길을 옮긴다. 거리에는 고서(古書)들을 가로에 내놓고 파는 야시장의 풍경이 그려진다. 그 거리에서 만난 것이 법정대학의 Y 군이다. 두 사람은 그 길로 '엠프레스'(다방)로 간다. 흑백영화 「어드벤처 인 맨해튼(Adventure in Manhattan)」의 한 장면을 연상하면서 커피를 마신다. 이 대목은 아주 간단하게 세 개의 문장으로 서술된다.

ADVENTURE IN MANHATTAN에서 진 — 아 — 더 — 가 커피 한잔 맛있게 먹드라. 크림을 타먹으면 小說家仇甫氏가그랬다 — 쥐오좀 내가 난다고. 그러나 나는 조 — 엘 마크리 — 만큼은 맛있게 먹을 수 있었으니 —

할리우드의 1936년작 흑백영화 「어드벤처 인 맨해튼」은 에드워드 루드빅(Edward Ludwig) 감독의 작품으로 당대의 미녀 배우였던 진 아서(Jean Arthur)와 멋쟁이 남자 배우 조엘 맥크리어(Joel McCrea) 등이 출연한 코믹한 탐정물이다. 일본 카탈로그 하우스가 펴낸 『20세기 아메리카 영화사전』(2002)에는 이 영화가 『만하탄 야화(夜話)』라는 제목으로 1936년 11월 10일부터 동경에서 개봉했다고 적고 있다. 소설 「실화」의 배경으로 설정되어 있는 날짜가 1936년 12월 23일인 것을 보면, 영화가 개봉된 시기와 겹쳐 있다. 아마도 이상이 이 영화를 동경에서 감상했던 것으로 보인다. 이 영화에서 범죄 전문 기자로 분한 조엘 맥크리어는 언제나 보석 탈취 사건에 관한 한 자신이 가장 전문가임을 내세운다. 그 앞에 미녀 진 아서가 등장하고 둘은 점차 가까워진다. 그런데 어떤 영화 제작자가 맥크리를 찾아와, 진 아서가 여배우이고 사실은 맥크리어의 신분을 들춰내기 위해 다른 기자에게 고용되어 있음을 알려 준다. 진 아서는 맥크리어가 공범자를 시켜 미술 갤러리에 침입할 비밀 통로를 파고 있다는 사실을 알아차린다. 사실 맥크리어는 이미 세상을 떠난 것으로 소문이 나 있는 희대의 보석 절도 전문가였던 것인데 누구도 이 사실을 알지 못한다. 서로 물고 물리는 관계 속에

◆ 패러디와 상호 텍스트적 공간

서 비밀리에 전개되는 범죄 음모 가운데 맥크리어와 진 아서는 사랑을 키운다. 이 영화 이야기는 「실화」의 전체적인 서사 진행 과정에서 하나의 겉치장처럼 보이기도 한다. 그러나 이것은 진 아서의 정체를 미리 알아채고 있는 조엘 맥크리어의 시선을 훔치기 위한 고도의 장치라고 할 수 있다. 진 아서의 실체를 맥크리어가 알고 있는 한 그녀에게는 더 이상 비밀이라는 것이 아무 의미가 없는 게 아닌가? 영화 「만하탄 야화」는 자신을 위장하고 있는 주인공이 상대방의 비밀을 먼저 알아차리고도 그것을 감춤으로써 유발되는 특이한 긴장을 이야기의 흥미로 발전시킨다. 이러한 이야기의 방향은 서로의 비밀을 모두 알아차리고 나서 결별할 수밖에 없었던 소설 「실화」의 주인공들의 경우와는 전혀 다르다는 점을 알 수 있다.

　　　「新宿 가십시다」
　　　「新宿이라?」
　　　「NOVA에 가십시다」
　　　「가십시다 가십시다」
　　마담은 루파시카. 노 — 봐는 에스페란토. 헌팅을 얹인놈의心臟을 아까부터 벌레가 연해 파먹어 들어간다. 그렇면 詩人芝鎔이어! 李箱은 勿論 子爵의 아들도 아무것도 아니겠읍니다그려!
　　十二月의麥酒는 선뜩선뜩하다. 밤이나 낮이나 監房은 어둡다는 이것은 꼬 — 리키의「나드네」구슬픈노래, 이노래를 나는 모른다.

　　'나'는 Y 군을 따라 신주쿠의 카페 NOVA를 찾아간다. 거기서 함께 맥주를 마시며 막심 고리키의 희곡 「나 드네(На дне)」의 구슬픈 노래를 어두운 분위기 속으로 끌어들인다. 1902년 모스크바 예술극장에서 처음 공연된 이 작품은 사회주의 리얼리즘 경향을 보여 주는 연극으로 널리 소개되었다. 극 중에서 볼가 지역의 하층민의 삶이 사실적으로 재현된다. 이 작품은 「하층민」이라는 이름으로 서방 세계에도 널리 알려졌는데, 일본 식민지 시대 국내에서도 「밤 주막」(1934)이라는 제목으로 무대에 올려진 적이 있다.

소설 「실화」의 일곱 번째 단락은 카페 NOVA의 어두운 풍경이 이어진다. 카페 NOVA에 앉아서 '나'는 서울을 떠나오기 전날의 일들을 다시 떠올린다. 그리고 마지막 만나 보았던 '유정'이라는 인물의 모습을 그린다. 이 장면에서 그리는 '나'와 '유정'이라는 인물의 헤어짐의 과정은 가슴을 저민다. 여기 그려진 '유정'이 실존 인물인 작가 김유정임은 누구나 쉽게 짐작할 수 있다. 경험적 주체로서의 작가 이상이 서울을 떠나면서 마지막으로 만난 것이 현실 속의 작가 김유정이라는 점은 참으로 의미심장하다. 이것은 「실화」의 스토리가 일종의 메타픽션의 형태로도 읽힐 수 있음을 의미한다. 그 이유는 작가 자신과 그 주변 인물들의 실재적인 삶의 한 장면을 작품 속에 직접적으로 투영하는 방식을 통해 스토리 자체가 경험적 역사성의 의미를 획득하고 있기 때문이다. 소설 속에서 스토리 구성의 새로운 가능성을 탐색하고자 하는 이러한 이야기 방식은 인간의 왜곡된 실재의 비전에 대해 반발하면서 상상력에 대한 신념을 강조하게 된다는 점에서 주목을 요한다.

「실화」의 여덟 번째 단락은 여전히 카페 NOVA의 어두운 분위기 속에 앉아 있는 '나'의 모습과 그 내면 공간을 보여 준다. '나'는 옆자리에 앉아 있는 일고(一高) 휘장의 "핸썸 보이"에게 주눅이 든다. 동경 제국대학의 교양학부 전신인 '일고'는 천재들만을 받아들이는 곳으로 유명하다. 정지용의 시 「해협」에서 그려지고 있는 "망또 기체 솟은 귀는 소라ㅅ속 같이/ 소란한 無人島의 角笛을 불고 ──"라는 구절에서 묘사하고 있는 바로 그 망토를 두른 표정에 '나'는 기가 죽은 것이다. 그리고 다시 정지용의 시 「말」의 한 구절 "말아 다락 같은 말아."를 떠올린다.

　　　　　　　　◆ 패러디와 상호 텍스트적 공간

슬퍼? 응—슬풀밖에—二十世紀를 生活하는데 十九世紀의 道德性 밖에는 없으니 나는 永遠한 절늠바리로다. 슬퍼야지—萬一 슬프지 않다면—나는 억지로라도 슬퍼해야지—슬픈 포—스라도 해보여야지—왜 안죽느냐고? 헤헹! 내게는 남에게 自殺을 勸誘하는 버릇밖에없다. 나는 안죽지. 이따가 죽을것만같이 그렇게 衆俗을 속여주기만 하는거야. 아—그렇나 인제는 다틀렸다. 봐라. 내팔. 皮骨이相接. 아야아야. 웃어야할터인데 筋肉이없다. 울려야 筋肉이없다. 나는 形骸다. 나—라는 正體는 누가 잉크짓는 약으로 지워 버렸다. 나는 오즉 내—痕迹일 따름이다

이 자조의 말 속에는 이상 자신이 발표했던 여러 가지 텍스트의 언어들이 서로 뒤섞여 있다. 그만큼 주인공인 '나'의 복잡한 의식 상태가 고조되어 있음을 의미한다. '나'는 NOVA의 여급인 나미꼬에게 횡설수설을 늘어놓는다. 마치 '연'을 나무라듯. 이제 술기운까지 높아진 것이다.

1930년대 제국의 수도 동경에서도 가장 번잡한 거리 신주쿠에 자리 잡고 있는 카페 NOVA의 풍경은 소설 속의 공간으로 구체화된 하나의 장소에 불과하지만 이곳은 단순한 술집은 아니다. 이 장면에서 '나'를 NOVA로 안내한 법정대학의 Y 군이 누구였는지를 따져 볼 필요가 생긴다. 《삼사문학》의 동인 가운데 법정대학 영문과에 재학하고 있던 실존 인물 주영섭(朱永涉)*으로 추정할 수 있기 때문이다. 그는 신백수, 이시우, 한태천 등과 동인지 《탐구(探究)》에도 참여하여 그 창간

---

* 주영섭은 평양 태생으로 평양 광성(光成)고보를 졸업한 후 경성 보성전문학교 문학부에서 수학한 문학청년이다. 보성전문 재학 중 보성전문학교 학생회 연극부를 만들어 고리키의 '밤 주막'을 공연했고, 카프 산하 극단 '신건설(新建設)'의 제1회 공연인 「서부 전선 이상 없다」(1933)에 찬조 출연하기도 했다. 그는 일본 호세이 대학(法政大學)에서 영문학을 전공하면서 연극 운동에 관심을 보였으며 1934년 마완영(馬完英), 이진순(李眞淳), 박동근(朴東根), 김영화(金永華)와 더불어 동경학생예술좌를 창단하고 기관지 《막(幕)》의 발간을 주도하면서 모임을 이끌었다.

호(1936. 5)에 시 「바·노-빠」를 발표한 바 있다. 그러므로 주영섭이 발표한 시 「바·노-빠」의 공간이 바로 신주쿠의 'NOVA'와 일치한다는 것은 결코 우연이 아니다.

　주영섭이 시 「바·노-빠」를 보면 까닭 모를 암울과 비탄 속으로 독자들을 끌어들인다. 퇴폐와 열정으로 묘사된 술집 NOVA의 풍경은 정지용이 이보다 10년 전에 노래했던 교토의 「카페 프란스」와 좋은 대조를 이룬다.

　　　　불 꺼진 람프와 싸모왈 ─ ㄹ
　　　　競馬場本柵 같은 교자.

　　　　실경우에몽켜섯는 술병 ── 世界選手들
　　　　마음에맞는 술병을골라
　　　　「챤봉」을마시고
　　　　베레 ── 氏
　　　　루바 ── 슈카 君
　　　　마르세에유를부르고
　　　　아리랑을노래하자.

　　　　재주꾼인 마스터가
　　　　와인그롸 ── 스에비라미트를쌋는다
　　　　갓들어온「체리꼬」가
　　　　헛드리는아브상에 파─란불이붓는다
　　　　샴팡병과나무걸상
　　　　배 ── 커스와 삐 ── 너스의肖像,
　　　　獨逸말하는 大學生이여
　　　　원카마시는 詩人이여

　　　　　　　　　　◆ 패러디와 상호 텍스트적 공간

잠자쿠잇는「고루뎅」바지여
제각기色다른술을붓고
다가치 祝杯를들자!

낡은성냥갑을버려라,
한 대남은담배를피여물고
세시넘은 노-빠를나서자.

　「바·노-빠」에는 시인의 자의식 대신에 열정이라는 이름으로 가리
워진 퇴폐와 암울함이 자리 잡고 있다. NOVA의 실내 공간에는 불
이 꺼진 램프와 러시아식의 물 끓이는 주전자(일종의 수통)인 '싸모왈
(samovar, 사모바르)'이 있고, 경마장의 목책처럼 테이블이 늘어서 있다.
시렁 위에는 세계 각국에서 들여온 온갖 종류의 술병들이 모여 있다.
NOVA를 찾는 술꾼들은 자기가 좋아하는 술병을 골라내어 술을 뒤섞
어 '짬뽕'으로 마신다. 베레모를 쓴 사람, 루바시카를 입은 학생이 함
께 흥에 겨워 마르세유를 노래하고 아리랑을 부른다. 술집 주인은 와
인글라스를 피라미드 모양으로 쌓아 올리는 재주를 부리는데, 갓 들
어온 '체리꼬'가 그 글라스에 따르는 술 '아브상(absinthe, 압생트)'에 파
란 불이 붙는다. 샴페인 술병이 이리저리 쓰러지는데 나무 의자에는
바커스와 비너스처럼 남녀가 걸터앉아 있다. 독일어를 지껄이는 대
학생, '원카(보드카, vodka)'를 마시는 시인, 잠자코 앉아 있는 '고르뎅
(Corduroy, 코듀로이 혹은 골덴)' 바지의 사나이. 제각기 색다른 술잔에
축배를 든다. 어느새 밤이 깊어 새벽 3시가 넘어간다. 시적 화자는 이
열정의 공간에서 한 대 남은 담배에 불을 붙이면서 낡은 성냥갑을 구
겨 던지고는 NOVA를 나선다. 이처럼「바·노-빠」의 시적 공간에서 시
인의 내면 의식이 차지하는 구석은 그리 크지 않다. 이 열정의 공간에
는 세계 각처에서 들여온 술병이 있고, 세계 각국의 특이한 문화가 거

기 함께 묻어 있다. 거기 모여든 술꾼들은 모두가 자기 멋대로 자유롭다. 마음에 드는 술병을 골라 이것저것 섞어 '짬뽕'으로 마시는 술처럼 세계의 풍물과 사조가 함께 뒤섞여 독특한 퇴폐적 분위기를 만든다. 그러므로 여기에 까닭 모를 암울이 서려 있다. 제각기 다른 술을 붓고 축배를 드는 것은 무엇을 위함인가? 이제 낡은 시대를 버려야 하는 것처럼 '낡은 성냥갑'을 버려야 하는 것이 시대적 숙명이라면 무엇을 버려야만 하는가?

그런데 바로 이 대목에서 소설 「실화」는 주인공인 '나'의 의식을 통해 정지용의 시 「카페 프란스」를 인유하면서 하나의 새로운 풍경을 연출한다. 정지용이 그려 냈던 '카페 프란스'는 1920년대 후반 경도(京都, 교토)의 대학가에 자리 잡고 있던 적막하리만치 한산한 카페의 풍경이었다. 그러나 NOVA의 어두운 풍경은 이와는 전혀 다를 수밖에 없다. '우리'라는 뜻의 에스페란토어 이름을 가진 신주쿠의 NOVA는 1930년대 후반 일본의 수도 한복판에 자리하고 있던 최고의 낭만이었던 것으로 추측된다. 그런데도 불구하고 이상은 왜 이 대목에서 정지용의 시 「카페 프란스」를 떠올리고 있는가? 그 이유는 이 시가 그려 내는 특이한 시적 공간과 그 정서를 통해 설명할 수밖에 없다.

옮겨다 심은 종려나무 밑에
비뚜로 선 장명등,
카페 프란스에 가자.

이놈은 루바슈카
또 한 놈은 보헤미안 넥타이
뺏적 마른 놈이 앞장을 섰다.

밤비는 뱀눈처럼 가는데

페이브먼트에 흐늣이는 불빛
카페 프란스에 가자.

이놈의 머리는 빛 두른 능금
또 한 놈의 심장은 벌레 먹은 장미
제비처럼 젖은 놈이 뛰어간다.

*

"오오 패롯(앵무) 서방! 굿 이브닝!"

"굿 이브닝!"(이 친구 어떠하시오?)

울금향 아가씨는 이 밤에도
경사 커튼 밑에서 조시는구려!

나는 자작의 아들도 아무것도 아니란다.
남달리 손이 희어서 슬프구나!

나는 나라도 집도 없단다.
대리석 테이블에 닿는 내 뺨이 슬프구나!

오오, 이국종 강아지야
내 발을 빨아 다오.
내 발을 빨아 다오.

「카페 프란스」의 시적 공간은 비 내리는 밤거리의 풍경과 카페 내부의 암울한 분위기로 확연하게 구분된다. 그리고 시적 정조 자체도 서로 다른 두 가지의 무드를 통해 구체적인 형상성을 획득한다. 가벼움 또는 경박함의 정조와 무거움 또는 착잡함의 정조가 시의 전반부와 후반부에서 서로 갈등한다. 이같은 양가적인 정서를 하나로 통합하는 힘을 시적 상상력이라고 한다면, 이 시는 시적 상상력의 어떤 성취를 보여 주는 셈이다.

이 시의 전반부는 비가 내리는 저녁에 '카페 프란스'를 찾아가는 길이다. 이러한 공간 설정 자체가 전반부의 시적 무드를 형성하는 기반이 된다. 소설 「실화」는 이 시의 전반부 제4연을 먼저 인유한다. 종려나무 아래 장명등이 비스듬하게(비뚜로) 서 있는 카페의 이국적 풍경과 함께 그곳을 찾아가는 두 사람이 그려진다. 시적 화자인 '이놈'은 '루바슈카'로 '또 한 놈'이라고 지칭된 다른 친구는 '보헤미안 넥타이'로 소개하고 있다. 이 같은 옷차림과 외모를 통해 이 시절의 풍조가 어느 정도 암시된다. 제4연에서 시적 화자는 자신을 '빛두른 능금'이라고 말한다. 여기서 '빛두른'이라는 말은 '비뚤어진 능금'이라고 읽기보다는 '갓 익어서 약간 붉은 색이 도는 능금' 또는 '설익은 능금'으로 보는 것이 타당할 듯싶다. 아직 설익은 지식뿐임을 자조적으로 표현한 셈이다. '보헤미안 넥타이'의 친구는 그 가슴이 벌레 먹은 장미로 비유된다. 상심한 열정의 소유자임을 암시한다. 시의 후반부는 전반부와 그 내용이 사뭇 다르다. 열려 있는 공간으로서의 밤거리를 그리는 것이 아니라, 닫혀 있는 카페의 내부로 들어선 모습을 그린다. 시적 묘사의 관점과 어조가 바뀐다. 울금향(鬱金香. 튤립)이라는 별명을 가진 여급이 늘어진 커튼 아래에서 졸고 있다. 이 젊은이들에게 눈길도 주지 않는 셈이다. 시적 화자는 졸고 있는 이 아가씨의 무심한 표정에 이내 주눅이 든다. 그리고 초라한 자신의 모습을 돌아보게 된다. 시적 화자는 '울금향 아가씨'의 무관심한 표정을 보면서, 자신이 가난한 농가의 태생으로 아무것도 가진 것이 없고, 어떤 사회적 지위도 누리지 못하

◆ 패러디와 상호 텍스트적 공간

고 있으며, 돈 많은 난봉꾼도 아님을 밝힌다. "남달리 손이 히여서 슬프구나"라는 구절은 가난한 유학생의 처지를 그대로 그려 낸다. 그리고 이 같은 개인적인 비탄의 감정만이 아니라 나라를 잃은 망국의 민족이라는 인식에 이르러서는 현실의 냉혹함에 더욱 슬퍼하지 않을 수 없음을 보여 준다. 이 시의 마지막 구절에서 시적 화자는 이 같은 서러움을 달래기 위해 일시적이나마 육체적인 위무(慰撫)를 갈구한다. 마지막 구절인 "오오, 이국종 강아지야/ 내 발을 빨아 다오./ 내 발을 빨아 다오."는 이 같은 육체적 갈망을 직접적으로 표출한 것이라고 할 수 있다.

소설 「실화」 속의 '나'는 신주쿠의 술집 NOVA에서 설익은 불란서 말로 파리의 낭만을 흉내 내는 암울한 퇴폐를 구경한다. 그리고 바로 이러한 모조된 공간으로 구성되는 동경에 대해 크게 실망한다. 서구 제국을 따라 흉내 내기에 목을 매고 있는 일본이라는 거대한 나라의 실체가 거기에 얼비치고 있었기 때문이다. 그러므로 주인공인 '나'는 NOVA의 분위기에 젖어들기 전에 시인 정지용을 떠올린다. 「카페 프란스」에서 "나는 자작의 아들도 아무것도 아니란다./ 남달리 손이 희어서 슬프구나!// 나는 나라도 집도 없단다./ 대리석 테이블에 닿는 내 뺨이 슬프구나!" 하고 노래했던 식민지 지식인 청년의 비애를 그대로 느낄 수밖에 없었던 것이다. 그리고 이 같은 비애의 정서를 바탕으로 '나'는 스스로 잘못된 동경행을 반성한다. 이처럼 소설 「실화」는 주영섭의 시 「바·노-빠」의 실제 공간인 카페 NOVA에서 정지용의 시 「카페 프란스」를 인유하는 것으로 이야기의 결말에 접근한다. 이것은 이상 자신이 여전히 구인회의 정지용과 같은 자의식에 공감할 뿐임을 말해 준다. 주영섭의 「바·노-빠」가 그려 내는 퇴폐의 감각에 이상은 더 깊이 빠져들지 못한다. 그것이 바로 이상 자신의 '19세기적인 도덕'일지도 모르지만, 구인회 세대와 《삼사문학》 세대가 가지는 감각의 차이일 수도 있는 일이다. 「실화」의 마지막 장면은 그날 아침 '나'의 하숙에서 받은 두 통의 편지로 마감된다. 하나는 '유정'의 것이고 다른 하나는 '연'의 편지다. 모두가 어서 빨리 다시 서울로 돌아오라고 한다. C 양이 내 옷깃에 꽂아 준 하얀 국화 한 송이는 어디서인가 땅바닥으로 떨어져 버렸다. 누구의 장화에 짓밟혔을 것이다.

소설 「실화」의 후반부를 정리해 보면 '연'의 비밀을 눈치채고 있는 '나'의 입장을 드러내기 위해 영화 「만하탄 야화」의 주인공의 시각을 빌려 온다. 식민지 지식인 청년의 음울한 내면 풍경을 보여 주기 위해 주영섭의 시 「바·노-빠」를 끌어들여 카페 NOVA로 안내하고 거기서 정지용의 「카페 프란스」를 통해 다시 음미하도록 한다. 서울에 남겨 둔 문우 유정의 순수한 우정도 떠올린다. 이러한 내면 풍경을 통해 '나'는 '나'의 동경행이 이미 아무런 의미를 가질 수 없는 것임을 암시한다. '나'의 동경행은 사랑을 배반한 '연'에 대한 일종의 복수일 수 있다. 그러나 '나'는 이 개인적인 탈출을 빌미 삼아 더 큰 탈출을 꿈꾸었던 것이다. 낡은 19세기로부터 벗어나기 위한 꿈을…….

이상의 소설 가운데 「실화」를 제외하고는 일본 동경을 무대로 한 작품을 찾아볼 수가 없다. 일본 동경이라는 도시는 이상에게 있어서 이른바 현대적 문명의 상징 공간이다. 그는 서울에서 작품 활동을 하며 이 새로운 세계를 꿈꾸었고 결국 동경행을 결행한다. 그러나 이상은 동경에서 더 크게 절망하게 된다. 그가 남긴 동경에 대한 인상은 김기림에게 보낸 편지(1936. 11. 29) 가운데 다음과 같이 서술되어 있다.

> 그러나 저러나 동경(東京) 오기는 왔는데 나는 지금(至今) 누어 있소 그려. 매일(每日) 오후(午後)면 똑 기동(起動) 못할 정도(程度)로 열(熱)이 나서 성가셔 죽겠소 그려.
> 동경(東京)이란 참 치사스런 도(都)십디다. 예다 대면 경성(京城)이란 얼마나 인심(人心) 좋고 살기 좋은 한적(閑寂)한 농촌(農村)인지 모르겠습

◆ 패러디와 상호 텍스트적 공간

디다.

어디를 가도 구미(口味)가 땡기는 것이 없소 그려. キサ゛ナ 표피적(表皮的)인 서구적(西歐的) 악취(惡臭)의 말하자면 그나마도 그저 분자식(分子式)이 겨우 여기 수입(輸入)이 되어서 ホンモノ 행(行)세를 하는 꼴이란 참 구역질이 날 일이오.

나는 참 동경(東京)이 이따위 비속(卑俗) 그것과 같은 シナモノ인 줄은 그래도 몰랐소. 그래도 뭐이 있겠거니 했더니 과연(果然) 속 빈 강정이오.

한화(閑話) 휴제(休題) — 나도 보아서 내(來)달 중에 서울로 도루 갈까 하오. 여기 있댓자 몸이나 자꾸 축이 가고 겸(兼)하여 머리가 혼란(混亂)하여 불시(不時)에 발광(發狂)할 것 같소. 첫째 이 깨솔링 냄새 미만(彌蔓) セツト 같은 거리가 싫소.

이상이 스스로 밝히고 있는 것처럼 동경은 그가 꿈꾸던 새로운 문명의 도시는 아니다. 그는 동경의 비속성(卑俗性)을 알아차리고 그 서구적 표피의 악취(惡臭)를 발견한다. 그러고는 자신이 몸 둘 곳이 아니라는 사실을 알아 버린다. 그는 다시 서울로 돌아가야 할 것 같다는 자신의 속내를 넌지시 김기림에게 밝히고 있다. 유고 형식으로 소개된 바 있는 수필 「동경」에서도 동경이라는 거대한 도회는 세기말적인 현대 자본주의의 모조품처럼 흉물로 그려진다. '마루비루'의 높은 빌딩 숲을 거닐면서 그는 미국 뉴욕의 브로드웨이를 떠올리면서 환멸에 빠져들고, 신주쿠의 사치스런 풍경을 놓고 프랑스의 파리를 따라가는 가벼움에 치를 떤다. 그는 긴자 거리의 허영에 오줌을 갈겨 주면서 아무래도 흥분하지 않는 자신을 '19세기'라고 치부하기도 한다.

소설 「실화」에서 동경이라는 도시는 C 양의 방에서부터 이야기 속의 내면 풍경으로 자리 잡는다. C 군과 함께 동거 생활을 하고 있는 이 여자 유학생의 모습은 소설의 주인공이 서울에 두고 온 '연'의 모습과 자꾸만 겹친다. C 양을 매개로 하여 동경과 서울의 거리는 '나'의 의식 속에서 소멸한다. 동경이 곧 서울이고 서울이 곧 동경인 것이다. 그런데 여기서 중요한 것은 C 양이 들려주는 대학 강의 내용이다. 이 문과생이 대학의 강의 시간에 공부하고 있는 것은 1900년대 초기 영문학작품이다. 그 하나의 실례가 아놀드 베넷(Arnold Benett)의 소설「파이브 타운의 안나」가 아닌가? 19세기 말에 유행했던 통속적 소재의 가정 소설 가운데 하나를「실화」의 이야기 첫머리에 배치하고 있는 것은 일종의 서사적 전략에 해당한다. 서울의 떠나 동경으로 오게 된 '나'의 경우를 이 영국 소설의 줄거리에 대비시켜 볼 수 있기 때문이다. 그렇지만 이러한 이야기의 구성과는 달리 이 소설을 통해 당대 일본 대학에서 이루어지고 있는 문학 교육의 경향과 그 수준을 엿볼 수 있다는 점도 놓쳐서는 안 된다. 서구 제국의 문화를 추종해 온 일본의 근대화 과정을 생각한다면, 영문학의 적극적 수용을 통해 새로운 자기 문학의 전통을 꾸려 나가고자 하는 욕망이 한편으로는 당연한 것처럼 보이기도 한다. 그러나 '식민지 조선'이 열심으로 배우고자 하는 '문명의 일본'이라는 것이 사실은 서구 제국 문화의 찌꺼기를 열심으로 베껴 온 모조품이라는 사실을 부인할 수 없는 일이다. 베넷의 소설은 이미 유행이 지나 버린 사실주의의 끝물에 해당한다. 프루스트가 나오고 제임스 조이스가 유행하고 입체파가 등장하고 초현실주의가 관심의 대상이었던 시대에 베넷은 전혀 어울리는 대상이 아니다. 그야말로 19세기적인 것에 불과하다.

소설「실화」속의 주인공인 '나'는 신주쿠의 카페 NOVA에서도 설익은 불란서 말을 통해 프랑스 파리의 낭만을 흉내 내는 암울한 퇴폐를 구경한다. 그리고 바로 이러한 모조된 공간으로서의 동경에 대해 크게 실망한다. 그러므로 주인공인 '나'는 여기서 정지용을 떠올린다.「카페 프란스」에서 "나는 자작의 아들도 아무것도 아니란다./ 남달리 손이 희어서 슬프구나!// 나는 나라도 집도 없단다./ 대리석 테이블에

◆ 패러디와 상호 텍스트적 공간

닿는 내 뺨이 슬프구나!"하고 노래했던 식민지 지식인 청년의 비애를 그대로 느낄 수밖에 없었던 것이다. 그리고 이 같은 비애의 정서를 바탕으로 '나'는 스스로 잘못된 동경행을 반성한다.

소설 「실화」는 개인사적 동기에서 비롯된 자신의 동경행이 결국 실패한 것임을 반성하는 것으로 끝이 난다. '꽃을 잃다.'라는 뜻을 가진 이 작품의 제목이 암시하는 세계는 사랑이라든지 연애라든지 하는 사적 공간에만 국한되는 것은 아니다. 그것은 현대적인 문명 공간을 꿈꾸던 작가 자신의 열정의 상실을 의미하기도 한다. 사적인 내면세계를 객관화하기 위해 타자의 텍스트를 수없이 끌어들이고 있는 이 작품은 결국 하나의 커다란 패러디를 구축한 채 끝난다. 작가 이상이 꿈꾸던 공간은 누군가의 발길에 짓밟힌 한 송이 국화꽃처럼 참담할 뿐이다.

◆ 유작으로 남은 소설

이상이 1937년 동경에서 세상을 떠난 후 유고로 공개된 소설은 「환시기」를 비롯하여 「실화」, 「단발」, 「김유정」 등이 있다. 이 가운데 「실화」의 경우를 제외하고는 작품의 정확한 창작 시기를 알 수 없다. 이 작품들이 완결된 형태의 원고였는지 초고의 형태였는지도 밝혀져 있지 않다. 유고의 입수 경위라든지 보관 상태 등도 확인할 수 없다. 그러므로 작품 자체에 대한 분석적 접근을 부분적으로 유보할 수밖에 없게 된다.

먼저 소설 「환시기」를 살펴보기로 한다. 「환시기」는 1938년 6월 이상의 절친한 친구였던 화가 구본웅이 주재한 잡지 《청색지》에 공개된 작품이다. 이 작품의 이야기는 비교적 단순하다. 그러나 그 구조와 서사화의 기법은 그리 간단하지는 않다. 이 작품 텍스트의 서두에는 "太昔에 左右를 難辨하는 天痴 있더니/ 그 不吉한 子孫이 百代를 겪으매/ 이에 가지가지 天刑病者를 낳았더라."라고 하는 일종의 에피그램이 붙어 있다. 이 짤막한 텍스트의 의미를 제대로 읽어 내지 않고는 소설 「환시기」의 텍스트 구조를 이해하기 어렵다. 여기서 가장 주목되는 대목이 "좌우(左右)를 난변(難辨)하는 천치(天痴)"와 "천형병자(天刑病者)"이다. 이 두 가지 사항은 동일한 의미를 지닌다. '좌우를 구별 못 하는 천치'와 '타고난 병신 못난이'는 동어 반복에 불과하기 때문이다. 물론 이러한 수법은 소설 「날개」라든지 「실화」의 경우와 흡사하다. 작중 화자인 '나'를 실제의 작가 이상으로 위장하고 있는 것은 여러 소설에서도 이미 확인된 바 있다.

「환시기」의 서사는 1인칭 화자인 '나'를 중심으로 전개된다. 첫 장면에는 주인공 '나'와 친구인 '송 군'이 등장한다. 송 군은 나에게 "암만 봐두 여편네 얼굴이 왼쪽으로 좀 삐뚤어징 거 같단 말야 싯?" 하고 아내가 된 '순영'의 얼굴 모습을 묻는다. 결혼하여 새살림을 시작한 지 한 달 정도 된 '송 군'이 고리키 전집을 내다 팔려고 나온 터다. '순영'이 고리키를 좋아하여 결혼하기 전에 그것을 모두 탐독했다는 것이 송 군에게는 큰 자랑이었다. 그러나 두 사람이 결혼하여 함께 살게 되니 각각 소장했던 고리키 전집 가운데 한 질은 소용이 없어진 것이다. '나'는 '송 군'에게 책을 내다 팔면 그 돈으로 술을 한잔 사라고 조른다. 그러나 송 군은 그 돈을 아내에게 가져다주어야 한단다. 이 첫 장면에서 송 군이 묻고 있는 아내 순영의 얼굴 모습을 단서로 하여 그 심층에 숨겨졌던 이야기가 드러난다. 거기에는 '나'와 순영의 관계가 집을 나간 아내의 존재와 함께 문제적인 상태로 숨겨져 있다.

순영은 결혼하기 전 술집에서 여급으로 일했던 여성이다. '나'는 순영의 모습에 빠져든다. '나'의 심정은 다음과 같은 숨 가쁜 묘사로 순영을 그려 낸 대목에서 잘 드러난다. "성벽에 가 기대 선 순영의 얼굴은 월광 속에 있는 것처럼 아름다웠다. 항라 적삼 성긴 구멍으로 순영의 소맥빛 호흡이 드나드는 것을 나는 내 가장 인색한 원근법에 의하여서도 썩 가쁘게 느꼈다. 어떻게 하면 가장 민첩하게 그러면서도 가장 자연스럽게 순영의 입술을 건드리나." 그러나 '나'는 더 이상 순영에게 접근하기 어렵다. 그 이유는 '나'에게 아내라는 존재가 있기 때문이다. 물론 '나'의 아내는 가출한 상태이다. '나'는 가출한 아내를 핑계 삼아 '나'의 고통과 고독을 과장하며 순영에게 접근했던 것이다. 순영이 잠깐 서울을 떠나게 되자, '나'는 "순영의 치맛자락을 잡아 찢고

싶었다."라고 술회하기도 한다. 그러나 그 뒤에 가출했던 '나'의 아내가 귀가한다. '나'는 순영에 대한 그리움 때문에 오히려 사랑하지 않았던 아내에게 집착한다. 그런데 반년이 지난 후 순영이도 다시 서울로 돌아온다. 그리고 두 사람이 만나는 장면은 이렇게 그려진다. "반년 만에 돌아온 순영이 돌아서서 침을 탁 배알는다. 반년 동안 외출했던 아내를 말 한마디 없이 도로 맞는 내 얼굴 위에다." 이 대목에서 순영이 '나'에게 보여 준 경멸을 더 설명할 필요가 없다. 오히려 이 작품의 서두에 제시되어 있던 '좌우를 난변하는 천치' 그리고 '천형병자'라는 말을 떠올리는 것이 서사의 맥락을 제대로 짚어 내는 일이 된다. 순영의 입장에서 본다면, '이런 못난 병신!'이라는 말이 얼마든지 가능하다고 할 수 있다.

「환시기」의 이야기는 중반부에서 '나'와 '순영'과 '송 군'의 관계로 바뀐다. '나'의 아내가 아주 집을 나가 버렸고, '나'는 어지러웠던 생활을 청산한다. 그리고 "일급 일원사십전"의 노동자가 된다. '나'는 감히 순영의 앞에 나서기조차 어려웠지만, 친구인 '송 군'을 내세워 다시 순영이 일하는 술집에 드나든다. 그리고 순영에게 접근한다. 이번에는 '송 군'의 고독을 핑계 댄다. '나'는 어둑한 인쇄 공장에서 "우중충한 활자처럼 똑같은 인생을 찍어 내면서도" 순영에 대한 마음을 누르지 못한다. 그런데 사태가 급변한다. '나'의 들러리로 동원되었던 '송 군'이 순영에게 빠져 버린 것이다. '송 군'은 '나'의 존재 때문에 자기 심정을 제대로 말하지도 못하고 그만 음독자살을 시도한다. 이 사건으로 순영은 '송 군'의 곁에 다가선다.

내가 밥을 먹고 와도 송 군은 역시 깨지 않은 채다. 오전 중에 송 군 회사에 전화를 걸고 입원 수속도 끝내고 내가 있는 공장에도 전화를 걸고 하느라고 나는 병실에 없었다. 오후 두시쯤 해서야 겨우 병실로 돌아와 보니 두 사람은 손을 맞붙들고 낮은 목소리로 이야기를 하고 있다.

◆ 유작으로 남은 소설

나는 당장에 눈에서 불이 번쩍 나면서,

　　망신 ── 아니 나는 대체 지금 무슨 '역할'을 하고 있는 것이냐. 순간
나 자신이 한없이 미워졌다. 얼마든지·나 자신에 매질하고 싶었고 침 뱉
으며 조소하여 주고 싶었다.

　　나는 커다란 목소리로,

　　자네는 미친놈인가? 그럼 천친가? 그럼 극악무도한 사기한인가? 부
처님 허리토막인가?

　　이렇게 부르짖는 외에 나는 내 맵시를 수습하는 도리가 없지 않은
가. 울음이 곧 터질 것 같았다. 지난밤에 풀린 아랫도리가 덜덜 떨려 들
어왔다.

　　이 장면이야말로 「환시기」의 서사가 도달한 하나의 정점이다. "어
째서 나는 하는 족족 이 따위 못난 짓밖에 못 하나 ── 그렇지만 이 허
리가 부러질 희극두 인제 아마 어떻게 종막이 되었나 보다."라고 말하
는 '나'의 말은 자신에게 던지는 질책에 다름 아니다. 그리고 바로 이
질책이 작품 서두에 제시되었던 '좌우를 난변하는 천치' 그리고 '천형
병자'라는 대목으로 연결된다. 「환시기」의 서사는 결국 '나'를 중심으
로 하여 '순영'과 '아내'라는 삼각 구도에서 '순영'과 '송 군'이라는 새
로운 삼각 구도로 전환된다. 그 삼각 구도의 꼭짓점에 서 있는 '나'의
역할이야말로 '좌우를 난변하는 천치' 그리고 '천형병자'의 그것임이
그대로 확인된다.

　　「환시기」의 결말은 서두의 첫 장면에 대한 해답의 형식으로 꾸며
진다. "아내의 얼굴이 삐뚤어져 보이더래두 ── "라는 전제 아래 제시되
는 '나'의 대답 자체는 사실 다 끝나 버린 이야기에 덧칠하는 헛된 짓
에 불과하다. 하지만 작가 이상은 이 특이한 코미디에 그가 시에서 즐
겨 쓰던 기하학적 상상력을 덧붙인다. 사랑이란 일상적인 사물을 바라
보는 것과는 다르다는 점, 이것은 시각의 문제에 해당한다. 아내라는

존재는 언제나 바로 보아야만 한다는 것, 아니 바로 볼 수 있도록 자기 시각을 조정해야 한다는 것이 작가 이상의 결론이다. 그러나 무엇보다도 중요한 것은 시각 자체를 없애는 일이다. '베제(키스)'처럼 아내에게 언제나 다가선다면 시각의 의미는 사라지는 법이 아닌가. 이 '거리(간격) 좁히기'의 수법이야말로 가장 기하학적인 동시에 가장 관능적인 결론이다. 두 사람이 '키스'의 순간처럼 하나의 접점에 붙어 있는 동안은 시각도 사라지고 거리도 없어진다. 「환시기」의 마지막 대목은 이 사실을 다음과 같이 설명한다.

마누라 얼굴이 왼쪽으루 삐뚤어져 보이거든 슬쩍 바른쪽으루 한번 비켜 서 보게나 —

흥 —

자네 마누라가 회령서 났다능 건 거 정말이든가

요샌 또 블라디보스톡에서 났다구 그러데 — 내 무슨 수작인지 모르지 — 그래 난 동경서 났다구 그랬지 — 좀더 멀찌감치 해둘 걸 그랬나 봐 —

블라디보스톡허구 동경이면 남북이 일만 리로구나 굉장한 거리다 —

자꾸 삐뚤어졌다구 그랬더니 요샌 곧 화를 내데 —

아까 바른쪽으루 비켜 서란 소리는 괜헌 소리구 비켜서기 전에 자네 시각을 정정 — 그 때문에 다른 물건이 죄다 바른쪽으루 비뚤어져 보이더래두 사랑하는 아내 얼굴이 똑바루만 보인다면 시각의 직능은 그만 아닌가 — 그러면 자연 그 블라디보스톡 동경 사이 남북 만 리 거리두 베제처럼 바싹 맞다가서구 말 테니.

「환시기」의 이야기는 주인공인 '나'의 입장에서 볼 때 혼자서 좋아하던 여인을 친구에게 빼앗긴 통속적인 줄거리로 요약할 수 있다. 이

◆ 유작으로 남은 소설

소설의 이야기는 흔히 이상의 친구였던 소설가 정인택(작품 속의 송 군)과 그 부인이 된 권영희(작품 속의 순영)의 실제 이야기로 널리 알려져 있다. 하지만 경험적 현실 속에서 정인택의 결혼이 어떻게 이루어졌든지 간에 이 소설의 이야기는 그 사실을 밝히는 것과는 아무 상관이 없다. 작중 화자인 '나'의 자기비판을 근거로 그 내면 의식을 고백적 형태로 그려 놓고 있기 때문이다.

이상의 동경행을 문제 삼을 경우 참조할 수 있는 작품이 소설 「단발」이다. 이 소설은 1939년 4월 《조선문학》에 '유고'로 소개된다. 이 작품이 잡지에 발표될 수 있었던 연유는 편집 후기에 간단하게 밝혀 놓았다. "구하기 어려운 고(故) 이상 씨의 유고를 임화(林和) 씨의 후의로 기재케 된 것을 이번 달의 큰 자랑"이라고 간단히 적어 놓고 있는 것이다. 이상과 보성고보의 동문인 임화가 어떤 경로로 이 원고를 입수할 수 있었는지 확인할 길은 없다.

소설 「단발」은 비교적 단순한 서사 구조를 드러낸다. 여기서 단순하다는 것은 인물의 설정이나 사건의 진전 등만을 두고 말하는 것은 아니다. 이 작품은 '나'라는 작중 화자가 등장하지 않는다. 이상의 소설 가운데 상당수가 1인칭 소설로 이루어진 점에 미루어 본다면, 서사의 방식과 시각의 문제를 이 작품에서 조절하고 있음을 볼 수 있다. 이것은 작품의 서사적 상황과 작가가 일종의 거리 두기를 실험하고 있음을 의미한다. 이 작품에는 '연(衍)'이라는 이름의 남성 주인공(그)이 등장한다. 그리고 그 상대역에 '선(仙)'이라는 여성(소녀)이 배치된다. 이러한 주동적 인물 설정은 「날개」 이후 이상 소설의 기본 구도를 그대로 보여 준다. 여기서 주목되는 것은 두 사람 사이에 이루어지고 있는 날카로운 '감정의 대결'이다. '그'는 소녀와 천변을 거닐다가 사랑을 고백한다. 물론 그 고백에는 진정성이 결여되어 있다. '음란한 충동'에서 비롯된 것이기 때문이다. 하지만 의외로 소녀는 '그'의 사랑을 받아들이겠다는 태도를 보인다. '그'는 그만 겁을 먹고는 다시 뒷걸음친다. 그리고 엉뚱하게도 소녀에게 애인이 생기기를 바란다는 둥의 이야기를 지껄인다. 소녀는 이 같은 '그'의 거짓된 행동을 그대로 꿰뚫어 읽고 있다. 이처럼 '그'는 '소녀'를 좋아하면서도 거리를 재고 자신의 감정을 드러내지 않으려고 애를 쓴다. '소녀'는 이러한 '그'의 내면을 그대로 알아차리고는 '그'에게 헛점을 보이지 않으려고 노력한다.

이들이 보여 주는 감정의 팽팽한 대결이 무너지기 시작하는 것은 소녀의 태도 변화에서부터 비롯된다. 소녀에게는 그녀가 오직 믿고 의지하며 따르던 오빠가 있다. 그 오빠에게 애인이 생겼다. 오빠는 소녀가 가장 좋아하던 친구를 애인으로 만들었다. 소녀는 자신의 고독을 느끼며 새삼 세월이라는 것을 실감한다. 소녀는 다음 날 '그'와 또 만난다. 교외의 조용한 방에서 둘은 다시 승부를 건다. 소녀는 자신이 친구와 함께 동경으로 떠난다고 거짓말을 한다.

> 소녀도 인제는 어지간히 피곤하였던지 이런 소용없는 감정(感情)의 시합(試合)은 여기쯤서 그만두어야겠다고 절실히 생각하는 모양 같았다. 그러나 이런 경우에 소녀는 그에게보다도 자기 자신에게 이기고 싶었다.
>
> "인제 또 만나 뵙기 어려워요. 저는 내일 E하구 같이 동경으루 가요."
>
> 이렇게 아주 순량하게 도전(挑戰)하여 보았다. 그때 그는 아마 이 도전의 상대가 분명히 그 자신인 줄만 잘못 알고 얼른 모가지 털을 불끈 일으키고 맞선다.
>
> "그래? 그건 섭섭하군. 그럼 내 오늘 밤에 기념 스탬프를 하나 찍기루 허지."
>
> 소녀는 가벼이 흥분하였고 고개를 아래 위로 흔들어 보이기만 하였다. 얼굴이 소녀가 상기한 탓도 있었겠지만 암만 보아도 이것은 가장 동

물적(動物的)인 동물(動物) 이외(以外)의 아무것도 아니었다.

　마지막 승부(勝負)를 가릴 때가 되었나 보다. 소녀는 도리어 초조해하면서 기다렸다. 즉 도박적인 '성미'로!

　(도박은 타기(唾棄)와 모멸(侮蔑)! 뿐이려나 보다.)

　(그가 과연 그의 훈련된 동물성을 가지고 소녀 위에 스탬프를 찍거든 소녀는 그가 보는 데서 그 스탬프와 얼굴 위에 침을 뱉는다. 그가 초조하면서도 결백한 체하고 말거든 소녀는 그의 비겁한 정도와 추악한 가면을 알알이 폭로한 후에 소인(小人)으로 천대해 준다.)

　그러나 이들이 걸었던 도박은 글자 그대로 '타기'와 '모멸'로 끝난다. 둘은 여전히 평행선을 그리는 심리적 대립에서 누구도 손을 들지 않는다. 그때 등장한 것이 소녀의 오빠다. 오빠는 소녀의 진심을 '그'에게 전한다. 그리고 오히려 그 자신이 소녀의 친구와 함께 먼저 동경으로 떠난다면서 소녀의 '뒷갈망'을 부탁한다. '그'는 소녀의 오빠를 만난 후 바로 소녀에게 편지를 보낸다. 그리고 함께 동경으로 가자고 프로포즈한다. 이 소설의 결말은 소녀의 답장과 함께 끝난다. 애정을 계산하는 버릇을 버리고 함께 세월을 느끼며 사랑을 받아들인다는 것이다. 그리고 소녀는 단발했음을 고백한다. 자신의 차디찬 감정이 미웠다는 말과 함께.

　소설 「단발」은 '감정의 연습'이라는 말로 표현되고 있는 두 남녀의 피곤한 연애 장면이 서사의 핵심을 이룬다. 두 사람은 그 심정적 거리를 '세월'이라는 것을 빌미 삼아 건너뛸 수 있게 된다. 그리고 '동경' 행을 함께 결심한다. 이 소설의 마지막 장면에서 소녀는 '단발'을 통해 얽혀 있는 감정의 꼬리를 잘라 낸다. 그리고 두 사람에게 따라붙는 세월의 흐름도 토막을 낸다. 그렇지만 '그'는 이 소녀의 행동을 놓고 "소

녀의 고독! 혹은 이 시합은 승부없이 언제까지라도 계속하려나." 하고
다시 계산한다. 소설 「단발」의 이야기는 결국 다시 이어질 수밖에 없
게 된다. 이들이 꿈꾸던 동경행의 실체를 보여 주는 소설 「실화」가 뒤
에 이어지고 있기 때문이다.

　　소설 「지팡이 역사(轢死)」와 「김유정」은 연구자에 따라서는 수필의
영역에 넣은 경우도 있을 정도로 그 서사 구조가 느슨하다. 「지팡이
역사」의 이야기는 크게 두 장면으로 구분된다. 이야기의 전반부는 여
행지에서 겪은 아침 풍경이다. '나'와 함께 여행하고 있는 친구 S가 등
장하지만 서사의 성격을 죄우할 수 있는 행동이나 사건이 등장하는 것
은 아니다. 그러나 이야기의 후반은 특이한 서사적 상황을 설정한다.
황해선 기차 안의 풍경을 그리고 있기 때문이다. 이 기차 풍경은 이동
성의 공간적 특성과 함께 익명의 다수 인물이 기차라는 공간에 다양한
포즈로 배치된다는 점이 특징이다.
　　작중 화자인 '나'를 통해 묘사되는 기차 안의 풍경은 1930년대 초
반 황해도 지역을 오가는 기차 승객의 일상적 풍모를 그대로 살려 낸
다. 특히 각각의 인물들이 보여 주는 입성을 통해 당대의 옷차림이나
여행 풍속의 일면을 쉽게 확인할 수 있다. 특히 다양한 모습의 승객들
의 면면을 그 익명성을 이용하여 오히려 특징적으로 성격화하고 있는
장면은 매우 인상적이다. 이 작품의 핵심 장면은 시골 노인의 지팡이
가 기차 바닥의 구멍으로 빠져 떨어져 버린 사건이다. 어리숙한 영감
은 그런 사실도 알지 못하고 있는데, 주변의 시선을 함께 관찰하면서
영감의 행동거지에 초점을 모아 놓는 묘사의 방식이 흥미롭다. 이상의
소설 가운데 유머 감각을 살리고 있는 유일한 작품이라고 할 수 있다.

　　「김유정」은 발표 당시 "小說體로 쓴 金裕貞論, 作故한 作家가 본
죽은 作家"라는 소제를 붙여 놓았다. 소설가 김유정의 문단적 존재는

　　　　　　　　　◆ 유작으로 남은 소설

그가 소설을 통해 형상화하고 있는 토속적 공간의 특징을 통해 널리 알려져 있다. 그의 소설은 어둡고 삭막한 농민들의 삶을 때로는 희화적으로 때로는 해학적으로 그림으로써 농민들의 끈질긴 생명력의 저변을 질박하게 펼쳐 놓는다. 그의 작품 가운데 1935년작인 「소낙비」, 「금 따는 콩밭」, 「노다지」, 「만무방」, 「봄·봄」과 1936년작 「동백꽃」, 1937년작 「땡볕」, 「따라지」 등은 대부분 그 무대를 농촌으로 설정하고 있으며, 무지하고 가난한 농민들을 등장시킨 것이 많다. 그렇지만 그의 소설들의 목표는 가난한 사람들의 삶을 통해 비참한 현실 문제를 비판적으로 그려 내는 것만은 아니다. 농민의 궁핍한 삶을 초래한 착취 구조에 대한 비판이나 분노가 강하게 표현된 경우도 많지 않다. 오히려 그의 관심은 토속적인 구어와 생동하는 문체를 바탕으로 하는 해학과 반어의 기법을 통해, 농민들의 순수한 삶과 끈질긴 생명력을 그려 내는데 있다. 그의 소설 속에 등장하는 인물들은 대체로 암울한 현실 속에서의 좌절과 분노를 보여 주기보다는 끈질기게 삶에 집착하는 강한 생존 본능을 드러내고 있는 것이다.

김유정의 소설에서 이야기의 핵심을 이루는 요소는 경제적인 궁핍과 가난이다. 물론 작가 자신은 이야기의 갈등 속에서 농촌 사회의 착취 구조를 읽어 내도록 요구하는 법이 없다. 오히려 그는 가난 자체를 이야기의 요소로 끌어들이면서도 농촌 사람들의 우둔함을 통해 역설적으로 그들에게 가난을 강요하는 시대 상황의 문제성을 대조적으로 부각시키기도 한다. 물론 소설 「땡볕」과 같은 작품에서 느낄 수 있는 웃음은 비극적인 요소와 맞물려 있다. 이 작품의 이야기는 주인공이 직면해 있는 궁핍한 삶의 현실과 그 고통에서부터 비롯된 것이다. 쌀한 되도 꾸어다 먹어야 하는 가난, 죽게 된 아내의 병으로 팔자를 고쳐 보리라 기대하는 무지와 그나마 좌절되어 아내와 벌이를 모두 잃게 된 절망적인 상황이, "중복허리의 쇠뿔도 녹이려는 뜨거운 땡볕"으로 상징화되어 있다. 이 작품의 결말부에 이르면, 아내를 변변히 먹이지 못한 것을 후회하며 "동네 닭이라도 훔쳐다 먹였을 걸"하는 남편의 엉뚱한 발상이나 쌀 꾸어 먹은 걸 잊지 말고 갚으라는 아내의 하찮은 유언은 더 이상 웃음을 자아내지 않는다. 오히려 독자에게는 극한의 궁핍이라는 냉엄한 현실 앞에서 무기력할 수밖에 없었던 그들 삶의 비극성이 선명하게 각인될 뿐이다. 그러므로 김유정의 문학 세계는 이상의 소설 세계와 대조적이다. 이상이 그려 내는 도시 공간이라든지 자의식에 빠져 있는 개인의 내면세계는 김유정의 소설에서는 찾아볼 수 없다. 이상의 도시 문학과 김유정의 토속 문학은 1930년대 서사 공간의 극단적인 양면에 해당한다고 할 수 있다. 그러나 이러한 차이에도 불구하고 두 작가가 그려 내는 공간은 식민지 근대의 문제성을 서로 다른 각도에서 제시한다는 점을 주목할 필요가 있다.

소설 「김유정」에서 이상이 초점을 둔 것은 그 성격의 형상화인데, 주로 김유정이 지니고 있는 가식 없는 순박성 또는 열정에 중점을 두었다. 이상이 느낀 김유정의 인간적 풍모는 소설 「실화」의 한 장면에서도 허구적 장치를 통해 조명된다. 이상은 그만큼 김유정이라는 인간에 대한 정서적 공감을 깊이 간직하고 있었던 것으로 보인다. 이 작품은 일종의 '실명 소설'이라는 형식을 갖춤으로써 1930년대 심경소설의 특징적인 단면을 보여 준다는 점을 부기해 둘 필요가 있다.

◆ 유작으로 남은 소설

◆ 이상 소설의 서사적 특성

소설적 형식의 해체

이상의 소설은 일반적으로 '소설'이라고 부르는 장르의 요소로 여겨지는 것들을 제대로 갖추고 있지 않다. 그의 소설에는 사실상 하나의 줄거리를 가진 이야기가 없다. 또한 그의 소설 속 인물에게는 행동을 통해 발전해 가는 성격도 없으며 말과 행동을 통해 성격화되기보다는 의식과 사고를 통해 그 존재를 드러낸다. 어떤 목적이나 방향을 설정하고 이루어지는 도전과 모험의 과정도 없고 소설적 흥미도 결여되어 있다. 그렇기 때문에 잘 짜인 구성과 변화무쌍한 하나의 스토리를 기대하는 독자들에게는 이상의 소설이 언제나 혼란스럽게 느껴진다.

이상의 소설은 의외로 그 이야기가 단순하다. 이 단순함은 물론 그 서사 구조에서 비롯되는 것이지만 소설 속에서 그려지는 모든 장면들이 일상적인 사소함에 얽혀 있음과도 연관된다. 그의 이야기 속에는 극적인 사건보다 하찮은 일상이 자리한다. 이것은 의미 있는 행동과 사건을 플롯의 원리에 따라 배치해야 하는 근대소설의 일반적인 특성과 배치된다. 이야기 속의 자잘한 일들은 모두 도회의 시가지에서 일어나지만 그것이 필연적으로 야기하는 극적 사건이란 당초에 존재하지 않는다. 그의 소설은 객관적인 현실에 대한 리얼리티를 제거한 대신에 주관성이라는 하나의 지표를 새로운 핵심으로 내세운다. 이 주관성에 근거하여 미궁 속의 인물이 보여 주는 사소한 일들 속에서 자기 존재에 대한 사유도 가능해지며, 본능적 충동의 단순성도 암시된다.

이상의 소설은 사실주의 소설의 냉정한 객관성을 갖고 있지 않다. 도시의 일상을 어떤 규범적인 틀 속에서 그려 보이지 않고 있기 때문이다. 이상의 소설에는 사실주의적 세계에서 강조해 온 리얼리티의 개념 대신에 암시와 상징을 통해 드러나는 환상적인 세계가 이를 대치한다. 일상적인 공간 속에서 반복되는 사소한 일들을 나열하면서 이상의 소설은 소설이라는 양식이 추구해 온 서사의 문법에서 벗어나 새롭고 낯설게 어떤 정황을 그려 낸다. 그것은 아주 사소한 일들에 대한 상세한 묘사를 통해서 그 특징이 드러나기도 한다. 그렇기 때문에 기왕의 연구 가운데에는 소설의 서사적 특성 대신에 이상이라는 작가 — 경험적 실체로서의 이상이라는 인물에 관심을 집중한 경우가 많다. 이상 소설에 대한 논의가 작가 이상에 대한 심리 분석이나 숨겨진 경력의 비밀 탐색으로 치우치는 경우가 많았던 것이다.

이상의 소설에는 어떤 특정한 이념이나 가치가 두드러지게 드러나는 법이 없다. 이상은 어떤 특정한 방법과 관점에 따르거나 기성적 권위를 부여받는 가치와 이념을 인정하지 않는다. 그는 인간의 존재와 사물의 형상을 바라보는 여러 시각을 실험하면서 다양한 방식으로 이야기를 만들어 내는 것이다. 이상의 새로운 소설적 실험에서 특징적으로 드러나는 것은 삶을 예술에 종속시키려는 그의 욕망이 아닌가 생각된다. 휴머니즘을 강조하면서 사실주의의 간판을 내건 당대 문학의 세속주의에 반기를 든 이상은 예술 그 자체로서의 소설의 의미에 도전한다. 그러므로 이상의 소설은 그 궁극적인 실체가 언어적 텍스트 자체라고 할 수 있다. 이 언어적 텍스트에는 실체와 본질, 현실과 이상이 서로 갈등하는 모순된 양상들이 담긴다. 때로는 상징화되고 때로는 비약되고 때로는 패러디되어 엉뚱한 상상의 공간을 만들어 낸다. 물론 이상의 소설은 현실의 세계를 떠나지 않는다. 그러나 그의 언어는 언제

◆ 이상 소설의 서사적 특성

나 이 현실의 영역을 넘어설 수 있는 또 다른 공간을 준비하고 있다.

일상성과 시간 의식

이상의 단편소설은 주인공의 하루 일과를 이야기로 담아낸 작품들
이 대부분이다. 「지도의 암실」, 「지주회시」, 「동해」, 「종생기」, 「실화」
등이 모두 그렇다. 이 작품들에서 그려 낸 하루라는 제약된 시간은 일
반적인 시간의 보편적 속성과는 관계없이 등장인물의 사적 체험 속에
서 재구성된 실재 경험의 시간이다. 그런데 이 시간은 비록 제한된 하
루 동안이라고 하더라도 일상적으로 반복되며 순환된다. 이상의 소설
속에서 그려진 주인공의 경험적 시간은 지극히 개인적이고도 사적인
것이지만 일상적으로 반복되는 순환적 시간의 틀을 벗어나지 않는다.
이 순환적 시간은 이야기의 시작과 결말을 자연스럽게 매듭지으면서
그 순환성의 특징을 강조한다. 일상은 애당초 반복적으로 되풀이된다.
그러므로 일상의 시작과 끝은 서로 맞물려 있다. 모든 일상은 시작되
는 자리에서 끝나고 끝나는 자리에서 다시 시작된다. 인간의 모든 행
동이나 일상의 제반사가 다 순환적으로 반복된다는 생각은 인간의 삶
과 그 역사가 무한한 가능성을 향하여 발전해 간다는 생각과는 그 성
질이 전혀 다르다. 하루하루 되풀이되는 일종의 '일일순환(day-cycle)'
의 원칙에 따라 진행되는 소설 속의 이야기를 놓고 보면 그 같은 소설
에서 이야기의 줄거리를 따지는 일이 더 이상 의미가 없음을 알 수 있
다. 어떤 행위의 연속을 통해 구체화되고 발전하는 사건이라는 것이
존재하지 않기 때문이다.

이상의 소설에서 그려지는 하루 동안의 일과는 현대인의 삶의 전
부에 해당한다. 그러므로 이 하루가 바로 소설의 중심이며 이야기의
핵심이 된다. 하루 동안이라는 정해진 시간 속에는 온갖 경험적 요소

들이 서로 뒤섞인다. 소설의 주인공도 자신의 모든 흘러간 기억들을 하루라는 시간 속에 주입시킨다. 이러한 방법을 통해 하루 동안이라는 제약된 시간이 소설에서 특별한 현재를 구성하고 있는 셈이다. 이상이 그의 소설에서 시간의 제약을 무한하게 확장하기 위해 끌어들이고 있는 것은 이른바 '시간화된 공간'이다. 인물의 의식 내면에서 자유롭게 연상된 정신의 궤적을 따라 공간은 확대되기도 하고 수축되기도 하고 가변적인 것으로 드러난다. 이런 식으로 '시간화된 공간'은 현실과 환상을 넘나들며 일상적인 현실의 고정된 틀을 넘어선다. 그러므로 이상의 소설에서는 시간의 흐름이 일상적인 현실 속에서 드러내는 규범이라든지 그 지속의 과정과 서로 불일치를 이룰 수밖에 없다. 이상 문학에서 시간은 마치 정신이 시간을 경험하는 것처럼 지연되기도 하고 즉각적으로 이동하거나 도약하기도 한다. 이 과정에서 인물의 기억과 욕망이 극적으로 제시되고 무의식의 세계와 겹친다.

이상의 소설은 주인공이 겪는 하루 동안의 일상적인 일들을 중심으로 하고 있기 때문에 각각의 작품에 극적인 갈등이나 반전 등으로 이어지는 중요한 행동이나 사건의 연쇄가 제대로 드러나지 않는다. 뚜렷한 줄거리를 만들어 내는 핵심적인 사건이나 행동도 찾아보기 어렵다. 그의 소설 속에서 주인공의 삶의 전체성을 살피고자 한다든지 사건의 절정과 그 파국을 통해 어떤 문제점을 해결해 가는 과정을 찾아보고자 한다면 그것은 이상 소설에 대한 올바른 독법이 아니다. 이상 소설에는 대체로 운명의 도정이라고 부르는 도도한 이야기의 흐름 대신에 다양한 에피소드와 충동적인 삽화들의 무질서한 결합만이 드러난다. 그러므로 엄격한 의미에서 이상의 소설은 줄거리 또는 스토리라는 개념을 지니지 않는다. 작품 속에서 발전하고 변화하는 것은 줄거리가 아니다. 작품의 결말의 상황은 시작이나 발단의 그것과 다를 바없다. 변화하고 있는 그 상황을 드러내는 국면일 뿐이며 그것이 반복될 수밖에 없다는 암시뿐이다. 이처럼 이상의 소설에 일상의 우연하고도 사소한 일들이 이야기의 중심에 자리 잡고 있다는 것은 일상성이 그의 언어와 사유, 글쓰기를 통해 사유와 의식 속에 들어와 있음을 의미한다. 하찮은 일상 속에 도회의 시가지가 있고 형이상학적 사유가 있고 미궁 속의 인물이 드러나고 그 인물의 본능적인 충동과 행동의 단순성도 드러나는 것이다. 이상의 소설이 이와 같이 일상성을 드러내고 있다는 것은 바로 그러한 일상성을 생산하고 있는 사회의 모더니티를 규정하는 일과 다를 바가 없다. 작가는 겉보기에 무의미해 보인 것들 가운데에서 자신의 어떤 관점에 의해 중요하다고 느끼는 것들을 발견하고 그것들을 나열함으로써 그 사회의 성격을 규정하고 있기 때문이다.

자의식과 주관성의 세계

이상의 소설은 객관적 현실에 대한 리얼리티를 제거한 대신에 주관성이라는 새로운 지표를 핵심으로 내세운다. 이상 소설 속에는 시계와 함께 시간을 알리는 여러 가지 기호들이 등장하고 있다. 시계는 정오를 알려 주고 자정을 종치고 새벽 3시를 알린다. 그러나 이것이 아침이 온다거나 날이 저물고 있다거나 한나절이 지나가고 있음을 말해 주는 것은 아니다. 단지 하나의 지점에서 고정된 시각을 표시할 뿐이다. 예를 들면 소설 「날개」의 주인공인 '나'는 한낮 정오의 사이렌이 울리는 소리를 들으면서 백화점 옥상에서 소리친다. "날개여 돋아라. 날자 날자꾸나." 이 장면은 여러 가지로 해석이 가능하지만 개인이 제도와 규범으로부터 이탈하고자 하는 순간이라는 것을 알 수 있다. 그는 소설 속에서 끊임없이 반복되는 다층적인 현재를 보여 준다. 이상 소설에서는 시간 의식이 실존적 차원에서 강조되고 정교하게 처리된 반면에 인물이나 성격이라는 면에서는 그 윤곽이 불분명하고 유동적인 자아로 변모하여 나타난다. 그러므로 개성화된 인물의 사회적 역할은 줄어들고 협소해진 반면에 시간 의식은 순간에서 영원으로 이어지면서 인간의 보이지 않는 내면을 볼 수 있도록 고안한다. 이상의 소설은 실제 이야기의 서술에서 의식의 흐름이라든지 내적 독백과 같은 새로운 방법을 정착시키고 있다. 이러한 방식은 이전의 소설에서는 볼 수 없었던 것이다. 인간의 내면 의식을 표현하는 이러한 방식은 계속적인 현재에 대한 환상을 가능하게 해 주며 몽상과 기억에 의해 과거를 탐구하면서 과거와 현재를 서로 혼합시키고 있다.

이상의 소설에서 시간의 지속성이라는 요소와 끊임없이 변화하는 자아의 내면을 동시에 드러내는 방법이 바로 '의식의 흐름'에 대한 묘사다. 이것은 실체로서의 자아나 개성이 통일체로서 존재하기 어렵다는 사실을 전제하지만 이상 소설에서 이러한 현상이 강하게 드러나는 것은 자아의 파편화 현상에 대한 관심이 집중되고 있음을 의미한다. 물론 의식의 흐름이나 내적 독백을 통해 드러나는 파편적인 단상이나 기억들이 실제로는 등장인물 한 사람의 삶에 속해 있다는 사실을 간과해서는 안 된다. 이것은 성격의 해체라기보다는 새로운 성격을 재구성하는 방법이 된다. 예를 들면 소설 「지도의 암실」은 이야기의 중심을 이루는 뚜렷한 줄거리를 내세우지 않고 모든 장면과 장면을 주인공의 의식의 흐름을 따라 연결하고 있다. 극적 갈등도, 위기의 국면도, 전환의 고비도 존재하지 않는 이 소설에서 모든 삽화는 우연한 생각, 그 기원을 따지기 어려운 연상, 그리고 자연스레 이어지는 생각들로 채워진다. 동기화되어 있지 않은 행위, 지표가 없는 동작은 어떤 일련의 사건으로 이어지지 않는다. 인물의 존재 기반이 되는 가정, 사회 등의 현실적 요건들도 이 작품에서는 거의 그려지지 않는다. 오직 사적(私的)인 영역으로서의 의식의 내면 공간만이 드러나고 있을 뿐이다.

이상 소설에서 시간은 기억 또는 의식 속에서 서로 뒤섞이고 왜곡되면서 그 순서를 제대로 보여 주는 경우가 드물다. 그리고 서로 뒤섞

◆ 이상 소설의 서사적 특성

이며 영향을 미치는 역동적인 상호 침투 작용을 보여 준다. 시간은 본질적으로 개인에 의해 경험되는 것이지만 의식의 흐름이나 내적 독백의 경우에는 객관적 현실 속에서 볼 수 있는 귀납적이거나 인과적 추리와는 아무 상관없이 사용되는 비논리적인 것이다. 이미지나 연상의 논리는 기억 속의 사건들이 가지는 시간적 순서라든지 인과적 논리라든지 하는 것을 초월한다. 이러한 경향은 이상의 소설이 보여 주는 특징적인 서사의 방식으로 분명하게 자리 잡고 있다. 그는 경험적 현실의 문제성을 고민하기보다는 소설이라는 양식이 어떻게 인간의 삶의 경험들을 구성하는가 하는 방법의 문제에 관심을 기울인다. 그리고 예술적 창조 행위에서 개별적 주체로서의 자아의 역할에 새로운 관심을 부여한다. 그러므로 이상의 소설은 그 서사적 형식의 불안정성과 함께 특이하게도 내면성의 어떤 경향을 특징적으로 보여 주게 된다. 이 같은 이유 때문에 이상의 소설에서는 경험적 세계의 실재성에 의해 규정되는 리얼리티의 문제에 대하여 새로운 접근이 요구되는 것이다.

메타픽션의 방법

이상의 소설은 외적 현실 세계에 대한 소설적 재현이나 그 반영에 관심을 두고 있지 않다. 그는 자신의 소설에서 거의 의도적으로 경험적 현실의 사회적 역사적 배경을 외면하고 소설이라는 양식 자체에서 하나의 이야기가 만들어지는 과정을 보여 주고자 한다. 소설이 현실의 반영이 아니라 작가에 의해 만들어진 하나의 제작물이라는 사실을 분명히 강조하고 있는 셈이다. 이러한 경향은 이상 소설이 보여 주고 있는 '메타픽션'으로서의 특징을 통해서 그대로 드러난다. 이상의 소설에서 주목되는 메타픽션의 글쓰기는 자신의 소설 안에서 그 서사 자체의 진행에 대해 이야기하는 방식을 보여 준다는 점에 그 특징이 있다.

이 특이한 방식은 서사의 진행으로 볼 때 텍스트의 창작 과정을 정교하게 반영할 수 있지만, 진행되고 있는 서사와는 관계없이 괄호 속에 담긴 채 텍스트의 경계를 넘어선다. 이 경우에 작가로서의 입장은 자기 소설에 대한 이론가로 바뀌면서 서사의 외부에 존재하는 모든 것들을 작품 속으로 불러들이게 된다. 이와 같은 특징은 이상의 단편소설 「지도의 암실」, 「동해」, 「날개」, 「종생기」 등에서 쉽게 확인할 수 있다.

이상은 소설이라는 양식 자체가 하나의 픽션이며 위장이라는 사실을 부인하지는 않는다. 하지만 그는 스스로 그 위장에 해당하는 서사에 관심을 기울이고 서사의 내적 공간으로 들어서서 여기저기 메타적 간섭을 시도한다. 이러한 과정을 통해 이상은 독자들과의 사이에 '소설'이라는 허구적 서사에 대해 이야기하는 것이 아니라 그 허구적 서사가 허구적으로 만들어지는 것이라는 점에 초점을 두고 이야기를 한다. 이러한 메타적 전략은 소설이라는 것이 작가에 의해 제작되는 허구라는 사실을 더 진지하게 위장하는 효과를 드러낸다. 여기서 문제가 되는 것이 전통적인 개념으로서의 허구와 리얼리티 사이의 관계가 무너지게 된다는 점이다. 물론 이것은 경험적 현실의 객관적 실재성에 대한 회의에 근거하는 것이지만, 이상은 소설이라는 것이 하나의 꾸며진 세계이며 가구(假構)의 산물에 불과하다는 사실을 강조하고 있는 셈이다. 다시 말하자면 이것은 소설이 현실 세계를 구체적으로 반영한다든지 삶의 실재성을 추구한다든지 하는 사실주의적 관점과는 거리를 두고 있음을 말해 주는 것이다.

실제로 이상은 자신의 소설에서 전통적인 사실주의 소설이 신봉해 온 플롯의 짜임새, 영웅적 주인공이 수행하는 의미 있는 행동, 서사의 인과적인 전개 등과 같은 규범적인 요건을 모두 해체한다. 이러한 요소들은 모두 가공된 것이며 현실 속에 존재하지 않는 것이기 때문이다. 이상이 만들어 낸 메타픽션으로서의 소설은 자기 반영적인 속성으로 인하여 텍스트 밖의 세계보다는 오히려 텍스트 내에서 이루어지

　　　　　　　　　　　◆ 이상 소설의 서사적 특성

는 내적인 메커니즘에 관심을 기울인다. 그러므로 서사의 세계에서 자기 탐닉적인 요소에만 집중적인 관심을 부여한다는 한계를 드러낸다. 이러한 자기 집착이 사회 역사적 현실로부터 도피하거나 초월하고 있다는 비판을 야기할 가능성이 높다. 하지만 이것은 현실도피가 아니라 오히려 그러한 경향을 보이고 있는 현실을 해체한다는 점에서 그 역설적 의미가 주목된다.

이상이 시도한 메타적 글쓰기는 소설의 새로운 가능성을 탐색하고자 하는 작가적 관심에 의해 이루어진 것이다. 이상은 자신의 개인적인 삶을 작품 속에 직접적으로 투영하는 방식을 통해 자기 반영의 가능성을 획득하게 된다. 자신이 창작하고 있는 소설 텍스트의 인물로 자기를 등장시키는 만큼, 작가로서 이상이 살아온 자전적 요소도 분명하게 드러난다. 그러나 이상의 메타적 글쓰기는 자전적인 요소를 담고 있다고 해도 어떤 역사적 실재성을 위한 서술 방식은 아니다. 이것은 존재론적인 차원에서 전혀 별개의 논의를 가능하게 한다. 소설의 텍스트에 등장하는 작가 이상은 텍스트 속에 등장하는 순간 그 실재성의 의미를 상실하게 되거나 또는 그 실재성 자체가 의문시될 수밖에 없다. 그것은 텍스트의 언어에 의해 만들어진 것이기 때문이다. 이러한 현상은 작가와 그 창작으로서의 텍스트 사이에 저자로서의 주체와 대상으로서의 작품이라는 입장이 서로 뒤바뀌면서 서로가 서로를 창조하고 서로가 서로의 입장을 파괴한다는 점을 통해 확인된다. 그러므로 이상의 소설 텍스트 안에 등장하는 작가 자신은 실재하는 자연인으로서의 작가 이상과는 구별된다. 이것은 단지 텍스트의 인위성과 현실의 삶의 인위성을 강조하기 위해 활용하는 하나의 서사 기법에 불과한 것이다. 그러므로 이상의 소설은 자전적이기는 하지만 하나의 '모방적 자서전'에 불과하다.

패러디 방법과 상호 텍스트성의 공간

이상의 단편소설에서 그 텍스트 구성 원리는 패러디 기법이 주축을 이룬다. 그리고 이러한 기법을 통해 구축되는 상호 텍스트적 공간에서 서사의 중층적인 전개가 가능해지고 있는 점이 특징이다. 소설 「지도의 암실」, 「날개」, 「동해」, 「종생기」, 「실화」 등은 모두 패러디 기법을 활용하여 텍스트 자체의 내적 공간을 확장하면서 서사의 특이한 변형을 유도한다. 그러므로 한 편의 소설을 제대로 읽기 위해서는 그 소설 텍스트와 관련되는 다른 모든 텍스트들을 함께 연결시켜야 한다.

이상 소설에서 주목되는 상호 텍스트성의 공간은 하나의 텍스트가 다른 텍스트들과 서로 연결된다는 점에서 그 지시 범위가 아주 넓어진다. 가장 분명한 것은 하나의 텍스트 안에서 다른 텍스트가 명시적으로 언급될 경우 두 개의 텍스트는 상호 텍스트성을 지닌다고 할 수 있다. 상호 텍스트성에 대한 관심은 두 개의 텍스트가 서로 연결되면서 만들어지는 새로운 상호 텍스트적 공간과 그것이 구현하고자 하는 의미에 대한 해석에 초점을 둔다. 그러므로 상호 텍스트성은 텍스트를 중심으로 이루어지는 모든 지적 작용을 포괄한다. 다시 말하자면 하나의 텍스트가 드러내는 의미를 가능하게 만들어 주는 모든 것들에 대한 통합적 인식을 요구한다. 이러한 현상은 어떤 형태의 텍스트라도 그것이 위치하고 있는 문화적 맥락을 떠나서는 이해할 수 없는 것임을 말해 준다. 결국 상호 텍스트성의 문제는 특정의 작가에 의해 창작된 독특한 서사적 텍스트라 하더라도 그것이 다른 여러 가지 텍스트와 서로 연결되어 있으며 당대 문화를 형성하고 있는 모든 담론에 의존하고 있다는 것을 입증한다고 할 것이다.

이상 문학은 가장 특이하고 독창적인 문학 세계를 구축한 것으로 평가된다. 그렇지만 상호 텍스트성의 관점에서 볼 경우 그것은 새로운 텍스트의 창조를 통해 도달하고 있는 성과만은 아니다. 오히려 이상

◆ 이상 소설의 서사적 특성

자신이 기존의 텍스트를 변형시키고 새롭게 재결합시키면서 구축한 상호 텍스트적 공간이 그의 문학의 폭과 깊이를 더해 주고 있는 것이 사실이다. 이상 문학의 독창성이라는 신화는 오히려 그가 기존의 모든 문학 텍스트들에 의존하여 아주 자유자재로 글쓰기를 실천했다는 것으로 바꾸어야 한다. 이상의 실험과 도전은 자기 텍스트에 갇혀서가 아니라 새로운 다른 텍스트를 향해 텍스트의 경계를 넘어섬으로써 가능했던 것이 아닌가 생각된다.

모더니즘 소설과 서사의 모더니티

이상의 소설은 그 창작의 과정에서부터 이미 본질적으로 사실주의적 속성과 거리가 먼 양식적 요소로 채워지며 반인상주의적인 경향을 나타낸다. 그의 문학 세계는 리얼리티 효과를 포기하면서 자신의 주관적 감정과 경험적 요소들을 종종 과장하기도 하고 엉뚱한 방향으로 왜곡하기도 한다. 그의 소설은 현실을 통합적으로 인식하고 거기에 어떤 합리적 질서를 부여하는 작업과는 거리가 멀다. 오히려 현실의 어떤 특정한 부분을 과장하거나 자기화하는 작업에만 매달린다. 그렇기 때문에 그의 소설은 현실을 반영하고 묘사하는 것이 아니라 오히려 그 현실의 어떤 측면에 대응할 수 있는 하나의 독자적인 이야기로서의 소설을 만들어 낸다. 어떤 의미에서 볼 때 이상이 그의 소설에서 그려 내고자 하는 현실은 사실 존재하지 않는 것일 수 있다. 그의 현실은 그의 작품을 빌려 비로소 탄생하는 것이다.

이상 문학에서 가장 주목되는 것은 인물의 추상성이다. 단편소설 「지도의 암실」에서부터 「실화」에 이르기까지 소설 속의 인물들은 그 사회적 존재 기반을 전혀 보여 주지 않는다. 이러한 사회 배경의 제거는 인물의 성격 자체를 추상화시킨다. 이상의 소설 속에 등장하는 주인공들은 뿌리 뽑힌 도회인으로 거리를 배회하고 소외된 지식으로서 자의식에 칩거하기도 하며 때로는 사물의 본질에 대해 깊이 사고하는 모습을 보여 주기도 한다. 이 같은 주인공들이 보여 주는 모순적이면서도 자기 비판적인 사고와 자의식의 성향은 언제나 현실의 모든 양상을 일그러뜨리는 신랄한 풍자를 깊이 감추고 있다.

이상 소설의 주인공은 어떤 구체적인 의도를 가지고 행동을 전개하는 것이 아니다. 주인공의 의식 속에서 일어나고 있는 갖가지 상념들은 마치 몽환적인 것처럼 보이기도 하는 단편적인 사고들과 함께 끝도 없이 전개된다. 주인공은 다른 사람들과 어떤 이야기를 나누는 경우도 별로 없고 자신의 입으로 어떤 말도 늘어놓지 않는다. 대화 없이 진행되는 서사에서 그 흐름을 주도하는 것은 주인공의 내면 의식이다. 그러므로 이상의 소설에는 경험적 주체로 존재하는 현실적 인물의 행동 대신에 하나의 의식, 하나의 사념만이 그 추상성을 대변한다. 다시 말하면 이상의 소설 속에는 행위의 구체성이 사상된 자리에 사고의 관념성 또는 추상성이 자리 잡고 있는 것이다. 주인공의 의식 내면에서 이루어지고 있는 사념들은 현실 속의 삶과는 별로 관계가 없으며, 이러한 의식 세계를 그려 내는 문장 또한 통사적 질서를 제대로 지키지 못한다.

이상 소설에서 자주 활용되고 있는 주인공의 무의지적인 기억과 회상은 이른바 자동기술법이라고 명명된 서술상의 기법으로 확실하게 자리 잡는다. 그의 언어는 간신히 어법의 규범을 따르긴 하지만 서사의 진행을 설명해 줄 수 있는 논리성을 거의 담아내지 못할 정도로 비문법적이다. 이러한 언어의 특징은 잠재의식적인 삶을 해방시키거나 파악하는 데에 의미를 둔다. 그렇기 때문에 인물들이 주고받는 대화가 상당 부분 생략되어 있으며, 그 텍스트의 공간을 내적 독백으로 채워 나간다. 여기서 내적 독백은 연속적인 줄거리나 주인공의 행동에 얽매이지 않고 어떤 질서를 갖는 시간적 순서에도 얽매여 있지 않은 기

◆ 이상 소설의 서사적 특성

억 연상 등으로 이루어진다. 소설 「지도의 암실」이나 「날개」에서 성과를 드러낸 내적 독백은 억압된 충동이나 감추어진 욕구들, 참기 어려운 금지된 취향을 폭로해 주며 대개 무의식 차원에서 만족되는 욕구들을 드러내 준다. 「주지회시」에서 볼 수 있는 주인공의 내적 독백은 주관적으로나 객관적으로 아무런 실체도 없고 무질서하며 이질적인 연속체이며 대화의 상대자가 없으며 그저 흘러가는 말의 홍수 또는 생각의 흐름이다. 그러므로 내적 독백은 통제되지 못하는 주체, 자신의 자동적인 연상들 속에 침잠해 있는 주체를 보여 준다. 여기서 모호한 의식의 충동과 제멋대로 떠돌고 있는 환상에 도취되어 있는 주체는 더이상 정신적인 것의 확고한 기저라고 볼 수가 없다.

이상 소설은 그 실험성과 전위성으로 인하여 다양한 비평적 담론을 만들어 내고 해석을 둘러싼 논쟁을 가열시켰다. 이상 소설은 그 정신적 지향 자체가 모더니즘의 새로운 경향을 추구하고 있지만 그것이 어떤 목표를 둔 예술운동의 사회적 실천으로 확대되지는 못했다. 그러나 그의 소설이 보여 주는 실험성과 그 전위적 성격은 보기 드문 일탈된 방식으로 현실에 충격을 던졌던 것이 사실이다. 이상 소설은 그 자신이 구사하고 있는 언어와 기법의 변화를 통해 일상적인 규범에 얽매여 살고 있는 사람들의 감성과 사고에 보이지 않는 커다란 영향을 끼치게 된다. 한국 현대 소설이 보여 주는 모더니티의 수준과 그 문제성을 논하게 되는 경우 언제나 이상 소설이 주목되는 이유가 여기 있다.

이상 문학을 위한 변명

1

이상은 사물에 대한 감각적 인식을 둘러싼 문화적 조건의 변화에 일찍 눈을 떴던 예술가다. 그는 어린 시절부터 미술에 관심을 두면서 근대 회화의 기본적 원리를 터득했고, 경성고등공업학교에 재학하는 동안 근대적 기술 문명을 주도해 온 물리학과 기하학 등에 관한 깊은 이해를 가지게 된다. 그리고 새로운 예술 형태로 주목되기 시작한 영화에 유별난 취미를 키웠던 것이다. 이상이 지니고 있었던 현대 문명과 예술의 모든 영역에 대한 폭넓은 관심과 지식은 그가 남긴 문학의 구석구석에 잘 드러나 있다. 이상은 현대 과학의 중요 명제와 기하학의 개념들을 다양한 수식과 기호를 통해 시적 텍스트의 구성에 동원하고 있다. 이러한 시적 기표들은 모두 추상적인 속성을 지니고 있기 때문에 그 자체만으로는 정확한 의미를 이해할 수가 없다. 특히 이 특이한 개념과 수식과 기호들이 수사적 장치로 활용되고 있기 때문에 그 본질을 이해하지 않고서는 작품의 내면 구조를 제대로 파악하기가 쉽지 않으며, 오히려 더 큰 혼란에 빠져들게 된다. 이상이 동원하고 있는 과학의 명제나 기하학의 개념은 현실적 상황의 논리적 해석에 대한 일종의 제유(提喩)에 해당한다고 할 수 있다. 그리고 이것이 예술적 상상력을 고양시키면서 새로운 의미의 시적 창조에까지 이르게 된다.

이상이 과학기술과 문명의 발달이라든지 수학이나 물리학적 개념들에 관심을 가지된 것은 경성고등공업학교 건축과에서 수학한 경력과 직접적으로 연관된다. 일본 식민지 시대 한국 내에서 과학기술 분야의 최고 수준의 교육을 제공하던 경성고등공업학교에서 이상은 3년 동안 수학, 물리학, 응용역학 등의 기초적인 이론 학습의 과정을 거쳤고, 건축학 분야에 관련된 건축사, 건축 구조, 건축 재료, 건축 계획, 제도, 측량, 시공법 등을 공부했다. 이러한 수학 과정을 거치면서 이상은 과학기술의 발달과 그 변화 과정에 대한 폭넓은 식견을 쌓을 수 있었던 것으로 보인다. 그런데 여기서 주목해야 할 것은 현대의 과학기술과 문명이 주로 19세기 말부터 20세기 초에 이르는 동안 획기적인 발달과 변화를 겪었다는 사실이다. 예컨대 미국의 에디슨이 1879년 40시간이나 지속되는 '실용 탄소 전구'를 발명했다든지, 독일의 뢴트겐이 1895년에 음극선 연구를 하다가 우연히 투과력이 강한 방사선이 있음을 확인하게 되어 X선이라고 부르게 된 것은 모두 19세기 말의 일이다. 활동사진이라는 이름으로 처음 영화가 만들어진 것도 19세기 말의 일이며, 가솔린 자동차가 처음 등장한 것도 비슷한 시기의 일이다. 1903년 라이트 형제의 비행기가 등장하여 새처럼 하늘을 날아가고 싶어 했던 인간의 오랜 꿈이 실현되었다. 이 모든 새로운 발명과 창조가 한꺼번에 이루어지면서 이것들이 새로운 인간의 삶의 물질적 기반을 형성하게 된 것이다. 더구나 세기말을 거치면서 프로이트의 정신분석 이론이 등장하여 심리학의 획기적인 발전이 이루어졌으며, 아인슈타인의 상대성 이론으로 시간과 공간에 대한 인식의 대전환을 가져왔다. 예술 분야에서는 표현주의 이후 입체파가 등장하고, 문학의 경우 의식의 흐름이라는 새로운 기법을 활용하는 심리주의적 경향이 강하게 나타나게 된다. 이상은 바로 이러한 과학 문명과 예술의 전환기적 상황을 깊이 있게 관찰하면서 그 자신의 문학 세계를 새롭게 구축했던 것이다.

이상이 시와 소설의 창작 활동을 전개하면서 주목했던 것은 인간 존재의 근본 원리가 되는 시간의 문제와 사물에 대한 인식의 기초가 되는 시각(視覺)의 문제였다고 할 수 있다. 사물에 대한 새로운 시각의 발견이야말로 이상 문학에서 가장 빛나는 부분이다. 이상 문학은 눈앞에 존재하는 사물의 외적 형상을 인지하는 것만이 아니라 사물을 관찰하는 과정 속에서 주체를 둘러싸고 있는 환경과 관찰자로서의 주체까지도 포함하는 여러 개의 장(場)을 함께 파악하는 방법을 제시한다. 연작시 「오감도」라든지 단편소설 「날개」 등에서 이상은 사물에 대한 물질적 감각을 정확하게 파악하기 위해 사물의 전체적인 형태나 중량감, 윤곽, 색채와 그 속성까지도 설명할 수 있는 특이한 시선과 각도를 찾아낸다. 이것은 이상의 학업의 과정 자체와 연관되는 것이라고 할 수 있다. 그가 공업학교의 건축과에서 수학하면서 익힌 모든 지식은 20세기 초반의 기계문명 시대를 결정한 여러 가지 기초적인 이론에 대한 이해를 통해 이루어진 것이라고 할 수 있다. 이상은 그의 문학에서 광선, 사물의 역동성, 구조 역학, 기하학 등 기계시대를 이끌어 오고 있는 특징적인 이미지들을 작품의 주제로 채택하고 이를 작품을 통해 새롭게 형상화하고자 했다.

2

이상 문학의 성격을 이해하기 위해서는 사적인 영역에 속하는 일이지만 그의 문단 활동이 폐결핵의 투병 과정과 겹쳐 있다는 점을 주목해야만 한다. 그가 그림 그리기를 포기하고 문학적 글쓰기에 집중하게 된 것은 폐결핵이라는 병 때문이다. 그의 예술적 열정을 한꺼번에 무너뜨린 것도 폐결핵이라는 병이었음은 물론이다. 이상은 조선총독부 건축 기사로 활동하던 1931년 가을 자신이 폐결핵 환자라는 사

　　　　　　결론: 이상 문학을 위한 변명

실을 확인했다. 그때 그의 나이가 스물둘이다. 그는 폐결핵을 앓고 있는 자신의 건강 상태를 확인한 후 병의 고통을 안고 문학적 글쓰기에 전념한다. 1937년 스물여덟의 나이로 동경에서 생애를 마감하게 된 순간까지 그를 괴롭힌 가장 큰 고통이 폐결핵이었다. 그의 청춘과 열정의 삶과 비극적 죽음이 모두 폐결핵과 연관되어 있다. 그러므로 이상 문학에는 폐결핵이라는 병의 고통과 거기서 비롯된 자기 몰입의 성향을 강하게 드러내는 작품들이 적지 않다. 이 작품들에서 확인되는 병적 나르시시즘의 징후를 어떻게 이해할 것인가 하는 문제는 이상 문학의 성격을 규정하는 데에 있어서 중요한 의미를 지닌다.

이상이 세상을 떠난 후 유고의 형태로 발표된 수필 「병상 이후」(《청색지》(1939. 5))를 보면 조선총독부 건축 기사 시절 폐결핵의 고통에 시달리며 병상에 누워 있던 이상 자신의 모습을 그리고 있다. 조선총독부 건축 기사로서 안정된 직장을 가졌던 이상은 혼자서 공부한 미술 실력으로 조선 미술 전람회에 입선되는 기쁨을 맛본다. 그가 꿈꾸던 화가의 길이 어떤 구체적인 모습으로 그 앞에 드러나기 시작한 것이다. 그리고 바로 그 무렵부터 소설을 쓰고 잡지《조선과 건축(朝鮮と建築)》에 일본어 시를 발표하게 되면서 화가로서 뿐만 아니라 작가로서 자신의 꿈을 펼쳐 나갈 수 있는 가능성을 한꺼번에 열어 놓는다. 그런데 이상은 자신의 예술적 열정을 제대로 펼쳐 보기도 전에 깊은 절망의 늪에 빠져든다. 그는 조선총독부에서 시행하던 건축 공사의 현장 감독으로 일하던 중에 피를 토하고 쓰러졌던 것이다. 병원으로 옮겨져 응급처치를 하고 정밀 진단을 통해 알게 된 것이 바로 폐결핵이다. 이상을 죽음의 공포로 몰아간 폐결핵은 결핵균의 감염에 의하여 발병하는 만성전염병이었지만 당시에는 치료약이 없었다. 이상의 시에서 중요 모티프로 활용되기도 한 폐결핵의 주된 증세는 미열, 기침, 도한(盜汗) 등이다. 때로는 기침을 하면서 피를 토해 내는 객혈(喀血)이 나타난다. 이상은 자기 육체의 내부에서 일어나는 병환이 육체의 내부를

훼손하고 결국은 죽음에 이르게 할 것이라는 점을 알게 된다. 그는 자신을 향해 가까이 다가오는 죽음에 대한 공포에 떨며, 때때로 찾아오는 객혈의 고통 속에서 자기 육체에 대한 특이한 몰입의 과정을 겪게된다. 그는 스스로 자신의 모습을 거울에 비춰 보면서 일종의 자가 진단과 자기 확인을 거듭하게 된다.

프로이트가 쓴 「나르시시즘에 대하여(On Narcissism)」라는 글에서 내세우고 있는 가설과 그 논의의 과정을 시인 이상의 경우에 견주어 보면 매우 흥미로운 결론에 도달할 수 있다. 나르시시즘이라는 말은 그 기원이 그리스 로마의 신화로까지 거슬러 올라간다. 그러나 프로이트는 이 말을 일종의 정신병리학적인 개념으로 사용한다. 나르시시즘이라는 말이 지시하고 있는 갖가지 함의를 생각한다면, 프로이트의 개념은 그 폭이 좁혀져 있다고 할 수 있다. 프로이트는 나르시시즘에 대한 논의를 인간의 육체에 가해지는 어떤 고통에 관한 설명으로부터 시작한다. 이것은 자신의 아름다운 얼굴을 보고 그 환상에 빠져들었던 님프의 이야기와는 상당한 거리가 있다. 프로이트는 인간이 자신의 육체에 가해지는 어떤 고통의 실체를 발견하게 되었을 때 자기 자신에 대해 관심을 집중한다고 말한다. 육체의 상처나 병으로부터 고통받는 사람들은 누구나 그 고통에서 벗어나고 싶어 한다. 그렇기 때문에 거의 강박관념처럼 자기 육체에 몰입하고 그 고통에 대해 좌절하고 더 큰 정신적 고통을 겪으면서 괴로워한다. 이러한 행태는 누구에게나 마찬가지로 드러난다. 프로이트는 이러한 경향을 놓고, 자기 육체에 대한 고통을 지향하는 리비도(Libido)의 자기 투여라는 것이 나르시시즘의 실체에 해당하는 것이 아닌가 묻고 있다. 육체적 고통을 향한 부정적 자기 투여 방식이 과연 나르시시즘의 하나라고 할 수 있는 것인지를 묻고 있는 셈이다. 프로이트는 무엇 때문에 나르시시즘을 설명하기 위해 육체적 고통의 경험인 병을 먼저 생각하게 되었을까? 이것은 아주 간단하게 설명할 수 있다. 프로이트는 병에 의한 육체의 훼손과 그 고통이 곧바로 정신적으로 투여된 고통으로 바뀐다는 점을 지적한다. 말하자면 육체적인 고통을 통해 정신적 고통이 함께 복합적으로 작용한다는 것이다. 그러므로 육체적 고통은 언제나 육체적인 자기 발견의 전제 조건이 될 수밖에 없다. 프로이트는 고통스런 병을 체험하면서 육체에 대해 새로운 지식을 획득하는 방식이야말로 자신의 육체에 대한 어떤 표상에 도달하는 일반적인 방식이라는 점을 분명히 한다.*

이러한 프로이트의 논리를 전제할 경우, 이상의 시에서 발견하게 되는 병의 고통과 그 기호적 표상은 이상 문학의 본질적 영역에 속하는 문제임을 알 수 있다. 그의 문학에 자주 등장하는 병과 거기에 관련되는 이미지는 육체의 물질성에 대한 문학적 인식의 지평을 열어 놓는다. 이 작품들은 때로는 육체의 물질성에 대한 추구 과정을 집요하게 드러내기도 하고 물질성의 한계를 넘어서고자 하는 욕망을 강하게 드러내기도 한다. 이상 문학에서 그려지는 인간의 육체는 정신적 가치라든지 사회적 이념을 벗어남으로써 육체에 관한 전통적인 의식으로부터 자유로워진다. 이러한 육체의 물질성과 그 도구적 기능성에 대한 새로운 인식은 이상이 추구하고 모더니티 문제의 중심 영역에 자리함으로써 중요한 문학적 주제로 발전하고 있다.

3

이상이 활동했던 1930년대 중반은 일본 군국주의의 확대와 함께 강압적인 사상 탄압이 강화되기 시작한 시기였다. 한국 사회가 겪고 있던 식민지 근대의 모순을 가장 격렬하게 비판했던 조선프롤레타리아예술동맹이 1935년 강제 해체되자, 한국문학의 주조를 형성하고 있

---

* 리차드 윌하임, 조대경 옮김, 『프로이트』(민음사, 1987), 181~221쪽 참조.

던 이념 추구의 경향이 사라지게 된다. 당시 문인들은 조선프로예맹과 같은 집단적 조직 활동이 불가능해지자 다양한 소그룹 중심의 동인 활동을 통해 새로운 문학적 출구를 모색한다. 이들은 유학을 통해 얻은 문학예술에 대한 깊은 지식을 바탕으로 서구 예술의 새로운 동향을 활발하게 소개하면서 다양한 동인 활동에 참여하게 된다. 그러므로 이들을 중심으로 하는 1930년대의 문단은 문학예술의 영역에서 전문 문학인들이 등장한 시대였다고 할 수 있다. 그 이전의 초창기 문단을 보면 문인들 가운데 문학 자체를 전문적으로 수학한 사람이 거의 없다. 이광수, 염상섭, 나도향, 이기영, 현진건, 김동인, 김소월, 한용운 이상화 등이 모두 문학을 공식적인 교육기관에서 공부한 경험을 갖고 있지 않다. 그러나 1930년대는 이와 다르다. 국내에서는 경성 제국 대학 출신들 가운데 이효석, 유진오, 최재서 등이 문단에 진출했으며, 일본 유학 과정에서 영문학, 불문학, 독문학, 러시아 문학 등을 수학한 정지용, 이태준, 박태원, 김기림, 백철, 김영랑, 박용철, 김상용, 이헌구, 김광섭, 함대훈, 김환태 등도 문단에 뛰어들었다. 이들 가운데 일부는 '해외 문학파'라는 이름으로 지칭되었고, 일부는 연극 운동에 관심을 갖고 새로운 극예술운동을 전개하기도 했다. 그리고 동인 활동을 통해 문필 활동을 위한 자신들의 거점을 만들었다. 당시에 등장한《시문학》(1930),《삼사문학》(1934),《시인부락》(1936),《단층》(1937) 등의 동인지는 문단의 새로운 변화가 소그룹의 동인 활동을 통해 하나의 경향으로 자리 잡고 있음을 보여 준다. 1933년에 결성된 구인회는 문학 강연을 개최하고 동인지《시와 소설》(1936)을 펴내면서 활발한 창작 활동을 전개하며 새로운 경향의 문학을 주도한다. 이 새로운 문학적 변화는 넓은 의미에서 모더니즘 운동으로 규정되고 있다.

1930년대 한국문학에서 모더니즘이라는 말은 어떤 일관된 미학적 요건이나 통일된 관점을 드러내는 것이 아니라는 사실을 미리 전제할 필요가 있다. 이것은 모더니즘이라는 말이 지니고 있는 그 의미의 영역이 아주 넓다는 사실과 관련되는 것이지만 한국 사회가 안고 있던 식민지 근대의 모순과 그 시대적 한계라는 특수한 사회 문화적 조건 과도 직결된다. 1930년대의 모더니즘 문학 운동은 조선프로예맹의 강제 해체와 계급 문단의 붕괴, 그리고 계급 문단이 추구하던 계급 의식 의 퇴조에 뒤이어 등장한다. 문학 동인지《시문학》의 등장과 함께 구 체화되기 시작한 이 새로운 문학 운동은 구인회의 활동으로 이어지면 서 그 성격을 분명하게 드러낸다. 물론 당시 문단에서 이 새로운 문학 적 경향을 주도했던 문학인들도 자신들의 문학적 기법과 정신과 관점 에 대해 어떤 일치된 견해를 보여 준 적은 없다. 예컨대 정지용이 지니 고 있었던 시적 언어와 기법에 대한 관심은 동시대의 김기림이 지향하 고자 했던 문명 비판 의식과 일치하지 않는다. 이태준이 지니고 있던 산문 문체의 미학이라는 것도 묘사의 치밀성에 관심을 기울였던 박태 원의 경우와 같은 차원에서 논의하기 어렵다. 이것은 이상이 추구했던 시와 소설에서의 자의식의 반영이라든지 하는 문제와도 서로 다르다. 이들은 각자 자신들이 추구하고자 하는 문학의 정신과 기법을 자기 나 름대로 보여 주었고 각자의 길에서 서로 영향을 주고받았던 것이다. 그러므로 이 새로운 문학적 경향은 집단적 이념성을 거부하고 있었다 는 점에서 문학적 순수주의 또는 순수문학의 경향으로 평가된 적도 있 다. 그렇지만 이들은 문학이 외적 조건이나 이념적 요구로부터 자유로 워야 한다는 데 동의했는데, 이것은 모더니즘 문학이 추구했던 예술의 미적 자율성에 대한 신념을 말해 주는 것이라고 할 수 있다. 이들이 추 구하던 문학의 방향이 개인주의적 경향으로 좁혀지고 있다든지 문학 적 주제 의식에서 일상성의 의미가 중시되기 시작한 것도 모더니즘의 경향과 연관된다. 특히 이 시기에 본격적으로 문학의 매체로서의 언어 에 대한 새로운 인식이 확립되면서 문학적 기법과 문체 자체가 객관적 산물로서의 문학작품의 성격을 좌우할 정도로 강조된다. 이러한 경향 에 따라 당시 문단에서 기교주의 논쟁이 촉발되었으며 모더니즘에 대한 새로운 인식이 확대되었던 것이다.

이상 문학은 1930년대 한국 모더니즘 문학 운동의 구체적인 실천적 성과에 해당한다. 예컨대 이상의 「오감도」는 한국 현대 시문학사에서 시적 감성의 영역을 시적 인식의 세계로 바꾸는 시정신의 전환을 가능하게 했다. 이상이 시와 소설을 통해 새로운 문학의 가능성을 열었던 모더니즘 운동은 최재서, 김기림 등에 의해 소개된 영미 문학의 주지주의와 이미지즘 등을 통해 그 이론적 기반이 확대된 바 있다. 최재서의 비평적 작업은 1930년대 모더니즘의 이론적 기반을 이루는 흄 (T. E. Hulme), 리처즈(I. A. Richards), 리드(H. Read), 엘리엇(T. S. Eliot) 등의 비평 이론을 집중적으로 소개하는 일종의 이론 비평적 성격을 드러낸다. 최재서는 흄의 신고전주의 문학론이나 리처즈의 심리주의적 방법을 모두 '주지주의' 문학론이라는 이름으로 소개하고 여기에 리드나 엘리엇의 비평까지 포함하고 있다. 그가 발표한 「현대 주지주의 문학 이론의 건설」(1934)과 「비평과 과학」(1934)은 이 같은 그의 비평적 관심이 집약되어 있는 글이다. 최재서가 주목하고 있는 것은 예술에서 있어서의 신고전주의와 비평의 과학적 방법이다. 이것은 그가 서구적 합리주의에 근거한 지성과 모럴의 주창자였다는 사실과도 서로 관련된다. 그는 사상과 감정의 지적인 조작에 의해 이루어지는 현대시의 성격을 강조하면서 시에 있어서의 현대성의 인식을 중요한 과제로 내세우기도 한다. 「서정시에 있어서의 지성」(1938)과 같은 글은 이러한 그의 관심의 소산이라고 할 수 있다.

김기림의 모더니즘론은 최재서의 경우와는 달리 한국 현대 시에 대한 실천적인 관심에 의해 제기된 것이다. 그의 모더니즘론은 「시작에 있어서의 주지주의적 태도」(1933)와 「모더니즘의 역사적 위치」(1939)로 집약되고 있지만, 「오전의 시론」(1935)을 비롯한 대부분의 시에 대한 비평적 논의가 모두 모더니즘의 논리와 실천의 근거로 자리하고 있다. 김기림은 모더니즘 운동이 문학사적으로 두 가지의 문학적 조류에 대한 부정과 반발임을 강조하고 있다. 하나는 낭만주의의 감상성에 대한 것이며, 다른 하나는 계급문학 운동의 정치적 이념적 지향에 대한 것이다. 이 같은 지적은 물론 한국문학에서 문제가 되는 문학적 조류를 근거하여 설명하고 있는 것이므로 모더니즘의 일반적인 특성을 폭넓게 제시하고 있는 것은 아니다. 그러나 시가 언어의 예술이라는 자각을 분명히 인식하고 있으며, 문명에 대한 일정한 감수를 기초로 한 다음 일정한 가치를 의식하고 쓰는 시를 강조하고 있다는 점에서 본격적인 시의 모더니즘론에 다가서 있음을 볼 수 있다. 김기림의 모더니즘론은 시적 모더니티에 대한 추구 작업으로부터 출발하고 있지만, 여기서 드러나는 현대 문명에 대한 긍정이 결과적으로 일제 식민지 지배에 의해 이루어지고 있는 종속적인 자본주의 문명에 대한 비판적 인식을 결여하게 됨은 물론이다. 김기림 자신은 이 같은 문제성을 극복하기 위해 현실 속에서 지식인의 대중적인 역할을 강조하기도 하고 풍자와 조소를 기조로 하는 문명 비판의 주제를 시 속으로 끌어들이는 실천적 작업에도 관심을 기울인다. 특히 그는 시의 모더니즘이 그 출발에서 볼 수 있었던 시대정신을 외면한 채 언어적 기교의 말초화에 빠져들어 가고 있는 것을 비판하기도 한다. 그렇지만 1930년대 김기림의 모더니즘론은 그 의의가 모더니티의 시적 구현에 있음은 부인할 수 없는 일이다. 그는 제작(製作)으로서의 시를 강조하면서 시가 사물을 재구성하고 독자적인 객관성을 구비하는 그러한 가치의 세계를 구현할 것을 주문한다. 그렇기 때문에 그는 시의 비평에 있어서도 순수 비평이라는 이름으로 내세워진 인상주의적 접근법을 벗어나서 방법론의 과학적 근거를 확립하고자 노력한다. 그는 비평이 철학이기 전에 과학이어야 한다는 신념을 분명히 했으며, 「과학으로서의 시학」(1940)과 같은 평문에서 과학적 합리주의에 집착하는 그의 문학적 태도를 확인할 수 있다.

4

이상의 문학은 개인적 주체로서의 작가 자신을 하나의 '타자(他者)'처럼 객관화하여 그 내면 의식을 보여 준다. 이상 문학은 이러한 자의식의 표출, 자기 반영을 통해 전통적인 문학의 형식과 결별한다. 이상은 경험적 현실의 문제성을 고민하기보다는 예술의 양식으로서의 문학이 어떻게 인간의 삶의 경험들을 예술적으로 구현하는가 하는 방법의 문제에 관심을 기울인다. 이것은 그가 문단에 등장하게 된 1930년대 초반의 일반화되기 시작한 새로운 예술적 경향과 문화적 관심과도 일맥상통한다.

한국문학은 1920년대까지 문학의 영역에서 집단적 주체와 그 이념의 구현이라는 가치론적 과제를 담론의 핵심적 주제로 삼았다. 그러므로 이러한 이념적 가치를 놓고 벌인 문학의 계급성과 민족성에 대한 논의는 문학적 담론의 영역을 언제나 사회경제적 질서의 차원에 기초하여 전개했던 것이 사실이다. 그리고 식민지 현실에 대한 공통의 경험과 현실의 변화와 발전에 대한 역사적 신념에 기초했던 것이다. 이와 같은 상황 때문에 소설 속의 개인의 삶은 언제나 그가 살아온 사회적 배경을 통해 이해된다는 것이 일반적인 관점이었으며, 그것이 바로 개인의 계급적 기반을 의미했던 것이다. 더구나 개인의 모든 활동 역시 투쟁, 좌절, 성공, 죽음 등에 이르기까지 모든 이야기의 구조와 그 결말은 항상 사회구조 또는 계급적 기반 위에서 해석되고 가치가 부여되었던 것이다.

이상의 경우는 인간의 창조적 행위로서의 문학에서 주체의 집단적 이념성이 중요한 것이 아니라는 사실을 발견한다. 그는 예술적 창조 행위에서 개별적 주체로서의 자아의 역할에 새로운 관심을 부여한다. 이것은 서사의 세계에서 언제나 중요한 것이 개별적 주체로서의 자아의 구성 문제라는 사실에 대한 새로운 인식에 근거하는 것이다. 이러

결론: 이상 문학을 위한 변명

한 이유 때문에 이상의 소설에서는 리얼리티의 개념을 경험적 세계관에 의해 규정할 수 있는 근거가 더 이상 발견되지 않는다. 그는 서사의 영역에서 강조되어 온 리얼리티의 문제에 대하여 새로운 접근을 요구한다. 이상은 그의 소설에서도 리얼리티의 구현보다는 자신의 주관적 감정과 경험적 요소들을 종종 과장하기도 하고 엉뚱한 방향으로 왜곡하기도 한다. 그의 소설은 현실을 통합적으로 인식하고 거기에 어떤 합리적 질서를 부여하는 작업과는 거리가 멀다. 오히려 현실의 한 부분을 자기화하는 작업에만 매달린다. 그렇기 때문에 그의 소설은 현실의 어떤 부분을 잘 반영하여 묘사하고 있는 것이 아니라 오히려 그 현실의 어떤 측면에 대응할 수 있는 하나의 독자적인 이야기를 만들어 낸다. 어떤 의미에서 볼 때 이상이 그의 소설에서 그려 내고자 하는 현실은 사실 존재하지 않는 것일 수 있다. 그의 현실은 그의 작품을 빌려 비로소 탄생하고 있기 때문이다. 결국 이상의 소설은 사실주의에서 신봉해 온 모사론을 거부하고 있으며 이상의 소설에 이르러 문학의 목표가 구체적인 외적 현실과 경험에서 내적 정신적인 세계로 전환하고 있음을 볼 수 있다.

이상은 시에서도 자신의 개인적인 삶을 텍스트 속에 직접적으로 투영하는 방식을 통해 주체의 인식과 그 시적 형상화의 가능성에 도달하게 된다. 자신이 창작하고 있는 작품 속에 시적 대상으로 자기 주체를 등장시키기도 하는 것이다. 물론 이러한 형식 자체는 전통적인 의미의 서정적 진술과는 전혀 다르기 때문에 존재론적인 차원에서 별도의 논의를 가능하게 한다. 이상은 미적 원리로 중시되고 있는 대상과의 간격이라는 것을 포기한 채 자아의 내면에 투영된 사물의 인상을 통해 그 구체적인 실체성에 접근한다. 그는 시적 형식을 통해 주체의 정서를 표현하는 것이 아니라 자아의 형상을 시적 대상으로 삼아 이를 여러 각도에서 보여 주고 있는 것이다. 그러므로 시적 주체는 텍스트 안에서 대상화되어 마치 사물처럼 분석되기도 하고 해체되기도 한다.

이것은 예술의 세계에서 언제나 중요한 것이 개별적 주체로서의 자아의 구성 문제라는 사실에 대한 새로운 인식에 근거하는 것이다. 이상의 시가 보여 주는 주체에 대한 인식은 시간과 공간에 대한 체험과 그 인식을 통합하는 새로운 시각을 통해 구체적으로 형상화된다. 시에서의 시간은 내적 의식과 외적 현실을 함께 포괄할 수 있는 유일한 영역이다. 이상은 그의 시에서 시간의 개념과 관련되는 기하학과 물리학의 여러 개념들을 시적 모티프로 활용한다. 그는 시간 대칭의 개념을 '거울'이라는 이미지로 구현하기도 하고 시적 공간 안에서 공적 시간과 사적 시간의 불일치를 통해 현대인의 모순된 삶의 양상을 표현하기도 한다. 그리고 서로 다른 시점에서 일어나는 개별적 사건들의 동시성 문제를 하나의 시적 상황으로 끌어들여 통합적으로 구성하기도 한다. 이러한 방법은 사물과 사물이 끊임없이 상호 관련되어 변화한다는 점을 보여 줄 수 있을 뿐만 아니라 더욱 복합적인 세계를 구성하게 된다는 점을 말해 주는 것이다.

5

한국문학에서 모더니티의 인식 문제는 이상 문학의 등장과 함께 그 성격과 방향이 분명하게 드러난다. 이것은 한국문학이 식민지 근대의 모순에 대한 인식에 관심을 집중하면서 그 기법과 정신을 확산시켜 온 경험과도 직결되어 있다. 일본 식민지 지배 상황에서 이루어진 한국 사회의 변화 가운데 일제의 독점적 자본주의의 횡포에 대한 비판과 저항은 1920년대 후반부터 적극화되기 시작한 소작쟁의, 노동 파업 등을 통해 확인된다. 하지만 일제는 이른바 '만주사변'(1931)을 통한 군국주의의 확립과 함께 한국 사회의 사상운동에 대한 탄압을 통해 지배력을 더욱 강화한다. 당시 한국 사회가 직면했던 객관적 현실의 위기

결론: 이상 문학을 위한 변명

는 사회 내부에 확산되는 전쟁에 대한 불안과 공포만이 아니라 현실적인 삶 자체에 대한 절망감에서도 찾아진다. 현실에 대한 불안이 역사에 대한 환멸을 야기하고 삶의 리얼리티에 대한 신념조차 붕괴시키게된다. 그 결과 개별적 주체로서의 성격의 분열, 현실 상황과 성격의 부조화를 겪게 되고 새로운 윤리의 발견, 지성과 모럴의 확립 등을 주장하게 된다.

이상 문학이 보여 주는 모더니티의 개념은 식민지 근대의 담론 공간에서는 언제나 유동적이다. 그 이유는 서구의 근대라는 개념이 제시하는 시대적 범위 속에서 한국 사회의 근대를 논하기 어렵기 때문이다. 특히 일본의 식민지 지배 상황 속에서 이루어진 한국 사회의 근대적 변혁 과정을 염두에 둘 경우 어떤 문화적 변화의 움직임이 사회 내부에 존재해 왔는지를 살핀다는 것은 그리 쉬운 일이 아니다. 새로운 문화의 현상들이 어떤 방향으로 양식사적 문화사적인 토대를 형성하고 있었는지를 알아야만 한다. 실제로 이상의 소설은 그 창작의 과정자체에서부터 이미 본질적으로 사실주의적인 속성과 거리가 먼 양식적 요소로 채워지며 반인상주의적인 경향을 나타낸다. 그의 문학 세계는 리얼리티 효과를 포기하면서 자신의 주관적 감정과 경험적 요소들을 종종 과장하기도 하고 엉뚱한 방향으로 왜곡하기도 한다. 그의 소설은 현실을 통합적으로 인식하고 거기에 어떤 합리적 질서를 부여하는 작업과는 거리가 멀다. 오히려 현실의 한 부분을 자기화하는 작업에만 매달린다. 그렇기 때문에 그의 소설은 현실의 어떤 부분을 잘 반영하여 묘사하고 있는 것이 아니라 오히려 그 현실의 어떤 측면에 대응할 수 있는 하나의 독자적인 이야기로서의 소설을 만들어 낸다. 이상의 시는 한국에서 유행하던 서정시의 시적 정서나 시적 진술 방식으로는 이해되지 않는다. 그의 시는 낭만적 열정이나 정서적 표현과 그공감을 통해 이해하기에는 너무나 모호하고 그 의미가 애매하다. 그것은 한국 사회의 근대화 과정에서 등장하기 시작한 부르주아 계급의 삶을 전체적으로 묘사하고 그 전망을 노래했던 방식과는 달리, 사물에 대한 보다 직접적이고 감각적인 접근법을 채택한다. 이것은 세계에 대한 인식뿐만 아니라 사물을 대하는 주체의 시각을 새롭게 변형시키기 위한 획기적인 방안이었기 때문이다.

이상 문학은 이상 자신이 추구하고자 했던 모더니티의 인식과 예술적 형상화 작업을 통해 그 의미와 성과를 평가할 수 있다. 언어적 감각과 기법의 파격성을 바탕으로 자의식의 시적 탐구, 이미지의 공간적인 구성에 의한 일상적 경험의 동시적 구현, 도시적 문명과 모더니티의 추구 등은 이상 문학에서 돋보이는 새로운 경향이다. 하지만 이상은 여기에 머무르지 않고 자신의 문학을 통해 그가 추구했던 모더니티를 초극하는 경지로 나아가고자 한다. 그는 현대 과학 문명의 비인간화 경향에 반발하면서 인간 존재와 그 가치에 대한 문학적 추구 작업에 몰두하거나 개인적 주체의 붕괴에 도전하여 인간의 생명 의지를 시적으로 구현하고자 했다. 이상이 전대의 문학적 관습과 감성에 반기를 들면서 추구했던 언어와 기법의 실험적, 주지적 태도와 주관적 정서의 절제, 도시적 감각과 주체의 내면에 대한 탐구 등은 그대로 한국 모더니즘 문학의 새로운 성과를 말해 주는 것이라고 할 수 있다.

결론: 이상 문학을 위한 변명

◆ 부록

이상 연보

1910년 9월 23일(음 8월 20일)

이상(李箱)의 본명은 김해경(金海卿)이며 본관은 강릉(江陵)이다. 부친 김영창(金永昌)의 호적 제적부(除籍簿)에는 경성부 북부 순화방 반정동 4통 6호에서 부 김영창과 모 박 씨의 2남 1녀 중 장남으로 출생한 것으로 기록되어 있다. 그러나 이것은 호적 기록상의 출생지일 뿐 실제로는 종로구 사직동 165번지로 알려져 있다. 부친 김영창은 일본 강점 이전 구한말 궁내부(宮內府) 활판소(活版所)에서 일하다가 사고로 손가락이 절단된 뒤 일을 중단하고 집 근처에 이발관을 개업하여 가계를 꾸려 갔다. 이상에게는 남동생 김운경(金雲卿)과 누이동생 김옥희(金玉姬)가 있다.

1913년

이상은 남동생 운경이 태어난 후 백부 김연필(金演弼)의 집에서 양자처럼 성장했다. 이상의 백부 김연필은 본처와의 사이에 소생이 없어서 조카인 이상을 데려다가 친자식처럼 키우고 그 학업을 도왔다. 하지만 소실로 들어온 김영숙(金英淑)에게 딸린 사내아이를 자신의 호적에 입적시켰다. 그가 바로 백부 김연필과 백모 김영숙 사이에 태어난 것으로 호적에 등재된 김문경(金汶卿)이다. 김연필은 구한말 융희(隆熙) 3년(1909. 5)에 관립 공업전습소(工業專習所) 금공과(金工科)의 제1회 졸업생으로 한일 합방 직후에는 총독부 상공과의 하급직 관리로 일했던 것으로 알려져 있다. 백부 김연필이 1932년 세상을 떠난 후 이상은 백부 집안과의 관계를 끊고 친가로 돌아왔다.

1917년

이상은 여덟 살 되던 해 누상동(樓上洞)에 있던 신명학교(新明學校)에 입학했다. 신명학교 재학 중에 구본웅(具本雄, 1906~1953, 화가)과 동기생이 되어 오랫동안 친구로 지냈다.

1921년

신명학교를 졸업한 후 조선불교중앙교무원(朝鮮佛敎中央敎務院)에서 경영하는 동광학교(東光學校)에 입학했다. 그러나 이듬해 동광학교가 보성고등보통학교(普成高等普通學校)와 합병되자 보성고보에 편입했다. 보성고보 동기생으로는 사학자 이상기(李庠基), 평론가 이헌구(李軒求), 시인 임화(林和) 등이 있고 1년 후배로 시인 김기림(金起林)과 평론가 김환태(金煥泰) 등이 있다.

1926년

3월 보성고보 제4회 졸업생이 되었으며 이해 4월 경성 동숭동(東崇洞)에 소재한 경성고등공업학교(京城高等工業學校) 건축과(建築科)에 입학했다.

1928년

경성고등공업학교 졸업 기념 사진첩에 본명 김해경 대신 이상(李箱)이란 별명을 썼다. 이 별명은 경성고공 입학 당시 친구인 구본웅이 선물로 건네준 화구 상자(畵具箱子)를 두고 지어낸 것으로 '오얏나무 이(李)'와 '상자 상(箱)'을 결합한 것이었다.

1929년

경성고등보통학교 건축과를 수석으로 졸업하자 학교의 추천으로 조선총독부 내무국(內務局) 건축과(建築課) 기수(技手)로 발령을 받았다. 조선총독부 건축과 기사가 된 후 조선에 진출해 있던 일본인 건축 기술자들을 중심으로 결성한 조선건축회(朝鮮建築會, 1922년 3월 결성)에 정회원으로 가입했고, 이 학회의 일본어 학회지《조선과 건축》의 표지 도안 현상 모집에 1등과 3등으로 당선되었다.(12월)

작품

조선건축회의 일본어 학회지《조선과 건축》의 표지 도안 현상 모집에 1등과 3등 당선.(12월) 1930년 1월부터 12월까지《조선과 건축》표지화로 수록.

1930년

한국인 공학 기술자들의 모임인 조선공학회(朝鮮工學會, 1929년 설립)에 가입하여 임원(간사)이 되었지만 구체적인 활동 내역은 알 수 없다. 조선총독부에서 일본의 식민지 정책을 일반에게 홍보하기 위해 발간하던 잡지《조선》국문판에 1930년 2월호부터 12월호까지 9회에 걸쳐 처녀작이며 유일한 장편소설인 「십이월 십이일(十二月 十二日)」을 '이상(李箱)'이란 필명으로 연재했다.

장편소설

장편소설 「십이월 십이일」(《朝鮮》, 1930년 2월~12월 국문 연재)

1931년

제10회 조선미술전람회에 서양화 「자상(自像)」이 입선했으며《조선과 건축》에 일본어로 쓴 시 「이상한 가역반응(可逆反應)」 등 20여 편을 세 차례에 걸쳐 발표했다.

이 해 가을 폐결핵을 진단받았다.

미술 작품

제10회 조선미술전람회 서양화 입선작 「자상(自像)」

일본어 시

이상한 가역반응(異常ナ可逆反應)《朝鮮と建築》(1931. 7)

파편의 경치(破片ノ景色)《朝鮮と建築》(1931. 7)

▽의 유희(▽ノ遊戯)《朝鮮と建築》(1931. 7)

수염(ひげ)《朝鮮と建築》(1931. 7)

BOITEUX·BOITEUSE《朝鮮と建築》(1931. 7)

공복(空腹)《朝鮮と建築》(1931. 7)

연작시 「조감도(鳥瞰圖)」(朝鮮と建築, 1931. 8.)

2인····1····(二人···· 1 ····)/ 2인····2····(二人···· 2····)/ 신경질적으로 비만한 삼각형(神經質に肥滿した三角形)/ LE URINE(LE URINE)/ 얼굴(顔)/ 운동(運動)/ 광녀의 고백(狂女の告白)/ 흥행물천사(興行物天使)

연작시 「삼차각설계도(三次角設計圖)」《朝鮮と建築》, 1931. 10.)

선에 관한 각서 1(線に關する覺書 1)/ 선에 관한 각서 2(線に關する覺書 2)/ 선에 관한 각서 3(線に關する覺書 3)/ 선에 관한 각서 4(線に關する覺書 4)/ 선에 관한 각서 5(線に關する覺書 5)/ 선에 관한 각서 6(線に關する覺書 6)/ 선에 관한 각서 7(線に關する覺書 7)

1932년

이상의 성장 과정을 돌봐 준 백부 김연필이 1932년 5월 7일 뇌일혈로 갑작스럽게 사망했으며, 호주 상속 등의 문제로 백부 댁에 불화가 생겼다.

《조선과 건축》에 연작시 「건축무한육면각체」를 발표했으며, 《조선》에 단편소설 「지도의 암실」, 「휴업과 사정」을 잇달아 발표했다. 이해 《조선과 건축》의 표지 도안 현상 공모에 응모하여 가작 4석(席)으로 입상했다.

일본어 시

연작시 「건축무한육면각체(建築無限六面角體)」(朝鮮と建築, 1932. 7.)
AU MAGASIN DE NOUVEAUTES/ 열하약도 No.2(熱河略圖 No . 2 未定稿/ 진단 0 : 1(診斷 0 : 1)/ 22년(二十二年)/ 출판법(出版法) /차8씨의 출발(且8氏の出發)/ 대낮(眞晝 - 或るESQUISSE -)

단편소설

《조선》에 단편소설 「지도의 암실」을 '비구(比久)'라는 필명으로, 단편소설 「휴업과 사정」을 '보산(甫山)'이라는 필명으로 발표.

단편소설 「지도의 암실」(《朝鮮》(1932. 3) '비구(比久)'라는 필명 사용)

단편소설 「휴업과 사정」(《朝鮮》(1932. 4) '보산(甫山)'이라는 필명 사용)

1933년

이상은 폐결핵으로 인하여 직무를 수행하기 어렵게 되자 조선총독부 건축과를 사직했고 백부 집안에서 나와 친가로 돌아온 후 봄에 황해도 배천(白川) 온천에서 요양했다. 이해 6월 배천온천에서 알게 된 기생 금홍을 서울로 불러올려 종로 1가에 다방 제비를 개업하면서 동거하기 시작했다.

문학 단체 구인회(九人會)의 핵심 동인인 이태준(李泰俊), 정지용(鄭芝溶), 김기림(金起林), 박태원(朴泰遠) 등과 교유하기 시작하면서 정지용의 주선으로 잡지《가톨릭청년》에「꽃나무」,「이런 시」등을 국문으로 발표했다.

시

「꽃나무」《가톨릭청년》(1933. 7)

「이런 시(詩)」《가톨릭청년》(1933. 7.)

「1933. 6. 1」《가톨릭청년》(1933. 7)

「거울」《가톨릭청년》(1933. 10)

1934년

이해 7월 이태준, 박태원, 정지용 등의 도움으로 시「오감도(烏瞰圖)」를《조선중앙일보(朝鮮中央日報)》에 연재하게 되었지만 15편을 발표한 후 독자들의 항의와 비난으로 연재를 중단했다. 비슷한 시기에 박태원의 소설「소설가 구보 씨의 일일」이《조선중앙일보》에 연재(1934. 8. 1~9. 19)되는 동안 '하융(河戎)'이라는 필명으로 작품 속의 삽화를 그렸다. 이 해 연말에 구인회의 동인으로 김유정(金裕貞), 김환태(金煥泰) 등과 함께 가담했다.

시

연작시「오감도(烏瞰圖)」《朝鮮中央日報》(1934. 7. 24.~8. 8)

시제1호(詩第一號)(7. 24)/ 시제2호(詩第二號)(7. 25)/ 시제3호(詩第三號)(7. 25)/ 시제4호(詩第四號)(7. 28)/ 시제5호(詩第五號)(7. 28)/ 시제6호(詩第六號)(7. 31)/ 시제7호(詩第七號)(8. 1)/ 시제8호(詩第八號)(8. 2)/ 시제9호(詩第九號)(8. 3)/ 시제10호(詩第十號)(8. 3)/ 시제11호(詩第十一號)(8. 4)/ 시제12호(詩第十二號)(8. 4)/ 시제13호(詩第十三號)(8. 7)/ 시제14

호(詩第十四號)(8. 7)/ 시제15호(詩第十五號)(8. 8)

「보통기념(普通記念)」《月刊每申》(1934. 6)

「운동(運動)」《조선일보》(1934. 7. 19)

「소영위제(素榮爲題)」《中央》(1934. 9)

단편소설

「지팽이 역사(轢死)」《月刊每申》(1934. 8)

수필

「혈서삼태(血書三態)」《新女性》(1934. 6)

「산책(散策)의 가을」《新東亞》(1934. 10)

1935년

다방 제비를 경영난으로 폐업한 후 금홍이와 결별했다. 인사동의 카
페 쓰루〔鶴〕를 인수하여 잠시 운영했고, 다방 69와 다방 무기〔麥〕를 개
업 양도했다. 성천, 인천 등지의 친구를 찾아 유랑했다. 이 해에 구본
웅이 이상을 모델로 한 초상화 「우인(友人)의 초상(肖像)」(현재 국립현대
미술관 소장)을 그렸으며, 그의 부친이 운영하던 인쇄소 창문사(彰文社)
에 이상의 일자리를 주선했다.

시

「정식(正式)」《가톨릭청년》(1935. 9)

「지비(紙碑)」《朝鮮中央日報》(1935. 9. 15)

수필

「문학(文學)을 버리고 문화(文化)를 상상(想像)할 수 없다」《朝鮮中

央日報》(1935. 1. 6)

「산촌여정(山村餘情)」《每日申報》(1935. 9. 27~10. 11)

1936년

이상은 창문사에 근무하면서 구인회 동인지《시와 소설》의 창간호
를 편집, 발간했으며 김기림 시집「기상도(氣象圖)」를 만들었다. 이 해
6월 변동림(卞東琳, 구본웅의 계모의 이복 동생)과 결혼하여 경성 황금정
(黃金町)에서 신혼살림을 차렸다. 단편소설「지주회시」,「날개」를 발표
하면서 평단의 관심을 받자 자기 문학에 새로운 자신감을 얻게 되었
으며, 연작시「역단(易斷)」, 연작시「위독(危篤)」을 비롯하여 많은 시와
수필을 발표했다.

10월 하순《조선일보》에 연작시「위독」의 연재를 끝낸 후 새로운 문
학 세계를 향하여 일본 동경으로 떠났다. 동경에서는 '간다구〔神田區〕진
보초〔神保町〕3초메〔丁目〕10-1번지의 4호 이시카와〔石川〕방(房)'에서
하숙했고,《삼사문학(三四文學)》의 동인으로 당시 동경에 유학중이던
주영섭(朱永涉), 정현웅(鄭玄雄), 조풍연(趙豊衍) 등을 자주 만나 문학을
토론했다.

시

연작시『역단(易斷)』《가톨닉청년》(1936. 2)

「화로(火爐)」/「아침」/「가정(家庭)」/「역단(易斷)」/「행로(行路)」

연작시「위독(危篤)」《조선일보》(1936. 10. 4~10. 9)

「금제(禁制)」(10. 4)/「추구(追求)」(10. 4)/「침몰(沈歿)」(10. 4)/「절벽
(絶壁)」(10. 6)/「백화(白畵)」(10. 6)/「문벌(門閥)」(10. 6)/「위치(位置)」
(10. 8)/「매춘(買春)」(10. 8)/「생애(生涯)」(10. 8)/「내부(內部)」(10. 9)/

「육친(肉親)」(10. 9) / 「자상(自像)」(10. 9)

「지비(紙碑) — 어디로갔는지모르는안해」《中央》(1936. 1)

「가외가전(街外街傳)」《詩와 小說》(1936. 3)

「명경(明鏡)」《女性》(1936. 5)

「목장」《가톨릭소년》(1936. 5)

「I WED A TOY BRIDE」《三四文學》(1936. 10)

단편소설

「지주회시(䵷䵓會豕)」《中央》(1936. 6)

「날개」《朝光》(1936. 9)

「봉별기(逢別記)」《女性》(1936. 12)

수필

「조춘점묘(早春點描)」《每日申報》(1936. 3. 3~3. 26)

「보험(保險) 없는 화재(火災)」/「단지(斷指)한 처녀(處女)」/「차생윤회(此生輪廻)」/「공지(空地)에서」/「도회(都會)의 인심(人心)」/「골동벽(骨董癖)」/「동심행렬(童心行列)」

「추등잡필(秋燈雜筆)」《매일신보》(1936. 10. 14~10. 28)

「추석(秋夕) 삽화(揷話)」(10. 14~15) /「구경(求景)」(10. 16) /「예의(禮儀)(10. 21)」/「기여(寄與)(10. 22)」/「실수(失手)(10. 27~28)」

「서망율도(西望栗島)」《朝光》(1936. 3)

「여상(女像)」《女性》(1936. 4)

「약수(藥水)」《中央》(1936. 7)

「EPIGRAM」《女性》(1936. 8)

「동생 옥희(玉姬) 보아라」《中央》(1936. 9)

「행복(幸福)」《女性》(1936. 10)

「가을의 탐승처(探勝處)」《朝光》(1936. 10)

1937년

이상은 이해 2월 사상 혐의로 동경 니시간다[西神田] 경찰서에 피검되었고 한 달 가까이 조사를 받다가 폐결핵이 악화되어 동경 제국대학 부속 병원으로 옮겨졌다. 4월 17일 동경제대 부속 병원에서 28세의 일기로 요절했다. 위독하다는 급보를 듣고 일본으로 건너온 부인 변동림에 의해 유해가 화장된 후 미아리 공동묘지에 안장되었다. 이 묘지는 한국전쟁 당시 유실되었다. 이상이 세상을 떠나기 바로 전날 4월 16일 서울에서 부친 김영창과 조모가 함께 세상을 떠났다는 점이 특기할 만하다. 5월 15일 경성 부민관에서 이상과 고 김유정(3월 29일 작고)을 위한 문인합동추도식이 열렸다.

시

「파첩(破帖)」《子午線》(1937. 11. 유고)

소설

「동해(童骸)」《朝光》(1937. 2)

「종생기(終生記)」《朝光》(1937. 5)

수필

「19세기식(十九世紀式)」《三四文學》(1937. 4)

「공포(恐怖)의 기록(記錄)」《每日申報》(1937. 4. 25~5. 15)

「권태(倦怠)」《朝鮮日報》(1937. 5. 4~5. 11)

「슬픈 이야기」《朝光》(1937. 6) 유고

1938년

시

「무제(無題)」《貘》(1938. 10) 유고

소설

「환시기(幻視記)」《靑色紙》(1938. 6) 유고

수필

「문학(文學)과 정치(政治)」《四海公論》(1938. 7) 유고

1939년

시

「무제(無題)」《貘》(1939. 2) 유고

소설

「실화(失花)」《文章》(1939. 3) 유고

「단발(斷髮)」《朝鮮文學》(1939. 4) 유고

「김유정(金裕貞)」《靑色紙》(1939. 5) 유고

수필

「실낙원(失樂園)」《朝光》(1939. 2) 유고

「소녀(少女)」/「육친(肉親)의 장(章)」/「실낙원(失樂園)」/「면경(面鏡)」/
「자화상(自畵像)」/「월상(月傷)」

「병상 이후(病床 以後)」《靑色紙》(1939. 5) 유고

「최저낙원(最低樂園)」《朝鮮文學》(1939. 5) 유고
「동경(東京)」《文章》(1939. 5) 유고

1940년
김소운(金素雲)의 『젖빛 구름』에 이상의 시 「청령(蜻蛉)」, 「한 개의 밤」이 일본어로 소개.

1949년
김기림이 엮은 『이상선집(李箱選集)』이 출판사 백양당(白楊堂)에서 발간되었다. 이 선집에는 이상의 일본어 시가 모두 제외되었고, 소설의 경우도 「날개」, 「지주회시」, 「봉별기」 3편만 수록했다.

1956년
고대문학회(高大文學會) 편, 『이상전집(李箱全集)』(전3권)이 임종국(林鍾國) 편집으로 태성사(泰成社)에서 발간되었다. 이 전집에는 이 전집에는 편자인 임종국이 발굴한 이상의 일본어 시 「육친(肉親)의 장(章)」 등 9편이 추가되었고 《조선과 건축》에 발표했던 일본어 시를 모두 번역 수록했다.

일본어 유고시
「척각(隻脚)」
「거리(距離)」
「수인이 만든 소정원(囚人の作つた箱庭)」
「육친의 장(肉親の章)」
「내과(內科)」
「골편에 관한 무제(骨片ニ關スル無題)」
「가구의 추위(街衢ノ寒サ)」

「아침(朝)」
「최후(最後)」

1960년
　조연현(趙演鉉)이 이상의 일본어 습작 노트를 발굴하여 거기 수록
된 자료들을《현대문학》에 번역 소개했다.

발굴 소개 자료

「무제」《현대문학》(1960. 11)
「1931년」
「얼마 안 되는 변해(辨解)」
「무제」
「무제」

「이 아해(兒孩)들에게 장난감을 주라」《현대문학》(1960. 12)
「모색(暮色)」
「무제」

「구두」《현대문학》(1961. 1)
「어리석은 석반(夕飯)」

습작(習作)「쇼오 윈도우 수점(數點)」《현대문학》(1961. 2)

「무제」《현대문학》(1966. 7)
「애야(哀夜)」
「회한(悔恨)의 장(章)」

1975년

《문학사상》에서 9월부터 12월까지 이상의 첫 장편소설 「十二月
十二日」을 발굴 전문을 연재했다.

1976년

《문학사상》에서 조연현이 발굴한 이상의 일본어 습작 노트에 남아
있던 자료들을 추가로 번역, 소개했다.

발굴 소개 자료

「단장(斷章)」《문학사상》(1976. 6))

「첫번째 방랑(放浪)」《문학사상》(1976. 7))

「불행(不幸)한 계승(繼承)」

「객혈(喀血)의 아침」

「황(獷)의 기(記) —— 작품 제1번」

「작품(作品) 제3번」

「공포(恐怖)의 기록(記錄) 서장(序章)」《문학사상》(1976. 10)

「공포(恐怖)의 성채(城砦)」

「야색(夜色)」

「단상(斷想)」

1977년

《문학사상》에서 단편소설 「휴업(休業)과 사정(事情)」을 발굴하여 이
해 5월 전문을 소개했다.

중요 참고 문헌

기본 자료

김기림 편, 『이상 선집』(백양당, 1949)

임종국 편, 『이상 전집 제1권 창작집』(태성사, 1956)

임종국 편, 『이상 전집 제2권 시집』(태성사, 1956)

임종국 편, 『이상 전집 제3권 수필집』(태성사, 1956)

이어령 교주, 『이상 소설 전작집 1, 2』(갑인출판사, 1977)

이어령 교주, 『이상 수필 전작집』(갑인출판사, 1977)

이어령 교주, 『이상 시 전작집』(갑인출판사, 1978)

이승훈 편, 『이상 문학 전집 1 시』(문학사상사, 1989)

김윤식 편, 『이상 문학 전집 2 소설』(문학사상사, 1991)

김윤식 편, 『이상 문학 전집 3 수필』(문학사상사, 1993)

김유중·김주현 편, 『그리운 그 이름, 이상』(지식산업사, 2004)

김주현 주해, 『이상 문학 전집 1 시』(소명, 2005)

김주현 주해, 『이상 문학 전집 2 소설』(소명, 2005)

김주현 주해, 『이상 문학 전집 3 수필 기타』(소명, 2005)

권영민 엮음, 『이상 전집 1 시』(웅진문학에디션 뿔, 2009)

권영민 엮음, 『이상 전집 2 단편소설』(웅진문학에디션 뿔, 2009)

권영민 엮음, 『이상 전집 3 장편소설』(웅진문학에디션 뿔, 2009)

권영민 엮음, 『이상 전집 4 수필』(웅진문학에디션 뿔, 2009)

권영민 편,『이상 전집 1 시』(태학사, 2013)

권영민 편,『이상 전집 2 단편소설』(태학사, 2013)

권영민 편,『이상 전집 3 장편소설』(태학사, 2013)

권영민 편,『이상 전집 4 수필』(태학사, 2013)

권영민 편,『이상 문학 대사전』(문학사상사, 2017)

단행본 연구서, 평전

고은,『이상 평전』(민음사, 1974)

권영민 편,『이상 문학 연구 60년』(문학사상사, 1998)

권영민,『이상 텍스트 연구』(웅진문학에디션 뿔, 2009)

권영민,『이상 문학의 비밀 13』(민음사, 2012)

권영민,『오감도의 탄생』(태학사, 2014)

권영민,『한국 모더니즘 문학의 탄생』(세창출판사, 2017)

김성수,『이상 소설의 해석 ― 生과 死의 감각』(태학사, 1999)

김승구,『이상, 욕망의 기호』(월인, 2004)

김승희,『이상 시 연구』(보고사, 1998)

김승희,『이상 평전 ― 제13의 아해도 위독하오』(문학세계사, 1982)

김윤식,『이상 문학 텍스트 연구』(서울대 출판부, 1998)

김윤식,『이상 소설 연구』(문학과비평사, 1988)

김윤식,『이상 연구』(문학과지성사, 1987)

김주현,『이상 소설 연구』(소명, 1999)

김주현,『실험과 해체』(지식산업사, 2014)

蘭明 외,『李箱적 월경(越境)과 시의 생성:『詩と詩論』수용 및 그 주변』(역락, 2010)

박현수,『모더니즘과 포스트모더니즘의 수사학: 이상 문학 연구』(소명, 2003)

서영채, 『사랑의 문법: 이광수, 염상섭, 이상』(민음사, 2004)

신범순 외, 『이상 문학 연구의 새로운 지평』(역락, 2006)

신범순 외, 『이상의 사상과 예술: 이상 문학 연구의 새로운 지평 2』(신구문화사, 2006)

신범순, 『이상의 무한정원 삼차각나비: 역사 시대의 종말과 제4세대 문명의 꿈』(현암사, 2007)

신범순 외, 『이상 문학 연구』(지식과 교양, 2013)

안미영, 『이상과 그의 시대』(소명출판, 2003)

양윤옥, 『슬픈 이상』(한겨레, 1985)

오규원, 『날자, 한번만 더 날자꾸나』(문장사, 1980)

이경훈, 『이상, 철천의 수사학』(소명출판, 2000)

이상문학회, 『이상 리뷰 제1호』(역락, 2001)

이상문학회, 『이상 리뷰 제2호』(역락, 2003)

이상문학회, 『이상 리뷰 제3호』(역락, 2004)

이상문학회, 『이상 리뷰 제4호』(역락, 2005)

이상문학회, 『이상 리뷰 제5호』(역락, 2006)

이상문학회, 『이상소설 작품론』(역락, 2007)

이상문학회, 『이상수필 작품론』(역락, 2010)

이상문학회, 『이상시 작품론』(역락, 2009)

이승훈, 『이상 시 연구』(고려원, 1987)

이승훈, 『이상 — 식민지 시대의 모더니스트』(건국대 출판부, 1997)

이태동 편, 『이상』(서강대 출판부, 1997)

장석주, 『이상과 모던뽀이들』(현암사, 2011)

조용만, 『구인회 만들 무렵 — 조용만 창작집』(정음사, 1984)

조해옥, 『이상 산문 연구』(서정시학, 2009)

조해옥, 『이상시의 근대성 연구 — 육체의식을 중심으로』(소명출판, 2001)

중요 참고 문헌

단평 및 회고 그리고 자료 소개(시대순)

김기림, 「현대시의 발전 — 난해에 대하야」, 《조선일보》, 1934. 7. 12~22

최재서, 「리얼리즘의 확대와 심화 — 「천변풍경」과 「날개」에 관하여」, 《조
　　선일보》, 1936. 11. 31~12. 7

최재서, 「현대적 지성에 관하여」, 《조선일보》, 1937. 5. 15~20

김기림, 「고 이상의 추억」, 《조광》, 1937. 6

이어령, 「이상론 — 순수의식의 뇌성과 그 파벽」, 《문리대학보》, 서울대 문
　　리대학생회, 1955. 9

임종국, 「이상론(1) — 근대적 자아의 절망과 항거」, 《고대문화》1, 고대문
　　학회, 1955. 12

이어령, 「나르시스의 학살 — 이상의 시와 그 난해성」, 《신세계》, 1956.
　　10~1957. 1

고석규, 「시인의 역설」, 《문학예술》, 1957. 4~7

이어령, 「속 나르시스의 학살 — 이상의 시와 그 난해성」, 《자유문학》,
　　1957. 7

이어령, 「이상의 소설과 기교」, 《문예》, 1959. 11~12

조연현, 「이상의 미발표 유고의 발견」, 《현대문학》, 1960. 11~1961. 2

김옥희, 「오빠 이상」, 《현대문학》, 1962. 6

윤태영, 「자신이 '健談家'라던 이상」, 《현대문학》, 1962. 12

이진순, 「동경 시절의 이상」, 《신동아》, 1963. 1

김옥희, 「오빠 이상」, 《신동아》, 1964. 12

원용석, 「이상의 회고」, 《대한일보》, 1966. 8. 2.

김소운, 「李箱異常」, 『하늘 끝에 살아도』, 동아출판공사, 1968

문종혁, 「심심산천에 묻어주오」, 《여원》, 1969. 4

서정주, 「이상의 일」, 《월간중앙》, 1971. 10

문종혁, 「몇 가지 이의 — 소설 「지주회시」의 인물 '吳'가 증언하는 이상」,
　　《문학사상》, 1974. 4

문학사상자료조사연구실, 「이상 작품 및 관계 문헌 목록」, 《문학사상》, 1974. 4

이성미, 「새 자료로 본 이상의 생애」, 《문학사상》, 1974. 4

문학사상자료조사연구실, 「이상은 공사장에서 주운 이름인가?」, 《문학사상》, 1975. 8

백순재, 「소경에 눈을 뜨게 만든 이상의 장편」, 《문학사상》, 1975. 9

문학사상자료조사연구실, 「이상 자화상 및 유품 파이프」, 《문학사상》, 1976. 3

원용석, 「내가 마지막 본 이상」, 《문학사상》, 1980. 11

유정, 「이상의 학창시절 — 大愚彌次郎과의 대담」, 《문학사상》, 1981. 6

김향안, 「이젠 이상의 진실을 알리고 싶다」, 《문학사상》, 1986. 5

김향안, 「이상과의 결혼」, 《문학사상》, 1986. 8

김향안, 「理想에서 창조된 이상」, 《문학사상》, 1986. 9

김향안, 「헤프지도 인색하지도 않았던 이상」, 《문학사상》, 1986. 12

김향안, 「이상이 남긴 유산들」, 《문학사상》, 1987. 1

조용만, 「이상 시대, 젊은 예술가의 초상」, 《문학사상》, 1987. 4~6

권영민, 「이상의 시 「운동」을 소개하며」, 《문학사상》, 2011. 9

이
상
연
구

1판 1쇄 찍음 2019년 9월 5일
1판 1쇄 펴냄 2019년 9월 12일

지은이   권영민
발행인   박근섭, 박상준
펴낸곳   ㈜민음사

출판등록   1966. 5. 19. 제16-490호
주소   서울특별시 강남구 도산대로1길 62(신사동)
            강남출판문화센터 5층 (우편번호 06027)
대표전화   02-515-2000 | 팩시밀리 02-515-2007
홈페이지   www.minumsa.com

ISBN   978-89-374-4380-0 03810